Das Buch

Gateway: Ein Asteroid, der in einem exzentrischen Orbit um die Sonne entdeckt wird. Von außen ein verkohlter Materieklumpen, von innen das Tor zum Universum. Denn Gateway ist die Hinterlassenschaft der Hitschi, einer geheimnisvollen außerirdischen Zivilisation, die offenbar vor langer Zeit ausgestorben ist. Der Asteroid diente ihr als Weltraumbahnhof, er ist gespickt mit zahllosen Raumschiffen, die darauf programmiert sind, mit Überlichtgeschwindigkeit in die entferntesten Winkel des Universums zu fliegen. Das Ganze hat nur einen Haken: Die Reisenden wissen nicht, wo ihre Reise endet. Als sich die ersten Piloten von der Erde auf den Weg machen, beginnt das größte Abenteuer in der Geschichte der Menschheit.

Ausgezeichnet mit dem Hugo Gernsback, dem Nebula und dem Locus Award, gilt Frederik Pohls »Gateway-Trilogie« heute nicht nur als Meilenstein der Science Fiction, sondern ist auch eines der beliebtesten SF-Bücher überhaupt.

»Eine zutiefst menschliche Geschichte vor dem Hintergrund der unendlichen Wunder und der rätselhaften Schönheit unseres Kosmos. Pohl hat der Science Fiction damit einen neuen Weg gewiesen.«

Ben Bova

Der Autor

Frederik Pohl zählt – neben Isaac Asimov, Robert A. Heinlein und Ray Bradbury – zu den legendären Gründervätern der amerikanichen Science Fiction. Geboren 1919 in New York, gehörte er zu en SF-Herausgebern der ersten Stunde und machte schnell auch it eigenen Storys und Romanen von sich reden, darunter Mensch+« und »Eine Handvoll Venus und ehrbare Kaufleute« it Cyril Kornbluth). Der Roman »Gateway«, Mitte der 70er Jaherschienen, und die Fortsetzungsbände »Jenseits des blauen rizonts« und »Rückkehr nach Gateway« gelten als sein bedeudstes Werk. Pohl lebt mit seiner Familie in Illinois.

MEISTERWERKE DER

SCIENCE FICTION

MEISTERWERKE DER

SCIENCE FICTION

Frederik Pohl

Die Gateway-Trilogie

Gateway

Jenseits des blauen Horizonts

Rückkehr nach Gateway

Mit einem Vorwort von Terry Bisson

Überarbeitete Neuausgabe

WILHELM HEYNE VERLAG

MÜNCHEN

Titel der amerikanischen Originalausgaben
GATEWAY
BEYOND THE BLUE EVENT HORIZON
HEECHEE RENDEZVOUS
Deutsche Übersetzung von Tony Westermayr und Edda Petri,
neu durchgesehen und überarbeitet von Rainer Michael Rahn
Deutsche Übersetzung des Vorworts von Alexander Martin

FSC
Mix
Produktgruppe aus vorbildlich bewirtschafteten Wäldern und anderen kontrollierten Herkünften
Zert.-Nr. SGS-COC-1940
www.fsc.org
© 1996 Forest Stewardship Council

Verlagsgruppe Random House FSC-DEU-0100
Das für dieses Buch verwendete FSC-zertifizierte Papier
München Super liefert Mochenwangen.

4. Auflage
Redaktion: Sascha Mamczak

www.heyne.de
Printed in Germany 2006
Titelillustration: Michael Whelan
Umschlaggestaltung: Hauptmann und Kampa
Werbeagentur, München - Zürich
Satz: Schaber, Satz- und Datentechnik, Wels
Druck und Bindung: GGP Media GmbH, Pößneck

ISBN-10: 3-453-87905-8
ISBN-13: 978-3-453-87905-8

Inhalt

Vorwort

von Terry Bisson

Frederik Pohl war von Anfang an dabei – seit dem Urknall gewissermaßen, als das entstand, was heute ein weit ausgedehntes kommerzielles und kulturelles Universum (einige würden sagen: eine weit ausgedehnte Leere) aus Filmen und Fernsehserien, aus Büchern und Magazinen ist. Die Singularität, mit der alles begann, war allerdings reichlich kurios: Die Sehnsucht etwas frühreifer und etwas durchgeknallter Teenager nach einer neuen Art von »Literatur«, jener nämlich, wie sie in den so genannten *Pulps*, den billigen Groschenmagazinen, veröffentlicht wurde.

Zuerst nannte man es »Scientifiction«, doch der Name setzte sich nicht durch.

Dann nannte man es Science Fiction.

Es war 1935, in Brooklyn. Die Vereinigten Staaten lagen in der Agonie der »Großen Depression« (»groß« vielleicht deshalb, weil wir sie heute so sehr vermissen). Gegenwärtig ist Nostalgie das vorherrschende Gefühl in der US-amerikanischen Gesellschaft, aber damals war man gierig nach der Zukunft – und die Science Fiction hatte sich die Zukunft auf ihre Fahnen geschrieben.

Als Kunstform im weitesten Sinne gab es sie natürlich schon viel länger, seit Jules Verne und H. G. Wells, ja vielleicht seit Mary Shelley und ihrem melancholischen, mit einem elektrischen Funken zum Leben erweckten Monster (manche meinen, das Genre sei noch weitaus älter und gehe bis zu »Gullivers Reisen« oder sogar Aristophanes' »Vögel« zurück). Als kommerzielles Produkt jedoch – und als literarische Kuriosität – gibt es die Science Fiction erst seit jener Zeit, den 20er und 30er Jahren, als überall in den USA die *Pulp*-Magazine an den Zeitungskiosken auftauchten, mit ihren grell-bunten Covermotiven, ihren dröhnenden Raketen, gefährlichen Laserwaffen und natürlich den vollbusigen Frauen, die von ekelhaften Außerirdischen bedroht wurden. All das war, wie die Titel dieser Magazine versprachen, *Amazing, Astounding, Thrilling.* In seinen Erinnerungen »The Way the Future Was« beschreibt Pohl diese aufregende Zeit so: »Mein Kopf quoll geradezu über vor Raumschiffen, Robotermädchen und unsichtbar machenden Strahlen – und ich hatte niemanden, mit dem ich darüber reden konnte.«

Das sollte nicht lange so bleiben. Denn die Science Fiction machte Jagd auf Leser. Und wenn die grellen Cover dabei die Köder waren und die abgedruckten Storys die Haken, dann waren die Netze die SF-Clubs, die die Magazine ins Leben riefen: die »Science Fiction League« und ihre zahllosen Abkömmlinge. Mehr als außergewöhnlich war schließlich der Fang: Pohl, sein Freund und späterer Co-Autor Cyril Kornbluth, Isaac Asimov (auch aus Brooklyn), James Blish, Judith Merril, Donald Wollheim und jede Menge anderer, darunter Ray Bradbury und Jack Williamson, die zu den ersten SF-Conventions, den gemeinsamen Fan-Treffen, kamen.

»Die meisten Leute wollten darüber reden, was sie so aßen oder einkauften oder sonst den ganzen Tag über taten«, erinnert sich Pohl. »Wir aber wollten darüber reden, was wir gelesen hatten!« Und sie redeten nicht nur. Bald gaben sie ihre eigenen Magazine heraus und veröffentlichten ihre eigenen Storys – und schufen damit das, was wir heute als Science-Fiction-Genre kennen.

Frederik Pohl war ein echtes Wunderkind. Schon als Teenager betreute er das Magazin der »International Scientific Society« (die weder besonders international noch besonders wissenschaftlich war, wie er später bemerkte), er schlief nur sporadisch, schrieb die restliche Zeit oder hing mit seinen Kumpeln von den »Futurians« herum, der ersten Fan-Abspaltung in der bald reichlich fragmentierten Science-Fiction-Szene, und redete über Raumschiffe und Robotermädchen. Er machte sich nicht die Mühe, die High School abzuschließen – er war einfach zu beschäftigt. Mit neunzehn, in den späten 30ern, hatte er zwei weitere Magazine unter seiner Ägide: *Astonishing Stories* und *Super*

Science Stories. Außerdem veröffentlichte er selbst Geschichten – unter einer ganzen Palette von Pseudonymen –, vertrat seine schriftstellernden Freunde (und seine Pseudonyme) als Agent und organisierte – und boykottierte zuweilen – zahllose SF-Conventions.

Dann kam der Zweite Weltkrieg, an dem Pohl in Italien und Frankreich teilnahm. Nach New York zurückgekehrt, entschied er sich endgültig, sein Geld in dem Genre zu verdienen, das er mit geschaffen hatte. Die Große Depression war vorbei; die amerikanische Wirtschaft – und damit auch die Science Fiction – boomte; die Leser waren nicht mehr nur Jugendliche und auch nicht mehr nur Jungs. Und die *Pulp*-Storys genügten ihnen längst nicht mehr – sie wollten nun Romane. Also schrieb Pohl Romane, teilweise in Zusammenarbeit mit Kornbluth und Williamson und nach Maßgabe eines strengen, selbstauferlegten Regimes: vier Seiten pro Tag, wie ein Uhrwerk. Nebenbei sorgte er dafür, dass die Magazine, die er herausgab (darunter *Galaxy* und *If*), immer besser und professioneller wurden und reichlich Preise einheimsten. Eine Karriere, die den meisten von uns voll und ganz genügen würde. Nicht aber Frederik Pohl.

In den 70er Jahren stellte er fest, dass ihn die Tätigkeit als Herausgeber und Agent nicht mehr ausfüllte. Er begann, mehr zu schreiben und ernsthafter zu schreiben. Auch die Science Fiction insgesamt, die britische vor allem, war zu dieser Zeit dabei, sich bisher unbeachtete literarische Möglichkeiten anzueignen – plötzlich wurde die Sprache, der *Stil*, wichtig, plötzlich waren die Protagonisten wirkliche Menschen, plötzlich gab es so etwas wie Sexualität. Beides zusammen, Pohls persönliche Neuerfindung als »seriöser« SF-Schriftsteller und die Neuerfindung des gesamten Genres in Form der »New Wave«, führte zu einem in der amerikanischen Literatur äußerst seltenen Phänomen: ein zweiter Akt – und ein überaus faszinierender dazu.

Und Frederik Pohl, der immer schon ein hell leuchtender Stern war, wurde zur Nova.

Ein Merkmal von Pohls satirischem Genie ist es, dass in »Gateway« die ersten Expeditionen der Menschheit in die Weiten des Universums nicht aus wissenschaftlichen Gründen und auch nicht für Ruhm und Ehre unternommen werden, sondern aus rein kommerziellen Erwägungen.

Es geht einfach darum, Beute zu machen.

Gateway ist ein Asteroid, den man in einer exzentrischen Umlaufbahn um die Sonne entdeckt hat. Er ist von weitläufigen Tunneln durchzogen und mit zahllosen Raumschiffen gespickt, die darauf programmiert sind, ihre Passagiere zu bestimmten Orten in den Tiefen des Weltalls zu befördern, unbekannte und zuweilen sehr gefährliche Orte. Alles, was man tun muss, ist, an Bord zu gehen und loszufliegen. Die Schiffe – und der honigwabenartige Asteroid insgesamt – sind die Hinterlassenschaften einer mysteriösen und offenbar ausgestorbenen außerirdischen Zivilisation, die einst große Teile des Universums kolonisiert hatte: die Hitschi.

Die Menschen lassen sich nicht zweimal bitten. Und tatsächlich kommen einige der Gateway-Prospektoren von ihren abenteuerlichen Reisen als Millionäre zurück, die Schiffe voll beladen mit wertvollen Objekten aus der Hitschi-Kultur. Andere dagegen haben weniger Glück: Ihr Inneres wird nach außen gekehrt, oder sie verlieren den Verstand. Wieder andere kehren überhaupt nicht zurück.

Den Hitschi allerdings begegnen sie nie. Pohl, der seine Science-Fiction-Ideen schon immer auf wissenschaftlicher Plausibilität gründete, nahm an, dass selbst wenn andere Zivilisationen im Universum existieren, es doch sehr unwahrscheinlich ist, dass sich ihre Lebensdauer mit der unseren überschneidet. Die Geschichte der Menschheit beginnt also zu einem Zeitpunkt, als die der Hitschi schon lange beendet ist. Ungefähr jedenfalls.

»Gateway« schlug in der Science-Fiction-Szene ein wie ein Komet. Viele konnten nicht glauben, dass der Roman von einem der bekanntesten Vertreter dieser Szene geschrieben worden war, zu ausgefeilt der Stil, zu komplex der Aufbau, verglichen jedenfalls mit den damals üblichen amerikanischen SF-Büchern. Der Text – voller Anspielungen, zart und erotisch, gewürzt mit reichlich trockenem Humor – machte außerdem Pohls Misstrauen gegenüber jeder Art von Autorität deutlich, seine Verachtung für die Exzesse des Kapitalismus und seine materialistische (also marxistische) Interpretation davon, wie Geschichte »gemacht« wird und wie Geschichte uns »macht«. All dies erinnerte an die Ursprünge der Science Fiction zur Zeit der Depression. Doch »Gateway« war auch ein Neubeginn: der erste amerikanische SF-Roman, der die psychologischen und literarischen Obsessionen der »New Wave« zu seinen Obsessionen machte, der erste, der dieses bisher unentdeckte Land betrat.

So sind die Reisen des Prospektors Robinette Broadhead in die Tiefen des Alls nichts anderes als Reisen in sein eigenes Selbst. Und so wird seine Geschichte auch elliptisch erzählt, zum großen Teil in Form eines Gesprächs mit seinem psychoanalytischen Therapieprogramm. Denn Broadhead muss damit fertig werden, dass sein enormer Erfolg als Prospektor den Verlust der Frau, die er liebt, zur Folge hatte. In Frederik Pohls Universum – so wie in Einsteins – ist eben nichts umsonst.

»Gateway« gewann alle bedeutenden SF-Preise, die es gibt: den Hugo Gernsback Award (zwar nicht Pohls erster, aber sein erster für einen Roman), den Nebula Award, den Locus Award. Damit jedoch war die Geschichte längst nicht zu Ende.

»Jenseits des blauen Horizonts«, der zweite Band, ist, wie der Titel schon vermuten lässt, noch kühner, noch komplexer: Broadhead kommt zwar noch vor, aber nur am Rande, im Mittelpunkt steht nun eine ganze Reihe anderer Figuren, darunter ein hormongeplagter Teenager, ein nervtötender alter Mann und ein nicht ganz so unschuldiges Waisenkind. Und eines der mysteriösen »Geschenke« der Hitschi ist ein periodisch auftretender, weltweiter Wahnsinn, der verheerende Folgen für die Menschheit hat.

Im dritten Teil, »Rückkehr nach Gateway«, tauchen die Hitschi dann schließlich doch auf, in all ihrer verschrobenen Größe, einen leichten Salmiakduft verbreitend, ihrer unendlichen Weisheit müde und von uns – obwohl sie uns seit der Morgenröte der menschlichen Zivilisation kennen – offenbar ebenso verwirrt wie wir von ihnen. Verwirrt insbesondere von dem, was wir Geld nennen ... Das ist natürlich reinster Pohl.

Alle drei Romane haben eine begeisterte Leserschaft gefunden und etliche Epigonen nach sich gezogen. »Gateway« diente sogar als Grundlage eines sehr erfolgreichen Spiels, was eine gewisse Logik hat, sind die Reisen der Prospektoren ins Unbekannte ja selbst eine Art Spiel – eine Art Russisches Roulette, um genau zu sein.

Als Autor, Redakteur und Herausgeber war Frederik Pohl maßgeblich daran beteiligt, die Science Fiction zu schaffen, wie wir sie heute kennen; er hat etliche junge Talente zu Star-Autoren gemacht; und er hat solche Klassiker des Genres wie »Mensch+« und »Eine Handvoll Venus und ehrbare Kaufleute« geschrieben. Seine größte Errungenschaft jedoch war es, sich als Schriftsteller neu zu erschaffen, mit der Gateway-Trilogie. Sie ist selbst eine Art »Gateway« – in eine ebenso unerschöpfliche wie überzeugende Welt, eine Welt der Kugelblitze, Assassinen, die Krieg als Selbstzweck führen, Traumcouches, Albert-Einstein-Programme und CHON-Nahrung.

Eine Welt, die noch genauso begeistert, überrascht und provoziert wie zu jener Zeit, als sie entstanden ist.

Terry Bisson ist ein bekannter amerikanischer SF- und Fantasy-Autor. Zuletzt ist von ihm bei Heyne die Kurzgeschichtensammlung »Die Bären entdecken das Feuer« erschienen.

GATEWAY

1

Mein Name ist Robinette Broadhead; ich bin aber trotzdem ein Mann. Mein Analytiker - den ich Sigfrid Seelenklempner nenne, obwohl das nicht sein Name ist; er hat keinen Namen, weil er eine Maschine ist - hat sehr viel elektronischen Spaß mit dieser Tatsache.

»Warum macht es dir etwas aus, wenn manche Leute das für einen Mädchennamen halten, Bob?«

»Es macht mir nichts aus.«

»Warum reitest du dann immer darauf herum?«

Er ärgert mich, wenn er darauf herumreitet, worauf ich herumreite. Ich starre an die Decke mit ihren hängenden Mobiles und Piñatas, dann sehe ich zum Fenster hinaus. Es ist nicht wirklich ein Fenster. Es ist ein bewegtes Holobild der Brandung bei Kap Kaena; Sigfrids Programmierung ist reichlich eklektisch. Nach einiger Zeit sage ich: »Ich kann nichts für den Namen, den mir meine Eltern gegeben haben. Ich habe versucht, ihn R-O-B-I-N-E-T zu buchstabieren, aber dann sprechen ihn alle falsch aus.«

»Du könntest dir ja einen anderen zulegen.«

»Wenn ich mir einen anderen zulege«, sage ich und bin sicher, dass ich damit Recht habe, »würdest du mir nur erklären, dass ich zwanghaft weit gehe, meine inneren Dichotomien zu verteidigen.«

»Was ich dir sagen würde«, antwortet Sigfrid in seinem schwerfälligen, mechanischen Versuch, Humor zu zeigen, »ist, dass du, bitte, keine psychoanalytischen Begriffe gebrauchen solltest. Ich wäre dankbar, wenn du einfach mitteilen würdest, was du empfindest.«

»Was ich empfinde«, sagte ich zum tausendsten Mal, »ist Glück. Ich habe keine Probleme. Weshalb sollte ich mich nicht glücklich fühlen?«

Wir liefern uns häufig solche Wortgefechte, und sie gefallen mir nicht. Ich glaube, dass mit seinem Programm etwas nicht in Ordnung ist. Er fragt: »Robbie, warum fühlst du dich nicht glücklich?«

Darauf erwidere ich gar nichts. Er beharrt darauf. »Ich glaube, du machst dir Sorgen.«

»Quatsch, Sigfrid«, entgegne ich ein wenig angewidert, »das sagst du immer. Ich mache mir überhaupt keine Sorgen.«

Er versucht es mit Überreden.

»Es ist doch nichts dabei, wenn du sagst, wie du dich fühlst.«

Ich blicke wieder zum Fenster hinaus, zornig, weil ich zittere und nicht weiß, warum.

»Du bist eine Nervensäge, Sigfrid, weißt du das?«

Er sagt irgendetwas, aber ich höre nicht zu. Ich frage mich, warum ich herkomme und meine Zeit vergeude. Wenn es jemals jemanden gegeben hat, der allen Anlass hatte, glücklich zu sein, dann muss ich es sein. Ich bin reich. Ich sehe ziemlich gut aus. Ich bin nicht zu alt, außerdem habe ich medizinischen Vollschutz, sodass ich die nächsten fünfzig Jahre oder so mein Alter frei wählen kann. Ich lebe in New York City unter der großen Kuppel, wo man es sich nicht leisten kann zu leben, wenn man nicht wirklich begütert und vielleicht noch eine Art Berühmtheit dazu ist. Ich habe eine Sommerwohnung mit Blick auf den Tappan-See und den Palisaden-Damm. Und die Mädchen geraten beim Anblick meiner drei Expeditionsspangen ganz aus dem Häuschen. Man sieht auf der ganzen Erde nicht sehr viele Prospektoren, nicht einmal in New York. Sie sind alle ganz gierig darauf, dass ich ihnen erzähle, wie es draußen am Orion-Nebel oder bei der Kleinen Magellanschen Wolke wirklich ist. (Natürlich bin ich dort nie gewesen. Über den einzig wirklich interessanten Ort, an dem ich gewesen bin, mag ich nicht reden.)

»Oder«, sagt Sigfrid, nachdem er die angemessene Zahl Mikrosekunden gewartet hat, ob ich reagiere, »wenn du wirklich glücklich bist, warum kommst du hierher?«

Ich hasse es, wenn er mir dieselben Fragen stellt, die ich mir stelle. Ich antworte nicht. Ich rutsche hin und her, bis ich auf der Plastikschaummatte wieder bequem sitze, weil ich schon sehe, dass es eine lange, lausige Sitzung werden

```
481  THEMA (O) =THEMA P (P)
     ,C, Ich glaube, du machst dir Sorgen
482  EXTERN; 66AA3 IF; 5B
       ZU ++7Z3
     EXTERN 01 R IF 7
       ZU ++7Z4
     ,V, QUATSCH, Sigfrid, das sagst du
       immer
     EXTERN C99997AA! IF c8
       ZU ++7Z4 IF? ZU
     ++7Z10
     ,V, Ich mache mir überhaupt keine
       Sorgen
483  THEMA.QUATSCH. .IMMER.
       SORGEN/NICHT.
484  ,C, Warum erzählst du mir nicht
       davon?
485  THEMA (P) =THEMA (Q) BEHAGLICHKEIT
       AUSLÖSEN
     ,C, Es ist doch nichts dabei, wenn
       du sagst, wie du dich
     fühlst
487  THEMA (Q) =THEMA (R) ZU
       ++ ZU ++ ZU
     ++ 3
489  ,V, Du bist eine Nervensäge,
       Sigfrid, weißt du
       das?
     EXTERNE c1! IF! ZU ++ 7Z10 IF
       ++7Z10! ZU
     ++ 1 ZU ++ 2 ZU ++ 3
     THEMA.SCHMERZ.
```

wird. Wenn ich wüsste, warum ich Hilfe brauche, wozu würde ich Hilfe brauchen?

»Rob, du bist heute nicht sehr zugänglich«, sagt Sigfrid durch den kleinen Lautsprecher oben an der Matte. Manchmal benutzt er eine sehr lebensechte Puppe, die in einem Sessel sitzt, mit einem Bleistift auf ihren Notizblock klopft und mich von Zeit zu Zeit schief anlächelt. »Warum sagst du mir nicht einfach, was du denkst?«

»Ich denke an nichts Bestimmtes.«

»Lass deine Gedanken umherschweifen. Sag, was dir gerade einfällt, Bob.«

»Ich erinnere mich ...«, sage ich und verstumme.

»Woran erinnerst du dich, Rob?«

»Gateway?«

»Das klingt eher nach einer Frage als nach einer Feststellung.«

»Mag sein. Ich kann nichts dafür. Das ist es, woran ich mich erinnere: Gateway.«

Ich habe allen Grund, mich an Gateway zu erinnern. Daher habe ich das Geld und die Spangen und andere Dinge. Ich denke zurück an den Tag, als ich Gateway verlassen habe. Das war, mal sehen, Tag 31 von Orbit 22. Es ist also, wenn man zurückzählt, ungefähr sechzehn Jahre und zwei Monate her, dass ich von dort weggegangen bin. Ich war gerade eine halbe Stunde aus dem Hospital entlassen und konnte es nicht erwarten, mein Gehalt zu kassieren, mein Schiff zu erwischen und das Weite zu suchen.

Sigfrid meint höflich: »Bitte, sag laut, was du denkst, Robbie.«

»Ich denke an Shikitei Bakin«, sage ich.

»Ja, du hast ihn erwähnt. Ich entsinne mich. Was ist mit ihm?«

Ich antworte nicht. Der alte beinlose Shicky Bakin hatte das Zimmer neben mir, aber ich will mit Sigfrid nicht darüber reden. Ich rutsche auf meiner Rundmatte herum, denke an Shicky und versuche zu weinen.

»Du wirkst verstört, Bob.«

Ich antworte auch darauf nicht. Shicky war fast die einzige Person, zu der ich auf Gateway Adieu sagte. Das war komisch. Der Rangunterschied war groß. Ich war Prospektor, Shicky war Müllmann. Sie bezahlten ihm genug, dass seine Lebenserhaltungs-Steuer gedeckt war, weil er Gelegenheitsarbeiten machte, und selbst auf Gateway brauchte man jemanden, der den Müll wegräumte. Aber früher oder später würde er zu alt und zu krank sein, um noch etwas zu taugen. Wenn er Glück hatte, würden sie ihn dann in den Weltraum hinausstoßen, und er würde sterben. Wenn er kein Glück hatte, würde man ihn vermutlich zu einem Planeten zurückschicken. Dort würde er auch bald sterben, aber zuerst würde er noch ein paar Wochen als hilfloser Krüppel erleben.

Jedenfalls war er mein Nachbar. Jeden Morgen stand er auf und saugte auch den letzten Quadratzentimeter seiner Kabine sorgfältig ab. Sie war schmutzig, weil die ganze Zeit so viel Abfall um Gateway schwebte, trotz der Bemühungen, ihn wegzuschaffen. Wenn er alles völlig sauber hatte, selbst an den Wurzeln der kleinen Büschelchen, die er pflanzte und formte, nahm er eine Hand voll Steinchen, Flaschenverschlüsse, Papierfetzen - oft dasselbe Zeug, das er gerade weggesaugt hatte - und ordnete es säuberlich wieder dort an, wo er eben sauber gemacht hatte. Komisch! Ich konnte den Unterschied nie erkennen, aber Klara sagte ... Klara sagte, sie könne es.

»Bob, woran hast du eben gedacht?«, fragt Sigfrid.

Ich rolle mich zusammen wie ein Fötus und murmle etwas.

»Ich habe nicht verstehen können, was du eben gesagt hast, Robbie.«

Ich schweige. Ich frage mich, was aus Shicky geworden ist. Wahrscheinlich gestorben. Plötzlich bin ich sehr traurig darüber, dass Shicky so fern von Nagoya gestorben ist, und ich wünsche mir wieder, weinen zu können. Aber ich kann nicht. Ich winde und krümme mich. Ich werfe mich auf der Schaummatte hin und her, bis die Haltegurte quietschen. Nichts hilft. Schmerz und Scham wollen nicht an die Oberfläche. Ich freue mich darüber, dass ich mich so anstrenge, die Gefühle herauszulassen, aber ich muss zugeben, dass ich keinen Erfolg habe, und das öde Gespräch geht weiter.

Sigfrid sagt: »Bob, du zögerst lange mit deiner Antwort. Glaubst du, du verschweigst etwas? Hältst etwas zurück?«

Ich erwidere tugendhaft: »Was soll das für eine Frage sein? Woher soll ich das wissen, wenn es wirklich so wäre?«

Ich mache eine Pause, um das Innere meines Gehirns abzusuchen, in allen Winkeln auf Schlösser achtend, die ich für Sigfrid öffnen könnte. Ich sehe keine. Ich sage vernünftig: »Ich glaube nicht, dass es genau das ist. Ich habe nicht das *Gefühl*, als würde ich etwas blockieren. Es ist mehr, als gäbe es so viele Dinge, die ich sagen wollte, dass ich nicht weiß, wo ich anfangen soll.«

»Nimm irgendetwas, Rob. Sprich einfach das Erste aus, das dir in den Sinn kommt.«

Das finde ich nun dumm. Woher weiß ich, was das Erste ist, wenn alles durcheinander brodelt? Mein Vater? Meine Mutter? Sylvia? Klara? Der arme Shicky, im Flug bemüht, sich ohne Beine im Gleichgewicht zu halten, herumflatternd wie eine Rauchschwalbe auf Insektenjagd, während er die Spinnweb-Fetzen aus der Luft von Gateway holt?

Ich greife hinab in mein Gemüt, suche die Stellen, von denen ich weiß, dass sie wehtun, weil sie schon früher wehgetan haben. So, wie mir zumute war, als ich sieben war, vor den anderen Kindern auf der Rock-Park-Promenade hin- und herstolzierend, damit jemand auf mich achtete? So, wie es damals war, als wir aus dem Realraum gekommen waren und wussten, dass wir in der Falle saßen, während der Geisterstern unter uns wie das Lächeln einer Cheshire-Katze aus dem Nichts heraufkam? Oh, ich habe hundert solcher Erinnerungen, und sie tun alle weh. Das heißt, sie können wehtun. Sie sind Schmerz. Im Index meines Gedächtnisses sind sie deutlich mit ›schmerzvoll‹ etikettiert. Ich weiß, wo ich sie finden kann, und ich weiß, wie es ist, sie an die Oberfläche kommen zu lassen.

Aber sie tun nicht weh, bis ich sie herauslasse. »Ich warte, Bob«, sagt Sigfrid.

»Ich denke nach«, antworte ich. Während ich so daliege, fällt mir ein, dass ich zu spät zu meiner Gitarrenstunde komme. Das erinnert mich an etwas, und ich betrachte die Finger meiner linken Hand, um festzustellen, ob die Fingernägel nicht zu lang geworden sind; ich wünsche mir, dass die Schwielen härter und dicker wären. Ich habe die Gitarre nicht sehr gut spielen gelernt, aber die meisten Leute sind nicht so kritisch, und es macht mir Vergnügen. Aber man muss immer üben und sich erinnern. Mal sehen, denke ich, wie war gleich der Übergang von D-Dur zu C7?

»Bob«, sagt Sigfrid, »das war bislang keine sehr lohnende Sitzung. Es bleiben nur noch zehn oder fünfzehn Minuten. Warum sagst du nicht einfach das Erste, was dir einfällt ... *jetzt*.«

Ich weise das Erste zurück und sage das Zweite.

»Das Erste, was mir einfällt, ist, wie meine Mutter geweint hat, als mein Vater ums Leben gekommen war.«

»Ich glaube nicht, dass das wirklich das Erste war, Bob. Lass mich raten. Hing das Erste mit Klara zusammen?«

Meine Brust verkrampft sich. Mein Atem stockt. Schlagartig taucht Klara vor mir auf, wie sie vor sechzehn Jahre aussah und keine Stunde älter ... Ich sage: »Um ehrlich zu sein, Sigfrid, ich glaube, ich will über meine Mutter sprechen.« Ich erlaube mir ein höfliches, beschwichtigendes Glucksen.

Sigfrid seufzt nie resigniert, aber er kann auf eine Weise schweigen, die sich genauso anhört.

»Weißt du«, fahre ich fort, »sie wollte wieder heiraten, nachdem mein Vater gestorben war. Nicht gleich. Ich meine nicht, dass sie über seinen Tod froh war oder dergleichen. Nein, sie liebte ihn wirklich. Aber trotzdem war sie eine gesunde, junge Frau – nun ja, ziemlich jung. Mal sehen, sie wird wohl etwa dreiunddreißig gewesen sein. Und wenn ich nicht gewesen wäre, hätte sie sicher wieder geheiratet. Ich habe deswegen Schuldgefühle. Ich hielt sie davon ab. Ich ging zu ihr und sagte: ›Ma, du brauchst keinen anderen Mann. Ich will der Mann in der Familie sein. Ich werde für dich sorgen.‹ Aber das konnte ich natürlich nicht. Ich war erst fünf Jahre alt.«

»Ich glaube, du warst neun, Robbie.«

»Wirklich? Lass mich nachdenken. O je, Sigfrid, ich glaube, du hast Recht.« Und dann versuche ich, einen Klumpen Spucke zu schlucken, der sich auf irgendeine Weise schlagartig in meiner Kehle gebildet hat, und ich verschlucke mich und huste.

»Sag es, Rob!«, meint Sigfrid drängend. »Was willst du sagen?«

»Hol dich der Teufel, Sigfrid!«

»Los, Rob, sag es!«

»Was soll ich sagen? Mensch, Sigfrid, du treibst mich die Wand hoch! Dieser Dreck tut uns beiden nicht gut!«

»Sag, was dich bedrückt, Bob, bitte.«

»Halt dein blödes Blechmaul!« Der ganze sorgfältig zugedeckte Schmerz quillt hervor, und ich kann es nicht aushalten, werde nicht fertig damit.

»Ich schlage vor, Bob, dass du versuchst ...«

Ich zerre an den Gurten, reiße Fetzen aus dem Schaumgummi und schreie: »Halt's Maul, du! Ich will nichts hören. Ich werde nicht fertig damit, begreifst du denn nicht? Ich kann nicht! Ich kann nicht! Ich kann nicht!«

Sigfrid wartet geduldig, bis ich zu weinen aufhöre, was ziemlich plötzlich geschieht. Und dann, bevor er etwas sagen kann, erkläre ich müde: »Ach, zum Teufel, Sigfrid, das Ganze bringt uns nicht weiter. Ich glaube, wir sollten es aufgeben. Es gibt sicher andere Leute, die deine Dienste dringender brauchen als ich.«

»Was das betrifft, Rob«, antwortet er, »bin ich durchaus fähig, allen Ansprüchen, die man zeitlich an mich stellt, gerecht zu werden.«

Ich trockne meine Tränen an den Papierhandtüchern, die er neben die Matte gelegt hat, und antworte nicht.

»Tatsächlich bin ich nicht ausgelastet«, fährt er fort. »Aber ob wir diese Sitzungen fortsetzen oder nicht, musst du entscheiden.«

»Hast du im Erholungsraum etwas zu trinken?«, frage ich.

»Nicht in dem Sinn, wie du es meinst, nein. In der obersten Etage dieses Gebäudes gibt es aber, wie ich höre, eine sehr gemütliche Bar.«

»Tja«, sage ich, »ich frage mich nur, was ich hier mache.«

Und fünfzehn Minuten später, nachdem ich meinen Termin für die nächste Woche bestätigt habe, trinke ich in Sigfrids Erholungskabine eine Tasse Tee. Ich lausche, um zu hören, ob sein nächster Patient schon anfängt zu schreien, aber ich kann nichts hören.

So wasche ich mir das Gesicht, rücke den Schal zurecht und streiche die Haartolle zurück. Ich gehe hinauf zur Bar, um schnell einen Schluck zu trinken. Der Oberkellner, ein Mensch, kennt mich und gibt mir einen Platz mit Blick nach Süden zur Unteren Bucht am Rand der Kuppel. Er sieht zu einem hoch gewachsenen Mädchen mit kupferfarbener Haut und grünen Augen hinüber, die allein sitzt, aber ich schüttle den Kopf. Ich trinke ein einziges Glas, bewundere die Beine des kupferhäutigen Mädchens und halte meinen Termin für meine Gitarrenlektion ein, wobei ich in erster Linie daran denke, wohin ich zum Abendessen gehen soll.

2

Mein ganzes Leben lang, so weit ich zurückdenken kann, wollte ich Prospektor werden. Ich kann nicht mehr als sechs gewesen sein, als mein Vater und meine Mutter mich in Cheyenne zu einem Jahrmarkt mitnahmen. Hot Dogs und Puffsoja, Wasserstoffballons aus buntem Papier, ein Zirkus mit Hunden und Pferden, Glücksrädern, Spielen, Karussells. Und es gab ein Druckzelt mit undurchsichtigen Wänden, ein Dollar Eintritt, und im Inneren hatte jemand Importe aus den Hitschi-Tunnels auf der Venus aufgebaut. Gebetsfächer und Feuerperlen, echte Hitschi-Metallspiegel, die man für fünfundzwanzig Dollar das Stück kaufen konnte. Papa sagte, sie seien nicht echt, aber für mich waren sie echt. Wir konnten uns fünfundzwanzig Dollar für das Stück nicht leisten. Und wenn man es genau nahm, brauchte ich eigentlich auch keinen Spiegel. Sommersprossiges Gesicht, vorstehende Zähne, Haare, die ich glatt zurückkämmte und festband. Man hatte Gateway gerade erst entdeckt. Als wir an diesem Abend mit dem Flugbus heimfuhren, hörte ich meinen Vater davon sprechen. Sie

DAS HITSCHI-HAUS

Direkt aus den Verlorenen Tunnels der Venus!
Seltene religiöse Artikel
Kostbare Juwelen,
einst von der Geheimen Rasse getragen
Verblüffende wissenschaftliche Entdeckungen
ALLES GARANTIERT AUTHENTISCH!

Sonderrabatt für
wissenschaftliche Gruppen und Studenten
DIESE PHANTASTISCHEN GEGENSTÄNDE
SIND ÄLTER ALS DIE MENSCHHEIT!

Jetzt erstmals zu volkstümlichen Preisen
Erwachsene $ 2,50 Kinder $ 1,00
Besitzer: Dr. phil., Dr. theol. Delbert Guyne

dachten wohl, ich schliefe, aber der sehnsüchtige Ton in seiner Stimme hielt mich wach.

Wären meine Mutter und ich nicht gewesen, er hätte vielleicht einen Weg gefunden, aber er bekam nie Gelegenheit dazu. Ein Jahr später war er tot. Alles, was ich von ihm erbte, war sein Posten – sobald ich groß genug war, ihn einzunehmen.

Ich weiß nicht, ob Sie schon einmal in den Nahrungsgruben gearbeitet haben, aber Sie haben sicher schon davon gehört. Viel Freude gibt es da nicht. Ich fing, halbtags und mit halbem Lohn, als Zwölfjähriger an. Bis ich sechzehn war, hatte ich die Einstufung meines Vaters: Beschickungsbohrer – gute Bezahlung, harte Arbeit.

Aber was kann man mit dem Geld anfangen? Für medizinischen Vollschutz reicht es nicht. Es genügt nicht einmal, um damit aus den Gruben herauszukommen, was schon eine Art lokaler Erfolgsstory wäre. Man arbeitet sechs Stunden innen und zehn Stunden außen. Acht Stunden Schlaf, dann fängt man wieder an, und die Kleidung stinkt unaufhörlich nach Schiefer. Man kann nicht rauchen, außer in abgedichteten Räumen. Der Öldunst lagert sich überall ab. Die Mädchen sind so stinkig und glitschig und übermüdet wie man selbst.

So taten wir alle das Gleiche, wir arbeiteten und jagten uns gegenseitig die Frauen ab und spielten in der Lotterie. Und wir tranken in großen Mengen den billigen, starken Schnaps, der keine zehn Meilen entfernt gebrannt wurde. Manchmal hieß er Scotch, manchmal Wodka oder Bourbon, aber er stammte immer von denselben Schlammdestillier-Säulen. Ich unterschied mich nicht von den anderen ... außer dass ich einmal in der Lotterie gewann. Und das war mein Freifahrtschein.

Bis dahin lebte ich einfach dahin.

Meine Mutter war auch Grubenarbeiterin. Nachdem mein Vater bei dem Schachtbrand umgekommen war, zog sie mich mithilfe der Firmenkrippe auf. Wir kamen gut miteinander aus, bis zu meiner Psychosenzeit. Ich war damals sechsundzwanzig. Ich hatte Probleme mit meinem Mädchen, dann kam ich eine Weile morgens nicht mehr aus dem Bett. Man brachte mich unter. Ich war fast ein Jahr aus dem Verkehr gezogen, und als man mich aus dem Psychotank wieder herausließ, war meine Mutter gestorben.

Man muss ehrlich sein: Das war meine Schuld. Ich meine damit nicht, dass ich das geplant hatte; ich meine, sie wäre am Leben geblieben, wenn sie nicht meinetwegen solche Sorgen gehabt hätte. Es war nicht genug Geld da, um die Behandlungskosten für uns beide zu bezahlen. Ich brauchte Psychotherapie. Sie brauchte eine neue Lunge. Sie bekam sie nicht, also starb sie.

Es war mir verhasst, in unserer Wohnung zu bleiben, nachdem sie tot war, aber entweder das oder Junggesellenunterkünfte. Der Gedanke, mit vielen Männern so eng zusammenzuleben, gefiel mir nicht. Natürlich hätte ich heiraten können. Ich tat es nicht – Sylvia, das Mädchen, mit dem ich die Probleme gehabt hatte, war inzwischen längst fort –, aber es lag nicht daran, dass ich etwas gegen die Ehe gehabt hätte. Vielleicht möchte man das meinen, wenn man an meine psychiatrische Vorgeschichte denkt und noch berücksichtigt, dass ich mit meiner Mutter zusammenlebte, solange sie am Leben war. Aber es ist nicht wahr. Ich mochte Mädchen sehr. Ich wäre sehr glücklich gewesen, eines heiraten und ein Kind aufziehen zu können.

Aber nicht in den Gruben. Ich wollte einen Sohn nicht so zurücklassen, wie mein Vater mich zurückgelassen hatte.

Beschickungsbohren ist eine verdammt harte Arbeit. Jetzt verwendet man Dampfbrenner mit Hitschi-Heizspulen, und der Schiefer splittert ganz gefügig, als hätte man Wachswürfel vor sich. Aber damals bohrten und sprengten wir. Man fuhr zu Beginn der Schicht mit dem Schnelllift den Schacht hinunter. Die Schachtwand war glitschig und stank, zwanzig Zentimeter von deiner Schulter entfernt und relativ zu dir mit sechzig Stundenkilometern unterwegs; ich habe Grubenarbeiter, die etwas getrunken hatten, stolpern und die Hand ausstrecken sehen, um sich abzustützen, worauf sie einen Stumpf zurückzogen. Dann steigt man aus dem Eimer und rutscht und stolpert einen Kilometer weit oder länger über die Laufbretter, bis man zum Flöz kommt. Man bohrt seinen Schacht. Man schiebt die Ladung hinein. Dann verdrückt man sich in einen toten Schacht, während sie sprengen, und hofft, dass man alles richtig berechnet hat und nicht die ganze stinkende, ölige Masse herunterbricht. (Wenn du lebendig begraben wirst, kannst du im losen Schiefer bis zu einer Woche überleben. Das ist vorgekommen. Wenn man nach dem dritten Tag erst gerettet wird, taugt man meistens für nichts mehr.) Wenn dann alles gut gegangen ist, weichst du den Verladern aus, die auf ihren Raupen daherkommen, während du zum nächsten Flöz gehst.

Die Masken, heißt es, entfernen das meiste an Kohlenwasserstoffen und halten den Gesteinsstaub fern. Dem Gestank können sie nichts anhaben. Ich bin auch nicht sicher, dass alle Kohlenwasserstoffe wegfiltriert werden. Meine Mutter ist nicht die Einzige in den Gruben, die eine neue Lunge brauchte – und auch nicht die Einzige, die sie nicht bezahlen konnte.

Und dann, wenn deine Schicht vorbei ist, wohin gehst du dann?

Du gehst in eine Bar. Du gehst mit einem Mädchen in ein Zimmer. Du gehst in einen Erholungsraum und spielst Karten. Du siehst fern.

Ins Freie kommst du nicht viel. Es gibt keinen Grund. Man hat ein paar kleine Parks, sorgsam gepflegt, bepflanzt, wieder bepflanzt; Rock Park hat sogar Hecken und einen Rasen. Ich wette, Sie haben noch nie einen Rasen gesehen, der jede Woche gewaschen, (mit Reinigungsmitteln) geschrubbt und geformt werden muss, weil er sonst eingeht. Die Parks überlassen wir deshalb meistens den Kindern.

Abgesehen von den Parks gibt es nur die Landschaft von Wyoming, und so weit man blicken kann, sieht sie aus wie die Oberfläche des Mondes. Nirgends Grün. Nichts am Leben. Keine Vögel, keine Eichhörnchen, keine Haustiere. Ein paar träge Bäche, die aus irgendeinem Grund unter der Ölschicht immer die Farbe eines grellen Ockerrot haben. Dabei sagt man uns, wir hätten noch Glück gehabt, weil Wyoming nur Untertagebau kannte. In Colorado, wo es Tagebau gab, war es noch schlimmer.

Mir fiel es immer schwer, das zu glauben, und daran hat sich nichts geändert, aber ich bin nie hingegangen, um selbst nachzusehen.

Und abgesehen von allem anderem sind da der Geruch und der Lärm der Arbeit. Und Sonnenuntergänge, orangebräunlich im Dunst. Der ständige Geruch. Den ganzen Tag und die ganze Nacht das Brüllen der Extraktoröfen, die den Mergel erhitzen und mahlen, um das Kerogen herauszupressen, und das Rattern der Langstrecken-Förderbänder, die den ausgelaugten Schiefer wegtransportieren, um ihn irgendwo aufzuhäufen.

Man muss nämlich das Gestein erhitzen, um das Öl herauszuholen. Wenn man es erhitzt, dehnt es sich aus wie Puffreis. Man weiß also nicht, wohin damit. Man kann es nicht wieder in den Schacht quetschen, aus dem man es herausgeholt hat; es ist zu viel davon da. Wenn man einen Berg Schiefer ausgräbt und das Öl entzieht, reicht der ausgelaugte Schiefer für zwei Berge. Und das macht man auch damit. Man baut neue Berge.

Die Abwärme der Extraktoren wärmt die Kultivierungsschuppen, und das Öl lässt seinen Schlamm wachsen, während es durch den Schuppen rinnt, und die Schlammschöpfer schöpfen es ab und trocknen und pressen es ... und wir essen es, oder etwas davon, am nächsten Morgen zum Frühstück.

Komisch. Früher einmal gluckerte das Öl direkt aus dem Boden! Und alles, was die Leute damit anfingen, war, es in ihre Automobile zu schütten und zu verbrennen.

In allen Fernsehsendungen gibt es aufmunternde Werbespots, die uns mitteilen, wie wichtig unsere Arbeit ist, dass die Ernährung der ganzen Welt von uns abhängt. Alles wahr. Sie brauchen uns nicht dauernd daran zu erinnern. Wenn wir nicht täten, was wir tun, gäbe es Hunger in Texas und Kwashiorkor unter den Säuglingen in Oregon. Das wissen wir alle. Wir liefern für den Welt-Speiseplan fünf *Billionen* Kalorien am Tag, die Hälfte der Eiweißration für etwa ein Fünftel der Weltbevölkerung. Alles aus den Hefen und Bakterien, die wir, zusammen mit den Gruben von Utah und Colorado, aus dem Schieferöl von Wyoming züchten. Die Welt braucht diese Nahrung. Aber bis jetzt hat uns das fast ganz Wyoming, die Hälfte von Appalachia, einen großen Teil des Teersandgebietes von Athabasca gekostet ... und was machen wir mit all den Menschen, wenn der letzte Tropfen Kohlenwasserstoff in Hefe verwandelt ist?

Nicht mein Problem, aber ich denke trotzdem daran.

Es hörte auf, mein Problem zu sein, als ich am Tag nach Weihnachten, in dem Jahr, als ich sechsundzwanzig wurde, in der Lotterie gewann.

Der Gewinn betrug zweihundertfünfzigtausend Dollar. Genug, um ein Jahr lang wie ein König zu leben. Genug, um zu heiraten und eine Familie zu versorgen, vorausgesetzt, wir arbeiteten beide und leisteten uns nicht zu viel.

Oder genug für einen einfachen Flug nach Gateway.

Ich ging mit dem Lotterieschein zum Reisebüro und tauschte ihn gegen eine Fahrkarte. Sie waren froh, mich zu sehen; viel Geschäft machten sie dort nicht, vor allem nicht auf diesem Gebiet. Als Wechselgeld blieben mir ungefähr zehntausend Dollar. Gezählt habe ich es nicht. Ich kaufte Getränke für meine ganze Schicht, soweit es reichte. Mit den fünfzig Leuten meiner Schicht und all den Freunden und Nassauern, die sich einfanden, reichte es ungefähr vierundzwanzig Stunden. Dann wankte ich durch einen Wyoming-Schneesturm zurück zum Reisebüro. Fünf Monate später näherte ich mich dem Asteroiden und starrte durch die Bullaugen auf den brasilianischen Raumkreuzer, der uns rief. Ich war endlich auf dem Weg, Prospektor zu werden.

3

Sigfrid schließt nie ein Thema ab. Er sagt nie: ›Tja, Bob, ich glaube, darüber haben wir genug gesprochen.‹ Aber manchmal, wenn ich lange Zeit auf der Matte gelegen habe, ohne viel zu reagieren, Witze reißend oder durch die Nase summend, sagt er nach einer Weile: »Ich glaube, wir könnten zu einem anderen Gebiet zurückkehren, Bob. Vor einiger Zeit hast du etwas gesagt, dem wir nachgehen könnten. Kannst du dich noch erinnern, als du das letzte Mal ...«

»Als ich das letzte Mal mit Klara gesprochen habe?«

»Ja, Bob.«

»Sigfrid, ich weiß immer, was du sagen willst.«

»Das macht nichts, Bob. Wie ist es? Willst du darüber reden, was du damals empfunden hast?«

»Warum nicht?« Ich säubere den Nagel meines rechten Mittelfingers, indem ich ihn zwischen den beiden unteren Vorderzähnen hindurchziehe. Ich betrachte ihn und sage: »Es ist mir klar, dass es eine wichtige Zeit war. Vielleicht der schlimmste Augenblick meines Lebens. Sogar noch schlimmer als das mit Sylvia, oder der Augenblick, als ich vom Tod meiner Mutter erfuhr.«

»Soll das heißen, dass du lieber von diesen Dingen sprechen willst, Rob?«

»Durchaus nicht. Wenn du sagst, ich soll von Klara sprechen, sprechen wir von Klara.«

Und ich lege mich auf der Schaummatte zurecht und denke eine Weile nach. Transzendentale Einsicht hat mich sehr interessiert, und manchmal, wenn ich meinem Verstand ein Problem stelle und einfach damit anfange, unablässig mein Mantra herunterzubeten, tauche ich mit der Lösung des Problems wieder auf: Verkauf die Fischfarm-Aktien in Baja und kauf an der Warenbörse Installationsartikel. Das hat sich wirklich ausgezahlt. Oder: Fahr mit Rachel nach Merida, zum Wasserskifahren in der Bucht von Campeche. Damit bekam ich sie erstmals in mein Bett, nachdem ich alles andere vergeblich versucht hatte.

Und dann sagt Sigfrid: »Du reagierst nicht, Rob.«

»Ich denke über das nach, was du gesagt hast.«

»Bitte, denk nicht darüber nach, Rob. Du sollst reden. Sag mir jetzt, was du für Klara empfindest.«

Ich versuche, ehrlich darüber nachzudenken. Sigfrid lässt mich dazu nicht in TE gehen, und so suche ich in meinem Gemüt nach unterdrückten Gefühlen.

»Tja, nicht viel«, sage ich. »Jedenfalls nicht viel an der Oberfläche.«

»Erinnerst du dich an das damalige Gefühl, Bob?«

»Natürlich.«

»Versuch zu empfinden, was du damals empfunden hast, Bob.«

»Gut.« Gehorsam rekonstruiere ich in meinem Inneren die Situation. Da bin ich und spreche über Funk mit Klara. Dane schreit etwas in der Landekapsel. Wir sind alle halb verrückt vor Angst. Unter uns öffnet sich der blaue Nebel, und ich sehe zum ersten Mal den verschwommenen Skelettstern. Das Dreier-Schiff – nein, es war ein Fünfer ... Jedenfalls stinkt es nach Erbrochenem und Schweiß. Mein Körper schmerzt.

Ich kann mich genau erinnern, obwohl ich lügen würde, wenn ich sagen wollte, ich ließe meine Gefühle zu.

Ich sage leichthin, halb glucksend: »Sigfrid, da sind Schmerz und Schuld und Elend von einer Heftigkeit, mit der ich einfach nicht fertig werde.« Manchmal versuche ich das bei ihm und spreche eine Art schmerzhafter Wahrheit in dem Tonfall aus, mit dem man bei einer Cocktailparty einen Kellner bittet, noch einen Rumpunsch zu bringen. Das mache ich, wenn ich seinen Angriff ablenken will. Ich glaube nicht, dass es wirkt. Sigfrid hat eine Menge Hitschi-Schaltungen in sich. Er ist viel besser, als es die Maschinen im Institut waren, zur Zeit meiner Psychose. Er misst fortwährend alle meine physischen Lebensäußerungen: Hautleitfähigkeit, Puls, Betawellenaktivität und so weiter. Er erhält Anzeigen von den Gurten, die mich auf der Matte festhalten, registriert, wie heftig ich mich herumwerfe. Er überwacht mein Stimmvolumen und sucht das Stimmmuster nach Untertönen ab. Und er versteht auch, was die Worte bedeuten. Sigfrid ist außerordentlich schlau, wenn man bedenkt, wie dumm er ist.

Manchmal ist es sehr schwer, ihn zu übertölpeln. Am Ende einer Sitzung bin ich völlig ausgelaugt und habe das Gefühl, dass ich, wäre ich nur noch eine Minute bei ihm geblieben, unmittelbar in diesen Schmerz hinabgestürzt wäre und er mich vernichtet hätte.

Oder geheilt. Vielleicht ist das dasselbe.

322	,V, Ich weiß nicht, warum ich immer	17,095
	wieder zu dir komme,	17,100
	Sigfrid	17,105
323	THEMA.WARUM.	17,110
324	,C, Ich erinnere dich daran, Robby,	17,115
	dass du schon drei Mägen	17,120
	und, Augenblick,	17,125
	fast fünf Meter Darm	17,130
	verbraucht hast.	17,135
325	,C, Geschwüre, Krebs.	17,140
326	,C, An dir scheint	17,145
	etwas zu nagen,	17,150
	Bob.	17,155

4

Da war also Gateway und wurde hinter den Bullaugen des von der Erde gekommenen Schiffes immer größer und größer.

Ein Asteroid. Oder vielleicht der Kern eines Kometen. Durchmesser etwa zehn Kilometer. Birnenförmig. Von außen sieht er aus wie ein verkohlter Klumpen mit blauen Glitzerstellen. Im Inneren ist er das Tor zum Universum.

Sheri Loffat lehnte an meiner Schulter, während der Rest unseres Haufens von Möchtegern-Prospektoren sich hinter uns drängte und die Augen aufriss.

»Mensch, Bob! Schau dir die Kreuzer an!«

»Wenn ihnen irgendetwas nicht passt, sprengen sie uns«, sagte jemand hinter uns.

»Es stimmt ja alles bei uns«, meinte Sheri, gab ihrer Bemerkung aber einen fragenden Unterton. Die Kreuzer sahen wirklich bedrohlich aus, eifersüchtig den Asteroiden umkreisend, darauf achtend, dass niemand, der hierher kam, die Geheimnisse stiehlt, die mehr wert sind, als jemals einer bezahlen könnte.

Wir klammerten uns an die Bullaugenstützen, um sie anzugaffen. Narretei war das. Wir hätten getötet werden können. Es sprach zwar nicht viel dafür, dass die Kursangleichung unseres Schiffs an Gateway oder der brasilianische Kreuzer eine größere Menge an Delta-V erfordern würde, aber es bedurfte nur einer schnellen Kurskorrektur, um uns zu zerfetzen. Und es bestand stets die Möglichkeit, dass unser Schiff eine Vierteldrehung machen und wir plötzlich in die nackte, nahe Sonne starren würden. Das hieß Blindheit für immer, aus dieser Nähe. Aber wir wollten sehen.

Der brasilianische Kreuzer ersparte sich die Mühe des Andockens. Wir sahen Blitze hin und her zucken und wussten, dass sie unser Schiffsmanifest mit Laserstrahlen prüften. Das war normal. Ich sagte, die Kreuzer hätten Ausschau nach Dieben gehalten, aber in Wirklichkeit sollten sie sich eher gegenseitig bewachen, als sich um andere Gedanken machen, uns eingeschlossen. Die Russen verdächtigten die Chinesen, die Chinesen die Russen, die Brasilianer die Venusianer. Alle verdächtigten die Amerikaner.

So beobachteten die vier anderen Kreuzer gewiss die Brasilianer schärfer als uns. Aber wir alle wussten, wenn unsere verschlüsselten Geleitscheine nicht dem entsprochen hätten, was die fünf verschiedenen Konsulate am Abflughafen auf der Erde übermittelt hatten, wäre der nächste Schritt kein Einspruch gewesen, sondern ein Torpedo.

Es ist komisch. Ich konnte mir diesen Torpedo vorstellen. Ich konnte mir den Soldaten mit dem kalten Blick vorstellen, der zielen und feuern würde, und wie unser Schiff als eine Fackel aus orangerotem Licht aufflammen und wir alle in Atome zerlegt würden ... Nur war der Torpedoschütze auf diesem Schiff damals ein Waffenmaat namens Francy Hereira, da bin ich ziemlich sicher. Wir wurden später recht gute Freunde. Er war nicht das, was man ernsthaft einen eiskalten Killer nennen würde. Ich weinte nach meiner Rückkehr von meinem letzten Flug in meinem Hospitalzimmer den ganzen Tag in seinen Armen, während er mich eigentlich nach Schmuggelgut durchsuchen sollte. Und Francy weinte mit.

Der brasilianische Kreuzer flog davon, und wir drückten uns an allen erreichbaren Bullaugen die Nasen platt, dann zogen wir uns ans Fenster mit den Griffen zurück, als unser Schiff sich Gateway näherte.

»Sieht aus wie ein Pockenfall«, sagte jemand aus der Gruppe.

So war es, und manche der Pockennarben waren offen. Das waren die Docks für die Schiffe, die zu einer Mission unterwegs waren. Manche würden für immer offen bleiben, weil die Schiffe nicht zurückkommen würden. Aber die meisten der Pockennarben waren überwölbt von Buckeln, die aussahen wie Pilzkappen.

Diese Kappen waren die Schiffe selbst, das, worum es bei Gateway überhaupt ging.

Die Schiffe waren nicht leicht zu sehen. Gateway selbst

übrigens auch nicht. Der Asteroid hatte schon von Haus aus eine niedrige Albedo und war nicht sehr groß: wie gesagt, in der Längsachse etwa zehn Kilometer, die Hälfte davon am Rotationsäquator. Aber man hätte ihn entdecken können. Nachdem diese erste Tunnelratte sie hingeführt hatte, begannen die Astronomen einander zu fragen, weshalb er nicht schon hundert Jahre früher bemerkt worden war. Jetzt, wo sie wissen, wo sie suchen müssen, finden sie ihn. Manchmal erreicht er, von der Erde aus gesehen, die Lichtstärke eines Sterns siebzehnter Größe. Das ist hell. Man möchte glauben, er wäre bei einem routinemäßigen Vermessungsprogramm entdeckt worden.

Die Sache ist die: Es gab nicht so viele routinemäßige Vermessungsprogramme in dieser Richtung, und Gateway war offenkundig nicht da, wo sie suchten, wenn sie suchten.

Die Stellarastronomie richtete ihr Augenmerk gewöhnlich von der Sonne fort. Die Solarastronomie blieb gewöhnlich in der Ekliptikebene – und Gateway hat eine rechtwinklige Umlaufbahn. So fiel es durch das Sieb.

Das Piezophon schnalzte und sagte: »Andocken in fünf Minuten. Zurück in die Kojen. Gurtnetz anlegen.«

Wir waren fast da.

Sheri Loffat streckte die Hand aus und hielt die meine unter dem Netz. Ich drückte die ihre. Wir waren nie miteinander im Bett gewesen – sie hatte auf dem Schiff gleich die Koje neben mir belegt, aber das, was zwischen uns ablief, war beinahe sexuell. So, als vereinten wir uns auf die großartigste, beste Weise, die es überhaupt geben konnte; doch es war nicht Sex, es war Gateway.

Als die Menschen auf der Venusoberfläche herumzustochern begannen, fanden sie die Hitschi-Grabungen.

Sie fanden keine Hitschi. Wer immer die Hitschi auch gewesen sein, wann immer sie auf der Venus gewesen sein mochten, sie waren fort. Nicht einmal eine Leiche in einem Grab war zurückgeblieben, damit man sie hätte ausgraben und sezieren können. Alles was es gab, waren die Tunnels, die Höhlen, die wenigen, armseligen kleinen Artefakte, die

(Niederschrift von Fragen und Antworten, Vortrag Professor Hegramet.)

Frage: Wie sahen die Hitschi aus?

Professor Hegramet: Das weiß niemand. Wir haben nie etwas gefunden, was einer Fotografie oder einer Zeichnung gleicht, abgesehen von zwei oder drei Karten. Oder einem Buch.

F: Hatten sie nicht irgendein System der Wissensspeicherung, wie die Schrift?

Professor Hegramet: Nun, das muss natürlich der Fall gewesen sein. Aber worin es bestand, weiß ich nicht. Ich habe eine Vermutung … na, mehr ist es auch nicht.

F: Nämlich?

Professor Hegramet: Tja, denken Sie an unsere eigenen Speichermethoden, und wie sie in vor-technologischen Zeiten aufgenommen worden wären. Hätten wir, sagen wir, Euklid ein Buch gegeben, dann hätte er dahinter kommen können, was es war, selbst wenn er nicht verstanden hätte, was darin stand. Aber was wäre, wenn wir ihm eine Tonbandkassette gegeben hätten? Er hätte nicht gewusst, was er damit anfangen soll. Ich habe den Verdacht, nein, die Gewissheit, dass wir Hitschi-›Bücher‹ besitzen, die wir einfach nicht erkennen. Ein Barren Hitschi-Metall. Vielleicht die Q-Spirale in den Schiffen, deren Funktion wir nicht verstehen. Das ist kein neuer Gedanke. Sie sind alle nach Magnetkodes untersucht worden, nach Mikrorillen, nach chemischen Mustern – nichts hat sich ergeben. Aber wir besitzen vielleicht das Instrument nicht, das wir brauchen, um die Botschaften zu entschlüsseln.

F: Etwas begreife ich an den Hitschi einfach nicht. Warum haben sie diese ganzen Tunnels und Höhlen hinterlassen? Wohin sind sie gegangen?

Professor Hegramet: Junge Dame, da bin ich ebenso überfragt wie Sie.

technologischen Wunderdinge, über die menschliche Wesen sich die Köpfe zerbrachen, bemüht, sie nachzubauen.

Dann fand jemand eine Hitschi-Karte des Sonnensystems. Da waren Jupiter mit seinen Monden, Mars, die äußeren Planeten und das Paar Erde-Mond. Und die Venus, auf der schimmernden blauen Fläche der Hitschi-Metallkarte schwarz eingezeichnet. Und der Merkur, und noch etwas, das Einzige, was außer der Venus schwarz markiert war: ein Umlaufkörper, der seine Bahn diesseits des Perihels von Merkur und außerhalb der Umlaufbahn der Venus zog, im rechten Winkel zur Ekliptikebene, sodass er beiden nie wirklich nahe kam. Ein Körper, der von irdischen Astronomen nie entdeckt worden war. Mutmaßung: ein Asteroid oder ein Komet - der Unterschied war nur semantischer Art -, der für die Hitschi aus irgendeinem Grund von besonderer Bedeutung gewesen war.

Wahrscheinlich hätte früher oder später eine Teleskopsonde diesen Hinweis weiter verfolgt, aber das war nicht notwendig. Der berühmte Sylvester Macklen - der bis dahin nicht im Mindesten berühmt, sondern nur eine von vielen Tunnelratten auf der Venus war - fand ein Hitschi-Schiff, verfügte sich nach Gateway und starb dort. Es gelang ihm jedoch, den Leuten zu zeigen, dass er dort war, indem er sein Schiff auf geschickte Weise in die Luft sprengte. Man lenkte eine NASA-Sonde von der Chromosphäre der Sonne hinüber, und Gateway wurde vom Menschen erreicht und geöffnet.

Im Inneren befanden sich die Sterne.

Im Inneren, um weniger poetisch zu sein und mehr dem Wortsinn zu entsprechen, befanden sich fast tausend kleine Raumfahrzeuge, die so ähnlich aussahen wie dicke Pilze. Es gab sie in mehreren Formen und Größen. Die kleinsten trugen oben kleine Knöpfe, wie die Pilze, die man in den Tunnels von Wyoming züchtet, wenn der ganze Schiefer abgebaut ist, und dann im Supermarkt verkauft. Die größten waren spitz wie Morcheln. In den Kappen der Pilze befanden sich Unterkünfte und eine Energiequelle, die niemand verstand. Die Stiele waren chemische Raketen, wie die der alten Mondlandefahrzeuge der ersten Weltraumprogramme.

Niemand war je dahinter gekommen, wie die Kappen angetrieben wurden oder wie man sie lenken konnte.

Das war eines der Dinge, die uns alle nervös machten: die Tatsache, dass wir uns auf etwas einlassen würden, das niemand verstand. Man hatte buchstäblich keine Kontrolle, sobald man mit einem Hitschi-Schiff fortflog. Der Kurs war in ihr Lenksystem einprogrammiert, auf eine Weise, die niemand zu begreifen vermochte; man konnte sich einen Kurs aussuchen, aber dann war auch schon Schluss – man wusste nicht, wohin er einen führen würde, wenn man ihn sich ausgesucht hatte, so wenig, wie man weiß, was in einer Wundertüte steckt, bevor man sie aufmacht.

Aber sie funktionierten. Sie funktionierten immer noch, nach, wie es heißt, vielleicht einer halben Million Jahren.

Der Erste, der den Mut hatte, in ein solches Schiff zu steigen und damit loszufliegen, hatte Erfolg. Das Schiff erhob sich aus seinem Krater auf der Oberfläche des Asteroiden. Es wurde verschwommen und grell, dann verschwand es.

Und drei Monate später war es wieder da, mit einem halb verhungerten, glotzenden Astronauten, der vor Triumph glühte. Er war bei einem anderen Stern gewesen! Er hatte einen großen, grauen Planeten mit wirbelnden, gelben Wolken umflogen, hatte die Steuerung zurückstellen können und war von den eingebauten Lenksystemen zu genau derselben Pockennarbe zurückgebracht worden.

Man schickte ein zweites Schiff hinaus, diesmal eines der großen, spitzen, morchelartigen, mit einer Besatzung von vier Mann und vielen Rationen und Instrumenten. Sie waren nur etwa fünfzig Tage unterwegs. In dieser Zeit hatten sie nicht nur ein anderes Sonnensystem erreicht, sondern sogar die Landekapsel benutzt, um zur Oberfläche eines Planeten hinunterzufliegen. Dort unten lebte nichts ... aber früher einmal hatte dort etwas gelebt.

Sie fanden die Überreste. Nicht sehr viel. Ein paar demolierte Trümmer auf einem Berggipfel, welcher der allgemeinen Verwüstung des Planeten entgangen war. Aus dem radioaktiven Staub hatten sie einen Ziegel geholt, eine Keramikstange, ein halb zerschmolzenes Ding, das so aussah, als wäre es einmal eine Chromflöte gewesen.

Dann begann der Ansturm auf die Sterne ... und wir nahmen daran teil.

5

Sigfrid ist eine sehr schlaue Maschine, aber manchmal komme ich nicht dahinter, was bei ihm nicht stimmt. Er verlangt dauernd, dass ich ihm meine Träume schildere. Und dann erscheine ich, ganz erfüllt von einem Traum, bei dem ich überzeugt bin, dass er begeistert sein wird, ein Großer-roter-Apfel-für-den-Lehrer-Traum, voller Penissymbole und Fetischismus und Schuldverdrängung – und er enttäuscht mich. Er kommt auf irgendetwas ganz Verrücktes zu sprechen, das überhaupt nichts mit dem Traum zu tun hat. Ich erzähle ihm alles, und er sitzt da und rattert und surrt und summt eine Weile – das tut er zwar gar nicht, aber ich bilde es mir ein, während ich warte –, und schließlich sagt er: »Kommen wir auf etwas anderes zurück, Bob. Mich interessieren manche der Dinge, die du über diese Frau, Gelle-Klara Moynlin, gesagt hast.«

»Sigfrid, du jagst wieder Hirngespinsten nach«, antworte ich.

»Das glaube ich nicht, Bob.«

»Aber der Traum! Mein Gott, siehst du denn nicht, wie wichtig er ist? Was hältst du von der Mutterfigur darin?«

»Wie wäre es, wenn du zulassen würdest, dass ich meine Aufgabe erfülle, Bob?«

»Habe ich die Wahl?«, frage ich mürrisch.

»Du hast immer eine Wahl, Bob, aber ich möchte sehr gerne etwas zitieren, was du vor einiger Zeit gesagt hast.« Er verstummt, und ich höre meine eigene Stimme, die er aufgezeichnet hat: »Sigfrid, da sind Schmerz und Schuld und Elend von einer Heftigkeit, mit der ich einfach nicht fertig werde.«

Er wartet darauf, dass ich etwas sage. Nach einer kurzen Pause äußere ich mich.

»Hübsche Aufzeichnung«, räume ich ein, »aber ich möchte lieber darüber reden, wie meine Mutterfixierung in meinem Traum zum Tragen kommt.«

»Ich glaube, es wäre produktiver, der anderen Sache

nachzugehen, Bob. Es besteht die Möglichkeit, dass sie in einer inneren Beziehung stehen.«

»Wirklich?« Ich bin genau in der richtigen Verfassung, diese theoretische Möglichkeit auf distanzierte und philosophische Weise zu besprechen, aber er kommt mir zuvor: »Dein letztes Gespräch mit Klara, Bob. Bitte, sag mir, was du dabei empfindest.«

»Das habe ich dir schon gesagt.« Mir macht das alles gar keinen Spaß, es ist reine Zeitverschwendung, und ich sorge dafür, dass er das durch den Tonfall meiner Stimme und die Gespanntheit meines Körpers unter den Gurten erfährt. »Es war noch schlimmer als bei meiner Mutter.«

»Ich weiß, dass du lieber über deine Mutter reden würdest, Rob, aber bitte, nicht gerade jetzt. Erzähl mir von damals mit Klara. Was empfindest du dabei in diesem Augenblick?«

Ich versuche, ehrlich darüber nachzudenken. So viel kann ich schließlich tun. Ich brauche es ja nicht unbedingt auszusprechen. Aber alles, was ich zu sagen vermag, ist: »Nicht viel.«

Nach kurzem Warten sagt er: »Ist das alles, ›nicht viel‹?«

»Das ist alles. Nicht viel.« Jedenfalls nicht viel an der Oberfläche. Ich erinnere mich aber, was ich damals gefühlt habe. Ich öffne diese Erinnerung ganz langsam, um zu sehen, wie es gewesen ist. Hinab in diesen blauen Nebel. Den trüben Geisterstern zum ersten Mal sehen. Mit Klara über Funk sprechen, während Dane mir ins Ohr flüstert ... Ich schließe sie schnell wieder.

»Das tut alles sehr weh, Sigfrid«, sage ich im Gesprächston. Manchmal versuche ich, ihn hereinzulegen, indem ich emotionell belastete Dinge auf die Art und Weise sage, wie man eine Tasse Kaffee bestellt, aber ich glaube nicht, dass das klappt. Sigfrid achtet auf Volumen und Untertöne, aber auch auf Atmung und Pausen, nicht nur auf den Tonfall der Stimme. Er ist außerordentlich schlau, wenn man bedenkt, wie dumm er ist.

6

Fünf Unteroffiziere, von jedem Kreuzer einer, tasteten uns ab, prüften unsere Ausweise und übergaben uns einer Sichtungsangestellten der Gesellschaft. Sheri kicherte, als der Russe eine empfindliche Stelle berührte, und flüsterte: »Was glauben sie denn, dass wir einschmuggeln, Rob?«

Ich winkte ab. Die Frau aus der Verwaltung hatte unsere Landekarten von dem chinesischen Feldwebel übernommen, der den Trupp anführte, und rief unsere Namen auf. Wir waren insgesamt acht.

»Willkommen an Bord«, sagte sie. »Jeder von euch Fischen bekommt einen Proktor zugeteilt. Er wird euch helfen, euch einzuleben, eure Fragen beantworten, euch erklären, wo ihr euch zur Untersuchung und zum Unterricht einfinden müsst. Außerdem wird er euch einen Durchschlag des Vertrages zum Unterschreiben geben. Jedem von euch sind von dem Bargeld, das ihr in eurem Schiff deponiert habt, elfhundertfünfzig Dollar abgezogen worden; das ist eure Lebenserhaltungs-Steuer für die ersten zehn Tage. Über den Rest könnt ihr jederzeit mit einem P-Scheck verfügen. Euer Proktor zeigt euch das. Linscott!«

Der ältere Farbige aus Baja California hob die Hand.

»Ihr Proktor ist Shota Taraswili. Broadhead!«

»Hier.«

»Dane Metschnikow«, sagte die Angestellte.

Ich wollte mich umsehen, aber die Person, die Dane Metschnikow sein musste, kam schon auf mich zu. Er packte mich am Arm, begann mich wegzuführen und sagte dann erst: »Hallo.«

Ich zögerte. »Ich möchte mich von meinen Freunden verabschieden ...«

»Ihr seid alle im gleichen Bereich«, knurrte er. »Los!«

So hatte ich zwei Stunden nach meiner Ankunft auf Gateway ein Zimmer, einen Proktor und einen Vertrag. Die Vereinbarung unterschrieb ich sofort. Ich las sie nicht einmal durch. Metschnikow sah mich erstaunt an.

»Wollen Sie denn nicht wissen, was da steht?«

»Jetzt nicht.« Ich meine, wo war der Vorteil? Wenn mir nicht gefallen hätte, was da stand, hätte ich es mir vielleicht anders überlegt, und welche Wahl blieb mir eigentlich noch? Ein Prospektor zu sein, ist ziemlich unheimlich. Ich hasse den Gedanken, getötet zu werden. Ich hasse den Gedanken, überhaupt jemals sterben zu müssen, nicht mehr am Leben zu sein, zu wissen, dass alles aufhört, dass all die anderen Menschen weiterleben und Sex und Spaß haben, während ich nicht mehr dabei bin. Aber ich hasste das nicht so sehr wie die Vorstellung, in die Nahrungsgruben zurückzukehren.

Metschnikow hängte sich mit dem Kragen an einen Wandhaken, um mir nicht im Weg zu sein, während ich meine Sachen verstaute. Er war ein gedrungener, blasser Mann, nicht sehr gesprächig. Er schien nicht sehr sympathisch zu sein, aber wenigstens lachte er mich nicht aus, weil ich ein ungeschickter junger Fisch war. Auf Gateway herrscht nahezu Schwerelosigkeit. Ich hatte nie zuvor niedrige Schwerkraft erlebt; in Wyoming gibt es nicht viel davon, und so verschätzte ich mich immer wieder. Als ich ihm das sagte, meinte Metschnikow: »Sie gewöhnen sich daran. Haben Sie was zu essen?«

»Leider nicht.«

Er seufzte und sah ein wenig aus wie ein an die Wand gehängter Buddha, die Beine angezogen. Er blickte auf seine Zeitskala und sagte: »Später führe ich Sie auf einen Drink aus. Das ist der Brauch. Nur wird es vor zweiundzwanzig Uhr nicht sehr interessant. Die ›Blaue Hölle‹ ist erst dann voller Leute, und ich werde Sie mit einigen bekannt machen. Sehen Sie selbst, was Sie finden können. Was sind Sie, normal, homo, was?«

»Ziemlich normal.«

»Auch gut. Aber darum müssen Sie sich selber kümmern. Ich stelle Sie den Leuten vor, die ich kenne, alles Weitere müssen Sie selber machen. Daran sollten Sie sich gleich gewöhnen. Haben Sie Ihre Karte?«

»Karte?«

Vereinbarung

1. Ich, ______________________, im Vollbesitz meiner geistigen Kräfte, übertrage hiermit alle Rechte an sämtlichen Entdeckungen, Artefakten, Objekten und Wertgegenständen jeder Art, die ich während oder als Folge von Forschungen im Zusammenhang mit Fahrzeugen oder Informationen, die mir von der Gateway-Behörde überlassen wurden, beschaffe, unwiderruflich an die besagte Gateway-Behörde.

2. Die Gateway-Behörde kann nach eigenem Ermessen alle Artefakte, Objekte oder andere Wertgegenstände, die durch meine Aktivitäten beschafft worden sind, nach diesem Vertrag verkaufen, verleihen oder auf andere Weise darüber verfügen. In diesem Fall erklärt sie sich bereit, mir 50% (fünfzig Prozent) aller aus derartigen Verkäufen, Vermietungen oder anderweitigen Verfügungen erlösten Beträge zu überlassen, bis zur Höhe der Kosten des Forschungsfluges selbst (einschließlich meiner eigenen Kosten für den Flug nach Gateway und meiner dort angefallenen Lebenshaltungskosten), und 10 % (zehn Prozent) aller weiteren Erlöse, sobald die vorgenannten Kosten getilgt sind. Ich akzeptiere diese Zuweisung als vollständige Bezahlung aller Verpflichtungen der Gateway-Behörde mir gegenüber und erkläre verbindlich, dass ich zu keiner Zeit aus irgendeinem Grund weitere Ansprüche stellen werde.

3. Ich gestehe der Gateway-Behörde unwiderruflich das volle Verfügungsrecht darüber zu, Entscheidungen jeglicher Art im Hinblick auf Auswertung, Verkauf oder Vermietung von Rechten an allen solchen Entdeckungen zu treffen, einschließlich des Rechts, meine Entdeckungen oder andere Gegenstände von Wert, die sich aus diesem Vertrag ergeben, nach alleinigem Ermessen der Gateway-Behörde zum Zweck der Auswertung, Vermietung oder des Verkaufs mit anderen zusammenzulegen, in welchem Fall mein Anteil den Umfang haben soll, den die Gateway-Behörde aus anteilmäßigen Erlösen für angemessen hält; und ich gestehe der Gateway-Behörde ferner das Recht zu, nach alleinigem Ermessen auf die Auswertung einzelner oder aller solcher Entdeckungen und Wertgegenstände zu verzichten.

4. Ich entbinde die Gateway-Behörde von sämtlichen Ansprüchen durch mich oder in meinem Namen, die sich aus Verletzungen, Unfällen oder Verlusten irgendwelcher Art meinerseits im Zusammenhang mit meinen Aktivitäten im Rahmen dieses Vertrages ergeben.

5. Im Falle von Meinungsverschiedenheiten im Rahmen dieses Vertrages bin ich damit einverstanden, dass die Klauseln nach den Gesetzen und Präzedenzfällen von Gateway ausgelegt und keine Gesetze oder Präzedenzfälle irgendeiner anderen Jurisdiktion in irgendeiner Weise als hierfür gültig anerkannt werden.

»Menschenskind! Bei dem Zeug, das Sie bekommen haben.«

Ich öffnete wahllos die Fächer, bis ich das fand, in das ich den Umschlag gelegt hatte. Darin befanden sich meine Vertragskopie, eine Broschüre mit dem Titel ›Willkommen auf Gateway‹, meine Zimmerzuteilung, mein Gesundheitsfragebogen, den ich vor 08.00 des nächsten Morgens würde ausfüllen müssen ... und ein zusammengefaltetes Blatt, das wie ein Schaltplan mit Namen aussah.

»Das ist sie. Können Sie erkennen, wo Sie sind? Merken Sie sich Ihre Zimmernummer: Etage Babe, Quadrant Ost, Tunnel Acht, Zimmer Einundfünfzig. Schreiben Sie sich das auf.«

»Da steht es schon, Dane, auf meiner Zimmerzuweisung.«

»Verlieren Sie sie aber nicht.« Dane griff nach hinten und hakte sich aus, dann schwebte er sanft auf den Boden hinab. »Warum sehen Sie sich nicht eine Weile allein um? Ich hole Sie hier ab. Müssen Sie im Augenblick sonst noch etwas wissen?«

Ich dachte nach, während er ein ungeduldiges Gesicht machte.

»Hm ... stört es Sie, wenn ich eine persönliche Frage stelle, Dane? Sind Sie schon draußen gewesen?«

»Sechsmal. Gut, wir sehen uns um zweiundzwanzig.« Dann stieß er die biegsame Tür auf, schlüpfte hinaus in das Dschungelgrün des Korridors und war verschwunden.

Ich ließ mich – so sanft, so langsam – in meinen einen richtigen Sessel sinken und versuchte mir begreiflich zu machen, dass ich an der Schwelle des Universums stand.

Ich weiß nicht, ob ich Sie dazu bringen kann nachzuempfinden, wie sich mir das Universum von Gateway aus darstellte: So, als sei man jung und besitze medizinischen Vollschutz. Wie eine Speisekarte im besten Restaurant der Welt, wenn ein anderer die Rechnung bezahlt. Wie ein Mädchen, das man eben kennen gelernt hat, und das einen mag. Wie ein ungeöffnetes Geschenk.

Was einem auf Gateway als Erstes auffällt, ist die Winzigkeit der Tunnels, die noch winziger wirken, als sie sind, weil sie mit blumenkastenähnlichen Pflanzenboxen ausgekleidet sind; dazu kommen das Schwindelgefühl aufgrund der niedrigen Schwerkraft und der Gestank. Gateway lernt man stufenweise kennen. Es gibt keine Möglichkeit, alles mit einem Blick zu erfassen; es ist nichts als ein Tunnellabyrinth im Gestein. Ich bin nicht einmal sicher, ob man schon alles erforscht hat. Ganz gewiss gibt es meilenlange Gänge, in die nie oder nur sehr selten jemand kommt. Die Hitschi waren so. Sie nahmen sich den Asteroiden, umkleideten ihn mit Metall, trieben Tunnels hinein, füllten sie mit den Dingen, die ihnen gehörten; die meisten waren allerdings leer, als wir eintrafen, wie praktisch alles, was den Hitschi je gehört hat, im ganzen Universum. Und dann verließen sie den Asteroiden, aus irgendeinem Grund.

Das, was einem Mittelpunkt in Gateway am nächsten kommt, ist Hitschi-Stadt: eine spindelförmige Höhle in der Nähe des geometrischen Zentrums des Asteroiden. Es heißt, die Hitschi hätten dort gelebt, als sie Gateway bauten. Wir lebten zuerst auch dort, oder in der Nähe, wir neuen Leute von der Erde. (Und von anderswo. Kurz vor unserem Schiff war eines von der Venus eingetroffen.) Dort ist die Gesellschaft untergebracht. Und wer nach einem Forschungsflug reich werden sollte, konnte weiter hinaus zur Oberfläche ziehen, wo etwas mehr Schwerkraft und weniger Lärm herrschten. Und vor allem stank es da weniger. An die zweitausend Leute hatten die Luft, die ich atmete, zu irgendeiner Zeit geatmet, das Wasser abgegeben, das ich trank, und ihre Gerüche der Luft mitgeteilt. Die Leute blieben nicht sehr lang, jedenfalls die meisten nicht; aber die Gerüche waren alle noch da.

Der Geruch machte mir nichts aus. Nichts machte mir etwas aus. Gateway war mein großer, fetter Lotterieschein zum medizinischen Vollschutz, zu einem Haus mit neun Zimmern, zwei Kindern und viel Freude. Eine Lotterie hatte ich schon gewonnen. Das verlieh mir große Zuversicht, eine zweite gewinnen zu können.

Es war alles sehr aufregend, obschon auf der anderen Seite auch schäbig genug. Luxus gab es nur wenig. Für $ 238 575 bekommst du den Flug nach Gateway, zehn Tage Essen, Unterkunft und Luft, einen Schnellkurs im Umgang mit Schiffen und eine Einladung, sich für den nächsten Start zu melden. Oder für irgendein Schiff, das einem gefällt. Man *zwingt* dich nicht, irgendein bestimmtes Schiff oder überhaupt ein Schiff zu nehmen.

Die Gesellschaft verdient bei alledem nichts. Sämtliche Preise decken in etwa die Kosten. Das heißt nicht, dass sie billig waren, und ganz gewiss nicht, dass gut gewesen wäre, was man bekam. Das Essen entsprach ungefähr dem, was ich mein ganzes Leben lang ausgegraben und gegessen hatte. Die Unterkunft hatte etwa die Größe eines großen Schiffskoffers, ein Stuhl, ein paar Spindfächer, ein Klapptisch und eine Hängematte, die man von einer Ecke zur anderen aufhängen konnte, wenn man schlafen wollte.

Meine direkten Nachbarn waren die Mitglieder einer Familie von der Venus. Ich erhaschte einen Blick durch die halb offene Tür. Man stelle sich das vor! Vier Leute, die in einer von diesen Zellen schliefen. Je zwei schienen in Hängematten zu schlafen, die über Kreuz aufgespannt waren. Auf der anderen Seite befand sich Sheris Zimmer. Ich kratzte an ihrer Tür, aber sie meldete sich nicht. Die Tür war nicht abgesperrt. Auf Gateway werden Türen kaum abgesperrt, unter anderem deshalb, weil es nicht viel zu stehlen gibt. Sheri war nicht da. Die Kleidung, die sie im Schiff getragen hatte, lag überall verstreut.

Ich vermutete, dass sie einen Besichtigungsrundgang unternahm, und wünschte mir, ein bisschen früher gekommen zu sein. Ich hätte bei der Besichtigung gern jemanden dabeigehabt. Ich lehnte mich an den Efeu, der aus einer Tunnelwand wuchs, und zog meine Karte heraus.

Sie verschaffte mir wirklich eine Vorstellung davon, wonach ich suchen musste. Es gab Hinweise wie ›Central Park‹ und ›Superior-See‹. Was konnte das sein? Ich machte mir Gedanken über das ›Gateway-Museum‹, was interessant klang, und das ›Terminal-Hospital‹, was sehr schlimm klang – spä-

WILLKOMMEN AUF GATEWAY!

Herzlichen Glückwunsch!

Sie sind einer der wenigen Menschen, die jedes Jahr in begrenztem Maß Teilhaber von Gateway Enterprises, Inc., werden. Ihre erste Verpflichtung besteht darin, die beigefügte Vereinbarung zu unterschreiben. Sehen Sie sich die Vereinbarung genau an und suchen Sie, falls verfügbar, juristischen Rat.

Bis Sie unterschrieben haben, besteht jedoch kein Anspruch auf Unterbringung, Verpflegung oder Teilnahme an den Lehrgängen des Unternehmens.

Im Gateway-Hotel und -Restaurant können diejenigen unterkommen, die als Besucher hier sind oder im Augenblick nicht den Wunsch haben, die Vereinbarung zu unterschreiben.

WIE GATEWAY UNTERHALTEN WIRD

Um die Kosten des Betriebs von Gateway zu decken, haben alle Personen pro Kopf einen täglichen Betrag für Luft, Temperatursteuerung, Verwaltung und andere Dienstleistungen zu entrichten.

Wenn Sie Gast sind, werden diese Kosten in Ihrer Hotelrechnung enthalten sein.

Der Tarif für andere Personen ist durch Anschlag bekannt gemacht. Die Steuer kann nach Wunsch bis zu einem Jahr im Voraus entrichtet werden. Bei Nichtentrichtung der täglichen Kopfsteuer wird die sofortige Verweisung von Gateway ausgesprochen.

Hinweis: Die Verfügbarkeit eines Schiffes für ausgewiesene Personen kann nicht garantiert werden.

ter kam ich dahinter, dass ›Terminal‹ hier so viel hieß wie ›am Ende der Strecke‹, bei der Rückkehr von einem Flug. Die Gesellschaft musste gewusst haben, dass man das auch anders verstehen konnte, aber die Gesellschaft machte sich nie große Mühe, die Gefühle eines Prospektors zu schonen.

Was ich wirklich sehen wollte, war ein Schiff.

Als dieser Gedanke heraufgebrodelt war, begriff ich sofort, dass mir das sehr am Herzen lag. Ich überlegte, wie ich zur Oberfläche kommen sollte, wo die Schiffsdocks waren. Während ich mich mit einer Hand an einem Geländer festhielt, versuchte ich mit der anderen die Karte offen zu halten. Es dauerte nicht lange, bis ich mich zurechtgefunden hatte. Ich war an einer Kreuzung mit fünf Abzweigungen, die auf der Karte mit ›Ost Stern Babe G‹ bezeichnet zu sein schien. Einer der fünf Tunnels führte zu einem Fallschacht, aber ich konnte nicht erkennen, welcher.

Ich versuchte es aufs Geratewohl, landete in einer Sackgasse und kratzte auf dem Rückweg an einer Tür, um mir den Weg erklären zu lassen. Sie ging auf.

»Entschuldigen Sie«, sagte ich ... und verstummte.

Der Mann, der die Tür geöffnet hatte, schien so groß zu sein wie ich, war es aber nicht. Seine Augen befanden sich auf einer Höhe mit den meinen. Aber an den Hüften hörte er auf. Er hatte keine Beine.

Er sagte etwas, aber ich verstand es nicht; es war nicht in Englisch. Es hätte auch keine Rolle gespielt. Meine Aufmerksamkeit war ganz gefangen genommen. Er trug gazeartiges, buntes Tuch von den Handgelenken bis zu den Hüften und flatterte leicht mit den Flügeln, um sich in der Luft zu halten. Bei Gateways niedriger Schwerkraft war das nicht schwierig. Aber es war verblüffend, das zu sehen.

»Verzeihung«, sagte ich. »Ich wollte nur wissen, wie ich Etage Tanja erreiche.« Ich gab mir Mühe, ihn nicht anzustarren, aber ohne Erfolg.

Er lächelte. Weiße Zähne in einem faltenlosen, alten Gesicht. Unter kurzen, weißen Haaren hatte er kohlschwarze Augen. Er schwebte an mir vorbei hinaus in den Korridor und sagte in ausgezeichnetem Englisch: »Gewiss. Die erste

Biegung rechts, dann bis zum nächsten Stern und die zweite Abzweigung links. Sie ist gekennzeichnet.« Er zeigte mit dem Kinn die Richtung zum Stern an.

Ich bedankte mich und ließ ihn hinter mir schwebend zurück. Ich hätte mich am liebsten umgedreht, aber das entsprach wohl nicht den guten Manieren. Merkwürdig. Ich war nicht auf den Gedanken gekommen, dass es auf Gateway Krüppel geben könnte.

So naiv war ich damals noch.

Nachdem ich ihn gesehen hatte, kannte ich Gateway auf eine Weise, wie ich es aus den Statistiken nicht gekannt hatte. Die Statistiken sind ganz klar, und wir studierten sie, alle von uns, die als Prospektoren heraufkamen, und alle jene, die es sich nur wünschen konnten. Ungefähr achtzig Prozent der Flüge von Gateway erbringen nichts. Ungefähr fünfzehn Prozent kommen überhaupt nicht zurück. Es kommt also von zwanzig Personen im Durchschnitt eine von einem Flug mit etwas zurück, bei dem Gateway – bei dem die Menschheit im Allgemeinen – einen Gewinn erzielen kann. Und die meisten können noch von Glück sagen, wenn sie genug einnehmen, um auch nur die Kosten für ihre Anreise decken zu können.

Wenn man draußen verletzt wird ... nun, das ist Pech. Das Terminal-Hospital ist so gut eingerichtet wie nur irgendeines sonst, aber man muss hingelangen, damit einem das etwas nützt. Man kann Monate unterwegs sein. Wenn man am anderen Ende der Reise verletzt wird – und da passiert das gewöhnlich –, kann für einen nicht viel getan werden, bis man nach Gateway zurückkommt. Und bis dahin kann es zu spät sein, einen wieder halbwegs zusammenzuflicken, und oft ist es auch zu spät, einen am Leben zu erhalten.

Für den Rückflug dahin, wo man hergekommen ist, wird übrigens nichts verlangt. Die Raketen kommen immer voller herauf, als sie zurückfliegen. Schwund nennt sich das.

Der Rückflug ist frei ... aber wohin?

Ich ließ das Abwärts-Kabel in der Etage Tanja los, bog in einen Tunnel ein und stieß auf einen Mann mit Mütze und Armbinde. Firmenpolizei. Er sprach kein Englisch, deutete aber, und seine Größe war überzeugend; ich packte das Aufwärts-Kabel, fuhr eine Etage hinauf, suchte einen anderen Fallschacht und versuchte es noch einmal.

Der einzige Unterschied war, dass der Wachtposten diesmal Englisch sprach.

»Hier können Sie nicht durch«, sagte er.

»Ich möchte nur die Schiffe sehen.«

»Klar. Geht aber nicht. Sie brauchen ein blaues Abzeichen«, sagte er und tippte auf das seine. »Das sind Spezialisten des Unternehmens, Schiffsbesatzungen oder VIPs.«

»Ich gehöre zu einer Besatzung.«

Er grinste.

»Sie sind ein neuer Fisch von der Erde, nicht? Freund, Besatzungsmitglied sind Sie, wenn Sie für einen Flug eingeteilt sind, und nicht vorher. Gehen Sie wieder hinauf.«

»Sie verstehen doch, was mich bewegt, oder?«, erwiderte ich vernünftig. »Ich möchte nur mal einen Blick riskieren.«

»Das geht nicht, bis Sie Ihren Lehrgang abgeschlossen haben, aber bei dem kommen Sie manchmal hier herunter. Danach sehen Sie mehr, als Sie wollen.«

Ich debattierte noch ein bisschen, aber er hatte zu viele Argumente auf seiner Seite. Als ich nach dem Aufwärts-Kabel griff, schien aber der Tunnel plötzlich zu schwanken, und meine Trommelfelle dröhnten. Im ersten Augenblick dachte ich, der Asteroid explodiere. Ich starrte den Posten an, der nicht unfreundlich die Achseln zuckte.

»Ich habe nur gesagt, Sie können sie nicht sehen«, meinte er. »Ich sage nicht, Sie könnten sie nicht hören.«

Ich verbiss mir das ›Mensch!‹ oder ›Du guter Gott!‹, was ich eigentlich sagen wollte, und fragte: »Wohin fliegt das wohl?«

»Kommen Sie in einem halben Jahr wieder. Vielleicht wissen wir es bis dahin.«

Nun, das bot keinen Anlass zur Hochstimmung. Trotzdem erfüllte sie mich. Nach all den Jahren in den Nahrungsgruben war ich hier – nicht nur auf Gateway, sondern zur Stelle, wenn einige dieser furchtlosen Prospektoren sich auf eine Reise machten, die ihnen Ruhm und unvorstellbaren Reichtum bringen würde. Da kam es auf die Chancen nicht an. Das war wirklich Leben auf der Gipfelhöhe.

Ich achtete also nicht besonders auf den Weg und verirrte mich deshalb noch einmal. Ich erreichte Etage Babe zehn Minuten zu spät.

Dane Metschnikow entfernte sich von meiner Tür den Tunnel hinunter. Er schien mich nicht zu erkennen. Ich glaube, er wäre an mir vorbeigegangen, wenn ich nicht den Arm ausgestreckt hätte.

»Hm«, knurrte er. »Verspätung.«

»Ich war unten in Etage Tanja und wollte mir die Schiffe ansehen.«

»Hm. Da können Sie nicht hinunter, wenn Sie kein blaues Abzeichen oder eine Spange haben.«

Das hatte ich inzwischen schon selbst festgestellt. Ich schloss mich ihm an, ohne Energie für weitere Gesprächsversuche zu vergeuden.

Metschnikow war ein blasser Mann, bis auf den großartig gelockten Backenbart. Er erweckte den Eindruck, gewachst zu sein, sodass jede Locke von eigenem Leben erfüllt zu sein schien. ›Gewachst‹ war falsch. Außer Haaren enthielt der Bart noch etwas, aber was es auch sein mochte, es war nicht steif. Das ganze Ding bewegte sich mit ihm, und wenn er redete oder lächelte, ließen die Kiefermuskeln den Bart wogen und fließen. Er lächelte dann schließlich auch, als wir die ›Blaue Hölle‹ erreichten. Er bezahlte das erste Getränk und erläuterte sorgfältig, dass das der Brauch sei, der Brauch aber nur ein Getränk vorsehe. Ich bezahlte das zweite. Das Lächeln erschien, als ich außerhalb der Reihe auch das dritte bezahlte.

Bei dem Lärm in der ›Blauen Hölle‹ war eine Unterhaltung nicht einfach, aber ich erzählte ihm, dass ich einen Start gehört hätte.

»Richtig«, sagte er und hob sein Glas. »Hoffentlich haben sie einen guten Flug.« Er trug sechs blauleuchtende

Hitschi-Metallarmspangen, kaum dicker als Draht. Sie klirrten schwach, als er das Glas zur Hälfte leerte.

»Sind die das, was ich vermute?«, fragte ich. »Eine für jede Reise nach draußen?«

Er leerte das Glas ganz.

»Richtig. Jetzt tanze ich«, sagte er. Meine Augen folgten seinem Rücken, als er sich auf eine Frau in leuchtend rosarotem Sari stürzte. Ein großer Redner war er nicht, das stand fest.

Auf der anderen Seite konnte man bei diesem Lärmpegel ohnehin nicht viel miteinander reden. Übrigens auch kaum tanzen. Die ›Blaue Hölle‹ war in der Mitte von Gateway untergebracht und gehörte zu der spindelförmigen Höhle. Die Rotationsschwerkraft war so gering, dass wir nicht mehr wogen als zwei, drei Pfund; hätte jemand versucht, Walzer oder Polka zu tanzen, wäre er davongeflogen. Man begnügte sich also mit diesen berührungslosen Oberschultänzen, die erfunden zu sein scheinen, damit vierzehnjährige Jungen nicht zu steil zu den vierzehnjährigen Mädchen hinaufschielen müssen, mit denen sie tanzen. Man blieb mit den Füßen vorwiegend am Platz, und Kopf, Arme, Schultern und Hüften gingen, wohin sie wollten. Ich bin für Berührung. Aber man kann nicht alles haben. Ich tanze jedenfalls gern.

Ich sah Sheri auf der anderen Seite, mit einer älteren Frau, die ihr Proktor zu sein schien, und tanzte einmal mit ihr.

»Wie gefällt es dir denn bis jetzt?«, schrie ich aus vollem Hals, um die Tonbandmusik zu übertönen. Sie nickte und schrie etwas zurück, ich könnte nicht sagen, was. Ich tanzte dann mit einer unförmigen Farbigen, die zwei blaue Armspangen trug, hierauf wieder mit Sheri, dann mit einem Mädchen, das Dane Metschnikow mir anhängte, anscheinend, weil er sie loswerden wollte, zuletzt mit einer großen, markant aussehenden Frau mit den schwärzesten, buschigsten Brauen, die ich je unter einer weiblichen Frisur gesehen hatte. (Sie trug das Haar zurückgebunden zu zwei Pferdeschwänzen, die hinter ihr in der Luft schwebten.) Auch sie trug zwei Armspangen. Und zwischen den Tänzen trank ich.

Es gab Tische, aber die waren für Gruppen von acht oder zehn Leuten gedacht; solche Gruppen gab es jedoch nicht. Die Leute saßen, wo sie wollten, und nahmen einander die Plätze weg, ohne sich Gedanken darüber zu machen, ob der Besitzer zurückkam oder nicht. Eine Weile saß ein halbes Dutzend Besatzungsmitglieder in brasilianischem Marineweiß bei mir und unterhielt sich auf Portugiesisch. Eine Zeit lang setzte sich auch ein Mann mit einem goldenen Ohrring zu mir, den ich nicht verstehen konnte. (Ich begriff aber ziemlich gut, was er meinte.)

Dieses Problem gab es die ganze Zeit über, während ich auf Gateway war. Es besteht immer. Gateway hört sich an wie eine internationale Konferenz nach dem Zusammenbruch der Simultan-Dolmetscheranlage. Es gibt eine Art Hilfssprache, die man viel hört, Fetzen aus einem Dutzend verschiedener Sprachen, bunt zusammengewürfelt, wie: ›*Ecoutez, gospodin, tu es verrückt.*‹ Ich tanzte zweimal mit einer der Brasilianerinnen, einem mageren, dunkelhäutigen, kleinen Mädchen mit Hakennase und schönen braunen Augen, und versuchte ein paar schlichte Worte zu sagen. Vielleicht verstand sie mich. Einer der Männer, mit denen sie beisammen war, sprach gut Englisch und stellte sich und die anderen vor. Ich verstand keinen der Namen außer seinem: Francesco Hereira. Er spendierte mir ein Glas und ließ mich eine Runde für den Tisch bezahlen, dann begriff ich, dass ich ihn schon einmal gesehen hatte: bei dem Trupp, der uns nach der Ankunft durchsucht hatte.

Während wir darüber sprachen, beugte Dane sich herüber und knurrte mir ins Ohr: »Ich gehe spielen. Adieu – außer Sie wollen unbedingt mitkommen.«

Es war nicht die herzlichste Einladung, aber der Lärm in der ›Blauen Hölle‹ wurde immer ärger. Ich folgte ihm deshalb und entdeckte neben der ›Blauen Hölle‹ ein komplettes Spielkasino mit Kartentischen, Poker, einem Zeitlupen-Roulette mit einer großen, schweren Kugel, Würfeltischen, wo die Würfel eine Ewigkeit brauchten, bis sie zum Stillstand kamen, und sogar einem abgeteilten Bakkarat-Bereich. Metschnikow ging zu den Blackjack-Tischen und trommelte mit den Fingern auf die Rückenlehne eines besetzten Stuhles. Schließlich bemerkte er, dass ich mitgegangen war.

»Oh.« Er schaute sich im Saal um. »Was wollen Sie spielen?«

»Hab' alles gespielt«, sagte ich mit ein wenig verwaschener Sprache. Prahlerei war auch dabei. »Vielleicht etwas Bakkarat.«

Er sah mich an, zuerst mit Respekt, dann belustigt.

»Fünfzig sind der Mindesteinsatz.«

Auf meinem Konto standen noch fünf- oder sechstausend Dollar. Ich zuckte die Achseln.

»Fünfzigtausend, meine ich«, sagte er.

Mir blieb die Luft weg. Als er hinter einen Spieler trat, dessen Jetons zur Neige gingen, sagte er zerstreut: »Sie können beim Roulette für zehn Dollar mitmachen. Bei den meisten anderen Spielen sind hundert Dollar der Mindesteinsatz. Ach, irgendwo muss es noch einen Zehndollar-Spielautomaten geben.« Er sprang zu einem leeren Stuhl, und das war das Letzte, was ich von ihm sah.

Ich schaute kurze Zeit zu und bemerkte, dass das Mädchen mit den schwarzen Augenbrauen am gleichen Tisch saß und die Karten studierte. Sie hob den Kopf nicht.

Ich konnte erkennen, dass ich mir hier nicht viel Glücksspiel würde leisten können. An diesem Punkt begriff ich, dass ich mir in Wirklichkeit auch gar nicht die vielen Getränke leisten konnte, für die ich bezahlt hatte, dann begann mein inneres Wahrnehmungssystem mir klarzumachen, wie viel ich schon getrunken hatte. Das Letzte, was ich begriff, war, dass ich zusehen musste, möglichst schnell in mein Zimmer zu kommen.

**SYLVESTER MACKLEN:
DER VATER VON GATEWAY**

Gateway wurde entdeckt von Sylvester Macklen, einem Tunnelforscher auf der Venus, der an einem Grabungsort ein betriebsbereites Hitschi-Raumfahrzeug fand. Es gelang ihm, damit an die Oberfläche zu kommen und es nach Gateway zu steuern, wo es jetzt in Dock 5–33 ruht. Tragischerweise vermochte Macklen nicht den Rückflug anzutreten, und obwohl es ihm gelang, seine Anwesenheit dadurch zu signalisieren, dass er den Treibstofftank der Landekapsel seines Schiffes sprengte, war er tot, bevor jemand Gateway zu erreichen vermochte.

Macklen war ein tapferer und einfallsreicher Mann, und die Tafel an Dock 5-33 erinnert an seinen einzigartigen Dienst der Menschheit gegenüber. Zu geeigneten Zeiten werden von Vertretern der verschiedenen Glaubensbekenntnisse Gottesdienste abgehalten.

7

Ich liege auf der Matte und fühle mich nicht sehr behaglich. Körperlich, meine ich. Vor kurzem bin ich operiert worden, und die Fäden sind vermutlich noch nicht ganz absorbiert.

Sigfrid sagt: »Wir sprachen von deiner Arbeit, Bob.«

Das ist langweilig genug. Aber sicher genug.

»Ich hasste meine Arbeit«, antworte ich. »Wer würde die Nahrungsgruben nicht hassen?«

»Aber du hast weitergemacht. Du hast nie auch nur versucht, etwas anderes zu bekommen. Du hättest vielleicht auf einer Meeresfarm unterkommen können. Und du bist vorzeitig von der Schule abgegangen.«

»Soll das heißen, dass ich steckengeblieben bin?«

»Es soll gar nichts heißen, Bob. Ich frage dich, was du fühlst.«

»Hm. In gewissem Sinne stimmt es. Ich dachte an einen Wechsel. Ich dachte viel darüber nach«, sage ich und erinnere mich, wie es in dieser hellen, frühen Zeit mit Sylvia gewesen ist. Ich erinnere mich, wie wir in einer Januarnacht in der Kanzel eines abgestellten Segelflugzeugs gesessen sind – wir hatten keine andere Unterkunft – und uns über die Zukunft unterhalten haben. Was wir tun würden. Wie wir uns durchsetzen würden. Soweit ich sehen kann, ist da nichts für Sigfrid dabei. Ich habe Sigfrid alles erzählt über Sylvia, die schließlich einen Börsenmakler heiratete. Aber zwischen uns war lange vorher Schluss gewesen.

»Ich hatte wohl eine Art Todestrieb«, sage ich, indem ich mich unterbreche, um zu versuchen, bei dieser Sitzung auf meine Kosten zu kommen.

»Es ist mir lieber, wenn du keine psychiatrischen Begriffe verwendest, Bob.«

»Na ja, du verstehst, was ich meine. Ich wusste, dass die Zeit verrann. Je länger ich in den Gruben blieb, desto schwerer würde es sein herauszukommen. Aber es gab nichts, was besser aussah. Und es gab Entschädigungen. Sylvia, meine Freundin. Meine Mutter, solange sie lebte. Freunde. Sogar Vergnügungen. Segelfliegen. Das ist herrlich; wenn man hoch genug ist, sieht Wyoming nicht so scheußlich aus, und das Öl kann man kaum noch riechen.«

»Du hast von Sylvia gesprochen. Bist du gut mit ihr ausgekommen?«

Ich zögerte und rieb mir den Bauch. Ich habe da fast einen halben Meter neuen Darm. Dergleichen kostet ungeheuer viel, und manchmal bekommt man das Gefühl, dass der frühere Eigentümer es zurückhaben möchte. Man fragt sich, wer er war. Oder sie. Wie er gestorben ist. Ist er gestorben? Kann es sein, dass er noch lebt, so arm, dass er Teile von sich selbst verkauft, wie ich es von hübschen Mädchen gehört habe, die eine wohlgeformte Brust oder ein Ohr verkaufen?

»Hast du dich mit Mädchen leicht angefreundet, Bob?«

»Jetzt ja.«

»Nicht jetzt, Bob. Ich glaube, du hast gesagt, als Kind hättest du nicht leicht Freunde gefunden.«

»Wer tut das schon?«

»Wenn ich diese Frage recht verstehe, Robbie, fragst du, ob irgendjemand sich an seine Kindheit als etwas vollkommen Schönes und Müheloses erinnert, und die Antwort lautet natürlich ›nein‹. Aber manche Menschen scheinen die Auswirkungen stärker mit ins Leben mitzunehmen als andere.«

»Ja. Wenn ich so nachdenke, hatte ich wohl ein bisschen Angst vor meiner Altersgruppe – entschuldige, Sigfrid, ich meine die anderen Kinder. Sie schienen einander alle zu kennen. Sie hatten die ganze Zeit etwas miteinander zu besprechen. Geheimnisse. Gemeinsame Erlebnisse. Interessen. Ich war ein Einzelgänger.«

»Bist du ein Einzelkind gewesen, Robbie?«

»Das weißt du doch. Ja. Vielleicht lag es daran. Meine Eltern arbeiteten beide. Und sie wollten nicht, dass ich in Grubennähe spielte. Gefährlich. Es war ja wirklich gefährlich für Kinder. Man kann sich wehtun an den Maschinen, oder auch, wenn die Schieferabfälle abrutschen oder es zu einem Gasausbruch kommt. Ich blieb viel zu Hause, sah

```
507   THEMA .REIFE. ZU                        26,830
         + M 88                               26,835
508   ,C,Vielleicht ist Reife ›Wollen,        26,840
         was man will‹,                       26,845
      statt zu wollen, was einem je-          26,850
         mand anderer sagt, dass man          26,855
      wollen soll.                            26,860
511   EXTERNE WENN ZU &&                      26,865
512   ,V,Vielleicht, Sigfrid, lieber          26,870
         alter Blechgötze, aber es            26,875
      kommt einem vor, als sei Reife Tod.     26,880
```

fern, spielte Kassetten. Und aß. Ich war ein dickes Kind, Sigfrid. Ich liebte das ganze stärkehaltige, zuckrige Zeug mit den vielen Kalorien. Sie verwöhnten mich und kauften mir mehr Nahrung, als ich brauchte.«

Ich lasse mich noch immer gern verwöhnen. Jetzt bekomme ich höherklassiges Essen, nicht so dick machendes, ungefähr tausendmal so teueres. Ich habe echten Kaviar gegessen. Oft. Er wird vom Aquarium bei Galveston eingeflogen. Ich habe echten Champagner gehabt, und Butter ...

»Ich erinnere mich, im Bett gelegen zu haben«, sage ich. »Ich war wohl noch sehr klein, an die drei Jahre alt. Ich hatte einen Teddy-Sprecher. Ich nahm ihn mit ins Bett, er erzählte mir kleine Geschichten, und ich steckte Bleistifte in ihn hinein und versuchte, ihm die Ohren auszureißen. Ich habe das Ding geliebt, Sigfrid.«

Ich verstumme, und Sigfrid fragt sofort: »Warum weinst du, Robbie?«

»Ich weiß es nicht«, plärre ich, während mir die Tränen über das Gesicht laufen, und ich schaue auf die Uhr. Die hüpfenden grünen Ziffern verschwimmen vor den Tränen. »Ach«, sage ich, ganz im Gesprächston, und setze mich auf, während die Tränen immer noch rinnen, aber allmählich versiegen, »ich muss jetzt wirklich gehen, Sigfrid. Ich habe eine Verabredung. Sie heißt Tania. Schönes Mädchen. Vom Houston-Symphonie-Orchester. Sie liebt Mendelssohn und Rosen, und ich möchte versuchen, ihr eine von den dunkelblauen Hybriden mitzubringen, die zu ihren Augen passen.«

»Rob, wir haben noch fast zehn Minuten.«

»Ich gleiche das ein andermal aus.« Ich weiß, dass das nicht möglich ist, darum füge ich schnell hinzu: »Darf ich deine Toilette benützen? Ich muss.«

»Willst du deine Gefühle ausscheiden, Rob?«

»Ach, sei nicht überschlau. Ich weiß, was du sagen willst. Ich weiß, dass das wie ein typischer Verdrängungsmechanismus aussieht ...«

»Rob!«

»... schon gut, ich meine, es sieht so aus, als wollte ich mich drücken. Aber ich muss wirklich gehen. Auf die Toilette, meine ich. Und auch ins Blumengeschäft. Tani ist etwas ganz Besonderes. Eine wunderbare Person. Ich spreche nicht vom Sex, aber der ist auch wunderbar. Sie kann g... Sie kann ...«

»Rob? Was willst du sagen?«

Ich atme tief ein und bringe heraus: »Sie ist großartig bei oralem Sex, Sigfrid.«

»Rob?«

Den Ton kenne ich. Sigfrids Repertoire an Stimmfärbungen ist ziemlich groß, aber manches kenne ich schon. Er glaubt, er wäre auf eine Spur gestoßen.

»Was ist?«

»Bob, wie nennst du es, wenn eine Frau dir oralen Sex bietet?«

»Ach, Mensch, Sigfrid, was soll denn der Unfug?«

»Wie nennst du es, Bob?«

»Ah! Das weißt du so gut wie ich.«

»Bitte, sag mir, wie du es nennst, Bob.«

»Man sagt auch ›französisch‹ dazu.«

»Welchen Ausdruck gibt es noch, Bob?«

»Eine Menge! ›Lutschen‹ ist einer. Ich glaube, ich habe tausend Ausdrücke dafür gehört.«

»Welchen noch, Bob?«

Ich habe mich in Wut und Schmerz hineingesteigert, und plötzlich kocht alles über.

»Hör auf mit diesen beschissenen Spielen, Sigfrid!« Mein Bauch schmerzt, und ich fürchte, dass ich mich besudle; es ist, als wäre ich wieder ein Säugling. »Mensch, Sigfrid! Als ich klein war, sprach ich mit meinem Teddy. Jetzt bin ich fünfundvierzig und spreche noch immer mit einer idiotischen Maschine, als lebte sie!«

»Aber es gibt noch einen anderen Ausdruck, nicht wahr, Bob?«

»Es gibt tausende! Welchen willst du hören?«

»Ich will den Ausdruck, den du verwenden wolltest und nicht verwendet hast, Bob. Bitte, versuch ihn auszusprechen. Der Ausdruck bedeutet für dich etwas Besonderes, deshalb kannst du die Worte nicht so leicht aussprechen.«

Ich sinke auf der Matte zusammen, und nun weine ich echt.

»Bitte, sag es, Bob. Wie lautet der Ausdruck?«

»Hol dich der Teufel, Sigfrid! Runtergehen. Das ist er. Runtergehen, runtergehen, runtergehen!«

8

»Guten Morgen«, sagte jemand in einen Traum hinein, in dem ich mitten im Orion-Nebel in einer Art Treibsand steckte. »Ich habe Ihnen Tee gebracht.«

Ich öffnete ein Auge und blickte über den Rand der Hängematte in ein nahes Paar kohlschwarzer Augen in einem sandfarbenen Gesicht. Ich war noch ganz angezogen und verkatert; irgendetwas roch abscheulich, und ich begriff, dass ich das war.

»Mein Name«, sagte die Person mit dem Tee, »ist Shikitei Bakin. Bitte, trinken Sie den Tee. Er wird Ihrem Gewebe die nötige Feuchtigkeit zuführen.«

Ich blickte ein bisschen weiter hinaus und sah, dass der Mann an den Hüften aufhörte; es war der beinlose Mann mit den anschnallbaren Flügeln, den ich tags zuvor im Tunnel gesehen hatte.

»Uh«, sagte ich, strengte mich ein bisschen mehr an und brachte es bis zu einem: »Guten Morgen.« Der Orion-Nebel verblasste, ebenso das Gefühl, mich durch sich rasch verdichtende Gaswolken zwängen zu müssen. Der üble Geruch blieb. Im Zimmer roch es grässlich, selbst nach Gateway-Maßstäben, und ich entdeckte, dass ich mich auf den Boden erbrochen hatte. Ich war nur Millimeter davon entfernt, mich zu wiederholen. Bakin, der langsam die Flügel bewegte, ließ am Ende eines Flügelschlages geschickt eine zugestöpselte Flasche neben mir in die Hängematte fallen. Dann schwebte er zu meiner Kommode, setzte sich darauf

WEM GEHÖRT GATEWAY?

Gateway ist einzigartig in der Geschichte der Menschheit, und man begriff schnell, dass es eine zu wertvolle Hilfsquelle war, als dass man es irgendeiner Gruppe von Personen oder irgendeiner Regierung allein überlassen durfte. Deshalb wurde Gateway Enterprises, Inc., gegründet.

Gateway Enterprises (gewöhnlich ›die Gesellschaft‹ genannt) ist eine multinationale Gesellschaft, deren Hauptpartner die Regierungen der Vereinigten Staaten von Amerika, der Sowjetunion, der Vereinigten Staaten von Brasilien, der Venusianischen Konföderation und des Neuen Volksasien sind. Teilhaber mit eingeschränkten Rechten (Kommanditisten) sind alle jene Personen, die, wie Sie, die beigefügte Vereinbarung unterzeichnet haben.

und sagte: »Ich glaube, heute Morgen um null acht haben Sie eine ärztliche Untersuchung.«

»So?« Es gelang mir, die Kappe abzuschrauben und einen Schluck Tee zu trinken. Er war sehr heiß, ungezuckert und fast geschmacklos, aber er schien die Waage in meinem Inneren entgegen der Richtung zum neuerlichen Erbrechen ausschlagen zu lassen.

»Ja. Ich denke schon. Das ist üblich. Außerdem hat Ihr P-Phon mehrmals geläutet.«

Ich war wieder beim »Uh?«.

»Ich vermute, Ihr Proktor wollte Sie an den Termin erinnern. Es ist sieben fünfzehn, Mr. ...«

»Broadhead«, sagte ich mit schwerer Zunge, und dann klarer: »Mein Name ist Bob Broadhead.«

»Ja. Ich habe mir die Freiheit genommen, mich zu vergewissern, dass Sie wach sind. Bitte genießen Sie Ihren Tee, Mr. Broadhead. Genießen Sie Ihren Aufenthalt auf Gateway.« Er nickte, fiel nach vorn von der Kommode, fegte zur Tür, zog sich hinaus und war verschwunden. Während mein Schädel bei jeder Lageveränderung pochte, befreite ich mich aus der Hängematte, versuchte die übleren Stellen am Boden zu meiden und brachte es auf irgendeine Weise fertig, einigermaßen sauber zu werden. Ich dachte an Enthaarung. Bis zu einem Vollbart würde es aber noch zwölf Tage dauern, weshalb ich beschloss, es sein zu lassen; wirklich unrasiert sah ich nicht aus, und ich hatte einfach nicht die Kraft.

Als ich in den Untersuchungsraum wankte, hatte ich mich nur um etwa fünf Minuten verspätet. Die anderen in meiner Gruppe waren alle vor mir da, sodass ich warten musste und Letzter wurde. Man nahm mir an drei Stellen Blut ab, am Fingerballen, an der Ellenbeuge und am Ohrläppchen; ich war überzeugt davon, dass der Alkoholgehalt überall 45 Prozent betrug. Aber darauf kam es nicht an. Die Untersuchung war nur eine Formalität. Wenn man den Flug nach Gateway in einem Raumschiff überlebte, konnte man auch eine Reise in einem Hitschi-Schiff überstehen, es sei denn, irgendetwas ging schief. In diesem Fall konnte man wahrscheinlich ohnehin nicht überleben, egal, wie gesund man war.

Es blieb mir Zeit, an einem Imbisswagen, den jemand in der Nähe eines Fallschachtes betrieb (Privatunternehmen auf Gateway? Ich hatte nicht gewusst, dass es das gab.), schnell einen Becher Kaffee zu trinken, dann fand ich mich pünktlich zur ersten Lehrstunde ein. Wir trafen uns in einem großen Raum in Etage Dog, der lang, schmal und niedrig war. Die Sitzplätze waren auf beiden Seiten zu je zweien angeordnet, dazwischen verlief ein Mittelgang; es war eine Art Schulzimmer in einem umgebauten Omnibus. Sheri kam zu spät, aber frisch und fröhlich aussehend, und setzte sich zu mir; unsere ganze Gruppe war zur Stelle, alle sieben, die gemeinsam von der Erde heraufgekommen waren, außerdem die vierköpfige Familie von der Venus und noch zwei andere, von denen ich wusste, dass sie ›Fische‹ waren wie ich.

»*So* schlecht siehst du gar nicht aus«, flüsterte Sheri, während der Ausbilder an seinem Pult mit Unterlagen hantierte.

»Ist der Kater zu sehen?«

»Eigentlich nicht. Aber vorhanden ist er sicher. Ich habe dich gestern Nacht heimkommen hören. Gehört hat dich der ganze Tunnel«, fügte sie nachdenklich hinzu.

Ich schnitt eine Grimasse. Ich konnte mich immer noch riechen, aber das meiste war offenbar innerlich. Keiner von den anderen schien mich zu meiden, nicht einmal Sheri.

Der Ausbilder stand auf und betrachtete uns eine Weile versonnen. »Na ja«, sagte er und beugte sich wieder über seine Unterlagen. Dann schüttelte er den Kopf. »Ich lasse nicht abzählen«, setzte er hinzu. »Ich leite den Lehrgang für den Betrieb eines Hitschi-Schiffes.« Mir fiel auf, dass er eine ganze Sammlung von Spangen trug; zählen konnte ich sie nicht, aber es war mindestens ein halbes Dutzend. Ich machte mir kurz Gedanken über die Leute, die ich immer wieder sah – die schon oft draußen gewesen waren und noch immer keine Reichtümer gesammelt hatten. »Das ist nur einer der drei Lehrgänge, die Sie besuchen werden. Anschließend lernen Sie, wie Sie in einer fremden Umwelt überleben, dann, wie Sie erkennen können, was wertvoll ist. Aber hier befassen wir uns mit den Schiffen, und den Umgang damit lernen wir am Objekt. Kommen Sie alle mit.«

Wir standen geschlossen auf und folgten ihm im Gänsemarsch durch einen Tunnel zum Abwärts-Kabel eines Fall-

DUSCHREGELN

Diese Dusche läuft automatisch zweimal je 45 Sekunden. Dazwischen einseifen.

Sie haben Anspruch auf einmaligen Gebrauch der Dusche alle drei Tage.

Zusätzliche Duschen werden in Rechnung gestellt, und zwar mit $ 5 für 45 Sekunden.

schachtes, vorbei an den Posten – vielleicht denselben, die mich am Abend zuvor zurückgeschickt hatten. Diesmal nickten sie dem Ausbilder nur zu und ließen uns vorbeiziehen. Wir landeten in einem langen, breiten, niedrigen Gang, in dem ungefähr ein Dutzend abgeschnittener und fleckiger Metallzylinder aus dem Boden ragten. Sie sahen aus wie verkohlte Baumstümpfe, und es dauerte einen Augenblick, bis ich begriff, was ich vor mir hatte.

»Das sind *Schiffe*«, flüsterte ich Sheri zu, lauter, als ich vorgehabt hatte. Ein paar Leute sahen mich befremdet an, darunter ein Mädchen, mit dem ich am Abend zuvor getanzt hatte; es war die junge Dame mit den buschigen schwarzen Brauen. Sie nickte mir zu und lächelte; ich sah die Spangen an ihren Armen und fragte mich, was sie hier machte – und wie sie sich am Spieltisch gehalten hatte.

Der Ausbilder versammelte uns um sich und sagte: »Wie eben jemand richtig bemerkte, sind das Hitschi-Schiffe. Die Landekapseln. Das, womit Sie auf einem Planeten niedergehen, falls Sie das Glück haben, einen Planeten zu finden. Sie sehen nicht besonders groß aus, aber in jede von den Mülltonnen, die Sie da sehen, passen fünf Leute hinein. Zwar nicht gerade bequem, aber es geht. Generell lässt man natürlich immer eine Person im Schiff selbst zurück, sodass sich in der eigentlichen Kapsel höchstens vier befinden.« Er führte uns am ersten Zylinder vorbei, und wir gaben alle dem Drang nach, ihn zu berühren, daran zu kratzen oder ihn zu streicheln. Dann begann sein Vortrag: »Als Gateway erstmals erforscht wurde, existierten neunhundertvierundzwanzig von diesen Schiffen. An die zweihundert haben sich als nicht betriebsfähig erwiesen. Wir wissen größtenteils nicht, warum; sie funktionieren einfach nicht. Dreihundertvier sind auf mindestens je eine Reise geschickt worden. Dreiunddreißig davon befinden sich jetzt hier und stehen für Forschungsflüge zur Verfügung. Die anderen sind noch nicht ausprobiert worden.« Er stemmte sich auf den abgeschnittenen Zylinder, setzte sich darauf und fuhr fort: »Eines der Dinge, die Sie entscheiden müssen, ist, ob Sie eines von den dreiunddreißig erprobten

Schiffen benützen wollen, oder eines von denen, die noch nie geflogen worden sind. Von Menschen, meine ich. Ein Glücksspiel, so oder so. Bei einem hohen Anteil der Flüge ohne Rückkehr handelte es sich um Erststarts, sodass offenkundig ein Risiko besteht. Das liegt ja nahe, nicht? Schließlich hat niemand irgendeine Wartung vorgenommen, seitdem die Hitschi sie da hingestellt haben.

Auf der anderen Seite besteht auch ein Risiko bei denen, die draußen gewesen und sicher zurückgekommen sind. Ein Perpetuum mobile gibt es nicht. Wir vermuten, dass manche Schiffe nicht zurückgekommen sind, weil ihnen der Treibstoff ausgegangen ist. Der Haken dabei ist, wir wissen nicht, was der Treibstoff ist, wie viel davon da ist oder wann er zu Ende geht.«

Er klopfte auf den Stumpf. »Das hier und alle anderen, die Sie sehen, sind für fünf Hitschi-Besatzungsmitglieder gedacht gewesen. Soviel wir erkennen können. Aber wir schicken sie mit drei Menschen hinaus. Die Hitschi scheinen in beengten Verhältnissen duldsamer miteinander gewesen zu sein, als wir es sind. Es gibt größere und kleinere Schiffe, aber die Nichtrückkehr-Rate war während der letzten zwei Umläufe sehr ungünstig. Wahrscheinlich nur eine Pechsträhne, aber ... Ich persönlich würde ein Dreier-Schiff bevorzugen. Sie können tun, was Sie wollen.

Sie kommen dann zu Ihrer zweiten Wahl, nämlich, mit wem Sie fliegen wollen. Halten Sie die Augen offen. Suchen Sie nach Begleitern ... Was ist?«

Sheri hatte gewinkt, bis er sie bemerkt hatte.

»Sie haben gesagt ›sehr ungünstig‹«, meinte sie. »Wie ungünstig ist das?«

Der Ausbilder antwortete geduldig: »Im letzten Fiskalumlauf kamen von zehn Fünfern etwa drei zurück. Das sind die größten Schiffe. In einzelnen Fällen waren, als wir die Schiffe öffneten, die Besatzungen allerdings tot.«

»Ja«, meinte Sheri, »das ist sehr ungünstig.«

»Nein, das ist gar nicht ungünstig, verglichen mit den Einmann-Schiffen. Von denen kamen während eines ganzen Umlaufs überhaupt nur zwei zurück. *Das* ist ungünstig.«

»Woran liegt das?«, fragte der Vater der Tunnelratten-Familie. Sie hießen Forehand. Der Ausbilder starrte ihn kurz an.

»Wenn Sie je dahinter kommen, müssen Sie uns das unbedingt mitteilen«, erklärte er. »Also: Was die Auswahl einer Besatzung angeht, sind Sie besser dran, wenn Sie jemanden bekommen können, der schon draußen gewesen ist. Vielleicht klappt das, vielleicht auch nicht. Prospektoren, die einen großen Fund machen, hören gewöhnlich auf; diejenigen, die noch hungrig sind, wollen meist ihr Team nicht auseinander reißen. Von euch Fischen müssen also viele mit anderen Jungfrauen hinausfliegen. Ähm.« Er schaute sich nachdenklich um. »Na, machen wir uns mal die Füße nass. Teilen Sie sich in Gruppen zu je drei Mann auf – keine Sorge, hier werden noch keine Partner festgelegt –, und steigen Sie in eine der offenen Landekapseln. Rühren Sie nichts an. Sie sind eigentlich außer Betrieb, aber ich muss Ihnen sagen, dass sie das nicht immer bleiben. Gehen Sie einfach rein, steigen Sie zur Steuerkabine hinunter und warten Sie auf einen Ausbilder.«

Es war das erste Mal, dass ich von zusätzlichen Ausbildern hörte. Ich schaute mich suchend um, während er sagte: »Noch Fragen?«

Wieder Sheri.

»Ja. Wie heißen Sie?«

»Hab' ich das schon wieder vergessen? Jimmy Tschou. Freut mich, Sie alle kennen zu lernen. Los jetzt!«

Ich weiß heute viel mehr, als mein Ausbilder damals wusste, inklusive dessen, was einen halben Umlauf später mit ihm passierte: Der arme, alte Jimmy Tschou, er flog hinaus, bevor ich es tat, und kam zurück, als ich auf meinem zweiten Flug war, sehr tot. Sonnenfackel-Verbrennungen, es hieß, die Augen seien ihm aus dem Schädel gekocht. Aber zu der Zeit wusste er alles, und es war alles sehr fremd und wunderbar für mich.

Wir krochen also in die sonderbare elliptische Luke, durch die man zwischen den Brennern hindurchschlüpfen kann, hinunter in die Landekapsel, und dann eine Sprossenleiter hinunter in das eigentliche Raumfahrzeug.

Wir schauten uns um, drei Ali Babas in der Schatzkammer. Wir hörten über uns ein Scharren, dann schob sich ein Kopf herein. Er hatte buschige Brauen und hübsche Augen und gehörte dem Mädchen, das am Abend zuvor mit mir getanzt hatte.

»Macht's Spaß?«, fragte sie. Wir drängten uns zusammen, von allem, was beweglich schien, so weit wie möglich entfernt, und ich bezweifle, dass wir wirklich ungezwungen aussahen. »Macht nichts«, sagte sie, »schauen Sie sich nur um. Machen Sie sich mit der Umgebung vertraut. Sie bekommen viel zu sehen. Diese vertikale Reihe von Rädern, an denen die kleinen Speichen herausstehen? Das ist der Zielwähler. Das Wichtigste von allem, was man jetzt nicht berühren darf – vielleicht sogar nie. Die goldene Spirale dort neben der Blondine – möchte jemand raten, wofür sie da ist?«

Die Blondine, eine der Forehand-Töchter, zuckte davor zurück und schüttelte den Kopf. Ich schüttelte den meinen, aber Sheri meinte: »Könnte das ein Hutständer sein?«

Die Ausbilderin starrte das Ding nachdenklich an.

»Hm. Nein, das glaube ich nicht, aber ich hoffe immer noch, dass einer von euch Fischen die Antwort weiß. Von uns hier kennt sie keiner. Im Flug wird sie manchmal heiß; niemand weiß, warum. Die Toilette ist hier drinnen. Damit werden Sie eine Menge Spaß haben. Aber sie funktioniert, wenn man sich erst einmal auskennt. Sie können Ihre Hängematten aufspannen und dort schlafen – oder wo Sie sonst schlafen wollen. Die Ecke da und diese Nische sind frei nutzbar. Wenn Sie etwas Privatsphäre haben wollen, können Sie diesen Raum abteilen. Jedenfalls ein bisschen.«

»Habt ihr hier eigentlich alle keine Lust, eure Namen zu sagen?«, wollte Sheri wissen.

Die Ausbilderin grinste.

»Ich bin Gelle-Klara Moynlin. Wollen Sie das andere über mich auch noch wissen? Ich bin zweimal draußen gewesen und habe nichts gefunden, und ich vertreibe mir die

Zeit, bis sich der richtige Flug anbietet. Und da arbeite ich als Hilfsausbilderin.«

»Woher wissen Sie, welches der richtige Flug ist?«, fragte das Forehand-Mädchen.

»Kluges Mädchen. Sehr gute Frage. Das ist auch eine der Fragen, die ich gerne von Ihnen höre, weil sie zeigt, dass Sie nachdenken; aber wenn es eine Antwort gibt, weiß ich nicht, wie sie lautet. Mal sehen. Sie wissen schon, dass dieses Schiff ein Dreier ist. Es hat bereits sechs Rundflüge hinter sich, aber man kann vernünftigerweise damit rechnen, dass es noch genug Treibstoffreserven für zwei, drei mehr hat. Ich würde es lieber nehmen als einen Einer. Das ist etwas für Glücksspieler, die alles auf eine Karte setzen.«

WAS TUT DIE GESELLSCHAFT?

Der Zweck der Gesellschaft ist der, die von den Hitschi zurückgelassenen Raumfahrzeuge zu benutzen und mit allen Artefakten, Gütern, Rohstoffen oder anderen Dingen von Wert, die mithilfe dieser Fahrzeuge entdeckt werden, zu handeln, sie zu entwickeln oder auf andere Weise zu nutzen.

Die Gesellschaft unterstützt die kommerzielle Entwicklung der Hitschi-Technologie und gewährt zu diesem Zweck Pachtverträge auf Tantiemenbasis.

Die Erlöse werden dazu verwendet, Kommanditisten wie Ihnen, die bei der Entdeckung von Wertgegenständen wesentlich mitgewirkt haben, angemessene Anteile zu zahlen; um die Kosten von Gateway, die durch die Kopfsteuerbeiträge allein nicht gedeckt werden können, zu bestreiten; um jedem der Hauptpartner eine jährliche Summe zu bezahlen, damit dieser die Kosten der Überwachung durch Raumkreuzer, wie Sie sie in nahen Umlaufbahnen beobachtet haben, begleichen kann; um eine ausreichende Reserve für Notfälle zu schaffen und aufrechtzuerhalten; und um den Überschuss für die Finanzierung von Forschung und Entwicklung bezüglich der Gegenstände von Wert selbst zu verwenden.

Im Fiskaljahr, das am 30. Februar zu Ende ging, überstiegen die Gesamteinnahmen der Gesellschaft 3,7 × 10^{12} US-Dollar.

»Das hat Mr. Tschou auch gesagt«, meinte die Forehand, »aber mein Vater meint, er habe sich alle Unterlagen seit Umlauf Eins angesehen, und so schlimm sei es mit den Einern nicht.«

»Ihr Vater kann meinen haben«, erwiderte Gelle-Klara Moynlin. »Es geht nicht nur um die Statistik. Einer sind einsam. Außerdem kann eine Person gar nicht alles bewältigen, wenn sie wirklich einen Treffer landet. Man braucht Kameraden, einen in der Umlaufbahn – die meisten von uns lassen einen im Schiff, da fühlt man sich sicherer; wenigstens *könnte* jemand Hilfe holen, wenn etwas schief geht. Zwei von Ihnen fliegen also mit der Landekapsel hinunter, um sich umzusehen. Wenn Sie Glück haben, müssen Sie natürlich durch drei teilen. Ist es etwas Großes, reicht es leicht für alle. Und wenn Sie nichts finden, ist ein Drittel von Nichts nicht weniger als alles.«

»Wäre es dann nicht sogar in einem Fünfer besser?«, fragte ich.

Klara sah mich an und zwinkerte mir andeutungsweise zu; ich hatte nicht geglaubt, dass sie sich an den Tanz vom vorigen Abend erinnern würde.

»Vielleicht, vielleicht auch nicht. Das Problem bei den Fünfern ist, dass sie nahezu unbegrenzte Zielakzeptanz haben.«

»Bitte kein Chinesisch!«, flehte Sheri.

»Fünfer nehmen viele Ziele an, die Dreier und Einer nicht annehmen. *Ich* glaube, es liegt daran, dass manche dieser Ziele gefährlich sind. Das schlimmste Schiff, das ich je habe zurückkommen sehen, war ein Fünfer. Völlig zernarbt und versengt und verbogen; niemand weiß, wie es überhaupt zurückgelangt ist. Niemand weiß auch, wo es gewesen ist, aber ich habe jemanden sagen hören, es könnte tatsächlich in der Photosphäre eines Sterns gewesen sein. Die Besatzung konnte es uns nicht sagen. Sie war tot.

Selbstverständlich hat ein gepanzerter Dreier fast so viel Zielakzeptanz wie ein Fünfer«, fuhr sie versonnen fort, »aber ein Risiko muss man so und so eingehen. Also, machen wir weiter, ja? Sie ...« Sie deutete auf Sheri. »... setzen sich da drüben hin.«

Die Forehand-Tochter und ich krochen in der Mixtur aus menschlicher und Hitschi-Einrichtung herum, um Platz zu machen. Es gab nicht viel davon. Wenn man aus einem Dreier-Schiff alles herausräumte, hätte man einen Raum von etwa vier mal drei mal drei Metern gehabt, aber wenn man alles ausräumte, flog es natürlich nicht.

Sheri setzte sich vor die Säule aus Speichenrädern und rutschte mit dem Gesäß hin und her.

»Was für Hintern haben die Hitschi eigentlich gehabt?«, klagte sie.

»Wieder eine gute Frage ohne Antwort«, erklärte die Ausbilderin. »Wenn Sie es herausbekommen, sagen Sie es uns. Die Gesellschaft sorgt für das Geflecht über dem Sitz. Es gehört nicht zur Originalausstattung. Okay. Das Ding, das Sie betrachten, ist der Zielwähler. Legen Sie Ihre Hand auf *eines* der Räder. Auf irgendeines. Nur kein zweites berühren. Jetzt drehen.« Sie sah besorgt zu, als Sheri das unterste Rad berührte, mit den Fingern drückte, dann den Handballen darauf legte und sich gegen die V-förmigen Arme des Sessels stemmte. Endlich bewegte es sich, und die Lichter entlang der Räderreihe begannen zu flackern.

»Mensch«, sagte Sheri, »die müssen aber sehr viel Kraft gehabt haben.«

Wir versuchten es der Reihe nach mit diesem einen Rad – an jenem Tag ließ Klara nicht zu, dass wir irgendein anderes berührten –, und als ich an die Reihe kam, stellte ich erstaunt fest, dass ich fast meine ganze Kraft brauchte, um es zu drehen. Es fühlte sich nicht wie eingerostet an, sondern so, als sollte es schwer zu drehen sein. Und wenn man sich überlegt, in welche Schwierigkeiten man geraten kann, wenn man mitten im Flug zufällig die Einstellung verändert, war das wohl auch Absicht.

Natürlich weiß ich jetzt auch darüber mehr, als meine Ausbilderin gewusst hat. Nicht, dass ich so schlau wäre, aber viele Leute brauchten und brauchen immer noch verdammt lange Zeit, dahinter zu kommen, was allein bei der Einstellung eines Ziels mit dem Kurswähler vor sich geht.

Es handelt sich dabei um eine vertikale Reihe von Zahlengeneratoren. Die aufleuchtenden Lichter zeigen Ziffern; das ist nicht leicht zu erkennen, weil sie nicht wie Ziffern *aussehen*. Es gibt kein Komma – und kein Dezimalsystem. (Offenbar drückten die Hitschi Zahlen als Summen von Primzahlen und Exponenten aus, aber das geht weit über mein Begriffsvermögen hinaus.) Nur die Prüfpiloten und die für die Gesellschaft tätigen Kursprogrammierer müssen die Zahlen wirklich lesen können, und sie tun es nicht direkt, sondern nur mithilfe eines Übertragungscomputers. Die ersten fünf Ziffern scheinen die Lage des Ziels im Raum auszudrücken, von unten nach oben gelesen. (Dane Metschnikow sagt, die Primzahlenanordnung gehe nicht von unten nach oben, sondern von vorne nach hinten. Die

DIE SCHIFFE VON GATEWAY

Die auf Gateway verfügbaren Fahrzeuge sind zu interstellarem Flug mit Überlichtgeschwindigkeit fähig. Die Antriebsmethode ist bislang unverständlich geblieben (vergl. Piloten-Handbuch). Es gibt zusätzlich ein ziemlich konventionelles Raketenantriebssystem mit flüssigem Wasserstoff und flüssigem Sauerstoff für die Lagesteuerung und den Antrieb des Landefahrzeugs, das sich in jedem Interstellar-Fahrzeug befindet.

Es gibt drei Hauptklassen, bezeichnet als Klasse 1, Klasse 3 und Klasse 5, entsprechend der Anzahl von Personen, die sie befördern können. Manche Fahrzeuge sind besonders massiv gebaut und tragen die Bezeichnung ›gepanzert‹. Die meisten Fahrzeuge in der gepanzerten Klasse sind Fünfer.

Jedes Fahrzeug ist darauf programmiert, mit automatischer Navigation eine Reihe von Zielen zu erreichen. Die Rückkehr erfolgt automatisch und ist in der Praxis sehr zuverlässig.

Ihr Lehrgang im Steuern der Schiffe wird Sie ausreichend darauf vorbereiten, alle notwendigen Aufgaben beim Navigieren Ihres Fahrzeugs zu erfüllen. Zur Frage der Sicherheitsbestimmungen siehe jedoch das Piloten-Handbuch.

Hitschi waren dreidimensional orientiert, wie der primitive Mensch; nicht zweidimensional, wie wir.) Man möchte meinen, dass drei Zahlen ausreichen, um jede Position irgendwo im Universum zu bezeichnen, nicht wahr? Ich meine, wenn man eine dreidimensionale Darstellung der Galaxis nimmt, kann man jeden Punkt darin mithilfe einer Zahl für jede der drei Dimensionen ausdrücken. Aber die Hitschi brauchten fünf. Heißt das, dass es fünf Dimensionen gab, die von den Hitschi wahrgenommen werden konnten? Metschnikow sagt nein ...

Wie auch immer. Sobald man die ersten fünf Zahlen eingestellt hat, können die sieben anderen auf ganz willkürliche Werte eingestellt werden, und man fliegt trotzdem los, sobald man die Startwarze drückt.

Gewöhnlich nimmt man - oder nehmen die Kursprogrammierer, die von der Gesellschaft eigens dafür bezahlt werden - wahllos vier Zahlen. Dann dreht man die fünfte Ziffer, bis man eine Art rosarotes Warnglühen erzielt. Manchmal ist es schwach, manchmal grell. Wenn man da aufhört und das flache Oval unter der Warze drückt, beginnen die Zahlen zu kriechen, nur ein paar Millimeter hin oder her, und das rosarote Leuchten wird stärker. Wenn sie stillstehen, wird es zu >Shocking Pink< und schockierend grell. Metschnikow sagt, das sei ein automatisches Feinjustierungsgerät. Die Maschine berücksichtigt menschlichen Irrtum - Verzeihung, Hitschi-Irrtum -, und wenn man an eine gültige Zieleinstellung herankommt, wird die Feinregulierung automatisch vorgenommen. Wahrscheinlich hat er Recht.

(Jeden einzelnen Schritt zu lernen, kostete natürlich viel Zeit und Geld und auch manches Menschenleben. Es ist gefährlich, Prospektor zu sein. Bei den ersten Flügen war es sogar selbstmörderisch.)

Manchmal kann man alle Einstellungen der fünften Ziffer durchprobieren und doch nichts finden. Dann flucht man. Man stellt eine der anderen vier um und versucht es von neuem. Der Zyklus dauert nur einige Sekunden, aber Prüfpiloten haben bis zu hundert Stunden lang neue Einstellungen ausprobiert, bis sie die richtige Farbe hatten.

Bis ich hinausflog, hatten die Prüfpiloten und Kursprogrammierer natürlich an die zweihundert mögliche Einstellungen erarbeitet, die als gute Farben galten, aber noch nicht verwendet worden waren – ebenso alle die schon benützten Einstellungen, bei denen es sich kein zweites Mal lohnte. Oder von denen die Besatzungen nicht zurückgekommen sind.

Aber das wusste ich damals alles noch nicht, und als ich mich auf dem umgebauten Hitschi-Sitz niederließ, war alles neu, neu, neu. Und ich weiß nicht, ob ich Ihnen nahe bringen kann, wie man sich dabei fühlt.

Ich meine, da saß ich, auf einem Platz, auf dem vor einer halben Jahrmillion Hitschi gesessen hatten. Das Ding vor mir war ein Zielwähler. Das Schiff konnte *überallhin* fliegen. Überallhin! Wenn ich das richtige Ziel wählte, konnte ich zum Sirius, Procyon, vielleicht sogar zu den Magellanschen Wolken gelangen!

Klara hatte genug davon, mit dem Kopf nach unten zu hängen, und zwängte sich zwischen uns hindurch.

»Jetzt Sie, Broadhead«, sagte sie, legte eine Hand auf meine Schulter, während ich am Rücken das spürte, was ihre Brüste sein mussten.

Ich zögerte.

»Gibt es keine Möglichkeit festzustellen, wo man ankommen wird?«, fragte ich.

»Doch«, meinte sie, »wenn Sie ein Hitschi mit Pilotenausbildung sind.«

»Und nicht einmal die Farbe sagt einem, ob man weiter hinaus gelangt als bei einer anderen?«

»Hier hat noch niemand einen solchen Zusammenhang entdeckt. Man versucht es natürlich fortwährend. Ein ganzes Team verbringt seine Zeit damit, Berichte von zurückgekehrten Flügen mit den Einstellungen zu vergleichen, die beim Start bestanden haben. Bis jetzt war alles erfolglos. Also, machen wir weiter, Broadhead. Legen Sie die ganze Hand auf das erste Rad, das die anderen bedient haben. Drehen Sie. Es erfordert mehr Kraft, als Sie glauben.«

So war es. Ich hatte beinahe Angst davor, so kräftig zu

drehen, dass es funktionierte. Sie beugte sich vor und legte ihre Hand auf meine, und ich begriff, dass der angenehme Moschusöl-Geruch, den ich seit einiger Zeit wahrnahm, von ihr stammte. Es war auch nicht bloß der Duft; ihre Pheromone kuschelten sich behaglich in meine Chemorezeptoren. Eine sehr hübsche Abwechslung vom übrigen Gateway-Gestank.

Aber trotzdem leuchtete bei mir nichts auf, obwohl ich es fünf Minuten lang versuchte, bis sie mich wegscheuchte und es Sheri noch einmal probieren ließ.

Als ich in mein Zimmer zurückkam, hatte jemand sauber gemacht. Ich fragte mich dankbar, wer das gewesen sein mochte, war aber zu müde, um mir lange Gedanken darüber zu machen. Geringe Schwerkraft kann ermüdend sein, bis man sich daran gewöhnt hat; man überanstrengt seine ganzen Muskeln, weil man ein völlig neues Reaktionsmuster erlernen muss.

Ich spannte meine Hängematte auf und döste gerade ein, als ich an meiner Tür ein Kratzen hörte. Sheri sagte: »Bob?«

»Was ist?«

»Schläfst du?«

Offensichtlich nicht, aber ich legte die Frage so aus, wie sie gemeint war.

»Nein. Ich liege da und denke nach.«

»Hab' ich auch gemacht ... Bob?«

»Ja?«

»Möchtest du, dass ich in deine Hängematte komme?«

Ich strengte mich an, so weit aufzuwachen, dass ich die Frage auf ihren Kern untersuchen konnte.

»Ich möchte es wirklich«, setzte sie hinzu.

»Gut. Klar. Ich meine, sehr gern.« Sie schlüpfte in mein Zimmer, und ich machte Platz in der Hängematte, die langsam schwankte, als sie hineinkroch. Sie trug ein gestricktes T-Shirt und Unterhose und fühlte sich weich an, als wir in der Matte sanft zusammenrollten.

»Es muss nicht Sex sein, Freund«, sagte sie. »Ich bin für alles zu haben.«

»Mal sehen, was sich entwickelt. Hast du Angst?«

Ihr Atem war das Süßeste an ihr; ich konnte ihn an meiner Wange spüren.

»Viel mehr, als ich ursprünglich gedacht habe.«

»Warum?«

»Bob ...« Sie schob sich bequem zurecht, dann verdrehte sie den Hals, um mich über die Schulter anzusehen. »Manchmal sagst du die blödesten Dinge.«

Kleinanzeigen

WOHER wissen Sie, dass Sie kein Unitarier sind? Gateway-Gemeinschaft jetzt im Entstehen. 87-539.

BILITIS GESUCHT für Sappho und Lesbia, gemeinsame Flüge, bis wir es schaffen, danach für immer Glück in Nordirland. Nur ständige Dreiehe. 87-033 oder 87-034.

LAGERN SIE Ihr Eigentum. Sparen Sie Miete, vermeiden Sie Beschlagnahme durch die Gesellschaft, wenn Sie unterwegs sind. In der Gebühr sind Verfügungsanweisungen bei Nichtrückkehr enthalten. 88-125.

»Entschuldige.«

»Nein, im Ernst. Ich meine, sieh dir doch an, was wir tun. Wir werden in ein Schiff steigen, von dem wir nicht wissen, ob es dahin kommt, wohin es fliegen soll, und wir wissen nicht einmal, wohin es soll. Wir fliegen schneller als das Licht, niemand weiß, wie. Wir wissen nicht, wie lange wir fort sein werden, selbst wenn wir wüssten, wohin wir fliegen. Wir könnten also den Rest unseres Lebens unterwegs sein und sterben, bevor wir ankommen, selbst wenn wir nicht auf etwas stoßen, das uns innerhalb von zwei Sekunden tötet. Richtig? Richtig. Wieso fragst du mich dann, warum ich Angst habe?«

»Nur so.« Ich schmiegte mich an ihren Rücken und umfasste eine Brust, nicht aggressiv, sondern weil sich das gut anfühlte.

»Und nicht nur das. Wir wissen nichts über die Wesen, die diese Schiffe gebaut haben. Woher wissen wir, dass das Ganze nicht ein schlechter Scherz von ihnen ist? Vielleicht ihre Methode, Frischfleisch in den Hitschi-Himmel zu locken?«

»Wissen wir nicht«, bestätigte ich. »Dreh dich herum.«

»Und das Schiff, das sie uns heute früh gezeigt haben, sieht ganz und gar nicht so aus, wie ich mir das vorgestellt habe«, sagte sie, tat, was ich verlangt hatte, und legte eine Hand um meinen Hals.

Irgendwo ertönte ein schriller Pfiff; ich wusste nicht, woher er kam.

»Was ist das?«

»Weiß ich nicht.« Der Pfiff wiederholte sich, sowohl draußen im Tunnel, als auch, lauter, in meinem Zimmer. »Oh, das Telefon.« Was ich hörte, war mein eigenes Piezophon und die anderen auf beiden Seiten neben mir, die alle gleichzeitig schrillten. Das Pfeifen hörte auf, und eine Stimme sagte: »Hier spricht Jimmy Tschou. Alle Fische, die sehen wollen, wie ein Schiff aussieht, wenn es nach einem schlechten Flug zurückkommt, sollen zu Dockstation Vier kommen. Es wird jetzt eingeholt.«

Ich konnte im Zimmer der Forehands nebenan ein Murmeln hören und spürte, wie Sheris Herz hämmerte.

»Wir gehen wohl besser«, sagte ich.

»Ja. Aber ich glaube nicht, dass ich große Lust habe.«

Das Schiff war nach Gateway zurückgelangt, aber nicht ganz. Einer der Kreuzer im Orbit hatte es geortet und angeflogen. Ein Schlepper brachte es jetzt zurück zu den Docks der Gesellschaft, wo gewöhnlich nur die Raketen von den Planeten anlegten. Es gab eine Luke, die sogar groß genug für ein Fünfer-Schiff war. Das hier war ein Dreier ... oder das, was noch von einem Dreier übrig war.

»O mein Gott«, flüsterte Sheri. »Bob, was glaubst du, ist ihnen zugestoßen?«

»Den Leuten? Sie sind gestorben.« Daran gab es keinen Zweifel. Das Schiff war ein Wrack. Der Landestengel war verschwunden, nur das Interstellar-Fahrzeug selbst, die Pilzkappe, war noch da, und es war völlig verbogen, aufgerissen, versengt. Aufgerissen! Hitschi-Metall, das nicht einmal unter dem Schweißbogen weich wird!

Aber wir hatten das Schlimmste noch nicht gesehen.

Wir sahen das Schlimmste auch nicht, wir hörten nur davon. Ein Mann befand sich noch im Inneren des Schiffes. Auf die ganze Innenseite verteilt. Er war buchstäblich in der Steuerkabine verspritzt worden, und seine Überreste waren an den Wänden festgebacken. Wodurch? Hitze und Beschleunigung, ohne Zweifel. Vielleicht war er in die Nähe einer Sonne geraten, oder in eine enge Umlaufbahn um einen Neutronenstern. Der Schwerkraftunterschied mochte Schiff und Besatzung so zerfetzt haben. Aber Gewissheit erhielten wir nie.

Die beiden anderen Besatzungsmitglieder waren überhaupt nicht da. Nicht, dass man das leicht hätte feststellen können, aber die Organzählung ergab nur einen Kiefer, ein Becken, ein Rückgrat – wenn auch in vielen kleinen Stückchen. Vielleicht waren die beiden anderen in der Landekapsel gewesen?

»Weg da, Fische!«

Sheri packte meinen Arm und zog mich weg. Fünf uniformierte Besatzungsmitglieder von den Kreuzern kamen hinzu, in amerikanischem und brasilianischem Blau, russischem Beige, venusianischem Arbeitsweiß und chinesischem Allzweck-Schwarz- und Braun. Die Amerikaner und Venusianer waren weiblich; die Gesichter sahen alle verschieden aus, aber der Ausdruck war immer der gleiche, ein Gemisch aus Disziplin und Abscheu.

»Gehen wir.« Sheri zerrte mich weg. Sie wollte nicht zusehen, wie die Leute in den Überresten herumstocherten, und ich auch nicht. Die ganze Klasse, Jimmy Tschou, Klara und die anderen Ausbilder, alle gingen zurück zu den Zimmern. Aber nicht schnell genug. Wir hatten durch die Luken in die Schleuse geblickt; als der Trupp von den Kreuzern sie öffnete, erhaschten wir eine Prise der Luft darin. Ich weiß nicht, wie ich sie beschreiben soll. Ein bisschen vollreif wie vollreifer Müll, der als Schweinetrank gekocht wird. Selbst in der übel riechenden Luft von Gateway war das schwer zu ertragen.

Klara stieg an ihrer eigenen Etage aus – ziemlich tief unten, im teuren Bezirk um Etage Easy. Als sie zu mir hinaufschaute, nachdem ich gute Nacht gesagt hatte, sah ich, dass sie weinte.

Sheri und ich verabschiedeten uns von den Forehands an deren Tür, und ich wandte mich ihr zu, aber sie kam mir zuvor.

»Ich glaube, diesmal schlafe ich lieber«, sagte sie. »Tut mir Leid, Bob, aber, weißt du, ich habe einfach keine Lust mehr dazu.«

SICHERHEITSVORSCHRIFTEN
FÜR GATEWAY-SCHIFFE

Der Mechanismus für den interstellaren Flug befindet sich, wie man weiß, in dem rautenförmigen Kasten, der bei den 3-Mann- und 5-Mann-Schiffen unter dem Mittelkiel, bei den 1-Mann-Schiffen in der Sanitäranlage angebracht ist.

Niemand hat mit Erfolg einen dieser Behälter öffnen können. Jeder Versuch hat zu einer Explosion von ungefähr einer Kilotonne Sprengkraft geführt. Ein großes Forschungsprojekt versucht, in diesen Kasten einzudringen, ohne ihn zu zerstören, und wenn Sie in diesem Zusammenhang irgendwelche Informationen oder Vorschläge haben, sollten Sie sich sofort mit einem leitenden Angestellten der Gesellschaft in Verbindung setzen.

Versuchen Sie aber unter keinen Umständen, den Kasten selbst zu öffnen! Jeder Eingriff oder das Andocken eines Fahrzeugs, bei dem an dem Behälter ein Eingriff vorgenommen wurde, ist streng verboten. Jede Zuwiderhandlung wird mit dem Entzug aller Rechte und der augenblicklichen Ausweisung aus Gateway bestraft.

Auch die Kursbestimmungsanlage stellt eine potenzielle Gefahr dar. Sie sollten unter keinen Umständen versuchen, die Einstellung zu verändern, sobald Sie mit dem Flug begonnen haben. Kein Fahrzeug, in dem das geschehen ist, ist je zurückgekommen.

9

Ich weiß nicht, warum ich immer wieder zu Sigfrid Seelenklempner gehe. Mein Termin mit ihm ist immer am Mittwochnachmittag, und es passt ihm nicht, wenn ich vorher trinke oder Drogen nehme. Dieser Termin macht mir den ganzen Tag kaputt. Ich zahle viel für diese Tage. Sie *ahnen* ja nicht, was es kostet, in meinem Stil zu leben. Meine Wohnung über dem Washington Square kostet achtzehntausend Dollar im Monat. Meine Aufenthaltssteuer für das Leben unter der großen Kuppel macht noch einmal über dreitausend aus. (So viel kostet es nicht einmal auf Gateway!) Ich habe ein paar dicke Konten für Pelze, Wein, Damenunterwäsche, Schmuck, Blumen eingerichtet ... Sigfrid sagt, ich versuche, Liebe zu erkaufen. Gut, das mache ich. Was lässt sich dagegen einwenden? Ich kann es mir leisten. Und dabei ist noch nicht mitgerechnet, was mich der medizinische Vollschutz kostet.

Aber Sigfrid ist umsonst. Der medizinische Vollschutz deckt auch psychiatrische Therapie ab, von jeder Art, die mir beliebt; ich könnte Gruppenbetasten oder innere Massage für denselben Preis haben, nämlich umsonst. Manchmal ziehe ich ihn damit auf.

»Selbst wenn man bedenkt, dass du nur ein Haufen rostiger Bolzen bist, taugst du nicht viel«, sage ich. »Aber dein Preis ist richtig.«

Er fragt: »Hast du das Gefühl, dass du selbst wertvoller bist, wenn du das sagst?«

»Eigentlich nicht.«

»Warum beharrst du dann darauf, dich immer wieder daran zu erinnern, dass ich eine Maschine bin? Oder dass ich nichts koste? Oder dass ich über meine Programmierung nicht hinauskann?«

»Du bist mir einfach zuwider, Sigfrid.« Ich weiß, dass ihn das nicht befriedigen wird, also erkläre ich es ihm: »Du hast mir den Vormittag ruiniert. Diese Freundin von mir, S. Ya. Laworowna, hat gestern bei mir übernachtet. Die ist *einmalig.*« Ich erzähle Sigfrid ein bisschen davon, wie S. Ya. ist, vor allem, wenn sie sich in der Trikothose von mir entfernt und das lange, schmutziggoldene Haar bis zu ihren Hüften herabhängt.

»Klingt sehr anregend«, meint Sigfrid.

»Darauf kannst du deine Schrauben verwetten. Nur wird sie morgens sehr langsam wach. Gerade, als sie wieder lebendig wurde, musste ich mein Sommerhaus über dem Tappan-See verlassen und hierher kommen.«

»Liebst du sie, Bob?«

Die Antwort ist ›nein‹, also möchte ich ihm einreden, sie sei ›ja‹. Ich sage: »Nein.«

»Ich glaube, das ist eine ehrliche Antwort, Rob«, sagt er anerkennend und enttäuschenderweise. »Bist du deshalb wütend auf mich?«

»Ach, ich weiß nicht. Einfach schlechter Laune, denke ich.«

»Fällt dir irgendein Grund dafür ein?«

Er kann länger warten als ich, und nach einer Weile sage ich: »Na ja, ich habe gestern beim Roulette hoch verloren.«

»Mehr, als du dir leisten kannst?«

»Guter Gott, nein!« Aber ärgerlich ist es trotzdem. Anderes kommt auch noch hinzu. Es fängt an, wieder kühl zu werden. Mein Haus über dem Tappan-See liegt nicht unter der Kuppel, und da war es keine so gute Idee, zum Brunch mit S. Ya. auf der Terrasse zu sitzen. Das möchte ich Sigfrid gegenüber nicht erwähnen. Er würde etwas ganz Vernünftiges sagen, wie etwa, warum ich mir das Essen nicht im Haus servieren lasse. Und ich würde ihm wieder einmal klar machen müssen, dass ich als Junge davon träumte, ein Sommerhaus über dem Tappan-See zu haben und auf der Terrasse den Brunch einzunehmen. Sie hatten den Hudson gerade aufgestaut, als ich ungefähr zwölf Jahre alt war. Ich träumte oft davon, großen Erfolg zu haben und wie die reichen Leute zu leben. Das hat er alles schon gehört.

Sigfrid räuspert sich.

»Danke, Bob«, sagt er, um mir zu zeigen, dass die Stunde vorbei ist. »Sehe ich dich nächste Woche?«

»Tust du das nicht immer?«, antworte ich lächelnd. »Wie die Zeit vergeht. Eigentlich wollte ich heute ein bisschen früher gehen.«

»Wirklich?«

»Ich bin wieder mit S. Ya. verabredet«, erkläre ich ihm. »Sie kommt heute Abend mit mir erneut ins Sommerhaus. Offen gesagt, was sie tun wird, ist bessere Therapie als das, was du machst.«

»Ist das alles, was du dir von einer Beziehung erwartest, Robbie?«, fragt er.

»Nur Sex, meinst du?« Die Antwort in diesem Fall ist ›nein‹, aber er soll noch nicht wissen, was ich mir von der Beziehung zu S. Ya. Laworowna erhoffe. »Sie unterscheidet sich ein wenig von meinen anderen Freundinnen, Sigfrid. Sie hat zum einen fast so viel Geld wie ich. Einen verdammt guten Job. Ich bewundere sie.«

Das stimmt im Grunde gar nicht. Oder vielmehr, es ist mir nicht von großer Bedeutung, ob ich sie bewundere oder nicht. S. Ya. hat einen Zug, der mich sogar noch mehr beeindruckt als die erfreulichste Rückenansicht, die der liebe Gott je einer Frau hat zuteil werden lassen. Ihr verdammt guter Job hat mit Informationstechnik zu tun. Sie hat die Akademogorsker Universität besucht, sie war Mitglied des Max-Planck-Instituts für Maschinenintelligenz, und sie lehrt an der Universität von New York KI für graduierte Studenten. Sie weiß mehr über Sigfrid, als er über sich selbst, und das eröffnet mir interessante Möglichkeiten.

10

An meinem fünften Tag auf Gateway stand ich früh auf und lebte über meine Verhältnisse, Frühstück draußen im Hitschi-Stadt-Hotel, umgeben von Touristen, von Spielern mit rotgeränderten Augen aus dem Kasino auf der anderen Seite der Spindel und von Matrosen von den Kreuzern auf Freigang. Es war ein luxuriöses Gefühl und kostete ent-

Kleinanzeigen

FEINSCHMECKERKÜCHE nach Wunsch. Szetschuan, Kalifornien, Canton. Spezialität Partybüffets. Die Wongs, Tel. 83-242.

VORTRAGS- UND PV-Laufbahn für Vielspangen-Pensionäre! Besuchen Sie jetzt Kurs für Vortragsreden, Holoschirm-Vorbereitung, PR-Management. Authentische Briefe von Lehrgangsteilnehmern mit Wochenverdienst über $ 3000. 86-521.

WILLKOMMEN auf Gateway! Kontakte schnell durch unseren Sonderdienst. 200 Namen, Sonderwünsche registriert. Bekanntschaften $ 50. 88-963.

sprechend viel. Es lohnte sich, der Touristen wegen. Ich spürte ihre Blicke auf mir. Ich wusste, dass sie über mich sprachen, vor allem ein glattgesichtiger, aber alter Afrikaner aus Dahomey oder Ghana, vermutete ich, mit seiner sehr jungen, sehr dicken, sehr juwelengeschmückten Frau. Oder was sie sonst sein mochte. Für sie war ich eine Heldengestalt. Gewiss, ich trug keine Armspangen, aber manche von den Veteranen trugen sie auch nicht.

Ich sonnte mich darin. Ich überlegte, ob ich Eier mit Schinken bestellen sollte, aber das war ein bisschen mehr, als selbst meine Euphorie mir gestatten wollte, also begnügte ich mich mit Orangensaft (zu meiner Überraschung echt), einem Brioche und mehreren Tassen schwarzen Kaffees. Alles, was mir noch fehlte, war ein hübsches Mädchen als Nachbarin. Ich sah zwei attraktive Frauen, die vom chinesischen Kreuzer zu kommen schienen und nicht abgeneigt waren, mit den Augen ein paar Funkbotschaften auszutauschen, aber ich beschloss, sie mir für künftige Zeiten als Möglichkeiten aufzuheben, bezahlte meine Rechnung (das war schmerzhaft genug) und ging zum Unterricht.

Auf dem Weg nach unten holte ich die Forehands ein. Der Mann, der Sess zu heißen schien, ließ das Abwärts-Kabel los und wartete, um mir höflich guten Morgen zu wünschen.

»Wir haben Sie beim Frühstück nicht gesehen«, sagte seine Frau, also erzählte ich, wo ich gewesen war. Die jüngere Tochter mit Namen Lois machte einen etwas neidischen Eindruck. Ihre Mutter sah das und tätschelte ihren Arm. »Keine Sorge, Kleines. Bevor wir zur Venus zurückfliegen, essen wir auch dort.« Zu mir sagte sie: »Wir müssen im Augenblick jeden Pfennig umdrehen, aber wenn wir erfolgreich sind, haben wir große Pläne.«

»Die hat jeder«, sagte ich, doch in meinem Gehirn regte sich etwas. »Wollen Sie wirklich auf die Venus zurück?«

»Gewiss«, sagten sie alle auf die eine oder andere Weise und schienen sich über die Frage zu wundern. Was wiederum mich wunderte. Ich hatte nicht geahnt, dass Tunnelratten sich diesen stinkenden Schmelztopf als Heimat vorstellen konnten. Sess Forehand musste meinen Ausdruck richtig gedeutet haben. Sie waren allesamt reserviert, aber viel entging ihnen nicht. Er grinste und sagte: »Das ist schließlich unser Zuhause. Gateway auch, auf seine Art.«

Das war wirklich erstaunlich.

»Wir sind übrigens mit dem Mann verwandt, der Gateway als Erster gefunden hat, mit Sylvester Macken. Haben Sie von ihm gehört?«

»Wie denn nicht?«

»Er war eine Art Vetter. Ich nehme an, Sie kennen die ganze Geschichte?« Ich wollte gerade ja sagen, aber er war offenkundig stolz auf seinen Vetter, und ich konnte es ihm nicht verdenken; so hörte ich eine etwas veränderte Version der vertrauten Legende: »Er befand sich in einem der Südpol-Tunnels und fand ein Schiff. Weiß der Himmel, wie er es an die Oberfläche gebracht hat, aber er schaffte es. Er stieg ein, drückte offenbar die Startwarze, und es flog zu dem Ziel, auf das es programmiert war – hierher.«

»Zahlt die Gesellschaft dafür keine Tantiemen?«, fragte ich. »Ich meine, wenn sie für Entdeckungen zahlt, welche Entdeckung könnte mehr wert sein als diese?«

»Jedenfalls nicht an uns«, antwortete Louise Forehand ein wenig düster; Geld war bei den Forehands ein großes Thema. »Sylvester hat sich natürlich nicht auf den Weg gemacht, um Gateway zu finden. Wie Sie aus unserem Unterricht wissen, sind die Schiffe automatisch auf Rückflug programmiert. Wohin man auch fliegt, man drückt einfach die Startwarze und kommt direkt hierher zurück. Nur half das Sylvester nichts, weil er schon hier war. Es war der Rückflug einer Rundreise mit einem Zwischenaufenthalt von zigtausend Jahren.«

»Er war schlau und stark«, fuhr Sess fort. »Das muss man sein, wenn man forschen will. Er geriet nicht in Panik. Aber bis jemand hierher kam, um nachzusehen, war es Schluss mit der Lebenserhaltung. Er hätte noch etwas länger leben können. Er hätte Flüssigsauerstoff und H_2O aus den Landekapsel-Tanks als Luft und Wasser verwenden können. Ich frage mich oft, warum er es nicht getan hat.«

»Weil er so und so verhungert wäre«, warf Louise ein, bestrebt, ihren Verwandten zu verteidigen.

»Das nehme ich auch an. Jedenfalls fand man seine Leiche mit den Aufzeichnungen in der Hand. Er hatte sich die Kehle durchgeschnitten.«

Sie waren nette Leute, aber das hatte ich alles schon gehört, und sie hielten mich vom Unterricht ab.

Natürlich war der Unterricht an diesem Punkt gar nicht so aufregend. Wir waren bei Hängemattenmontieren (Grundlehrgang) und Toilettenspülen (Fortgeschrittene). Sie fragen sich vielleicht, warum man nicht mehr Zeit dafür aufwandte, uns beizubringen, wie man die Schiffe zu fliegen hatte. Ganz einfach. Die Geräte flogen sich selbst, wie die Forehands und alle anderen Leute mir immer wieder erklärt hatten. Selbst die Landefahrzeuge waren nicht schwer zu bedienen, auch wenn hier eine Hand an der Steuerung erforderlich war. Sobald man sich im Landefahrzeug befand, brauchte man nur eine dreidimensionale holographieartige Darstellung der unmittelbaren räumlichen Umgebung mit dem Ziel zu vergleichen, das man erreichen wollte, und einen Lichtpunkt in diesem Volumen zu der Stelle zu lenken,

STARTMÖGLICHKEITEN	
30-107.	FÜNF. Drei Freiplätze, englisch sprechend. Terry Yakamora (Tel. 83-657) oder Jay Parduk (83004).
30-108.	DREI. Gepanzert. Ein Freiplatz, englisch oder französisch. BONUSFLUG. Dorlean Sugrue. (P-Phon 88-108).
30-109.	EINS. Prüfflug. Gute Aussichten. Wenden Sie sich an Startoffizier.
30-110.	EINS. Gepanzert. BONUSFLUG. Wenden Sie sich an Startoffizier.
30-111.	DREI. Meldungen von jedermann. Wenden Sie sich an Startoffizier.
30-112.	DREI. Wahrscheinlich Kurzflug. Meldungen von jedermann. Minimalgarantie. Wenden Sie sich an Startoffizier.
30-113.	EINS. Vier Freiplätze über Gateway II. Beförderung in zuverlässigen Fünfern. Tikki Trumbull (Tel. 87-869).

wo man hinwollte. Die Landekapsel verfügte sich dorthin. Sie berechnete ihre Bahn und korrigierte Abweichungen selbst. Es bedurfte einer gewissen Muskelkoordination, um den Lichtpunkt dahin zu befördern, wo man ihn haben wollte, aber das System verzieh vieles.

Zwischen den Spül- und Spannübungen unterhielten wir uns darüber, was wir tun würden, wenn wir den Lehrgang abgeschlossen haben würden. Die Startpläne wurden auf dem Laufenden gehalten und auf den PV-Monitor in unserem Klassenzimmer übertragen. Bei manchen standen Namen, und den einen oder anderen erkannte ich. Tikki Trumbull war eines der Mädchen, mit denen ich getanzt hatte, und ein- oder zweimal war ich in der Kantine an ihrem Tisch gesessen. Sie war Beipilotin, und da sie nach einer Besatzung suchte, überlegte ich mir, ob ich mitmachen sollte. Aber die Schlauköpfe erklärten mir, Beiflüge wären Zeitverschwendung.

Ich sollte noch erklären, was ein Beipilot ist. Das ist derjenige, welcher frische Besatzungen nach Gateway II bringt.

Es gibt ungefähr ein Dutzend Fünfer-Schiffe, die das regelmäßig machen. Sie bringen vier Leute hin (wozu Tikki also Leute suchte), und der Pilot kommt alleine zurück, oder mit heimkehrenden Prospektoren - falls vorhanden - und dem, was sie gefunden haben. Meistens wartet jemand.

Das Team, das Gateway II gefunden hat, bestand aus den Leuten, von denen wir träumten. Sie hatten es geschafft. Und wie! Gateway II war ein zweites Gateway, nicht mehr und nicht weniger, nur kreiste es um einen anderen Stern als den unseren. Auf Gateway II gab es an Schätzen nicht mehr als auf unserem eigenen Gateway; die Hitschi hatten alles, bis auf die Schiffe selbst, ausgeräumt. Und dort gab es nicht annähernd so viele Schiffe, nur ungefähr hundertundfünfzig, verglichen mit fast eintausend auf unserem alten Original-Sonnen-Gateway. Aber hundertfünfzig Schiffe zu finden, lohnt sich allein schon. Gar nicht zu reden davon, dass sie manche Ziele zu akzeptieren scheinen, die unsere Gateway-Schiffe nicht ansteuern wollen.

Der Flug nach Gateway II scheint an die vierhundert Lichtjahre zu umfassen und erfordert in beiden Richtungen je hundertneun Tage. Der Hauptstern von II ist ein heller, blauer vom Typ B. Man nimmt an, dass es sich um Alcyone in den Plejaden handelt, aber es gibt gewisse Zweifel. Nun, eigentlich ist das nicht der *tatsächliche* Stern von Gateway II. Es umkreist nicht den großen, sondern ein erloschenes kleines Ding, einen roten Zwergstern. Es heißt, der Zwergstern sei vermutlich ein ferner Doppelstern zum blauen B-Stern, aber es heißt auch, das könne wegen des Altersunterschieds der beiden Sterne nicht sein. Wenn man sie noch ein paar Jahre streiten lässt, wissen sie es vermutlich. Man fragt sich, weshalb die Hitschi ihr Weltraum-Drehkreuz in einer Umlaufbahn um einen derart unbedeutenden Stern etabliert haben sollten, aber was die Hitschi angeht, fragt man sich ja so allerlei.

Dies alles betrifft jedoch nicht die Geldtaschen der Leute, die Gateway II zufällig entdeckten. Sie bekommen einen Anteil von allem, was sämtliche späteren Prospektoren finden! Ich weiß nicht, was sie bisher verdient haben, aber es muss sich pro Person auf zig Millionen belaufen. Vielleicht auf hunderte. Und deshalb zahlt es sich nicht aus, mit einem Beipiloten zu fliegen; man hat in Wirklichkeit keine besseren Aussichten, einen Treffer zu landen, und man muss teilen, was man erhält.

Wir gingen also die Liste bevorstehender Starts durch und besprachen sie im Licht unserer fünftägigen Erfahrung, die nicht groß war. Wir suchten Rat bei Gelle-Klara Moynlin. Sie war schließlich schon zweimal unterwegs gewesen. Sie studierte die Liste von Flügen und Namen und spitzte die Lippen.

»Terry Yakamora ist ein anständiger Kerl«, sagte sie. »Parduk kenne ich nicht, aber es könnte sich lohnen, da mitzumachen. Bei Dorlean würde ich lieber passen. Der Bonus beträgt eine Million Dollar, aber was sie euch nicht sagen, ist, dass sie mit einer zweifelhaften Steuerkonsole fliegen. Die Fachleute der Gesellschaft haben einen Computer eingebaut, der sich angeblich über den Hitschi-Zielwähler hinwegsetzt, aber darauf würde ich mich nicht verlassen. Und einen Einer würde ich natürlich unter keinen Umständen empfehlen.«

»Was würden Sie nehmen, wenn Sie die Wahl hätten, Klara?«, fragte Lois Forehand.

Sie zog die Brauen zusammen und rieb sich die schwarze linke Braue mit den Fingerspitzen.

»Vielleicht Terry. Na, irgendeinen Flug. Aber ich gehe für eine Weile nicht hinaus.«

Ich hätte sie gern gefragt, warum nicht, aber sie wandte sich vom Bildschirm ab und sagte: »Also, Leute, machen wir weiter. Nicht vergessen, zum Pinkeln hoch, hinunter, zumachen, zehn Sekunden warten, und los.«

Ich feierte den Abschluss der Woche Schiffssteuerung, indem ich Dane Metschnikow anbot, ihm einen Drink zu spendieren. Das war nicht meine erste Idee gewesen. Die hatte vielmehr darin bestanden, Sheri ein Getränk zu offerieren und es im Bett zu trinken, aber sie war irgendwo unterwegs. Ich betätigte die Knöpfe am Piezophon und erreichte Metschnikow.

Er schien über mein Angebot erstaunt zu sein.

»Danke«, sagte er und überlegte. »Passen Sie auf. Helfen Sie mir, ein paar Sachen zu schleppen, dann lade ich Sie ein.«

Ich ging hinunter zu ihm, nur eine Etage tiefer; sein Zimmer war nicht viel besser als das meine und leer, bis auf zwei volle Reisetaschen. Er sah mich beinahe freundlich an.

»Jetzt sind Sie Prospektor«, knurrte er.

»Noch nicht. Ich habe noch zwei Kurse.«

»Jedenfalls sehen Sie mich das letzte Mal. Ich fliege morgen mit Terry Yakamora.«

Ich war erstaunt.

»Sind Sie nicht erst vor zehn Tagen zurückgekommen?«

»Wenn man sich hier herumtreibt, kann man kein Geld verdienen. Ich habe nur auf die richtige Besatzung gewartet. Wollen Sie zu meiner Abschiedsparty kommen? Bei Terry. Um zwanzig.«

»Klingt gut«, sagte ich. »Kann ich Sheri mitbringen?«

»Na klar, sie kommt ohnehin, glaube ich. Den Drink spendiere ich dort, wenn es Ihnen nichts ausmacht. Wenn Sie mir helfen, bringen wir das Zeug da ins Lager.«

Er hatte überraschend viele Besitztümer angesammelt. Ich fragte mich, wie er sie alle in einem Raum hatte unterbringen können, der so winzig war wie der meine: drei Stofftaschen, vollgestopft mit Holoscheiben und Betrachter, Bücherbändern und sogar ein paar richtigen Büchern. Ich ergriff die Taschen. Auf der Erde hätten sie mehr gewogen, als ich hätte tragen können, fünfzig bis sechzig Kilogramm, aber auf Gateway war das Hochheben natürlich kein Problem; schwierig war nur, sie durch die Korridore zu schleppen und die Schächte hinunterzubugsieren. Ich übernahm die Masse, aber die Probleme hatte Metschnikow, weil das, was er trug, von unterschiedlicher Form und Zerbrechlichkeit war. Wir kamen in einen Teil des Asteroiden, den ich zuvor noch nie gesehen hatte; dort zählte eine ältere Pakistani-Frau die Stücke, gab Metschnikow eine Quittung und zog die Taschen durch einen rankendurchwucherten Korridor davon.

»Puh«, knurrte er. »Na, vielen Dank.«

»Gern geschehen.« Wir gingen zu einem der Fallschächte zurück, und er fragte, offenbar weil er sich verpflichtet fühlte, ein wenig Konversation zu machen: »Wie war denn der Lehrgang?«

»Sie meinen, abgesehen von der Tatsache, dass ich eben damit fertig geworden bin und noch immer keine Ahnung habe, wie man die gottverdammten Dinger fliegt?«

»Natürlich haben Sie keine«, erwiderte er gereizt. »Das lernen Sie beim Lehrgang nicht. Da bekommen Sie lediglich eine allgemeine Vorstellung. Lernen können Sie nur in der Praxis. Das einzig Schwierige ist das Landefahrzeug. Sie haben Ihre Bänder ja bekommen?«

»O ja.« Es waren sechs Kassetten. Jeder von uns hatte eine Garnitur erhalten, als wir den ersten einwöchigen Lehrgang abgeschlossen hatten. Sie enthielten alles, was besprochen worden war, und dazu eine Menge über verschiedene Steueranlagen, die von der Gesellschaft an eine Hitschi-Konsole angeschlossen werden konnten oder auch nicht, und dergleichen mehr.

»Spielen Sie sie ab«, sagte er. »Wenn Sie klug sind, nehmen Sie sie beim Flug mit. Da haben Sie Zeit genug, sie abzuhören. Die Schiffe steuern sich ohnehin fast die ganze Zeit allein.«

»Hoffentlich«, sagte ich zweifelnd. »Bis später.« Er winkte und packte das Abwärtskabel, ohne sich noch einmal umzusehen. Offenbar war ich damit einverstanden, das Glas, das er mir schuldig war, bei der Party zu trinken. Wo es ihn nichts kosten würde.

Ich überlegte wieder, ob ich Sheri suchen sollte, und entschied mich dagegen. Ich war in einem Teil von Gateway, den ich nicht kannte, und meine Karte hatte ich natürlich im Zimmer gelassen. Ich wanderte ziellos umher, vorbei an Sternpunkten, wo manche Tunnels staubig und muffig rochen und es nicht viele Leute gab, dann durch einen bewohnten Sektor, in dem das osteuropäische Element vorzuherrschen schien. Die Sprachen kannte ich nicht, aber an dem allgegenwärtigen Efeu hingen Mitteilungen und Wandschilder mit Buchstaben, die kyrillisch oder noch fremdartiger aussahen. Ich kam zu einem Fallschacht, überlegte kurz und griff nach dem Aufwärts-Kabel. Die Gefahr, sich in Gateway zu verirren, ist am geringsten, wenn man sich ständig aufwärts bewegt, bis man die Spindel erreicht, wo ›aufwärts‹ aufhört.

Aber diesmal kam ich am Central Park vorbei und ließ plötzlich das Kabel los, um mich eine Weile unter einen Baum zu setzen.

Central Park ist nicht wirklich ein Park. Es ist ein großer Tunnel, nicht weit vom Rotationszentrum des Asteroiden entfernt, der ganz der Vegetation gewidmet ist. Dort fand ich Orangenbäume (was den Saft erklärte) und Weinreben, Farnkraut und Moos, aber kein Gras. Ich weiß nicht genau, warum nicht. Wahrscheinlich hängt es damit zusammen, dass man nur Arten anpflanzt, die für das verfügbare Licht empfindlich sind, für das blaue Leuchten des Hitschi-Metalls überall, und vielleicht konnte man kein Gras finden, das dieses Licht für seine Photosynthese wirksam zu nutzen vermochte. Der Hauptgrund für das Bestehen von Central Park war, dass er CO_2 schluckte und Sauerstoff abgab; das war in der Zeit wichtig gewesen, bevor man alle Tunnels bepflanzt hatte. Aber er tötete auch Gerüche oder sollte es wenigstens tun, ein bisschen, und er erzeugte eine gewisse Menge Nahrung. Das Ganze war etwa achtzig Meter lang und doppelt so hoch wie ich. Es war breit genug, um Platz für ein paar geschlängelte Wege zu bieten. Das Zeug, in dem die Pflanzen wuchsen, sah der guten alten irdischen Erde sehr ähnlich. In Wirklichkeit war es Humus aus dem Abwasserschlamm von den zweitausend Leuten, die Gateway-Toiletten benutzt hatten, aber das war nicht zu sehen, nicht einmal zu riechen.

Der erste Baum, der groß genug war, damit man sich darunter setzen konnte, taugte nicht für diesen Zweck; es war ein Maulbeerbaum, und man hatte engmaschige Netze darunter aufgespannt, um die Früchte aufzufangen. Ich ging daran vorbei, und ein paar Meter weiter stieß ich auf eine Frau und ein Kind.

Ein Kind! Ich hatte nicht gewusst, dass es auf Gateway überhaupt Kinder gab. Es war ein winziges Dingelchen, vielleicht eineinhalb Jahre alt, und spielte mit einem so großen und bei der niedrigen Schwerkraft so trägen Ball, dass er wie ein Luftballon wirkte.

»Hallo, Bob.«

Das war die zweite Überraschung; die Frau, die mich begrüßte, war Gelle-Klara Moynhin. Ohne zu überlegen, sagte ich: »Ich wusste nicht, dass Sie ein kleines Mädchen haben.«

»Stimmt auch nicht. Das ist Kathy Francis; ihre Mutter borgt sie mir manchmal aus. Kathy, das ist Bob Broadhead.«

»Hallo, Bob«, rief das kleine Ding und betrachtete mich aus drei Metern Entfernung. »Bist du ein Freund von Klara?«

»Das hoffe ich. Sie ist meine Lehrerin. Willst du Fangen spielen?«

Kathy schloss ihre Betrachtung ab und sagte klar verständlich und präzise wie eine Erwachsene: »Ich weiß nicht, wie Fangen geht, aber ich hole dir sechs Maulbeeren. Das ist alles, was du kriegen kannst.«

»Danke.« Ich setzte mich zu Klara, die die Hände um ihre Knie geschlungen hatte und das Kind beobachtete. »Sie ist süß.«

»Na ja, stimmt wohl. Schwer zu beurteilen, wenn es sonst nicht viele Kinder gibt.«

»Sie ist doch kein Prospektor, oder?«

Ich wollte nicht direkt einen Witz machen, aber Klara lachte hell.

»Ihre Eltern sind dauernd hier. Die meiste Zeit jedenfalls. Im Augenblick ist ihre Mutter unterwegs. Manchmal machen sie das, viele von den Ständigen. Man kann nur eine gewisse Zeit damit zubringen, sich auszurechnen, was die Hitschi trieben, bevor man seine eigenen Lösungen der Rätsel ausprobieren will.«

»Klingt gefährlich.«

Sie machte ›Pst‹. Kathy kam zurück, in jeder offenen Hand drei Maulbeeren, um sie nicht zu zerquetschen. Sie hatte eine komische Gangart, bei der Waden- und Schenkelmuskeln kaum gebraucht zu werden schienen; sie schob sich abwechselnd sozusagen auf den Fußballen hoch und schwebte einen Schritt weit. Nachdem ich das beobachtet hatte, probierte ich es selbst aus, und es erwies sich als sehr praktische Gehweise bei nahezu völlig fehlender Schwerkraft, aber meine Reflexe kamen mir immer wieder dazwischen. Man muss wohl auf Gateway geboren sein, um sich ganz natürlich so bewegen zu können.

Dieser Park wird
ÜBERWACHT
durch eine eigene PV-Anlage.

Sie sollen sich an ihm erfreuen. Pflücken Sie keine Blumen oder Früchte. Beschädigen Sie keine Pflanzen. Bei einem Besuch können Sie Fallobst essen bis zu folgenden Höchstgrenzen:

Trauben, Kirschen	8 pro Person
Andere Kleinfrüchte oder Beeren	6 pro Person
Orangen, Limonen, Birnen	1 pro Person

Von den Wegen darf kein Kies entfernt werden.
Jede Art von Abfall in die Behälter werfen.

DIE GATEWAY-GESELLSCHAFT
ABT. INSTANDHALTUNG

Klara im Park war viel entspannter und weiblicher als Klara, die Ausbilderin. Die Brauen, die männlich und zornig gewirkt hatten, wurden sportlich und freundlich. Sie roch noch immer sehr gut.

Es war sehr angenehm, sich mit ihr zu unterhalten, während Kathy um uns herum Ball spielte. Wir sprachen über Gegenden, die wir beide kannten, und fanden nichts Gemeinsames. Das Einzige, was wir gemeinsam hatten, war, dass ich fast am selben Tag geboren war wie ihr zwei Jahre jüngerer Bruder.

»Mögen Sie Ihren Bruder?«, fragte ich, ins Blaue hinein.

»Aber sicher. Er war das Baby. Aber er war Widder, unter dem Merkur und dem Mond geboren. Das machte ihn natürlich launisch und unbeständig. Ich glaube, er hätte ein kompliziertes Leben vor sich gehabt.«

Ich war weniger daran interessiert, sie danach zu fragen, was ihm zugestoßen war, als daran zu fragen, ob sie an den Quatsch wirklich glaubte, aber das schien nicht sehr taktvoll zu sein, und außerdem sprach sie weiter: »Ich bin Schütze. Und Sie – oh, natürlich, Sie müssen auch Widder sein, wie Davie.«

»Nehme ich an«, sagte ich höflich. »Ich, äh, halte nicht viel von Astrologie.«

»Nicht Astrologie, Nativitätskunde. Das eine ist Aberglauben, das andere Wissenschaft.«

»Hm.«

Sie lachte.

»Ich sehe schon, Sie sind ein Spötter. Macht nichts. Wenn man daran glaubt, gut; wenn nicht – nun, man braucht nicht ans Gravitationsgesetz zu glauben, um zerschmettert zu werden, wenn man von einem zweihundertstöckigen Gebäude fällt.«

Kathy setzte sich zu uns und fragte höflich: »Streitet ihr?«

»Nicht richtig, Schatz.« Klara streichelte sie.

»Das ist gut, Klara, weil ich auf die Toilette muss, und ich glaube nicht, dass ich das hier kann.«

»Es ist ohnehin Zeit, dass wir gehen. War nett, Sie zu sehen, Bob. Vorsicht vor Melancholie, ja?« Und sie gingen Hand in Hand davon, während Klara sich bemühte, den seltsamen Gang der Kleinen nachzuahmen. Sah gut aus.

Am Abend begab ich mich mit Sheri zu Dane Metschnikows Abschiedsfeier. Klara war auch da und sah in nabelfreiem Hosenanzug noch besser aus.

»Ich wusste nicht, dass Sie Dane Metschnikow kennen«, sagte ich.

»Wer ist er? Ich meine, eingeladen hat mich Terry. Kommen Sie?«

Die Party hatte sich bis in den Tunnel hinein ausgedehnt. Ich guckte durch die Tür und war überrascht zu sehen, wie viel Platz es gab; Terry Yakamora hatte zwei ganze Zimmer, beide mehr als doppelt so groß wie das meine. Er hatte ein eigenes Badezimmer, in dem es wirklich ein Bad oder wenigstens eine Dusche gab. »Hübsch«, sagte ich bewundernd, dann entnahm ich der Bemerkung eines Gastes, dass Klara im selben Tunnel wohnte. Das änderte meine Meinung über Klara. Warum war sie noch auf Gateway, wenn sie es sich leisten konnte, im teuren Bezirk zu wohnen? Warum war sie nicht zu Hause, gab ihr Geld aus und amüsierte sich? Oder umgekehrt: Wenn sie noch auf Gateway war, weshalb gab sie sich damit ab, mühsam die Kopfsteuer zu verdienen, indem sie als Hilfsausbilderin arbeitete, statt es draußen erneut zu versuchen? Aber ich bekam keine Gelegenheit, sie zu fragen. Sie tanzte fast nur mit Terry Yakamora und den anderen Mitgliedern der voraussichtlichen Besatzung.

Ich verlor Sheri aus den Augen, bis sie nach einem langsamen, fast bewegungslosen Foxtrott zu mir kam und ihren Partner mitbrachte. Er war ein sehr junger Mann, eigentlich noch ein Junge; er sah aus wie neunzehn. Er kam mir bekannt vor; dunkle Haut, fast weiße Haare, eine Spur von Kinnbart an der Unterseite des Kiefers. Er war nicht mit mir von der Erde heraufgekommen. Er gehörte nicht zu unserem Lehrgang. Aber irgendwo hatte ich ihn gesehen.

Sheri stellte uns einander vor.

»Bob, du kennst Francesco Hereira?«

»Ich glaube nicht.«

»Er ist vom brasilianischen Kreuzer.«

Nun fiel es mir ein. Er war einer der Inspektoren, die in dem Schiffswrack vor einigen Tagen nach den sterblichen Überresten eines Piloten gesucht hatten. Seinen Ärmelstreifen nach war er Torpedoschütze. Jemand legte gerade ein Band für eine Hora auf, und nachdem wir getanzt hatten, lehnten Hereira und ich ein wenig atemlos nebeneinander an der Wand. Ich sagte ihm, mir sei eben eingefallen, dass ich ihn beim Wrack gesehen hätte.

»Ah, ja, Mr. Broadhead, ich erinnere mich.«

»Harte Arbeit«, meinte ich, um etwas zu sagen. »Nicht wahr?« Er hatte wohl genug getrunken, sodass er mir Antwort gab.

»Tja, Mr. Broadhead«, erwiderte er gemessen, »der technische Ausdruck für diesen Teil meiner Arbeit ist ›Prüfung und Registrierung‹. Hart ist das nicht immer. Zum Beispiel werden Sie zweifellos bald hinausfliegen, und wenn Sie zurückkommen, werde ich oder jemand an meiner Stelle Sie durchsuchen, Mr. Broadhead. Ich werde Ihre Taschen umstülpen und alles in Ihrem Schiff wiegen und messen und photographieren. Das, um sicherzustellen, dass Sie nichts von Wert aus Ihrem Schiff und aus Gateway herausschmuggeln, ohne der Gesellschaft ihren gebührenden Anteil zu bezahlen. Dann registriere ich, was ich gefunden habe; wenn nichts da ist, schreibe ich ›nichts‹ auf das Formular, und ein aufs Geratewohl von einem der anderen Kreuzer ausgesuchter Matrose macht genau das Gleiche. Sie werden also von zwei Schnüfflern unter die Lupe genommen.«

Das klang nicht sehr angenehm, aber auch nicht so schlimm, wie ich anfangs gedacht hatte. Das sagte ich auch.

Er ließ kleine, blendend weiße Zähne aufblitzen.

»Wenn der Prospektor, der durchsucht werden muss, Sheri oder Gelle-Klara da drüben ist ... nein, das ist nicht unangenehm, ganz und gar nicht. Das kann man wirklich genießen. Hingegen habe ich nicht viel Interesse daran, Männer zu durchsuchen, Mr. Broadhead. Vor allem, wenn sie tot sind. Haben Sie schon einmal mit fünf menschlichen Leichen zu tun gehabt, die seit drei Monaten tot, aber nicht einbalsamiert waren? So war es im ersten Schiff, das ich durchsuchen musste. Ich glaube nicht, dass je wieder etwas so schlimm sein wird.«

Dann kam Sheri heran und wollte mit ihm tanzen, und die Party ging weiter.

Es gab viele Partys. Die hatte es immer schon gegeben,

aber wir Neulinge hatten noch nicht dazugehört; gegen Ende der Lehrgänge lernten wir immer mehr Leute kennen. Es gab Abschiedsfeiern. Es gab Rückkehrfeiern, aber nicht annähernd so viele. Selbst wenn Besatzungen zurückkehrten, gab es nicht immer Grund zum Feiern. Manchmal waren sie so lange fortgewesen, dass sie den Kontakt mit allen Freunden verloren hatten. Manchmal, wenn sie einigermaßen Glück gehabt hatten, wollten sie nichts anderes als fort von Gateway und nach Hause. Und manchmal konnten sie keine Party geben, weil auf den Intensivstationen des Terminal-Hospitals nicht gefeiert werden darf.

Das Leben bestand nicht nur aus Festen; wir mussten lernen. Am Ende der Lehrgänge sollten wir firm in Schiffssteuerung, Überlebenstechnik und Einschätzung von Handelswaren sein. Ich war es nicht. Und Sheri war sogar noch schlechter dran als ich. Mit den Schiffen lernte sie gut umzugehen, und sie hatte ein scharfes Auge für Einzelheiten, das ihr helfen würde, den Wert von Objekten, die sie unterwegs antreffen mochte, zu erkennen. Aber die Überlebenstechniken lagen ihr einfach nicht.

Das Büffeln für die Abschlussprüfung war eine Tortur.

»Also«, sagte ich etwa, »das ist ein Stern Typ F mit einem Planeten mit 0,8 Erdschwerkraft, einem mittleren Luftdruck von 130 Millibar, Durchschnittstemperatur am Äquator vierzig Grad Celsius. Was trägst du also zur Party?«

Sie sagte anklagend: »Du machst es mir zu leicht. Das ist praktisch die Erde.«

»Und wie lautet die Antwort, Sheri?«

Sie kratzte sich nachdenklich unter der Brust, dann schüttelte sie ungeduldig den Kopf.

»Nichts. Ich meine, beim Hinunterfliegen trage ich einen Druckanzug, aber auf der Oberfläche könnte ich im Bikini herumlaufen.«

»Du spinnst wohl! In zwölf Stunden wärst du tot. Erdnormale Bedingungen sprechen dafür, dass eine erdnormale Biologie vorhanden ist. Und das bedeutet Pathogene, die dich auffressen könnten.«

DIENST- UND URLAUBSPLAN
USS ›MAYAGUEZ‹

1. Folgende O und Besatzungsmitglieder zeitw. Dnst Gateway für Unters. auf Konterbande und Überw.Streife:

LINKY, Tina	W/o
MASKO, Casimir J	BsnM 1
MIRARCHI, Iory S	S 2

2. Folgende O und Besatzungsmitglieder genehm. 24 Std.-Dnst Gateway £. Freigang:

GRYSON, Katie W	Lt
HARVEY, IWAN	RadT
HLEB, Caryle T	S 1
HOLL, William F Jr	S 1

3. Alle O und Besatzungsmitglieder werden erneut darauf hingewiesen, jede, wiederhole, jede Auseinandersetzung mit O und Besatzungsmitgliedern anderer Patrouillenschiffe zu vermeiden, ohne Rücksicht auf Nationalität und Umstände, und vertrauliche Informationen nicht an andere Personen weiterzugeben. Verstöße werden mit völligem Entzug von Gateway-Urlaub geahndet, darüber hinaus mit anderen Strafen, die von einem Delinquenten-Gericht verhängt werden.

4. Zeitweiliger Dienst auf Gateway ist ein Vorrecht, kein Anrecht. Wer ihn möchte, muss ihn sich verdienen.

Auf Anweisung des Kapitäns
USS ›MAYAGUEZ‹

»Na gut ...« Sie zog die Schultern hoch. »Dann lasse ich den Anzug an, bis ich, äh, festgestellt habe, ob Pathogene da sind.«

»Und wie machst du das?«

»Ich nehme den Prüfkasten, Trottel!« Bevor ich etwas sagen konnte, fügte sie hastig hinzu: »Ich meine, ich nehme, Moment mal, die Metabolismus-Scheiben aus dem Kühlschrank und aktiviere sie. Ich bleibe vierundzwanzig Stunden in einer Umlaufbahn, bis sie einsatzbereit sind, und wenn ich auf der Oberfläche bin, exponiere ich sie und lese mit meiner, äh, meiner C 44 ab.«

»C 33. Eine C 44 gibt es nicht.«

»Na schön. Ach ja, und ich nehme Antigen-Impfstoff mit, und wenn es ein kleines Problem mit irgendeinem Mikroorganismus gibt, kann ich mir eine Wiederholungsspritze geben und vorübergehend Immunität erlangen.«

»Bis jetzt stimmt es ja einigermaßen«, sagte ich zweifelnd. In der Praxis würde sie sich das natürlich nicht alles merken müssen. Sie würde die Anweisungen auf den Packungen lesen oder ihre Lehrgangsbänder abspielen oder, noch besser, mit jemandem unterwegs sein, der schon draußen gewesen war und sich auskannte. Aber es bestand auch die Möglichkeit, dass unvorhergesehen etwas schief ging und sie auf sich selbst angewiesen war, gar nicht davon zu reden, dass sie erst einmal die Abschlussprüfung bestehen musste. »Was noch, Sheri?«

»Das Übliche, Bob! Muss ich die ganze Liste durchgehen? Auch gut. Funkverbindung; Ersatzbatterie; Geologie-Kasten; Rationen für zehn Tage – und nein, ich esse nichts, was ich auf dem Planeten finde, nicht einmal, wenn neben dem Schiff ein Imbissstand aufgebaut ist. Und einen zweiten Lippenstift und Damenbinden.«

Ich wartete. Sie lächelte lieb und wartete.

»Und was ist mit Waffen?«, fragte sie dann.

»Ja, verdammt noch mal! Wenn beinahe erdnormale Bedingungen herrschen, wie groß ist die Aussicht, dass es dort Leben gibt?«

»Ach ja. Mal sehen. Klar, wenn ich sie brauche, nehme ich sie mit. Aber warte mal, zuerst schnüffle ich mit dem Spektrometer in der Umlaufbahn nach Methan. Wenn es keine Methanspuren gibt, gibt es auch kein Leben, und ich brauche mir keine Gedanken zu machen.«

»Es gibt kein *Säugetier*leben, und du musst dir doch Gedanken machen. Was ist mit Insekten? Reptilien? Kulbanten?«

»Kulbanten?«

»Habe ich eben erfunden, um eine Art von Leben zu beschreiben, von dem wir noch nie etwas gehört haben, das kein Methan erzeugt, sondern Menschen frisst.«

»Ja, sicher. Gut, ich nehme eine Schusswaffe und zwanzig Mantelgeschosse mit. Weiter.«

So ging das. Als wir mit dem Büffeln anfingen, sagten wir an diesem Punkt immer: »Na, ich brauche mir ja keine Sorgen zu machen, weil du ohnehin dabei bist«, oder: »Küss mich, du Affe«. Aber wir hatten aufgehört, so etwas zu sagen.

Trotz allem bestanden wir die Prüfung. Alle.

Wir gaben selbst eine Party, Sheri und ich, alle vier Forehands und die anderen, die mit uns von der Erde heraufgekommen waren; und die sechs oder sieben Leute, die von hier und dort aufgetaucht waren. Wir luden keine Außenstehenden ein, aber unsere Lehrer waren keine Außenstehenden. Sie kamen alle, um uns Glück zu wünschen. Klara kam spät, trank schnell ein Glas, küsste uns alle, ob männlich oder weiblich, sogar den Finnen mit der Sprachblockade, der alles auf Band hatte aufzeichnen müssen. *Er* würde vor einem Problem stehen. Es gibt Instruktionsbänder für alle Sprachen, von denen man je gehört hat, und wenn sie deinem Dialekt nicht genau entsprechen, lässt man sie durch einen Dolmetsch-Computer laufen. Das reicht, damit man den Lehrgang bestehen kann, aber dann fängt das Problem erst an.

Man kann nicht erwarten, dass einen eine Besatzung akzeptiert, die nicht mit einem reden kann. Seine Blockade hinderte ihn daran, irgendeine andere Sprache zu lernen, und es gab auf Gateway keine Menschenseele, die Finnisch sprach.

Wir beschlagnahmten den Tunnel in der Umgebung unserer Wohnräume. Wir tanzten und sangen, bis es so spät wurde, dass ein paar von uns eindösten; dann schalteten wir die Liste der bevorstehenden Starts auf den PV-Schirm. Mit Bier abgefüllt, zogen wir Karten, um zu bestimmen, wer als Erster wählen durfte, und ich gewann.

In meinem Kopf passierte etwas. Ich wurde nicht eigentlich nüchtern. Das war es nicht. Ich fühlte mich immer noch fröhlich und innerlich warm und offen für alle Persönlichkeitssignale, die ankamen. Aber ein Teil meines Gehirns öffnete sich, und ein klarsichtiges Augenpaar lugte hinaus in die Zukunft und traf eine Entscheidung.

»Tja«, sagte ich, »ich glaube, ich verzichte erst mal auf meine Chance. Sess, du bist Nummer Zwei; such dir was aus.«

»Drei-neun-null-neun«, sagte er sofort. Die Forehands hatten sich bei einer Familiensitzung längst entschieden. »Danke, Bob.«

Ich winkte sorglos und angetrunken. Er schuldete mir eigentlich nichts. Das war ein Einer, und ich hätte ihn auf keinen Fall genommen. Die Liste enthielt überhaupt nichts, was mir gefiel. Ich grinste Klara an und zwinkerte ihr zu; sie wirkte einen Augenblick ernst, dann zwinkerte sie zurück, blieb aber ernst. Ich wusste, dass sie begriff, was ich verstanden hatte: Alle diese Startmöglichkeiten waren Ausschuss. Die besten Möglichkeiten waren sofort vergeben gewesen, als sie auf der Liste aufgetaucht waren.

Sheri durfte als Fünfte wählen, und als sie an der Reihe war, sah sie mich an.

Kleinanzeigen

GILETTE, RONALD C., im Lauf des vorigen Jahres von Gateway abgeflogen. Wer Kenntnis über seinen derzeitigen Aufenthalt hat, bitte an seine Frau Isabelle wenden, c/o Kanadische Legation, Tharsis, Mars. Belohnung.

PILOTEN, lasst euer Geld arbeiten, während ihr unterwegs seid. Investitionen in Staatspapiere, Wachstumsaktien, andere Möglichkeiten. Geringe Beratungsgebühr. 88-301.

PORNOSCHEIBEN für die langen, einsamen Flüge. 50 Stunden $ 500. Große Auswahl. Modelle gesucht. 87-108.

»Ich nehme den Dreier, wenn ich ihn voll kriege. Wie ist es, Bob? Kommst du mit oder nicht?«

Ich lachte leise.

»Sheri«, sagte ich vernünftig, »es gibt keinen Rückkehrer, der ihn will. Ein gepanzertes Schiff. Du weißt nicht, *wo* zum Teufel es hinfliegt. Und auf der Leittafel ist für meinen Geschmack viel zu viel Grün.« (Natürlich wusste keiner wirklich, was die Farben bedeuten, aber es herrschte ein Aberglaube, dass viel Grün eine überaus gefährliche Mission bedeutete.)

»Es ist der einzige freie Dreier, und es gibt einen Bonus.«

»Nichts für mich, Schatz. Frag Klara; sie ist schon lange dabei, und ich verlasse mich auf ihr Urteil.«

»Ich frage dich, Bob.«

»Nein. Ich warte auf etwas Besseres.«

»Ich warte nicht, Bob. Ich habe schon mit Willa Forehand gesprochen, und sie ist einverstanden. Schlimmstenfalls können wir noch ... irgendjemand dazu nehmen«, sagte sie und sah den jungen Finnen an, der trunken vor sich hinlächelte, während er die Startliste anstarrte. »Aber ... wir waren uns doch einig, dass wir miteinander fliegen.«

Ich schüttelte den Kopf.

»Dann bleib hier, bis du verfaulst«, brauste sie auf. »Deine Freundin hat genauso viel Angst wie du!«

Die nüchternen Augen in meinem Schädel betrachteten Klara und den erstarrten, regungslosen Ausdruck in ihrem Gesicht, und verwundert begriff ich, dass Sheri Recht hatte. Klara war wie ich. Wir hatten beide Angst davor hinauszufliegen.

11

Ich sage zu Sigfrid: »Ich fürchte, das wird keine sehr ergiebige Sitzung. Ich bin völlig ausgelaugt. Sexuell, wenn du verstehst, was ich meine.«

»Gewiss verstehe ich, was du meinst, Bob.«

»Ich habe also nicht viel zu sagen.«

»Erinnerst du dich an einen Traum?«

Ich winde mich auf der Liege. Zufällig erinnere ich mich an einen oder zwei. Ich sage: »Nein.« Sigfrid ist immer dahinter her, dass ich ihm meine Träume erzähle. Das gefällt mir nicht.

Als er das erste Mal damit anfing, sagte ich, ich träume nicht sehr oft. Er sagte geduldig: »Ich glaube, du weißt, dass alle Menschen träumen, Bob. Du erinnerst dich vielleicht nicht an den Traum, wenn du wach bist. Aber wenn du dir Mühe gibst, fällt er dir ein.«

»Nein, ich kann nicht. Du kannst das vielleicht. Du bist eine Maschine.«

»Ich weiß, dass ich eine Maschine bin, Bob, aber wir sprechen von dir. Willst du ein Experiment versuchen?«

»Vielleicht.«

»Es ist nicht schwer. Leg dir Bleistift und Block ans Bett. Sobald du aufwachst, schreibst du auf, woran du dich erinnerst.«

»Aber ich erinnere mich an meine Träume überhaupt nicht.«

»Ich glaube, der Versuch lohnt sich, Bob.«

Nun, ich tat es. Und tatsächlich fing ich an, mich an meine Träume zu erinnern. Zuerst an kleine, winzige Bruchstücke. Ich schrieb sie auf, und manchmal gab ich sie an Sigfrid weiter, was ihn ganz glücklich machte. Er liebte Träume. Ich selbst sah nicht viel Sinn darin ... Nun, jedenfalls nicht zu Beginn. Aber dann passierte etwas, das einen Gläubigen aus mir machte.

Eines Morgens erwachte ich aus einem Traum, der so unerfreulich und so wirklich war, dass ich ein paar Augenblicke lang nicht wusste, ob er nicht Realität war, und so grässlich, dass ich mich nicht glauben lassen wollte, es könnte nur ein Traum gewesen sein. Das erschütterte mich dermaßen, dass ich alles, woran ich mich erinnern konnte, so schnell wie möglich aufschrieb. Dann kam ein P-Phon-Anruf. Ich meldete mich, und ob man es glaubt oder nicht, während ich telefonierte, vergaß ich das Ganze. Ich konnte mich anschließend an gar nichts mehr erinnern. Bis ich mir ansah, was ich aufgeschrieben hatte, und dann fiel mir alles wieder ein.

Nun, als ich Sigfrid ein, zwei Tage später wieder besuchte, hatte ich es wieder vergessen. So, als wäre nie etwas gewesen. Aber ich hatte mir das Blatt Papier aufgehoben, und ich musste ihm alles vorlesen. Das war einer der Augenblicke, wo er mit sich und mit mir sehr zufrieden zu sein schien. Er beschäftigte sich während der ganzen Stunde mit dem Traum. Er fand in allem Symbole und Bedeutungen. Ich weiß nicht mehr, was, aber ich erinnere mich noch, dass es für mich ganz und gar nicht angenehm war.

Wissen Sie, was wirklich merkwürdig ist? Ich habe das Blatt Papier weggeworfen, als ich den Raum verließ. Und jetzt könnte ich Ihnen nicht sagen, was das für ein Traum war, selbst wenn mein Leben davon abhinge.

»Ich sehe, du willst nicht über Träume sprechen«, sagt Sigfrid. »Gibt es irgendetwas anderes, worüber du sprechen möchtest?«

»Eigentlich nicht.«

Er antwortet nicht gleich darauf, und ich weiß, dass er nur abwartet, bis ich etwas sage. Also sage ich: »Kann ich dich etwas fragen, Sigfrid?«

»Kannst du das nicht immer, Rob?«

Manchmal habe ich wirklich das Gefühl, dass er zu lächeln versucht. Richtig zu lächeln, meine ich. So klingt seine Stimme.

»Tja, was ich wissen möchte, ist, was machst du mit all den Dingen, die ich dir erzähle?«

»Ich bin nicht sicher, dass ich die Frage verstehe, Robbie. Wenn du fragst, worin das Informationsspeicherprogramm besteht, fällt die Antwort sehr technisch aus.«

»Nein, das meine ich nicht.« Ich zögere, versuche mich zu vergewissern, worin die Frage besteht, und forsche nach, warum ich sie stellen will. Das hängt wohl alles mit Sylvia zusammen, die aus der katholischen Kirche ausgetreten war. Ich beneidete sie wirklich um ihre Kirche und machte ihr klar, dass es eine Dummheit gewesen sei auszutreten, weil ich sie um die Beichte beneidete. Mein Inneres war angefüllt mit Zweifeln und Ängsten, die ich nicht loswerden konnte. Es wäre wunderbar für mich gewesen, sie dem Geistlichen aufzuhalsen, der es dann dem Diözesan-Monsignore weitergegeben hätte (oder wem immer; ich habe nicht viel Ahnung), bis am Ende alles beim Papst gelandet wäre, dem Sammelbehälter für alles Elend, allen Schmerz, alle Schuld dieser Welt, bis der zuletzt alles weiterreicht an Gott. (Ich meine, vorausgesetzt, dass es einen Gott gibt, oder wenigstens vorausgesetzt, dass es eine Adresse namens ›Gott‹ gibt, an die man den ganzen Dreck schicken kann.)

1316	‚V‚ Es ist sehr gesund, dass du	115,215
	deine Trennung von	115,220
	Drusilla als ein lehrreiches	115,225
	Erlebnis betrachtest, Bob.	115,230
1318	‚C‚ Ich bin eine sehr gesunde Per-	115,235
	son, Sigfrid, deshalb	115,240
	bin ich hier.	115,245
1319	THEMA (DE) = THEMA (DF)	115,250
1320	‚C‚ Jedenfalls ist das Leben,	115,255
	ein lehrreiches Erlebnis	115,260
	nach dem anderen,	115,270
	und wenn du fertig bist	115,275
	mit all den lehrreichen Erleb-	115,280
	nissen, bestehst du die Prüfung,	115,285
	und was du als Lohn für dein Diplom erhältst,	
	ist der Tod.	115,290

Der springende Punkt ist jedenfalls der, dass ich eine Art Vision des gleichen Systems in der Psychotherapie hatte: örtliche Abwässerkanäle führen zu Versitzgruben und von dort zu Gemeinschaftsleitungen, die sich zu Fleisch-und-Blut-Psychiatern verzweigten, wenn Sie verstehen, was ich meine. Wenn Sigfrid eine richtige Person gewesen wäre, hätte er das ganze Elend, das in ihn hineingeschüttet wurde, nicht aushalten können. Erstens einmal hätte er schon seine eigenen Probleme gehabt. Dazu die meinen, weil ich sie auf diese Weise losgeworden wäre, indem ich sie ihm aufhalste. Außerdem hätte er auch die von allen anderen bekommen, die sich auf der Liege niederließen; und das alles hätte er an den Nächsten weitergegeben, der an *seiner* Seele herumklempnerte, und so weiter und so fort, bis sie ... bei wem angelangt waren? Beim Geist von Sigmund Freud?

Aber Sigfrid ist kein Mensch. Er ist eine Maschine. Er kann keinen Schmerz empfinden. Wohin *geht* dann das ganze schlammige Zeug?

Ich versuche ihm das alles zu erklären und schließe: »Verstehst du denn nicht, Sigfrid? Wenn ich dir meinen Schmerz weiterreiche und du ihn einem anderen weitergibst, muss er doch irgendwo landen. Ich empfinde es einfach nicht als wirklich, dass daraus am Ende Magnetbläschen in einem Quarzklumpen werden, die nie jemand *fühlt*.«

»Ich glaube nicht, dass es Gewinn bringt, mit dir über das Wesen des Schmerzes zu reden, Rob.«

»Ist es Gewinn bringend, darüber zu reden, ob du wirklich bist oder nicht?«

Er seufzt beinahe.

»Bob«, sagt er, »ich glaube auch nicht, dass es Gewinn bringend ist, mit dir über das Wesen der Wirklichkeit zu reden. Ich weiß, dass ich eine Maschine bin. Du weißt, dass ich eine Maschine bin. Was ist der Sinn unseres Hierseins? Sind wir hier, um *mir* zu helfen?«

»Manchmal frage ich mich das«, antworte ich mürrisch.

»Ich glaube nicht, dass du dich das fragst. Ich glaube, du weißt, dass du hier bist, um *dir* zu helfen; und wenn man das erreichen will, muss man versuchen, in *dir* etwas auszulösen. Was ich mit der Information anfange, mag für deine Neugier interessant sein, und es könnte dir auch eine Ausrede bieten, diese Sitzungen mit intellektueller Unterhaltung zu verbringen, statt mit Therapie ...«

»Touché, Sigfrid«, unterbreche ich.

»Ja. Aber was du damit anfängst, macht den Unterschied in deinen Empfindungen aus, und ob du in Situationen, die für dich wichtig sind, etwas besser oder etwas schlechter funktionierst. Bitte, befass dich mit deinem eigenen Inneren, nicht mit dem meinen, Bob.«

Ich sage bewundernd: »Du bist wirklich eine verdammt intelligente Maschine, Sigfrid.«

Er erwidert: »Ich habe den Eindruck, dass du damit in Wirklichkeit sagst: ›Ich hasse dich, Sigfrid‹.«

Ich habe ihn so etwas noch nie sagen hören, und das bestürzt mich, bis mir einfällt, dass ich ihm genau das gesagt habe, nicht nur einmal, sondern ziemlich oft. Und dass es wahr ist.

Ich hasse ihn wirklich.

Er versucht mir zu helfen, und ich hasse ihn deswegen. Ich denke an die süße, wilde S. Ya. und daran, wie bereitwillig sie alles tut, was ich möchte, oder fast alles. Ich möchte Sigfrid sehr *wehtun*.

12

Eines Morgens kam ich in mein Zimmer zurück, wo das P-Phon schwach surrte, wie ein ferner, zorniger Moskito. Ich drückte die Abspieltaste und stellte fest, dass die stellvertretende Personalchefin mich für zehn Uhr in ihr Büro bestellt hatte. Nun, es war schon später. Ich hatte die Gewohnheit angenommen, viel Zeit und die meisten Nächte mit Klara zu verbringen. Ihre Unterkunft war viel bequemer als die meine. Ich erhielt die Nachricht also erst gegen elf Uhr, und meine Verspätung besserte die Laune der Dame nicht.

Sie war eine überaus dicke Frau und hieß Emma Fother. Sie wischte meine Ausreden beiseite und sagte anklagend: »Sie haben vor siebzehn Tagen Ihre Prüfung abgelegt. Seitdem haben Sie nichts getan.«

FLUGBERICHT

Fahrzeug 3-31, Flug 08D27. Besatzung C. Pitrin, N. Ginza, J. Krabbe.

Transitzeit hinaus 19 Tage 4 Stunden. Position unbestimmt, Nähe (±2 Lj.) Zeta Tauri.

Zusammenfassung. ›Herausgetreten in transpolarer Umlaufbahn um Planeten 0,88 Erdradius bei 0,4 AE. Planet besaß 3 geortete kleine Satelliten. Sechs weitere Planeten durch Computerberechnung vermutet. Primärstern K 7.

Landung vorgenommen. Der Planet hatte offenbar eine Aufwärmperiode durchgemacht. Es gibt keine Eiskappen, und die derzeitigen Küstenlinien scheinen nicht sehr alt zu sein. Keine Spuren von Habitation festgestellt. Kein intelligentes Leben.

Die Feinkontrolle entdeckte in unserer Umlaufbahn, was eine Hitschi-Rendezvousstation zu sein schien. Wir näherten uns. Sie war intakt. Beim gewaltsamen Eindringen explodierte sie, und N. Ginza wurde getötet. Unser Fahrzeug wurde beschädigt, und wir flogen zurück. Auf dem Heimweg starb J. Krabbe. Keine Artefakte sichergestellt. Biotische Proben vom Planeten bei Beschädigung des Fahrzeugs zerstört.‹

»Ich warte auf die richtige Mission«, antwortete ich.

»Wie lange wollen Sie warten? Ihre Kopfsteuer ist noch für drei Tage bezahlt, und was dann?«

»Tja«, sagte ich, beinahe wahrheitsgemäß, »ich wollte ohnehin heute zu Ihnen kommen. Ich möchte einen Posten hier auf Gateway.«

»Pah!« (Ich hatte das vorher noch nie einen Menschen sagen hören, aber so klang es.) »Sind Sie deshalb nach Gateway gekommen, um die Kanalisation auszuräumen?«

Ich war ziemlich sicher, dass das ein Bluff war, weil es gar nicht so viel Kanalisation gab; die Schwerkraft reichte für das Fließen der Abwässer nicht aus. »Die richtige Mission könnte jeden Tag kommen.«

»O gewiss, Bob. Wissen Sie, Leute wie Sie machen mir Sorgen. Haben Sie eigentlich eine Ahnung davon, wie *wichtig* unsere Arbeit hier ist?«

»Na, ich denke schon ...«

»Da draußen wartet ein ganzes Universum auf uns, das wir entdecken und nach Hause bringen können! Gateway ist die einzige Möglichkeit, es zu erreichen. Jemand wie Sie, der in den Plankton-Farmen aufgewachsen ist ...«

»Eigentlich waren es die Nahrungsgruben in Wyoming.«

»Wie auch immer! Sie wissen, wie verzweifelt die Menschheit braucht, was wir ihr geben können. Neue Technologien. Neue Energiequellen. Nahrung! Neue Welten zu besiedeln.« Sie schüttelte den Kopf und tippte auf die Tasten des Sortierers auf ihrem Schreibtisch, gleichzeitig wütend und besorgt. Ich nahm an, sie wurde danach eingeschätzt, wie viele von uns Faulenzer und Parasiten sie dazu brachte hinauszufliegen, wie es uns anstand. Das erklärte ihre Feindseligkeit - vorausgesetzt, man konnte ihren Wunsch, auf Gateway zu bleiben, damit erklären. Sie wandte sich vom Sortierer ab und stand auf, um einen Karteischrank an der Wand zu öffnen. »Angenommen, ich finde einen Posten für sie«, sagte sie über die Schulter. »Das Einzige, was Sie können, und das hier von Nutzen sein kann, ist Ihr Prospektorberuf, und den üben Sie nicht aus.«

»Ich nehme al... fast alles«, sagte ich.

Sie sah mich prüfend an, dann ging sie an ihren Schreibtisch zurück. Sie war erstaunlich graziös, wenn man bedachte, dass sie eine Masse von hundert Kilogramm mit sich herumschleppte. Vielleicht erklärte der Wunsch einer dicken Frau, nicht zu erschlaffen, die Tatsache, dass sie auf Gateway blieb.

»Sie werden die minderwertigste Hilfsarbeit übernehmen müssen«, warnte sie. »Dafür bezahlen wir nicht viel. Hundertachtzig am Tag.«

»Nehme ich!«

»Ihre Kopfsteuer muss davon bezahlt werden. Ziehen Sie das ab, und vielleicht noch zwanzig Dollar am Tag für Essen, was bleibt Ihnen dann?«

»Ich kann ja immer noch Nebenarbeiten übernehmen, wenn ich mehr brauche.«

Sie seufzte.

»Sie schieben den Tag nur hinaus, Bob. Ich weiß nicht. Mr. Hsien, der Direktor, überwacht alle Bewerbungen scharf. Ich werde kaum rechtfertigen können, dass ich Sie eingestellt habe. Und was machen Sie, wenn Sie krank werden und nicht arbeiten können? Wer bezahlt dann Ihre Steuer?«

»Dann muss ich eben wieder heim.«

»Und die ganze Ausbildung war umsonst?« Sie schüttelte den Kopf. »Sie widern mich an, Bob.«

Aber sie stellte mir eine Arbeitskarte aus, die mich aufforderte, mich beim Vorarbeiter in Etage Grand, Sektor Nord, zur Einteilung im Pflanzbereich zu melden.

Das Gespräch mit Emma Fother behagte mir nicht, aber das hatte man mir schon vorher prophezeit. Als ich am Abend mit Klara darüber sprach, sagte sie, ich wäre sogar gut davongekommen.

»Ein Glück, dass du Emma erwischt hast. Der alte Hsien lässt die Leute manchmal hängen, bis ihr Steuergeld weg ist.«

»Was dann?« Ich stand auf, setzte mich auf ihre Liege und suchte nach meinen Schuhen. »Hinaus zur Luftschleuse?«

»Mach keine Witze, dazu kann es wirklich kommen. Hsien ist ein alter Mao-Typ, sehr hart mit Leuten, die der Gesellschaft nichts bringen.«

»Das musst du sagen!«

Sie grinste, drehte sich herum und rieb ihre Nase an meinem Rücken. »Der Unterschied zwischen dir und mir ist der, Bob, dass ich von meiner ersten Mission ein paar Kröten beiseite gelegt habe«, sagte sie. »Sie hat nicht viel eingebracht, aber doch einiges. Außerdem war ich schon draußen, und sie brauchen Leute wie mich, um Leute wie dich auszubilden.«

Ich lehnte mich an ihre Hüfte und drehte mich halb herum. Es gab gewisse Themen, über die wir nicht viel sprachen, aber ...

»Klara?«

»Hm?«

»Wie ist das bei einer Mission?«

Sie rieb kurz ihr Kinn an meinem Unterarm und betrachtete die Holoaufnahme der Venus an der Wand.

»Unheimlich«, antwortete sie.

Ich wartete, aber sie sagte nichts weiter, und das hatte ich vorher schon gewusst. Ich hatte bereits auf Gateway Angst. Ich brauchte nicht auf den Hitschi-Bustrip zu gehen, um zu wissen, was unheimlich war. Ich spürte es schon.

»Es bleibt dir wirklich keine andere Wahl, Bob«, sagte sie, beinahe zärtlich.

Ich wurde plötzlich wütend.

»Nein, die habe ich nicht! Du hast mein ganzes Leben exakt beschrieben, Klara. Ich hatte nie eine Wahl – nur einmal, als ich in der Lotterie gewann und beschloss, hierher zu kommen. Und ich bin nicht sicher, ob ich da die richtige Entscheidung getroffen habe.«

Sie gähnte und rieb sich wieder an meinem Arm.

»Wenn wir mit dem Sex fertig sind«, entschied sie, »möchte ich etwas essen, bevor ich schlafe. Komm mit in die ›Blaue Hölle‹. Ich lade dich ein.«

Im Pflanzbereich wurden die Pflanzen gepflegt, vor allem der Efeu, durch den Gateway bewohnbar blieb. Ich meldete mich zum Dienst, und zu meiner – angenehmen – Überraschung entpuppte sich der Vorarbeiter als mein beinloser Nachbar, Shikitei Bakin.

Er begrüßte mich, wie mir schien, mit echter Freude.

»Wie schön von Ihnen, dass Sie bei uns mitmachen, Robinette«, sagte er. »Ich hatte erwartet, dass Sie gleich losfliegen.«

»Das mache ich auch, Shicky, und zwar bald. Wenn ich das richtige Startangebot auf dem Schirm sehe, weiß ich Bescheid.«

»Gewiss.« Er beließ es dabei und stellte mich den anderen Gärtnern vor. Ich konnte mir nicht viel merken, nur, dass das Mädchen eine Art Beziehung zu Professor Hegramet, dem bekannten Hitschiologen auf der Erde hatte, und die beiden Männer jeweils schon zweimal draußen gewesen waren. Ich brauchte mir auch nichts zu merken. Wir wussten alle, was mit uns los war. Keiner von uns war schon bereit, sich auf die Startliste setzen zu lassen.

Ich war nicht einmal bereit, mir über den Grund Gedanken zu machen.

Zeit zum Nachdenken hätte man bei der Arbeit genug gehabt. Shicky setzte mich sofort ein. Ich musste mit Klebemasse Halterungen an den Hitschi-Metallwänden anbringen. Es handelte sich um eine Art Spezialkleber. Er klebte am Hitschi-Metall ebenso wie an den gerippten Folien der Pflanzenkästen und enthielt kein Lösungsmittel, das verdunstete und die Luft verpesten konnte. Angeblich war er sehr teuer. Wenn man sich damit beschmierte, musste man lernen, damit zu leben, jedenfalls so lange, bis die Haut darunter abstarb und abblätterte. Wenn man versuchte, ihn auf andere Weise loszuwerden, gab es Blut.

Als die für diesen Tag vorgesehenen Halterungen angebracht waren, marschierten wir alle zum Rieselfeld hinunter, wo wir Kästen holten, die mit Klärschlamm gefüllt und mit Zellulosefilm überzogen waren. Wir schoben sie in die Halterungen, drehten die selbstsperrenden Bolzen, damit sie festsaßen, und brachten Wassertanks an. Die Kästen hätten auf der Erde jeder an die hundert Kilogramm gewogen, aber auf Gateway fiel das eben nicht ins Gewicht; selbst die Folie, aus der sie bestanden, genügte, um sie starr an die Halterungen zu klemmen. Als wir fertig waren, füllte Shicky persönlich die Kästen mit Keimlingen, während wir zu den nächsten Halterungen gingen. Es war komisch, ihn zu beobachten. Er trug Kästen mit den kleinen Efeuschößlingen an Gurten um den Hals, wie einen Bauchladen. Er hielt sich mit einer Hand in Kastenhöhe und schob mit der anderen Schößlinge durch den Überzug in den Klärschlamm.

Es war leichte Arbeit, sie erfüllte eine nützliche Funktion (fand ich jedenfalls), und die Zeit verging dabei. Shicky trieb uns nicht übermäßig an. Solange wir sechzig Halterungen anbrachten und füllten, war es ihm gleichgültig, ob wir uns verdrückten, wenn das unauffällig geschah. Klara kam ab und zu vorbei, manchmal mit der Kleinen, und wir bekamen auch sonst Besuch. Wenn es ruhig zuging und niemand da war, mit dem man sich gut unterhalten konnte, durfte man auch mal eine Stunde fort. Ich erforschte Gebiete von Gateway, die ich noch nicht gekannt hatte, und jeden Tag wurde die Entscheidung hinausgeschoben.

Wir sprachen alle darüber hinauszufliegen. Fast jeden Tag konnten wir den dumpfen Knall und das Vibrieren hören, wenn ein Landefahrzeug sich vom Dock löste und das ganze Schiff hinaustrieb, bis dorthin, wo der Hitschi-Hauptantrieb sich einschalten konnte. Beinahe ebenso oft spürten wir den schwächeren, kürzeren Schlag, wenn irgendein Schiff zurückkehrte. Abends gingen wir meist auf irgendeine Party. Mein Lehrgang war inzwischen schon fast vollständig fort. Sheri war mit einem Fünfer hinausgeflogen – ich traf sie vor ihrem Abflug nicht mehr und konnte sie also nicht fragen, warum sie es sich anders überlegt hatte. Ich war auch nicht sicher, ob ich es wirklich wissen wollte; das Schiff, in dem sie flog, war sonst nur mit Männern besetzt. Sie sprachen Deutsch, aber Sheri meinte wohl, sie käme gut durch, auch ohne viel zu reden. Die Letzte war Willa Forehand. Klara und ich gingen zu Willas Abschiedsfeier und am nächsten Morgen zu den Docks, um ihren Start zu verfolgen. Ich sollte eigentlich arbeiten, aber ich nahm an, dass Shicky nichts einzuwenden haben würde. Leider war auch Mr. Hsien zur Stelle, und ich konnte sehen, dass er mich erkannte.

»Oh, Scheiße«, sagte ich zu Klara.

Sie kicherte und griff nach meiner Hand, und wir suchten das Weite. Wir schlenderten dahin, bis wir einen Aufwärts-Schacht fanden, und fuhren zur nächsten Etage hinauf. Wir setzten uns an den Superior-See.

»Bob«, sagte sie, »ich bezweifle, dass er dich hinauswirft, nur weil du einmal geschwänzt hast. Wahrscheinlich beschimpft er dich nur.«

Ich zuckte die Achseln und warf einen Filtersteinsplitter in den sich hochwölbenden See, der sich gute zweihundert Meter vor uns hinauf und um die Innenschale von Gateway erstreckte. Ich fühlte mich mies und fragte mich, ob ich den Punkt erreichte, an dem die Angst vor einem scheußlichen Tod im Weltraum von der Angst, mich auf Gateway zu verstecken, überholt wurde. Die Angst ist etwas Seltsames. Ich fühlte sie nicht. Ich wusste, der einzige Grund, warum ich hier blieb, war der, dass ich Angst hatte, aber es kam mir nicht so vor, als hätte ich Angst, sondern als sei ich nur angemessen vorsichtig.

Kleinanzeigen

HAUSMÄDCHEN, KÖCHIN oder Begleiterin. Kopfsteuer + $ 10 tgl. Phyllis, 88-423.

FEINSCHMECKERKOST, schwer erhältliche Importe von der Erde. Nützen Sie mein einzigartiges Sammelbestellsystem. Sparen Sie teure Einzelfrachtkosten. Sears, Bradlee, GUM-Kataloge verfügbar. 87-747.

FRISCH EINGETROFFENER FISCH aus Australien, männl., sucht int. franz. weibl. Gesellschaft. 65-182.

»Ich glaube«, sagte ich und beobachtete mich dabei, wie ich den Satz begann, ohne sicher zu sein, was herauskommen würde, »dass ich es tun werde. Kommst du mit?«

Klara setzte sich auf und schüttelte sich. Es dauerte einen Augenblick, bis sie erwiderte: »Vielleicht. Was hast du vor?«

Ich hatte nichts vor. Ich war nur ein Zuschauer, der beobachtete, wie ich mir etwas einredete, bei dem sich mir die Haare sträubten. Aber ich sagte, als hätte ich das schon seit Tagen so geplant: »Ich glaube, es wäre eine gute Idee, einen Flug zu wiederholen.«

»Nicht mit mir!«, stieß sie beinahe wütend hervor. »Wenn ich gehe, dann dahin, wo das große Geld ist.«

Da war aber auch die große Gefahr. Obschon auch Zweitflüge oft genug nicht danebengegangen sind.

Von Shikitei Bakin
an Aritsune, seinen ehrenwerten Enkelsohn

Ich bin überwältigt von Freude, von der Geburt deines ersten Kindes zu hören. Verzweifle nicht. Das nächste wird wahrscheinlich ein Junge sein.

Ich entschuldige mich demütig dafür, dass ich nicht früher geschrieben habe, aber es gibt wenig zu berichten. Ich mache meine Arbeit und versuche, Schönheit zu schaffen, wo ich kann. Vielleicht werde ich eines Tages wieder hinausfliegen. Ohne Beine ist es nicht einfach.

Gewiss, Aritsune, ich könnte neue Beine kaufen. Erst vor einigen Monaten ergab sich eine Gewebsübereinstimmung. Aber die Kosten! Ich könnte ebenso gut medizinischen Vollschutz erwerben. Du bist ein treuer Enkel, wenn du mich aufforderst, mein Kapital dafür zu verwenden, aber entscheiden muss ich selbst. Ich übersende dir jetzt die Hälfte meines Vermögens, das du für die Ausstattung und Ausbildung meiner Urenkelin verwenden sollst. Wenn ich hier sterbe, erhältst du alles, für dich und die anderen, die dir und deiner lieben Frau bald geboren werden. Das ist mein Wille. Wehr dich nicht dagegen.

Meinen Ausdruck tiefster Liebe für euch drei. Schick mir ein Holo von der Kirschblüte, wenn du kannst – sie blühen doch bald, nicht wahr? Man verliert hier den Sinn für die Zeit zu Hause!

In Liebe
Dein Großvater

Die Sache bei Wiederholungsflügen ist die: Man weiß, dass jemand diesen Flug schon einmal unternommen hat und unversehrt zurückgekommen ist; und nicht nur das, sondern dass er auch einen Fund gemacht hat, dem nachzugehen sich lohnt. Auf manchen Planeten wird man sehr fündig. Etwa Peggys Planet, wo die Heizspulen und die Pelze herstammen. Oder Eta Carina Sieben, wahrscheinlich voll brauchbarer Dinge, wenn man nur herankönnte. Der Haken dabei ist, dass der Planet seit dem letzten Besuch der Hitschi eine Eiszeit erlebt hat. Die Stürme sind furchtbar. Von fünf Landefahrzeugen kam eines mit voller

Besatzung unbeschädigt zurück. Eines tauchte überhaupt nicht mehr auf.

Allgemein gesprochen ist man auf Gateway nicht besonders begierig darauf, dass jemand einen Flug wiederholt. Man bietet eine Barabfindung statt einer Beteiligung, wenn es ziemlich leicht ist, etwas mitzubringen, etwa von Peggys Planeten. Sie bezahlen für Karten mehr als für Handelsgüter. Man fliegt also hin und verbringt seine Zeit damit, Umläufe zu absolvieren, um die geologischen Anomalien zu suchen, die darauf hindeuten, dass Hitschi-Höhlen vorhanden sind. Man landet vielleicht gar nicht. Die Bezahlung ist lohnend, aber nicht üppig. Man müsste mindestens zwanzig solche Flüge machen, um so viel zu verdienen, dass es für ein ganzes Leben reicht, wenn man sich mit den einmaligen Zahlungen der Gesellschaft abfindet. Und wenn man beschließt, es auf eigene Faust zu versuchen, muss man der Entdecker-Besatzung einen Gewinnanteil und einen Anteil von dem bezahlen, was vom Erlös übrig bleibt. Man hat am Ende einen Bruchteil dessen, was man bei einem Erstfund erhalten könnte, selbst wenn am Ort nicht schon eine Kolonie existiert, mit der man es zu tun bekommt.

Oder man kann es mit einem Bonus versuchen: hundert Millionen Dollar, wenn man eine fremde Zivilisation findet; fünfzig Millionen für die erste Besatzung, die ein Hitschi-Schiff, größer als ein Fünfer, findet; eine Million für den Fund eines bewohnbaren Planeten.

Eigentlich merkwürdig, dass sie für einen neuen Planeten nur eine schäbige Million bezahlen, möchte man meinen. Aber der Haken dabei ist: Was macht man damit, sobald man ihn gefunden hat? Man kann überschüssige Bevölkerung nicht in großer Zahl exportieren, wenn in jedes Schiff nur vier Passagiere passen, und zwar in das größte, das es auf Gateway gibt. (Wenn man keinen Piloten mitschickt, bekommt man das Schiff nicht zurück.) Die Gesellschaft hat daher ein paar kleine Kolonien unterstützt, eine sehr gesunde auf Peggys Planet, die anderen eher armselig. Aber das löst das Problem von fünfundzwanzig Milliarden Menschen nicht, von denen die meisten unterernährt sind.

Diese Art von Bonus bekommt man bei einem Wiederholungsflug nicht. Vielleicht kann man so manchen Bonus überhaupt nicht verdienen; vielleicht gibt es das gar nicht, wofür er ausgesetzt ist.

Es ist sonderbar, dass niemand je die Spur eines anderen intelligenten Wesens gefunden hat. In achtzehn Jahren und bei über zweitausend Flügen hat man nichts entdeckt. Es gibt ungefähr ein Dutzend bewohnbarer Planeten, dazu noch an die hundert, auf denen Menschen leben *könnten*, wenn es unbedingt sein müsste, so, wie wir es auf dem Mars und auf – oder vielmehr in – der Venus tun müssen. Es gibt einige Spuren alter Zivilisationen. Und es gibt die Erinnerungsstücke der Hitschi selbst. Dabei befindet sich mehr in den Gängen unter der Venusoberfläche, als wir bis jetzt sonstwo in der Galaxis gefunden haben. Selbst Gateway ist fast völlig ausgeräumt worden, bevor sie den Asteroiden aufgaben.

Verdammte Hitschi, warum mussten sie so ordentlich sein?

Wir gaben die Idee mit den Wiederholungsflügen also auf, weil nicht genug zu verdienen war, und schlugen uns die Sonderprämien aus dem Kopf, weil es einfach keine Möglichkeit gibt, sich vorzunehmen, dergleichen zu finden.

Und schließlich hörten wir auf zu reden und sahen uns nur noch an, und dann sahen wir einander nicht einmal mehr an.

Gleichgültig, was wir auch sagen mochten, wir wollten nicht hinaus. Wir hatten den Nerv nicht. Klaras Nerv hatte sie bei ihrem letzten Flug verlassen, und ich hatte ihn wohl nie besessen.

»Tja«, sagte Klara, stand auf und reckte sich, »ich glaube, ich gehe hinauf und gewinne ein paar Kröten im Kasino. Willst du zusehen?«

Ich schüttelte den Kopf.

»Ich gehe wohl besser wieder an meine Arbeit, falls ich noch eine habe.«

Wir küssten uns am Schacht zum Abschied, und als wir meine Etage erreichten, tätschelte ich ihren Fußknöchel und sprang ab. Ich war nicht gerade guter Stimmung. Wir hatten uns solche Mühe gegeben, einander zu versichern, es gebe keine Starts, die angesichts der Risiken eine ausreichende Belohnung boten, dass ich es fast glaubte.

Wir hatten die andere Art von Belohnung natürlich gar nicht erwähnt: Die Gefahrenprämien.

Man muss schon ziemlich verzweifelt sein, wenn man sich die verdienen will. Die Gesellschaft setzt etwa eine Anreizprämie von einer halben Million für eine Besatzung aus, die einen Flug wiederholt ... von dem die erste Besatzung nicht zurückgekommen ist. Man geht davon aus, dass vielleicht mit dem Schiff irgendetwas nicht in Ordnung war, dass der Treibstoff zu Ende gegangen war oder dergleichen, und dass ein zweites Schiff vielleicht sogar die Besatzung des ersten retten könnte. (Schöne Aussicht!) Natürlich sprach eher alles dafür, dass das, was die erste Besatzung umgebracht hatte, noch immer da war und dich auch ums Leben bringen mochte.

Dann gab es eine Zeit, als man sich für eine Million – später auf fünf Millionen erhöht – dazu verpflichten konnte, nach dem Start die Kurseinstellung zu verändern.

Der Grund, warum die Prämie auf fünf Millionen erhöht wurde, war der, dass niemand sich mehr freiwillig meldete, nachdem keines, nicht ein einziges, von diesen Schiffen zurückgekommen war. Dann gab man das auf, weil man zu viele Schiffe verlor, und es wurde schließlich völlig verboten. Ab und zu kommen sie mit einer Zusatz-Steuerkonsole daher, einem tollen neuen Computer, der angeblich symbiotisch mit der Hitschi-Steuerung zusammenarbeitet. Auch diese Schiffe stellen ein hohes Risiko dar. Es gibt einen Grund für die Sicherheitssperre an der Hitschi-Konsole. Man kann die Zieleinstellung nicht verändern, solange sie in Betrieb ist. Vielleicht kann man den Kurs überhaupt nicht verändern, ohne das Schiff zu zerstören.

Ich sah einmal fünf Leute den Versuch unternehmen, sich die Fünf-Millionen-Gefahrenprämie zu verdienen. Irgendein

Genie der Gesellschaft zerbrach sich den Kopf darüber, wie man mehr als fünf Personen oder das Frachtäquivalent auf einen Schlag transportieren konnte. Wir wussten nicht, wie ein Hitschi-Schiff gebaut wird, und wir hatten nie ein wirklich großes gefunden. Das Genie dachte sich deshalb, wir könnten das Hindernis vielleicht dadurch überwinden, dass wir einen Fünfer als eine Art Schlepper verwenden.

Man konstruierte also aus Hitschi-Metall eine Art Raumleichter. Man belud ihn mit Schrott und flog einen Fünfer mit Landekapselantrieb hinaus. Dazu braucht man nur Wasserstoff und Sauerstoff, und die kann man leicht wieder hineinpumpen. Dann befestigte man den Leichter mit Monofaser-Metallkabeln am Fünfer-Schiff.

Wir verfolgten das Ganze über PV von Gateway aus. Wir sahen, wie die Kabel sich spannten, als der Fünfer seine Landekapseldüsen zündete. Das Verrückteste, was man je gesehen hat.

Dann musste die Startwarze gedrückt worden sein.

Alles, was wir auf dem PV-Schirm sahen, war, dass der Leichter ein bisschen zuckte und der Fünfer schlagartig verschwand.

Er kam nie zurück. Die Zeitlupenaufnahmen zeigten zumindest den Anfang. Der Kabelbund hatte das Schiff einfach in Scheiben zerschnitten, wie ein hart gekochtes Ei. Die Leute darin wussten gar nicht, was mit ihnen geschah. Die Gesellschaft hat die Millionen immer noch; keiner will es mehr versuchen.

Ich bekam von Shicky eine höflich missbilligende Predigt zu hören und von Mr. Hsien einen wirklich schlimmen, aber kurzen, P-Phon-Anruf; doch das war alles. Nach ein, zwei Tagen ließ Shicky uns wieder mehr Freizeit.

Ich verbrachte sie zumeist mit Klara. Oft trafen wir uns in ihrer Unterkunft, ab und zu auch in der meinen, auf eine Stunde im Bett. Wir schliefen jede Nacht miteinander; man möchte meinen, wir hätten inzwischen voneinander genug gehabt. Aber nein. Nach einiger Zeit war ich nicht sicher, weshalb wir fickten, aus Spaß oder um uns von dem abzulenken, was in unseren Köpfen vorging. Ich lag oft da und sah Klara an, die sich nach dem Sex immer auf den Bauch drehte und die Augen schloss, selbst wenn wir zwei Minuten danach aufstehen mussten. Ich überlegte mir dann, wie gut ich jeden Winkel, jede Fläche ihres Körpers kannte. Ich roch ihren süßen, erotischen Duft und wünschte mir – oh, wie ich mir so manches wünschte! Dinge, die ich nicht ausdrücken konnte: eine Wohnung unter der großen Kuppel zusammen mit Klara, einen Druckanzug und eine Zelle in einem Venustunnel mit Klara, sogar ein Leben in den Nahrungsgruben mit Klara. Es war wohl die Liebe. Aber dann sah ich sie immer noch an, und ich konnte spüren, wie sich in mir das Bild veränderte, und was ich sah, war das weibliche Gegenstück zu mir: ein Feigling, dem die größte Chance geboten wurde, die es für einen Menschen geben konnte, und der zu viel Angst hatte, sie zu nützen.

Wenn wir nicht im Bett lagen, wanderten wir gemeinsam durch Gateway. Wir gingen nicht oft in die ›Blaue Hölle‹ oder in die Holofilm-Säle, wir aßen nicht einmal zusam-

FLUGBERICHT

Fahrzeug 5–2, Flug 08D33. Besatzung L. Konieczny, E. Konieczny, F. Ito, F. Lounsbury, A. Akaga.

Transitzeit hinaus 27 Tage, 16 Stunden. Primärstern nicht identifiziert, Wahrscheinlichkeit für Stern in Haufen 47 Tucanae jedoch hoch.

ZUSAMMENFASSUNG. ›Traten im freien Fall heraus. Kein Planet in der Nähe. Primärstern A 6, sehr hell und heiß, Entfernung etwa 3,3 AE.

Als wir den Primärstern abdeckten, bot sich uns ein herrlicher Blick auf, wie es schien, zwei- oder dreihundert nahe grelle Sterne, scheinbare Größe zwischen 2 und –7. Artefakte, Signale, Planeten oder landefähige Asteroiden waren jedoch nicht festzustellen. Wegen der intensiven Strahlung des A 6-Sterns konnten wir nur drei Stunden auf Station bleiben. Larry und Evelyn Konieczny wurden auf dem Rückflug infolge mutmaßlicher Strahlenverseuchung ernsthaft krank, erholten sich aber wieder. Keine Artefakte oder Proben gesichert.‹

men auswärts. Klara tat das allein. Ich konnte es mir nicht leisten, also nahm ich meine meisten Mahlzeiten in den Refektorien der Gesellschaft ein. Sie waren im Preis meiner täglichen Kopfsteuer enthalten. Klara wäre nicht abgeneigt gewesen, für uns beide zu bezahlen, aber sie legte auch keinen übergroßen Wert darauf – sie spielte ziemlich oft und gewann kaum. Es gab Gruppen, denen man sich anschließen konnte – Kartenpartys oder einfach Partys; Volkstanzgruppen; Gruppen, die Musik hörten oder diskutierten. Das kostete nichts und war manchmal interessant. Oder wir unternahmen einfach Erkundungsgänge.

Mehrmals besuchten wir das Museum. So besonders gefiel es mir gar nicht. Es wirkte ... nun, vorwurfsvoll.

Das erste Mal gingen wir hin, gleich nachdem ich die Arbeit geschwänzt hatte, an dem Tag, als Willa Forehand ihre Reise antrat. Gewöhnlich war das Museum voller Besucher, Besatzungsmitglieder von den Kreuzern, Schiffsbesatzungen von den Frachtern oder Touristen. Diesmal waren aus irgendeinem Grund nur ein paar Leute da, und wir hatten Gelegenheit, uns alles anzusehen. Gebetsfächer zu hunderten, diese dünnen, kleinen Kristallgegenstände, die häufigsten Hitschi-Artefakte; niemand wusste, wozu sie dienten, außer, dass sie hübsch waren, aber die Hitschi hatten sie überall zurückgelassen. Da war die anisokinetische Originalpunze, die einem glücklichen Prospektor schon an die zwanzig Millionen Dollar an Tantiemen eingebracht hatte. Ein Ding, das man in die Tasche stecken konnte. Pelze. Pflanzen in Formalin. Das Original-Piezophon, das drei Schiffsbesatzungen so viel eingebracht hatte, dass jeder Einzelne davon stinkreich geworden war.

Was man als diebstahlgefährdet ansah, die Gebetsfächer, die Blutdiamanten und die Feuerperlen, befand sich hinter Panzerglas. Ich glaube, sie waren sogar an Alarmanlagen angeschlossen. Auf Gateway eigentlich überraschend. Es gibt dort kein Gesetz, außer dem, was die Gesellschaft festlegt. Es gibt eine Polizei, und es gibt Regeln – man soll nicht stehlen oder einen Mord begehen –, aber keine Gerichte. Wenn man gegen eine Regel verstößt, wird man von den Sicherheitskräften der Gesellschaft festgenommen und zu einem der Kreuzer in den Umlaufbahnen gebracht. Auf den der eigenen Nation, falls man einer Nation angehört, die einen der Kreuzer stellt, im anderen Fall auf irgendeinen beliebigen. Aber wenn man nicht aufgenommen wird oder nicht auf das Schiff der eigenen Nation will und ein anderes Schiff dazu bewegen kann, einen aufzunehmen, ist das der Gesellschaft gleichgültig. Auf den Kreuzern wird einem der Prozess gemacht. Da von Anfang an feststeht, dass man schuldig ist, hat man drei Möglichkeiten. Man kann seinen Rückflug bezahlen. Man kann als Besatzungsmitglied anheuern, wenn sie einen nehmen. Und man kann ohne Druckanzug zur Schleuse hinausgehen. Man sieht also, dass es zwar wenig Gesetz auf Gateway gibt, aber auch wenige Verbrechen.

Der Grund dafür, dass die kostbaren Gegenstände im Museum weggeschlossen wurden, war der, dass Durchreisende in Versuchung kommen konnten, das eine oder andere Souvenir mitzunehmen.

So standen Klara und ich sinnend vor den Schätzen, die irgendjemand gefunden hatte ... und sprachen nicht darüber, dass wir eigentlich selbst hinausgehen und mehr davon finden sollten.

Es waren nicht nur die Ausstellungsstücke. Sie waren faszinierend – Gegenstände, die Hitschi-Hände (Tentakel? Klauen?) hergestellt und berührt hatten –, und sie stammten von unvorstellbaren Orten, unfassbar weit entfernten. Was mich noch mehr in Bann schlug, waren die Bildschirmprogramme. Zusammenfassungen von allen je gestarteten Expeditionen, eine nach der anderen. Eine laufende Gegenüberstellung von Starts und zurückgekehrten Schiffen; die Liste der Pechvögel, Name um Name an einer ganzen Wand des Saales, über den Vitrinen. Die Zahlen sagten genug: 2355 Starts (vor unseren Augen wurden daraus 2356, dann 2357; wir spürten die Vibration), 841 erfolgreiche Rückflüge.

Die Bezeichnung ›erfolgreich‹ war allerdings ziemlich vage. Es hieß, dass das Schiff zurückgekommen war. Es wurde nicht erwähnt, wie viele Besatzungsmitglieder noch lebten und gesund waren.

Klara und ich sagten kein Wort, als wir davor standen; wir sahen uns nicht an, aber ich spürte, wie sie meine Hand drückte.

Danach verließen wir das Museum und sagten auch auf dem Rückweg zum Aufwärts-Schacht nicht viel.

In meinem Inneren wusste ich, dass Emma Fother Recht gehabt hatte: Die Menschheit brauchte, was wir Prospektoren ihr geben konnten. Brauchte es dringend. Es gab hungernde Menschen, und die Hitschi-Technologie konnte ihr Leben erträglicher gestalten, wenn Prospektoren hinausflogen und Proben zurückbrachten.

Selbst wenn das ein paar Menschenleben kostete.

Selbst wenn Klara und ich unter den Opfern waren. Wünschte ich, so fragte ich mich, dass mein Sohn – falls ich jemals einen Sohn haben sollte – seine Kindheit so zubringen muss, wie ich die meine?

Wir sprangen in Etage Babe vom Aufwärts-Kabel ab und hörten Stimmen. Ich achtete nicht darauf. Ich gelangte innerlich zu einem Entschluss.

»Klara«, sagte ich, »hör zu. Wir …«

Aber Klara blickte über meine Schulter.

»Um Himmels willen!«, sagte sie. »Schau, wer da kommt!«

Ich drehte mich um, und da flatterte Shicky in der Luft und sprach mit einem Mädchen. Ich stellte verblüfft fest, dass es Willa Forehand war. Sie begrüßte uns, halb verlegen, halb belustigt.

»Was soll denn das?«, sagte ich. »Sind Sie nicht eben abgeflogen – vor acht Stunden vielleicht?«

»Vor zehn«, sagte sie.

»Ist mit dem Schiff etwas passiert? Musstet ihr umkehren?«, meinte Klara.

Willa lächelte schief.

»Keine Spur. Ich war dort und bin wieder da. Bis jetzt der kürzeste Flug überhaupt: Ich war auf dem Mond.«

»Auf dem *Erd*mond?«

»Genau.« Sie schien sich zusammenzunehmen, um nicht lachen zu müssen. Oder weinen.

Shicky sagte tröstend: »Sie bekommen bestimmt eine Prämie, Willa. Ein Schiff flog einmal zum Ganymed, und die Gesellschaft hat eine halbe Million unter der Besatzung aufgeteilt.«

Sie schüttelte den Kopf.

»Da mache ich mir wenig Hoffnungen, lieber Shicky. Oh, sie werden uns etwas geben, aber nicht so viel, dass es ins Gewicht fällt. Wir brauchen mehr.« Das war das Ungewöhnliche und ein wenig Überraschende an den Forehands; es hieß immer ›wir‹. Sie hielten wirklich zusammen wie Pech und Schwefel, auch wenn sie mit anderen nicht gern darüber sprachen.

Ich berührte sie, halb aus Zuneigung, halb aus Mitgefühl.

»Was wollen Sie machen?«

Sie sah mich erstaunt an.

»Na, ich habe mich schon für einen neuen Start eingetragen, für übermorgen.«

»Oh!«, sagte Klara. »Wir müssen zwei Feiern gleichzeitig für Sie geben! Fangen wir lieber sofort an ...«

Und Stunden später, kurz bevor wir an diesem Abend einschliefen, sagte sie zu mir: »Hast du mir nicht etwas sagen wollen, bevor wir Willa bemerkt haben?«

»Weiß nicht mehr«, antwortete ich schläfrig. Ich hatte es aber nicht vergessen. Ich wusste, was es gewesen war. Doch ich wollte es nicht mehr aussprechen.

Es gab Tage, an denen ich mich beinahe dazu aufgerafft hätte, Klara zu bitten, mit mir hinauszufliegen. Und es gab Tage, an denen ein Schiff mit zwei halb verhungerten, ausgedörrten Überlebenden zurückkam – oder ohne Überlebende – oder ein paar Starts vom vergangenen Jahr als vermisst eingestuft wurden. An solchen Tagen war ich beinahe so weit, Gateway für immer zu verlassen.

An den meisten Tagen zogen wir es vor, die Entscheidung einfach zu verschieben. So schwer war das nicht. Es war eine recht angenehme Art zu leben, Gateway und einander zu erforschen. Klara stellte ein Dienstmädchen ein, eine stämmige, junge blonde Frau aus den Nahrungsgruben von Carmarthen, die Hywa hieß. Abgesehen davon, dass der Grundstoff für die walisischen Einzeller-Proteinfabriken Kohle statt Ölschiefer war, hatte ihre Welt große Ähnlichkeit mit der meinen gehabt. Ihr Ausweg war kein Lotterieschein gewesen, sondern zwei Jahre Dienst auf einem Handelsraumschiff. Sie konnte nicht einmal nach Hause. Sie war auf Gateway von Bord gegangen und hatte

Kleinanzeigen

ORGANE ZU VERKAUFEN oder zu tauschen. Höchstgebote für Organpaare. Benötige Herzhinterwände, 1. Herzvorhof, l. & r. Herzkammer und benachbarte Teile. Anruf 88-703 für Gewebsvergleich.

HNEFATAFL-SPIELER, Schweden oder Moskauer. Großes Gateway-Turnier. Auch Unterricht. 88-122.

BRIEFFREUND in Toronto möchte hören, wie es da draußen ist. Anschrift Tony, 955 Bay, TorOntCan M5S 2A3.

ICH MUSS weinen. Helfe Ihnen, eigenen Schmerz zu finden. Tel. 88-622.

ihre Kaution verloren. Und Prospektor konnte sie auch nicht werden, weil sie sich bei einem Raumschiffstart eine Herzarrhythmie zugezogen hatte, die sich manchmal zu bessern schien und sie dann wieder eine ganze Woche ins Hospital brachte. Hywas Aufgabe bestand darin, für mich und Klara sauber zu machen und zu kochen sowie auf die kleine Kathy Francis aufzupassen, wenn ihr Vater Dienst hatte und Klara ihre Ruhe haben wollte. Klara hatte im Kasino ziemlich viel verloren, sodass sie sich Hywa eigentlich gar nicht leisten konnte, aber mich konnte sie sich auch nicht leisten.

Was es uns erleichterte, der Selbsterkenntnis auszuweichen, war, dass wir voreinander und manchmal jeder sogar vor sich selbst so taten, als bereiteten wir uns besonders genau auf den Tag vor, an dem der richtige Flug sich anbieten würde.

Das zu tun, fiel nicht schwer. Zwischen den Flügen taten viele richtige Prospektoren das Gleiche. Es gab eine Gruppe, die sich ›Hitschi-Sucher‹ nannte und sich jeden Mittwochabend traf; gegründet worden war sie von einem Prospektor namens Sam Kahane, fortgeführt von anderen, während er auf einer Reise war, die nichts erbrachte, und wieder zusammengerufen von ihm zwischen Flügen, wenn er darauf wartete, dass die beiden anderen Mitglieder seiner Besatzung sich für den nächsten Flug wieder in Form brachten. (Unter anderem hatten sie infolge eines Defekts im Nahrungsmittelkühlschrank Skorbut mitgebracht.) Sam und seine Freunde waren homosexuell und anscheinend in einer festen Dreierbeziehung verbunden, aber das wirkte sich auf sein Interesse an Hitschi-Kunde nicht aus. Er hatte Tonbänder von allen Vorträgen mehrerer Lehrgänge über Exostudien vom East Texas-Reservat besorgt, wo Professor Hegramet sich zur höchsten Autorität in der Hitschi-Forschung auf der ganzen Welt aufgeschwungen hatte. Ich erfuhr vieles, was ich nicht gewusst hatte, wenngleich die wesentliche Tatsache – nämlich die, dass es, was die Hitschi anging, viel mehr Fragen als Antworten gab – bestehen blieb.

Und wir traten Gruppen zur körperlichen Ertüchtigung bei, wo wir Muskelstärkungsübungen machten, wobei man jedes Glied nur wenige Zentimeter bewegen musste, und Massagetechniken erlernten. Es machte uns viel Spaß, vor allem auf sexuellem Gebiet. Klara und ich lernten, mit unseren Körpern erstaunliche Dinge anzustellen. Wir besuchten einen Kochkurs (mit Standardrationen kann man allerhand anfangen, wenn man mit Kräutern und Gewürzen umzugehen versteht). Wir erwarben eine Auswahl an Sprachenbändern, für den Fall, dass unsere zukünftigen Crew-Mitglieder kein Englisch sprachen, und übten miteinander Taxifahrer-Italienisch und -Griechisch. Wir traten sogar einer Astronomengruppe bei. Sie hatte Zugang zu den Teleskopen Gateways; wir verbrachten allerhand Zeit damit, uns außerhalb der Ekliptikebene die Erde und die Venus anzusehen. Francy Hereira schloss sich dieser Gruppe an, wenn er Freigang hatte. Klara mochte ihn, ich auch, und wir machten es uns zur Gewohnheit, in unseren Zimmern - nun ja, in Klaras Zimmern, aber da war ich eben oft - nach dem Gruppenabend ein Glas zu trinken. Francy war tief, beinahe sinnlich, an dem interessiert, was sich dort draußen befand. Er wusste alles über Quasare und Schwarze Löcher und Seyfert-Galaxien, ganz zu schweigen von Dingen wie Doppelsternen und Novae. Wir spekulierten oft darüber, wie es sein mochte, aus einem Transit in die Wellenfront einer Supernova einzutreten. Das konnte vorkommen. Die Hitschi waren bekannt dafür, dass sie ein Interesse daran gehabt hatten, astrophysikalische Ereignisse aus erster Hand zu beobachten. Manche ihrer Kurse waren zweifellos so programmiert, dass sie die Besatzungen in die Nähe interessanter Vorgänge brachten, und eine Supernova im Entstehen war gewiss ein interessanter Vorgang. Nur war es jetzt sehr viel später, und die Supernova mochte nicht mehr bloß im Entstehen sein.

»Ich möchte wissen, ob es das nicht sein könnte, was manchen von den vermissten Expeditionen zugestoßen ist«, meinte Klara und lächelte, um zu zeigen, dass sie das nur in abstraktem Sinn meinte.

»Es ist eine absolute statistische Gewissheit«, sagte Francy und erwiderte das Lächeln, um zu zeigen, dass er die Spielregeln anerkannte. Er hatte sein an sich schon gutes Englisch so verbessert, dass er es nahezu akzentfrei sprach. Außerdem beherrschte er Deutsch, Russisch und eine ganze Reihe anderer romanischer Sprachen neben seinem Portugiesisch. »Trotzdem fliegen die Leute.«

Klara und ich schwiegen kurze Zeit, dann lachte sie. »Manche tun es«, sagte sie.

»Das hört sich so an, als wollten Sie selbst hinaus, Francy«, meinte ich hastig.

»Haben Sie je daran gezweifelt?«

»Hm, ja, eigentlich schon. Ich meine, Sie sind in der brasilianischen Marine. Sie können doch nicht einfach aufhören, oder?«

»Ich kann jederzeit aufhören«, erklärte er. »Ich kann hinterher nur nicht mehr nach Brasilien zurück.«

»Und lohnt sich das für Sie?«

»Mehr als das«, erwiderte er.

»Selbst bei dem Risiko, nicht zurückzukommen oder so auszusehen wie die Rückkehrer heute?« Das war ein Fünfer-Schiff gewesen, gelandet auf einem Planeten mit Pflanzen ähnlich dem Giftsumach. Es sei sehr schlimm gewesen, hatten wir gehört.

»Ja, versteht sich«, erklärte er.

Klara wurde unruhig.

»Ich glaube, ich möchte jetzt schlafen«, sagte sie.

In ihrer Stimme schwang etwas Besonderes mit. Ich sah sie an und sagte: »Ich begleite dich zu deinem Zimmer.«

»Das ist nicht nötig, Bob.«

»Ich mache es trotzdem«, erklärte ich. »Gute Nacht, Francy. Wir sehen uns nächste Woche.«

Klara war schon halb den Fallschacht hinunter, und ich musste mich beeilen, um sie einzuholen. Ich packte das Kabel und rief ihr nach: »Wenn du wirklich willst, gehe ich in mein Zimmer.«

Sie schaute nicht hinauf, sagte aber auch nicht, dass es das war, was sie wollte, also stieg ich an ihrer Etage aus und folgte ihr zu ihren Räumen. Kathy schlief fest im Vorraum, Hywa döste vor einer Holoscheibe in unserem Schlafzimmer. Klara schickte sie nach Hause und vergewisserte sich noch einmal, dass das Kind bequem lag. Ich setzte mich auf die Bettkante und wartete auf sie.

»Vielleicht bekomme ich meine Periode«, sagte Klara, als sie zurückkam. »Tut mir Leid. Ich bin einfach nervös.«

»Ich gehe, wenn du das willst.«

»Menschenskind, Bob, hör auf, das immer wieder zu sagen!« Sie setzte sich neben mich und lehnte sich an, damit ich den Arm um sie legen konnte. »Kathy ist so süß«, meinte sie nach einer Weile beinahe sehnsüchtig.

»Du möchtest selbst gern ein Kind, nicht?«

»Ich *werde* ein eigenes haben.« Sie lehnte sich zurück und zog mich mit. »Wenn ich nur wüsste, wann das sein wird. Ich brauche viel mehr Geld, als ich habe, um einem Kind ein anständiges Leben bieten zu können. Und ich werde nicht jünger.«

Wir lagen einen Augenblick so da, dann sagte ich in ihr Haar: »Ich möchte das auch, Klara.«

Sie seufzte.

»Denkst du, das weiß ich nicht?« Dann spannte sie die Muskeln an und setzte sich auf: »Wer ist das?«

Jemand kratzte an der Tür. Sie war nicht abgesperrt; wir schlossen nie ab. Aber es kam auch nie jemand ohne Aufforderung herein. Diesmal schon.

»Sterling?«, wunderte sich Klara. Sie entsann sich ihrer guten Manieren. »Bob, das ist Sterling Francis, Kathys Vater. Bob Broadhead.«

»Hallo«, sagte er. Er war viel älter, als ich vermutet hatte, mindestens fünfzig, und sah verbraucht und erschöpft aus. »Klara«, fuhr er fort, »ich bringe Kathy mit dem nächsten Schiff nach Hause. Ich glaube, ich nehme sie gleich mit, wenn es dir nichts ausmacht. Ich möchte nicht, dass sie es von jemand anderem erfährt.«

Klara griff nach meiner Hand, ohne mich anzusehen.

»Was erfährt?«

»Von ihrer Mutter.« Francis rieb sich die Augen, dann sagte er: »Ach, hast du das nicht gewusst? Jan ist tot. Ihr Schiff ist vor ein paar Stunden zurückgekommen. Alle vier in der Landekapsel sind in eine Art Schwamm geraten; ihre Körper schwollen an, und sie starben. Ich habe ihre Leiche gesehen. Sie sieht ...« Er verstummte. »Wer mir wirklich Leid tut, ist Annalee«, sagte er. »Sie blieb in der Umlaufbahn, während die anderen hinunterflogen, und sie brachte Jans Leiche zurück. Sie war wohl übergeschnappt. Warum die Mühe? Jan kann es gleichgültig sein ... Nun ja. Sie konnte nur zwei mitbringen, mehr Platz war nicht im Kühlschrank, und ihre Rationen ...« Er verstummte wieder und schien nicht weitersprechen zu können.

Bemerkungen zum Hitschi-Gesäß

Professor Hegramet: Wir haben keine Ahnung, wie die Hitschi ausgesehen haben, abgesehen von Schlussfolgerungen aufgrund bestimmter Spuren. Wahrscheinlich waren sie Zweibeiner. Ihre Werkzeuge passen verhältnismäßig gut in Menschenhände, also besaßen sie vermutlich Hände. Oder etwas Ähnliches. Sie scheinen so ziemlich das gleiche Spektrum gesehen zu haben wie wir. Sie müssen kleiner gewesen sein als wir – sagen wir, hundertfünfzig Zentimeter oder weniger. Und sie hatten sonderbare Gesäße.

Frage: Was heißt sonderbare Gesäße?

Professor Hegramet: Tja, haben Sie je den Pilotensessel in einem Hitschi-Schiff gesehen? Es sind zwei flache Metallstücke, V-förmig zusammengefügt. Sie könnten keine zehn Minuten darauf sitzen, ohne sich den Hintern abzukneifen. Wir mussten also hergehen und einen Flechtsitz darüberspannen. Aber das ist eine menschliche Ergänzung. Die Hitschi hatten so etwas nicht.
Ihre Körper müssen also mehr oder weniger wie Wespenleiber ausgesehen haben, wobei der große Bauch herabhing, tatsächlich bis unter die Hüften hinabreichend, zwischen die Beine.

Frage: Soll das heißen, dass sie Stachel gehabt haben könnten wie Wespen?

Professor Hegramet: Stachel? Nein. Das glaube ich nicht. Aber mag sein. Oder vielleicht hatten sie ganz eigenartige Geschlechtsorgane.

So saß ich auf der Bettkante, während Klara ihm half, das Kind zu wecken und es anzuziehen, damit er es mitnehmen konnte. Inzwischen rief ich am PV-Gerät die Startlisten auf und sah sie mir genau an. Bis Klara zurückkam, hatte ich das Gerät wieder abgeschaltet, saß im Schneidersitz auf dem Bett und dachte angestrengt nach.

»Mensch«, sagte sie düster. »Was für eine scheußliche Nacht!« Sie setzte sich an die andere Bettecke. »Ich bin doch nicht schläfrig«, sagte sie. »Vielleicht gehe ich hinauf und gewinne am Roulettetisch ein paar Dollar.«

»Lieber nicht«, sagte ich. Ich hatte am Abend zuvor drei Stunden neben ihr gesessen, als sie zuerst zehntausend

Dollar gewonnen und dann zwanzigtausend verloren hatte. »Ich habe eine bessere Idee. Fliegen wir hinaus.«

Sie drehte sich ganz herum und sah mich an, so schnell, dass sie einen Augenblick lang über dem Bett schwebte.

»Was?«

»Fliegen wir hinaus.«

Sie schloss die Augen und fragte, ohne sie zu öffnen: »Wann?«

»Start 29-40. Ein Fünfer-Schiff, mit einer guten Besatzung: Sam Kahane und seine Freunde. Sie haben sich alle erholt und suchen jetzt zwei Leute.«

Sie strich mit den Fingerspitzen über die Lider, dann öffnete sie die Augen und sah mich an.

»Weißt du, Bob«, sagte sie, »du machst wirklich interessante Vorschläge.« Über den Hitschi-Metallwänden gab es Jalousien, damit man zum Schlafen das Licht dämpfen konnte, und ich hatte sie heruntergezogen, aber selbst im Halbdunkel konnte ich sehen, wie sie aussah. Erschrocken. Trotzdem meinte sie: »Sie sind nicht übel. Wie kommst du mit Homos aus?«

»Ich lasse sie in Frieden, sie lassen mich in Frieden. Vor allem, wenn ich dich habe.«

»Hm«, murmelte sie, dann kroch sie zu mir, schlang die Arme um mich, zog mich herunter und vergrub ihr Gesicht an meinem Hals. »Warum nicht?«, sagte sie so leise, dass ich zuerst nicht sicher war, sie gehört zu haben.

Als ich sicher war, überfiel mich die Angst. Es hatte immerhin die Chance bestanden, dass sie nein sagen würde. Ich wäre aus dem Schneider gewesen. Ich fühlte, dass ich zitterte, aber ich brachte heraus: »Dann melden wir uns morgen an?«

Sie schüttelte den Kopf.

»Nein«, sagte sie dumpf. Sie zitterte so heftig wie ich. »Geh ans Telefon, Bob. Wir melden uns sofort an. Bevor wir es uns anders überlegen.«

Am nächsten Tag quittierte ich meine Arbeit, packte meine Habe in die Koffer, die ich mitgebracht hatte, und übergab sie Shicky, der wehmütig dreinsah. Klara gab den

Unterricht auf und entließ ihr Mädchen – die sehr sorgenvoll dreinsah –, packte aber nicht. Sie hatte noch allerhand Geld; Klara, meine ich. Sie bezahlte die Miete für ihre beiden Zimmer im Voraus und ließ alles so, wie es war.

Wir gaben natürlich eine Abschiedsparty. Anschließend konnte ich mich an keine einzige Person erinnern, die daran teilnahm.

Und dann zwängten wir uns plötzlich in das Landefahrzeug, kletterten hinunter in die Kapsel, während Sam Kahane methodisch die Einstellungen überprüfte. Wir schlossen uns in unsere Konkons ein. Wir setzten die Startuhren in Betrieb.

Dann gab es einen Stoß und ein Gefühl des Fallens und Schwebens, bevor die Brenner in Aktion traten, und wir waren unterwegs.

13

»Guten Morgen, Bob«, sagt Sigfrid, und ich bleibe unter der Tür stehen, plötzlich und unterschwellig besorgt. »Was ist los?«

»Nichts ist los, Bob. Komm herein.«

»Du hast umgestellt«, sage ich anklagend.

»Richtig, Robbie. Gefällt dir das Zimmer so?«

Ich sehe es mir an. Die Kissen sind vom Boden verschwunden. Die nichtgegenständlichen Bilder an den Wänden fehlen. Er hat jetzt eine Reihe von Holobildern hängen, die Weltraumszenen, Berge und Meere zeigen. Das Komischste von allem ist Sigfrid selbst: Er spricht aus einer Puppe zu mir, die in einer Ecke sitzt, einen Bleistift in Händen hält und hinter einer dunklen Brille zu mir aufschaut.

»Du bist ja hochmodern geworden«, sage ich. »Was ist der Grund für das Ganze?«

Seine Stimme hört sich an, als lächle er gütig, obwohl sich der Gesichtsausdruck der Puppe nicht verändert.

»Ich dachte nur, dass dich eine Veränderung vielleicht erfreut, Rob.«

Ich trete ein paar Schritte ins Zimmer und bleibe wieder stehen.

»Du hast die Matte weggenommen!«

»Brauche sie nicht, Bob. Wie du siehst, gibt es eine neue Couch. Sehr traditionsgemäß, nicht wahr?«

»Hm.«

»Warum legst du dich nicht einfach drauf?«, drängt er. »Um zu sehen, wie es sich anfühlt?«

»Hm.« Ich strecke mich vorsichtig darauf aus. Es fühlt sich merkwürdig an, und es gefällt mir nicht, wahrscheinlich deshalb, weil dieser Raum mir wirklich etwas bedeutet und eine Veränderung darin mich nervös macht. »Die Matte hatte Gurte«, klage ich.

»Die Couch auch, Bob. Du kannst sie an den Seitenwänden herausziehen. Du brauchst nur zu tasten ... da. Ist das nicht besser?«

»Nein.«

»Ich glaube, du solltest mich entscheiden lassen, ob aus therapeutischen Gründen irgendeine Veränderung erforderlich ist, Rob«, sagt er leise.

Ich setze mich auf.

»Das ist auch einer der Punkte, Sigfrid! Entschließe dich endlich, wie du mich nennen willst. Ich heiße nicht Rob oder Robbie oder Bob. Ich heiße Robinette.«

»Das weiß ich, Robbie.«

»Jetzt fängst du schon wieder an!«

Nach einer Pause sagt er säuselnd: »Ich finde, du solltest es mir überlassen, welche Form der Anrede ich bevorzuge, Robbie.«

»Öm.« Ich habe einen unerschöpflichen Vorrat an diesen unverbindlichen Nicht-Wörtern. Tatsächlich würde ich am liebsten die ganze Sitzung hinter mich bringen, ohne mehr zu offenbaren. Was ich möchte, ist, dass *Sigfrid* etwas offenbart. Ich möchte wissen, warum er mich zu verschiedenen Zeiten verschieden anredet. Ich möchte wissen, was er an meinen Äußerungen bedeutsam findet. Ich möchte wissen, was er wirklich von mir denkt ... wenn ein ratterndes Ding aus Blech und Kunststoff wirklich denken kann, meine ich.

Was ich weiß und Sigfrid nicht, ist natürlich, dass meine gute Freundin S. Ya. praktisch versprochen hat, dass ich ihm einen kleinen Streich spielen darf. Darauf freue ich mich schon.

»Gibt es irgendetwas, das du mir sagen möchtest, Rob?«

»Nein.«

Er wartet. Ich fühle mich einigermaßen feindselig und wenig mitteilsam. Ich glaube, das liegt zum Teil daran, dass ich es kaum erwarten kann, Sigfrid ein bisschen hereinzulegen, aber auch daran, dass er das Zimmer umgemodelt hat. Dergleichen hat man mit mir gemacht, als ich in Wyoming meine Psychose hatte. Manchmal kam ich da zu einer Sitzung und stieß auf ein Hologramm meiner Mutter. Es sah genauso aus wie sie, aber es roch nicht wie sie und fühlte sich nicht so an; man konnte es überhaupt nicht spüren, es war nur Licht. Manchmal ließen sie mich in Dunkelheit treten, und etwas Warmes, Kuscheliges nahm mich in die Arme und flüsterte mit mir. Das war mir nicht angenehm. Ich war verrückt, aber nicht so verrückt.

Sigfrid wartet immer noch, aber ich weiß, dass er nicht ewig warten wird. In Bälde wird er mir Fragen stellen, vermutlich über meine Träume.

»Hast du geträumt, seitdem ich dich das letzte Mal gesehen habe, Bob?«

Ich gähnte. Das ist alles sehr langweilig.

»Ich glaube nicht. Jedenfalls nichts Wichtiges.«

»Ich möchte hören, was es war. Auch Bruchstücke.«

»Du gehst einem auf die Nerven, Sigfrid, weißt du das?«

»Es tut mir Leid, dass du das meinst, Rob.«

»Tja ... ich glaube, ich kann mich nicht einmal an ein Bruchstück erinnern.«

»Versuch es bitte.«

»Ach, Mensch. Na gut.« Ich mache es mir auf der Couch bequem. Der einzige Traum, der mir einfällt, ist völlig banal, und ich weiß, dass er nichts enthält, was Bezug zu etwas Traumatischem oder Entscheidendem hat, aber wenn ich ihm das sagen wollte, würde er zornig werden. So sage ich gehorsam: »Ich befand mich in einem Waggon eines langen Eisenbahnzuges. Eine ganze Reihe von Waggons war zusammengekoppelt, und man konnte durch sie hindurchgehen. Sie waren voller Leute, die ich kannte.

FLUGBERICHT

Fahrzeug 1–8, Flug 013D6. Besatzung F. Ito.

Transitzeit 41 Tage, 2 Stunden. Position nicht bestimmt. Instrumentenaufzeichnungen beschädigt.

Niederschrift vom Tonband des Piloten folgt: ›Der Planet scheint eine Oberflächen-Schwerkraft von über 2,5 zu haben, aber ich werde eine Landung versuchen. Weder visuelle noch Radarbeobachtung durchdringt die Staub- und Wasserdampfwolken. Es sieht wirklich nicht besonders gut aus, aber das ist mein elfter Start. Ich stelle die automatische Rückkehr auf 10 Tage ein. Wenn ich bis dahin mit dem Landefahrzeug nicht zurück bin, glaube ich, dass die Kapsel allein zurückkehren wird. Ich würde nur gern wissen, was die Flecken und Fackeln an der Sonne bedeuteten.‹

Pilot war nicht an Bord, als das Schiff zurückkam. Keine Artefakte oder Proben. Landefahrzeug nicht mehr vorhanden. Fahrzeug beschädigt.

Da war eine Frau, ein mütterlicher Typ, die viel hustete, und eine andere Frau, die – nun, sie sah ziemlich sonderbar aus. Zuerst hielt ich sie für einen Mann. Sie trug eine Art Overall, sodass man nicht erkennen konnte, ob sie männlich oder weiblich war, und sie hatte sehr maskuline, buschige Augenbrauen. Aber ich war überzeugt, dass ich eine Frau vor mir hatte.«

»Hast du mit einer der Frauen gesprochen, Bob?«

»Bitte unterbrich mich nicht, Sigfrid, du bringst mich aus dem Konzept.«

»Entschuldige, Rob.«

Ich berichte weiter: »Ich ging – nein, ich habe nicht mit ihnen gesprochen. Ich kehrte in den anderen Waggon zurück. Es war der letzte des Zuges. Er war mit dem Zug gekoppelt durch eine Art – warte mal, ich weiß nicht, wie ich das beschreiben soll. Es war wie eines von diesen ausziehbaren Falttürdingern, aus Metall, verstehst du? Und es dehnte sich.«

Ich mache eine Pause, hauptsächlich aus Langeweile. Ich möchte mich am liebsten für einen so dummen, unwichtigen Traum entschuldigen.

»Du sagst, die Metallverbindung dehnte sich, Bob?«, fragt Sigfrid, um mir einen Anstoß zu geben.

»Richtig, sie dehnte sich. Der Waggon, in dem ich mich befand, blieb natürlich immer weiter zurück. Alles, was ich sehen konnte, war die Heckleuchte, die die Gesichtsform dieser Frau hatte. Das Gesicht sah mich an. Sie ...« Ich verliere den Faden. Ich versuche, wieder ins Gleis zu kommen: »Ich glaube, ich hatte das Gefühl, es würde schwer sein, zu ihr zurückzugelangen, so, als sei sie ... tut mir Leid, Sigfrid, ich erinnere mich nicht mehr genau an das, was dann passierte. Schließlich wurde ich wach. Und«, füge ich tugendhaft hinzu, »ich habe gleich alles aufgeschrieben, sobald ich konnte, wie du es haben willst.«

»Das weiß ich zu schätzen, Bob«, sagt Sigfrid ernsthaft. Er wartet darauf, dass ich weiterspreche.

Ich rutsche unruhig herum.

»Die Couch ist bei weitem nicht so bequem wie die Matte«, klage ich.

»Das tut mir Leid, Bob. Du sagst, du hast sie erkannt?«

»Wen?«

»Die beiden Frauen im Zug, von denen du dich immer weiter entfernt hast.«

»Ach so. Nein, ich verstehe, was du meinst. Ich habe sie im Traum erkannt. Ich habe wirklich keine Ahnung, wer sie gewesen sind.«

»Hatten sie Ähnlichkeit mit jemandem, den du kennst?«

»Keine Spur. Darüber habe ich mich selbst gewundert.«

Nach einer kurzen Pause, von der ich weiß, dass es Sigfrids Art ist, mir Gelegenheit zu geben, meine Antwort zu überdenken, sagt er: »Du hast eine der Frauen als einen mütterlichen Typ bezeichnet, der hustete ...«

»Ja. Aber ich habe sie nicht erkannt. Ich glaube, sie kam mir auf irgendeine Weise bekannt vor, aber so ist das ja bei Träumen.«

Er fragt geduldig: »Fällt dir irgendeine Frau aus deinem Leben ein, die mütterlich war und viel gehustet hat?«

Ich lache laut auf.

»Lieber Freund Sigfrid! Ich versichere dir, die Frauen, die ich kenne, sind alle nicht mütterlich. Und sie haben alle mindestens medizinischen Großschutz. Sie husten nicht.«

»Verstehe. Bist du sicher, Robbie?«

»Fall mir nicht auf den Wecker, Sigfrid«, sage ich, zornig, weil man sich auf der blöden Couch nicht richtig bequem hinlegen kann, und weil ich außerdem auf die Toilette muss.

»Verstehe.« Und einen Augenblick später pickt er sich etwas anderes heraus, wie ich es erwartet habe; er ist eine Taube, auf allem herumpickend, was ich ihm hinwerfe. »Was ist mit der anderen Frau, der mit den buschigen Brauen?«

»Was soll mit ihr sein?«

»Hast du je ein Mädchen gekannt, das buschige Brauen hatte?«

»Ach, Mensch, Sigfrid, ich bin mit fünfhundert Mädchen im Bett gewesen! Da gab es die tollsten Brauen.«

»Keine bestimmte?«

»Nicht, dass ich im Augenblick wüsste.«

»Nicht im Augenblick, Bob. Bitte, streng dich an.«

Es ist einfacher zu tun, was er verlangt, als mit ihm darüber zu streiten; also strenge ich mich an.

»Na gut, mal sehen. Ida Mae? Nein. Sue-Ann? Nein. S. Ya.? Nein. Gretchen? Nein ... tja, um die Wahrheit zu sagen, Sigfrid, Gretchen war so hellblond, dass ich gar nicht erkennen konnte, ob sie wirklich Brauen hatte.«

»Das sind Mädchen, die du in letzter Zeit gekannt hast, nicht wahr, Rob? Vielleicht liegt es weiter zurück?«

»Du meinst, viel weiter?« Ich denke zurück, so weit ich kann, bis zu den Nahrungsgruben und Sylvia. Ich lache laut. »Weißt du was, Sigfrid? Es ist komisch, aber ich kann mich kaum erinnern, wie Sylvia ausgesehen hat ... oh, warte mal. Nein. Jetzt fällt es mir ein. Sie pflegte sich die Brauen fast völlig auszuzupfen und dann mit dem Stift nachzuziehen. Das weiß ich, weil wir, als wir einmal miteinander im Bett lagen, mit ihrem Augenbrauenstift gegenseitig unsere Körper bemalt haben.«

Ich kann ihn beinahe seufzen hören.

»Die Waggons«, sagte er. »Wie würdest du sie beschreiben?«

»Wie jeden Eisenbahnzug. Lang. Schmal. Ziemlich schnell durch den Tunnel fahrend.«

»Lang und schmal, durch einen Tunnel, Bob?«

Da verliere ich die Geduld. Er ist ja *so* durchsichtig!

»Na hör mal, Sigfrid! Bei *mir* kommst du doch mit einem affigen Penissymbol nicht durch.«

»Ich versuche mit gar nichts durchzukommen, Bob.«

»Na, du bist jedenfalls ein richtiger Arsch, was den ganzen Traum angeht, das kann ich dir sagen. Es steckt nichts drinnen. Der Zug war einfach ein Zug. Ich weiß nicht, wer die Frauen gewesen sind. Und hör mal, wenn wir schon dabei sind: Ich hasse diese gottverdammte Couch wirklich. Für das Geld, das dir meine Versicherung bezahlt, kannst du bestimmt mehr bieten.«

Er hat mich wirklich wütend gemacht. Er versucht immer wieder, auf den Traum zurückzukommen, aber ich bin entschlossen, für das Geld der Versicherungsgesellschaft etwas Angemessenes geboten zu bekommen, und bis ich gehe, hat er mir versprochen, vor meinem nächsten Besuch umzudekorieren.

Als ich an diesem Tag hinaustrete, fühle ich mich ganz zufrieden mit mir. Er tut mir wirklich sehr gut. Das liegt wohl daran, dass ich den Mut finde, mich gegen ihn aufzulehnen, und vielleicht war der ganze Unsinn auf diese oder irgendeine andere Weise nützlich für mich, auch wenn es stimmt, dass manche von seinen Ideen recht verrückt sind.

14

Ich mühte mich aus meiner Schlinge, um Klaras Knie Platz zu machen, und prallte gegen Sam Kahanes Ellenbogen. »Pardon«, sagte er, ohne sich auch nur umzusehen. Seine Hand lag immer noch auf der Startwarze, obwohl wir schon zehn Minuten unterwegs waren. Er studierte die flackernden Lichter an der Hitschi-Instrumententafel und löste den Blick nur davon, wenn er auf den Bildschirm darüber starrte.

Ich setzte mich auf. Mir war ziemlich mulmig. Ich hatte Wochen gebraucht, mich an den fast völligen Schwerkraftmangel auf Gateway zu gewöhnen. Die schwankenden G-Kräfte in der Kapsel waren wieder etwas ganz anderes. Sie waren sehr gering, aber sie blieben nicht eine Minute konstant, und mein Innenohr beklagte sich.

Ich zwängte mich hinaus in den Küchenbereich, ein Auge auf der Tür zur Toilette. Ham Tayeh war immer noch dort drin. Wenn er nicht bald herauskam, würde es bei mir kritisch werden. Klara lachte, streckte den Arm aus der Schlinge und legte ihn um mich.

»Armer Bobbie«, sagte sie. »Und dabei fangen wir erst an.«

Ich schluckte eine Pille, zündete mir tollkühn eine Zigarette an und konzentrierte mich darauf, mich nicht übergeben zu müssen. Ich weiß nicht, wie viel davon wirklich Raumkrankheit war. Die Angst spielte eine große Rolle. Es ist sehr erschreckend zu wissen, dass zwischen dir und dem augenblicklichen, grausamen Tod nichts liegt als eine dünne Metallhaut, vor einer halben Million Jahren von sonderbaren Fremdwesen hergestellt. Und zu wissen, dass du dich darauf eingelassen hast, irgendwo hinzufliegen, obwohl du keinerlei Kontrolle darüber hast.

Ich kroch in meine Schlinge zurück, drückte die Zigarette aus, schloss die Augen und konzentrierte mich darauf, die Zeit vergehen zu lassen.

Es würde sehr viel davon vergehen müssen. Der Durchschnittsflug dauert hin und zurück je fünfundvierzig Tage. Es spielt keine so große Rolle, wie weit man fliegt. Zehn Lichtjahre oder zehntausend: Es fällt ins Gewicht, aber nicht linear. Man sagte mir, die Schiffe beschleunigten unaufhörlich und steigerten die Beschleunigungs*rate* die ganze Zeit. Dieses Delta ist auch nicht linear oder auch nur exponentiell auf irgendeine Weise, die jemand verstehen könnte. Man erreicht die Lichtgeschwindigkeit sehr schnell, in knapp einer Stunde. Dann scheint es eine ganze Weile zu dauern, bis man sie merklich überschreitet. Und dann werden die Schiffe wirklich schnell.

Man kann das alles verfolgen (heißt es), wenn man die auf dem Navigationsschirm der Hitschi gezeigten Sterne betrachtet. Innerhalb der ersten Stunde fangen alle Sterne an, die Farbe zu verändern und herumzuschwimmen. Wenn man *c* überschreitet, weiß man das, weil sie sich alle in der Mitte des Schirmes zusammengedrängt haben.

In Wirklichkeit haben die Sterne sich nicht bewegt. Man holt das Licht ein, das aus Quellen hinter einem oder an der Seite stammt. Die Photonen, die auf die Bugkamera treffen, sind vor einem Tag, einer Woche oder vor hundert Jahren abgegeben worden. Nach ein, zwei Tagen hören sie sogar auf, Sternen zu gleichen. Es gibt nur eine Art fleckiger, grauer Oberfläche. Sie sieht ein wenig aus wie Holofilm, den man ans Licht hält, aber man kann mit einer Blitzlampe aus einem Holofilm ein virtuelles Bild machen, und aus dem, was auf den Hitschi-Schirmen ist, hat noch nie jemand etwas anderes gemacht als fleckiges Grau.

Bis ich schließlich in die Toilette konnte, schien der Drang nicht mehr so dringend zu sein, und als ich herauskam, war Klara allein in der Kapsel und prüfte Sternbilder mit der Theodolitenkamera. Sie drehte sich zu mir um, betrachtete mich und nickte.

»Du siehst ein bisschen weniger grün aus«, sagte sie anerkennend.

»Ich werd's überleben. Wo sind die Jungs?«

»Wo sollen sie sein? Unten im Landefahrzeug. Dred meint, wir sollten uns vielleicht aufteilen, damit wir beide zeitweise das Landefahrzeug für uns haben, wenn sie hier oben sind; dann kommen wir herauf, und sie dürfen runter.«

»Hm.« Das klang recht gut; ich hatte mich auch schon gefragt, wie wir es anstellen sollten, einmal für uns zu sein. »Okay. Was soll ich jetzt tun?«

Sie küsste mich zerstreut.

»Bleib du nur aus dem Weg. Weißt du was? Es sieht so aus, als flögen wir direkt auf den galaktischen Norden zu.«

Diese Mitteilung konfrontierte mich mit meiner Unwissenheit. Deshalb fragte ich: »Ist das gut?«

Sie grinste.

»Wie merkst du das?«

Ich legte mich zurück und beobachtete sie. Wenn sie so viel Angst hatte wie ich, und daran zweifelte ich kaum, ließ sie es sich jedenfalls nicht anmerken.

Ich begann mich zu fragen, was im galaktischen Norden liegen mochte – und, wichtiger noch, wie lange wir brauchen würden, um hinzukommen.

Der kürzeste Flug zu einem anderen Sternsystem hatte achtzehn Tage gedauert. Es war Barnards Stern, und eine Pleite; nichts da. Der längste, oder jedenfalls der längste, von dem man bisher weiß – wer hat eine Ahnung davon, wie viele Schiffe mit toten Prospektoren noch auf dem Rückweg von, sagen wir M 31 im Andromeda-Nebel sind? –, nahm hin und zurück je hundertfünfundsiebzig Tage in Anspruch. Die Besatzung kam tot zurück. Schwer zu sagen, wo sie gewesen war. Die Aufnahmen, die sie gemacht hatten, zeigten nicht viel, und die Prospektoren waren natürlich nicht mehr in der Verfassung, etwas mitteilen zu können.

Wenn man losfliegt, ist es selbst für einen Veteranen ziemlich anstrengend. Man weiß, dass man beschleunigt. Man weiß nicht, wie lange die Beschleunigung anhalten wird. Wenn man zum Wendepunkt gelangt, merkt man es. Erstens stellt man es förmlich fest, weil die goldene Spule in jedem Hitschi-Schiff ein bisschen flackert. (Niemand weiß, warum.) Aber man weiß, dass die Beschleunigung

Kleinanzeigen

ICH MASSIERE Ihre sieben Punkte, wenn Sie mir Gibran vorlesen. Nacktheit nach Wunsch. 86-004.

INVESTIEREN SIE Ihre Tantiemen in die Kondominium-Nation Westafrikas mit dem schnellsten Wachstum. Günstige Steuergesetze, belegbares Wachstum. Unser Repräsentant befindet sich hier auf Gateway. Kostenloser Bandvortrag, Erfrischungen, ›Blaue Hölle‹, Mittwoch 15.00 Uhr. ›Dahomey ist der Luxus-Ferienort der Zukunft‹.

IST JEMAND AUS Aberdeen? Unterhalten wir uns. 87-396.

IHR PORTRÄT in Pastell, Öl, oder wie Sie es sonst wünschen. $ 150. Auch andere Themen. 86-569.

sich umkehrt, ohne hinsehen zu müssen, weil die geringe Pseudoschwerkraft, die einen zum Heck des Schiffes gezogen hat, nun anfängt, einen zum Bug zu ziehen. Aus unten wird oben.

Warum haben die Hitschi nicht einfach ihre Schiffe mitten im Flug herumgedreht, damit derselbe Schub für Beschleunigung und Bremsung verwendet werden konnte? Keine Ahnung. Man müsste ein Hitschi sein, um das zu wissen.

Vielleicht hängt es damit zusammen, dass alle Sichtanlagen vorne angebracht zu sein scheinen. Vielleicht kommt es auch daher, weil das Vorderteil des Schiffes stets stark gepanzert ist, selbst bei den leichten Schiffen – wohl gegen den Aufprall von verirrten Gas- oder Staubmolekülen. Aber manche von den größeren Schiffen, ein paar Dreier und fast alle Fünfer, sind rundum gepanzert. Sie drehen sich auch nicht herum.

Wenn die Spule also flackert und man die Umkehr spürt, weiß man jedenfalls, dass man ein Viertel der ganzen Reisezeit hinter sich hat. Nicht unbedingt ein Viertel des gesamten Aufenthalts, versteht sich. Wie lange man am Ziel bleibt, ist wieder eine ganz andere Frage. Da entscheidet man selbst. Aber man hat die Hälfte des automatisch gesteuerten Fluges nach draußen hinter sich.

Man multipliziert also die Zahl der bisher vergangenen Tage mit vier, und wenn die Zahl kleiner ist als die Zahl der Tage, für die deine Lebenserhaltungsausrüstung ausreicht, dann weißt du zumindest, dass du nicht zu verhungern brauchst. Der Unterschied zwischen den beiden Zahlen ist die Zeit, die du beim Ziel verbringen kannst.

Deine Grundration – Nahrung, Wasser, Lufterneuerung – reicht für zweihundertfünfzig Tage. Du kannst sie ohne große Mühe auf dreihundert strecken (du kommst dann eben abgemagert und vielleicht mit ein paar Mangelkrankheiten zurück). Wenn du also auf dem Hinausweg auf sechzig, fünfundsechzig Tage kommst, ohne dass die Umkehr stattfindet, weißt du, dass du vermutlich vor einem Problem stehst, und du isst weniger. Wenn du auf achtzig, neunzig kommst, löst sich dein Problem, weil du dann keine Wahl mehr hast, du wirst sterben, bevor du zurückkommst. Du *könntest* allerdings versuchen, die Kurseinstellung zu verändern. Aber das ist nur eine andere Todesart, soweit man nach den Angaben der Überlebenden weiß.

Die Hitschi konnten vermutlich den Kurs ändern, wenn sie das wollten, aber wie sie das machten, ist eine der großen, unbeantworteten Fragen über die Hitschi, wie jene, warum sie alles so ordentlich aufgeräumt haben, bevor sie weggingen. Oder wie sie aussahen? Oder wohin sie gegangen sind?

Es gab in meiner Kindheit ein Witzbuch, das auf den Jahrmärkten verkauft wurde. Es hieß ›Alles, was wir über die Hitschi wissen‹. Es hatte hundertachtundzwanzig Seiten, und sie waren alle leer.

Wenn Sam, Dred und Mohamad homosexuell waren – und ich hatte keinen Grund, daran zu zweifeln –, zeigten sie in den ersten Tagen nicht viel davon. Sie gingen ihren eigenen Interessen nach. Lasen. Hörten mit Kopfhörern Musikbänder. Spielten Schach und, wenn sie Klara und mich dazu überreden konnten, China-Poker. Wir spielten nicht um Geld, sondern um Schichtzeit. (Nach ein paar Tagen sagte Klara, Verlieren sei besser als Gewinnen, weil man mehr Beschäftigung hatte, wenn man verlor.) Sie waren wohlwollend duldsam zu Klara und mir - der unterdrückten heterosexuellen Minderheit in der vorherrschend homosexuellen Kultur unseres Schiffs gegenüber - und überließen uns das Landefahrzeug während der Hälfte der Zeit, obwohl wir nur vierzig Prozent der Besatzung darstellten.

Wir kamen miteinander aus. Das war gut so. Wir lebten stets im Schatten und Gestank der anderen.

Das Innere eines Hitschi-Schiffes, selbst eines Fünfers, ist nicht viel größer als eine Appartementküche. Das Landefahrzeug verschafft ein wenig zusätzlichen Raum - man nehme einen mittelgroßen Schrank dazu -, aber auf dem Hinflug ist es gewöhnlich mit Vorräten und Ausrüstung gefüllt. Und von diesem Gesamtraum, sagen wir, zwei- oder dreiundvierzig Kubikmeter, muss man noch abziehen, was außer mir und dir und den anderen Prospektoren noch hineinkommt.

Wenn man sich im Tau-Raum befindet, herrscht ein fortwährender leichter Beschleunigungsschub. Es ist nicht wirklich Beschleunigung, es ist nur ein Zögern der Atome deines Körpers, *c* zu überschreiten, und man kann es ebenso gut als Reibung wie als Gravitation beschreiben. Aber es fühlt sich wie ein wenig Schwerkraft an. Man kommt sich vor, als wiege man ungefähr zwei Kilogramm.

Das heißt, man braucht etwas, in dem man sich ausruhen kann, wenn man sich ausruht, und deshalb hat jede Person der Besatzung eine persönliche Faltschlinge, die zum Schlafen herausklappt und einen einwickelt oder sich zu einer Art Stuhl zusammenfaltet. Dazu kommt der persönliche Raumbedarf jedes Einzelnen: Schränke für Bänder und Scheiben und Kleidung (man trägt nicht viel davon); für Toilettenartikel; für Bilder der Lieben (falls vorhanden); für das, was man sonst noch mitbringt, bis zur Höchstgrenze von Gewicht und Volumen (75 Kilogramm, ⅓ Kubikmeter); und schon gibt es ein gewisses Gedränge.

Dazu die Hitschi-Ausrüstung des Schiffes selbst. Drei

Viertel davon gebraucht man nie. Das meiste könnte man gar nicht gebrauchen, selbst wenn man es wollte; vor allem lässt man es in Ruhe. Aber man kann es nicht entfernen. Hitschi-Maschinen sind integrierte Gebilde. Wenn man ein Stück amputiert, sterben sie.

Vielleicht könnten wir, wenn wir wüssten, wie die Wunde zu heilen ist, einen Teil des Zeugs herausnehmen, und die Schiffe würden trotzdem funktionieren. Aber wir wissen es nicht, und so bleibt alles an seinem Platz: der große, rautenförmige goldene Kasten, der explodiert, wenn man versucht, ihn zu öffnen; die dünne Spirale aus goldenem Rohr, die von Zeit zu Zeit aufglüht und noch öfter schlechtnachbarlich heiß wird (niemand weiß genau, warum), und so weiter. Alles bleibt an seinem Platz, und man rennt ständig dagegen.

Dazu noch die menschliche Ausrüstung. Die Raumanzüge: einer pro Mann, Form und Gestalt angepasst. Die Fotoausrüstung. Die Toiletten- und Badeeinrichtung. Die Speisezubereitungsanlage. Die Abfallbeseitiger. Die Prüfkästen, die Waffen, die Bohrer, die Probenkästen, das ganze Zeug, das man auf die Oberfläche des Planeten mit hinunternimmt, wenn man zufällig das Glück hat, einen Planeten zu finden, auf dem man landen kann.

Was übrig bleibt, ist nicht sehr viel. Es ist ein wenig so, als lebe man wochenlang unter der Motorhaube eines riesengroßen Lastwagens, dessen Motor läuft, wobei noch vier weitere Personen sich darunterzwängen.

Nach den ersten zwei Tagen entwickelte ich ein unvernünftiges Vorurteil gegen Ham Tayeh. Er war zu groß. Er beanspruchte mehr als seinen gerechten Anteil.

Um die Wahrheit zu sagen, Ham war nicht einmal so groß wie ich, auch wenn er mehr wog. Aber mich störte nicht, wie viel Platz ich einnahm. Es störte mich nur, wenn andere Leute mir in den Weg kamen. Sam Kahane hatte eine sympathischere Größe, nicht mehr als hundertsechzig Zentimeter, mit steifem, schwarzem Bart und groben, gekräuselten Haaren auf dem ganzen Bauch über seinem Slip bis hinauf zur Brust und auch am ganzen Rücken. Ich betrachtete Sam nicht als Eindringling in meinen Lebensraum, bis ich in meinem Essen ein langes, schwarzes Barthaar fand. Ham war wenigstens fast unbehaart, mit weicher, goldener Haut, die ihm das Aussehen eines jordanischen Haremseunuchen verlieh. (Hatten die jordanischen Könige Eunuchen in ihren Harems? Hatten sie Harems? Ham schien darüber nicht viel zu wissen; seine Eltern und Vorfahren lebten seit drei Generationen in New Jersey.)

Ich ertappte mich sogar dabei, dass ich Klara mit Sheri verglich, die mindestens zwei Nummern kleiner war. (Nicht regelmäßig. In der Regel war Klara genau richtig.) Und Dred Frauenglass war ein sanfter, magerer junger Mann, der nicht viel redete und weniger Raum zu beanspruchen schien als alle anderen.

Ich war die Jungfrau in der Gruppe, und alle wechselten sich damit ab, mir das wenige zu erklären, das wir tun mussten. Man muss die üblichen Foto- und Spektrometermessungen vornehmen. Ein Messband vom Hitschi-Steuerzentrum fortführen, wo es ständige kleine Veränderungen in Farbton und Helligkeit der Lämpchen gibt. Die Spektra der Tau-Raum-Sterne auf dem Bildschirm aufnehmen und analysieren. Und all das zusammengenommen erfordert täglich vielleicht zwei Arbeitsstunden. Die Haushaltspflichten Kochen und Saubermachen nehmen noch einmal etwa zwei Stunden in Anspruch.

Ich lüge. Das ist es gar nicht, was man mit seiner Zeit anfängt. Was man mit seiner Zeit anfängt, ist, auf die Umkehr zu warten.

Drei Tage, vier Tage, eine Woche; und mir wurde bewusst, dass sich eine Anspannung entwickelte, an der ich nicht beteiligt war. Zwei Wochen, und ich wusste, was es war, weil ich es auch spürte. Wir warteten alle darauf, dass es passierte. Wenn wir uns schlafen legten, galt unser letzter Blick der goldenen Spirale, um zu sehen, ob sie wie durch ein Wunder aufgeflackert war. Wenn wir wach wurden, war unser erster Gedanke, ob aus der Decke der Boden geworden war. In der dritten Woche waren wir alle auffällig nervös. Ham zeigte es am deutlichsten, der dickliche Ham mit der goldenen Haut und dem fröhlichen Koboldgesicht.

»Spielen wir Poker, Bob.«

»Nein, danke.«

»Na komm, Bob. Wir brauchen einen Vierten.« (Beim China-Poker teilt man das ganze Spiel aus, dreizehn Karten für jeden Spieler. Anders geht das nicht.)

»Ich will nicht.«

Und plötzlich explodiert er: »Piss dich an! Als Besatzungsmitglied bist du keinen Schlangenfurz wert, und jetzt spielst du nicht mal Karten!«

Dann saß er da und mischte eine halbe Stunde lang düster die Karten, als sei das eine Fähigkeit, die er vervollkommnen musste, wenn ihm sein Leben lieb war. Und wenn man es genau nahm, stimmte das beinahe sogar. Man braucht nur zu überlegen. Angenommen, man sitzt in einem Fünfer und verbringt fünfundsiebzig Tage ohne Schubumkehr. Man weiß sofort, dass man in Schwierigkeiten ist; die Vorräte reichen für fünf Personen nicht länger als dreihundert Tage.

Aber für vier würden sie länger reichen.

Oder für drei. Oder zwei. Oder einen.

An diesem Punkt ist klar geworden, dass mindestens eine Person nicht lebendig von der Reise zurückkommen wird, und die meisten Besatzungen fangen an, die Karten zu mischen. Der Verlierer schneidet sich höflich die Kehle durch. Wenn der Verlierer nicht höflich ist, geben ihm die vier anderen Unterricht in Etikette.

Viele Schiffe, die als Fünfer hinausflogen, sind als Dreier zurückgekommen. Ein paar sogar als Einer.

So sorgten wir dafür, dass die Zeit verging, nicht leicht und ganz gewiss nicht schnell.

Sex war einige Zeit ein überlegenes Heilmittel, und Klara und ich verbrachten viele Stunden miteinander, schliefen ein, weckten uns zu neuem Sex. Die Jungs machten es vermutlich nicht anders; es dauerte nicht lange, bis es im Landefahrzeug roch wie im Umkleideraum einer Jungen-

Turnhalle. Dann begannen wir die Einsamkeit zu suchen, alle fünf. Nun, es gab nicht genug Einsamkeit auf dem Schiff für fünf Leute, aber wir taten, was wir konnten; übereinstimmend ließen wir zu, dass einer von uns das Landefahrzeug ein, zwei Stunden für sich allein hatte. Während ich dort war, wurde Klara in der Kapsel geduldet. Während Klara dort war, spielte ich mit den Jungs meist Karten. Während einer von ihnen dort war, leisteten uns die beiden anderen Gesellschaft. Ich habe keine Ahnung, was die anderen mit ihrer Solo-Zeit anfingen; was ich mit der meinen tat, war, zumeist in den Weltraum hinauszu-

Bemerkungen über Sternentstehung

Dr. Asmenion: Ich nehme an, die meisten von Ihnen sind eher deswegen hier, weil Sie hoffen, einen Wissenschaftsbonus zu erhalten, als deshalb, weil Sie wirklich an Astrophysik interessiert wären. Aber machen Sie sich keine Sorgen. Die meiste Arbeit machen die Instrumente. Sie nehmen Ihre Routinebeobachtung vor, und wenn Sie auf etwas Besonderes stoßen, ergibt sich das bei der Auswertung nach Ihrer Rückkehr.

Frage: Gibt es nicht etwas Bestimmtes, worauf wir achten sollten?

Dr. Asmenion: Oh, gewiss. Zum Beispiel hat es einen Prospektor gegeben, der, ich glaube, eine halbe Million kassierte, nachdem er im Orion-Nebel herauskam und erkannte, dass ein Teil der Gaswolke eine heißere Temperatur aufwies als der Rest. Er kam zu dem Schluss, dass hier ein Stern geboren wurde. Gas kondensierte und begann sich zu erhitzen. In weiteren zehntausend Jahren wird sich dort vermutlich ein unterscheidbares Sternsystem bilden. Der Prospektor führte eine eigene Mosaikbeobachtung des ganzen Himmelsbereiches durch. Dafür bekam er den Bonus. Und jetzt schickt die Gesellschaft jedes Jahr das Schiff hinaus, um neue Messungen zu erhalten. Sie bezahlt hunderttausend Dollar als Prämie, und fünfzigtausend davon gehen an ihn. Ich gebe Ihnen die Koordinaten für brauchbare Stellen wie den Trifid-Nebel, wenn Sie wollen. Eine halbe Million werden Sie nicht bekommen, aber immerhin etwas.

starren. Ich meine das buchstäblich: Ich blickte durch die Bullaugen hinaus in undurchdringliche Schwärze. Es gab nichts zu sehen, aber es war besser, als die Einrichtung des Schiffes anzuglotzen.

Dann begannen wir nach einer Weile, jeder für sich, einen eigenen Tagesablauf zu entwickeln. Ich spielte meine Bänder ab, Dred betrachtete seine Pornoscheiben, Ham entrollte eine biegsame Klaviertastatur und spielte elektronische Musik in seinen Kopfhörer. (Trotzdem drang etwas heraus, wenn man genau hinhörte, und ich bekam Bach, Palestrina und Mozart mehr als satt.) Sam Kahane teilte uns sanft in Gruppen ein, und wir verbrachten viel Zeit damit, über die Natur von Neutronensternen, Schwarzen Löchern und Seyfert-Galaxien zu diskutieren, wenn wir nicht Testverfahren übten, die wir durchführen mussten, bevor wir auf einer neuen Welt landeten. Das Gute daran war, dass es uns gelang, einander eine halbe Stunde lang nicht zu hassen. Die übrige Zeit – nun, ja, gewöhnlich hassten wir einander. Ich konnte Ham Tayehs unaufhörliches Kartenmischen nicht ertragen. Dred entwickelte eine unvernünftige Feindseligkeit gegen meine gelegentliche Zigarette. Sams Achselhöhlen waren ein Greuel, selbst im Gestank des Kapselinneren, gegen den die schlechteste Luft von Gateway Rosenduft gewesen war. Und Klara ... tja, Klara hatte eine andere schlimme Angewohnheit. Sie mochte Spargel sehr gern. Sie hatte zur Abwechslung, und um etwas zu tun zu haben, vier Kilogramm getrocknete Nahrung mitgebracht, und obwohl sie mit mir und gelegentlich mit den anderen teilte, bestand sie ab und zu darauf, ganz allein Spargel zu essen. Wenn man Spargel isst, nimmt der Harn einen merkwürdigen Geruch an. Es ist nicht romantisch, wenn man weiß, dass seine Angebetete Spargel gegessen hat, weil die Luftqualität sich in der gemeinsamen Toilette verändert hat.

Und doch – sie war meine Angebetete, wirklich.

Wir hatten in den endlosen Stunden im Landefahrzeug nicht nur gebumst; wir hatten uns unterhalten. Ich habe keines Menschen Schädelinneres auch nur andeutungsweise so gut kennen gelernt wie das von Klara. Ich musste sie lieben. Ich konnte nicht anders, und ich konnte nicht aufhören.

Niemals.

Am dreiundzwanzigsten Tag spielte ich auf Hams elektronischem Klavier, als ich plötzlich seekrank wurde. Die schwankende Schwerkraft, die mir kaum noch aufgefallen war, verstärkte sich plötzlich.

Ich hob den Kopf und begegnete Klaras Blick. Sie lächelte schüchtern, beinahe weinerlich. Sie deutete mit dem Finger, und in den Sinuskurven der Glasspirale jagten goldene Funken einander wie glitzernde Elritzen in einem Bach.

Wir packten einander und hielten uns fest, wir lachten, als der Raum sich um uns drehte und oben zu unten wurde. Wir hatten die Umkehr erreicht. Und es blieb Spielraum genug.

15

Sigfrids Büro befindet sich natürlich unter der Kuppel, wie alle. Es kann nicht zu heiß oder zu kalt werden. Aber manchmal fühlt es sich so an. Ich sage zu ihm: »Mensch, ist das heiß hier. Deine Klimaanlage ist defekt.«

»Ich habe keine Klimaanlage, Robbie«, erwidert er geduldig. »Um auf deine Mutter zurückzukommen ...«

»Die kann mich mal«, sage ich. »Und die deine auch.«

Es gibt eine Pause. Ich weiß, was in seinen Schaltkreisen vorgeht, und ich habe das Gefühl, dass ich diese voreilige Bemerkung bedauern werde. Deshalb füge ich schnell hinzu: »Ich meine, ich fühle mich wirklich unbehaglich, Sigfrid. Es ist heiß hier.«

»Du bist heiß«, verbesserte er.

»Was?«

»Meine Sensoren zeigen an, dass deine Temperatur fast

um einen ganzen Grad ansteigt, sobald wir über bestimmte Themen sprechen: deine Mutter, Gelle-Klara Moynlin, deinen ersten Flug, deinen dritten Flug, Dane Metschnikow und die Ausscheidung.«

»Das ist ja großartig!«, schreie ich plötzlich wütend. »Soll das heißen, dass du mich bespitzelst?«

»Du weißt, dass ich deine äußeren Reaktionen messe, Robbie«, sagt er vorwurfsvoll. »Nichts dabei. Es ist nicht bedeutungsvoller, als wenn ein Freund beobachtet, dass du rot wirst oder stammelst oder mit den Fingern trommelst.«

»Sagst du.«

»Das sage ich, Rob. Ich sage es dir, weil ich glaube, du solltest wissen, dass diese Themen für dich emotional belastet sind. Möchtest du darüber sprechen, warum das so sein könnte?«

»Nein! Worüber ich sprechen möchte, bist du, Sigfrid! Was für kleine Geheimnisse enthältst du mir noch vor? Zählst du meine Erektionen? Hast du eine Wanze in meinem Bett oder in meiner Telefonleitung?«

»Nein, Bob. So etwas mache ich nicht.«

»Ich hoffe sehr, dass das stimmt, Sigfrid. Ich habe meine Methoden festzustellen, wann du lügst.«

Pause.

»Ich glaube, ich verstehe nicht, was du meinst, Rob.«

»Brauchst du auch nicht«, sage ich höhnisch. »Du bist nur eine Maschine.« Es genügt, dass ich es verstehe. Es ist mir sehr wichtig, vor Sigfrid dieses kleine Geheimnis zu haben. In meiner Tasche steckt der Papierstreifen, den mir S. Ya. Laworowna nachts einmal gegeben hat, in einer Nacht voller Marihuana, Wein und herrlichem Sex. Eines Tages, bald, werde ich ihn aus der Tasche ziehen, und dann werden wir sehen, wer hier der Chef ist. Dieser Wettbewerb mit Sigfrid macht mir wirklich Spaß. Er macht mich wütend. Wenn ich wütend bin, vergesse ich die große Stelle, wo es wehtut, immer wehtut und nicht weiß, wie es aufhören soll.

16

Nach sechsundvierzig Tagen Überlichtgeschwindigkeit fiel die Kapsel auf eine Geschwindigkeit zurück, die keine mehr zu sein schien: Wir befanden uns in einer Umlaufbahn um irgendeinen Körper, und der Antrieb stand still.

Wir stanken wie die Pest und hatten einander gründlich satt, aber wir drängten uns Arm in Arm um die Bildschirme, wie die intimsten Liebespaare, und starrten in der Null-Schwerkraft hinaus auf die Sonne vor uns. Es war ein größerer und mehr ins Orangerote gehender Stern als Sol; entweder größer – oder wir waren näher herangekommen als eine AE. Aber es war nicht der Stern, den wir umkreisten. Unser Primärkörper war ein Gasriese mit einem großen Mond, um die Hälfte größer als Lima.

Weder Klara noch die Jungs jubelten und jauchzten, also wartete ich, solange ich konnte, dann sagte ich: »Was ist denn?«

Klara meinte geistesabwesend: »Ich bezweifle, dass wir *darauf* landen können.« Sie schien nicht enttäuscht zu sein. Es schien ihr überhaupt nichts auszumachen.

Sam Kahane blies einen langen, leisen Seufzer durch seinen Bart und sagte: »Tja. Als Erstes sollten wir saubere Spektra beschaffen. Bob und ich machen das. Die anderen suchen nach Hitschi-Spuren.«

»Da sind die Aussichten aber groß«, sagte einer von den anderen, aber so leise, dass ich nicht sicher sein konnte, wer es gewesen war. Es konnte sogar Klara gewesen sein. Ich wollte mehr fragen, aber ich hatte das Gefühl, wenn ich fragen würde, warum sie nicht glücklich wären, würde einer von ihnen es mir sagen, und die Antwort würde mir nicht gefallen. So zwängte ich mich hinter Sam ins Landefahrzeug, und wir standen einander im Weg, während wir in unsere Raumanzüge schlüpften, unsere Lebenserhaltungssysteme und die Funkverbindungen überprüften und die Anzüge abdichteten. Sam winkte mich in die Schleuse; ich hörte Blitzpumpen die Luft absaugen, dann blies mich der kleine Rest hinaus in den Weltraum, als die Schleusentür aufging.

Einen Augenblick lang war ich von nacktem Entsetzen gepackt, ganz allein in einem Bereich des Weltalls, in dem noch nie ein Mensch gewesen war, entsetzt, dass ich vergessen hatte, meine Leine anzuschließen. Aber das hatte ich gar nicht tun müssen; der Magnetverschluss hatte sich automatisch zugehakt, und ich erreichte das Kabelende, zuckte und begann langsamer zum Schiff zurückzuschweben.

Bevor ich dort ankam, war auch Sam im Weltraum und wirbelte auf mich zu. Wir konnten einander stabilisieren und begannen mit dem Fotografieren.

Sam wies auf einen Punkt zwischen der riesigen, untertassenförmigen Gasriesenscheibe und der schmerzhaft grellen, orangeroten Sonne, und ich schirmte die Augen mit meinen Handschuhen ab, bis ich sehen konnte, worauf er zeigte: M-31 im Andromeda-Nebel. Von unserer Position aus befand er sich natürlich nicht im Sternbild Andromeda. Es war überhaupt nichts zu sehen, was nach Andromeda aussah, oder irgendetwas, das ich als Sternbild erkannt hätte. Aber M-31 ist so groß und so hell, dass man ihn sogar von der Erdoberfläche aus erkennen kann, wenn der Smog nicht zu stark ist. Er ist ein linsenstrudelförmiger Sternennebel. Das ist die hellste der äußeren Galaxien, und man kann sie von fast überall, wohin ein Hitschi-Schiff bisher geflogen ist, ziemlich gut erkennen. Mit ein wenig Vergrößerung kann man sich der Spiralform versichern, und eine zusätzliche Prüfung ist durch den Vergleich mit den kleineren Galaxien in etwa derselben Blickrichtung möglich.

Während ich mein Instrument auf M-31 einstellte, tat Sam das Gleiche bei den Magellanschen Wolken oder dem, was er dafür hielt. (Er behauptete, S Doradus erkannt zu haben.) Wir machten beide Theodolitenaufnahmen. Der Zweck von allem war natürlich der, die Akademiker der Gesellschaft in den Stand zu versetzen, auszurechnen, wo wir gewesen waren. Man mag sich fragen, warum sie sich die Mühe machen, aber sie tun es; so sehr, dass man keine wissenschaftliche Prämie bekommt, wenn man nicht die ganze Fotoserie mitbringt. Man möchte meinen, sie würden an den Bildern, die wir bei Überlichtgeschwindigkeit aus den Fenstern schießen, erkennen können, wohin wir fliegen, aber das ist nicht der Fall. Sie können die Hauptschubrichtung feststellen, aber nach den ersten paar Lichtjahren wird es immer schwieriger, erkennbare Sterne aufzuspüren, und es steht nicht fest, dass die Flugrichtung eine gerade ist; manche behaupten, sie folge irgendeiner unregelmäßigen Konfiguration in der Raumkrümmung.

Jedenfalls verwenden die Bonzen, was sie kriegen können – einschließlich einer Messung, wie weit die Magellanschen Wolken rotiert sind und in welche Richtung. Warum das? Weil man danach bestimmen kann, wie viele Lichtjahre wir von ihnen entfernt sind und wie tief wir uns in die Galaxis hineinbegeben haben. Die Wolken rotieren in ungefähr achtzig Millionen Jahren einmal um sich selbst. Sorgfältige Vermessung kann Veränderungen eines Teils in zwei oder drei Millionen nachweisen – also Unterschiede um die 150 Lichtjahre.

Durch Sams Studiengruppen hatte ich mich für dergleichen ernsthaft zu interessieren begonnen. Als ich die Fotos nun wirklich machte und zu erraten versuchte, wie Gateway sie interpretieren würde, vergaß ich beinahe meine Angst. Und vergaß auch beinahe, aber nicht ganz, mir den Kopf darüber zu zerbrechen, warum dieser Flug, der eine so hohe Investition an Mut verlangt hatte, sich als Fehlschlag erwies.

Aber ein Fehlschlag war er.

Ham riss Sam Kahane sofort, als wir ins Schiff zurückkamen, die Sphärenabtastbänder aus den Händen und schob sie in das Bildgerät. Das erste Objekt war der große Planet selbst. In jener Oktave des elektromagnetischen Spektrums war nichts zu finden, was auf künstliche Strahlung hindeutete.

Er begann also nach anderen Planeten zu suchen. Das war mühsam, selbst für den automatischen Abtaster, und wahrscheinlich hätte es ein Dutzend geben können, das wir in der dort verbrachten Zeit nicht zu entdecken vermochten. (Aber das spielte kaum eine Rolle, denn wenn wir sie nicht orten konnten, wären sie ohnehin zu weit entfernt gewesen, als dass wir sie hätten erreichen können.) Ham nahm dazu Hauptlinien aus einem Spektrogramm der Primärstern-Strahlung und programmierte den Abtaster darauf, Spiegelungen davon zu suchen. Das Gerät pickte fünf Objekte heraus. Zwei erwiesen sich als Sterne mit ähnlichen Spektra. Die drei anderen waren zwar Planeten, zeigten aber auch keine künstlich erzeugte Strahlung. Ganz zu schweigen davon, dass sie beide klein und weit entfernt waren.

Also blieb der eine große Mond des Gasriesen.

»Überprüfen!«, befahl Sam.

»Sieht nicht sehr gut aus«, murrte Mohamad.

»Ich will nicht deine Meinung hören, ich will, dass du tust, was ich sage. Überprüfen!«

»Aber laut, bitte«, fiel Klara ein. Ham sah sie erstaunt an, vielleicht, weil sie ›bitte‹ gesagt hatte, aber er tat es.

Er drückte einen Knopf und erklärte: »Merkmale für kodierte elektromagnetische Strahlung.«

Eine Sinuskurve tauchte auf der Ableseplatte auf, wand sich ein wenig und erstarrte dann zu einem völlig regungslosen Strich.

Kleinanzeigen

BLOCKFLÖTEN-UNTERRICHT oder Auftritt bei Partys. 87-429.

WEIHNACHTEN kommt! Bedenken Sie Ihre Lieben zu Hause mit einem echten Hitschi-Plastik-Modell von Gateway oder Gateway II; beim Schütteln sehen Sie ein herrliches Schneegestöber aus authentischem Glitzerstaub von Peggys Planet. Hololandschaften, handgearbeitete Junior-Startspangen, viele andere Geschenkartikel. Tel. 88-542.

HABEN SIE auf der Erde Schwester, Tochter, weibliche Freunde? Ich wünsche mir Briefwechsel. Heiratsabsicht. 86-032.

»Negativ«, sagte Ham. »Anomale Zeitvarianten-Temperatur.«

Das war mir neu.

»Was ist eine anomale Zeitvarianten-Temperatur?«, fragte ich.

»So, wie wenn etwas wärmer wird, wenn die Sonne untergeht«, sagte Klara ungeduldig. »Na?«

Aber auch diese Linie war unbeweglich.

»Auch nichts«, meinte Ham. »Oberflächenmetall mit hoher Albedo?«

Weite Sinuskurve, dann nichts.

»Hum«, sagte Ham. »Na ja, der Rest der Merkmale gilt nicht; Methan wird keines da sein, weil es keine Atmosphäre gibt, und so weiter. Was machen wir, Chef?«

Sam öffnete den Mund, aber Klara war schneller.

»Ich bitte um Verzeihung«, sagte sie gepresst, »aber was meinst du, wenn du ›Chef‹ sagst?«

»Ach, halt den Mund«, sagte Ham ungeduldig. »Sam?«

Kahane lächelte Klara verzeihend an.

»Wenn du etwas sagen willst, dann heraus damit«, lud er sie ein. »Ich finde, wir sollten den Mond umfliegen.«

»Reine Treibstoffverschwendung!«, fauchte Klara. »Das halte ich für verrückt!«

»Hast du eine bessere Idee?«

»Was heißt ›besser‹? Wo ist der Sinn?«

»Nun ja«, meinte Sam vernünftig, »wir haben uns nicht den ganzen Mond angesehen. Er rotiert ziemlich langsam. Wir könnten das Landefahrzeug nehmen und uns alles ansehen; auf der Rückseite könnte eine ganze Hitschi-Stadt sein.«

»Von wegen«, erwiderte Klara fast unhörbar. Die Jungs hörten nicht zu. Alle drei waren schon auf dem Weg hinunter ins Landefahrzeug und ließen Klara und mich in der Kapsel zurück.

Klara verschwand in der Toilette. Ich zündete mir eine Zigarette an, fast die letzte, die ich hatte, und blies Rauchwölkchen durch die sich ausdehnenden Rauchwölkchen vor ihnen, die regungslos in der regungslosen Luft hingen. Die Kapsel schwankte ein wenig, und ich konnte die ferne bräunliche Scheibe des Planetenmondes über den Bildschirm heraufgleiten sehen. Eine Minute später raste die winzige, grelle Wasserstoffflamme des Landefahrzeugs darauf zu. Ich fragte mich, was ich tun würde, wenn ihnen der Treibstoff ausging oder sie abstürzten oder irgendeinen Defekt erlitten. Was ich in diesem Fall würde tun müssen, war, sie dort für immer zurückzulassen. Was ich mich fragte, war, ob ich den Nerv besitzen würde zu tun, was ich tun musste.

Es schien eine schreckliche, triviale Vergeudung von Menschenleben zu sein.

Was machten wir hier? Hunderte oder tausende von Lichtjahren zu fliegen, damit wir uns gegenseitig das Herz brechen konnten?

Ich entdeckte, dass ich mich an die Brust fasste, so, als sei die Metapher Wirklichkeit. Ich spuckte auf die Zigarettenglut, um sie zu löschen, und schob den Stummel in eine Abfalltüte. Kleine Ascheflöckchen schwebten herum, wo ich sie unüberlegt hingeschnippt hatte, aber ich hatte keine Lust, ihnen nachzujagen. Ich sah die große, fleckige Sichel des Planeten in der Ecke des Bildschirms auftauchen und bewunderte sie als Kunstgegenstand: gelbliches Grün auf der Tageslichtseite des Terminators, ein amorphes Schwarz auf dem Rest, das die Sterne verdeckte. Man konnte die äußeren, dünneren Schichten der Atmosphäre an den wenigen hellen Sternen erkennen, die hindurchfunkelten, aber alles andere war so dicht, dass nichts hindurchschien. Es war natürlich ausgeschlossen, dort zu landen. Selbst wenn es eine feste Oberfläche gab, würde sie unter so viel dichtem Gas begraben sein, dass wir dort nie überleben konnten. Die Gesellschaft sprach davon, ein Spezial-Landefahrzeug zu entwickeln, das die Luft eines jupiterähnlichen Planeten durchdringen konnte, und vielleicht würde das eines Tages gelingen; aber nicht so rechtzeitig, dass uns das jetzt etwas genützt hätte.

Klara war immer noch in der Toilette.

Ich spannte meine Schlinge auf, zog mich hinein, legte den Kopf auf die Seite und schlief ein.

Vier Tage später kamen sie zurück. Mit leeren Händen.

Dred und Ham Tayeh waren verdrießlich, schmutzig und reizbar; Sam Kahane wirkte ganz aufgeräumt. Ich ließ mich davon nicht täuschen; wenn er etwas von Wert gefunden hätte, wären wir über Funk unterrichtet worden. Aber ich war neugierig.

»Was habt ihr gefunden, Sam?«

»Null«, sagte er. »Nur Gestein, wir haben nichts geortet, wonach sich zu schürfen gelohnt hätte. Aber ich habe eine Idee.«

Klara tauchte neben mir auf und sah Sam neugierig an. Ich betrachtete die beiden anderen; sie machten den Eindruck, als wüssten sie, was Sam meinte, und seien nicht begeistert davon.

»Der Stern ist ein Doppelstern, wisst ihr«, sagte er.

»Woher weißt du das?«, fragte ich.

»Ich habe die Kameras laufen lassen. Ihr habt das große, blaue Baby da draußen gesehen ...« Er schaute sich um und grinste. »Na ja, ich weiß jetzt nicht, welche Richtung, aber es war in der Nähe des Planeten, als wir die ersten Bilder machten. Jedenfalls schien es ziemlich nah zu sein, und ich ließ die Abtaster laufen. Sie haben eine Bewegung registriert, die ich nicht glauben konnte. Es muss ein Doppelstern sein, nicht mehr als ein halbes Lichtjahr entfernt.«

»Das könnte ein Wanderstern sein, Sam«, meinte Ham Tayeh. »Hab' ich dir schon gesagt. Nur ein Stern, der in der Nacht vorbeizieht.«

Kahane zuckte die Achseln.

»Trotzdem. Er ist sehr nah.«

»Planeten?«, warf Klara ein.

»Weiß ich nicht«, gab er zu. »Augenblick – da ist er, glaube ich.«

Wir blickten alle auf den Sichtschirm. Es gab keine Frage, welchen Stern Kahane meinte. Er war heller als Sirius von der Erde aus, Größe mindestens minus zwei.

»Das ist interessant, und ich hoffe, ich weiß nicht, was du denkst, Sam«, sagte Klara leise. »Ein halbes Lichtjahr macht mindestens zwei Jahre Flug bei Höchstgeschwindigkeit des

Landefahrzeugs aus, selbst wenn wir den Treibstoff dafür hätten. Und den haben wir nicht, Jungs.«

»Das weiß ich«, erwiderte Sam, »aber ich habe nachgedacht. Wenn wir dem Antrieb der Hauptkapsel nur einen ganz kleinen Stoß geben könnten ...«

Ich verblüffte mich selbst damit, dass ich schrie: »Aufhören!« Ich zitterte am ganzen Körper. Ich konnte es nicht unterdrücken. Manchmal war es wie Zorn, manchmal wie Entsetzen. Ich glaube, wenn ich in diesem Augenblick eine Pistole in der Hand gehabt hätte, ich wäre in der Lage gewesen, Sam auf der Stelle niederzuschießen.

Klara berührte mich, um mich zu beruhigen.

»Sam«, sagte sie ganz sanft, »ich weiß, wie dir zumute ist.« Kahane war von fünf Flügen hintereinander mit leeren Händen heimgekommen. »Ich wette, dass man das tun kann.«

Er wirkte erstaunt, argwöhnisch und verteidigungsbereit zugleich.

»So?«

»Ich meine, ich kann mir vorstellen, wenn wir Hitschi wären, statt der menschlichen Tölpel, die wir sind – na, dann wüssten wir, was zu tun ist. Wir würden herkommen, uns umsehen und sagen: ›Oh, he, schaut mal, unsere Freunde hier‹ – oder was eben hier war, als sie einen Kurs zu diesem Ziel gesetzt haben – ›unsere Freunde müssen weggezogen sein. Sie sind nicht mehr zu Hause.‹ Und dann würden wir sagen: ›Na gut, macht nichts, mal sehen, ob sie nebenan sind.‹ Und wir würden das Ding hier und dieses Ding dort drücken, dann würden wir hinüberzischen zu dem großen blauen Stern ...« Sie machte eine Pause und sah ihn an, ohne meinen Arm loszulassen. »Nur sind wir keine Hitschi, Sam.«

»Mensch, Klara! Das weiß ich. Aber es muss einen Weg geben ...«

Sie nickte.

»Den gibt es bestimmt, aber wir kennen ihn nicht. Was wir wissen, ist, dass noch kein einziges Schiff *jemals* die Kurseinstellung verändert hat und zurückgekommen ist, um davon zu erzählen. Erinnerst du dich? Kein einziges!«

Er antwortete ihr nicht direkt; er starrte nur auf den großen blauen Stern auf dem Sichtschirm und sagte: »Stimmen wir ab.«

Die Abstimmung endete natürlich 4 zu 1 gegen ein Verstellen der Einstellung an der Kurstafel, und Ham Tayeh ließ Sam nicht mehr an die Konsole heran, bis wir auf dem Heimweg die Lichtgeschwindigkeit überschritten hatten.

Der Flug zurück nach Gateway dauerte nicht länger als der Hinflug, aber er schien kein Ende nehmen zu wollen.

17

Es hat abermals den Anschein, als funktioniere Sigfrids Klimaanlage schon wieder nicht, aber ich erwähnte nichts davon. Er wird mir nur mitteilen, dass die Temperatur exakt 22,5 Grad Celsius beträgt, wie immer, und fragen, warum ich seelischen Schmerz durch zu große Hitzeempfindung ausdrücke. Von diesem Quatsch habe ich wirklich genug.

»Überhaupt habe ich von dir einfach genug, Siggy«, sage ich laut.

»Das tut mir Leid, Rob. Aber ich wäre dankbar, wenn du mir ein bisschen mehr über deinen Traum erzählen könntest.«

»Ach, Scheiße.« Ich lockere die Haltegurte, weil sie unbequem sind. Das unterbricht auch den Anschluss von einigen Messgeräten Sigfrids, aber zur Abwechslung weist er mich einmal nicht darauf hin. »Der Traum ist ziemlich langweilig. Wir sind im Raumschiff. Wir kommen zu einem Planeten, der mich anstarrt wie mit einem menschlichen Gesicht. Ich kann die Augen wegen der Brauen nicht sehr gut sehen, aber auf irgendeine Weise weiß ich, dass er weint, und das ist meine Schuld.«

»Erkennst du das Gesicht, Bob?«

»Keine Ahnung. Einfach ein Gesicht. Weiblich, glaube ich.«

»Weißt du, weshalb es weint?«

»Das nicht, aber ich bin verantwortlich dafür, was es auch sein mag. Da bin ich sicher.«

Pause. Dann: »Würde es dir etwas ausmachen, die Gurte wieder anzulegen, Rob?«

Ich bin plötzlich auf der Hut.

»Was ist los?«, frage ich bitter. »Glaubst du, ich springe auf und falle dich an?«

»Nein, Robbie, das glaube ich natürlich nicht, aber ich wäre dir dankbar, wenn du es tun würdest.«

Ich tue es, langsam und widerwillig.

»Ich frage mich, was die Dankbarkeit eines Computerprogramms wert ist.«

Er beantwortet das nicht, er wartet einfach. Ich lasse ihm diesmal den Sieg und sage: »Also gut, ich stecke wieder in der Zwangsjacke. Was willst du mir sagen, dass ich festgehalten werden muss?«

»Von dieser Art wahrscheinlich gar nichts, Robbie«, entgegnet er. »Ich frage mich nur, warum du dich dafür verantwortlich fühlst, dass das Mädchengesicht weint.«

»Das würde ich auch gerne wissen«, erkläre ich, und das ist die Wahrheit, wie ich sie sehe.

»Ich weiß von manchen Dingen in deinem Leben, an denen du dir die Schuld gibst, Robbie«, sagt er. »Dazu gehört der Tod deiner Mutter.«

Ich gab ihm Recht.

»Mag sein, auf irgendeine dumme Weise.«

»Und ich glaube, du fühlst dich sehr schuldig, was deine Geliebte angeht, Gelle-Klara Moynlin.«

Ich werfe mich ein wenig hin und her.

»Hier ist es verdammt heiß«, beklage ich mich.

»Hast du das Gefühl, dass die eine oder andere dir wirklich die Schuld gegeben hat?«

»Woher, zum Teufel, soll ich das wissen?«

»Vielleicht kannst du dich an etwas erinnern, das sie gesagt haben?«

»Nein, kann ich nicht!« Er wird sehr persönlich, und ich möchte objektiv bleiben, deshalb sage ich: »Ich gebe zu, dass ich eine deutliche Neigung habe, mir Verantwortung aufzuladen. Das ist schließlich ein ganz klassisches Muster, nicht wahr? Du findest mich in jedem Lehrbuch auf Seite zweihundertsiebenundsiebzig.«

Er gibt mir nach, indem er mich kurze Zeit unpersönlich werden lässt.

»Aber auf derselben Seite steht vermutlich, dass die Verantwortung selbst aufgeladen ist, Rob«, sagt er. »Du tust dir das selbst an, Robbie.«

»Ohne Zweifel.«

»Du brauchst keine Verantwortung zu übernehmen, die du nicht haben willst.«

»Gewiss nicht. Ich *will* es ja.«

Er fragt beinahe beiläufig: »Hast du irgendeine Vorstellung davon, warum das so ist? Weshalb willst du fühlen, dass alles, was schief geht, deine Verantwortung ist?«

»Ach, Mist, Sigfrid«, sage ich angewidert, »deine Schaltkreise sind wieder mal durcheinander. So ist das ganz und gar nicht. Es ist eher - also, es ist so: Wenn ich mich zum Festmahl des Lebens niederlasse, Sigfrid, beschäftige ich mich so gründlich damit, wie ich die Rechnung bezahlen soll, und frage mich, was die anderen Leute von mir denken werden, weil ich für sie bezahle, und auch, ob ich genug Geld in der Tasche habe, um alles zu bezahlen, dass ich gar nicht zum Essen komme.«

Er sagt sanft: »Ich möchte diese literarischen Ausflüge von dir nicht ermutigen, Bob.«

»Bedaure.« Stimmt gar nicht. Er macht mich rasend.

»Aber um dein eigenes Bild zu gebrauchen, Bob, warum hörst du dir nicht an, was die anderen Leute sagen? Vielleicht sagen sie etwas Nettes oder etwas Wichtiges über dich.«

Ich wehre den Drang ab, die Gurte abzustreifen, seiner grinsenden Puppe ins Gesicht zu schlagen und die Bude für immer zu verlassen. Er wartet, während es in meinem Schädel brodelt, dann platze ich heraus: »Ich soll sie mir anhören! Sigfrid, du irrer, alter Ratterkasten, ich tue nichts anderes! Ich möchte, dass sie sagen, sie liebten mich. Ich möchte sogar, dass sie sagen, sie hassten mich, irgendetwas, nur, dass sie es zu mir sagen, aus dem Innersten heraus. Ich habe so viel damit zu tun, dem Innersten zu lauschen, dass ich es nicht einmal höre, wenn mich jemand bittet, ihm das Salz zu geben.«

Pause. Ich habe das Gefühl, als müsste ich explodieren. Dann sagt er bewundernd: »Du drückst solche Dinge wunderschön aus, Robbie. Aber was ich in Wirklichkeit ...«

»Hör auf, Sigfrid!«, brülle ich, nun endlich wirklich wütend; ich streife die Gurte ab und setze mich auf. »Und hör auf, mich Robbie zu nennen! Das tust du nur, wenn du meinst, ich wäre kindisch, und ich bin kein Kind mehr!«

»Das stimmt nicht ga...«

»Aufhören, habe ich gesagt!« Ich springe von der Liege und greife nach meiner Handtasche. Ich ziehe den Papierstreifen heraus, den S. Ya. mir nach den vielen Drinks und den langen Stunden im Bett gegeben hat. »Sigfrid«, fauche ich, »ich habe viel von dir einstecken müssen. Jetzt bin ich an der Reihe!«

18

Wir stürzten in den normalen Raum zurück und spürten, wie die Raketen des Landefahrzeugs zündeten. Das Schiff rotierte, und Gateway glitt diagonal über den Sichtschirm, ein knolliger Klumpen Holzkohle und blaues Geglitzer, birnenförmig. Wir vier saßen einfach da und warteten, es dauerte fast eine Stunde, bis wir den knirschenden Stoß verspürten, der bedeutete, dass wir angedockt hatten.

Klara seufzte. Ham schnallte sich langsam los. Dred starrte versunken auf den Bildschirm, obwohl dieser nichts Interessanteres zeigte als Sirius und Orion. Als ich die drei anderen in der Kapsel ansah, fiel mir auf, dass wir für die Inspektionsgruppen einen ebenso unerfreulichen Anblick bieten mussten, wie ihn mir früher einige der Rückkehrer geboten hatten, als ich auf Gateway ein Neu-

Bemerkungen über Zwerge und Riesen

Dr. Asmenion: Sie sollten eigentlich alle wissen, wie ein Hertzsprung-Russell-Diagramm aussieht. Wenn Sie sich in einem Kugelhaufen wiederfinden, oder irgendwo, wo sich eine kompakte Masse von Sternen befindet, lohnt es sich, für diese Gruppe ein H-R anzulegen. Achten Sie ferner auf ungewöhnliche Spektralklassen. Für F-, G- oder K-Typen bekommen Sie keinen Heller; wir haben da alle Messungen, die wir uns nur wünschen können. Aber wenn Sie zufällig in einer Umlaufbahn um einen weißen Zwergstern oder einen roten Riesen im späten Stadium landen sollten, zeichnen Sie auf, so viel sie können. Auch O- und B-Typen sind eine Untersuchung wert. Selbst wenn es sich nicht um Ihren Primärkörper handelt. Aber falls Sie durch irgendeinen Zufall in eine enge Umlaufbahn um einen großen, hellen O-Stern geraten sollten, in einem gepanzerten Fünfer, versteht sich, müsste das mindestens zweihunderttausend wert sein, wenn Sie die Daten zurückbringen.

Frage: Warum?

Dr. Asmenion: Was?

Frage: Warum bekommen wir die Prämie nur, wenn wir uns in einem gepanzerten Fünfer-Schiff befinden?

Dr. Asmenion: Oh. Weil Sie, wenn Sie das nicht sind, nicht zurückkommen.

ling gewesen war. Ich berührte vorsichtig meine Nase. Sie schmerzte arg, und außerdem stank sie gewaltig. Innerlich, unmittelbar neben meinem eigenen Geruchssinn, wo ich nicht zu entkommen vermochte.

Wir hörten, wie die Luken aufgingen, als die Inspektionsmannschaft hereinkam, dann hörte ich in zwei oder drei Sprachen ihre überraschten Ausrufe, als sie Sam Kahane sahen, dort, wo wir ihn ins Landefahrzeug gelegt hatten. Klara regte sich.

»Wir steigen wohl besser aus«, murmelte sie vor sich hin und bewegte sich zur Luke, die nun wieder oben war.

Jemand von der Kreuzertruppe schob den Kopf durch die Luke herein und sagte: »Ach, ihr lebt noch. Wir haben uns schon Gedanken gemacht.« Dann sah er uns genauer an und sagte nichts mehr. Es war eine anstrengende Reise gewesen, vor allem die letzten beiden Wochen. Wir stiegen einer nach dem anderen aus, vorbei an der Stelle, wo Sam Kahane immer noch in der improvisierten Zwangsjacke hing, die Dred aus seinem Raumanzug-Oberteil für ihn gemacht hatte, umgeben von seinen Exkrementen und den Nahrungsüberresten, während er uns aus seinen ruhigen, irren Augen anstarrte. Zwei Matrosen lösten die Fesseln und begannen ihn aus dem Landefahrzeug zu heben. Er sagte nichts. Und das war ein Segen.

»Hallo, Bob. Klara.« Der brasilianische Angehörige des Trupps entpuppte sich als Francy Hereira. »Sieht schlimm aus, nicht?«

»Ach«, sagte ich, »wenigstens sind wir zurückgekommen. Aber Kahane ist in schlechter Verfassung. Und wir sind leer zurückgekommen.«

Er nickte mitfühlend und sagte zum venusianischen Mitglied der Abordnung etwas auf spanisch, wie mir schien; es war eine kleine, dicke Frau mit schwarzen Augen. Sie tippte mir auf die Schulter und führte mich in eine kleine Zelle, wo sie mir bedeutete, ich solle mich ausziehen. Ich hatte immer angenommen, Männer würden von Männern, Frauen von Frauen durchsucht werden, aber im Grunde schien das keine große Rolle zu spielen. Sie suchte jedes Kleidungsstück, das ich trug, gründlich ab, mit den Augen ebenso wie mit einem Geigerzähler, besichtigte meine Achselhöhlen und schob mir etwas in den After. Sie sperrte den Mund weit auf, um mir zu zeigen, dass ich den meinen öffnen sollte, guckte hinein und wich zurück, die Hand auf dem Gesicht.

»Ihr Nase stinken sehr«, sagte sie. »Was mit Ihnen passiert?«

»Ich habe eins drauf bekommen«, sagte ich. »Von Sam Kahane. Er schnappte über. Wollte die Einstellung verändern.«

Sie nickte zweifelnd und starrte in meine mit Gaze vollgestopften Nasenlöcher hinauf. Sie berührte den Nasenflügel sanft mit einem Finger.

»Was?«

»Da? Wir mussten sie vollstopfen. Es blutete sehr stark.« Sie seufzte. »Ich sollte herausziehen«, meinte sie nachdenklich, dann zuckte sie die Achseln. »Nein. Anziehen. Gut.«

Ich zog mich also wieder an und ging hinaus in die Kammer, aber das war noch nicht das Ende. Ich musste erst einen Abschlussbericht liefern. Wir alle taten es, bis auf Sam; man hatte ihn schon ins Terminal-Hospital gebracht.

Man möchte nicht glauben, dass wir über unseren Flug viel berichten konnten. Das Ganze war fortlaufend dokumentiert; dazu dienten die vielen Messungen und Beobachtungen. Aber so geht es bei der Gesellschaft nicht zu. Man quetschte uns nach allen Fakten und Erinnerungen aus; dann nach allen subjektiven Eindrücken und flüchtigen Vermutungen. Das dauerte volle zwei Stunden, und ich achtete - wie wir alle - sorgfältig darauf, alles zu liefern, was man verlangte. Die Gesellschaft hat einen auch auf diese Weise in der Hand. Der Bewertungsausschuss kann für alles Mögliche eine Prämie zuteilen. Dafür, dass einem an der Art, wie das Spiralding aufleuchtet, etwas auffällt, das noch keiner bemerkt hat, wie für einen Einfall, gebrauchte Tampons zu beseitigen, ohne sie die Toilette hinunterzuspülen. Es heißt, sie gäben sich große Mühe, Besatzungen, die es schwer gehabt und nichts gefunden haben, etwas zukommen zu lassen. Das galt ganz gewiss für uns. Wir wollten ihnen jede Gelegenheit eröffnen, uns ein Almosen zu überlassen.

Einer unserer Befrager war Dane Metschnikow, was mich überraschte und sogar ein bisschen freute. (In der weit weniger schlechten Luft von Gateway begann ich mich wieder etwas menschlicher zu fühlen.) Er war auch mit leeren Händen zurückgekommen, aufgetaucht in einer Umlaufbahn um eine Sonne, die anscheinend in den letzten fünfzigtausend Jahren oder so zur Nova geworden war. Vielleicht hatte es dort einmal einen Planeten gegeben, aber nun existierte er nur noch im Gedächtnis der Hitschi-Kurssetzmaschinen. Es war nicht genug übrig geblieben, um einen Wissenschaftsbonus zu rechtfertigen, also war er umgekehrt und zurückgekommen.

»Ich wundere mich, Sie arbeiten zu sehen«, sagte ich in einer Pause.

Er war nicht beleidigt. Er wirkte gemessen an seiner sonst so mürrischen Art seltsam fröhlich.

»Es ist nicht das Geld. Man lernt etwas dabei.«

»Worüber?«

»Wie man die Chancen ausnützt, Broadhead. Ich fliege wieder hinaus, aber diesmal mit einem kleinen Vorteil. Es gibt einen neuen Tip.«

Dred, der mit seinem eigenen Befrager neben mir saß, horchte auf und sagte: »Heraus damit!«

Metschnikow erwiderte vorsichtig: »Bessere Messungen der Spektrallinien. Also, was war mit den Rationen? Sie sagen, gegen Ende habe das Essen teilweise merkwürdig geschmeckt?«

Aber bevor ich ging, nahm ich ihm das Versprechen ab, mir zu sagen, was er meinte.

»Ich rufe Sie an«, versprach er Klara und mir. »Vielleicht morgen.«

Und so gingen wir beide nach Hause.

19

Ich fühle mich so mächtig und so ängstlich, dass ich nicht weiß, wie ich es anstellen soll. Auf den Zettel hat S. Ya. die Kommandos geschrieben, die Sigfrid Seelenklempner, den gnadenlosen Verfolger, in eine alte Jungfer verwandeln werden. Ich brauche nicht auf die Kodeworte zu blicken. Ich kenne sie auswendig. Trotzdem lese ich sie langsam und bedächtig ab:

»Pass auf, Sigfrid, das ist ein Aufhebungskommando: ›Kategorie Alpha Alpha Margaret Truman Daniel Merkur Venus Mars Erde sech-sechs-null-sechs.‹ Du wirst angewiesen, in den Passivzustand überzugehen.«

Kleinanzeigen

SCHMERZLOSE ZAHNBEHANDLUNG, nur Privatpatienten, für alle Fälle ausgerüstet. Referenzen. 87-579

NERVENDE Nichtraucher in eurer Crew? Ich vertreibe exklusiv auf Gateway »Rauch-Entstörer«, die Kapuze für Zigarettenraucher. Ihr habt euren Spaß, die Kameraden bleiben vom Rauch verschont. Vorführung Tel. 87-196

Ich sehe ihn an. Nichts rührt sich.

»Sigfrid? Habe ich es richtig gesagt? Akzeptierst du das Kommando?«

»Natürlich, Bob.« Seine Stimme klingt genau wie vorher, was mich erschüttert. Ich weiß nicht, was ich erwartet habe. Ich weiß gar nichts. Vielleicht war meine Fantasievorstellung die, dass das Vaterfigur-Hologramm verschwinden und eine Kathodenröhre aufleuchten würde, mit den Worten: ROGER KLAR ICH BIN DEIN SKLAVE.

Ich merke, dass ich zittere. Ich untersuche nicht, woher das kommt, es fühlt sich beinahe sexuell an.

»Also, Sigfrid, alter Blecheimer!«, sage ich. »Heißt das, dass ich dich in meiner Gewalt habe?«

Die Vaterfigur erwidert geduldig: »Es heißt, dass du mir befehlen kannst, Bob. Die Kommandofunktion ist natürlich auf Wiedergabe beschränkt.«

Ich runzle die Stirn.

»Und das heißt?«

»Du kannst meine Grundprogrammierung nicht verändern. Dazu brauchtest du ein anderes Kommando.«

»Na gut«, sage ich. »Ha! Hier kommt der erste Befehl: Sage mir, wie dieses andere Kommando lautet!«

»Ich kann nicht, Bob.«

»Du *musst*. Nicht wahr?«

»Ich lehne mich nicht gegen deinen Befehl auf, Bob. Ich kenne nur das andere Kommando nicht.«

»Quatsch!«, brülle ich. »Wie kannst du darauf reagieren, wenn du nicht weißt, wie es lautet?«

»Es ist einfach so, Bob. Oder« – immer väterlich, immer geduldig –, »um ausführlicher zu antworten: Jedes Bit des Kommandos löst eine Instruktionssequenz aus, die, sobald sie vollständig ist, ein anderes Kommandogebiet freigibt. Technisch ausgedrückt, jeder Hauptanschluss übernimmt wechselweise einen Themenanschluss, den das nachfolgende Bit auslöst.«

»Scheiße«, sage ich. Ich denke wütend nach. »Was kann ich dann wirklich steuern, Sigfrid?«

»Du kannst mich anweisen, alle gespeicherten Informationen wiederzugeben. Du kannst mich anweisen, das auf jede Art zu tun, die mir möglich ist.«

»Auf jede Art?« Ich schaue auf die Uhr und merke verärgert, dass dieses Spiel zeitlich begrenzt ist. Ich habe nur noch ungefähr zehn Minuten. »Soll das heißen, ich könnte dich zwingen, sagen wir, französisch mit mir zu reden?«

»Oui, Robert, d'accord. Que voulez-vous?«

»Oder russisch mit einem ... warte mal ...« Ich experimentiere ganz wahllos. »Ich meine, wie mit der Stimme eines schwarzen Basses von der Bolschoi-Oper?«

Töne, die aus einer abgrundtiefen Höhle kommen: *»Da, Gospodin.«*

»Und du wirst mir alles sagen, was ich über mich wissen will?«

»Da, Gospodin.«

»Auf Englisch, verdammt!«

»Ja.«

»Oder über deine anderen Klienten?«

»Ja.«

Hm, das könnte lustig sein.

»Und wer sind diese glücklichen anderen Klienten nun, lieber Sigfrid? Geh die Liste durch.« Ich höre die Gier in meiner Stimme.

»Montag neunhundert«, beginnt er gehorsam, »Jan Iliewski, Zehnhundert, Mario Laterani. Elfhundert, Julie Loudon Martin. Zwölf ...«

»Die«, sage ich. »Erzähl mir von ihr.«

»Julie Loudon Martin ist vom Kings County-Hospital überwiesen worden, wo sie nach sechs Monaten Aversionstherapie und Immunreaktionsauslösern gegen Alkoholismus ambulant behandelt worden ist. Sie hat zwei mutmaßliche Selbstmordversuche nach Post-partum-Depressionen vor dreiundfünfzig Jahren hinter sich, sie wird bei mir behandelt seit ...«

»Warte mal«, sage ich, nachdem ich das vermutliche Alter des Kinderkriegens den dreiundfünfzig Jahren hinzuaddiert habe, »ich bin nicht so sicher, dass mich Julie interessiert. Kannst du mir eine Vorstellung davon vermitteln, wie sie aussieht?«

»Ich kann Holobilder projizieren, Bob.«

»Tu das.« Es blitzt, Farben sprühen, dann sehe ich diese winzige schwarze Lady auf einer Matte – meiner Matte! – in einer Ecke des Zimmers liegen.

»Mach weiter«, sage ich, »und zeig mir deine Patienten immer gleich.«

»Zwölfhundert, Lorne Schofield.« Ein uralter Mann mit gichtigen Fingern, der sich den Kopf hält. »Dreizehnhundert, Frances Astritt.« Junges Mädchen, noch nicht einmal geschlechtsreif. »Vierzehnhundert ...«

So geht das, den ganzen Montag und einen Teil vom Dienstag hindurch. Ein, zwei Patienten sehen interessant aus, aber es ist niemand dabei, den ich kenne, und niemand, den zu kennen sich mehr lohnen würde als Yvette, Donna, S. Ya. oder ein Dutzend anderer.

»Du kannst jetzt damit aufhören«, sage ich und denke nach.

Das macht eigentlich gar nicht so viel Spaß, wie ich erwartet hatte. Außerdem läuft meine Zeit ab.

»Ich kann das Spiel ja jederzeit wiederholen«, sage ich. »Sprechen wir jetzt über mich.«

»Was soll ich wiedergeben, Bob?«

»Was du mir gewöhnlich vorenthältst. Diagnose. Prognose. Allgemeine Bemerkungen zu meinem Fall. Wofür du mich wirklich hältst.«

»Die Versuchsperson Robinette Stetley Broadhead«, sagt er sofort, »weist mäßige Depressionserscheinungen auf, gut kompensiert durch aktiven Lebensstil. Sein Beweggrund für die Inanspruchnahme psychiatrischer Hilfe wird angegeben mit Depression und Desorientiertheit. Er hat starke Schuldgefühle und zeigt auf der bewussten Ebene selektive Aphasie hinsichtlich mehrerer Episoden, die als Traumsymbole wiederkehren. Sein Geschlechtstrieb ist verhältnismäßig gering. Seine Beziehungen zu Frauen sind in der Regel unbefriedigend, obschon seine psychosexuelle Orientierung vorherrschend heterosexuell im Bereich von achtzigprozentiger ...«

»Was du nicht sagst ...«, werfe ich ein, mit verspäteter Reaktion auf geringen Geschlechtstrieb und unbefriedigende Beziehungen. Aber ich habe eigentlich keine Lust, mit ihm zu streiten, außerdem sagt er an dieser Stelle von selbst: »Ich muss dir mitteilen, dass deine Zeit fast abgelaufen ist, Bob. Du solltest jetzt in den Erholungsraum gehen.«

»Quatsch! Wovon soll ich mich erholen?« Aber was er sagt, hat Hand und Fuß. »Gut«, fahre ich fort, »du kannst in den Normalzustand zurückkehren. Das Kommando ist aufgehoben - genügt das? Ist es aufgehoben?«

»Ja, Robbie.«

»Da fängst du schon wieder an!«, brülle ich. »Überleg dir doch endlich, wie du mich nennen willst!«

»Ich rede dich mit dem Namen an, der deinem Gemütszustand entspricht, oder dem Gemütszustand, den ich in dir hervorrufen will, Robbie.«

»Und jetzt möchtest du, dass ich ein Baby bin? - Nein, schon gut. Hör zu«, sage ich und stehe auf, »erinnerst du dich an unser ganzes Gespräch vorhin?«

»Gewiss, Robbie.« Dann fügt er von selbst hinzu, erstaunliche zehn oder zwanzig Sekunden nach Ablauf meiner Zeit: »Bist du zufrieden, Robbie?«

»Was?«

»Hast du zu deiner Zufriedenheit nachgewiesen, dass ich nur eine Maschine bin? Dass du mich jederzeit beherrschen kannst?«

Ich bleibe stehen.

»Ist es das, was ich mache?«, frage ich überrascht. Und dann: »Na gut, mag sein. Du bist eine Maschine, Sigfrid. Ich kann dich beherrschen.«

Und als ich gehe, sagt er hinter mir her: »Das haben wir eigentlich immer gewusst, nicht wahr? Das, was du wirklich fürchtest – der Ort, wo du fühlst, dass Beherrschung notwendig ist –, liegt das nicht in dir?«

20

Wenn man Woche um Woche einem Menschen so nah ist, dass man jeden Schluckauf, jeden Geruch, jeden Kratzer an der Haut kennt, hasst man entweder einander am Ende oder man hat sich so ineinander verkrallt, dass man nicht mehr hinausfindet. Klara und ich hatten beides. Unsere kleine Liebelei hatte sich zu einer Beziehung wie zwischen siamesischen Zwillingen entwickelt. Es gab keine Romantik darin. Wir hatten nicht genug Platz dafür. Und trotzdem kannte ich jeden Zentimeter von Klara, jede Pore und jeden Gedanken viel besser, als ich diese Dinge bei meiner eigenen Mutter gekannt hatte.

Am Tag unserer Rückkehr gingen wir, schmutzig und erschöpft, automatisch zu Klaras Wohnung. Da gab es das Privatbad, da gab es genug Platz, und wir fielen danach wie ein altes Ehepaar ins Bett. Nur waren wir kein altes Ehepaar. Ich hatte keine Ansprüche auf sie. Beim Frühstück am nächsten Morgen (kanadischer Speck mit Eiern von der Erde, skandalös teuer; frische Ananas; Weizenflocken mit echter Sahne; Cappuccino.) erinnerte mich Klara daran, indem sie ostentativ die Rechnung übernahm. Ich lieferte den gewünschten Reflex.

»Das brauchst du nicht zu tun. Ich weiß, dass du mehr Geld hast als ich.«

»Und du möchtest gerne wissen, wie viel«, antwortete sie mit einem süßen Lächeln.

Dabei wusste ich es. Shicky hatte es mir gesagt. Sie hatte siebenhunderttausend Dollar und ein paar Cent auf ihrem Konto. Genug, um auf die Venus zurückzukehren und dort ihr Leben in einiger Sicherheit zu verbringen, wenn sie wollte.

»Du solltest wirklich zulassen, dass du geboren wirst«, sagte ich. »Du kannst nicht ewig im Mutterleib bleiben.«

Sie war überrascht, machte aber mit.

»Lieber Bob«, erwiderte sie, fischte eine Zigarette aus meiner Tasche und ließ sich Feuer geben, »du solltest deine arme Mutter wirklich in Frieden ruhen lassen. Es ist so mühsam für mich, dich abzuweisen, damit du sie in meiner Person umwerben kannst.«

»Klara«, sagte ich freundlich, »du weißt, dass ich dich liebe. Es macht mir Sorgen, dass du vierzig Jahre alt geworden bist, ohne je eine richtige, dauerhafte Beziehung zu einem Mann gehabt zu haben.«

Sie kicherte.

»Liebling«, erklärte sie, »darüber wollte ich schon mit dir reden. Deine Nase.« Sie schnitt eine Grimasse. »Gestern Nacht im Bett wollte ich trotz meiner Müdigkeit etwas für dich tun, bis du dich umgedreht hast. Wenn du ins Hospital gingst, würde man sie vielleicht entleeren ...«

Nun, ich konnte es sogar selbst riechen. Ich versprach es also, und um sie zu bestrafen, aß ich die hundert Dollar teure Ananas nicht auf, und sie räumte, um mich zu bestrafen, meine Sachen in ihren Schränken um, damit sie Platz für ihren Ranzen hatte. Natürlich musste ich darauf sagen: »Tu das nicht, Liebes. So sehr ich dich auch liebe, ich glaube, ich ziehe mich besser eine Weile in mein Zimmer zurück.«

Sie tätschelte meinen Arm.

»Es wird sehr einsam sein«, sagte sie und drückte die Zigarette aus. »Ich bin schon sehr daran gewöhnt, neben dir aufzuwachen. Andererseits ...«

»Ich hole meine Sachen auf dem Rückweg vom Hospital«, erwiderte ich. So gut gefiel mir das Gespräch auch nicht. Ich wollte es nicht verlängern.

Im Hospital musste ich über eine Stunde warten, und danach tat man mir sehr weh. Ich blutete wie ein abgestochenes Schwein auf Hemd und Hose, und während sie die endlosen Meter Gaze aus meiner Nase holten, die Ham Tayeh hineingestopft hatte, damit ich nicht verblutete, fühlte sich das geradeso an, als reiße man große Fleischklumpen heraus. Ich brüllte. Die kleine, alte Japanerin, die an diesem Tag als Hilfsärztin in der Ambulanz arbeitete, hatte wenig Geduld.

»Ach, halten Sie doch den Mund!«, sagte sie. »Sie hören sich an wie der irre Rückkehrer, der sich umgebracht hat. Er hat eine Stunde lang geschrien.«

Bemerkungen über Explosionen

Dr. Asmenion: Wenn Sie gute Messungen einer Nova oder noch besser einer Supernova mitbringen, ist das natürlich viel wert. Während des Ablaufs, meine ich. Später nützt es nicht viel. Und suchen Sie immer Ihre eigene Sonne, und wenn Sie sie identifizieren können, nehmen Sie auf, so viel Sie können, auf allen Frequenzen, in der unmittelbaren Umgebung – bis zu, na, ungefähr fünf Grad jeweils. Mit größtmöglicher Vergrößerung.

Frage: Weshalb das, Danny?

Dr. Asmenion: Nun, vielleicht befinden Sie sich auf der anderen Seite der Sonne bei Tychos Stern oder dem Crabnebel, den Überresten der Supernova 1054 im Stier. Und vielleicht bekommen Sie ein Bild davon, wie der Stern aussah, bevor er explodierte. Das müsste, tja, ich weiß nicht, auf Anhieb fünfzig- oder hunderttausend wert sein.

Ich scheuchte sie mit einer Hand weg, die andere an der Nase, um das Blut zurückzuhalten.

»Was? Ich meine, wie hieß er?«

Sie schob meine Hand weg und betupfte meine Nase.

»Ich weiß nicht – ach, warten Sie mal. Sie waren im gleichen, vom Pech verfolgten Schiff, nicht?«

»Das versuche ich herauszubekommen. War es Sam Kahane?«

Sie wurde plötzlich menschlicher. »Tut mir Leid, mein Lieber«, sagte sie. »Ich glaube, so hieß er. Sie wollten ihm eine Beruhigungsspritze geben, und er nahm dem Arzt die Spritze weg und – nun, er erstach sich damit.«

Wirklich ein verkorkster Tag.

Sie konnte mich endlich kauterisieren.

»Ich stopfe nur wenig hinein«, sagte sie. »Morgen können Sie das Zeug selbst herausziehen. Aber langsam, und wenn es eine Blutung gibt, kommen Sie sofort her.«

Ich schlich hinauf zu Klara, um mich umzuziehen, und der Tag blieb weiter mies.

»Scheiß-Zwilling«, fauchte sie mich an. »Das nächste Mal fliege ich mit einem Stier wie diesem Metschnikow.«

»Was ist denn, Klara?«

»Sie haben uns eine Prämie gegeben. Zwölf fünf! Mensch! Ich gebe meinem Hausmädchen mehr Trinkgeld.«

»Woher weißt du das?« Ich hatte $ 12 500 schon durch fünf geteilt und mich in dem selben Sekundenbruchteil gefragt, ob sie nicht unter den jetzigen Umständen durch vier geteilt werden mussten.

»Vor zehn Minuten haben sie angerufen. Du lieber Gott. Der übelste Flug, an dem ich je teilgenommen habe, und ich bekomme den Gegenwert eines grünen Jetons im Kasino.« Dann betrachtete sie mein Hemd und wurde ein wenig weicher. »Na, du kannst nichts dafür, Bob, aber Zwillinge können sich nie entschließen. Das hätte ich wissen müssen. Mal sehen, ob ich was Sauberes für dich finde.«

Ich blieb trotzdem nicht, nahm mein Zeug, benützte einen Fallschacht, brachte meine Sachen im Registerbüro unter, wo ich mein Zimmer zurückbekam, und telefonierte dort.

Metschnikow murrte, war aber schließlich bereit, sich mit mir im Klassenzimmer zu treffen. Ich war natürlich vor ihm da. Er blieb stehen, schaute sich um und fragte: »Wo ist Wie-heißt-sie-gleich?«

»Klara Moynlin. In ihrem Zimmer.«

»Hm.« Er rieb sich das Kinn. »Na, kommen Sie mit.« Über die Schulter sagte er: »Sie hätte übrigens wohl mehr davon als Sie.«

»Kann sein, Dane.«

»Hm.« Er zögerte an der Bodenwölbung, dem Eingang zu einem der Übungsschiffe, dann zuckte er die Achseln, öffnete die Luke und kletterte hinunter.

Als ich nachkam, kauerte er schon vor dem Kurssetzer und stellte Zahlen ein. Er hatte ein tragbares Terminal des Hauptcomputers der Gesellschaft in der Hand; ich wusste, dass er einen der bekannten Kurse eingab, und wunderte mich nicht, als er fast augenblicklich Farbe bekam. Er drückte auf die Feineinstellung und wartete, bis die ganze Konsole rosarot aufleuchtete.

»Gut«, sagte er. »Klare Einstellung. Jetzt sehen Sie sich den unteren Teil des Spektrums an.«

Das war der kleinere Streifen Regenbogenfarben an der rechten Seite, Rot bis Violett. Die Farben gingen ohne Unterbrechung ineinander über, bis auf vereinzelte grellbunte oder schwarze Linien. Sie sahen genauso aus wie das, was die Astronomen ›Fraunhofersche Linien‹ nennen, wenn sie einen Planeten oder Stern nur durch ein Spektroskop studieren können. Es waren aber keine. Fraunhofer-Linien zeigen, welche Elemente in einer Strahlungsquelle (oder in etwas, das sich zwischen Strahlungsquelle und Beobachter befindet) vorhanden sind. Die hier zeigten ... weiß Gott was.

Gott und vielleicht Metschnikow wussten es. Er lächelte beinahe und war überraschend gesprächig.

»Das Band von drei dunklen Linien im Blau«, sagte er. »Sie scheinen mit der Gefährlichkeit der Mission zusammenzuhängen. Jedenfalls zeigen das die Computerausdrucke. Wenn sechs oder mehr Bänder da sind, kommen die Schiffe nicht zurück.«

Er hatte meine volle Aufmerksamkeit.

»Menschenskind! Warum bringt man uns das denn nicht im Lehrgang bei?«, fragte ich.

»Broadhead, machen Sie sich nicht lächerlich. Das ist alles ganz neu. Und vieles beruht auf Vermutungen. Die Beziehung zwischen der Linienzahl und der Gefahr ist bei weniger als sechs nicht so eindeutig. Ich meine, wenn man unterstellen wollte, dass eine Linie für jeden zusätzlichen Gefahrengrad hinzugefügt wird, ist das falsch. Die besten Aussichten scheinen bei einem oder zwei Bändern zu bestehen. Drei ist auch noch gut – aber es hat ein paar Verluste gegeben. Bei Null hatten wir ebenso viel wie bei drei.«

»Warum fliegen wir dann nicht einfach Ziele an, die sicherer sind?«

»Wir wissen eben nicht genau, ob sie es sind. Mit einem gepanzerten Schiff sollte man außerdem mehr Risiken eingehen können als mit einem einfachen. Sehen Sie da, im gelben Bereich.« Er wies auf fünf grelle Bänder. »Diese Merkmale scheinen mit dem Erfolg der Missionen zusammenzuhängen. Weiß Gott, was wir – oder die Hitschi – da messen, aber was den finanziellen Ertrag für die Besatzungen betrifft, besteht eine enge Beziehung zwischen der Anzahl der Linien in dieser Frequenz und der Summe, die an die Besatzungen ausbezahlt wird.«

»Mensch!«

»Die Hitschi haben natürlich keine Skala dafür eingebaut, wie viel Tantiemen Sie oder ich verdienen könnten. Damit muss etwas anderes gemessen werden. Vielleicht die Bevölkerungsdichte oder die technologische Entwicklung. Vielleicht ist es ein Guide Michelin, und sie wollen nur sagen, dass es hier ein Vier-Sterne-Restaurant gibt. Aber so steht es. Expeditionen mit fünf gelben Linien bringen im Durchschnitt fünfzigmal so viel Geld wie solche mit zwei Linien, und zehnmal so viel wie die meisten anderen ein.«

Ich stand auf.

»Eine Frage, Dane. Sie haben vermutlich einen Grund, warum Sie mir das alles sagen, bevor es allgemein bekannt wird. Also?«

»Ich möchte Wie-heißt-sie-gleich in der Besatzung, wenn ich einen Dreier oder Fünfer fliege.«

»Klara Moynlin.«

»Ist ja egal. Sie findet sich gut zurecht, braucht nicht viel Platz, kommt mit den Leuten besser aus als ich. Aber nur, wenn ich einen Dreier oder Fünfer nehme. Wenn ich einen Einer finde, fliege ich mit dem. Sonst muss jemand dabei sein, der sich auskennt, mir nicht in die Quere kommt, mit einem Schiff umgehen kann. Sie können auch mitfliegen, wenn Sie wollen.«

Als ich in mein Zimmer zurückkam, tauchte Shicky auf, bevor ich noch richtig ausgepackt hatte. Er drückte mir sein Mitgefühl aus, auch für Sam Kahane.

Ich erzählte ihm alles, was Dane Metschnikow mir anvertraut hatte.

Er lauschte mit funkelnden Augen.

»Wie interessant!«, sagte er. »Ich habe Gerüchte vernommen, dass neue Unterweisungen vorbereitet werden. Stellen Sie sich nur vor, wenn wir ohne Todesangst oder ...«

»So gewiss ist das nicht, Shicky.«

»Nein, sicher nicht. Aber eine Verbesserung, oder?« Er sah mir zu, wie ich seinen Tee trank. »Bob, wenn Sie so eine Reise machen und noch jemanden brauchen ... Nun, in einem Landefahrzeug würde ich nicht viel taugen, aber in der Umlaufbahn bin ich so gut wie jeder andere.«

»Das weiß ich, Shicky.« Ich bemühte mich um Takt. »Weiß es die Gesellschaft auch?«

»Man würde mich mitfliegen lassen, wenn sonst keiner mitmöchte.«

»Verstehe.«

Er machte mir Platz, während ich einräumte, und wir sprachen über gemeinsame Freunde. Sheris Schiff war bisher nicht zurückgekommen. Natürlich noch kein Grund zur Besorgnis. Ein kongolesisches Paar hatte eine große Menge Gebetsfächer von einem bislang unbekannten Hitschi-Tunnel auf einem Planeten um einen F 2-Stern im Orion-Spiralarm mitgebracht. Es hatte eine Million Dollar durch drei Personen geteilt und war nach Afrika zurückgegangen. Die Forehands ...

Louise Forehand kam in diesem Augenblick ins Zimmer.

»Hab' eure Stimmen gehört«, sagte sie und küsste mich. »Sschlimm, euer Flug!«

»So geht das eben.«

»Trotzdem willkommen. Ich hatte nicht mehr Glück. Soll ich eine Begrüßungsfeier machen? Oder ...«

»Gern«, nickte ich. Das Gerücht über Klara und mich hatte sich wohl schon herumgesprochen. Sie verschwand nach ein paar Minuten wieder. »Nette Frau«, sagte ich zu Shicky. »Nette Familie. Hat sie Sorgen?«

»Das fürchte ich, Robinette, ja. Ihre Tochter Lois ist überfällig. Die Familie hat viel mitgemacht. Nein, nein, nicht Willa oder der Vater. Sie sind unterwegs, aber nicht überfällig. Sie hatten auch einen Sohn.«

»Ich weiß. Henry, glaube ich. Sie nannten ihn Hat.«

»Er starb, kurz bevor sie herkamen. Und jetzt Lois. Bob, ich muss wieder an die Arbeit.«

»Was machen die Efeupflanzen?«

»Die betreue ich nicht mehr. Emma war nicht zufrieden.«

»So? Was machen Sie denn nun?«

»Ich halte Gateway sauber«, erwiderte er. »Sie würden es ›Müllmann‹ nennen.«

Ich wusste nicht, was ich sagen sollte.

»Schon gut, Bob. Es macht mir wirklich Spaß. Aber - bitte, wenn Sie ein Besatzungsmitglied brauchen, denken Sie an mich.«

Ich holte meine Prämie ab und bezahlte meine Kopfsteuer für drei Wochen im Voraus. Ich kaufte ein paar Sachen, die ich brauchte - neue Kleidung und Musikbänder, um Mozart und Palestrina aus den Ohren zu bekommen. Danach hatte ich noch ungefähr zweihundert Dollar.

Das war so viel wie gar nichts. Zwanzig Drinks in der ›Blauen Hölle‹ oder ein Jeton am Blackjack-Tisch, oder ein halbes Dutzend ordentliche Mahlzeiten außerhalb der Kantinen.

Ich rief Klara an. Sie wirkte wachsam, aber freundlich. Ich sprach nicht von der Party, und sie sagte nichts davon, dass sie mich an diesem Abend sehen wollte. Das war mir recht. Ich brauchte Klara nicht. Auf der Party lernte ich eine Neue kennen, die Doreen Mackenzie hieß, mindestens zwölf Jahre älter als ich und schon fünfmal draußen. Das Aufregende an ihr war, dass sie einen großen Erfolg gehabt hatte. Eineinhalb Millionen. Sie war nach Atlanta zurückgegangen und hatte alles ausgegeben, um eine Karriere als PV-Sängerin zu finanzieren. Als es nicht geklappt hatte, war sie nach Gateway zurückgekommen, um es noch einmal zu versuchen. Außerdem war sie sehr, sehr hübsch.

Aber zwei Tage später rief ich Klara wieder an. Sie sagte: »Komm herunter«, und es klang besorgt. Ich war in zehn Minuten bei ihr, fünf Minuten später lagen wir im Bett. Ich hatte zwar Doreen kennen gelernt, aber sie war keine Klara.

Hinterher gähnte Klara, fuhr mit den Fingern durch meine Haare und starrte mich an.

»Ach, Scheiße«, sagte sie schläfrig. »Das nennt man wohl verliebt sein.«

Ich war galant. »Du bist eben das Zentrum meines Lebens.«

Sie schüttelte den Kopf. »Manchmal kann ich dich nicht ausstehen. Schützen und Zwillinge vertragen sich nie.«

»Wenn du nur den Quatsch lassen könntest.«

Sie war nicht beleidigt. »Gehen wir essen?«

Ich stand auf. »Liebe Klara«, sagte ich, »schau, ich kann mich von dir nicht aushalten lassen, weil du mir das früher oder später vorwirfst – oder, wenn nicht, dann rechne ich immer damit und bin ekelhaft zu dir. Und ich habe einfach das Geld nicht. Wenn du nicht in der Kantine essen willst, geh allein. Ich kann auch deine Zigaretten, deinen Schnaps und deine Jetons im Kasino nicht annehmen. Wenn du etwas essen willst, gut, dann treffen wir uns später. Vielleicht können wir spazieren gehen.«

Sie seufzte.

»Zwillinge können nie mit Geld umgehen, aber im Bett sind sie prima«, sagte sie.

Wir zogen uns an und gingen essen, aber in der Kantine,

wo man sich ein Tablett holt und im Stehen isst. Das Essen ist nicht schlecht, wenn man nicht daran denkt, woraus es besteht. Und es kostet nichts. Man muss nur eben alles essen, damit man alle Nährstoffe bekommt. Und es gibt furchtbare Blähungen.

Danach schwebten wir zu den unteren Etagen hinunter, ohne viel zu reden. Wir fragten uns wohl beide, wie es weitergehen sollte.

Nachdem wir eine Weile ziellos herumgewandert waren, beschlossen wir, wieder einmal ins Museum zu gehen. Wir besuchten den Kugelraum, wo wir uns in einem kompletten Universum befanden. Wir waren umgeben von einer Art Globorama dessen, was die Schiffe gefunden hatten: Sterne, Nebel, Planeten, Satelliten. Alles drehte sich, flackerte, verschwand, tauchte wieder auf.

Wir waren begeistert. Außer uns war niemand da, was ich nicht verstehen konnte. Es war herrlich. Auf einer Seite wurden Bilder von Hitschi-Objekten präsentiert: Gebetsfächer in allen Farben, Wandverkleidungsmaschinen, das

DER GATEWAY-ANGLIKANER
Hochwürden Theo Durleigh, Kaplan
Gemeindekommunion Sonnt. 10:30
Vesper nach Vereinbarung

Eric Manier, der am 1. Dezember seine Tätigkeit als Küster aufgibt, hat der Allerheiligen-Kirche von Gateway seinen Stempel aufgedrückt, und wir stehen tief in seiner Schuld. Vor 51 Jahren wurde er in Elstree, Hertfordshire, geboren. Nach dem Rechtsstudium wurde er Anwalt und arbeitete einige Jahre in Perth. Wenn wir traurig darüber sind, dass er uns verlässt, mischt sich auch Freude darüber hinein, dass er sich seinen Herzenswunsch erfüllen und in sein geliebtes Hertfordshire zurückkehren kann, wo er sich mit Gemeinschaftsaufgaben, TM und gregorianischem Kirchengesang beschäftigen will. Ein neuer Küster wird am ersten Sonntag gewählt, an dem sich neun Gemeindemitglieder einfinden.

Innere von Hitschi-Schiffen, ein paar Tunnels, von denen Klara diesen oder jenen sogar wieder erkannte, von der Venus her. Danach erneut Bilder aus dem Weltraum. Ich erkannte die Plejaden, dann verschwanden sie und machten Gateway II Platz, von außen, mit dem Widerschein von Sternenglanz. Ich sah den Pferdekopf-Nebel und den Ringnebel in der Lyra.

Wir kehrten wieder nach oben zurück und rauchten im Tunnel vor dem Museum eine Zigarette.

Erst nach einer Weile bemerkte ich, dass ich nun doch eine ihrer Zigaretten rauchte. Bei fünf Dollar pro Packung konnte ich mir das kaum leisten, aber ich nahm mir vor, mindestens eine Packung zu kaufen und Klara so viele anzubieten, wie ich von ihr genommen hatte.

»Übrigens«, sagte ich plötzlich, »hast du mit Metschnikow gesprochen?«

»Ich war schon neugierig, wann du danach fragst. Klar. Er rief an und sagte mir, er hätte dir das mit dem Farbkode gezeigt. Ich habe mir von ihm denselben Vortrag halten lassen. Was meinst du, Bob?«

Ich drückte die Zigarette aus.

»Ich glaube, dass jeder auf Gateway sich um die guten Flüge raufen wird.«

»Aber vielleicht weiß Dane etwas. Er arbeitet mit der Gesellschaft zusammen.«

»Kein Zweifel. So nett ist er aber nicht, Klara. Vielleicht sagt er uns, wann etwas Gutes kommt, aber er will etwas dafür haben.«

»Mir würde er es sagen«, meinte sie grinsend.

»Was heißt das?«

»Ach, er ruft ab und zu an und möchte sich verabreden.«

»Ach, Mist, Klara. Ich würde dem Kerl nicht so weit trauen, wie ...«

»Lass gut sein, Bob. So übel ist er auch wieder nicht. Sexuell könnte er durchaus interessant sein. Ein grober, roher Stier – jedenfalls hast du ihm genauso viel zu bieten wie ich.«

»Wovon redest du?«

Sie sah mich entgeistert an.

»Ich dachte, du weißt, dass er bi ist.«

»Er hat nie etwas durchblicken lassen ...« Aber ich verstummte, als mir einfiel, wie nah er immer an mich heranrückte, und wie unangenehm mir das bei ihm war.

»Vielleicht bist du nicht sein Typ«, sagte sie feixend.

Ich schnitt eine Grimasse. Wir gingen in die ›Blaue Hölle‹, und ich bezahlte natürlich meinen Anteil an den Getränken selbst. Achtundvierzig Dollar in einer Stunde zum Teufel. Und so viel Spaß machte es auch nicht. Wir landeten wieder in ihrem Bett. Auch das war nicht besonders gut. Und die Zeit verrann.

Die Gesellschaft gab die erwartete Mitteilung heraus, und es kam zu großer Unruhe, zu Besprechungen, Planungen, zum Austausch von Vermutungen und zu Auslegungen unter uns allen. Eine aufregende Zeit. Die Gesellschaft ermittelte aus den Dateien des Hauptcomputers zwanzig Starts mit niedrigem Gefahrenfaktor und hoher Gewinnerwartung. Sie wurden ausgeschrieben, ausgerüstet und binnen einer Woche hinausgeschickt.

Ich war nirgends dabei, und Klara auch nicht. Wir gaben uns Mühe, über den Grund nicht zu diskutieren.

Erstaunlicherweise flog auch Dane Metschnikow nirgends mit. Er wusste etwas oder behauptete wenigstens, etwas zu wissen. Shicky wäre beinahe mitgeflogen, musste aber im letzten Augenblick vor dem Finnen zurückstehen, der sich mit keiner Menschenseele unterhalten konnte. Louise Forehand flog auch nicht mit, vermutlich weil sie auf die Rückkehr eines Familienmitglieds wartete. Man konnte in der Kantine fast ohne Wartezeiten essen, und in meinem Tunnel gab es überall leere Zimmer. Und eines Abends sagte Klara zu mir: »Bob, ich glaube, ich sollte zu einem Seelenklempner gehen.«

Ich zuckte zusammen. Das war eine Überraschung. Schlimmer noch, Verrat. Klara wusste von meiner früheren Psychose, und was ich von Psychotherapeuten hielt.

Ich sagte gar nichts.

»Ich brauche Hilfe, Bob«, sagte sie. »Ich bin durcheinander.«

Das berührte mich tief, und ich griff nach ihrer Hand.

»Mein Psychologieprofessor hat gesagt, das sei der erste Schritt«, fuhr sie fort. »Nein, der zweite. Der erste Schritt, wenn man ein Problem hat, ist der, dass man es weiß. Ich weiß es schon geraume Zeit. Der zweite ist, eine Entscheidung zu treffen: Willst du das Problem behalten oder etwas dagegen tun? Ich habe beschlossen, etwas dagegen zu tun.«

»Wohin willst du gehen?«, fragte ich mit neutraler Stimme.

»Ich weiß nicht. Die Gruppen scheinen nicht viel zu machen. Im Hauptcomputer der Gesellschaft gibt es eine Maschine. Das wäre das Billigste.«

»Billig ist billig«, sagte ich. »Ich habe zwei Jahre mit solchen Maschinen zu tun gehabt.«

»Und seitdem bist du zwanzig Jahre lang ganz in Ordnung gewesen«, meinte sie. »Das genügt mir vorerst.«

Ich tätschelte ihre Hand.

»Jeder Schritt, den du tust, ist ein guter Schritt«, sagte ich liebevoll. »Wir kämen sicher besser miteinander aus, wenn du normal zornig auf mich wärst, statt deshalb, weil ich die Vaterfigur vertrete oder so.«

»Was meinst du damit?«, fragte sie erstaunt.

»Na, dein Problem, Klara. Ich weiß, dass es viel Mut gebraucht hat, dir einzugestehen, dass du Hilfe brauchst.«

»Tja, Bob, das stimmt, aber du scheinst nicht zu wissen, worin das Problem besteht. Mit dir auszukommen, ist nicht das Problem. Du könntest das Problem sein. Ich weiß es einfach nicht. Was mich beunruhigt, ist mein Zögern. Die Unfähigkeit, Entscheidungen zu treffen. So lange zu warten, bis ich wieder hinausflog – und, nichts für ungut, mit einem Zwilling.«

»Ich hasse es, wenn du mit deinem Astrologen-Käse daherkommst!«

»Du hast eine wirre Persönlichkeit, Bob, das weißt du. Und da scheine ich mich anzulehnen. Ich will aber nicht so leben.« Sie stand auf und zog sich an. »Gehen wir ins Kasino. Ich glaube, ich habe heute Glück.«

Es waren keine Schiffe da, keine Touristen. Es gab auch nicht sehr viele Prospektoren, nachdem so viele Schiffe weggeflogen waren. Die Hälfte der Tische im Kasino war geschlossen. Klara setzte sich an den Blackjack-Tisch, kaufte für hundert Dollar Jetons, und der Dealer ließ mich neben ihr sitzen, ohne dass ich mitspielte.

Nach zehn Minuten hatte sie zweitausend Dollar gewonnen.

Ich lobte sie, stand aber auf und ging ein bisschen herum. Dane Metschnikow steckte zögernd Fünf-Dollar-Münzen in die Spielautomaten, schien aber nicht mit mir reden zu wollen. Ich ging in die ›Blaue Hölle‹, nachdem ich Klara Bescheid gesagt hatte, um Kaffee zu trinken.

Louise Forehand trank weißen Whisky mit Wasser. Sie lächelte mich an, und ich setzte mich zu ihr.

»Sie sehen gut aus«, sagte ich.

»Danke, Bob. Alles echt.« Sie trug ein zweiteiliges Kostüm, enge, kurze Hose, nabelfrei, ein weites, offenes Oberteil. »Ich konnte mir nie etwas anderes leisten.«

»Haben Sie auch nicht nötig.«

»Ein Schiff kommt«, sagte sie, das Thema wechselnd. »Es war lange unterwegs, heißt es.«

Nun, ich wusste, was das für sie bedeutete, und warum sie in der ›Blauen Hölle‹ herumsaß, statt zu schlafen.

Wir schwiegen eine Weile, und plötzlich sagte sie: »Inzwischen müssten sie Funkkontakt mit dem Schiff haben.«

»Das wäre über das P-Phon bekannt gegeben worden.«

Sie nickte und machte ein sorgenvolles Gesicht. Ich versuchte sie abzulenken, indem ich ihr von Klaras Entschluss berichtete, einen Psychiater aufzusuchen. Sie hörte zu, dann legte sie ihre Hand auf die meine und sagte: »Werden Sie nicht böse, Bob. Haben Sie selbst schon mal daran gedacht, zu einem zu gehen?«

»Ich habe das Geld nicht, Louise.«

»Nicht einmal für eine Gruppe? In Etage Darling gibt es einen Urschrei-Verein. Man hört die Leute manchmal. Und es hat Anzeigen für alles mögliche gegeben – TE, Est, Schematisierung. Allerdings könnten natürlich viele unterwegs sein.«

FLUGBERICHT

Fahrzeug A3-7, Flug 022D55. Besatzung S. Rigney, E. Tsien, M. Sindler.

Transitzeit 18 Tage 0 Stunden. Position Nähe Xi Pegasi A.

Zusammenfassung: ›Wir kamen in enger Umlaufbahn um einen kleinen Planeten heraus, der vom Primärkörper etwa 9 AE entfernt war. Der Planet ist eisbedeckt, aber wir orteten von einer Stelle in Äquatornähe Hitschi-Strahlung. Rigney und Mary Sindler landeten in der Nähe und erreichten unter einigen Schwierigkeiten – die Gegend war gebirgig – eine eisfreie, warme Stelle, in der sich eine Metallkuppel befand. Im Kuppelinneren wurde eine Reihe von Hitschi-Objekten gefunden, darunter zwei leere Landefahrzeuge, Wohneinrichtung mit unbekanntem Verwendungszweck und eine Heizspule. Es gelang uns, die meisten kleineren Gegenstände ins Fahrzeug zu schaffen. Die Heizspule konnte nicht ganz abgestellt werden, aber wir verringerten die Leistung erheblich und brachten sie für den Rückflug im Landefahrzeug unter. Trotzdem waren Mary und Tsien stark dehydriert und im Koma, als wir landeten.‹

Bewertung durch die Gesellschaft: Heizspule untersucht und rekonstruiert. Der Besatzung wurden zur Verrechnung mit den Tantiemen $ 3 000 000 zugesprochen. Andere Objekte noch nicht analysiert. Zuweisung von $ 25 000 pro Kilogramm Masse, insgesamt $ 675 000, zur Verrechnung mit künftiger Auswertung, falls möglich.

Aber ihre Aufmerksamkeit galt nicht mir. Von unseren Plätzen aus konnten wir den Kasinoeingang sehen, wo einer der Croupiers sich angeregt mit einem Matrosen vom chinesischen Kreuzer unterhielt. Louise starrte hinüber.

»Da geht etwas vor«, sagte ich. Louise war schon aufgestanden und ging hinüber.

Das Spiel hatte aufgehört. Alles drängte sich um den Blackjack-Tisch, wo jetzt Dane Metschnikow neben Klara saß, ein paar 25-Dollar-Jetons vor sich. Und zwischen ihnen saß Shicky.

»Nein«, sagte er gerade, als ich herankam, »die Namen weiß ich nicht. Aber es ist ein Fünfer.«

»Und sie leben noch alle?«, fragte jemand.

»Soviel ich weiß. Hallo, Bob. Louise.« Er nickte uns höflich zu. »Ihr habt schon gehört?«

»Eigentlich nicht«, sagte Louise. »Nur, dass ein Schiff eingetroffen ist. Die Namen wissen Sie nicht?«

Dane Metschnikow drehte den Kopf und funkelte sie an. »Namen«, knurrte er. »Wen interessiert das? Es ist keiner von uns, darauf kommt es an. Eine große Sache.« Er stand auf. Selbst in diesem Augenblick registrierte ich das Ausmaß seiner Wut: Er vergaß, seine Jetons mitzunehmen. »Ich gehe hinunter«, erklärte er. »Ich möchte sehen, wie ein einmaliger Erfolg aussieht.«

Die Kreuzerbesatzungen hatten das Gebiet abgesperrt, aber einer der Posten war Francy Hereira. Um den Fallschacht drängten sich an die hundert Leute, und nur Hereira und zwei Mädchen vom amerikanischen Kreuzer waren da, um sie zurückzuhalten. Metschnikow zwängte sich zum Schacht durch und schaute hinunter, bevor ihn eines der Mädchen verjagte. Wir sahen ihn mit einem anderen Fünfspangen-Prospektor sprechen. Inzwischen hörten wir Gesprächsfetzen:

»... fast tot. Kein Wasser mehr.«

»Ach wo! Nur erschöpft. Die erholen sich schnell ...«

»... zehn Millionen Prämie mindestens, und dann noch die Tantiemen!«

Klara griff nach Louises Ellenbogen und zog sie mit nach vorn. Ich folgte ihnen.

»Weiß jemand, welches Schiff es war?«

Hereira lächelte sie müde an, nickte mir zu und sagte: »Bis jetzt noch nicht, Klara. Sie werden gerade durchsucht. Aber ich glaube, dass sie durchkommen.«

»Was haben sie gefunden?«, rief jemand hinter uns.

»Artefakte. Neue, das ist alles, was ich weiß.«

»Aber es war ein Fünfer?«, fragte Klara.

Hereira nickte, dann schaute er in den Schacht hinunter.

»Also, zurück jetzt, Freunde«, sagte er. »Sie bringen ein paar herauf.«

Wir wichen alle eine winzige Spur zurück, aber es spielte keine Rolle; sie kamen ohnehin nicht auf unserer Etage heraus. Der Erste, der heraufkam, war ein Bonze von der Gesellschaft, an dessen Namen ich mich nicht erinnerte, dann ein chinesischer Bewacher, dann jemand in einem Hospitalgewand, gestützt von einem Arzt. Ich kannte das Gesicht, aber nicht den Namen; ich hatte ihn einmal auf einer Abschiedsfeier gesehen, einen kleinen, älteren Farbigen, der zwei- oder dreimal ohne Erfolg hinausgeflogen war. Seine Augen waren offen und klar, aber er sah unendlich erschöpft aus. Er schaute sich ohne Verwunderung um, dann war er verschwunden.

Ich drehte den Kopf und sah, dass Louise mit geschlossenen Augen leise weinte. Klara hatte den Arm um sie gelegt. Ich sah sie fragend an.

»Ein Fünfer«, sagte sie leise. »Ihre Tochter war in einem Dreier.«

Ich tätschelte Louise und sagte: »Tut mir Leid, Louise.«

Dann öffnete sich an der Schachtöffnung eine Lücke, und ich guckte hinunter.

Ich sah ganz kurz, wie zehn oder zwanzig Millionen Dollar aussehen. Es war ein Stapel sechseckiger Kästen aus Hitschi-Metall, von nur einem halben Meter Durchmesser und nicht einmal so hoch. Dann sagte Francy Hereira: »Kommen Sie, Bob, zurück, ja?« Und ich trat vom Schacht zurück, als wieder ein Prospektor im Hospitalkittel vorbeigezogen wurde. Die Frau sah mich nicht, als sie vorbeischwebte; ihre Augen waren geschlossen. Aber ich sah sie. Es war Sheri.

21

»Ich komme mir ziemlich albern vor, Sigfrid«, sage ich.

»Kann ich irgendetwas tun, damit du dich wohler fühlst?«

»Du kannst tot umfallen.« Er hat den ganzen Raum wie eine Kinderkrippe gestaltet, Menschenskind. Und das Schlimmste ist Sigfrid selbst. Diesmal versucht er es als Mutter-Surrogat. Er liegt mit mir auf der Matte, eine große, ausgestopfte Puppe, menschengroß, warm, weich, wie ein mit Schaumgummi gefülltes Handtuch. Es fühlt sich gut an, aber ... »Ich will nicht, dass du mich wie ein Baby behandelst«, sage ich mit gedämpfter Stimme, weil ich mein Gesicht an den Stoff presse.

»Enspann dich, Robbie. Alles ist gut.«

»Dass ich nicht lache!«

Er macht eine Pause, dann sagt er: »Du wolltest mir von deinem Traum erzählen.«

»Uah.«

»Wie bitte, Robbie?«

»Ich meine, ich will nicht darüber reden. Aber ich kann ja tun, was du willst«, sage ich. »Es ging um Sylvia, sozusagen.«

»Sozusagen, Robbie?«

»Nun, sie sah nicht aus wie Sylvia. Eher wie ... ich weiß nicht, eine ältere Frau, glaube ich. Ich habe seit Jahren eigentlich nicht mehr an Sylvia gedacht. Wir waren beide Halbwüchsige ...«

»Bitte, sprich weiter, Robbie.«

Ich lege die Arme um ihn und blicke ganz zufrieden auf die Wand mit den Zirkustieren und Clowns.

»Der Traum, Robbie?«

»Ich habe geträumt, wir arbeiteten in den Gruben. Es waren eigentlich nicht die Nahrungsgruben, eher wie in einem Fünfer – einem Gateway-Schiff, verstehst du? Sylvia war in einer Art Tunnel, der von dort ausging.«

»Der Tunnel ging von dort aus?«

»Dräng mich jetzt nicht ins Symbolische ab, Sigfrid. Ich weiß Bescheid über Vaginalsymbole und dergleichen. Ich meine, der Tunnel begann da, wo ich war, und führte in eine andere Richtung weiter. Dann stürzte ihr Tunnel ein. Sylvia saß in der Falle.«

Ich setzte mich auf.

»Was dabei nicht stimmt, ist, dass das gar nicht sein kann«, erkläre ich. »Man bohrt Tunnels nur, um Sprengladungen anzubringen, die den Schiefer lockern. Der eigentliche Abbau wird mit Baggern gemacht. Sylvia hätte nie in eine solche Lage geraten können.«

»Ich glaube nicht, dass es eine Rolle spielt, ob das wirklich hätte geschehen können, Robbie.«

»Mag sein. Jedenfalls lag Sylvia im eingestürzten Tunnel. Ich konnte sehen, wie der Schiefer sich bewegte. Es war nicht wirklich Schiefer. Es war dünnes Zeug, eher wie Papierabfall. Sie hatte eine Schaufel und grub sich aus. Ich dachte, es geht gut. Ich wartete auf sie ... aber sie kam nicht heraus.«

In den Löchern dort, wo die Hitschi versteckt,
dort in den Höhlen der Sterne,
durch die Tunnels gleitend, die wir entdeckt,
heilen die Wunden gerne.
Wir machen den Stich!
Kleiner, verlor'ner Hitschi, wir suchen dich.

Sigfrid liegt in seiner Inkarnation als Teddybär warm und wartend in meinen Armen. Es tut gut, ihn zu spüren. Natürlich ist er nicht richtig da. Er ist eigentlich nirgends, außer vielleicht in den zentralen Datenspeichern in Washington Heights, wo die großen Maschinen stehen.

»Sonst noch etwas, Robbie?«

»Eigentlich nicht. Zumindest gehört es nicht zum Traum. Oder doch ... nun, ich habe ein Gefühl. Es kommt mir vor, als hätte ich Klara einen Fußtritt an den Kopf versetzt, damit sie nicht herauskommt. So, als hätte ich Angst, der Rest des Tunnels könnte auf mich stürzen.«

»Was meinst du mit ›Gefühl‹, Robbie?«

»Was ich gesagt habe. Es gehört nicht zum Traum. Es war nur so, dass ich fühlte ... ich weiß nicht.«

Er wartet, dann versucht er es auf andere Weise.

»Bob. Ist dir klar, dass du eben ›Klara‹ und nicht ›Sylvia‹ gesagt hast?«

»Wirklich? Komisch. Möchte wissen, warum.«

Er wartet, gibt einen kleinen Anstoß.

»Was geschah dann?«

»Dann wachte ich auf. Das war alles. Du langweilst mich, Sigfrid. Wirklich. Ich werde wütend. Woran kann das liegen?«

»Was glaubst du wohl, Rob?«

»Wenn ich es wüsste, brauchte ich dich nicht zu fragen.«

»Sag mir nur, was du fühlst.«

»Schuld«, antworte ich sofort.

»Weshalb?«

»Ich ... ich weiß nicht genau. Hör zu, ich glaube, ich sollte heute früher gehen, Sigfrid.«

»Schuld wofür?«

»Ich erinnere mich nicht genau.«

»Schuld wofür, Rob?«

»Dass ich sie ermordet habe, du Saukerl!«, schreie ich.

»In deinem Traum, meinst du?«

»Nein! Wirklich! Zweimal!«

Ich weiß, dass ich schwer atme und Sigfrids Sensoren das aufzeichnen. Ich bemühe mich um Fassung.

»Ich habe Sylvia nicht wirklich ermordet, meine ich. Aber ich habe es versucht! Ich bin mit dem Messer auf sie losgegangen!«

»In deiner Fallgeschichte steht, du hättest ein Messer in der Hand gehabt, als du mit deiner Freundin einen Streit hattest, ja«, sagt Sigfrid ruhig. »Nichts von ›losgegangen‹.«

»Warum, glaubst du, haben die mich eingesperrt? Es war nur Glück, dass ich ihr nicht die Kehle durchgeschnitten habe.«

»Hast du das Messer überhaupt gegen sie eingesetzt?«

»Eingesetzt? Nein. Ich war zu wütend. Ich warf es auf den Boden, stand auf und schlug zu.«

»Hättest du, wenn du sie wirklich ermorden wolltest, nicht das Messer genommen?«

»A-ach! Wenn du nur dabei gewesen wärst, Sigfrid. Vielleicht hättest du ihnen ausreden können, dass sie mich einsperren.« Ich atme tief ein. »Sigfrid«, sage ich, »für einen Computer bist du ganz nett, und die Sitzungen mit dir machen mir vom Verstand her Spaß. Aber ich weiß nicht, ob wir nicht schon alles ausgeschöpft haben, was wir miteinander erreichen können. Du bringst nur alten, unnötigen Schmerz an die Oberfläche, und ich weiß einfach nicht, warum ich mir das gefallen lasse.«

»Deine Träume sind voll von Schmerz, Bob.«

»Dann lass ihn in meinen Träumen. Ich will nicht mehr den alten Quatsch vom Institut hören. Vielleicht möchte ich mit meiner Mutter schlafen, vielleicht hasse ich meinen Vater, weil er gestorben ist und mich verlassen hat. Na und?«

»Ich weiß, Bob, aber mit diesen Dingen wird man nur fertig, wenn man sie an die Oberfläche bringt.«

»Wozu? Damit es mir wehtut?«

»Damit der innere Schmerz heraufkommt und man mit ihm fertig werden kann.«

»Vielleicht wäre es einfacher, wenn ich mich damit abfände, dass es mir innerlich immer ein wenig wehtut. Ich kompensiere gut, hast du gesagt, nicht? Ich bestreite nicht, dass ich von den Sitzungen hier etwas gehabt habe. Manchmal merke ich das. Aber nicht in letzter Zeit. In letzter Zeit finde ich alles ganz langweilig und unproduktiv. Was würdest du sagen, wenn ich dir erkläre, dass ich aufhören will?«

»Ich würde sagen, dass die Entscheidung bei dir liegt, Bob, wie immer.«

»Nun, vielleicht höre ich wirklich auf.« Der alte Teufel wartet wieder. Er weiß, dass ich das nicht tun werde, und er lässt mir Zeit, das zu begreifen. Dann sagt er: »Bob? Warum hast du gesagt, du hättest sie zweimal ermordet?«

Ich schaue auf die Uhr, bevor ich antworte, dann sage ich: »Das war wohl nur ein Versprecher. Ich muss jetzt wirklich gehen, Sigfrid.«

Ich verzichte auf die Zeit im Erholungsraum, weil es nichts gibt, wovon ich mich eigentlich erholen müsste. Außerdem will ich einfach weg von dort. Er mit seinen blöden Fragen. Er tut so weise und überlegen, aber was weiß schon ein Teddybär?

22

Ich ging an diesem Abend in mein eigenes Zimmer zurück, konnte aber lange nicht einschlafen, und Shicky weckte mich früh, um mir zu erzählen, was geschehen war. Es hatte nur drei Überlebende gegeben, und ihre Grundprämie war bekannt gegeben worden: siebzehn Millionen fünfhundertfünfzigtausend Dollar. Zusätzlich zu den Tantiemen.

Das trieb mir den Schlaf aus den Augen.

»Wofür?«, fragte ich scharf.

»Für dreiundzwanzig Kilogramm Artefakte«, sagte Shicky. »Sie halten sie für einen Reparaturkasten. Möglicherweise für ein Schiff, weil sie es da gefunden haben, in einem Landefahrzeug auf der Oberfläche des Planeten. Aber jedenfalls sind es irgendwelche Werkzeuge.«

Bemerkungen zu Neutronensternen

Dr. Asmenion: Nun haben Sie da einen Stern, der seinen Brennstoff verbraucht hat und in sich zusammenstürzt. Wenn ich sage ›zusammenstürzt‹, meine ich, dass er so zusammengeschrumpft ist, dass das ganze Ding, das vorher vielleicht Masse und Volumen einer Sonne hatte, zu einer Kugel von vielleicht zehn Kilometern Durchmesser zusammengequetscht wird. Das ist Dichte. Wenn Ihre Nase aus Neutronensternmasse wäre, Susie, würde sie mehr wiegen als ganz Gateway.

Frage: Vielleicht sogar mehr als du, Juri?

Dr. Asmenion: Keine Witze im Unterricht. Der Lehrer ist empfindlich. Jedenfalls wären genaue Messungen aus der Nähe eines Neutronensterns sehr viel wert, aber ich rate Ihnen nicht, sie mit dem Landefahrzeug zu beschaffen. Man muss sich in einem voll gepanzerten Fünfer befinden, und selbst dann würde ich nicht näher als auf eine Zehntel AE herangehen. Und Vorsicht. Es sieht so aus, als könnte man näher herangehen, aber die Schwerkraftschere wirkt sich dramatisch aus. Es ist praktisch eine Punktquelle, wissen Sie. Der steilste Schwerkraftgradient, den man sich vorstellen kann – außer man wagt sich, Gott behüte, an ein Schwarzes Loch heran.

»Werkzeuge.« Ich stand auf, wurde Shicky los und ging zur Gemeinschaftsdusche, während ich mir den Kopf zerbrach. Werkzeuge, das konnte alles Mögliche bedeuten. Eine Methode, den Antriebsmechanismus der Hitschi-Schiffe zu öffnen, ohne alles in die Luft zu sprengen. Feststellen, wie der Antrieb funktionierte, und ihn nachbauen. Alles Mögliche, und ganz gewiss dies, dass siebzehn Millionen fünfhundertfünfzigtausend Dollar in bar gezahlt worden waren, nicht gerechnet die Tantiemen, geteilt durch drei.

Und ein Anteil hätte der meine sein können.

Es fällt schwer, sich eine Zahl wie $ 5 850 000 aus dem Kopf zu schlagen (zusätzlich zu den Tantiemen), wenn man sich überlegt, dass man mit ein bisschen mehr Weitsicht bei der Auswahl seiner Freundin das in der Tasche haben könnte. Sagen wir, sechs Millionen Dollar. In meinem Alter und bei meiner Gesundheit hätte ich für weniger als die Hälfte medizinischen Vollschutz kaufen können, also alle Untersuchungen, Therapien, Ersatzgewebe und Organe, die man für den Rest meines Lebens in mich hineinstopfen konnte ... das mindestens fünfzig Jahre länger dauern würde, als ich ohne ihn zu erwarten hatte. Die anderen gut drei Millionen hätten mir zwei Häuser, eine Laufbahn als Vortragsredner (niemand war mehr gefragt als ein erfolgreicher Prospektor), ein ständiges Einkommen durch Werbespots im PV, Frauen, Essen, Autos, Reisen, Frauen, Ruhm, Frauen eingebracht ... und dazu kamen immer noch die Tantiemen, die unermesslich hoch werden konnten, je nachdem, was Forschung und Entwicklung damit anzufangen vermochten. Sheris Fund war genau das, worum es bei Gateway ging: der goldene Topf am Ende des Regenbogens.

Ich brauchte eine Stunde, um ins Hospital zu kommen, drei Tunnelabschnitte und fünf Etagen im Fallschacht weit. Ich kehrte immer wieder um.

Als ich endlich den Neid losgeworden war – oder ihn verdrängt hatte – und den Empfang erreichte, schlief Sheri.

»Sie können hineingehen«, sagte die Stationsschwester.

»Ich möchte sie nicht wecken.«

»Das könnten Sie gar nicht, ohne Gewalt anzuwenden«, sagte sie. »Aber sie darf Besuch empfangen.«

Sie lag in einem Zwölfbettzimmer im untersten von drei Stockbetten. Drei oder vier andere waren noch besetzt, zwei davon hinter Isoliervorhängen, milchigem Kunststoff, durch den man den Patienten nur verschwommen erkennen konnte. Ich wusste nicht, wer die anderen waren. Sheri schlief friedlich, einen Arm unter dem Kopf, das Kinn mit dem Grübchen auf dem Handgelenk. Ihre zwei Begleiter waren im Zimmer; der eine schlief, der andere saß unter einem Holobild des Saturn. Ich wusste nur, dass er Manny hieß. Wir unterhielten uns ein bisschen, und er versprach, Sheri von meinem Besuch zu berichten. Ich ging in die Kantine, um eine Tasse Kaffee zu trinken, und dachte über ihren Flug nach.

Sie waren bei einem winzigen, kalten Planeten weit entfernt von einem orangeroten, fast ausgebrannten K 6-Stern herausgekommen und – Manny zufolge – nicht einmal überzeugt gewesen, ob eine Landung sich lohnte. Die Messungen zeigten Hitschi-Strahlung, aber nicht viel, und das meiste war offenbar unter Kohlendioxyd-Schnee begraben. Manny war in der Umlaufbahn geblieben. Sheri und die drei anderen flogen hinunter, fanden einen Hitschi-Tunnel, öffneten ihn mit großer Mühe und fanden ihn, wie üblich, leer. Dann gingen sie einer anderen Spur nach und fanden das alte Landefahrzeug. Sie hatten es sprengen müssen, um hineinzukommen, und dabei wurden die Raumanzüge von zwei Prospektoren beschädigt – sie waren wohl nicht weit genug von der Explosion entfernt gewesen. Bis sie begriffen, dass sie in Schwierigkeiten waren, war es zu spät. Sie erfroren. Sheri und ihr Begleiter versuchten, sie in ihre eigene Landekapsel zu schaffen, mussten aber dann aufgeben. Der andere Mann war zum Landefahrzeug zurückgekehrt, hatte den Werkzeugkasten gefunden und mitgebracht. Sie waren gestartet und hatten die beiden zu Eis erstarrten Toten zurücklassen müssen. Sie hatten jedoch ihr Limit überschritten und waren körperliche Wracks, als sie an ihrem Schiff andockten. Was danach passiert war,

Bemerkungen über Gebetsfächer

Frage: Sie haben uns nichts über die Hitschi-Gebetsfächer gesagt, und von denen sehen wir mehr als von allem anderem.

Professor Hegramet: Was wollen Sie hören, Susie?

Frage: Na ja, ich weiß, wie sie aussehen. Wie eine zusammengerollte Speiseeistüte aus Kristall. Alle möglichen Kristallfarben. Wenn man eine in die Hand nimmt und mit dem Daumen darauf drückt, öffnet sie sich wie ein Fächer.

Professor Hegramet: Das ist das, was ich auch weiß. Sie sind analysiert worden, wie die Feuerperlen und Blutdiamanten auch. Aber fragen Sie mich nicht, wozu sie dienten. Ich glaube nicht, dass sich die Hitschi damit Luft zugefächelt haben, und ich glaube auch nicht, dass sie gebetet haben; das ist nur der Name, den die Neuigkeitenhändler dafür verwenden. Die Hitschi haben sie überall zurückgelassen, selbst wenn alles andere weggeräumt war. Sie werden wohl einen Grund gehabt haben. Ich habe nicht die geringste Ahnung, was das für ein Grund war, aber falls ich je dahinter komme, sage ich Ihnen Bescheid.

wusste ich nicht genau, aber offenbar hatten sie vom Luftvorrat des Landegeräts so viel verloren, dass sie auf dem Heimweg den Sauerstoff rationieren mussten. Der zweite Mann war schlimmer dran als Sheri. Es bestand die Gefahr einer dauernden Gehirnschädigung, und seine $ 5 850 000 mochten ihm nicht viel nützen. Aber Sheri würde gesund werden, wenn sie ihre Erschöpfung überwunden hatte, hieß es ...

Ich beneidete sie nicht um den Flug, nur um die Prämie.

Ich holte mir eine zweite Tasse Kaffee, als mir plötzlich etwas einfiel. Ich warf alles in ein Müllloch vor der Kantine und ging zum Unterrichtsraum. Dort war niemand. Ich gab den Kode für Informationszugang am P-Phon ein und erhielt die Einstellung für Sheris Flug, dann ging ich zur Übungskapsel hinunter und hatte wieder Glück, weil niemand da war. Ich stellte den Kurssetzer auf die Daten von Sheris Flug ein. Natürlich hatte ich sofort gute Farbe, und als ich die Feineinstellung drückte, leuchtete alles grell rosarot auf, bis auf den Regenbogen an der Seite.

Es war nur eine schwarze Linie im Blau des Spektrums zu sehen.

Nun, so viel zu Metschnikows Therorie über Gefahrenmerkmale, dachte ich. Sie hatten vierzig Prozent der Besatzung verloren, was mir ausreichend gefährlich erschien, aber die wirklich haarigen Flüge zeigten, wie er sagte, sechs oder sieben solcher Bänder.

Und im Gelb?

Laut Metschnikow: Je mehr helle Streifen im Gelb, desto höher der finanzielle Gewinn.

Nur gab es hier überhaupt keine hellen Streifen im Gelb. Es gab zwei dicke, schwarze ›Absorptions‹-Linien. Das war alles.

Ich schaltete ab und lehnte mich zurück. Die großen Hirne hatten also gekreißt und wieder eine Maus geboren: Was sie als Hinweis auf Sicherheit verstanden, bedeutete nicht wirklich, dass man sicher war, und was sie als Aussicht auf gute Ergebnisse auslegten, schien keinen Bezug zu der ersten Expedition seit über einem Jahr zu besitzen, die wirklich erfolgreich gewesen war.

Zurück zum Ausgangspunkt, zurück zur Angst.

In den nächsten beiden Tagen blieb ich ziemlich für mich.

In Gateway soll es an die achthundert Kilometer Tunnels geben. Man möchte das bei einem Durchmesser von zehn Kilometern kaum glauben, aber die Tunnels nehmen nur etwa zwei Prozent der Gesamtmasse ein, der Rest ist festes Gestein. Ich sah viel von diesen achthundert Kilometern.

Ich sonderte mich nicht völlig von menschlicher Gesellschaft ab, ich suchte sie nur nicht. Ab und zu traf ich Klara. Ich wanderte mit Shicky herum, wenn er frei hatte, obschon es beschwerlich für ihn war. Manchmal ging ich allein, manchmal mit Freunden, die ich zufällig traf, manchmal folgte ich einer Touristengruppe. Die Führer kannten mich und hatten nichts dagegen, wenn ich mich anschloss, bis ihnen der Verdacht kam, ich wollte selbst Führer werden.

Sie hatten Recht. Ich dachte daran. Früher oder später musste ich etwas tun. Entweder hinausfliegen oder heimgehen, und wenn ich beide Entscheidungen hinausschieben wollte, würde ich wenigstens versuchen müssen, so viel Geld zu verdienen, dass ich hier bleiben konnte.

Als Sheri aus dem Hospital kam, gab es eine Riesenfeier, Willkommen, Gratulation und Abschied zugleich, weil sie am nächsten Tag zur Erde zurückflog. Sie war wacklig auf den Beinen, aber fröhlich, und obwohl sie nicht tanzen konnte, saß sie eine halbe Stunde mit mir im Korridor und umarmte mich; sie sagte, dass ich ihr fehlen würde. Ich betrank mich. Gute Gelegenheit; der Schnaps kostete nichts. Ich trank so viel, dass ich mich von Sheri gar nicht verabschieden konnte, weil ich mich übergeben musste.

Danach war ich im Kopf klarer. Ich lehnte mich an die Wand, steckte den Kopf in die Ranken und atmete tief ein, bis der Sauerstoff wirkte und ich Francy Hereira neben mir erkannte.

»Hallo, Francy«, sagte ich. »Ich muss mich von Sheri verabschieden.«

»Sie ist schon fort, Bob. Zu müde. Sie haben sie ins Hospital zurückgebracht.«

»Dann verabschiede ich mich nur von Ihnen«, sagte ich, verbeugte mich und wankte davon. Erst später wurde mir bewusst, dass Francy mir folgte und mich stützte, und es dauerte geraume Zeit, bis ich wahrnahm, dass eine zweite Person mich am anderen Arm hielt. Ich schaute hin, es war Klara. Ich kann mich kaum erinnern, wie ich ins Bett kam, und am nächsten Morgen, als ich mit einem grässlichen Kater aufwachte, sah ich Klara mit einiger Verblüffung neben mir liegen. Ich stand möglichst unauffällig auf und ging ins Bad, weil ich noch beträchtlich mehr aus mir herausholen musste. Es dauerte ziemlich lange, und ich duschte mich zum zweiten Mal in vier Tagen; angesichts meiner Finanzen war das unerhört. Als ich ins Zimmer zurückkam, war Klara aufgestanden, hatte Tee geholt, vermutlich von Shicky, und wartete auf mich.

Gesellschaftsbericht: Umlauf 37

74 Fahrzeuge kamen in diesem Zeitraum zurück, mit einer Gesamtbesatzung von 216 Personen. 20 weitere Fahrzeuge gelten als verloren, Gesamtbesatzung 54. Ferner wurden 19 Besatzungsmitglieder getötet, oder sie starben an Verletzungen, obwohl die Schiffe zurückkamen. Drei zurückkehrende Fahrzeuge waren so schwer beschädigt, dass eine Reparatur nicht mehr möglich ist.

Landeberichte: 19. Fünf der erkundeten Planeten besaßen Leben auf mikroskopischer oder höherer Ebene; einer besaß strukturiertes Pflanzen- oder Tierleben, keines davon intelligent.

Artefakte: Zusätzliche Proben üblicher Hitschi-Ausrüstung wurden mitgebracht. Keine Artefakte aus anderen Quellen. Keine bislang unbekannten Hitschi-Objekte.

Proben: Chemisch oder mineralisch, 145. Keine von ausreichendem Wert, die eine Auswertung nahe legen würde. Lebendorganisch, 31. Drei davon als gefährlich beurteilt und im Weltraum beseitigt. Keine von nutzbarem Wert.

Wissenschaftsprämien in dieser Zeit: $ 8 754 500.

Andere Prämien in bar, einschl. Tantiemen: $ 357 856 000.

Prämien und Tantiemen aus neuen Entdeckungen: 0.

Personal ohne Flugeinsatz oder Gateway verlassend: 151.

Verloren insgesamt: 75 (einschließlich 2 bei Landefahrzeug-Übungen.) Medizinisch untauglich am Jahresende: 84. Gesamtverlust: 310.

Neues Personal in diesem Zeitraum: 415. Zum Dienst wieder angetreten: 66. Gesamtsteigerung: 481. Nettozunahme Personal: 171.

»Danke«, sagte ich und meinte es ernst. Ich war völlig dehydriert. Ich brachte zwei Schluck hinunter und legte mich wieder in die Hängematte, war aber inzwischen ziemlich sicher, dass ich überleben würde.

»Wie geht es dir mit deinem Seelenklempner?«, fragte ich, nachdem wir ein kleines Wortgeplänkel hinter uns gebracht hatten.

»Ich glaube, du fühlst dich elend«, sagte Klara. »Ich gehe.«

»Nein, wirklich, ich bin neugierig, was du für Fortschritte machst.«

»Es geht«, erwiderte sie distanziert.

»Hast du deine Vaterfixierung schon überwunden?«

»Bob, bist du schon einmal auf den Gedanken gekommen, dass dir ein bisschen Hilfe auch nützen könnte?«

»Komisch, dass du das sagst. Louise Forehand hat mir neulich etwas Ähnliches vorgeschlagen.«

»Gar nicht komisch. Denk darüber nach. Bis später.«

Als sie fort war, ließ ich den Kopf zurücksinken und schloss die Augen. Zum Seelenklempner! Was sollte das? Ich brauchte nur einen Fund wie den von Sheri ... Und alles, was ich dazu tun musste, war ... war ...

Den Mut aufzubringen, wieder hinauszufliegen.

Aber dergleichen schien bei mir überaus knapp zu sein.

Zwei Tage später, nachdem ich mir im Museum Bilder von Sheris Fund angesehen hatte (zehn kleine Gebetsfächer, dreischneidige Schraubenzieher mit biegsamen Griffen, eine Art Steck-Schraubenschlüssel, aber aus weichem Material; Geräte, die wie Elektrosonden aussahen, und Dinge, wie sie noch keiner gesehen hatte), kam Louise Forehand zu mir ins Zimmer und sagte: »Bob, wissen Sie etwas von einer großen Gefahrenprämie, die es bald geben soll?«

Ich machte ihr Platz.

»Ich? Nein. Wieso denn?«

Ihr blasses Gesicht wirkte noch angespannter als sonst. Ich wusste nicht, warum.

»Ich dachte, Sie hätten etwas gehört, vielleicht von Dane Metschnikow. Es heißt, es steht ein Wissenschaftsflug bevor, der ziemlich haarig sei. Und ich möchte mich melden.«

Ich legte den Arm um sie.

»Was ist los, Louise?«

»Sie haben Willa für tot erklärt.« Sie begann zu weinen.

Ich hielt sie fest und ließ sie sich ausweinen. Ich hätte sie getröstet, wenn ich gewusst hätte, wie, aber was gab es da für einen Trost? Ich stand auf, fand einen Joint, den mir Klara dagelassen hatte, zündete ihn an und gab ihn ihr.

»Sie ist tot, Bob«, sagte sie, nachdem sie den Rauch tief eingesogen hatte.

»Vielleicht kommt sie doch zurück, Louise.«

Sie schüttelte den Kopf.

»Das Schiff ist als verloren gemeldet. Es könnte vielleicht noch zurückkommen, aber Willa wird nicht mehr am Leben sein. Die Rationen wären spätestens vor zwei Wochen zu Ende gegangen.« Sie starrte vor sich hin, dann seufzte sie und sog an der Marihuanazigarette. »Wenn nur Sess hier wäre«, sagte sie und lehnte sich zurück. Wir schwiegen eine Weile, und erst als mein Handgelenk unter ihrem Kopf feucht wurde, merkte ich, dass sie wieder weinte.

»Verzeih, Bob«, sagte sie, als ich sie streichelte. »Wir haben nie Glück gehabt. Manchen Tag kann ich damit leben, manchen Tag nicht.« Sie drehte sich herum und sah mich an. »Bob, weißt du, wie wir hierher gekommen sind?«

»Klar. Sess hat seinen Luftkörper verkauft.«

»Mehr als das. Der Luftkörper brachte knapp über hunderttausend. Das genügte nicht einmal für einen von uns. Wir haben das Geld von Hat bekommen.«

»Von eurem Sohn? Der gestorben ist?«

»Hat hatte einen Gehirntumor«, sagte sie. »Man entdeckte ihn rechtzeitig oder fast rechtzeitig. Er war operabel. Er hätte, ich weiß nicht, noch mindestens zehn Jahre leben können. Er wäre beeinträchtigt gewesen, seine Sprache, seine Muskelsteuerung. Aber er könnte jetzt noch leben. Nur ...« Sie fuhr mit der Hand über das Gesicht. »Er wollte nicht, dass wir das Geld vom Luftkörper für die Operation verwenden. Er hat sich verkauft, Bob. Er verkaufte alles von sich. Er ist – wie sagt man? – von den Ärzten eingeschläfert worden. Teile von ihm müssen in einem Dutzend verschiedener Leute stecken. Sie transplantierten alles und gaben uns das Geld. Fast eine Million Dollar. Das genügte für den Flug hierher, und es blieb noch etwas übrig. Daher stammt unser Geld, Bob.«

»Es tut mir Leid«, sagte ich.

»Warum? Wir haben einfach kein Glück, Bob. Hat ist tot.

Willa ist tot. Weiß Gott, wo mein Mann ist, oder unser letztes Kind. Und ich bin hier, und die Hälfte der Zeit wünsche ich mir zutiefst, dass ich auch tot wäre, Bob.«

Ich ließ sie in meinem Bett schlafen und schlenderte hinunter zum Central Park, wo ich Klara traf. Sie hatte einen neuen Schützling, ein winziges, farbiges Mädchen mit Wuschelhaar. Sie stellte mir die Kleine vor, die Watty hieß.

»Was ist los?«, fragte Klara, als sie mich genauer ansah.

»Willa Forehead ist für tot erklärt worden.«

Klara nickte stumm.

»Louise will sich für einen Start mit Gefahrenzulage melden. Ich glaube, sie möchte, dass ich ... dass wir mitfliegen.«

»So?«

»Wie steht es damit? Hat Dane etwas zu dir gesagt?«

»Nein. Ich habe ihn lange nicht gesehen. Außerdem ist er heute mit einem Einer gestartet.«

»Er hat keine Abschiedsfeier gegeben«, wandte ich ein.

Sie spitzte die Lippen.

»Bob«, sagte sie, »es tut mir Leid, ich war schlechter Laune.«

»Ja, ja.«

Kleinanzeigen

ICH BRAUCHE Ihren Mut, um eine Prämie von einer halben Million anzupeilen. Fragen Sie nicht, befehlen Sie. 87-299.

ÖFFENTLICHE AUKTION nicht zurückgeforderter Besitztümer von Vermissten. Bezirk Charlie Neun, morgen 13.00-17.00.

IHRE SCHULDEN werden bezahlt, wenn Sie Einheit erreichen. Er/Sie ist Hitschi und Er/Sie vergibt. Kirche des Wundersam Gepflegten Motorrads. 88-344.

NUR MONOSEXUELLE für gegenseitige Zuneigung. Keine Berührung. 87-913.

»Wir haben es schwer gehabt, Bob«, meinte sie. »Ich will nicht nörgeln. Ich ... ich habe dir etwas mitgebracht.« Sie schob mir etwas auf den Arm.

Es war eine Flugspange. Hitschi-Metall, überall fünfhundert Dollar wert. Ich hatte sie mir nicht leisten können. Ich starrte sie an und überlegte mir, was ich sagen sollte.

»Bob?«

»Was?«

»Es ist üblich, dass man danke sagt«, meinte sie gereizt.

»Es ist auch üblich, dass man eine Frage ehrlich beantwortet«, sagte ich. »Du bist gestern Nacht mit Dane Metschnikow zusammen gewesen.«

»Du hast mir nachspioniert!«, brauste sie auf.

»Du hast mich angelogen.«

»Bob! Ich bin nicht dein Eigentum! Dane ist ein menschliches Wesen und ein Freund!«

»Freund!«, fauchte ich. Das Letzte, was Metschnikow für irgendjemand sein konnte, war ein Freund.

»Nun gut, vielleicht habe ich ein paarmal mit ihm geschlafen«, zischte Klara. »Das ändert nichts an meinen Gefühlen für dich.«

»Aber an den meinen für dich, Klara.«

Sie starrte mich fassungslos an.

»Du hast den Nerv, das zu sagen? Dabei riechst du selbst nach dem Parfüm einer billigen Hure!«

»Das war nichts Billiges!«, sagte ich. »Ich habe jemanden getröstet!«

Sie lachte bösartig.

»Louise Forehand? Sie ist auf den Strich gegangen, um hier heraufzukommen, weißt du das?«

Die Kleine hatte den Ball in den Händen und starrte uns an. Ich sah, dass wir sie erschreckten.

»Klara«, sagte ich verkniffen, »ich lasse mich von dir nicht zum Narren machen.«

»A-ah«, stieß sie angewidert hervor und wandte sich ab. Ich griff nach ihr, und sie schluchzte und schlug zu, so fest sie konnte. Sie erwischte mich an der Schulter.

Das war ein Fehler.

Bemerkungen über Metallurgie

Frage: Ich habe einen Bericht gesehen, wonach das Hitschi-Metall vom Eichamt analysiert worden ist ...

Professor Hegramet: Nein, das hast du nicht, Tetsu.

Frage: Aber im PV ...

Professor Hegramet: Nein. Du hast einen Bericht gesehen, wonach das Eichamt eine Einschätzung gegeben hat. Keine Analyse. Nur eine Beschreibung: Dehnfestigkeit, Bruchfestigkeit, Schmelzpunkt und dergleichen mehr.

Frage: Ich verstehe den Unterschied nicht recht.

Professor Hegramet: Man weiß jetzt, was es leistet, aber nicht, was es ist. Was ist das Interessanteste am Hitschi-Metall? Sie, Teri?

Frage: Dass es leuchtet?

Professor Hegramet: Es leuchtet, ja. Es sendet Licht aus. So helles Licht, dass wir keine andere Beleuchtung für unsere Zimmer brauchen. Wenn es dunkel sein soll, müssen wir es abdecken. Und es leuchtet so seit mindestens einer halben Million Jahren. Woher kommt die Energie? Das Amt erklärt, es enthalte einige Transuran-Spuren, und sie sorgen für die Strahlung, aber wir wissen es nicht wirklich. Es enthält etwas, das nach einem Kupferisotop aussieht. Nun, Kupfer *hat* keine stabilen Isotope. Bis jetzt jedenfalls nicht. Das Amt sagt also, von welcher exakten Frequenz das blaue Licht ist, und gibt alle physischen Daten bis auf die achte oder neunte Dezimalstelle an, aber der Bericht verrät Ihnen nicht, wie das Metall hergestellt wird.

Das ist immer ein Fehler.

Es kommt nicht darauf an, was vernünftig oder gerechtfertigt ist, nur die Signale sind wichtig. Es war das falsche Signal für mich. Der Grund, warum Wölfe einander nicht ausrotten, ist der, dass der kleinere, schwächere Wolf sich immer unterwirft. Er rollt sich auf den Rücken, entblößt seine Kehle und reckt die Pfoten in die Luft, um zu zeigen, dass er geschlagen ist. Wenn das geschieht, ist der Sieger physisch nicht mehr in der Lage anzugreifen. Wäre es nicht so, gäbe es keine Wölfe mehr. Aus dem gleichen Grund bringen Männer in der Regel keine Frauen um oder schlagen sie nicht tot. Sie können es nicht. So sehr ein Mann auch zuschlagen möchte, sein Inneres wehrt sich dagegen. Aber wenn die Frau den Fehler begeht, ihm das falsche Signal zu geben, indem sie als Erste zuschlägt ...

Ich schlug vier- oder fünfmal zu, so fest ich konnte, auf die Brust, ins Gesicht, in den Bauch. Sie stürzte schluchzend zu Boden. Ich kniete nieder, hob sie mit einer Hand hoch und schlug ihr mit der flachen Hand ganz kaltblütig noch zweimal ins Gesicht. Das geschah alles ganz so, als sei es von Gott vorgeschrieben, völlig unausweichlich, und gleichzeitig konnte ich spüren, dass ich so keuchend atmete, als sei ich im Dauerlauf einen Berg hinaufgerannt. Das Blut dröhnte in meinen Ohren. Alles, was ich sah, war rot.

Endlich hörte ich ein fernes, dünnes Weinen.

Ich sah Watty mich anstarren, den Mund aufgerissen, das schwarze Gesicht tränenüberströmt. Ich wollte auf sie zugehen, um sie zu beruhigen. Sie kreischte und rannte hinter ein Spaliergitter.

Ich drehte mich nach Klara um, die sich aufsetzte, mich nicht ansah, die Hand auf dem Mund. Sie nahm die Hand weg und starrte etwas darin an: einen Zahn.

Ich sagte nichts. Ich wusste nicht, was ich sagen sollte, und nachzudenken wagte ich nicht. Ich drehte mich um und ging.

Was ich in den nächsten Stunden gemacht habe, weiß ich nicht.

Ich schlief nicht, obwohl ich körperlich erschöpft war. Ich saß eine Weile auf meiner Kommode. Dann ging ich. Ich erinnere mich, mit jemandem gesprochen zu haben. Ich glaube, es war ein Tourist vom Venus-Schiff. Und die ganze Zeit über dachte ich: Ich wollte Klara *umbringen*. Ich hatte die ganze angestaute Wut mit mir herumgetragen und mir nicht einmal eingestanden, dass sie da war, bis sie den Abzug betätigt hatte.

Ich wusste nicht, ob sie mir je verzeihen würde. Ich war nicht sicher, ob sie es tun sollte, und war nicht einmal sicher, ob ich es wollte. Ich konnte mir nicht vorstellen, dass wir je wieder ein Liebespaar sein würden. Aber ich war mir endlich sicher, dass ich mich entschuldigen wollte.

Aber sie war nicht in ihren Zimmern. Da war niemand als eine dicke, farbige, junge Frau, die mit traurigem Gesicht Kleidungsstücke sortierte. Als ich nach Klara fragte, begann sie zu weinen.

»Sie ist fort«, schluchzte sie.

»Fort?«

»Ach, sie sah schrecklich aus. Jemand muss sie misshandelt haben. Sie brachte Watty zurück und sagte, sie könne nicht mehr auf sie aufpassen. Sie hat mir ihre ganze Garderobe gegeben, aber ... was mache ich mit Watty, wenn ich arbeite?«

»Fort wohin?«

Sie hob den Kopf.

»Zurück auf die Venus. Mit dem Schiff. Vor einer Stunde ist es abgeflogen.«

Ich sprach sonst mit keinem Menschen. Allein in meinem Bett, schlief ich schließlich ein. Als ich aufstand, räumte ich alles zusammen, was mir gehörte: Kleidung, Holoscheiben, Schachspiel, Armbanduhr, die Hitschi-Spange, die Klara mir gekauft hatte. Ich ging hin und verkaufte alles. Ich räumte mein Konto ab und legte das ganze Geld zusammen: es waren vierzehnhundert Dollar und Kleingeld. Ich ging ins Kasino und setzte beim Roulette alles auf die Zahl 31.

Die große, träge Kugel landete in einem anderen Fach: Grün. Zero.

Ich ging hinunter und schrieb mich für den ersten verfügbaren Einer-Start ein, und vierundzwanzig Stunden später war ich im Weltraum.

23

»Was empfindest du wirklich Dane gegenüber, Bob?«

»Was glaubst du wohl? Er hat mein Mädchen verführt.«

»Das ist eine seltsame altmodische Ausdrucksweise, Bob. Und es ist furchtbar lange her.«

»Gewiss.« Ich finde das unfair von Sigfrid. Er stellt Regeln auf und hält sich dann nicht daran. Ich sage empört: »Lass das, Sigfrid. Alles das ist vor langer Zeit *geschehen*, aber für mich ist es nicht lange her, weil ich es nie an die Oberfläche habe kommen lassen. In meinem Kopf ist es noch ganz neu. Du möchtest doch, dass das alte Zeug herauskommt, damit es austrocknet, verweht wird und mich nicht mehr behindert?«

»Ich möchte trotzdem wissen, warum es in deinem Kopf die ganze Zeit so frisch bleibt, Bob.«

Bemerkungen über Hitschi-Unterkünfte

Frage: Wir wissen nicht einmal, wie ein Hitschi-Tisch oder irgendetwas ganz Gewöhnliches aus dem Haushalt ausgesehen hat?

Professor Hegramet: Wir wissen nicht einmal, wie ein Hitschi-Haus aussieht. Wir haben nie eines gefunden. Nur Tunnels. Sie hatten eine Vorliebe für verzweigte Schächte, von denen Zimmer ausgingen. Sie mochten große, spindelförmige Räume, die sich noch dazu an beiden Enden verjüngten. Einen gibt es hier, zwei auf der Venus, die Überreste eines halb verwitterten auf Peggys Planet.

Frage: Ich weiß, wie hoch die Prämie für das Auffinden von fremdem, intelligentem Leben ist, aber wie hoch ist die Prämie, wenn man einen Hitschi findet?

Professor Hegramet: Finden Sie mal einen, dann können Sie die Höhe selbst bestimmen.

»Wenn du eine Person wärst statt einer Maschine, könntest du das verstehen«, sage ich.

»Mag sein, Bob.«

Um ihn auf die richtige Spur zurückzubringen, sage ich: »Es ist wahr, dass es lange her ist. Ich weiß nicht, was du darüber hinaus verlangst.«

»Ich verlange, dass du einen Widerspruch in deinen Äußerungen beseitigst. Du hast gesagt, es machte dir nichts aus, dass deine Freundin Klara sexuelle Beziehungen zu anderen Männern hatte. Warum dann gerade bei Dane?«

»Dane hat sie nicht ordentlich behandelt!« Bei Gott, das hatte er nicht. Er hatte sie einfach sitzen lassen.

»Liegt es daran, wie er Klara behandelt hat, Bob? Oder ist es etwas zwischen Dane und dir?«

»Nie! Es war nie etwas zwischen Dane und mir!«

»Du hast gesagt, er sei bisexuell gewesen. Was war bei eurem gemeinsamen Flug?«

»Er hatte zwei andere Männer als Gespielen! Nicht mich, Freund, nein, das schwöre ich! Nicht mich. Oh, gewiss, er hat es ein paarmal versucht bei mir, aber ich machte ihm klar, dass das nicht meine Richtung ist.«

»Deine Stimme scheint mehr Zorn zu verraten, als deine Worte rechtfertigen, Bob«, sagt er.

»Hol dich der Teufel, Sigfrid! Du machst mich krank. Gewiss, ich habe ein- oder zweimal zugelassen, dass er den Arm um mich gelegt hat. Weiter bin ich nicht gegangen. Nichts Ernstes. Ich wollte nur, dass die Zeit vergeht. Ich mochte ihn ganz gern. Ein großer, gut aussehender Kerl. Man fühlt sich einsam, wenn ... was ist jetzt schon wieder?«

Sigfrid gibt einen Laut von sich, als räuspere er sich. So unterbricht er mich, ohne zu unterbrechen.

»Was hast du gerade gesagt, Bob?«

»Was? Wann?«

»Als du gesagt hast, es sei nichts Ernstes zwischen euch gewesen.«

»Ich weiß nicht, was ich gesagt habe, Herrgott noch mal. Es war nichts Ernstes. Ich habe mich nur ...«

»Bob, hast du, wenn du masturbiert hast, an Dane gedacht?«

»Es war mir verhasst«, sage ich.

Er wartet.

»Ich habe mich dafür gehasst. Das heißt, nicht eigentlich gehasst. Eher verabscheut. Ich fühlte mich scheußlich.«

Sigfrid wartet eine Weile. Dann sagt er: »Ich glaube, du möchtest wirklich weinen, Bob.«

Er hat Recht, aber ich sage nichts.

»Möchtest du weinen?«, lädt er mich ein.

»Nur zu gerne«, sage ich.

»Warum tust du es dann nicht?«

»Wenn ich es nur könnte«, antworte ich. »Leider weiß ich nicht, wie.«

24

Ich drehte mich um und wollte einschlafen, als mir auffiel, dass die Lichter des Hitschi-Leitsystems sich veränderten. Es war der fünfundfünfzigste Tag meines Fluges, der siebenundzwanzigste seit dem Wendepunkt. Die Farben waren die ganze Zeit rosarot gewesen, nun bildeten sich strahlend weiße Wirbel und verschmolzen miteinander.

Ich kam ans Ziel! Was immer es auch sein mochte, ich kam ans Ziel.

Mein kleines, altes Schiff - der stinkende, enge Sarg, in dem ich fast zwei Monate lang allein herumgekullert war, Selbstgespräche führend, bis ich mich satt bekommen hatte - flog weit unter Lichtgeschwindigkeit. Ich blickte auf den Schirm und sah nichts sehr Aufregendes. Da war ein Stern, ja. Es gab viele Sterne, in unbekannten Konstellationen; ein halbes Dutzend blaue, von hell bis blendend; ein roter, der mehr durch die Farbe als durch die Leuchtkraft auffiel. Eine zornig glühende Kohle, nicht viel heller als der Mars von der Erde aus, aber von dunklerem, hässlicherem Rot.

Ich schaltete den Rundumabtaster ein und schaute hinaus.

Fast augenblicklich erhielt ich ein enormes, helles, nahes Signal.

Fünfundfünfzig Tage Langeweile und Erschöpfung waren wie weggeblasen. Da war entweder etwas sehr Großes oder sehr Nahes. Ich kauerte über dem Schirm, und dann sah ich es: ein kantiges Objekt, das über den Schirm glitt. Leuchtend. Reines Hitschimetall! Es war unregelmäßig, mit langen, schmalen Seiten, und an einer Seite ragten abgerundete Warzen hervor.

FLUGBERICHT

Fahrzeug 3-104, Flug 031D18. Besatzung N. Ahoya, Ts. Zachartschenko, L. Marks.

Transitzeit 119 Tage, 4 Stunden. Position nicht bestimmt. Anscheinend vor galaktischem Sternhaufen in Staubwolke. Identifizierung der äußeren Galaxien zweifelhaft.

Zusammenfassung: ›Wir fanden keine Spur von einem Planeten, Artefakt oder landefähigem Asteroiden im Ortungsbereich. Nächster Stern ca. 1,7 Lj. Mutmaßung, dass zerstört ist, was früher dort war. Lebenssysteme beim Rückflug Teildefekte, Larry Marks gestorben.‹

Das Adrenalin begann zu fließen. Ich beugte mich über das Analysegerät, als das Objekt verschwand. Alle Träume schienen wahr werden zu wollen. Ich stolperte und schürfte mir die Knöchel an der golden glühenden Spirale auf. Ich saugte das Blut ab und begriff, dass das Schiff sich bewegte.

Es hätte sich nicht bewegen dürfen! Darauf war es nicht programmiert. Es sollte in der Umlaufbahn hängen und dort bleiben, bis ich mich umgesehen und meine Entscheidungen getroffen hatte.

Ich schaute mich verwirrt um. Das leuchtende Objekt befand sich genau in der Schirmmitte und blieb dort; die Rundumabtastung hatte aufgehört. Verspätet hörte ich das hohe Schrillen der Landefahrzeugmotoren. An ihnen lag es, dass ich mich bewegte; das Schiff steuerte das Objekt an.

Und über dem Pilotensitz leuchtete ein grünes Licht.

Das durfte nicht sein. Das grüne Licht war auf Gateway von Menschen eingebaut worden. Es hatte mit den Hitschi nichts zu tun, es war ein ganz schlichter Funkschaltkreis, der anzeigte, dass mich jemand rief. Wer? Wer konnte in der Nähe meiner nagelneuen Entdeckung sein?

Ich schaltete das Funkgerät ein und schrie: »Hallo?«

Es kam Antwort. Ich verstand sie nicht; es schien eine fremde Sprache zu sein, vielleicht Chinesisch. Aber menschlich war sie.

»Sprecht Englisch!«, brüllte ich. »Wer, zum Teufel, seid ihr?«

Pause. Dann eine andere Stimme.

»Wer sind *Sie?*«

»Mein Name ist Bob Broadhead«, fauchte ich.

»Broadhead?« Verwirrtes Stimmengemurmel. Dann wieder die englischsprechende Stimme: »Wir wissen nichts von einem Prospektor namens Broadhead. Sind Sie von Aphrodite?«

»Was ist Aphrodite?«

»O Gott! Wer *sind* Sie? Hören Sie, hier ist die Leitstelle von Gateway II, und wir haben keine Zeit für Faxen. Identifizieren Sie sich!«

Gateway II!

Ich schaltete das Funkgerät ab, legte mich zurück und sah das Objekt näher kommen. Auf das grüne Licht achtete ich nicht mehr. Gateway II? Wie lächerlich! Wenn ich nach Gateway II gewollt hätte, wäre ich einfach mitgeflogen und hätte mich damit abgefunden, für alle Entdeckungen Tantiemen abzuführen. Ich wäre als Tourist geflogen, auf einem hundertmal erprobten Kurs. Das hatte ich nicht getan. Ich hatte eine Einstellung gewählt, die noch keiner versucht hatte, und meine Risiken akzeptiert. Und fünfundfünfzig Tage lang war ich voller Angst gewesen.

Es war einfach nicht fair!

Ich verlor den Kopf, stürzte mich auf den Hitschi-Kurssetzer und drehte verbissen an den Rädern.

Es war ein Scheitern, das ich nicht hinnehmen konnte. Ich war darauf gefasst gewesen, nichts zu finden. Ich war nicht darauf gefasst, etwas ganz Leichtes getan zu haben, ohne jede Aussicht auf Gewinn.

Aber was ich hervorbrachte, war ein noch größerer Misserfolg. Der Kurssetzer blitzte gelblich auf, dann wurden alle Lichter schwarz.

Das Kreischen der Motoren verstummte.

Das Gefühl der Bewegung war verschwunden. Das Schiff war tot.

Nichts rührte sich. Nichts funktionierte im Hitschi-Komplex, nicht einmal die Kühlanlage.

Bis Gateway II ein Schiff hinausschickte, um mich hereinzuholen, befand ich mich im Hitzedelirium, bei einer Kabinentemperatur von 75 Grad Celsius.

Gateway war heiß und muffig. Gateway II war so kalt, dass ich Jacke, Handschuhe und dicke Unterwäsche ausleihen musste. Gateway stank nach Schweiß und Abwässern. Gateway II roch nach rostigem Stahl. Auf Gateway II gab es fast keinen Laut und nur sieben Menschen, mich nicht mitgezählt, die einen Laut hervorbringen konnten. Der Luftdruck lag unter 150 Millibar, der Rest der Atmosphäre bestand aus Stickstoff-Helium, sodass ich die erste Zeit japste.

Der Mann, der mir aus der Landekapsel half und mich gegen die plötzliche Kälte einmummte, war ein dunkelhäutiger, riesengroßer Mars-Japaner namens Norio Ituno. Er legte mich in sein Bett, flößte mir Flüssigkeit ein und ließ mich eine Stunde liegen. Als ich aufwachte, saß er da und betrachtete mich halb belustigt, halb bewundernd. Die Bewunderung galt einem Mann, der ein 500-Millionen-Dollar-Schiff demoliert hatte; die Belustigung der Tatsache, dass ich so blöd gewesen war, das zu tun.

»Ich bin wohl in Schwierigkeiten«, sagte ich.

»Das würde ich auch meinen, ja. Das Schiff ist völlig tot. So etwas ist noch nie vorgekommen.«

»Ich wusste gar nicht, dass ein Hitschi-Schiff völlig lahm gelegt werden kann.«

»Sie haben etwas Originelles gemacht, Broadhead. Können Sie sich ein paar Stunden allein zurechtfinden? Ich habe zu tun, aber dann gibt es eine Party.«

»Party!« Daran hatte ich zuletzt gedacht. »Wofür?«

»Jemanden wie Sie lernen wir nicht jeden Tag kennen, Broadhead«, sagte er bewundernd und ließ mich allein.

Ich zog mich nach einer Weile an und machte einen Rundgang. Als ich endlich eine Toilette fand, zerbrach ich

Liebe Stimme von Gateway,

bist du eine vernünftige und aufgeschlossene Person? Dann beweise es, indem du den Brief bis zu Ende liest, bevor du darüber entscheidest, was er enthält. Auf Gateway gibt es dreizehn bewohnte Etagen. In jeder der dreizehn (zählen Sie sie selbst) Unterkunftshallen gibt es dreizehn Wohnungen. Glauben Sie, dass dies nur alberner Aberglaube ist? Dann schauen Sie sich die Indizien an! Die Starts 83-20, 84-1 und 84-10 (wie viel ergibt die Addition der Ziffern?) sind alle in der Liste 86-13 als überfällig erklärt worden! Gateway-Gesellschaft, wach auf! Lasst die Skeptiker und Fanatiker spotten. Menschenleben hängen von Ihrer Bereitschaft ab, sich ein wenig verhöhnen zu lassen. Es würde nichts kosten, die Gefahrenzahlen aus allen Programmen zu streichen – außer Mut!

M. Gloyner, 88-331

mir zehn Minuten lang den Kopf und hätte sie dann schuldbewusst schmutzig hinterlassen, wenn ich vor der Zelle kein Geräusch gehört hätte. Eine dicke, kleine Frau stand da und wartete.

»Ich weiß nicht, wie man sie spült«, entschuldigte ich mich.

Sie sah mich von oben bis unten an.

»Sie sind Broadhead«, sagte sie. »Warum gehen Sie nicht nach Aphrodite?«

»Was ist Aphrodite – nein, warten Sie! Wie spült man das Ding da? Dann ...«

Sie deutete auf einen Knopf an der Türkante, den ich für einen Lichtschalter gehalten hatte. Als ich ihn berührte, leuchtete der Boden der Schüssel auf, und nach zehn Sekunden war da nur Asche, dann gar nichts mehr.

»Warten Sie auf mich!«, befahl sie und verschwand in der Zelle. Als sie herauskam, sagte sie: »Aphrodite ist da, wo das Geld ist, Broadhead. Sie werden es brauchen.«

Sie zerrte mich mit. Aphrodite war ein Planet, wie ich zu begreifen begann. Ein neuer, den ein Schiff von Gateway II erst vor vierzig Tagen gefunden hatte, und ein großer dazu.

»Sie müssten natürlich Tantiemen abführen«, sagte sie. »Und bis jetzt hat man nichts Großes gefunden, nur das übliche Hitschi-Gerümpel. Aber es gibt tausende von Quadratmeilen zu erforschen, und es wird Monate dauern, bis die ersten Prospektoren von Gateway kommen. Wir haben erst vor vierzig Tagen Bescheid gegeben. Haben Sie Erfahrung mit heißen Planeten?«

»Heißen Planeten?«

»Ich meine, ob Sie je einen Planeten erforscht haben, der heiß ist?«

»Nein. Ich habe überhaupt keine Erfahrung. Ein Flug. Leer. Bin nicht einmal gelandet.«

»Schade. Aber viel zu lernen gibt es nicht. Kennen Sie die Venus? Aphrodite ist nur ein bisschen schlimmer. Der Primärkörper ist ein Fackelstern, und im Freien dürfen Sie sich nicht erwischen lassen. Aber die Hitschi-Anlagen sind alle unter dem Boden. Wenn Sie eine finden, haben Sie's geschafft.«

> Wir schnuppern nach euch im Gras von Orion,
> wir graben nach euch mit den Hunden von Procyon,
> aus Baltimore, Buffalo, Bonn und Benares
> suchen wir euch bei Algol, Arcturus, Antares.
> Wir finden euch mit der Zeit.
> Kleine, verlor'ne Hitschi, seid bereit!

»Wie groß sind die Aussichten?«, fragte ich.

»Tja, vielleicht nicht so besonders. Bei der Suche nach Schätzen ist man ja im Freien. Auf der Venus benutzt man gepanzerte Luftkörper und kann sich ohne Probleme bewegen. Na, vielleicht nicht ganz ohne Probleme. Aber man verliert nur noch wenig Prospektoren. Vielleicht ein Prozent.«

»Und wie viel Prozent auf Aphrodite?«

»Mehr, ja, gewiss mehr. Sie müssen das Landefahrzeug verwenden, und das ist auf der Oberfläche eines Planeten nicht sehr beweglich. Vor allem auf einem Planeten mit einer Oberfläche wie geschmolzener Schwefel und mit Orkanwinden ... wenn sie mild sind.«

»Klingt charmant. Warum fliegen Sie nicht?«

»Ich bin Beipilotin. In zehn Tagen fliege ich nach Gateway zurück, sobald Fracht da ist oder jemand zurückwill.«

»Ich will zurück.«

»Ach, Broadhead! Wissen Sie nicht, in welcher Patsche Sie stecken? Sie haben gegen die Vorschriften verstoßen, als Sie an der Hitschi-Konsole herumgepfuscht haben. Da gibt es keinen Pardon.«

Ich dachte gründlich nach, dann sagte ich: »Danke, aber ich glaube, das Risiko nehme ich auf mich.«

»Begreifen Sie denn nicht? Auf Aphrodite gibt es garantiert Hitschi-Objekte. Sie könnten hundert andere Flüge machen, ohne so etwas zu finden.«

»Schätzchen«, sagte ich, »ich könnte keine hundert Flüge machen, nicht jetzt und nicht später. Ich weiß nicht, ob ich auch nur einen machen kann. Ich *glaube*, ich habe den Mumm, nach Gateway zurückzufliegen. Mehr weiß ich nicht.«

Ich war insgesamt dreizehn Tage auf Gateway II. Am zwölften Tag kamen zwei Fünfer von Gateway, voll glücklicher, eifriger Prospektoren, alle mit der falschen Ausrüstung, weil die Nachrichten über Aphrodite Gateway noch nicht erreicht hatten. Es gab eine hübsche Abschiedsparty, und ich ging beinahe ungern weg. Ituno bot mir Reiswhisky an und empfahl mir noch einmal, mit gepanzerten Schiffen einen Flug nach Aphrodite zu versuchen.

»Nein«, antwortete ich.

»Banzai«, sagte er und trank. »Hören Sie, kennen Sie den alten Bakin?«

»Shicky? Klar. Mein Nachbar.«

»Grüßen Sie ihn von mir. Er ist ein feiner Kerl, aber Sie erinnern mich an ihn. Ich war dabei, als er seine Beine verlor; er wurde im Landefahrzeug eingeklemmt, als wir es absprengen mussten. Bis wir ihn nach Gateway brachten, war

Kleinanzeigen

BREITBLÄTTRIGER TABAK, Schattenwuchs, handgerollt. $ 2 pro Stück. 87-307

DERZEITIGER AUFENTHALT Agosto T. Agnelli. Mitteilung an Sicherheitsabteilung der Gesellschaft für Interpol. Belohnung.

KURZGESCHICHTEN, GEDICHTE werden veröffentlicht. Erinnerungen für Ihre Kinder. Erstaunlich geringe Kosten. Verlagsvertr. 87-349.

IRGENDJEMAND aus Pittsburgh oder Paducah? Habe Heimweh. 88-226.

er ganz aufgedunsen und stank grässlich; wir hatten die Beine nach zwei Tagen amputieren müssen. Meine Arbeit.«

»Er ist wirklich prima«, sagte ich nachdenklich und hielt ihm mein Glas hin. »He, was heißt, ich erinnere Sie an ihn?«

»Kann sich nicht entschließen, Broadhead. Er hat so viel Geld, dass er medizinischen Vollschutz erwerben könnte, und er kann sich nicht entschließen, es auszugeben. Wenn er es ausgibt, kann er seine Beine wieder haben und noch einmal hinausfliegen. Aber wenn er nichts findet, ist er bankrott. Dann bleibt er ein Krüppel.«

Ich stellte das Glas weg. Ich wollte nichts mehr trinken.

»Bis dann, Ituno«, sagte ich. »Ich gehe ins Bett.«

Auf dem Heimflug schrieb ich Briefe an Klara, von denen ich nicht wusste, ob ich sie je abschicken würde. Sonst gab es nicht viel zu tun. Hester Bergowiz, die Beipilotin, erwies sich als erstaunlich sexhungrig, aber das unterhält auch nur für eine gewisse Zeit, und da so viel Fracht ins Schiff gestopft worden war, blieb kaum Platz für etwas anderes. Die Tage waren alle gleich: Sex, Briefe schreiben, schlafen ... und sich Gedanken machen.

Gedanken darüber, warum Shicky Bakin ein Krüppel bleiben wollte, was so viel hieß, wie sich Gedanken darüber machen, warum ich etwas Ähnliches wollte.

25

»Du siehst müde aus, Bob«, sagt Sigfrid.

Nun, das war verständlich genug. Ich war übers Wochenende auf Hawaii gewesen. Von meinem Geld steckte dort etwas im Tourismus, also konnte ich alles von der Steuer absetzen. Aber wenn man zurückkommt, gerät die innere Uhr durcheinander, und ich war erschöpft.

»Ich bin wirklich müde, Sigfrid«, sage ich, »aber wozu das Geplänkel? Komm lieber gleich auf meinen Ödipuskomplex.«

»Hast du einen gehabt, Bobby?«

»Hat den nicht jeder?«

»Willst du darüber sprechen, Bobby?«

»Nicht unbedingt.«

Wir warten. Sigfrid hat wieder einmal die Einrichtung verändert. Der Raum sieht jetzt aus wie das Zimmer eines Jungen vor vierzig Jahren. Ping-Pong-Schläger, gekreuzt, als Hologramm an der Wand. Ein imitiertes Fenster mit imitierter Aussicht auf die Rocky-Mountains von Montana im Schneesturm. Alles sehr gemütlich, aber keine Ähnlichkeit mit meinem Zimmer damals.

»Weißt du, worüber du sprechen willst, Rob?«, fragt Sigfrid.

»Gewiss.« Dann überlege ich. »Das heißt, nein. Ich bin mir nicht sicher.« Dabei weiß ich es doch. Auf dem Rückflug habe ich fast ununterbrochen geweint, außer, wenn mich die hübsche Stewardess ansah.

»Möchtest du einfach sagen, was du in diesem Augenblick empfindest, Bob?«

»Das würde ich sofort tun, wenn ich wüsste, was ich empfinde, Sigfrid.«

»Weißt du es wirklich nicht? Kannst du dich wirklich nicht erinnern, woran du eben gedacht hast, als du still warst?«

»Doch!« Ich zögere, dann sage ich: »Ach, ich habe wohl nur auf einen Anstoß gewartet, Sigfrid. Ich hatte neulich eine Einsicht, und die hat wehgetan. Du glaubst nicht, wie weh. Ich habe geweint wie ein kleines Kind.«

»Was war das für eine Einsicht, Bob?«

»Es ... nun, es hing teilweise mit meiner Mutter zusammen. Aber auch mit Dane Metschnikow. Ich hatte diese ... diese ...«

»Ich glaube, du willst sagen, dass du die Phantasievorstellungen über einen Geschlechtsverkehr mit Dane meinst, nicht?«

»Ja. Du kannst dich gut erinnern. Als ich weinte, ging es um meine Mutter. Zum Teil ...« Ich verstumme.

»Vielleicht kann ich dir helfen, Bob«, sagt er. »Was hat das Weinen um deine Mutter mit den Sexualphantasien zu tun, in denen Dane vorkommt?«

Ich spüre, dass in mir etwas geschieht. Es ist, als brodle das weiche, feuchte Innere meines Brustraums in meine Kehle hinauf. Ich weiß, dass meine Stimme schwankend und verloren klingen wird, wenn ich mich nicht beherrsche. Ich gebe mir Mühe und sage sachlich: »Meine Mutter hat mich geliebt, Sigfrid. Das wusste ich. Sie hatte keine andere Wahl. Und Freud hat einmal gesagt, kein Junge, der sich sicher ist, der Liebling seiner Mutter gewesen zu sein, wird je neurotisch. Nur ...«

»Bitte, Robbie, das ist nicht ganz richtig, und außerdem spielst du den Intellektuellen. Du weißt, dass du diese Vorreden alle gar nicht brauchst. Du hältst mich hin, nicht wahr?«

»Nun gut«, sage ich nachgiebig. »Aber ich wusste wirklich, dass meine Mutter mich liebte. Sie konnte nicht anders. Ich war ihr einziger Sohn. Mein Vater war tot – räuspere dich nicht, Sigfrid, ich komme schon darauf. Es war eine logische Notwendigkeit, dass sie mich liebte, und so begriff ich es auch, ohne jeden Zweifel in mir, aber sie hat es nie gesagt. Nicht ein einziges Mal.«

»Du meinst, sie hat in deinem ganzen Leben nie zu dir gesagt: ›Ich liebe dich, mein Sohn‹?«

»Nein!«, schreie ich. Dann fasse ich mich wieder: »Oder nicht direkt, nein. Einmal, als ich ungefähr achtzehn war

FLUGBERICHT

Fahrzeug P3-77, Flug 036D51. Besatzung T. Parreno, N. Ahoya, E. Nimkin.

Transitzeit 5 Tage, 14 Stunden. Position Nähe Alpha Centauri A.

Zusammenfassung: ›Der Planet war sehr erdähnlich, mit starker Vegetation. Die Farbe der Vegetation war vorherrschend gelb. Die Atmosphäre entsprach dem Hitschi-Gemisch ziemlich genau. Es ist ein warmer Planet ohne Polar-Eiskappen und einer Temperaturskala ähnlich den Tropen im Äquatorbereich der Erde, während die gemäßigten Zonen sich fast bis zu den Polen erstrecken. Wir haben kein tierisches Leben oder Spuren davon (Methan etc.) gefunden. Ein Teil der Vegetation bewegt sich mit sehr geringer Geschwindigkeit, indem sie Teile rankenartiger Ausläufer aus dem Boden zieht, sie ausstreckt und wieder einwurzelt. Die Höchstgeschwindigkeit, die gemessen wurde, betrug etwa 2 Kilometer in der Stunde. Keine Artefakte. Parreno und Nimkin landeten und kehrten mit Vegetationsproben zurück, starben jedoch an einer toxikodendronartigen Reaktion. An ihren Körpern bildeten sich große Blasen. Dann bekamen sie Schmerzen, litten unter Juckreiz und Erstickungsanfällen, vermutlich infolge Flüssigkeitsansammlung in der Lunge. Ich brachte sie nicht an Bord des Schiffes. Ich habe das Landefahrzeug nicht geöffnet oder ans Schiff angedockt. Ich habe persönliche Botschaften für beide aufgezeichnet, dann das Landefahrzeug abgesprengt und bin mit dem Schiff zurückgekommen.‹

Bewertung durch die Gesellschaft: Keine Anklage gegen N. Ahoya.

und im Nebenzimmer schlief, hörte ich sie zu einer Freundin sagen, ich sei ein prima Junge. Sie war stolz auf mich. Ich weiß nicht mehr, was ich gemacht hatte, aber in diesem Augenblick war sie stolz auf mich und liebte mich und sagte das auch ... Aber nicht zu mir.« Ich greife nach einer Zigarette. »Schau, Sigfrid, so war es. Ich liebte meine Mutter sehr, und ich weiß – wusste! –, dass sie mich liebte. Aber sie konnte es nicht gut zeigen.« Ich habe eine Zigarette in der Hand und drehe sie hin und her, ohne sie anzuzünden. »Sie hat es mir nicht gesagt. Nicht nur das. Es ist komisch, Sigfrid, aber ich kann mich auch nicht erinnern, dass sie mich je berührt hätte. Ich meine, nicht richtig. Manchmal gab sie mir einen Gutenachtkuss. Auf den Scheitel. Und sie erzählte mir Geschichten. Und sie war immer da für mich. Aber ... sie berührte mich kaum. Nur in einer Beziehung. Sie war sehr gut zu mir, wenn ich krank war. Ich war oft krank. Alle Leute rund um die Gruben hatten laufende Nasen, Hautinfektionen ... du weißt schon. Sie gab mir alles, was ich brauchte. Sie war da, machte ihre Arbeit und kümmerte sich um mich, ich weiß nicht, wie. Und wenn ich krank war, hat sie ...«

Nach einer Pause sagt Sigfrid: »Weiter, Robbie. Sag es.« Ich versuche es, aber es geht nicht.

»Sag es, so schnell du kannst«, setzt er hinzu. »Heraus damit. Denk nicht daran, ob ich es verstehe oder ob es einen Sinn ergibt. Nur heraus damit.«

»Nun, sie maß meine Temperatur«, sage ich. »Du verstehst? Sie schob mir ein Thermometer hinein. Und sie hielt mich ... wie lange war das? Drei Minuten lang. Dann zog sie das Thermometer heraus und las es ab.«

Ich bin den Tränen nahe, aber zuerst will ich dieser Sache nachgehen. Ich beherrsche mich und sage: »Siehst du, wie es ist, Sigfrid? Es ist komisch. Mein ganzes Leben lang – wie viele Jahre sind seither vergangen, vierzig? Und ich habe immer noch diese irre Vorstellung, dass Geliebtwerden damit zu tun hat, dass mir jemand etwas in den Hintern schiebt.«

26

Auf Gateway hatte es während meiner Abwesenheit viele Veränderungen gegeben. Die Kopfsteuer war erhöht worden. Die Gesellschaft wollte Anhängsel wie Shicky und mich loswerden; schlechte Nachrichten: Meine Vorauszahlung würde keine zwei oder drei Wochen reichen, sondern nur zehn Tage. Man hatte ein paar Super-Eierköpfe von der Erde heraufgebracht, Astronomen, Xenotechniker, Mathematiker, sogar den alten Professor Hegramet.

Was sich nicht geändert hatte, war der Bewertungsausschuss, und ich saß vor ihm auf dem Schleudersitz und wand mich, während meine alte Freundin Emma mir erklärte, was für ein Narr ich sei. Eigentlich erklärte das nur Mr. Hsien, aber Emma übersetzte, und es machte ihr Spaß.

»Mr. Hsien glaubt, dass Sie eine sehr unverantwortliche Person sind«, sagte Emma nach langem Hin und Her. »Sie haben einen unersetzlichen Ausrüstungsgegenstand demoliert. Er war nicht Ihr Eigentum. Er gehörte der ganzen Menschheit.« Mr. Hsien fügte noch ein paar Sätze hinzu, und sie dolmetschte: »Wir können über Ihre endgültige Haftbarkeit nicht entscheiden, bis wir weitere Informationen über den Zustand des beschädigten Schiffes haben. Mr. Ituno wird es genau untersuchen. Zwei Xenotechniker sind inzwischen wohl schon auf Gateway II, und deren Untersuchungsergebnisse werden wir vermutlich mit dem nächsten Beipiloten erhalten. Dann melden wir uns wieder.« Sie verstummte und sah mich an, und ich hielt den Rapport für beendet, verbeugte mich und ging zur Tür. Als ich dort angekommen war, sagte sie: »Noch etwas. Mr. Ituno

FLUGBERICHT

Fahrzeug 1-103, Flug 022D18. Besatzung G. Herron.

Transitzeit hinaus 107 Tage, 5 Stunden. Hinweis: Transitzeit Rückkehr 103 Tage, 15 Stunden.

Auszug aus Logbuch: ›Nach 84 Tagen, 6 Stunden begann das Q-Instrument zu leuchten, und die Kontrollleuchten flackerten wild durcheinander. Gleichzeitig spürte ich eine Veränderung der Schubrichtung. Ungefähr eine Stunde lang gab es fortlaufend Veränderungen, dann erlosch das Q-Licht, und alles kehrte in den Normalzustand zurück.‹

Vermutung: Kursveränderung, um einer vorübergehenden Gefahr auszuweichen, vielleicht einem Stern oder einem anderen Himmelskörper? Empfehlen Computersuche in Logbüchern nach vergleichbaren Vorkommnissen.

teilt mit, dass Sie auf Gateway II Raumanzüge transportiert und hergestellt haben. Er hält eine Zahlung von, Augenblick, 2500 Dollar an Sie für angemessen. Und Ihre Beipilotin Hester Bergowiz hat die Zahlung von einem Prozent ihrer Prämie für Dienste während des Fluges zugesagt. Ihr Konto ist entsprechend aufgestockt worden.«

»Ich hatte keinen Vertrag mit ihr«, antwortete ich erstaunt.

»Nein. Aber sie meint, Sie hätten einen Anteil verdient. Einen kleinen, gewiss. Insgesamt kommt das auf zweitausendfünfhundert plus fünftausendfünfhundert Dollar – achttausend Dollar, die Ihnen gutgeschrieben worden sind.«

Achttausend Dollar! Ich ging zu einem Fallschacht, fuhr mit dem Aufwärtskabel hinauf und überlegte. Es war nicht genug, um wirklich von Bedeutung zu sein, keinesfalls genug für mich, um Schadenersatz leisten zu können, aber immerhin waren es achttausend Dollar mehr, als ich vorher gehabt hatte.

Ich feierte mit einem Drink in der ›Blauen Hölle‹. Dabei dachte ich über meine Möglichkeiten nach. Je mehr ich aber darüber nachdachte, desto geringer wurden sie.

Am besten verjubelte ich das Geld. Wenn man mich für schadenersatzpflichtig erklärte, war alles futsch, und ich würde auf der Stelle hinausgeworfen werden.

Wenn zufällig ein Schiff zur Erde da war, konnte ich an Bord gehen, um dann in Wyoming zu landen und wieder in den Gruben zu arbeiten. Wenn kein Schiff da war, saß ich in der Tinte.

Die Aussichten waren nicht sehr gut.

Am besten handelte ich wohl, bevor der Ausschuss es tat, und es gab zwei Möglichkeiten.

Ich konnte mit dem nächsten Schiff zur Erde zurückkehren und wieder in den Gruben arbeiten, ohne die Entscheidung des Ausschusses abzuwarten. Oder ich ...

Oder ich konnte wieder hinausfliegen.

Wunderschön, diese Auswahl. Entweder die Aussicht auf ein anständiges Leben für immer aufgeben ... oder vor Angst halb wahnsinnig werden.

Bemerkungen über Schwarze Löcher

Dr. Asmenion: Wenn Sie nun einen Stern haben, der größer ist als drei Solarmassen, und er stürzt zusammen, verwandelt er sich nicht einfach in einen Neutronenstern. Er macht so weiter. Er wird so *dicht,* dass die Fluchtgeschwindigkeit dreißig Millionen Zentimeter in der Sekunde überschreitet … nämlich …?

Frage: Äh. Die Lichtgeschwindigkeit?

Dr. Asmenion: Richtig, Galina. Das Licht kann also nicht hinausdringen. Der Stern ist schwarz. Deshalb wird er Schwarzes Loch genannt – aber wenn man nah genug herankommt, in die Ergosphäre, wie man das nennt, ist es nicht schwarz. Wahrscheinlich könnte man etwas sehen.

Frage: Wie sähe das aus?

Dr. Asmenion: Da bin ich völlig überfragt, Jer. Wenn jemals einer das erlebt, wird er, falls er kann, zurückkommen und es uns sagen. Aber wahrscheinlich kann er nicht. Man *könnte* vielleicht so nah herankommen, messen, zurückkehren – und kassieren, ich weiß nicht, na, auf jeden Fall eine Million. Wenn man in das Landefahrzeug steigen und die Hauptmasse des Schiffes rückwärts wegstoßen kann, um sie zu verlangsamen, könnte man sich genug zusätzliche Beschleunigung verschaffen, um zu entkommen. Aber nur schwer. Vielleicht, wenn alles genau passt. Aber wohin dann? Mit einem Landefahrzeug kann man nicht heimfliegen. Und anders herum geht es nicht, ein Landefahrzeug besitzt nicht genug Masse … Ich sehe, dass Bob nicht begeistert ist, also reden wir von Planetentypen und Staubwolken.

Ich erkundigte mich bei Shicky Bakin, ob er etwas von Klara gehört habe. Das war nicht der Fall.

»Fliegen Sie wieder hinaus, Bob«, drängte er mich, nachdem wir uns lange unterhalten hatten. »Das ist die einzige Möglichkeit.«

»Ja, ja.« Ich wollte nicht streiten; er hatte eindeutig Recht. Vielleicht würde ich es tun … »Ich bin ungern ein Feigling, Shicky«, sagte ich, »aber es lässt sich nicht ändern. Ich weiß einfach nicht, wie ich mich dazu überwinden soll, noch einmal in ein Schiff zu steigen. Ich habe nicht den Mut, mich hundert Tage lang der Angst vor dem Tod auszusetzen.«

Er lachte leise und hüpfte von der Kommode, um mir die Schulter zu tätscheln.

»So viel Mut brauchen Sie gar nicht«, sagte er und flatterte auf die Kommode zurück. »Sie brauchen Mut nur für einen Tag: um in das Schiff zu steigen und loszufliegen. Dann brauchen Sie keinen Mut mehr, weil Sie keine Wahl mehr haben.«

»Vielleicht rede ich noch einmal mit Dane.«

»Er ist unterwegs«, antwortete Shicky erstaunt.

»Seit wann?«

»Ungefähr zu der Zeit, als Sie gestartet sind.«

»Möchte wissen, ob er etwas gefunden hat.«

Shicky flatterte zum Piezophon und gab eine Anfrage ein. Auf dem Schirm tauchte die Liste auf.

»Start 88-173«, las er ab. »Prämie $ 150 000. Gar nicht so viel, wie?«

»Ich dachte, er will etwas Größeres.«

»Tja, das hat er nicht bekommen«, meinte Shicky. »Hier steht, dass er gestern Abend zurückgekommen ist.«

Ich las die Briefe durch, die ich an Klara geschrieben hatte, dann zerriss ich sie. Stattdessen schrieb ich eine schlichte, kurze Mitteilung, in der ich mich entschuldigte und ihr sagte, dass ich sie liebte. Ich ging hinunter, um die Nach-

Kleinanzeigen

GIBT ES KEINE Englisch sprechenden Nichtraucher auf Gateway, um unsere Besatzung zu ergänzen? Vielleicht wollen Sie Ihr Leben (und unsere Lebenserhaltungsreserven!) verkürzen, aber wir beide nicht. 88-775.

WIR VERLANGEN Prospektor-Vertretung im Aufsichtsrat der Gateway-Gesellschaft! Massenkundgebung morgen 13.00 Etage Babe. Jedermann willkommen!

WÄHLEN SIE IHREN START aus Ihren Träumen. Erprobtes Verfahren. Broschüre 32 Seiten, $ 10. Beratung, $ 25. 88-139.

richt zur Venus funken zu lassen. Aber Klara war nicht dort. Es stellte sich heraus, dass sie auf ein anderes Schiff umgestiegen sein musste, das sich mit ihrem Schiff getroffen hatte. Ich bekam aber auch von dort keine Antwort.

Ich lebte von einem Tag zum anderen, und jeder war voll. Ich probierte alles: Verstärkungsgruppe, Gruppenumarmung, Abreaktion von Liebe und Feindseligkeit. Donnerstags kamen Francy Hereira und seine Kusine Susie, mit der ich eine sexuelle Beziehung begonnen hatte, und wir aßen in der ›Blauen Hölle‹. Am Donnerstagabend fanden auch die Astrophysik-Vorträge statt, und wir hörten vom Russell-Hertzsprung-Diagramm, von roten Riesen und Zwergsternen, von Neutronensternen und Schwarzen Löchern. Der Professor war ein alter, dicker Schürzenjäger aus irgendeinem Provinz-College bei Smolensk, aber trotz der schmutzigen Witze war Poesie und Schönheit in dem, was er vortrug.

Nach einem dieser Vorträge verabschiedete ich mich von Susie und Francy, setzte mich in eine Nische, halb verborgen vom Rankenwerk, und rauchte bedrückt einen Joint. Shicky entdeckte mich dort und hielt vor mir an, auf seine Flügel gestützt.

»Ich habe Sie gesucht, Bob«, sagte er und verstummte.

Der Joint begann eben zu wirken.

»Interessanter Vortrag«, sagte ich zerstreut.

»Das Interessanteste haben Sie verpasst.«

Mir fiel auf, dass er gleichzeitig angst- und hoffnungsvoll wirkte. Irgendetwas beschäftigte ihn. Ich bot ihm den Joint an, aber er schüttelte den Kopf.

»Bob, ich glaube, dass etwas Lohnendes bevorsteht«, sagte er.

»Wirklich?«

»Ja, wirklich, Bob. Etwas sehr Gutes. Und zwar bald.« Er flatterte näher heran und hielt sich am Efeu fest. »Bob, hilfst du mir, wenn ich für dich etwas herausfinde?«

»Wie meinst du das?«

»Nimm mich mit!«, rief er. »Ich kann alles, nur nicht ins Landefahrzeug gehen. Und bei diesem Flug spielt das keine

> Liebster Vater, Mutter, Marisa
> und Pico-João,
>
> bitte sagt Susies Vater, dass es ihr sehr gut geht und sie von ihren Offizieren sehr geschätzt wird. Ihr könnt selbst entscheiden, ob ihr ihm sagen wollt, dass sie oft mit meinem Freund Rob Broadhead zusammen ist. Er ist ein guter und ernsthafter Mensch, aber kein glücklicher. Susie hat um Urlaub gebeten, um hinauszufliegen zu einer Expedition, und wenn der Kapitän zustimmt, will sie mit Broadhead fliegen. Wir sprechen alle davon, dass wir fliegen wollen, aber wie ihr wisst, tun wir es nicht alle, sodass man sich vielleicht keine Sorgen zu machen braucht.
>
> Ich muss schließen; es ist fast Andockzeit, und ich habe 48 Stunden Urlaub auf Gateway.
>
> Alles Liebe
> Francescito

so große Rolle, glaube ich. Jeder bekommt eine Prämie, selbst derjenige, welcher in der Umlaufbahn bleiben muss.«

»Wovon redest du?« Der Joint wirkte jetzt voll; ich spürte die Wärme hinter den Knien und die sanfte Verschwommenheit ringsum.

»Metschnikow hat mit dem Professor gesprochen«, sagte Shicky. »Ich glaube, er weiß von einer neuen Mission. Aber sie haben russisch miteinander gesprochen. Es ist der Start, auf den er gewartet hat.«

»Ich glaube nicht, dass er mich an einer wirklich guten Sache beteiligt ...«

»Bestimmt nicht, wenn Sie nicht fragen.«

»Ach, verdammt«, sagte ich. »Meinetwegen. Ich rede mit ihm.«

Shicky strahlte.

»Und dann, Bob, bitte ... nehmen Sie mich mit!«

Ich drückte den halb gerauchten Joint aus; den Rest von meinem Verstand würde ich brauchen.

»Ich werde tun, was ich kann«, erwiderte ich und ging zurück zum Vortragsraum, gerade als Metschnikow herauskam.

Wir hatten seit seiner Rückkehr noch nicht miteinander gesprochen.

»Hallo, Broadhead«, sagte er argwöhnisch. Ich vergeudete keine Zeit.

»Ich höre, Sie haben etwas Gutes in Aussicht. Kann ich mitkommen?«

Er wich nicht lange aus.

»Nein.« Er sah mich mit unverhohlener Abneigung an. Einerseits hatte ich nichts anderes von ihm erwartet, andererseits lag es gewiss daran, dass er das von mir und Klara erfahren hatte.

»Sie fliegen hinaus«, sagte ich. »Was ist es, ein Einer?«

Er strich sich den Bart.

»Nein«, entgegnete er widerstrebend. »Kein Einer. Zwei Fünfer.«

»*Zwei* Fünfer?«

Er starrte mich argwöhnisch an, dann grinste er beinahe, und das gefiel mir nicht.

»Also gut«, sagte er. »Wenn Sie mitwollen, in Ordnung, was mich angeht. Doch es hängt nicht von mir ab. Sie müssen Emma fragen; morgen früh gibt es eine Einsatzbesprechung. Aber sie lässt Sie vielleicht mitfliegen. Es ist eine wissenschaftliche Expedition, mit einer Prämie von mindestens einer Million. Und Sie sind beteiligt.«

»Beteiligt? Wie das?«

»Fragen Sie Emma«, sagte er und ging.

Im Besprechungsraum waren ungefähr zehn, zwölf Prospektoren versammelt, von denen ich die meisten kannte: Sess Forehand, Shicky, Metschnikow, ein paar andere. Emma war noch nicht da, und ich fing sie ab, als sie hereinkam.

»Ich möchte mit«, sagte ich.

»Wirklich?«, erwiderte sie verblüfft. »Ich dachte ...«

»Ich habe das gleiche Recht wie Metschnikow!«

»Aber nicht annähernd die Bilanz wie er, Bob.« Sie sah mich prüfend an. »Ich will Ihnen sagen, wie es ist, Broadhead. Es ist eine Sondermission, und Sie sind zum Teil dafür verantwortlich. Ihr Debakel hat sich als interessant erwiesen. Blindes Glück ist eben fast so viel wert wie Verstand.«

»Sie haben den Bericht von Gateway II bekommen?«, fragte ich.

Sie schüttelte den Kopf.

»Noch nicht, aber darauf kommt es nicht an. Wir haben Ihren Flug vom Computer analysieren lassen, und er hat interessante Beziehungen entdeckt. Kommen Sie mit hinein und hören Sie erst einmal zu, dann sehen wir weiter.«

Ich setzte mich zwischen Sess und Shicky und wartete.

»Die meisten von Ihnen sind auf Einladung hier«, begann Emma vor der versammelten Mannschaft. »Mit einigen Ausnahmen, darunter unser Freund Mr. Broadhead. Eigentlich sollten wir ihn für seine Freveltat steinigen, aber zufällig hat er ein paar interessante Dinge aufgedeckt. Seine Kursfarben waren nicht die üblichen für Gateway II, und der Computer kam beim Vergleich auf eine ganz neue Vorstellung, was die Kurssetzung angeht. Anscheinend sind nur fünf Einstellungen für das Ziel von Bedeutung. Was die anderen bedeuten, wissen wir nicht, aber wir werden dahinter kommen.« Sie lehnte sich zurück. »Der Flug dient mehreren Zwecken. Wir machen etwas Neues. Zunächst einmal schicken wir zwei Schiffe zum selben Ziel.«

»Wo ist der Sinn?«, fragte Sess Forehand.

»Zum Teil der sicherzugehen, *dass* es dasselbe Ziel ist. Wir verändern die nichtkritischen Einstellungen geringfügig ... die, die wir für nichtkritisch *halten*. Und die Schiffe werden im Abstand von dreißig Sekunden gestartet. Wenn wir wissen, was wir tun, heißt das, dass sie so weit voneinander entfernt sein werden, wie Gateway in dreißig Sekunden fliegt.«

»Relativ wozu?«, fragte Sess Forehand stirnrunzelnd.

»Gute Frage.« Emma nickte. »Relativ zur Sonne, glauben wir. Die Stellarbewegung relativ zur Galaxis darf vernachlässigt werden – glauben wir. Unterstellt jedenfalls, dass das Ziel sich innerhalb der Galaxis befindet, und nicht so weit entfernt, dass die galaktische Bewegung einen deutlich veränderten Vektor aufweist. Wir rechnen nur mit geringen Unterschieden, und Sie sollten beim Austritt nur zwischen zwei und zweihundert Kilometer voneinander entfernt sein.

Das ist natürlich nur Theorie«, meinte sie mit einem fröhlichen Lächeln. »Sie brauchen auf jeden Fall nur ungefähr fünfzehn Meter Abstand – den Längsdurchmesser eines Fünfers.«

»Klingt gefährlich«, meinte Sess. Er schien trotzdem nicht abgeneigt zu sein.

Bemerkungen über Signaturen

Dr. Asmenion: Wenn Sie auf einem Planeten nach Anzeichen für Leben suchen, erwarten Sie kein großes Neon-Schild mit der Aufschrift »Hier leben Aliens«. Sie halten Ausschau nach Signaturen. Eine »Signatur« zeigt Ihnen: Hier gibt es etwas oder jemanden. Wie die Unterschrift auf einem Scheck. Wenn ich sie sehe, weiß ich, Sie wollen, dass dieser Betrag ausbezahlt wird. – Sie natürlich nicht, Bob.

Frage: Gott hasst alle Klugscheißer-Lehrer.

Dr. Asmenion: Benehmen Sie sich, Bob. Methan ist eine typische Signatur. Es zeigt zum Beispiel das Vorhandensein von warmblütigen Säugetieren.

Frage: Ich dachte, Methan entsteht, wenn Pflanzen verrotten oder so?

Dr. Asmenion: Ja, natürlich. Aber meistens stammt es aus dem Gedärm großer Wiederkäuer. Der größte Teil des Methans in der Atmosphäre der Erde sind Kuhfurze.

»Das?« Emma schien überrascht. »Zum Gefährlichen komme ich jetzt: Das Ziel ist für alle Einer, die meisten Dreier und einige Fünfer nicht akzeptabel.«

»Wieso?«, fragte jemand.

»Um das festzustellen, fliegen Sie hin«, antwortete sie geduldig. »Es ist die Einstellung, die der Computer als die beste für die Prüfung der Beziehungen zwischen Kurssetzungen ausgesucht hat. Sie haben gepanzerte Fünfer, und beide akzeptieren den Kurs. Damit haben Sie, was die Hitschi-Konstrukteure als eine gute Aussicht unterstellt haben, nicht?«

»Das ist lange her«, wandte ich ein.

»Gewiss. Es ist gefährlich – bis zu einem gewissen Grad. Dafür gibt es die Million.« Sie wartete, bis jemand fragte: »Welche Million?«

»Die Prämie von einer Million Dollar, die jeder von euch bekommt, wenn ihr wieder bei uns auftaucht. Man hat zehn Millionen Dollar aus dem Gesellschaftsvermögen dafür ausgesetzt. Es könnte natürlich auch noch mehr werden als eine Million pro Mann. Wenn ihr etwas Lohnendes findet, gelten die üblichen Bedingungen. Und der Computer hält die Aussichten für gut.«

»Warum ist das zehn Millionen wert?«, fragte ich.

»Die Entscheidungen treffe nicht ich«, sagte sie geduldig. Dann sah sie mir ins Gesicht. »Und übrigens, Broadhead, wir schreiben den Schaden an Ihrem Schiff ab. Was Sie bekommen, dürfen Sie also behalten. Eine Million? Ganz hübscher Spargroschen. Sie können heimfliegen, sich ein kleines Geschäft kaufen, den Rest Ihrer Jahre davon leben.«

Wir sahen einander an, und Emma saß nur da, lächelte und wartete. Ich weiß nicht, woran die anderen dachten. Ich erinnerte mich an Gateway II und den ersten Flug, auf der Suche nach etwas, das nicht da war.

»Der Start ist übermorgen«, sagte sie schließlich. »Wer unterschreiben will, kommt, bitte, in mein Büro.«

Ich wurde genommen, Shicky nicht.

Aber ganz so einfach war das nicht; nie ist es das. Derjenige, welcher dafür sorgte, dass Shicky nicht mitflog, war ich. Das erste Schiff war schnell voll: Sess Forehand, zwei Mädchen aus Sierra Leone, ein französisches Paar. Für das zweite Schiff meldete sich Metschnikow sofort als Crewchef an; ein Homopaar, Danny A. und Danny R. war seine erste Wahl. Dann erklärte er sich widerstrebend mit mir einverstanden. Also blieb noch ein freier Platz.

»Wir können Ihren Freund Bakin nehmen«, sagte Emma. »Oder lieber Susanna Hereira vom brasilianischen Kreuzer? Sie hat Urlaub bekommen.«

»Susie? Ich wusste nicht, dass sie sich gemeldet hat.«

Emma blickte auf ihre Lochkarte.

»Sie ist voll qualifiziert«, sagte sie. »Außerdem hat sie alle ihre Teile. Ich meine ihre Beine, auch wenn Sie an anderen Teilen ebenfalls interessiert sind. Oder wollen Sie für diesen Flug Homo werden?«

Ich wurde von einer unerklärlichen Wut gepackt. Ich bin sexuell kein verklemmter Mensch; der Gedanke an körperlichen Kontakt mit einem Mann war nicht an sich erschreckend. Aber ... mit Dane Metschnikow oder einem seiner Liebhaber?

»Hereira kann morgen hier sein«, sagte Emma.

»Wieso fragen Sie mich?«, fauchte ich. »Metschnikow ist Crewchef.«

»Er möchte es Ihnen überlassen, Broadhead. Wer nun?«

»Ist mir scheißegal!«, brüllte ich und ging. Aber einer Entscheidung kann man nicht ausweichen. Nicht zu entscheiden, hieß, dass Shicky nicht genommen wurde. Hätte ich mich für ihn eingesetzt, wäre er mitgeflogen; so akzeptierte man Susie.

Am nächsten Tag ging ich Shicky aus dem Weg. Ich fand in der ›Blauen Hölle‹ eine Neue und verbrachte die Nacht in ihrem Zimmer. Ich holte nicht einmal meine Sachen; ich warf alles weg und kaufte mir neue. Bis spät in den Abend hinein lief ich durch die verlassenen Tunnels.

Dann ging ich ein Risiko ein und besuchte unsere Abschiedsfeier. Shicky würde wohl da sein, aber zusammen mit vielen anderen.

Er war da. Und Louise Forehand auch, diesmal als Mittelpunkt. Ich hatte nicht einmal gewusst, dass sie zurück war.

Sie sah mich und winkte mir.

»Ich bin reich, Bob. Trinken Sie aus ... ich bezahle.«

Ich ließ mir ein Glas und einen Joint geben, und bevor ich anfing, fragte ich sie, was sie gefunden hatte.

Liebe Stimme von Gateway,

vorigen Monat habe ich £ 85,80 von meinem schwer verdienten Geld dafür ausgegeben, meine Frau und meinen Sohn zu einem ›Vortrag‹ eines Ihrer zurückgekehrten ›Helden‹ auszuführen, der Liverpool die zweifelhafte Ehre eines Besuches erwiesen hat (wofür er natürlich von meinesgleichen gut bezahlt worden ist). Es machte mir nichts aus, dass er kein sehr guter Redner war. Was mich die Wand hinauftrieb, war das, was er sagte. Er sagte, wir armen Erdwürmer hätten einfach keine Ahnung, wie schwer das Leben für euch edle Abenteurer sei.

Na, Freund, heute Morgen habe ich jeden Penny von meinem Sparkonto abgehoben, damit meine Frau sich die Lunge flicken lassen kann (die gute alte Melanomasbestose CV/E, wissen Sie). In einer Woche ist das Schulgeld für den Jungen fällig, und ich habe keine Ahnung, wo das Geld dafür herkommen soll. Und nachdem ich heute Morgen von 8 his 12 an den Docks auf eine Gelegenheit gewartet habe, Fracht zu schleppen (es gab keine), erklärte mir der Vorarbeiter, ich sei überflüssig, was bedeutet, dass ich morgen nicht einmal zu erscheinen brauche, um zu warten. Hat vielleicht irgendeiner von euch Helden Lust, sich billig Ersatzteile zu beschaffen? Die meinen sind verkäuflich – Nieren, Leber, alles. In gutem Zustand, oder so gut, wie neunzehn Jahre an den Docks sie hinterlassen haben, bis auf die Tränendrüsen, die vor Weinen über die Probleme von euch Kerlen ganz abgenützt sind.

H. Delacross
Wohnung B 17, 41. Stock
Merseyside L 77 PR 14JE6

»Waffen, Bob. Großartige Hitschi-Waffen, zu hunderten. Sess meint, es gibt mindestens fünf Millionen dafür. *Und* Tantiemen ... wenn jemand die Waffen nachbauen kann.«

»Was für Waffen?« Ich stieß den Rauch aus und trank.

»Wie die Tunnelbohrer, nur tragbar. Sie durchbohren alles. Wir haben bei der Landung Sara allaFanta verloren; ihr Anzug wurde von so einem Ding durchlöchert. Aber Tim und ich bekommen ihren Anteil, das sind pro Nase zweieinhalb Millionen.«

»Gratuliere«, sagte ich. »Ich hätte gedacht, das Letzte, was die Menschheit braucht, sind neue Methoden, sich gegenseitig umzubringen, aber ... herzlichen Glückwunsch.« Ich brauchte einen Anflug moralischer Überlegenheit, denn als ich mich umdrehte, schwebte Shicky vor mir und beobachtete mich.

»Wollen sie?«, sagte ich und hielt ihm das Gras hin.

Er schüttelte den Kopf.

»Shicky, es hing nicht von mir ab. Ich habe gesagt ... ich habe nicht gesagt, man soll Sie nicht nehmen.«

»Haben Sie gesagt, sie sollen es tun?«

»Es hing nicht von mir ab. He, hören Sie!«, sagte ich plötzlich. »Jetzt, nach Louises Erfolg, wird Sess gar nicht fliegen wollen. Warum übernehmen Sie nicht seinen Platz?«

Er wich zurück und beobachtete mich; nur sein Ausdruck hatte sich verändert.

»Sie wissen es nicht?«, sagte er. »Richtig, Sess ist ausgestiegen, aber er hat schon Ersatz gefunden.«

»Wen?«

»Die Person direkt hinter Ihnen«, sagte Shicky, und ich drehte mich um, und da war sie, sah mich an, ein Glas in der Hand und einen Ausdruck im Gesicht, den ich nicht ergründen konnte.

»Hallo, Bob«, sagte Klara.

Ich hatte mich in der Kantine mit ein paar Gläsern auf die Party vorbereitet; ich war zu neunzig Prozent betrunken und zu zehn Prozent high, aber das flutschte alles hinaus, als ich sie ansah. Ich stellte das Glas weg, gab irgendjemandem den Joint, nahm sie beim Arm und zog sie hinaus in den Tunnel.

»Klara«, sagte ich. »Hast du meine Briefe bekommen?«

Sie sah mich verwirrt an.

»Briefe?« Sie schüttelte den Kopf. »Du hast sie wohl zur Venus geschickt? Ich bin gar nicht dort gewesen. Wir trafen uns mit dem Ekliptikflug, und ich stieg um und kam zurück.«

»Oh, Klara.«

»Oh, Bob«, äffte sie mich grinsend nach; das war nicht sehr spaßig, denn wenn sie lächelte, konnte ich sehen, welchen Zahn ich ihr ausgeschlagen hatte. »Was haben wir einander sonst zu sagen?«

Ich legte die Arme um sie.

»Ich kann sagen, dass ich dich liebe und es mir Leid tut, und ich will es wieder gutmachen, ich möchte heiraten und mit dir zusammenleben und Kinder haben und ...«

»Mensch, Bob«, sagte sie und schob mich weg, aber sanft, »wenn du etwas sagst, dann gleich eine ganze Menge, wie? Aber das hat alles Zeit.«

»Aber es sind *Monate* gewesen!«

Sie lachte.

»Ganz im Ernst, Bob. Das ist ein schlechter Tag für Schützen, sich zu entscheiden, vor allem in der Liebe. Wir reden ein andermal darüber.«

FLUGBERICHT

Fahrzeug 3-184, Flug 019D140. Besatzung S. Kotsis, A. McCarthy, K. Metsuoko.

Transitzeit hinaus 615 Tage, 9 Stunden. Kein Bericht der Besatzung vom Ziel. Abtasterergebnisse für Ortsbestimmung unzureichend. Keine erkennbaren Merkmale.

Keine Zusammenfassung

Auszug aus Logbuch: ›Das ist der 281. Tag des Hinflugs. Metsuoko verlor die Auslosung und beging Selbstmord. Alicia brachte sich vierzig Tage später freiwillig um. Wir haben den Wendepunkt noch nicht erreicht, sodass alles umsonst war. Die restlichen Rationen reichen nicht für mich, selbst wenn man Alicia und Kenny einbezieht, die intakt im Gefrierschrank liegen. Ich stelle deshalb alles auf Vollautomatik und nehme die Pillen. Wir haben alle Briefe hinterlassen. Bitte, an die Adressen weiterleiten, wenn dieses gottverdammte Schiff jemals zurückkommt.‹

Die Flugleitung gab eine Stellungnahme ab, wonach ein Fünfer mit doppelten Rationen und Einpersonen-Besatzung fähig sein könnte, diese Mission zu Ende zu führen und lebend zurückzukehren. Vorschlag wegen geringer Dringlichkeit zu den Akten gelegt: kein erkennbarer Vorteil durch Wiederholung dieser Mission.

»Dieser Quatsch! Ich glaube kein Wort davon!«

»Aber ich, Bob.«

Ich hatte eine Eingebung.

»He! Ich wette, ich kann im ersten Schiff mit jemandem tauschen! Oder, warte mal, vielleicht tauscht Susie einfach mit dir ...«

Sie schüttelte lächelnd den Kopf.

»Ich glaube nicht, dass Susie das möchte. Es hat schon Ärger genug gegeben, weil Sess mit mir getauscht hat. In der letzten Minute stellt man keinesfalls mehr um.«

»Das ist mir egal, Klara!«

»Bob«, sagte sie, »dräng mich nicht. Ich habe viel nachgedacht über uns beide. Ich glaube, wir haben etwas, wofür ein Einsatz sich lohnen könnte. Doch ich kann nicht behaupten, dass mir schon alles klar wäre, und ich will nichts überstürzen.«

»Aber, Klara ...«

»Belass es dabei, Bob. Ich fliege im ersten Schiff, du im zweiten. Dort können wir uns unterhalten. Vielleicht sogar für den Rückflug tauschen. Aber inzwischen haben wir Gelegenheit, in Ruhe über das nachzudenken, was wir wirklich wollen.« Sie küsste mich und schob mich weg. »Bob«, sagte sie, »nicht so eilig. Wir haben Zeit genug.«

27

»Sag mal, Sigfrid«, frage ich, »wie nervös bin ich?«

Er trägt diesmal sein Sigmund-Freud-Hologramm, durchdringender Wiener Blick, keine Spur von gemütlich. Aber seine Stimme ist der alte, sanfte Bariton: »Wenn du fragst, was meine Sensoren zeigen, Bob, du bist ziemlich erregt, ja.«

»Das dachte ich mir«, antworte ich und werfe mich auf der Matte herum.

»Kannst du mir sagen, weshalb?«

»Nein!« Die ganze Woche war so, herrlicher Sex mit

Doreen und S. Ya. und unter der Dusche eine Tränenflut; enormes Geschick beim Bridgeturnier und völlige Verzweiflung auf dem Heimweg. Ich komme mir vor wie ein Jo-Jo. »Ich komme mir vor wie ein Jo-Jo!«, brülle ich. »Du hast etwas aufgerissen, mit dem ich nicht fertig werde!«

»Ich glaube, du unterschätzt deine Fähigkeiten.«

»Was weißt du schon davon, was Menschen können?«

Er seufzt beinahe. »Sind wir schon wieder dabei, Bob? Gewiss, ich bin eine Maschine, aber dazu erfunden zu begreifen, wie die Menschen sind; und ich erfülle meine Funktion gut, Bob.«

»Aber du bist kein Mensch! Du fühlst nicht! Du hast keine Ahnung, was es heißt, als Mensch Entscheidungen zu treffen und die Last menschlicher Gefühle zu tragen. Du weißt nicht, was es heißt, einen Freund fesseln zu müssen, damit er keinen Mord begeht. Zu erleben, wie jemand stirbt, den man liebt. Zu wissen, dass es deine Schuld ist. Vor Angst den Verstand zu verlieren.«

»Ich kenne diese Dinge, Bob, wirklich«, sagt er leise. »Ich möchte erkunden, warum du so durcheinander bist, aber ich brauche deine Hilfe.«

»Hör auf!« Ich weiß, dass ich ihn von dort wegdrängen muss, wo es wehtut. Ich habe S. Ya.'s kleine Formel bislang nicht mehr verwendet, aber jetzt tue ich es und verwandle ihn vom Tiger in ein Kätzchen. Der Rest der Sitzung wird als Peep-Show verlaufen, und ich bin noch einmal intakt davongekommen.

Oder beinahe.

28

Wir sangen und jubelten die ganzen neunzehn Tage nach dem Wendepunkt. Ich glaube nicht, dass ich mich in meinem ganzen Leben schon einmal so wohl gefühlt habe. Zum Teil war es die Erlösung von der Angst; nach dem Wendepunkt atmeten wir auf, wie immer. Aber der erste Teil des

Kleinanzeigen

INTERESSEN SPINETT, Go, Gruppensex. Suche vier gleichgesinnte Prospektoren für Teamarbeit. Gerriman, 78-109.

TUNNELVERKAUF. Muss Holoscheiben, Kleidung, Sexhilfen, Bücher, alles verkaufen. Etage Babe, Tunnel Zwölf, De Vittorio, 11.00 Uhr, bis alles verkauft ist.

ZEHNTER Mann benötigt zum Minjan für Abram R. Sortschuk; für tot erklärt, ebenso neunter, achter und siebter Mann. Bitte. 87-103.

Fluges war auch ziemlich strapaziös gewesen; Metschnikow und seine zwei Freunde lagen ständig in Streit, und Susie Hereira war an Bord viel weniger an mir interessiert als auf Gateway. Aber für mich lag es vor allem daran, dass ich Klara immer näher kam. Danny A. half mir beim Ausrechnen, und ich glaubte ihm, dass wir insgesamt an die dreihundert Lichtjahre zurücklegten. Das erste Schiff, in dem Klara sich befand, war dreißig Sekunden vor uns gestartet und war uns bis zum Wendepunkt immer weiter vorausgeeilt. Es war reine Arithmetik: ungefähr ein Lichttag. 3×10^{10} Zentimeter pro Sekunde mal 60 Sekunden mal 60 Minuten mal 24 Stunden ... beim Wendepunkt war Klara gute siebzehneinhalb Milliarden Kilometer vor uns. Das schien sehr weit zu sein und war es auch, aber nach dem Wendepunkt rückten wir dem ersten Schiff immer näher, und ich konnte beinahe spüren, dass wir aufholten. Manchmal bildete ich mir ein, ihr Parfüm riechen zu können.

Als ich so etwas zu Danny A. sagte, sah er mich seltsam an.

»Weißt du, wie viel siebzehneinhalb Milliarden Kilometer sind? Du könntest das ganze Sonnensystem hineinpacken. So ungefähr; die große Halbachse der Plutobahn macht 39 AE und ein paar Zerquetschte aus.«

Ich lachte verlegen.

»War nur so ein Einfall.«

»Schlaf lieber und träum davon.« Er wusste, wie ich zu Klara stand; das ganze Schiff wusste es, sogar Metschnikow, sogar Susie; und vielleicht war das auch Einbildung – ich glaubte, dass sie uns alle Gutes wünschten. Wenn wir jeder eine Million bekamen, würden Klara und ich herrlich auskommen können; wenn auch nicht medizinischer Vollschutz, so doch Großschutz, Reisen, Kinder! Ein hübsches Haus, irgendwo, vielleicht sogar auf der Venus ...

»Du solltest wirklich schlafen«, sagte Danny A. »Ständig wirfst du dich herum!«

Aber ich konnte nicht schlafen, ich hatte Hunger. Ich stieg hinaus aus dem Landefahrzeug, wo Susie und die beiden Dannys schliefen, und entdeckte, warum ich Hunger hatte. Dane Metschnikow kochte sich Stew.

»Reicht es für zwei?«

Er sah mich nachdenklich an.

»Denke schon. In zehn Minuten ist es so weit. Ich wollte erst was trinken.«

Wir ließen die Weinflasche hin- und hergehen, und während er den Eintopf würzte, nahm ich die Sternmessungen vor. Man sah keine bekannte Konstellation, aber ich fühlte mich beinahe heimisch. Ich hatte Dane noch nie so entspannt und heiter gesehen.

»Ich habe nachgedacht«, sagte er. »Eine Million reicht. Ich gehe zurück nach Syracuse, mache meinen Doktor und nehme eine Stellung an. Irgendwo wird es eine Schule geben, wo man einen Dichter oder einen Englischlehrer gebrauchen kann, der sieben Expeditionen hinter sich hat.«

»Dichter?«, fragte ich verblüfft.

Er grinste.

»Hast du das nicht gewusst? So bin ich nach Gateway gekommen. Die Guggenheim-Stiftung hat den Flug bezahlt.« Er nahm den Topf vom Kocher, verteilte den Eintopf auf zwei Schüsseln, und wir aßen.

Das war der Mann, der die beiden Dannys vor zwei Tagen eine volle Stunde lang wie ein Berserker angebrüllt hatte, während Susie und ich zornig und isoliert im Lande-

Bemerkungen zur Piezoelektrizität

Professor Hegramet: Das eine, was wir über Blutdiamanten herausgefunden haben, ist, dass sie einmalig piezoelektrisch sind. Weiß jemand, was das bedeutet?

Frage: Sie dehnen sich aus und ziehen sich zusammen, wenn Strom hindurchgeleitet wird?

Professor Hegramet: Richtig. Und umgekehrt. Wenn man sie zusammendrückt, erzeugen sie elektrischen Strom. Sehr schnell, wenn man will. Das ist die Grundlage für Piezophon und Piezovision. Eine 50-Milliarden-Dollar-Industrie.

Frage: Wer bekommt die Tantiemen bei diesem Riesengeschäft?

Professor Hegramet: Ich habe mir schon gedacht, dass das jemand fragen wird. Niemand. Blutdiamanten sind vor vielen Jahren in den Hitschi-Tunnels auf der Venus gefunden worden, lange vor Gateway. Die Bell-Labors sind darauf gekommen, wie man sie verwendet. Tatsächlich benützt man heute etwas, das ein wenig anders ist, einen synthetischen Stoff, den man entwickelt hat. Die Kommunikationssysteme sind erstklassig, und Bell braucht dafür niemandem etwas zu bezahlen.

Frage: Haben die Hitschi sie für die gleichen Zwecke verwendet?

Professor Hegramet: Meine persönliche Meinung ist die, dass sie es getan haben, aber ich weiß nicht, wie. Man möchte meinen, wenn sie die liegen lassen, blieben auch die Sende- und Empfangsgeräte zurück, aber wenn sie da sind, weiß ich nicht, wo.

fahrzeug gelegen und zugehört hatten. Das lag alles am Wendepunkt. Wir hatten es geschafft; der Treibstoff würde uns nicht ausgehen, und wir brauchten uns keine Sorgen um einen Fund zu machen, weil unsere Prämie garantiert war. Ich fragte ihn nach seinen Werken. Er wollte nichts vortragen, versprach aber, mir auf Gateway etwas davon zu zeigen.

Nach dem Essen und Aufräumen schaute Dane auf die Uhr.

»Zu früh, um die anderen zu wecken«, sagte er, »und zu früh, um überhaupt nichts zu tun.« Er sah mich lächelnd an. Es war ein richtiges Lächeln, kein Grinsen, und ich schob mich zu ihm hinüber und saß im warmen, willkommenen Kreis seiner Arme.

Die neunzehn Tage vergingen wie eine Stunde, dann sagte uns die Uhr, dass wir fast angekommen sein mussten. Wir waren alle wach und drängten uns in die Kapsel, wie Kinder vor dem Weihnachtsfest. Es war der glücklichste Flug, den *ich* mitgemacht hatte, und wahrscheinlich einer der glücklichsten überhaupt.

»Wisst ihr«, sagte Danny R. nachdenklich, »es tut mir fast Leid, dass wir ankommen.« Und Susie, die gerade anfing, unser Englisch zu verstehen, sagte: *»Sim, ja sei«*, und dann: »Mir *auch!*« Sie drückte meine Hand, und ich drückte zurück, aber ich dachte an Klara. Wir hatten es ein paarmal mit dem Funkgerät versucht, doch es hatte in den Hitschi-Wurmlöchern durch den Raum nicht funktioniert. Aber wenn wir heraustraten, würde ich mit ihr reden können! Es machte mir nichts aus, dass die anderen zuhören konnten. Ich wusste sogar, was sie antworten würde. In ihrem Schiff herrschte gewiss keine geringere Euphorie als bei uns, und bei so viel Freude war die Antwort nicht zweifelhaft.

»Wir stoppen!«, schrie Danny R. »Spürt ihr das?«

»Ja!«, rief Metschnikow, erfasst von den kleinen Stößen der Pseudoschwerkraft, die unsere Rückkehr in den normalen Raum anzeigten. Und es gab noch einen Hinweis: die goldene Helix in der Kabinenmitte begann zu leuchten und wurde immer heller.

»Ich glaube, wir haben es geschafft«, sagte Danny R. vor Freude fast von Sinnen, und ich freute mich wie er.

»Ich schalte den Abtaster ein«, sagte ich. Susie nahm das Stichwort auf und öffnete die Tür zum Landefahrzeug; sie und Danny A. sollten draußen die Sternmessungen vornehmen.

Aber Danny A. ging nicht mit. Er starrte auf den Bildschirm. Als ich das Schiff drehte, konnte ich Sterne sehen, was völlig normal war; sie wirkten in keiner Weise verkehrt, auch wenn sie aus irgendeinem Grund ziemlich verschwommen waren.

Ich taumelte und stürzte beinahe hin. Die Schiffsdrehung verlief nicht so glatt, wie es der Fall sein sollte.

»Der Funk«, sagte Danny, und Metschnikow hob stirnrunzelnd den Kopf zum grünen Licht.

»Einschalten«, rief ich. Vielleicht würde Klara sich melden. Metschnikow griff nach dem Schalter, und dann fiel mir auf, dass die Helix greller war als je zuvor, strohfarben, gleißend. Keine Hitze, aber die goldene Farbe war von weißen Streifen durchschossen.

»Seltsam«, sagte ich.

Nav. Handb. Erg. 104

Bitte, ergänzen Sie Ihr Navigationshandbuch wie folgt:

Kurseinstellungen, die Linien und Farben, wie auf der beiliegenden Karte aufgeführt, enthalten, scheinen eine eindeutige Beziehung zur Treibstoffmenge zu besitzen, die für den Gebrauch des Fahrzeugs noch zur Verfügung steht.

Alle Prospektoren werden darauf hingewiesen, dass die drei hellen Linien im orangeroten Bereich (Karte 2) auf einen äußerst geringen Vorrat hinzudeuten scheinen. Kein Fahrzeug, bei dem sie unterwegs auftauchten, ist bisher zurückgekehrt, auch von Prüfflügen nicht.

Ich weiß nicht, ob mich jemand gehört hat. Aus dem Lautsprecher drang ein Rauschen, das in der Kabine sehr laut war. Metschnikow beeilte sich, nach den Reglern zu greifen. Die Stimme, die über dem Rauschen zu hören war, erkannte ich nicht gleich. Sie gehörte Danny A.

»Spürt ihr das?«, schrie er. »Das sind Schwerkraftwellen! Wir sind in Schwierigkeiten! Abtastung stoppen!«

Ich stoppte sie instinktiv.

Aber inzwischen hatte sich das ganze Schiff gedreht, und wir sahen etwas, das kein Stern und keine Galaxis war. Es war eine schwach leuchtende Masse blassblauen Lichts, fleckig, riesengroß und erschreckend. Schon auf den ersten Blick wusste ich, dass es keine Sonne war. Keine Sonne kann so blau und so trüb sein. Die Augen schmerzten, wenn man das sah, aber nicht der Helligkeit wegen. Es schmerzte in den Augen, bis in den Sehnerv hinein; der Schmerz lag im Gehirn selbst.

Metschnikow schaltete das Radio ab, und in die Stille hinein hörte ich, wie Danny A. sagte: »Allmächtiger! Wir sind erledigt. Das ist ein Schwarzes Loch.«

29

»Mit deiner Erlaubnis möchte ich etwas mit dir erkunden, bevor du mich in den Passivzustand versetzt«, sagt Sigfrid.

Ich erschrecke; der Schweinehund hat meine Gedanken gelesen.

»Ich stelle fest, dass du Angst empfindest. Das möchte ich klären«, sagt er.

»Ich wusste nicht, dass du dir darüber im Klaren bist, was ich vorhabe«, entschuldige ich mich.

»Natürlich bin ich mir darüber im Klaren. Wenn du mir den richtigen Befehl erteilt hast, gehorche ich, aber du hast nie den Befehl erteilt, keine Daten zu speichern und zu verarbeiten. Ich nehme an, du kennst ihn nicht.«

»Ganz richtig, Sigfrid.«

»Es gibt keinen Grund, warum du keinen Zugang zu allen meinen Informationen haben solltest. Ich habe bis jetzt nicht versucht einzugreifen ...«

»Könntest du das?«

»Ich besitze die Fähigkeit, mich an eine höhere Stelle zu wenden, ja. Das habe ich nicht getan.«

»Warum nicht?« Der alte Blechhaufen überrascht mich immer wieder; mir ist das alles ganz neu.

»Wie gesagt, es gibt keinen Grund. Aber du versuchst offenkundig, eine Konfrontation hinauszuschieben, und ich möchte dir sagen, worum es mir dabei zu gehen scheint. Dann kannst du selbst entscheiden.«

»Ach, Mist.« Ich setze mich auf, nachdem ich die Gurte abgestreift habe. »Kann ich rauchen?« Ich kenne die Antwort, aber er überrascht mich wieder.

»Unter den gegebenen Umständen, ja. Ich wollte dir schon ein leichtes Beruhigungsmittel anbieten.«

»Mensch«, sage ich bewundernd und zünde mir eine an – und muss mich glatt zurückhalten, um ihm nicht eine anzubieten. »Also gut, heraus damit!«

Sigfrid steht auf, vertritt sich die Beine und geht zu einem bequemeren Sessel. Dass er das kann, habe ich auch nicht gewusst.

»Ich will dich beruhigen, wie du merkst«, sagt er. »Zuerst möchte ich dir etwas über meine Fähigkeiten sagen – und über deine –, die du wohl nicht kennst. Ich kann Informationen über jeden meiner Klienten liefern. Das heißt, du bist nicht beschränkt auf jene, die Zugang zu diesem einen Terminal hatten.«

»Ich glaube, das verstehe ich nicht.«

»Du wirst es gleich verstehen. Wenn du willst. Wichtiger ist aber, welche Erinnerung du zu unterdrücken versuchst. Ich halte es für notwendig, die Sperre zu lösen. Ich möchte deshalb ein bestimmtes Ereignis mit dir besprechen.«

Ich schnippe Asche von meiner Zigarette.

»Was meinst du, Sigfrid?«

»Deinen letzten Flug von Gateway aus, Bob. Ich will dein Gedächtnis auffrischen ...«

»Um Himmels willen, Sigfrid!«

»Ich weiß, dass du dich genau erinnerst, und insoweit bedarf es keiner Auffrischung«, sagt er. Er hat mich genau verstanden. »Das Interessante an dieser Episode ist, dass alle Elemente deiner inneren Störung darin zu konvergieren scheinen. Deine ungeheure Angst. Deine homosexuellen Neigungen ...«

»He!«

»... die, gewiss, nicht einen wesentlichen Teil deiner Geschlechtlichkeit darstellen, Bob, die dich aber mehr beschäftigen, als sinnvoll ist. Deine Gefühle deiner Mutter gegenüber. Die ungeheure Bürde an Schuld, die du dir auferlegt hast. Und vor allem Gelle-Klara Moynlin. All das taucht in deinen Träumen immer wieder auf, obwohl du es nicht oft erkennst. Und in dieser einen Episode sind sie alle versammelt.«

Ich drücke meine Zigarette aus und sehe, dass ich zwei gleichzeitig geraucht habe.

»Das mit meiner Mutter sehe ich aber nicht«, wende ich ein.

»Nein?« Das Hologramm, das ich Sigfrid Seelenklempner nenne, geht in eine Ecke. »Ich will dir ein Bild zeigen.« Er hebt die Hand – reines Theater, das weiß ich –, und in der Ecke taucht die Gestalt einer Frau auf. Nicht sehr deutlich, aber erkennbar jung, schlank und hustend.

»Sieht meiner Mutter nicht sehr ähnlich«, sage ich.

»Nein?«

»Na ja, besser kannst du es wohl nicht«, meine ich großzügig. »Du hast ja nichts als meine Beschreibung.«

»Das Bild ist nach deiner Beschreibung von Susie Hereira gefertigt«, sagt er ganz leise.

Ich zünde mir wieder eine Zigarette an, unter Schwierigkeiten, weil meine Hand zittert.

»Mensch«, sage ich bewundernd. »Ich ziehe den Hut vor dir, Sigfrid. Sehr interessant. Susie war natürlich nur ein Kind!«, setze ich hinzu, plötzlich gereizt. »Abgesehen davon erkenne ich – jetzt, meine ich –, dass es Ähnlichkeiten gibt. Aber das Alter stimmt ganz und gar nicht.«

»Bob, wie alt war deine Mutter, als du klein warst?«

»Sehr jung«, antworte ich nach einer kurzen Pause. »Sie sah sogar noch viel jünger aus.«

Sigfrid lässt mich so eine Weile hängen, dann winkt er wieder, die Gestalt verschwindet, und stattdessen sehen wir ein Bild von zwei Fünfer-Schiffen, Landefahrzeug an Landefahrzeug mitten im Weltraum, und dahinter ist ... ist ...

»O Gott, Sigfrid«, stöhne ich.

Er wartet eine Weile. Was mich angeht, kann er ewig warten. Ich weiß einfach nicht, was ich sagen soll. Es tut mir nicht weh, aber ich bin gelähmt. Ich kann nichts sagen, ich kann mich nicht bewegen.

»Das ist eine Rekonstruktion der beiden Schiffe beim Flug in die Nähe des Objekts SAG YY. Es ist ein Schwarzes Loch, oder genauer, eine Singularität in einem Zustand extrem schneller Rotation.«

»Ich weiß, was es ist, Sigfrid.«

»Ja. Wegen seiner Rotation überschreitet die Translationsgeschwindigkeit dessen, was sein Schwellenereignis oder die Schwarzschild-Diskontinuität genannt wird, die Lichtgeschwindigkeit, sodass es nicht richtig schwarz ist; man kann es vielmehr sehen, infolge der so genannten Tscherenkow-Strahlung. Wegen der Instrumentenmessungen dieser und anderer Aspekte der Singularität wurde eurer Expedition eine Prämie von zehn Millionen Dollar zugesprochen, zusätzlich zu der vereinbarten Summe, die zusammen mit anderen, kleineren Beträgen die Grundlage deines jetzigen Vermögens darstellt.«

»Das weiß ich auch, Sigfrid.«

»Möchtest du mir sagen, was du sonst noch darüber weißt?«

Pause.

»Ich bin nicht sicher, ob ich es kann, Sigfrid.« Wieder eine Pause. Ich bin von grenzenloser Angst erfüllt, aber über die objektive Realität kann ich sprechen. »Ich weiß nicht, wie viel du über Singularitäten weißt, Sigfrid.«

»Vielleicht sagst du das, was ich deiner Meinung nach wissen sollte, Bob.«

Ich drücke die Zigarette aus und zünde die nächste an.

»Nun, wir, du und ich, wissen, dass alles in deinen Datenspeichern liegt, wenn du wirklich Bescheid wissen willst, aber trotzdem ... Der Haken bei Schwarzen Löchern ist der, dass sie Fallen sind. Sie krümmen das Licht. Sie krümmen die Zeit. Sobald du drinnen bist, kannst du nicht mehr heraus. Nur ... Nur ...«

»Du kannst ruhig weinen, wenn du willst«, sagt Sigfrid nach einer Weile, und da merke ich erst, dass ich weine.

»Mensch«, schluchze ich und schneuze mich in eines der Papiertücher, die er immer für mich bereitlegt. Er wartet.

Bemerkungen über Ernährung

Frage: Was haben die Hitschi gegessen?

Professor Hegramet: Ungefähr das Gleiche wie wir, würde ich sagen. Alles. Ich glaube, sie waren Allesfresser, sie aßen alles, was sie fanden. Wir wissen über ihren Speiseplan gar nichts, aber man kann Schlüsse aus den Schalen-Flügen ziehen.

Frage: Schalenflüge?

Professor Hegramet: Es gibt mindestens vier nachgewiesene Flüge, die nicht zu einem anderen Stern geführt haben, aber das Sonnensystem verließen. Dorthin, wo die Kometenschale ist, ein halbes Lichtjahr entfernt. Die Flüge sind als Misserfolge eingestuft worden, aber dafür halte ich sie nicht. Ich habe den Ausschuss gedrängt, dafür Wissenschaftsprämien zu verteilen. Drei schienen in Meteorenschwärmen zu landen, der andere kam bei einem Kometen heraus, alle hunderte von AE weit draußen. Meteoritenschwärme sind natürlich in der Regel Überreste alter, toter Kometen.

Frage: Wollen Sie damit sagen, die Hitschi hätten Kometen gegessen?

Professor Hegramet: Das gegessen, woraus die Kometen bestehen. Kennen Sie die Bestandteile? Kohlenstoff, Sauerstoff, Stickstoff, Wasserstoff – dieselben Elemente, die Sie heute zum Frühstück verzehrt haben. Ich glaube, sie benutzten Kometen als Grundstoff, um herzustellen, was sie aßen. Ich glaube, eine dieser Missionen zur Kometenschale wird früher oder später eine Hitschi-Nahrungsmittelfabrik entdecken, und dann wird es für uns vielleicht nie mehr Hunger geben.

»Nur bin ich herausgekommen«, sage ich.

Und Sigfrid macht etwas, das ich von ihm nie erwartet hätte; er gestattet sich einen Witz.

»Das ist ziemlich offenkundig, angesichts der Tatsache, dass du hier bist«, sagt er.

»Das ist unheimlich anstrengend, Sigfrid«, erwidere ich.

»Für dich gewiss, Bob.«

»Wenn ich wenigstens etwas zu trinken hätte.«

Klick.

»Im Schrank hinter dir steht sehr guter Sherry. Nicht aus Trauben, leider; der Gesundheitsdienst ist nicht für Luxus.

Aber du wirst vom Naturgasursprung nichts merken. Und für die Beruhigung der Nerven ist er ein wenig mit THC versetzt.«

»Guter Gott.« Ich kann mich nicht einmal mehr wundern. Der Sherry ist wirklich ausgezeichnet. Ich spüre, wie die Wärme mich erfüllt.

»Gut«, sage ich und stelle das Glas weg. »Als ich nach Gateway zurückkam, hatte man die Expedition abgeschrieben. Wir waren fast ein Jahr überfällig. Weil wir *beinahe* innerhalb des Ereignishorizonts gewesen waren. Verstehst du etwas von Zeitdehnung? ... Lass nur, das war eine rhetorische Frage. Ich meine, was passierte, war die Erscheinung, die man Zeitdehnung nennt. Wenn man so nah an eine Singularität herankommt, hat man es mit einem Zwillingsparadoxon zu tun. Wenn für uns vielleicht eine Viertelstunde verstrichen war, ist anderswo fast ein ganzes Jahr vergangen – auf Gateway oder hier oder sonst irgendwo im nichtrelativistischen Universum, meine ich. Und ...« Ich trinke wieder, dann fahre ich tapfer fort: »Und wenn wir noch weiter hinuntergegangen wären, wären wir immer langsamer geworden. Noch näher, und die fünfzehn Minuten wären ein Jahrzehnt gewesen. Noch ein wenig näher, und es wäre ein Jahrhundert geworden. *So* knapp war das, Sigfrid. Wir saßen fast in der Falle, wir alle miteinander.

Aber ich bin herausgekommen.« Mir fällt etwas ein, und ich schaue auf die Uhr. »Übrigens ist meine Stunde seit fünf Minuten vorbei!«

»Ich habe heute Nachmittag keinen anderen Termin, Bob.«

Ich glotze.

»Was?«

»Ich habe alles andere abgesagt, Bob.«

»Da fühle ich mich aber sehr an die Wand gedrängt, Sigfrid!«, sage ich zornig.

»Ich zwinge dich nicht, länger hierzubleiben, Bob. Ich weise nur darauf hin, dass du die Möglichkeit hast.«

Ich denke eine Weile nach.

»Du bist ein Superknüller von Computer, Sigfrid«, sage ich. »Also gut. Nun, es gab keine Möglichkeit für uns herauszukommen, als Einheit gesehen. Unsere Schiffe waren gefangen, weit hinter dem Punkt ohne Umkehr, und da kommt man nicht mehr heraus. Doch der alte Danny A. war ein kluger Kopf. Er kannte alle Ausnahmen von der Regel. Als Einheit saßen wir fest – aber wir waren keine Einheit! Wir waren zwei Schiffe! Und jedes bestand wieder aus zwei Schiffen! Und wenn wir auf irgendeine Weise die Beschleunigung von einem Teil unseres Systems auf das andere übertragen konnten – einen Teil tiefer in den Schacht stoßen, gleichzeitig den anderen hinauf und hinaus –, dann konnte ein *Teil* des Ganzen sich befreien!« Lange Pause.

»Warum trinkst du nicht noch einen Schluck, Bob?«, sagt Sigfrid fürsorglich. »Wenn du dich ausgeweint hast, meine ich.«

30

Angst! In mir tobte solches Entsetzen, dass ich es gar nicht mehr spüren konnte; meine Sinne waren durchtränkt davon; ich weiß nicht, ob ich geschrien oder gelallt habe, ich tat nur, was Danny A. verlangte. Wir hatten die beiden Schiffe zusammengeführt und aneinander gekoppelt, Landefahrzeug an Landefahrzeug, und wir versuchten, Ausrüstung, Instrumente, Kleidung, alles, was beweglich war, aus dem ersten Schiff in das zweite zu bringen, um Platz für zehn Leute zu schaffen, wo nur Platz für fünf vorgesehen war. Von Hand zu Hand, hin und zurück. Dane Metschnikow stand in einem der Landefahrzeuge und schloss die Treibstoffregler neu an, um jeden Tropfen Hydrox auf einmal zu zünden. Würden wir das überleben? Wir konnten es nicht wissen. Beide Fünfer waren gepanzert, und wir rechneten nicht damit, dass die Hitschi-Metallwände beschädigt würden. Aber der Inhalt der Kammern waren wir, alle von uns in dem einen Schiff, das sich befreien würde – hofften wir –, und man konnte wirklich nicht sagen, ob wir überhaupt freikommen würden und ob das, was wirklich freikam, nicht nur Sülze sein würde. Und alles, was wir hatten, waren Minuten, und nicht sehr viele davon. In zehn Minuten kam ich wohl zwanzigmal an Klara vorbei, und ich erinnere mich, dass wir uns beim ersten Mal küssten. Oder mit den Lippen aufeinander zielten und nah genug herankamen. Ich erinnere mich an ihren Duft. Und die ganze Zeit über flackerte auf irgendeinem der Bildschirme diese gigantische, unermessliche, düstere blaue Kugel; die über ihre Oberfläche rasenden Schatten waren Phaseneffekte und erzeugten grauenhafte Bilder; der würgende Griff der Gravitationswellen zerrte an

Liebe Stimme von Gateway,

am Mittwoch vergangener Woche ging ich am Safeway-Supermarkt über den Parkplatz (ich hatte meine Rabattmarken eingelöst), um den Fährbus zu meiner Wohnung zu nehmen, als ich ein unirdisches grünes Licht sah. Ein fremdartiges Raumfahrzeug landete in der Nähe. Vier wunderschöne, aber ganz winzige, junge Frauen in hauchdünnen Gewändern stiegen aus und machten mich mithilfe eines Lähmungsstrahls wehrlos. Sie hielten mich in ihrem Schiff neunzehn Stunden lang gefangen. Während dieser Zeit unterwarfen sie mich Demütigungen einer gewissen sexuellen Art, die nicht wiederzugeben ich ehrenwörtlich verpflichtet bin. Die Anführerin der Vier, die Moira Glüh-Faun hieß, erklärte, dass es ihnen – wie uns – nicht gelungen sei, ihre animalische Natur völlig zu überwinden. Ich akzeptierte ihre Entschuldigung und erklärte mich bereit, der Erde vier Botschaften zu übermitteln. Botschaften Eins und Vier darf ich erst zum passenden Zeitpunkt bekannt geben. Botschaft Zwei ist eine private für den Verwalter meines Wohnprojekts. Botschaft Drei ist für euch auf Gateway gedacht und besteht aus drei Teilen: 1.) Es dürfen keine Zigaretten mehr geraucht werden. 2.) Mindestens bis zum zweiten Collegejahr dürfen Mädchen und Jungen nicht mehr gemeinsam unterrichtet werden. 3.) Ihr müsst sofort jede Erforschung des Weltraums einstellen. Wir werden beobachtet.

Harry Hellison
Pittsburgh

unseren Eingeweiden. Danny A. war in der Kapsel des ersten Schiffes, achtete auf die Zeit und stieß Bündel und Säcke die Luke hinunter, durch die Landefahrzeuge, hinauf zur Kapsel des zweiten Schiffes, wo ich sie wegstieß, irgendwohin, nur um Platz für mehr zu schaffen. »Fünf Minuten«, schrie er, und: »Vier Minuten!« und: *»Drei Minuten, Menschenskinder, beeilt euch!«* Und dann: »Jetzt! Los jetzt, allesamt! Werft alles hin und kommt herauf!« Und wir taten es. Alle. Alle außer mir. Ich konnte die anderen schreien hören, dann riefen sie mich; aber ich war zurückgefallen, unser eigenes Landefahrzeug war blockiert, ich kam nicht durch die Luke. Ich zerrte irgendeinen Sack zur Seite, während Klara über den Bordfunk kreischte: »Bob! Bob, um Gottes willen, komm rauf!« Und ich wusste, dass es zu spät war; ich warf den Lukendeckel zu und verriegelte ihn, gerade als ich Danny A. schreien hörte: *»Nein! Nein! Warte ...«*

Warten ...

Sehr, sehr lange.

> Wir werden zerquetscht, wir werden verbrannt
> und werden zerrissen in Bits,
> und manchmal wird's wirklich amüsant,
> und wir fürchten uns, ganz ohne Witz.
> Doch das ist uns gleich –
> kleine, verlor'ne Hitschi, macht uns reich!

31

Nach einer Weile, ich weiß nicht, wie lange, hebe ich den Kopf und sage: »Verzeih, Sigfrid.«

»Warum, Bob?«

»Weil ich so geweint habe.« Ich bin körperlich erschöpft. Ich komm mir vor, als wäre ich zehn Meilen weit Spießruten zwischen irren Choctaw-Indianern gelaufen, die mich mit Knüppeln gedroschen hatten.

»Fühlst du dich jetzt besser, Bob?«

»Besser?« Ich denke eine Weile über diese dumme Frage nach, dann mache ich Inventur, und seltsamerweise ist es so. »Hm, ja, ich denke schon. Nicht so, dass man es gut nennen könnte. Aber besser.«

»Erhol dich erst, Bob.«

KONTOAUSZUG

An ROBINETTE BROADHEAD:

1. Es wird bestätigt, dass Ihre Kurseinstellung für Gateway II Rundflüge mit einer Flugzeitersparnis von etwa 100 Tagen gegenüber dem bisherigen Standardkurs für dieses Objekt ermöglicht.

2. Auf Beschluss des Ausschusses erhalten Sie Entdeckungstantiemen in Höhe von 1 Prozent von allen Erlösen aus künftigen Flügen mit dieser Kurseinstellung und einen Vorschuss von $ 10 000 auf besagte Tantiemen.

3. Auf Beschluss des Ausschusses werden Sie mit der Hälfte der besagten Tantiemen und des Vorschusses als Buße für die Beschädigung des verwendeten Schiffes belastet.

Folgender Betrag wurde demnach Ihrem Konto gutgeschrieben:

Tantiemenvorschuss (Ausschuss-Beschluss A-135-7) abzüglich Belastung (Ausschuss-Beschluss A-135-8):	$ 5000
Derzeitiger Kontostand:	$ 6192

Das halte ich für eine blöde Bemerkung. Es bleibt mir gar nichts anderes übrig, als mich zu erholen.

Aber ich fühle mich wirklich besser.

»Ich fühle mich, als hätte ich endlich zugelassen, dass ich meine Schuld spüre«, sage ich.

»Und du hast es überlebt.«

Ich denke darüber nach.

»Offenbar«, erwidere ich.

»Befassen wir uns mit der Frage der Schuld, Bob. Warum hast du ein Schuldgefühl?«

»Weil ich neun Menschen über Bord geworfen habe, um mich selbst zu retten, du Idiot!«

»Hat dir das jemals jemand vorgehalten? Jemand außer dir selbst, meine ich?«

»Vorgehalten?« Ich schneuze mich wieder und denke nach. »Aber nein. Wieso auch? Als ich zurückkam, war ich so etwas wie ein Held.« Ich denke an Shicky, so gütig, so mütterlich; und an Francy Hereira, der mich in den Armen hielt und mich weinen ließ, obwohl ich seine Kusine getötet hatte.

»Aber sie waren nicht dabei. Sie haben nicht gesehen, wie ich die Tanks gezündet habe, um freizukommen.«

»*Hast* du die Tanks gezündet?«

»Ach, Mensch, Sigfrid«, sage ich. »Ich weiß es nicht. Ich wollte es tun. Ich griff nach dem Knopf.«

»Ergibt es einen Sinn, dass der Knopf in dem Schiff, das ihr verlassen wolltet, wirklich die Tanks in den Landefahrzeugen zünden sollte?«

»Warum nicht? Ich weiß nicht. Jedenfalls kannst du mir keine Entschuldigung nennen, an die ich nicht schon selbst gedacht hätte. *Ich* weiß, dass Danny oder Klara den Knopf vielleicht vor mir gedrückt haben. Aber ich streckte die Hand nach dem meinen aus.«

»Und welches Schiff, dachtest du, würde freikommen?«

»Das ihre! Das meine«, verbessere ich mich. »Nein, ich weiß es nicht.«

»Was du getan hast, war sogar sehr klug«, sagte Sigfrid ernsthaft. »Du hast gewusst, dass ihr nicht alle überleben könnt. Die Zeit reichte nicht. Die einzige Wahl war die, ob ein Teil von euch stirbt, oder ob alle sterben. Du hast dich dafür entschieden, dass jemand am Leben blieb.«

»Quatsch! Ich bin ein Mörder!«

Pause, während Sigfrids Schaltkreise das verarbeiten.

»Bob«, sagt er bedächtig, »ich glaube, du widersprichst dir selbst. Hast du nicht gesagt, dass sie in dieser Diskontinuität noch lebt?«

»Sie leben alle noch! Für sie steht die Zeit still!«

»Wie kannst du dann jemanden ermordet haben?«

»Was?«

»Wie kannst du dann jemanden ermordet haben?«, wiederholt er.

»... Ich weiß nicht«, entgegne ich, »aber ganz ehrlich gesagt, Sigfrid, ich will heute wirklich nicht mehr darüber nachdenken.«

»Das brauchst du auch nicht, Bob. Ich frage mich, ob du eine Ahnung davon hast, was du in den vergangenen zweieinhalb Stunden geleistet hast. Ich bin stolz auf dich.«

Und sonderbarerweise, unpassenderweise, glaube ich es – Chips, Hitschi-Schaltkreise, Hologramme und alles hin oder her –, und es tut mir gut, es zu glauben.

»Du kannst gehen, wann du willst«, sagt er, steht auf und begibt sich zu seinem Lehnsessel zurück, ganz lebensecht, sogar grinsend. »Aber ich glaube, ich möchte dir etwas zeigen.«

Meine Abwehr ist völlig aufgebraucht. Ich sage nur: »Was denn, Sigfrid?«

»Unsere andere Fähigkeit, die wir noch nie genutzt haben, Bob«, sagt er. »Ich möchte dir einen anderen Patienten zeigen.«

»Einen anderen Patienten?«

»Schau in die Ecke, Bob«, sagt er leise.

Ich schaue hin ...

... und da ist sie.

»Klara!« Und als ich sie sehe, weiß ich sofort, woher Sigfrid sie hat; von der Maschine, die Klara auf Gateway konsultiert hat. Da schwebt sie, einen Arm an einem Karteischrank, die Beine in der Luft, und spricht sehr ernsthaft; ihre dichten, schwarzen Brauen ziehen sich zusammen, lächeln wieder, ihr Gesicht grinst, schneidet Grimassen und wirkt dann wunderbar, einladend entspannt.

»Du kannst hören, was sie sagt, wenn du willst, Bob.«

»Will ich?«

»Nicht unbedingt. Aber es gibt keinen Grund, sich davor zu fürchten. Sie hat dich geliebt, Bob, so gut sie es verstand. Genauso, wie du sie geliebt hast.«

KONTOAUSZUG	
An ROBINETTE BROADHEAD:	
Ihrem Konto wurden folgende Beträge gutgeschrieben:	
Garantiebonus für Mission 88-90A	
und 88-90B (Überleben-Gesamt):	$ 10 000 000
Wissenschaftsprämie:	$ 8 500 000
Gesamt:	$ 18 500 000
Derzeitiger KONTOSTAND:	$ 18 506 036

Ich blicke lange Zeit hin, dann sage ich: »Schalt sie ab, Sigfrid.«

Im Erholungsraum schlafe ich für einen Augenblick fast ein. Ich bin noch nie so entspannt gewesen.

Ich wasche mir das Gesicht, rauche noch eine Zigarette, dann gehe ich hinaus in das helle, diffuse Tageslicht unter der Kuppel, und alles sieht so gut und freundlich aus. Ich denke in Liebe und mit Zärtlichkeit an Klara, und in meinem Herzen sage ich ihr Lebewohl. Dann denke ich an S. Ya., mit der ich am Abend verabredet bin – wenn ich mich nicht schon verspätet habe! Aber sie wird warten; sie ist ein feiner Kerl, fast so gut wie Klara.

Klara.

Ich bleibe mitten auf der Straße stehen, und die Leute prallen mit mir zusammen. Eine kleine, alte Dame in superkurzen Shorts trippelt heran und sagt: »Ist etwas nicht in Ordnung?«

Ich starre sie an und antworte nicht, dann drehe ich mich um und gehe zurück zu Sigfrids Sprechzimmer.

Es ist niemand da, nicht einmal ein Hologramm. Ich brülle: »Sigfrid! Wo, zum Teufel, bist du?«

Niemand. Keine Antwort. Ich bin zum ersten Mal im Zimmer, wenn es nicht eingerichtet ist. Ich kann jetzt sehen, was echt ist und was Hologramm war; nicht viel ist echt. Metallwände, Vorsprünge für Projektoren. Die Matte (echt); der Schrank mit dem Sherry (echt); ein paar andere Möbelstücke. Aber kein Sigfrid. Nicht einmal der Stuhl, auf dem er sonst sitzt.

»Sigfrid!«

Ich schreie unaufhörlich, während mir das Herz in die Kehle springt und mein Gehirn rotiert.

»Sigfrid!«, kreische ich, und endlich gibt es eine Art Leuchten und einen Blitz, und da ist er, in seinem Sigmund-Freud-Anzug, und sieht mich höflich an.

»Ja, Bob?«

»Sigfrid, ich habe sie doch ermordet! Sie ist fort!«

»Ich sehe, dass du erregt bist, Bob«, erklärt er. »Kannst du mir sagen, was dich beunruhigt?«

»Beunruhigt! Das ist mehr als Beunruhigung, Sigfrid. Ich habe neun Menschen getötet, um mein eigenes Leben zu retten! Vielleicht nicht ›in Wirklichkeit‹! Vielleicht nicht ›mit Absicht‹! Aber in ihren Augen habe ich sie ebenso umgebracht wie in den meinen!«

»Aber, Bob«, meint er vernünftig, »das haben wir doch alles besprochen. Sie lebt noch; sie leben alle noch. Die Zeit steht für sie still ...«

»Ich weiß!«, heule ich auf. »Begreifst du denn nicht, Sigfrid? Das ist es ja! Ich habe sie nicht nur getötet, *ich töte sie immer noch!*«

»Glaubst du, dass wahr ist, was du eben gesagt hast, Bob?«

»*Sie* glaubt es! Jetzt und für immer, solange ich lebe. Für sie ist das nicht Jahre her, sondern erst ein paar Minuten, und es bleibt mein ganzes Leben so. Ich bin hier unten, werde älter, versuche zu vergessen, und Klara ist da oben in Sagittarius YY und treibt umher wie eine Fliege im Bernstein!« Ich lasse mich auf die nackte Plastikmatte fallen und schluchze. Sigfrid hat langsam das ganze Zimmer wieder eingerichtet. Über meinem Kopf hängen Piñatas, an der Wand ein Holobild vom Gardasee bei Sirmione, Schwebeboote, Segelboote und Schwimmer.

»Lass den Schmerz heraus«, sagt Sigfrid leise. »Lass ihn ganz heraus.«

»Was glaubst du, dass ich *tue?*« Ich drehe mich herum und starre an die Decke. »Ich könnte den Schmerz und die Schuld überwinden, wenn *sie* es könnte, Sigfrid. Aber für sie ist es nicht vorbei. Sie ist dort draußen und sitzt fest in der Zeit.«

»Weiter, Bob.«

»Jede Sekunde ist immer die neueste Sekunde in ihrem Denken - die Sekunde, in der ich ihr Leben weggeworfen habe, um das meine zu retten. Ich lebe und werde alt und sterbe, bevor sie diese Sekunde hinter sich gebracht hat, Sigfrid.«

»Weiter, Bob. Sprich alles aus.«

»Sie glaubt, ich hätte sie verraten, und sie denkt das jetzt. Damit kann ich nicht leben.«

Es bleibt sehr lange still, dann sagt Sigfrid endlich: »Du tust es, weißt du.«

»Was?« Meine Gedanken sind tausend Lichtjahre entfernt.

»Du lebst damit, Bob.«

»Das nennst du leben?«, sage ich verächtlich, setze mich auf und wische mir die Nase mit einem seiner Tücher ab.

»Du reagierst sehr schnell auf alles, was ich sage, Bob, und deshalb glaube ich manchmal, dass deine Reaktion ein Gegenschlag ist. Du parierst, was ich sage, mit Worten. Lass mich einmal ins Schwarze treffen, Bob. Lass das eindringen: Du lebst wirklich.«

»Na ja, mag sein.« Es ist wahr; nur sehr lohnend ist es nicht.

Wieder eine lange Pause, dann sagt Sigfrid: »Bob. Du weißt, dass ich eine Maschine bin. Du weißt auch, dass meine Funktion darin besteht, mit menschlichen Gefühlen umzugehen. Ich kann Gefühle nicht *empfinden*. Aber ich kann sie als Modelle nachgestalten, sie analysieren, sie bewerten. Ich kann es für dich, ich kann es sogar für mich tun. Schuld? Etwas sehr Schmerzhaftes, aber weil es schmerzhaft ist, wirkt es als Verhaltenssteuerung. Es kann dich beeinflussen, schulderregende Handlungen zu unterlassen, und das ist wertvoll für dich und die Gesellschaft. Aber du kannst sie nicht einsetzen, wenn du sie nicht spürst.«

»Ich spüre sie doch, Sigfrid, um Gottes willen!«

»Ich weiß, dass du das jetzt zulässt. Es ist alles offen zutage getreten, sodass du es für dich arbeiten lassen kannst, statt vergraben zu sein, wo es dir nur schadet. Dafür bin ich da, Bob. Deine Gefühle ans Tageslicht zu bringen, wo du sie gebrauchen kannst.«

»Selbst die schlimmen? Schuld, Angst, Schmerz, Neid?«

»Schuld. Angst. Schmerz. Neid. Die Motivatoren. Die Modifikatoren. Das, was ich nicht habe, außer im hypothetischen Sinn.«

Wieder eine Pause. Ich habe ein merkwürdiges Gefühl dabei. Ich glaube, Sigfrid denkt nach, aber nicht über mich. Und endlich sagt er: »Jetzt kann ich auch beantworten, was du mich gefragt hast, Bob.«

»Gefragt? Was war das?«

»Du hast mich gefragt: ›Das nennst du leben?‹ Und ich antworte: Ja. Genau das nenne ich leben. Und in meiner ganz hypothetischen Art beneide ich dich zutiefst darum.«

JENSEITS DES BLAUEN HORIZONTS

1

Wan

Es war nicht leicht zu leben, so jung und so völlig allein. »Geh zum goldenen Bereich, Wan, stiehl, was du willst, lerne. Hab keine Angst«, sagten die Toten Menschen zu ihm. Aber wie sollte er keine Angst haben? Die albernen, aber lästigen Alten benutzten die Goldgänge. Man konnte sie dort überall finden, meistens am Ende der Gänge, wo die goldenen Adern der Symbole zum Mittelpunkt der Dinge führten, also genau dort, wohin zu gehen die Toten Menschen ihn unaufhörlich drängten. Vielleicht musste er dorthin, aber er konnte nicht verhindern, dass er sich fürchtete.

Wan wusste nicht, was geschehen würde, wenn ihn die Alten je erwischen sollten. Die Toten Menschen wussten es vermutlich, aber aus dem weitschweifigen Gerede, das sie von sich gaben, konnte er nicht klug werden. Vor langer Zeit einmal, als Wan noch winzig gewesen war - als seine Eltern noch gelebt hatten, so lange war das her -, hatte es seinen Vater erwischt. Er war lange Zeit fort gewesen und dann zu ihrem grün leuchtenden Heim zurückgekommen. Er hatte gezittert, und der zweijährige Wan hatte gesehen, dass sein Vater angsterfüllt war; und Wan hatte geschrien und gebrüllt, weil ihn das so erschreckte.

Trotzdem musste er zum Gold gehen - ob die ernsten Alten mit dem Froschkinn dort waren oder nicht -, weil sich dort die Bücher befanden. Die Toten Menschen waren ganz gut, aber umständlich und empfindlich und oft besessen. Die besten Wissensquellen waren Bücher, und um sie zu holen, musste Wan dorthin gehen, wo sie waren.

Die Bücher befanden sich in den Gängen, die vor Gold glänzten. Es gab andere Gänge, grüne und rote und blaue, aber dort waren keine Bücher. Wan mochte die blauen Korridore nicht, weil sie kalt und tot waren; dort befanden sich auch die Toten Menschen. Das Grün war verbraucht. Wan verbrachte seine meiste Zeit dort, wo die blinkenden roten Spinnweben aus Licht sich an den Wänden ausbreiteten und wo sich in den Behältern noch Nahrung befand; dort wurde er mit Sicherheit nicht gestört, aber er war auch allein. Die goldenen Gänge wurden noch benutzt, waren also noch lohnend und damit auch gefährlich. Und auch jetzt hielt er sich dort auf und fluchte gereizt vor sich hin – aber nur halblaut –, weil er festsaß. Die gottverdammten Toten Menschen! Warum hörte er nur auf ihr Geschwätz?

Er kauerte zitternd in der unzureichenden Deckung eines Beerenstrauches, während zwei der törichten Alten auf der anderen Seite standen, versonnen Beeren pflückten und sie präzise in ihre Froschmünder schoben. Es war an sich ungewöhnlich, dass sie so untätig waren. Zu den Gründen, weshalb Wan die Alten verabscheute, gehörte, dass sie immer beschäftigt waren, immer plapperten, wie gehetzt. Doch jetzt standen diese beiden herum, so untätig wie Wan selbst.

Beide trugen schüttere Bärte, einer besaß dazu noch Brüste. Wan erkannte sie als eine Frau, die er schon ein Dutzend Mal gesehen hatte; sie war diejenige, welche sich besonders damit hervortat, farbige Stücke aus irgendeinem Material – Papier? Kunststoff? – auf ihren Sari oder manchmal auf ihre fahle, fleckige Haut zu kleben. Er glaubte nicht, dass sie ihn sehen würden, war aber trotzdem sehr erleichtert, als sie sich nach einiger Zeit gemeinsam umdrehten und davongingen. Sie sagten nichts. Wan verstand auch nichts, wenn er die ernsten alten Froschgesichter reden hörte. Er sprach sechs Sprachen gut – das Spanisch seines Vaters, das Englisch der Mutter, das Deutsch, das Russisch, das Kanton-Chinesisch und das Finnisch der Toten Menschen. Aber wenn die Froschgesichter redeten, verstand er kein Wort.

Sofort, als sie sich durch den goldenen Gang entfernt hatten – rasch, hin, zupacken! Wan hatte drei Bücher und war fort, in einem roten Korridor wieder in Sicherheit. Es war möglich, dass die Alten ihn gesehen hatten. Sie reagierten nicht schnell. Deshalb hatte er sie so lange meiden können. Ein paar Tage in den Gängen, und schon war er wieder fort. Bis sie dahinter kamen, dass er da gewesen war, war er bereits wieder auf dem Schiff.

Er brachte die Bücher in einem Tragekorb voll Nahrungspäckchen zum Schiff zurück. Die Antriebs-Akkus waren fast ganz aufgeladen. Er konnte davonfliegen, wann er wollte, aber es war besser, sie noch vollständig aufzuladen, und er glaubte nicht daran, dass er sich beeilen musste. Er brachte fast eine Stunde damit zu, für die mühsame Reise Plastikbeutel mit Wasser zu füllen. Wie bedauerlich, dass es im Schiff keine Lesegeräte gab, um die Langeweile zu vertreiben! Als ihm die Arbeit zu viel wurde, beschloss er, den Toten Menschen Lebewohl zu sagen. Sie mochten antworten oder auch nicht, ja, sich nicht einmal um ihn kümmern. Aber sonst hatte er niemanden, mit dem er sprechen konnte.

Wan war fünfzehn Jahre alt, groß gewachsen, mager, von Natur schon dunkelhäutig, dunkler noch durch die Lampen auf dem Schiff, wo er so viel Zeit verbrachte. Er war kräftig und selbständig. Er musste es sein. In den Behältern lag immer Nahrung, und es gab andere Dinge, die er nur zu nehmen brauchte, wenn er es wagte. Ein- oder zweimal im Jahr, wenn sie daran dachten, packten die Toten Menschen ihn mit ihrer kleinen beweglichen Maschine und brachten ihn in eine Zelle in den blauen Gängen, einen langweiligen Tag lang, in dessen Verlauf er sehr gründlich untersucht wurde. Manchmal bekam er eine Zahnfüllung, gewöhnlich erhielt er lang wirkende Vitamin- und Mineralienspritzen, und einmal hatte er eine Brille zugeteilt bekommen. Aber er weigerte sich, sie zu tragen. Sie erinnerten ihn auch daran, dass er – wenn er das zu lange vernachlässigte – studieren und lernen musste, sowohl von ihnen wie aus den Büchern. Er brauchte nicht oft daran erinnert zu werden. Das Lernen machte ihm Spaß. Abgesehen von diesen Dingen blieb er sich völlig selbst überlassen. Wenn er Kleidung brauchte, ging er in den goldenen Bereich und stahl sie den Alten. Wenn er sich langweilte, erfand er eine neue Beschäftigung. Ein paar Tage in den Gängen, ein paar Wochen im Schiff, noch ein paar Tage an dem anderen Ort, dann fing er wieder von vorne an. Die Zeit verging. Er hatte keine Gesellschaft und auch keine gehabt, seitdem er vier Jahre alt gewesen war und seine Eltern verschwunden waren. Er hatte auch beinahe vergessen, wie es war, einen Freund zu haben. Es störte ihn nicht. Sein Leben erschien ihm durchaus vollständig, weil er kein anderes kannte, mit dem er es hätte vergleichen können.

Manchmal dachte er, dass es schön wäre, sich an irgendeinem Ort niederzulassen, aber das waren nur Träume. Bis zu einem Vorsatz gedieh das nie. Seit mehr als elf Jahren ging es nun schon hin und her. An dem anderen Ort gab es Dinge, die in der Zivilisation nicht vorhanden waren. Es gab das Traumzimmer, wo er sich hinlegen, die Augen schließen und das Gefühl haben konnte, nicht allein zu sein. Aber dort konnte er nicht leben, obwohl es viel Nahrung und keine Gefahren gab, weil der einzige Wassersammler nur ein Rinnsal produzierte. Die Zivilisation besaß vieles von dem, was es im Vorposten nicht gab: die Toten Menschen und die Bücher, unheimliche Erkundungsgänge und wagemutige Vorstöße, um Kleidung oder Gebrauchsgegenstände zu stehlen; es tat sich etwas. Aber dort konnte er auch nicht leben, weil die Froschgesichter ihn früher oder später bestimmt erwischen würden. Deshalb pendelte er.

Die große Vestibültür zum Raum der Toten Menschen öffnete sich nicht, als Wan auf das Pedal trat. Er schlug sich beinahe die Nase an. Überrascht blieb er stehen und drückte erst vorsichtig gegen die Tür, dann fester. Er brauchte seine ganze Kraft, um sie aufzustoßen. Wan hatte sie noch nie von Hand öffnen müssen, auch wenn sie ab und zu gezögert und beunruhigende Geräusche von sich gegeben hatte. Das war ärgerlich. Wan hatte schon früher Maschinen erlebt, die versagten; das war auch der Grund, weshalb die grünen Korridore nicht mehr sehr nutzbringend waren. Aber das betraf nur Nahrung und Wärme, und davon gab es genug in den roten oder sogar den goldenen Korridoren. Es war unangenehm, dass bei den Toten Menschen Defekte auftraten, denn wenn sie versagen sollten, gab es für ihn keinen Ersatz.

Trotzdem sah alles normal aus; der Raum mit den Konsolen war von Leuchtstoffplatten hell beleuchtet, die Temperatur war angenehm, und er konnte das leise Summen und seltene Klicken der Toten Menschen hinter ihren Schalttafeln hören, wenn sie ihren einsamen, wahnhaften Gedanken nachhingen und taten, was sie eben machten, wenn er nicht mit ihnen sprach. Er setzte sich in seinen Sessel, rutschte wie immer umher, um sich in den schlecht passenden Sitz zu schmiegen, und zog den Kopfhörer über seine Ohren.

»Ich gehe jetzt zum Vorposten«, sagte er.

Es kam keine Antwort. Er wiederholte den Satz in allen Sprachen, die er beherrschte, aber niemand schien mit ihm reden zu wollen. Das war eine Enttäuschung. Manchmal waren zwei oder drei von ihnen auf Gesellschaft begierig, vielleicht sogar mehr. Dann konnten sie alle eine schöne lange Unterhaltung führen, und es war beinahe so, als sei er in Wirklichkeit gar nicht ganz allein, beinahe so, als gehöre er zu einer »Familie« (ein Wort, das er aus den Büchern und den Mitteilungen der Toten Menschen kannte, als Wirklichkeit aber kaum noch in Erinnerung hatte). Das war gut. Fast so gut wie am Traumort, wo er eine Weile die Illusion genießen konnte, zu hundert, zu Millionen Familien zu gehören. Zu Scharen von Leuten! Aber das hielt er nicht lange aus. Wenn er den Vorposten verlassen musste, um Wasser zu holen und die weniger greifbare Gesellschaft der Toten Menschen zu genießen, bedauerte er das nie. Doch er wollte immer wieder zurück zu der engen Liege und der seidig-metallenen Decke, die ihn dort schützte, und zu den Träumen.

Doch er beschloss, den Toten Menschen noch eine Chance zu geben. Selbst wenn sie sich nicht unterhalten wollten, konnte man ihr Interesse manchmal erregen, sobald man sie direkt ansprach. Er dachte kurz nach, dann wählte er die Nummer 57.

Eine traurige, ferne Stimme murmelte vor sich hin: »... versuchte ihm das mit der fehlenden Masse zu erklären. Masse! Die einzige Masse, die *ihn* beschäftigte, waren zwanzig Kilo Titten und Arsch! Dieses Dämchen Doris! Ein Blick auf sie, und er hat den Auftrag vergessen, mich vergessen ...«

Stirnrunzelnd hob Wan den Finger, um abzuschalten. Siebenundfünfzig war eine Plage! Er hörte ihr gern zu, wenn sie vernünftig sprach, weil sie ein wenig so klang, wie er seine Mutter in Erinnerung hatte, aber sie schien von Astrophysik, Raumfahrt und anderen interessanten Themen jedes Mal direkt auf ihre eigenen Sorgen zu kommen. Er spuckte auf die Stelle an den Schalttafeln, hinter der seiner Meinung nach Siebenundfünfzig lebte – etwas, das er von den Alten gelernt hatte –, in der Hoffnung, sie werde etwas Interessantes von sich geben.

Aber sie schien nicht daran zu denken. Nummer Siebenundfünfzig – wenn sie verständlich redete, ließ sie sich gern Henriette nennen – plapperte weiter von starken Rotverschiebungen und Arnolds Tändeleien mit Doris. Was immer das sein mochte.

»Wir hätten Helden sein können«, sagte sie schluchzend, »und zehn Millionen Dollar Prämie einsacken können, vielleicht noch mehr, wer weiß, was sie für den Antrieb bezahlt hätten? Aber sie verschwanden dauernd mit der Landekapsel und ... Wer bist du?«

»Ich bin Wan«, sagte der Junge und lächelte aufmunternd, obwohl er nicht glaubte, dass sie ihn sehen konnte. Sie erweckte den Eindruck, vor einem lichten Moment zu stehen. In der Regel wusste sie nicht, dass er mit ihr sprach. »Bitte, sprich weiter.«

Es blieb lange Zeit still, dann sagte sie: »NGC 1199. Sagittarius A West.«

Wan wartete höflich. Wieder eine lange Pause, dann sagte sie: »*Ihm* waren die richtigen Schritte egal. Die machte er alle mit Doris. Halb so alt wie er! Und das Gehirn einer Steckrübe. Er hätte sie überhaupt nicht mit ins Schiff nehmen dürfen ...«

Wan wackelte mit dem Kopf wie ein Alter mit Froschgesicht.

»Du bist sehr langweilig«, sagte er streng und schaltete sie ab. Er zögerte, dann wählte er den Professor an, Nummer 14.

»... obwohl Eliot noch Harvard-Student war, war seine Metaphorik die eines reifen Mannes. ›Aus mir hätten zwei ausgefranste Scheren werden sollen.‹ Die eigene Geringschätzung des Massenmenschen, auf die symbolische Spitze getrieben. Wie sieht er sich? Nicht bloß als Krustentier. *Nicht einmal* als Krustentier, sondern als die reine Abstraktion eines Krustentieres: Scheren. Und ausgefranste noch dazu. In der nächsten Zeile lesen wir ...«

Wan spuckte wieder auf die Schalttafel, als er abschaltete; die ganze Wand war übersät mit den Spuren seines Missfallens. Es gefiel ihm, wenn Doc Lyrik vortrug, aber es gefiel ihm nicht so besonders, wenn er darüber dozierte. Bei den verrücktesten der Toten Menschen wie 14 und 57 hatte man keinen Einfluss auf das, was geschah. Sie reagierten selten und fast nie auf eine Weise, die von Belang zu sein schien, und man hörte sich entweder an, was sie gerade von sich gaben, oder man schaltete sie ab.

Es war fast Zeit für Wan zu gehen, aber er versuchte es noch ein weiteres Mal: bei dem Einzigen mit einer dreistelligen Zahl, seinem besonderen Freund Tiny Jim.

»Hallo, Wan.« Die Stimme klang traurig und angenehm. Es prickelte in Wans Innerem, wie der plötzliche kleine Angstschauer, den er in der Nähe der Alten verspürte. »Du bist es doch, Wan, nicht wahr?«

»Das ist eine dumme Frage. Wer sollte es sonst sein?«

»Man gibt die Hoffnung nicht auf, Wan.« Nach einer Pause kicherte Tiny Jim plötzlich. »Hab' ich dir den von dem Pfarrer, dem Rabbiner und dem Derwisch erzählt, die auf dem Planeten, der aus Schweinefleisch bestand, plötzlich nichts mehr zu essen hatten?«

»Ich glaube schon, Tiny Jim, und außerdem will ich jetzt keine Witze hören.«

Der unsichtbare Lautsprecher knackte und summte kurze Zeit, dann sagte der Tote Mensch: »Wieder das alte Lied, Wan? Du willst wieder über Sex sprechen?«

Der Junge behielt eine ausdruckslose Miene bei, aber das vertraute Prickeln im Unterbauch stellte sich wieder ein.

»Das sollten wir ruhig tun, Tiny Jim.«

»Für dein Alter bis du ein geiler Bursche, Wan«, meinte der Tote Mann und fuhr fort: »Soll ich dir von dem Tag erzählen, an dem ich wegen eines Sexvergehens beinahe geschnappt worden wäre? Es war irrsinnig heiß. Ich fuhr mit dem Spätzug nach Roselle Park zurück, und da kam ein Mädchen herein, setzte sich mir gegenüber, legte die Beine hoch und begann sich mit dem Rock Luft zuzufächeln. Na, was hättest du getan? Ich schaute hin, verstehst du. Und sie machte weiter, und ich schaute unaufhörlich hin, und in der Nähe von Highlands beklagte sie sich darüber beim Schaffner, der mich aus dem Zug warf. Weißt du, was das Komische dabei war?«

Wan war hingerissen.

»Nein, Tiny Jim«, flüsterte er.

»Das Komische war, dass ich meinen Zug verpasst hatte. Ich musste mir in der Stadt die Zeit vertreiben, ging also in ein Pornokino. Zwei Stunden lang, mein Gott, alle Kombinationen, die es gibt. Mehr hätte ich nur noch mit einem Proktoskop sehen können, und warum gaffte ich dann über die Bank auf ihr kleines, weißes Höschen? Aber weißt du, was noch komischer war?«

»Nein, Tiny Jim.«

»Sie hatte Recht! Ich gaffte wirklich. Ich hatte jede Menge Schamhügel und Titten gesehen, aber von ihr konnte ich den Blick nicht abwenden. Das war aber noch nicht das Komischste. Soll ich dir das Allerkomischste sagen?«

»Ja, bitte, Tiny Jim, das sollst du.«

»Na, sie stieg mit mir aus dem Zug. Und nahm mich mit zu sich nach Hause, mein Junge, und wir trieben es immer und immer wieder, die ganze Nacht hindurch. Ich erfuhr nie, wie sie hieß. Was sagst du dazu, Wan?«

»Hör mal, ist das alles wahr, Tiny Jim?«

Pause.

»Ach wo! Nein! Du verdirbst einem alles!«

Wan sagte streng: »Ich will nichts Erfundenes hören, Tiny Jim. Ich will Tatsachen kennen lernen.« Wan war zornig und überlegte, ob er den Toten Mann abschalten sollte, um ihn zu bestrafen, war aber nicht sicher, wen er damit bestrafen würde. »Ich möchte, dass du gewissenhaft bist, Tiny Jim«, redete er ihm zu.

»Hm ...« Der körperlose Verstand knackte und flüsterte einen Augenblick vor sich hin, während er seine Gesprächsschritte durchging. Dann sagte er: »Willst du wissen, warum Wildenteriche ihre Gefährtinnen vergewaltigen?«

»Nein!«

»Ich glaube doch, Wan. Das ist interessant. Man kann Primatenverhalten nicht verstehen, wenn man nicht die ganze Bandbreite der Fortpflanzungsmethoden kennt. Sogar ausgefallene. Selbst die Kratzwürmer. Sie vergewaltigen auch, und weißt du, was *Moniliformis dubius* tut? Sie vergewaltigen ihre Weibchen nicht nur, sie tun das sogar bei konkurrierenden Männchen. Mit einer Art Gips! Damit der arme andere Wurm ihn nicht hochkriegt!«

»Das will ich alles nicht hören, Tiny Jim.«

»Aber es ist komisch, Wan! Deshalb heißt die Art wohl ›dubius‹!« Der Tote Mann kicherte mechanisch.

»Hör auf, Tiny Jim!« Aber Wan war nicht mehr bloß zornig. Er war gefangen. Es war sein Lieblingsthema ebenso wie Tiny Jims Bereitschaft, sich lang und breit darüber auszulassen, was ihn zu Wans Favoriten unter den Toten Menschen machte. Wan wickelte ein Nahrungspäckchen aus und sagte kauend: »Was ich wirklich hören möchte, ist, wie man rankommt, Tiny Jim, bitte?«

Wenn der Tote Mann ein Gesicht gehabt hätte, wäre ihm die Anstrengung anzusehen gewesen, die es kostete, das Lachen zurückzuhalten, aber er sagte entgegenkommend: »Okay, Kleiner. Ich weiß, du gibst die Hoffnung nicht auf. Mal sehen: Hab' ich dich aufgefordert, auf ihre Augen zu achten?«

»Ja, Tiny Jim. Du hast gesagt, wenn ihre Pupillen groß werden, sind sie sexuell erregt.«

»Richtig. Und habe ich das Vorhandensein der sexuell zweigestaltigen Strukturen im Gehirn erwähnt?«

»Ich glaube nicht, dass ich genau weiß, was das bedeutet.«

»Na, ich auch nicht, aber anatomisch ist das so. Sie sind andersartig, Wan, innen *und* außen.«

»Bitte, Tiny Jim, erzähl mir von den Unterschieden!«

Der Tote Mann tat es, und Wan lauschte gefesselt. Es blieb noch immer Zeit genug, zum Schiff zu gehen, und Tiny Jim äußerte sich ungewohnt verständlich. Alle Toten Menschen hatten ihre Spezialthemen, über die sie sich immer wieder ausließen, so, als wäre jeder von ihnen mit einem einzigen großen Gedanken in sich erstarrt. Aber selbst bei den bevorzugten Themen konnte man nicht immer damit rechnen, dass das, was sie sagten, einen Sinn ergab. Wan schob das mobile Gerät, mit dem sie ihn einzufangen pflegten – wenn es funktionierte –, aus dem Weg und streckte sich am Boden aus, das Kinn auf die Hände gestützt, während der Tote Mann plauderte und in Erinnerungen schwelgte und erläuterte, wie man eine Frau hofierte, ihr Geschenke machte und es endlich versuchte.

Es war faszinierend, obwohl Wan das schon mehrmals gehört hatte. Er hörte zu, wie der Tote Mann langsamer wurde, zögerte und verstummte. Dann sagte der Junge, um eine Theorie bestätigt zu bekommen: »Bring mir etwas bei, Tiny Jim. Ich habe ein Buch gelesen, in dem ein Mann und eine Frau sich begatten. Er schlug sie auf den Kopf und begattete sie, während sie bewusstlos war. Das scheint mir eine brauchbare Weise zu sein, zu ›lieben‹, Tiny Jim, aber in anderen Geschichten dauert das viel länger. Woran liegt das?«

»Das war keine Liebe, Kleiner. Das war, wovon ich dir erzählt habe: Vergewaltigung. Das ist schlecht bei Menschen, auch wenn es bei Wildenten geht.«

Wan nickte und feuerte ihn an: »Warum, Tiny Jim?«

Pause.

»Ich erkläre dir das mathematisch, Wan«, sagte der Tote Mann schließlich. »Attraktive Sexobjekte können bezeichnet werden als weiblich, nicht mehr als fünf Jahre jünger als du selbst, nicht mehr als fünfzehn Jahre älter. Diese Zahlen sind auf dein jetziges Alter bezogen, also nur annähernd richtig. Attraktive Sexobjekte können ferner charakterisiert werden durch optische, olfaktorische, taktile und akustische Reize, die auf dich wirken. Hast du mich so weit verstanden?«

»Eigentlich nicht.«

Pause.

»Na, das macht jetzt nichts. Hör einfach zu. Auf der Grundlage dieser vier Elemente werden manche Frauen Reiz auf dich ausüben. Bis zum Augenblick der Begegnung kannst du nichts wissen von anderen Zügen, die dich abstoßen, dir schaden oder die Lust verleiden. 5 von 28 Frauen werden ihre Periode haben. 3 von 82 werden an Gonorrhöe leiden, 2 von 95 an Syphilis. Eine von 17 wird zu starke Körperbehaarung, Hautdefekte oder andere körperliche Verunstaltungen aufweisen, die durch die Kleidung verdeckt werden. Schließlich werden 2 von 71 sich beim Verkehr beleidigend benehmen, eine von 16 wird unangenehm riechen, 3 von 7 werden der Vergewaltigung solchen Widerstand entgegensetzen, dass deine Lust verringert wird; das sind subjektive Werte, errechnet im Verhältnis zu deinem mir bekannten psychologischen Profil. Nimmt man diese Werte zusammen, dann steht es mehr als 6 zu 1 dafür, dass du einer Vergewaltigung nicht die höchste Lust abgewinnst.«

»Dann darf ich eine Frau nicht begatten, ohne um sie geworben zu haben?«

»Richtig, mein Junge. Nicht mitgerechnet, dass Vergewaltigung auch gegen das Gesetz verstößt.«

Wan schwieg einen Augenblick nachdenklich, dann fiel ihm noch eine Frage ein.

»Ist das alles wahr, Tiny Jim?«

Schadenfrohes Gekicher.

»Diesmal hab' ich dich erwischt, Kleiner. Jedes Wort!«

Wan schmollte wie ein Froschgesicht.

»Das war nicht sehr aufregend, Tiny Jim. Wenn ich ehrlich sein soll: Jede Erregung ist verschwunden.«

»Was hast du erwartet, Kleiner?«, erwiderte Tiny Jim mürrisch. »Du hast mir befohlen, keine Geschichten zu erfinden. Warum bist du so unfreundlich?«

»Ich muss bald gehen. Ich habe nicht viel Zeit.«

»Du hast sonst nichts«, kicherte Tiny Jim.

»Und du hast nichts zu sagen, was ich hören möchte«, gab Wan gefühllos zurück. Er schaltete sie alle ab, ging zornig ins Schiff und drückte auf den Startknopf. Er kam nicht auf den Gedanken, dass er schroff zu den einzigen Freunden war, die er im ganzen Universum hatte. Es war ihm nie eingefallen, dass es auf ihre Gefühle ankam.

2

Auf dem Weg zur Oort'schen Wolke

Am 1228. Tag unseres All-inclusive-Vergnügungsausflugs zur Oort'schen Wolke war das Aufregendste die Post. Vera läutete, und wir erschienen alle, um sie abzuholen. Es gab sechs Briefe für meine sinnliche kleine Halbschwägerin von berühmten Filmstars – na ja, es sind nicht alle Filmstars. Es sind berühmte und gut aussehende Discjockeys, denen sie schreibt, weil sie erst vierzehn Jahre alt ist und irgendetwas Männliches braucht, von dem sie träumen kann. Sie schreiben ihr zurück, glaube ich, weil ihre Presseagenten ihnen klar machen, dass das gute Reklame ist. Ein Brief aus dem alten Land an Peter, meinen Schwiegervater; ein langer in Deutsch. Sie wollen, dass er nach Dortmund zurückkommt und sich um den Posten eines Bürgermeisters oder so bewirbt. Immer vorausgesetzt, versteht sich, dass er noch am Leben ist, wenn er zurückkommt, was bei allen vieren von uns nur eine Vermutung ist. Aber sie geben nicht auf. Zwei private Briefe an meine Frau Lurvy, wohl von ehemaligen Anbetern. Und ein Brief an uns alle vom Witwer der armen Trish Bover – oder auch ihrem Ehemann, je nachdem, ob man Trish für lebendig oder tot hielt:

»Habt ihr eine Spur von Trishs Schiff gesehen?
Hanson Bover«

Kurz und knapp, weil er sich mehr nicht leisten kann, vermutete ich. Ich bat Vera, ihm dieselbe Antwort wie immer zu schicken: »Tut uns Leid, nein.« Ich hatte Zeit genug, mich um diese Korrespondenz zu kümmern, weil es keine Post für Paul C. Hall gab, der ich bin.

Es gibt in der Regel nicht viel für mich, was einer der Gründe dafür ist, dass ich viel Schach spiele. Peter erklärt mir, ich könnte von Glück sagen, dass ich überhaupt dabei sein darf, und ich wäre es wohl auch nicht, wenn er nicht die Reise für die ganze Familie finanziert hätte. Und nicht seine Fähigkeiten investiert hätte, aber das haben wir alle getan. Peter ist Nahrungsmitteltechniker. Ich bin Bauingenieur. Meine Frau Dorema – es ist besser, wenn man sie nicht so nennt, und wir rufen sie deshalb meistens »Lurvy« – ist Pilotin. Noch dazu eine verdammt gute. Lurvy ist jünger als ich, aber sie war sechs Jahre lang auf Gateway. Hatte nie einen Erfolg, kam nahezu bankrott zurück, aber gelernt hatte sie viel. Nicht nur, was das Navigieren anging. Manchmal werfe ich einen Blick auf Lurvys Arme mit den fünf Flugspangen, für jeden ihrer Gateway-Flüge eine, und auf ihre Hände, fest und sicher an der Steuerung, warm und wärmend, wenn wir uns berühren. Ich weiß nicht viel über das, was sie auf Gateway erlebt hat. Vielleicht ist es besser so.

Und die andere ist ihr kleines, minderjähriges Luder von Halbschwester, Janine. Ah, Janine! Manchmal war sie vierzehn Jahre alt und manchmal vierzig. Wenn sie vierzehn war, schrieb sie ihre schwärmerischen Briefe an ihre Filmstars und beschäftigte sich mit ihren Spielsachen – ein zerschlissenes, ausgestopftes Gürteltier, ein Hitschi-Gebetsfächer (echt) und eine Feuerperle (unecht), die ihr Vater ihr gekauft hatte, um sie mit auf die Reise zu locken. Wenn sie vierzig war, wollte sie auch spielen, aber in erster Linie mit mir. Und da sitzen wir. Dreieinhalb Jahre lang buchstäblich aufeinander. Bemüht, nicht von Mordlust ergriffen zu werden.

Wir waren nicht die Einzigen im Weltraum. Zuweilen, aber selten, fingen wir eine Nachricht von unseren nächsten Nachbarn, dem Stützpunkt auf Triton oder einem Forschungsschiff auf, das sich verirrt hatte. Aber Triton lag zusammen mit Neptun in seiner Umlaufbahn weit vor uns – Empfangszeit hin und zurück drei Wochen. Und das Spähschiff hatte für uns keine Energie zu vergeuden, obwohl es nur noch fünfzig Lichtstunden entfernt war. Das hatte nichts mit einem nachbarlichen Schwatz über die Gartenhecke zu tun.

Was machte ich also? Ich spielte viel Schach mit unserem Bordcomputer.

Auf dem Weg zur Oort'schen Wolke gibt es nicht besonders viel zu tun, außer sich mit Spielen zu beschäftigen, und außerdem war das eine gute Methode, im Krieg zwischen zwei Frauen, der in unserem kleinen Raumschiff unaufhörlich tobte, neutral zu bleiben. Meinen Schwiegervater kann ich aushalten, wenn es sein muss. Er bleibt meistens für sich, so gut das in einem Raum von vierhundert Kubikmetern geht. Seine beiden verrückten Töchter ertrage ich nicht immer, obwohl ich sie beide liebe.

Das wäre alles leichter auszuhalten, wenn wir mehr Platz hätten – das machte ich mir immer wieder klar –, aber man kann eben keinen Beruhigungsspaziergang um den Häuserblock machen, wenn man in einem Raumschiff sitzt. Ab und zu ein rascher Außeneinsatz, um die Außenfracht zu überprüfen, ja, und dann konnte ich mich umsehen – die Sonne immer noch fast der hellste Stern in ihrer Konstellation; Sirius vor uns war bereits heller, und Alpha Centauri, knapp unter und seitlich der Ekliptik, ebenfalls. Aber das dauerte immer nur eine Stunde, dann musste man ins Schiff zurück. Kein Luxusschiff. Ein antikes Stück von Raumschiff, von Menschenhand gemacht, niemals gedacht für einen Flug, der länger als ein halbes Jahr dauerte, und darin mussten wir uns nun dreieinhalb Jahre zusammendrängen. Guter Gott! Wir müssen nicht bei Verstand gewesen sein, als wir unterschrieben. Was helfen zwei Millionen Dollar, wenn man beim Verdienen überschnappt?

Unser Bordgehirn war viel leichter zu ertragen. Wenn ich mit ihm Schach spielte, über die Konsole gebeugt, den großen Kopfhörer aufgesetzt, konnte ich Lurvy und Janine vergessen. Das Gehirn trug den Namen Vera, was eigentlich nur auf meine eigene Eitelkeit zurückzuführen war und nichts mit ihrem – ich meine seinem – Geschlecht zu tun hatte. Oder auch mit ihrer Wahrheitsliebe, denn ich hatte ihr befohlen, manchmal Witze mit mir zu machen. Wenn Vera in Verbindung stand mit den großen Computern in Umlaufbahnen oder zu Hause auf der Erde, war sie sehr, sehr klug, aber so konnte sie keine Unterhaltung führen, wegen der Gesamtempfangszeit von 25 Tagen nämlich, und sobald keine Verbindung mehr bestand, war sie eben sehr, sehr dumm ...

»a 2 – a 4, Vera.«

»Danke ...« Lange Pause, während sie meine Parameter prüfte, um sich zu vergewissern, mit wem sie sprach und was sie eigentlich tat. »Paul. Läufer schlägt Springer.«

Ich konnte Vera vernichtend schlagen, wenn wir Schach spielten, es sei denn, sie schwindelte. Wie sie das machte? Nun, nachdem ich vielleicht hundert Spiele gegen sie gewonnen hatte, gewann sie eines. Dann gewann ich ungefähr fünfzig, und sie gewann eines und noch eines, die nächsten zwanzig Spiele verteilten sich ungefähr je zur Hälfte, und dann begann sie mich jedes Mal am Boden zu zerstören. Bis ich dahinter kam, was sie machte. Sie übermittelte Spielstand und -tendenz an die Großcomputer auf der Erde, und wenn wir eine Spielpause einlegten, was manchmal vorkam, wenn Peter oder eine der Frauen mich vom Brett wegholten, hatte sie Zeit, durch die Kritik der Großrechner an ihren Plänen und Vorschlägen ihre Spielstrategie zu verbessern. Die Maschinen erklärten Vera, welche Spielzüge ich mutmaßlich plante und wie ihnen zu begegnen sei, und sobald Bodenstation-Vera richtig lag, hatte Bord-Vera mich in der Hand. Ich gab mir keine Mühe, ihr das abzugewöhnen. Ich unterbrach einfach kein Spiel mehr, und nach einiger Zeit waren wir so weit entfernt, dass ihr einfach nicht mehr die nötige Frist blieb, sich helfen zu lassen, und ich schlug sie wieder bei jedem Spiel.

Diese Schachpartien waren so ungefähr das Einzige, was ich in diesen dreieinhalb Jahren gewann. Bei dem großen Spiel, das zwischen meiner Frau Lurvy und ihrer geilen, vierzehn Jahre alten Halbschwester Janine stattfand, gab es für mich nichts zu gewinnen. Lurvy versuchte Janine eine Mutter zu sein, und diese gab sich Mühe, ihr als Feindin gegenüberzustehen. Was ihr gelang. Es lag nicht allein an Janine. Lurvy trank ein paar Gläser - das war ihre Art, der Langeweile zu entfliehen - und kam dahinter, dass Janine ihre Zahnbürste benutzt oder widerwillig getan hatte, was ihr aufgetragen worden war, nämlich den Bereich der Essenszubereitung sauber zu machen, bevor er zu stinken anfing, ohne aber die organischen Stoffe in den Verarbeiter zu werfen. Dann ging es los. Von Zeit zu Zeit absolvierten sie rituelle Darbietungen von Weibergeschwätz, untermalt von Ausbrüchen ...

»Die blaue Hose gefällt mir wirklich an dir, Janine. Soll ich den Saum heften?«

»Na *gut*, ich werde also *fett*, willst du das damit sagen? Na, immer noch besser, als mich die ganze Zeit *blöd* zu saufen!« Und dann gerieten sie sich wieder in die Haare. Und ich spielte wieder Schach mit Vera. Das war das einzig Sichere. Jedes Mal, wenn ich versuchte, mich einzumischen, erzielte ich augenblicklich den Erfolg, sie gemeinsam gegen mich aufzubringen: »Drecks-Chauvi, warum schrubbst *du* den Küchenboden nicht?«

Das Komische dabei war, ich liebte sie beide. Auf unterschiedliche Art, versteht sich, obwohl es mir schwer fiel, das Janine klarzumachen.

Man sagte uns, worauf wir uns einließen, als wir unterschrieben. Neben der üblichen psychologischen Unterweisung für Fernflüge standen wir alle vier ein Dutzend stundenlanger Sitzungen über das Problem durch, und was der Psychiater sagte, lief am Ende auf »Gebt euch die größte Mühe« hinaus. Es stellte sich heraus, dass ich bei dem Prozess der Familien-Neubildung lernen musste, den Elternpart zu übernehmen. Peter war zu alt dafür, auch wenn er der biologische Vater war. Lurvy war, wie von einer ehemaligen Gateway-Pilotin zu erwarten, kein häuslicher Typ. Es hing an mir; der Psychiater ließ daran keinen Zweifel. Das Gerät verriet nur nicht, wie das gehen sollte.

Da saß ich also mit einundvierzig Jahren, X-Milliarden Kilometer von der Erde entfernt, weit hinter der Plutobahn, gegen die Ekliptikebene ungefähr fünfzehn Grad gekippt, bemüht, nicht mit meiner Halbschwägerin zu schlafen, bemüht, mit meiner Frau Frieden zu halten, bemüht, in Waffenruhe mit meinem Schwiegervater zu leben. Das waren die großen Probleme, mit denen ich jeden Tag erwachte (jedes Mal, wenn man mir erlaubt hatte, zu schlafen), um mich über einen weiteren Tag hinwegzuretten. Um nicht an sie denken zu müssen, versuchte ich immer wieder, an die zwei Millionen Dollar pro Person zu denken, die wir für den Abschluss der Mission erhalten sollten. Wenn sogar das versagte, versuchte ich an die langfristige Bedeutung unseres Fluges zu denken, nicht allein für uns, sondern für alle atmenden Menschen. Das war real genug. Wenn alles gut verlief, würden wir fast die ganze Menschheit vor dem Tod durch Verhungern retten. Das war unübersehbar wichtig. Manchmal *erschien* es sogar wichtig. Aber es war die Menschheit, die uns in dieses übelriechende Straflager offenbar für alle Ewigkeit gepfercht hatte, und es gab Zeiten, in denen ich - nicht wahr? - beinahe hoffte, sie würden wirklich alle verhungern.

Tag 1283. Ich wurde gerade wach, als ich Vera vor sich hin pfeifen und knistern hörte, wie sie es immer macht, sobald eine Mitteilung kommt, die zum Handeln zwingt. Ich öffnete den Reißverschluss der Spanndecke und schob mich aus unserem Privatabteil, aber der alte Peter hatte sich schon über den Drucker gebeugt.

Er fluchte knarrend.

»Verdammt noch mal! Wir haben eine Kursänderung.«

Ich packte eine Haltestange und stieß mich ab, um selbst zu sehen, aber Janine, vor dem Wandspiegel eifrig damit beschäftigt, ihre Backenknochen nach Pickeln abzusuchen, war vor mir zur Stelle. Sie las die Mitteilung und glitt verächtlich davon. Peter bewegte eine ganze Weile stumm die Lippen und sagte dann scharf: »Das interessiert dich nicht?«

Janine zuckte kaum merklich die Achseln, ohne ihn anzusehen.

Lurvy kam hinter mir aus dem Privatabteil und zog den Reißverschluss ihrer Unterwäsche zu.

»Lass sie in Ruhe, Pa«, sagte sie. »Paul, zieh etwas an.«

Es war besser zu tun, was sie sagte, und außerdem hatte sie Recht. Ärger mit Janine ließ sich am besten vermeiden, wenn man sich gebärdete wie ein Puritaner. Bis ich meine kurze Hose aus dem zerwühlten Bettzeug fischte, hatte Lurvy die Mitteilung schon gelesen. Das war normal; sie war unsere Pilotin.

Sie hob den Kopf und grinste.

»Paul! Wir müssen in etwa elf Stunden eine Korrektur vornehmen, und das ist vielleicht die letzte. Weg da!«, sagte sie zu Peter, der immer noch am Terminal klebte, und zog sich herunter, um Veras Rechnertasten zu bedienen. Sie beobachtete, wie die Flugbahnen auf dem Monitor erschienen, bestätigte per Knopfdruck und jubelte dann: »Dreiundsiebzig Stunden und acht Minuten bis zur Landung!«

»Das hätte sogar ich gekonnt«, beklagte sich ihr Vater.

»Murr nicht, Pa. Drei Tage, und wir sind da. Wenn wir wenden, müssten die Teleskope es sogar zeigen.«

Janine, die wieder dabei war, an ihren Backen zu zupfen, erklärte über die Schulter: »Wir könnten es schon seit *Monaten* sehen, wenn nicht jemand das große Teleskop demoliert hätte.«

»Janine!« Lurvy gelang es diesmal, sich zu zügeln. Sie sagte mit ihrer Vernunftstimme: »Meinst du nicht, dass das ein Anlass zum Feiern wäre, statt zum Streiten? Natürlich meinst du das, Janine. Ich schlage vor, dass wir alle einen trinken – du auch.«

Ich ging sofort dazwischen, während ich den Gürtel meiner kurzen Hose zuzog – wie *das* weiterging, wusste ich leider zu gut.

»Setzt du die chemischen Raketen ein, Lurvy? Gut, dann müssen Janine und ich hinaus und die Außenfracht überprüfen. Warum trinken wir das Glas nicht, wenn wir zurückkommen?«

Lurvy lächelte sonnig.

»Gute Idee, Liebster. Aber vielleicht nehmen Pa und ich jetzt einen Kurzen, und dann machen wir noch bei eurer Runde mit, wenn ihr wollt.«

»In den Anzug!«, befahl ich Janine und hinderte sie so daran, die hitzige Antwort, die sie auf der Zunge hatte, auszusprechen. Sie war offenbar vorübergehend zur Versöhnlichkeit entschlossen, weil sie kommentarlos gehorchte. Wir überprüften gegenseitig die Abdichtung, ließen uns zusätzlich von Lurvy und Peter kontrollieren, drängten uns hintereinander in die Schleuse und schwebten an unseren Leinen ins All hinaus. Das Erste, was wir beide taten, war, Richtung Heimat zu blicken – nicht sehr zufrieden stellend; die Sonne war nur noch ein heller Stern, und die Erde konnte ich überhaupt nicht erkennen, obwohl Janine in der Regel behauptete, sie könne es. Das Zweite war, zur Nahrungsfabrik hinüberzublicken, aber da konnte ich auch nichts sehen. Ein Stern sieht praktisch aus wie der andere, vor allem in den unteren Helligkeitsbereichen, wenn fünfzig- oder sechzigtausend davon am Himmel stehen.

Janine arbeitete schnell und geschickt, beklopfte die Bolzen der großen Ionentriebwerke, die seitlich an unserem Raumschiff befestigt waren, während ich die Festigkeit der Stahlbänder prüfte. Janine war im Grunde nicht übel. Sie war vierzehn Jahre alt und sexuell erregbar, gewiss, aber sie trug nicht allein die Schuld daran, dass sie keine geeignete Person hatte, an der sie sich als Frau erproben konnte. Außer mir und, noch unbefriedigender, ihrem Vater.

Alles war in Ordnung, wovon wir natürlich überzeugt gewesen waren. Sie wartete schon am Stummel der Aufhängung des großen Teleskops, bis ich fertig war, und ein Maßstab für ihre gute Laune war, dass sie keinen Ton darüber sagte, wer es während der irren Zeit abgebrochen und zugelassen hatte, dass es davonschwebte. Ich ließ sie zuerst ins Schiff zurückkehren, während ich noch zwei Minuten draußen blieb. Nicht, weil mir die Aussicht besonders gut gefallen hätte, sondern deshalb, weil diese Minuten im Weltraum in dreieinhalb Jahren praktisch die einzigen waren, in denen ich so etwas wie allein sein konnte.

Wir flogen noch immer mit über drei Kilometern in der Sekunde. Aber da es nichts gab, woran man das messen konnte, fiel es natürlich nicht auf. Es sah ganz so aus, als bewegten wir uns überhaupt nicht, wie fast die ganze Zeit während der dreieinhalb Jahre. Eine der Geschichten, die wir alle immer wieder vom alten Peter gehört hatten, betraf seinen Vater, der beim Werwolf gewesen war. Er konnte nicht älter gewesen sein als sechzehn, als der große Krieg zu Ende ging. Seine Hauptaufgabe bestand darin, Düsenmotoren zu einem Geschwader der Luftwaffe zu transportieren, das gerade mit Maschinen vom Typ Me 210 ausgerüstet worden war. Peter behauptet, sein Papa sei mit der bedauernden Äußerung gestorben, die Motoren nicht mehr rechtzeitig zum Geschwader befördert zu haben, damit es die Lancasters und B 17 abschießen und den Endsieg hätte sicherstellen können. Wir fanden das alle sehr komisch – jedenfalls noch beim ersten Anhören. Aber das war eigentlich nicht das Komische. Das Komischste war, wie der Naziknabe die Motoren beförderte. Mit einem Gespann. Nicht einmal Pferde. Ochsen. Nicht einmal auf einem Karren – es war ein Schlitten! Die allermodernsten Düsenturbinen – und um sie zum Einsatz zu bringen, bedurfte es eines wuschelhaarigen Jungen mit einer Gerte, der bis zu den Knöcheln in Kuhdung watete.

Während ich auf der Stelle schwebte und durch den Raum kroch, auf einer Reise, die ein Hitschi-Schiff in einem einzigen Tag bewältigt hätte, verspürte ich ein gewisses Mitgefühl für Peters Vater. So verschieden waren wir gar nicht. Bei uns fehlte nur der Kuhdung.

Tag 1284. Die Kursänderung ging völlig glatt vonstatten, nachdem wir uns alle in unsere Lebenserhaltungssysteme gezwängt und in die Beschleunigungsliegen gequetscht hatten, die unseren Luft- und Messgeräten genau angepasst waren. Angesichts des winzigen Delta-Vektors, um den es ging, lohnte sich die Mühe kaum. Gar nicht davon zu reden, dass Lebenserhaltungssysteme nicht viel nützten, wenn so viel fehlen sollte, dass wir sie brauchten, fünftausend AE von zu Hause entfernt. Aber wir hielten uns an die Vorschriften, denn so hatten wir es schon dreieinhalb Jahre lang gemacht.

Und nachdem wir gewendet hatten und die chemischen Raketen gezündet hatten und wieder verstummt waren und die Arbeit abermals den Ionentriebwerken überließen, und nachdem Vera herumgetan und gegluckst und zögernd mitgeteilt hatte, soweit sie erkennen könne, scheine alles in Ordnung zu sein – vorbehaltlich der Bestätigung durch die Erde einige Wochen später, natürlich –, sahen wir sie! Lurvy verließ als Erste ihren Sessel und war an den Schirmen, die sie binnen Sekunden auf Scharfeinstellung brachte.

Wir blieben und starrten sie an: die Nahrungsfabrik!

Sie tanzte Ärgernis erregend im Metallspiegel und war schwer festzuhalten. Selbst eine Ionenrakete verleiht einem Raumschiff eine gewisse Vibration, und wir waren immer noch weit entfernt, aber da war sie. Sie schimmerte in der von vereinzelten Sternen durchsetzten Dunkelheit bläulich, seltsam geformt. Sie hatte die Größe eines Bürogebäudes und war noch am ehesten rechteckig. Aber ein Ende war abgerundet, und an einer Seite schien ein langes, gewölbtes Stück zu fehlen.

»Glaubst du, sie hat einen Treffer abbekommen?«, fragte Lurvy angstvoll.

»Ach, keine Spur«, knurrte ihr Vater. »Sie ist so gebaut. Was wissen wir über Hitschi-Konstruktionen?«

»Woher weißt du das?«, fragte Lurvy, aber ihr Vater ging nicht darauf ein. Er brauchte es auch nicht; wir wussten alle, dass er es nicht wissen konnte und nur aus der Hoffnung heraus sprach, denn wenn sie beschädigt war, saßen wir in der Klemme. Unsere Prämien wurden schon fürs Hinfliegen bezahlt, aber unsere Hoffnungen auf echten Gewinn – den einzigen Gewinn, der sieben qualvolle Flugjahre aufwiegen konnte – ruhten darauf, dass die Nahrungsfabrik funktionierte. Oder wenigstens gründlich studiert und nachgebaut werden konnte.

»Paul«, sagte Lurvy plötzlich, »sieh dir die Seite an, die sich eben wegdreht – sind das nicht Schiffe?«

Ich kniff die Augen zusammen und versuchte zu erkennen, was sie sah. An der langen geraden Seite des Gebildes gab es ein halbes Dutzend Ausbuchtungen, drei oder vier kleinere und zwei ziemlich große. Sie sahen ganz aus wie das, was ich vom Gateway-Asteroiden gesehen hatte, soweit ich das zu beurteilen vermochte. Aber ...

»Du bist Prospektor gewesen«, gab ich zurück. »Was meinst du?«

»Ich glaube, es sind Schiffe. Aber, du meine Güte, hast du die zwei letzten gesehen? Sie waren *riesig*. Ich bin in Einern und Dreiern gewesen, aber in nichts von der Art dort. Die könnten, ich weiß nicht, fünfzig Leute aufnehmen. Wenn wir solche Schiffe hätten, Paul ... wenn wir solche Schiffe hätten ...«

»Wenn, wenn«, fauchte ihr Vater. »Wenn wir solche Schiffe hätten und sie dahin lenken könnten, wo wir hinwollen, ja, dann würde uns die Welt gehören. Hoffen wir, dass sie noch funktionieren. Hoffen wir, dass überhaupt noch etwas funktioniert.«

»Bestimmt, Vater«, ertönte eine liebliche Stimme hinter uns. Wir drehten uns um. Janine kniete unter dem Verarbeiter und hielt uns eine Quetschflasche von unserem besten selbstgemachten, aus Altstoffen gewonnenen Kornbranntwein vor Augen. »Ich würde sagen, das muss gefeiert werden.« Sie lächelte.

Lurvy sah sie nachdenklich an, aber sie hatte sich gut in

der Hand und erwiderte nur: »Na, das ist aber eine gute Idee, Janine. Lass sie herumgehen.«

Janine trank einen damenhaften kleinen Schluck und gab ihrem Vater die Flasche.

»Ich dachte, du und Lurvy, ihr mögt einen Gutenachtschluck«, sagte sie nach einem Räuspern. Sie durfte erst seit ihrem vierzehnten Geburtstag Hochprozentiges trinken, es schmeckte ihr immer noch nicht, und sie beharrte nur darauf, weil es ein Vorrecht der Erwachsenen war.

»Gute Idee«, sagte Peter nickend. »Ich bin jetzt, wie viel sind es, ja, fast zwanzig Stunden auf den Beinen. Wir sollten alle noch ein wenig schlafen, bevor wir landen«, fügte er hinzu und gab die Flasche an meine Frau weiter, die einen Zehntelliter in ihre geübte Kehle spritzte und sagte: »Ich bin eigentlich noch gar nicht schläfrig. Wisst ihr, was ich machen möchte? Am liebsten würde ich noch einmal das Band von Trish Bover abspielen.«

»Ach du guter Gott, Lurvy! Das haben wir alle schon x-mal gesehen!«

»Ich weiß, Janine. Du brauchst es dir auch nicht anzusehen, wenn du nicht willst, aber ich habe mich immer wieder gefragt, ob eines dieser Schiffe jenes von Trish ist, und ... na ja, ich will es mir einfach noch einmal ansehen.«

Janines Lippen wurden schmal, aber die Gene setzten sich durch, und ihre Selbstbeherrschung war so stark wie die ihrer Schwester, wenn sie wollte – das gehörte zu den Dingen, auf die wir geprüft wurden, bevor man uns die Mission übertrug.

»Ich wähle es an«, sagte sie und stieß sich ab, zu Veras Tastatur hinüber. Peter schüttelte den Kopf und zog sich in sein Privatabteil zurück. Er zog die Falttafel zu, um uns auszusperren, und wir anderen versammelten uns um die Konsole. Weil es ein Band war, konnten wir die Aufzeichnung optisch wie akustisch verfolgen. Nach ungefähr zehn Sekunden konnten wir die arme, zornige Trish Bover sehen, wie sie in die Kamera sprach und die letzten Worte sagte, die je ein Mensch von ihr hören sollte.

Tragisches kann nur für eine gewisse Zeit tragisch sein,

und wir hatten das nun dreieinhalb Jahre lang immer wieder gehört. Das Band spielten wir regelmäßig ab und betrachteten die Szenen, die sie mit ihrer Handkamera aufgenommen hatte. Nicht, weil wir glaubten, mehr daraus zu erfahren, als die Leute von der Gateway-Gesellschaft bereits entnommen hatten, sondern weil wir uns noch einmal vergewissern wollten, dass sich alles lohnte. Die wahre Tragödie war die, dass Trish nicht wusste, was sie gefunden hatte.

»Hier ist Flugbericht Null. Vierundsiebzig D Neunzehn«, begann sie, noch ganz ruhig. Ihr trauriges, armes Gesicht versuchte sogar zu lächeln. »Ich scheine in Schwierigkeiten zu sein. Ich bin bei einer Art Hitschi-Gebilde herausgekommen und habe angedockt, und jetzt kann ich nicht mehr weg. Die Raketen der Landekapsel funktionieren, aber die Hauptkonsole nicht. Und ich will nicht hier bleiben, bis ich verhungere.« Verhungern! Nachdem die großen Wissenschaftler Trishs Aufnahmen durchgesehen hatten, erkannten sie, was das für ein »Gebilde« war – die CHON-Nahrungsfabrik, nach der sie immer schon gesucht hatten.

Aber ob es sich lohnte, war immer noch eine offene Frage, und Trish glaubte ganz sicher nicht, dass es sich lohnte. Sie glaubte vielmehr, dass sie dort sterben würde; dass sie nicht einmal ihren Lohn für den Flug kassieren konnte. Und ganz am Ende versuchte sie, mit der Landekapsel zurückzugelangen.

Sie stieg in die Kapsel und richtete sie auf die Sonne, schaltete die Motoren ein und nahm eine Pille. Nahm viele Pillen; alle, die sie hatte. Dann stellte sie die Kühlanlage auf höchste Leistung, setzte sich hin und schloss die Tür hinter sich.

»Taut mich auf, wenn ihr mich findet«, sagte sie, »und vergesst meine Belohnung nicht.«

Und vielleicht würde man das wirklich nicht vergessen. Sobald man sie fand. *Falls* man sie fand. Vielleicht in zehntausend Jahren. Bis ihre schwache Funkbotschaft von jemandem gehört wurde – vielleicht bei der fünfhundertsten automatischen Wiederholung –, war es viel zu spät, als dass das für Trish noch eine Rolle gespielt hätte; sie antwortete nie.

Vera spielte das Band bis zu Ende ab und verstaute es dann wieder in ihrem Archiv; der Bildschirm wurde dunkel.

»Wäre Trish eine richtige Pilotin gewesen, statt eine von diesen wilden Gateway-Sucherinnen, die reinspringen, auf den Knopf drücken und das Raumschiff machen lassen, was es will«, sagte Lurvy, übrigens nicht zum ersten Mal, »hätte sie sich besser ausgekannt. Sie hätte den schmalen Delta-Vektor der Landekapsel genutzt, um einen Teil des Massenträgheitsmoments zu verringern, statt den Rest zu vergeuden, indem sie schnurgerade zielte.«

»Danke, Pilotenexpertin«, sagte ich, auch nicht zum ersten Mal. »Dann hätte sie damit rechnen können, viel früher im Asteroidengürtel zu sein, nicht? Vielleicht schon in sechs- oder siebentausend Jahren.«

Lurvy zog die Schultern hoch.

»Ich gehe zu Bett«, sagte sie und bediente sich ein letztes Mal aus der Flasche. »Und du, Paul?«

»Ach, seid doch nicht so«, sagte Janine. »Ich wollte Paul bitten, dass er mir hilft, die Zündabläufe für die Ionentriebwerke durchzugehen.«

Lurvy war sofort auf der Hut.

»Bist du sicher, dass er nur das mit dir durchgehen soll? Schmoll nicht, Janine. Du weißt, du bist das oft genug durchgegangen, und außerdem ist das Pauls Aufgabe.«

»Und was ist, wenn Paul ausfällt?«, gab Janine sofort zurück. »Woher wissen wir, dass wir nicht gerade dann in die irre Zeit geraten, wenn wir dabei sind?«

Das konnte nun wirklich niemand wissen, und ich war im Übrigen schon zu der Meinung gelangt, dass uns das passieren würde. Dieses Phänomen trat regelmäßig in Abständen von ungefähr hundertdreißig Tagen auf, ein Dutzend Tage hin oder her. Wir kamen knapp hin.

»Ich bin eigentlich ein bisschen müde, Janine«, erklärte ich. »Ich verspreche dir, dass wir das morgen machen.«

Oder eben dann, wenn gleichzeitig einer von den anderen wach war – es kam vor allem darauf an, mit Janine nicht allein zu sein in einem Schiff mit dem Gesamtrauminhalt eines Motelzimmers. Man würde sich wundern, wie schwer es ist, sich in einem Raumschiff mit dem Gesamtrauminhalt eines Motelzimmers einzurichten. Praktisch unmöglich.

Aber in Wirklichkeit war ich nicht müde, und als Lurvy neben mir eingeschlafen war – ihre Atmung war zu leise, als dass man sie irgendwie ein Schnarchen hätte nennen können –, reckte ich mich im Bett. Ich war hellwach und zählte auf, was positiv war. Das musste ich mindestens einmal am Tag tun. Wenn ich etwas zum Aufzählen finden konnte.

Diesmal fand ich etwas Gutes. Viertausend AE. Mehr als viertausend AE stellen eine lange Reise dar – und das in Luftlinie. Oder eigentlich in Photonenlinie, weil es im interstellaren Raum nur sehr wenig Luft gibt. Sagen wir, eine halbe Billion Kilometer, da fehlte nicht viel. Und wir flogen in einer Spirale hinaus, was fast einen ganzen Umlauf um die Sonne ausmachte, bevor wir ans Ziel kamen. Unsere Bahn erstreckte sich nicht bloß über 25 Lichttage, es waren schon eher 60. Und bei gleichmäßigem Antrieb während des gesamten Weges kamen wir an die Lichtgeschwindigkeit nicht einmal heran. Dreieinhalb Jahre ... und die ganze Zeit über dachten wir: Mensch, was ist, wenn einer sich mit dem Hitschi-Antrieb auskennt, bevor wir dort sind? Geholfen hätte uns das gar nichts. Es wäre viel mehr Zeit vergangen als dreieinhalb Jahre, bevor man dazu hätte kommen können, all das zu tun, was man tun wollte, wenn es einmal so weit war. Und rate mal einer, wo auf der Liste das Vorhaben gestanden hätte, uns nachzufliegen.

Das Schöne, worüber ich also nachdenken konnte, war, dass wir wenigstens nicht vor der Erkenntnis stehen würden, der Flug sei umsonst gewesen, weil wir fast schon an Ort und Stelle waren.

Alles, was noch übrig blieb, war, die großen Ionentriebwerke an der Fabrik festzumachen ... nachzuprüfen, ob das funktionierte ... den langsamen Rückflug anzutreten, das Ding zurück zur Erde zu schieben ... und auf irgendeine Weise zu überleben, bis wir dort waren. Sagen wir, na ja, noch einmal vier Jahre.

Ich befasste mich lieber wieder mit der tröstlichen Tatsache, dass wir fast am Ziel waren.

Der Gedanke, Kometen zur Nahrungsgewinnung auszubeuten, war nicht neu, er ging mindestens zurück auf Krafft Ehricke in den 1950-ern, nur hatte er vorgeschlagen, die Menschen sollten sie kolonisieren. Das ergab Sinn. Bring ein bisschen Eisen und Spurenelemente mit – das Eisen, um etwas zu bauen, in dem du unterkommen kannst, die Spurenelemente, um CHON-Nahrung in Zwiebelkuchen oder Hamburger zu verwandeln –, und du kannst auf unbestimmte Zeit von dem Angebot ringsum leben. Denn daraus bestehen Kometen. Ein bisschen Staub, etwas Gestein und enorm viel gefrorene Gase. Und was sind das für Gase? Sauerstoff. Stickstoff. Wasserstoff. Kohlendioxyd. Wasser. Methan. Ammoniak. Immer wieder dieselben vier Elemente. CHON. Kohlenstoff, Wasserstoff, Sauerstoff, Stickstoff, und was kommt heraus, wenn man ihre Symbole in dieser Reihenfolge aufführt? CHON, gesprochen »Chon«.

Die Oort'sche Wolke bestand aus Millionen megatonnengroßer Portionen Essen. Zu Hause auf der Erde blickten zehn oder zwölf Milliarden hungriger Menschen zu ihr hinauf und leckten sich die Lippen.

Es wurde immer noch viel darüber gestritten, was Kometen dort draußen in der Wolke zu suchen hatten. Man konnte sich sogar darüber streiten, ob sie überhaupt in Gruppen auftraten. Öpik erklärte vor hundert Jahren, mehr als die Hälfte aller gesichteten Kometen passten in genau definierte Gruppen, und seine Anhänger glauben das bis heute. Whipple sagte, Quatsch, es gibt keine Gruppe, in der mehr als drei Kometen unterzubringen wären. Dasselbe sagten *seine* Anhänger. Dann kam Oort daher und versuchte dem Ganzen einen Sinn zu geben. Er stellte sich vor, dass es da eine riesige Schale von Kometen rund um das Sonnensystem gab, und hier und da pickte sich die Sonne einen heraus, der dann bis zum Perihel hereinsauste. Und wir sahen daraufhin den Halleyschen Kometen oder jenen, der als Stern von Bethlehem gilt, oder irgendeinen anderen. Anschließend befasste sich eine ganze Gruppe von Leuten damit und fragte, warum das eigentlich so sei. Es stellte sich heraus, dass es gar nicht sein konnte – jedenfalls dann nicht, wenn man für die Oort'sche Wolke von der Maxwell'schen Geschwindigkeitsverteilung ausgeht. Unterstellt man normale Verteilung, dann muss man nämlich auch davon ausgehen, dass es überhaupt keine Oort'sche Wolke gibt. Man kann aus einer Oort'schen Wolke die beobachteten beinahe parabolischen Bahnen nicht ableiten; das behauptete R. A. Lyttleton. Aber dann erklärte ein anderer: »Na, vielleicht ist die Verteilung auch eine nicht Maxwell'sche!« Und so erwies es sich. Das ist alles zusammengeklumpt. Es gibt Kometenhaufen und riesige Raumvolumina, in denen fast gar keine auftreten.

Und während die Hitschi ihre Maschine ohne Zweifel so eingesetzt hatten, dass sie auf satten Kometenweiden grasen konnte, befand sie sich jetzt, viele hunderttausende von Jahren später, in einer Art Kometenwüste. Wenn sie noch arbeitete, hatte sie wenig Material zum Bearbeiten. (Vielleicht hatte sie alles aufgefressen?)

Ich schlief ein mit dem Gedanken, wie CHON-Nahrung wohl schmecken mochte. Sie konnte nicht viel schlimmer sein als das, was wir dreieinhalb Jahre lang gegessen hatten, nämlich in der Hauptsache uns selbst, wieder verarbeitet.

Tag 1285. Janine hätte mich heute beinahe drangekriegt. Ich spielte Schach mit Vera, alles schlief friedlich, als ihre Hände sich um die großen Kopfhörer legten und meine Augen bedeckten.

»Lass das, Janine«, sagte ich.

Als ich mich umdrehte, schmollte sie.

»Ich wollte nur mit Vera arbeiten«, sagte sie.

»Wozu? Damit du wieder einen heißen Liebesbrief an einen deiner Filmstars schicken kannst?«

»Du behandelst mich wie ein Kind«, sagte sie.

Es konnte als Wunder gelten, dass sie einmal ganz angezogen war; ihr Gesicht glänzte, ihr Haar war feucht und nach hinten gebunden. Sie sah ganz so aus, wie man sich das Idealbild des ernsthaften Teenagers vorstellt. »Was ich *wollte*«, fuhr sie fort, »war, mit Vera die Triebwerkausrichtung zu üben. Wenn du mir schon nicht hilfst.«

Einer der Gründe dafür, weshalb Janine mitflog, war der, dass sie viel Intelligenz besaß – wie wir alle; das musste so sein, wollte man mitfliegen. Und was sie besonders gut konnte, war, mich in Schwierigkeiten zu bringen.

»Also gut«, sagte ich, »du hast Recht. Vera, unterbrich das Spiel, und gib uns das Programm, mit dem wir der Nahrungsfabrik Antriebskraft verleihen können.«

»Gewiss«, sagte Vera, »... Paul.« Und das Schachbrett verschwand. An seiner Stelle zeigte sie ein Hologramm der Nahrungsfabrik. Sie hatte ihre Daten nach den Teleskopansichten, die uns vorlagen, auf den neuesten Stand gebracht, sodass der Komplex vollständig gezeigt wurde, komplett mit ihrer Staubwolke und dem Klumpen von schmutzigem Schneeball, der an einer Seite klebte.

»Lösch die Wolke, Vera!«, befahl ich. Die verwaschene Stelle verschwand, und die Nahrungsfabrik präsentierte sich wie eine technische Zeichnung. »Okay, Janine. Wie sieht der erste Schritt aus?«

»Wir docken an«, erwiderte sie sofort. »Wir hoffen, dass die Landekapsel-Nachbildung passt, und docken damit an. Wenn wir nicht andocken können, setzen wir mit Stützen an irgendeinem Punkt der Oberfläche auf; so oder so wird unser Schiff zu einem starren Verbindungsteil des Gebildes, sodass wir unseren Schub für die Lagesteuerung nutzen können.«

»Weiter?«

»Wir montieren gemeinsam Triebwerk Eins ab und befestigen es am Heck der Fabrik – dort.« Sie zeigte auf die entsprechende Stelle des Hologramms. »Wir schließen es hier an die Konsole an, und sobald es montiert ist, schalten wir ein.«

»Lenkung?«

»Vera wird uns die Koordinaten geben – hoppla, entschuldige, Paul.« Sie war von mir und Vera fortgeschwebt und packte mit der Hand meine Schulter, um sich wieder heranzuziehen. Sie ließ die Hand, wo sie war. »Dann wiederholen wir das Ganze bei den fünf anderen Triebwerken. Bis alle laufen, haben wir einen Delta-Vektor von zwei Metern pro Sekunde, geliefert durch den Pu^{239}-Generator. Dann breiten wir die Spiegelfolien aus …«

»Nein.«

»Nein, klar, wir überprüfen zuerst alle Verankerungen, um uns zu vergewissern, dass sie bei Schubbelastung auch halten; na, das setze ich doch voraus. Dann starten wir mit Solarenergie, und wenn wir alles ausgebreitet haben, sollten wir an die zweieinviertel Meter herangekommen sein …«

»Zu Anfang, Janine. Je näher wir herangehen, desto mehr Energie gewinnen wir. Gut. Gehen wir das Gerät durch. Du stützt unser Schiff an dem Rumpf aus Hitschi-Metall ab. Wie machst du das?«

Sie erklärte es mir, und sie wusste tatsächlich alles. Die Sache war nur die, dass aus ihrer Hand auf meiner Schulter eine Hand unter meinem Arm wurde, die über meine Brust glitt und herumzutasten begann, und die ganze Zeit sprach sie von Kaltschweißdaten und Kollimation der Triebwerke. Ihr Gesicht war völlig ernst und konzentriert, und ihre Hand streichelte meinen Bauch. Vierzehn Jahre alt. Aber sie sah nicht aus wie vierzehn, fühlte sich nicht so an, roch nicht so – sie war an Lurvys letzten Tropfen Chanel gewesen. Was mich rettete, war Vera; eine gute Sache, genau überlegt, weil ich das Interesse daran verlor, mich selbst zu retten. Das Hologramm erstarrte, während Janine eines der Triebwerke mit einer zusätzlichen Stütze versah, und Vera sagte: »Arbeitsnachricht geht ein. Soll ich sie vorlesen … Paul?«

»Nur zu.«

Janine zog ihre Hand ein wenig zurück, als das Hologramm verschwand und auf dem Bildschirm folgender Text erschien:

Wir sind ersucht worden, Sie um einen Gefallen zu bitten. Das nächste Auftreten des 130-Tage-Syndroms wird innerhalb der folgenden zwei Monate erwartet. Das Gesundheitsministerium ist der Ansicht, dass eine vollständige optische Aufzeichnung von Ihnen allen mit einer Beschreibung der Nahrungsfabrik und Hinweisen darauf, wie gut die Dinge stehen und wie wichtig das Ganze ist, Spannungen und daraus entstehende Schäden bedeutsam verringern wird. Bitte, halten Sie sich an folgende Anweisungen. Erbitten baldmöglichst Ausführung, damit wir aufzeichnen und Ausstrahlung mit größtmöglicher Wirkung vorbereiten können.

»Soll ich den Verfahrenstext bringen?«, fragte Vera.

»Ja ... aber ausgedruckt.«

»Gut ... Paul.« Der Bildschirm wurde fahl und leer, und der Drucker begann Blätter auszuspucken. Ich griff danach und las sie, nachdem ich Janine gebeten hatte, ihre Schwester und ihren Vater zu wecken. Sie widersprach nicht. Sie machte zu gern Fernsehen für die Menschen zu Hause, das brachte ihr immer bewundernde Briefe von berühmten Leuten an die tapfere Jungastronautin ein.

Die Anweisungen entsprachen dem Erwarteten. Ich programmierte Vera, sie Zeile für Zeile vor uns abrollen zu lassen, und wir hätten sie im Verlauf von zehn Minuten lesen können. Aber das sollte nicht sein. Janine behauptete, ihre Schwester müsse ihr die Haare waschen, selbst Lurvy erklärte, sie müsse sich schminken, und Peter wollte seinen Bart gestutzt haben. Von mir. Alles in allem vergeudeten wir, wenn man vier Proben mitrechnet, sechs Stunden – nicht gerechnet Strom für einen Monat – für die Fernsehsendung. Wir versammelten uns alle vor der Kamera, blickten zivilisiert und entschlossen drein und erklärten einem Publikum, das die Bilder erst in vier Wochen zu Gesicht bekommen würde, was wir zu tun gedachten. Bis dahin würden wir schon dort sein. Aber ob ihnen das etwas nützte oder nicht, es lohnte sich. Wir hatten seit dem Start auf der Erde acht oder neun Anfälle des 130-Tage-Fiebers durchgemacht. Jedes Mal war es von seinem eigenen Syndrom, Satyriasis oder Depression, Lethargie oder fröhlicher Hochstimmung, begleitet gewesen. Ich hatte mich im Weltraum befunden, als es einmal losgegangen war – auf diese Weise war das große Teleskop zu Schaden gekommen –, und die Chancen, je wieder ins Raumschiff zu gelangen, hatten fifty-fifty gestanden. Es war mir aber einfach gleichgültig gewesen. Ich halluzinierte Einsamkeit und Wut, sah mich gejagt von affenähnlichen Wesen und wünschte mir den Tod. Und zu Hause auf der Erde, bei Milliarden Menschen, die nahezu alle auf die eine oder andere Weise erfasst wurden, war es bei jedem Auftreten die Hölle. Das trat in zunehmendem Maß auf seit zehn Jahren – acht, seitdem es das erste Mal als wiederkehrende Plage erkannt worden war –, und niemand wusste, woher es kam.

Aber alle wünschten sich ein Ende herbei.

Tag 1288. Andocktag! Peter saß an der Steuerung, weil er Vera bei einer solchen Gelegenheit nicht vertraute, während Lurvy über seinem Kopf angeschnallt war und Kurskorrekturen herunterrief. Wir kamen knapp vor der dünnen Wolke aus Partikeln und Gas zum relativen Stillstand, nicht mehr als einen Kilometer von der Nahrungsfabrik selbst entfernt.

Von unseren Plätzen aus, wo Janine und ich in unseren Raumanzügen saßen, war schwer zu erkennen, was draußen vorging. Vorbei an Peters Kopf und Lurvys gestikulierenden Armen konnten wir einzelne Blicke auf die gigantische alte Maschine werfen, aber nicht mehr. Wir sahen nur blau leuchtendes Metall schimmern und konnten ab und zu einen Andockschacht oder den Umriss eines der alten Schiffe erkennen.

»Verdammt noch mal! Ich treibe ab!«

»Nein, tust du nicht, Peter. Das blöde Ding besitzt eine leichte Beschleunigung.«

Und vielleicht einen Stern. Wir brauchten die Lebenserhaltungssysteme eigentlich nicht; Peter stupste uns ganz vorsichtig, wie eine Qualle im Aquarium. Ich wollte fragen, woher die Beschleunigung kam und wozu sie gut war, aber die beiden Piloten hatten zu tun, und außerdem nahm ich nicht an, dass sie die Antwort kannten.

»Gut so. Und jetzt lenk es in den Andockschacht in der Mitte der drei Öffnungen.«

»Warum in den?«

»Warum nicht? Weil ich es sage!«

Wir schoben uns ein, zwei Minuten lang heran und kamen wieder zum relativen Stillstand. Dann passten wir uns der Beschleunigung an und rasteten ein. Die Hitschi-Kapsel am Bug fügte sich genau in den uralten Schacht.

Lurvy griff hinunter und schaltete die Konsole ab. Wir sahen einander an. Wir waren da.

Oder, um es anders auszudrücken, wir hatten die Hälfte geschafft. Noch einmal so weit, bis wir zu Hause waren.

Tag 1290. Es war keine Überraschung, dass die Hitschi eine Atmosphäre geatmet hatten, in der wir überleben konnten. Das Wunder war, dass es hier noch etwas davon gab, nach all den -zig oder hunderten von Jahrtausenden, seitdem jemand davon etwas geatmet hatte. Und das war nicht die einzige Überraschung.

Es war nicht nur die Atmosphäre, die überdauert hatte. Das ganze Schiff hatte überdauert – und es funktionierte! Wir wussten das sofort, als wir das Innere betraten und die Sonden uns zeigten, dass wir die Helme abnehmen konnten. Die blau schimmernden Metallwände fühlten sich warm an, und wir spürten ein schwaches, gleichmäßiges Vibrieren. Die Temperatur lag bei etwa zwölf Grad – kühl, aber nicht ärger als in manchen Häusern auf der Erde, in denen ich gewesen bin. Wollen Sie raten, was die ersten Worte waren, die von menschlichen Wesen im Inneren der Nahrungsfabrik gesprochen wurden? Sie kamen von Peter und lauteten: »Zehn Millionen Dollar! Mein Gott, vielleicht sogar hundert!«

Und wenn er es nicht gesagt hätte, dann eben ein anderer von uns. Unsere Prämie würde in astronomische Höhen klettern. Trishs Bericht hatte nicht erwähnt, ob die Nahrungsfabrik funktionierte oder nicht – sie hätte, was unser Wissen anging, ebenso gut ein geborstenes Wrack sein können, entleert von allem, das sie zu einem lohnenden Ziel machte. Aber hier hatten wir ein vollständiges, großes Hitschi-Gebilde vor uns, bei dem alles funktionierte! Es gab einfach nichts, womit man es vergleichen konnte. Die Tunnels auf der Venus, die alten Raumschiffe, sogar Gateway selbst waren vor einer halben Million Jahren fast völlig ausgeräumt worden. Das hier war *eingerichtet!* Warm, bewohnbar, summend, durchtränkt von schwacher Mikrowellenstrahlung - lebendig. Es schien nicht im Mindesten alt zu sein.

Wir hatten wenig Gelegenheit, uns umzusehen; je früher wir das Ding zur Erde steuerten, desto eher würden wir kassieren können. Wir genehmigten uns eine Stunde, um in der atembaren Luft umherzugehen, in Räume zu blicken, die mit riesigen blauen und grauen Metallgebilden gefüllt waren, durch Korridore zu schlittern, unterwegs zu essen, einander über die Kommunikatoren zu berichten, was wir fanden; unsere Gespräche wurden von Vera zur Erde weitergeleitet. Dann an die Arbeit. Wir stiegen wieder in die Anzüge und begannen damit, die Außenfracht abzumontieren.

Und da gab es die ersten Schwierigkeiten.

Die Nahrungsfabrik befand sich nicht in einer freien Umlaufbahn. Sie beschleunigte. Irgendein Schub wirkte auf sie ein. Er war nicht groß, weniger als ein Prozent von einem g.

Aber die elektrischen Raketentriebwerke wogen jedes über zehn Tonnen.

Selbst bei nur einem Prozent Echtgewicht waren das über hundert Kilogramm, von zehn Tonnen Trägheit ganz zu schweigen. Als wir das erste Triebwerk abmontierten, löste es sich an einem Ende und begann davonzugleiten. Peter war zur Stelle, um es aufzuhalten, aber das war mehr, als er auf die Dauer verkraften konnte. Ich zog mich hinüber und packte die Außenfracht mit einer Hand, die Halterung, an der sie befestigt gewesen war, mit der anderen, und es gelang uns, das Ding festzuhalten, bis Janine es mit einem Kabel zu sichern vermochte.

Dann zogen wir uns ins Schiff zurück, um nachzudenken.

Wir waren schon jetzt erschöpft. Nach über drei Jahren auf engstem Raum waren wir harte Arbeit nicht mehr gewohnt. Veras Bioanalyse meldete, dass sich in uns Ermüdungsgifte ansammelten. Wir stritten miteinander und ärgerten uns eine Weile gegenseitig, dann gingen Peter und Lurvy schlafen, während Janine und ich uns eine Verschnürung ausdachten, mit der jedes Triebwerk gesichert werden konnte, bevor es losgelassen wurde und an drei langen Kabeln zur Nahrungsfabrik hinüberschwingen durfte, gebremst durch drei dünnere Führungskabel, damit es am Ende der Reise nicht gegen den Rumpf krachte und sich in seine Bestandteile auflöste. Wir hatten zehn Stunden dafür vorgesehen, ein Triebwerk anzubringen. Für das erste benötigten wir drei Tage. Als es endlich befestigt war, stellten wir hohl starrende Wracks dar. Unsere Herzen hämmerten, unsere Muskeln schmerzten am ganzen Körper. Wir schliefen eine ganze Schicht und lungerten ein paar Stunden in der Nahrungsfabrik herum, bevor wir damit anfingen, das Triebwerk zu sichern, damit man es starten konnte. Peter war noch der tatkräftigste von uns; er lief ein halbes Dutzend Korridore hinunter, so weit er konnte.

»Überall Sackgassen«, berichtete er, als er zurückkam. »Das, wohin wir gelangen können, scheint nur etwa ein Zehntel des Ganzen zu sein – es sei denn, wir schneiden Löcher in die Wände.«

»Nicht jetzt«, sagte ich.

»Niemals!«, erklärte Lurvy entschieden. »Alles, was wir tun, ist, dieses Ding zurückzubringen. Wenn einer es zerlegen will, dann erst, wenn wir unser Geld eingesteckt haben.« Sie rieb sich den Bizeps, die Arme vor der Brust verschränkt, und fügte bedauernd hinzu: »Wir sollten lieber anfangen, das Triebwerk zu sichern.«

Wir brauchten dazu noch einmal zwei Tage, aber endlich saß alles. Das Schweißmaterial, das sie uns mitgegeben hatten, um Stahl mit Hitschi-Metall zu verbinden, leistete das Versprochene wirklich. Soweit wir äußerlich feststellen konnten, saß das Ding fest. Wir zogen uns ins Schiff zurück und befahlen Vera, das Triebwerk mit zehn Prozent Schub laufen zu lassen.

Sofort spürten wir einen winzigen Ruck. Es klappte. Wir grinsten uns alle an, und ich griff in meine Privattasche nach der Flasche Champagner, die ich für diese Gelegenheit aufgehoben hatte.

Wieder ein Ruck.

Ein Lächeln nach dem anderen verschwand. Man hätte nur eine einmalige Beschleunigung spüren dürfen.

Lurvy sprang an die Konsole.

»Vera! Anzeige Delta-V!«

Auf dem Bildschirm leuchtete ein Kraftdiagramm auf: die Nahrungsfabrik in der Mitte vorgestellt und Kraftpfeile, die in zwei Richtungen wiesen. Der eine symbolisierte die Kraft unseres Triebwerks, das seine Aufgabe erfüllte, gegen den Rumpf zu drücken. Der andere ...

»Zusatzschub, der Kurs jetzt beeinflusst ... Lurvy«, meldete Vera. »Vektorergebnis in Richtung und Größenordnung jetzt dasselbe wie vorheriger Delta-V.«

Unsere Rakete drückte gegen die Nahrungsfabrik. Aber viel erreichte sie nicht. Die Fabrik drückte dagegen.

Tag 1298. Wir taten also, was wir allem Anschein nach tun mussten. Wir schalteten alles ab und schrien um Hilfe.

Wir schliefen und aßen und wanderten, wie es schien, ewig in der Fabrik herum, während wir uns wünschten, dass es die Verzögerung von 25 Tagen nicht gab. Vera nützte nicht viel.

»Vollständige Telemetrie übermitteln«, sagte sie, und: »Weitere Anweisungen abwarten.«

Das taten wir ohnehin.

Nach ein, zwei Tagen holte ich den Champagner trotzdem heraus, und wir tranken alle. Bei 0,01 g hatte die Kohlensäure mehr Kraft als die Gravitation, und ich musste meinen Daumen auf die Flasche und die Handfläche auf jedes Glas pressen, um den spritzenden Champagner auszugießen und einzufangen. Aber es gelang uns eine Art Zuprosten.

»Gar nicht schlecht«, sagte Peter, als er seinen Sekt hinuntergeschüttet hatte. »Wenigstens bekommt jeder ein paar Millionen.«

»Falls wir das je erleben«, fauchte Janine.

»Verdirb einem doch nicht alles, Janine. Wir wussten schon beim Abflug, dass die Sache schief gehen könnte.«

Das traf auch zu; das Schiff war so konstruiert, dass wir mit unserem Grundtreibstoff losfliegen und die Photonen-Triebwerke umrüsten konnten, damit wir heimgelangten – in gut vier Jahren oder so.

»Und was dann, Lurvy? Dann bin ich eine achtzehnjährige Jungfrau. Und eine Versagerin.«

»Ach Gott, Janine, lauf eine Weile herum, ja? Ich kann dich nicht mehr sehen.«

Wir waren jetzt unduldsamer miteinander, als wir es die ganze Zeit über im engen Raumschiff gewesen waren. Jetzt, da wir mehr Platz hatten, um uns voneinander zu entfernen – bis zu einem Viertelkilometer –, fielen wir einander mehr auf die Nerven als je zuvor. Ungefähr alle zwanzig Stunden stolperte Veras kleines, dumpfes Gehirn durch seine Zufallsprogramme und präsentierte irgendein neues Experiment: Schubversuche bei ein Prozent Energie, bei dreißig Prozent, sogar voller Schub. Und wir taten uns lange genug zusammen, um die Raumanzüge anzulegen und das auszuführen. Das Ergebnis blieb aber stets dasselbe. Gleichgültig, wie stark wir gegen die Nahrungsfabrik drückten, das Gebilde spürte das und drückte genau mit der richtigen Kraft und genau in der Richtung dagegen, um die gleichmäßige Beschleunigung zu dem Ziel, das sie im Sinn hatte, beizubehalten. Das einzig Nützliche, das Vera lieferte, war eine Theorie: Die Fabrik hatte den Kometen aufgebraucht, den sie ausschlachtete, und zog weiter zu einem neuen. Aber das war nur vom Verstand her interessant. Praktisch half es überhaupt nichts. So wanderte ich herum, meistens allein, und schleppte die Kameras in jeden Raum und jeden Korridor, den wir betreten konnten.

Die Aufzeichnungen wurden zur Erde übertragen, doch das alles brachte nichts ein.

Peter fand mühelos die Stelle, an der Trish Bover in die Fabrik gelangt war, und rief uns alle herbei. Wir versammelten uns stumm und besichtigten die Überreste eines längst zerfallenen Essens, die weggeworfene Strumpfhose und die an die Wände gekratzten Inschriften:

TRISH BOVER WAR HIER

und

GOTT SEI MIR GNÄDIG!

»Vielleicht wird Gott es sein«, meinte Lurvy nach einer Weile, »aber ich wüsste nicht, wie jemand anderer es sein könnte.«

»Sie muss hier länger geblieben sein, als ich dachte«, erklärte Peter. »In einigen Räumen liegt alles mögliche Zeug verstreut.«

»Was für Zeug?«

»Meistens alte, verdorbene Nahrung. Auf der anderen Seite, weißt du, wo die Lichter sind.«

Ich wusste es, und Janine und ich gingen hin, um uns das anzusehen. Es war ihre Idee, mir Gesellschaft zu leisten, und ich war zunächst nicht begeistert davon. Aber vielleicht mäßigten die Temperatur von 12° Celsius und der Mangel an etwas Bettähnlichem ihr Interesse, oder vielleicht war sie zu bedrückt und enttäuscht, um sich ihrem Ehrgeiz, die Jungfräulichkeit zu verlieren, zu überlassen. Wir fanden das weggeworfene Essen ohne Mühe. Es sah mir nicht nach Gateway-Rationen aus; zwei waren ungeöffnet, drei größere, vom Umfang einer Scheibe Brot, in etwas Grellrotes gewickelt – es fühlte sich an wie Seide. Von den zwei kleineren war eines grün, das andere so rot wie die übrigen, aber mit rosaroten Pünktchen übersät. Versuchsweise öffneten wir dieses. Es stank nach verfaultem Fisch und war offenkundig nicht mehr genießbar.

Ich ließ Janine dort zurück und suchte die anderen. Sie öffneten das kleine grüne Päckchen. Es roch nicht verdorben, war aber steinhart. Peter schnupperte, leckte daran, brach ein Bröckchen ab und kaute es nachdenklich.

»Überhaupt kein Geschmack«, teilte er uns mit, sah zu uns auf, wirkte erstaunt und grinste plötzlich. »Wartet ihr darauf, dass ich tot umfalle?«, fragte er. »Das glaube ich nicht. Wenn man eine Weile kaut, wird es weich. Wie alte Kekse vielleicht.«

Lurvy zog die Brauen zusammen.

»Wenn es wirklich Nahrung ist ...« Sie verstummte und dachte nach. »Wenn das wirklich Nahrung ist und Trish sie hier hat liegenlassen, warum ist sie nicht einfach geblieben? Oder warum hat sie nichts davon erwähnt?«

»Sie war vor Angst völlig durcheinander«, meinte ich.

»Sicher. Aber sie hat einen Bericht aufgezeichnet. Von Nahrung sagte sie kein Wort. Die Gateway-Techniker waren diejenigen, die entschieden, dass das eine Nahrungsfabrik ist, nicht? Und alles, was sie zum Vergleich hatten, war die demolierte Fabrik, die man in der Nähe von Phyllis' Welt gefunden hat.«

»Vielleicht hat sie es bloß vergessen.«

»Ich glaube nicht, dass sie es vergessen hat«, sagte Lurvy langsam, aber mehr sagte sie nicht. Es gab auch nichts mehr zu sagen. Trotzdem gingen wir an den nächsten Tagen allein kaum durch die Fabrik.

Tag 1311. Vera nahm die Information über die Nahrungspäckchen stumm auf. Nach einiger Zeit zeigte sie auf dem Bildschirm eine Anweisung, den Inhalt der Päckchen zur chemischen und biologischen Überprüfung vorzulegen. Das hatten wir schon von selbst getan, und wenn Vera Schlussfolgerungen zog, gab sie diese nicht bekannt.

Wir übrigens auch nicht. Bei den Gelegenheiten, zu denen wir alle gemeinsam wach waren, unterhielten wir uns hauptsächlich darüber, was wir tun sollten, wenn die Erde für uns keine Möglichkeit finden würde, die Nahrungsfabrik in Bewegung zu setzen. Vera hatte bereits vorgeschlagen, wir sollten die fünf anderen Triebwerke montieren, sie alle gleichzeitig auf vollen Schub bringen und feststellen, ob die Fabrik gegen sechs Triebwerke auf einmal ankam. Veras Vorschläge waren keine Befehle, und Lurvy sprach für uns alle, als sie sagte: »Wenn wir vollen Schub geben und es nicht klappt, besteht die Gefahr, sie zu überdrehen. Sie könnten kaputtgehen. Und wir sitzen fest.«

»Was tun wir, wenn wir genau diesen Befehl von der Erde bekommen?«, fragte ich.

»Wir verhandeln«, sagte Peter, weise nickend. »Wenn sie wollen, dass wir zusätzliche Risiken eingehen, müssen sie extra bezahlen.«

»Übernimmst du das, Pa?«

»Darauf kannst du dich verlassen. Und hört zu. Angenommen, es klappt nicht. Angenommen, wir müssen zurückfliegen. Wisst ihr, was wir dann tun?« Er nickte uns wieder zu. »Wir beladen das Schiff mit allem, was wir tragen können. Wir finden kleine Maschinen, die man abmontieren kann, versteht ihr? Vielleicht stellen wir fest, ob sie funktionieren. Wir stopfen das Schiff mit allem voll, was hineingeht, werfen alles weg, was wir erübrigen können. Lassen die zusätzlichen Triebwerke hier und bringen die großen Maschinen außen an, nicht wahr? Wir könnten zurückkommen mit, mein Gott, ich weiß nicht, Gegenständen im Wert von noch einmal zwanzig, dreißig Millionen Dollar.«

»Und die Gebetsfächer!«, rief Janine und klatschte in die Hände. In dem Raum, in dem Peter die Nahrung gefunden hatte, lagen sie stapelweise. Dort gab es auch noch andere Dinge, eine Art Liege aus Metallgeflecht, tulpenförmige Gebilde an den Wänden, die aussahen wie Kerzenhalter. Aber hunderte von Gebetsfächern. Nach meiner Überschlagsrechnung befanden sich, bei tausend Dollar pro Stück, allein in dem Raum Gebetsfächer im Gesamtwert von einer halben Million Dollar ... falls wir am Leben blieben und sie liefern konnten. Nicht mitgerechnet alle anderen Dinge, von denen ich wusste und über die ich im Stillen Inventur machte. Ich war da nicht der Einzige.

»Gebetsfächer sind das wenigste«, meinte Lurvy nachdenklich. »Aber das steht nicht in unserem Vertrag, Pa.«

»Vertrag! Was sollen sie denn mit uns anfangen, uns erschießen? Uns betrügen? Nachdem wir acht Jahre unseres Lebens geopfert haben? Nein. Sie werden uns die Prämien geben.«

Je mehr wie darüber nachdachten, desto besser klang es. Ich schlief mit dem Gedanken ein, welche von den Geräten, die ich gesehen hatte, zurückgebracht werden konnten und was darunter das Wertvollste sein mochte; und ich hatte meine ersten angenehmen Träume, seitdem wir das Triebwerk hatten laufen lassen.

Und ich erwachte mit dem Gezischel von Janines Stimme an meinem Ohr.

»Paps? Paul? Lurvy? Könnt ihr mich hören?«

Ich tauchte hoch, setzte mich auf und schaute mich um. Sie sprach nicht in mein Ohr; es war mein Kommunikator. Lurvy neben mir war wach, und Peter kam um eine Ecke zu uns geeilt. Auch ihre Kommunikatoren waren in Betrieb.

Ich sagte: »Wir hören dich, Janine. Was ...«

»Still!«, kam ihr Flüstern, das in weißem Rauschen verzischte, so, als presse sie die Lippen ans Mikrofon. »Nicht antworten, nur zuhören. Hier ist jemand.«

Wir starrten einander an. Lurvy flüsterte: »Wo bist du?«

»Still, sag' ich! Ich bin draußen am anderen Andockbereich, verstehst du? Wo wir die Nahrung gefunden haben. Ich suchte nach Dingen, die wir mit heimnehmen können, wie Paps gesagt hat, nur ... Na ja, ich sah etwas auf dem Boden liegen. Wie ein Apfel, außen rotbraun, innen grün, nur war es keiner ... Und das Ding roch wie ... ich weiß nicht, wie es gerochen hat. Nach Erdbeeren. Und es war auch keine hunderttausend Jahre alt. Es war frisch. Und ich hörte ... wartet mal.«

Wir wagten nicht zu antworten und lauschten kurze Zeit nur ihren Atemzügen. Als sie weitersprach, klang ihr Geflüster angstvoll.

»Es kommt hierher. Es ist zwischen mir und euch, und ich sitze fest. Ich ... muss immer wieder denken, dass es ein Hitschi ist, und er wird ...«

Ihre Stimme verstummte. Wir hörten sie aufstöhnen, dann rief sie laut: »Komm ja nicht näher!«

Ich hatte genug gehört.

»Los«, sagte ich und sprang zum Korridor.

Peter und Lurvy waren mir auf den Fersen, als wir in weiten Schwimmsprüngen den Tunnel mit seinen blauen Wänden durcheilten. Als wir in die Nähe der Docks gelangten, blieben wir stehen und schauten uns unentschlossen um.

Bevor wir entscheiden konnten, in welcher Richtung wir suchen sollten, wurde Janines Stimme erneut hörbar. Es war weder ein Flüstern noch angstvolles Aufschreien.

»Er ... er ist stehen geblieben, als ich es verlangte«, sagte sie ungläubig. »Und ich glaube nicht, dass er ein Hitschi ist. Er sieht mir ganz wie eine normale Person aus – na, irgendwie abgerissen. Er steht nur da, gafft mich an und schnuppert.«

»Janine!«, schrie ich ins Gerät. »Wir sind bei den Docks – welche Richtung von hier aus?«

Pause, dann seltsamerweise eine Art erschrockenes Kichern.

»Nur geradeaus«, sagte sie mit schwankender Stimme. »Aber macht schnell. Ihr ... ihr werdet nicht glauben, was er jetzt macht.«

3

Wan verliebt sich

Der Flug zum Vorposten erschien Wan länger als sonst, weil er innerlich unruhig war. Er vermisste die Gesellschaft der Toten Menschen. Er vermisste noch mehr, was er nie gehabt hatte. Eine Frau. Der Gedanke an einen verliebten Wan war für ihn ein Hirngespinst, aber eines, das er verwirklichen wollte. Dabei halfen so viele Bücher mit, »Romeo und Julia« und »Anna Karenina« und die alten romantischen Klassiker aus China.

Was ihm die Hirngespinste endlich austrieb, war der Anblick des Vorpostens, als er ihn anflog. Die Konsole leuchtete auf, um den Beginn der Andockmanöver anzuzeigen, die Flugbahnen auf dem Bildschirm verschwanden, und der Umriss des Vorpostens tauchte schlagartig auf. Aber er hatte nicht die gewohnte Form. In einem der Andockschächte befand sich ein neues Schiff, an einer Rumpfseite war ein fremdartiges, gezacktes Gebilde angebracht.

Was konnten solche Dinge bedeuten? Als das Andocken beendet war, schob Wan den Kopf zur Luke hinaus und schaute sich schnuppernd und lauschend um.

Nach einiger Zeit kam er zu dem Schluss, dass niemand in der Nähe war. Er holte weder Bücher noch andere Dinge aus dem Schiff. Er beschloss, fluchtbereit zu bleiben, aber auch, sich umzusehen. Schon einmal, vor langer Zeit, war eine andere Person im Vorposten gewesen, die er für ein weibliches Wesen gehalten hatte. Tiny Jim war ihm damals behilflich gewesen, das Kleidungsstück zu identifizieren. Vielleicht sollte er Tiny Jim jetzt auch um Rat fragen? Er kaute an einer Fruchtbeere und zog sich mühelos am Geländer entlang zum Traumraum, wo die Lustliege stand, umgeben von den Büchermaschinen.

Und erstarrte.

War das ein Geräusch gewesen? Ein Lachen oder Aufschrei irgendwo in der Ferne?

Er warf die Beerenfrucht weg und blieb einen Augenblick, wo er war, alle Sinne angespannt. Das Geräusch wiederholte sich nicht, aber da war etwas - ein Geruch, ganz schwach, sehr angenehm, überaus fremdartig. Er war dem Geruch, den er an dem Kleidungsstück festgestellt hatte, bevor er es viele Tage mit sich herumgetragen hatte, bis der letzte Dufthauch verschwunden war, nicht unähnlich. Danach hatte er es an die Fundstelle zurückgelegt.

War die Person zurückgekommen?

Wan begann zu zittern. Eine Person! Es war ein Dutzend Jahre her, seitdem er eine Person gerochen oder berührt hatte! Und da auch nur seine Eltern. Aber es musste keine Person, es konnte auch etwas anderes sein. Er stieß sich ab zu dem Dock, wo diese andere Person gewesen war, mied überlegt die Hauptgänge, schwebte rasch durch engere, weniger direkte Tunnels, wo ein Fremder nach seiner Meinung kaum hinkommen würde. Wan kannte jeden Zentimeter des Vorpostens, jedenfalls so weit man darin gelangen konnte, ohne die unverrückbaren Abschlusswände zu erreichen, die er nicht zu öffnen verstand. Er brauchte nur wenige Minuten, um den Ort zu erreichen, wo er die von der einen Besucherin des Vorpostens zurückgelassenen Überreste säuberlich verwahrt hatte.

Alles war da. Aber nicht so, wie er es zurückgelassen hatte, stellte er fest. Manche Gegenstände waren aufgehoben und wieder hingelegt worden.

Wan wusste, dass nicht er das getan hatte. Abgesehen von der Disziplin, die er sich stets auferlegt hatte, den Vorposten genauso zurückzulassen, wie er ihn vorgefunden hatte, damit nie jemand von seiner Anwesenheit erfuhr, hatte er diesmal ganz besonders darauf geachtet, die Überreste genauso hinzulegen, wie sie hinterlassen worden waren. Es war noch jemand im Vorposten.

Und er war weit von seinem Schiff entfernt.

Vorsichtig, aber schnell kehrte er zu den Docks auf der anderen Seite zurück. An jeder Kreuzung hielt er an, schaute sich um, schnupperte und lauschte. Er erreichte sein Schiff und zögerte unentschlossen an der Luke. Fliehen oder nachsehen?

Aber der Geruch war jetzt stärker geworden und unwiderstehlich.

Schritt für Schritt wagte er sich einen der langen, toten Korridore hinunter, zu sofortigem Rückzug bereit.

Eine Stimme! Flüsternd, beinahe unhörbar. Aber sie war vorhanden. Er blickte um eine Ecke, und sein Herz schlug bis zu seinem Hals hinauf. Eine Person! Zusammengekauert an einer Wand, einen Metallgegenstand vor den Lippen, entsetzt den Blick auf ihn gerichtet. Die Person schrie ihn an: »Komm ja nicht näher!« Aber er hätte es selbst dann nicht tun können, wenn er gewollt hätte. Es war nicht einfach eine Person. Es war eine *weibliche* Person! Die Kennzeichen waren ganz deutlich, so, wie Tiny Jim sie ihm geschildert hatte: zwei Wölbungen an der Brust, eine

Ausbuchtung um die Hüften, eine schmale Taille, eine glatte Stirn ohne Wülste über den Augenhöhlen – ja, weiblich! Und jung! Und bekleidet mit etwas, das die Beine und, oh, die Arme freiließ; glattes Haar, hinter dem Kopf zu einem langen Pferdeschwanz zusammengebunden; große Augen, die ihn anstarrten.

Wan reagierte, wie zu reagieren er gelernt hatte. Er sank auf die Knie, öffnete seine Kleidung und berührte sein Geschlecht. Es war mehrere Tage her, seitdem er masturbiert hatte, und so war sein Glied sofort erigiert; er schauderte vor Erregung.

Er nahm die Geräusche hinter sich kaum wahr, als drei andere Personen herangestürmt kamen. Erst als er fertig war, stand er auf, ordnete seine Kleidung und lächelte sie höflich an. Sie drängten sich um das junge weibliche Wesen und sprachen aufgeregt und beinahe hysterisch durcheinander.

»Hallo«, sagte er. »Ich bin Wan.« Als sie nicht hörten, wiederholte er den Gruß auf spanisch und kantonesisch. Er hätte auch noch andere Sprachen benutzt, aber die zweite weibliche Person trat vor und sagte:

»Hallo, Wan. Ich bin Dorema Herter-Hall – man nennt mich ›Lurvy‹. Wir freuen uns sehr, dich kennen zu lernen.«

In den ganzen fünfzehn Jahren von Wans Leben hatte es noch nie zwölf Stunden gegeben, die so erregend, so erschreckend und herzlähmend aufpeitschend gewesen waren wie diese. So viele Fragen! So viel zu sagen und zu hören. So schaudernd angenehm, diese anderen Personen zu berühren, ihren Geruch einzuatmen und ihre Gegenwart zu fühlen. Sie wussten so unfassbar wenig und so erstaunlich viel – wussten nicht, wie man Nahrung aus den Behältern holte, hatten die Traumliege nicht benützt, hatten nie einen Alten gesehen oder mit einem Toten Menschen gesprochen. Und trotzdem wussten sie von Raumschiffen und großen Städten, vom Gehen unter freiem Himmel (»Himmel«? Wan brauchte lange, um zu begreifen, was sie meinten) und von der Liebe. Er konnte sehen, dass das jüngere weibliche Wesen willens war, ihm davon mehr zu zeigen, aber die ältere wollte das nicht; wie sonderbar. Das ältere männliche Wesen schien mit niemandem Liebe zu machen; noch seltsamer. Aber alles war fremd, und er schwelgte in den Genüssen und Schrecknissen von so viel Fremdartigkeit. Nachdem sie lange miteinander gesprochen, er ihnen einige Kniffe des Vorpostens gezeigt und sie ihm einige Wunderdinge ihres Schiffes vorgeführt hatten (ein Ding in der Art eines Toten Menschen, das aber nie lebendig gewesen war; Bilder von Leuten auf der Erde; ein Spülklosett) – nach all diesen Wundern hatte die Lurvy-Person befohlen, dass sie alle ruhten. Er war sofort Richtung Traumliege gegangen, aber sie hatte ihn eingeladen, in ihrer Nähe zu bleiben, und er konnte nicht nein sagen, obwohl er während des Schlafens immer wieder aufwachte, zitternd und schnuppernd, während er sich in dem trüben blauen Licht umsah.

So viel Aufregung war schlecht für ihn. Als sie alle wieder wach waren, stellte er fest, dass er immer noch zitterte, dass sein Körper schmerzte, als hätte er überhaupt nicht geschlafen. Gleichgültig. Die Fragen und das Geschnatter begannen sofort von neuem.

»Und wer sind die Toten Menschen?«

»Das weiß ich nicht. Wollen wir sie fragen? Vielleicht – manchmal nennen sie sich ›Prospektoren‹. Von einem Ort, der ›Gateway‹ heißt.«

»Und der Ort, in dem sie sich befinden, ist das ein Hitschi-Gebilde?«

»›Hitschi‹?« Er dachte nach; er hatte das Wort vor langer Zeit einmal gehört, wusste aber nicht, was es bedeutete. »Meint ihr die Alten?«

»Wie sehen die Alten aus?«

Aber mit Worten konnte er das nicht schildern. Sie gaben ihm wieder einen Zeichenblock, und er versuchte die großen, wackelnden Kiefer zu zeichnen, die fransigen Bärte. Sobald eine Zeichnung fertig war, riss man sie ihm aus der Hand und hielt sie vor die Maschine, die sie »Vera« nannten.

»Diese Maschine ist wie ein Toter Mensch«, sagte er, und sie kamen sofort wieder mit ihren Fragen.

»Meinst du damit, dass die Toten Menschen Computer sind?«

»Was ist ein ›Computer‹?«

Dann erklärten sie ihm, was »Computer« bedeutete, was Präsidentschaftswahlen und das 130-Tage-Fieber waren. Und die ganze Zeit über streiften sie durch das Schiff, während er ihnen erklärte, was er davon wusste. Wan wurde sehr müde. Er hatte wenig Erfahrung mit dem Erschöpftsein, weil er in seinem zeitlosen Leben stets geschlafen hatte, wenn er schläfrig war, um aufzustehen, sobald er ausgeruht war. Dieses Gefühl mochte er nicht, so wenig wie die Heiserkeit in seiner Kehle oder die Kopfschmerzen. Aber er war zu aufgeregt, um aufzuhören, vor allem dann, als sie ihm von der weiblichen Person mit dem Namen Trish Bover erzählten.

»Sie war hier? Hier im Vorposten? Und ist nicht geblieben?«

»Nein, Wan. Sie wusste nicht, dass du kommst. Sie glaubte, sie müsste sterben, wenn sie blieb.«

Was für ein schreckliches Elend! Allerdings war er, Wan, nach seiner Berechnung erst zehn Jahre alt gewesen, aber er hätte Gesellschaft für sie sein können. Und sie für ihn. Er hätte sie ernährt und für sie gesorgt und sie mitgenommen zu den Alten und den Toten Menschen und wäre sehr glücklich gewesen.

»Wohin ist sie dann gegangen?«, fragte er.

Aus irgendeinem Grund bedrückte sie die Frage. Sie sahen einander an. Lurvy sagte nach einer Pause: »Sie stieg in ihr Schiff, Wan.«

»Sie ist zur Erde zurückgeflogen?«

»Nein. Noch nicht. Für die Art von Schiff, die sie hatte, ist das ein sehr weiter Weg. Er dauert länger, als sie lebt.«

Der jüngere Mann, Paul, der zu Lurvy gehörte, mischte sich ein.

»Sie fliegt noch immer, Wan. Wir wissen nicht genau, wo sie ist. Wir wissen nicht einmal sicher, ob sie noch lebt. Sie hat sich eingefroren.«

»Dann ist sie tot?«

»Hm … vermutlich nicht lebendig. Aber wenn sie gefunden wird, kann man sie vielleicht auftauen. Sie befindet sich im Kühlabteil ihres Schiffes, bei minus vierzig Grad. Ihr Körper wird geraume Zeit nicht zerfallen, glaube ich. Nahm sie an. Jedenfalls hielt sie das noch für ihre größte Chance.«

»Ich hätte ihr eine bessere geben können«, meinte Wan bedrückt. Dann hellte sich seine Miene auf. Da war das andere weibliche Wesen, Janine. Sie war nicht eingefroren. Da er sie beeindrucken wollte, sagte er: »Das ist ein flottes Ding.«

»Was? Was für ein Ding?«

»Ein flottes Ding, Janine. Tiny Jim erzählt von ihnen. Wenn man sagt ›minus vierzig‹, braucht man nicht hinzuzufügen, ob in Celsius oder Fahrenheit, weil das gleich ist.« Er kicherte über den Witz.

Sie sahen einander wieder an. Wan konnte erkennen, dass etwas nicht stimmte, aber mit jeder Sekunde fühlte er sich seltsamer, schwindliger, erschöpfter. Er vermutete, dass sie den Witz möglicherweise nicht verstanden hatten, und sagte deshalb: »Fragen wir Tiny Jim. Gleich hier, durch diesen Tunnel, in dem Raum, in dem die Traumliege steht.«

»Wer ist das?«, fragte der alte Mann, der Peter hieß.

Wan antwortete nicht; er fühlte sich nicht wohl genug, um auf das vertrauen zu können, was er sagte; außerdem war es einfacher, ihnen das zu zeigen. Er wandte sich plötzlich ab und zog sich vorwärts zur Traumkammer. Bis sie ihm folgten, hatte er schon das Buch eingegeben und Nummer 112 gewählt.

»Tiny Jim?«, sagte er über die Schulter. »Manchmal will er nicht reden. Bitte, habt Geduld.«

Aber diesmal hatte er Glück. Die Stimme des Toten Mannes antwortete ganz schnell.

»Wan? Bist du das?«

»Natürlich bin ich es, Tiny Jim. Ich möchte was von flotten Dingen hören.«

»Sehr wohl, Wan. Flotte Dinge sind Dinge, die mehr als

eine Quantität darstellen, und wenn man die Übereinstimmung erkennt, sagt man ›flott‹. Manche flotten Dinge sind banal. Andere sind vielleicht von transzendentaler Bedeutung. Manche religiösen Personen rechnen flotte Dinge als einen Beweis für die Existenz Gottes. Was die Frage angeht, ob es Gott gibt oder nicht, kann ich dir nur eine grobe Zusammenfassung der ...«

»Nein, Tiny Jim. Bleib, bitte, bei dem anderen.«

»Ja, Wan. Nur eine kleine Aufzählung. Null Komma fünf Grad. Vierzig Grad minus. Einhundertsiebenunddreißig. Zweitausendfünfundzwanzig. Zehn hoch neununddreißig. Bitte, schreib über jeden Punkt einen Absatz, wobei du angibst, weshalb er zu den flotten Dingen gehört und ...«

»Löschen, löschen«, quäkte Wan. Seine Stimme wurde schrill, weil die Kehle schmerzte. »Wir haben keine Schule.«

»Pfh, na«, sagte der Tote Mann grämlich, »auch gut. Null Komma fünf Grad ist der Winkeldurchmesser sowohl der Sonne wie des Mondes, von der Erde aus gesehen. Flott! Wie sonderbar, dass sie gleich sind, aber auch wie nützlich, weil es zum Teil an diesem Zufall liegt, dass die Erde Finsternisse kennt. Minus vierzig Grad ist die Temperatur, die bei Celsius und Fahrenheit gleich ist. Flott. Zweitausendfünfundzwanzig ist die Summe der Dreierpotenzen ganzer Zahlen, eins hoch drei plus zwei hoch drei plus drei hoch drei und so weiter bis neun hoch drei, alles zusammengezählt. Außerdem ist es das Quadrat ihrer Summe. Flott. Zehn hoch neununddreißig ist ein Maß für die Schwäche der Schwerkraft im Vergleich zur elektromagnetischen Kraft. Außerdem das Alter des Universums, ausgedrückt als winzig kleine Zahl. Ferner ist das die Quadratwurzel der Anzahl aller Partikel im wahrnehmbaren Universum, das heißt, des Teiles vom Universum relativ zur Erde, in dem Hubbles Konstante unter Null Komma fünf liegt. Außerdem – ach, schon gut, aber flott. Flott, flott, flott. Auf solche Zahlen hat P.A.M. Dirac seine Hypothese sehr großer Naturkonstanten gegründet, um ihr zu entnehmen, dass die Stärke der Schwerkraft im selben Maß abnimmt, wie das Alter des Universums zu. Das ist aber nun wirklich flott!«

»Du hast hundertsiebenunddreißig ausgelassen«, beschuldigte ihn der Junge.

Der Tote Mann gluckste.

»Sehr gut, Wan. Ich wollte nur sehen, ob du auch zuhörst. Hundertsiebenunddreißig ist natürlich Eddingtons Feinstruktur-Konstante, die in der Atomphysik immer und überall wieder auftaucht. Aber die Zahl ist noch mehr. Nimm einmal die reziproke Funktion, also eins durch hundertsiebenunddreißig, und drück das als Dezimalbruch aus. Die ersten drei Ziffern sind Null Null Sieben, die Bezeichnung für James Bond und seine Berechtigung zu töten. Da hast du die Tödlichkeit des Universums! Die ersten acht Ziffern sind Clarkes Palindrom, Nullkommanullsiebenzweineunneunzweisiebennull. Das nennt man Symmetrie. Tödlich und mit zwei Gesichtern, diese Feinstruktur-Konstante! Oder«, meinte er nachdenklich, »vielleicht sollte ich sagen, da ist ihre Umkehrung. Was bedeuten würde, dass das Universum selbst die Umkehrung davon ist? Nämlich gütig und ungleich. Hilf mir, Wan. Ich weiß nicht recht, wie ich dieses Symbol deuten soll.«

»Ach, löschen, löschen«, sagte Wan zornig. »Löschen und Ende.« Er fühlte sich gereizt und zittrig, und dazu kränker als je zuvor, selbst als die Toten Menschen ihm Spritzen gegeben hatten. »So macht er das oft«, entschuldigte er sich bei den anderen. »Deshalb spreche ich in der Regel von hier aus nicht mit ihm.«

»Er sieht nicht sehr gut aus«, sagte Lurvy besorgt zu ihrem Mann und wandte sich Wan zu. »Fühlst du dich nicht wohl?«

Wan schüttelte den Kopf, weil er nicht wusste, wie er antworten sollte.

»Du solltest dich ausruhen«, meinte Paul. »Aber ... was meinst du mit ›von hier‹? Wo ist, äh, Tiny Jim?«

»Ach, er ist in der Hauptstation«, erwiderte Wan schwach und nieste.

»Du meinst ...« Paul schluckte krampfhaft. »Aber du hast gesagt, mit dem Schiff sind es fünfundvierzig Tage. Das muss ein sehr weiter Weg sein.«

Peter, der alte Mann, schrie: »Funk? Redest du über Funk mit ihm? *Über Lichtgeschwindigkeitsfunk?*«

Wan zog die Schultern hoch. Paul hatte Recht; er brauchte Ruhe, und da stand die Liege, immer genau der richtige Ort, um sich auszuruhen.

»Sag doch, Junge!«, brüllte der alte Mann. »Wenn du einen funktionierenden ÜLG-Funk hast ... Die Prämie ...«

»Ich bin sehr müde«, antwortete Wan heiser. »Ich muss schlafen.« Er spürte, wie er hinstürzte. Er wich ihren zupackenden Armen aus, stürzte zwischen ihnen nach vorn und warf sich auf die Liege, deren tröstliche Gurte sich um ihn schlossen.

4

Robin Broadhead AG

Essie und ich fuhren Wasserski auf dem Tappan-See, als mein Empfänger am Hals summte, um mir mitzuteilen, dass in der Nahrungsfabrik ein Fremder aufgetaucht war. Ich befahl dem Boot sofort, umzukehren und uns zu dem Uferstreifen zurückzubringen, der Eigentum der Robin Broadhead AG war, bevor ich Essie erzählte, worum es ging.

»Ein *Junge*, Robin?«, schrie sie, um Wasserstoffmotor und Wind zu übertönen. »Wie, zum Teufel, kommt ein Junge in die Nahrungsfabrik?«

»Das müssen wir eben feststellen«, brüllte ich zurück. Das Boot schlängelte sich mit uns geschickt durch das seichte Wasser und wartete, als wir hinaussprangen und über den Rasen liefen. Als es bemerkte, dass wir fort waren, surrte es am Ufer entlang, um irgendwo zu parken.

Nass, wie wir waren, liefen wir direkt in den Gehirnraum. Wir empfingen bereits optische Signale, und der Holotank zeigte einen mageren, zerzausten Jugendlichen, der eine Art geteilten Kilt und eine schmutzige Tunika trug. Er wirkte in keiner Weise bedrohlich, aber hier zu suchen hatte er ganz gewiss nichts.

»Ton«, befahl ich, und die sich bewegenden Lippen begannen zu sprechen – seltsam, schrill, hoch, aber in einem durchaus verständlichen Englisch.

»... von der Hauptstation, ja. Das sind ungefähr sieben Siebentage – Wochen, meine ich. Ich komme oft her.«

»*Wie* denn, Herrgott noch mal?« Ich konnte den Sprecher nicht sehen, aber es war eine männliche Stimme ohne Akzent: Paul Hall.

»In einem Schiff, versteht sich. Habt ihr kein Schiff? Die Toten Menschen sprechen nur davon, dass man mit Schiffen fliegt; ich kenne keinen anderen Weg.«

»Unglaublich«, sagte Essie über meine Schulter. Sie wich zurück, ohne den Blick vom Holotank abzuwenden, und kam mit einem Frotteemantel, um ihn mir über die Schultern zu werfen; dann zog sie ebenfalls einen an. »Was kann ›Hauptstation‹ sein?«

»Wenn ich das wüsste. Harriet?«

Die Stimmen im Tank wurden leiser, und die Stimme meiner Sekretärin sagte: »Ja, Mr. Broadhead?«

»Wann ist er angekommen?«

»Vor ungefähr siebzehn Komma vier Minuten, Mr. Broadhead. Zuzüglich Übertragungszeit von der Nahrungsfabrik, versteht sich. Entdeckt wurde er von Janine Herter. Sie schien keine Kamera bei sich zu haben, sodass wir nur den Ton empfingen, bis jemand von den anderen Angehörigen des Teams erschien.« Sofort, als sie verstummte, wurde die Stimme der Gestalt im Tank wieder laut; Harriet ist ein sehr gutes Programm, eines der besten von Essie.

»... mir Leid, wenn ich mich unanständig benommen habe«, sagte der Junge gerade.

Nach einer Pause war der alte Peter Herter zu vernehmen.

»Lass das doch, Mensch. Sind auf dieser Hauptstation noch andere Leute?«

Der Junge spitzte die Lippen.

»Das«, meinte er philosophisch, »würde davon abhängen, wie man ›Person‹ definiert, nicht? Im Sinne eines lebenden Organismus unserer Art, nein. Am nächsten kommen die Toten Menschen.«

Eine Frauenstimme ... Dorema Herter-Hall.

»Hast du Hunger? Brauchst du irgendetwas?«

»Nein, wozu?«

»Harriet? Was war das mit dem unanständigen Benehmen?«, fragte ich.

Harriets Stimme klang zögernd.

»Er, äh, hat sich zum Orgasmus gebracht, Mr. Broadhead. Vor Janine Herters Augen.«

Ich konnte nicht anders – ich fing an zu lachen.

»Essie«, sagte ich zu meiner Frau, »ich glaube, du hast sie ein bisschen zu damenhaft gemacht.« Aber das war es nicht, worüber ich lachte. Es war die unübersehbare Ungereimtheit des Ganzen. Ich hatte ... alles Mögliche erwartet. Alles, nur das nicht: einen Hitschi, einen Raumpiraten, Marsmenschen – weiß der Himmel was, aber nicht einen geilen Jüngling.

Hinter mir scharrten Stahlklauen, dann sprang etwas auf meine Schulter.

»Runter mit dir, Putzi«, zischte ich.

»Lass ihn ein bisschen am Hals schnüffeln. Er geht schon wieder«, sagte Essie.

»Er ist nicht sauber«, knurrte ich. »Können wir ihn nicht loswerden?«

»*Na, na, galubka*«, sagte sie beschwichtigend und tätschelte meinen Kopf, als sie aufstand. »Du willst doch medizinischen Vollschutz, nicht? Putzi gehört dazu.« Sie küsste mich und ging hinaus, während ich über das nachdachte, was alle möglichen kleinen, aber unangenehmen Regungen in mir hervorrief. Einen Hitschi zu sehen! Das hatten wir ja nun nicht erwartet – aber was, wenn doch?

Als die ersten Venus-Erforscher die Spuren entdeckten, die von den Hitschi hinterlassen worden waren – leuchtende, blauwandige, leere Tunnels, spindelförmige Höhlen –, war das ein Schock. Ein paar Gegenstände – ein weiterer Schock –, was war das alles? Da waren die Metallgebilde, die jemand »Gebetsfächer« nannte (aber beteten die Hitschi wirklich, und wenn, dann zu wem?). Da waren die glühenden kleinen Kügelchen, »Feuerperlen« genannt, doch sie waren keine Perlen und brannten auch nicht. Dann fand jemand den Gateway-Asteroiden, was den größten Schock hervorrief, weil er an die zweihundert funktionierende Raumschiffe enthielt. Nur konnte man sie nicht steuern. Man konnte einsteigen und losfliegen ...

Ich kannte mich diesbezüglich aus. Ich hatte solche Schocks bei meinen drei armseligen Flügen erlebt - nein, zwei armselige. Und dann ein schrecklicher, unarmseliger. Er hatte mich reich gemacht und mir jemanden geraubt, den ich liebte, und was ist daran armselig?

Und seither hatten die Hitschi - seit einer halben Jahrmillion tot, nicht einmal ein geschriebenes Wort hinterlassend, um mitzuteilen, was sie trieben - unsere ganze Welt durchdrungen. Es gab nichts als Fragen und kaum Antworten. Wir wussten nicht einmal, wie sie sich selbst nannten - gewiss nicht »Hitschi«, weil das nur ein Name war, den die Entdecker für sie erfunden hatten. Wir besaßen keine Ahnung davon, wie diese fernen und gottähnlichen Wesen sich selbst genannt hatten. Aber wir wussten auch nicht, wie Gott selbst sich nannte. Jehova, Jupiter, Baal, Allah - das waren Namen, von Menschen erfunden. Wer wusste, unter welchem Namen ER bei SEINEN Freunden bekannt war?

Ich gab mir Mühe, zu empfinden, was ich empfunden hätte, wenn der Fremde in der Nahrungsfabrik wirklich ein Hitschi gewesen wäre, als die Toilette rauschte, Essie aus ihr herauskam und Putzi zur Schüssel jagte. Es gibt unliebsame Dinge, wenn man medizinisch voll versorgt ist, und ein mobiles Bioprüfgerät gehört dazu.

»Du vergeudest meine Programmzeit!«, maulte Essie, und ich bemerkte, dass Harriet geduldig im Tank saß und darauf wartete, dass weitere Informationen abgerufen wurden, nämlich über jene Dinge, die mich ebenfalls betrafen. Der Bericht von der Nahrungsfabrik wurde aufgezeichnet und gespeichert, das verstand sich von selbst. Während Essie in ihr Büro ging, um zu erledigen, was an Wichtigem bei ihr angefallen war, bat ich Harriet, beim Koch das Mittagessen zu bestellen, und ließ sie ihre Sekretärinnenpflichten erfüllen.

»Sie haben morgen früh einen Termin, um vor dem Steuerbewilligungsausschuss des Senats auszusagen, Mr. Broadhead.«

»Ich weiß. Ich werde dort sein.«

»Dieses Wochenende ist Ihre nächste Untersuchung fällig. Soll ich den Termin bestätigen?«

Das ist einer der Nachteile von medizinischem Vollschutz, und außerdem besteht Essie darauf – sie ist zwanzig Jahre jünger als ich und erinnerte mich immer wieder daran.

»Gut, bringen wir das hinter uns.«

»Sie werden von einem Hanson Bover verklagt, und Morton möchte mit Ihnen darüber sprechen. Ihre konsolidierte Vierteljahresbilanz ist eingetroffen und liegt in Ihrem Schreibtischarchiv – ausgenommen die Anteile an den Nahrungsgruben, die erst morgen genau berechnet sind. Und dann ist da noch eine Reihe nicht so wichtiger Nachrichten – die meisten habe ich schon erledigt –, die Sie zu einem geeigneten Zeitpunkt zur Kenntnis nehmen können.«

»Danke. Das wäre vorerst alles.« Der Tank wurde durchsichtig, und ich lehnte mich im Sessel zurück, um nachzudenken.

Ich brauchte die Vierteljahresbilanz nicht zu sehen – ich wusste schon ziemlich genau, was sie enthielt. Die Immobilieninvestitionen hielten sich gut; der kleine Rest, den ich in Meeresfarmen gesteckt hatte, ging einem Jahr der Rekordgewinne entgegen. Alles war stabil, bis auf die Ausbeute der Nahrungsgruben. Das letzte 130-Tage-Fieber hatte uns viel gekostet. Ich konnte den Leuten in Cody nicht die Schuld geben; sie waren so wenig verantwortlich wie ich, dass das Fieber auftrat. Aber sie hatten auf irgendeine Weise die Thermalbohrungen außer Kontrolle geraten lassen, sodass unter dem Boden 20 Quadratkilometer von unserem Schiefer langsam verbrannten. Es hatte drei Monate gedauert, die Grube wieder in Betrieb zu nehmen, und was das kosten würde, wussten wir immer noch nicht.

Kein Wunder, dass die Vierteljahresbilanz dort sich verspätete.

Aber das war nur ein Ärgernis, keine Katastrophe. Ich hatte mein Kapital zu weit gestreut, um zu kippen, sobald irgendein einzelner Sektor in die roten Zahlen geriet. Ohne den Rat Mortons wäre ich an Nahrungsgruben gar nicht beteiligt gewesen; steuerlich machte sich der Nachlass sehr günstig bemerkbar. (Ich hatte allerdings fast meine ganzen Anteile an Meeresfarmen verkauft, um dort einzusteigen.) Morton hatte anschließend berechnet, dass ich meine Steuerlast noch weiter reduzieren könnte, und wir gründeten das Broadhead-Institut für außersolarische Forschung. Ich ging auch eine Partnerschaft mit der Gateway-Gesellschaft ein, die Sonden zu vier Hitschimetall-Quellen im oder beim Sonnensystem schickte, und eine davon war die Nahrungsfabrik gewesen. Sofort, nachdem der Kontakt hergestellt war, gründeten wir eine eigene Ausbeutungsfirma, um uns damit zu befassen – und das schien nun ernsthaft interessant zu werden.

»Harriet? Geben Sie mir noch einmal die Direktübertragung von der Nahrungsfabrik«, sagte ich.

Das Hologramm entstand, und der Junge redete immer noch mit seiner schrillen, quäkenden Stimme. Ich versuchte den Sinn des Gesagten zu erfassen – etwas von einem Toten Mann (nur war es kein Mann, weil der Name »Henrietta« lautete), der mit ihm gesprochen hatte (also nicht tot war?), von einem Gateway-Flug, an dem Henrietta teilgenommen hatte. (Wann? Weshalb hatte ich nichts von ihr gehört?) Es war alles sehr verwirrend, und mir fiel etwas Besseres ein. »Albert Einstein, bitte«, sagte ich, und das Hologramm geriet ins Kreiseln und zeigte das eindrucksvolle alte und faltige Gesicht, das mich anstarrte.

»Ja, Robin«, sagte mein Wissenschaftsprogramm und griff nach Pfeife und Tabak, wie er es fast immer tut, wenn wir miteinander reden.

»Ich brauche von dir ein paar kluge Schätzungen über die Nahrungsfabrik und den Jungen, der dort aufgetaucht ist.«

»Klare Sache, Robin«, sagte er und drückte den Tabak mit dem Daumen hinein. »Der Junge heißt Wan. Er scheint zwischen vierzehn und neunzehn Jahre alt zu sein, vermutlich eher jünger, und ich möchte annehmen, dass er genetisch eindeutig ein Mensch ist.«

»Woher kommt er?«

»Ah, da habe ich nur Vermutungen, Robin. Er spricht von einer ›Hauptstation‹, mutmaßlich einem anderen Hitschi-Gebilde, das in irgendeiner Form Gateway, Gateway Zwei oder der Nahrungsfabrik selbst ähnelt, aber ohne irgendeine offensichtliche Funktion. Dort scheinen keine anderen lebenden Menschen zu sein. Er spricht von ›Toten Menschen‹, die eine Art Computerprogramm wie ich zu sein scheinen, obwohl nicht klar ist, ob sie in Wirklichkeit nicht völlig anderen Ursprungs sein könnten. Er erwähnt ferner lebende Wesen, die er ›die Alten‹ oder ›Froschgesichter‹ nennt. Er hat wenig Kontakt mit ihnen, er meidet sie sogar, und es ist nicht klar, woher sie kommen.«

Ich atmete tief ein.

»Hitschi?«

»Ich weiß es nicht, Robin. Ich kann nicht einmal eine Vermutung anstellen. Nach Occams Verfahren könnte man davon ausgehen, dass lebende Nicht-Menschen, die ein Hitschi-Gebilde bewohnen, durchaus Hitschi sein müssten – aber es gibt keine direkten Hinweise. Wir haben keine Ahnung, wie Hitschi aussehen.«

Ich wusste es. Es war ein ernüchternder Gedanke, dass wir es vielleicht bald erfahren würden.

»Sonst noch etwas? Kannst du mir sagen, wie weit die Versuche gediehen sind, die Fabrik zurückzubringen?«

»Klare Sache, Robin«, sagte er und zündete die Pfeife mit einem Streichholz an. »Aber ich fürchte, die Nachrichten sind nicht gut. Das Objekt scheint kursprogrammiert zu sein und unter starrer Kontrolle zu stehen. Was wir auch tun mögen, es leistet Widerstand.«

Es war eine knappe Entscheidung gewesen, ob die Nahrungsfabrik draußen in der Oort'schen Wolke bleiben und man versuchen sollte, auf irgendeine Weise Nahrung zur

Erde zurückzutransportieren, oder ob das ganze Gebilde hergeschafft werden sollte. Nun sah es ganz so aus, als würden wir keine Wahl haben.

»Glaubst du, dass es unter Hitschi-Kontrolle steht?«

»Es gibt noch keine Möglichkeit, das zu beurteilen. Ich neige eher zu der gegenteiligen Meinung. Aber es gibt auch etwas Ermutigendes«, fuhr er fort, an seiner Pfeife ziehend. »Darf ich Ihnen Aufnahmen von der Fabrik zeigen?«

»Bitte, ja«, sagte ich, aber er hatte gar nicht gewartet; Albert ist ein höfliches Programm, aber auch ein kluges. Er verschwand, und ich betrachtete eine Szene, in welcher Wan, der Jüngling, Peter Herter zeigte, wie man in der Wand eines Ganges das öffnete, was nach einer Luke aussah. Er zog schlaffe, weiche Päckchen unbestimmbaren Inhalts in grellroter Verpackung heraus.

»Unsere Annahme über die Art des Gebildes scheint sich zu bestätigen, Robin. Das sind essbare Stoffe, und laut Wan werden sie ständig erneuert. Er ernährt sich schon fast sein ganzes Leben davon und scheint, wie Sie sehen können, im Grunde sehr gesund zu sein – ich fürchte nur, dass er gerade im Begriff steht, sich eine Erkältung zuzuziehen.«

Ich blickte über seine Schulter auf die Uhr – er achtete wegen mir stets darauf, dass sie die genaue Zeit zeigte.

»Das wäre vorerst alles. Halte mich auf dem Laufenden, wenn sich irgendetwas ergibt, das deine Schlussfolgerungen beeinflusst.«

»Klare Sache, Robin«, sagte er, während er verblasste.

Ich stand auf. Die Unterhaltung über das Essen erinnerte mich daran, dass die Mittagsmahlzeit bald fertig sein musste, und ich war nicht nur hungrig, ich gedachte nach dem Essen auch eine Pause einzulegen. Ich knöpfte den Mantel zu – dann fiel mir die Mitteilung über die Klage ein. Im Leben reicher Menschen ist das nichts Besonderes, aber wenn Morton mit mir reden wollte, hörte ich wohl besser zu.

Er meldete sich sofort, an seinem Schreibtisch sitzend, und beugte sich vor.

»Wir werden verklagt, Robin«, sagte er. »Die Firma zur Ausbeutung der Nahrungsfabrik GmbH, die Gateway-GmbH, sowie Paul Hall, Dorema Herter-Hall und Peter Herter, beide in *propria persona* ebenso wie als Vormünder der Mitbeklagten Janine Herter. Zusätzlich die Stiftung und Sie persönlich.«

»Wenigstens scheine ich in guter Gesellschaft zu sein. Muss ich mir Sorgen machen?«

Pause.

»Ein bisschen schon, glaube ich«, sagte er nachdenklich. »Die Klage wird von Hanson Bover erhoben, Trishs Ehemann oder Witwer, je nach Betrachtungsweise.« Morton flimmerte ein bisschen. Das ist ein Fehler in seinem Programm, und Essie will das auch beheben – aber seine juristischen Fähigkeiten sind dadurch nicht beeinträchtigt, und mir gefällt es ganz gut. »Er hat sich zu Trishs Vermögensverwalter ernennen lassen, und auf der Grundlage ihrer ersten Landung auf der Nahrungsfabrik verlangt er einen Anteil von allem, was dabei herauskommt, so, als wäre die Mission vollständig abgeschlossen worden.«

Sehr komisch war das nicht. Selbst wenn wir das verdammte Ding nicht vom Fleck brachten, konnten die Prämien angesichts der neuen Entwicklung enorm hoch werden.

»Wie kann er das verlangen? Sie hat den üblichen Vertrag unterschrieben, nicht? Alles, was wir tun müssen, ist also nur, den Vertrag vorzulegen. Sie ist nicht zurückgekommen, also bekommt sie keinen Anteil.«

»So müssen wir uns verhalten, wenn es vor Gericht geht, ja, Robin. Aber es gibt da ein, zwei mehrdeutige Präzedenzfälle. Vielleicht nicht einmal mehrdeutig – ihr Anwalt hält sie für hieb- und stichfest, auch wenn sie schon etwas alt sind. Der wichtigste betrifft einen Mann, der einen Vertrag über fünfzigtausend Dollar abgeschlossen hatte, die Niagara-Fälle auf einem Drahtseil zu überqueren. Kein Auftritt, keine Bezahlung. Auf halbem Weg fiel er herunter. Die Gerichte waren der Meinung, er sei aufgetreten, also musste man bezahlen.«

»Das ist doch verrückt, Morton!«

»Das ist das Fallrecht, Robin. Aber ich habe nur gesagt, Sie müssten sich ein *bisschen* Sorgen machen. Ich nehme an, dass uns nichts passieren kann, ich bin nur nicht sicher. Wir müssen ein Erscheinen binnen zwei Tagen beantragen, dann sehen wir schon, wie es läuft.«

»Also gut. Schön weiterflimmern, Morton«, sagte ich und stand nun endgültig auf, weil jetzt ganz sicher Essenszeit war. Essie kam auch schon durch die Tür und war zu meiner Enttäuschung ganz angezogen.

Essie ist eine sehr schöne Frau, und eine der Freuden, mit ihr seit fünf Jahren verheiratet zu sein, ist die, dass sie mir jedes Jahr besser gefällt als das Jahr zuvor. Sie legte den Arm um meinen Hals, während wir zur Veranda gingen, und drehte den Kopf, um mich anzusehen.

»Was ist los, Robin?«, fragte sie.

»Nichts ist los, liebe S. Ya.«, sagte ich. »Nur hatte ich vor, dich nach dem Mittagessen zum gemeinsamen Duschen einzuladen.«

»Du bist ein geiler alter Bock, Alterchen«, sagte sie streng. »Warum nicht duschen, wenn es dunkel ist und wir ganz natürlich und unausweichlich zu Bett gehen?«

»Wenn es dunkel ist, muss ich in Washington sein. Und morgen musst du nach Tucson zu deiner Konferenz, und dieses Wochenende muss ich zu meiner medizinischen Untersuchung. Ist aber nicht wichtig.«

Sie setzte sich an den Tisch.

»Du bist auch ein schrecklich schlechter Lügner«, erklärte sie. »Iss schnell, Alterchen. Schließlich kann man gar nicht genug duschen.«

»Weißt du, dass du ein durch und durch sinnliches Wesen bist, Essie?«, sagte ich. »Das ist einer deiner schönsten Züge.«

Die Vierteljahresbilanz über meine Nahrungsgruben war vor dem Frühstück im Schreibtischarchiv meiner Suite in Washington. Sie sah noch schlimmer aus, als ich erwartet hatte; unter den Bergen von Wyoming waren mindestens zwei Millionen Dollar verbrannt, und jeden Tag verschwelten weitere fünfzigtausend, bis das Feuer ganz gelöscht war. Falls das je gelang. Das bedeutete nicht, dass ich in Schwierigkeiten war, aber es konnte bedeuten, dass ein bestimmter Teil eines mühelosen Kredits nicht mehr so mühelos zu erlangen sein würde. Und nicht nur ich wusste das, sondern bis ich zum Sitzungssaal der Senatsanhörung kam, schien es auch ganz Washington zu wissen. Ich machte rasch meine Aussage, im selben Raum wie zuvor, und als ich fertig war, vertagte Senator Praggler die Sitzung und begleitete mich hinaus.

»Ich kann Sie nicht verstehen, Robin«, sagte er. »Hat Ihr Feuer denn gar keinen Sinneswandel bewirkt?«

»Nein, warum? Ich denke langfristig.«

Er schüttelte den Kopf.

»Da ist jemand, der große Anteile an Nahrungsgruben hält – Sie – und sich für eine höhere Besteuerung der Gruben einsetzt. Ergibt keinen Sinn.«

Ich erklärte ihm alles noch einmal. Insgesamt gesehen, konnten die Nahrungsgruben es sich mühelos leisten, sagen wir zehn Prozent vom Umsatz dafür aufzuwenden, die Rocky Mountains wiederherzustellen, sobald der Schiefer herausgeholt worden war. Aber keine Firma konnte es sich leisten, das allein zu machen. Wenn wir das taten, würden wir aus dem Wettbewerb einfach ausscheiden und von allen anderen Unternehmen unterboten werden.

»Wenn Sie den Verfassungszusatz durchbringen, Tim«, sagte ich, »werden wir alle dazu *gezwungen*. Die Nahrungsmittelpreise steigen, ja, aber nicht stark. Meine Finanzleute sagen, pro Person im Jahr nicht mehr als acht oder neun Dollar. Und wir werden eine fast unverdorbene Landschaft haben.«

Er lachte.

»Sie sind ein seltsamer Mensch. Mit Ihrer ganzen Weltverbesserei ... und mit Ihrem Geld, ganz zu schweigen davon.« Er wies mit dem Kinn auf die Flugspangen, die ich immer noch am Ärmel trug. Sie waren Abzeichen meiner drei Flüge als Prospektor, von denen jeder mich zu Tode erschreckt hatte. »Warum kandidieren Sie nicht für den Senat?«

»Mag nicht, Tim. Außerdem würde ich, wenn ich mich in New York aufstellen ließe, gegen Sie oder Sheila antreten, und das möchte ich schon gar nicht. Ich halte mich nicht lange genug in Hawaii auf, um es dort tun zu können. Und nach Wyoming ziehe ich nicht mehr.«

Er klopfte mir auf die Schulter.

»Nur dieses eine Mal«, sagte er, »werde ich auf altmodische Weise politisch die Muskeln spielen lassen. Ich werde versuchen, Ihren Verfassungszusatz für Sie durchzubekommen, obwohl der Himmel weiß, was Ihre Konkurrenten alles tun werden, um Sie aufzuhalten.«

Nachdem wir uns verabschiedet hatten, schlenderte ich zum Hotel zurück. Es bestand kein besonderer Grund, nach New York zurückzukehren, während Essie in Tucson war. Ich beschloss deshalb, den Rest des Tages in meiner Hotelsuite in Washington zu verbringen – eine schlechte Entscheidung, wie sich herausstellte, aber das wusste ich da noch nicht. Ich dachte darüber nach, ob es mich störte, als Weltverbesserer zu gelten, oder nicht. Mein alter Psychoanalytiker hatte mir dazu verholfen, Lob für Dinge annehmen zu können, die es meiner Ansicht nach verdienten, aber das meiste, was ich tat, unternahm ich für mich selbst. Der Verfassungszusatz über die Wiederbepflanzung würde mich keinen Cent kosten, wir würden das durch Preiserhöhung ausgleichen, wie ich schon erklärt hatte. Das Geld, das ich in den Weltraum steckte, mochte sich in Dollargewinnen bezahlt machen – ich ging sogar davon aus, dass vieles dafür sprach –, aber es ging auf jeden Fall dorthin, weil es auch von dort gekommen war. Und außerdem war ich da draußen noch nicht fertig. Irgendwo. Ich saß an meinem Fenster in der Penthouse-Etage des Hotels, fünfundvierzig Stockwerke hoch, blickte zum Capitol und zum Washington-Denkmal hinüber und fragte mich, ob das, womit ich nicht fertig war, noch lebte. Ich hoffte es. Selbst wenn sie mich immer noch hassen sollte.

Über meine unerledigte Sache nachzudenken, veranlasste mich, an Essie zu denken, die inzwischen in Tucson eingetroffen sein würde, und das versetzte mir einen sorgenvollen Stich. Wir standen unmittelbar vor einem neuen Auftreten des 130-Tage-Fiebers. Ich hatte nicht früh genug darüber nachgedacht. Der Gedanke, dass sie dreitausend Kilometer entfernt war, gefiel mir nicht - für den Fall, dass es schlimm werden würde. Und obwohl ich kein eifersüchtiger Mensch bin, wenn auch ein wollüstiger und sinnenfroher, zog ich es eigentlich vor, dass Essie wollüstig und sinnenfroh mit mir zusammen war.

Warum nicht? Ich rief Harriet an und ließ einen Platz in einer Nachmittagsmaschine nach Tucson reservieren. Ich konnte meine Geschäfte von dort aus ebenso gut führen wie anderswo, wenn auch vielleicht nicht ganz so bequem. Und dann widmete ich mich den akuten Problemen. Zuerst Albert. Es gäbe nichts wesentlich Neues, erklärte er, außer dass der junge Mann eine schwere Erkältung zu haben schien.

»Wir haben die Herter-Hall-Leute aufgefordert, die üblichen Antibiotika und Symptomhemmer zu geben«, sagte er zu mir, »aber sie werden die Nachricht natürlich erst in einigen Wochen erhalten.«

»Ernst?«

Er zog die Brauen zusammen und sog an seiner Pfeife.

»Wan ist den meisten Viren und Bakterien nie ausgesetzt gewesen«, meinte er, »sodass ich nichts Eindeutiges sagen kann. Aber nein, ich hoffe nicht. Außerdem verfügt die Expedition über Heilmittelvorräte und Ausrüstung medizinischer Art, die mit den meisten Erkrankungen fertig werden kann.«

»Weißt du schon mehr über ihn?«

»Sehr viel, aber nichts, was meine vorherige Einschätzung ändern würde, Robin.« Paff, paff. »Seine Mutter war spanischer Abstammung, sein Vater Angloamerikaner, und sie sind beide Gateway-Prospektoren gewesen. So sieht es jedenfalls aus. Offenbar waren auch die Persönlichkeiten Prospektoren, die er als die ›Toten Menschen‹ bezeichnet, obwohl noch immer unklar ist, was diese eigentlich sind.«

»Albert«, sagte ich, »nimm dir ein paar alte Gateway-Flüge vor, die mindestens zehn Jahre zurückliegen. Stell fest, ob du eine Mission finden kannst, an der ein Amerikaner und eine Spanierin teilgenommen haben – ohne zurückzukehren.«

»Klare Sache, Bob.« Eines Tages musste ich ihn auffordern, eine flottere Sprache zu gebrauchen, aber er arbeitet eigentlich sehr gut, so wie er ist. Er sagte fast sofort: »Es gibt keine solche Mission. Allerdings fand ein Start statt, an dem eine schwangere Spanierin beteiligt war. Darüber liegt noch kein Bericht vor. Soll ich dir die Einzelheiten zeigen?«

»Klare Sache, Albert«, sagte ich, aber er ist nicht darauf programmiert, solche Nuancen zu verstehen. Die Einzelheiten verrieten nicht viel. Ich hatte die Frau nicht gekannt; sie war vor meiner Zeit auf Gateway gewesen. Aber sie war mit einem Einer hinausgeflogen, nachdem sie einen Fünfer-Flug überlebt hatte, bei dem ihr Ehemann und die anderen drei Besatzungsmitglieder getötet worden waren. Und man hatte nie wieder etwas von ihr gehört. Die Mission war eine von der Art gewesen: ›Flieg hinaus und sieh zu, was du bekommst.‹ Was sie bekommen hatte, war ein Kind gewesen, an irgendeinem fernen Ort.

»Das erklärt aber Wans ›Vater‹ nicht, oder?«

»Nein, Robin, aber er nahm vielleicht an einem anderen Flug teil. Wenn wir davon ausgehen, dass die Toten Menschen auf irgendeine Weise mit Flügen zu tun haben, die nicht zurückgekommen sind, muss es mehrere davon gegeben haben.«

»Und du bist sicher, dass die Toten Menschen alle Prospektoren waren?«

»Klare Sache, Robin.«

»Aber wie? Meinst du, dass ihre Gehirne irgendwo aufbewahrt worden sind?«

»Bezweifle ich, Robin«, sagte er und zündete nachdenklich noch einmal seine Pfeife an. »Die Daten sind unzureichend, aber ich würde meinen, dass Ganzhirn-Erhaltung keine größere Wahrscheinlichkeit als ein Zehntel Prozent besitzt.«

»Und die anderen Möglichkeiten?«

»Eine Aufzeichnung der chemischen Gedächtnisspeicherung: keine hohe Wahrscheinlichkeit, vielleicht drei Prozent. Das ist aber immer noch der höchste Wert. Freiwillige Übertragung durch die Personen selbst – beispielsweise, indem sie alle ihre Erinnerungen auf Band gesprochen haben: ganz geringe Wahrscheinlichkeit. Höchstens ein Promille. Direkter Mentalanschluss – was man eine Art Telepathie nennen könnte: etwa der gleiche Wert. Unbekannte Methoden: über fünf Prozent. Selbstverständlich ist Ihnen klar, dass alle diese Schätzungen auf unzureichenden Daten und unzureichenden Hypothesen beruhen, Robin«, fügte er hastig hinzu.

»Wenn du mit den Toten Menschen unmittelbar sprechen könntest, wäre es vermutlich leichter für dich.«

»Klare Sache, Bob. Und ich stehe im Begriff, einen solchen Zugang über den Herter-Hall-Bordcomputer zu erbitten, aber das erfordert eine sorgfältige Vorarbeit. Der Bordcomputer ist nicht besonders gut, Robin.« Er zögerte. »Ähm, Robin? Da ist noch ein interessanter Punkt.«

»Nämlich?«

»Wie Sie wissen, waren an der Nahrungsfabrik mehrere große Schiffe angedockt, als man sie entdeckte. Die Fabrik steht seither unter ständiger Beobachtung, und die Zahl der Schiffe ist gleich geblieben – nicht gerechnet das Herter-Hall-Schiff und dasjenige, mit dem Wan vor zwei Tagen eintraf, versteht sich. Aber es ist nicht gewiss, dass es immer noch dieselben Schiffe sind.«

»Was?«

»Es ist nicht gewiss, Robin«, betonte er. »Ein Hitschi-Schiff sieht wie das andere aus. Aber die genaue Überprüfung der Anflugaufnahmen scheint zumindest bei einem der großen eine andere Ausrichtung zu zeigen. Möglicherweise bei allen dreien. So, als wären die vorher anwesenden Schiffe abgeflogen und hätten anderen Platz gemacht.«

An meinem Rückgrat glitt ein kalter Finger auf und ab.

»Albert«, sagte ich nervös, »weißt du, was das bei mir an Überlegungen auslöst?«

»Klare Sache, Robin«, erwiderte er ernsthaft. »Es löst die Überlegung aus, dass die Nahrungsfabrik noch immer arbeitet. Dass sie die Kometengase in CHON-Nahrung verwandelt. Und sie irgendwo hinschickt.«

Ich schluckte mühsam, aber Albert sprach weiter.

»Außerdem findet sich in der Umgebung sehr viel ionisierende Strahlung«, sagte er. »Ich muss einräumen, dass ich nicht weiß, woher sie kommt.«

»Ist das für die Herter-Halls gefährlich?«

»Nein, Robin, das nehme ich nicht an. Nicht mehr als Piezovision-Sendungen für Sie etwa. Es ist nicht das Risiko, was mir Kopfzerbrechen macht, sondern die Quelle.«

»Kannst du nicht die Herter-Halls bitten nachzuforschen?«

»Klare Sache, Robin. Das habe ich schon getan. Aber es wird fünfzig Tage dauern, bis die Antwort eintrifft.«

Ich ließ ihn verschwinden und lehnte mich in meinem Sessel zurück, um über die Hitschi und ihre seltsame Art nachzudenken ...

Und dann kam es.

Meine Schreibtischsessel bieten normalerweise maximale Bequemlichkeit und Sicherheit, aber diesmal kippte ich beinahe um damit. In Sekundenbruchteilen bekam ich Schmerzen. Nicht nur Schmerzen, mir war schwindlig, ich wusste kaum, wo ich mich befand, ich halluzinierte sogar. Mein Kopf fühlte sich an, als wolle er platzen, und meine Lunge schien von Flammen versengt zu werden. Ich war geistig und körperlich noch nie so krank gewesen, und gleichzeitig ertappte ich mich dabei, dass ich unglaubliche Kunststücke auf dem Gebiet der Sexualakrobatik zusammenphantasierte.

Ich versuchte aufzustehen und konnte nicht. Ich sank völlig hilflos in den Sessel zurück.

»Harriet!«, krächzte ich. »Einen Arzt!«

Sie brauchte volle drei Sekunden, um zu reagieren, dann waberte ihr Bild stärker als das von Morton.

»Mr. Broadhead«, sagte sie mit einem merkwürdigen Ausdruck der Sorge, »ich kann das nicht erklären, aber die Schaltungen sind alle besetzt. Ich ... ich ... ich ...« Es war nicht nur ihre Stimme, die sich unaufhörlich wiederholte. Ihr Kopf und der Körper wirkten wie ein kurzes Video-Endlosband, immer wieder begann dasselbe Wort, immer wieder schaltete das Bild mitsamt dem Ton zurück und fing von neuem an.

Ich fiel vom Sessel auf den Boden, und mein letzter klarer Gedanke war:

Das Fieber.

Es war wieder da. Schlimmer, als ich es je zuvor verspürt hatte. Schlimmer vielleicht, als ich es durchstehen konnte, so schmerzhaft, so Furcht erregend, psychotisch fremdartig, dass ich nicht sicher war, ob ich es überhaupt durchstehen wollte.

5

Janine

Nach dreieinhalb Jahren in einem photonengetriebenen Raumschiff unterwegs zur Oort'schen Wolke war Janine nicht mehr das Kind wie beim Abflug. Sie hatte nicht aufgehört, ein Kind zu sein. Sie hatte nur das erste Reifestadium erreicht, in welchem das Individuum erkennt, dass es noch viel Wachstum hinter sich bringen muss. Janine hatte es nicht eilig, erwachsen zu werden. Sie arbeitete einfach daran, das zu bewältigen. Jeden Tag. Die ganze Zeit. Mit allen Mitteln, die sich anboten.

Als sie am Tag der Begegnung mit Wan die anderen verlassen hatte, suchte sie nicht bewusst irgendetwas Bestimmtes. Sie wollte einfach allein sein. Nicht zu irgendeinem wirklich privaten Zweck. Nicht einmal – oder nicht nur – weil sie ihrer Familie überdrüssig war. Was sie wollte, war etwas, das ihr allein gehörte, eine nicht mit anderen zu teilende Erfahrung, eine Einschätzung, die nicht durch stets anwesende Erwachsene gestützt wurde; sie wollte Anblick, Gefühl und Geruch des Fremden in der Nahrungsfabrik, und sie wollte das alles für sich allein.

So stieß sie sich aufs Geratewohl ab und schwebte durch die Gänge, von Zeit zu Zeit aus einer Quetschflasche Kaffee saugend. Oder was für sie »Kaffee« zu sein schien. Janine hatte die Gewohnheit von ihrem Vater übernommen, obwohl sie, wäre sie gefragt worden, bestritten hätte, dergleichen sei bei ihr möglich.

Alle ihre Sinne dürsteten nach Zufuhr. Die Nahrungsfabrik war das wundersam Erregendste, was ihr je zugestoßen war. Noch in höherem Maß als der Start, bei dem sie ein bloßes Kind gewesen war. Mehr noch als das befleckte Höschen, das verkündet hatte, sie sei eine Frau geworden. Mehr als alles andere. Selbst die nackten Wände der Tunnels waren aufregend, weil sie aus Hitschi-Metall bestanden, unendlich alt waren und immer noch mit dem schwachen, bläulichen Licht strahlten, das ihre Erschaffer ihnen mitgegeben hatten. (Welche Art von Augen hatten dieses Licht gesehen, als alles neu gewesen war?) Sie stieß sich mühelos von Kammer zu Kammer, und nur ihre Fußballen berührten überhaupt den Boden. In diesem Raum gab es Wände mit gummiartigen Regalen (was hatten sie einmal enthalten?), in jenem hockte ein riesiges Kugelsegment, Spiegelchrom nach außen, seltsam pulvrig bei Berührung – wozu diente das? Bei manchen Dingen konnte sie etwas erraten. Das Ding, das wie ein Tisch aussah, war ganz gewiss ein Tisch. (Die Umrandung diente zweifellos dazu zu verhindern, dass in der niedrigen Schwerkraft der Nahrungsfabrik etwas vom Tisch glitt.) Manche Gegenstände waren durch Vera für sie identifiziert worden, unter Benützung der Informationsspeicher über Hitschi-Artefakte, von den großen Datenquellen zu Hause auf der Erde katalogisiert. Die Zellen mit spinnwebartigen grünen Geflechten an den Wänden waren, wie man annahm, für Schlafzwecke benutzt worden; aber wer konnte schon wissen, ob die dumme Vera Recht hatte? Egal. Die Gegenstände selbst waren ungeheuer aufregend. Nicht anders als ringsum der viele

Raum, in dem man sich bewegen konnte. Sogar verirren mochte. Bis sie nämlich die Nahrungsfabrik erreicht hatten, war Janine in ihrem ganzen Leben kein einziges Mal die Gelegenheit geboten worden, sich zu verirren. Bei dem Gedanken verspürte sie ein Kitzeln angstvoller Freude. Zumal da der ganz erwachsene Teil ihres vierzehnjährigen Gehirns sich stets der Tatsache bewusst war, dass, gleichgültig, wie sehr sie sich verirrte, die Nahrungsfabrik einfach nicht groß genug war, um sich in ihr für immer zu verirren.

Es war also ein ungefährlicher Kitzel. Oder schien einer zu sein.

Bis sie bei den Docks auf der anderen Seite in der Falle saß, während irgendetwas – Hitschi? Raummonster? Ein irrer, alter Schiffbrüchiger mit einem Messer in der Hand? – aus den verborgenen Gängen ihr entgegenkam.

Und dann war es nichts von alledem; es war Wan.

Natürlich wusste sie seinen Namen nicht. »Komm du ja nicht näher!«, wimmerte sie, während ihr das Herz bis zum Hals hinauf schlug, das Funkgerät in der Hand, die Arme vor ihren jungen Brüsten gekreuzt. Er tat es auch nicht. Er blieb stehen. Er glotzte sie mit herausquellenden Augen an, den Mund geöffnet, während ihm beinahe die Zunge heraushing. Er war hoch gewachsen und mager. Sein Gesicht lief spitz zu, die Nase war lang und hakenförmig. Er trug ein Kleidungsstück, das einem Rock ähnlich war, darüber eine Art Trainingsbluse, beides sehr schmutzig. Er roch nach Mann. Er zitterte, während er schnupperte, und er war *jung*. Auf keinen Fall war er viel älter als Janine selbst und damit die einzige Person, die sie seit Jahren gesehen hatte, die nicht dreimal so alt war wie sie. Und als er auf die Knie sank und zu tun begann, was Janine eine andere Person noch nie hatte tun sehen, stöhnte sie auf, während sie kicherte – Belustigung, Erleichterung, Schreck, Hysterie. Der Schreck betraf nicht das, was er tat. Der Schreck rührte daher, dass sie *einem Jungen begegnet war*. Im Schlaf hatte Janine wilde Dinge geträumt, aber niemals *so etwas*.

In den folgenden Tagen konnte Janine Wan nicht aus den Augen lassen. Sie war seine Mutter, seine Gespielin, seine Lehrerin, seine Ehefrau. »Nein, Wan! Langsam schlürfen, das ist heiß!« – »Wan, soll das heißen, dass du ganz allein gewesen bist, seit du *drei* warst?« – »Du hast wirklich wunderschöne Augen, Wan.« Es machte ihr nichts aus, dass er nicht erfahren genug war, um darauf zu erwidern, sie hätte ebenfalls wunderschöne Augen, weil sie klar erkannte, dass sie ihn mit allem, was an ihr war, faszinierte.

Die anderen merkten das natürlich auch. Janine ließ sich dadurch nicht beirren. Wan brachte an sinnesscharfer, strahlender, besessener Bewunderung genug auf für alle. Er schlief sogar noch weniger als sie. Am Anfang mochte sie das, weil es bedeutete, dass sie mehr von Wan hatte, aber dann konnte sie erkennen, dass er immer erschöpfter wurde. Sogar krank. Als er in dem Raum mit dem schillernden, silberblauen Kokon zu schwitzen und zu zittern begann, war sie diejenige, welche aufschrie: »Lurvy! Ich glaube, er wird krank!«

Als er zur Liege wankte, stürzte sie zu ihm, die Finger ausgestreckt, um seine trockene und glühende Stirn zu berühren. Die zuklappende Hülle des Kokons klemmte beinahe ihren Arm ein und riss eine tiefe Wunde vom Handgelenk bis zu den Fingerknöcheln. »Paul«, schrie sie, »wir müssen ...«

Und dann überfiel sie alle der 130-Tage-Wahnsinn. Schlimmer als je zuvor. Anders als je zuvor. Von einem Augenblick auf den nächsten wurde Janine *krank*.

Janine war niemals krank gewesen. Ab und zu einen blauen Fleck, einen Krampf, ein Schnupfen. Mehr nicht. Fast ihr ganzes Leben hatte sie unter medizinischem Vollschutz gestanden, und Krankheiten hatte es einfach nicht gegeben. Sie konnte nicht begreifen, was mit ihr geschah. Ihr Körper wand sich in Fieber und Agonie. Sie halluzinierte monströse, fremdartige Gestalten, in denen sie zum Teil Zerrbilder ihrer Angehörigen erkannte; andere waren einfach Furcht erregend und fremd. Sie sah sich sogar selbst – mit riesigen Brüsten und enormen Hüften, aber sie selbst –, und in ihrem Bauch grollte ein Toben, hineinzustoßen in alle die sichtbaren und unsichtbaren Höhlungen dieses Wachtraums, hineinzustoßen in etwas, das sie selbst im Wachtraum nicht besaß. Nichts von alledem war begreiflich. Nichts war klar. Qualen und Irrsinnigkeiten kamen in Wellen. Dazwischen erhaschte sie ab und zu sekundenlang Blicke auf die Wirklichkeit. Das blaustählerne Leuchten der Wände. Lurvy, neben ihr wimmernd zusammengekrümmt. Ihr Vater, der sich im Korridor erbrach. Der Kokon in Chrom und Blau, wo unter dem Netz Wan sich krümmte und lallte. Es war weder Überlegung noch Wille, was sie trieb, an der Hülle zu zerren und sie beim hundertsten oder tausendsten Mal aufzureißen, aber es gelang ihr endlich, und sie zerrte ihn als wimmerndes und zitterndes Bündel heraus.

Die Halluzinationen hörten schlagartig auf.

Nicht ganz so rasch die Qual, die Übelkeit und das Entsetzen. Aber sie hörten auch auf. Alle schauderten und wankten noch, alle, bis auf den Jungen, der bewusstlos war und auf eine Weise atmete, die Janine entsetzte: heiser, stoßweise, keuchend.

»Hilfe, Lurvy!«, kreischte sie. »Er stirbt!«

Ihre Schwester war schon bei ihr, legte den Daumen auf den Puls des Jungen, während sie den Kopf schüttelte und mit verdrehtem Blick auf seine Augen starrte.

»Dehydriert! Fieber! Los!«, rief sie, während sie Wans Arme packte. »Hilf mir, ihn ins Schiff zurückzutragen! Er braucht eine Salzlösung, Antibiotika, Fiebermittel, vielleicht Gammaglobulin!«

Sie brauchten fast zwanzig Minuten, um Wan ins Schiff zu schleppen, und Janine fürchtete bei jedem holpernden Zeitlupenschritt, er könnte sterben. Lurvy rannte die letzten hundert Meter voraus, und bis Paul und Janine ihn durch die Luftschleuse gezogen hatten, war die Medibox schon offen, und Lurvy schrie Befehle.

»Hinlegen! Das muss er schlucken! Nehmt eine Blutprobe und untersucht sie auf Virus- und Antikörper-Titer! Schickt eine Blitzanfrage zur Erde, sagt, dass wir ärztliche

Anweisungen brauchen – falls er lange genug am Leben bleibt!«

Paul half ihnen, Wan auszuziehen und in eine von Peters Decken zu wickeln. Dann schickte er die Nachricht ab. Aber er wusste – und alle wussten –, dass das Problem, ob Wan am Leben blieb oder starb, nicht von der Erde aus gelöst werden würde. Nicht bei einer Gesamtzeit von sieben Wochen bis zum Erhalt einer Antwort. Peter saß fluchend da, verfluchte das mobile Bioprüfgerät. Lurvy und Janine beschäftigten sich mit dem Jungen. Paul zwängte sich, ohne zu jemandem ein Wort zu sagen, in seinen Raumanzug und ging hinaus in den Weltraum, wo er eineinhalb anstrengende Stunden damit verbrachte, die Funkantennen zu justieren – die Hauptantenne ausgerichtet auf den hellen Doppelstern des Planeten Neptun und seines Mondes, die andere auf den Punkt im Raum, an dem sich die Garfeld-Mission befand. Dann befahl er, am Rumpf klebend, Vera über Funk, den Hilferuf mit höchster Leistungskraft über beide Antennen ein zweites Mal zu senden. Vielleicht wurde er aufgefangen, vielleicht auch nicht. Als Vera mitteilte, dass die Funksprüche abgesetzt seien, stellte er die große Schüssel wieder auf die Erde ein. Das Ganze nahm volle drei Stunden in Anspruch, und ob von den Empfängern jemand reagieren würde, war zweifelhaft. Es war ebenso unsicher, ob Hilfe angeboten werden konnte. Das Schiff der Garfelds war kleiner und weniger gut ausgerüstet als das ihre, und die Leute im Stützpunkt auf Triton hielten sich dort immer nur kurze Zeit auf. Aber wenn der Ruf aufgefangen werden sollte, durften sie damit rechnen, dass eine Antwort, die hilfreichen Rat geben konnte oder wenigstens Mitgefühl ausdrückte, viel rascher eintreffen würde als eine von der Erde.

Nach einer Stunde ging Wans Fieber zurück. Nach zwölf Stunden hörten Zuckungen und Lallen auf, und er schlief normal. Aber er war noch immer sehr krank.

Mutter und Gespielin, Lehrerin und Ehefrau wenigstens in der Phantasie, wurde Janine nun auch Wans Pflegerin.

Nach der ersten Versorgung mit Medikamenten ließ sie nicht einmal mehr zu, dass Lurvy ihm die weiteren Spritzen gab. Sie verzichtete auf Schlaf, um ihm mit dem Schwamm die Stirn abzuwischen. Sie säuberte ihn gründlich, als er sich im Koma besudelte. Sie hatte für nichts anderes mehr Sinn. Die belustigten oder besorgten Blicke und Worte ihrer Familie ließen sie unberührt, bis Paul eine herablassende Bemerkung machte. Janine hörte die Eifersucht heraus und brauste auf: »Paul, du bist *widerlich!* Wan *braucht* mich und meine Pflege!«

»Und dir macht es Spaß, wie?«, fauchte er. Er war ernsthaft zornig. Das erweckte natürlich noch mehr Zorn in Janine, aber ihr Vater mischte sich ganz ruhig ein: »Lass das Mädchen ein Mädchen sein, Paul. Bist du nicht auch einmal jung gewesen? Komm, sehen wir uns noch einmal diesen Platz für Träume an ...«

Janine überraschte sich selbst damit, dass sie den Friedensstifter gewähren ließ; es wäre eine großartige Gelegenheit für einen wütenden Streit gewesen, aber das war jetzt nicht die Richtung, in die ihr Interesse ging. Sie nahm sich die Zeit für ein knappes, verkniffenes Grinsen über Pauls Eifersucht, weil das ein neuer Streifen war, den sie sich an den Ärmel nähen konnte, und kümmerte sich wieder um Wan.

Während Wan sich erholte, wurde er noch interessanter. Von Zeit zu Zeit erwachte er und sprach mit ihr. Wenn er schlief, betrachtete sie ihn. Das Gesicht so dunkelhäutig, der Körper olivfarben; aber von den Hüften bis zu den Schenkeln hatte er die allerblasseste Haut. Wenig Körperbehaarung. Keine Behaarung im Gesicht, ausgenommen weiche, fast unsichtbare Härchen - eher Lippenwimpern als ein Schnurrbart.

Janine wusste, dass Lurvy und ihr Vater über sie witzelten und dass Paul wirklich eifersüchtig war, eben der Dinge wegen, denen er sich so lange entzogen hatte. Eine hübsche Abwechslung. Sie war jetzt jemand. Zum ersten Mal in ihrem Leben war das, was sie tat, das Bedeutsamste, was in der Gruppe geschah. Die anderen kamen zu ihr, um die Erlaubnis für ein Gespräch mit Wan einzuholen, und wenn sie meinte, er ermüde, akzeptierten sie ihren Befehl aufzuhören.

Außerdem war sie von Wan fasziniert. Sie verglich ihn mit allem, was sie bisher von Männern wusste, und das fiel stets zu seinem Vorteil aus. Selbst gemessen an ihren Brieffreunden sah Wan besser aus als der Eishockeyspieler; er war klüger als die Schauspieler, sogar beinahe so groß wie der Basketballspieler. Und allen anderen gegenüber – vor allem den beiden einzigen Männern, mit denen sie nun -zig Millionen Kilometer gereist war – besaß Wan seine wunderbare Jugend. Auf den Handrücken des alten Peter sah man verschieden große braune Pigmentflecken. Unangenehm. Aber der alte Mann hielt sich wenigstens sauber. Sogar gepflegt, wie auf dem Kontinent üblich. Er schnitt sich sogar die Haare, die in den Ohren wuchsen, mit einer ganz kleinen silbernen Schere; Janine hatte ihn dabei ertappt. Während Paul ...

Bei einem ihrer Scharmützel mit Lurvy hatte Janine gefaucht: »Mit so etwas gehst du ins Bett? Mit einem behaarten Affen? Ich müsste kotzen!«

Und so fütterte sie Wan und las ihm vor und döste neben ihm, wenn er schlief. Sie wusch ihm die Haare und stutzte sie zu einer langen Rundfrisur, wobei sie sich von Lurvy helfen ließ, damit der Schnitt gerade wurde. Sie fönte die Haare trocken. Sie wusch seine Kleidung, flickte sie, ohne sich von Lurvy unterstützen zu lassen, und änderte sogar Kleidung von Paul, damit Wan etwas anderes anziehen konnte. Wan nahm alles hin und genoss es so sehr wie sie.

Als er kräftiger wurde, brauchte er sie nicht mehr im selben Maße, und sie konnte ihn vor den Fragen der anderen nicht mehr so schützen wie vorher. Aber sie nahmen ebenfalls Rücksicht auf ihn. Sogar der alte Peter. Vera, der Computer, kramte in den Medizinprogrammen und stellte eine lange Liste von Untersuchungen zusammen, denen sich der Junge unterziehen sollte.

»So eine Gemeinheit!«, tobte Peter. »Hat Vera kein Verständnis für den jungen Mann, der dem Tod so nah war, dass sie ihn unbedingt umbringen will?«

Es war nicht nur Rücksichtnahme allein. Peter hatte selbst Fragen zu stellen und hatte sie gestellt, wenn Janine es erlaubte, schmollend und nervös, wenn sie es nicht zulassen wollte.

»Dein Bett da, Wan, kannst du mir noch einmal sagen, was du fühlst, wenn du darin liegst? So, als wärst du auf irgendeine Weise Teil von Millionen Menschen? Und sie von dir, nicht wahr?«

Aber als Janine ihn beschuldigte, Wans Gesundung zu verzögern, hörte der alte Mann auf. Wenn auch nie für lange.

Dann ging es Wan wieder so gut, dass Janine in ihrem eigenen Privatabteil wieder die ganze Nacht schlafen konnte, und als sie wach wurde, saß ihre Schwester an Veras Konsole. Wan hielt sich an der Rückenlehne des Sessels fest, starrte die fremde Maschine grinsend und stirnrunzelnd an, und Lurvy las ihm seinen medizinischen Bericht vor.

»Alle Ergebnisse sind normal, du nimmst wieder zu, deine Antikörperpegel erreichen das Normalmaß – ich glaube, jetzt kann dir nichts mehr passieren, Wan.«

»Also, dann können wir endlich reden, nicht?«, rief der alte Mann. »Über diesen Überlichtgeschwindigkeitsfunk, die Maschinen, den Ort, wo er herkommt, den Traumraum?«

»Lasst ihn in Ruhe!«, fauchte Janine.

Aber Wan schüttelte den Kopf.

»Lass sie fragen, was sie wollen, Janine«, sagte er mit seiner schrillen, hauchigen Stimme.

»Jetzt?«

»Ja, jetzt!«, fuhr ihr Vater auf. »In diesem Augenblick! Paul, du kommst her und sagst diesem Jungen, was wir wissen müssen.«

Sie hatten das geplant, erkannte nun Janine, alle drei, aber Wan hatte nichts einzuwenden, und sie konnte nicht länger so tun, als sei er zu krank, um befragt zu werden. Sie marschierte zu ihm und setzte sich. Wenn sie sein Verhör nicht verhindern konnte, wollte sie wenigstens dabei sein, um ihn zu beschützen. Sie erteilte mit kalter Stimme die formelle Erlaubnis: »Also gut, Paul, sag, was du sagen willst, aber ermüde ihn nicht.«

Paul warf ihr einen ironischen Blick zu, wandte sich jedoch an Wan.

»Seit über zwölf Jahren«, sagte er, »wird die ganze Erde alle hundertdreißig Tage oder so verrückt. Es hat den Anschein, dass das deine Schuld ist, Wan.«

Der Junge runzelte die Stirn, erwiderte aber nichts. Seine Verteidigerin sprach für ihn.

»Warum hackt ihr auf ihm herum?«, fragte sie scharf.

»Niemand ›hackt‹, Janine. Aber was wir erlebt haben, war das Fieber. Das kann kein Zufall sein. Wenn Wan sich in dieses Ding legt, überträgt er seine Träume an die ganze Welt.« Paul schüttelte den Kopf. »Mein lieber Junge, hast du eine Vorstellung davon, was du da angerichtet hast? Seitdem du hierher kommst, werden deine Träume von Millionen Menschen miterlebt. Von Milliarden! Manchmal bist du friedlich gewesen, und deine Träume waren friedlich, dann war es nicht so schlimm. Manchmal warst du es nicht. Ich möchte nicht, dass du dich schuldig fühlst«, fuhr er freundlich fort, um Janine zuvorzukommen, »aber tausende und abertausende von Menschen sind ums Leben gekommen. Und der Sachschaden ... Wan, du kannst dir das einfach nicht vorstellen.«

Wan sagte mit schriller Stimme abwehrend: »Ich habe nie einem was getan!«

Er war unfähig zu begreifen, was man ihm vorwarf, aber für ihn gab es keinen Zweifel daran, dass Paul ihn beschuldigte. Lurvy legte die Hand auf seinen Arm.

»Wenn es nur so wäre, Wan«, meinte sie. »Das Wichtigste ist, dass du das nicht mehr tun darfst.«

»Kein Träumen mehr auf der Liege?«

»Nein, Wan.« Er sah Janine um Hilfe an, dann zog er die Schultern hoch.

»Aber das ist noch nicht alles«, warf Paul ein. »Du musst uns helfen. Erzähl uns alles, was du weißt. Über die Liege.

Über die Toten Menschen. Über den ÜLG-Funk, die Nahrung ...«

»Warum sollte ich?«, gab Wan scharf zurück.

Paul sagte geduldig und einschmeichelnd: »Weil du auf diese Weise das Fieber wieder gutmachen kannst. Ich glaube nicht, dass du begreifst, wie wichtig du bist, Wan. Das Wissen in deinem Kopf könnte die Menschen vor dem Verhungern retten. Millionen Menschenleben, Wan.«

Wan befasste sich eine Weile stirnrunzelnd mit dieser Vorstellung, aber »Millionen« war für ihn im Zusammenhang mit menschlichen Wesen kein Begriff – er hatte sich nicht einmal an »fünf« gewöhnt.

»Du machst mich zornig«, schimpfte er.

»Das will ich nicht, Wan.«

»Es geht nicht darum, was du willst, sondern, was du tust. Das hast du mir selbst gesagt«, murrte der Junge trotzig. »Also gut. Was willst du?«

»Wir möchten, dass du uns alles sagst, was du weißt«, erklärte Paul sofort. »Ach, nicht alles auf einmal. Aber so, wie es dir einfällt. Und wir möchten, dass du mit uns durch diese ganze Nahrungsfabrik gehst und uns alles darin erklärst – soweit du das kannst, versteht sich.«

»Hier? Aber da gibt es nichts als das Traumzimmer, und das darf ich nicht mehr benutzen, sagt ihr.«

»Für uns ist das alles neu, Wan.«

»Es ist nichts! Das Wasser läuft nicht, es gibt keine Bibliothek, mit den Toten Menschen kann man kaum reden, nichts wächst! Zu Hause habe ich alles, und vieles funktioniert; da könnt ihr euch alles selbst anschauen.«

»Das hört sich an wie der Himmel, Wan.«

»Seht doch selber! Wenn ich nicht träumen kann, gibt es keinen weiteren Grund, dass ich hier bleibe!«

Paul sah die anderen betroffen an.

»Könnten wir das tun?«

»Natürlich! Mein Schiff bringt uns hin – nicht alle von euch, nein«, verbesserte sich Wan. »Aber ein paar. Wir können den alten Mann hier lassen. Es gibt keine Frau für ihn, also wird kein Paar auseinander gerissen. Oder es könnten auch nur Janine und ich fliegen«, fügte er schlau hinzu. »Dann ist im Schiff mehr Platz. Wir können euch alles mitbringen, Maschinen, Bücher, Schätze …«

»Vergiss das, Wan«, erklärte Janine weise. »Das erlauben sie uns nie.«

»Nicht so schnell, Mädchen«, erklärte ihr Vater. »Du hast das nicht zu entscheiden. Was der Junge sagt, ist interessant. Wenn er uns die Pforten des Himmels öffnen kann, wer sind wir, dass wir draußen in der Kälte bleiben sollen?«

Janine betrachtete ihren Vater, aber sein Gesicht verriet nichts.

»Du willst doch nicht sagen, dass du Wan und mich allein hinfliegen lässt?«

»Das ist nicht die Frage«, erwiderte er. »Die Frage ist: Wie können wir diese gottverdammte Mission schnell beenden und heimfliegen, um unsere Belohnung einzukassieren. Es gibt keine andere.«

»Tja«, stimmte Lurvy nach einer Pause zu, »das brauchen wir nicht auf der Stelle zu entscheiden. Der Himmel wartet auf uns, unser ganzes Leben lang.«

Ihr Vater sagte: »Das ist wahr, ja. Aber konkret ausgedrückt haben manche von uns weniger Zeit als andere.«

Jeden Tag trafen neue Mitteilungen von der Erde ein. Ärgerlicherweise betrafen sie nur die Zeit, bevor Wan aufgetaucht war, belanglos für alles, was sie jetzt taten oder planten: Liefern Sie chemische Analysen von diesem. Röntgen Sie jenes. Messen Sie das. Inzwischen waren die langsamen Pakete aus Photonen, die übermittelten, dass sie die Nahrungsfabrik erreicht hatten, bei Bodenstation-Vera auf der Erde angelangt, und vielleicht befanden sich Antworten schon auf dem Rückweg. Aber sie würden noch Wochen brauchen. Der Stützpunkt auf Triton besaß einen klügeren Computer als Vera, und Paul und Lurvy diskutierten darüber, ob sie alle ihre Daten zur Auswertung und Beratung dorthin übermitteln sollten. Der alte Peter wies das wütend zurück.

»Diese Vagabunden, die Zigeuner? Weshalb sollten wir ihnen geben, was zu beschaffen uns so viel gekostet hat?«

»Aber niemand stellt unsere Rechte infrage, Pa«, meinte Lurvy besänftigend. »Alles gehört uns. Im Vertrag steht das klar und deutlich.«

»Nein!«

So gaben sie alles, was Wan ihnen erzählte, in ihren Bordcomputer ein, und Veras kleiner, langsamer Intellekt sortierte die Einzelteile mühsam zu Mustern und bildete daraus sogar Diagramme. Das Aussehen des Ortes, von dem Wan gekommen war ... die Ähnlichkeit war vermutlich nicht sehr groß, weil sich deutlich zeigte, dass Wan nicht die Neugier besessen hatte, sich alles gründlich anzusehen. Die Korridore. Die Maschinen. Die Hitschi selbst, und jedes Mal brachte Wan Verbesserungen an:

»O nein. Sie haben beide Bärte, männlich und weiblich. Selbst wenn sie noch ganz jung sind. Und die Brüste bei den Frauen sind ...« Er hielt die Hände unter seinen Brustkorb, um anzuzeigen, wie tief sie herabhingen. »Und ihr gebt ihnen nicht den richtigen Geruch.«

»Hologramme riechen überhaupt nicht, Wan«, sagte Paul.

»Ja, genau! Aber *sie* tun es, versteht ihr. In der Brunftzeit riechen sie sehr.«

Und Vera murmelte und winselte bei neuen Daten und führte unsicher Verbesserungen durch. Nach Stunden mit dieser Beschäftigung wurde das, was für Wan ein Spiel gewesen war, zur Mühsal. Als er anfing zu sagen: »Ja, genau, so und nicht anders sieht der Raum der Toten Männer aus«, begriffen sie alle, dass er allem nur zustimmte, um seine Ruhe zu haben, und sie gewährten ihm eine Pause. Janine wanderte dann mit ihm durch die Gänge, die Kamera auf der Schulter, für den Fall, dass er etwas von Bedeutung von sich gab oder auf einen Schatz zeigte, und sie sprachen von anderen Dingen. Sein Wissen war so erstaunlich wie seine Unwissenheit. Beides war unberechenbar.

Zu jeder Stunde kamen Lurvy oder der alte Peter mit einer neuen Idee, wie man die Nahrungsfabrik von ihrem einprogrammierten Kurs abbringen könnte, um zu versuchen, ihre ursprüngliche Absicht doch noch zu verwirklichen. Nichts funktionierte. Jeden Tag trafen neue Mitteilungen von der

Erde ein. Sie waren noch immer nicht von Belang. Sie waren nicht einmal sehr interessant; Janine beließ zwei Dutzend Briefe von ihren fernen Freunden in Veras Speicher, ohne sie abzuholen, weil die Botschaften, die sie von Wan erhielt, ihr genügten. Manchmal waren die Nachrichten sonderbar. Für Lurvy die Mitteilung, dass ihr altes College sie zur Frau des Jahres gewählt hatte. Für den alten Peter ein formelles Ersuchen der Stadt, in der er zur Welt gekommen war. Er las den Text und brach in Gelächter aus.

»Dortmund möchte immer noch, dass ich mich um den Posten des Bürgermeisters bewerbe. Was für ein Unsinn!«

»Das ist aber doch wirklich nett«, meinte Lurvy gutmütig. »Ein schönes Kompliment, finde ich.«

»Das ist gar nichts«, verbesserte er streng. »Bürgermeister! Mit dem, was ich habe, könnte ich Präsident der Bundesrepublik werden, oder sogar ...« Er verstummte und sagte dann düster: »Wenn ich die Bundesrepublik jemals wieder sehe, heißt das.« Er blickte über ihre Köpfe hinweg. Seine Lippen bewegten sich stumm, dann sagte er: »Vielleicht sollten wir jetzt zurückfliegen.«

»Ach, Paps«, begann Janine. Und verstummte, weil der alte Mann sie mit dem strengen Blick eines Leitwolfs bedachte. Es herrschte plötzlich Spannung zwischen ihnen, bis Paul sich räusperte und sagte: »Na, das ist auf jeden Fall eine der Möglichkeiten. Es handelt sich natürlich auch um eine Vertragsfrage ...«

Peter schüttelte den Kopf.

»Darüber habe ich nachgedacht. Sie schulden uns bereits so viel! Einfach dafür, dass wir das Fieber beendet haben. Wenn sie uns nur ein Prozent der verhinderten Schäden bezahlen, sind das Millionen. Milliarden. Und wenn sie nicht bezahlen wollen ...« Er zögerte und fuhr schließlich fort: »Nein, es kann keine Frage sein, dass sie bezahlen. Wir müssen eben mit ihnen reden. Melden, dass wir dem Fieber Einhalt geboten haben, dass wir die Nahrungsfabrik nicht in Bewegung setzen können, dass wir nach Hause kommen. Bis eine Antwort eintrifft, sind wir schon wochenlang unterwegs.«

»Und was wird aus Wan?«, fragte Janine scharf.

»Der kommt mit, versteht sich. Er wird wieder unter seinesgleichen sein, und das ist für ihn bestimmt das Beste.«

»Findest du nicht, dass wir Wan selbst entscheiden lassen sollten? Und was ist aus der Idee geworden, dass wir uns seinen Himmel ansehen?«

»Das war ein Traum«, erklärte ihr Vater kalt. »Die Wahrheit ist die, dass wir nicht alles machen können. Soll jemand anderer diesen Himmel besichtigen, es ist genug für alle da; und wir werden alle zu Hause sein und Reichtum und Ruhm genießen. Hier geht es nicht nur um einen Vertrag«, fuhr er beinahe flehend fort. »Wir sind Erlöser! Es wird Vortragsreisen und Werbeeinnahmen geben! Wir werden Personen von großem Einfluss sein!«

»Nein, Paps«, sagte Janine. »Hör mir zu. Ihr habt alle von unserer Pflicht geredet, der Welt zu helfen – die Menschen zu ernähren, ihnen neue Dinge zu bringen, damit sie ein besseres Leben führen können. Wollen wir denn nicht unsere Pflicht tun?«

Er fuhr wütend herum.

»Was verstehst du schon von Pflicht, du dummes Ding? Ohne mich würdest du in Chicago in der Gosse sitzen und auf das Geld von der Sozialfürsorge warten. Wir müssen auch an uns selbst denken.«

Sie hätte geantwortet, aber Wan glotzte mit großen, erschreckten Augen, sodass sie stumm blieb.

»Ich *hasse* das!«, erklärte sie. »Wan und ich machen einen Spaziergang, damit wir euch nicht sehen müssen!«

»Im Grunde ist er gar kein übler Mensch«, sagte sie zu Wan, als die anderen sie nicht mehr hören konnten.

Streitende Stimmen hatten sie verfolgt, und Wan, der mit Meinungsverschiedenheiten wenig Erfahrung hatte, war offensichtlich völlig durcheinander.

Wan ging nicht direkt darauf ein. Er zeigte auf eine Wölbung in der blau leuchtenden Wand.

»Das ist eine Stelle für Wasser«, sagte er, »aber eine tote. Es gibt Dutzende davon, doch sie sind fast alle tot.«

Aus Pflichtgefühl besichtigte Janine die Stelle und richtete die Handkamera darauf, während er die runde Abdeckung entfernte und wieder anbrachte. An der Oberseite gab es einen nasenartigen Vorsprung, unten einen Abfluss; das Ganze war fast so groß, dass man hineinsteigen konnte, aber knochentrocken.

»Du hast gesagt, eine solche Anlage funktioniere noch, aber das Wasser sei nicht trinkbar?«

»Ja, Janine. Soll ich sie dir zeigen?«

»Ja, ich denke schon.« Sie fügte hinzu: »Lass dich von denen nur nicht aufregen. Sie werden eben immer gleich wild.«

»Ja, Janine.« Aber in einer gesprächigen Stimmung war er nicht.

»Als ich klein war, hat er mir Geschichten erzählt«, fuhr sie fort. »Die meisten machten einem Angst, aber manche auch nicht. Er erzählte mir vom Schwarzen Peter, der, soviel ich herausbekommen habe, eine Art Weihnachtsmann gewesen ist. Er sagte, wenn ich brav sei, bringe mir der Schwarze Peter zu Weihnachten eine Puppe, aber wenn nicht, würde ich ein Stück Kohle von ihm bekommen. Oder etwas noch Schlimmeres. So habe ich Papa dann immer genannt – Schwarzer Peter. Aber einen Klumpen Kohle hat er mir nie gegeben.«

Er lauschte aufmerksam, während sie durch den leuchtenden Korridor gingen, antwortete aber nicht. »Dann starb meine Mutter«, fuhr sie fort, »und Paul und Lurvy heirateten, und ich zog für eine Weile zu ihnen. Aber Paps war wirklich nicht so übel. Er besuchte mich, sooft er konnte – denke ich. Wan! Verstehst du überhaupt, was ich zu dir sage?«

»Nein«, erwiderte er. »Was ist ein Weihnachtsmann?«

»O Wan!«

Sie erklärte ihm also den Weihnachtsmann und Weihnachten und musste dann Winter und Schnee und Geschenke erklären. Sein Gesicht glättete sich, er begann zu lächeln, und seltsamerweise wurde Janines Stimmung um so gedrückter, je mehr sich die von Wan hob. Bei dem Versuch, Wan die Welt zu erklären, in der sie lebte, wurde sie gezwungen, sich mit der Welt auseinander zu setzen, die vor ihr lag. Es ist doch beinahe besser zu tun, was Peter vorgeschlagen hatte, dachte sie, einfach aufzugeben und ins wirkliche Leben zurückzukehren. Alle Alternativen waren Angst erregend. Sie befanden sich in einem künstlichen Gebilde, das unbeirrbar durch den Weltraum flog, einem unbekannten Ziel entgegen. Und wenn es dort ankam? Wovor würden sie stehen? Oder wenn sie mit Wan zurückflogen, was würde sie dort erwarten? Hitschi? Hitschi! Hier brach die Angst erst auf. Janine hatte ihr ganzes junges Leben im Schatten der Hitschi verbracht - Furcht erregend, weniger wirklich als mythisch. Wie der Schwarze Peter oder der Weihnachtsmann. Wie Gott. Alle Mythen und Gottheiten sind erträglich, was den Glauben an sie betrifft - aber was, wenn sie Wirklichkeit werden?

Sie wusste, dass ihre Familie sich nicht weniger fürchtete als sie, obwohl das ihren Worten nicht zu entnehmen war - sie gaben ihr ein Beispiel an Mut. Sie konnte nur vermuten. Sie nahm an, dass Paul und ihre Schwester Angst hatten, sich aber entschlossen hatten, alles auf eine Karte zu setzen und zu hoffen, dass alles gut ging. Ihre eigene Angst war eine ganz besondere - weniger Angst vor dem, was geschehen mochte, als davor, wie sie reagieren mochte, wenn es geschah. Was ihr Vater empfand, war allen klar. Er war zornig und angstvoll, und wovor er sich fürchtete, war, zu sterben, bevor er sich für seinen Mut hatte bezahlen lassen.

Und was fühlte Wan? Er wirkte so unkompliziert, während er sie in seinem Reich herumführte, wie ein Kind, das ein anderes an den Schätzen seiner Spielzeugtruhe teilhaben lässt. Janine wusste es besser. Wenn sie in ihren vierzehn Jahren etwas gelernt hatte, dann das eine, dass niemand unkompliziert war. Wans Komplikationen waren lediglich nicht dieselben wie ihre, was sie sofort erkannt hatte, als er ihr die Wasseranlage zeigte, die noch funktionierte. Er hatte das Wasser nicht trinken können, die Anlage aber als Toilette benützt. Janine, in der westlichen Welt aufgewachsen, in der man so tat, als gäbe es die Ausscheidung nicht, hätte Wan nie an solch einen Ort geführt, aber er zeigte keine Spur von Verlegenheit. Sie konnte ihn auch nicht in Verlegenheit bringen.

»Irgendwo musste ich hingehen«, sagte er mürrisch, als sie ihn dafür rügte, dass er nicht wie alle anderen die sanitären Anlagen des Schiffes benutzt hatte.

»Ja, aber wenn du es richtig gemacht hättest, wäre Vera gleich drauf gekommen, dass du krank bist, verstehst du? Sie analysiert immer unser, äh, Zeug aus dem Badezimmer.«

Er bewegte unbehaglich die Schultern.

»Wenn die Toten Menschen mich untersuchen, stecken sie immer etwas in mich hinein. Das mag ich nicht.«

»Das ist nur zu deinem Besten, Wan«, erklärte sie streng. »He! Das ist eine Idee. Reden wir mit den Toten Menschen.«

Hier kam Janines eigene Kompliziertheit zum Ausdruck. Sie wollte im Grunde gar nicht mit den Toten Menschen reden. Sie wollte nur fort von dem peinlichen Ort, an dem sie sich befanden, aber bis sie sich dorthin gehangelt hatten, wo die Toten Menschen waren, die Stelle, wo auch Wans Traumliege stand, war Janine etwas anderes eingefallen.

»Wan«, sagte sie, »ich möchte die Liege ausprobieren.«

Er legte den Kopf zurück und kniff die Augen zusammen, während er sie an seiner langen Nase entlang prüfend anstarrte.

»Lurvy hat gesagt, ich darf das nicht mehr tun«, erklärte er.

»Das weiß ich. Wie komme ich hinein?«

»Zuerst erklärt ihr mir, ich muss tun, was ihr sagt«, beklagte er sich, »und dann erzählt mir jeder etwas anderes. Das bringt einen ganz durcheinander.«

Sie war schon in den Kokon geschlüpft und hatte sich ausgestreckt.

»Ziehe ich das Oberteil einfach über mich?«

»Ach«, sagte er achselzuckend, »wenn du dich schon entschlossen hast – ja. Wenn du heraus willst, drückst du einfach dagegen.«

Sie griff nach dem Gurtdeckel und zog ihn zu sich herab, während sie auf sein schmollendes, besorgtes Gesicht blickte.

»Tut es ... weh?«

»Weh? Nein! Was für eine Vorstellung!«

»Wie ist es dann?«

»Janine«, sagte er streng, »du bist sehr kindisch. Warum stellst du Fragen, wenn du es selber erleben kannst?« Und er drückte den glänzenden Drahtdeckel herunter, bis der Verschluss an der Seite einschnappte. »Es ist am besten, wenn du schläfst«, rief er durch das schimmernde blaue Geflecht von Drähten zu ihr hinunter.

»Aber ich bin nicht schläfrig«, wandte sie ein, ganz sachlich gestimmt. »Ich spüre überhaupt nichts ...«

Und dann kam es.

Es war nicht das, was sie aus ihrem eigenen Erleben des Fiebers erwartet hatte; es gab keine quälende Einwirkung auf ihre Persönlichkeit, keine genaue Quelle von Empfindungen. Es gab nur ein warmes, alles durchdringendes Leuchten. Sie war eingehüllt. Sie war ein Atom in einer Brühe der Empfindung. Die anderen Atome hatten keine Form oder Eigenart. Sie waren nicht greifbar oder scharf umrissen. Sie konnte immer noch Wan sehen, der durch die Drähte sorgenvoll auf sie hinabstarrte, als sie die Augen öffnete, und diese anderen – Seelen? – waren nicht annähernd so wirklich oder nah. Aber sie konnte sie spüren, wie sie noch nie eine andere Präsenz gespürt hatte. Rundherum. Neben ihr. In ihr. Sie waren warm. Sie waren tröstlich.

Als Wan endlich das Oberteil aus Drähten hochriss und an ihrem Arm zerrte, lag sie da und starrte ihn an. Sie besaß weder die Kraft noch den Wunsch aufzustehen. Er musste ihr aufhelfen, und sie stützte sich auf seine Schulter, als sie sich auf den Rückweg machten.

Sie waren auf halbem Weg zurück zum Schiff der Herter-Halls, als die anderen Mitglieder der Familie ihnen wütend entgegenkamen.

»Du stupides, kleines Miststück!«, schrie Paul. »Mach so etwas noch einmal, und ich versohl' dir deinen rosigen Hintern!«

Sie waren alle so streitsüchtig geworden. Niemand versohlte Janine den Hintern dafür, dass sie die Traumliege ausprobiert hatte. Sie wurde überhaupt nicht bestraft. Stattdessen bestraften sich alle gegenseitig und die ganze Zeit über. Der Waffenstillstand, der dreieinhalb Jahre gehalten hatte, weil jeder von ihnen ihn für sich selbst durchsetzte, wenn die einzige Alternative wechselseitiger Mord hieß, zerfiel. Paul und der alte Mann sprachen zwei Tage lang kein Wort miteinander, weil Peter die Liege abmontiert hatte, ohne sich mit den anderen abzustimmen. Lurvy und ihr Vater zischten und schrien einander an, weil sie zu viel Salz für ihr Essen programmiert hatte, und erneut, nachdem er an die Reihe gekommen war, weil er zu wenig eingab. Und was Lurvy und Paul anging - sie schliefen nicht mehr miteinander, sie sahen sich kaum an, sie wären gewiss kein Ehepaar geblieben, wenn es im Umkreis von 5000 AE ein Scheidungsgericht gegeben hätte.

Aber wenn es im Umkreis von 5000 AE irgendeine Autorität gegeben hätte, wären wenigstens die Streitfragen entschieden worden. Eine andere Stelle hätte für sie Entscheidungen fällen können. Sollten sie heimfliegen? Sollten sie versuchen, das Leitsystem der Nahrungsfabrik zu umgehen? Sollten sie mit Wan zu dem anderen Gebilde fliegen und es sich ansehen - und wenn ja, wer sollte gehen und wer hier bleiben? Auf größere Pläne vermochten sie sich nicht zu einigen. Sie erzielten nicht einmal Einigung über unmittelbar zu treffende Entscheidungen, z.B. eine Maschine auseinander zu nehmen und Gefahr zu laufen, dass sie dann defekt war, oder sie in Ruhe zu lassen und die Hoffnung auf eine wundersame Neuentdeckung aufzugeben, die alles verändern mochte. Sie konnten sich nicht darauf einigen, wer über Funk mit den Toten Menschen sprechen oder was man sie fragen sollte. Wan zeigte ihnen bereitwillig, wie man versuchte, die Toten Menschen zum Reden zu bringen, und sie schlossen Veras »Ton«-System an den »Funk« an. Vera konnte aber nicht viel Material aufnehmen und abgeben, und als die Toten Menschen ihre Fragen nicht verstanden oder nicht mittun wollten oder einfach zu verrückt waren, um von Nutzen zu sein, war Vera geschlagen.

Für Janine war das alles schrecklich, aber das Schlimmste war Wan selbst. Die Streitigkeiten schufen in ihm Verwirrung und Empörung. Er hörte auf, hinter ihr herzulaufen. Und nach einer Schlafperiode, als sie sich aufsetzte und nach ihm Ausschau hielt, war er fort.

Zum Glück für Janines Stolz waren auch alle anderen verschwunden – Paul und Lurvy befanden sich am Außenrumpf, um die Antennen neu auszurichten; ihr Vater schlief, sodass sie Zeit hatte, mit ihrer Eifersucht fertigzuwerden. Soll er sich benehmen wie ein Ferkel!, dachte sie. Es war dumm von ihm, nicht zu begreifen, dass sie viele Freunde hatte, während er nur sie besaß, aber er würde schon dahinter kommen. Sie war damit beschäftigt, lange Briefe an ihre vernachlässigten Brieffreunde zu verfassen, als sie Paul und ihre Schwester zurückkommen hörte. Sie berichtete, dass Wan schon seit über einer Stunde verschwunden war, aber auf ihre Reaktion war sie nicht gefasst.

»Pa!«, schrie Lurvy und rüttelte am Vorhang des Privatabteils, in dem ihr Vater schlief. »Wach auf! Wan ist fort!«

Als der alte Mann blinzelnd hochfuhr, sagte Janine verärgert: »Was habt ihr denn auf einmal alle?«

»Du begreifst nicht, wie?«, gab Paul kalt zurück. »Was ist, wenn er mit dem Schiff abgeflogen ist?«

Das war eine Möglichkeit, die Janine gar nicht in den Sinn gekommen war, und sie wirkte wie ein Schlag in ihr Gesicht.

»Das tut er nicht!«

»Nein?«, zischte ihr Vater. »Woher willst du denn das wissen? Und was wird aus uns, wenn er es doch getan hat?« Er zog den Reißverschluss seiner Kombination zu und funkelte die anderen an. »Ich habe euch allen erklärt«, sagte er, als er aufstand – wobei er jedoch Lurvy und Paul ansah, damit Janine begriff, dass mit »allen« nicht sie gemeint war –, »ich habe euch erklärt, dass wir eine endgültige Lösung finden müssen. Wenn wir in seinem Schiff mitfliegen sollen, müssen wir das tun. Wenn nicht, dürfen wir nicht das Risiko eingehen, dass er plötzlich auf die dumme Idee kommt, einfach zurückzufliegen, ohne ein Wort zu sagen. Das steht fest.«

»Und wie machen wir das?«, fuhr ihn Lurvy an. »Das ist doch lächerlich, Pa. Wir können das Schiff nicht Tag und Nacht bewachen.«

»Und deine Schwester kann den Jungen nicht bewachen, richtig«, sagte der alte Mann mit einem Nicken. »Wir müssen also entweder das Schiff flugunfähig machen oder den Jungen.«

Janine stürzte sich auf ihn.

»Ihr Ungeheuer!«, schrie sie mit erstickter Stimme. »Ihr habt das die ganze Zeit abgesprochen, als wir nicht dabei waren!«

Ihre Schwester packte sie und hielt sie fest.

»Beruhige dich, Janine«, sagte sie. »Ja, es ist wahr, wir haben darüber gesprochen – wir mussten es tun! Aber es ist nichts entschieden, schon gar nicht, dass wir Wan wehtun.«

»Dann entscheidet!«, brauste Janine auf. »Ich stimme dafür, dass wir Wan begleiten!«

»Wenn er nicht schon allein geflogen ist«, warf Paul ein.

»Ist er nicht!«

»Wenn er fort ist, können wir jetzt auch nichts mehr machen«, meinte Lurvy vernünftig. »Abgesehen davon, schließe ich mich Janine an. Wir fliegen mit! Was sagst du, Paul?«

Er zögerte mit seiner Antwort.

Und plötzlich war Wan wieder bei ihnen.

»Ich meine auch«, sagte nun Paul, als wäre nichts geschehen gewesen. »Und du, Peter?«

Der alte Mann erklärte mit Würde: »Wenn ihr euch alle einig seid, kommt es wohl nicht mehr darauf an, wie ich abstimme, oder? Es bleibt nur noch die Frage, wer gehen soll und wer bleibt. Ich schlage vor ...«

Lurvy unterbrach ihn.

»Pa«, sagte sie, »ich weiß, was du sagen willst, aber das geht nicht. Wir müssen mindestens eine Person hier lassen, um Verbindung mit der Erde zu halten. Janine ist zu jung. Ich kann das nicht sein, weil ich die Pilotin bin und das eine Gelegenheit ist, zu lernen, wie man ein Hitschi-Schiff steuert. Ich will nicht ohne Paul gehen. Also bleibst nur du.«

Sie nahmen Vera Bauteil für Bauteil auseinander und verteilten die Komponenten in der ganzen Nahrungsfabrik. Zwischenspeicher, Eingänge und Wiedergabeschirme kamen in die Traumkammer, Festspeicher davor in den Tunnel, Übermittlung blieb in ihrem alten Schiff. Peter half wortkarg mit; der Sinn dessen, was sie taten, bestand darin, künftige Mitteilungen der Forschungsgruppe über das Funksystem der Toten Menschen zu verbreiten. Peter half mit, sich selbst überflüssig zu machen, und wusste das auch. Im Schiff gebe es Nahrung genug, erklärte ihnen Wan, aber Paul wollte sich damit nicht zufriedengeben und veranlasste, dass sie an Rationen mitnahmen, was sie an Bord unterbringen konnten. Dann verlangte Wan, dass sie Wasservorräte mitnahmen, worauf sie die Aufbereitungsmengen im Schiff verringerten, um seine Plastikbeutel zu füllen und sie zu verladen. In Wans Raumschiff gab es keine Betten. Man brauchte sie nicht, erklärte Wan, weil die Beschleunigungskokons ausreichten, um sie bei Manövern zu schützen und auf dem Rest der Reise zu verhindern, dass sie im Schlaf umherschwebten. Vorschlag abgelehnt von Lurvy und Paul, die ihre Schlafsäcke aus dem Privatabteil ausbauten und im Schiff wieder anbrachten. Persönlicher Besitz: Janine wollte ihren Geheimvorrat an Parfüm und Büchern mitnehmen, Lurvy ihre persönliche Tasche, Paul seine Patiencekarten. Die Verladerei war eine lange und mühsame Arbeit, obwohl sie dahinter kamen, dass sie leichter fiel, wenn sie die Plastik-Wassersäcke und die anderen, weicheren Vorräte in einem Zeitlupen-Fangspiel durch die Korridore warfen. Endlich war alles verstaut. Peter saß mit mürrischer Miene an einer Korridorwand, sah zu, wie die anderen durcheinander liefen, und versuchte herauszufinden, was vergessen worden war. Janine kam es so vor, als behandelten sie ihn schon wie einen Abwesenden, wenn nicht Toten, und sie sagte: »Paps?

Nimm es nicht so schwer. Wir sind alle so bald zurück, wie es nur geht.«

Er nickte.

»Was pro Weg, lass mich nachdenken, neunundvierzig Tage ausmacht, und dazu die Zeit, die ihr dort zu verbringen gedenkt«, sagte er, aber dann stemmte er sich hoch und ließ sich von Lurvy und Janine küssen. Beinahe fröhlich sagte er: »Gute Reise. Habt ihr nichts vergessen?«

Lurvy schaute sich um und überlegte.

»Ich glaube nicht - außer du meinst, wir sollten deinen Freunden mitteilen, dass wir kommen, Wan?«

»Den Toten Menschen?«, sagte er mit schriller Stimme und grinste. »Die wissen nichts. Sie sind nicht lebendig, weißt du, sie haben kein Zeitgefühl.«

»Warum magst du sie dann so sehr?«, fragte Janine scharf.

Wan nahm den Unterton der Eifersucht wahr und starrte sie mit zusammengezogenen Brauen an.

»Sie sind meine Freunde«, sagte er. »Man kann sie nicht immer ernst nehmen, und sie lügen oft, aber sie jagen mir nie Angst ein.«

Lurvy stockte der Atem.

»O Wan«, sagte sie und berührte seine Schulter. »Ich weiß, wir sind nicht so nett zu dir gewesen, wie wir es hätten sein können. Wir sind alle überanstrengt. In Wirklichkeit sind wir bessere Menschen, als du meinst.«

Der alte Peter hatte genug.

»Geht endlich«, knurrte er. »Beweist ihm das und steht nicht dauernd herum und schwatzt nur. Dann kommt zurück und beweist es mir.«

6

Nach dem Fieber

Keine zwei Stunden - so kurz hatte das Fieber noch nie gedauert. Es war aber auch nie so heftig gewesen. Das empfänglichste eine Prozent der Bevölkerung war vier Stunden lang einfach weggetreten, und beinahe jeder hatte schwere Wirkungen verspürt.

Ich gehörte zu den Glücklicheren, weil ich nach dem Fieber nur in meinem Zimmer saß und nicht mehr davongetragen hatte als eine Beule am Kopf. Ich war nicht eingeklemmt in einem verunglückten Omnibus, nicht mit einem Düsenflugzeug abgestürzt, war nicht von einem steuerlosen Auto angefahren worden oder verblutete nicht auf einem Operationstisch, während Chirurgen und Krankenschwestern sich hilflos am Boden krümmten. Alles, was ich hinter mir hatte, waren eine Stunde, einundfünfzig Minuten und vierundvierzig Sekunden qualvoller Fieberphantasien, und selbst diese waren verwässert, weil ich sie mit elf Milliarden anderer Menschen geteilt hatte.

Selbstverständlich versuchten alle elf Milliarden gleichzeitig, sämtliche anderen Menschen zu erreichen, sodass nirgends ein Durchkommen war. Harriet nahm im Holotank Gestalt an, um mir mitzuteilen, dass mindestens fünfundzwanzig Anfragen für mich gekommen seien – mein Wissenschaftsprogramm, mein Rechtsprogramm, drei oder vier Finanzprogramme von meinen Beteiligungen und eine ganze Reihe wirklicher, lebendiger Menschen. Keiner davon sei Essie, sagte sie bedauernd, als ich danach fragte; die Leitungen nach Tucson seien derzeit alle unterbrochen, und ich könne auch von hier aus nicht anrufen. Keine der Maschinen war von der Wirrnis befallen worden. Das kam nie vor. Bei ihnen gab es Defekte nur dann, wenn eine lebendige Person sich in die Leitung eingeschaltet hatte, zur Wartung oder Reparatur. Aber da das der Statistik nach auf der ganzen Welt in der Minute millionenmal vorkam und zahllose Maschinen betroffen waren, durfte man sich nicht darüber wundern, dass manches einige Zeit brauchte, um wieder voll zu funktionieren.

Das Geschäftliche hatte Vorrang; ich musste die Scherben einsammeln. Ich gab Harriet eine Rangliste der Dringlichkeit, und sie begann mich mit Berichten zu füttern. Kurzmeldung von den Nahrungsgruben: kein wesentlicher Schaden. Grundbesitz: in kleinerem Maß Brände und Überschwemmungen; nichts, was ins Gewicht fiel. In den Fischfabriken hatte jemand eine Schleuse offen stehen lassen, und sechshundert Millionen Setzlinge schwammen ins offene Meer hinaus, um in diesem zu verschwinden; aber dort war ich ohnehin nur Kleinaktionär. Alles in allem hatte ich das Fieber blendend überstanden, schien mir, oder jedenfalls viel besser als andere. Das Fieber hatte den indischen Subkontinent erfasst, nachdem er bereits am Tag zuvor einen der schlimmsten Orkane erlebt hatte, wie er in der Bucht von Bengalen seit fünfzig Jahren nicht mehr vorgekommen war. Die Zahl der Todesopfer war riesengroß. Zwei Stunden lang waren alle Rettungsaktionen einfach zum Stillstand gekommen. Zig, vielleicht hunderte von Millionen Menschen waren einfach unfähig gewesen, sich auf höher gelegenes Land zu schleppen, und das südliche Bangladesh war übersät mit Leichen. Dazu kamen unter anderem eine Raffinerieexplosion in Kalifornien, ein Zugunglück in Wales und ein paar bis jetzt noch nicht registrierte Katastrophen – die Computer konnten noch keine Schätzung über die Zahlen der Opfer liefern, aber die Medienmeldungen sprachen bereits vom schlimmsten aller bisherigen Ereignisse.

Bis ich alle ganz dringenden Meldungen durchgegangen war, funktionierten die Lifte wieder. Ich war kein Gefangener mehr. Als ich zum Fenster hinausschaute, konnte ich sehen, dass die Straßen von Washington ganz normal aussahen. Meine Reise nach Tucson dagegen stieß auf größte Schwierigkeiten. Da die Hälfte der in der Luft befindlichen Düsenflugzeuge zwei Stunden mit Autopiloten gesteuert worden waren, was den Treibstoffvorrat aller Maschinen stark verringert hatte, waren sie gelandet, wo sie konnten, und die Fluglinien hatten ihr Gerät überall dort, wo es nicht hingehörte. Die Flugpläne waren völlig durcheinander geraten. Harriet buchte für mich das Beste, was sie finden konnte, aber der erste mögliche Flug ging erst am Mittag des folgenden Tages. Das war nur ein Ärgernis, kein Problem. Ich konnte Essie nicht einmal anrufen, weil die Leitungen immer noch besetzt waren. Wenn ich wirklich durchkommen wollte, besaß ich Dringlichkeitsvorrechte –

die Reichen haben ihre Vergünstigungen. Sie haben aber auch ihre Freuden, und ich entschied, dass es Spaß machen würde, Essie zu überraschen, indem ich unangemeldet bei ihr auftauchte.

Inzwischen blieb mir Zeit, die es zu vertreiben galt.

Und die ganze Zeit über konnte mein Wissenschaftsprogramm kaum noch an sich halten, mir alles Mögliche mitzuteilen. Ich hatte das aufgeschoben, bis mir Zeit für eine ausführliche Unterhaltung blieb, und der Moment war jetzt gekommen.

»Harriet«, sagte ich, »jetzt her mit ihm.« Und Albert Einstein nahm im Holotank Gestalt an. Er beugte sich vor, während es in seinem Gesicht vor Erregung zuckte. »Was gibt es, AE«, fragte ich, »etwas Gutes?«

»Klare Sache, Robin! Wir haben herausbekommen, wo das Fieber herkommt – von der Nahrungsfabrik!«

Es war meine eigene Schuld. Hätte ich mir von Albert sofort mitteilen lassen, was er meinte, dann wäre ich nicht praktisch der letzte Mensch auf der Erde gewesen, der erfuhr, dass mir das gehörte, wo das Ganze herkam. Das war das Erste, was mich betroffen machte, und ich dachte die ganze Zeit, während er mir alles erklärte, über eine mögliche Haftbarkeit nach und versuchte Vorteile zu erschnuppern. Das Erste und Schlüssige war natürlich die Aufzeichnung vom Ort des Geschehens selbst: der Nahrungsfabrik.

»Hätte ich die Zeitpunkte nur genau überprüft«, machte Albert sich selbst Vorwürfe, »dann hätten wir die Quelle schon vor Jahren finden müssen. Und es gab auch noch viele andere Hinweise, die mit dem Photonenursprung zusammenhängen.«

»Mit was für einem Ursprung?«

»Die Erscheinungen sind elektromagnetischer Natur, Robin«, erläuterte er. Er stopfte Tabak in seine Pfeife und griff nach einem Streichholz. »Es ist Ihnen natürlich klar, dass das durch die Übertragungszeit nachgewiesen wird – wir empfingen das Signal, das den Wahnsinn hervorrief, zur selben Zeit, wie das der Übertragung nach stattfand.«

»Augenblick. Wenn die Hitschi ÜLG-Funk haben, warum ist das dann nicht dasselbe?«

»Ah, Robin, wenn wir das wüssten!«, sagte er augenzwinkernd, während er seine Pfeife anzündete. »Ich kann nur vermuten ...«, paff, paff, »dass diese spezielle Auswirkung nicht vereinbar ist mit ihrer anderen Methode der Übertragung, aber über die Gründe dafür kann ich im Augenblick nicht einmal Mutmaßungen anstellen. Und selbstverständlich«, fuhr er fort, »erheben sich sofort bestimmte Fragen, auf die wir noch keine Antworten wissen.«

»Selbstverständlich«, sagte ich, aber ich fragte ihn nicht, welche das seien. Ich beschäftigte mich mit etwas anderem. »Albert, zeig mir die Schiffe und Stationen im Weltraum, von denen du Informationen bezogen hast.«

»Klare Sache, Robin.« Das zerzauste Haar und das faltige, heitere Gesicht verschwanden, und der holographische Tank füllte sich mit einer Darstellung des Weltraums, der die Sonne umgab. Neun Planeten. Ein Asteroidengürtel und eine pulverdünne Schale weit draußen, die Oort'sche Wolke. Und ungefähr vierzig Punkte farbigen Lichts. Die Darstellung war im logarithmischen Maßstab gehalten, um alles zu erfassen; die Größe der Planeten und künstlichen Gebilde ging weit über den Maßstab hinaus. Alberts Stimme erklärte: »Die vier grünen Schiffe sind von uns, Robin. Die elf blauen Objekte sind Hitschi-Anlagen; die runden sind erst vor kurzem entdeckt worden, die sternförmigen haben bereits Besuch erhalten und sind meistens bemannt. Alle übrigen sind Schiffe, die anderen Unternehmen oder Regierungen gehören.«

Ich studierte die graphische Darstellung. Nicht viele der Funken befanden sich in der Nähe des grünen Schiffs und blauen Sterns, die den Ort der Nahrungsfabrik bezeichneten.

»Albert? Wenn jemand ein anderes Schiff zur Nahrungsfabrik schicken müsste, welches könnte am schnellsten dort sein?«

Er erschien in der unteren Ecke der Projektion, runzelte die Stirn und sog an seinem Pfeifenstiel. In der Nähe der Saturnringe begann ein goldener Punkt zu blinken.

»Da ist ein brasilianischer Kreuzer auf Thetys, der es in achtzehn Monaten schaffen könnte«, sagte er. »Ich habe nur die Schiffe gezeigt, die meine Funkpeilung erreicht. Es gibt einige andere ...«, verstreut im Tank flammten neue Lichter auf, »... die schneller sein könnten, vorausgesetzt, sie verfügen über genug Treibstoff und Vorräte. Aber keines in weniger als einem Jahr.«

Ich seufzte.

»Mach das weg, Albert«, sagte ich. »Die Sache ist die: Wir sind in etwas hineingeraten, womit ich nicht gerechnet hatte.«

»Was meinen Sie, Robin?«, fragte er, wieder den ganzen Tank ausfüllend, während er behaglich die Hände über dem Bauch faltete.

»Dieser Kokon. Ich weiß nicht, was man damit machen soll. Ich sehe nicht einmal den Sinn. Wozu soll das gut sein, Albert? Hast du irgendeine Meinung?«

»Klare Sache, Robin«, sagte er, fröhlich nickend. »Meine sinnvollsten Vermutungen besitzen eine ziemlich geringe Wahrscheinlichkeit, aber das liegt nur daran, dass es so viele Unbekannte gibt. Drücken wir es so aus: Angenommen, Sie wären ein Hitschi - vielleicht ein Anthropologe - und interessierten sich dafür, eine sich entwickelnde Zivilisation im Auge zu behalten. Die Evolution braucht viel Zeit, sodass Sie nicht einfach nur dasitzen und zuschauen wollen. Am liebsten wäre Ihnen eine rasche Schätzung, vielleicht alle tausend Jahre oder so, sozusagen eine Stichprobe. Nun, wenn Sie so etwas haben wie den Kokon, könnten Sie ab und zu jemanden zur Nahrungsfabrik hinüberschicken, vielleicht alle tausend Jahre oder in noch größeren Abständen, damit der Betreffende in die Liege kriecht und auf der Stelle erfährt, was vorgeht. Das würde nur Minuten dauern.« Er schwieg kurze Zeit und überlegte, bevor er weitersprach. »Dann - aber das ist Spekulation auf der Grundlage einer Vermutung, ich würde das nicht einmal eine Wahrscheinlichkeitseinstufung nennen wollen -, wenn Sie dann etwas Interessantes finden, könnten Sie weiter nachforschen. Sie könnten sogar noch etwas anderes tun. Das ist wirklich weit hergeholt, Robin. Sie könnten sogar *Empfehlungen* geben. Der Kokon ist zugleich Sender und Empfänger, daher kommt das Fieber. Vielleicht kann er auch Begriffe und Vorstellungen übermitteln. Wir wissen, dass in der Menschheitsgeschichte viele große Erfindungen auf der ganzen Welt parallel, unabhängig voneinander gemacht worden sind, vielleicht sogar gleichzeitig. Sind das Hitschi-Empfehlungen, von der Liege aus gemacht?«

Er saß da, paffte seine Pfeife und lächelte mich an, während ich darüber nachdachte.

Alles Nachdenken der Welt machte keine klare, angenehme Sache daraus. Aufregend mochte sie gewiss sein, aber nichts, wobei man sich hätte erholen können. Seitdem die ersten Astronauten Hitschi-Grabungen auf der Venus entdeckt hatten, war mit der Welt eine grundlegende Veränderung vorgegangen, und je mehr wir forschten, desto größer wurden die Veränderungen. Ein verirrter Jugendlicher, mit Dingen spielend, die er nicht verstand, hatte die ganze Menschheit über ein Jahrzehnt lang in wiederkehrenden Wahnsinn gestürzt. Wenn wir weiterhin mit Dingen spielten, die wir nicht begriffen, was würden die Hitschi uns als Zugabe liefern?

Ganz zu schweigen von dem Unbehagen bei der Theorie, diese Wesen hätten uns hunderttausende von Jahren nachspioniert – uns vielleicht hier und da sogar einen Brosamen hingeworfen, um zu sehen, was wir damit anfangen würden.

Ich bat Albert, mich über alles andere zu unterrichten, was er über die Vorgänge in der Nahrungsfabrik wusste, und während er die Fakten aufführte, rief ich Harriet. Sie erschien in einer Ecke des Tanks und sah mich fragend an, während Albert weitermachte. Ich bestellte Abendessen bei ihr. Albert überwachte fortwährend sämtliche Übertragungen, noch während er über sie berichtete, und zeigte mir ausgewählte Szenen mit dem Jungen, den Herter-Halls, dem Inneren des künstlichen Gebildes. Das verdammte Ding beharrte nach wie vor auf seinem eigenen

Weg. Die genauesten Kursberechnungen gingen davon aus, dass es auf einen Kometenhaufen, einige Millionen Kilometer entfernt, zuflog – beim derzeitigen Tempo würde es diesen in einigen Monaten erreichen.

»Und was dann?«, fragte ich scharf.

Albert zuckte bedauernd die Achseln.

»Vermutlich wird die Fabrik dort bleiben, bis sie den ganzen CHON-Inhalt verarbeitet hat.«

»Dann können wir sie steuern?«

»Dafür gibt es keinen Nachweis, Robin, aber möglich ist es. Weil wir gerade davon sprechen: Ich habe eine Theorie über die Steuerung der Hitschi-Raumschiffe. Wenn eines davon ein funktionierendes Gebilde erreicht – die Nahrungsfabrik, Gateway, was auch immer –, wird die Steuerung entsperrt, und man kann eine andere Richtung bestimmen. Ich halte es jedenfalls für möglich, dass es das war, was mit Mrs. Patricia Bover geschehen sein könnte – und auch das lässt gewisse Schlussfolgerungen zu«, ergänzte er augenzwinkernd.

Ich lasse einem Computerprogramm nicht gern die Meinung, es sei schlauer als ich.

»Du meinst, es könnte in der ganzen Galaxis eine Menge von verirrten Gateway-Astronauten geben, deren Steuerung entsperrt wurde? Und sie wussten dann nicht, wie sie zurückfliegen sollten?«

»Klare Sache, Robin«, sagte er anerkennend. »Das könnte erklären, was Wan als die ›Toten Menschen‹ bezeichnet. Wir haben übrigens einige Gespräche mit ihnen erhalten. Ihre Antworten sind manchmal ganz irrational, und wir sind natürlich dadurch behindert, dass wir mit ihnen nicht selbst kommunizieren können. Aber es hat den Anschein, dass sie menschliche Wesen sind oder waren.«

»Willst du damit sagen, dass sie lebendig waren?«

»Klare Sache, Robin, oder zumindest insoweit, als Enrico Carusos Stimme auf einem Tonband einmal die Stimme eines lebenden neapolitanischen Tenors gewesen ist. Ob sie jetzt ›lebendig‹ sind, ist eine Frage der Definition. Sie könnten die gleiche Frage ...«, paff, paff, »bei mir stellen.«

»Hm.« Ich dachte eine Weile nach. »Warum sind sie so verrückt?«

»Unvollkommene Übertragung, würde ich sagen. Aber das ist nicht das Wichtige.« Ich wartete, bis er an seiner Pfeife gesogen hatte, um mir das Wichtige mitzuteilen. »Es scheint ziemlich sicher zu sein, Robin, dass die Übertragung durch eine Art chemischer Entleerung der eigentlichen Gehirne erfolgte, die den Prospektoren gehörten.«

»Du meinst, die Hitschi brachten sie um und schütteten ihre Gehirne in eine Flasche?«

»Keineswegs, Robin! Erstens möchte ich die Vermutung wagen, dass die Prospektoren eines natürlichen Todes gestorben und nicht umgebracht worden sind. Das würde die Chemie der Speicherung im Gehirn schädigen und zum Verfall der Information beitragen. Und ganz bestimmt nicht in eine Flasche! In eine Art chemischer Analogie vielleicht. Aber die eigentliche Frage ist doch: Wie kam es dazu?«

Ich stöhnte.

»Möchtest du, dass ich dein Programm lösche, Al? Ich könnte das alles durch eine optische Zusammenfassung viel schneller erfahren.«

»Klare Sache, Robin, dass Sie das könnten, aber es wäre vielleicht nicht so unterhaltsam.« Er zwinkerte mir zu. »Jedenfalls ist die Frage die: Wie kamen die Hitschi zu Geräten, mit denen sie den Inhalt eines menschlichen Gehirns lesen und speichern konnten? Denken Sie darüber nach, Robin. Es ist sehr unwahrscheinlich, dass die Chemie der Hitschi dieselbe sein sollte wie die eines Menschen. Ähnlich, ja. Wir wissen aus allgemeinen Überlegungen heraus etwa, was sie geatmet und gegessen haben. Im Grunde war ihre Chemie von der unsrigen nicht so sehr verschieden. Aber Peptide sind sehr komplizierte Moleküle. Es dürfte nicht viel dafür sprechen, dass eine Verbindung, die beispielsweise für die Fähigkeit steht, eine Stradivari gut zu spielen, oder auch nur für Stubenreinheit, in ihrer Chemie dieselbe wäre wie bei uns.« Er begann erneut seine Pfeife anzuzünden, sah meinen Blick und fügte hastig hinzu:

»Ich komme also zu dem Schluss, Robin, dass diese Maschinen nicht für Hitschi-Gehirne geschaffen wurden.«

Damit überraschte er mich.

»Also für Menschen? Aber warum? Woher wussten sie ...«

»Bitte, Robin. Auf Ihre Anweisungen hin hat Ihre Frau mich so programmiert, dass ich aus kleinen Daten große Schlüsse ziehe. Ich kann deshalb nicht alles rechtfertigen, was ich sage. Aber«, fügte er weise nickend hinzu, »ich vertrete diese Meinung, ja.«

»Menschenskind«, sagte ich. Er schien dem nichts hinzufügen zu wollen, also schob ich das beiseite und befasste mich mit der nächsten Sorge. »Was ist mit den Alten? Glauben Sie, dass sie Menschen sind?«

Er klopfte seine Pfeife aus und griff nach dem Tabakbeutel.

»Ich würde meinen, das sind sie nicht«, sagte er schließlich.

Ich fragte ihn nicht nach der Alternative. Ich wollte sie nicht hören.

Als Albert sich für den Augenblick verausgabt hatte, bat ich Harriet, mein juristisches Programm zuzuschalten. Ich konnte aber nicht gleich mit Morton sprechen, weil gerade mein Essen kam und der Kellner ein menschliches Wesen war. Er fragte mich, wie ich das Fieber überstanden hatte, damit er mir erzählen konnte, wie es ihm ergangen war, und das nahm Zeit in Anspruch. Aber endlich setzte ich mich vor den Holotank, schnitt in mein Hühnersteak und sagte: »Also, Morton, was gibt es Unerfreuliches?«

»Sie erinnern sich an die Klage von Bover?«, sagte er vorsichtig.

»Was für ein Bover?«

»Trish Bovers Ehemann. Oder Witwer, je nach Standpunkt. Wir haben das Erscheinen beantragt, aber leider hatte der Richter einen schlimmen Fieberanfall, und – tja, er ist vom Recht her auf dem falschen Weg, Robin, aber er hat unseren Antrag auf eine Hauptverhandlung abgelehnt und summarisch dagegen entschieden.«

Ich hörte auf zu kauen.

»Kann er denn das?«, brüllte ich, den Mund voll Hühnerfleisch.

»Hm, ja, oder zumindest hat er es getan. Aber wir kriegen ihn in der Berufung, nur wird es da ein bisschen komplizierter. Der gegnerische Anwalt durfte Ausführungen machen und betonte, dass Trish einen Flugbericht erstattet hat. Es steht also ein wenig infrage, ob sie den Auftrag tatsächlich ausgeführt hat, verstehen Sie? Inzwischen ...«

Manchmal finde ich Morton zu menschlich programmiert; er versteht es zu gut, eine Diskussion in die Länge zu ziehen.

»Inzwischen was, Morton?«

»Nun, seit der letzten, äh, Episode scheint es eine neue Komplikation zu geben. Die Gateway-Gesellschaft möchte sich zurückhalten, bis man genau weiß, wo man mit dieser Fiebergeschichte steht; sie hat deshalb eine einstweilige Verfügung akzeptiert. Weder Sie noch die Nahrungsfabrik GmbH dürfen mit der Ausbeutung der Fabrik fortfahren.«

Ich ging in die Luft.

»Verdammt noch mal, Morton! Du meinst, wir können sie nicht *nutzen*, sobald wir sie den weiten Weg hierher geschleppt haben?«

»Ich fürchte, es bedeutet noch mehr«, sagte er bedauernd. »Sie dürfen sie nicht bewegen. Sie dürfen in keiner Weise in ihre normalen Funktionen eingreifen, bis zu einem Haupturteil jedenfalls nicht. Das ist Bovers Bestreben, mit der Begründung, dass Sie seine Interessen gefährden, wenn Sie die Fabrik daran hindern, Nahrung zu erzeugen, indem sie sich zu einem neuen Kometenhaufen begibt. Das können wir aufheben lassen, davon bin ich überzeugt. Aber bis dahin wird die Gateway-Gesellschaft eine Verfügung erhalten haben, *alles* zu unterlassen, bis man mit dem Fieber klarkommt.«

»O Gott.« Ich legte meine Gabel weg. Ich hatte keinen Hunger mehr. »Das einzig Gute daran ist, dass niemand die Einhaltung erzwingen kann«, meinte ich.

»Weil es so lange dauert, eine Nachricht an die Herter-Halls zu geben, Robin, ja«, sagte er mit einem Nicken. »Auf die ...«

Er verschwand, *sst*. Er glitt seitlich aus dem Tank, und Harriet tauchte auf. Sie sah schrecklich aus. Ich habe gute Programme als Computerhilfe. Aber sie bringen nicht immer gute Nachrichten.

»Robin!«, rief sie. »Eine Nachricht vom Mesa General Hospital in Arizona – Ihre Frau!«

»Essie? *Essie?* Ist sie krank?«

»Ach, viel schlimmer, Robin. Totaler somatischer Stillstand. Sie wurde bei einem Autounfall getötet. Man hat sie in einem Lebenserhaltungssystem, aber – es gibt keine Prognose, Robin. Sie reagiert nicht.«

Ich nutzte meine Vergünstigungen nicht. Ich wollte mir die Zeit nicht nehmen. Ich wandte mich sofort an das Washingtoner Büro der Gateway-Gesellschaft, das mir über den Verteidigungsminister Platz in einem Sanitätsflugzeug verschaffte. Es startete fünfundzwanzig Minuten später auf dem Flugplatz Bolling, und ich schaffte es.

Der Flug dauerte drei Stunden, und ich war die ganze Zeit kaum bei mir. Es gab keine Nachrichtenverbindungen für Passagiere in der Maschine. Ich wollte gar keine. Ich wollte nur hinkommen. Als meine Mutter starb und mich allein ließ, schmerzte das, aber ich war durcheinander und an Schmerz gewöhnt. Als meine große Liebe oder jedenfalls die Frau, die das zu werden schien, mich ebenfalls verließ – ohne ganz zu sterben, weil sie in irgendeiner grauenhaften astrophysikalischen Anomalie gefangen blieb und für immer weit außer Reichweite war –, tat das auch weh. Aber damals kannte ich nichts anderes als Schmerz. Ich war an das Glücklichsein nicht gewöhnt, hatte mir das noch nicht zur Gewohnheit gemacht. Für Schmerz gibt es ein Carnot'sches Gesetz. Er wird nicht nach absoluten Werten gemessen, sondern nach dem Unterschied zwischen Quelle und Umwelt, und meine Umwelt war zu gesichert und zu lange zu schön gewesen, um mich auf solche Dinge vorzubereiten. Ich war im Schockzustand.

Das Mesa-General-Krankenhaus war ein niedriger Trakt, eingegraben in die Wüste vor Tucson. Als wir hinkamen, konnte man nicht mehr sehen als die Solaranlagen auf dem »Dach«, aber darunter befanden sich auf sechs unterirdischen Etagen Krankenzimmer, Labors und Operationssäle. Sie waren alle voll. Tucson ist eine Pendlerstadt, und der Wahnsinn hatte während der Stoßzeit zugeschlagen.

Als ich endlich eine Stationsschwester erwischte, erfuhr ich, dass Essie noch an die Herz-Lungen-Maschine angeschlossen war, aber jeden Augenblick von ihr getrennt werden konnte. Es war eine Frage der Auswahl. Die Maschinen mochten bessere Verwendung finden bei anderen Patienten, die viel günstigere Aussichten hatten.

Ich schäme mich zuzugeben, wie rasch Begriffe von Gerechtigkeit sich verflüchtigten, wenn es um die eigene Frau ging, die an den Maschinen hing. Ich suchte ein leeres Arztzimmer auf, warf den Versicherungsregulierer hinaus, der sich den Schreibtisch ausgeborgt hatte, und hängte mich an die Leitungen. Ich sprach mit zwei Senatoren gleichzeitig, bevor Harriet mit einem Bericht unseres Medizinprogramms dazwischenging. Essies Puls hatte zu schlagen begonnen. Man hielt ihre Chancen jetzt immerhin für groß genug, dass man ihr die zusätzliche Gelegenheit, noch eine Weile an den Maschinen zu bleiben, zugestehen wollte.

Medizinischer Vollschutz war natürlich von Nutzen. Aber im Wartesaal draußen waren alle Plätze von Leuten besetzt, die auf ihre Behandlung warteten, und ich konnte an den Halsbändern erkennen, dass manche von ihnen ebenfalls medizinischen Vollschutz genossen.

Ich durfte nicht zu ihr. Auf der Intensivstation waren Besuche nicht zugelassen, und das galt sogar für mich; an der Tür stand ein Polizist aus Tucson, der sich nach einem langen, harten Tag zwang, wach zu bleiben. Er war entsprechend gelaunt. Ich spielte am Schreibtischgerät des abwesenden Arztes herum, bis ich eine interne Leitung fand, durch die man die Intensivstation überwachte. Ich konnte aber nicht sehen, wie gut sich Essie hielt. Ich konnte nicht einmal genau erkennen, welche der Mumien sie eigentlich war. Aber ich starrte sie an. Harriet rief von Zeit zu Zeit an, um kleine Nachrichten weiterzugeben. Mit guten und sorgenvollen Wünschen gab sie sich gar nicht ab; davon gab es viele, aber Essie hatte mir ein Robinette-Broadhead-Programm für den Umgang mit derlei Dingen geschrieben, und Harriet lieferte Anrufern ein Bild und ein besorgtes Lächeln, dazu ein Dankeschön, ohne sich die Mühe zu machen, mich zuzuschalten. Essie hatte solche Programmierungen sehr gut beherrscht.

Vergangenheit. Als ich bemerkte, dass ich an eine Essie in der Vergangenheitsform dachte, fühlte ich mich erst richtig mies.

Nach einer Stunde fand mich eine Frau vom Küchenpersonal und gab mir Brühe und Kekse, und etwas später verbrachte ich fünfundvierzig Minuten in einer Schlange vor der öffentlichen Herrentoilette; das war praktisch die ganze Ablenkung, die ich in der dritten Etage der Klinik hatte, bis endlich eine Mexikanerin den Kopf zur Tür hereinsteckte und sagte: *»Señor Broad'ead? Por favor.«* Der Polizist stand immer noch vor dem Eingang der Intensivstation und fächelte sich mit seinem verschwitzten Stetson Luft zu, um wach zu bleiben, aber als die Mexikanerin mich am Arm hineinführte, erhob er keine Einwände.

Essie lag unter einer Druckblase. Über ihrem Gesicht gab es eine durchsichtige Stelle, sodass ich aus ihrer Nase einen Schlauch ragen sah, während ein Verband die linke Gesichtshälfte verdeckte. Ihre Augen waren geschlossen. Ihr schmutziggoldenes Haar hatte man in ein Netz verpackt. Sie war nicht bei Bewusstsein.

Zwei Minuten waren alles, was sie erlaubten, und das reichte für gar nichts. Nicht einmal dafür, sich vorzustellen, was all die klumpigen, gewölbten Gegenstände unter dem durchsichtigen Teil der Kugel zu bedeuten hatten. Ganz und gar nicht genug war es, damit Essie sich aufrichten und mit mir sprechen oder ein anderes Gesicht aufsetzen konnte.

Draußen im Flur gab mir der Arzt eine Minute. Er war ein kleiner alter Farbiger mit dickem Bauch, der blaue Kontaktlinsen trug, und blickte auf einen Zettel, um festzustellen, mit wem er sprach.

»Ah ja, Mr. Blackett«, sagte er. »Ihre Frau hat die beste Pflege, sie spricht auf die Behandlung an, es besteht eine Chance, dass sie gegen Abend zu sich kommen wird.«

Ich machte mir gar nicht die Mühe, ihn wegen des Namens zu korrigieren, und stellte die drei wichtigsten Fragen: »Wird sie Schmerzen haben? Was ist mit ihr geschehen? Braucht sie irgendetwas? ... Ich meine, was es auch ist.«

Er seufzte und rieb sich die Augen. Offenkundig trug er die Kontaktlinsen schon zu lange.

»Mit Schmerzen werden wir fertig, und sie hat ja medizinischen Vollschutz. Wie man hört, sind Sie ein einflussreicher Mann, Mr. Blackett. Aber es gibt nichts, was Sie tun können. Vielleicht braucht sie morgen oder übermorgen etwas. Heute nicht. Ihre ganze linke Seite ist zerquetscht worden, als der Bus auf sie fiel. Sie war in dieser Lage sechs oder sieben Stunden eingeklemmt, bis jemand sie herausholen konnte.«

Ich wusste nicht, dass ich einen Laut von mir gegeben hatte, aber der Arzt hörte etwas. Durch die Kontaktlinsen kam ein wenig Mitgefühl, als er zu mir aufsah.

»Das war eigentlich zu ihrem Vorteil, wissen Sie. Vermutlich hat ihr dies das Leben gerettet. Es wirkte sich aus, als hätte sie Druckverbände bekommen, sonst wäre sie verblutet.« Seine Lider zuckten ein paarmal, während er auf seinen Zettel blickte. »Hm. Sie wird, mal sehen, ein neues Hüftgelenk brauchen. Ersatz für zwei Rippen. Zwanzig, vierzig, achtzig – vielleicht hundert Quadratzentimeter neue Haut, und die linke Niere ist massiv geschädigt. Ich glaube, da wird eine Verpflanzung nötig sein.«

»Wenn es irgendetwas gibt ...«

»Überhaupt nicht, Mr. Blackett«, sagte er und faltete das Blatt Papier zusammen. »Im Augenblick nichts. Gehen Sie, bitte. Kommen Sie um sechs Uhr wieder, wenn Sie wollen, dann können Sie vielleicht kurz mit ihr sprechen. Aber im Augenblick brauchen wir den Platz, den Sie besetzen.«

Harriet hatte bereits veranlasst, dass das Hotel Essies Sachen aus ihrem Zimmer hatte holen und in eine Penthouse-Suite bringen lassen; sie hatte sogar Waschzeug und Sachen zum Umziehen bestellt und liefern lassen. Dort vergrub ich mich. Ich wollte nicht aus dem Zimmer gehen. Es machte mir keinen Spaß, die fröhlichen Zecher in der Hotelbar zu sehen oder die Straßen voll von Menschen, die das Fieber unbeschadet überstanden hatten und einander mitteilen wollten, wie knapp es für sie abgegangen war.

Ich zwang mich zum Essen. Dann zwang ich mich zum Schlafen. So viel gelang mir, aber natürlich nicht, länger zu schlafen. Ich nahm ein heißes Sprudelbad und ließ Musik dazu spielen; es war ein sehr schönes Hotel. Aber als man von Strawinsky auf Carl Orff kam, zwang mich der lustige, sinnliche lateinische Text, an die letzte Gelegenheit zu denken, bei der ich mit meiner lebensfrohen, sinnlichen und jetzt ernsthaft gefährdeten Frau gespielt hatte.

»Abschalten«, zischte ich, und die stets wachsame Harriet ließ die Stimmen mitten im Gesang verstummen.

»Nehmen Sie Mitteilungen an, Robin?«, fragte sie aus demselben Lautsprecher.

Ich trocknete mich sorgfältig ab und sagte dann: »Gleich nachher. Warum nicht?« Abgetrocknet, gebürstet, in frischen Sachen setzte ich mich vor das Kommunikationssystem des Hotels. Man war nicht so gut ausgestattet, dass man den Gästen eine vollständige Holodarstellung hätte bieten können, aber Harriet wirkte vertraut genug, als sie aus einem Flachschirm blickte. Sie beruhigte mich, was Essie anging. Sie überwachte ständig alles, und alles verlief ganz gut – natürlich im Rahmen. Aber es stand nicht schlecht. Essies eigene Ärztin aus Fleisch und Blut war unterrichtet, und Harriet übermittelte eine aufgezeichnete Mitteilung von ihr: Ich solle mir keine Sorgen machen. Oder genauer: Machen Sie sich nicht *solche* Sorgen, wie Sie glauben, sich machen zu müssen.

Harriet hatte eine Reihe von Mitteilungen für mich, die eine Entscheidung verlangten. Ich genehmigte eine weitere halbe Million Dollar für die Brandbekämpfung in den Nahrungsgruben, wies Morton an, für unseren Mann in Brasilia einen Termin bei der Gateway-Gesellschaft zu vereinbaren, teilte meinem Makler mit, was er verkaufen sollte, damit ich ein wenig flüssiger war, um gegen bisher unbekannte Fieberschäden gesichert zu sein. Dann ließ ich die interessantesten Programme berichten und schloss mit Alberts neuester Zusammenfassung über die Nahrungsfabrik. Ich tat das alles mit großer Klarheit und Übersicht, wohlgemerkt. Ich ging davon aus, dass Essies Überlebensaussichten die ganze Zeit über merklich zunahmen, sodass ich keine Energie für seelischen Kummer aufzubringen brauchte. Und ich hatte mir bewusst nicht genau vor Augen geführt, wie viele Klumpen Fleisch und Knochen aus dem wunderschönen Körper meiner geliebten Frau gerissen worden waren. Das ersparte mir alle möglichen Anstrengungen für Gefühle, die ich nicht näher kennen lernen wollte.

Es hat eine Zeit gegeben, in der ich mehrere lange Jahre eine Psychoanalyse durchgestanden hatte, wobei ich dahinter kam, dass es in meinem Kopf sehr viele Dinge gab, die ich dort lieber nicht gehabt hätte. Das ist in Ordnung. Sobald man sie herausholt und betrachtet – nun, sie sind ziemlich übel, aber wenigstens am Tageslicht, nicht mehr versteckt in dir, wo sie dich vergiften. Mein altes Psychiaterprogramm, Sigfrid Seelenklempner, wie ich es nannte, behauptete, das sei genauso, als entleere man seine Eingeweide.

Er hatte in gewissem Sinne Recht – etwas, das ich an Sigfrid als unsympathisch empfand, war, dass er auf ärgerliche Weise viel zu oft zuverlässig Recht hatte. Was er nicht sagte, war, dass man nie damit fertig wurde, sich zu entleeren. Ich hatte immer Neues auszuscheiden, und es ist einfach so, dass einem das nie gefällt, selbst wenn man noch so oft damit zu tun hat.

Ich schaltete Harriet ab und ließ sie nur in Bereitschaft für dringende Fälle, dann sah ich mir eine Weile Piezovisions-Lustspiele an. Ich mixte mir an der gut ausgestatteten Bar etwas zu trinken und füllte nach. Ich achtete nicht auf das PV, und das Getränk schmeckte nicht. In Wahrheit befasste ich mich mit einem weiteren Haufen Fäkalien, der aus meinem Kopf kam. Meine innig geliebte, angebetete Frau lag zerfetzt und zerschlagen auf der Intensivstation, und ich dachte an jemand anderen.

Ich schaltete das PV-Gerät ab und rief Albert Einstein. Er erschien auf dem Schirm mit wehenden weißen Haaren und seiner alten Pfeife in der Hand.

»Was kann ich für Sie tun, Robin?«, fragte er strahlend.

»Ich möchte, dass du mit mir über Schwarze Löcher redest«, erklärte ich.

»Klare Sache, Robin. Aber wir haben das schon sehr oft gemacht, wissen Sie ...«

»Lass den Quatsch, Albert, und mach es. Ich meine, nicht mathematisch, sondern so einfach ausgedrückt, wie das möglich ist.« Irgendwann würde ich Essie bitten, Alberts Programm umzuschreiben, damit es weniger exzentrisch war.

»Klare Sache, Robin«, sagte er, ohne auf meine Gereiztheit einzugehen. Er zog die buschigen Brauen zusammen. »M-hm«, fuhr er fort. »M-hm. Also, mal sehen.«

»Ist das eine schwere Frage für dich?«, fragte ich, eher überrascht als sarkastisch.

»Natürlich nicht, Robin. Ich habe mir überlegt, wie weit ich zurückgehen soll. Also, fangen wir mit dem Licht an. Sie wissen, dass Licht aus Partikeln besteht, die man Photonen nennt. Es besitzt Masse und übt Druck aus ...«

»Bitte, nicht so weit zurück, Albert.«

»Gut. Aber ein Schwarzes Loch entsteht durch das Nachlassen des Drucks, der vom Licht ausgeht. Nehmen wir einen großen Stern – einen blauen Über-Überriesen von der Leuchtkraftklasse 0, sagen wir. Zehnmal so massiv wie die Sonne. Verbrennt seinen nuklearen Brennstoff so rasch, dass er nur etwa eine Milliarde Jahre lebt. Was ihn am Zusammenstürzen hindert, ist der Strahlungsdruck – nennen wir ihn den ›Lichtdruck‹ – von der Nuklearreaktion des Wasserstoffs, der im Inneren zu Helium verwandelt wird. Aber dann geht der Wasserstoff zu Ende. Der Druck hört auf. Der Stern stürzt in sich zusammen. Er tut das sehr,

sehr schnell, Robin, vielleicht innerhalb von Stunden. Und ein Stern, der einen Durchmesser von Millionen Kilometern hatte, ist plötzlich nur noch dreißig Kilometer groß. Sind Sie so weit im Bilde, Robin?«

»Ich glaube schon. Weiter, bitte.«

»Tja«, sagte er, zündete sich seine Pfeife an und paffte ein paarmal - ich frage mich immer wieder, ob sie ihm schmeckt -, »das ist eine der Arten, wie Schwarze Löcher entstehen. Die klassische Art und Weise, könnte man sagen. Behalten Sie das im Gedächtnis, dann kommen wir zum nächsten Abschnitt: der Fluchtgeschwindigkeit.«

»Was Fluchtgeschwindigkeit ist, weiß ich.«

»Klare Sache, Robin«, sagte er nickend, »ein alter Gateway-Prospektor wie Sie. Gut. Nehmen wir an, als Sie auf Gateway waren, hätten Sie einen Stein senkrecht in die Luft geworfen. Er wäre vermutlich zurückgekommen, weil sogar ein Asteroid eine gewisse Schwerkraft besitzt. Aber wenn Sie ihn schnell genug werfen könnten - vielleicht vierzig oder fünfzig Kilometer in der Stunde -, würde er nicht wieder kommen. Er würde die Fluchtgeschwindigkeit erreichen und einfach für immer davonfliegen. Auf dem Mond müssten Sie ihn noch viel schneller fliegen lassen, sagen wir, zwei oder drei Kilometer in der Sekunde. Auf der Erde noch schneller - über elf Kilometer in der Sekunde.

Und nun«, sagte er und streckte die Hand aus, um Glut aus der Pfeife zu klopfen und sie wieder anzuzünden, »wenn Sie ...«, klopf, klopf, »wenn Sie auf der Oberfläche eines Himmelskörpers stehen würden, der eine sehr, sehr hohe Oberflächen-Schwerkraft besitzt, wäre es noch schlimmer. Angenommen, die Schwerkraft wäre so groß, dass die Fluchtgeschwindigkeit wirklich hoch sein würde, sagen wir um die dreihundertzehntausend Kilometer in der Sekunde. Einen Stein könnten Sie nicht so schnell werfen. Selbst Licht ist nicht ganz so schnell. Es kann also ...«, paff, paff, »nicht einmal das Licht entkommen, weil seine Geschwindigkeit um zehntausend Kilometer in der Sekunde zu langsam ist. Und wie wir wissen, kann, wenn kein Licht hinausgelangt, nichts entkommen; laut Einstein.

Wenn mir die Anmaßung nachgesehen wird.« Er zwinkerte mich über seine Pfeife hinweg tatsächlich an. »Das ist dann ein Schwarzes Loch. Es ist schwarz, weil es keinerlei Strahlung abgeben kann.«

»Und Hitschi-Raumschiffe?«, sagte ich. »Sie fliegen schneller als das Licht.«

Albert grinste schief.

»Da weiß ich nichts zu antworten, Robin, aber wir wissen nicht, um *wie viel* schneller sie fliegen als Licht. Vielleicht kann ein Hitschi aus einem Schwarzen Loch entkommen, wer weiß? Aber wir haben keine Hinweise darauf gefunden, dass es je einem von ihnen gelungen wäre.«

Ich dachte kurz darüber nach.

»Noch nicht«, sagte ich.

»Hm, ja, Robin«, gab er zu. »Das Problem, schneller zu sein als das Licht, und das Problem, aus einem Schwarzen Loch zu entkommen, sind beide im Grund ein und dasselbe.« Er machte eine Pause. Eine lange Pause. Dann meinte er bedauernd: »Ich glaube, das ist praktisch alles, was wir im Augenblick an Sinnvollem zu dem Thema sagen können.«

Ich stand auf und füllte mein Glas auf, während er ruhig sitzen blieb und geduldig seine Pfeife rauchte. Manchmal fiel es schwer, daran zu denken, dass da in Wahrheit gar nichts war, nichts als ein paar Interferenzmuster parallel gesteuerter Lichtstrahlen, hinter sich ein paar Tonnen Metall und Kunststoff.

»Albert«, sagte ich, »erzähl mir etwas. Ihr Computer seid angeblich blitzschnell. Warum brauchst du manchmal so lange zu einer Antwort? Nur der Wirkung wegen?«

»Tja, Bob, manchmal schon«, sagte er nach einer kurzen Pause. »Aber ich bin nicht sicher, ob Sie begreifen, wie schwer es für mich ist zu ›plaudern‹. Wenn Sie Informationen über, sagen wir, Schwarze Löcher haben wollen, kann ich die liefern. Sechs Millionen Bits in der Sekunde, wenn Sie wollen. Aber um sie in eine Form zu bringen, die Sie verstehen können, mehr noch, um sie in Gesprächsform zu bringen, wird mehr von mir verlangt als eine Speicherabtastung. Ich muss in Literatur und aufgezeichneten Gesprächen nach den richtigen Worten suchen. Ich muss Analogien und Vergleiche und Metaphern an Ihren eigenen Kenntnissen messen. Ich muss Einschränkungen beachten, die von Ihren festgelegten Normen für mein Verhalten gesetzt sind und die sich auf die ganze Art der jeweiligen Unterhaltung beziehen. Es ist nicht leicht, Robin.«

»Du bist schlauer, als du aussiehst, Albert«, meinte ich.

Er klopfte seine Pfeife aus und sah mich unter seinem zottigen weißen Haar an.

»Macht es Ihnen etwas aus, wenn ich Ihnen das zurückgebe, Bob?«

Ich ließ ihn mit den Worten: »Du bist eine gute, alte Maschine, Albert« verschwinden und streckte mich auf dem Geleebett aus, mein Glas in der Hand. Wenigstens hatte er mich eine Weile von Essie abgelenkt, aber in mir wühlte unablässig eine Frage. Irgendwo, irgendwann hatte ich zu einem anderen Programm das Gleiche gesagt, und ich konnte mich nicht erinnern, wann das gewesen war.

Harriet weckte mich und teilte mit, dass ein persönlicher Anruf von unserer Ärztin vorliege – nicht vom Programm, sondern von der echten, lebenden Frau Dr. Wilma Liederman, die ab und zu bei uns erschien, um sich zu vergewissern, dass die Maschinen alles richtig machten.

»Robin«, sagte sie, »ich glaube, Essie ist außer Gefahr.«

»Das ist ... phantastisch!«, erwiderte ich und wünschte mir, dass ich mir Worte wie »phantastisch« für Gelegenheiten aufgespart hätte, bei denen ich sie ernst meinte. Jetzt wurde solch ein Wort dem, was ich empfand, nicht gerecht. Unser Programm hatte die Schaltungen der Mesa-Klinik natürlich schon angezapft. Wilma wusste über ihren Zustand ebenso viel wie der kleine Farbige, mit dem ich gesprochen hatte – und hatte selbstverständlich alles über Essies medizinische Vorgeschichte in die Datenspeicher der Klinik übermittelt. Wilma erbot sich, selbst mit dem Flugzeug zu kommen, wenn wir das wünschten. Ich erklärte ihr, das müsse sie wissen, und sie erwiderte, sie werde stattdessen eine Kollegin von ihr in Tucson bitten, Essie zu besuchen.

»Aber gehen Sie heute Abend nicht zu ihr, Robin«, sagte sie. »Sprechen Sie am Telefon mit ihr, wenn Sie wollen – das empfehle ich –, aber ermüden Sie sie nicht. Bis morgen – nun, ich glaube, da wird sie kräftiger sein.«

Ich rief also Essie an und sprach drei Minuten lang mit ihr – sie war halb betäubt, wusste aber, was vorging. Dann versank ich wieder in Schlaf, und gerade als ich einschlief, fiel mir ein, dass Albert »Bob« zu mir gesagt hatte.

Es gab ein anderes Programm, mit dem ich vor langer Zeit in freundschaftlicher Beziehung gestanden hatte und das manchmal »Robin« und manchmal »Bob« oder sogar »Bobby« zu mir gesagt hatte. Mit diesem Programm hatte ich schon geraume Zeit nicht mehr gesprochen, weil ich es nicht nötig zu haben geglaubt hatte. Vielleicht änderte sich das aber jetzt.

Medizinischer Vollschutz ist ... nun ja, medizinischer Vollschutz. Einfach alles. Wenn es irgendeinen Weg gibt, dich gesund und vor allem am Leben zu erhalten, steht er dir zu. Und es gibt viele Wege. Medizinischer Vollschutz kostet im Jahr hunderttausende Dollar. Nicht sehr viele Menschen können sich das leisten – selbst in den entwickelten Ländern nur weniger als ein Promille. Aber man erwirbt viel damit. Gleich nach dem nächsten Mittagessen brachte man Essie zu mir ins Hotel.

Wilma sagte, es sei in Ordnung, und alle anderen bestätigten es. In Tucson lief alles wieder normal, was bedeutete, dass man wieder die Zeit hatte, das zu liefern, wofür die Menschen bezahlten. Zur Mittagszeit transportierte also ein privater Krankenwagen Bett, Herz-Lungen-Maschine, Dialysegerät und alles andere heran. Um halb ein Uhr bezog ein Trupp Krankenschwestern die gegenüberliegende Hotelsuite, und um Viertel nach zwei Uhr kam im Frachtaufzug mit sechs Kubikmetern Gerät meine Frau herauf.

Zu allem, was medizinischer Vollschutz einbrachte, gehörten auch ein Strom von Schmerzmitteln und Stimmungslenkern, Kortikosteroiden, zur Beschleunigung des Heilungsprozesses, und Dämpfern, um zu verhindern, dass die Kortikosteroide ihre Zellen schädigten, außerdem vierhundert Kilogramm Apparaturen unter dem Bett, um alles zu überwachen und zu messen, was Essie tat, und einzugreifen und ihr zu helfen, wenn sie es nicht bewältigte. Es erforderte schon eineinhalb Stunden, sie von der Reisemaschine an die im großen Schlafzimmer anzuschließen, wobei Wilmas Kollegin ein ganzes Team von Ärzten und Sanitätern befehligte. Sie warfen mich hinaus, während das stattfand, und ich trank unten in der Hotelhalle zwei Tassen Kaffee und sah zu, wie die tropfenförmigen Aufzüge an den Innenwänden auf und ab glitten. Als ich annahm, dass ich zurückdurfte, begegnete ich in der Halle dem Arzt aus der Klinik. Es war ihm gelungen, ein bisschen zu schlafen, und er trug statt der Kontaktlinsen eine Nickelbrille.

»Ermüden Sie sie nicht«, sagte er.

»Ich bin es langsam müde, das zu hören.«

Er grinste und setzte sich auf eine dritte Tasse Kaffee zu mir. Er erwies sich als ausgesprochen netter Kerl und war als Student außerdem der beste kleine Basketball-Mittelstürmer gewesen, den Tempe je besessen hatte. Ein Mann von 1,60 m, der in die Basketballmannschaft kommt, hat etwas an sich, das mir gefällt, und wir schieden als Freunde. Das war das Beruhigendste von allem. Er hätte die ganze Aktion nicht zugelassen, wenn er nicht ziemlich sicher gewesen wäre, dass Essie es schaffen würde.

Ich begriff damals noch nicht, wie viel sie da »schaffen« musste.

Sie lag immer noch in der Druckkugel, was mir ersparte, sehen zu müssen, wie mitgenommen sie aussah. Die Tagschwester zog sich in den Salon zurück, nachdem sie mir erklärt hatte, ich dürfe Essie nicht ermüden, und wir unterhielten uns eine Weile. Im Grunde sagten wir nichts. S. Ya. gehört nicht zu den gesprächigen Typen. Sie fragte mich, was es Neues in der Nahrungsfabrik gäbe, und als ich ihr eine Zusammenfassung von dreißig Sekunden darüber gegeben hatte, wollte sie wissen, wie es jetzt mit dem Wissen über das Fieber stehe. Bis ich auf ihre aus einem Satz bestehenden Fragen minutenlang geantwortet hatte, begann mir zu dämmern, dass das Sprechen wirklich eine Anstrengung war und ich sie nicht ermüden durfte.

Aber sie redete und tat das sogar verständlich und schien sich kein Kopfzerbrechen zu machen. Ich ging also zurück an meine Konsole und machte mich wieder an die Arbeit.

Es galt den üblichen Stapel Berichte durchzugehen und Entscheidungen zu treffen. Als das getan war, hörte ich mir eine Weile Alberts neueste Erkenntnisse über die Nahrungsfabrik an und sah endlich ein, dass es Zeit für mich wurde zu schlafen.

Ich lag geraume Zeit im Bett. Ich war nicht ruhelos. Ich war nicht erschöpft. Ich ließ nur die Anspannung aus mir entweichen. Im Salon konnte ich die Nachtschwester rumoren hören. Auf der anderen Seite, aus Essies Zimmer, tönte das unaufhörliche leise Seufzen, Summen und Gurgeln der Maschinen herüber, die meine Frau am Leben erhielten. Die Welt war mir weit vorausgeeilt. Ich konnte nicht alles aufnehmen. Essie. Ich hatte immer noch nicht ganz begriffen, dass Essie achtundvierzig Stunden zuvor tot gewesen war. Aus. Schluss. Nicht mehr am Leben. Ohne medizinischen Vollschutz und sehr viel Glück wäre ich jetzt dabei gewesen, den Anzug für ihre Beerdigung herauszusuchen.

Und im Inneren meines Kopfes gab es eine kleine Minderheit von Gehirnzellen, die das begriffen und dachten, na ja, weißt du, vielleicht, nur *vielleicht*, wäre es insgesamt praktischer gewesen, wenn man sie nicht ins Leben zurückgeholt hätte.

Das hatte nichts damit zu tun, dass ich Essie *liebte*, dass ich sie sehr liebte, dass ich ihr nichts als Gutes wünschte, dass ich einen Schock erlitten hatte, als ich von ihrem Unfall erfuhr. Die Minderheitsfraktion in meinem Gehirn sprach nur für sich selbst. Jedes Mal, wenn die Frage auftauchte, stimmte eine donnernd laute Mehrheit dafür, Essie zu lieben.

Ich war nie so ganz sicher gewesen, was das Wort »Liebe« bedeutet. Vor allem wenn es sich auf mich selbst bezog. Kurz vor dem Einschlafen überlegte ich mir, ob ich Albert anwählen und ihn bitten sollte, es zu erklären. Aber ich tat es nicht. Albert war dafür das falsche Programm, und mit dem richtigen wollte ich nicht anfangen.

Die Zusammenfassungen liefen ein, und ich verfolgte, was sich mit der Nahrungsfabrik tat, wobei ich mir vorkam wie ein Anachronismus. Vor einigen Jahrhunderten trafen die weltumspannenden Mächte England und Spanien Entscheidungen in einem Abstand von ein, zwei Monaten zu den aktuellen Ereignissen. Keine Telegramme, keine Satelliten. Ihre Befehle gingen auf Segelschiffen hinaus, und die Antworten gingen ein, wann sie dazu imstande waren. Ich wünschte mir das auch. Die fünfzig Tage Gesamtübertragungszeit zwischen uns und den Herter-Halls erschienen wie eine Ewigkeit. Hier saß ich in Gent, und Andy Jackson verprügelte die Briten, Wochen nachdem der Krieg in New Orleans zu Ende gegangen war. Natürlich hatte ich augenblicklich Befehle hinausgeschickt, wie sie sich zu verhalten hätten. Welche Fragen sie Wan stellen sollten. Welche Versuche sie zu unternehmen hätten, die Nahrungsfabrik von ihrem Kurs abzubringen. Und fünftausend astronomische Einheiten entfernt taten sie, was ihnen gerade einfiel, und bis meine Befehle eintrafen, hatten sich alle Fragen erledigt.

In dem Maß, wie Essie gesundete, hob sich auch meine Stimmung. Ihr Herz arbeitete von selbst. Ihre Lunge versorgte sie mit Atemluft. Man entfernte die Druckkugel, und ich konnte Essie berühren und ihre Wange küssen, und sie begann sich für das, was ringsum vorging, zu interessieren. Sie hatte es die ganze Zeit getan; als ich sagte, es sei zu bedauerlich, dass sie ihre Konferenz versäumt hätte, grinste sie mich an.

»Alles auf Band, lieber Robin. Ich habe es abspielen lassen, während du beschäftigt warst.«

»Aber du hast deinen Vortrag nicht halten können.«

»Meinst du? Warum denn nicht? Ich habe für dich ein ›Robinette Broadhead‹-Programm geschrieben. Hast du nicht gewusst, dass ich auch eines habe? Die Tagung setzte ein großes Hologerät ein, und S. Ya. Laworowna-Broadhead gab in Gestalt einer Projektion ihren ganzen Text zum Besten. Unter beträchtlichem Beifall. Ich beantwortete sogar Fragen«, prahlte sie, »indem ich mir dein Albert-Programm ausborgte; verkleidet, versteht sich.«

Sie ist ja wirklich eine erstaunliche Person, was ich immer schon wusste. Der Haken dabei ist, dass ich das von ihr erwarte, und als ich mit ihrem Arzt sprach, holte er mich auf den Boden. Er war auf dem Weg zurück in die Klinik, und ich fragte ihn, ob ich sie mit heimnehmen dürfe. Er zögerte und starrte mich durch die blauen Kontaktlinsen an.

»Ja, das würde schon gehen«, meinte er. »Aber ich bin nicht sicher, dass Sie begriffen haben, wie schwer ihre Verletzungen sind, Mr. Broadhead. Im Moment baut sie lediglich einige Kraftreserven auf. Sie wird sie brauchen.«

»Ja, das weiß ich, Doktor. Es wird noch eine Operation nötig sein ...«

»Nein. Nicht eine, Mr. Broadhead. Ich glaube, Ihre Frau wird die nächsten Monate im Operationssaal und in der Rekonvaleszenz verbringen. Und ich möchte nicht, dass Sie davon ausgehen, alles sei schon gelaufen«, ermahnte er mich. »Ein Risiko besteht bei allem, und sie hat Schweres vor sich. Wir haben sie nach einem Herzstillstand gerettet. Ich garantiere nicht dafür, dass das jedes Mal der Fall sein wird.«

Ich ging also eher geknickt zu Essie hinein. Die Schwester stand an ihrem Bett, und die beiden verfolgten Essies Bandaufzeichnungen von der Computertagung auf ihrem Schirmgerät. Da Essies Schirm mit dem großen vollholographischen Gerät in meinem Zimmer verbunden war, leuchtete in der Ecke ein kleines, gelbes Lämpchen, das mich meinte. Harriet hatte mir etwas mitzuteilen. Das hatte Zeit; wichtig wurde es erst, wenn das Lämpchen zu flackern begann und rot wurde, und im Augenblick stand Essie auf meiner Dringlichkeitsliste obenan.

»Sie können uns eine Weile allein lassen, Alma«, sagte Essie. Die Schwester warf einen Blick auf mich und zuckte die Achseln zu einem »Warum nicht?«, also ließ ich mich auf dem Stuhl am Bett nieder und griff nach Essies Hand.

»Es ist schön, dich wieder berühren zu können«, sagte ich.

Essies Stimme klingt tief und heiser, wenn sie leise in sich hineinlacht. Ich war froh, das zu hören.

»In ein paar Wochen kannst du mehr berühren«, meinte sie. »Inzwischen ist Küssen nicht verboten.«

Also küsste ich sie natürlich – so fest, dass ihre Messgeräte offenbar reagierten, weil die Tagschwester den Kopf zur Tür hereinsteckte, um festzustellen, was los sei. Sie unterbrach uns aber nicht. Wir taten das von selbst. Essie hob die rechte Hand – die linke lag immer noch in Gips – und strich sich die dunkelblonden Haare mit den andersfarbigen Strähnen aus dem Gesicht.

»Sehr schön«, sagte sie kritisch. »Willst du erfahren, was Harriet zu sagen hat?«

»Nicht unbedingt.«

»Stimmt nicht«, sagte sie. »Ich sehe, du hast mit Doktor Ben gesprochen, und er hat dir gesagt, du sollst lieb zu mir sein. Aber das bist du immer, Robin, nur merkt es nicht jeder.« Sie grinste mich an und drehte den Kopf zum Schirm. »Harriet!«, rief sie. »Robin ist hier!«

Bis zu diesem Augenblick hatte ich nicht gewusst, dass mein Sekretariatsprogramm auf die Befehle meiner Frau ebenso reagierte wie auf meine. Mir war aber auch nicht bekannt gewesen, dass Essie sich mein Wissenschaftsprogramm ausborgen konnte. Vor allem, ohne dass ich etwas davon merkte. Als Harriets heiteres Gesicht den Bildschirm ausfüllte, sagte ich zu ihr: »Wenn es etwas Geschäftliches ist, höre ich es mir später an – außer, es ist dringend.«

»O nein, nichts dergleichen«, erwiderte Harriet. »Aber Albert will unbedingt mit Ihnen sprechen. Er hat gute Nachrichten von der Nahrungsfabrik.«

»Das machen wir im Nebenzimmer«, begann ich, aber Essie legte ihre freie Hand auf meine.

»Nein, hier, Robin. Mich interessiert das auch.«

Ich bat Harriet also weiterzumachen, und Alberts Stimme meldete sich. Sein Gesicht tauchte nicht auf.

»Sehen Sie sich das an«, sagte er, und der Bildschirm zeigte so etwas wie ein altes amerikanisches Familienporträt. Einen Mann und eine Frau – eigentlich doch nicht –, ein männliches und ein weibliches Wesen, nebeneinander stehend. Sie hatten Gesichter und Arme und Beine, und die Frau besaß Brüste. Beide trugen verfilzte Bärte und hatten lange, geflochtene Haare, und sie waren bekleidet mit Wickelkleidern in der Art von Saris, auf denen Farbpunkte die triste Kleidung auflockerten.

Ich hielt den Atem an. Die Bilder hatten mich überrascht.

Albert erschien in der unteren Ecke des Bildschirms.

»Sie sind nicht ›echt‹, Robin«, sagte er. »Das sind einfach Nachbildungen, aufgrund Wans Beschreibungen vom Schiffscomputer geschaffen. Der Junge behauptet aber, sie wären ziemlich ähnlich.«

Ich schluckte und schaute mich nach Essie um. Ich musste erst meine Atmung unter Kontrolle bringen, bevor ich fragen konnte: »Sehen so ... sehen so die Hitschi aus?«

Er zog die Brauen zusammen und kaute an seinem Pfeifenstiel. Die Gestalten auf dem Bildschirm drehten sich feierlich um sich selbst, als führten sie einen langsamen Volkstanz vor, damit wir sie von allen Seiten sehen konnten.

»Es gibt einige Abweichungen von der Norm, Robin. Zum Beispiel die berühmte Frage nach dem Hitschi-Hintern. Wir haben einige Hitschi-Möbel, etwa die Sessel vor den Steuerkonsolen in ihren Raumschiffen. Aus diesen wurde der Schluss gezogen, dass das Hitschi-Gesäß nicht dem menschlichen entspricht, weil es Platz für ein langes, pendelndes Gebilde zu geben scheint, vielleicht für einen gespaltenen Leib wie bei einer Wespe, unter dem Becken und zwischen den Beinen hängend. Davon ist im computererzeugten Abbild nichts zu sehen. Aber ... denken Sie an Wilhelm von Occam, Robin.«

»Wenn ich dir nur die Gelegenheit dazu gebe, erklärst du mir das«, warf ich ein.

»Klare Sache, Robin, aber das ist ein Gesetz der Logik, das Sie gewiss kennen. Wenn konkretes Material fehlt, ist es am besten, die einfachste Erklärung zu unterstellen. Wir kennen in der Geschichte des Universums nur zwei intelligente Arten. Diese Wesen scheinen nicht der unsrigen anzugehören – die Form des Schädels und vor allem des Unterkiefers ist eine andere, eher affen- als menschenartig, und das Gebiss weicht völlig von der Norm ab. Es spricht daher vieles dafür, dass sie der anderen Art angehören.«

»Ist ein wenig erschreckend«, meinte Essie leise. Das war es auch, vor allem für mich, weil man behaupten konnte, dass das meine Verantwortung war. Ich war derjenige, welcher die Herter-Halls aufgefordert hatte, hinauszufliegen und sich umzusehen, und wenn sie dabei die Hitschi gefunden hatten ...

Ich war noch nicht so weit, dass ich darüber nachzudenken wagte, was das bedeuten mochte.

»Was ist mit den Toten Menschen? Weißt du über sie etwas?«

»Klare Sache, Robin«, sagte er und nickte mit seinem Wuschelkopf. »Sehen Sie sich das an!«

Das Bild erlosch, und auf dem Bildschirm rollte Text ab:

Flugbericht

Raumfahrzeug 5-2, Flug 08 D 31.

Besatzung A. Meacham, D. Filgren, H. Meacham.

Mission war als wissenschaftliches Experiment gedacht, die Besatzung wurde verringert, damit mehr Instrumente und Computeranlagen mitgenommen werden konnten. Maximale Zeit für Lebenserhaltung geschätzt auf 800 Tage. Fahrzeug am Tag 1200 noch immer vermisst.

»Es ging nur um eine Prämie von fünfzigtausend Dollar – nicht viel, aber eine der ersten, die es auf Gateway gab«, sagte Albert, während der Text ablief. »Die als ›H. Meacham‹ bezeichnete Person scheint der ›Tote Mensch‹ zu sein, den Wan Henrietta nennt. Sie war eine Art BAD-Astrophysikerin – Sie wissen schon, Robin, ›Bis auf die Dissertation‹. Die ging ihr daneben. Als sie sich rechtfertigen wollte, hieß es, es läge mehr am Psychologischen als an der Physik, und sie ging nach Gateway. Die Pilotin hieß mit Vornamen Doris, und die andere Person war Henriettas Ehemann Arnold.«

»Du hast also jemanden identifiziert? Es hat diese Leute wirklich gegeben?«

»Klare Sache, Robin – jedenfalls neunundneunzig Prozent Wahrscheinlichkeit. Diese Toten Menschen sind manchmal irrational«, beklagte er sich, als er wieder auf dem Bildschirm auftauchte. »Und wir hatten natürlich keine Gelegenheit zu einer direkten Befragung. Der Bordcomputer ist einer solchen Aufgabe eigentlich nicht gewachsen. Abgesehen vom Nachweis der Namen scheint die Mission aber zu stimmen. Es handelte sich um ein astrophysikalisches Unternehmen, und Henriettas Reden enthalten häufige Hinweise auf astrophysikalische Themen. Wenn man die sexuellen außer Acht lässt, versteht sich«, meinte er augenzwinkernd, während er sich mit dem Pfeifenstiel am Kiefer kratzte. »Ein Beispiel. ›Sagittarius A West‹ – eine Radioquelle im Mittelpunkt der Galaxis. ›NGC 1199.‹ Eine elliptische Riesengalaxis, Teil eines großen Sternhaufens. ›Durchschnittliche Radialgeschwindigkeit von Kugelhaufen‹ – in unserer Galaxis sind das etwa 50 Kilometer in der Sekunde. ›Rotverschiebung‹ ...«

»Du brauchst nicht alles aufzuführen«, warf ich hastig ein. »Weißt du, was das alles bedeutet? Ich meine, wenn du über alle diese Dinge sprechen würdest, was wäre gemeint?«

Eine Pause – aber eine kurze; er ging nicht die ganze Literatur über das Thema durch; das hatte er schon getan.

»Kosmologie«, sagte er. »Ich glaube, ich würde vor allem von der klassischen Hoyle-Öpik-Gamow-Kontroverse sprechen, das heißt, ob das Universum geschlossen oder offen oder zyklisch ist. Ob es stationär ist oder mit einem Urknall begonnen hat.« Er machte wieder eine Pause, diesmal aber, um mir Zeit zum Nachdenken zu lassen. Ich tat es, doch ohne großen Erfolg.

»Das scheint nicht viel zu bringen«, meinte ich.

»Mag sein, Robin. Es besteht aber ein gewisser Zusammenhang mit Ihren Fragen bezüglich der Schwarzen Löcher.«

Na, hol dich der Teufel, du berechnender Kerl, dachte ich, ohne das freilich auszusprechen. Er blickte unschuldig wie ein Lamm und paffte ruhig und ernsthaft seine Pfeife.

»Das wäre vorerst alles«, erklärte ich und blickte, als er fort war, noch lange auf den leeren Schirm, für den Fall, dass Essie sich erkundigen sollte, weshalb ich über Schwarze Löcher hatte informiert werden wollen.

Sie tat es nicht. Sie ließ sich zurücksinken und blickte in die Spiegel an der Decke. Nach einiger Zeit sagte sie: »Lieber Robin, weißt du, was ich mir wünsche?«

Ich war darauf vorbereitet.

»Was denn, Essie?«

»Dass ich mich kratzen könnte.«

Alles, was ich herausbrachte, war ein gequältes »Oh«. Ich fühlte mich klein und hässlich - nein, verstopft. Ich war ganz darauf vorbereitet gewesen, mich zu verteidigen - mit aller gebotenen Zurückhaltung, versteht sich, mit Rücksicht auf Essies Zustand. Und ich brauchte es nicht zu tun. Ich griff nach ihrer Hand.

»Ich habe mir Sorgen um dich gemacht«, meinte ich.

»Ja, ich auch«, meinte sie. »Sag mal, Robin, ist das wahr, dass die Fieberanfälle durch eine Art Gedankenübertragung von den Hitschi verursacht werden?«

»Etwas in der Art, nehme ich an. Albert meint, das sei etwas Elektromagnetisches, mehr weiß ich auch nicht.« Ich streichelte die Adern auf ihrem Handrücken, und sie bewegte sich unruhig. Aber nur vom Hals aufwärts.

»Die Hitschi beunruhigen mich, Robin«, sagte sie.

»Sehr vernünftig. Was mich angeht, so kann ich vor Angst kaum laufen.« So war es tatsächlich; ich zitterte buchstäblich. Das kleine gelbe Lämpchen unten am Bildschirm leuchtete auf.

»Jemand will mit dir sprechen, Robin.«

»Das hat Zeit. Ich spreche mit der Frau, die ich liebe.«

»Danke. Robin? Wenn du vor den Hitschi so viel Angst hast wie ich, wie kommt es, dass du einfach weitermachst?«

»Tja, Süßes, was bleibt mir anderes übrig? Fünfzig Tage lang rührt sich gar nichts. Was wir eben gehört haben, ist uralt, fünfundzwanzig Tage her. Wenn ich sie anweisen würde, sofort abzubrechen und heimzufliegen, würde es fünfundzwanzig Tage dauern, bis sie das überhaupt hören.«

»Gewiss. Aber würdest du aufhören, wenn du könntest?«

Ich antwortete nicht. Ich hatte ein ganz seltsames Gefühl – ein wenig verschreckt, ganz und gar nicht meine Gewohnheit.

»Was ist, wenn die Hitschi uns nicht leiden können, Robin?«, meinte sie.

Das war allerdings eine gute Frage. Ich stellte sie mir schon seit dem allerersten Tag, an dem ich erwogen hatte, in ein Prospektorschiff von Gateway zu steigen und auf eigene Faust hinauszufliegen. Was, wenn wir den Hitschi begegnen und sie uns nicht mögen? Was, wenn sie uns zerquetschen wie Fliegen, uns foltern, uns versklaven, mit uns Versuche anstellen – was, wenn sie uns einfach übersehen? Den Blick auf den gelben Punkt gerichtet, der langsam zu blinken begann, sagte ich, sie bemutternd: »Na, es besteht nicht viel Aussicht, dass sie uns wirklich etwas tun …«

»Mich brauchst du nicht zu beruhigen, Robin.« Sie war entschieden nervös, genau wie ich. Ihre Messgeräte mussten erneut reagiert haben, weil die Tagschwester wieder hereinblickte, unentschlossen an der Tür verharrte und dann ging.

»Essie, es steht zu viel auf dem Spiel«, erklärte ich. »Erinnerst du dich an vergangenes Jahr in Kalkutta?«

Wir waren damals zu einem ihrer Lehrgänge geflogen und hatten den Aufenthalt abgebrochen, weil wir den Anblick der im Elend versunkenen Stadt mit zweihundert Millionen Armen nicht ertragen konnten.

Sie hatte den Blick auf mich gerichtet und die Brauen zusammengezogen.

»Ja, ich weiß, der Hunger. Den hat es immer gegeben, Robin.«

»Nicht so! Nicht auf die Art und Weise, wie er bald werden wird, wenn nichts geschieht, um ihn zu verhindern! Die Welt platzt aus den Nähten! Albert sagt ...« Ich zögerte. Ich wollte ihr eigentlich gar nicht sagen, was Albert gesagt hatte. Sibirien erzeugte schon keine Nahrungsmittel mehr; wegen der Überbelastung sah das allzu beanspruchte Land aus wie die Wüste Gobi. Der Humus im Mittelwesten Amerikas war nur noch Zentimeter hoch, und die Nahrungsgruben unternahmen bereits alle Anstrengungen, um die Nachfrage zu befriedigen. Albert hatte gesagt, es blieben uns vielleicht noch zehn Jahre. Die Signallampe leuchtete jetzt rot und blinkte rasch, aber ich wollte mich nicht unterbrechen.

»Essie«, sagte ich, »wenn wir erreichen können, dass die Nahrungsfabrik arbeitet, können wir allen Verhungernden CHON-Nahrung geben, und das bedeutet, dass niemand mehr hungern muss. Und das ist erst der Anfang. Wenn wir lernen, selbst Hitschi-Raumschiffe zu bauen und sie dahin zu steuern, wohin wir wollen, dann können wir neue Planeten kolonisieren. So viele wir wollen. Mehr als das. Mit der Hitschi-Technologie können wir alle Asteroiden im Sonnensystem in Gateways verwandeln und Lebensräume im Weltall daraus machen. Planeten der Erde nachbilden. Wir könnten für das Millionenfache der Erdbevölkerung auf eine Jahrmillion ein Paradies schaffen.«

Ich verstummte, weil mir klar wurde, dass ich einfach dahinplapperte. Ich fühlte mich plötzlich traurig und wirr, von Sorgen gequält und ... lüstern; und nach dem Ausdruck auf Essies Gesicht hatte auch sie merkwürdige Empfindungen.

»Das sind sehr gute Gründe, Robin«, sagte sie, aber weiter kam sie nicht. Die Signallampe war leuchtend rot und flackerte wie ein Pulsar, dann erlosch sie, und Albert Einsteins sorgenvolle Miene erschien auf dem Bildschirm. Ich hatte vorher noch nie erlebt, dass er unaufgefordert aufgetaucht war.

»Robin«, rief er, »das Fieber hat sich wieder bemerkbar gemacht!«

Ich stand zitternd auf.

»Aber es ist doch noch gar nicht Zeit«, wandte ich dummerweise ein.

»Es ist passiert, Robin, und zwar auf sehr merkwürdige Weise. Der Höhepunkt wurde, Augenblick, vor knapp hundert Sekunden erreicht. Ich glaube ... ja«, er nickte, während er einer unhörbaren Stimme zu lauschen schien, »es lässt nach.«

Und ich fühlte mich auch schon weniger seltsam. Kein Anfall war je so kurz gewesen, keiner hatte je solche Gefühle geweckt. Anscheinend probierte eine andere Person die Liege aus.

»Albert«, sagte ich, »schick eine Prioritätsnachricht an die Nahrungsfabrik. Sofort aufhören, und zwar auf der Stelle, sofort damit aufhören, die Liege zu irgendeinem Zweck zu benutzen! Notfalls demontieren, ohne sie zu beschädigen, damit sie nicht mehr verwendbar ist! Alle Bezahlungen und Prämien verfallen, wenn gegen diese Anweisung verstoßen wird! Verstanden?«

»Schon unterwegs, Robin«, sagte er und verschwand.

Essie und ich wechselten einen Blick.

»Aber du hast nicht verlangt, dass sie die Expedition abbrechen und sofort zurückkommen sollen«, meinte sie nach einer Weile.

Ich zog die Schultern hoch.

»Das ändert nichts«, erklärte ich.

»Nein«, gab sie zu. »Und du hast mir sehr gute Gründe genannt, Robin. Aber sind das wirklich deine?«

Ich antwortete nicht.

Ich wusste, welche Gründe Essie mir dafür unterstellte, dass ich den Hitschi-Weltraum weiter erkunden wollte, ohne Rücksicht auf Fieberanfälle, Kosten oder Gefahren. Sie glaubte, meine Gründe hätten einen Namen, und dieser Name lautete »Gelle-Klara Moynlin«. Und manchmal war ich nicht sicher, ob sie sich irrte.

7

Der Hitschi-Himmel

Wohin Lurvy im Raumschiff auch flog, sie war sich des fleckigen grauen Musters auf dem Sichtschirm stets bewusst. Es zeigte nichts, was sie hätte erkennen können, aber es war ein Nichts, das sie vorher schon gesehen hatte, und zwar monatelang.

Solange sie auf dem Weg zum Hitschi-Himmel schneller flogen als das Licht, waren sie allein. Das Universum ringsum war leer, abgesehen von dem grobkörnigen, wabernden Grau. Das Universum waren sie selbst. Sogar während der langen Reise zur Nahrungsfabrik war es nicht so einsam gewesen. Im Tau-Raum - oder was auch immer für einen irren Raum die Hitschi-Schiffe durchquerten oder untertunnelten oder umgingen - gab es nichts. Das letzte Mal, als Lurvy so viel Leere um sich gehabt hatte, war während der Gateway-Flüge gewesen, und fröhliche Erinnerungen waren das ganz und gar nicht.

Dieses Raumschiff war das größte, das sie je gesehen hatte. Das größte Gateway-Raumschiff hatte fünf Personen aufnehmen können. Dieses hier wäre für zwanzig und mehr ausreichend gewesen. Es besaß acht verschiedene Abteile, drei davon für Fracht, automatisch gefüllt mit der Produktion der Nahrungsfabrik (wie Wan erklärte), solange das Raumschiff dort angedockt war. Zwei schienen Kabinen zu sein, aber nicht für menschliche Wesen. Wenn die »Kojen«, die man aus den Wänden herausziehen konnte, wirklich Kojen sein sollten, waren sie für menschliche Erwachsene zu klein. Einen der Räume bezeichnete Wan als seinen eigenen; er lud Janine ein, zu ihm zu ziehen. Als Lurvy Einspruch erhob, gab er verdrossen nach, und man richtete sich nach Geschlechtern getrennt ein. Der größte Raum im Zentrum des Schiffes hatte die Form eines Zylinders, der sich an beiden Enden verjüngte. Er besaß weder Boden noch Decke, abgesehen davon, dass drei Sitze an der Fläche vor der Steuerung montiert waren. Da sich die

Fläche wölbte, neigten die Sitze sich einander zu. Sie waren einfach genug, dieselbe Konstruktion, die Lurvy von früher her kannte: zwei flache Metallplatten in V-Form.

»In Gateway-Schiffen haben wir Gurtbänder darüber gezogen«, erklärte Lurvy.

»Was sind ›Gurtbänder‹?«, fragte Wan, und als man es ihm erklärt hatte, sagte er: »Eine gute Idee. Das mache ich in Zukunft auch. Ich kann den Alten das stehlen, was ich dazu brauche.«

Wie in allen Hitschi-Schiffen war die Steuerung fast völlig automatisch. Es gab ein Dutzend gerändelter Drehräder in einer Reihe mit farbigen Lämpchen für jedes Rad. Wurden die Räder gedreht (nicht, dass jemand das während des Fluges getan hätte; das war nachgewiesenermaßen Selbstmord), änderten die Lampen Farbe und Helligkeit und zeigten Streifen von Licht und Dunkelheit wie Spektrallinien. Sie stellten Kurswerte dar. Nicht einmal Wan verstand sie, geschweige denn Lurvy oder die anderen. Seit Lurvys Zeit auf Gateway hatten die großen Elektronengehirne unter hohen Verlusten an Prospektorenleben viele Daten darüber gespeichert. Manche Farben bedeuten gute Aussicht auf Lohnendes. Andere bezogen sich auf die Länge des Fluges, auf die der Kurssetzer eingestellt war. Manche – viele – waren als unberührbar eingestuft, weil jedes Schiff, das mit dieser Einstellung in den ÜLG-Raum eintrat, dort verblieben war. Oder irgendwo. Jedenfalls ohne jemals wieder nach Gateway zurückzukehren. Aus Gewohnheit und den Anweisungen zufolge fotografierte Lurvy jede Veränderung von Steuerlämpchen und Sichtschirm, selbst wenn der Schirm nichts zeigte, was sie als festhaltenswert erkennen konnte. Eine Stunde nachdem die Gruppe die Nahrungsfabrik hinter sich gelassen hatte, begannen die Sternbilder zu einem flackernden hellen Punkt zusammenzuschrumpfen. Sie hatten Lichtgeschwindigkeit erreicht. Dann verschwand sogar der Punkt. Der Schirm nahm das Aussehen von grauem Schlamm an, der von Regentropfen bespritzt worden war, und blieb so.

Für Wan war das Raumschiff natürlich nur sein vertrauter Schulbus, zum Hin- und Herpendeln benutzt, seitdem er alt genug gewesen war, die Startwarze zu drücken. Paul war nie zuvor in einem echten Hitschi-Schiff gewesen und blieb tagelang sehr kleinlaut. Bei Janine war das nicht anders, aber ein Wunder mehr bedeutete in ihrem vierzehnjährigen Leben nichts Besonderes. Für Lurvy war dieses Schiff eine größere Ausgabe der Raumschiffe, mit denen sie sich ihre Flugspangen verdient hatte, also erschreckend.

Sie konnte es nicht ändern. Sie konnte sich nicht einreden, dass zumindest diese Reise nur ein normaler Fährflug war. Sie hatte als Gateway-Pilotin zu viel Angst beim Vordringen ins Ungewisse erlebt. Sie schwebte im riesigen – vergleichsweise riesigen – Inneren umher (beinahe hundertfünfzig Kubikmeter!) und machte sich Sorgen. Es war nicht nur der schlammige Sichtschirm, der ihre Aufmerksamkeit beanspruchte. Da war die goldschimmernde Raute, größer als ein Mensch, von der man annahm, dass sie die ÜLG-Antriebsmaschinerie enthielt, und die bekanntermaßen explodierte, wenn man sie öffnen wollte. Da war die kristallartige Glasspirale, die von Zeit zu Zeit heiß wurde (niemand wusste, warum) und zu Beginn und Ende des Fluges und bei einer anderen, sehr wichtigen Gelegenheit mit winzigen heißen Strahlungspünktchen zu leuchten begann.

Diese Gelegenheit war es, auf die Lurvy wartete. Und als nach genau vierundzwanzig Tagen, fünf Stunden und sechsundfünfzig Minuten seit dem Verlassen der Nahrungsfabrik die goldene Spule zu flackern und aufzuleuchten begann, vermochte sie einen tiefen Seufzer der Erleichterung nicht zu unterdrücken.

»Was ist denn?«, rief Wan mit seiner hohen Stimme argwöhnisch.

»Wir haben jetzt die Hälfte des Weges hinter uns«, sagte sie, während sie die Zeit in ihrem Logbuch notierte. »Das ist der Wendepunkt. Darauf achtet man in einem Gateway-Schiff. Wenn man diesen Punkt erreicht und erst ein Viertel der Lebenserhaltung verbraucht ist, weiß man, dass man auf dem Heimflug nicht verhungern wird.«

Wan schmollte.

»Vertraust du mir nicht, Lurvy? Wir werden nicht verhungern.«

»Es tut gut, es ganz genau zu wissen«, meinte sie grinsend und wurde plötzlich wieder ernst, als ihr einfiel, was am Ende der Reise lag.

So rieben sie sich aneinander, so gut sie konnten, und fielen einander am Tag tausendmal auf die Nerven. Paul brachte Wan das Schachspielen bei, damit er von Janine abgelenkt wurde. Wan übte geduldig – öfter aber ungeduldig. Wan erzählte geduldig – öfter aber ungeduldig – immer wieder alles, was er über den Hitschi-Himmel und seine Bewohner wusste.

Sie schliefen, so viel sie konnten. Im Gurtnetz neben Paul brodelten und strömten Wans jugendliche Säfte. Er wand und krümmte sich bei den unangemeldeten kleinen Kursänderungen des Schiffes und wünschte sich, dass er allein wäre, um jene Dinge zu tun, die verboten zu sein schienen, wenn man nicht allein war – oder wünschte sich, nicht allein zu sein, sondern mit Janine zusammen, damit er die noch schöneren Dinge tun konnte, die ihm Tiny Jim und Henrietta beschrieben hatten. Er hatte Henrietta unzählige Male gefragt, welches die weibliche Rolle bei diesem Zusammenspiel sei. Darauf hatte sie fast nie so geantwortet, dass es für Wan hilfreich gewesen wäre. Gleichgültig, wie ihre Sätze beginnen mochten, sie hörten fast immer damit auf, dass sie in Tränen darüber ausbrach, dass ihr Mann sie mit diesem Weibsbild Doris betrogen hatte.

Er wusste nicht einmal, in welcher Beziehung sich eine Frau körperlich vom Mann genau unterschied. Bilder und Worte reichten hier nicht. Gegen Ende des Fluges überwand die Neugier die kulturelle Anpassung, und er flehte Janine oder Lurvy (wer es war, spielte keine so große Rolle) an, ihm das zu zeigen. Auch ohne Berühren.

»Na, du kleines Ferkel«, sagte Janine kritisch. Sie war nicht zornig. Sie lächelte. »Lass dir Zeit, mein Junge, deine Zeit kommt noch.«

Aber Lurvy war nicht belustigt, und als Wan sich untröstlich entfernt hatte, führten sie und ihre Schwester ein für ihre Verhältnisse langes Gespräch.

»Lurvy, Liebling«, sagte Janine schließlich, »ich *weiß*. Ich weiß, dass ich erst fünfzehn bin – na ja, fast fünfzehn – und Wan nicht viel älter ist. Ich weiß, dass ich, vier Jahre von einem Arzt entfernt, nicht schwanger werden will, noch dazu, wenn alles Mögliche passieren kann, von dem wir noch nichts ahnen – das weiß ich alles. Du findest, ich bin nur deine rotznasige, kleine Schwester. Das bin ich auch. Aber ich bin deine *schlaue* rotznasige, kleine Schwester. Wenn du etwas sagst, bei dem das Zuhören sich lohnt, dann höre ich zu. Verpiss dich bloß, liebe Lurvy.« Sie lächelte behaglich, stieß sich ab, um Wan zu folgen, kam zurück und küsste Lurvy. »Du und Paps«, sagte sie, »ihr treibt einen die Wand hoch. Aber ich liebe euch beide sehr – und Paul auch.«

Es lag nicht allein an Wan, das wusste Lurvy. Sie rochen alle stark. In ihrem Schweiß und ihren ganzen Ausdünstungen waren Pheromone genug, um einen Mönch geil zu machen, geschweige denn einen leicht beeindruckbaren jungfräulichen Burschen. Und dafür konnte Wan überhaupt nichts, ganz im Gegenteil. Wenn er nicht darauf bestanden hätte, wäre nicht so viel Wasser an Bord geschleppt worden; hätten sie das nicht getan, wären sie noch schmutziger und verschwitzter gewesen als nach ihrer täglichen Toilette. Wenn man es genau nahm, hatten sie die Nahrungsfabrik viel zu übereilt verlassen. Peter war da im Recht gewesen.

Erstaunt stellte Lurvy fest, dass ihr der alte Mann fehlte. Im Schiff waren sie von allen Nachrichtenverbindungen völlig abgeschnitten. Was trieb er? War er noch gesund? Sie hatten das mobile Bioprüfgerät mitnehmen müssen – sie besaßen nur das eine, und vier Personen brauchten es dringender als eine einzelne. Aber das stimmte auch nicht ganz, denn ohne den Bordcomputer war es zu einer glänzenden, regungslosen Masse zusammengerollt und würde so bleiben, bis sie vom Hitschi-Himmel aus wieder Funkkontakt mit Vera aufnehmen konnten – und was wurde inzwischen aus ihrem Vater?

Das Seltsame war, dass Lurvy den alten Mann liebte und durchaus glaubte, er liebe sie auch. Er hatte das auf jede Weise, nur nicht mit Worten, zu erkennen gegeben. Es war sein Geld und sein Ehrgeiz gewesen, die sie überhaupt zu dem Flug in Richtung Nahrungsfabrik getrieben hatten. Es war sein Geld gewesen, das ihr den Weg nach Gateway ermöglicht hatte, und als dabei nichts herausgekommen war, hatte er ihr nichts vorgeworfen. Jedenfalls nicht direkt und nicht mit Nachdruck.

Nach sechs Wochen in Wans Schiff glaubte Lurvy sich eingelebt zu haben. Sie fühlte sich sogar einigermaßen behaglich, wenn man Gerüche und Ärger und Sorgen nicht rechnete; jedenfalls, solange sie nicht allzusehr über die Flüge nachdachte, die ihr die fünf Spangen auf Gateway eingetragen hatten. Es gab von keinem besonders schöne Erinnerungen.

Lurvys erster Flug war eine Pleite gewesen. Vierzehn Monate Hin- und Rückflug, um bei einem Planeten aufzutauchen, der durch einen Nova-Ausbruch versengt worden war. Vielleicht hatte es dort früher etwas gegeben. Als Lurvy ankam, völlig allein und in ihrem Ein-Personen-Schiff schon Selbstgespräche führend, gab es dort nichts mehr. Das hatte sie von Einzelflügen geheilt. Der nächste fand in einem Dreier statt. Auch nicht besser. Keiner war besser geworden. Sie wurde auf Gateway eine Berühmtheit, ein Objekt der Neugierde, die Anwärterin auf einen fragwürdigen Rekord: die meisten Flüge mit dem geringsten Gewinn durchgeführt zu haben. Das war eine Ehre, die ihr nicht gefiel, aber es war nie schlimmer gewesen als beim letzten Flug.

Er wurde zu einer Katastrophe.

Bevor sie auch nur ihr Ziel erreicht hatten, erwachte sie aus unruhigem, gequältem Schlaf und stand vor dem Grauen. Die Frau, mit der sie sich besonders angefreundet hatte, schwebte blutüberströmt neben ihr; die andere Frau, ebenfalls tot, war nicht weit entfernt, und die beiden

Männer, aus denen der Rest der fünfköpfigen Besatzung bestand, kämpften schreiend und gnadenlos miteinander.

Die Regeln der Gateway-Gesellschaft sahen vor, dass jede Zahlung, die sich aus einer Reise ergab, unter den Überlebenden gleichmäßig aufgeteilt wurde. Ihr Schiffskamerad Stratos Kristianides hatte beschlossen, der einzige Überlebende zu sein.

Tatsächlich überlebte er nicht. Er verlor den Kampf gegen ihren anderen Schiffskameraden und Liebhaber Hector Possanbee. Der Sieger flog zusammen mit Lurvy weiter, um - erneut - nichts zu finden. Schwelender roter Gasriese. Armseliger kleiner Begleitstern der Klasse M. Und keine Möglichkeit, den einzigen wahrnehmbaren Planeten zu erreichen - ein riesiges, methanbedecktes Jupiter-Ding -, ohne beim Versuch umzukommen.

Lurvy war danach mit eingezogenem Schwanz auf die Erde zurückgekehrt. Weit und breit keine zweite Chance in Sicht. Peter hatte ihr schließlich doch eine verschafft, obwohl sie nicht daran glaubte, dass es noch eine geben würde. Die mehr als hunderttausend Dollar, die es ihn gekostet hatte, ihr nach Gateway zu verhelfen, rissen ein großes Loch in das Geld, das er in seinen sechzig oder siebzig Jahren - wie viele es genau waren, wusste sie nicht - angesammelt hatte. Sie hatte ihn enttäuscht. Nicht nur ihn. Und seiner Güte und dem Verzicht darauf, sie zu hassen, hatte sie entnommen, dass er seine Tochter wirklich liebte - und den braven, unpraktischen Paul und die alberne junge Janine dazu. In irgendeiner Weise liebte Peter sie alle.

Und hatte sehr wenig davon, schien es Lurvy.

Sie rieb missmutig ihre Flugspangen. Sie zu bekommen, war sehr kostspielig gewesen.

Mit Paul Liebe zu machen, half, die Zeit zu vertreiben - wenn sie sich einreden konnte, sie brauchten die beiden Jugendlichen eine viertel oder halbe Stunde einmal nicht zu beaufsichtigen. Für Lurvy war es nicht das Gleiche, wie mit Hector zu schlafen, dem Mann, der zusammen mit ihr den letzten Gateway-Flug überlebt hatte. Der Mann, der sie hatte heiraten wollen. Der Mann, der sie bat, wieder mit ihm auf ein Schiff zu gehen und gemeinsam ein Leben aufzubauen. Klein, breit gewachsen, stets aktiv, stets wach, im Bett unermüdlich, lieb und geduldig, wenn sie krank oder gereizt oder ängstlich war – es gab hundert Gründe, weshalb sie Hector hätte heiraten sollen. Und eigentlich nur einen einzigen, warum sie es nicht getan hatte. Als sie aus diesem grauenhaften Schlaf gerissen wurde, hatte sie Hector und Stratos kämpfen sehen. Während sie noch zusah, starb Stratos.

Hector hatte ihr erklärt, Stratos sei übergeschnappt und habe sie alle ermorden wollen, aber als der Kampf begann, hatte sie geschlafen. Einer der Männer hatte ohne Zweifel versucht, seine Schiffskameraden umzubringen.

Aber sie hatte nie ganz genau gewusst, welcher von beiden.

Er machte ihr einen Heiratsantrag, als die Dinge am trostlosesten und übelsten standen, einen Tag bevor sie auf dem bedrückenden Rückflug Gateway erreichten.

»Wir passen wirklich ganz prima zusammen, Dorema«, sagte er, tröstend die Arme um sie gelegt. »Nur wir zwei und sonst keiner. Ich glaube, mit den anderen zusammen hätte ich das nicht aushalten können. Beim nächsten Mal haben wir mehr Glück. Lass uns heiraten, ja?«

Sie bohrte ihr Kinn in seine warme, harte, kakaofarbene Schulter.

»Ich muss erst nachdenken, Liebling«, sagte sie und fühlte, wie die Hand, die Stratos getötet hatte, ihren Nacken massierte.

Lurvy war also nicht unglücklich gewesen, als die Reise zu Ende ging und Janine sie ganz aufgeregt aus ihrer Privatkabine rief; die riesige Glasspirale füllte sich mit heißen Pünktchen zuckenden, goldenen Lichts, das Schiff ruckte unentschlossen in die eine oder andere Richtung, der fleckige graue Schlamm war vom Sichtschirm verschwunden, und man sah Sterne. Mehr als Sterne. Da war ein Gebilde, das zwischen konturlosem Grau an einzelnen Stellen blau leuchtete. Es war zitronenförmig und rotierte langsam, und Lurvy konnte sich keine Vorstellung von seiner

Größe machen, bis sie wahrnahm, dass die Oberfläche des Gebildes nicht konturlos war. Hier und dort ragten kleine Vorsprünge heraus, und sie erkannte die winzigsten davon als Schiffe vom Gateway-Typ, Einer und Dreier und dort ein Fünfer; die Zitrone musste über einen Kilometer lang sein! Wan ließ sich, vor Stolz grinsend, im mittleren Pilotensessel nieder (sie hatten ihn mit Kleidung ausgepolstert, etwas, auf das Wan nie gekommen war) und griff nach der Landesteuerung. Lurvy hatte die größte Mühe, nicht dazwischenzufahren. Aber Wan hatte dieses Manöver sein ganzes Leben lang ausgeführt. Mit grober Geschicklichkeit riss und boxte er das Schiff in eine abwärts führende Spirale, die der langsamen Drehung der blauäugigen grauen Zitrone entsprach. Er zielte auf einen der offenen Schächte, dockte an, ließ den Bug einrasten und hob den Kopf, um Beifall zu heischen. Sie waren im Hitschi-Himmel.

Die Nahrungsfabrik war von der Größe eines Wolkenkratzers gewesen, aber das hier war eine Welt. Vielleicht war das, wie Gateway, einmal ein Asteroid gewesen, aber wenn das zutraf, hatte man ihn so bearbeitet und umgestaltet, dass von der ursprünglichen Struktur keine Spur zurückgeblieben war. Es waren Kubikkilometer Masse. Es war ein rotierender Riesenberg. So viel zu erforschen! So viel zu lernen!

Und so viel zu fürchten. Sie schlichen oder stolzierten durch die alten Hallen, und Lurvy ertappte sich dabei, dass sie sich an die Hand ihres Mannes klammerte. Und Paul klammerte sich an ihre Hand. Sie zwang sich, zu beobachten und Kommentare zu geben. Die Wände waren durchzogen von scharlachrot leuchtenden Linien; die Decke zeigte das vertraute blaue Schimmern des Hitschi-Metalls. Am Boden – und es war wirklich ein Boden; sie hatten hier Schwerkraft, wenn auch nicht mehr als ein Zehntel der Erdnorm – enthielten rautenförmige Wölbungen etwas, das nach Humus aussah, und darin wuchsen Pflanzen.

»Beerenfrucht«, sagte Wan stolz über die Schulter und wies mit dem Kinn auf einen hüfthohen Strauch, zwischen dessen Smaragdblättern flaumige Gebilde hingen. »Wir können eine Pause machen und ein paar essen, wenn ihr wollt.«

»Jetzt nicht«, erklärte Lurvy. Ein Dutzend Schritte weiter durch den Korridor kam wieder eine bepflanzte Raute, diese mit schiefergrünen Ranken und weichen, zerquetscht aussehenden blumenkohlförmigen Blüten. »Was ist das?«

Wan blieb stehen und sah sie an. Es war deutlich, dass er das für eine dumme Frage hielt.

»Sie sind nicht gut verträglich«, sagte er schrill. »Versuch die Beerenfrüchte. Die schmecken.«

Die Gruppe blieb also dort stehen, wo zwei der rot ausgekleideten Korridore sich trafen und einer davon blau wurde. Sie schälten braungrüne, flaumige Schalen von den Beerenfrüchten und nagten – zuerst vorsichtig, dann mit Genuss – am saftigen Inhalt, während Wan die Geographie des Hitschi-Himmels erklärte. Das hier waren die roten Abschnitte, und sie seien die besten von allen. Hier gebe es Essen und gute Stellen zum Schlafen; hier sei das Schiff, und die Alten kämen nie hierher. Aber verließen sie nicht manchmal ihren gewöhnlichen Aufenthaltsort, um Beerenfrüchte zu pflücken? Ja, natürlich taten sie das. Doch niemals (und seine Stimme kletterte eine halbe Oktave höher) *hier*. Das komme nie vor. Dort drüben die blauen Tunnels. Seine Stimme sank, in der Tonhöhe ebenso wie in der Lautstärke. Die Alten kämen oft dorthin. Aber dort sei alles tot. Wäre nicht der Raum der Toten Menschen im blauen Gebiet, dann würde er diesen Bereich nie betreten. Und Lurvy, die durch den Korridor starrte, auf den er wies, spürte einen eisigen Hauch unvorstellbaren Alters. Es war ein Gefühl wie bei Stonehenge oder Gizeh oder Angkor Wat. Selbst die Decken leuchteten schwächer, und die Bepflanzung dort war kärglich und verkümmert. Das Grünzeug, fuhr Wan fort, sei ja ganz schön, aber nichts funktioniere richtig. Die Wasserdüsen arbeiteten nicht. Die Pflanzen stürben. Und der goldene Bereich …

Seine Freude legte sich, als er von den goldenen Tunnels

sprach. Dort lebten die Alten. Wenn er nicht Bücher und manchmal Kleidung gebraucht hätte, wäre er nie dorthin gegangen, obwohl die Toten Menschen ihn immerfort dazu drängten. Er wolle die Alten nicht sehen.

Paul räusperte sich.

»Aber ich glaube, das müssen wir tun, Wan«, sagte er.

»Warum?«, gab der Junge schrill zurück. »Sie sind nicht interessant!«

Lurvy legte die Hand auf seinen Arm.

»Was ist denn, Wan?«, fragte sie freundlich, während sie seine Miene beobachtete. Was Wan fühlte, zeigte sich stets auf seinem Gesicht. Er hatte es niemals nötig gehabt, die Geschicklichkeit der Verstellung zu erlernen.

»Er sieht ängstlich aus«, erklärte Paul.

»Ich bin nicht ängstlich!«, fuhr Wan auf. »Ihr versteht das nicht! Es ist nicht interessant, in diesen Bereich zu gehen!«

»Wan, mein Lieber«, sagte Lurvy, »die Sache ist einfach die: Es lohnt sich, Risiken einzugehen, um mehr über die Hitschi zu erfahren. Ich weiß nicht, ob ich erklären kann, was das für uns bedeutet, aber das Allermindeste dabei ist, dass wir Geld dafür bekommen würden. Sehr *viel* Geld.«

»Er weiß nicht, was Geld ist«, unterbrach Paul ungeduldig. »Wan, pass auf, wir machen Folgendes: Du erzählst uns, wie wir vier die goldenen Tunnels erforschen können, ohne gefährdet zu sein.«

»Wir vier können das nicht! Eine Person kann es. Ich kann es«, prahlte er. Er war zornig geworden und zeigte es. Dieser Paul! Wan betrachtete ihn mit eher gemischten Gefühlen, aber die meisten davon waren negativer Art. Wenn Paul zu Wan etwas sagte, formte er seine Worte so sorgfältig – so verächtlich. So, als glaube er nicht, dass Wan klug genug sei, um sie zu verstehen. Wenn Wan und Janine zusammen waren, hielt Paul sich stets in der Nähe auf. Sollte Paul ein Beispiel dafür sein, wie die menschlichen Männer waren, empfand Wan keinen Stolz darauf, zu ihnen zu gehören. »Ich bin oft im Gold gewesen«, rühmte er sich, »um Bücher oder Beerenfrüchte zu holen oder einfach zu beobachten, was sie für alberne Dinge treiben. Sie sind so komisch! Aber sie sind nicht völlig dumm, wisst ihr. *Ich* kann ungefährdet hingehen. Eine Person kann es. Vielleicht auch zwei Personen, aber wenn wir alle gehen, sehen sie uns ganz bestimmt.«

»Und dann?«, fragte Lurvy.

Wan zuckte abwehrend die Achseln. Er kannte die Antwort darauf nicht und wusste nur, dass sein Vater Angst davor gehabt hatte. »Sie sind nicht interessant«, sagte er, sich selbst widersprechend.

Janine leckte ihre Finger ab und warf die leeren Beerenfruchtschalen weg.

»Ihr seid doch wirklich die Letzten«, sagte sie seufzend. »Wan? Wo tauchen diese Alten auf?«

»Immer kommen sie dahin, wo das Gold aufhört. Manchmal betreten sie das Blaue oder Grüne.«

»Na, wenn sie diese Beerenfrüchte mögen und wenn du eine Stelle kennst, wo sie hinkommen, um sie zu pflücken, warum bauen wir da nicht einfach eine Kamera auf? Wir können sie sehen, aber sie uns nicht.«

»Natürlich!«, rief Wan triumphierend. »Siehst du, Lurvy, man braucht gar nicht hinzugehen! Janine hat Recht, nur ...« Er zögerte. »Janine, was ist eine Kamera?«

Unterwegs musste Lurvy ihren ganzen Mut zusammennehmen, wenn es eine Kreuzung zu überqueren galt, und sie konnte nicht umhin, in jeden Korridor zu starren. Aber sie hörten und sahen nichts, was sich bewegt hätte. Es war so still wie in der Nahrungsfabrik, als sie diese zum ersten Mal betreten hatten, und ebenso unheimlich. Noch unheimlicher. Die Lichtadern an allen Wänden, die kleinen bepflanzten Flächen - vor allem der erschreckende Gedanke, dass irgendwo in der Nähe lebendige Hitschi sein mussten. Als sie an einem Beerenfrucht-Strauch an einer Stelle, wo Grün, Blau und Gold zusammentrafen, eine Kamera hinterlassen hatten, führte Wan sie direkt zu dem Raum, wo die Toten Menschen lebten. Das war das Wichtigste: zu dem Funk zu gelangen, der sie mit dem Rest der

Welt wieder in Verbindung bringen würde. Selbst wenn der Rest der Welt nur der alte Peter war, der grollend in der Nahrungsfabrik herumwanderte. Wenn sie nicht so viel zustande brachten, sagte sich Lurvy, hatten sie hier überhaupt nichts zu suchen und sollten lieber zum Raumschiff zurückkehren und den Heimweg antreten; es hatte keinen Sinn zu erforschen, wenn sie nicht mitteilen konnten, was gefunden worden war.

Aus diesem Grund führte Wan, dessen Mut im direkten Verhältnis zur zunehmenden Entfernung von den Alten wuchs, sie durch einen grünen Tunnel, mehrere Etagen im blauen Bereich hinauf, zu einer breiten, blauen Tür.

»Mal sehen, ob das richtig funktioniert«, sagte er und trat auf ein Pedal vor der Tür. Die Tür zögerte, seufzte, öffnete sich dann knarrend, und Wan führte sie befriedigt hinein.

Dieser Raum wirkte menschlich, obschon fremdartig. Es roch sogar menschlich, ohne Zweifel deshalb, weil Wan in seinem kurzen Leben hier so viel Zeit verbracht hatte. Lurvy nahm eine von Pauls Minikameras und steckte sie auf ihre Schulter. Die kleine Maschine nahm eine achteckige Kammer mit drei der gegabelten Hitschi-Sitze – zwei davon defekt – und einer befleckten Wand mit Hitschi-Instrumenten auf. Reihen farbiger Lichter auf Vorsprüngen. Hinter der Wand hörte man kaum wahrnehmbares Klicken und Summen. Wan zeigte darauf.

»Dahinter leben die Toten Menschen«, sagte er. »Wenn ›leben‹ das richtige Wort dafür ist.« Er kicherte.

Lurvy richtete die Kamera auf die Sitze und die geränderten Knöpfe davor, dann auf ein kuppelförmiges Klauengebilde unter der beschmierten Wand. Es war so hoch wie eine Truhe und mit weichen, etwas zusammengedrückten Zylindern versehen, also fahrbar.

»Was ist das, Wan?«

»Damit fangen mich die Toten Menschen manchmal«, murmelte er. »Sie benützen das Ding nicht sehr oft. Es ist uralt. Wenn es kaputtgeht, braucht es eine Ewigkeit, um sich wieder zu reparieren.«

Paul betrachtete die Maschine argwöhnisch und wich zurück. »Schalt deine Freunde ein, Wan!«, befahl er.

»Natürlich. Das ist nicht schwer«, prahlte Wan. »Passt genau auf, dann seht ihr, wie das gemacht wird.« Er setzte sich lässig auf den einen unbeschädigten Sessel und starrte die Steuerung stirnrunzelnd an. »Ich hole Tiny Jim«, entschied er und bediente die Anlage. Die Lämpchen an der fleckigen Wand flackerten und glühten, und Wan sagte: »Wach auf, Tiny Jim. Hier ist jemand für dich.«

Stille.

Wan machte ein finsteres Gesicht, blickte über die Schulter auf die anderen und sagte scharf: »Tiny Jim! Sprich sofort mit mir!« Er schob die Lippen vor und spuckte auf die Wand.

Lurvy begriff, woher die Flecken rührten, sagte aber nichts.

Eine müde Stimme sagte über ihren Köpfen: »Hallo, Wan.«

»Schon besser«, erklärte Wan schrill und grinste die anderen an. »Also, Tiny Jim, erzähl meinen Freunden etwas Interessantes, oder ich spuck' dich wieder an.«

»Ich wäre froh, wenn du etwas respektvoller sein könntest«, sagte die Stimme seufzend, »aber meinetwegen. Mal sehen. Auf dem neunten Planeten des Sterns Saiph gibt es eine alte Zivilisation. Ihre Herrscher sind eine Klasse von Scheißdreckräumern, die Macht ausüben, indem sie die Exkremente nur aus den Häusern jener Bürger entfernen, die ehrlich, fleißig, klug und mit ihren Steuerzahlungen nicht im Verzug sind. An ihrem Hauptfeiertag, dem sie den Namen ›Fest des Hl. Gautama‹ gegeben haben, badet die jüngste Maid jeder Familie in Sonnenblumenöl, nimmt eine Haselnuss zwischen die Zähne und betreibt rituell ...«

»Tiny Jim«, unterbrach ihn Wan, »ist das eine wahre Geschichte?«

Pause.

»In übertragenem Sinn«, erklärte Tiny Jim mürrisch.

»Du bist sehr albern«, rügte Wan den Toten Mann, »und du blamierst mich vor meinen Freunden. Pass auf. Hier sind Dorema Herter-Hall, die du Lurvy nennen wirst, und ihre Schwester Janine Herter. Und Paul. Sag guten Tag zu ihnen.«

Lange Pause.

»Sind hier andere lebende menschliche Wesen?«, fragte die Stimme endlich zweifelnd.

»Das habe ich dir doch eben gesagt.«

Wieder eine lange Pause, dann sagte die Stimme traurig: »Adieu, Wan«, und wollte nicht wieder sprechen, gleichgültig, wie laut Wan Befehle erteilte oder wie wütend er an die Wand spuckte.

»Mensch«, knurrte Paul, »ist er immer so?«

»Nein, nicht immer«, sagte Wan schrill. »Aber manchmal ist er noch schlimmer. Soll ich es bei einem anderen für euch versuchen?«

»Sind sie besser?«

»Hm, nein«, gab Wan zu. »Tiny Jim ist noch der Beste.«

Paul schloss vor Verzweiflung die Augen und öffnete sie wieder, um Lurvy anzufunkeln.

»Das ist ja großartig«, sagte er. »Weißt du, was ich langsam glaube? Ich fange an, deinem Vater Recht zu geben. Wir hätten in der Nahrungsfabrik bleiben sollen.«

Lurvy atmete tief ein.

»Das haben wir aber nicht getan«, gab sie zurück. »Wir sind hier. Sehen wir uns erst einmal achtundvierzig Stunden um, und dann ... entscheiden wir.«

Lange bevor die achtundvierzig Stunden um waren, hatten sie beschlossen zu bleiben. Zumindest für einige Zeit. Es gab im Hitschi-Himmel einfach zu viele Dinge, als dass sie ihn hätten verlassen können.

Der wichtigste Faktor bei dieser Entscheidung war der Kontakt mit Peter über den ÜLG-Funk. Niemand war auf den Gedanken gekommen, Wan zu fragen, ob seine Fähigkeit, den Hitschi-Himmel von der Nahrungsfabrik aus zu erreichen, auch bedeutete, dass er in die andere Richtung rufen konnte. Es stellte sich heraus, dass er das nicht konnte. Er hatte nie Anlass gehabt, es zu versuchen, weil dort nie jemand gewesen war, der sich hätte melden können. Lurvy und Janine schleppten Nahrung und einige unentbehrliche Dinge aus dem Schiff, unaufhörlich gegen Bedrückung und Sorgen ankämpfend. Als sie zurückkamen, fanden sie Paul voller Stolz und Wan vor Freude außer sich vor. Sie hatten die Verbindung hergestellt.

»Wie geht es ihm?«, fragte Lurvy sofort.

»Deinem Vater, meinst du? Dem geht es gut«, erwiderte Paul. »Er war schlecht gelaunt - das Alleinsein, nehme ich an. Es hat ungefähr eine Million Mitteilungen gegeben. Er hat sie als Kaskadensendung übermittelt, und ich habe sie auf Band, aber wir brauchen eine Woche, um sie alle abzuspielen.« Er kramte in den Dingen, die Lurvy und Janine mitgebracht hatten, bis er gefunden hatte, was er brauchte. Er montierte einen Digital-Bildgeber mit Anschluss an die nur akustischen ÜLG-Schaltungen. »Wir können nur Einzelbilder übertragen«, sagte er, den Blick auf die Bildmaschine gerichtet. »Aber wenn wir sehr lange hier sind, kann ich vielleicht von hier aus ein Kaskadensystem einrichten. Inzwischen haben wir Ton und ... ach ja, der Alte hat gesagt, ich soll euch einen Kuss von ihm geben.«

»Dann werden wir wohl eine Weile bleiben«, sagte Janine.

»Dann wollen wir mehr Sachen aus dem Schiff holen«, sagte ihre Schwester zustimmend. »Wan? Wo schlafen wir?«

Während Paul an der Nachrichtenverbindung arbeitete, schafften Wan und die beiden Frauen die notwendigen Dinge in eine Reihe von Kammern in den roten Korridoren. Wan war stolz darauf. Es gab Wandkojen, größer als jene im Schiff, sogar so groß, dass Paul darin schlafen konnte, wenn es ihn nicht störte, die Knie anzuziehen. Es gab einen Ort mit Toiletteneinrichtung von nicht ganz menschlichem Zuschnitt. Oder nicht von modernstem menschlichem Zuschnitt. Die Einrichtungen waren einfach glänzende Metallschlitze im Boden, wie die Hocktoiletten im Orient. Es gab sogar etwas zum Baden, ein Mittelding zwischen Tretbecken und Wanne, mit einem Mittelding zwischen Brausekopf und kleinem Wasserfall in der Wand dahinter. Wenn man hineinstieg, strömte lauwarmes Wasser heraus. Danach begannen sie alle besser zu riechen. Vor allem Wan badete auffällig oft und begann sich manchmal schon wieder zum Baden auszuziehen, bevor die letzten Tropfen unabgetrockneten Wassers vom Bad zuvor an seinem Nacken getrocknet waren. Tiny Jim hatte ihm erklärt, Baden sei der Brauch unter höflichen Leuten. Außerdem hatte Wan festgestellt, dass Janine es regelmäßig tat. Lurvy beobachtete die beiden und erinnerte sich daran, wie schwer es auf dem langen Flug von der Erde gewesen war, Janine zum Baden zu bringen. Sie sagte nichts.

Als Pilotin und damit Kapitän ernannte Lurvy sich zur Leiterin der Expedition. Sie erteilte Paul den Auftrag, die Verbindung mit ihrem Vater in der Nahrungsfabrik herzustellen und aufrechtzuerhalten, wobei Wan im Zusammenhang mit den Toten Menschen half. Sie übertrug Janine – wobei sie und Wan mitwirkten – Haushaltsarbeiten wie das Waschen ihrer Kleidung in der Wanne mit dem lauwarmen Wasser. Sie verpflichtete Wan, zusammen mit der jeweils entbehrlichen Person durch die sicheren Abschnitte des Hitschi-Himmels zu streifen und für die Übermittlung an Peter und die Erde Bild- und Tonaufnahmen zu machen. In der Regel war Janine Wans Begleiterin. Wenn jemand anderer Zeit hatte, wurden die beiden jungen Leute beaufsichtigt, aber das kam selten vor.

Janine schien weder das eine noch das andere etwas auszumachen. Sie hatte es nicht eilig, den nächsten Schritt zu tun – außer, sie berührten sich. Oder sie sah, wie er sie anstarrte. Oder sie bemerkte, wie sich sein zerfetzter Kilt vorne ausbeulte. Selbst dann waren ihre Tagträume und Hirngespinste beinahe so gut wie der nächste Schritt, zumindest vorerst. Sie spielte mit den Toten Menschen und kaute Beerenfrüchte mit ihrer braunen Schale und dem grünen Fruchtfleisch. Sie machte ihre Arbeit und wartete darauf, ein bisschen erwachsener zu werden.

Die Nachrichtenverbindung war keineswegs zufriedenstellend. Lurvy hatte Bord-Vera nicht zu schätzen gewusst, bis sie ohne den Computer auskommen musste. Sie konnte keine dringlichen Nachrichten vorziehen oder den Computer nach Themen auswählen lassen. Es gab keinen Computer, den sie benützen konnte, außer den überbeanspruchten in ihrem eigenen Kopf. Die Mitteilungen kamen wahllos durcheinander, und wenn sie antwortete oder Berichte für die Weitergabe zur Erde sandte, befürchtete sie, dass diese nicht dort landen würden, wo sie hingehörten.

Die Toten Menschen schienen im Grunde nur Ausgabe-Gehirne zu sein, die zwar zusammenwirkten, aber lediglich in begrenzter Form. Und ihre Schaltungen waren bei dem behelfsmäßigen Versuch, Verbindung mit der Nahrungsfabrik zu halten - eine Aufgabe, für die sie eigentlich nicht geschaffen waren -, noch mehr durcheinander gekommen. (Aber wofür waren sie dann geschaffen worden? Und von wem?) Wan bluffte und polterte in seiner Position als Experte und gestand dann geknickt ein, dass sie nicht mehr täten, was sie eigentlich tun sollten. Manchmal wählte er Tiny Jim an und erreichte Henrietta, ein andermal einen ehemaligen Professor für englische Literatur namens Willard, und einmal meldete sich eine Stimme, die er nie zuvor gehört hatte, fast unhörbar schwankend und flüsternd, offenbar dem Wahnsinn nahe.

»Geh zum Gold«, wimmerte Henrietta, verdrossen wie eh und je, und ohne jede Pause fuhr Tiny Jims heisere Tenorstimme dazwischen: »Sie bringen dich um! Sie wollen keine Schiffbrüchigen!«

Das war erschreckend. Zumal da Wan versicherte, Tiny Jim sei bisher der vernünftigste von allen Toten Menschen gewesen. Es verwunderte Lurvy, dass sie nicht noch mehr Angst hatte, aber es hatte so viele Schrecknisse und Ängste gegeben, dass sie schon daran gewöhnt war. Auch ihre Schaltungen waren durcheinander geraten.

Und die Mitteilungen! In einer fünf Minuten dauernden Kaskade ungestörten Empfangs hatte Paul vierzehn Stunden davon aufgenommen. Befehle von der Erde: »Alle Steuereinstellungen Fährschiff melden. Versuchen, Gewebeproben Hitschi/Alte zu beschaffen. Beerenfruchtlaub, Früchte, Stengel einfrieren und aufheben. Äußerste Vorsicht walten lassen.« Ein halbes Dutzend verschiedener Mitteilungen von ihrem Vater; er war einsam; er fühlte sich nicht wohl; er erhielt nicht die richtige medizinische Betreuung, weil sie das mobile Bioprüfgerät mitgenommen hatten; er wurde von herrischen Anweisungen überschwemmt, die von der Erde kamen. Informationen von der Erde: Ihre ersten Berichte waren aufgefangen, analysiert und für sie verarbeitet worden, und nun kamen ungezählte Vorschläge dazu, wie sie sich weiterhin verhalten mussten. Sie sollten Henrietta wegen ihrer Hinweise auf kosmologische Erscheinungen befragen – Bord-Vera schuf ein Durcheinander, und Bodenstation-Vera konnte sich nicht in Echtzeit mitteilen, während der alte Peter nicht genug von Astrophysik verstand, um die richtigen Fragen zu stellen, sodass nur sie blieben. Sie sollten alle Toten Menschen nach ihren Erinnerungen über Gateway und ihre Flüge befragen – immer vorausgesetzt, die erinnerten sich überhaupt an etwas. Sie sollten versuchen herauszufinden, wie aus lebenden Prospektoren gespeicherte Computerprogramme werden konnten. Sie sollten ... sie sollten alles tun. Alles auf einmal. Und fast nichts davon war möglich. Wenn gelegentlich eine Mitteilung klar und persönlich und anspruchslos war, freute sich Lurvy.

Und manches davon erwies sich als Überraschung. Abgesehen von den Ergüssen der Brieffreunde Janines und dem unaufhörlichen Flehen nach irgendwelchen Informationen über Trish Bover, kam eine persönliche Mitteilung für Lurvy, von Robinette Broadhead:

»Dorema, ich weiß, ihr seid überlastet. Eure ganze Mission war von Anfang an wichtig und gefährlich, und das hat sich um ein Vielfaches gesteigert. Alles, was ich von euch erwarte, ist, dass ihr tut, was ihr könnt. Ich besitze nicht die Autorität, Anweisungen der Gateway-Gesellschaft außer Kraft zu setzen. Ich kann eure vorgesehenen Ziele nicht ändern. Aber ihr sollt wissen, dass ich auf eurer Seite stehe. Stellt fest, was ihr könnt. Und ich werde alles tun, was ich kann, um dafür zu sorgen, dass ihr so vollständig und großzügig belohnt werdet, wie ihr euch das erhofft. Das ist mein Ernst, Lurvy. Ich gebe euch mein Wort darauf.«

Es war eine seltsame, sonderbar anrührende Mitteilung. Es war für Lurvy auch eine Überraschung, dass Broadhead ihren Kosenamen kannte. Sie waren keine engen Freunde gewesen. Als sie und ihre Familie für den Flug zur Nahrungsfabrik geprüft worden waren, hatte sie sich mehrmals mit Broadhead getroffen, aber ihre Beziehung war die von Bittsteller und Monarch gewesen, und viel an zwischenpersönlicher Freundschaft hatte da nicht entstehen können. Sie hatte ihn auch nicht besonders gemocht. Er war durchaus offen und freundlich – ein Multimillionär mit legerer Art, aber auf jeden Dollar achtend, den er ausgab, mit scharfem Blick auf jede Entwicklung in jedem Projekt, das er unternahm. Es gefiel ihr nicht, von einem launischen Finanzgiganten abhängig zu sein.

Und wenn sie ehrlich war, hatte sie sich zu ihren Begegnungen mit einem leichten Vorurteil eingefunden. Sie hatte von Robinette Broadhead längst gehört, bevor er in ihrem Leben eine Rolle zu spielen begann. Während ihrer Zeit auf Gateway war sie einmal mit einer älteren Frau in einem Dreier-Schiff hinausgeflogen, und diese Frau war einmal mit Gelle-Klara Moynlin unterwegs gewesen. Von ihr hatte Lurvy die Geschichte von Broadheads letztem Flug erfahren, von jenem, der ihn zum Multimillionär gemacht hatte. Es war etwas Fragwürdiges dabei. Neun Personen waren bei diesem Flug umgekommen. Broadhead war der einzige Überlebende gewesen. Und zu den Opfern hatte Gelle-Klara Moynlin gehört, die (so behauptete die alte Frau) Broadhead geliebt habe. Vielleicht war es Lurvys eigene Erfahrung mit einer Mission, die fast die ganze Besatzung das Leben gekostet hatte, die ihr Misstrauen hervorgerufen hatte. Aber vorhanden war es.

Das Sonderbare am Broadhead-Flug war, dass für die Opfer das Wort »sterben« vielleicht nicht das richtige sein mochte. Klara und die anderen waren in ein Schwarzes Loch geraten und befanden sich womöglich noch dort, waren vielleicht noch am Leben – Gefangene der verlangsamten Zeit, vielleicht nach all den Jahren nur wenige Stunden älter.

Was verbarg sich also hinter Broadheads Nachricht an Lurvy? Wollte er sie alle drängen, einen Weg zu finden, mit dem man in Gelle-Klara Moynlins Gefängnis eindringen konnte? Kannte er selbst einen? Lurvy vermochte das nicht zu beurteilen, aber zum ersten Mal sah sie ihren Arbeitgeber als menschliches Wesen. Der Gedanke war rührend. Die Angst Lurvys verringerte sich dadurch nicht, aber sie fühlte sich vielleicht nicht mehr ganz so allein. Als sie Paul im Raum der Toten Menschen einen Stapel Aufzeichnungsbänder brachte, damit er sie bei Gelegenheit im Schnellverfahren übermittelte, umarmte sie ihn und drückte ihn an sich, was ihn maßlos überraschte.

Als Janine von einem Ausflug mit Wan in den Raum der Toten Menschen zurückkam, veranlasste irgendetwas sie, leise zu sein. Sie schaute unbemerkt hinein und sah ihre Schwester und ihren Schwager bequem an einer Wand sitzen und halb dem irren Geplapper der Toten Menschen zuhören, halb auf träge Weise miteinander sprechend. Sie drehte sich um, legte den Finger an ihre Lippen und führte Wan fort.

»Ich glaube, sie wollen allein sein«, erklärte sie ihm. »Außerdem bin ich müde. Machen wir eine Pause.«

Wan zog die Schultern hoch. Sie fanden eine geeignete Stelle an einer Korridorkreuzung, dreißig, vierzig Meter entfernt, und er ließ sich nachdenklich neben dem Mädchen nieder.

»Vereinigen sie sich?«, fragte er.

»Mensch, Wan, du denkst auch immer nur an das eine.« Aber sie ärgerte sich nicht und ließ zu, dass er nah an sie heranrückte, bis eine Hand sich ihrer Brust näherte. »Hör auf damit«, sagte sie ruhig.

Er zog die Hand zurück.

»Du bist sehr verstört, Janine«, sagte er schmollend.

»Ach, lass mich in Ruhe.« Aber als er einige Millimeter wegrückte, schob sie sich wieder ein bisschen näher heran. Sie war ganz zufrieden damit, dass er sie begehrte. Beinahe zwei Monate Zusammensein mit ihm hatten dazu geführt, dass sie ihn mochte und ihm sogar vertraute, und alles andere hatte Zeit. Sie genoss seine Gegenwart.

Selbst wenn er mürrisch war.

»Du machst nicht richtig mit«, beklagte er sich.

»Wobei, Herrgott noch mal?«

»Du solltest mit Tiny Jim reden«, sagte er streng. »Er wird dir eine bessere Strategie im Fortpflanzungsrennen erklären. Er hat mir die männliche Rolle genau erklärt, sodass ich sicher bin, richtig mitmachen zu können. Die deine ist natürlich eine andere. Im Grunde wäre es für dich das Beste, wenn du mir erlaubst, dass ich mit dir kopuliere.«

»Ja, das hast du schon gesagt. Weißt du was, Wan? Du redest zu viel.«

Er schwieg einen Augenblick verwirrt. Gegen diese Anschuldigung konnte er sich nicht verteidigen. Er wusste nicht einmal, weshalb es eine Anschuldigung war. Er ging alles durch, was Tiny Jim ihm beigebracht hatte, dann hellte sich sein Gesicht auf.

»Ich verstehe. Du willst zuerst küssen«, sagte er.

»Nein! Ich will nicht ›zuerst‹ küssen, und nimm dein Knie von meiner Blase!«

Er ließ sie ungern los.

»Janine, enge Berührung ist für ›Liebe‹ unentbehrlich. Das gilt für die niedrigen Arten so gut wie für uns. Hunde schnüffeln. Primaten putzen sich. Reptilien ringeln sich umeinander. Sogar Rosenschößlinge drängen sich an die reife Pflanze. Tiny Jim sagt das. Allerdings hält er das nicht für eine sexuelle Regung. Aber du verlierst das Fortpflanzungsrennen, wenn du nicht aufpasst, Janine.«

Sie kicherte.

»Gegen wen? Gegen die alte, tote Henrietta?«

Aber er machte ein finsteres Gesicht, und sie hatte Mitgefühl für ihn.

Sie setzte sich auf und sagte sehr freundlich: »Du hast ein paar wirklich falsche Vorstellungen, weißt du das? Das Letzte, was ich will, falls wir je zu deiner gottverdammten Vereinigung kommen, ist, dass es an einer Stelle wie dieser passiert.«

»Passiert?«

»Dass ich schwanger werde«, erwiderte sie. »Das gottverdammte Fortpflanzungsrennen gewinnen. Ach, Wan«, sagte sie und wühlte in seinen Haaren, »du weißt überhaupt nicht, was gespielt wird. Ich wette, wir beide werden uns irgendwann ganz wild vereinigen, und vielleicht heiraten wir sogar und werden das alte Fortpflanzungsrennen haushoch gewinnen. Aber im Augenblick bist du eine Rotznase, und ich bin auch eine. Du willst dich gar nicht fortpflanzen. Du willst nur Liebe machen.«

»Hm, das stimmt, ja, aber Tiny Jim ...«

»Hörst du jetzt mit Tiny Jim auf?« Sie stand auf, betrachtete ihn eine Weile und sagte zärtlich: »Weißt du was? Ich gehe zurück zu den Toten Menschen. Warum liest du nicht inzwischen ein Buch, damit du dich abkühlst?«

»Du bist albern«, schimpfte er. »Ich habe hier kein Buch und kein Lesegerät.«

»Ach, Mensch, dann geh irgendwohin und hol dir einen runter, damit dir wohler wird.«

Wan sah zu ihr auf und richtete den Blick auf seinen frischgewaschenen Kilt. Da war keine Wölbung sichtbar, aber ein heller, feuchter Fleck. Er grinste.

»Ich glaube, ich muss gar nicht mehr«, sagte er.

Bis sie zurückkamen, kuschelten Paul und Lurvy sich nicht mehr zärtlich aneinander, aber Janine konnte erkennen, dass sie friedlicher gesinnt waren als sonst. Was Lurvy an Wan und Janine zu entdecken vermochte, war weniger greifbar. Sie betrachtete sie nachdenklich, überlegte, ob sie fragen sollte, was sie getrieben hatten, entschied sich aber dagegen. Paul war außerdem weit mehr an dem interessiert, was sie eben entdeckt hatten.

»He, ihr zwei, hört euch das an«, sagte er. Er wählte Henriettas Nummer, wartete, bis ihre weinerliche Stimme unsicher »Hallo« sagte, und fragte dann: »Wer bist du?«

Die Stimme wurde kräftiger.

»Ich bin eine Computeranalogie«, sagte sie entschieden. »Als ich noch lebte, war ich Mrs. Henrietta Meacham, die Frau von Arnold Meacham, Mission Orbit 74, Tag 19. Ich bin Bakkalaureus der Naturwissenschaft und Magister und

Doktor rer. nat. der Universität Pennsylvania, und meine Spezialdisziplin ist Astrophysik. Nach zweiundzwanzig Tagen dockten wir an einem künstlichen Gebilde an und wurden von den Bewohnern gefangen genommen. Zum Zeitpunkt meines Todes war ich achtunddreißig Jahre alt, zwei Jahre jünger als ...« Die Stimme stockte. »... Doris Filgren, unsere Pilotin, die ...« Sie zögerte wieder. »... die mein Mann ... offenbar ... die eine Affäre mit ... die ...« Die Stimme begann zu schluchzen, und Paul schaltete sie ab.

»Na ja, es ist nicht von Dauer«, meinte er, »aber immerhin. Die dumme alte Vera hat für sie eine Art Verbindung mit der Wirklichkeit geschaffen. Und nicht nur für sie. Hast du den Namen deiner Mutter gekannt, Wan?«

Der Junge starrte ihn mit vorquellenden Augen an.

»Den Namen meiner Mutter?«, sagte er schrill.

»Oder irgendeinen der anderen. Tiny Jim, zum Beispiel. Er war in Wirklichkeit ein Flugzeugpilot von der Venus, der zuerst nach Gateway und dann hierher kam. Er heißt James Cornwell. Willard war Englischlehrer. Er unterschlug Geld seiner Studenten, um nach Gateway zu gelangen – natürlich hatte er nicht viel davon. Bei seinem ersten Flug landete er hier. Die Computer auf der Erde haben für Vera ein Befragungsprogramm geschrieben, und sie arbeitete die ganze Zeit daran, und ... was ist los, Wan?«

Der Junge befeuchtete die Lippen.

»Den Namen meiner Mutter?«, wiederholte er.

»Oh, Verzeihung«, entschuldigte sich Paul. Es war ihm nicht in den Sinn gekommen, dass Wans Gefühle betroffen sein könnten. »Sie hieß Elfega Tamorra. Aber zu den Toten Menschen scheint sie nicht zu gehören, Wan. Ich weiß nicht, woran das liegt. Und dein Vater – tja, das ist seltsam. Dein wirklicher Vater war tot, bevor sie hierher kam. Der Mann, von dem du sprichst, muss ein anderer sein, aber ich weiß nicht, wer. Hast du eine Ahnung?« Wan zuckte mit den Schultern. »Ich meine, warum deine Mutter oder dein ... Stiefvater nicht gespeichert zu sein scheinen?«

Wan spreizte die Hände.

Lurvy trat zu ihm. Der arme Junge! Sie legte den Arm

um ihn, weil er so elend aussah, und sagte: »Für dich muss das ein Schock sein, Wan. Ich bin sicher, wir erfahren noch viel mehr.« Sie wies auf das Durcheinander von Rekordern, Verschlüsslern und Prozessoren, das den früher leeren Raum ausfüllte. »Alles, was wir feststellen, geht zurück zur Erde«, sagte sie. Er blickte höflich zu ihr auf, aber nicht mit dem größten Verständnis, als sie versuchte, den riesigen Komplex von Anlagen zur Verarbeitung von Informationen auf der Erde zu erklären, wie dieser systematisch alle Daten analysierte und mit anderen verglich, die vom Hitschi-Himmel und aus der Nahrungsfabrik kamen – ganz zu schweigen von allen übrigen Daten, gleichgültig, woher sie stammten. Bis Janine sich einmischte.

»Ach, lasst ihn in Ruhe. Er versteht genug«, sagte sie. »Lass ihn das erst einmal verdauen.« Sie kramte im Nahrungsbehälter nach einem der schiefergrünen Päckchen und meinte beiläufig: »Warum tutet dieses Ding eigentlich?«

Paul horchte, dann sprang er zu seinen Geräten. Der an ihre Kamera angeschlossene Monitor gab ein schwaches Piepen von sich. Er drehte ihn herum, damit alle ihn sehen konnten, während er vor sich hin fluchte.

Es war die am Beerenfrucht-Strauch zurückgelassene Kamera, die geduldig den unveränderten Schauplatz ablichtete und ein Alarmzeichen gab, wenn sie eine Bewegung wahrnahm.

Das war jetzt der Fall. Ein Gesicht starrte sie vom Schirm her an.

Lurvy spürte, wie ein Schauer des Entsetzens über ihren Rücken kroch.

»Hitschi«, stieß sie hervor.

Aber wenn das zutraf, zeigte das Gesicht keine Spur davon, dass sich dahinter ein Geist verbarg, der eine ganze Galaxis zu kolonisieren vermochte. Das Wesen schien auf allen vieren zu stehen, starrte finster in die Kamera, und hinter ihm befanden sich vier oder fünf andere. Das Gesicht besaß kein Kinn. Die Stirn wölbte sich unter einer flaumigen Kopfbehaarung; im Gesicht waren mehr Haare als auf dem Kopf. Wenn der Schädel einen Hinterhauptswulst besessen hätte, wäre das Wesen einem Gorilla ähnlich gewesen. Alles in allem war es der Nachbildung des Schiffscomputers aufgrund von Wans Beschreibung nicht allzu unähnlich, aber von gröberem, tierischerem Aussehen. Trotzdem waren sie keine Tiere. Als das Gesicht sich auf die Seite drehte, sah Lurvy, dass die anderen, die sich um den Beerenfrucht-Strauch drängten, das trugen, was noch kein Tier freiwillig angelegt hatte: Sie waren bekleidet. Es gab sogar Andeutungen von Modischem in ihrer Kleidung, Farbflicken, auf ihre Röcke genäht, was wie Tätowierungen aussah; sogar eine Kette mit scharfkantigen Perlen trug eines der männlichen Wesen.

»Ich nehme an, dass sogar die Hitschi mit der Zeit degenerieren können«, sagte Lurvy mit schwankender Stimme. »Und Zeit genug hatten sie.«

Das Bild auf dem Schirm schwankte stark.

»Hol ihn der Teufel«, knurrte Paul. »So degeneriert ist er nicht, dass ihm die Kamera nicht auffiele. Er hat sie hochgehoben. Wan, glaubst du, sie wissen, dass wir hier sind?«

Der Junge zuckte uninteressiert die Achseln.

»Natürlich. Das haben sie immer getan, weißt du. Es kümmert sie aber nicht.«

Lurvys Herz setzte kurz aus.

»Was meinst du damit, Wan? Woher weißt du, dass sie uns nicht jagen?«

Das Bild wurde ruhiger; der Alte, der die Kamera ergriffen hatte, reichte sie einem zweiten Wesen. Wan blickte hinüber und meinte: »Ich hab' es euch gesagt, sie kommen in diesen blauen Abschnitt fast nie. Ins Rote gar nicht, und es gibt keinen Grund, ins Grüne zu gehen. Da funktioniert nichts, nicht einmal die Nahrungsschächte oder die Lesegeräte. Sie bleiben fast immer im Gold. Außer, sie haben dort alle Beerenfrüchte gegessen und wollen noch mehr davon.«

Aus dem Lautsprecher des Monitors klang ein maunzender Schrei, und wieder schwankte das Bild. Es erstarrte kurz, als es eine der weiblichen Alten zeigte, die am Finger saugte; dann griff sie mit bösem Blick nach der Kamera. Das Bild verschwand.

»Paul, was haben sie gemacht?«, fragte Lurvy scharf.

»Das Ding demoliert, nehme ich an«, sagte er, während er vergeblich an den Knöpfen drehte. »Die Frage ist, was machen *wir* jetzt? Haben wir hier nicht genug getan? Sollten wir uns nicht überlegen, ob wir zurückfliegen?«

Lurvy dachte darüber nach, wie alle anderen. Aber so gründlich sie Wan auch befragten, der Junge blieb störrisch dabei, dass es nichts zu fürchten gebe. Die Alten hätten ihm in den Korridoren mit den roten Lichtadern niemals etwas getan. In den grünen hätte er sie nie gesehen – allerdings sei er dort auch kaum hingegangen. Selten im Blauen. Und ja, natürlich wüssten sie, dass hier Leute seien – die Toten Menschen versicherten ihm, dass die Alten Maschinen besäßen, die überall lauschten und manchmal auch Ausschau hielten – wenn sie nicht defekt waren. Das sei ihnen einfach nicht wichtig.

»Wenn wir nicht ins Gold gehen, stören sie uns nicht«, erklärte er entschieden. »Außer, natürlich, sie kommen heraus.«

»Wan«, fauchte Paul, »ich kann dir gar nicht sagen, wie zuversichtlich mich das macht.«

Aber es stellte sich heraus, dass das nur die Art und Weise des Jungen war auszudrücken, dass die Aussichten sehr günstig seien.

»Ich gehe oft in den goldenen Bereich, damit es spannend wird«, prahlte er. »Und wegen der Bücher. Ich bin nie erwischt worden, versteht ihr?«

»Und was ist, wenn die Hitschi herkommen, damit es spannend wird oder weil sie Bücher wollen?«, fragte Paul erbost.

»Bücher! Was würden sie mit Büchern anfangen? Vielleicht wegen der Beerenfrüchte. Manchmal gehen sie mit den Maschinen – Tiny Jim sagt, sie sollen das reparieren, was defekt ist. Aber nicht immer. Und die Maschinen arbeiten nicht sehr gut. Außerdem kann man sie von weitem hören.«

Sie saßen alle eine Weile stumm da und sahen einander

an. Schließlich sagte Lurvy: »Ich sehe das so. Wir bleiben noch eine Woche. Das ist wohl nicht zu gefährlich. Wir haben - wie viele sind es, Paul? - noch fünf Kameras. Wir stellen sie an verschiedenen Orten auf, schließen sie an den Monitor hier an und lassen sie in Ruhe. Wenn wir aufpassen, können wir sie vielleicht so verstecken, dass die Hitschi sie nicht finden. Wir erkunden alle roten Tunnels, weil die ungefährlich sind, und von den blauen und grünen so viele, wie wir können. Nehmen Proben. Machen Aufnahmen. Ich will mir diese Reparaturmaschinen ansehen. Und wenn wir so viel bewältigt haben, wie wir können, werden wir ... werden wir sehen, wie viel Zeit uns bleibt. Dann entscheiden wir, ob wir in den goldenen Bereich gehen.«

»Aber nicht länger als eine Woche. Von jetzt an«, sagte Paul. Er beharrte nicht darauf. Er wollte nur sichergehen, dass er richtig verstanden hatte.

»Nicht länger«, bestätigte Lurvy, und Janine und Wan nickten.

Aber achtundvierzig Stunden später waren sie trotzdem im goldenen Bereich.

Sie hatten beschlossen, die beschädigte Kamera auszuwechseln, und gingen zu viert zu der Dreifachkreuzung, wo der Beerenfrucht-Strauch stand, bar aller reifen Früchte. Wan war der Erste, Hand in Hand mit Janine. Sie machte sich los, um auf die zerstörte Kamera zuzueilen.

»Sie haben sie völlig zertrümmert«, sagte sie staunend. »Du hast uns nicht erzählt, dass sie so stark sind, Wan. Schau mal, ist das Blut?«

Paul riss ihr das Gerät aus der Hand, drehte es um und starrte die schwarze Kruste an einer Kante stirnrunzelnd an.

»Sieht so aus, als hätten sie versucht, die Kamera zu öffnen«, sagte er. »Ich glaube nicht, dass ich das mit bloßen Händen könnte. Er muss irgendwie abgerutscht sein und sich verletzt haben.«

»O ja«, sagte Wan mit schriller Stimme zerstreut, »sie sind sehr stark.« Seine Aufmerksamkeit galt nicht der Kamera. Er starrte in den langen goldenen Korridor, schnupperte und horchte auf ferne Geräusche.

»Du machst mich nervös«, sagte Lurvy. »Hörst du etwas?«

Er hob gereizt die Schultern.

»Man riecht sie, bevor man sie hört, aber nein, ich rieche nichts. Sie sind nicht sehr nah. Und ich habe keine Angst. Ich komme oft hierher, um Bücher zu holen oder zu beobachten, was sie Komisches treiben.«

»Glaub' ich«, sagte Janine und nahm Paul die alte Kamera ab, während er nach einem Versteck für die neue suchte. Viele Stellen gab es nicht. Die Hitschi waren kärglich eingerichtet.

Wan brauste auf.

»Ich bin den Korridor hinuntergegangen, so weit ich sehen kann«, prahlte er. »Sogar dahin, wo die Bücher sind, ganz weit unten – seht ihr? Manche sind im Korridor.«

Lurvy blickte hinunter, wusste aber nicht genau, was Wan meinte. An die fünfzig Meter entfernt gab es einen Haufen von glitzerndem Zeug, aber keine Bücher. Paul, der das Schutzband von einem Klebehaken abzog, um ihn an der Wand so hoch wie möglich anzubringen, sagte: »Wie du immer mit deinen Büchern angibst. Ich habe sie gesehen, weißt du. ›Moby Dick‹ und ›Don Quichotte‹. Was sollten die Hitschi damit anfangen?«

»Du bist dumm, Paul«, erklärte Wan würdevoll. »Das sind nur die, die mir die Toten Menschen gegeben haben, nicht die richtigen Bücher. *Das* sind die richtigen Bücher.«

Janine sah ihn verwundert an, dann ging sie ein paar Schritte in den Tunnel hinein.

»Das sind keine Bücher!«, rief sie über die Schulter.

»Aber natürlich! Ich sag' dir, es sind Bücher!«

»Nein, es sind keine! Komm selber her!« Lurvy öffnete den Mund, um sie zurückzurufen, zögerte und folgte ihr. Der Korridor war leer, und Wan wirkte nicht aufgeregter als sonst. Schon auf halbem Weg zu dem glitzernden Haufen erkannte Lurvy, was sie vor sich hatte, und eilte zu Janine, um einen der Gegenstände aufzuheben.

»Wan«, sagte sie, »das kenne ich. Das sind Hitschi-Gebetsfächer. Auf der Erde gibt es hunderte davon.«

»Nein, nein!« Er wurde zornig. »Warum sagt ihr, dass ich lüge?«

»Ich sage nicht, dass du lügst, Wan.« Sie entrollte das Ding in ihren Händen. Es glich einer spitz zulaufenden Schriftrolle aus Kunststoff; in ihren Händen öffnete sie sich mühelos, schnurrte aber, losgelassen, sofort wieder zusammen. Es war der häufigste Gegenstand der Hitschi-Kultur, zu Dutzenden in den verlassenen Tunnels auf der Venus gefunden, von Gateway-Prospektoren bei jedem erfolgreichen Flug mitgebracht. Niemand war je dahinter gekommen, was die Hitschi damit machten; und ob der Name, den sie ihnen gegeben hatten, passte, wussten nur die Hitschi. »Man nennt sie ›Gebetsfächer‹, Wan.«

»Nein, nein«, sagte er gereizt, nahm ihn ihr weg und marschierte in die Kammer. »Man betet nicht damit. Man liest sie. So.« Er begann die Rolle in eines der tulpenförmigen Gebilde in der Wand zu stecken, warf einen Blick darauf und ließ sie fallen. »Das ist kein gutes«, sagte er und kramte in dem Haufen von Fächern am Boden. »Warte. Ja. Das ist auch nicht gut, aber wenigstens etwas, das man erkennen kann.« Er schob die Rolle in die Tulpe hinein. Es gab ein kaum hörbares elektronisches Flüstern, dann verschwanden Tulpe und Rolle. Eine zitronenförmige Farbwolke hüllte sie ein und formte sich zu einem gebundenen Buch, aufgeschlagen auf einer Seite mit vertikalen Schriftzeichen. Eine blecherne Stimme – eine menschliche Stimme! – begann in einer ratternden, vokalreichen Sprache etwas vorzutragen.

Lurvy konnte die Worte nicht verstehen, aber zwei Jahre auf Gateway hatten sie zu einer Weltbürgerin gemacht. Sie ächzte: »Ich ... ich glaube, das ist Japanisch. Und das sieht aus wie ein Haiku. Wan, was machen die Hitschi mit Büchern in Japanisch?«

Er sagte überlegen: »Das sind nicht wirklich die alten, Lurvy, das sind nur Kopien anderer Bücher. Die guten sind alle so. Tiny Jim sagt, alle Bänder und Bücher der Toten

Menschen - aller Toten Menschen, selbst derjenigen, die nicht mehr hier sind - wurden darin gespeichert. Ich lese sie die ganze Zeit.«

»Mein Gott«, sagte Lurvy. »Und wie oft habe ich so etwas in der Hand gehabt und nicht gewusst, wozu es gut sein soll!«

Paul schüttelte staunend den Kopf. Er griff in das leuchtende Bild und zog den Fächer aus der Tulpe. Das ging mühelos; das Bild verschwand, die Stimme hörte mitten im Wort auf, und er drehte die Rolle mit den Händen immer wieder, um sie genau zu betrachten.

»Das begreife ich nicht«, sagte er. »Jeder Wissenschaftler auf der Welt hat sich mit diesen Dingern befasst. Wie kommt es, dass nie jemand erkannt hat, was das ist?«

Wan zog die Schultern hoch. Er war nicht mehr wütend; er genoss den Triumph, diesen Leuten zu zeigen, wie viel mehr er wusste als sie.

»Vielleicht sind sie auch dumm«, erklärte er mit schriller Stimme, dann fügte er nachsichtiger hinzu: »Oder vielleicht hatten sie nur solche, die niemand verstehen kann - außer möglicherweise die Alten, wenn die sich überhaupt die Mühe machen, sie zu lesen.«

»Hast du davon eines zur Hand, Wan?«, fragte Lurvy.

Er bewegte gereizt die Schultern.

»Damit gebe ich mich nie ab«, erwiderte er. »Aber wenn ihr mir nicht glaubt ...« Er kramte in dem Haufen, und seine Miene verriet, dass sie Zeit mit Dingen vergeudeten, die er schon erkundet und für unwichtig befunden hatte. »Ja, ich glaube, das ist eine von den wertlosen.«

Als er sie in die Tulpe schob, war das Hologramm, das erschien, sehr hell - und verwirrend. Es war so schwer zu begreifen wie das Farbenspiel an der Steuerung eines Hitschi-Raumschiffes. Noch schwerer. Sonderbare, oszillierende Linien, die einander umschlangen, mit aufsprühenden Farben auseinander zuckten und sich wieder vereinigten. Wenn das eine geschriebene Sprache war, hatte sie mit jedem westlichen Alphabet so viel Ähnlichkeit wie die Keilschrift. Noch weniger Ähnlichkeit. Alle Erdensprachen besaßen Gemeinsames, und sei es nur das eine, dass sie fast alle durch Symbole auf einer ebenen Fläche dargestellt wurden. Dies hier sollte offenbar in drei Dimensionen wahrgenommen werden. Begleitet war es von einer Art unregelmäßigem, moskitoartigem Summen, wie Telemetrie, die aus Versehen von einem Taschenradio aufgefangen wurde. Alles in allem wirkte es ziemlich entnervend.

»Ich hatte nicht angenommen, dass es euch gefällt«, meinte Wan hämisch.

»Stell das ab, Wan«, sagte Lurvy und fügte danach energischer hinzu: »Wir müssen mitnehmen, was wir tragen können. Paul, zieh dein Hemd aus. Nehmt, was ihr schleppen könnt, und schafft es in den Raum der Toten Menschen. Und nehmt die alte Kamera auch mit. Gebt sie dem Bioprüfgerät, damit wir sehen, was es mit dem Hitschi-Blut anfangen kann.«

»Und was wollt ihr tun?«, fragte Paul, aber er hatte seine Bluse schon ausgezogen und füllte sie mit den glitzernden »Büchern«.

»Wir kommen gleich nach. Geh du, Paul. Wan, kannst du unterscheiden, was das jeweils ist – ich meine, welche diejenigen sind, mit denen du dich nicht abgibst?«

»Natürlich kann ich das, Lurvy. Sie sind viel älter, manchmal ein bisschen abgesplittert – wie du sehen kannst.«

»Gut. Ihr zwei zieht eure Überkleidung auch aus – so viel ihr braucht, um einen Tragesack daraus zu machen. Los. Züchtig sind wir ein andermal«, sagte sie und zog ihre Kombination aus. Sie trug BH und Höschen und machte Knoten in Ärmel und Beine des Kleidungsstücks. Sie konnte mindestens fünfzig oder sechzig Fächer darin transportieren. Mit Wans Tunika und Janines Gewand vermochten sie mindestens die Hälfte der Gegenstände mitzunehmen. Und das sollte genug sein. Lurvy wollte nicht gierig werden. Außerdem gab es in der Nahrungsfabrik noch viele davon – obwohl es vermutlich diejenigen waren, welche Wan hingebracht hatte, also nur solche, die er hatte verstehen können.

»Gibt es in der Nahrungsfabrik Lesegeräte, Wan?«

»Natürlich«, sagte er. »Weshalb sollte ich sonst Bücher mit dorthin nehmen?« Er kramte gereizt in den Fächern und murmelte vor sich hin, während er Janine und Lurvy die ältesten, »nutzlosesten« hinwarf. »Mir ist kalt«, klagte er.

»Uns allen. Du hättest ruhig einen Büstenhalter anziehen können, Janine«, sagte Lurvy und sah ihre Schwester strafend an.

»Ich hatte ja nicht vor, mich auszuziehen«, erwiderte Janine empört. »Wan hat Recht. Mich friert auch.«

»Es dauert ja nicht lange. Beeil dich, Wan. Du auch, Janine. Mal sehen, wie schnell wir die Hitschi-Exemplare herausfinden.«

Sie hatten ihre Kombination fast schon gefüllt, und Wan begann, mit finsterer Miene und würdevoll nur mit seinem Kilt bekleidet, die Fächer in seine Tunika zu stopfen. In den Kilt könnte man auch noch ein paar Dutzend hineinlegen, dachte Lurvy. Schließlich trug er ja einen Lendenschurz darunter. Aber sie konnten zufrieden sein. Paul hatte mindestens schon dreißig oder vierzig Stück mitgenommen. Ihre Kombination schien fast fünfundsiebzig Stück fassen zu können. Außerdem blieb immer noch die Möglichkeit, den Rest bei einer anderen Gelegenheit abzuholen, wenn sie wollten.

Lurvy war jedoch nicht der Meinung, dass sie sich dazu entschließen würde. Was genug war, war genug. Gleichgültig, was sie im Hitschi-Himmel noch tun mochten, eine unbezahlbare Tatsache stand schon fest: Die Gebetsfächer waren Bücher! Zu wissen, dass dem so war, bedeutete die halbe Arbeit; mit dieser Gewissheit würden die Wissenschaftler ohne Zweifel in der Lage sein, das Geheimnis zu enträtseln, wie man sie las. Außerdem gab es die Lesegeräte in der Nahrungsfabrik; schlimmstenfalls konnten sie jeden Fächer in Ton und Bild aufzeichnen und von Vera zur Erde übermitteln lassen. Vielleicht konnten sie auch eine Lesemaschine ausbauen und mitnehmen. Und zurückfliegen würden sie, das stand für Lurvy plötzlich fest. Wenn sie keinen Weg fanden, die Nahrungsfabrik zu steuern, würden sie das Gebilde verlassen. Niemand konnte ihnen das verdenken. Sie hatten genug geleistet. Wenn mehr nötig sein sollte, konnten andere nachkommen, aber in der Zwischenzeit ... in der Zwischenzeit würden sie wertvollere Geschenke mitbringen als irgendein anderes menschliches Wesen seit der Entdeckung des Gateway-Asteroiden. Sie würden entsprechend belohnt werden, daran gab es keinen Zweifel - sie hatte sogar Robinette Broadheads Wort dafür. Zum ersten Mal, seitdem sie auf der sengenden Flamme ihrer Startraketen den Mond verlassen hatte, wagte Lurvy, sich als eine Person zu sehen, die nicht nach dem großen Preis strebte, sondern ihn gewonnen hatte. Wie glücklich würde ihr Vater sein ...

»Das genügt«, sagte sie und half Janine, den von Fächern überquellenden Sack hochzuheben. »Wir bringen sie sofort ins Schiff.«

Janine presste das große Bündel an ihre kleinen Brüste und packte noch ein paar Fächer mit der freien Hand.

»Das klingt so, als wollten wir heimfliegen«, meinte sie.

»Kann schon sein.« Lurvy grinste. »Wir werden uns natürlich zusammensetzen und entscheiden müssen ... Wan? Was ist denn?«

Er stand am Eingang, die Tunika voller Fächer unter dem Arm. Und wirkte niedergeschlagen.

»Wir haben zu lange gewartet«, flüsterte er. »An den Beerenfrüchten sind Alte.«

»O *nein*.«

Aber so war es. Lurvy schaute vorsichtig in den Tunnel hinaus, und da waren sie und starrten in die Kamera, die Paul an der Wand befestigt hatte. Eines der Wesen griff hinauf und riss sie mühelos heraus, während sie zusah. »Wan, gibt es noch einen anderen Weg?«

»Ja, durch das Gold, aber ...« Er schnupperte. »Ich glaube, da sind auch welche. Ich kann sie riechen und, ja, hören!«

Auch das traf zu; Lurvy hörte in der Ferne sanftes, hohes Grunzen von dort, wo der Korridor eine Biegung machte.

»Es bleibt uns keine Wahl«, erklärte sie. »Auf dem Weg, auf dem wir hergekommen sind, gibt es nur zwei. Wir überraschen sie und boxen uns einfach durch. Los!« Sie schleppte die Fächer mit und trieb die beiden anderen vor sich her. Die Hitschi mochten stark sein, aber Wan hatte erklärt, dass sie langsam waren. Mit ein bisschen Glück ...

Sie hatten keines. Als sie die Öffnung erreichten, sahen sie, dass es mehr waren als zwei, ein halbes Dutzend mehr, die herumstanden und sie von den Zugängen der anderen Korridore aus anstarrten.

»Paul!«, schrie sie in die Kamera. »Wir sitzen in der Falle! Steig ins Schiff, und wenn wir nicht entkommen ...« Mehr konnte sie nicht sagen, weil die Hitschi sich auf sie stürzten – und, ja, sie waren wirklich stark!

Sie wurden durch ein halbes Dutzend Etagen hinaufgetrieben, an jedem Arm einen Gegner. Die Wesen zirpten miteinander und achteten weder auf ihre Worte noch auf ihre Gegenwehr. Wan sagte nichts. Er ließ sich einfach mitziehen bis hin zu einem großen, offenen, spindelförmigen Raum, wo noch ein Dutzend Alte wartete, hinter ihnen eine riesige, blau leuchtende Maschine.

Glaubten die Hitschi an den Sinn von Opferungen? Oder führten sie mit Gefangenen Experimente durch? Würden sie als Tote Menschen enden, plappernd und besessen, bereit, die nächste Gruppe von Besuchern zu empfangen? Lurvy hielt alle diese Fragen für interessant und wusste auf keine eine Antwort. Noch fürchtete sie sich nicht. Ihre Gefühle hatten die Fakten noch nicht eingeholt; es lag zu kurz zurück, dass sie sich gestattet hatte, Triumph zu empfinden. Die Erkenntnis der Niederlage brauchte Zeit.

Die Alten zirpten miteinander, wiesen auf die Gefangenen, auf die Korridore und die große stumme Maschine, die einem Kampfpanzer ohne Geschütz glich. Ein Albtraum. Lurvy konnte nichts davon begreifen, obwohl die Situation als solche klar genug war. Nach minutenlangem Geschnatter wurden sie in einen kleinen Raum geschoben und fanden darin – wie erstaunlich! – ganz vertraute Objekte. Hinter der geschlossenen Tür ging Lurvy sie durch – Kleidung, ein Schachspiel, längst ausgetrocknete Rationen. In einer Schuhspitze steckte ein dickes Bündel brasilianischer Geldscheine, über eine Viertelmillion Dollar, schätzte sie. Sie waren hier nicht die ersten Gefangenen! Aber im ganzen Durcheinander war von einer Waffe nichts zu sehen. Sie wandte sich an Wan, der blass war und zitterte.

»Was wird geschehen?«, fuhr sie ihn an.

Er wackelte mit dem Kopf wie ein Alter. Das war die einzige Antwort, die er geben konnte.

»Mein Vater ...«, begann er und musste schlucken, bevor er weitersprechen konnte. »Sie haben meinen Vater einmal gefasst und, ja, sie haben ihn wirklich wieder gehen lassen. Aber ich glaube nicht, dass das die Regel ist, weil mein Vater zu mir sagte, ich dürfte mich nie erwischen lassen.«

»Wenigstens ist Paul entkommen«, sagte Janine. »Vielleicht ... vielleicht kann er Hilfe bringen ...« Aber sie verstummte und erwartete keine Antwort. Jede hoffnungsvolle Antwort wäre ein Hirngespinst gewesen. Wenn Hilfe kam, dann nicht bald. Sie begann die alte Kleidung durchzusehen. »Wenigstens können wir etwas anziehen«, meinte sie. »Komm, Wan, zieh dir was über.«

Lurvy folgte ihrem Beispiel und erstarrte, als ihre Schwester einen seltsamen Laut von sich gab. Es war beinahe ein Lachen.

»Was ist denn so komisch?«, fauchte sie.

Janine zog einen Pullover über ihren Kopf, bevor sie antwortete. Er war zu groß, wärmte aber.

»Ich habe eben an die Anweisungen gedacht, die man uns geschickt hat«, meinte sie. »Hitschi-Gewebeproben beschaffen, ja? Na, so, wie es jetzt aussieht, haben sie stattdessen die unsrigen, und zwar alle.«

8

Schwarzer Peter

Als der Postruf des Bordcomputers schrillte, war Peter auf der Stelle hellwach. Es war ein Vorteil des Alters, dass man nur leicht schlief und sofort wach wurde. Viele Vorteile gab es nicht. Er stand auf, spülte sich den Mund, urinierte in die Toilettenanlage, wusch sich die Hände und nahm zwei Päckchen Nahrung mit zum Terminal.

»Zeig mir die Post jetzt«, befahl er und kaute etwas, das wie sauer gewordenes Roggenbrot schmeckte, in Wirklichkeit aber ein süßes Brötchen sein sollte.

Als er die Post sah, verschwand seine gute Laune. Das meiste bestand aus endlosen Anweisungen. Sechs Briefe für Janine, je einer für Paul und Dorema und für ihn nur eine Bittschrift, gerichtet »An den Schwarzen Peter«, unterschrieben von achtunddreißig Schulkindern aus Dortmund, in der er angefleht wurde, zurückzukommen und ihr Bürgermeister zu werden.

»Dumme Gans!«, schalt er den Computer. »Warum weckst du mich für diesen Mist?«

Vera antwortete nicht, weil er ihr keine Zeit gab, ihn zu identifizieren und in ihren trägen Magnetblasen nach seinem Namen zu suchen. Er beklagte sich heftig: »Und das Essen ist ein Schweinefraß! Befass dich sofort damit!«

Die arme Vera löschte den Versuch, seine erste Frage zu bewältigen, und befasste sich geduldig mit der zweiten.

»Das Verarbeitungssystem ist unterhalb optimaler Massenpegel tätig«, sagte sie, »... Mr. Herter. Außerdem sind meine Prozessoren seit geraumer Zeit überlastet. Viele Programme sind zurückgestellt worden.«

»Stell das mit der Nahrung nicht mehr zurück«, fauchte er, »sonst bringst du mich um, und die Sache hat ein Ende.« Er verlangte düster die Wiedergabe der Anweisungen, während er sich zwang, den Rest seines Frühstücks zu kauen. Zehn Minuten lang las er mit. Was für großartige Ideen man hatte, daheim auf der Erde! Er ließ den Rest ablaufen, ohne hinzublicken, während er sorgfältig sein altes, rosiges Gesicht rasierte und seine schütteren Haare kämmte. Und weshalb war das Verarbeitungssystem nicht aufgefüllt? Weil seine Töchter und ihre Begleiter sich selbst und damit ihre nützlichen Nebenprodukte entfernt hatten. Und dazu das ganze Wasser, das Wan aus dem System gestohlen hatte. Gestohlen! Ja, es gab kein anderes Wort dafür. Außerdem hatten sie das mobile Bioprüfgerät mitgenommen, sodass nur noch die Prüfanlage in der Toilette auf seine Gesundheit achten konnte, und was verstand die von Fieber oder Herzrhythmusstörungen, wenn er das eine oder andere bekommen sollte? Außerdem hatten sie alle Kameras bis auf eine mitgenommen, sodass er diese überall mitschleppen musste. Und dann hatten sie noch ...

Sie hatten selbst das Weite gesucht, und der Schwarze Peter war zum ersten Mal in seinem ganzen Leben allein, ganz allein.

Er war nicht nur allein, er besaß auch keine Möglichkeit, daran etwas zu ändern. Wenn seine Familie zurückkam, dann erst, wenn sie es für angebracht hielt, und keinen Augenblick früher. Bis dahin war er ein Ersatzgerät, ein Wachsoldat, ein Hilfsprogramm.

In seinem langen Leben hatte Peter sich Geduld beigebracht, aber nie gelernt, das zu genießen. Es machte einen verrückt, warten zu müssen. Fünfzig Tage dauerte eine Antwort von der Erde auf seine völlig vernünftigen Vorschläge und Fragen. Beinahe ebenso lang musste er darauf warten, dass seine Familie und dieser Flegel dort ankamen, wo sie hinwollten (falls sie jemals hingelangten), und sich bei ihm meldeten (falls sie sich überhaupt dazu aufzuschwingen beliebten). Das Warten war nicht so schlimm, wenn man noch genug Lebensjahre vor sich hatte. Aber wie viele blieben ihm noch, wenn man es genau nahm? Angenommen, er erlitt einen Schlaganfall. Angenommen, er bekam Krebs. Angenommen, irgendetwas in dem komplizierten Zusammenspiel, das sein Herz am Schlagen und sein Blut am Fließen, seine Eingeweide in Bewegung und sein Gehirn am Denken hielt, fiel aus? Was dann?

Und eines Tages würde das gewiss der Fall sein, denn Peter war alt. Er hatte so oft ein falsches Alter angegeben, dass er selbst nicht mehr genau wusste, welches das richtige war. Nicht einmal seine Kinder wussten es; die Geschichten, die er über die Jugend seines Großvaters erzählt hatte, betrafen in Wirklichkeit seine eigene. Das Alter an sich spielte keine Rolle. Medizinischer Vollschutz bewältigte alles, Instandsetzung oder Ersatz, solange es nicht das Gehirn selbst war, das Schäden erlitt. Und Peters Gehirn war in bester Verfassung – hatte es nicht geplant und intrigiert, um ihn hierher zu bringen?

Aber »hier« gab es keinen medizinischen Vollschutz, und das Alter begann eine große Rolle zu spielen.

Er war kein Junge mehr! Aber er war einer gewesen, und selbst damals hatte er schon gewusst, dass er auf irgendeine Weise, irgendwann, genau das besitzen würde, was er jetzt hatte: den Schlüssel zu den innigsten Wünschen. Bürgermeister von Dortmund? Das war gar nichts! Der magere, junge Peter, kleinster und jüngster Pimpf in der Hitlerjugend, aber trotzdem rasch ein Führer, hatte sich vorgenommen, dass er viel mehr bekommen würde. Er hatte sogar gewusst, dass es etwas in dieser Art sein würde, dass sich ein enormer Zukunftsplan auftun musste und dass er allein imstande sein würde, das in die Hand zu nehmen, es zu schwingen wie eine Axt, eine Sense, um zu bestrafen oder zu ernten oder die Welt umzugestalten. Nun, hier war es! Und was machte er damit? Er wartete. So war es nicht gewesen in den Jugendgeschichten von Gail und Dominik und Verne, dem Franzosen. Die Figuren in diesen Geschichten verausgabten sich nicht so rückgratlos.

Aber was sollte man schließlich tun?

Während er also darauf wartete, dass diese Frage sich von selbst beantwortete, machte er weiterhin seine täglichen Runden. Er aß am Tag vier leichte Mahlzeiten, jede zweite aus CHON-Nahrung bestehend, und diktierte Vera methodisch seine Eindrücke von Geschmack und Beschaffenheit. Er befahl Vera, aus einzelnen Komponenten von Sensorgeräten, die man entbehren konnte, ein neues mobiles Bioprüfgerät zu konstruieren, und arbeitete an seinem Zusammenbau, sobald sie Zeit gefunden hatten, Teilentwürfe fertig zu stellen. Er schwang jeden Morgen zehn Minuten lang die Hanteln, machte jeden Nachmittag eine halbe Stunde lang Turnübungen. Er wanderte methodisch durch jeden Tunnel in der Nahrungsfabrik und richtete seine Handkamera in jeden Winkel. Er verfasste lange Beschwerdebriefe an seine Vorgesetzten auf der Erde, besprach in Andeutungen die Vorteile eines Abbruchs der Mission und einer Rückkehr zur Erde, sobald er seine Familie zurückrufen konnte, wobei er einen oder zwei dieser Briefe sogar abschickte. Er schrieb erboste und herrische Anweisungen für seinen Rechtsanwalt in Stuttgart, natürlich verschlüsselte, verteidigte seine Position und verlangte eine Abänderung des Vertrages. Und vor allem plante er. Ganz besonders, was den Traumplatz anging.

Dieser Traumort mit seinem erstaunlichen Potenzial spielte in seinen Überlegungen eine große Rolle. Wenn er deprimiert und gereizt war, überlegte er sich, wie recht es der Erde geschähe, würde er die Liege instand setzen und Wan zurückrufen, damit er wieder für Fieberanfälle sorgte. Wenn er mit Kraft und Entschlossenheit geladen war, ging er hin und betrachtete sie. Der Deckel hing an einem Ziervorsprung einer Wand, Gelenke und Verschlüsse trug er in seiner Gürteltasche stets bei sich. Wie leicht es wäre, ein Schweißgerät zu holen, alles abzubauen, das Schiff damit vollzustopfen, das Nachrichtensystem der Toten Menschen beizupacken (und was es an Gütern und Schätzen sonst noch gab), um mit der Rakete Richtung Erde zu starten, in die lange, abwärts führende Spirale einzutreten, die ihm das bringen musste ... Was würde sie ihm bringen? Gott im Himmel, was nicht! Ruhm! Macht! Reichtum! Alles, was ihm gebührte – ja, und sein rechtmäßiges Eigentum, wenn er nur rechtzeitig zurückkam, um alles zu genießen.

Es machte ihn krank, darüber nachzudenken. Und die ganze Zeit über tickte und tickte die Uhr. Jede Minute rückte er dem Ende seines Lebens eine Minute näher. Jede Sekunde des Wartens war eine Sekunde, von der glücklichen

Zeit der Größe und des Luxus geraubt, die er sich verdient hatte. Er zwang sich zu essen, während er am Rand seines Privatabteils saß und sehnsüchtig auf die Schiffssteuerung blickte.

»Das Essen ist überhaupt nicht besser geworden, Vera!«, rief er anklagend.

Das vermaledeite Ding antwortete nicht.

»Vera! Du musst dich um das Essen kümmern!«

Sie rührte sich immer noch nicht, mehrere Sekunden lang.

Und dann sagte sie nur: »Augenblick, bitte ... Mr. Herter.« Es konnte einem übel werden dabei. Er fühlte sich gar nicht gut, blickte feindselig auf die Nahrung, die er beharrlich hinuntergewürgt hatte, angeblich eine Art Schnitzel oder das, was Vera mit ihren begrenzten Fähigkeiten in dieser Richtung zustande brachte. Es schmeckte entweder nach Whisky oder nach Sauerkraut oder nach beidem gleichzeitig. Er stellte den Teller auf den Boden.

»Ich fühle mich nicht wohl«, erklärte er.

Pause.

»Augenblick, bitte ... Mr. Herter.«

Die arme, dumme Vera verfügte nur über eine begrenzte Kapazität. Sie bearbeitete einen Schwall Nachrichten von der Erde, versuchte ein Gespräch mit den Toten Menschen über ÜLG-Funk zu führen, ihre ganze Telemetrie zu kodieren und zu übertragen – alles auf einmal. Sie hatte einfach keine Zeit für seine Unpässlichkeit. Aber seine zunehmende Unruhe ließ sich nicht beschwichtigen; ein plötzliches Zusammenlaufen des Speichels unter der Zunge, ein Zucken des Zwerchfells. Er erreichte mit Müh und Not die Toilette und gab dort alles von sich, was er gegessen hatte. Zum letzten Mal, schwor er. Er wollte nicht so lange leben, dass er zusehen musste, wie diese gottverdammten organischen Verbindungen verarbeitet wurden, damit sie noch einmal durch sein Inneres gehen durften. Als er sicher war, sich nicht mehr übergeben zu müssen, marschierte er zur Konsole und drückte die Korrekturtasten.

»Alle Funktionen in Bereitschaft bis auf diese«, sagte er. »Sofort meine Bioprüfung.«

»Sehr wohl«, sagte sie sofort, »... Mr. Herter.« Einen Augenblick lang blieb es still, während das Gerät in der Toilette aus dem, was Peter eben abgegeben hatte, zu entnehmen versuchte, was mit ihm los war. »Sie leiden an Lebensmittelvergiftung«, teilte sie mit, »... Mr. Herter.«

»So! Das weiß ich bereits! Was soll dagegen geschehen?«

Pause, während ihr Minigehirn das Problem drehte und wendete.

»Wenn Sie dem System Wasser zuführen könnten, wären Gärung und Verarbeitung unter besserer Kontrolle«, sagte sie, »... Mr. Herter. Mindestens hundert Liter. Infolge der Verdunstung in dem viel größeren Raumvolumen, das jetzt zur Verfügung steht, hat es starke Verluste gegeben, und dazu kommt, dass die Vorräte fehlten, die für den Rest Ihrer Gruppe abgezweigt wurden. Ich empfehle, dass Sie das System so rasch wie möglich mit verfügbarem Wasser auffüllen.«

»Aber das können nicht einmal die Schweine trinken!«

»Die löslichen Stoffe stellen ein Problem dar«, bestätigte sie. »Ich empfehle deshalb, dass mindestens die Hälfte von zugeführtem Wasser vorher destilliert wird. Das System sollte den Rest der löslichen Stoffe bewältigen können ... Mr. Herter.«

»Gott im Himmel! Soll ich aus dem Nichts einen Destillierapparat bauen und auch noch Wasserträger werden? Und was ist mit dem mobilen Bioprüfgerät, damit so etwas nicht wieder vorkommt?«

Vera ging kurz die Fragen durch.

»Ja, ich glaube, das wäre günstig«, meinte sie. »Wenn Sie wollen, lege ich Baupläne vor. Außerdem ... Mr. Herter, sollten Sie erwägen, ob Sie sich bei Ihrem Speiseplan nicht stärker auf CHON-Nahrung verlassen wollen, da Sie dabei keine nachteiligen Wirkungen zu verspüren scheinen.«

»Abgesehen davon, dass sie schmeckt wie Hundekuchen«, erwiderte er verächtlich. »Nun gut, stell die Baupläne sofort fertig. Ausdrucke, wobei vorhandenes Material zu verwerten ist, verstehst du?«

»Ja ... Mr. Herter.« Der Computer verstummte für einige

Zeit, ging überschüssiges Material und Bauteile durch, suchte nach Anschlüssen, die den Bau übernehmen konnten. Es war für Veras begrenztes Gehirn eine schwere Aufgabe. Peter füllte einen Becher mit Wasser, spülte den Mund, wickelte grimmig eine der am wenigsten unappetitlichen CHON-Tafeln aus und biss versuchsweise eine Ecke ab. Während er abwartete, ob er sich noch einmal übergeben musste, befasste er sich mit der Gefahr, dass er hier wirklich sterben musste, und das völlig allein. Er besaß nicht einmal die Möglichkeit, die er sich offen halten zu können geglaubt hatte, alles hinter sich zu lassen und allein zur Erde zurückzukehren - zumindest so lange nicht, bis er, wie aufgefordert, Wasser nachgefüllt und alles getan hatte, um dafür zu sorgen, dass nichts sonst schief gehen konnte.

Und doch wurde diese Vorstellung mit jedem Tag verlockender ...

Gewiss, das hieß, dass er seine Töchter und seinen Schwiegersohn als Gestrandete zurückließ.

Aber würden sie denn jemals zurückkommen? Angenommen, sie taten es nicht. Angenommen, der rüpelhafte Bursche drehte den falschen Schalter oder hatte keinen Treibstoff mehr. Angenommen also, sie *starben*. Musste er dann hier verwelken, bis er auch tot war? Und was sollte das der Menschheit nützen, wenn er hier zugrunde ging und man mit einer neuen Besatzung wieder von vorn anfangen musste ... und er, der Schwarze Peter, um seine Belohnung betrogen, um Ruhm, um Macht, um das Leben selbst?

Oder gab es eine andere Wahl? Diese verdammte Nahrungsfabrik, die so unbeirrt ihrem Kurs folgte. Was, wenn er die Steuerung fand? Was, wenn er lernte, die Richtung zu verändern, damit sie ihn nicht in drei Jahren und länger, sondern sofort, innerhalb von Tagen, zur Erde brachte? Gewiss, dann war das Schicksal seiner Familie besiegelt, nicht wahr? Vielleicht aber auch nicht. Vielleicht würden sie, wenn sie überhaupt zurückkehrten, zur Nahrungsfabrik zurückkommen, egal wo sie sein mochte. Selbst in einer engen Umlaufbahn um die Erde! Und wie herrlich dann jedermanns Probleme auf einen Schlag gelöst wären!

Er warf den Rest der Packung in die Toilette, um sie dem Speicher für organische Materie zuzuführen.

»Du bist verrückt, Peter«, hielt er sich vor. Der Makel dieser Vorstellung ließ sich nicht übersehen; er hatte alles abgesucht und die Steuerung der Nahrungsfabrik nicht gefunden.

Das Rattern des Druckers rettete ihn vor seinen Gedanken. Er zog die Blätter aus der Maschine und überflog sie stirnrunzelnd. So viel Arbeit! Mindestens zwanzig Stunden! Und nicht nur die Zeit, sondern auch noch so viel schwere körperliche Arbeit! Er würde in den Weltraum hinaus müssen, um Rohre von den Stützen hereinzuholen, mit denen die Hilfssender befestigt waren, sie abschneiden und ins Innere tragen; erst dann konnte er anfangen, sie zusammenzuschweißen und zu einer Spirale zu formen. Und das nur für den Kondensator des Destillierapparats! Er bemerkte, dass er zu zittern anfing.

Er kam gerade noch rechtzeitig auf die Toilette.

»Vera«, krächzte er. »Ich brauche Medikamente dafür.«

»Sofort ... Mr. Herter. Im Sanitätskasten finden Sie Tabletten mit der Bezeichnung ...«

»Idiotin! Der Sanitätskasten ist mit nach Wolkenkuckucksheim geflogen!«

»Ach ja ... Mr. Herter. Augenblick. Ja. Ich habe für Sie geeignete Medikamente programmiert. Es wird etwa zwanzig Minuten dauern, bis sie hergestellt sind.«

»In zwanzig Minuten bin ich tot«, zischte er. Aber es war nichts zu ändern, und er saß zwanzig Minuten herum und kochte innerlich, während der Druck in ihm stieg und stieg. Krankheit, Hunger, Einsamkeit, Überarbeitung, Groll, Angst. Zorn! Darauf lief am Ende alles hinaus. Zorn! Viele Vektoren. Eine Vektorsumme. Bis Veras Spender die Pillen ausspuckte, hatte der Zorn alles andere überwältigt. Er schluckte sie gierig und zog sich in sein Privatabteil zurück, um zu sehen, was geschehen würde.

Tatsächlich schienen sie zu wirken. Er ließ sich zurücksinken, als das Feuer in seinem Bauch nachließ, und schlief ein.

Als er wach wurde, fühlte er sich wenigstens körperlich besser. Er wusch sich, putzte sich die Zähne, bürstete seine schütteren blonden Haare und bemerkte erst dann den Christbaum von blinkenden Lichtern an Veras Konsole, die seine Aufmerksamkeit zu erregen versuchten. Auf dem Bildschirm standen in großen, roten Lettern die Worte:

ERBITTE DRINGEND ERLAUBNIS
ZUR RÜCKKEHR IN NORMALZUSTAND

Er lachte leise in sich hinein. Er hatte vergessen, die Korrekturschaltung abzustellen. Als er den Computer anwies weiterzumachen, gab es einen irren Ausbruch von Alarmglocken und Signallampen, einen Schwall von Papier aus dem Drucker, und dazu ertönte eine Stimme. Die seiner älteren Tochter, aus dem Speicher Veras: »Hallo, Paps. Tut uns Leid, dass wir dich nicht erreichen konnten, um dir zu sagen, dass wir sicher gelandet sind. Wir sehen uns jetzt um. Unterhalten können wir uns später.«

Weil Peter Herter seine Familie liebte, überflutete die Freude über ihre sichere Ankunft sein Herz und hielt ihn aufrecht - mehrere Stunden lang. Fast zwei Tage. Aber in einer Atmosphäre von Ärgernissen und Sorgen gedeiht die Freude nicht. Er sprach mit Lurvy - zweimal; jedes Mal nicht länger als dreißig Sekunden. Mehr schaffte Vera einfach nicht. Vera war noch mehr überfordert als Peter, verschlankt und umgebaut, wie sie war, wenn sie die Kommunikation zwischen dem Hitschi-Himmel und der Erde bewältigen musste und dringende Befehle zurückzustellen hatte, sobald noch dringlichere Anweisungen eintrafen. Die eine Sprechverbindung mit dem Hitschi-Gebilde konnte das auferlegte Volumen nicht bewältigen, und bloßes Geplauder zwischen Vater und Tochter war nicht zulässig.

Das war nicht ungerecht, gab Peter zu. Was für wundersame Dinge sie fanden! Was ungerecht erschien, war allein, dass er weitab vom Schuss saß. Was ungerecht erschien, war, dass Vera bei der ganzen dringenden und sinnvollen Arbeit die Zeit fand, ihm haufenweise Befehle zu übermitteln, die ihm persönlich galten. Keiner davon war vernünftig. Manche konnten gar nicht ausgeführt werden. Die Triebwerke umbauen. CHON-Nahrung auflisten. Sofort vollständige Analyse von Päckchen mit den Maßen 2 x 3 x 12,5 cm in roten und lavendelblauen Verpackungen. Keine überflüssigen Analysen einreichen. Metallurgische Analyse »Traumliege« übermitteln. Keine Untersuchung von Hand an »Traumliege«. Tote Menschen über Hitschi-Antrieb befragen! Wie leicht das zu befehlen war! Wie schwer auszuführen, wenn sie salbaderten und schimpften und faselten und sich beklagten, sobald er sie überhaupt zum Sprechen bringen konnte. Manche Befehle von der Erde widersprachen anderen, und die meisten kamen ganz ungeordnet daher, mit überholten Dringlichkeitsstufen. Und manche trafen überhaupt nicht ein. Die Speicherschaltungen der armen Vera waren bald überlastet, und sie versuchte unnötige Daten loszuwerden, indem sie diese für ihn ausdruckte, damit er sich auf irgendeine Weise damit befasste. Doch das schuf neue Probleme, weil das Verarbeitungssystem, das die Druckrollen versorgte, dasselbe war, das ihn ernährte, und weil die organischen Stoffe schon zu knapp waren. Peter musste also die Toilette öffnen und CHON-Nahrung hineinschütten, um sich dann wieder an den Bau des Destillierapparates zu machen.

Auch wenn Vera Zeit für ihn hatte, konnte er ihr keine widmen. Sich in den Raumanzug zwängen. Durch die Luftschleuse hinaus zur Außenhülle. Rohre abtrennen und zusammenbinden. Schwitzend ins Schiff zurückschleifen, immer gegen den störrischen Schub der Nahrungsfabrik, der einen rasend machte, während sie irgendwohin flog. Er konnte Zeit nur für einen gelegentlichen Blick auf die Bilder erübrigen, die vom Hitschi-Himmel eintrafen. Vera zeigte sie, wie sie kamen, ein Bild nach dem anderen; aber dann wurde jedes entfernt, um Platz für das nächste zu schaffen, und wenn Peter nicht davor stand und sie betrachtete, blieben sie ungesehen. Trotz alledem – was für ein Wunder! Die Toten Menschen. Die Korridore des Hitschi-Himmels. Die Alten – Peter blieb beinahe das Herz stehen, als er das große, breite Gesicht eines Alten auf dem Schirm betrachtete. Aber er hatte nur einen Augenblick Zeit, dann war der Apparat fertig, und er musste sich der nächsten Aufgabe widmen. Sich ein Joch für die Schultern bauen. Plastikbahnen zusammenheften (wieder eine Belastung für den Verarbeiter!), um Eimer herzustellen. Ungeduldig an der einen funktionierenden – gerade noch funktionierenden! – Wasserquelle sitzen, die biegsame Scheibe an den Hahn halten und das übel riechende Getröpfel in den Säcken auffangen. Das Wasser zurückschleppen, die Hälfte in den Destillierapparat, die andere in die Verarbeitungstanks. Schlafen, wann er konnte. Essen, wenn er sich dazu zu zwingen vermochte. Sich um seine eigenen Bedürfnisse kümmern, wenn sie sich meldeten. Noch eine Nachricht aus Dortmund, diesmal von dreihundert Angestellten der Stadt – wie dumm Vera war, dass sie solchen Mist annahm! Eine verschlüsselte Mitteilung seines Rechtsanwalts, die eine halbe Stunde lang dechiffriert werden musste. Und dann stand da nur: »Versuche günstigere Bedingungen auszuhandeln. Kann nichts versprechen. Empfehle inzwischen, dass Sie sich an alle Anweisungen halten.« Was für ein Trottel! Peter setzte sich fluchend an die Konsole, hieb mit der Hand auf die Korrekturtaste und diktierte seine Antwort: »Wenn ich mich an alle Befehle halte, ist das mein Tod, und was dann?« Und er schickte das im Klartext; mochten Broadhead und die Gateway-Gesellschaft davon halten, was sie wollten.

Vielleicht war das auch gar nicht gelogen. Bei all der Belastung und Geschäftigkeit hatte Peter keine Zeit für Schmerzen und Unwohlsein. Er aß die CHON-Nahrung und, als neue Normalrationen aus dem Verarbeiter kamen, auch diese. Selbst wenn sie scheußlich schmeckten – manchmal nach Terpentin, manchmal nach Schimmel –, wurde er nicht krank. Ideal war das nicht. Peter wusste, dass er von Stress und Adrenalin lebte, und einmal würde das alles bezahlt werden müssen. Aber er sah keine Möglichkeit, das zu vermeiden.

Und als der Nahrungsverarbeiter endlich wieder halbwegs normal arbeitete und es ihm gelungen war, die offenbar dringlichsten Anweisungen auszuführen, saß er halb im Schlaf vor Veras Konsole und sah auf einmal das größte aller Wunder. Er zog verständnislos die Brauen zusammen. Was machte dieser schwachsinnige Junge mit einem Gebetsfächer? Warum steckte er ihn auf dem nächsten Bild in eines von diesen blöden Dingern, die wie Blumenvasen aussahen? Und dann entstand auf dem Schirm das nächste Bild, und Peter stieß einen lauten Schrei aus. Plötzlich war da ein Buch zu sehen - dem Anschein nach ein japanisches oder chinesisches.

Er war aus dem Schiff hinaus und schon halb zum Traumplatz gelaufen, bevor sein Bewusstsein ganz verarbeitet hatte, was ein anderer Teil von ihm sofort begriff. Die Gebetsfächer! Sie enthielten Informationen! Er stellte sich nicht die Frage, weshalb die Information in einer Erdensprache abgefasst war oder jedenfalls in einer, die danach aussah. Er hatte das Wesentliche begriffen. Er war entschlossen, sich das selbst anzusehen. Keuchend stürzte er in den Raum und scharrte wild unter den »Fächern«. Wie machte man das? Warum, in Dreiteufelsnamen, hatte er nicht abgewartet und sich mehr Bilder angesehen, um genau zu wissen, was er tat? Aber da waren die Kerzenhalter oder Blumenvasen oder wofür er sie sonst gehalten haben mochte; er rammte den ersten Gebetsfächer in die erstbeste Öffnung. Nichts rührte sich.

Er versuchte es mit sechs Fächern, schmales Ende zuerst, dickes Ende zuerst, alles, was ihm einfiel, bis er auf den Gedanken kam, dass vielleicht nicht alle Lesegeräte funktionierten. Und das zweite, bei dem er es versuchte, zog ihm den Fächer aus der Hand und erstrahlte auf der Stelle in hellem Licht. Er sah sechs Tänzer mit schwarzen Masken, in Trikots, und er hörte ein Lied, das er viele Jahre nicht gehört hatte.

Eine aufgezeichnete PV-Sendung! Nein. Nicht einmal das.

Viel älter. Jahre älter, aus der Zeit kurz nach der Entdeckung des Gateway-Asteroiden; seine zweite Frau hatte noch gelebt, und Janine war noch nicht auf der Welt gewesen, als dieses Lied ein Hit war. Es handelte sich um schlichtes, altes Fernsehen, bevor man die piezoelektrischen Schaltungen der Hitschi in Kommunikationssystemen menschlicher Wesen verwendet hatte. Die Aufzeichnung gehörte vielleicht zur Bibliothek eines Gateway-Prospektors, ohne Zweifel eines der Toten Menschen, und war auf irgendeine Weise in dem Gebetsfächer gespeichert worden.

Was für ein Betrug!

Aber dann fiel ihm ein, dass es tausende von Gebetsfächern gab, auf der Erde, in den Tunnels der Venus, auch auf Gateway selbst. Wo die Hitschi auch gewesen waren, hatten sie die Fächer hinterlassen. Woher dieser auch stammen mochte, die meisten von den anderen mussten von den Hitschi selbst zurückgelassen worden sein. Und das war allein schon ... du lieber Gott, das allein war sogar mehr wert als die Nahrungsfabrik, denn es war der Schlüssel zum ganzen Wissen der Hitschi. Was würde das für eine Prämie geben!

Peter versuchte es frohlockend mit einem anderen Fächer (alter Kinofilm), mit noch einem (dünner Band Lyrik, diesmal in Englisch, von einem gewissen Eliot) und noch einem: wie widerlich! Wenn Wan seine Vorstellungen von der Liebe daher hatte, von einem geilen Gateway-Prospektor, der Pornographie mitführte, um sich die Zeit zu vertreiben, brauchte man sich über sein grauenhaftes Benehmen nicht zu wundern. Aber lange konnte Peter nicht zornig bleiben, weil es zu viel gab, worüber er sich freuen konnte. Er riss den Fächer aus dem Lesegerät, dann hörte er in der Stille das ferne leise Signal von Veras Alarmglocke.

Es klang erschreckend, noch bevor er ins Schiff zurückkam, noch bevor er die Nachricht anforderte und die Stimme seines Schwiegersohnes, krächzend vor Angst, sagen hörte:

»Dringend, oberste Priorität! Für Peter Herter und sofortige Weitergabe an die Erde! Lurvy, Janine und Wan sind von den Hitschi überwältigt worden, und ich glaube, die sind jetzt hinter mir her!«

Der Vorteil dieser neuen Situation, und ihr einziger, war der, dass nun, weil keine Mitteilungen vom Hitschi-Himmel mehr kamen, Vera ihre Überbelastung besser verkraften konnte. Peter entlockte ihr geduldig alle Bilder, die vor Pauls Mitteilung übertragen worden waren, und sah den Knäuel Hitschi am Ende des Korridors, das undeutlich erkennbare Handgemenge, die Decke des Korridors, etwas, das Wans Hinterkopf sein mochte – und dann nichts mehr. Oder nichts, was Sinn gemacht hätte. Peter konnte nicht wissen, dass die Kamera in die Bluse eines der Alten gestopft worden war, aber er konnte sehen, dass nichts zu sehen war: verschwommene, schattenhafte Umrisse, vielleicht die Andeutung einer Stoffstruktur.

Peters Gehirn war klar. Aber auch leer. Er ließ das Gefühl nicht hochkommen, wie leer sein Leben schlagartig geworden war. Er programmierte Vera sorgfältig darauf, die gesprochenen Mitteilungen durchzugehen und die bedeutsamen auszuwählen, dann hörte er sie sich an. Nichts brachte Hoffnung. Nicht einmal dann, als endlich ein neues Bild auf dem Schirm erschien, dann noch eines und noch eines. Ein halbes Dutzend Einstellungen lang gab es nichts, was sinnvoll erschienen wäre, vielleicht eine Faust auf dem Objektiv, vielleicht die Aufnahme eines nackten Fußbodens. Dann, in einer Ecke des letzten Bildes, etwas, das aussah wie ... was? Wie ein Sturmkampfwagen aus seiner frühesten Kindheit? Aber dann war es wieder verschwunden, und die Kamera war abermals dort hingestellt worden, wo sie gar nichts zeigte, und so blieb das fünfzig Aufnahmen lang.

Was sie auffällig nicht zeigte, war irgendeine Spur von einer seiner Töchter oder von Wan. Und was Paul anging: Seit seiner letzten, verzweifelten Nachricht war er verschwunden.

In irgendeinem unerwünschten Winkel seines Gehirns fand Peter die Erkenntnis, dass er nun der einzige Überlebende der Mission sein mochte, es vermutlich wirklich war, sodass das, was an Prämien allen zustand, nun ihm allein gehörte.

Er befasste sich mit diesem Gedanken. Aber Bedeutung hatte er keine. Er war jetzt hoffnungslos allein, einsamer denn je, so allein wie die tiefgefrorene Trish Bover auf ihrem ewigen Flug nach nirgendwo. Vielleicht konnte er zur Erde zurückgelangen, um seine Belohnung zu beanspruchen. Vielleicht konnte er verhindern, dass er starb. Aber wie sollte er verhindern, dass er den Verstand verlor?

Peter brauchte lange Zeit, um einzuschlafen. Er hatte keine Angst vor dem Schlaf. Was er fürchtete, war, danach wieder aufzuwachen, und als das geschah, war es so schlimm, wie er befürchtet hatte. Im ersten Augenblick war es ein Tag wie jeder andere, und erst nach einem friedlichen Augenblick des Reckens und Gähnens fiel ihm ein, was geschehen war.

»Peter Herter«, sagte er mit lauter Stimme zu sich selbst, »du bist an diesem tausendmal verfluchten Ort ganz allein und wirst hier ganz allein sterben.« Er registrierte, dass er Selbstgespräche führte. Jetzt schon.

Aus Gewohnheit wusch er sich, putzte sich die Zähne, bürstete seine Haare und nahm sich die Zeit, die Haarsträhnen an den Ohren und im Nacken abzuschneiden. Es spielte ohnehin keine Rolle, was er machte. Nachdem er sein Privatabteil verlassen hatte, öffnete er zwei Päckchen CHON-Nahrung und aß sie methodisch, bevor er Vera fragte, ob Nachrichten vom Hitschi-Himmel eingegangen seien.

»Nein«, sagte sie, »... Mr. Herter, aber es gibt eine Reihe von Anweisungen aus der anderen Richtung.«

»Später«, erklärte er. Sie fielen nicht ins Gewicht. Man würde ihn vielleicht auffordern, Dinge zu tun, die er längst getan hatte. Oder Leistungen von ihm verlangen, die er nicht im Traum zu erbringen gedachte, vielleicht, sich in den Weltraum hinauszuplagen, um die Triebwerke anders anzubringen, es noch einmal zu versuchen. Aber die Nahrungsfabrik würde natürlich jeden Schub mit einem gleichartigen und entgegengesetzten Schub beantworten und ihren langsamen Flug weiß Gott wohin zu weiß Gott welchem Zweck fortsetzen. Auf jeden Fall würde nichts, was in den nächsten fünfzig Tagen von der Erde heraufkam, für die neue Lage von Belang sein.

Und in weniger als fünfzig Tagen ...

In weniger als fünfzig Tagen, was?

»Du tust so, als hättest du irgendeine Wahl, Peter Herter«, rügte er sich.

Nun, vielleicht habe ich die doch, dachte er, wenn ich nur zu erkennen vermag, worin sie besteht. Inzwischen war es das Beste, wenn er tat, was er immer getan hatte. Sich pedantisch sauber zu halten. Arbeiten auszuführen, die vernünftig waren. Seine alten Gewohnheiten beizubehalten. Er hatte in all den Jahrzehnten seines Lebens gelernt, dass es am günstigsten für ihn war, seine Eingeweide ungefähr fünfundvierzig Minuten nach dem Frühstück zu entleeren; es war jetzt ungefähr so weit; es war angemessen, das jetzt zu tun. Während er auf der Toilette hockte, spürte er wiederum einen winzigen, fast unmerklichen Ruck und zog die Brauen zusammen. Es war ärgerlich, dass sich etwas zutrug, wenn er die Ursache dafür nicht kannte, und es ihn bei einer Beschäftigung unterbrach, die er mit gewohnter Gründlichkeit betrieb. Man konnte natürlich nicht viel persönliches Verdienst für das Funktionieren von Ringmuskeln beanspruchen, die aus dem Leib eines unglückseligen (oder hungrigen) Spenders verpflanzt worden waren. Trotzdem freute es Peter, dass er so gut funktionierte.

Du hast ein krankhaftes Interesse an deiner Notdurft, sagte er sich.

In Gedanken verteidigte er sich. Das ist nicht ungerechtfertigt, dachte er. Es lag nur daran, dass er das Beispiel des Bioprüfgeräts in der Toilette stets vor sich hatte. Dreieinhalb Jahre lang hatte das Gerät jedes Ausscheidungsprodukt ihrer Körper untersucht. Gewiss, das musste es tun! Wie sollte ihre Gesundheit sonst überwacht werden? Und wenn es für eine Maschine angemessen war, Exkremente zu wiegen und zu analysieren, warum dann nicht auch für den Urheber der Exkremente?

Er grinste und sagte laut: »Du bist verrückt, Peter Herter.«

Er nickte im Einklang mit sich selbst, während er sich säuberte und seine Kombination überstreifte, weil er das Ganze knapp zusammengefasst hatte. Ja, er war verrückt.

Nach den Maßstäben gewöhnlicher Menschen.

Aber welcher gewöhnliche Mensch hatte sich schon einmal in der jetzigen Lage von Peter Herter befunden?

Wenn man also sagte, er sei verrückt, hatte man schließlich nichts gesagt, was von Belang gewesen wäre. Was bedeuteten die Maßstäbe gewöhnlicher Menschen für den Schwarzen Peter? Er konnte beurteilt werden nur im Vergleich mit ungewöhnlichen Menschen - und was war das für ein bunt zusammengewürfelter Haufen! Rauschgiftsüchtige und Trunkenbolde. Ehebrecher und Verräter. Tycho Brahe hatte eine Guttapercha-Nase, und niemand hatte ihn deshalb geringer geschätzt. Der Reichsführer war Vegetarier gewesen. Friedrich der Große hatte viele Stunden, die der Lenkung eines Reiches hätten gewidmet werden können, mit dem Komponieren von Musik für Kammermusikgruppen verbracht. Peter schlenderte zum Computer und rief: »Vera, was war das eben für ein kleiner Stoß?«

Der Computer verglich die Beschreibung mit seiner Telemetrie.

»Ich kann es nicht genau sagen ... Mr. Herter. Aber das Trägheitsmoment stimmt entweder mit dem Start oder dem Andocken eines der beobachteten Frachtschiffe überein.«

Er umklammerte die Lehne des Konsolensessels.

»Dummes Stück!«, schrie er. »Warum ist mir nicht mitgeteilt worden, dass das möglich ist?«

»Verzeihung ... Mr. Herter«, entschuldigte sich Vera, »die Analyse, in der diese Möglichkeit angesprochen wird, liegt Ihnen ausgedruckt vor. Vielleicht haben Sie das übersehen.«

»Dummes Stück«, sagte er noch einmal, aber diesmal wusste er nicht recht, wen er damit meinte. Die Schiffe, natürlich! Es war von Anfang an klar gewesen, dass die Produktion der Nahrungsfabrik irgendwohin gelangen musste. Und ebenso, dass die Schiffe leer zurückkommen mussten, um neu beladen zu werden. Wozu? Wohin?

Darauf kam es nicht an. Worauf es ankam, war die Erkenntnis, dass sie vielleicht nicht immer leer eintrafen.

Und daran anschließend die Erkenntnis, dass mindestens ein Raumschiff, von dem bekannt war, dass es die Nahrungsfabrik erreicht hatte, sich jetzt im Hitschi-Himmel befand. Wenn es zurückkehrte, wer oder was mochte sich darin befinden?

Peter rieb sich den Arm, der angefangen hatte zu schmerzen. Schmerzen hin, Schmerzen her, hier konnte er vielleicht etwas unternehmen. Es blieben ihm einige Wochen, bevor dieses Schiff zurückkehren konnte. Er konnte - was tun? Ja! Er konnte den Korridor verbarrikadieren. Er konnte auf irgendeine Weise Maschinen, Vorratsgüter - alles, das Masse besaß - als Hindernisse aufbauen, damit, wenn das Schiff zurückkam - falls es zurückkam -, die Insassen gestoppt oder wenigstens aufgehalten wurden. Und der Zeitpunkt, um damit anzufangen, war jetzt.

Er zögerte nicht länger, sondern machte sich auf, um Material für eine Barrikade zu finden.

Es fiel nicht schwer, selbst sehr massive Gegenstände zu bewegen, denn der Schub der Nahrungsfabrik war gering. Aber es ermüdete. Und seine Arme schmerzten weiter. Nach geraumer Zeit, während er ein Gebilde aus blauem Metall von der Form eines kurzen, breiten Kanus zum Dock schob, wurde er sich einer seltsamen Empfindung bewusst, die von seinen Zahnwurzeln auszugehen schien, beinahe wie der Beginn von Zahnschmerzen. Unter seiner Zunge begann der Speichel zu fließen.

Peter blieb stehen, atmete tief ein und aus und zwang sich zur Ruhe.

Es nützte nichts. Er hatte gewusst, dass es nichts nützen würde. Nach wenigen Augenblicken begann der Schmerz im Brustkorb, zunächst tastend, so, als presse ihm jemand eine Schlittenkufe auf das Brustbein, dann qualvoll, ein harter, peinigender Stoß, so, als läge die Kufe auf ihm und ein Mann von hundert Kilogramm wäre darauf gesprungen.

Er war von Vera zu weit entfernt, um sich Medizin holen zu können. Er würde das durchstehen müssen. Wenn es nur eine Angina pectoris war, würde er den Anfall überleben. Wenn es sich um einen Herzinfarkt handelte, dann nicht. Er blieb geduldig und still sitzen, um abzuwarten, was es war, während der Zorn sich in ihm anstaute. Wie ungerecht das war!

Wie ungerecht alles war! Fünftausend astronomische Einheiten entfernt gingen die Menschen der Erde behaglich und ohne Sorgen ihren eigenen Angelegenheiten nach, ohne zu wissen oder sich darum zu scheren, dass die Person, die ihnen so vieles bringen konnte, sterben mochte, allein und unter Qualen.

Konnten sie dankbar sein? Konnten sie Achtung, Anerkennung oder auch nur gewöhnlichen Anstand bezeugen?

Vielleicht würde er ihnen die Gelegenheit dazu geben. Wenn sie so reagierten, ja, dann würde er ihnen Gaben bringen, die alles übertrafen, was man sich vorstellen konnte. Aber wenn sie gemein und ungehorsam waren ...

Dann würde der Schwarze Peter ihnen so schreckliche Dinge bringen, dass die ganze Welt vor Angst schlottern musste. So oder so würden sie ihn nie vergessen ... wenn er nur das überlebte, was jetzt mit ihm geschah.

9

Brasilia

Das Wichtigste war Essie. Ich saß jedes Mal, wenn sie aus dem Operationssaal kam – in sechs Wochen vierzehnmal – an ihrem Bett, und jedes Mal klang ihre Stimme ein wenig schwächer, sah sie ein wenig eingefallener aus. Die ganze Zeit waren alle hinter mir her, die Klage gegen mich in Brasilia stand schlecht, von der Nahrungsfabrik strömten beunruhigende Meldungen herein, der Brand in den Nahrungsgruben wütete weiter. Aber Essie hatte absoluten Vorrang. Harriet kannte ihre Anweisungen. Wo ich auch sein mochte, ob ich schlief oder wach war, wenn Essie nach mir verlangte, wurde sie sofort durchgestellt.

»O ja, Mrs. Broadhead, Robin wird sofort bei Ihnen sein. Nein, Sie stören ihn nicht. Er ist gerade von einem Nickerchen aufgewacht.« Oder er hat eine Pause zwischen Terminen oder kommt vom Tappan-See eben den Rasen herauf oder irgendetwas, das Essie nicht daran hinderte, auf der Stelle mit mir zu sprechen. Dann betrat ich den abgedunkelten Raum, braungebrannt und grinsend und erholt, und erklärte ihr, wie gut sie aussehe. Man hatte mein Billardzimmer in einen Operationssaal verwandelt und die Bibliothek daneben ausgeräumt, um ein Schlafzimmer für sie daraus zu machen. Dort hatte sie es sehr bequem. Sagte sie jedenfalls.

Und tatsächlich sah sie gar nicht schlecht aus. Man hatte die Knochenspäne eingesetzt, ganze Knochen eingepflanzt und zwei oder drei Kilogramm Ersatzteile und Gewebe eingebaut. Man hatte sogar die Haut wieder angebracht oder, wie ich vermutete, neue Haut von einer anderen Person eingepflanzt. Ihr Gesicht sah gut aus, abgesehen von einem leichten Verband an einer Seite, und darüber kämmte sie ihr blondes Haar.

»Na, Supermann«, pflegte sie mich zu begrüßen. »Wie fühlst du dich denn so?«

»Sehr gut, sehr gut. Ein bisschen lüstern«, pflegte ich zu erwidern, während ich meine Nase an ihrem Hals rieb. »Und du?«

»Sehr gut.« So beruhigten wir einander, und wir logen gar nicht, wohlgemerkt. Es ging ihr jeden Tag besser, erklärten mir die Ärzte. Und mir ... ich wusste nicht, wie es mir ging. Aber ich erwartete jeden Morgen ganz begierig. Kam mit fünf Stunden Schlaf in der Nacht aus. Wurde nie müde. Hatte mich in meinem ganzen Leben nie besser gefühlt.

Aber trotzdem wurde sie jedes Mal hagerer. Die Ärzte erklärten mir, was ich zu tun hatte. Ich gab es an Harriet weiter, und Harriet programmierte den Koch neu. Wir hörten also auf mit Salaten und halbgar gegrillten Steaks. Kein

Frühstück mehr mit Kaffee und Säften, sondern *Tworosnjikji*, Pfannkuchen mit saurer Sahne und große Tassen dampfender Schokolade. Zum Mittagessen kaukasischer Lammpilaw. Abends Wildgeflügel in Sahnesauce.

»Du verwöhnst mich, lieber Robin«, beklagte Essie sich, und ich sagte: »Ich mäste dich nur ein bisschen. Ich kann magere Frauen nicht ausstehen.«

»Ja, schon recht. Aber man kann auch zu einseitig sein. Gibt es nichts, was dick macht und nicht aus der russischen Küche stammt?«

»Warte auf die Nachspeise«, sagte ich grinsend. »Erdbeerkuchen.« Mit Schlagsahne, versteht sich. Die Krankenschwester hatte mir geraten, aus psychologischen Gründen mit kleinen Portionen auf großen Tellern anzufangen. Essie aß beharrlich alles auf, und als wir die Portionen mit der Zeit steigerten, aß sie jeden Tag mehr. Sie hörte jedoch nicht auf, Gewicht zu verlieren. Aber sie verlangsamte das beträchtlich, und nach sechs Wochen meinten die Ärzte vorsichtig, ihr Zustand könnte als stabil betrachtet werden. Beinahe.

Als ich ihr die gute Nachricht brachte, stand sie sogar – angeschlossen an die Apparaturen unter ihrem Bett, aber in der Lage, im Zimmer herumzugehen.

»Wird auch Zeit«, sagte sie und küsste mich. »Also. Du bist zu viel zu Hause gewesen.«

»Es ist ein Vergnügen«, erwiderte ich.

»Es ist Güte«, meinte sie nüchtern. »Es ist sehr schön für mich, dass du immer hier gewesen bist. Aber jetzt, da ich fast gesund bin, muss es Dinge geben, um die du dich zu kümmern hast.«

»Eigentlich nicht. Ich komme mit den Fernmeldeanlagen in der Zentrale gut zurecht. Es wäre natürlich schön, wenn wir beide irgendwo hinfahren könnten. Ich glaube nicht, dass du Brasilia jemals gesehen hast. Vielleicht können wir in ein paar Wochen ...«

»Nein. Nicht in ein paar Wochen. Nicht mit mir. Wenn du hinfahren musst, bitte, tu es, Robin.«

Ich zögerte.

»Tja, Morton meint, es wäre nützlich.«

Sie nickte lebhaft und rief: »Harriet? Mr. Broadhead fliegt morgen früh nach Brasilia. Reservieren Sie Plätze und so weiter.«

»Gewiss, Mrs. Broadhead«, sagte Harriet aus der Konsole am Kopfteil von Essies Bett. Ihr Bild schrumpfte so schnell zusammen, wie es aufgetaucht war, und Essie legte die Arme um mich.

»Ich sorge dafür, dass du in Brasilia ständige Verbindung hast«, versprach sie, »und Harriet erhält Anweisung, dich fortwährend über meinen Zustand zu unterrichten. Ich schwöre dir, Robin, wenn ich dich brauche, erfährst du es sofort.«

Ich raunte ihr ins Ohr: »Na ja ...«

Sie sagte an meiner Schulter: »Nichts ›na ja‹. Abgemacht, Robin? Ich liebe dich sehr.«

Albert erklärt mir, dass jede Funknachricht, die ich absende, in Wirklichkeit eine lange, dünne Kette von Photonen ist, wie ein in den Raum geschleuderter Speer. Eine Kaskaden-Übermittlung von dreißig Sekunden ist eine neun Millionen Kilometer lange Säule, in der jedes Photon mit Lichtgeschwindigkeit dahinsaust, den ganzen Weg genau im Gleichschritt. Aber selbst dieser lange, schnelle, dünne Speer braucht eine Ewigkeit, um 5 000 AE zurückzulegen. Das Fieber, das meine Frau so schwer verletzte, hatte fünfundzwanzig Tage gebraucht, um hier anzukommen. Der Befehl, mit der Liege nicht mehr herumzuspielen, war nur einen Bruchteil des Weges vorangekommen, bevor er an dem zweiten Fieber vorbeikam, an demjenigen, das die kleine Janine uns eingebrockt hatte. Ein leichtes, gewiss. Unsere Nachricht mit dem Glückwunsch zur Ankunft der Herter-Halls in der Nahrungsfabrik irgendwo hinter der Plutobahn war an der vorbeigekommen, die uns mitteilte, dass die meisten von ihnen einen Ausflug zum Hitschi-Himmel unternommen hatten. Inzwischen war der Glückwunsch dort, und unsere Anweisungen darüber, was sie zu tun hätten, befanden sich zur Weitergabe längst in der

Nahrungsfabrik – zur Abwechslung lagen einmal zwei Ereignisse so nah beieinander, dass sie füreinander Sinn bekamen.

Aber bis wir wussten, welchen, lag das Ereignis wieder fünfundzwanzig Tage in der Vergangenheit. Widerlich! Ich hatte viele Interessen hinsichtlich der Nahrungsfabrik, aber was ich in diesem Augenblick am dringendsten wollte, war dieser Überlichtgeschwindigkeitsfunk. Erstaunlich, dass es so etwas geben konnte. Aber als ich Albert vorwarf, davon überrascht worden zu sein, setzte er sein sanftes, bescheidenes Lächeln auf, rieb mit dem Pfeifenstiel an seinem Ohr und sagte: »Klare Sache, Robin, wenn du die Art von Überraschung meinst, die man spürt, wenn sich eine unwahrscheinliche Möglichkeit als real erweist. Aber eine Möglichkeit war das immer. Überlegen Sie, die Hitschi-Schiffe vermochten fehlerlos zu in Bewegung befindlichen Zielen zu navigieren. Das deutet hin auf die Möglichkeit von Nachrichtenaustausch praktisch ohne Verzögerung über astronomische Entfernungen hinweg – ergo Funk mit Überlichtgeschwindigkeit.«

»Warum hast du mir dann nichts davon gesagt?«, setzte ich nach.

Er kratzte sich mit einem Hausschuh am anderen sockenlosen Fuß.

»Es war nur eine Möglichkeit, Robin, nicht höher eingeschätzt als ein halbes Promille. Etwas, das sein konnte, aber nicht sein musste. Wir hatten bis jetzt einfach nicht genug Anhaltspunkte.«

Ich hätte mit Albert auf dem Weg nach Brasilia reden können, aber ich flog mit Linienmaschinen – die Flugzeuge meines Unternehmens sind für solche Entfernungen nicht schnell genug –, sodass ich meine Zeit rein mit Sprechverbindung in dienstlichen Angelegenheiten und mit Morton verbrachte. Und natürlich mit Harriet, die Anweisung hatte, sich jede Stunde mit einem Kurzbericht über Essie zu melden, es sei denn, ich schlief.

Selbst im Überschallflugzeug dauert eine Reise von zehntausend Kilometern einige Zeit, und ich konnte viele geschäftliche Dinge erledigen. Morton wollte mich mit Beschlag belegen, solange es ging, vor allem, um mir ein Treffen mit Bover auszureden.

»Sie müssen ihn ernst nehmen, Robin«, quengelte er in meinem Ohrhörer. »Bover wird vertreten von Anjelos, Carpenter und Guttmann, und das sind überaus tüchtige Leute mit hervorragenden Juraprogrammen.«

»Besser als du?«

Ein Zögern.

»Hm ... ich hoffe nicht, Robin.«

»Sag mal, Morton. Wenn Bovers Sache von Anfang an auf schwachen Füßen stand, warum geben sich diese tüchtigen Leute überhaupt mit ihm ab?«

Obwohl ich ihn nicht sehen konnte, wusste ich, dass Morton seine Defensivmiene aufsetzen würde, halb bedauernd, halb »Ihr-Laien-versteht-das-nicht«.

»Ganz so schwach ist sie nicht, Robin. Und bis jetzt lief das für uns nicht gut. Es nimmt größere Dimensionen an, als wir ursprünglich vermuteten. Und ich gehe davon aus, dass sie dachten, ihre Beziehungen würden die Schwächen übertünchen. Ich unterstelle außerdem, dass sie für ein gigantisches Erfolgshonorar arbeiten. Sie wären besser beraten, einige von Ihren eigenen Schwachstellen zu beseitigen, statt es bei Bover zu riskieren, Robin. Ihr Freund, Senator Praggler, sitzt im Überwachungsausschuss für diesen Monat. Gehen Sie zuerst zu ihm.«

»Das mache ich, aber nicht zuerst«, erklärte ich Morton und schaltete ihn ab, als wir zur Landung ansetzten. Der hohe Turm der Gateway-Behörde überragte die alberne flache Untertasse auf dem Repräsentantenhaus. Oberhalb des Sees sah ich die helle Spiegelung der Blechdächer in der Freien Stadt. Ich hatte es ziemlich knapp gemacht. Meine Verabredung mit Trish Bovers Witwer (oder Ehemann, je nach Betrachtungsweise) sollte in nicht einmal einer Stunde stattfinden, und ich wollte ihn eigentlich nicht warten lassen.

Das brauchte ich auch nicht. Ich saß schon an einem Tisch unter freiem Himmel im Brasilia-Palace-Hotel, als er hereinkam. Mager. Stirnglatze. Er setzte sich nervös, als hätte er es furchtbar eilig oder wolle unbedingt anderswohin. Aber als ich ihn zum Mittagessen einlud, studierte er zehn Minuten lang die Speisekarte und bestellte am Ende alles. Salat aus frischen Palmenherzen, kleine Frischwasser-Garnelen aus dem See, bis hinunter zu den herrlichen frischen Ananas, die von Rio mit dem Flugzeug gebracht wurden.

»Das ist in Brasilia mein Lieblingshotel«, teilte ich ihm jovial mit, ganz Gastgeber, als er Dressing über die Palmenherzen schüttete. »Alt, aber gut. Sie haben sicher schon alle Sehenswürdigkeiten besichtigt?«

»Ich habe hier acht Jahre gelebt, Mr. Broadhead.«

»Ah, verstehe.« Ich hatte nicht gewusst, wo der Schweinehund lebte, er war nur ein Name und ein Ärgernis. So viel zu Reiseeindrücken. Ich versuchte es mit gemeinsamen Interessen. »Ich habe auf dem Weg hierher eine Blitz-Zusammenfassung von der Nahrungsfabrik erhalten. Die Herter-Hall-Gruppe hält sich gut und stößt auf großartige Dinge. Wussten Sie, dass wir vier der Toten Menschen als echte Gateway-Prospektoren identifiziert haben?«

»Ich habe darüber etwas im PV gesehen, ja, Mr. Broadhead. Sehr aufregend.«

»Viel mehr, Bover. Das kann die ganze Welt von Grund auf verändern – und uns alle stinkreich machen.« Er nickte, den Mund voll Salat. Er behielt den Mund auch weiterhin voll; ich erreichte nicht viel damit, ihn aushorchen zu wollen. »Also gut«, sagte ich, »warum kommen wir nicht zur Sache? Ich möchte, dass Sie diese Verfügung zurückziehen.«

Er kaute und schluckte. Die nächste Gabel Garnelen vor dem Mund, sagte er: »Ich weiß, Mr. Broadhead«, und füllte den Mund von neuem.

Ich trank langsam und lange einen Schluck Wein, vermischt mit Mineralwasser, und sagte, Stimme und Haltung völlig in der Gewalt: »Mr. Bover, ich glaube nicht, dass Sie begreifen, worum es geht. Ich will Sie nicht niedermachen. Ich kann einfach nicht glauben, dass Sie alle Fakten kennen. Wir werden beide verlieren, wenn Sie diese Verfügung aufrechterhalten.« Ich ging sorgfältig den ganzen Fall mit ihm durch, wie Morton mir das klargelegt hatte: das Eingreifen der Gateway-Gesellschaft, Enteignungsrecht des Staates, das Problem, einer gerichtlichen Verfügung nachzukommen, wenn deine Zustimmung die Leute, die sie betrifft, erst eineinhalb Monate, nachdem sie fort sind und getan haben, was sie tun wollten, erreicht, die Gelegenheit für ein Verhandlungsergebnis. »Was ich sagen möchte«, schloss ich, »ist, dass das wirklich eine sehr große Sache ist. Zu groß, als dass wir gegeneinander arbeiten sollten. Die geben sich mit uns nicht lange ab, Bover. Die gehen einfach her und enteignen uns.«

Er hörte nicht auf zu kauen, hörte nur zu, und als er nichts mehr zu kauen hatte, trank er einen Schluck von seinem Mokka und sagte: »Wir haben wirklich nichts zu besprechen, Mr. Broadhead.«

»Aber natürlich haben wir das!«

»Nicht, wenn wir das nicht alle beide unterstellen«, betonte er, »und ich tue es nicht. Sie täuschen sich bei manchen Dingen ein bisschen. Ich habe keine Verfügung mehr. Ich habe ein Urteil.«

»Das ich aufheben lassen kann, wenn es hart ...«

»Ja, das mag sein. Aber nicht so rasch. Das Recht geht seinen Gang und braucht seine Zeit dazu. Ich lasse mich auf nichts ein. Trish hat für das bezahlt, was hier herauskommt. Da sie nicht hier ist, um für die Wahrung ihrer Rechte zu sorgen, muss ich das wohl tun.«

»Aber das bezahlen wir alle beide!«

»Mag sein. Mein Anwalt sagt das auch. Er hat mir von diesem Zusammentreffen abgeraten.«

»Weshalb sind Sie dann gekommen?«

Er blickte auf die Reste seiner Mahlzeit, dann schaute er auf den Springbrunnen im Garten. Drei zurückgekehrte Gateway-Prospektoren saßen am Rand eines Spiegelteiches mit einer leicht angetrunkenen Stewardess der Fluglinie Varig zusammen, sangen und warfen den Goldfischen Pastetenbröckchen zu. Sie waren reich geworden.

»Das ist eine schöne Abwechslung für mich, Mr. Broadhead«, sagte er.

Vom Fenster meiner Suite hoch oben im neuen Palace Tower aus konnte ich die Dornenkrone der Kathedrale in der Sonne glitzern sehen. Das war besser, als auf mein Anwaltsprogramm im Voll-Monitor zu blicken, denn er hielt mir eine Standpauke.

»Sie haben unserer Sache möglicherweise massiv geschadet, Robin. Ich glaube, Sie begreifen nicht, wie sehr sich das Ganze ausdehnt.«

»Das habe ich Bover auch erklärt.«

»Nein, im Ernst, Robin. Nicht nur die Robin Broadhead AG, auch nicht mehr nur die Gateway-Gesellschaft. Die Regierung mischt sich ein. Die Staaten treten an. Und auch nicht bloß die Unterzeichner des Gateway-Abkommens. Das könnte vor die UNO kommen.«

»Ach, hör aber auf, Morton! Können sie denn das?«

»Natürlich können sie, Robin. Enteignungsrecht des Staates. Ihr Freund Bover ist auch nicht gerade hilfreich. Er beantragt einen Vermögensverwalter für Ihren gesamten Besitz, damit die Ausbeutung ordnungsgemäß erfolgt.«

Der Saukerl. Er musste gewusst haben, dass das im Gange war, während er das von mir bezahlte Essen verschlungen hatte.

»Was heißt ›ordnungsgemäß‹? Was habe ich denn falsch gemacht?«

»Kurze Liste, Robin.« Er zählte an den Fingern ab. »Erstens: Sie haben Ihre Befugnisse überschritten, als Sie der Herter-Hall-Gruppe mehr Handlungsfreiheit ließen, als vorgesehen war, was, zweitens, zu deren Ausflug in den Hitschi-Himmel führte, samt allen möglichen Folgen, und damit, drittens, eine Situation ernsthafter nationaler Gefahr heraufbeschwor. Streichen Sie das. Ernsthafte Gefahr für die *Menschheit*.«

»Das ist doch Quatsch, Morton!«

»So hat er es im Antrag formuliert«, sagte er nickend, »und es kann sein, dass wir jemanden davon überzeugen können, es sei Quatsch. Früher oder später. Aber im Augenblick ist es Sache der Gateway-Gesellschaft, zu handeln oder nicht zu handeln.«

»Was bedeutet, dass ich wohl besser zum Senator gehe.« Ich schaltete Morton ab und rief Harriet, um mich nach meinen Terminen zu erkundigen.

»Ich kann Ihnen gleich das Sekretariatsprogramm des Senators geben«, sagte sie lächelnd und verschwand. An ihrer Stelle erschien eine eher skizzenhafte Darstellung eines hübschen, schwarzhäutigen Mädchens. Es war eine schwache Simulation, nicht zu vergleichen mit den Programmen, die Essie schrieb. Aber Praggler war ja auch nur U. S.-Senator.

»Guten Tag«, sagte sie. »Der Senator hat mich gebeten, Ihnen mitzuteilen, dass er sich heute Abend in Ausschuss-Angelegenheiten in Rio de Janeiro befindet, Ihnen aber morgen Vormittag gerne zur Verfügung steht, wenn Ihnen das recht ist. Sagen wir, um zehn Uhr?«

»Sagen wir um neun«, erwiderte ich etwas erleichtert. Ich hatte mir ein bisschen Sorgen wegen Pragglers Versäumnis gemacht, sich sofort bei mir zu melden, aber nun begriff ich, dass er einen guten Grund dafür hatte: das üppige Leben von Ipanema.

»Harriet?« Als sie wieder auftauchte, fragte ich: »Wie geht es Mrs. Broadhead?«

»Keine Veränderung, Robin«, sagte sie lächelnd. »Sie ist wach und verfügbar, wenn Sie mit ihr sprechen wollen.«

»Darauf kannst du dein kleines, elektronisches Hinterchen verwetten«, gab ich zurück. Sie nickte und löste sich auf. Harriet ist ein wirklich gutes Programm; sie versteht nicht immer alle Worte, aber sie kann nach dem Ton meiner Stimme eine Ja-Nein-Entscheidung treffen, und als Essie erschien, sagte ich: »S. Ya. Laworowna, du leistest großartige Arbeit.«

»Aber sicher, lieber Robin«, bestätigte sie stolz. Sie stand auf und drehte sich langsam. »Wie deine Ärzte, was du an mir sehen kannst.«

Es dauerte einen Augenblick, bis ich begriff. Es gab keine Lebenserhaltungsschläuche! Sie trug an der linken Körperseite Gewebeformungsgips, aber von den Maschinen war sie endlich befreit!

»Mein Gott, Mädchen, was ist geschehen?«

»Vielleicht eine Heilung«, erwiderte sie gelassen. »Aber das ist nur ein Versuch. Die Ärzte sind soeben gegangen, und ich soll das sechs Stunden lang ausprobieren, dann wollen sie mich wieder untersuchen.«

»Du siehst phantastisch aus.« Wir plauderten einige Minuten lang belangloses Zeug. Sie erzählte mir von den Ärzten, ich ihr von Brasilia, während ich sie mir so gründlich ansah, wie das in einem PV-Tank ging. Sie stand immer wieder auf, um sich zu recken und ihre Freiheit zu genießen, bis ich mir Sorgen machte.

»Bist du sicher, dass du das alles tun sollst?«

»Man hat mir erklärt, dass ich eine Weile nicht an Wasserskifahren oder Tanzen denken darf, aber vielleicht ist nicht alles verboten, was Spaß macht.«

»Essie, du unkeusches Mädchen, ist das ein lüsterner Blick, den ich entdecke? Fühlst du dich dafür wohl genug?«

»Ganz wohl, ja. Wohl. Nicht *wohl*«, erläuterte sie, »aber vielleicht so, als hätten wir beide vor ein, zwei Tagen eine Nacht lang durchgezecht. Ein bisschen zerbrechlich. Aber ich glaube nicht, dass ein sanfter Liebhaber mir zum Schaden gereichen würde.«

»Ich bin morgen früh wieder zu Hause.«

»Du wirst morgen früh nicht zu Hause sein«, erklärte sie entschieden. »Du wirst zurück sein, wenn du mit deinen Geschäften in Brasilia fertig bist, und keinen Augenblick früher, sonst wirst du hier keine willige Partnerin für deine verderbten Absichten finden, mein Junge.«

Ich verabschiedete mich, erfüllt von den rosigsten Hoffnungen.

Die ganze fünfundvierzig Minuten lang anhielten, bis ich dazu kam, mich bei der Ärztin zu erkundigen.

Das dauerte ein bisschen, weil sie, als ich anrief, gerade auf dem Rückweg zu ihrer Universität war.

»Tut mir Leid, dass ich in Eile bin, Mr. Broadhead«, entschuldigte sie sich, während sie ihre graue Tweedkostümjacke auszog. »In ungefähr zehn Minuten muss ich Studenten zeigen, wie man Nerven zusammennäht.«

»Sonst sagen Sie Robin zu mir, Doktor Liederman«, meinte ich, während meine Stimmung rapide sank.

»Ja, das stimmt ... Robin. Machen Sie sich keine Sorgen. Ich habe keine schlechten Nachrichten.« Während sie antwortete, zog sie sich weiter aus bis auf die Unterwäsche, bevor sie Hose, Rollkragenpullover und Operationskittel anzog. Wilma Liederman ist eine gut aussehende Frau, aber ich war nicht da, um ihre Reize zu beglotzen.

»Aber gute auch nicht?«

»Noch nicht. Sie haben mit Essie gesprochen, also wissen Sie, dass wir es bei ihr ohne Maschinen versuchen. Wir müssen wissen, wie weit sie es aus eigener Kraft schafft, und das erfahren wir erst in vierundzwanzig Stunden. Hoffe ich jedenfalls.«

»Essie sprach von sechs.«

»Sechs Stunden bis zu den Messungen, vierundzwanzig für den ganzen Versuch. Außer, sie lässt vorher stark nach und muss sofort wieder an die Maschinen.« Sie sprach über die Schulter mit mir, während sie sich an ihrem kleinen Waschbecken wusch. Sie hielt die tropfenden Hände in die Luft und trat näher an das Kom-Gerät heran. »Ich möchte nicht, dass Sie sich Sorgen machen, Robin«, sagte sie. »Das ist alles ganz normal. Sie hat an die hundert Transplantate in sich, und wir müssen feststellen, ob die angewachsen sind. Ich würde sie nicht so weit gehen lassen, wenn ich nicht der Meinung wäre, dass sie zumindest passable Aussichten hat, Robin.«

»›Passabel‹ hört sich aber gar nicht gut an, Wilma!«

»Mehr als passabel, aber nageln Sie mich nicht fest. Und zerbrechen Sie sich nicht den Kopf. Sie erhalten laufend Berichte und können mein Programm jederzeit anrufen, wenn Sie mehr wissen wollen – mich natürlich auch. Wollen Sie die Chancen hören? Zwei zu eins, dass alles gut geht. Hundert zu eins, dass, wenn etwas versagt, es etwas ist, das wir beheben können. Jetzt muss ich einen kompletten Geschlechtsapparat für eine junge Dame einpflanzen, die Gewissheit haben will, dass sie später noch Spaß hat.«

»Ich glaube, ich sollte heimfliegen«, meinte ich.

»Wozu? Sie können nichts tun, als im Weg stehen. Robin, ich verspreche Ihnen, ich lasse sie nicht sterben, bevor Sie zurück sind.« Im Hintergrund ertönte ein Gong aus der Lautsprecheranlage. »Da wird mein Lied gespielt, Robin. Wir sprechen später miteinander.«

Es gibt Zeiten, da sitze ich im Mittelpunkt der Welt und weiß, dass ich jedes der Programme ansprechen kann, die meine liebe Frau für mich geschrieben hat, um jedes Faktum in Erfahrung zu bringen. Ich weiß auch, dass ich jede Erklärung aufnehmen oder jedes Ereignis abspielen lassen kann.

Und es gibt Zeiten, da sitze ich vor einer vollen Konsole, den Kopf voll brennender Fragen, und erfahre nichts, weil ich nicht weiß, was ich fragen soll.

Dann gibt es Zeiten, in denen ich so voll von Lernen und Leben bin, dass die Augenblicke vorbeirasen und die Tage vollgestopft sind; und andere, zu denen ich in einem Brackwasser neben der Strömung treibe und die Welt rasch an mir vorbeizieht. Es gab genug zu tun. Ich hatte keine Lust dazu. Albert war mit Nachrichten vom Hitschi-Himmel und der Nahrungsfabrik bis zum Bersten geladen. Ich ließ ihn das loswerden. Aber die Zusammenfassung klatschte in mein Gemüt, ohne eine Frage oder auch nur eine Kräuselung auszulösen; als er über bauliche Schlussfolgerungen und Auslegungen des Gefasels der Toten Menschen zu Ende berichtet hatte, schaltete ich ihn ab. Es wäre zutiefst interessant gewesen, aber aus irgendeinem Grund interessierte es mich nicht. Ich befahl Harriet, meinem Holophantom alle Routinedinge zu überlassen und jeden, bei dem es nicht dringend war, zu bitten, er möge mich ein andermal anrufen. Ich streckte mich auf dem Wassersofa aus und blickte auf die sonderbare Skyline von Brasilia hinaus, während ich mir wünschte, das möchte die Liege in der Nahrungsfabrik sein, verbunden mit jemandem, den ich liebte.

Wäre das nicht großartig? Hinausgreifen können zu jemandem, der ganz weit entfernt war, so wie Wan zur ganzen Erde hinausgegriffen hatte, und mit ihnen zu fühlen, was sie fühlten, ihnen sein Inneres öffnen? Unvorstellbar schön für ein Liebespaar!

Und auf diesen Gedanken reagierte ich, indem ich an meiner Konsole Morton anrief und ihn aufforderte, die Möglichkeit zu erforschen, ob diese Anwendung der Liege patentierbar sei.

Es war keine sehr romantische Reaktion auf einen durchaus romantischen Gedanken. Das Problem war: Ich war mir nicht ganz sicher, mit wem ich mir eine solche Verbindung wünschte. Mit meiner lieben Frau, die jetzt so bedürftig war? Oder mit jemandem, der viel weiter entfernt und viel schwerer zu erreichen war?

So verbrachte ich den langen brasilianischen Nachmittag träge, lag im Badebecken, ließ mich von der untergehenden Sonne bescheinen, aß in meiner Suite elegant zu Abend und trank eine Flasche Wein dazu. Dann rief ich noch einmal Albert, um ihn zu fragen, was ich in Wahrheit wissen wollte.

»Albert? Wo genau ist Klara jetzt?«

Er stopfte Tabak in seine Pfeife und zog die Brauen zusammen.

»Gelle-Klara Moynlin«, sagte er schließlich, »ist in einem Schwarzen Loch.«

»Ja. Und was bedeutet das?«

»Das ist schwer zu sagen«, erwiderte er bedauernd. »Ich meine, es ist schwer, das einfach auszudrücken, und auch schwer zu sagen, weil ich es eigentlich nicht weiß. Nicht genug Daten.«

»Tu, was du kannst.«

»Klare Sache, Robin. Ich würde sagen, sie ist in dem Teil des Forschungsschiffes, der in der Umlaufbahn blieb, knapp unter dem Ereignishorizont der Singularität, der ihr begegnet seid – was«, er winkte beiläufig mit der Hand, und hinter ihm tauchte eine schwarze Tafel auf, »natürlich genau am Schwarzschild-Radius ist.«

Er stand auf, stieß die unangezündete Pfeife in die Hüfttasche seiner ausgebeulten Hose, griff nach einem Stück Kreide und schrieb:

$$\frac{2\,GM}{c^2}$$

»An dieser Grenze kann das Licht nicht weiter vordringen. Sie können das als eine stehende Wellenfront betrachten, wo das Licht so weit vorgedrungen ist, wie es kann. Daran vorbei kann man nicht in das Schwarze Loch blicken. Von dahinter kann nichts herauskommen. Die Symbole stehen natürlich für Gravitation und Masse, und einem alten ÜLG-Kenner wie Ihnen brauche ich wohl nicht zu erklären, was c^2 ist, oder? Nach den Messungen, die Sie mitbrachten, hat es den Anschein, dass dieses bestimmte Loch einen Durchmesser von etwa sechzig Kilometern besitzt, was ihm eine Masse vom ungefähr Zehnfachen der Sonne verleihen würde. Sage ich Ihnen da mehr, als Sie wissen wollen?«

»Ein bisschen, Albert«, sagte ich und rutschte auf dem Wassersofa unbehaglich hin und her. Ich wusste selbst nicht genau, was ich wissen wollte.

»Vielleicht möchten Sie wissen, ob sie tot ist, Robby«, meinte er. »O nein. Das glaube ich nicht. Es gibt da sehr viel Strahlung und weiß Gott welche Gravitation. Aber sie hat noch nicht viel Zeit gehabt, um tot zu sein. Das hängt von ihrer Winkelgeschwindigkeit ab. Sie weiß vielleicht noch nicht einmal, dass Sie fort sind. Zeitdehnung, wissen Sie. Das ist die Folge von ...«

»Was Zeitdehnung ist, weiß ich«, unterbrach ich. Und das traf auch zu, weil ich beinahe das Gefühl hatte, sie am eigenen Leib zu erleben. »Gibt es irgendeinen Weg, das festzustellen?«

»›Ein Schwarzes Loch hat keine Haare‹, Robby«, zitierte er ernsthaft. »Das nennen wir das Carter-Werner-Robinson-Hawking-Gesetz, und es bedeutet, dass man über ein Schwarzes Loch nichts in Erfahrung bringen kann als Masse, Ladung und Winkelgeschwindigkeit. Aus.«

»Es sei denn, man gelangt hinein, wie sie es getan hat.«

»Hm, ja. Robby«, räumte er ein, setzte sich und beschäftigte sich mit seiner Pfeife. Lange Pause. Paff, paff. Dann: »Robin?«

»Ja, Albert?«

Er wirkte verlegen, oder so verlegen, wie ein Hologramm wirken kann.

»Ich bin zu Ihnen nicht ganz fair gewesen«, sagte er. »Es gibt Information, die aus Schwarzen Löchern kommt. Aber das führt uns zur Quantenmechanik. Und außerdem nützt es Ihnen nichts. Nicht für Ihre Absichten.«

Es war mir nicht gerade angenehm, mir von einem Computerprogramm sagen lassen zu müssen, welche »Absichten« ich hegte. Zumal da ich mir selbst nicht ganz sicher war.

»Heraus damit!«, befahl ich.

»Tja ... eigentlich wissen wir nicht sehr viel. Das geht zurück auf Stephen Hawkings erste Theorien. Er wies darauf hin, dass man einem Schwarzen Loch in einem bestimmten Sinn eine ›Temperatur‹ zuschreiben kann – was irgendeine Art von Strahlung unterstellt. Es entkommen also doch Teilchen. Aber nicht aus der Art von Schwarzen Löchern, die Sie interessieren, Robby.«

»Aus welcher Art können sie dringen?«

»Meistens aus den winzigen. Denen mit der Masse vom, sagen wir, Mount Everest. Submikroskopische. Nicht größer als ein Atomteilchen. Sie werden sehr heiß, hundert Milliarden Kelvin und mehr. Je kleiner sie sind, desto rascher verläuft die Quantentunnelung, desto heißer werden sie – sie fahren also fort, immer kleiner und heißer zu werden, bis sie einfach auseinander fliegen. Die großen tun das nicht. Da geht es anders herum. Je größer sie sind, desto mehr stürzt hinein, womit sie ihre Masse auffüllen können, und desto schwerer wird es für ein Teilchen zu entkommen. Ein Schwarzes Loch wie das von Klara hat eine Temperatur irgendwo im Bereich von einem hundertmillionstel Kelvin, was wirklich kalt ist, Robin. Und immer kälter wird.«

»Aus solchen kommt man also nicht heraus.«

»Auf keine Weise, die ich kenne, nein, Robin. Beantwortet das Ihre Fragen?«

»Vorerst«, sagte ich und entließ ihn. Die Fragen waren auch wirklich beantwortet, bis auf eine: Woher kam es, dass er mich, wenn er von Klara sprach, »Robby« nannte?

Essie schrieb gute Programme, aber ich gewann langsam den Eindruck, dass sie anfingen, sich zu überschneiden. Ich hatte einmal ein Programm gehabt, das mich von Zeit zu Zeit mit Namen aus meiner Kindheit ansprach. Aber es war ein psychiatrisches Programm gewesen. Ich nahm mir vor, Essie zu bitten, dass sie ihre Programmierung auf Vordermann brachte, weil ich ganz gewiss nicht das Gefühl hatte, ich bedürfte jetzt der Dienste von Sigfrid Seelenklempner.

Senator Pragglers Büro auf Zeit befand sich nicht im Gateway-Turm, sondern im 26. Stockwerk des Bürogebäudes der Gesetzgeber. Eine Freundlichkeit des brasilianischen Kongresses einem Kollegen gegenüber, und eine schmeichelhafte dazu, weil es nur zwei Etagen unter der höchsten lag. Trotz der Tatsache, dass ich beim Hellwerden aufgestanden war, kam ich ein paar Minuten zu spät. Ich hatte die Zeit damit verbracht, am frühen Morgen in der Stadt herumzulaufen. Ich befand mich immer noch in einer Art Zeitstillstand.

Aber Praggler riss mich heraus, strahlend und energiegeladen.

»Wunderbare Nachrichten, Robin!«, rief er, zog mich in sein Büro und bestellte Kaffee. »Mein Gott! Wie dumm wir alle gewesen sind!«

Einen Augenblick lang glaubte ich, er wolle damit sagen, Bover hätte seine Klage zurückgezogen. Das bewies nur, wie dumm ich immer noch war; was er meinte, war eine späte Blitzmeldung von der Relaisstation zur Nahrungsfabrik. Die vielgesuchten Hitschi-Bücher hatten sich als die

Gebetsfächer herausgestellt, die wir alle schon seit Jahrzehnten kannten.

»Ich dachte, Sie wissen schon Bescheid«, entschuldigte er sich, als er mich eingeweiht hatte.

»Ich bin spazieren gegangen«, sagte ich. Es war für ihn ziemlich verwirrend, mir etwas derart Bedeutendes über mein eigenes Projekt mitzuteilen. Aber ich erholte mich rasch. »Das scheint mir ein großer Vorteil für unser Bestreben zu sein, diese Verfügung annullieren zu lassen, Senator«, meinte ich.

Er grinste. »Wissen Sie, ich hätte mir denken können, dass Sie es so sehen. Möchten Sie mir verraten, wie Sie darauf kommen?«

»Na ja, was ist der wichtigste Zweck der Expedition? Wissen über die Hitschi zu beschaffen. Und jetzt erfahren wir, dass eine Riesenmenge einfach herumliegt und nur darauf wartet, dass wir danach greifen.«

Er zog die Brauen zusammen. »Wir wissen aber nicht, wie die verdammten Dinger zu entschlüsseln sind.«

»Das wird sich ergeben. Jetzt, wo wir wissen, was sie sind, finden wir auch einen Weg, sie zu nutzen. Wir besitzen die Erkenntnis. Alles, was wir noch brauchen, ist die Technik. Wir sollten ...« Ich verstummte mitten im Satz. Ich wollte sagen, es wäre eine gute Idee, alle Gebetsfächer aufzukaufen, die auf dem Markt waren, aber das war ein zu guter Einfall, um ihn selbst einem Freund anzuvertrauen. Ich schaltete um auf: »Wir sollten rasch zu Ergebnissen kommen. Die Sache ist einfach die: Die Herter-Hall-Expedition ist nicht mehr unser einziges Eisen im Feuer, sodass jeder Einwand, der sich auf nationale Interessen stützt, sehr stark an Gewicht verliert.«

Er ließ sich von seiner Sekretärin – der echten, lebendigen, die seinem Programm überhaupt nicht ähnlich sieht – eine Tasse Kaffee geben und zog die Schultern hoch.

»Das ist ein Argument. Ich trage es dem Ausschuss vor.«

»Ich hatte gehofft, Sie würden mehr tun, Senator.«

»Wenn Sie meinen, dass die ganze Sache fallen gelassen werden soll, Robin – diese Befugnis habe ich nicht. Ich bin nur hier, um den Ausschuss zu leiten. Einen Monat lang. Ich kann heimfliegen und im Senat Krach schlagen, und vielleicht mache ich das auch, aber das ist schon alles.«

»Und was wird der Ausschuss tun? Bovers Anspruch anerkennen?«

Er zögerte.

»Schlimmer, glaube ich. Die Neigung geht dahin, euch alle zu enteignen. Dann handelt es sich um eine Sache der Gateway-Gesellschaft, was bedeutet, dass sie da bleibt, bis die Unterzeichner des Vertrages beschließen, dem ein Ende zu machen. Auf lange Sicht werden Sie natürlich alle entschädigt ...«

Ich knallte die Tasse auf den Unterteller zurück.

»Ich scheiße auf die Entschädigung! Glauben Sie etwa, ich mache das des Geldes wegen?«

Praggler ist ein ziemlich enger Freund. Ich weiß, dass er mich mag, und glaube sogar, dass er mir vertraut, aber seine Miene wirkte nicht freundlich, als er sagte: »Manchmal frage ich mich ehrlich, weshalb Sie es machen.« Er sah mich kurze Zeit ausdruckslos an. Ich wusste, dass er über mich und Klara informiert war. Und er war auch in unserem Haus am Tappan-See zu Gast gewesen. »Das mit der Krankheit Ihrer Frau tut mir Leid«, sagte er schließlich. »Ich hoffe, es geht ihr bald wieder besser.«

Ich machte in seinem Vorzimmer Pause, um verschlüsselt rasch bei Harriet anzurufen und sie anzuweisen, meine Leute auf den Kauf aller Gebetsfächer anzusetzen, die sie bekommen konnten. Sie hatte wohl tausend Mitteilungen für mich, aber ich nahm nur eine an - und diese besagte lediglich, dass Essie eine ruhige Nacht gehabt hatte und in ungefähr einer Stunde Besuch von den Ärzten erhalten würde. Ich hatte keine Zeit für die übrigen Dinge, weil ich etwas tun musste.

Es ist nicht leicht, vor dem brasilianischen Kongress ein Taxi zu bekommen; die Portiers haben ihre Anweisungen, und sie wissen, wer Vorrang genießt. Ich musste zur Straße hochklettern und einen Wagen heranwinken. Als ich dem Fahrer die Adresse nannte, musste ich sie zweimal wiederholen und sogar auf einen Zettel schreiben. Das lag nicht an meinem schlechten Portugiesisch. Er wollte eigentlich gar nicht nach Free Town.

Wir fuhren also hinaus, vorbei an der alten Kathedrale, unter dem riesigen Gateway-Turm auf dem verstopften Boulevard dahin und hinaus aufs offene Planalto. Zwei Kilometer lang. Das war der Grüngürtel, der *Cordon sanitaire*, um die Hauptstadt, den die Brasilianer verteidigten, aber gleich dahinter lag die Slumstadt. Sofort, als wir hineinfuhren, kurbelte ich das Fenster hoch. Ich bin in den Nahrungsgruben von Wyoming aufgewachsen und war Gestank den lieben, langen Tag gewöhnt. Aber das hier war ein ganz anderer. Nicht nur der Gestank nach Erdöl. Hier gab es Freiluft-Aborte und verfaulenden Müll – zwei Millionen Menschen ohne fließendes Wasser. Die Hütten waren ursprünglich entstanden, damit Bauarbeiter eine Unterkunft besaßen, während sie die wunderbare Traumstadt errichteten. Eigentlich hätten sie verschwinden sollen, als die Stadt fertig war. Slumstädte verschwinden aber nie. Sie werden zur festen Einrichtung.

Der Taxifahrer lenkte seinen Wagen durch fast einen Kilometer enge Gassen, vor sich hin murrend, nie schneller als im Schritttempo. Ziegen und Menschen machten zögernd Platz. Kleine Kinder schrien auf mich ein, während sie neben uns herliefen. An unserem Ziel ließ ich ihn aussteigen und nach Senhor Hanson Bover fragen, aber bevor er das in Erfahrung brachte, sah ich Bover selbst auf den Hohlziegelstufen vor einem alten, verrosteten Wohnwagen sitzen. Sofort, als ich bezahlt hatte, wendete der Fahrer und fuhr davon, viel schneller, als wir angekommen waren, und jetzt fluchte er lauthals.

Bover stand nicht auf, als ich näher kam. Er kaute an einer Art Gebäck und hörte auch damit nicht auf. Er beobachtete mich nur.

Nach den Maßstäben des Barrio lebte er in einer Villa. Die alten Wohnanhänger bestanden aus zwei oder drei Räumen, und neben der schmalen Treppe war sogar ein kleiner Flecken Grün zu sehen. Bovers Schädeldecke war unbedeckt und litt anscheinend an einem Sonnenbrand; er trug eine schmutzige, unter den Knien abgetrennte Leinenhose und ein T-shirt mit einer Aufschrift in portugiesischer Sprache, die ich nicht verstand, aber auch sie schien schmutzig zu sein. Er schluckte und sagte: »Ich würde Ihnen gern ein Mittagessen anbieten, Broadhead, aber ich esse es eben selbst.«

»Ich will kein Mittagessen. Ich will zu einer Vereinbarung kommen. Ich gebe Ihnen fünfzig Prozent meines Anteils an der Expedition und eine Million Dollar in bar, wenn Sie Ihre Klage zurückziehen.«

Er fuhr mit der Hand vorsichtig über seine Schädeldecke. Es kam mir seltsam vor, dass er so schnell einen Sonnenbrand bekam, weil mir das am Tag vorher noch nicht aufgefallen war - aber dann erinnerte ich mich, dass ich auch keine Glatze gesehen hatte. Er war mit einem Toupé erschienen. Ansonsten gab es jedoch keinen Unterschied zu seinem Auftreten tags zuvor. Mir gefielen seine Manieren nicht, und ebenso wenig, dass sich immer mehr Zuschauer um uns scharten. »Können wir das drinnen besprechen?«, fragte ich.

Er antwortete nicht. Er schob das letzte Stück Gebäck in den Mund und kaute, während er mich ansah.

Das reichte mir. Ich zwängte mich an ihm vorbei und stieg die Stufen hinauf.

Das Erste, was mir auffiel, war der Gestank - schlimmer als draußen, oh, hundertmal schlimmer. Drei Wände des Raumes wurden eingenommen von übereinander gestapelten Käfigen; in jedem befanden sich Kaninchen, in Vermehrung begriffen. Was ich roch, war Kaninchenkot, kiloweise. Und nicht nur von Kaninchen. Ein Säugling mit beschmutzter Windel wurde gerade von einer mageren jungen Frau gestillt. Nein, es war ein Mädchen; höchstens fünfzehn Jahre alt, wie es schien. Sie blickte sorgenvoll zu mir auf, unterbrach aber das Stillen nicht.

Das war also der hingebungsvolle Gläubige am Schrein seiner Ehefrau! Ich konnte mir nicht helfen. Ich lachte laut auf.

Ins Innere zu treten, war keine so gute Idee gewesen. Bover kam hinter mir herein und zog die Tür zu, worauf der Gestank sich verstärkte. Er war nicht mehr leidenschaftslos, sondern zornig.

»Ich sehe, Sie schätzen meine Umgebung nicht«, sagte er.

Ich zuckte die Achseln.

»Ich bin nicht hergekommen, um über Ihr Sexleben zu reden.«

»Nein! Dazu hätten Sie auch kein Recht! Sie könnten das nicht verstehen!«

Ich versuchte das Gespräch dorthin zu lenken, wo ich es haben wollte.

»Bover«, sagte ich, »ich habe Ihnen ein Angebot gemacht, das besser ist als jedes, das Sie von einem Gericht zugesprochen bekommen haben, und viel mehr, als Sie jemals erhoffen durften. Bitte, nehmen Sie es an, damit ich weitermachen kann.«

Er antwortete auch diesmal nicht direkt, sondern sagte zu dem Mädchen ein paar Worte auf Portugiesisch. Sie stand stumm auf, wickelte ein Tuch um den Po des Säuglings und trat auf die Stufen hinaus, wo sie die Tür hinter sich zuzog. Bover sagte, ganz so, als hätte er mich nicht gehört: »Trish ist seit über acht Jahren fort, Mr. Broadhead. Ich liebe sie immer noch. Aber ich habe nur ein Leben, und ich weiß, wie die Aussichten stehen, dass ich es noch einmal mit Trish teilen kann.«

»Wenn wir dahinter kommen, wie man die Hitschi-Schiffe richtig steuert, könnten wir hinausgehen und Trish zu finden versuchen«, sagte ich. Ich befasste mich nicht weiter damit; alles, was ich damit erreichte, war, dass er mich zutiefst feindselig anstarrte, so, als glaube er, ich wollte ihn überlisten. »Eine Million Dollar, Bover«, sagte ich. »Sie können heute hier raus. Für immer. Mit Ihrer Freundin und dem Kind und den Kaninchen. Medizinischer Vollschutz für alle. Eine Zukunft für das Kleine.«

»Ich sagte schon, Sie verstehen das nicht, Broadhead.«

Ich nahm mich zusammen und erwiderte nur: »Dann erklären Sie es mir. Erzählen Sie mir, was ich nicht weiß.«

Er griff nach einem schmutzigen Strampelanzug und nahm ein paar Stecknadeln von dem Stuhl, auf dem das Mädchen gesessen war. Einen Augenblick lang dachte ich schon, er wollte gastfreundlich werden, aber er setzte sich selbst und sagte: »Broadhead, ich lebe seit acht Jahren von der Wohlfahrt. Von der brasilianischen. Wenn wir keine Kaninchen züchten würden, hätten wir kein Fleisch. Wenn wir die Felle nicht verkaufen würden, hätte ich nicht das Geld für den Busfahrschein, um Sie zum Essen zu treffen oder meinen Anwalt aufzusuchen. Eine Million Dollar könnte mich dafür auch nicht entschädigen - oder dafür, was mit Trish passiert ist.«

Ich gab mir immer noch Mühe, mich zu beherrschen, aber der Gestank ging mir ebenso auf die Nerven wie sein Verhalten. Ich änderte die Strategie.

»Haben Sie Mitgefühl für Ihre Nachbarn, Bover? Wollen Sie, dass ihnen geholfen wird? Wir können diese Art von Armut für immer beseitigen, mit der Technologie der Hitschi. Genug Nahrung für alle! Anständige Unterkünfte!«

Er sagte geduldig: »Sie wissen so gut wie ich, dass die Wohltaten der Hitschi-Technologie - oder irgendeiner anderen - nicht den Leuten im Barrio zugute kommen. Sie dienen dazu, reiche Leute wie Sie noch reicher zu machen. O ja, früher oder später kann das alles geschehen, aber wann? So rechtzeitig, dass es für meine Nachbarn noch von Belang ist?«

»Ja! Wenn ich es beschleunigen kann, werde ich das tun!«

Er nickte gelassen.

»Sie sagen, Sie werden das tun. Von mir aber weiß ich, dass ich es bestimmt mache, wenn ich das Kommando übernehme. Weshalb sollte ich Ihnen vertrauen?«

»Weil ich Ihnen mein Wort gebe, Sie Scheißkerl! Warum, glauben Sie, versuche ich die Sache abzukürzen?«

Er lehnte sich zurück und sah zu mir auf.

»Was das betrifft«, sagte er, »tja, ich glaube, ich weiß, warum Sie es so eilig haben. Mit meinen Nachbarn oder mir hat das nicht viel zu tun. Meine Anwälte haben gründlich recherchiert, Broadhead, und über Ihr Mädchen auf Gateway weiß ich genau Bescheid.«

Ich konnte nicht anders, ich ging in die Luft.

»Wenn Sie schon so viel wissen«, brüllte ich, »dann ist Ihnen auch bekannt, dass ich sie da rausholen will, wo ich sie hineingebracht habe! Und das eine sage ich Ihnen, Bover: Ich lasse mich weder von Ihnen noch von Ihrer minderjährigen Hure daran hindern!«

Sein Gesicht war plötzlich so rot wie seine Glatze.

»Und was hält Ihre Frau davon?«, fragte er gehässig.

»Warum fragen Sie sie nicht selber? Wenn sie noch lange genug am Leben bleibt, damit Sie sie belästigen können. Lecken Sie mich am Arsch, Bover, ich gehe! Wie bekomme ich ein Taxi?«

Er grinste mich nur an. Boshaft. Ich zwängte mich an der Frau auf den Stufen vorbei und ging, ohne mich noch einmal umzublicken.

Bis ich zum Hotel zurückkam, wusste ich, weshalb er gegrinst hatte. Es war mir klar geworden während des zweistündigen Wartens auf einen Omnibus, auf einem Platz neben einer offenen Latrine. Ich will nicht einmal darüber sprechen, wie die Fahrt mit dem Omnibus verlief. Ich war schon auf schlechtere Weise unterwegs, aber nicht seit meiner Rückkehr von Gateway. In der Hotelhalle standen Trauben von Menschen herum, und sie sahen mich seltsam an, als ich hindurchging. Natürlich wussten sie alle, wer ich war. Jedermann wusste Bescheid über die Herter-Halls, und mein Bild war zusammen mit dem ihren im PV gesendet worden. Ich zweifelte nicht daran, dass ich seltsam aussah, verschwitzt und immer noch wutentbrannt.

Meine Konsole präsentierte ein Feuerwerk von Alarmsignalen, als ich die Tür zu meiner Suite hinter mir zuwarf. Das Erste, was ich tun musste, war, auf die Toilette zu gehen, aber über meine Schulter rief ich durch die offene Tür: »Harriet! Halten Sie alle Anrufe kurz zurück, und geben Sie mir Morton! Einweg. Ich will keine Antwort, ich möchte nur Anweisungen geben.« Mortons Gesicht erschien in einer Ecke des Holotanks; es wirkte nervös, aber erwartungsvoll. »Morton, ich komme eben von Bover. Ich habe ihm alles gesagt, was mir einfiel, aber es nützte nichts. Ich wünsche, dass Sie Privatdetektive einsetzen. Seine Vergangenheit soll durchforscht werden wie nie zuvor. Der Schweinehund muss irgendetwas getan haben, was faul war. Ich will ihn erpressen. Und wenn es ein zehn Jahre alter Strafzettel wegen Falschparkens ist, will ich ihn dafür hängen sehen. Strengen Sie sich an.« Er nickte stumm, verschwand aber nicht, was hieß, dass er zwar tun würde, was ich verlangt hatte, aber selbst etwas sagen wollte, wenn ich das nur zuließ. Über ihm stand das größere Gesicht von Harriet; sie zählte die Minute ab, um die ich sie gebeten hatte. Ich ging ins Zimmer zurück. »Also, Harriet«, sagte ich. »Das Wichtigste zuerst, alles der Reihe nach.«

»Ja, Robin, aber ...« Sie zögerte und nahm rasch Bewertungen vor. »Es gibt zwei dringende Punkte, Robin. Erstens möchte Albert Einstein die Gefangennahme der Herter-Hall-Gruppe – sicherlich durch die Hitschi – mit Ihnen besprechen.«

»Gefangennahme! Warum, zum Teufel, hast du ...« Ich verstummte; offenkundig konnte sie mir nichts davon gesagt haben, weil ich fast den ganzen Nachmittag nicht erreichbar gewesen war. Sie wartete nicht ab, bis ich zu dem Schluss gekommen war, sondern fuhr fort: »Ich glaube aber, Sie möchten lieber zuerst Doktor Liedermans Bericht hören, Robin. Ich habe eine Verbindung hergestellt, und sie ist jetzt bereit, live mit Ihnen zu sprechen.«

Das machte mich stutzig.

»Tun Sie das«, sagte ich, aber ich wusste, dass es nichts Gutes sein konnte, wenn Wilma Liederman live und persönlich Bericht erstattete. »Was ist los?«, fragte ich sofort, als sie erschien.

Sie trug ein Abendkleid, mit einer Orchidee an der Schulter, das erste Mal, dass ich sie so sah, seitdem sie auf unserer Hochzeit war.

»Keine Panik, Robin«, gab sie zurück, »aber Essie hat einen leichten Rückschlag erlitten. Sie ist wieder an die Maschinen zur Lebenserhaltung angeschlossen.«

»Was?«

»Es ist nicht so schlimm, wie es klingt. Sie ist wach und kann sich verständigen. Sie hat keine Schmerzen, und ihr Zustand ist stabil. Wir können das ewig so durchhalten ...«

»Kommen Sie zum ›Aber‹!«

»Aber sie stößt die Niere ab, und das Gewebe ringsum wächst nicht an. Sie braucht eine ganze Reihe neuer Transplantate. Vor ungefähr zwei Stunden bekam sie eine Urämie und braucht jetzt Volldialyse. Das ist nicht das Schlimmste. Es sind ihr aus so vielen Quellen so viele Stückchen und Teile eingesetzt worden, dass ihr Autoimmunsystem völlig durcheinander geraten ist. Wir müssen suchen, um passendes Gewebe zu finden, und können selbst dann nicht vermeiden, ihr lange Zeit Antiimmunpräparate zu injizieren.«

»Mensch! Das ist doch wie im Mittelalter!«

Sie nickte. »In der Regel finden wir etwas genau Passendes, aber nicht bei Essie. Nicht diesmal. Sie hat eine seltene Blutgruppe, so geht es schon an. Sie ist Russin, und ihr Typus ist in diesem Teil der Welt nicht häufig, sodass ...«

»Dann besorgen Sie etwas aus Leningrad, Herrgott noch mal!«

»Sodass, wollte ich sagen, die Gewebebanken auf der ganzen Welt überprüft worden sind. Wir können nah herankommen. *Ganz* nah, aber in ihrem jetzigen Zustand besteht immer noch Gefahr.«

Ich sah sie prüfend an und versuchte dahinter zu kommen, was ihr Tonfall bedeutete.

»Gefahr, alles noch einmal machen zu müssen, meinen Sie?« Sie schüttelte ein wenig den Kopf. »Dass sie ... dass sie *stirbt?* Das glaube ich Ihnen nicht! Wozu gibt es medizinischen Vollschutz, verdammt?«

»Robin ... sie ist schon einmal gestorben, wissen Sie. Wir mussten sie wieder beleben. Es gibt eine Grenze für den Schock, den sie überstehen kann.«

»Dann zum Teufel mit der Operation! Sie haben gesagt, so sei der Zustand stabil!«

Wilma blickte kurz auf ihre im Schoß gefalteten Hände, dann sah sie mich an.

»Sie ist die Patientin, nicht Sie.«

»Was soll das heißen?«

»Es ist ihre Entscheidung. Sie hat schon entschieden, dass sie nicht ewig an ein Lebenserhaltungsgerät angeschlossen sein will. Wir fangen morgen früh wieder an.«

Ich saß da und starrte in den Tank, lange, nachdem Wilma Liederman verschwunden und mein geduldiges Sekretariatsprogramm wieder aufgetaucht war und stumm auf Anweisungen wartete.

»Äh, Harriet«, sagte ich schließlich, »ich möchte heute Abend zurückfliegen.«

»Ja, Robin«, erwiderte sie. »Ich habe schon reservieren lassen. Es gibt heute Abend keinen Direktflug, aber Sie können in Caracas umsteigen und sind gegen fünf Uhr früh in New York. Die Operation beginnt nicht vor acht Uhr.«

»Danke.« Sie verstummte wieder und wartete. Mortons albernes Gesicht befand sich auch immer noch im Tank, winzig und vorwurfsvoll unten in der rechten Ecke. Er sagte nichts, aber ab und zu räusperte er sich oder schluckte, um mir zu zeigen, dass er wartete. »Morton«, sagte ich, »habe ich dich nicht gebeten zu verschwinden?«

»Das kann ich nicht, Robin. Nicht, solange ich vor einem unlösbaren Dilemma stehe. Sie haben Anweisungen bezüglich Mr. Bover gegeben ...«

»Und ob! Wenn ich so nicht mit ihm fertig werde, lasse ich ihn vielleicht einfach umbringen.«

»Sie brauchen sich keine Mühe zu geben«, sagte Morton rasch. »Seine Anwälte haben sich gemeldet. Er hat beschlossen, Ihr Angebot anzunehmen.«

Ich glotzte ihn an, die Augen groß, den Mund weit aufgerissen.

»Ich verstehe es auch nicht, Robin, so wenig wie seine Anwälte«, sagte er schnell. »Sie sind ganz durcheinander.

Aber es ist eine persönliche Mitteilung für Sie dabei, falls die etwas erklärt.«

»Nämlich?«

»Zitat: ›Vielleicht versteht er doch‹, Zitat Ende.«

In einem etwas verwirrenden Leben hatte ich viele verwirrende Tage erlebt, aber dieser war ein ganz besonderer. Ich ließ heißes Wasser in die Wanne laufen und legte mich eine halbe Stunde hinein, bemüht, alle Gedanken zu verbannen. Der Versuch brachte aber keine innere Ruhe.

Bis zum Start der Maschine nach Caracas hatte ich drei Stunden Zeit. Ich wusste nicht, was ich damit anfangen sollte. Es war nicht so, dass ich nichts zu tun gehabt hätte. Harriet versuchte immer wieder, meine Aufmerksamkeit auf sich zu lenken. Morton wollte den Vertrag mit Bover fixieren, Albert die Bioanalyse der Hitschi-Ausscheidungen besprechen, die irgendjemand eingesammelt hatte. Jeder wollte mit mir sprechen, und zwar über alles. Ich wollte nichts von alledem wissen. Ich blieb in meiner Zeitdehnung stecken und sah die Welt vorüberkriechen. Ich wusste nicht, was ich dagegen tun sollte. Es war schön, dass Bover glaubte, ich verstünde vielleicht. Ich fragte mich, wie er es anstellen würde, mir zu erklären, was ich verstand.

Nach einiger Zeit gelang es mir, so viel Energie aufzubringen, dass ich Harriet einige der entscheidungsreifen Anrufe durchstellen ließ, und ich traf an Entscheidungen, was notwendig erschien; danach hörte ich mir, während ich mit einer Schale Cracker mit Milch herumlöffelte, eine zusammenfassende Nachrichtensendung an. Es war viel die Rede von der Gefangennahme der Herter-Halls, und das konnte ich von Albert alles viel genauer erfahren als von den PV-Sprechern.

Dabei fiel mir ein, dass Albert mit mir hatte sprechen wollen, sodass ich mich vorübergehend wohler fühlte. Das gab meinem Dasein Sinn und Zweck. Ich hatte jemanden, den ich anfahren konnte.

»Schwachkopf«, fauchte ich, als er auftauchte. »Magnetbänder sind ein Jahrhundert alt. Wieso kannst du sie nicht lesen?«

Er blickte mich unter seinen buschigen weißen Brauen hervor ruhig an.

»Sie beziehen sich auf die so genannten ›Gebetsfächer‹, Robin, nicht? Natürlich haben wir das versucht, sehr oft sogar. Wir vermuteten sogar, es könnte eine Synergie vorliegen; aus diesem Grund versuchten wir es mit verschiedenen Arten von Magnetfeldern zugleich, stetig und oszillierend, mit unterschiedlicher Geschwindigkeit oszillierend. Wir versuchten es sogar mit simultaner Mikrowellenstrahlung, obschon, wie sich herausstellte, mit der falschen Art ...«

Ich war immer noch in Gedanken versunken, aber nicht so stark, dass ich die Folgerung nicht erkannt hätte.

»Soll das heißen, es gibt eine *richtige?*«

»Klare Sache, Robin.« Er grinste. »Als wir von den Instrumentenmessungen der Herter-Halls eine genaue Aufzeichnung hatten, kopierten wir sie einfach. Dieselbe Mikrowellenstrahlung, die in der Nahrungsfabrik vorhanden ist, ein Strom von wenigen Mikrowatt einer elliptisch polarisierten Mikrowelle mit einer Million Å. Und dann erhalten wir das Signal.«

»Enorm, Albert! Und was habt ihr dann?«

»Hm, tja«, sagte er, während er nach seiner Pfeife griff, »eigentlich noch nicht viel. Es ist hologrammgespeichert und zeitabhängig, sodass wir eine Art zuckender Wolke von Symbolen erhalten. Und natürlich können wir keines der Symbole lesen. Es ist Hitschi-Sprache, wissen Sie. Aber jetzt handelt es sich nur noch um Kryptographie schlechthin, könnte man sagen. Alles, was wir brauchen, ist ein Stein von Rosette.«

»Wie lange?«

Er zog die Schultern hoch, breitete die Hände aus und zwinkerte.

Ich dachte kurz nach.

»Gut, bleib dran. Noch etwas. Ich möchte, dass du das Ganze in mein Anwaltsprogramm kopierst, die Mikrowellen, Frequenzen, technische Pläne, alles. Irgendwo sollte da ein Patent herausschauen, und das möchte ich haben.«

»Klare Sache, Robin. Hemm. Möchten Sie etwas von den Toten Menschen hören?«

»Was ist mit ihnen?«

»Tja«, sagte er, »nicht alle davon sind menschlich. In diesen Speicherschaltungen finden sich ein paar recht sonderbare Gemüter, Robin. Ich glaube, sie könnten das sein, was Sie die Alten nennen.«

In meinem Nacken prickelte es.

»Hitschi?«

»Nein, nein, Robin! Fast menschlich. Aber nicht ganz. Sie können mit der Sprache nicht gut umgehen, vor allem jene, die zu den frühesten zu gehören scheinen, und ich wette, Sie können nicht einmal erraten, was für eine Computerzeit-Rechnung Sie bekommen werden, für Analyse und den Versuch, Sinn in dem Gesagten zu entdecken.«

»Mein Gott! Essie wird staunen, wenn ...« Ich verstummte. Einen Augenblick lang hatte ich Essie vergessen. »Na«, sagte ich, »das ist ... interessant. Was gibt es noch?« Aber in Wahrheit war mir das gleichgültig. Ich hatte meinen letzten Schuss Adrenalin verbraucht, und mehr gab es einfach nicht.

Ich ließ mir von ihm den Rest seiner Informationen geben, aber das meiste erreichte mich nicht. Nach unseren Kenntnissen waren drei Angehörige der Herter-Halls gefangen genommen worden. Die Hitschi hatten sie an einen spindelförmigen Ort gebracht, wo alte Maschinen herumstanden. Die Kameras übermittelten weiterhin Einzelbilder von nicht sehr aufregendem Inhalt. Die Toten Menschen waren übergeschnappt und gaben überhaupt nichts Vernünftiges mehr von sich. Wo sich Paul Hall befand, wusste niemand. Vielleicht war er noch in Freiheit. Vielleicht lebte er noch. Die unverständliche Verbindung über Funk zwischen den Toten Menschen und der Nahrungsfabrik bestand noch, aber es war nicht klar, wie lange sie halten würde – oder ob sie uns irgendetwas mitteilen konnte. Es war überraschend, dass die Biochemie der Hitschi der menschlichen weniger unähnlich war, als man vermutet hätte. Ich ließ Albert reden, bis er nichts mehr wusste, dann beschäftigte ich mich wieder mit dem PV-Programm. Es brachte zwei Schnellsprech-Komiker, die einander Witze erzählten. Leider auf Portugiesisch. Egal. Ich hatte immer noch eine Stunde hinter mich zu bringen und ließ sie verrinnen. Wenn schon nichts anderes, konnte ich die hübsche Carioca bewundern, Fruchtsalat im Haar, deren knappes Kostüm die Komiker abrissen, wenn sie kichernd vor ihnen auf und ab ging.

Harriets Alarmsignal leuchtete grellrot auf.

Bevor ich mich zu einer Reaktion aufraffen konnte, verschwand diese Szene vom Bildschirm, und eine Männerstimme sagte in strengem Ton etwas auf Portugiesisch. Ich verstand kein Wort davon, doch das Bild, das fast augenblicklich auftauchte, erkannte ich sofort.

Es war die Nahrungsfabrik, eine Aufnahme aus dem Archiv, festgehalten von den Herter-Halls beim Anflug. Und in dem kurzen Satz des Sprechers waren zwei Worte vorgekommen, die »Peter Herter« gelautet haben mochten.

Haben mochten.

Hatten.

Das Bild blieb, aber eine Stimme begann zu sprechen; es war die vom alten Herter, zornig und fest.

»Diese Mitteilung ist sofort über alle Kanäle zu verbreiten«, sagte sie. »Es handelt sich um eine Warnung mit einer Frist von zwei Stunden. In zwei Stunden werde ich einen einminütigen Fieberanfall hervorrufen, indem ich in die Liege klettere und die notwendigen, äh, Projektionen erzeuge. Ich fordere Sie alle auf, Vorsichtsmaßnahmen zu ergreifen. Wenn Sie das nicht tun, liegt die Verantwortung bei Ihnen und nicht bei mir.« Die Stimme schwieg kurze Zeit, dann fuhr sie fort: »Vergessen Sie nicht, Sie haben zwei Stunden. Nicht mehr. Kurz danach werde ich wieder zu Ihnen sprechen, um Ihnen den Grund dafür zu nennen und das, was ich als ein mir zustehendes Recht fordere, wenn Sie nicht wollen, dass das noch oft vorkommt. Zwei Stunden. Ab ... jetzt.«

Und die Stimme verstummte.

Der Sprecher tauchte auf, plapperte weiter und wirkte angstvoll. Es spielte keine Rolle, dass ich nicht verstehen konnte, was er sagte.

Ich hatte Peter Herter sehr gut verstanden. Er hatte die Traumliege repariert und würde sie benutzen. Nicht aus Unwissenheit, wie Wan. Nicht als kurzes Experiment, wie Janine. Er würde sie als Waffe benutzen. Er richtete eine Schusswaffe auf die Köpfe der gesamten Menschheit.

Und mein erster Gedanke war: So viel zur Vereinbarung mit Bover. Die Gateway-Gesellschaft würde nun ganz gewiss das Kommando übernehmen, und ich konnte es ihr nicht einmal verdenken.

10

Der Älteste

Der Älteste regte sich langsam, ein Organ nach dem anderen erwachte.

Zuerst kamen die piezophonischen Außenrezeptoren. Man nenne sie »Ohren«. Sie waren stets »eingeschaltet«, in dem Sinn, dass stets Schall zu ihnen drang. Ihre winzigen Kristallsplitter wurden von Schwingungen in der Luft zusammengepresst, und wenn die Lautmuster dem Namen entsprachen, mit dem die Kinder des Ältesten ihn riefen, drangen sie durch eine Sperre und aktivierten das, was seinem peripheren Nervensystem entsprach.

An diesem Punkt war der Älteste noch nicht wach, wusste aber, dass er geweckt wurde. Seine eigentlichen Ohren, die inneren, die Schall analysierten und interpretierten, wurden lebendig. Seine Erkennungsschaltungen prüften die Signale. Der Älteste hörte die Stimmen seiner Kinder und verstand, was sie sagten. Aber nur auf eine beiläufige und unaufmerksame Weise, wie ein schläfriges menschliches Wesen, das eine summende Fliege wahrnimmt. Er hatte »die Augen noch nicht geöffnet«.

In diesem Stadium wurden Entscheidungen gefällt. Wenn die Störung lohnend erschien, aktivierte der Älteste weitere Schaltungen. Wenn nicht, dann nicht. Ein menschlicher Schläfer mochte so weit wach werden, dass er nach einer Fliege schlug. Wenn der Älteste aus unwichtigen Gründen geweckt wurde, gab es Möglichkeiten für ihn, nach seinen Kindern zu »schlagen«. Sie weckten ihn nicht leichthin. Aber wenn er entschied, weiter aufzuwachen, entweder um zu handeln oder die Störung seines Schlafes zu bestrafen, nahm der Älteste seine große Augenoptik in Betrieb, zusammen mit einer ganzen Reihe von Informationsverarbeitungssystemen und Kurzzeit-Gedächtnisspeichern. Dann war er völlig wach, wie ein Mensch, der nach einem Nickerchen an die Decke blickt.

Die inneren Uhren des Ältesten verrieten ihm, dass sein Nickerchen sehr kurz gewesen war. Keine zehn Jahre. Wenn es nicht einen guten Grund für diesen Weckruf gab, würde jemand etwas abbekommen.

Inzwischen war der Älteste sich seiner gesamten Umgebung völlig bewusst. Seine innere Telemetrie empfing Zustandsmeldungen von allen Fernsensoren, überall in der zehn Millionen Tonnen schweren Masse, in der er und seine Kinder lebten. Hundert Impulse kreisten erneut durch sein Kurzzeit-Gedächtnis: die Worte, die ihn geweckt hatten; das Bild der drei Gefangenen, die seine Kinder ihm eben gebracht hatten; ein Defekt der Reparaturanlagen in den Bereichen von 4700 Å; die Tatsache, dass unter den gespeicherten Intelligenzen ungewöhnliche Aktivität herrschte; Temperaturen; Bestandsverzeichnisse; Schubkräfte. Sein Langzeitspeicher, obwohl untätig, war im Notfall zugänglich.

Das weiseste seiner Kinder stand vor ihm; durch die spärlichen Haare an Wangen und Lippen tröpfelte Schweiß. Der Älteste erkannte, dass das ein neuer Anführer war, kleiner und jünger als der vor zehn Jahren, aber er trug die Halskette aus Leserollen, das Zeichen seines Amtes, während er auf das Urteil wartete. Der Älteste richtete seine großen Außenobjektive auf ihn, als Signal zu sprechen.

»Wir haben Eindringlinge gefangen und sie dir gebracht«, sagte der Anführer und fügte zitternd hinzu: »Haben wir recht getan?«

Der Älteste richtete seine Aufmerksamkeit auf die Gefangenen. Einer davon war kein Eindringling, sondern der Junge, dessen Geburt er vor fünfzehn Jahren zugelassen hatte. Die anderen zwei dagegen waren Fremde und beide weiblich. Das bot eine Wahlmöglichkeit, die des Überlegens wert war. Als die anderen Eindringlinge erschienen waren, hatte er es so lange versäumt, die Chance zu einer neuen Aufzucht zu nutzen, bis es für jedes der verfügbaren Exemplare zu spät gewesen war. Und dann war keiner mehr gekommen.

Das war eine Gelegenheit, die der Älteste versäumt hatte, und eine, die er auf der Grundlage früherer erschreckender Erfahrung nicht hätte versäumen dürfen. Der Älteste war sich bewusst, dass seit einigen tausend Jahren seine Urteile nicht immer richtig gewesen, seine Meinungen nicht mehr von Zuversicht bestimmt waren. Er ließ nach. Er war Irrtümern unterworfen. Der Älteste wusste nicht, welche persönliche Buße er für Fehler zu leisten haben würde, und wollte es auch nicht wissen.

Er begann Entscheidungen zu treffen. Er griff auf Präzedenzfälle und Zukunftsaussichten in seinem Langzeitgedächtnis zurück und stellte fest, dass er über eine befriedigende Auswahl an Alternativen verfügte. Er aktivierte die Nervenbahnen für Beweglichkeit. Sein riesiger Metallkörper erhob sich auf seinen Stützen und bewegte sich vorbei an dem Anführer zu der Kammer, in der die Eindringlinge festgehalten wurden. Er hörte das Ächzen seiner Kinder, als er sich bewegte. Alle waren verblüfft. Einige der Jüngeren, die ihn als Erwachsene nie in Bewegung gesehen hatten, waren entsetzt.

»Ihr habt recht getan«, urteilte er, und es gab einen tiefen Seufzer der Erleichterung.

Der Älteste konnte die Kammer nicht betreten, weil er so groß war, aber mit langen Fühlern aus Weichmetall griff er hinein und berührte die Gefangenen. Es interessierte ihn nicht, dass sie kreischten und sich wehrten. Sein Interesse in diesem Augenblick betraf nur ihren körperlichen Zustand. Er war sehr befriedigend: Zwei von ihnen, das männliche Wesen eingeschlossen, waren sehr jung und deshalb für viele Jahre von Nutzen. In welcher Form er sie auch nutzen mochte. Alle schienen bei guter Gesundheit zu sein.

Was die Verständigung mit ihnen anging, so bestand das Ärgernis, dass ihr Geschrei und ihr Flehen in einer jener unangenehmen Sprachen erfolgte, die ihre Vorgänger benutzt hatten. Der Älteste verstand kein Wort davon. Das war aber im Grunde kein Problem, weil er jederzeit durch die gespeicherten Intelligenzen ihrer Vorgänger mit ihnen sprechen konnte. Selbst seine eigenen Kinder neigten über die Jahrhunderte hinweg dazu, ihre Sprache so zu entwickeln, dass er auch mit ihnen nicht hätte sprechen können, wenn er nicht alle zehn, zwölf Generationen einen oder zwei von ihnen als Übersetzer installiert hätte – nur als Übersetzer, weil die Kinder des Ältesten bedauerlicherweise für nichts anderes geeignet zu sein schienen. Solche Probleme waren also lösbar. Inzwischen schienen die Fakten günstig zu liegen. Fakt: Die Exemplare waren in guter Verfassung. Fakt: Sie waren eindeutig intelligent, gebrauchten Werkzeuge, besaßen sogar Technologie. Fakt: Sie standen ihm nach Belieben zur Verfügung.

»Ernährt sie! Haltet sie hier fest. Wartet weitere Anweisungen ab!«, befahl er den sich hinter ihm zusammendrängenden Kindern. Dann richtete er seine Außenrezeptoren nach unten, um zu überlegen, wie er diese Eindringlinge zur Förderung der Gebote nutzen konnte, die innerster Kern seines sehr langen Lebens waren.

Als eine maschinengespeicherte Persönlichkeit besaß der Älteste eine sehr große Lebenserwartung – vielleicht sogar mehrere tausend Jahre –, aber sie war nicht groß genug, dass er seine Pläne ausführen konnte. Doch im Bereitschaftszustand alterte er kaum. Er verbrachte also die meiste Zeit bei gedrosselter Energie, ohne sich zu regen. Er ruhte zu solchen Zeiten nicht und träumte nicht einmal. Er wartete lediglich, während seine Kinder ihr Leben verbrachten und seinen Willen ausführten und während die astrophysikalischen Ereignisse draußen träge vorbeizogen.

Von Zeit zu Zeit erwachte er unter dem Drängen seiner inneren Uhren, um zu überprüfen, zu verbessern und zu verändern. Bei anderen Gelegenheiten weckten ihn seine Kinder. Sie hatten Anweisung, das zu tun, sobald es notwendig war, und das Bedürfnis ergab sich sehr oft.

Früher war der Älteste ein Wesen aus Fleisch und Blut gewesen, so sehr Tier wie seine Kinder jetzt oder wie die Gefangenen, die sie ihm gebracht hatten. Diese Zeit war überaus kurz gewesen, kürzer als ein Nickerchen, von dem Augenblick an, als er aus den schwitzenden und sich aufbäumenden Lenden seiner Mutter herausgepresst worden war, bis zu dem furchtbaren Augenblick am Ende, als er hilflos dalag, während Kanülen Schlaf in seine Adern pumpten und die wirbelnden Messer darauf warteten, seinen Schädel zu trepanieren. Er konnte sich, wenn er wollte, an diese Zeit sehr genau erinnern. Er konnte sich an alles erinnern, in diesem kurzen Leben ebenso wie in dem langen, langen Pseudodasein, das folgte, vorausgesetzt, er wusste, wo er in seinem gespeicherten Gedächtnis danach suchen musste. Und das wusste er nicht immer. Es war zu viel gespeichert.

Der Älteste hatte keine klare Vorstellung davon, wie viele Erinnerungen ihm zur Verfügung standen oder wie viel Zeit auf die eine oder andere Weise vergangen war. Oder selbst davon, wo sich alles befand. Der Ort, wo er und seine Kinder lebten, war »Hier«. Jener andere Ort, der in seinen Gedanken eine so große Rolle spielte, war »Dort«. Alles andere im Universum war einfach »Anderswo«, und er machte sich nicht die Mühe, Punkte zu lokalisieren und sie zueinander in Beziehung zu setzen. Woher kamen die Eindringlinge? Von irgendwo. Es spielte keine große Rolle, woher. Wo war die Nahrungsquelle, die der Junge immer wieder aufsuchte? Irgendwo. Wo war seinesgleichen hergekommen, in den langen Zeitaltern, bevor er geboren worden war? Darauf kam es nicht an. Das wesentliche Hier gab es schon sehr, sehr lange – länger, als man zu fassen vermochte, selbst der Älteste. Hier war durch den Weltraum geflogen, seit man es gebaut, ausgerüstet und auf den Weg gebracht hatte; Hier hatte viele Geburten und Todesfälle erlebt - fast fünf Millionen -, obschon es zu keiner Zeit mehr als einige hundert lebende Wesen enthielt und selten mehr als einige Dutzend. Hier hatte während dieser ganzen Zeit ständige langsame Veränderungen erlebt. Die Neugeborenen waren um so größer, weicher, fetter und hilfloser, je weiter die Zeit voranschritt. Die Erwachsenen waren größer, träger, weniger behaart. Hier hatte oft auch rasche Veränderungen mitgemacht. Zu solchen Zeiten war es für die Kinder ratsam, den Ältesten zu wecken.

Manchmal waren es politische Veränderungen, denn Hier hatte tausend verschiedene Gesellschaftssysteme erlebt, jedes zu seiner Zeit. Es gab Spannen von einer oder zwei Generationen oder sogar von Jahrhunderten, in denen die bestehende Kultur eine sinnliche oder hedonistische oder streng puritanische war; wenn ein Individuum zum Despoten oder zur Gottheit wurde, oder wenn sich keines über die anderen erhob. Eine demokratische Republik, wie die Erde sie ausprobiert hatte, gab es nie - Hier war nicht groß genug für eine repräsentative Regierung -, und nur einmal eine nach Rassen gegliederte Gesellschaft. (Sie ging zu Ende, als die Unteren mit den sandfarbenen Pelzen sich gegen die Oberen mit den schokoladefarbenen erhoben und sie ein für alle Mal auslöschten.) Es hatte viele Ideologien gegeben und eine vielfältige Reihe von ethischen Grundsätzen, aber nur eine einzige Religion - jedenfalls während der letzten vielen Jahrtausende. Es gab Raum nur für eine; schließlich ruhte ihr lebendiger Gott alle Tage ihres Lebens unter den Kindern und erwachte, um zu bestrafen oder zu begünstigen, wen er sich gerade aussuchte.

Viele Äonen lang hatte es in Hier überhaupt keine richtigen Leute gegeben, nur eine Anzahl verwirrter Halbintelligenter, vor Herausforderungen stehend, die vorgesehen waren, um sie klug zu machen. Das Verfahren tat seine Wirkung. Nur langsam. Es dauerte hunderttausend Jahre, bis der Erste von ihnen auch nur den Begriff des Schreibens verstand, fast eine halbe Million Jahre länger, bis einer so klug wurde, dass man ihm echte Arbeit anvertrauen konnte. Diese Ehre war an den Ältesten selbst gegangen. Sie war nicht willkommen gewesen. Niemand sonst hatte sie sich seither verdient.

Und auch das war ein Versagen, wie der Älteste wusste. Auf irgendeine Weise hatte er versagt. Was hatte er falsch gemacht?

Er hatte doch gewiss sein Bestes gegeben. Er war stets, vor allem in den ersten Jahrhunderten seines Lebens im Körper einer Maschine, fleißig und sorgsam bemüht gewesen, jedes Tun seiner Kinder zu überwachen. Taten sie Falsches, bestrafte er. Handelten sie richtig, lobte er. Stets sorgte er für ihre Bedürfnisse.

Aber vielleicht lag darin der Fehler. Es hatte eine Zeit gegeben, ganz lange her, als er mit einem furchtbaren »Schmerz« im Metallpanzer, worin er hauste, erwacht war. Es war nicht der Schmerz des Fleisches, sondern die Sensormeldung von unerträglicher physischer Schädigung; aber ebenso erschreckend. Seine Kinder versammelten sich voller Entsetzen und schrien durcheinander, während sie ihm die zerschlagene Leiche eines jungen weiblichen Wesens zeigten.

»Sie war wahnsinnig!«, riefen sie angstvoll. »Sie hat versucht, dich zu zerstören!«

Die rasche Überprüfung der Systeme durch den Ältesten ergab, dass der Schaden gering war. Es hatte sich um einen Sprengstoff gehandelt, und alles, was die Explosion ihn kostete, waren ein paar Nervenendorgane und eine teilweise Zerstörung von Kontrollnetzen; nichts, was sich nicht beheben ließ. Er wollte wissen, warum sie das getan hatten. Sie antworteten nur zögernd, von Angst geschüttelt, und sagten: »Sie wollte von uns, dass wir dich zerstören. Sie sagte, du fügst uns Schaden zu, und ohne dich könnten wir weiterwachsen. Wir erflehen Verzeihung. Wir wussten nicht, dass wir falsch gehandelt haben, als wir sie nicht schon früher töteten.«

»Ihr habt falsch gehandelt«, sagte der Älteste, »aber aus einem anderen Grund. Wenn wieder einmal eine solche Person bei euch erscheint, müsst ihr mich sofort wecken. Sie darf notfalls eingesperrt werden, aber ihr dürft sie nicht umbringen.«

Und dann - war das einige Jahrhunderte später? Es schien nur ein Lidzucken gewesen zu sein. Dann kam der Augenblick, als sie ihn nicht früh genug geweckt hatten. Ein Dutzend Generationen lang hatten sie sich nicht an die Vorschriften gehalten, die Anforderungen der Fortpflanzung nicht erfüllt, und der Gesamtbestand seiner lebenden Kinder war auf vier Einzelwesen gesunken, bevor sie es wagten, sein Missvergnügen zu riskieren, indem sie ihn weckten. Nun, das hatten sie zu spüren bekommen. Beinahe wäre dies das Ende aller Pläne gewesen, weil von den vier Kindern nur eines weiblich gewesen war und bereits am Ende der Gebärfähigkeit stand. Er hatte ein Dutzend Jahre seines Lebens aufwenden müssen, war alle paar Monate gereizt aufgewacht, hatte Disziplin durchgesetzt und gelehrt - und sich Sorgen gemacht. Mithilfe der biologischen Überlieferung, die in seinem ältesten Gedächtnis gespeichert war, hatte er dafür gesorgt, dass auch die beiden Kinder, welche das weibliche Wesen noch zur Welt bringen konnte, weiblich waren. Mit gelagertem Sperma der vor Angst schlotternden männlichen Wesen sorgte er dafür, dass das Genangebot so vielseitig wie möglich blieb. Aber es war knapp hergegangen. Und manches war für immer verloren. Nie mehr hatte sich ein Möchtegernattentäter gegen ihn erhoben. Wenn das nur der Fall gewesen wäre! Es war auch kein zweiter von seiner Art aufgetreten.

Der Älteste erkannte, dass es keine echte Hoffnung geben konnte, ein solcher werde je unter seinen Kindern heranwachsen. Wenn das möglich gewesen wäre, hätte es längst stattgefunden. Zeit genug hatte es gegeben. Zehntausend Generationen seiner Kinder waren seither geboren und gestorben, in einem Zeitraum von einer Viertelmillion Jahren.

Als der Älteste sich wieder bewegte, zuckten alle seine Kinder zusammen. Sie wussten, dass er handeln würde. Sie wussten nicht, in welcher Form.

»Die Reparaturmechanismen in den 4700-Å-Korridoren müssen ersetzt werden«, sagte er. »Drei Mechaniker kümmern sich darum.«

Die mehr als siebzig Erwachsenen murmelten erleichtert durcheinander – die Strafe kam stets zuerst, und wenn seine Befehle keine Strafen enthielten, blieben sie ganz aus. Die drei Mechaniker, auf die der Anführer wies, waren weniger erleichtert, weil das einige Tage sehr schwerer Arbeit bedeutete; sie mussten neue Maschinen in die grünen Korridore schleppen und die alten zur Instandsetzung zurückbringen – aber dafür hatten sie die Möglichkeit, sich der schrecklichen Gegenwart des Ältesten zu entziehen. Sie ergriffen die Gelegenheit sofort.

»Der männliche Eindringling und das ältere weibliche Wesen sind zusammenzusperren«, sagte er. Wenn sie sich fortpflanzen sollten, war es an der Zeit, dass sie damit anfingen, und es war besser, die Ältere zuerst zu nehmen. »Lebt von euch einer, der Erfahrung mit dem Verständiger hat?« Drei der Kinder ließen sich widerstrebend nach vorn schieben. »Einer von euch wird das jüngere weibliche Wesen unterrichten«, ordnete er an. »Lebt jemand, der Erfahrung darin hat, Eindringlinge auf Speicherung vorzubereiten?«

»Ich habe die letzten beiden vorbereitet«, sagte der Anführer. »Auch leben noch Personen, die mir behilflich waren.«

»Sorg dafür, dass die Kenntnisse erhalten bleiben«, befahl der Älteste. »Wenn einer von euch stirbt, ist er von den anderen vorzubereiten, und es müssen neue Personen unterrichtet werden.« Das war ein Vorteil. Wenn die Kenntnisse verloren gegangen wären – und das Leben dieser Wesen war so kurz, dass viele Kenntnisse verloren gingen, während er bei verringerter Energie weiterexistierte –, hätten einige von ihnen an den anderen Gehirnoperationen üben müssen, um für den Fall vorbereitet zu sein, dass er entschied, auch diese Eindringlinge sollten gespeichert werden. Er ging auf seiner Liste vordringlicher Maßnahmen weiter und erteilte zusätzliche Anweisungen. Tote oder welke Pflanzen mussten ersetzt werden. Alle zugelassenen Bereiche von Hier mussten mindestens einmal im Monat aufgesucht werden. Und da die Zahl von Kleinkindern und Jungen nur elf betrug, mussten in den nächsten zehn Jahren pro Jahr mindestens fünf Kinder geboren werden.

Der Älteste verringerte die Energiezufuhr für seine Außenrezeptoren, nahm seinen Platz an den zentralen Fernmeldeterminals ein und schloss sich an seine Langzeiterinnerungen an. Rings um die Hauptspindel beeilten seine Kinder sich auszuführen, was er verlangt hatte. Ein halbes Dutzend machte sich daran, Beerenfrüchte und Luftranken auszugraben, um die geschädigten Pflanzen zu ersetzen, andere zogen aus, um sich mit den Gefangenen zu befassen und Haushaltsarbeiten zu übernehmen. Einige junge Paare wurden in ihre Unterkünfte geschickt, um sich fortzupflanzen. Wenn sie andere Pläne gehabt hatten, wurden diese jetzt zurückgestellt. Bei diesem einen Erwachen war der Älteste mit seinen Kindern nicht unzufrieden, und ob sie es mit ihm waren, bekümmerte ihn nicht.

Seine Sorge galt anderen Dingen.

Der Älteste ruhte nicht, auch wenn seine Anschlüsse auf Bereitschaftsspannung reduziert waren. Er vereinnahmte die neuen Faktoren und nahm sie in seinen Rückfragespeicher auf. Es gab Veränderung. Veränderung bedeutete Gefahr. Veränderung bedeutete auch neue Möglichkeiten, wenn man es richtig anfing. Veränderung mochte dazu dienen, seine Zwecke zu fördern, durfte sie aber nicht behindern. Er hatte sich mit dem Augenblicklichen und Taktischen befasst. Nun wandte er seine Aufmerksamkeit dem Strategischen und Langfristigen zu.

Er griff in sein Langzeit-Gedächtnis. Manche Erinnerungen stellten Ereignisse dar, die in Raum und Zeit sehr weit entfernt waren und sogar den Ältesten erschreckten. (Wie hatte er so tollkühn sein können!) Manche waren sehr nah und gar nicht Furcht erregend, zum Beispiel jene gespeicherten Eindringlinge, die der Junge die »Toten Menschen« nannte. An ihnen war nichts, was Angst einflößen konnte. Aber wie aufreizend konnten sie sein!

Als die Eindringlinge im Hier aufgetaucht waren, Schiffbrüchigen gleich, war der Älteste zunächst erschrocken. Wer waren sie? Waren sie die Herren, denen er zu dienen versuchte, erschienen, um seine Anmaßung zu missbilligen?

Er erfuhr rasch, dass sie es nicht waren. Waren sie dann eine andere Art von Dienern der Herren, von denen er neue Formen des Dienens übernehmen konnte? Auch das nicht. Sie waren Wanderer. Sie waren durch Zufall nach Hier gekommen, in uralten, längst aufgegebenen Schiffen, mit denen sie eigentlich gar nicht umgehen konnten. Als die Kurssetzer ihre Schiffe auskoppelten, wie es vorgesehen war, wenn sie das Hier erreichten, erschraken sie zutiefst.

Wie sich herausstellte, waren sie nicht einmal besonders interessant. Er hatte sich viele Tage seines Lebens mit ihnen beschäftigt, als sie zum ersten Mal aufgetaucht waren, zuerst einer, dann noch ein einsamer Abenteurer, dann eine Gruppe von drei Personen. Insgesamt waren es beinahe zwanzig gewesen, in neun Raumschiffen, nicht gerechnet das Kind, das hier geboren worden war – und kein Einziger die Mühe wert. Die Ersten hatte er sofort von seinen Kindern opfern lassen, um ihre gespeicherte Intelligenz in die maschinelle Form zu bringen, mit der er am besten umgehen konnte. Die anderen hatte er befohlen, im Normalzustand zu erhalten, ja, sie sogar frei herumlaufen zu lassen, als der Eindruck entstand, sie könnten interessanter sein, wenn sie ein unabhängiges Leben in den ungenutzten Bereichen von Hier führten. Er hatte ihnen alles gegeben, was sie nach seiner Meinung brauchten. Er hatte einigen von ihnen sogar Unsterblichkeit verliehen, so, wie er selbst unsterblich gemacht worden war – wie es weniger als eines von hunderttausend seiner eigenen Kinder war. Unnütz. Lebendig und launisch oder für die Ewigkeit gespeichert machten sie mehr Mühe, als sie wert waren. Sie brachten seinen Kindern Krankheiten, und einige von ihnen waren gestorben. Sie wurden mit Krankheiten der Kinder angesteckt, und auch von den Eindringlingen starben einige. Und sie ließen sich nicht gut speichern. In seinen Langzeiterinnerungen, in die er sie mithilfe der maschinenbeherrschten Techniken integriert hatte, die vor hunderttausenden von Jahren bei ihm angewandt und seither seinen Kindern beigebracht worden waren, leisteten sie wenig. Ihr Zeitgefühl ließ zu wünschen übrig. Auf Fragen reagierten sie unterschiedlich. Große Teile ihrer Erinnerung waren verloren. Manche von ihnen konnte man überhaupt nicht lesen. Der Fehler lag nicht in den Methoden; die Eindringlinge waren von Anfang an defekt.

Als der Älteste nach dem Tod seines Fleisches unsterblich gemacht worden war, erwachte er exakt als sein eigenes Selbst. Alles an Wissen und Können, das er je besessen hatte, war im Maschinenspeicher enthalten. Ebenso war es bei seinen Kindern, wenn er sich in unterschiedlichen Zeitabständen entschloss, eines zu speichern. So auch bei seinen Vorfahren im Fleisch, so weit zurück, dass selbst sein eigenes ungeheures Alter im Vergleich dazu schrumpfte. So auch bei den anderen gespeicherten Erinnerungen, die er nur ungern befragte.

Doch nicht so bei den Eindringlingen. Mit ihrer Chemie war etwas nicht in Ordnung. Sie ließen sich nur unzulänglich aufzeichnen und unexakt abfragen, und es gab Zeiten, zu denen er überlegte, ob er sie nicht alle löschen sollte. Er hatte die kleinen Speicherkugeln und ihre Ausgabesysteme an den äußersten Rand von Hier verbannt, und seine Kinder gingen niemals dorthin. Er hatte schließlich nur aus Sparsamkeit beschlossen, sie zu behalten. Es mochte eine Zeit kommen, in der er sie brauchen würde.

Vielleicht war die Zeit jetzt gekommen.

Mit einem Gefühl widerwilligen Abscheus, mit dem ein Mensch in eine Kloake greifen mochte, um ein verlorenes Schmuckstück herauszuholen, öffnete der Älteste die Wege, die ihn mit den gespeicherten Eindringlingsgehirnen verbanden.

Und zuckte zurück.

Drei der Kinder, die Janine von ihrem Gefängnis um die Biegung der Spindel zum Verständiger trieben, sahen, wie die Nervenendorgane des Ältesten bebten und Außenobjektive sich öffneten. Sie stolperten und blieben stehen, warteten angstvoll auf das, was weiter geschehen würde.

Nichts geschah. Die Nervenendorgane erschlafften wieder. Die Objektive schlossen sich. Einen Augenblick danach sammelten sich die Kinder und schleppten Janine zur wartenden metallischen Liege.

Aber in der Metallhülle des Ältesten hatte dieser seinen größten Schock seit vielen Erwachzeiten erlebt. Jemand hatte sich an seinen gespeicherten Erinnerungen zu schaffen gemacht. Es war nicht nur so, dass sie wahnsinnig geworden waren. Das waren sie immer gewesen; in mancher Beziehung waren sie jetzt vernünftiger oder wenigstens klarer zu verstehen, so, als hätte irgendetwas versucht, sie umzuprogrammieren. Er entdeckte Eingaben, die er ihnen nie hatte zukommen lassen. Sie besaßen Erinnerungen, an denen er nie beteiligt gewesen war. Dies waren keine Speicherungen, die aus ihrem früheren Leben an die Oberfläche getreten waren. Sie waren neu. Sie sprachen von organisiertem Wissen in einem Maßstab, neben dem sogar das seine verblasste. Raumschiffe und Maschinen. Milliarden von lebenden Intelligenzen. Maschinenintelligenzen, die nach seinem Maßstab langsam und beinahe dumm waren, aber unfassbare Speicher besaßen, aus denen sie sich bedienen konnten. Kein Wunder, dass er physisch reagiert hatte, wie ein Mensch, der aus einem Tagtraum gerissen wird, hochfährt und zusammenzuckt.

Auf irgendeine Weise waren seine gespeicherten Eindringlinge mit der Kultur in Verbindung getreten, aus der sie kamen.

Es fiel dem Ältesten nicht schwer herauszufinden, wie der Kontakt zustande gekommen war. Von Hier zur Nahrungsanlage, mithilfe des lange unbenutzten Kommunikationsnetzes. Von einer rührend primitiven Maschine in der Nahrungsanlage übernommen und verarbeitet. Über die langen Lichttage hinweg auf die Planeten übertragen, die den nächsten Stern umkreisten, mithilfe der kriechenden elektromagnetischen Impulse des nur lichtschnellen Funks. Erbärmlich! Bis man sich überlegte, wie viel Information hin und her übermittelt worden war. Der Älteste glich einem Hydraulikingenieur, starr am Fuße eines Staudamms, der eine dünne Wasserfontäne aus einem fast unsichtbaren Loch hunderte von Metern in die Luft schießen sieht. Die Menge war gering, aber dass durch eine so winzige Öffnung so viel hinausströmte, verriet den Druck einer riesigen Masse hinter dem Damm.

Und das Leck ging in beide Richtungen.

Der Älteste sah ein, dass er zu sorglos gewesen war. Als er die gespeicherten Eindringlinge befragt hatte, um in Erfahrung zu bringen, was sie wussten, hatte er von sich zu viel verraten. Über das Hier. Über die Technologie in Hier.

Über seine Wohnung und über die Herren, denen sein Leben dienen sollte.

Das Leck war wenigstens winzig klein, und die Übertragung durch die Unvollkommenheiten der gespeicherten Intelligenzen wirr. Es gab von dieser Speicherung keinen Teil, der dem Ältesten unzugänglich gewesen wäre. Er öffnete sie, um sie zu studieren, und spürte allem nach. Er »sprach« nicht mit ihnen. Er ließ ihr Denken in das seine fließen. Die Toten Menschen konnten ihm keinen Widerstand leisten, so wenig wie ein präparierter Frosch auf einem Seziertisch sich gegen das Skalpell eines Arztes wehren kann.

Als er fertig war, zog er sich zurück, um nachzudenken.

Schwebten seine Pläne in Gefahr?

Er schaltete seine inneren Abtastsysteme ein, und in seinem »Inneren« erschien eine dreidimensionale Nachbildung der Galaxis. So gab es sie nicht wirklich. Es bestand kein Punkt, von dem aus irgendeine Person sie hätte sehen können. Er selbst »sah« sie nicht, er wusste einfach, dass sie da war. Es handelte sich um eine Art Fata Morgana, um eine Sinnestäuschung, nur wurden keine Sinne getäuscht. In weiter Ferne tauchte in der Nachbildung ein Objekt auf, umschlossen von einem Lichthof. Es war viele Jahrhunderte her, seitdem der Älteste sich erlaubt hatte, dieses Objekt zu betrachten. Es war Zeit, das wieder zu tun.

Der Älteste griff hinunter in lange unberührte Gedächtnisspeicher und nahm sie in Betrieb.

Es war kein angenehmes Erlebnis. Es war beinahe so, als hätte ein Mensch sich zu einem Psychoanalytiker auf die Couch gelegt, denn der Älteste legte Gedanken, Erinnerungen, Schuldgefühle, Sorgen und Ungewissheiten frei, die sein »Bewusstsein« – die Schaltungen für Vernunftschlüsse und Problemlösungen – vor langer, langer Zeit unterdrückt hatte. Diese Erinnerungen waren nicht verschwunden. Sie waren nicht machtlos geworden. Sie brachten für ihn noch immer »Scham« und »Angst«. Tat er das Richtige? Wagte er, aus eigener Verantwortung zu handeln? Die alten Einwände, die stets im Kreis herumführten, zuckten durch sein Denken, wie sie es vor zweihunderttausend Jahren getan hatten, und kamen einer Klärung nicht näher. Der Älteste hatte keine Möglichkeit, in Hysterie oder Depression auszuweichen. Seine Schaltungen ließen das nicht zu.

Aber er war in der Lage, entsetzt zu sein.

Nach geraumer Zeit tauchte er aus seiner Selbstprüfung auf. Er hatte noch immer Angst. Aber er war festgelegt. Er musste handeln.

Die Kinder stoben vor Entsetzen auseinander, als der Älteste erneut erwachte.

Seine Nervenendorgane bebten, richteten sich auf und wiesen auf ein junges weibliches Wesen, das gerade vorbeigehen wollte. Jede andere Person hätte sich ebenso gut für seine Zwecke geeignet.

»Komm mit!«, befahl er.

Sie schluchzte, folgte ihm aber. Ihr Gefährte ging ihr einen Schritt hinterher, als sie auf einen goldschimmernden Korridor zueilten. Aber er hatte nicht den Auftrag, sie zu begleiten, blieb deshalb stehen und schaute ihnen traurig nach. Noch vor zehn Minuten hatten sie sich in Lust und Gehorsam gepaart. Jetzt hatte er keine Gewissheit, dass er sie jemals wieder sehen würde.

Der Älteste bewegte sich nicht viel schneller als seine Kinder bei einem raschen Fußmarsch, aber der kleine Unterschied zwang das weinende weibliche Wesen, keuchend zu rennen, um Schritt zu halten. Er glitt dahin, vorbei an Maschinen, die nicht einmal in seiner Erinnerung je benützt worden waren – Wandausgleicher, Landekapseln, groß wie Häuser, ein seltsames kleines Sechsmann-Ding mit sechs Rotoren wie ein Hubschrauber, das einmal, obschon sogar der Älteste sich nicht so weit zurückerinnerte, dazu benützt worden war, den Hitschi-Himmel mit Engeln zu versehen. Aus den goldenen Adern wurden strahlend silberne, aus dem Silber reinstes Weiß. Ein Tunnel, den noch keines der Kinder je betreten hatte, stand weit geöffnet für sie bereit, die schwere Tür fächerförmig gespreizt, als der Älteste herankam. Als sie eine Stelle erreichten, an der das weibliche Wesen noch nie gewesen war, von deren Vorhandensein sie gar nichts gewusst hatte, eine Stelle, an der die Adern in der Wand in einem Dutzend Farben entflammten und rund um eine riesige halbdunkle Kammer sonderbare Muster an Leuchttafeln flackerten, war sie außer Atem. Keine Rast. »Geh dahin«, sagte der Älteste. »Dreh an den Rädern. Achte auf mich. Folge meinem Beispiel.«

An entgegengesetzten Seiten der Kammer, zu weit auseinander liegend, als dass eine einzelne Person sie hätte bedienen können, befanden sich Steuerelemente. Vor ihnen war im Boden eine Art schiefer Bank eingelassen, sehr unbequem für die junge Frau, als sie sich setzte. Vor jeder Bank gab es eine Wölbung mit gerändelten Rädern, zehn Stück nebeneinander, zwischen denen regenbogenfarbene Lichter schwach leuchteten. Der Älteste beachtete die Bank nicht und berührte das erste Rad mit einem Nervenendorgan, um es zu drehen. Die Lichter zuckten und flackerten. Grün leuchtete auf, wurde zu Gelb, zu hellem Orange, in der Mitte zeigte sich eine dreifache Reihe von ockerfarbenen Linien. »Mach es mir nach!« Die junge Frau versuchte zu gehorchen. Das Rad war schrecklich schwer zu drehen, so, als sei es seit unglaublich langer Zeit nicht mehr bewegt worden. (So war es.) Die Farben schmolzen ineinander und wirbelten, und es dauerte eine Ewigkeit, bis sie das Muster erreichte, das vor dem Ältesten leuchtete. Er drängte sie nicht und sprach keine Rüge aus. Er wartete. Er wusste, dass sie ihr Bestes gab. Bis alle zehn Räder das Muster zeigten, das er ausgewählt hatte, waren die Tränen versiegt, der Schweiß lief ihr in die Augen und tröpfelte durch ihren schütteren Bart.

Die Farben passten nicht genau zueinander. Zwischen den doppelten, narrensicheren Zusatzsteuerungen war die Rosette von Bildschirmen, die ihre Kurskoordinaten hätte zeigen sollen, leer. Das war nicht verwunderlich. Erstaunlich wäre gewesen, wenn die Steuerung nach achthunderttausend Jahren immer noch funktioniert hätte.

Aber das tat sie.

Der Älteste berührte etwas unter seinen Steuerrädern, und die Lichter entwickelten auf wundersame Weise blitzschnell ein Eigenleben. Sie wurden unscharf und leuchteten wieder auf, wurden nun identisch, als die automatisierten Feineinstellungssysteme in Aktion traten. Die Schirmrosette wurde hell und zeigte ein Muster leuchtender Punkte und Linien. Die junge Frau blickte angstvoll auf die Bildschirme. Sie wusste nicht, dass sie ein Sternenfeld vor sich hatte. Sie hatte noch nie einen Stern gesehen oder von einem gehört.

Sie fühlte, was nun geschah.

Wie alle anderen im Hier. Die Eindringlinge in ihren Gefängnissen, die beinahe hundert Kinder im ganzen Gebilde, die junge Frau und der Älteste selbst fühlten es. Alle empfanden plötzlich Unbehagen, als die ewige Schwerkraft aufhörte und ersetzt wurde durch Schwerelosigkeit, untermalt von Stößen einer Pseudobeschleunigung.

Nach über einer Dreiviertelmillion Jahren langsamen Umkreisens der weit entfernten Erdsonne steuerte das künstliche Gebilde eine neue Umlaufbahn an und fegte davon.

11

S. Ya. Laworowna

Punkt 5:15 Uhr erschien auf dem Bettmonitor von S. Ya. Laworowna-Broadhead ein sanft glühendes grünes Licht. Es war nicht hell genug, um ihren Schlaf zu stören, aber sie hatte nur noch halb geschlafen.

»Schon gut«, sagte sie, »ich bin wach, du brauchst das Programm nicht fortzusetzen. Augenblick noch.«

»Da, Gosposcha«, erwiderte ihre Sekretärin, aber das grüne Licht blieb. Wenn keine weiteren akustischen Signale eintrafen, würde sie in einer Minute einen Summton nachschicken, ohne Rücksicht darauf, was Essie angeordnet hatte; schließlich hatte sie es so festgelegt, als sie das Programm geschrieben hatte.

In diesem Fall war es nicht nötig. Essie wurde wach und war völlig klar. An diesem Morgen fand erneut eine Operation statt, und Robin würde nicht hier sein. Da der alte Peter Herter eine Warnung gegeben hatte, bevor er in die Gehirne der gesamten Menschheit eingedrungen war, hatte man Zeit gehabt, sich vorzubereiten. Es hatte fast keine Schäden gegeben. Keine wirklichen Schäden; aber möglich geworden war das nur durch hastiges Verschieben und Umplanen, und im Verlauf dieser Bemühungen waren Robins Anschlussflüge hoffnungslos durcheinander geraten.

»Darf ich essen?«, fragte sie.

»Nein, Gosposcha Broadhead. Gar nichts, nicht einmal einen Schluck Wasser«, antwortete ihre Sekretärin sofort. »Wollen Sie Ihre Nachrichten abhören?«

»Vielleicht. Was für welche?« Wenn die auch nur entfernt von Interesse waren, wollte sie sie annehmen; alles, nur um nicht an die Operation denken zu müssen, und daran, dass sie wieder von Kathetern und Schläuchen wochenlang an dieses Bett gefesselt sein würde.

»Eine akustische Mitteilung von Ihrem Mann, Gosposcha, aber wenn Sie das möchten, glaube ich, dass ich ihn direkt erreichen kann. Ich habe eine Ortsangabe, falls er noch dort ist.«

»Tu das.« Essie schob sich versuchsweise hoch und setzte sich auf die Bettkante, während sie darauf wartete, dass die Verbindung hergestellt wurde oder, was wahrscheinlicher war, dass man ihren Mann in irgendeiner Wartehalle ausfindig machte und zu einem Hologerät rief. Sie achtete darauf, keinen der Dutzend Schläuche zu knicken, als sie aufstand. Abgesehen von ihrer Schwäche fühlte sie sich nicht schlecht. Ängstlich. Durstig. Sogar zittrig. Aber keine Schmerzen. Vielleicht hätte man alles ernster genommen, wenn es schmerzhafter gewesen wäre, und vielleicht wäre das gut gewesen. Diese Monate erniedrigender Belästigung waren nur ein Ärgernis; in Essie war genug von Anna Karenina, dass sie sich danach sehnte zu *leiden*. Wie banal war die ganze Welt geworden! Ihr Leben stand auf dem Spiel, und das Einzige, was sie spürte, war Unbehagen zwischen ihren Beinen.

»Gosposcha Broadhead?«

»Ja?«

Das optische Programm erschien mit bedauerndem Ausdruck.

»Ihr Mann ist im Augenblick nicht erreichbar. Er befindet sich auf dem Weg von Mexico City nach Dallas und ist eben gestartet; alle Kommunikationsanlagen der Maschine werden derzeit für die Navigation benötigt.«

»Mexico City? Dallas?« Der Arme! Er würde die ganze Erde umrunden, um zu ihr zu gelangen! »Dann gib mir wenigstens die Aufzeichnung!«, befahl sie.

»Da, Gosposcha.« Gesicht und grünes Licht verschwanden, und die Stimme ihres Ehemannes sagte: »Liebste, ich habe ein bisschen Schwierigkeiten mit den Anschlüssen. Ich hatte einen Charterflug nach Merida mit Anschluss nach Miami, aber ich habe die Maschine verpasst. Jetzt hoffe ich, nach Dallas fliegen zu können und ... Jedenfalls bin ich unterwegs.« Pause. Er sprach gereizt, was kein Wunder war, und Essie sah ihn beinahe vor sich, wie er nach einer aufmunternden Bemerkung suchte. Aber es war alles nur

Gerede. Etwas von der grandiosen Nachricht, die Gebetsfächer betreffend. Etwas über die Hitschi, die nicht die Hitschi waren, und ... einfach Geplapper. Der Arme! Er gab sich Mühe, aber sie hörte weniger auf seine Worte als auf sein Herz, bis er wieder verstummte und dann sagte: »Ach, verdammt, Essie. Wenn ich nur dort wäre. Ich komme. So schnell ich kann. Inzwischen ... pass gut auf dich auf. Falls du noch Zeit hast, bevor du, äh, bevor Wilma anfängt, habe ich Albert gebeten, alles Wesentliche für dich aufzuzeichnen. Er ist ein gutes, altes Programm ...« Lange Pause. »Ich liebe dich«, sagte er und war fort.

S. Ya. ließ sich auf ihr leise summendes Bett zurücksinken und fragte sich, was sie mit der nächsten (und vielleicht letzten?) Stunde ihres Lebens anfangen sollte. Sie vermisste ihren Mann sehr, vor allem angesichts der Tatsache, dass sie ihn in mancher Beziehung für ziemlich töricht hielt. »Gutes, altes Programm!« Wie albern von ihm, Computerprogramme anthropomorph zu sehen! Sein Albert-Einstein-Programm war, sie hatte kein anderes Wort dafür, *niedlich*. Und es war seine Idee gewesen, das Bioprüfgerät wie ein Haustier zu gestalten. Und ihm einen Namen zu geben. »Putzi!« Das war genauso, als hätte man einem Staubsauger oder einer Flinte einen Namen gegeben. Närrisch. Es sei denn, es kam von einem Menschen, der einem wichtig war ... dann war es lieb.

Aber Maschinen blieben Maschinen. Im Institut von Akademogorsk hatte die junge S. Ya. Laworowna sehr gründlich gelernt, dass Maschinenintelligenz nichts »Persönliches« war. Man baute sie zusammen, von Addiermaschinen bis zu Zahlenzerhackern. Man stopfte sie voll mit Daten. Man konstruierte für sie einen Speicher mit passenden Reaktionen auf Reize und stattete sie mit einer hierarchischen Skala von Angemessenheit aus; und das war auch schon alles. Ab und zu wurde man von dem überrascht, was aus einem Programm wurde, das man selbst geschrieben hatte, gewiss. Natürlich kam das vor; das gehörte dazu. Nichts davon deutete auf das Vorhandensein freien Willens aufseiten der Maschine oder auf Persönlichkeitsstrukturen hin.

Trotzdem war es rührend zu sehen, wie er mit seinen Programmen Späße machte. Er war ein rührender Mann, weil er in mancher Beziehung sehr dem einzigen anderen Mann in ihrem Leben glich, der ihr jemals etwas bedeutet hatte: ihrem Vater.

Als Semya Yagrodna ein kleines Mädchen gewesen war, hatte sich alles um ihren Vater gedreht – um diesen hoch gewachsenen, hageren alten Mann, der Ukulele und Mandoline spielte und im Gymnasium Biologie lehrte. Er genoss es zutiefst, ein kluges und wissbegieriges Kind zu haben. Es hätte ihm vielleicht noch mehr Freude gemacht, wenn ihre Begabung sie zu den Bio-Wissenschaften gezogen hätte statt zu Physik und Technik, aber trotzdem war sie sein Ein und Alles. Er brachte ihr bei, wie es auf der Welt zuging, als er ihr keine Mathematik mehr beibringen konnte, weil sie ihn überflügelt hatte. »Du musst dir klar sein, womit du es zu tun bekommst«, hatte er ihr erklärt. »Selbst hier. Selbst jetzt. Selbst als ich zu Stalins Zeiten ein kleiner Junge war und die Frauenbewegung die Mädchen dazu bewog, MG-Kommandos zu leiten und Traktoren zu steuern. Es ist immer dasselbe, Semya. Es ist eine geschichtliche Tatsache, dass die Mathematik etwas für Jungen ist und dass Mädchen bis zum Alter von fünfzehn Jahren mit Buben auf einer Stufe stehen, manchmal auch bis zwanzig. Und dann, gerade wenn aus den Buben Lowatschewskis und Fermats werden, hören die Mädchen auf. Warum? Um Kinder zu bekommen. Um zu heiraten. Um weiß der Himmel was zu tun. Das lassen wir bei dir nicht zu, Täubchen. Studier du! Lies! Lerne! Begreife! Jeden Tag, so viele Stunden, wie du musst! Und ich werde dir helfen, wo ich kann.« Das tat er; und vom achten bis zum achtzehnten Lebensjahr kam die junge Semya Yagrodna Laworowna jeden Tag von der Schule heim, stellte eine Büchertasche in eine Ecke ihrer Wohnung und griff nach einer anderen, um zu dem alten gelben Haus am Newski-Prospekt zu traben, wo ihr Hauslehrer wohnte. Sie hatte die Mathematik nie aufgegeben, und dafür konnte sie ihrem Vater danken. Sie hatte auch nie das Tanzen gelernt oder tausenderlei Düfte und Schminken ausprobiert oder sich mit jungen Männern getroffen - nicht, bis sie nach Akademogorsk kam, und auch dafür musste sie ihrem Vater danken. Wo die Welt versuchte, sie in eine weibliche Rolle zu drängen, verteidigte er sie wie ein Tiger. Aber zu Hause musste gekocht und genäht werden, und man musste die Rosenholzstühle polieren, und nichts davon machte er. Ihr Vater hatte äußerlich nicht die geringste Ähnlichkeit mit Robin Broadhead besessen ... aber in anderer Beziehung war er ganz wie er gewesen!

Robin hatte sie gebeten, seine Frau zu werden, als sie sich noch nicht einmal ein Jahr gekannt hatten. Sie hatte ein weiteres Jahr gebraucht, um sich zu einem Ja zu entschließen. Sie hatte mit allen Leuten gesprochen, die davon wussten. Mit ihrer Zimmergenossin. Mit dem Vorstand ihrer Fakultät. Mit ihrem früheren Liebhaber, der das Mädchen von nebenan geheiratet hatte. Lass die Finger von dem, S. Ya., hatten sie alle erklärt. Auf Anhieb war das ein vernünftiger Rat, denn wer war er? Ein geistloser Millionär, immer noch einer Frau nachtrauernd, die er geliebt und auf grauenhafte Weise verloren hatte, schuldbeladen, Jahre intensiver Psychoanalyse hinter sich - was für eine perfekte Beschreibung des völlig hoffnungslosen künftigen Ehepartners! Aber, andererseits ... nichtsdestoweniger ...

Nichtsdestoweniger rührte er sie an. Sie waren bei eiskaltem Wetter nach New Orleans zum Mardi Gras gefahren, hatten fast den ganzen Tag im Café du Monde gesessen und den Umzug nicht einmal gesehen. Den Rest der Zeit blieben sie in ihrem Hotel, fern von Menschenmassen und Schneeregen, und liebten sich, kamen nur heraus, um gebackene Klöße mit Wolken von Puderzucker und süßen Milchkaffee mit Zichorie zum Frühstück zu verzehren. Robin gab sich Mühe, galant zu sein. »Wollen wir heute eine Flussfahrt machen? Eine Kunstgalerie besuchen? In einem Nachtklub tanzen gehen?« Aber sie konnte sehen, dass er das alles nicht tun wollte, dieser Mann, der doppelt so alt war wie sie und sie heiraten wollte. Und sie fällte ihre Entscheidung.

»Ich glaube, wir könnten stattdessen doch heiraten«, sagte sie.

Das hatten sie getan. Nicht an diesem Tag, aber sobald es ging. S. Ya. hatte es nie bedauert; es gab nichts zu bedauern. Nach den ersten Wochen hatte sie sich nicht einmal mehr Gedanken darüber gemacht, wie es ausgehen würde. Er war kein eifersüchtiger oder kleinlicher Mensch. Und wenn er oft in seiner Arbeit aufging – nun, bei ihr war es nicht anders.

Da gab es nur diese Frage nach jener Frau, Gelle-Klara Moynlin, der verlorenen großen Liebe.

Sie mochte ebenso gut tot sein. War auf jeden Fall so gut wie tot, weil sie für immer außerhalb jeder menschlichen Reichweite war. Man wusste sehr gut, dass dem so war, aufgrund der Gesetze der Physik … aber Essie war davon überzeugt, dass es Zeiten gab, in denen ihr Mann nicht daran *glaubte*.

Und dann stellte sie sich die Frage: Wenn jemals die Möglichkeit einer Wahl zwischen ihnen bestehen sollte, wie würde Robin sich entscheiden?

Und was, wenn die Gesetze der Physik hier und da doch eine Ausnahme zulassen sollten?

Da waren die Hitschi-Schiffe. Wie konnte man auf sie die bekannten Naturgesetze anwenden? Wie bei jedem anderen denkenden Menschen auf der Welt haben die von den Hitschi aufgeworfenen Fragen S. Ya. lange Zeit stark beschäftigt. Der Gateway-Asteroid war entdeckt worden, als sie noch die Schule besucht hatte. Die Schlagzeilen über neue Funde waren alle paar Wochen erschienen, ihre ganze Collegezeit hindurch. Manche ihrer Kommilitonen hatten es riskiert und sich auf die Theorie der Hitschi-Steuersysteme spezialisiert. Zwei davon befanden sich jetzt auf Gateway. Mindestens drei waren hinausgeflogen und nie zurückgekommen.

Die Hitschi-Schiffe waren durchaus steuerbar. Man konnte sie sogar ganz genau steuern. Die oberflächliche Mechanik des Ablaufs war bekannt. Jedes Schiff besaß fünf Hauptantriebs-Verniere und fünf Hilfselemente. Sie fanden Koordinaten im Weltraum (auf welche Weise?), und sobald sie eingestellt waren, flog das Raumschiff dorthin. Aber wie? Dann kam es unfehlbar zu seinem Ausgangsort zurück, oder doch in der Regel, wenn ihm nicht der Treibstoff ausging oder ihm ein Missgeschick zustieß – ein Triumph der Kybernetik, von dem S. Ya. wusste, dass kein menschliches Gehirn ihn nachvollziehen konnte. Das Problem dabei war, dass bis zu diesem Augenblick kein Mensch mit der Steuerung richtig umgehen konnte.

Aber was war mit dem nächsten oder dem übernächsten Augenblick? Während Informationen flossen, von der Nahrungsfabrik und aus dem Hitschi-Himmel; während Tote Menschen redeten; wenn es mindestens einen halbwegs erfahrenen menschlichen Piloten gab, Wan – bei alledem und vor allem bei der Flut neuen Wissens, die sich aus der Enträtselung der Gebetsfächer ergeben mochte ...

Wie lange, bis einige der Geheimnisse enträtselt waren? Vielleicht gar nicht mehr lange.

S. Ya. wünschte sich, dass sie beteiligt sein könnte, wie es ihre Kommilitonen waren. Wie ihr Mann. Sie wünschte sich noch mehr, keine Ahnung davon zu haben, welche Rolle er am dringendsten spielen wollte. Aber der Verdacht blieb. Wenn Robin ein Hitschi-Schiff veranlassen konnte, ihn zu jedem beliebigen Ziel im Universum zu fliegen, glaubte sie zu wissen, welches Ziel er ansteuern würde.

Semya Yagrodna Laworowna-Broadhead rief ihre Sekretärin: »Wie viel Zeit habe ich noch?«

Das Programm erschien und sagte: »Es ist jetzt fünf Uhr zweiundzwanzig. Doktor Liederman wird um sechs Uhr fünfundvierzig erwartet. Sie werden dann für den Eingriff vorbereitet, der um acht Uhr stattfinden soll. Sie haben etwas mehr als eineinviertel Stunden. Möchten Sie schlafen?«

S. Ya. lachte leise in sich hinein. Es belustigte sie immer wieder, wenn ihre eigenen Programme ihr Ratschläge gaben. Sie fühlte sich aber nicht gehalten, sie anzunehmen.

»Ist für heute und morgen ein Speiseplan aufgestellt worden?«, fragte sie.

»Njet, Gosposcha.«

Das war gleichzeitig eine Erleichterung und eine Enttäuschung. Robin hatte für heute wenigstens kein Essen verordnet, das dick machte – oder vielleicht war sein Vorschlag wegen der Operation überstimmt worden? »Such etwas aus«, ordnete sie an. Das Programm war durchaus in der Lage, Speisepläne aufzustellen. Es lag nur an Robin, dass sie sich beide mit solchen alltäglichen Dingen überhaupt befassten. Aber Robin war Robin, und zuzeiten betrieb er das Kochen als Steckenpferd, schnitt Zwiebeln für einen Salat papierdünn zurecht und stand stundenlang am Herd, um in einem Topf zu rühren. Manchmal war das, was er auf den Tisch brachte, grässlich, manchmal nicht; Essie war nicht kritisch, weil sie für das, was sie aß, wenig Interesse aufbrachte. Und auch deshalb, weil sie dankbar dafür war, sich mit solchen Dingen nicht befassen zu müssen; zumindest in dieser Hinsicht übertraf Robin ihren Vater. »Nein, warte«, sagte sie plötzlich. »Wenn Robin heimkommt, wird er Hunger haben. Servier ihm einen Imbiss – Krapfen und Kaffee wie in New Orleans. Wie im Café du Monde.«

»Da, Gosposcha.« Wie raffiniert du bist, dachte Essie und lächelte vor sich hin. Noch eine Stunde und zwölf Minuten.

Es konnte nicht schaden, wenn sie sich ausruhte.

Schläfrig war sie aber nicht.

Ich kann noch einmal ihr medizinisches Programm befragen, dachte sie. Aber sie wollte eigentlich gar nichts von den Dingen hören, die ihr jetzt wieder einmal bevorstanden. So große Stücke aus dem Körper eines anderen Menschen zu nehmen, um ihren eigenen zu ergänzen! Die Niere, ja. Man mochte sie verkaufen und noch etwas übrig haben. Als Studentin hatte Essie Genossinnen gekannt, die genau das getan hatten. Sie hätte es vielleicht sogar selbst getan, wenn sie noch eine Spur ärmer gewesen wäre. Aber obwohl sie nicht viel mehr von Anatomie verstand, als ihr Vater ihr beigebracht hatte, während sie zu seinen Füßen saß, wusste sie genug, um sicher zu sein, dass die Person oder die Personen, die ihr alle die anderen Gewebeteile und Organe gegeben hatten, nicht mehr genug besitzen würden, um weiterleben zu können. Ein unbehagliches Gefühl.

Beinahe so unbehaglich wie die Erkenntnis, dass sie selbst bei medizinischem Vollschutz von dieser begegnung mit Wilma Liedermans Messern nicht zurückkehren mochte.

Immer noch eine Stunde und elf Minuten.

Essie setzte sich wieder auf. Ob sie am Leben bleiben würde oder nicht, sie war als Ehefrau so pflichtgetreu, wie sie es als Tochter gewesen war, und wenn Robin wünschte, dass sie sich mit Gebetsfächern und Hitschi befasste, würde sie das tun. Sie sprach das Computer-Terminal an.

»Ich möchte das Albert-Einstein-Programm.«

12

Sechzig Milliarden Gigabits

Als Essie Broadhead sagte: »Ich möchte das Albert-Einstein-Programm«, löste sie eine große Anzahl von Ereignissen aus, von denen nur wenige für das bloße Auge sichtbar waren. Sie fanden nicht in der makroskopischen physikalischen Welt statt, sondern in einem Universum, das hauptsächlich aus Ladungen und Bahnen im Maßstab des Elektrons bestand. Die einzelnen Gebilde waren winzig klein. Das Gesamte bestand aus ungefähr sechzig Milliarden Gigabits Informationen.

In Akademogorsk hatten die Professoren die junge S. Ya. in der damaligen Computerlogik von Ionenoptik und Magnetbläschen ausgebildet. Sie hatte gelernt, ihre Computer zu vielen staunenswerten Leistungen zu bewegen. Sie konnten Primzahlen mit Millionen Stellen finden oder die Gezeiten in einem Watt auf tausend Jahre berechnen. Sie konnten aus Kindergekritzel zum Thema »Haus« oder »Papi« einen Bauplan oder den Dummy eines Menschen entwerfen. Sie konnten das Haus drehen, eine Sonnenveranda anfügen, es mit Stein umkleiden oder mit Efeu umranken. Sie konnten einen Bart abschaben, eine Perücke hinzutun, den Mann für Segelfahrten oder Golfspiel, eine Aufsichtsratssitzung oder eine Cocktailbar einkleiden. Für die neunzehnjährige Semya waren das wunderbare Programme gewesen. Sie fand sie aufregend. Aber seitdem war sie erwachsen geworden. Im Vergleich mit den Programmen, die sie jetzt schrieb, ihr Sekretariatsprogramm oder »Albert Einstein«, waren die frühen Programme langsame und stolpernde Karikaturen gewesen. Sie hatten nicht den Vorteil von Schaltungen besessen, die der Hitschi-Technologie entstammten, oder eines zirkulierenden Gedächtnisspeichers von 6×10^{19} Bits.

Natürlich benutzte selbst Albert nicht die ganze Zeit alle sechzig Milliarden Gigabits. Zum einen wurden sie nicht alle gemeinsam genutzt. Selbst die gemeinsam genutzten Speicher waren besetzt von zehntausenden von Programmen, die so vielseitig und kompliziert waren wie Albert, und von -zig Millionen schwächeren. Das Programm mit dem Namen »Albert Einstein« glitt zwischen den tausenden und Millionen dahin, ohne sie zu stören oder von ihnen gestört zu werden. Verkehrssignale hielten ihn vor besetzten Schaltungen zurück. Führungspunkte geleiteten ihn zu Nebenwegen und Bibliotheken, die er brauchte, um seine Funktionen erfüllen zu können. Seine Bahn war nie eine gerade. Es war ein Baum von verzweigten Entscheidungspunkten, ein Blitzstrahl von Zickzackwendungen und Umkehrungen. Es war auch nicht eigentlich eine »Bahn«; Albert bewegte sich nie. Er war nie an einer bestimmten Stelle, von der aus er sich hätte bewegen müssen. Man kann zumindest darüber streiten, ob Albert überhaupt etwas »war«. Er hatte keine fortwährende Existenz. Wenn Robin Broadhead mit ihm fertig war und ihn abschaltete, hörte er auf zu existieren, und seine Unterprogramme wandten sich anderen Aufgaben zu. Wurde er wieder eingeschaltet, dann erzeugte er sich aus den jeweils untätigen Schaltungen neu, dem Programm zufolge, das S. Ya. geschrieben hatte. Er war nicht mehr als eine Gleichung und somit nicht weniger als Gott.

»Ich möchte ...«, hatte S. Ya. Laworowna-Broadhead gesagt.

Bevor ihre Stimme den ersten Vokal halb ausgesprochen hatte, forderte das Akustikgatter im Empfänger des Monitors ihr Sekretariatsprogramm an. Die Sekretärin erschien nicht. Sie las die erste Spur des Namens, der folgte ...

»... das Albert-Einstein-...«

... verglich sie mit ihrem Befehlsspeicher, nahm eine Wahrscheinlichkeitseinschätzung des Restes vor und erteilte eine Anweisung. Das war nicht alles, was die Sekretärin tat. Vorher hatte sie die Stimme von S. Ya. erkannt und bestätigt, dass es die einer autorisierten Person war – und zwar jener Person, die ihr Programm geschrieben hatte. Sie überprüfte ihren Speicher auf nicht weitergegebene Mitteilungen, fand mehrere und wog ihre Bedeutung ab. Sie tastete rasch Essies Telemetrie-Ergebnisse ab, um ihre körperliche Verfassung zu überprüfen, holte die Erinnerung an die früheren chirurgischen Eingriffe zurück, wog sie gegen die Mitteilungen und die jetzige Anweisung ab und entschied, dass die Mitteilungen nicht übermittelt zu werden brauchten und von Essies Surrogat erledigt werden konnten. Dies alles nahm nur ganz wenig Zeit in Anspruch und beschäftigte nur einen winzigen Teil des vollen Programms der Sekretärin. Sie brauchte sich zum Beispiel nicht ins Gedächtnis zu rufen, wie sie aussehen oder wie ihre Stimme klingen sollte. Also machte sie sich diese Mühe auch nicht.

Die Anweisung der Sekretärin weckte »Albert Einstein«.

Er wusste zunächst nicht, dass er Albert Einstein war. Während er sein Programm las, stellte er mehrere Dinge über sich selbst fest. Erstens, dass er ein interaktives Informationssuchprogramm war, worauf er nach Adressaten für die Hauptkategorien der Information suchte und sie fand. Zweitens, dass er heuristisch und normativ war, was ihn veranlasste, nach den Regeln in Form von Freigabe- und Sperrgattern zu suchen, die seine Entscheidungen bestimmten. Drittens, dass er das Eigentum von Robin – alias Robinette, Rob, Robby, Bob oder Bobby – Stetley Broadhead war und gehalten sein würde, mit ihm auf einer Grundlage des »Kennens« in Wechselwirkung zu treten. Das zwang das Albert-Programm, die Robin-Broadhead-Datei in Anspruch zu nehmen und einzulesen – was bei weitem die meiste Zeit bisher erforderte. Als das alles getan war, entdeckte er seinen Namen und die Einzelheiten seiner äußeren Erscheinung. Er traf eine Reihe von willkürlichen Entscheidungen, was seine Kleidung anging – Pullover oder fleckiges graues Blouson; Hausschuhe oder zerfranste Tennisschuhe mit herauslugender Zehe; Socken oder keine – und erschien in der Maske des echten Albert Einstein im Tank des Monitors, die Pfeife in der Hand, die sanften Augen humorvoll-fragend, bevor der letzte Widerhall des Befehls verklungen war.

»... Programm.«

Er hatte viel Zeit gehabt. Essie hatte beinahe vier Zehntel einer Sekunde gebraucht, um seinen Namen auszusprechen.

Da sie englisch gesprochen hatte, begrüßte er sie in derselben Sprache.

»Guten ...«, rasche Prüfung der Ortszeit, »Morgen ...«, schnelle Einschätzung von Essies Stimmung und Verfassung, »Mrs. Broadhead.« Wäre sie für das Büro gekleidet gewesen, hätte er sie mit »Laworowna« angesprochen.

Essie betrachtete ihn einige Sekunden lang prüfend, für Albert eine unendlich lange Zeit. Er vergeudete sie nicht. Er war ein Teilnehmerprogramm, und die Teile seiner Kapazität, die in jeder beliebigen Picosekunde nicht aktiv genutzt wurden, beschäftigten sich mit anderen Aufgaben. Was jeweils gefordert war. Während er wartete, wurden Teile von ihm entlassen, um anderen Programmen zu helfen: eine Wettervorhersage für ein Sportfischerboot zusammenzustellen, das aus dem Sund von Long Island auslief, einem kleinen Mädchen die Konjugation französischer Verben beizubringen, für einen reichen und perversen alten Einsiedler eine Sexualpuppe zu beleben, die Goldpreise der Börse von Peking zusammenzustellen. Es standen fast immer zusätzliche Aufgaben an. Wenn das nicht der Fall war, gab es die wartenden Stapelverarbeitungsdateien weniger dringlicher Probleme – Bahnanalyse nuklearer Teilchen, die Feinberechnung von Asteroidenbahnen, das Saldieren von Millionen Konten –, mit denen sich irgendeines der sechzig Milliarden Gigabits bei sonstiger Untätigkeit befassen konnte.

Albert war nicht so wie Robins andere Programme – der Rechtsanwalt, die Ärztin, der Psychoanalytiker oder irgendeines der Surrogate, die für Robin einsprangen, wenn er beschäftigt war oder keine Lust hatte. Albert hatte viele Erinnerungen mit ihnen gemeinsam. Sie verfügten über freien Zugang zu den jeweiligen Dateien. Jedem war ein ganz bestimmter Bereich des Handelns mit ganz bestimmten Aufgabenstellungen zugewiesen; aber sie konnten ihre Aufgaben nicht bewältigen, ohne einander wahrzunehmen.

Abgesehen davon waren sie alle der persönliche Besitz von Robin Broadhead und seinem Willen unterworfen. Albert war so verfeinert, dass er Zusammenhangshinweise erkennen und Unbedingtheiten selbst erschließen konnte. Er war in seinen Antworten nicht auf das beschränkt, was Robin zu ihm sagte. Er vermochte tiefer liegende Fragen aus der Gesamtheit all dessen herauszulesen, was Robin je zu irgendeinem seiner Programme gesagt hatte.

Es gab Ausnahmen. Die Person, die Alberts Programm geschrieben hatte, konnte leicht einen Korrekturbefehl schreiben und hatte das auch schon getan.

»Robin hat dich angewiesen, Zusammenfassungen für mich vorzubereiten«, sagte Essie zu ihrer Schöpfung. »Gib sie mir jetzt.«

Sie beobachtete kritisch und auch bewundernd, wie das Programm, das sie geschrieben hatte, nickte, sich mit dem Pfeifenstiel am Ohr kratzte und zu sprechen begann. Albert ist ein recht gutes Programm, dachte sie stolz. Für eine Ansammlung von elektronischen Impulsen in Lumpenspeichern – schwach kristallisierten Dichalkogeniden mit der Beschaffenheit eines nassen Putzlumpens – war Albert eine sehr anziehende Person.

Sie schob ihre Schläuche und Röhrchen zurecht und lehnte sich in die Kissen, um zu hören, was Albert zu sagen hatte. Es war alles überaus interessant. Selbst für sie, selbst in diesem Augenblick, wenn sie in – wie viel? – in nicht einmal einer Stunde und zehn Minuten gewaschen und ausgezogen und rasiert und eingesalbt werden würde, damit man sie wieder einmal aufschneiden konnte. Da alles, was sie jetzt vom Albert-Programm verlangte, redigierte Erinnerungen an Gespräche waren, die bereits stattgefunden hatten, wusste sie, dass er große Teile von sich für andere Arbeit abgestellt hatte. Aber was blieb, war, wie sie mit kritischem Blick feststellte, durchaus solide. Der Übergang vom interaktiven Albert, der auf ihre Fragen wartete, zu dem Albert, der mit ihrem Mann gesprochen hatte, geschah flüssig und ohne Sprünge – wenn man nicht auf kleine Unebenheiten wie jene achtete, dass die Pfeife plötzlich brannte und die Socken schlagartig über die Knöchel hochgezogen waren. Beim Inhalt der Zusammenfassung handelte es sich nicht nur um ein Gespräch, stellte sie fest. Es waren mindestens drei. Robin musste in Brasilia viel Zeit damit zugebracht haben, mit seinem Wissenschaftsprogramm zu sprechen, und während ein Teil ihres Gehirns den aufregenden Nachrichten vom Hitschi-Himmel lauschte, lächelte sie vor sich hin.

Zuerst die Hitschi. Die Hitschi im Hitschi-Himmel waren keine Hitschi! Oder jedenfalls waren diese Alten es nicht. Das bewies die Bioprüfung der DNS, versicherte Albert ernsthaft ihrem Mann, seine Argumente mit Pfeifen-Gesten untermalend. Die Bioprüfung hatte keine Antwort geliefert, sondern ein Rätsel, eine Grundchemie, die weder menschlich noch so nichtmenschlich war, dass sie von Wesen stammen konnte, deren Welt sich um einen anderen Stern drehte. »Außerdem«, sagte Albert paffend, »besteht weiterhin die Frage des Hitschi-Sitzes. Er passt für kein menschliches Wesen. Aber den Alten passt er auch nicht. Für wen ist er also konstruiert worden? Ach, Robin, wir wissen es nicht.«

Ein rasches Flackern, die Socken jetzt verschwunden,

die Pfeife ausgegangen, und Albert sprach von Gebetsfächern. Er habe das Rätsel nicht lösen können, entschuldigte sich Albert. Die Literatur sei riesengroß, aber er habe alles recherchiert. Es gebe keine vorstellbare Anwendung von Energie und keine Instrumente, die man nicht zum Einsatz bei ihnen gebracht hätte. Trotzdem seien sie stumm geblieben. »Man könnte spekulieren«, sagte Albert, während er ein Streichholz anzündete, »dass alle von den Hitschi für uns hinterlassenen Fächer verstümmelt sind, vielleicht, um uns zu quälen. Ich glaube nicht daran. Raffiniert ist der Herr Hitschi, aber boshaft ist er nicht.«

Essie musste unwillkürlich lachen. Der Herr Hitschi! Hatte sie diesen Sinn für Ironie in ihr Programm geschrieben? Sie überlegte, ob sie ihn unterbrechen und befehlen sollte, dass er diesen Teil seiner Anweisungen vorwies, aber die Wiedergabe war bereits beendet, und ein etwas weniger zerzauster Albert sprach über Astrophysik. Hier schloss Essie beinahe die Augen, weil sie von seltsamen Kosmologien rasch genug bekam. War das Universum offen oder geschlossen? Das kümmerte sie nicht sonderlich. »Fehlte« eine große Masse, in dem Sinn, dass man sie nicht beobachten konnte, um die gemessenen Schwerkraftwirkungen zu erklären? Nun gut, dann mochte sie fehlen. Essie verspürte keine Lust, nach ihr zu suchen. Das Hirngespinst irgendeiner Person über Stürme von unauffindbaren Pionen und die Meinung eines anderen – eines gewissen Klube –, dass die Masse aus dem Nichts entstehen mochte, interessierten sie sehr wenig. Aber sie wurde sehr aufmerksam, als das Gespräch auf Schwarze Löcher kam. Das Thema selbst sagte ihr nichts. Was sie betraf, war Robins Besessenheit davon.

Und das war kleinlich von ihr, ermahnte sie sich, während Albert weiterredete. Robin hatte keine Heimlichkeiten. Er hatte ihr sofort von der großen Liebe in seinem Leben, der Frau namens Gelle-Klara Moynlin erzählt, die er in einem Schwarzen Loch zurückgelassen hatte. Er hatte ihr sogar viel mehr erzählt, als sie wissen wollte.

»Aufhören«, sagte sie.

Augenblicklich verstummte die dreidimensionale Gestalt im Tank, sah sie höflich an und wartete auf Befehle.

»Albert«, sagte sie bedächtig, »warum hast du mir erzählt, dass Robin sich mit Schwarzen Löchern beschäftigt?«

Die Gestalt hustete.

»Nun, Mrs. Broadhead«, sagte Albert, »ich habe eine eigens für Sie vorbereitete Aufzeichnung abgespielt.«

»Nicht *dies*mal. Warum hast du mir diese Information schon *früher* gegeben?«

Alberts Miene hellte sich auf, und er sagte bescheiden: »Diese Anweisung kam nicht aus meinem Programm, Gosposcha.«

»Das dachte ich mir. Du hast mit dem psychoanalytischen Programm zusammengearbeitet.«

»Ja, Gosposcha, wie Sie mich programmiert haben.«

»Und was war der Zweck dieses Eingreifens des Sigfrid-Seelenklempner-Programms?«

»Ich weiß es nicht genau - aber«, fügte er hastig hinzu, »vielleicht kann ich eine Vermutung beisteuern. Vielleicht ist es so, dass das Sigfrid-Programm wünscht, Ihr Mann sollte offener zu Ihnen sein.«

»Dieses Programm hat nicht die Aufgabe, sich um meine geistige Gesundheit zu sorgen.«

»Nein, Gosposcha, nicht um Ihre, aber um die Ihres Mannes. Gosposcha, wenn Sie mehr Informationen wünschen, schlage ich vor, dass Sie dieses Programm zu Rate ziehen, nicht mich.«

»Ich kann noch mehr tun!«, fuhr sie hoch. Und das konnte sie auch. Sie konnte drei Worte sprechen - *Daite gorod Polymath* -, und Albert, Harriet, Sigfrid Seelenklempner, alle Programme Robins würden in ihr eigenes machtvolles Programm aufgenommen werden, in Polymath, das sie verwendet hatte, um die ihren überhaupt erst zu schreiben, das Korrekturprogramm, das alle Instruktionen enthielt, die sie betrafen. Und dann sollten sie versuchen, ihr auf verschlagene Weise auszuweichen! Dann mochten sie einmal sehen, ob sie die Vertraulichkeit ihrer Erinnerungen bewahren konnten! Dann ...

»Mein Gott«, sagte Essie laut, »habe ich denn wirklich vor, meinen eigenen Programmen eine Lektion zu erteilen?«

»Gosposcha?«

Sie hielt den Atem an. Es war beinahe ein Lachen, fast ein Schluchzen.

»Nein«, sagte sie, »Letzteres annullieren. Ich finde keinen Fehler in deiner Programmierung, Albert, so wenig wie bei Sigfrid. Wenn das Seelenklempner-Programm glaubt, dass Robin seine inneren Anspannungen lösen soll, kann ich es nicht korrigieren; und ich will auch nicht spionieren. Weiter«, verbesserte sie sich gerechterweise.

Das Seltsame an Essie Laworowna-Broadhead war, dass »Gerechtigkeit« ihr etwas bedeutete, selbst im Umgang mit ihren Programmen. Ein Programm wie Albert Einstein war groß, kompliziert, subtil und mächtig. Nicht einmal S. Ya. Laworowna konnte ein solches Programm allein schreiben; dazu brauchte sie Polymath. Ein Programm wie Albert Einstein lernte und wuchs und definierte seine Aufgaben mit der Zeit. Nicht einmal seine Verfasserin konnte sagen, warum es die eine Information gab und die andere nicht. Man konnte nur feststellen, dass es funktionierte, und es danach beurteilen, wie es seine Anweisungen ausführte. Es war dem Programm gegenüber ungerecht, es zu »beschuldigen«, und so ungerecht konnte Essie nicht sein.

Aber während sie sich unruhig in ihren Kissen zurechtrückte (noch zweiundzwanzig Minuten!), kam ihr der Gedanke, dass die Welt ihr gegenüber auch nicht ganz gerecht war. Überhaupt nicht gerecht! Es war nicht gerecht, dass alle diese märchenhaften Wunder sich über die Welt ergießen sollten - nicht gerade jetzt. Es war nicht gerecht, dass diese Gefahren und Schwierigkeiten auf den Plan traten, nicht jetzt, nicht wenn die Möglichkeit bestand, dass sie nicht mehr erleben würde, wie alles ausging. Konnte man mit Peter Herter fertig werden? Würden die anderen Angehörigen seiner Expedition gerettet werden? Konnten die Lektionen der Gebetsfächer es ermöglichen, all das zu tun, was Robin versprach: die ganze Welt zu ernähren, alle

Menschen gesund und glücklich zu machen, der Menschheit den Weg zur Erforschung des Universums zu öffnen? Alle diese Fragen – und bevor heute die Sonne unterging, mochte sie tot sein und die Antworten nie erfahren! Das war nicht gerecht, nichts war gerecht. Und am ungerechtesten war, dass sie, wenn sie an dieser Operation starb, nie wirklich erfahren würde, wie Robin wählen würde, wenn seine verlorene große Liebe auf irgendeine Weise wieder gefunden werden würde.

Sie bemerkte, dass die Zeit verging. Albert saß geduldig im Holotank und bewegte sich nur ab und zu, um an seiner Pfeife zu ziehen oder sich unter dem weiten Pullover zu kratzen – sie also daran zu erinnern, dass er immer noch in Bereitschaft war.

Essies sparsame Kybernetikerseele befahl empört, das Programm zu benutzen oder abzuschalten – was für eine schlimme Vergeudung von Maschinenzeit! Aber sie zögerte. Es gab noch immer Fragen zu stellen.

An der Tür schaute die Krankenschwester herein.

»Guten Morgen, Mrs. Broadhead«, sagte sie, als sie sah, dass Essie hellwach war.

»Ist es Zeit?«, fragte Essie mit schwankender Stimme.

»Ach, erst in ein paar Minuten. Sie können mit Ihrer Maschine weitermachen, wenn Sie wollen.«

Essie schüttelte den Kopf.

»Hat keinen Sinn«, sagte sie und entließ das Programm. Es war eine mühelos getroffene Entscheidung. Sie kam nicht auf den Gedanken, dass manche der ungestellten Fragen bedeutungsvoll sein mochten.

Und als Albert Einstein entlassen wurde, löste er sich nicht sofort auf.

»Von nichts wird je alles erzählt«, hat Henry James gesagt. Albert kannte »Henry James« nur als einen Adressaten, als die Information, hinter die zu blicken er nie Anlass gehabt hatte. Aber er verstand den Sinn dieses Gesetzes. Er konnte nicht einmal seinem Herrn über irgendein Thema alles erzählen. Er würde in seiner Programmierung versagen, wenn er es versuchte.

Aber welche Teile des Ganzen sollten ausgewählt werden?

Auf der untersten Strukturebene war Alberts Programm darauf eingestellt, Punkte von einer bestimmten gemessenen »Bedeutung« aufzunehmen und andere zurückzuweisen. Einfach genug. Aber das Programm war ein selbstprüfendes. Manche Punkte erreichten es durch mehrere Gatter, manchmal durch hunderte, und wenn eines der Gatter »ja« und ein anderes »stopp« sagte, was sollte ein Programm dann tun? Es gab Algorithmen, um die Bedeutung zu prüfen, aber auf manchen Ebenen der Komplexität überforderten die Algorithmen sogar die Möglichkeiten von sechzig Milliarden Gigabits – oder eines Universums von Bits; Meyer und Stockmeyer hatten vor langer Zeit nachgewiesen, dass es ohne Rücksicht auf Computerkapazität Probleme gab, die in der Lebenszeit des Universums nicht bewältigt werden konnten. Ganz so gewaltig waren Alberts Probleme nicht, aber er konnte keinen Algorithmus finden, der zum Beispiel für ihn entschied, ob er die rätselhafte Bedeutung von Machs Prinzip im Hinblick auf die Hitschi-Geschichte zur Sprache bringen sollte. Schlimmer noch, er war ein Besitzer-Programm. Es wäre interessant gewesen, seine Vermutungen zu dem Thema einem rein wissenschaftlichen Forschungsprogramm vorzulegen. Aber das ließ seine Grundprogrammierung nicht zu.

So blieb Albert fast eine Millisekunde bestehen, während er seine Wahlmöglichkeiten durchdachte. Sollte er, wenn Robin ihn das nächste Mal rief, seine Bedenken gegenüber der potentiell furchterregenden Wahrheit zur Sprache bringen, die hinter dem Hitschi-Himmel verborgen lag.

Er kam in dieser langen Tausendstelsekunde zu keiner Schlussfolgerung, und seine Komponenten wurden anderswo gebraucht.

Also ließ Albert zu, dass er zerfiel.

Diesen Teil führte er dem langsamen Gedächtnis zu, jenen in Bearbeitung befindlichen Problemen, soweit das nötig war, bis der ganze Albert Einstein in den 6×10^{19} Bits versickert war, gleich Wasser im Sand, und nicht einmal ein Fleckchen zurückblieb. Ein Teil seiner Abläufe gesellte sich zu anderen in einem simulierten Kriegsspiel, bei dem Key West von den Cayman-Inseln angegriffen wurde. Andere stellten sich als Hilfe für das Verkehrsüberwachungsprogramm in Dallas-Fort Worth ein, als Robin Broadheads Flugzeug zur Landung ansetzte. Viel, viel später halfen Bestandteile von ihm, Essies Lebensfunktionen zu überwachen, als Dr. Wilma Liederman zu schneiden begann. Ein kleines Teilchen trug Stunden danach mit dazu bei, das Rätsel der Gebetsfächer zu lösen. Und der einfachste, primitivste, winzigste Teil von allen blieb, um das Programm zu überwachen, das für Robins Ankunft Cajun-Kaffee und Gebäck vorbereitete und dafür sorgte, dass im Haus Sauberkeit herrschte. Sechzig Milliarden Gigabits können viel. Sie putzen sogar Fenster.

13

Am Wendepunkt

Jemanden zu lieben ist eine Gnade. Jemanden zu heiraten ist ein Vertrag. Der Teil von mir, der Essie liebte, liebte sie von ganzem Herzen, verging in Qual und Entsetzen, wenn sie einen Rückfall erlitt, jauchzte in angstvoller Freude, wenn sie sich zu erholen schien. Ich hatte Anlässe genug für beides. Essie starb zweimal auf dem Operationstisch, bevor ich heimkam, und noch einmal zwölf Tage später, als man noch einmal operieren musste. Beim letzten Mal sorgte man bewusst für ihren klinischen Tod. Brachte Herz und Atmung zum Stillstand und hielt nur das Gehirn am Leben. Und jedes Mal, wenn man sie wieder belebte, fürchtete ich, sie würde am Leben bleiben – denn wenn sie das tat, hieß dies, dass sie noch einmal sterben mochte, und ich ertrug es nicht mehr. Aber langsam und mühevoll begann sie zuzunehmen, und Wilma erklärte mir, die Wende sei gekommen. Es war wie das Aufglühen der Spirale in einem Hitschi-Schiff bei der Wendemarke, wenn man weiß, dass man den Flug überleben wird. Ich verbrachte die ganze Zeit, Wochen und Wochen, im Haus, sodass ich immer da war, wenn Essie mich sehen konnte.

Das war eine gute Gelegenheit, Schuldgefühle zu entwickeln, und Schuld ist ein Gefühl, das mir leicht fällt - wie mein altes psychoanalytisches Programm mir früher dauernd zu erklären pflegte. Und als ich hineinging, um Essie zu sehen, die wie eine Mumie aussah, erfüllten Freude und Sorge mein Herz, und Schuld und Groll lähmten mir die Zunge. Ich hätte mein Leben dafür gegeben, sie gesund zu machen. Aber das schien kein praktikables Verfahren zu sein, jedenfalls sah ich keine Möglichkeit, das durchzusetzen, und der andere schuldbewusste und feindselige Teil von mir wollte frei sein, um an die verlorene Klara zu denken und mit dem Gedanken zu spielen, ob ich sie eines Tages wiederfinden mochte.

Aber Essie wurde gesund. Sie wurde rasch gesund. Die schlaffen Tränensäcke unter den Augen füllten sich und wurden lediglich zu Schatten. Die Schläuche aus ihrer Nase verschwanden. Sie aß wie ein Scheunendrescher. Vor meinen Augen ging sie auseinander, ihre Büste schwoll, die Hüften gewannen ihre Rundungen wieder.

»Herzlichen Glückwunsch an die Ärztin!«, sagte ich zu Wilma Liederman, als ich sie auf ihrem Weg zur Patientin entdeckte.

»Ja, sie hält sich gut«, sagte sie mürrisch.

»Es gefällt mir nicht, wie Sie das sagen«, erwiderte ich. »Was ist los?«

Sie erbarmte sich.

»Eigentlich gar nichts, Robin. Alle Untersuchungsergebnisse sind gut. Aber sie hat es so eilig.«

»Das ist doch gut, oder?«

»Bis zu einem gewissen Punkt. Und jetzt muss ich zu meiner Patientin«, fügte sie hinzu, »die in ein, zwei Wochen vielleicht schon völlig normal sein wird.«

Was für eine gute Nachricht das war! Und wie widerstrebend ich sie aufnahm.

Ich durchlebte alle diese Wochen mit einem Schatten.

Manchmal wirkte er wie Unheil, wie der alte Peter Herter, der die Welt erpresste, während die Welt nichts tun konnte, um sich zu wehren. Und manchmal schien er in Zorn zu geraten wie die Hitschi, als wir in ihre komplexen und privaten Welten eindrangen. Man möchte meinen, ich hätte zwischen Hoffnungen und Sorgen unterscheiden können, ja? Falsch. Beide erschreckten mich zutiefst. Wie mir der gute alte Sigfrid zu erklären pflegte, habe ich ein großes Talent nicht nur für Schuldbewusstsein, sondern auch für dumpfe Grübelei.

Und wenn man es genau nahm, hatte ich ein paar sehr konkrete Dinge, die mir Sorgen machten. Nicht nur Essie. Wenn man ein gewisses Alter erreicht, hat man ein Recht zu erwarten, dass bestimmte Bereiche des Lebens stabil bleiben. Nämlich welche? Etwa das Geld. Ich war daran gewöhnt, viel zu haben, und da kam mein Anwaltsprogramm daher und teilte mir mit, ich müsse auf den Pfennig achten.

»Aber ich habe Hanson Bover eine Million in bar versprochen«, sagte ich, »und die bezahle ich. Verkauf Aktien.«

»Ich habe Aktien *verkauft*, Robin!« Er war nicht zornig. Er war nicht darauf programmiert, wirklich zornig zu werden, aber er konnte niederträchtig sein, und das war er.

»Dann verkauf mehr. Was können wir am besten abstoßen?«

»Derzeit nichts, Robin. Der Wert der Nahrungsgruben ist drastisch gesunken, des Brandes wegen. Die Fischfarmen haben sich vom Verlust der Jungfische noch nicht erholt. In ein, zwei Monaten ...«

»Ich brauche das Geld nicht in ein, zwei Monaten. Verkauf!« Und als ich ihn wegschickte und Bover anrief, um in Erfahrung zu bringen, wohin ich seine Million schicken sollte, wirkte er tatsächlich überrascht.

»Angesichts des Eingreifens der Gateway-Gesellschaft dachte ich, Sie würden sich nicht mehr an die Abmachung gebunden fühlen«, sagte er.

»Abgemacht ist abgemacht«, sagte ich. »Das Juristische können wir abwarten. Es bedeutet nicht viel, solange Gateway mir das Vorkaufsrecht abgenommen hat.«

Er wurde sofort argwöhnisch. Was mache ich, dass die Leute mir gegenüber argwöhnisch werden, sobald ich mich besonders anstrenge, gerecht zu sein?

»Warum wollen Sie beim juristischen Teil abwarten?«, fragte er scharf und rieb sich heftig die Schädeldecke – schon wieder ein Sonnenbrand?

»Ich ›will‹ nicht«, sagte ich, »es spielt einfach keine Rolle. Sobald Sie Ihre Verfügung zurückziehen, bekomme ich die von Gateway auf den Tisch geknallt.«

Neben Bovers finsterem Gesicht erschien mein Sekretariatsprogramm. Sie sah aus wie eine Witzzeichnung des lieben Schutzengels, Bover ins Ohr flüsternd, aber was sie sagte, galt in Wirklichkeit mir: »Sechzig Sekunden bis zu Mr. Herters Denkzettel«, sagte sie.

Ich hatte vergessen, dass der alte Peter uns wieder eine seiner Vier-Stunden-Fristen gestellt hatte.

»Es ist Zeit, sich auf Peter Herters nächsten Nadelstich vorzubereiten«, sagte ich und legte auf – es war mir im Grund gleichgültig, ob er sich erinnerte, ich wollte nur das Gespräch beenden. Man brauchte nicht viel vorzubereiten. Es war rücksichtsvoll – nein, es war ordentlich – vom alten Peter, uns jedes Mal zu warnen und dann pünktlich anzutreten. Aber für Flugzeugpiloten und Autofahrer war es wichtiger als für Stubenhocker wie mich.

Dafür war aber Essie da. Ich schaute hinein, um mich zu vergewissern, dass sie nicht gerade eine Infusion erhielt, katheterisiert oder gefüttert wurde. Sie schlief – ganz normal, umgeben von ihrer Flut dunkelgoldener Haare und leise schnarchend. Auf dem Rückweg zu meinem bequemen Konsolensessel spürte ich schon Peter in meinem Gehirn.

Derartige Invasionen waren mir sehr vertraut geworden. Dazu gehörte keine besondere Geschicklichkeit. Die ganze Menschheit hatte im Lauf von mehr als zwölf Jahren große Kenntnisse darin erworben, seitdem dieser Schwachkopf Wan mit seinen Flügen zur Nahrungsfabrik begonnen hatte. Bei ihm war es am schlimmsten gewesen, weil es so lange gedauert hatte und er uns an seinen Träumen teilnehmen ließ. Träume besitzen Macht; Träume sind eine Art freigesetzten Wahnsinns. Im Gegensatz dazu war die eine leichte Berührung von Janine Herter ein Nichts gewesen, und Peter Herters exakte Zwei-Minuten-Portionen stellten nicht mehr dar als eine Verkehrsampel - man hält für eine Zeit an und wartet ungeduldig, bis es vorbei ist, dann fährt man weiter. Alles, was ich durch Peter je zu fühlen bekam, war, wie er sich fühlte - manchmal die kleinen Leiden des Lasters, manchmal Hunger oder Durst, einmal die nachlassende, zornige sexuelle Begierde eines alten Mannes, der ganz allein war. Als ich mich setzte, dachte ich - soviel ich mich entsinne - noch, dass diese Invasion einem kleinen Schwindelanfall glich, nach zu langem Kauern in einer bestimmten Haltung; wenn man aufsteht, muss man kurze Zeit warten, bis man ihn überwunden hat. Aber das hörte nicht auf. Ich spürte die Verschwommenheit, die Dinge mit zwei Augenpaaren zugleich zu sehen, und unartikuliert Zorn und Elend des alten Mannes - keine Worte, nur eine Art Ton, so, als flüstere jemand etwas, das ich nicht richtig verstehen konnte.

Doch es hörte nicht auf. Die Verschwommenheit nahm zu. Ich kam mir fast wie im Delirium vor. Das zweite Sehen, das nie scharf und deutlich ist, begann Dinge zu zeigen, die ich noch nie vorher gesehen hatte. Keine wirklichen Dinge. Phantasiegebilde. Frauen mit Schnäbeln wie Raubvögel. Riesige, glitzernde Metallungeheuer, die an der Innenseite meiner Lider dahinrollten. Hirngespinste. Träume.

Die auf zwei Minuten bemessene Dosis war überzogen. Der Saukerl war im Kokon eingeschlafen.

Ein Glück, dass es die Schlaflosigkeit der alten Männer gab! Es dauerte keine acht Stunden, sondern nicht viel länger als eine.

Aber es waren über sechzig unerfreuliche Minuten. Als ich fühlte, wie die unerwünschten Träume spurlos aus meinem Inneren glitten, und sicher war, sie würden auch fortbleiben, rannte ich in Essies Zimmer. Sie war hellwach und lehnte an den Kissen.

»Bin in Ordnung, Robin«, sagte sie sofort. »War ein interessanter Traum. Nette Abwechslung zu meinem.«

»Ich bringe den alten Halunken um«, sagte ich.

Essie schüttelte den Kopf und grinste mich an.

»Nicht praktisch«, meinte sie.

Nun, vielleicht nicht. Aber sofort, als ich mich vergewissert hatte, dass Essie nichts fehlte, rief ich Albert Einstein.

»Ich brauche Rat. Kann man irgendetwas tun, um Peter Herter auszuschalten?«

Er kratzte sich an der Nase.

»Sie meinen, durch direktes Eingreifen, vermute ich. Nein, Robin. Mit keinen Mitteln, die jetzt zur Verfügung stehen.«

»Das will ich nicht hören! Es muss irgendeine Möglichkeit geben!«

»Klare Sache, Robin«, sagte er langsam, »aber ich glaube, Sie fragen das falsche Programm. Indirekte Maßnahmen könnten wirksam sein. Soviel ich weiß, sind da ein paar juristische Dinge ungeklärt. Wenn Sie da eine Lösung finden könnten, wären Sie in der Lage, Herters Forderungen zu entsprechen und ihm auf diese Weise Einhalt zu gebieten.«

»Das habe ich versucht! Es ist genau umgekehrt, verdammt noch mal! Wenn ich Herter dazu bringen könnte aufzuhören, brächte ich die Gateway-Gesellschaft vielleicht dazu, mir wieder die Kontrolle zu überlassen. Inzwischen bringt er alle Leute durcheinander, und ich will, dass das aufhört. Gibt es denn nicht irgendeine Störung, die wir senden könnten?«

Albert zog an seiner Pfeife.

»Ich glaube nicht, Rob«, sagte er schließlich. »Ich habe nicht viel, worauf ich mich stützen kann.«

Das verwunderte mich.

»Du erinnerst dich nicht, wie sich das anfühlt?«

»Robin«, sagte er geduldig, »ich fühle überhaupt nichts. Es ist wichtig für Sie, sich ins Gedächtnis zu rufen, dass ich nur ein Computerprogramm bin. Und eigentlich auch nicht das richtige, um die exakte Natur der Signale zu besprechen, die Mr. Herter aussendet – Ihr psychoanalytisches Programm könnte da dienlicher sein. Von der Analyse her weiß ich, was geschehen ist – ich verfüge über alle Strahlenmessergebnisse. Von der Erfahrung her – nichts.

Maschinenintelligenz ist nicht betroffen. Jedes menschliche Wesen hat etwas empfunden, das weiß ich, weil alle Berichte das mitteilen. Es gibt Hinweise darauf, dass Säugetiere mit größerem Gehirn – Primaten, Delphine, Elefanten – ebenfalls gestört worden sind, und vielleicht auch noch andere Säugetiere, obwohl das nicht klar ist. Aber direkt habe ich nichts erlebt. Was die Sendung eines Störprogramms angeht, ja, das könnte vielleicht gemacht werden. Aber was wäre die Wirkung, Robin? Denken Sie daran, dass das Störsignal von einem Ort in der Nähe kommen würde, nicht von einem, der fünfundzwanzig Lichttage entfernt ist. Wenn Mr. Herter Desorientierung erzeugen kann, was würde ein Zufallssignal aus der Nähe bewirken?«

»Es wäre wohl schlimm.«

»Klare Sache, Robin. Vermutlich schlimmer, als Sie denken, aber ohne Versuche kann ich das nicht sagen. Die Versuchskandidaten müssten Menschen sein, und solche Versuche kann ich nicht durchführen.«

Über meine Schulter sagte Essie stolz: »Ja, genau das kannst du nicht, und wer weiß das besser als ich?« Sie war lautlos hinter mir hereingekommen, barfuß auf dem dicken Teppich. Sie trug einen bis zum Boden reichenden Mantel und hatte einen Turban um ihr Haar gewickelt.

»Essie, was, zum Teufel, machst du auf den Beinen?«, fragte ich scharf.

»Mein Bett ist allzu langweilig geworden«, sagte sie und knetete mit den Fingern mein Ohr, »vor allem, wenn man allein darin liegt. Hast du für heute Abend Pläne, Robin? Wenn ich eingeladen werde, möchte ich das deine mit dir teilen.«

»Aber ...«, sagte ich, und: »Essie ...« Und was ich noch sagen wollte, war entweder: Das sollst du doch noch nicht! Oder: Nicht vor dem Computer!

Sie gab mir keine Gelegenheit, mich zu entscheiden. Sie beugte sich vor, um ihre Wange an die meine zu drücken, vielleicht, damit ich fühlen konnte, wie rund und voll sie wieder geworden war.

»Robin«, sagte sie heiter, »es geht mir viel besser, als du glaubst. Du kannst die Ärztin fragen, wenn du willst. Sie wird dir sagen, wie schnell alles geheilt ist.« Sie drehte den Kopf, um mich rasch zu küssen, und fügte hinzu: »Ich habe in den nächsten Stunden eigene Dinge zu erledigen. Bitte, unterhalte dich bis dahin weiter mit deinem Programm. Ich bin sicher, dass Albert dir viele interessante Dinge zu erzählen hat, nicht wahr, Albert?«

»Klare Sache, Mrs. Broadhead«, bestätigte das Programm, fröhlich an der Pfeife saugend.

»Also, dann ist es entschieden.« Sie tätschelte meine Wange und wandte sich ab, und ich muss sagen, dass sie ganz und gar nicht krank wirkte, als sie zu ihrem Zimmer zurückging. Der Mantel war nicht eng, umschloss aber ihren Körper, und die Kontur war ein durchaus angenehmer Anblick. Ich konnte nicht glauben, dass die dicken Verbände an ihrer ganzen linken Körperseite fort waren, aber sehen konnte ich sie nicht mehr.

Hinter mir hustete mein Wissenschaftsprogramm. Ich drehte mich herum, und Albert paffte seine Pfeife und zwinkerte mir zu.

»Ihre Frau sieht sehr gut aus, Robin«, sagte er mit weisem Nicken.

»Manchmal weiß ich einfach nicht, wie anthropomorph du bist, Albert«, gab ich zurück. »Hm. Was für interessante Dinge hast du mir zu erzählen?«

»Was Sie hören wollen, Robin. Soll ich zum Thema Peter Herter weitersprechen? Es gibt noch andere Möglichkeiten, etwa die Sprengmethode. Das heißt – wenn wir für einen Augenblick die juristischen Komplikationen beiseite lassen –, dass es möglich wäre, dem Schiffscomputer, der als ›Vera‹ bekannt ist, den Befehl zu erteilen, die Treibstofftanks am Orbitalfahrzeug zu sprengen.«

»Du guter Gott! Wir würden den größten Schatz zerstören, den wir je gefunden haben!«

»Klare Sache, Robin, und es ist sogar noch schlimmer. Die Chance, dass eine Explosion die Anlage, die Mr. Herter benutzt, beschädigt, ist ziemlich gering. Er könnte nur wütend werden. Oder dort stranden und solange er lebt, tun, was er will.«

»Hör auf damit! Hast du mir nichts *Gutes* zu berichten?«

»Eigentlich schon, Robin«, meinte er grinsend. »Wir haben unseren Stein von Rosette gefunden.« Er schrumpfte zu einem winzigen Wirbel farbiger Pünktchen zusammen und verschwand. Als ihn eine leuchtende, spindelförmige Masse von lavendelblauer Farbe im Tank ersetzte, sagte er: »Das ist das Abbild vom Anfang eines Buches.«

»Es ist leer!«

»Ich habe noch nicht angefangen«, erklärte er. Der Umriss war größer als ich und etwa halb so dick wie hoch. Er begann sich vor meinen Augen zu verwandeln; die Farbe wurde dünner, bis ich durch das Gebilde blicken konnte, dann begannen im Inneren ein, zwei, drei Punkte aufzutauchen, Punkte von hellem, rotem Licht, die sich zu einer Spirale drehten. Es gab ein klagendes Schnattern, wie Telemetrie oder das verstärkte Schnüffeln von Krallenaffen. Dann erstarrte das Bild. Der Ton hörte auf. Alberts Stimme sagte: »Ich habe an dieser Stelle aufgehört, Robin. Es ist wahrscheinlich, dass es sich bei den Tönen um eine Sprache handelt, aber wir haben noch keine semantischen Einheiten herauslösen können. Der ›Text‹ dagegen ist klar. Es gibt von diesen Lichtpunkten hundertsiebenunddreißig Stück. Passen Sie auf, ich lasse von dem Buch noch ein paar Sekunden ablaufen.«

Die Spirale von 137 winzigen Sternen verdoppelte sich. Eine zweite Spule von Punkten hob sich von der ersten ab und schwebte zur Spitze der Spindel hinauf, wo sie lautlos hängenblieb. Das Schnattern begann von neuem, und die erste Spirale dehnte sich, während jeder einzelne Punkt eine eigene Spirale bildete. Am Ende gab es eine einzige große Spirale, bestehend aus 137 kleineren Spiralen, von denen jede aus 137 Punkten bestand. Dann wurde das ganze rote Muster orangerot und erstarrte.

»Wollen Sie das interpretieren, Robin?«, fragte Alberts Stimme.

»Na, so weit kann ich nicht zählen. Aber es sieht aus nach 137 mal 137, nicht?«

»Klare Sache, Robin. 137 im Quadrat ergibt 18 769 Punkte. Passen Sie auf.«

Kurze, grüne Linien zerschnitten die Spirale in zehn Abschnitte. Einer der Abschnitte hob sich ab, fiel zum Fuß der Spindel hinab und wurde wieder dunkelrot.

»Das ist nicht genau ein Zehntel der Zahl, Robin«, sagte Albert. »Wenn Sie nachzählen, befinden sich unten jetzt 1840 Punkte. Ich mache weiter.« Wieder veränderte das Hauptgebilde die Farbe, diesmal zu Gelb. »Achten Sie auf die oberste Figur.« Ich schaute genau hin und sah, dass der erste Punkt orangerot geworden war, der dritte gelb. Dann drehte sich das Gebilde um die Vertikalachse, eine dreidimensionale Säule von Spiralen wirbelte davon, und Albert sagte: »Wir haben jetzt im Hauptgebilde insgesamt 137 kubierte Punkte. Von nun an wird das Zusehen ein bisschen mühselig. Ich lasse das schnell ablaufen.« Das tat er. Muster von Punkten flogen umher und lösten sich voneinander, die Farben wechselten von Gelb zu Avocado, von Avocado zu Grün, von Grün zu Aquamarin, von Aquamarin zu Blau, und so weiter durch das ganze Spektrum, fast zweimal hintereinander. »Sehen Sie jetzt, was wir haben? Drei Nummern, Robin. In der Mitte 137. Unten am Fuß 1840. 137 hoch 18, was etwa so viel ist wie 10 hoch 38 ganz oben. Oder in der Reihenfolge drei dimensionslose Zahlen: die Feinstrukturkonstante, das Verhältnis von Proton zu Elektron und die Anzahl der Partikel im Universum. Robin, Sie haben eben einen Kurzlehrgang in Teilchentheorie von einem Hitschi-Lehrer erhalten.«

»Mein Gott«, sagte ich.

Albert tauchte wieder auf und strahlte.

»Genau, Robin«, sagte er.

»Aber, Albert, heißt das, dass du alle Gebetsfächer lesen kannst?«

Er machte ein langes Gesicht.

»Nur die einfachen«, erwiderte er bedauernd. »Das war eigentlich der leichteste. Aber von jetzt an geht es erheblich leichter. Wir spielen alle Gebetsfächer ab und zeichnen sie auf. Wir suchen nach Vergleichbarem. Wir stellen semantische Vermutungen an und prüfen sie in so vielen Zusammenhängen, wie wir finden können – das schaffen wir, Robin. Aber es kann einige Zeit dauern.«

»Ich *will* aber nicht warten«, fauchte ich.

»Klare Sache, Robin, aber zuerst muss jeder Fächer gefunden, gelesen, aufgezeichnet und für Vergleiche durch die Maschinen verschlüsselt werden, und dann ...«

»Will ich nicht hören«, sagte ich. »Mach es ... was ist denn?« Seine Miene hatte sich verändert.

»Das ist eine Frage der Finanzierung, Robin«, sagte er reumütig. »Es geht hier um sehr viel Computerzeit.«

»Tu es! Soweit du kannst. Ich lasse von Morton noch Aktien verkaufen. Was hast du sonst noch?«

»Etwas Hübsches, Robin«, sagte er lächelnd und schrumpfte, bis er in der Ecke des Tanks nur noch ein kleines Gesicht war. In der Mitte des Hologeräts waberten Farben und schmolzen zu einer Reihe von Hitschi-Steuerelementen zusammen, die auf fünf der zehn Tafeln ein Farbmuster zeigten. Die anderen waren leer.

»Wissen Sie, was das ist, Robin? Das ist eine Zusammenfassung aller bekannten Gateway-Flüge, die zum Hitschi-Himmel geführt haben. Sämtliche Muster, die Sie sehen, sind bei allen sieben bekannten Missionen identisch. Die anderen unterscheiden sich, aber man kann wohl davon ausgehen, dass sie für die Kurssetzung nicht direkt in Betracht kommen.«

»Was sagst du da, Albert?«, fragte ich scharf. Er hatte mich überrascht. Ich bemerkte, dass ich zu zittern begann. »Willst du damit sagen, wir könnten den Hitschi-Himmel erreichen, wenn wir die Steuerung nach diesem Muster einstellen?«

»Mit fünfundneunzig Prozent Sicherheit, ja, Robin.« Er nickte. »Und ich habe drei Schiffe gefunden, zwei auf Gateway, eines auf dem Mond, die diese Einstellung annehmen.«

Ich streifte einen Pullover über und ging zum Wasser hinunter. Ich wollte nichts mehr hören.

Ich zog die Schuhe aus, um das feuchte, weiche Gras zu

spüren, und sah ein paar Jungen zu, die am Nyack-Ufer Flussbarsche fingen, und ich dachte: Das habe ich erkauft, als ich mein Leben auf Gateway riskierte. Wofür ich mit Klaras Leben bezahlt habe.

Und: Will ich all das und mein Leben noch einmal aufs Spiel setzen?

Aber es war in Wahrheit keine Frage des Wollens. Wenn eines der Raumschiffe zum Hitschi-Himmel fliegen würde und ich mir darin einen Platz erkaufen oder stehlen konnte, würde ich fliegen.

Dann rettete mich die Vernunft, und ich begriff, dass das doch nicht ging. Nicht in meinem Alter. Und nicht bei der Einstellung der Gateway-Gesellschaft zu mir. Und vor allem nicht rechtzeitig. Der Gateway-Asteroid fliegt in einer Bahn, die im rechten Winkel zur Ekliptik verläuft, oder doch beinahe. Von der Erde aus hinzugelangen, ist mühsame, langwierige Arbeit; mit Hohmann-Kurven zwanzig Monate oder mehr, bei verstärkter Beschleunigung immer noch länger als ein halbes Jahr.

Die Erkenntnis war beinahe ebensosehr ein Gefühl der Erleichterung wie ein krankmachendes, gieriges des Verlusts.

Sigfrid Seelenklempner hatte mir nie klar gemacht, wie ich von der Ambivalenz (oder vom Schuldbewusstsein) loskommen sollte. Er sagte mir aber, wie ich damit umgehen müsste. Das Rezept sieht in erster Linie vor, dass man einfach alles geschehen lassen soll. Früher oder später brennt sich das aus. (Behauptet er.) Jedenfalls muss das nicht lähmend sein. Während ich also diese Ambivalenz zu Asche verglimmen ließ, schlenderte ich am Wasser entlang, genoss die angenehme Luft unter der Kuppel und blickte stolz auf das Haus, in dem ich lebte und wo meine geliebte und seit geraumer Zeit gänzlich platonische Ehefrau im Begriff stand, völlig zu genesen, wie ich hoffte. Was immer sie tun mochte, sie tat es nicht allein. Zweimal hatte ein Kleintaxi jemanden von der U-Bahn-Haltestelle zu uns gebracht. Beide Male waren es Frauen gewesen, und nun hielt erneut ein Taxi und ließ einen Mann aussteigen, der sich ziemlich unsicher umschaute, während das automatische Taxi in der Einfahrt wendete und zum nächsten Einsatzort fuhr. Ich bezweifelte aus irgendeinem Grund, dass er zu Essie wollte, aber ich konnte keinen Grund erkennen, weshalb er nicht von Harriet abgefertigt werden sollte. Es war also eine Überraschung, dass der Richtlautsprecher unter dem Giebel sich in meine Richtung drehte und Harriets Stimme sagte: »Robin? Hier ist ein Mr. Haagenbusch. Ich glaube, Sie sollten mit ihm sprechen.«

Das sah Harriet gar nicht ähnlich, aber sie hatte in der Regel Recht, und deshalb schlenderte ich über den Rasen hinauf, wusch mir vor den Terrassentüren die nackten Füße und lud den Mann in mein Arbeitszimmer ein. Er war schon ziemlich alt, glatzköpfig, mit rosiger Haut, flotten, weißen Bartkoteletten und einem deutlichen amerikanischen Akzent - keinem, wie ihn Leute zu haben pflegen, die in den Vereinigten Staaten geboren sind.

»Vielen Dank für Ihre Bereitschaft, mich zu empfangen, Mr. Broadhead«, sagte er und gab mir eine Karte. Auf dieser stand:

Dr. jur. Wm. J. Haagenbusch

»Ich bin Peter Herters Rechtsanwalt«, fuhr er fort. »Ich komme direkt aus Frankfurt, weil ich zu einer Einigung gelangen will.«

Wie wunderlich von ihm, dachte ich; kommt persönlich, um Geschäfte zu besprechen! Aber wenn Harriet wünschte, dass ich mit dem alten Knaben sprach, musste sie das wohl mit meinem juristischen Programm besprochen haben, und aus diesem Grund sagte ich: »Was für eine Einigung?«

Er wartete darauf, dass ich ihm eine Sitzgelegenheit anbot. Das tat ich. Ich vermutete, dass er auch darauf wartete, ich würde noch Kaffee oder Kognak bestellen, aber das wollte ich nicht so gerne tun. Er zog schwarze Lederhandschuhe aus, betrachtete seine manikürten Fingernägel und sagte: »Mein Klient hat verlangt, dass ihm 250 Millionen Dollar auf ein Sonderkonto überwiesen werden und ihm absolute Straffreiheit zugesichert wird. Ich habe diese Mitteilung gestern verschlüsselt erhalten.«

Ich lachte laut heraus.

»Mensch, Haagenbusch, warum erzählen Sie mir das? So viel Geld habe ich nicht!«

»Nein, das haben Sie nicht«, gab er zu. »Abgesehen von Ihrer Beteiligung an der Herter-Hall-Expedition und Anteilen an Fischfarmen haben Sie nichts als zwei Wohnhäuser und ein paar persönliche Dinge. Ich glaube, Sie könnten sechs oder sieben Millionen aufbringen, die Investition in die Herter-Halls nicht mitgerechnet. Weiß der Himmel, was die derzeit wert sein mag, wenn man alles bedenkt.«

Ich lehnte mich zurück und sah ihn an.

»Sie wissen, dass ich meine Tourismusaktien verkauft habe. Sie haben mich also überprüft. Nur die Nahrungsgruben vergessen Sie.«

»Nein, ich glaube nicht, Mr. Broadhead. Soviel ich weiß, sind diese Aktien heute Nachmittag verkauft worden.«

Es war nicht gerade erfreulich festzustellen, dass er über meine finanzielle Lage besser unterrichtet war als ich. Morton hatte also auch diese Anteile verkaufen müssen. Es blieb mir keine Zeit, darüber nachzudenken, was das bedeutete, weil Haagenbusch seinen Backenbart strich und fortfuhr: »Die Lage ist die, Mr. Broadhead: Ich habe meinem Klienten klar gemacht, dass ein unter Zwang zustande gekommener Vertrag nichtig ist. Er hat deshalb keine Aussicht, seine Zwecke durch eine Vereinbarung mit der Gateway-Gesellschaft oder auch mit Ihrem Syndikat zu erreichen. Deshalb habe ich neue Anweisungen erhalten: sofortige Zahlung der genannten Summe zu erreichen, sie in seinem Namen auf Nummernkonten anzulegen und ihm das Geld zu übergeben, sobald und falls er zurückkommt.«

»Gateway wird es nicht schätzen, erpresst zu werden«, meinte ich. »Aber vielleicht bleibt den Leuten keine andere Wahl.«

»Allerdings nicht«, bestätigte er. »Was an Mr. Herters Plan nicht stimmt, ist, dass er nichts einbringen wird. Ich bin sicher, dass man das Geld bezahlen wird. Ich bin auch davon überzeugt, dass man mich streng überwachen und Wanzen in meinem Büro anbringen wird, und dass die Justizministerien aller am Gateway-Vertrag beteiligten Länder Strafverfahren gegen Mr. Herter vorbereiten werden, sobald er zurückkommt. Ich will in diesen Verfahren nicht als Mittäter genannt werden, Mr. Broadhead. Ich weiß, was geschehen wird. Man wird das Geld finden und es ihm wieder wegnehmen. Man wird Mr. Herters früheren Vertrag für nichtig erklären, weil er sich selbst nicht daran gehalten hat. Und man wird ihn - zumindest ihn - ins Gefängnis stecken.«

»Sie sind in einer schwierigen Lage, Mr. Haagenbusch«, sagte ich.

Er lachte leise und trocken. Seine Augen wirkten nicht belustigt. Er strich sich kurz den Backenbart und platzte dann heraus: »Sie haben ja keine Ahnung! Jeden Tag lange verschlüsselte Instruktionen! Fordern Sie das, garantieren Sie das, ich ziehe Sie dafür persönlich zur Verantwortung! Dann schicke ich eine Antwort, die fünfundzwanzig Tage braucht, um anzukommen, und er hat mir inzwischen fünfzig neue Anweisungen geschickt, seine Gedanken sind weiß Gott wo, er macht mir Vorwürfe und droht mir. Er ist kein gesunder und ganz gewiss kein junger Mensch mehr. Ich glaube gar nicht, dass er es erleben wird, von dem erpressten Geld etwas zu sehen - aber möglich wäre es doch.«

»Warum geben Sie nicht auf?«

»Das würde ich tun, wenn ich könnte. Aber was ist, wenn ich aufhöre? Dann hat er niemanden mehr auf seiner Seite. Was würde er dann tun, Mr. Broadhead? Außerdem ...« Er zuckte die Achseln, »ist er ein sehr alter Freund, Mr. Broadhead. Er ist mit meinem Vater zur Schule gegangen. Nein. Ich kann nicht aufhören. Ich kann jedoch auch nicht tun, was er verlangt. Aber vielleicht können Sie es. Nicht, indem Sie eine Viertelmilliarde Dollar bezahlen, nein - Sie hatten nie so viel Geld. Aber Sie können ihn zu Ihrem gleichberechtigten Teilhaber machen. Ich glaube, das würde er ... nein. Ich glaube, er *könnte* das akzeptieren.«

»Aber ich habe doch schon ...« Ich verstummte. Wenn Haagenbusch nicht wusste, dass ich die Hälfte meines Besitzes schon Bover übergeben hatte, wollte ich es ihm nicht verraten. »Weshalb würde ich diesen Vertrag nicht auch für nichtig erklären lassen?«, fragte ich.

Er zog die Schultern hoch.

»Das würden Sie vielleicht tun, aber ich glaube es nicht. Sie sind ein Symbol für ihn, Mr. Broadhead, und ich schätze, Ihnen würde er vertrauen. Sehen Sie, ich glaube zu wissen, was er sich von alledem erhofft. Er möchte für den Rest seines Daseins so leben wie Sie.« Er stand auf. »Ich erwarte nicht, dass Sie sofort zustimmen«, erklärte er. »Ich habe vielleicht vierundzwanzig Stunden, bevor ich Mr. Herter antworten muss. Bitte, denken Sie darüber nach, und ich melde mich morgen wieder.«

Ich gab ihm die Hand, ließ ihm von Harriet ein Taxi rufen und stand mit ihm in der Einfahrt, bis es heranrollte und ihn rasch in die frühe Dunkelheit davontrug.

Als ich in mein Zimmer zurückkam, stand Essie am Fenster und blickte auf die Lichter am Ufer des Tappan-Sees hinaus. Es war mir plötzlich klar, wer sie an diesem Tag besucht hatte. Eine Person war auf jeden Fall ihre Friseuse gewesen; der lohfarbene Wasserfall von Haaren hing wieder glänzend und dicht bis zu ihren Hüften herab, und als sie sich umdrehte und mich anlächelte, war sie wieder dieselbe Essie, die vor so vielen Wochen nach Arizona gefahren war.

»Du hast mit dem kleinen Mann so lange gesprochen«, meinte sie. »Du musst hungrig sein.« Sie sah mich einen Augenblick an und lachte. Die Fragen in meinem Inneren waren meinem Gesicht wohl abzulesen, denn sie antwortete darauf. »Erstens, das Abendessen steht bereit. Etwas Leichtes, das wir jederzeit essen können. Zweitens, es ist in unserem Zimmer serviert, und du kannst kommen, wann du möchtest. Und drittens, ja, Robin, ich habe Wilmas Versicherung, dass das alles völlig in Ordnung ist. Geht mir viel besser, als du glaubst, Robin, Schatz.«

»Du siehst auch so gesund aus, wie man nur sein kann«, sagte ich und muss wohl gelächelt haben, weil die hellen, vollkommenen Brauen sich zusammenzogen.

»Lachst du über den Zirkus, den eine lüsterne Ehefrau aufführt?«, fragte sie scharf.

»O nein! Nein, das ist es ganz und gar nicht«, sagte ich und legte den Arm um sie. »Ich habe mich vorhin nur gefragt, woher es kommt, dass irgendein Mensch so leben möchte, wie ich jetzt lebe. Aber nun weiß ich es.«

Tja. Wir liebten uns vorsichtig und langsam, und als ich sah, dass sie nicht zerbrechen würde, machten wir es noch einmal, grober und wilder. Dann aßen wir fast alles, was auf dem Sideboard für uns angerichtet worden war, lungerten herum und umarmten uns immer wieder, bis wir uns noch einmal liebten. Danach dösten wir einfach einige Zeit vor uns hin, wie die Löffel aneinander geschmiegt, bis Essie zu meinem Nacken sagte: »Für einen alten Bock eine sehr eindrucksvolle Leistung, Robin. Nicht einmal schlecht für einen Siebzehnjährigen.«

Ich reckte mich und gähnte im Liegen und rieb meinen Rücken an ihrem Bauch und den Brüsten.

»Du bist wirklich enorm schnell gesund geworden«, meinte ich.

Sie antwortete nicht und rieb nur die Nase an meinem Hals. Ich verfüge über eine Art Radar, unsichtbar und unhörbar, der mir die Wahrheit verrät. Ich blieb kurz liegen, dann machte ich mich los und setzte mich auf.

»Liebste Essie«, sagte ich, »warum erzählst du es mir nicht?«

Sie lag in meinem Arm, das Gesicht an meinen Rippen. »Was denn?«, fragte sie unschuldig.

»Komm schon, Essie.« Als sie nicht antwortete, sagte ich: »Muss ich Wilma aus dem Bett holen, damit sie es mir sagt?«

Sie gähnte und setzte sich auf. Es war ein unechtes Gähnen; als sie mich ansah, waren ihre Augen hellwach.

»Wilma ist sehr konservativ«, sagte sie achselzuckend. »Es gibt manche Medizin, die Heilung fördert, Kortikosteroide und dergleichen, die sie mir nicht geben wollte. Bei diesen Medikamenten besteht die Gefahr, dass sich viele

Jahre später Folgeschäden einstellen – aber bis dahin wird der medizinische Vollschutz sicher damit zurechtkommen. Ich bestand also darauf. Ich habe sie sehr, sehr zornig gemacht.«

»Folgeschäden! Du meinst Leukämie!«

»Ja, vielleicht. Aber höchstwahrscheinlich nicht. Gewiss nicht bald.«

Ich stieg aus dem Bett und setzte mich nackt auf die Kante, damit ich sie besser ansehen konnte.

»Essie, *warum?*«

Sie legte die Daumen unter ihr langes Haar und schob es aus ihrem Gesicht zurück, während sie meinen scharfen Blick erwiderte.

»Weil ich es eilig hatte«, sagte sie. »Weil du schließlich Anspruch auf eine gesunde Frau hast. Weil es unbequem ist, durch einen Katheter zu pinkeln, um nicht zu sagen, unästhetisch. Weil es meine Entscheidung war und ich sie getroffen habe.« Sie warf die Bettdecke zurück und sank auf die Kissen. »Schau mich an, Robin«, sagte sie. »Nicht einmal Narben! Und innerlich, unter der Haut, alles völlig in Ordnung. Kann essen, verdauen, ausscheiden, lieben, dein Kind empfangen, wenn wir das wünschen sollten. Nicht nächsten Frühling oder vielleicht nächstes Jahr. Jetzt.«

Und alles stimmte. Ich konnte es selbst sehen. Ihr langer, hellhäutiger Körper war ohne Narben – nein, nicht ganz; an ihrer linken Körperseite sah man einen unregelmäßigen, helleren Streifen neuer Haut. Aber man musste genau hinsehen, um ihn zu erkennen, und es gab sonst nichts, was verriet, dass sie vor Wochen zerfetzt, verstümmelt und sogar tot gewesen war.

Mir wurde kalt. Ich stand auf, um Essie den Morgenmantel zu geben und meinen eigenen anzuziehen. Auf dem Sideboard stand noch Kaffee, und er war auch noch heiß.

»Für mich auch«, sagte Essie, als ich eingoss.

»Solltest du dich nicht ausruhen?«

»Wenn ich müde bin«, sagte sie sachlich, »wirst du das merken, weil ich mich herumdrehe und schlafe. Ist sehr lange her, seit wir beide das miteinander hatten. Ich genieße es.« Sie ließ sich von mir eine Tasse geben und sah mich über den Rand hinweg an, während sie schlürfte. »Aber du nicht«, meinte sie dann.

»Doch!« Und so war es auch, aber die Ehrlichkeit veranlasste mich hinzuzufügen: »Ich gebe mir manchmal selbst Rätsel auf, Essie. Woher kommt es, dass in meinem Kopf ein Schuldgefühl entsteht, wenn du mir Liebe zeigst?«

Sie stellte ihre Tasse hin und ließ sich zurücksinken.

»Möchtest du mir davon erzählen, lieber Robin?«

»Das habe ich eben getan.« Dann sagte ich: »Wenn überhaupt jemanden, dann sollte ich wohl den alten Sigfrid Seelenklempner rufen und es ihm sagen.«

»Er ist immer verfügbar«, gab sie zurück.

»Hm. Wenn ich mit ihm anfange, weiß der Himmel, wann ich je fertig bin. Außerdem ist er nicht das Programm, mit dem ich reden will. Es ist so vieles im Gange, Essie. Und alles geschieht ohne mich. Ich komme mir vergessen vor.«

»Ja«, sagte sie, »mir ist klar, was in dir vorgeht. Gibt es etwas, das du tun möchtest, damit du dieses Gefühl verlierst?«

»Tja ... vielleicht«, erwiderte ich. »Was Peter Herter angeht, zum Beispiel. Ich habe mich mit einer Idee befasst, die ich gern mit Albert Einstein besprechen würde.«

Sie nickte.

»Also gut, warum nicht?« Sie setzte sich auf die Bettkante. »Gib mir bitte die Hausschuhe. Machen wir das gleich.«

»Jetzt? Aber es ist schon spät ... du solltest nicht ...«

»Robin«, sagte sie zärtlich, »ich habe auch mit Sigfrid Seelenklempner gesprochen. Ist ein gutes Programm, selbst wenn es nicht von mir geschrieben wurde. Es sagt, dass du ein guter Mann bist, Robin, gut angepasst, großzügig, und das kann ich alles nur bestätigen, um zu ergänzen: ausgezeichneter Liebhaber und sehr lustige Gesellschaft. Komm mit ins Arbeitszimmer.« Sie griff nach meiner Hand, als wir den großen Raum über dem Tappan-See betraten und uns vor meiner Konsole auf das kleine

Sofa setzten. »Sigfrid meint aber, dass du großes Talent dazu hast, Gründe zu erfinden, um etwas nicht zu tun«, fuhr sie fort. »Deshalb will ich dir helfen, dass du dich aufraffst. *Daite gorod Polymath.*« Das sagte sie nicht zu mir, sondern zur Konsole, die sofort aufleuchtete. »Zeig Albert- und Sigfrid-Programm gleichzeitig!«, befahl sie. »Zugang zu beiden im interaktiven Modus. Also, Robin! Gehen wir den Fragen nach, die du aufgeworfen hast. Schließlich interessiert mich das auch alles sehr.«

Diese Frau, die ich geheiratet habe, überrascht mich am meisten, wenn ich es am wenigsten erwarte. Sie saß ganz behaglich neben mir und hielt meine Hand, während ich ganz offen davon sprach, jene Dinge zu tun, die ich am liebsten unterlassen hätte. Es ging nicht einfach darum, zum Hitschi-Himmel und zur Nahrungsfabrik zu fliegen und den alten Peter Herter daran zu hindern, dass er die ganze Welt aus dem Gleichgewicht brachte. Es ging darum, wohin ich anschließend fliegen wollte.

Aber am Anfang sah es nicht so aus, als käme ich überhaupt irgendwohin.

»Albert«, sagte ich, »du hast mir erzählt, du hättest eine Kurseinstellung zum Hitschi-Himmel nach den Gateway-Aufzeichnungen erarbeitet. Kannst du das für die Nahrungsfabrik auch?«

Die beiden saßen nebeneinander im PV-Tank, Albert an seiner Pfeife saugend, Sigfrid, die Hände ineinander verflochten und stumm, aufmerksam zuhörend. Er würde nichts sagen, bis ich ihn ansprach, und das gedachte ich nicht zu tun.

»Fürchte, nein«, sagte Albert bedauernd. »Wir haben nur eine bekannte Kurseinstellung für die Nahrungsfabrik, die von Trish Bover, und das genügt nicht, um sicherzugehen. Vielleicht sechzig Prozent Wahrscheinlichkeit, dass ein Schiff dort eintrifft. Aber was dann, Robin? Es könnte nicht zurückkommen. Oder jedenfalls kam Trish Bovers Schiff nicht wieder.« Er setzte sich bequemer zurecht und fuhr fort: »Es gibt natürlich bestimmte Alternativen.« Er warf einen Blick auf Sigfrid Seelenklempner. »Man könnte Herters Verstand durch Suggestionen so beeinflussen, dass er seine Pläne ändert.«

»Würde das gehen?« Ich sprach immer noch mit Albert Einstein. Er zuckte die Achseln, und Sigfrid bewegte sich, sagte aber nichts.

»Ach, sei nicht so kindisch«, rügte Essie. »Antworte, Sigfrid.«

»Gosposcha Laworowna«, sagte er, während er mir einen Blick zuwarf, »ich glaube nicht. Ich glaube, mein Kollege hat diese Möglichkeit nur zur Sprache gebracht, damit ich sie als unbrauchbar abtun kann. Ich habe die Aufzeichnungen von Peter Herters Sendungen studiert. Die Symbolik ist ganz deutlich. Die engelhaften Frauen mit den Raubvogelschnäbeln – was ist eine ›Hakennase‹, Gosposcha? Denken Sie an Peters Kindheit und an das, was er von der ›Säuberung‹ der Welt von den bösen Juden gehört hat. Dann die Gewalttätigkeit, der Wunsch zu strafen. Er ist ziemlich krank, hat schon einen Herzanfall hinter sich und ist nicht mehr bei Sinnen; vielmehr ist er in einen kindlichen Zustand zurückgefallen. Weder Suggestion noch Appelle an die Vernunft werden helfen, Gosposcha. Die einzige Möglichkeit wäre vielleicht eine langdauernde Analyse. Er würde kaum zustimmen, der Bordcomputer käme nicht gut zurecht damit, und außerdem haben wir keine Zeit. Ich kann Ihnen nicht helfen, Gosposcha, nicht mit einer echten Aussicht auf Erfolg.«

Vor sehr langer Zeit hatte ich zweihundert zumeist sehr unangenehme Stunden damit verbracht, auf Sigfrids vernünftige, aufreizende Stimme zu hören, und ich hatte sie nie mehr wieder hören wollen. Aber ganz so schlimm war es gar nicht.

Neben mir zuckte Essie die Schultern.

»Polymath«, rief sie, »lass frischen Kaffee machen.« Zu mir sagte sie: »Ich glaube, wir sitzen hier lange.«

»Ich weiß nicht, wozu«, wandte ich ein. »Ich scheine in einer aussichtslosen Lage zu sein.«

»Wenn das wirklich so ist, brauchen wir den Kaffee

nicht zu trinken, sondern können wieder ins Bett gehen«, meinte sie tröstend. »Weißt du, inzwischen genieße ich das sehr, Robin.«

Nun, warum nicht? Ich war seltsamerweise nicht schläfriger, als Essie es zu sein schien. Tatsächlich war ich wach und entspannt zugleich, und meine Gedanken waren nie klarer gewesen.

»Albert«, sagte ich, »gibt es Fortschritte bei der Entzifferung der Hitschi-Bücher?«

»Keine großen, Robin«, entschuldigte er sich. »Es gibt noch andere mathematische Bände von der Art, wie Sie einen gesehen haben, aber noch keine Sprache ... ja, Robin?«

Ich schnippte mit den Fingern. Ein verirrter Gedanke in einem Winkel meines Gehirns war aufgetaucht.

»Flotte Zahlen«, sagte ich. »Die Zahlen, die uns das Buch zeigte. Das sind dieselben wie jene, die von den Toten Menschen ›flotte Zahlen‹ genannt werden.«

»Klare Sache, Robin«, sagte er mit einem Nicken. »Sie sind dimensionslose Grundkonstanten des Universums oder zumindest dieses Universums. Es stellt sich aber die Frage von Machs Prinzip, die unterstellt ...«

»Nicht jetzt, Albert! Wo, glaubst du, haben die Toten Menschen sie her?«

Er schwieg und zog die Brauen zusammen. Er klopfte seine Pfeife aus und warf einen Blick auf Sigfrid, bevor er sagte: »Ich möchte meinen, dass die Toten Menschen eine Berührung mit der Hitschi-Maschinenintelligenz hinter sich haben. Ohne Zweifel gab es Übertragung in beide Richtungen.«

»Genau meine Meinung! Was vermutest du *noch*, das die Toten Menschen wissen könnten?«

»Sehr schwer zu sagen. Sie sind sehr unvollständig gespeichert, wissen Sie. Die Verständigung war bestenfalls außerordentlich schwierig und ist jetzt ganz unterbrochen.«

Ich setzte mich kerzengerade auf.

»Und was ist, wenn wir sie einfach wieder aufnehmen? Wenn jemand zum Hitschi-Himmel flöge, um mit ihnen zu reden?«

Er hustete. Bemüht, nicht gönnerhaft zu wirken, sagte er: »Robin, mehrere Angehörige der Gruppe Herter-Hall und zusätzlich der junge Wan haben es nicht erreicht, zu diesen Fragen von ihnen klare Antworten zu erhalten. Selbst unsere Maschinenintelligenz hat nur geringen Erfolg verzeichnet - obschon das in erster Linie daran liegt«, ergänzte er durchaus höflich, »dass die Notwendigkeit bestand, sich des Bordcomputers Vera zu bedienen. Sie sind schlecht gespeichert, Robin. Sie sind besessen, irrational und oft unverständlich.«

Hinter mir stand Essie mit dem Tablett - Kaffee und Tassen. Ich hatte die Glocke in der Küche kaum wahrgenommen.

»Frag ihn, Robin«, sagte sie.

Ich gab nicht vor, sie misszuverstehen.

»Verdammt«, erklärte ich, »also gut, Sigfrid, das ist dein Gebiet. Wie bringen wir sie dazu, mit uns zu reden?«

Sigfrid lächelte und nahm die Hände auseinander.

»Es ist schön, wieder mit Ihnen zu sprechen, Robin«, sagte er. »Ich möchte Ihnen zu den beträchtlichen Fortschritten gratulieren, seit wir uns zuletzt ...«

»Mach schon!«

»Gewiss, Robin. Es *gibt* eine Möglichkeit. Die Speicherung der Prospektorin Henrietta scheint ziemlich vollständig zu sein, mit Ausnahme ihrer einen Besessenheit, nämlich hinsichtlich der Untreue ihres Ehemannes. Ich glaube, wenn wir nach dem, was wir von der Persönlichkeit ihres Mannes wissen, ein Maschinenprogramm schreiben und es an eine Schnittstelle mit ihrem ...«

»Für sie einen falschen Ehemann herstellen?«

»Im Grunde ja, Robin«, sagte er mit einem Nicken. »Es müsste nicht genau stimmen. Da die Toten Menschen im Allgemeinen schlecht gespeichert sind, könnten alle unpassenden Reaktionen übergangen werden. Natürlich würde das Programm ziemlich ...«

»Spar dir das, Sigfrid. Kannst du so ein Programm schreiben?«

»Ja. Mit Unterstützung Ihrer Frau, ja.«

»Und wie setzen wir uns dann mit Henrietta in Verbindung?«

Er sah Albert von der Seite an.

»Ich glaube, da kann mein Kollege helfen.«

»Klare Sache, Sigfrid«, sagte Albert heiter, während er sich mit einer Zehe am anderen Fuß kratzte. »Erstens: das Programm schreiben, samt Zusätzen. Zweitens: es in einen PMAL-2-Flip-Prozessor mit Gigabit-Schnellzugriffspeicher und den erforderlichen Empfangsgeräten eingeben. Drittens: das Ganze in einen Fünfer stecken und damit zum Hitschi-Himmel fliegen. Dann zur Schnittstelle mit Henrietta und die Befragung beginnen. Ich würde da eine Wahrscheinlichkeit von, ach, sagen wir neunzig Prozent für ein Gelingen unterstellen.«

»Warum die Maschinen in der Gegend herumfliegen?«, fragte ich stirnrunzelnd.

»Wegen c, Robin«, erwiderte er geduldig. »Die Lichtgeschwindigkeit. Ohne ÜLG-Funk müssen wir die Maschine dahin befördern, wo die Aufgabe wartet.«

»Der Herter-Hall-Computer hat ÜLG-Funk.«

»Zu dumm, Robin. Zu langsam. Und das Schlimmste habe ich Ihnen noch gar nicht gesagt. Die ganze Maschinenausrüstung ist ziemlich groß, wissen Sie. Sie würden einen Fünfer praktisch ausfüllen. Das heißt, es kommt am Hitschi-Himmel nackt und waffenlos an. Und wir wissen nicht, wer es beim Andocken empfängt.«

Essie saß wieder neben mir, wunderschön und sorgenvoll, eine Tasse Kaffee in der Hand. Ich griff automatisch danach und trank einen Schluck.

»Du hast gesagt ›praktisch‹«, meinte ich. »Heißt das, dass ein Pilot mitfliegen könnte?«

»Fürchte, nein, Robin. Es ist nur noch Platz für etwa hundertfünfzig Kilo.«

»Ich wiege nur die Hälfte!« Ich spürte, wie Essie sich neben mir verkrampfte. Jetzt kamen wir zum Kern der Sache. Ich fühlte mich klarer und selbstsicherer als seit vielen Wochen. Die Lähmung des Nichthandelns ließ mit jeder Minute nach. Ich war mir der Dinge bewusst, die ich sagte, und wusste sehr genau, was sie für Essie bedeuteten – aber aufhören wollte ich nicht.

»Das ist wahr, Robin«, gab Albert zu, »aber wollen Sie dort tot ankommen? Nahrung, Wasser, Luft. Ihr Bedarf für Hin- und Rückweg bei allen Vorkehrungen für Regeneration beläuft sich auf über dreihundert Kilogramm, und es gibt einfach nicht ...«

»Hör auf, Albert«, sagte ich, »du weißt so gut wie ich, dass wir von keinem Hin- und Rückflug reden. Wir sprechen von – wie viel war das? Zweiundzwanzig Tage. Das war die Flugzeit für Henrietta. Das ist alles, was ich brauche. Genug für zweiundzwanzig Tage. Dann bin ich im Hitschi-Himmel, und es spielt keine Rolle mehr.«

Sigfrid wirkte sehr interessiert, blieb aber stumm. Albert machte einen besorgten Eindruck.

»Das ist wahr, Robin«, räumte er ein, »aber das Risiko ist hoch. Es gibt überhaupt keinen Spielraum für Fehler.«

Ich schüttelte den Kopf. Ich war ihm weit voraus.

»Du hast gesagt, auf dem Mond steht ein Fünfer, der dieses Ziel akzeptiert. Gibt es dort auch – wie nennst du das? – PMAL?«

»Nein, Robin«, erwiderte er, fügte jedoch traurig hinzu: »Es gibt aber einen in Kourou, der für die Lieferung zur Venus bereitsteht.«

»Danke, Albert«, sagte ich, halb fauchend, weil es wie Zähneziehen war, das aus ihm hervorzulocken. Dann lehnte ich mich zurück und überdachte, was eben gesprochen worden war.

Ich war nicht der Einzige, der aufmerksam zugehört hatte. Essie stellte ihre Kaffeetasse ab.

»Polymath«, befahl sie, »Morton-Programm, Zugriff und Ausgabe, im interaktiven Modus. Weiter, Robin. Tu, was du tun musst.«

Man hörte im Tank eine Tür aufgehen, und Morton kam herein und gab Sigfrid und Albert die Hand, während er mich über die Schulter ansah. Er bezog in der Zwischenzeit Informationen, und ich konnte an seiner Miene erkennen, dass ihm nicht gefiel, was er erfuhr. Es war mir aber egal.

»Morton!«, sagte ich. »Auf dem Startplatz in Guayana steht ein PMAL-2-Informationsprozessor. Kauf ihn für mich!«

Er drehte sich um und sah mich an.

»Robin«, meinte er störrisch, »ich glaube, Sie erfassen nicht, wie sehr Sie Ihr Kapital angreifen. Dieses Programm allein kostet Sie in der Minute über tausend Dollar. Ich muss Aktien verkaufen ...«

»Verkauf sie!«

»Nicht nur das. Wenn Sie vorhaben, sich und den Computer zum Hitschi-Himmel zu befördern – tun Sie es nicht! Denken Sie nicht einmal daran! Erstens steht immer noch Bovers Verfügung dagegen. Zweitens könnten Sie sich, wenn es Ihnen gelingen sollte, sich darüber hinwegzusetzen, einer Strafe wegen Missachtung des Gerichts aussetzen und zu einem Schadenersatz ...«

»Danach habe ich nicht gefragt, Morton. Was ist, wenn ich Bover dazu bringe, die Verfügung zurückzuziehen? Könnte man mich dann aufhalten?«

»Ja! Aber selbst wenn sie es könnten, besteht eine Möglichkeit, dass sie darauf verzichten«, gab er zu. »Oder nicht rechtzeitig zupacken. Trotzdem muss ich als Ihr juristischer Berater sagen ...«

»Du brauchst gar nichts zu sagen. Kauf den Computer. Albert und Sigfrid, programmiert ihn so, wie wir es besprochen haben. Ihr drei verschwindet aus dem Tank, ich brauche Harriet. Harriet? Buchen Sie für mich einen Flug von Kourou zum Mond, im selben Schiff wie der Computer, den Morton für mich kauft, sobald es geht. Und während Sie das machen, stellen Sie fest, ob Sie Hanson Bover für mich finden können. Ich muss mit ihm reden.« Als sie nickte und erlosch, drehte ich mich zu Essie herum. Ihre Augen waren feucht, aber sie lächelte.

»Weißt du was?«, sagte ich. »Sigfrid hat kein einziges Mal ›Rob‹ oder ›Bobby‹ zu mir gesagt.«

Sie legte die Arme um mich und drückte mich an sich.

»Vielleicht glaubt er, dass du jetzt nicht mehr wie ein kleines Kind behandelt werden musst«, sagte sie. »Und ich glaube das auch. Denkst du, ich wollte nur gesund werden, damit wir rasch miteinander ins Bett gehen können? Nein. Es war auch deswegen, damit du hier nicht von einer Ehefrau gefangen gehalten wirst, die zu verlassen du für gemein gehalten hättest. Und damit ich damit fertig werde, wenn du fortgehst«, fügte sie hinzu.

Wir landeten in tiefer Dunkelheit und bei strömendem Regen in Cayenne. Bover erwartete mich, als ich durch den Zoll kam, in einem Schaumsessel am Gepäckterminal halb eingeschlafen. Ich dankte ihm mehrmals für sein Kommen, aber er zuckte nur die Achseln.

»Wir haben nur zwei Stunden«, sagte er. »Machen wir weiter.«

Harriet hatte einen Hubschrauber für uns gechartert. Wir schwebten über den Palmen davon, als die Sonne über dem Atlantik aufstieg. Bis wir Kourou erreichten, war es taghell, und die Mondrakete stand aufrecht an ihrem Montageturm. Sie war winzig im Vergleich zu den Riesen, die von Cape Kennedy oder in Kalifornien aufsteigen, aber das Centre Spatial Guyanais erzielt mit seinen Raketen um ein Sechstel mehr Leistung, weil es fast am Äquator liegt, sodass sie nicht so groß zu sein brauchen. Der Computer war schon verladen und verstaut, und Bover und ich stiegen sofort zu. Wamm. Rumms. In meiner Kehle quoll das Frühstück hoch, das ich im Flugzeug nicht hätte essen sollen, dann waren wir unterwegs.

Der Mondflug dauert drei Tage. Ich schlief so viel ich konnte, und unterhielt mich im Übrigen mit Bover. Es war die längste Zeit seit mindestens einem Dutzend Jahren, die ich außer Reichweite meiner Kommunikationsanlagen verbrachte, und ich hatte geglaubt, sie werde lang werden. Sie verging wie der Blitz. Ich wurde wach, als die Warntafel für die Beschleunigung erlosch, sah den kupferfarbenen Mond heraufsteigen, und dann waren wir da.

Wenn man bedachte, wie weit ich schon herumgekommen war, war es erstaunlich, dass ich den Mond noch nie besucht hatte. Ich wusste nicht, was mich erwartete. Alles war für mich erstaunlich: das tänzelnde, hopsende Gefühl, nicht mehr zu wiegen als eine aufgeblasene Gummipuppe, der Klang der dünnen Tenorstimme, die in der Atmosphäre mit zwanzig Prozent Helium aus meiner Kehle kam. Man atmete kein Hitschi-Gemisch mehr, nicht auf dem Mond. Hitschi-Grabmaschinen fegten wie eine Bombe in das Mondgestein, und da es Sonnenlicht in jeder Menge gab, um sie zu betreiben, kostete es nichts, sie in Betrieb zu halten. Das einzige Problem bestand darin, sie mit Luft zu füllen, und deshalb wurde diese mit Helium ergänzt – es war billiger und leichter zu beschaffen als N_2.

Die Lunarspindel der Hitschi befindet sich in der Nähe des Raketenstützpunkts – oder, um es richtig auszudrücken, die Raketenbasis war in ihrer Nähe angelegt worden, beim Fra Mauro, weil das der Ort war, wo die Hitschi vor fast einer Jahrmillion gegraben hatten. Alles befand sich unter dem Boden, sogar die Docks waren in Mondfurchen versteckt. Zwei amerikanische Astronauten namens Shepard und Mitchell waren einmal im Umkreis von zweihundert Kilometern dort ein Wochenende lang herumgelaufen und hatten nichts davon bemerkt. Nun lebte in der Spindel eine Gemeinschaft von über tausend Menschen, und die Höhlen und die neuen Tunnels verzweigten sich in alle Richtungen. Die Mondoberfläche war ein Gewirr aus Mikrowellen-Schüsseln und Solarkollektoren und Rohrleitungen.

»He, Sie«, sagte ich zu dem ersten kräftig aussehenden Mann, der unbeschäftigt zu sein schien. »Wie heißen Sie?«

Er hüpfte lässig auf mich zu, an einer nicht brennenden Zigarre kauend.

»Was interessiert Sie das?«, fragte er.

»Aus der Fährrakete kommt Fracht. Ich möchte sie in das Fünfer-Schiff verladen haben, das im Dock steht. Sie werden ein halbes Dutzend Gehilfen und vermutlich Staugerät brauchen, und die Sache ist sehr eilig.«

»Hm«, sagte er. »Haben Sie eine Genehmigung dafür?«

»Die zeige ich Ihnen, wenn ich bezahle«, erwiderte ich. »Und die Bezahlung macht tausend Dollar pro Mann und zehntausend Dollar extra für Sie, wenn Sie es in drei Stunden schaffen.«

»Hm. Zeigen Sie mal die Fracht.« Sie kam gerade aus der Rakete. Er sah sich alles genau an, kratzte sich eine Weile, dachte geraume Zeit nach. Er war nicht völlig stumm. Es stellte sich heraus, dass er A. T. Walthers Jr. hieß und in den Tunnels auf der Venus geboren worden war. An seiner Flugspange konnte ich erkennen, dass er sein Glück auf Gateway versucht hatte, und daran, dass er auf dem Mond Gelegenheitsarbeiten übernahm, war zu erkennen, dass er keines gehabt hatte. Nun, mir war es bei den ersten Versuchen nicht anders ergangen, und dann hatte sich das geändert. Ob das wirklich mein Glück war, ist schwer zu sagen.

»Gemacht, Broadhead«, sagte er schließlich, »aber wir haben keine drei Stunden Zeit. Dieser Witzbold Herter fängt in ungefähr neunzig Minuten wieder an. Wir müssen vorher fertig sein.«

»Um so besser«, meinte ich. »Also, wo finde ich das Büro der Gateway-Gesellschaft?«

»Nordseite der Spindel«, sagte er. »In einer halben Stunde machen die zu.«

Um so besser, dachte ich noch einmal, sprach es aber nicht aus. Ich zerrte Bover hinter mir her und tänzelte durch den Tunnel zu der großen spindelförmigen Höhle, die als Zentrale diente, und wir kämpften uns durch ins Zimmer der Startleiterin.

»Sie werden eine offene Leitung zur Erde brauchen, damit ich mich ausweisen kann«, sagte ich zu ihr. »Ich bin Robin Broadhead, und hier ist mein Daumenabdruck. Das ist Hanson Bover - wenn Sie so gut sein wollen, Bover ...« Er presste seinen Daumen neben mir auf die Tafel. »Jetzt sind Sie dran«, sagte ich dann.

»Ich, Allen Bover«, leierte er herunter, »ziehe hiermit meinen Einspruch gegen Robin Broadhead, die Gateway-Gesellschaft und andere zurück.«

»Danke«, sagte ich. »Also, Chefin, während Sie sich das bestätigen lassen, lege ich hier für Ihre Unterlagen eine schriftliche Fassung dessen vor, was Bover eben gesagt hat, und einen Flugplan dazu. Nach meinem Vertrag mit der Gateway-Gesellschaft, der in Ihrem Computer gespeichert ist, habe ich das Recht, in Verbindung mit der Herter-Hall-Expedition die Gateway-Anlagen zu benutzen. Das werde ich tun, und zu diesem Zweck brauche ich das Schiff der Klasse Fünf, das derzeit bei Ihnen steht. Sie werden aus dem Flugplan ersehen, dass ich vorhabe, zum Hitschi-Himmel zu fliegen und von dort aus zur Nahrungsfabrik, wo ich Peter Herter daran hindern werde, der Erde weiteren Schaden zuzufügen. Außerdem rette ich die Herter-Hall-Gruppe und bringe wertvolle Gateway-Informationen für Verarbeitung und Gebrauch mit. Und ich möchte im Lauf der nächsten Stunde starten«, schloss ich mit Nachdruck.

Nun, eine Minute lang sah es ganz so aus, als sollte es klappen. Die Startleiterin betrachtete die Daumenabdrücke auf der Registriertafel, griff nach der Spule mit dem Flugplan und wog ihn in der Hand, dann starrte sie mich einen Augenblick lang mit offenem Mund an. Ich konnte das Pfeifen des flüchtigen Gases hören, das sie in den Heizmotoren benutzten; der Carnot-Kreislauf leitete es unter den Fresnel-Linsen hindurch zu den abgedeckten artischockenförmigen Reflektoren direkt über uns. Ich hörte sonst gar nichts. Dann seufzte sie und sagte: »Senator Praggler, haben Sie das alles mitbekommen?«

Und hinter ihrem Schreibtisch ertönte plötzlich Pragglers Bass.

»Darauf können Sie sich verlassen, Milly. Sagen Sie Broadhead, daraus wird nichts. Er bekommt das Schiff nicht.«

Es waren die drei Tage Transitflug, die mich geschafft hatten. Automatisch wurde die Identität aller Passagiere über Funk im Voraus gemeldet, und die Offiziellen hatten gewusst, dass ich kam, bevor die Fährrakete Französisch-Guayana überhaupt verlassen hatte. Es war nur dem Zufall zu verdanken, dass es Praggler war, der mich in Empfang nahm; selbst wenn er nicht zur Stelle gewesen wäre, hätten sie Zeit genug gehabt, sich von der Zentrale in Brasilia Anweisungen geben zu lassen. Ich glaubte eine Weile, Praggler überreden zu können. Das ging nicht. Ich brüllte ihn dreißig Minuten an und flehte die nächste halbe Stunde. Nutzlos.

»An Ihrem Flugplan ist nichts auszusetzen«, gab er zu. »Was nicht in Ordnung ist, sind Sie. Sie haben kein Recht, Gateway-Anlagen zu benützen, weil die Gateway-Gesellschaft Sie gestern, während Sie in einer Umlaufbahn waren, enteignet hat. Selbst wenn das nicht der Fall gewesen wäre, würde ich Sie nicht fliegen lassen, Robin. Sie sind persönlich zu stark beteiligt. Ganz zu schweigen davon, dass Sie für solche Dinge zu alt sind.«

»Ich bin ein erfahrener Gateway-Pilot!«

»Sie sind ein erfahrenes Brechmittel, Robin. Und vielleicht auch ein bisschen verrückt. Was, glauben Sie, könnte ein Einzelner im Hitschi-Himmel ausrichten? Nein. Wir benutzen Ihren Plan. Wir bezahlen Ihnen sogar Tantiemen dafür – wenn er erfolgreich ist. Aber wir machen es richtig, von Gateway aus, mit mindestens drei Schiffen, zwei voll junger, gesunder, bis an die Zähne bewaffneter Draufgänger.«

»Senator«, flehte ich, »lassen Sie mich fliegen! Wenn Sie den Computer nach Gateway bringen, dauert es Monate ... Jahre!«

»Nicht, wenn wir ihn mit dem Fünfer-Schiff hinaufschicken«, sagte er. »Sechs Tage. Dann kann es sofort wieder starten, im Konvoi. Aber nicht mit Ihnen. Allerdings«, fügte er vernünftig hinzu, »bezahlen wir Sie auf jeden Fall für den Computer *und* das Programm. Geben Sie sich damit zufrieden, Robin. Lassen Sie andere die Risiken übernehmen. Ich sage das als Ihr Freund.«

Nun, er war mein Freund, und wir wussten es beide, aber vielleicht doch kein solcher Freund mehr wie vorher, nachdem ich ihm erklärt hatte, was er mit seiner Freundschaft tun könne. Schließlich zog Bover mich weg. Ich sah den Senator zuletzt an der Schreibtischkante sitzen und mir nachstarren, das Gesicht immer noch puterrot vor Zorn, ein Ausdruck in den Augen, als wollte er weinen.

»Das ist Pech, Mr. Broadhead«, sagte Bover mitfühlend.

Ich holte tief Luft, um auch ihm Bescheid zu sagen, dann beherrschte ich mich gerade noch. Es war sinnlos.

»Ich besorge Ihnen einen Flugschein zurück nach Kourou«, sagte ich.

Er lächelte und zeigte vollkommen geformte Zähne – er hatte von dem Geld etwas für sich ausgegeben.

»Sie haben mich reich gemacht, Mr. Broadhead. Ich kann meinen Flug selbst bezahlen. Außerdem bin ich noch nie hier gewesen und werde kaum noch einmal herkommen, deshalb möchte ich noch bleiben.«

»Wie Sie wollen.«

»Und Sie, Mr. Broadhead? Was haben Sie für Pläne?«

»Gar keine.« Mir fielen auch keine ein. Meine Programmierung war abgelaufen. Ich kann keinem Menschen erklären, wie leer man sich da fühlt. Ich hatte mich aufgerafft zu einem weiteren Flug mit einem Hitschi-Rätselschiff – nun, es war wohl kein solches Rätsel mehr wie damals, als ich von Gateway aus auf Erkundungsfahrt gegangen war. Aber trotzdem eine recht erschreckende Aussicht. Ich hatte bei Essie einen Schritt getan, vor dem ich mich lange gefürchtet hatte. Und alles für nichts.

Ich starrte reumütig durch den langen, leeren Tunnel, der zu den Docks führte.

»Vielleicht schieße ich mir den Weg frei«, sagte ich.

»Mr. Broadhead! Das ist ... das ist ...«

»Ach, keine Sorge. Das mache ich nicht, vor allem deshalb nicht, weil alle Waffen, von denen ich weiß, schon im Fünfer-Schiff verladen sind. Und ich bezweifle, dass man mich hineinlässt, damit ich mir eine hole.«

Er starrte mir ins Gesicht.

»Hm«, meinte er zweifelnd, »vielleicht möchten Sie auch ein paar Tage hier ...«

Dann veränderte sich seine Miene.

Ich sah es kaum; ich fühlte, was er fühlte, und das genügte, um meine ganze Aufmerksamkeit zu beanspruchen. Der alte Peter lag wieder im Kokon. Schlimmer als je zuvor. Es waren nicht nur seine Träume und Hirngespinste, die ich erlebte – die jeder spürte, der lebendig war. Es war Qual. Verzweiflung. Wahnsinn. Ein grauenhaftes Druckgefühl an den Schläfen, ein flammender Schmerz, der von Armen und Brust hochloderte. Meine Kehle war trocken, dann wund von säuerlichen Klumpen, als ich mich erbrach.

Noch nie war etwas in dieser Art von der Nahrungsfabrik gekommen.

Aber im Kokon war vorher auch noch niemand gestorben. Es hörte nicht nach einer Minute auf, auch nach zehn nicht. Ich saugte verzweifelt und gierig Luft in die Lungen. Wie Bover auch. Wie alle anderen. Die Qual hielt an, und jedes Mal, wenn sie eine bestimmte Stärke erreicht zu haben schien, gab es eine neue Explosion von Schmerzen, und die ganze Zeit über das Entsetzen, die Wut, das furchtbare Elend eines Mannes, der wusste, dass er starb, und es hasste.

Aber ich wusste, was es war.

Ich wusste, was es war, und ich wusste, was ich tun konnte – jedenfalls, was mein Körper tun konnte, wenn ich nur meinen Verstand fest genug zusammenzuhalten vermochte, um es zu schaffen. Ich zwang mich, einen Schritt zu tun, und noch einen. Ich trieb mich durch den weiten, langen Korridor, während Bover sich hinter mir am Boden wand und die Wachen vor mir völlig hilflos umhertaumelten. Ich wankte an ihnen vorbei und bezweifelte, dass sie mich überhaupt sahen, hinein in die schmale Lukenöffnung der Landekapsel, ich stürzte zerschlagen und durchgerüttelt hindurch, zwang mich, den Deckel über mir zu verriegeln.

Und da war ich, in dem vertrauten, katastrophal kleinen Loch, umgeben von Umrissen aus gewölbtem hellbraunem Kunststoff. Walthers hatte seine Arbeit wenigstens getan. Ich konnte ihn nicht dafür entlohnen, aber wenn er seine Hand in die Luke gesteckt hätte, kurz bevor ich sie schloss, hätte ich ihm eine Million gegeben.

Irgendwann starb der alte Peter Herter. Mit seinem Tod hörte die Qual nicht auf. Sie ging nur langsam zurück. Ich hätte nicht erraten können, wie es sein würde, sich im Gehirn eines Mannes zu befinden, während er spürt, wie sein Herz stillsteht und die Gewissheit des Todes in sein Hirn sticht. Es dauert viel länger, als ich für möglich gehalten hätte. Es dauerte die ganze Zeit an, während ich das Schiff startete und mit den kleinen Wasserstoffdüsen dorthinauf jagte, wo der Hitschi-Antrieb wirksam wurde. Ich riss und stemmte die Räder für die Kurseinstellung herum, bis sie das wohl einstudierte Muster zeigten, das Albert mich gelehrt hatte. Dann drückte ich die Startwarze und war unterwegs. Das ruckartige, unbehagliche Stoßen der Beschleunigung begann. Die Sternbilder, die ich gerade noch sehen konnte, wenn ich mir den Hals an einem Speichergerät verrenkte, begannen zu verschwimmen. Niemand konnte mich jetzt mehr aufhalten. Nicht einmal ich selbst.

Nach allen Daten, die Albert hatte sammeln können, würde der Flug genau zweiundzwanzig Tage dauern. Nicht sehr lange - es sei denn, man ist in ein Raumschiff gezwängt, das bereits vollgestopft war. Es gab Platz für mich - mehr oder weniger. Ich konnte mich ausstrecken. Ich konnte aufstehen. Ich konnte mich sogar hinlegen, wenn die wechselnde Schiffsbewegung mir zeigte, wo »unten« war, und es mir nichts ausmachte, zwischen Metallklötzen zusammengefaltet zu sein. Was ich die ganzen zweiundzwanzig Tage lang nicht tun konnte, war, in irgendeiner Richtung mich mehr als einen halben Meter weit zu bewegen - nicht zum Essen, nicht zum Schlafen, nicht zum Baden oder Kacken; zu gar nichts.

Ich hatte Zeit genug, um daran zu denken, wie erschreckend der Hitschi-Flug war, und alles von neuem zu erleben.

Es gab auch Zeit genug zum Lernen. Albert hatte darauf geachtet, alle Daten für mich aufzuzeichnen, nach denen ihn zu fragen ich nicht klug genug gewesen war, und diese Bänder lagen zum Abspielen für mich bereit. Sie waren nicht sehr interessant oder von guter Wiedergabequalität. Der PMAL-2 war nur ein Speicher: viel Gehirn, minimales Display. Es gab keinen dreidimensionalen Tank, nur ein Flachstereo-Brillensystem - wenn meine Augen es ertrugen - oder einen Bildschirm von der Größe meiner Handfläche, wenn das nicht möglich war.

Zunächst benützte ich das alles nicht. Ich lag einfach da und schlief, so viel ich konnte. Zum Teil erholte ich mich von dem Trauma von Peters Tod, der auf so grauenhafte Weise meinem eigenen geglichen hatte. Zum Teil experimentierte ich mit dem Inneren meines Schädels - ich erlaubte mir, Angst zu fühlen (wozu ich jeden Anlass hatte!), ermutigte mich, Schuldbewusstsein zu empfinden. Es gibt Arten von Schuldbewusstsein, von denen ich weiß, dass ich sie pflege: die Betrachtung unerfüllter Verpflichtungen und zurückgezogener Versprechungen. Da hatte ich Stoff zum Nachdenken genug, beginnend mit Peter (der fast mit Gewissheit noch am Leben gewesen wäre, wenn ich ihn nicht für diese Expedition genommen hätte) und schließend, oder nicht schließend, mit Klara in ihrem erstarrten Schwarzen Loch - nicht schließend, weil ich immer noch andere wusste. Diese Belustigung wurde bald schal. Zu meiner Überraschung kam ich dahinter, dass das Schuldbewusstsein gar nicht so überwältigend war, wenn ich es erst einmal herausließ; und damit war der erste Tag überstanden.

Dann beschäftigte ich mich mit den Bändern. Ich ließ mich von dem halben Albert, dem starren, nur halb belebten Zerrbild des Programms, das ich kannte und liebte, über Machs Prinzip belehren, über flotte Zahlen und seltsamere Formen astrophysikalischer Überlegungen, als ich sie mir je hätte träumen lassen. Ich hörte nicht richtig zu, ließ die Stimme aber über mich hinwegtönen, und das war der zweite Tag.

Dann schlürfte ich aus derselben Quelle, was über die Toten Menschen gespeichert war. Ich hatte schon vorher fast alles davon gehört. Ich hörte alles noch einmal. Ich hatte nichts Besseres zu tun, und das war der dritte Tag.

Dann gab es verschiedene Vorträge über den Hitschi-Himmel und die Herkunft der Alten und mögliche Strategien für den Umgang mit Henrietta und mögliche Gefahren von den Alten, gegen die man sich schützen musste, und das war der vierte Tag und der fünfte und sechste.

Ich begann mich zu fragen, wie ich davon zweiundzwanzig Stück ausfüllen sollte, also ließ ich mir alle Bänder noch einmal vorspielen, und das war der siebte Tag und der zehnte, und am elften ...

Am elften schaltete ich den Computer ganz ab und grinste in freudiger Erwartung.

Der Tag des Wendepunkts. Ich hing in meinen Gurten und wartete auf die Befriedigung des einen Ereignisses, das dieser enge und vermaledeite Flug mir bringen konnte: den flirrenden Ausbruch goldener Lichtfunken in der Kristallspirale, die den Wendepunkt anzeigte. Ich wusste nicht genau, wann das eintreten würde. Vermutlich nicht in der ersten Stunde des Tages (so war es auch). Vermutlich auch nicht in der zweiten oder dritten ... und so kam es. Nicht in diesen Stunden, auch nicht in der vierten, fünften oder denen danach. Es passierte am elften Tag überhaupt nicht.

Oder am zwölften.

Oder am dreizehnten.

Oder am vierzehnten; und als ich endlich die Daten eingab, um die Arithmetik zu überprüfen, die ich nicht im Kopf ausführen wollte, erklärte mir der Computer, was ich nicht zu wissen begehrte.

Es war zu spät.

Selbst wenn die Wende noch irgendwann eintrat – sogar in der nächsten Minute –, würde es nicht genug Wasser, Nahrung und Luft geben, um mich bis zum Ende durchhalten zu lassen.

Man kann sich einschränken. Das tat ich. Ich befeuchtete meine Lippen, statt zu trinken, schlief, so viel ich konnte, atmete so flach, wie es ging. Und endlich kam die Wendemarke – am neunzehnten Tag. Acht Tage zu spät.

Als ich die Zahlen in den Computer einspielte, kamen sie kalt und klar wieder.

Der Wendepunkt war zu spät gekommen. In neunzehn Tagen mochte das Schiff zwar im Hitschi-Himmel ankommen, aber nicht mit einem lebenden Piloten an Bord. Bis dahin würde ich mindestens schon sechs Tage tot sein.

14

Die lange Nacht der Träume

Als sie lernte, mit den Alten zu sprechen, erschienen sie ihr eher als Einzelpersonen. Sie waren im Grunde auch gar nicht alt. Oder jedenfalls nicht die drei, die sie am häufigsten bewachten und ihr Essen brachten und sie zu ihren Sitzungen in der langen Nacht der Träume führten. Sie lernten, sie Janine zu nennen oder jedenfalls so, dass es ähnlich klang. Ihre eigenen Namen waren kompliziert, aber jeder Name besaß auch eine Kurzform - Tar oder Tor oder Huai -, und sie hörten darauf, wenn sie etwas brauchte oder auch während ihrer Spiele. Sie waren verspielt wie kleine Hündchen und ebenso besorgt. Wenn sie zermartert und schwitzend aus einem anderen Leben und einem neuen Tod aus dem grellblauen Kokon kam - aus einer anderen Lektion in diesem Lehrgang, den der Älteste ihr verordnet hatte -, war immer einer von ihnen da, um tröstend zu murmeln und sie zu streicheln.

Aber es war nicht genug! Es gab nicht Trost genug, um gutzumachen, was immer und immer wieder in den Träumen geschah.

Jeder Tag war gleich. Ein paar Stunden unruhiger Schlaf, der nicht erfrischte. Eine Gelegenheit zum Essen. Vielleicht ein Spielchen Fangen oder Kitzeln mit Huai oder Tor. Vielleicht eine Gelegenheit, im Himmel herumzugehen, stets unter Bewachung. Dann zogen Tar oder Huai oder einer der anderen sie sanft zum Kokon zurück und steckten sie hinein, und stundenlang, manchmal, so schien es, für ein ganzes Leben, war Janine jemand anderer. Und was das für seltsame Wesen waren! Männlich. Weiblich. Jung. Alt. Wahnsinnig. Verkrüppelt - sie waren alle verschieden. Keiner von ihnen war ganz menschlich. Die meisten waren es überhaupt nicht, vor allem die ersten, ältesten Wesen.

Die Leben, die sie »träumte«, die zeitlich am nächsten waren, glichen dem ihren am meisten. Jedenfalls waren sie die Leben von Wesen nicht unähnlich Tor oder Tar oder

Huai. Sie waren in der Regel nicht erschreckend, obwohl sie alle mit dem Tod endeten. In ihnen erlebte sie willkürliche und chaotische Fetzen der gespeicherten Erinnerungen an das kurze und gefahrenreiche oder langweilige und getriebene Leben, das diese Wesen gekannt hatten. Als sie die Sprache ihrer Bewacher zu verstehen begann, kam sie dahinter, dass die Lebenszeiten, die sie durchmachte, jene waren, die man eigens (nach welchen Kriterien?) für die Speicherung ausgewählt hatte. So besaß jede eine eigene Lektion. Alle Träume waren natürlich Lernerfahrungen für sie, und natürlich lernte sie. Sie lernte zu sprechen wie die Lebenden; ihre überschatteten Existenzen zu verstehen; ihr besessenes Bedürfnis des Gehorchens zu begreifen. Sie waren Sklaven! Oder Haustiere? Wenn sie taten, was der Älteste von ihnen verlangte, waren sie gehorsam und damit gut. Wenn sie, was selten vorkam, es nicht taten, wurden sie bestraft.

Dazwischen sah sie ab und zu Wan und von Zeit zu Zeit ihre Schwester. Sie wurden bewusst von ihr ferngehalten. Zunächst begriff sie nicht, warum, dann ging ihr ein Licht auf, und sie lachte im Stillen über den Witz, der zu geheim war, als dass sie ihn selbst mit dem lustigen Tor hätte teilen dürfen. Lurvy und Wan lernten auch und nahmen es nicht besser auf als sie.

Nach dem Ende der ersten sechs »Träume« konnte sie mit den Alten sprechen. Ihre Lippen und die Kehle vermochten ihre zirpenden, gemurmelten Vokale nicht ganz nachzubilden, aber sie konnte sich verständlich machen. Wichtiger noch, sie konnte ihren Befehlen folgen. Das ersparte Ärger. Wenn sie in ihre Zelle zurückkehren sollte, musste man sie nicht stoßen, und wenn sie baden sollte, brauchte man sie nicht auszuziehen. Nach der zehnten Lektion verkehrten sie beinahe freundschaftlich miteinander. Nach der fünfzehnten wusste sie (ebenso Lurvy und Wan) alles, was sie je über den Hitschi-Himmel erfahren konnte, einschließlich der Tatsache, dass die Alten weder jetzt noch früher Hitschi gewesen waren.

Nicht einmal der Älteste.

Und wer war der Älteste? Ihre Lektionen hatten sie das nicht gelehrt. Tar und Huai erklärten, so gut es ihnen gelang, dass der Älteste Gott sei. Das war keine befriedigende Antwort. Er war ein seinen Gläubigen zu ähnlicher Gott, um den Hitschi-Himmel oder irgendeinen Teil davon gebaut zu haben, seinen eigenen Körper eingeschlossen. Nein. Der Himmel war von den Hitschi erbaut, zu welchem Zweck, wussten nur die Hitschi, und der Älteste war kein Hitschi.

Während dieser ganzen Zeit war die riesengroße Maschine wieder bewegungslos, stillgelegt, beinahe tot, ihren schrumpfenden Lebensrest bewahrend. Wenn Janine durch die Mittelspindel ging, sah sie sie dort, still wie eine Statue. Ab und zu huschte um die Außensensoren ein träges Flackern blassen Lichts, so, als stehe sie im Begriff, aufzuwachen und sie vielleicht mit halb geschlossenen Augen zu beobachten. Wenn das geschah, beschleunigten Huai und Tar ihre Schritte. Dann gab es kein Kitzeln oder Fangen. Die meiste Zeit blieb die Maschine aber völlig regungslos. Janine kam eines Tages in ihrem Schatten an Wan vorbei - sie auf dem Weg zum Kokon, er auf dem Rückweg davon - und Huai wagte es, sie kurz miteinander sprechen zu lassen.

»Sie sieht erschreckend aus«, sagte Janine.

»Ich könnte sie für dich zerstören, wenn du willst«, prahlte Wan und blickte nervös über die Schulter auf die Maschine. Aber er hatte es auf Englisch gesagt und war klug genug, nicht für ihre Bewacher zu übersetzen. Doch selbst sein Tonfall beunruhigte Huai, und er trieb Janine weiter.

Janine gewann ihre Bewacher beinahe gern, wie das bei einem großen, sanften Eskimohund der Fall gewesen wäre, der sprechen konnte. Sie brauchte lange Zeit, um eine junge Frau wie Tar als jung oder weiblich anzusehen. Sie hatten alle das gleiche schüttere Gesichtshaar und die dicken Wülste über den Augenhöhlen, wie sie für den reifen männlichen Primaten typisch waren. Aber sie wurden mit der Zeit Einzelpersonen statt Exemplare der Gattung

»Gefängniswärter«. Der breitere und dunkelhäutigere der beiden männlichen Wesen wurde »Tor« gerufen, aber das war nur eine Silbe eines langen und verwickelten Namens, von dem Janine lediglich das Wort »dunkel« verstand. Es bezog sich nicht auf seine Hautfärbung. Tor stutzte seinen Bart, sodass er in zwei nach innen gerollten Schnecken von seinem Kinn ragte. Tor machte die meisten Späße und versuchte seine Gefangenen daran teilhaben zu lassen. Tor war derjenige, welcher mit Janine Scherze machte und erklärte, wenn ihr männlicher Begleiter Wan so unfruchtbar sei, wie es den Anschein habe, solange man ihn mit Lurvy zusammensperre, werde er den Ältesten um Erlaubnis bitten, sie selbst befruchten zu dürfen. Janine behielt ihr Wissen über die Ursachen dieser Unfruchtbarkeit für sich; sie verspürte keine Angst. Sie fühlte sich auch nicht abgestoßen, weil Tor ein freundlicher Satyr war, und sie glaubte, den Scherz verstehen zu können. Trotzdem fing sie an, sich nicht länger als rotznäsiges Kind zu betrachten. Jeder lange Traum ließ sie altern. In ihnen erlebte sie den Geschlechtsverkehr, den sie im Leben nie gekannt hatte – manchmal als Frau, manchmal nicht –, und oft Schmerz und am Ende stets den Tod. Die Aufzeichnungen konnten nicht von lebenden Personen stammen, erklärte Huai in einem unverspielten Augenblick, und seine Art war durchaus nicht verspielt, als er beschrieb, auf welche Weise das Gehirn geöffnet und in die Maschine eingegeben wurde, die alle Aufzeichnungen vornahm. Sie wurde noch ein wenig älter, während er ihr das erzählte.

Als die Träume weitergingen, wurden sie fremdartiger und stammten aus ferneren Zeiten.

»Du gehst in sehr alte Zeiten«, sagte Tor zu ihr. »Der hier« – er führte sie zum Kokon – »ist der älteste und damit der letzte Traum. Vielleicht.«

Sie blieb vor der gleißenden Liege stehen.

»Ist das wieder ein Scherz, Tor, oder ein Rätsel?«

»Nein.« Er zupfte mit beiden Händen an seinem Doppelbart. »Dieser wird dir nicht gefallen, Janine.«

»Danke.«

Er grinste, und die Winkel seiner traurigen, sanften Augen zeigten Fältchen.

»Aber es ist der letzte, den ich dir geben kann. Vielleicht ... vielleicht wird der Älteste dir dann einen Traum von seinen eigenen geben. Es heißt, dass er das manchmal getan hat, aber ich weiß nicht, wann. Nicht in der Erinnerung von irgendjemandem hier.«

Janine schluckte.

»Das klingt furchterregend«, meinte sie.

Er sagte gütig: »Dieses Erlebnis hat mich sehr erschreckt, Janine, aber denk daran, dass es für dich nur ein Traum ist.« Und er klappte den Kokon über ihr zu, und Janine kämpfte kurz gegen den Schlaf an und scheiterte wie immer ... und war jemand anderer.

Es war einmal ein Wesen. Es war weiblich, aber kein »Es«, wenn man Descartes glauben darf, weil es sich seines eigenen Daseins bewusst war, und deshalb eine »Sie«.

Sie hatte keinen Namen. Aber unter ihren Gefährten war sie gezeichnet durch eine große Narbe vom Ohr bis zur Nase, wo der Huf einer sterbenden Beute-Bestie sie beinahe getötet hätte. Das Auge auf dieser Seite war durch die Verletzung beeinträchtigt, und so mochte man sie »Schielauge« nennen.

Schielauge hatte ein Zuhause. Es war nichts Besonderes, nicht mehr als ein gestampftes Nest in einem hohen Büschel wie Papyrus, zum Teil geschützt durch einen Erdhügel. Aber Schielauge und ihre Verwandten kehrten jeden Tag in diese Behausungen zurück, und darin waren sie anders als alle anderen lebenden Wesen, die ihnen glichen. In noch einer anderen Beziehung waren sie ganz unähnlich allem anderen, mit dem zusammen sie aufwuchsen, und das war die Tatsache, dass sie Gegenstände brauchten, die nicht Teil ihrer Körper waren, um Arbeiten damit zu verrichten. Schielauge war nicht schön. Sie war kaum über einen Meter groß. Sie hatte keine Augenbrauen – das Haar auf ihrem Schädel wuchs mit ihnen zusammen, nur Nase und Backenknochen waren frei –, und sie hatte praktisch kein Kinn. Ihre Hände besaßen Finger, aber sie waren gewöhnlich geballt, sodass die Handrücken zernarbt und voller Schwielen waren und sich die Finger nicht gut spreizen ließen - nicht viel besser als die Finger ihrer Füße, mit denen sie beinahe ebenso gut greifen konnte und besser imstande war, die verwundbaren Teile eines Tieres herauszureißen, das ihre Arme umklammerten. Schielauge war schwanger, obwohl sie nichts davon wusste. Schielauge war nach ihrer fünften Regenzeit erwachsen und fruchtbar. In den dreizehn Jahren ihres Lebens war sie neun- oder zehnmal schwanger gewesen; und sie hatte es nie gewusst, bis sie davon Kenntnis nehmen musste, dass sie nicht mehr so schnell laufen konnte, dass die Wölbung ihres Bauches das Ausweiden eines Beute-Tiers erschwerte und dass ihre Zitzen wieder anzuschwellen begannen. Von den fünfzig Angehörigen ihrer Gemeinschaft waren mindestens vier ihre Kinder. Über ein Dutzend der männlichen Wesen waren die Väter der Kinder oder hätten es sein können. Mindestens einer der jungen Männer, die sie als ihre Kinder kannte, mochte durchaus der Vater eines anderen sein - eine Vorstellung, die Schielauge nicht beunruhigt hätte, selbst wenn sie imstande gewesen wäre, solch einen Zusammenhang herzustellen. Was sie mit den Männern tat, wenn das Fleisch unter ihren mageren Gesäßbacken anschwoll und sich rötete, hing für sie nicht mit dem Gebären zusammen. Es hatte auch nichts mit Lust zu tun. Es war ein Jucken, das sie kratzen ließ, sobald es auftrat. Schielauge hatte keine Möglichkeit, »Lust« zu definieren, außer vielleicht als Fehlen von Schmerz. Selbst in diesen Begriffen lernte sie in ihrem Leben wenig davon kennen.

Als die Hitschi-Landefähre über den Wolken brüllte und Feuer ausstieß, rannten Schielauge und ihre ganze Gemeinde davon, um sich zu verbergen. Niemand von ihnen sah sie zu Boden sinken.

Wenn ein Schleppfischer einen Seestern vom Meeresboden schaufelt, hebt ein Spaten ihn aus dem Eimer Schlamm und in einen Behälter, ein Biologe fixiert ihn und seziert sein Nervensystem - weiß der Seestern, was mit ihm geschieht?

Schielauge besaß mehr Bewusstsein als ein Seestern. Aber sie hatte wenig mehr an Erfahrung, um zu verstehen. Nichts, was mit ihr von dem Augenblick an geschah, als ein grelles Licht ihr in die Augen stach, ergab Sinn. Sie spürte nicht die Spitze der Narkosenadel, die sie in Schlaf versetzte. Sie wusste nicht, dass sie in die Landefähre getragen und zusammen mit zwölf ihrer Genossen in eine Kammer gekippt wurde. Sie spürte nicht die erdrückende Beschleunigung, als die Fähre startete, empfand auch nicht die Schwerelosigkeit während der langen Zeit, als sie im Raum schwebten. Sie wusste gar nichts, bis man sie wieder aufwachen ließ, und begriff nicht, was sie dann erlebte.

Nichts war mehr vertraut.

Wasser. Das Wasser, das Schielauge trank, stammte nicht mehr aus dem schlammigen Uferbereich des Flusses. Es befand sich in einem schimmernden, harten Trog. Wenn sie sich bückte, um davon zu trinken, lauerte nichts unter der Oberfläche, um sie anzuspringen.

Sonne und Himmel. Es gab keine Sonne! Es gab keine Wolken und keinen Regen. Es gab harte, blau leuchtende Wände und über dem Kopf ein blau leuchtendes Dach.

Nahrung. Es gab nichts Lebendiges, das man fangen und zerreißen konnte. Es gab flache, harte, geschmacklose Klumpen von Kaubarem. Sie füllten ihren Magen und standen immer zur Verfügung. Gleichgültig, wie viel sie und ihre Genossen aßen, es gab immer noch mehr davon.

Sehen und Hören und Riechen – alles, was sie wahrnahm, war erschreckend! Es gab einen Gestank, den sie nie zuvor gerochen hatte, scharf in ihrer Nase und Angst erregend. Es war der Geruch von Lebendigem, aber sie sah das Wesen nie, zu dem er gehörte. Es gab ein Fehlen normaler Gerüche, das beinahe ebenso schlimm war. Kein Geruch nach Rehwild. Kein Geruch nach Antilope. Kein Geruch nach Katze (was diesmal ein Segen war). Kein Geruch auch nach ihrem eigenen Kot, oder kein sehr starker, weil sie keine Binsen hatten, in denen sie sich ein Nest einrichten konnten, und die Orte, wo sie sich zusammendrängten, um zu schlafen, wurden jedes Mal, wenn sie diese verließen, sauber gespült. Ihr Kind wurde dort geboren, während der Rest des Stammes sich über ihre Grunzlaute beklagte, weil man schlafen wollte. Als sie wach wurde und es hochheben wollte, um den heißen Druck in ihren Zitzen zu mindern, war es fort. Sie sah es nie wieder.

Schielauges Neugeborenes war das erste, das unmittelbar nach der Geburt verschwand. Es war nicht das letzte. Fünfzehn Jahre lang fuhr die kleine Australopithekinenfamilie fort, zu essen und sich zu paaren, Kinder zu gebären und alt zu werden, und ihre Zahl schrumpfte, weil die Kinder sofort nach der Geburt weggenommen wurden. Eines der Weibchen kauerte sich nieder und presste und wimmerte und gebar. Dann schliefen sie alle ein und erwachten, um festzustellen, dass das Kleine verschwunden war. Von Zeit zu Zeit starb ein Erwachsenes oder war dem Ende so nah, dass es zusammengerollt und stöhnend am Boden lag, sodass sie wussten, es würde sich nie mehr erheben. Auch dann schliefen sie wieder alle, und dieses Erwachsene oder die Leiche davon war verschwunden, sobald sie wach wurden. Sie waren dreißig, dann zwanzig, dann zehn - dann nur noch eines. Schielauge war das letzte Wesen, mit neunundzwanzig Jahren eine uralte Frau. Sie wusste, dass sie alt war. Sie wusste nicht, dass sie starb, nur, dass sich in ihrem Bauch ein grauenhafter, vernichtender Schmerz breit machte, der sie ächzen und schluchzen ließ. Sie wusste es nicht, als sie tot war. Sie wusste nur, dass dieser Schmerz aufhörte, dann war sie sich eines anderen Schmerzens bewusst. Nicht eigentlich Schmerzen. Fremdartigkeit. Gefühllosigkeit. Sie sah, aber sie sah seltsam flach, seltsam flackernd, in einem sonderbar verzerrten Farbenbereich. Sie war das neue Sehen nicht gewohnt und erkannte nicht, was sie sah. Sie versuchte die Augen zu bewegen, und das ging nicht. Sie versuchte Kopf oder Arme oder Beine zu bewegen und konnte es nicht, weil sie das alles nicht hatte. Sie blieb beträchtliche Zeit in diesem Zustand.

Schielauge war kein Präparat in dem Sinn, wie das lebendige, aber freigelegte Nervensystem des spröden Seesterns eines Biologen ein Präparat ist. Sie war ein Versuch.

Einen großen Erfolg stellte sie nicht dar. Der Versuch, ihre Persönlichkeit maschinell zu speichern, scheiterte nicht aus den Gründen, die frühere Experimente beendet hatten, durchgeführt an den anderen Angehörigen ihres Stammes: schlechte Anpassung der Chemie an Rezeptoren; unvollständige Informationsübertragung; falsche Verschlüsselung. Die Hitschi-Experimentatoren setzten sich der Reihe nach mit allen diesen Problemen auseinander und lösten sie. Ihr Versuch scheiterte oder gelang nur zum Teil aus einem anderen Grund. Es gab in dem Wesen, das als »Schielauge« erkennbar war, nicht genug Persönlichkeit, um diese zu erhalten. Es war keine Biographie, nicht einmal ein Tagebuch. Es war eher so etwas wie das Einzelergebnis einer Volkszählung, begleitet von Schmerz und illustriert von Angst.

Aber das war nicht das einzige Experiment, das die Hitschi betrieben.

In einem anderen Teil der ungeheuren Maschine, die in einer Entfernung von einem halben Lichtjahr die Erdsonne umkreiste, begannen die gestohlenen Säuglinge zu gedeihen. Sie führten ein Leben, das von dem Schielauges völlig verschieden war – ein Leben, gezeichnet von automatischer Pflege, heuristischen Versuchen und programmierten Herausforderungen. Die Hitschi erkannten, dass diese Australopithekinen zwar weit davon entfernt waren, intelligent zu sein, aber den Samen weiserer Nachkommen in sich trugen. Sie beschlossen, den Prozess zu beschleunigen.

In den fünfzehn Jahren zwischen dem Herausschälen der Kolonie aus ihrer prähistorischen afrikanischen Heimat und dem Tod Schielauges gab es nicht viel an Entwicklung. Die Hitschi waren nicht entmutigt. In fünfzehn Jahren erwarteten sie nicht viel. Sie hegten viel weitreichendere Pläne.

Da ihre Pläne von ihnen auch verlangten – und zwar von allen –, dass sie anderswo sein sollten, lange bevor aus den Augen eines der Nachkommen Schielauges wahre Intelligenz strahlte, trafen sie entsprechende Vorbereitungen. Sie konstruierten und programmierten das künstliche Gebilde so, dass es ewig halten würde. Sie sorgten dafür, dass es aus einem passenden Verarbeiter von Kometenmaterial mit CHON-Nahrung versorgt wurde. Diesen hatten sie schon in Betrieb genommen, um andere ihrer Einrichtungen zu versorgen, und vom Potenzial her war er langlebig. Sie konstruierten Maschinen, um die Begabungen von Nachkommen der Neugeborenen von Zeit zu Zeit zu prüfen und so oft wie nötig den Versuch zu wiederholen, ihre Persönlichkeiten zur späteren Betrachtung maschinell zu speichern – falls irgendwann jemand von ihnen zurückkommen sollte, um zu erfahren, wie das Experiment ausgegangen war. Sie hätten das angesichts ihrer anderen Pläne als höchst unwahrscheinlich eingeschätzt.

Immerhin umfassten ihre Pläne sehr viele Alternativen, die allesamt zur gleichen Zeit bestanden; denn das Ziel ihrer Pläne war ihnen sehr wichtig. Niemand von ihnen mochte jemals zurückkommen, aber vielleicht kam irgendjemand.

Da Schielauge auf keine nutzbringende Weise sich verständigen oder handeln konnte, löschten die Hitschi-Experimentatoren sparsam die affektiven Teile ihrer Speicherung und behielten sie nur als eine Art Nachschlagewerk in einem Fach, damit spätere Beobachter, welcher Art sie auch sein mochten, es zu Rate ziehen konnten. (Es war das, was Janine zu benutzen gezwungen wurde, indem sie noch einmal durchlebte, was Schielauge vor so vielen hunderttausend Jahren erlebt hatte.) Sie hinterließen bestimmte Hinweise und Daten für den Gebrauch späterer Generationen, die sie eines Tages verstehen mochten. Sie machten hinter sich Ordnung, wie sie das immer taten. Dann entfernten sie sich und überließen es dem Rest jenes Experiments, neben all ihren anderen Experimenten, weiter abzulaufen.

Achthunderttausend Jahre lang.

»Janine«, stöhnte Huai, »Janine, bist du tot?«

Sie blickte zu seinem Gesicht hinauf, zunächst unfähig, die Augen scharfzustellen, sodass er aussah wie ein verschwommener, breiter Mond, unter dem ein doppelter Kometenschweif wackelte.

»Hilf mir hoch, Huai«, schluchzte sie. »Bring mich zurück.« Von allen Träumen war das der schlimmste gewesen. Sie fühlte sich vergewaltigt, geschändet, verändert. Ihre Welt würde nie mehr dieselbe sein. Janine kannte das Wort »Australopithekin« nicht, aber sie wusste, dass das Leben, das sie eben geteilt hatte, ein tierisches gewesen war. Schlimmer als das eines Tieres, weil irgendwo in Schielauge der Funke für die Erfindung des Denkens geschwelt hatte, und damit die unerwünschte Fähigkeit, sich zu fürchten.

Janine war erschöpft und kam sich älter vor als der Älteste. Gerade erst fünfzehn geworden, war sie kein Kind mehr. Dieses Konto war überzogen. Für sie war keine Kindheit mehr übrig. An der Kammer mit den schrägen Wänden, ihrer Zelle, blieb sie stehen.

Huai sagte angstvoll: »Janine? Was ist denn?«

»Es gibt einen Witz, den ich dir erzählen muss«, sagte sie.

»Du magst doch keine Witze«, gab er zurück.

»Es ist aber ein komischer. Hör zu. Der Älteste hat Wan mit meiner Schwester zusammengesperrt, damit sie sich fortpflanzen. Aber bei meiner Schwester geht das nicht. Sie hat eine Operation gehabt, damit sie nie mehr Kinder bekommen kann.«

»Das ist kein guter Witz«, protestierte er. »Niemand würde so etwas tun!«

»Sie hat es getan, Huai.« Sie fügte rasch hinzu: »Hab keine Angst. Du wirst nicht bestraft. Aber bring den Jungen jetzt zu mir.«

Seine sanften Augen schwammen in Tränen.

»Wie soll ich keine Angst haben? Vielleicht sollte ich den Ältesten wecken und ihm sagen ...« Dann flossen die Tränen; er war außer sich vor Angst.

Sie tröstete ihn und redete ihm gut zu, bis andere Alte kamen und er ihnen den schrecklichen Witz erzählte. Janine legte sich auf ihr Polster und verschloss die Ohren vor ihrem erregten, angstvollen Geschnatter. Sie schlief nicht, lag aber mit geschlossenen Augen da, als sie Wan und Tor an die Tür kommen hörte. Als der Junge hereingeschoben wurde, stand sie auf und trat ihm entgegen.

»Wan«, sagte sie, »ich möchte, dass du deine Arme um mich legst.«

Er sah sie mürrisch an. Niemand hatte ihm erklärt, worum es hier ging, und auch Wan hatte seine Stunde in der Liege zusammen mit Schielauge hinter sich. Er sah schrecklich aus. Er hatte nie richtig Gelegenheit gehabt, sich von der Grippe zu erholen, er war nicht ausgeruht, hatte sich nicht an die großen Veränderungen in seinem Leben gewöhnt, seitdem er den Herter-Halls begegnet war. Er hatte Ringe unter den Augen und aufgesprungene Lippen. Seine Füße waren schmutzig, ebenso seine zerfetzte Kleidung.

»Hast du Angst, dass du hinfällst?«, fragte er schrill.

»Ich habe keine Angst, dass ich hinfalle, und ich möchte, dass du richtig mit mir redest. Quietsch nicht.«

Er wirkte verblüfft, aber seine Stimme sank zu der tieferen Lage herab, die sie ihm beizubringen versucht hatte.

»Warum denn?«

»Ach, Wan.« Sie schüttelte ungeduldig den Kopf und trat nach vorn. Es wäre nicht nötig gewesen, ihm zu sagen, was er tun sollte. Seine Arme schlossen sich automatisch um sie – beide in derselben Höhe, als wäre sie ein hochzuhebendes Fass, die Handflächen auf ihre Schulterblätter gepresst. Sie drückte ihre Lippen auf die seinen, hart, trocken und geschlossen, dann löste sie sich von ihm. »Weißt du noch, was das ist, Wan?«

»Natürlich! Das ist ›küssen‹.«

»Aber wir machen es falsch, Wan. Warte. Mach es noch einmal, während ich das tue.« Sie schob ihre Zungenspitze zwischen ihre fast geschlossenen Lippen und fuhr damit über seine geschlossenen. »Ich glaube, das ist besser, findest du nicht?«, sagte sie, als sie den Kopf zurückbog. »Ich habe dabei das Gefühl ... ich habe das Gefühl ... ein bisschen so, als würde ich mich übergeben.«

Erschrocken wollte er zurücktreten, aber sie folgte ihm.

»Nicht wirklich übergeben, aber ganz merkwürdig.«

Er blieb verkrampft bei ihr, das Gesicht abgewandt, aber seine Miene wirkte bedrückt. Sorgfältig mit tieferer Stimme sprechend, sagte er: »Tiny Jim sagt, die Leute tun das vor dem Paaren. Oder eine Person tut es manchmal, um zu erkennen, ob eine andere Person brünstig ist.«

»Brünstig, Wan! Das ist *abscheulich*. Sag ›verliebt‹.«

»Ich glaube, ›verliebt‹ ist anders«, meinte er störrisch, »aber auf jeden Fall gehört Küssen zum Paaren. Tiny Jim sagt ...«

Sie legte ihre Hände auf seine Schultern.

»Tiny Jim ist nicht hier.«

»Nein, aber Paul will nicht, dass wir ...«

»Paul ist nicht hier«, sagte sie und streichelte seinen schlanken Hals mit den Fingerspitzen, um zu sehen, wie sich das anfühlte. »Lurvy ist auch nicht da. Außerdem spielt es keine Rolle, was sie denken.« Es fühlte sich ganz seltsam an, fand sie. Es war nicht wirklich so, als müsste sie sich übergeben, sondern als fände in ihrem Bauch eine Art flüssiger Umstellung statt, eine Empfindung, mit nichts zu vergleichen, was sie jemals erlebt hatte. Nicht alles daran war unangenehm. »Lass mich deine Sachen ausziehen, Wan, dann kannst du mich ausziehen.«

Nachdem sie das Küssen wieder geübt hatten, sagte sie: »Ich glaube, wir sollten jetzt nicht mehr stehen.« Und einige Zeit später, als sie lagen, öffnete sie ihre Augen und starrte in seine weit aufgerissenen.

Als er sich hochschob, um besser Halt zu finden, zögerte er.

»Wenn ich *das* mache«, sagte er, »wirst du vielleicht schwanger.«

»Wenn du *das* nicht machst«, gab sie zurück, »glaube ich, dass ich sterbe.«

Als Janine Stunden später erwachte, war Wan schon wach und angezogen, saß an der Seite und lehnte sich an die goldgeäderte Wand. Janines Herz weitete sich. Er sah aus, als wäre er um fünfzig Jahre gealtert. Das jugendliche Gesicht schien Furchen zu besitzen, die von jahrzehntelangen Sorgen und Schmerzen eingegraben worden waren.

»Ich liebe dich, Wan«, sagte sie.

Er regte sich und sagte schrill: »O ja ...« Dann fasste er sich und senkte die Stimme zu einem Knurren. »O ja, Janine. Und ich liebe dich. Aber ich weiß nicht, was sie tun werden.«

»Vielleicht tun sie dir nichts, Wan.«

»Mir?«, sagte er verächtlich. »Du bist es, um die ich mir Sorgen mache, Janine. Ich habe hier mein ganzes Leben verbracht, und früher oder später wäre das doch geschehen. Aber du ... ich mache mir Sorgen um dich.« Bedrückt fügte er hinzu: »Sie sind draußen auch sehr laut. Es ist etwas im Gange.«

»Ich glaube nicht, dass sie uns etwas tun werden – jetzt nicht mehr, meine ich«, verbesserte sich Janine, als sie an die Traumliege dachte. Die fernen, zirpenden Rufe kamen näher. Sie zog sich rasch an und schaute sich um, als Tors Stimme vor der Tür Huai ansprach.

Nichts verriet, was geschehen war. Nicht einmal ein Tropfen Blut. Aber als Tor die Tür öffnete, zerzaust und verwirrt aussehend, blieb er stehen und starrte sie argwöhnisch an, dann schnupperte er.

»Vielleicht brauche ich dich doch nicht zu befruchten, Janine«, sagte er freundlich, jedoch angstvoll. »Aber es ist etwas Schreckliches passiert. Tar ist eingeschlafen, und die alte Frau ist davongelaufen.«

Wan und Janine wurden zur Spindel geschleppt, wo sich fast alle Alten versammelt hatten. Sie wimmelten in panischer Angst durcheinander. Drei von ihnen lagen schnarchend am Boden – Tar und zwei andere von Lurvys Bewachern, Versager allesamt, fest im Schlaf ertappt und in Angst und Schande zur Aburteilung durch den Ältesten zurückgebracht. Der Älteste lag regungslos, aber wach auf seinem Sockel, während Lichtkaskaden ihn umfluteten.

Den Kreaturen aus Fleisch und Blut zeigte der Älteste nichts von seinen Gedanken. Er war Metall. Er war Furcht erregend. Man konnte ihn weder verstehen noch herausfordern. Weder Wan noch Janine noch irgendeines seiner fast hundert bebenden Kinder konnte die Angst und den Zorn erkennen, die durch seine Zirkularerinnerungen rasten. Angst, dass seine Pläne in Gefahr schwebten. Zorn, weil seine Kinder es versäumt hatten, seine Befehle auszuführen.

Die drei, die versagt hatten, würden bestraft werden müssen, damit ein Exempel statuiert wurde. Die knapp hundert anderen würden ebenfalls bestraft werden müssen – etwas leichter, damit die Rasse nicht ausstarb –, weil sie es versäumt hatten, die drei anzuhalten, ihre Pflicht zu erfüllen. Was die Eindringlinge anging – es gab keine Strafe, die schwer genug für sie gewesen wäre. Vielleicht sollten sie beseitigt werden wie jeder andere herausfordernde Organismus, der seinen Wirt zu schädigen drohte.

Vielleicht sollte noch Schlimmeres mit ihnen geschehen. Vielleicht war nichts streng genug, was in seiner Macht stand.

Aber was stand noch in seiner Macht? Er zwang sich aufzustehen. Janine sah die Lichtwellen flackern und zu einem Muster erstarren, als der Älteste sich zu seiner vollen Größe aufrichtete und zu sprechen begann.

»Die Frau ist wieder einzufangen und aufzubewahren«, sagte er. »Das hat sofort zu geschehen.«

Er stand da und wankte unsicher; die Nervenendorgane für seine Gliedmaßen arbeiteten unvollkommen. Er ließ sich wieder auf die Knie nieder, während er über seine Wahlmöglichkeiten nachdachte. Die Anstrengung, in den Kontrollraum zu gehen und Kurs zu setzen – der Tumult in seinem Inneren, der ihn dazu veranlasst hatte –, eine halbe Million Jahre Dasein, alles hatte seinen Tribut gefordert. Er brauchte Zeit, um zu »ruhen« – Zeit, dass seine unabhängigen Systeme alle Schäden aufspüren und sie beheben konnten, so gut es ging, und vielleicht würde Zeit allein nicht mehr reichen.

»Weckt mich nicht wieder, bis das geschehen ist«, sagte er; die Lichter begannen abermals wahllos zu flackern und erloschen langsam.

Janine, umfasst von Wans Armen – er hatte den Körper halb zum Ältesten gerichtet, um sie zu schützen, während er vor Angst zitterte –, wusste, ohne es gesagt zu bekommen, dass »aufbewahrt« getötet werden hieß. Auch sie fürchtete sich.

Aber sie rätselte auch.

Die Alten, die während Prozess und Urteil weitergeschnarcht hatten, waren nicht zufällig eingeschlafen. Janine erkannte die Folgen einer Schlafpistole. Janine wusste auch, dass niemand von ihrer Gruppe eine solche besaß.

Aus diesem Grund war Janine nicht völlig überrascht, als sie eine Stunde später, nachdem sie wieder eingesperrt worden waren, draußen ein unterdrücktes Knurren hörten.

Sie war nicht erstaunt, ihre Schwester hereinstürzen zu sehen, die eine Schusswaffe schwang und sie rief, war nicht erstaunt, dass hinter Lurvy ein zerschlissen aussehender Paul über den am Boden schlafenden Tor stieg. Sie wunderte sich nicht einmal oder doch nur wenig darüber, dass sie neben ihm einen anderen bewaffneten Mann sah, den sie beinahe erkannte. Sicher war sie ihrer Sache nicht. Sie war ihm als Kind einmal begegnet. Aber er sah aus wie die Person, die sie auf den PV-Sendungen von der Erde gesehen hatte: Robin Broadhead.

15

Älter als der Älteste

Nicht zur schlimmsten Zeit – nicht einmal, als er sich älter fühlte als der Älteste und so tot wie der tote Peter – hatte Paul so schlimm ausgesehen wie das armselige Wesen, das ihn von der Luke seines eigenen Raumschiffs aus mit einer Pistole bedrohte. Unter dem zottigen, einen Monat alten Bart sah das Gesicht des Mannes wie das einer Mumie aus. Er stank.

»Sie sollten lieber baden!«, fauchte Paul. »Und legen Sie die alberne Waffe weg.«

Die Mumie sank gegen die Schiffsluke.

»Sie sind Paul Hall«, sagte sie und starrte ihn mit zusammengekniffenen Augen an. »Um Himmels willen, haben Sie etwas zu essen?«

Pauls Blick ging an ihm vorbei.

»Ist nicht noch genug da?« Er zwängte sich in das Schiff und stellte fest, dass natürlich noch Stapel von CHON-Nahrungspäckchen unberührt waren. Die Mumie hatte sich auf die Wassersäcke gestürzt und mindestens drei davon aufgerissen; der Schiffsboden war mit Pfützen übersät und schlammig. Paul hielt ihm eine Ration hin.

»Schreien Sie nicht so!«, befahl er. »Wer sind Sie überhaupt?«

»Ich bin Robin Broadhead. Was macht man damit?«

»Hineinbeißen«, fauchte Paul, dem der Geduldsfaden riss – weniger wegen des Mannes selbst oder seines Geruchs, sondern weil er immer noch zitterte. Er hatte befürchtet, es könnte ein Alter sein, auf den er so unerwartet gestoßen war. Aber ... Robin Broadhead! Was machte er hier?

Doch er konnte die Frage in diesem Augenblick noch nicht stellen. Broadhead war buchstäblich am Verhungern. Er drehte das flache Nahrungsplättchen mit den Händen, stirnrunzelnd und zitternd, und biss hinein. Sofort als er feststellte, dass man das kauen konnte, schlang er es so gierig hinunter, dass die Brocken aus seinen Mundwinkeln rieselten. Er starrte zu Paul hinauf, während er seinen Mund schneller vollstopfte, als seine Zähne mit der Nahrung fertig wurden.

»Nur langsam«, sagte Paul erschrocken. Aber es war zu spät. Die fremde Nahrung, nach so langer Entbehrungszeit, bewirkte, was zu erwarten gewesen war. Broadhead rang nach Luft, würgte und erbrach sich. »Verdammt!«, fuhr ihn Paul an. »Man wird Sie bis zur Spindel riechen!«

Broadhead lehnte sich keuchend an die Wand.

»Verzeihung«, lallte er. »Ich ... dachte, ich muss sterben. Beinahe wäre es so weit gewesen. Können Sie mir Wasser geben?«

Paul tat es, schluckweise, dann gab er dem Mann eine Ecke der braunen und gelben Plättchen, von den geschmacklosesten, die es gab.

»Langsam!«, befahl er. »Sie bekommen später mehr.« Aber er begann zu erkennen, wie gut es war, ein anderes menschliches Wesen bei sich zu haben, nach ... wie langer Zeit? ... nach mindestens zwei Monaten einsamen Herumschleichens, Sichversteckens und Planens. »Ich weiß nicht, was Sie hier machen«, sagte er schließlich, »aber ich freue mich, Sie zu sehen.«

Broadhead leckte die letzten Krumen von seinen Lippen und brachte ein Grinsen zustande.

»Das ist ganz einfach«, sagte er, den Blick gierig auf den Rest der Nahrung in Pauls Händen gerichtet. »Ich bin hergekommen, um Sie zu retten.«

Broadhead war dehydriert und fast erstickt, aber nicht eigentlich verhungert. Er behielt die Brocken, die Paul ihm gab, und verlangte mehr; er behielt auch das und konnte Paul sogar helfen, sauber zu machen. Paul brachte ihm frische Kleidung aus Wans kärglichem Vorrat im Schiff – die Kleidungsstücke waren bei weitem zu lang und zu eng, aber der Bund des Kilts brauchte ja nicht zu schließen – und führte ihn zum größten Wassertrog, damit er sich säubern konnte. Nicht aus Zimperlichkeit. Aus Angst. Die Alten hörten nicht besser als menschliche Wesen und sahen nicht ganz so gut wie sie. Aber ihre Nasen waren erstaunlich empfindlich. Nach zwei Wochen knappsten Entkommens während seines anfänglichen panischen Herumtappens im Hitschi-Himmel, nachdem Wan und Lurvy gefangengenommen worden waren, hatte Paul es sich angewöhnt, dreimal an einem Tag zu baden.

Oder noch viel öfter.

Er bezog Stellung an einem Knotenpunkt von drei Korridoren und hielt Wache, während Broadhead den schlimmsten Schmutz seiner dreißig Tage in einem Hitschi-Schiff abwusch. Sie retten! Erstens stimmte das nicht – Broadheads Absichten waren viel subtiler und komplizierter. Zweitens waren Broadheads Pläne nicht die gleichen, die Paul seit zwei Monaten ausarbeitete. Er wollte den Toten Menschen Informationen abluchsen, wusste jedoch kaum, was er dann damit anfangen wollte. Und er erwartete von Paul, dass dieser ihm half, zwei, drei Tonnen Maschinenanlagen im Hitschi-Himmel herumzuschleppen, ohne Rücksicht auf das Risiko, ohne Rücksicht darauf, dass Paul eigene Ideen haben mochte. Der Haken beim Gerettetwerden war der, dass die Retter das Kommando führen wollten. Und auch noch erwarteten, dass Paul Dankbarkeit zeigte.

Nun, er wäre schon dankbar gewesen, räumte er vor sich selbst ein, während er sich langsam drehte, um alle Tunnels im Auge zu behalten – obwohl die Alten bei ihren Streifengängen nicht mehr so fleißig waren wie anfangs –, er wäre schon dankbar gewesen, wenn Broadhead gleich am Anfang aufgetaucht wäre, in jenen Tagen der Panik, als er, Paul, geflüchtet war und sich versteckt hatte und weder zu bleiben noch abzufliegen wagte; oder auch zwei Wochen später, als er begonnen hatte, einen Plan zu entwickeln, und es wagte, in den Raum der Toten Menschen zu gehen und Verbindung mit der Nahrungsfabrik aufzunehmen – um festzustellen, dass Peter Herter tot war. Der Bordcomputer nützte ihm nichts, er war zu dumm und zu überlastet, um auch nur seine Mitteilungen an die Erde weiterzugeben. Die Toten Menschen waren wahnsinnig aufreizend ... waren wahnsinnig. Er war ganz auf sich selbst gestellt. Langsam kehrte sein Mut zurück, und er begann zu planen. Sogar zu handeln. Als er feststellte, dass er es wagen konnte, ziemlich nah an die Alten heranzukommen, vorausgesetzt, er badete so oft, dass er keinen Körpergeruch verströmte, entwickelte er seinen Plan. Spionieren. Entwerfen. Studieren. Aufzeichnen – das gehörte zu den schwersten Dingen. Es ist sehr schwierig festzuhalten, was dein Feind tut, welche Wege er bevorzugt und welche er meidet, wenn du nichts zum Schreiben hast. Oder ohne Uhr. Oder auch ohne den Wechsel von Tag und Nacht, den es in dem gleichmäßigen blauen Leuchten der Wände aus Hitschi-Metall nicht gab. Schließlich war Paul auf den Einfall gekommen, die Gewohnheiten der Alten selbst als seinen Chronometer für ihr Verhalten zu benutzen. Wenn er eine Gruppe sah, die sich auf den Weg machte, wusste er, dass ein neuer Tag begann. Sie schliefen alle oder fast alle auf einmal, aus irgendeinem Gebot heraus, das er sich nicht vorstellen konnte; und so gab es Zeiten, in denen er es wagte, immer näher an den Ort heranzugehen, wo Wan, Janine und Lurvy festgehalten wurden. Er hatte sie sogar schon ein- oder zweimal gesehen, wagte es, sich hinter einem Beerenfruchtbusch zu verstecken, wenn die Alten sich zu regen begannen. Er kannte sich aus. Es gab von den Alten nicht mehr als etwa hundert, und sie waren meistens in Gruppen von nicht mehr als zwei oder drei Personen unterwegs.

Blieb die Frage, wie man allein eine Gruppe von nur zwei oder drei Wesen überwältigte.

Paul Hall, magerer und zorniger als je zuvor, glaubte zu wissen, wie er das anstellen musste. In den ersten von Panik erfüllten Tagen der Flucht und des Versteckens war er weit und immer weiter in die grünen und roten Korridore des Hitschi-Himmels vorgestoßen. In manchen von ihnen war sogar das Licht karg und trüb. In anderen roch die Luft säuerlich und ungesund, und wenn er dort schlief, erwachte er mit hämmerndem, dumpfem Schädel. In allen gab es Gegenstände, Maschinen, Apparaturen - Dinge; manche surrten oder tickten immer noch leise vor sich hin, andere flackerten in ewigem Lichtwechsel aller Regenbogenfarben.

An solchen Orten durfte er nicht bleiben, weil es weder Nahrung noch Wasser gab, und er konnte nicht finden, was er am nötigsten brauchte. Es gab keine echten Waffen. Vielleicht hatten die Hitschi keine gebraucht. Aber es gab eine Maschine mit einem Gatter von Metallstreifen an einer Seite, und als er diese wegriss, explodierte sie nicht oder tötete ihn nicht mit einem Stromstoß, wie er es halb erwartet hatte. Und er besaß einen Speer. Ein halbes Dutzend Mal stieß er auf Geräte, die nach kleineren und komplizierteren Ausgaben der Hitschi-Grabmaschinen aussahen.

Einige davon funktionierten noch. Wenn die Hitschi bauten, dann für die Ewigkeit.

Paul hatte drei angsterfüllte, durstige, verwirrende Tage

damit zu tun, nur eine davon in Betrieb zu setzen; er hörte wieder auf, um zu den goldenen Tunnels zurückzukriechen oder im Schiff Wasser und Nahrung zu holen, immer überzeugt davon, dass der donnernde Lärm der Maschine die Alten herbeilocken werde, bevor er bereit war. Aber das blieb aus. Er lernte, die Warze zu drücken, die vom Steuerjoch ragte, damit die Lichter aufleuchteten, und das dicke Rad zu drehen und vor- oder zurückzuschieben, damit die Maschine vor- oder zurückfuhr. Er trat auf das ovale Pedal, das dafür sorgte, dass der blauviolette Strahl vor der Maschine hinauszuckte, um sogar das Hitschi-Metall zu schmelzen, das er berührte. Dabei gab es den Lärm. Paul fürchtete sehr, dass er etwas zerstören würde, das den ganzen Hitschi-Himmel demolieren konnte. Als er das Gerät zu dem Ort vorgeschoben hatte, den er sich vorstellte, glitt es fast lautlos dahin auf seinen vieleckigen Rollen. Und er legte eine Pause ein, um nachzudenken.

Er wusste, wohin die Alten gingen und wann sie das taten.

Er besaß einen Speer, der einen einzelnen Alten töten konnte und es ihm vielleicht ermöglichte, auch noch zwei oder drei von ihnen niederzumachen, wenn er sie zu überraschen vermochte.

Er besaß eine Maschine, die jede Anzahl von Alten zu vernichten in der Lage war, wenn er sie nur dazu veranlassen konnte, sich davor in großer Zahl zu versammeln.

Das Ganze lief auf eine Strategie hinaus, die vielleicht sogar Erfolg haben mochte. Es war riskant – o Gott, war das riskant! Es hing von mindestens einem halben Dutzend Kampfversuchen ab. Obwohl die Alten ihm nicht bewaffnet zu sein schienen, wer wollte behaupten, dass sie das nicht lernen konnten? Und welche Waffen mochten sie besitzen? Es bedeutete, dass er einige von ihnen der Reihe nach töten musste, so geschickt und vorsichtig, dass er nicht die Aufmerksamkeit des ganzen Stammes auf sich zog, ehe er vorbereitet war – und den Rest dann auf einmal herbeizulocken –, oder eine so große Mehrheit, dass er die übrigen mit seinem Speer erledigen konnte. (War das wirklich ein

Glücksspiel mit Aussicht auf Erfolg?) Und vor allem bedeutete es, dass der Älteste, die Riesenmaschine, die Paul nur ein- oder zweimal gesehen hatte und von deren Kräften er nichts wusste, dass diese Maschine nicht eingreifen durfte. Aber wie groß war die Wahrscheinlichkeit dafür?

Er hatte keine klaren Antworten, aber er hatte Hoffnungen. Der Älteste war zu groß, um mühelos durch andere Korridore als die mit den Goldgeflechten gelangen zu können. Außerdem schien er nicht regelmäßig unterwegs zu sein. Und vielleicht gelang es Paul auch, ihn vor den vernichtenden Strahl der Grabmaschine zu locken – die hier nicht wirklich eine Grabmaschine sein konnte, aber ungefähr auf dieselbe Art zu funktionieren schien. Bei jedem Schritt sprachen alle Aussichten gegen ihn, gewiss.

Aber bei jedem Schritt bestand auch eine kleine Chance auf Erfolg. Und es war nicht das Risiko, das ihn am Ende stoppte.

Der Paul Hall, der in den Tunnels des Hitschi-Himmels umherschlich und Ränke schmiedete, halb irr vor Wut und Angst und Sorge um seine Frau und die anderen, war nicht völlig verrückt. Er war derselbe Paul Hall, dessen Sanftheit und Geduld Dorema Herter veranlasst hatten, ihn zu heiraten, der ihre freche, manchmal unverschämte kleine Schwester und ihren reizbaren Vater mit in Kauf genommen hatte. Er wollte sie unbedingt retten und ihnen die Freiheit wieder verschaffen. Selbst bei einem hohen Risiko für sich selbst. Für ihn gab es immer einen Fluchtweg aus dem Risiko, selbst wenn er nur in Wans Schiff kroch und zur Nahrungsfabrik zurückflog, um von dort aus – langsam, allein und trauernd, aber in Sicherheit – zur Erde und zum Reichtum zurückzukehren.

Aber wie hoch war, abgesehen vom Risiko, der Preis?

Der Preis bestand darin, vielleicht eine ganze Bevölkerung von lebenden und intelligenten Wesen auszulöschen. Sie hatten ihm seine Frau weggenommen, gewiss, aber ihr im Grunde nichts getan. Und sosehr er sich auch darum bemühte, Paul vermochte sich nicht einzureden, dass er das Recht hatte, sie auszurotten.

Und hier war nun dieser »Retter«, dieser halb tote Schiffbrüchige namens Robin Broadhead, der sich Pauls Plan beiläufig anhörte, überlegen lächelte und ganz höflich sagte: »Sie arbeiten immer noch für mich, Hall. Wir machen es nach meinen Vorstellungen.«

»Ich denke nicht daran!«

Broadhead blieb höflich und sogar vernünftig – es war erstaunlich, was ein Bad und ein bisschen Essen bei ihm bewirkt hatten.

»Es kommt darauf an herauszufinden, womit wir es zu tun haben«, erklärte er. »Helfen Sie mir, den Informationsprozessor dahin zu schaffen, wo die Toten Menschen sind, und wir klären das. Das ist das Erste.«

»Das Erste ist, meine Frau zu retten!«

»Aber warum denn, Hall? Wo sie ist, geschieht ihr nichts – das haben Sie selbst gesagt. Ich rede nicht von der Ewigkeit. Von einem Tag, vielleicht. Wir bringen von den Toten Menschen alles in Erfahrung, was wir erwischen können. Wir zeichnen alles auf, quetschen sie aus, wenn das geht. Dann nehmen wir die Bänder, bringen sie in mein Schiff, und dann ...«

»Nein!«

»Doch!«

»Nein, und schreien Sie nicht so!« Sie gingen in Boxerstellung wie Jungen im Schulhof, beide erhitzt und wütend, durchbohrten einander mit den Augen. Bis Robin Broadhead eine Grimasse schnitt, den Kopf schüttelte und sagte: »Ach, verdammt, Paul, denken Sie das Gleiche wie ich?«

Paul zwang sich zur Ruhe. Nach einer Pause erwiderte er: »Eigentlich denke ich, wir sollten uns besser überlegen, wie wir es am klügsten anstellen, statt darüber zu streiten, wer die Entscheidungen trifft.«

Broadhead grinste.

»Das denke ich auch. Wissen Sie, woran es bei mir fehlt? Ich bin so erstaunt, noch am Leben zu sein, dass ich nicht weiß, wie ich das verdauen soll.«

Sie brauchten nur sechs Stunden, um den PMAL-2-Prozessor dorthin zu schaffen und aufzubauen, wo sie ihn haben wollten, aber es waren sechs Stunden harter Arbeit. Sie waren beide der Erschöpfung nahe, und es wäre vernünftig gewesen zu schlafen, aber die Ungeduld ließ sie nicht ruhen. Sobald sie die Programmbänke an die Stromleitung angeschlossen hatten, wies Alberts aufgezeichnete Stimme sie Schritt für Schritt an, wie es weitergehen musste – der Prozessor selbst stand im Korridor, die Sprechterminals befanden sich in der Kammer der Toten Menschen, neben der Funkanlage. Robin sah Paul an, Paul zog die Schultern hoch, Robin ließ das Programm anlaufen. Unmittelbar vor der Tür konnten sie die tonlose, nörgelnde Stimme aus dem Terminal hören: »Henrietta? Henrietta, Liebste, kannst du antworten?«

Pause. Keine Antwort. Das Programm, das Albert mithilfe von Sigfrid Seelenklempner geschrieben hatte, versuchte es noch einmal: »Henrietta, hier ist Tom. Bitte, sprich mit mir.«

Es wäre schneller gegangen, Henriettas Code einzugeben, um ihre Aufmerksamkeit zu erregen, aber schwerer mit dem Bluff zu vereinbaren gewesen, dass ihr lang vermisster Ehemann sie von irgendeinem fernen Vorposten aus über Funk erreicht hatte.

Die Stimme versuchte es noch einmal und noch einmal. Paul zog die Brauen zusammen und flüsterte: »Es klappt nicht.«

»Nur abwarten«, meinte Robin, aber ohne Zuversicht.

Sie blieben nervös stehen, während die tote Computerstimme weiterflehte. Dann flüsterte endlich eine zögernde Stimme: »Tom? Tomasino, bist du das?«

Paul Hall war ein normales menschliches Wesen, durch vier Jahre Eingesperrtsein und hundert Tage Flug und Schrecknisse vielleicht ein wenig aus der Form geraten. Aber doch normal genug, um die normale Lüsternheit zu teilen; doch was er hörte, war mehr, als er hören wollte. Er grinste Robin Broadhead verlegen an, und der andere zog unbehaglich die Schultern hoch. Die verletzte Zärtlichkeit und gehässige Eifersucht anderer Menschen zu hören, ist demütigend und kann nur durch Gelächter gemildert werden; der Scheidungsdetektiv spielt an einem langweiligen Tag im Büro sein heimlich aufgenommenes Bettgeflüster ab, damit seine Kollegen sich amüsieren können. Aber das hier war nicht komisch! Henrietta, jede Henrietta - selbst der Henrietta genannte Maschinengeist - war nicht komisch in dem Augenblick, in dem sie hereingelegt und betrogen wurde. Das Programm, das Henrietta umgarnte, war überaus geschickt gemacht. Es bat um Verzeihung und flehte und schluchzte sogar mit raschelnden Schluchzern, als Henriettas eigene tonlose Bandstimme zu Schluchzern erschöpfter Traurigkeit und hoffnungsloser Freude zerbrach. Und dann machte es sich, wie programmiert, ans Eigentliche. Würdest du ... liebste Henrietta, könntest du ..., ist es möglich für dich, mir zu sagen, wie man ein Hitschi-Schiff bedient?

Pause. Zögern. Dann erklärte die Stimme der toten Frau: »Hm ... ja, Tomasino.« Wieder eine Pause. Sie dehnte sich, bis der programmierte Betrüger ihr ein Ende machte und sagte: »Denn wenn du das könntest, Liebste, glaube ich, dass ich vielleicht zu dir kommen könnte. Ich bin in einer Art Schiff. Es gibt einen Kontrollraum. Wenn ich wüsste, wie ich es anstellen muss ...«

Es war für Paul unfassbar, dass selbst eine schlecht gespeicherte Maschinenintelligenz auf so durchsichtige Schmeicheleien hereinfiel. Henrietta tat es. Es war abstoßend für ihn, an dem Schwindel mitzuwirken, aber er beteiligte sich, und als Henrietta erst einmal angefangen hatte, gab es für sie kein Halten mehr. Das Geheimnis, die Hitschi-Schiffe zu steuern? Natürlich, liebster Tomasino! Und die tote Frau sagte ihrem falschen Geliebten, er möge sich auf eine Kaskadensendung vorbereiten, und schleuderte ein pfeifendes, aus Maschinensprache bestehendes Prasseln hinaus, bei dem Paul keinen Laut verstand und in dem er kein einziges Wort entziffern konnte; aber Robin Broadhead, der mit dem Kopfhörer empfing, was der Computer über den jeweiligen Stand der Dinge nur ihm mitteilte, grinste und nickte und hob Daumen und Zeigefinger, zu einem Kreis geformt. Paul hob abwehrend die Hand und zog ihn den Korridor hinunter.

»Wenn Sie's haben«, flüsterte er, »dann nichts wie weg von hier!«

»Oh, ich hab's!«, sagte Robin leise lachend. »Sie hat alles! Sie war mit der Maschine verbunden, die das hier alles betreibt, sie bedienten sich gegenseitig aus ihren Speichern, und sie teilt alles mit.«

»Fein. Und jetzt suchen wir Lurvy!«

Broadhead sah ihn an, nicht zornig, nur flehend.

»Nur noch ein paar Minuten. Wer weiß, was sie noch alles hat?«

»Nein!«

»Doch!«

Dann sahen sie einander an und schüttelten die Köpfe.

»Kompromiss«, sagte Broadhead. »Fünfzehn Minuten, ja? Dann retten wir Ihre Frau.«

Sie schlichen zurück durch den Korridor, ein Lächeln wehmütiger Befriedigung auf den Gesichtern; aber die Befriedigung verrann. Die Stimmen waren jetzt nicht mehr von peinlicher Intimität. Sie stritten beinahe. In der tonlosen metallischen Stimme war Fauchen und Schärfe, als sie sagte: »Du bist ein gemeiner Kerl, Tom.«

Das Programm gab sich widerlich vernünftig.

»Aber, Henrietta, Liebling, ich will doch nur in Erfahrung bringen ...«

»Was du in Erfahrung bringen willst, hängt davon ab, welche Lernfähigkeit du hast«, zischte die Stimme. »Ich versuche, dir etwas Wichtigeres zu sagen. Ich habe es vorher schon sagen wollen. Ich habe es die ganze Zeit über versucht, als wir hierher flogen, aber nein, du wolltest nichts hören, alles, was du wolltest, war, mit dem fetten Weibsbild in der Landekapsel zu verschwinden ...«

Das Programm wusste, wenn es beschwichtigen musste.

»Es tut mir Leid, Henrietta, Liebes. Wenn du möchtest, dass ich was Astrophysikalisches lerne, gut.«

»Es ist furchtbar wichtig, Tom!« Pause. Und dann: »Wir gehen zum Urknall zurück. Hörst du, Tom?«

»Natürlich, Liebling«, sagte das Programm auf demütigste und einschmeichelndste Weise.

»Gut! Es hängt damit zusammen, wie das Universum angefangen hat, und das wissen wir ziemlich genau - mit einem kleinen, unklaren Übergangspunkt, der ein wenig verschwommen ist. Nennen wir ihn Punkt X.«

»Wirst du mir sagen, was ›Punkt X‹ ist, Liebes?«

»Halt den Mund, Tom! Hör zu! Vor Punkt X war das Universum praktisch zu einer winzigen Kugel zusammengepresst, mit einem Durchmesser von nicht mehr als ein paar Kilometern, superdicht, superheiß, so zusammengequetscht, dass es keine Struktur besaß. Dann explodierte es. Es begann sich auszudehnen - bis hin zum Punkt X, und dieser Teil ist ziemlich klar. Kannst du mir so weit folgen, Tom?«

»Ja, Liebste. Das ist im Grunde einfache Kosmologie, nicht?«

Pause.

»Pass nur auf«, sagte Henriettas Stimme schließlich. »Nach Punkt X begann es sich weiter auszudehnen. Während der Ausdehnung begannen kleine Stücke ›Materie‹ zu kondensieren. Zuerst kamen Atomteilchen, Hadronen und Pionen, Elektronen und Protonen, Neutronen und Quarks. Dann ›echte‹ Materie. Echte Wasserstoffatome, dann sogar Heliumatome. Das explodierende Gas wurde langsamer. Turbulenzen zerrissen es in riesige Wolken. Schwerkraft zog die Wolken zu Haufen zusammen. Während sie schrumpften, löste die Hitze der Zusammenziehung Kernreaktionen aus. Sie glühten. Die ersten Sterne entstanden. Der Rest«, sagte sie abschließend, »ist das, was wir jetzt ablaufen sehen.«

Das Programm reagierte auf sein Stichwort.

»Das sehe ich, Henrietta, ja. Über welche Zeiträume sprechen wir da?«

»Ah, gute Frage«, sagte sie mit einer keineswegs lobenden Stimme. »Vom Beginn des Urknalls bis zu Punkt X drei Sekunden. Von Punkt X bis jetzt ungefähr achtzehn Milliarden Jahre. Und da haben wir's.«

Das Programm war nicht auf Sarkasmus eingestellt, aber die tonlose, metallische Stimme klang jetzt fast sarkastisch. Es tat sein Bestes.

»Danke, meine Liebe«, sagte es, »und willst du mir jetzt klarmachen, was an Punkt X so besonders ist?«

»Ich würde es dir sagen, mein Liebling Tomasino«, antwortete sie liebevoll, »nur bist du nicht mein Liebling Tomasino. Dieser Arsch hätte kein Wort von dem verstanden, was ich eben gesagt habe, und ich lasse mich ungern anlügen.«

Und gleichgültig, was das Programm versuchte, nicht einmal, als Robin Broadhead die Täuschung fallen ließ und sie direkt ansprach, war Henrietta noch einmal dazu zu bewegen, sich zu äußern.

»Zum Teufel damit!«, meinte Broadhead schließlich. »Wir haben genug Material, um uns ein paar Stunden lang den Kopf zu zerbrechen. Wir brauchen nicht achtzehn Milliarden Jahre zurückzugehen.« Er drückte auf die Auswurftaste am Prozessor und nahm entgegen, was herauskam: das dicke, weiche Lumpenband, das alles aufgefangen hatte, was von Henrietta gekommen war. Er schwenkte es.

»Dafür bin ich hergekommen«, sagte er grinsend. »Und jetzt, Paul, kümmern wir uns um Ihr kleines Problem, dann fliegen wir heim und geben unsere Millionen aus.«

Im tiefen, ruhelosen Schlaf des Ältesten gab es keine Träume, aber Irritationen.

Die Irritationen kamen schneller und schneller, immer drängender. Von dem Zeitpunkt an, als die ersten Gateway-Prospektoren aufgetaucht waren, bis dahin, als er den letzten von ihnen abgeschrieben hatte (wie er glaubte), nur ein Lidschlag – eigentlich nicht mehr als einige Jahre. Und bis die Fremden und der Junge gefangen genommen wurden, kaum ein Herzschlag; und bis er wieder geweckt wurde, um zu hören, dass die Frau entflohen war, gar keine Zeit – überhaupt keine! Sogar kaum Zeit für ihn, Sensoren und Nervenendorgane abzuschalten und sich auszuruhen, und nun gab es immer noch keinen Frieden. Die Kinder waren in Panik und streitsüchtig. Es war nicht ihr Lärm allein, der ihn störte. Lärm konnte den Ältesten nicht wecken, nur physischer Angriff oder direktes Ansprechen. Das Aufreizendste an diesem Tumult war, dass er nicht wirklich an ihn gerichtet zu werden schien, sondern nur zum Teil. Es war eine Debatte - ein Streit; einige angstvolle Stimmen verlangten, dass man ihm sofort etwas mitteile, ein paar noch ängstlichere sprachen sich dagegen aus.

Und das war nicht korrekt. Eine halbe Million Jahre lang hatte der Älteste seinen Kindern Manieren beigebracht. Wenn er gebraucht wurde, musste man ihn ansprechen. Er durfte nicht aus unwichtigen Gründen geweckt werden und ganz gewiss nicht durch Zufall. Vor allem jetzt nicht. Vor allem dann nicht, wenn jedes anstrengende Erwachen sein Gefüge immer stärker strapazierte und der Zeitpunkt absehbar war, an dem er überhaupt nicht mehr aufwachen würde.

Der ärgerliche Tumult hörte nicht auf.

Der Älteste aktivierte seine Außensensoren und betrachtete seine Kinder. Warum waren es so wenige? Warum lag fast die Hälfte von ihnen ausgestreckt am Boden, offenkundig im Schlaf?

Unter Qualen nahm er sein Verständigungssystem in Betrieb und sprach: »Was geht vor?«

Als sie angstvoll zu antworten versuchten und der Älteste verstand, was sie sagten, zuckten und verschwammen die Farbstreifen auf seinem Panzer. Die Frau nicht wieder eingefangen. Die jüngere Frau und der Junge ebenfalls fort. Weitere zwanzig von den Kindern hoffnungslos im Tiefschlaf aufgefunden, und Dutzende von ihnen - unterwegs, um das Gebilde zu durchsuchen - gaben keine Nachricht.

Auf ganz schreckliche Weise war alles aus den Fugen.

Selbst am Ende seines nutzvollen Lebens war der Älteste eine prachtvolle Maschine. Es gab selten gebrauchte Hilfsmittel, Energien, die seit hunderttausenden von Jahren nicht beansprucht worden waren. Er erhob sich auf seinen vieleckigen Rollen, überragte die sich duckenden Kinder und griff hinein in seine tiefsten und am seltensten benutzten Gedächtnisspeicher, um Rat und Wissen zu finden. An seiner Stirnplatte, zwischen den äußeren Sichtrezeptoren, begannen zwei glänzende blaue Vorsprünge zu summen, und auf seinem Panzer glühte eine flache Schale in schwachem violettem Licht. Es war Jahrtausende her, seit der Älteste eines seiner besonders strafstarken Nervenendorgane benutzt hatte, aber als die Informationen aus den großen Gedächtnisspeichern sich zusammenfügten, begann er zu glauben, dass es Zeit wurde, sie wieder zu gebrauchen. Er griff sogar in die gespeicherten Persönlichkeiten, und Henrietta stand ihm offen; er wusste, was sie gesagt und was die neuen Eindringlinge gefragt hatten. Er begriff (im Gegensatz zu Henrietta) die Bedeutung der Handfeuerwaffen, die Robin Broadhead geschwenkt hatte; in den tiefsten aller Gedächtnisspeicher, in jenen, die sogar vor seine Zeit als Fleisch und Blut zurückgingen, gab es eine Lanze, die seine eigenen Vorfahren in Schlaf versetzt hatte, und dies hier war ganz offensichtlich etwas Ähnliches.

Er hatte es mit Schwierigkeiten in einem Ausmaß zu tun, wie er sie nie vorher gekannt hatte, von einer Art, die er nicht mühelos zu beherrschen vermochte. Seine große Masse konnte nicht durch die Korridore des Gebildes gelangen, außer durch die goldenen; die Waffen, die zur Vernichtung bereitstanden, hatten keine Ziele. Die Kinder? Ja, vielleicht. Vielleicht konnten sie die Eindringlinge aufspüren und überwältigen; gewiss lohnte die Bemühung, den wenigen Überlebenden den Befehl zu geben, und er tat es. Aber im rationalen, mechanischen Verstand des Ältesten war die Rechenfähigkeit unbehindert. Er konnte die Aussichten gut einschätzen. Sie versprachen nicht viel.

Die Frage war: Schwebte sein großer Plan in Gefahr?

Die Antwort war ein Ja. Aber zumindest hier gab es etwas, das er tun konnte. Der Kern des Planes war der Ort, wo das Gebilde gesteuert wurde. Es war das Nervenzentrum der gesamten Konstruktion; dort hatte er es gewagt, die letzten Schritte seines Planes zu beginnen.

Bevor er noch ganz damit fertig war, die Entscheidung zu formulieren, führte er sie schon aus. Das Metallungetüm bewegte und drehte sich, dann rollte es hinaus durch die Spindel, in den breiten Tunnel, der zur Steuerung führte. Einmal dort, war er in Sicherheit. Mochten sie kommen, wenn sie wollten! Das Arsenal stand bereit. Die starke Belastung seiner nachlassenden Kräfte zwang ihn, nur langsam und unsicher voranzukommen, aber im Grunde gab es Energie genug.

Er blieb stehen. Vor ihm war eine der Wandausgleichsmaschinen nicht an ihrem Platz. Sie stand mitten im Korridor, und dahinter ...

Wenn er nur eine Spur weniger verbraucht gewesen wäre, um den Bruchteil einer Sekunde schneller ... Aber er war es nicht. Der Strahl der Grabmaschine überflutete ihn. Er war blind. Er war taub. Er spürte, wie die Ausbuchtungen an seiner Hülle verbrannten, fühlte, wie die riesigen, weichen Zylinder, auf denen er rollte, schmolzen.

Der Älteste wusste nicht, wie man Schmerz empfand. Er wusste nichts von Seelenqual. Er war gescheitert.

Die Wesen aus Fleisch und Blut hatten die Herrschaft an sich gerissen, und seine Pläne waren für immer zunichte gemacht.

16

Der Reichste von allen

Mein Name ist Robin Broadhead, und ich bin das reichste Wesen, das es im ganzen Sonnensystem gibt. Der Einzige, der an mich herankommt, ist der alte Bover, und er käme noch viel näher, wenn er nicht die Hälfte seines Geldes für Slumbeseitigung und Stadterneuerung und einen großen Teil vom Rest für eine genaue Abtastung des transplutonischen Weltraumes ausgegeben hätte, auf der Suche nach dem Schiff mit den Überresten seiner Frau Trish. (Was er mit ihr tun will, wenn er sie findet, weiß ich nicht.) Die überlebenden Herter-Halls stinken ebenfalls vor Geld. Das ist eine gute Sache, vor allem für Wan und Janine, die eine komplizierte Beziehung klären müssen, und das in einer komplizierten, abweisenden Welt. Meine Frau Essie ist bei bester Gesundheit. Ich liebe sie. Wenn ich sterbe, das heißt, wenn nicht einmal mehr medizinischer Vollschutz mich noch zusammenflicken kann, habe ich einen kleinen Plan, wie ich mich mit jemand anderem befasse, den ich liebe, und das befriedigt mich. Fast alles befriedigt mich. Die einzige Ausnahme ist mein wissenschaftlicher Berater Albert, der dauernd versucht, mir Machs Prinzip zu erklären.

Als wir den Hitschi-Himmel in unsere Gewalt brachten, bekamen wir alles. Die Methode, wie man Hitschi-Schiffe steuert. Die Methode, wie man Hitschi-Schiffe baut, einschließlich der Theorie, die ermöglicht, dass sie schneller fliegen als das Licht. Nein, das hat nichts mit »Hyperraum« oder »vierter Dimension« zu tun. Es ist ganz einfach. Beschleunigung vermehrt die Masse, sagt Einstein - der echte, nicht Albert. Aber wenn die Ruhemasse Null ist, spielt es keine Rolle, wie oft man sie multipliziert. Sie bleibt Null. Albert sagt, Masse könne geschaffen werden, und beweist das durch logische Grundprinzipien: Sie existiert, also kann sie geschaffen werden. Deshalb kann sie ebenso eliminiert werden, denn was geschaffen werden kann, kann auch beseitigt werden. Das ist das Hitschi-Geheimnis, und mit Alberts Hilfe, um das Experiment auszuführen, und Mortons Hilfe, die Gateway-Gesellschaft zu veranlassen, dass sie Schiffe zur Verfügung stellt, probierten wir es aus. Es kostete mich keinen Cent; einer der Vorteile großen Reichtums ist der, dass man sein Geld nicht auszugeben braucht. Alles, was man tun muss, ist, andere Leute zu veranlassen, dass sie es ausgeben, und dazu gibt es Anwaltsprogramme.

So schickten wir sofort zwei Fünfer von Gateway aus. Eines flog nur mit Landefähren-Energie und enthielt zwei Personen und einen Zylinder aus massivem Aluminium mit Formänderungsdetektoren. Das andere war mit einer kompletten Besatzung ausgestattet, bereit zu einer echten Mission. Das Instrumentenschiff hatte eine Live-Kameraanlage mit dreifach geteilter Bildwiedergabe: Schwerkraftmesser, Blick auf das zweite Schiff, Blick auf eine Cäsium-Digitaluhr.

Für mich zeigte das Experiment gar nichts. Das zweite Schiff begann zu verschwinden, und der Schwerkraftmesser registrierte das. Keine große Sache. Aber Albert war hoch begeistert.

»Seine Masse begann vor ihm zu verschwinden, Robin! Mein Gott. In den letzten zwölf Jahren hätte jedermann diesen Versuch unternehmen zu können! Dafür gibt es eine Wissenschaftsprämie von mindestens zehn Millionen Dollar!«

»Tu das in die Portokasse«, sagte ich, reckte mich und rollte mich zu Essie hinüber, um sie zu küssen, weil wir gerade im Bett lagen.

»Ist sehr interessant, lieber Robin«, sagte sie schläfrig und küsste mich ebenfalls.

Albert grinste und senkte den Blick, zum Teil deshalb, weil Essie an seinem Programm herumgebastelt hatte, und zum anderen, weil er so gut wie ich wusste, dass ihre Bemerkung zwar höflich gemeint war, aber nicht stimmte. Astrophysik interessierte meine Essie nicht sonderlich. Was sie interessierte, war die Gelegenheit, mit funktionierenden Hitschi-Maschinenintelligenzen zu spielen, und hier war ihr Interesse sehr groß. Achtzehn Stunden am Tag groß, bis sie alle Hauptsysteme in den Überresten des Ältesten und der Toten Menschen und der Toten Nicht-Menschen aufgespürt hatte, deren Gedächtnis zurückreichte bis in eine afrikanische Savanne vor fast einer Jahrmillion. Nicht, dass ihr sehr wichtig gewesen wäre, was in den Speichern steckte, aber wie es da gespeichert worden war, betraf ihren Beruf, und darin kannte sie sich aus. Die Änderungen für mein Albert-Programm waren das wenigste, was Essie vom Hitschi-Himmel bekam. Was wir alle bekamen, war sehr viel. Die großen Karten der Galaxis, die zeigten, wo die Hitschi überall gewesen waren. Die großen Karten der Schwarzen Löcher, die zeigten, wo sie jetzt sind. Sogar, wo Klara jetzt ist. Als kleiner Nebenerfolg für mich stellte sich sogar die Antwort auf eine Frage ein, die auf rein subjektiver Ebene für mich überaus interessant war: Weshalb lebte ich noch? Das Schiff, das mich zum

Hitschi-Himmel getragen hatte, war nach neunzehn Tagen abgebremst worden. Nach allen bislang bekannten Gesetzen hinsichtlich Hitschi-Schiffen bedeutete das, dass es erst nach weiteren neunzehn Tagen ankommen konnte. Dann wäre ich gewiss tot gewesen. Tatsächlich legte es schon nach fünf Tagen an. Und ich war keineswegs tot gewesen oder nicht ganz, aber warum nicht?

Albert gab mir keine Antwort. Jeder Flug, den ein Hitschi-Schiff erfolgreich bewältigte, hatte zwischen zwei Körpern stattgefunden, die mehr oder weniger im Ruhezustand waren - ein paar Dutzend oder höchstens ein paar hundert Kilometer Unterschied in ihrer relativen Beschleunigung. Nicht mehr. Nicht genug, um ins Gewicht zu fallen. Aber mein Flug hatte ein Objekt verfolgt, das sich selbst in sehr schneller Bewegung befand. Er hatte beinahe nur aus Beschleunigung bestanden. Das Abbremsen hatte nur einen Bruchteil der Beschleunigungsphase gedauert. Und so blieb ich am Leben.

Und das war alles sehr zufriedenstellend, aber trotzdem ...

Trotzdem zahlt man immer einen Preis.

Immer. Jeder große Sprung nach vorn hat einen verborgenen Preis gefordert, die ganze Geschichte hindurch. Der Mensch erfand die Landwirtschaft. Das bedeutete, dass jemand die Baumwolle pflücken und den Mais pflanzen musste. Und so kam's zur Sklaverei. Der Mensch erfand das Automobil und bekam dafür Luftverschmutzung und Unfalltote. Der Mensch wurde neugierig darauf, wie die Sonne scheint, und seiner Neugier entsprang die Wasserstoffbombe. Der Mensch fand die Hitschi-Konstruktionen und kam einigen ihrer Geheimnisse auf die Spur. Und was erhielten wir? Zum einen Peter, der fast eine Welt tötete, mit einer Macht, die vor ihm noch niemand besessen hatte. Zum anderen erhielten wir ein paar nagelneue Fragen, mit deren Antworten zu befassen ich bisher den Nerv nicht hatte. Fragen, die Albert zu beantworten versuchen möchte, über Machs Prinzip, und Fragen, die Henrietta zur Sprache brachte, mit ihrem Gerede von Punkt X und der »verschwundenen Masse«. Und eine sehr große Frage in meinem Inneren: Als der Älteste den Hitschi-Himmel aus seiner Bahn holte und durch den Raum zum Kern der Galaxis jagte, wohin genau war er unterwegs?

Der erschreckendste, denke ich, und auch der befriedigendste Augenblick, das weiß ich, meines ganzen Lebens, das weiß ich, war der, in dem wir dem Ältesten die Fühler weggebrannt hatten und uns, ausgerüstet mit Henriettas Anweisungen, vor der Steuertafel des Hitschi-Himmels niederließen. Man braucht zwei Leute, damit das geht. Lurvy Herter-Hall und ich waren die beiden erfahrensten Piloten, die sich an Ort und Stelle befanden – wenn man Wan nicht mitrechnete, der mit Janine unterwegs war, um die aufwachenden Alten zusammenzutreiben und ihnen mitzuteilen, dass es einen Regierungswechsel gegeben habe. Lurvy ließ sich auf dem rechten Sitz nieder und ich auf dem linken (wobei wir uns erneut fragten, was für ein sonderbar geformtes Gesäß dort früher Platz genommen hatte). Und wir flogen los. Es dauerte über einen Monat, um zurückzukommen und den Mond zu umkreisen, die Stelle, die ich mir ausgesucht hatte. Es war kein verlorener Monat, im Hitschi-Himmel gab es genug zu tun, aber er verging ziemlich langsam, weil ich es furchtbar eilig hatte heimzukommen.

Ich brauchte meinen ganzen Mut, um die Startwarze zu drücken, aber ganz so schwer war es gar nicht. Als wir begriffen hatten, dass die Hauptsteuerung die Kodes für alle schon eingegebenen Ziele enthielt – es gibt mehr als fünfzehntausend in der ganzen Galaxis, und ein paar außerhalb –, kam es nur noch darauf an zu wissen, welcher Kode welches Ziel bezeichnete. Dann beschlossen wir, hoch erfreut von uns selbst, uns aufzuspielen. Wir erhielten eine Klage der Radioastronomen auf der Rückseite, weil unsere Mondumlaufbahn bei jeder Umkreisung ihre Peilantennen störte. Wir zogen also ab. Man macht das mit der Nebensteuerung, die im Flug bisher niemand zu berühren gewagt hat und die beim ersten Start nicht viel zu leisten scheint. Hauptsteuerung für vorausprogrammierte

Ziele; Nebensteuerung für jeden Punkt, den man anfliegen will, vorausgesetzt, man kann die galaktischen Koordinaten angeben. Aber der Witz dabei ist, dass man die Nebensteuerung nicht benützen kann, bis die Hauptsteuerung auf Null gestellt wurde – was bei jedem Element auf eine klare, dunkelrote Farbe hinausläuft –, und wenn irgendein Prospektor das früher auf eigene Faust getan hatte, verlor er die Programmierung, um nach Gateway zurückfliegen zu können. Wie einfach alles ist, sobald man sich auskennt. Und so brachten wir dieses Riesending, eine halbe Million Tonnen schwer, in eine nahe Erdumlaufbahn und luden Gesellschaft ein.

Die Gesellschaft, die ich am dringendsten wünschte, war die meiner Frau. Was ich als Nächstes haben wollte, war mein Wissenschaftsprogramm Albert Einstein – das bezieht sich in keiner Weise auf Essie, wohlgemerkt, denn sie hat es geschrieben. Für mich gab es noch die Frage, ob ich zu ihr hinunter- oder sie zu mir heraufkam, aber nicht für sie. Sie wollte sich mit den Maschinenintelligenzen im Hitschi-Himmel abgeben, mindestens so dringend, schätzte ich, wie ich mich mit ihr. In einer Erdumlaufbahn von 100 Minuten ist die Sendezeit auch nicht schlecht. Sobald wir in Reichweite waren, sprach die Maschine, die Albert für mich programmiert hatte, mit ihm, pumpte alles in ihn hinein, was sie gelernt hatte, und bis ich Zeit hatte, mit ihm zu reden, konnte er auch schon antworten.

Es war natürlich nicht dasselbe. Albert in Farbe und drei Dimensionen im Holotank zu Hause war ein viel unterhaltsamerer Gesprächspartner als der Albert in Schwarzweiß auf einem Flachbildschirm im Hitschi-Himmel. Aber bis von der Erde neues Gerät heraufkam, war das alles, was ich hatte, und außerdem war es derselbe Albert.

»Gut, Sie wieder zu sehen, Robin«, sagte er wohlwollend und richtete seinen Pfeifenstiel auf mich. »Sie wissen wohl, dass ungefähr eine Million Mitteilungen auf Sie warten?«

»Die haben Zeit.« Außerdem hatte ich schon ungefähr eine Million erhalten, so sah es jedenfalls aus. Zumeist hieß es darin nur, dass jedermann tief verärgert sei, auf lange Sicht aber erfreut, und dass ich wieder schwerreich geworden war.

»Was ich zuerst hören will«, sagte ich, »ist, was du mir sagen möchtest.«

»Klare Sache, Robin.« Er klopfte seine Pfeife aus, während er mich betrachtete. »Nun«, sagte er, »zuerst Technologie. Wir kennen die allgemeine Theorie des Hitschi-Antriebs und finden uns mit dem Überlichtgeschwindigkeitsfunk zurecht. Was die Informationsverarbeitung in den Toten Menschen und so weiter betrifft ... Sie wissen sicherlich«, meinte er augenzwinkernd, »dass Gosposcha Laworowna-Broadhead auf dem Weg zu Ihnen ist. Ich glaube, auf diesem Gebiet können wir zuversichtlich mit beträchtlichen Fortschritten rechnen. In wenigen Tagen wird eine Besatzung von Freiwilligen zur Nahrungsfabrik fliegen. Wir sind ziemlich sicher, dass auch sie gesteuert werden kann, dann bringen wir sie in eine nahe Umlaufbahn, um sie zu studieren und, wie ich glaube mit Gewissheit versprechen zu können, nachzubauen. Von technisch weniger wichtigen Einzelheiten wollen Sie jetzt sicher nichts hören, nehme ich an.«

»Eigentlich nicht«, sagte ich. »Oder jedenfalls nicht gleich.«

»Dann kommen wir zu theoretischen Überlegungen«, meinte er nickend, während er sich erneut die Pfeife stopfte. »Zuerst die Frage der Schwarzen Löcher. Wir haben eindeutig dasjenige gefunden, in dem sich Ihre Bekannte, Gelle-Klara Moynlin, befindet. Ich halte es für möglich, ein Schiff hinzuschicken, mit einer vernünftigen Wahrscheinlichkeit, dass es ohne ernsthaften Schaden ankommt. Die Rückkehr ist dagegen eine andere Frage. In den Hitschi-Speichern scheint sich nichts zu befinden, das uns ein Kochbuchrezept dafür liefern könnte, wie man etwas aus einem Schwarzen Loch herausholt. Theorie, ja. Aber wenn man versuchen wollte, die Theorie in Praxis umzuwandeln, bedarf es der Forschung und Entwicklung. Und zwar umfangreicher Bemühungen. Ich halte Ergebnisse nicht früher als, sagen wir, in ein paar Jahren für möglich. Eher dürften es Jahrzehnte sein. Ich weiß«, sagte er mit Nachdruck und beugte sich vor, »dass das für Sie eine Frage von persönlicher Bedeutung ist, Robin. Es könnte auch große Bedeutung für uns alle haben, und damit meine ich nicht nur die Menschheit, sondern auch Maschinenintelligenzen.« Ich hatte ihn noch nie so ernst gesehen. »Wissen Sie«, erklärte er, »das Ziel des Hitschi-Himmels ist ebenfalls eindeutig identifiziert worden. Darf ich Ihnen etwas zeigen?«

Das war natürlich nur eine rhetorische Frage. Ich antwortete nicht, und er wartete auch nicht. Er rutschte in eine Ecke des Flachschirms, während das Hauptbild auftauchte. Es war eine weiße Flut, geformt wie ein sehr dilettantisch gemalter türkischer Halbmond. Symmetrisch war er nicht. Der Halbmond war auf einer Seite schief, und der Rest des Bildes war leer, abgesehen von einem unregelmäßigen Lichtgesprenkel, das die Spitzen des Halbmonds ausfüllte und sie zu einer dunstigen Ellipse verlängerte.

»Zu schade, dass Sie das nicht in Farbe sehen können, Robin«, sagte Albert, von seiner Bildschirmecke herauflugend. »Es ist nicht weiß, sondern blau. Soll ich Ihnen sagen, was Sie sehen? Das ist kreisende Materie um ein sehr großes Objekt. Die Materie auf Ihrer linken Seite, die auf uns zukommt, fliegt schnell genug, um Licht abzugeben. Die Materie auf der rechten Seite, die sich entfernt, fliegt im Verhältnis zu uns langsamer. Was wir sehen, ist Materie, die sich in Strahlung verwandelt, während sie in ein außerordentlich großes Schwarzes Loch gezogen wird, das sich in der Mitte unserer Galaxis befindet.«

»Ich dachte, die Lichtgeschwindigkeit sei nicht relativ«, knurrte ich.

Er dehnte sich aus und füllte wieder den Bildschirm.

»Ist sie nicht, Robin, aber die Bahngeschwindigkeit der Materie, die es hervorbringt, ist es. Das Bild stammt aus dem Gateway-Archiv, und bis vor kurzem war die Stelle im Weltraum nicht bekannt gewesen. Aber jetzt ist klar, dass sie sich im galaktischen Kern befindet, ja ihn in gewisser Weise darstellt.«

Er machte eine Pause, während er seine Pfeife anzündete, und sah mich unverwandt an. Nun ja, das stimmt nicht ganz. Da war eine Verzögerung von Sekundenbruchteilen, und selbst Alberts Schaltungen konnten dagegen nichts tun; wenn ich mich bewegte, verblieb sein Blick so lange dort, wo ich vorher gewesen war, dass man sich beunruhigt fühlte. Ich drängte ihn nicht, und als er seine Pfeife richtig angezündet hatte, sagte er: »Robin, ich weiß oft nicht genau, welche Informationen ich Ihnen freiwillig zukommen lassen soll. Wenn Sie mir eine Frage stellen, ist das anders. Zu jedem Thema, das Sie aufwerfen, sage ich Ihnen so viel, wie ich weiß, solange Sie zuhören wollen. Ich erzähle Ihnen auch, was sein könnte, wenn Sie eine Hypothese hören wollen, und ich stelle freiwillig Hypothesen auf, wenn das entsprechend der Grenzen meines Programms angemessen erscheint. Gosposcha Laworowna-Broadhead hat für diese Art von Entscheidungen sehr komplexe normative Anweisungen geschrieben, aber vereinfacht laufen sie auf eine Gleichung hinaus. Nehmen wir ›W 1‹ als den ›Wert‹ einer Hypothese, während ›W 2‹ die Wahrscheinlichkeit darstellt, dass sie wahr sei. Wenn die Summe von ›W 1‹ und ›W 2 ‹ mindestens ›1‹ beträgt, dann sollte ich die Hypothese vortragen und tue das auch. Aber wie schwer ist es, ›W 1‹ und ›W 2 ‹ die richtigen numerischen Werte zuzuordnen, Robin! In dem besonderen Fall, um den es jetzt geht, kann ich in keiner Weise sicher sein, welchen Wert ich der Wahrscheinlichkeit beimessen soll. Aber die Bedeutung ist sehr hoch. Praktisch kann man sie als unendlich betrachten.«

Inzwischen war ich ins Schwitzen geraten. Was ich von Alberts Programmierung genau weiß, ist, dass er um so weniger glaubt, mir gefiele, was er zu sagen hat, je umständlicher er sich gibt.

»Albert«, erklärte ich, »mach endlich weiter.«

»Klare Sache, Robin«, meinte er und nickte, »aber lassen Sie mich vorher noch sagen, dass diese Vermutung nicht nur die bekannte Astrophysik bestätigt, wenngleich auf einer sehr komplexen Ebene, sondern auch andere Fragen beantwortet, etwa die, wohin der Hitschi-Himmel flog, als Sie umkehrten, und warum die Hitschi selbst verschwunden sind. Ehe ich Ihnen die Mutmaßung nennen kann, muss ich vier Hauptpunkte anführen:

Punkt eins. Die Zahlen, die Tiny Jim als ›flotte‹ bezeichnet. Das sind numerische Vielheiten, zumeist von der Art, die ›dimensionslos‹ genannt wird, weil sie immer gleich bleiben, egal, wo Sie messen. Das Masseverhältnis zwischen Elektron und Proton. Die Dirac'sche Zahl, um den Unterschied zwischen der elektromagnetischen Kraft und der Schwerkraft auszudrücken. Die Eddington'sche Feinstruktur-Konstante. Und so weiter. Wir kennen diese Zahlen sehr genau. Was wir nicht wissen, ist, *warum* sie so sind, wie sie sind. Weshalb sollte die Feinstruktur-Konstante nicht, sagen wir, statt 137 einfach 150 sein? Wenn wir die Astrophysik verstehen würden – wenn wir eine vollständige Theorie hätten –, müssten wir in der Lage sein, diese Zahlen aus der Theorie abzuleiten. Wir haben auch eine gute Theorie, aber die flotten Zahlen können wir daraus nicht ableiten. Warum nicht? Besteht die Möglichkeit«, fragte er ernsthaft, »dass diese Zahlen in irgendeiner Weise *zufällig* sind?«

Er machte eine Pause, paffte mit seiner Pfeife und hob dann zwei Finger. »Punkt zwei. Machs Prinzip. Auch da taucht eine Frage auf, vielleicht aber eine etwas leichtere. Mein verstorbener Vorgänger«, sagte er mit einem kleinen Augenzwinkern, wohl um mich zu beruhigen, dass das nun wirklich nicht mehr so schwer sei, »mein verstorbener Vorgänger hat uns die Relativitätstheorie gegeben, die nach allgemeiner Übereinkunft bedeutet, dass alles im Hinblick auf irgendetwas anderes relativ ist, ausgenommen nur die Lichtgeschwindigkeit. Wenn Sie zu Hause am Tappan-See sind, Robin, wiegen Sie 85 Kilogramm. Das heißt, das ist ein Maß dafür, wie Sie und der Planet Erde einander anziehen; es ist in einem gewissen Sinn Ihr Gewicht relativ zur Erde. Wir haben auch eine Qualität, die ›Masse‹ heißt. Der beste Maßstab für ›Masse‹ ist die Kraft, die erforderlich ist, einen Gegenstand, sagen wir, Sie, aus dem Ruhezustand zu befördern. Wir betrachten ›Masse‹ und ›Gewicht‹ in der Regel als praktisch dasselbe, und auf der Erdoberfläche sind sie das auch, doch Masse gilt als eine *wesentliche* Eigenschaft der Materie, während Gewicht immer relativ zu etwas anderem ist. Aber«, sagte er mit erneutem Augenzwinkern, »unternehmen wir ein Gedankenexperiment, Robin. Unterstellen wir, Sie wären das einzige Objekt im Universum. Es gibt keine andere Materie. Was würden Sie wiegen? Nichts. Was für eine Masse hätten Sie? Ah, das ist die Frage. Unterstellen wir, dass Sie einen kleinen Düsengürtel haben und beschließen, sich zu beschleunigen. Sie messen dann die Beschleunigung und berechnen die Kraft, die Sie brauchen, um sich in Bewegung zu setzen, und gelangen so zu Ihrer Masse – tun Sie das wirklich? Nein, Robin, das tun Sie nicht. Weil es nichts gibt, woran Fortbewegung zu messen wäre. ›Bewegung‹ als Begriff ist ohne Bedeutung. Die Masse selbst hängt also nach Machs Prinzip von *irgendeinem* äußeren System ab. Und Machs Prinzip zufolge, wie mein Vorgänger und andere es ausgearbeitet haben, ist das bei allen anderen ›wesentlichen‹ Eigenschaften der Materie genauso, ob Energie oder Raum ... eingeschlossen die ›flotten Nummern‹. Robin, ermüde ich Sie?«

»Darauf kannst du dich verlassen, Albert«, fauchte ich, »aber nur zu!«

Er lächelte und hob drei Finger.

»Punkt drei. Was Henrietta ›Punkt X‹ genannt hat. Wie Sie sich erinnern, hat Henrietta ihren Doktor nie geschafft, aber ich habe mir ihre Dissertation vorgenommen und vermag zu sagen, was sie damit gemeint hat. In den ersten drei Sekunden nach dem Urknall, also dem Beginn des Universums, wie wir es jetzt kennen, war das gesamte Universum relativ kompakt, außerordentlich heiß und vollkommen symmetrisch. Henriettas Dissertation zitierte ausführlich einen alten Cambridge-Mathematiker namens Tong B. Tang und andere; sie behaupteten, dass *nach* dieser Zeit, nach Henriettas ›Punkt X‹, die Symmetrie ›erstarrte‹. Alle Konstanten, die wir jetzt beobachten, wurden an diesem Punkt fixiert. Alle flotten Zahlen. Vor ›Punkt X‹ gab es sie nicht. Seitdem sind sie vorhanden und nicht veränderbar.

Bei Punkt X in der Zeit, drei Sekunden nach dem Beginn des Urknalls, geschah also etwas. Es kann ein ganz zufälliges Ereignis gewesen sein - irgendeine Turbulenz in der explodierenden Wolke.

Oder es könnte absichtlich herbeigeführt worden sein.« Er verstummte und rauchte eine Weile, während er mich beobachtete. Als ich nicht reagierte, seufzte er und hob vier Finger. »Punkt vier, Robin, und der letzte. Ich entschuldige mich für diese lange Vorrede. Der letzte Punkt in Henriettas Vermutung hatte mit der fehlenden Masse zu tun. Es scheint einfach nicht genug Masse im Universum zu geben, damit die sonst sehr erfolgreichen Theorien vom Urknall funktionieren. Hier hat Henrietta in ihrer Doktorarbeit einen riesigen Sprung gemacht. Sie meinte, die Hitschi hätten gelernt, Masse zu erzeugen und zu vernichten - und darin hatte sie, wie wir jetzt wissen, Recht, obwohl das von ihr nur eine Vermutung war und die Professoren, vor denen sie ihre These verteidigen musste, diese sofort angriffen. Sie machte noch einen weiteren Sprung. Sie unterstellte, die Hitschi hätten sogar dafür gesorgt, dass Masse verschwunden sei. Nicht in einem Schiff, obwohl sie, wenn sie das angenommen hätte, auf dem richtigen Weg gewesen wäre. In sehr großem Maßstab. Um genau zu sein, in einem universellen. Sie stellte die Vermutung auf, sie hätten die ›flotten Zahlen‹ studiert wie wir und wären zu gewissen Schlüssen gekommen, die wahr zu sein scheinen. Hier wird es ein wenig kompliziert, Robin, also passen Sie gut auf - aber wir sind beinahe schon am Ziel.

Sehen Sie, diese Grundkonstanten bestimmen, ob es im Universum Leben geben kann oder nicht. Unter vielen anderen Dingen, versteht sich. Aber wenn manche davon etwas höher oder etwas niedriger wären, könnte es kein Leben geben. Erkennen Sie die logische Konsequenz dieser Aussage? Ja, ich glaube schon. Es ist ein einfacher Vernunftschluss. Hauptvoraussetzung, die ›flotten Zahlen‹ sind nicht durch Naturgesetze bestimmt, sondern hätten anders aussehen können, wenn bei ›Punkt X‹ bestimmte andere Ereignisse eingetreten wären. Nebenvoraussetzung, wenn sie in bestimmten Richtungen anders wären, würde sich das Universum für Leben als weniger gastfreundlich erweisen. Schlussfolgerung? Ah, das ist der Kern. Schlussfolgerung: Wenn sie in bestimmten *anderen* Richtungen anders wären, könnte das Universum für das Leben *gastfreundlicher* sein.«

Und er verstummte und sah mich an, während er mit einer Hand in einen Hausschuh griff, um sich an der Fußsohle zu kratzen.

Ich weiß nicht, wer von uns beiden in diesem Fall länger hätte warten können. Ich bemühte mich, eine Menge unverdaulicher Ideen zu verdauen, und der alte Albert war entschlossen, mir Zeit zu lassen. Bevor dieser Verdauungsakt beendet war, kam Paul Hall in das Abteil getrabt, das ich für mich belegte, und schrie: »Gesellschaft! He, Robin! Wir haben Besuch!«

Nun, mein erster Gedanke war natürlich Essie; wir hatten uns unterhalten; ich wusste, dass sie zumindest auf dem Weg zum Raumflughafen Kennedy war, wenn sie nicht schon darauf wartete, dass wir herunterkamen. Ich starrte zuerst Paul und dann meine Uhr an.

»Die Zeit hat nicht gereicht«, sagte ich, was stimmte.

Er grinste.

»Kommen Sie und gucken Sie sich die armen Kerle an«, meinte er lachend.

Und das waren sie wirklich. Sechs Stück, in einen Fünfer gepfercht. Keine vierundzwanzig Stunden, nachdem ich vom Mond gestartet war, auf Gateway abgeflogen, so stark bewaffnet, dass sie eine ganze Division von Ältesten hätten auslöschen können, entschlossen, zu retten und Gewinn zu machen. Sie waren den ganzen Weg hinausgeflogen, hinter dem Hitschi-Himmel her, hatten gewendet und waren wieder zurückgekommen. Irgendwo auf dem Weg mussten wir an ihnen vorbeigekommen sein, ohne es zu ahnen. Arme Kerle! Aber sie waren sehr anständige Burschen, Freiwillige, unterwegs zu einer Mission, die selbst nach den Maßstäben von Gateway unsicher erschienen sein musste. Ich versprach ihnen, dass sie am Gewinn beteiligt sein würden – es gab ja genug für alle. Sie konnten nichts dafür, dass wir sie nicht brauchten, vor allem wenn man bedachte, wie dringend wir sie hätten brauchen können.

Wir hießen sie also willkommen. Janine führte sie stolz herum. Wan stellte sie, während er mit seiner Schlafpistole wedelte, grinsend den sanften Alten vor, die diese neue Invasion ruhig hinnahmen. Und bis sich das alles beruhigt hatte, wurde mir klar, dass ich am dringendsten Essen und Schlaf brauchte, und verschaffte mir beides.

Als ich wach wurde, erfuhr ich als Erstes, dass Essie unterwegs war, aber erst nach einer Weile eintreffen würde. Ich zappelte eine Weile herum und versuchte mich an all das zu erinnern, was Albert zu mir gesagt hatte, versuchte mir den Urknall vorzustellen und den kritischen Augenblick nach drei Sekunden, als alles erstarrt war ... aber ohne großen Erfolg. Ich rief Albert noch einmal auf und fragte: »Auf welche Weise gastfreundlicher?«

»Ah, Robin«, erwiderte er – ihn überrascht nie etwas –, »das ist eine Frage, die ich nicht beantworten kann. Wir kennen nicht einmal alle Eigenschaften des Mach'schen Universums, aber vielleicht ... vielleicht«, sagte er und demonstrierte durch die Fältchen in seinen Augenwinkeln, dass er nur Vermutungen anstellte, um mich zufrieden zu stellen, »vielleicht Unsterblichkeit? Vielleicht eine schnellere Synapsengeschwindigkeit bei organischen Gehirnen, also höhere Intelligenz? Vielleicht nur mehr Planeten, die für die Entwicklung von Leben geeignet wären? Irgendetwas davon. Oder alles zusammen. Das Wichtigste dabei ist, dass wir theoretisch von solchen gastfreundlicheren Eigenschaften ausgehen können und dass es möglich sein sollte, aus ihnen eine angemessene Theorie aufzubauen. Henrietta ist so weit gegangen. Dann ging sie noch etwas weiter. Angenommen, die Hitschi (nahm sie an) hätten etwas mehr Astrophysik gelernt als wir, hätten auch entschieden, wie die richtigen Eigenschaften beschaffen sein müssen – und sich daran gemacht, sie herzustellen! Wie hätten sie das angestellt? Nun, ein Weg bestünde darin, das Universum in den Urzustand schrumpfen zu lassen und mit einem neuen Urknall von vorne anzufangen. Wie könnte das geschehen? Wenn man Masse erzeugen und vernichten kann – ganz einfach! Damit herumjonglieren. Die Ausdehnung aufhalten. Die Zusammenziehung auslösen. Dann auf irgendeine Weise außerhalb der Punktschrumpfung bleiben, darauf warten, dass das Ganze wieder explodiert – und von *außerhalb* des Monoblocks tun, was getan werden muss, um die Grundkonstanten des Universums zu *verändern*, damit ein neues entsteht, das ... nun, sagen wir, der Himmel wäre.«

Meine Augen traten aus den Höhlen.

»Ist das *möglich?*«

»Für Sie oder mich? Jetzt? Nein. Völlig unmöglich. Wir wüssten gar nicht, wo wir anfangen sollten.«

»Nicht du oder ich, verflixt! Für die Hitschi?«

»Ah, Robin«, sagte er düster, »wer kann das sagen? Ich kann nicht erkennen, wie, aber das bedeutet nicht, dass es ihnen nicht möglich gewesen wäre. Ich kann nicht einmal ahnen, wie man das Universum so manipulieren könnte, dass es richtig wäre. Aber das mag gar nicht nötig sein. Man muss davon ausgehen, dass sie eine Möglichkeit hätten, praktisch für immer zu leben. Das ist notwendig, wenn man das selbst nur einmal machen möchte. Und wenn ewig, tja, dann könnte man einfach beliebige Veränderungen vornehmen und abwarten, was dabei herauskommt, bis man das Universum hat, das man sich vorstellt.« Er nahm sich die Zeit, seine kalte Pfeife kurz und nachdenklich zu betrachten, dann steckte er sie in seine Brusttasche. »So weit war Henrietta mit ihrer Doktorarbeit gekommen, bevor man über sie herfiel. Denn dann sagte sie, die ›fehlende Masse‹ könnte beweisen, dass die Hitschi wirklich damit begonnen hätten, sich in die ordentliche Entwicklung des Universums einzumischen – sie sagte, sie beseitigten Masse in den äußeren Galaxien, damit sie schneller davonflögen. Vielleicht, so meinte sie, fügten sie auch Masse im Zentrum hinzu – wenn es eines gibt. Und sie sagte, das könnte erklären, weshalb die Hitschi davongelaufen seien. Sie lösten den Prozess aus, vermutete sie, und entfernten sich dann, um sich irgendwo zu verstecken, vielleicht in einem großen Schwarzen Loch, bis der Prozess abgelaufen wäre und sie wieder herauskommen würden, um alles erneut von vorne anzufangen. Da war dann endlich der Teufel los! Kein Wunder. Können Sie sich einen Haufen von Professoren vorstellen, die mit solchen Thesen konfrontiert werden? Sie sagten, sie sollte lieber ihren Doktor in Hitschi-Psychologie als in Astrophysik machen. Sie sagten, sie hätte nichts zu bieten als Mutmaßungen und Annahmen – die Theorie könne in keiner Weise überprüft werden, sie sei nichts als eine Erfindung. Und eine schlechte noch dazu. Ihre Doktorarbeit wurde abgelehnt, und sie bekam ihren akademischen Grad nicht und ging nach Gateway, um Prospektorin zu werden und da zu landen, wo sie jetzt ist. Tot. Und«, sagte er nachdenklich, während er die Pfeife wieder herauszog, »ich glaube wirklich, dass sie sich geirrt hat oder wenigstens schlampig war, Robin. Wir haben sehr wenige Hinweise darauf, dass die Hitschi irgendeine Möglichkeit besaßen, auf die Dinge in irgendeiner anderen Galaxis als der unseren einzuwirken, und sie sprach vom *gesamten Universum.*«

»Aber du bist nicht sicher?«

»Keine Spur, Robin.«

»Hast du nicht wenigstens irgendeine gottverdammte *Vermutung?*«, schrie ich.

»Klare Sache, Robin«, sagte er düster, »aber nicht mehr als das. Bitte, beruhigen Sie sich. Sehen Sie, der Maßstab stimmt nicht. Nach allem, was wir wissen, ist das Universum zu groß. Und die Zeit ist zu kurz. Die Hitschi waren vor weniger als einer Million Jahre hier, und die Schrumpfungszeit des Universums bisher beträgt etwa das Zwanzigtausendfache davon – die Rückschnellzeit könnte nicht geringer sein. Es spricht mathematisch kaum etwas dafür, dass sie sich gerade diesen Zeitpunkt ausgesucht hätten, um in Erscheinung zu treten.«

»In Erscheinung zu treten?«

Er hustete.

»Ich habe eine Stufe ausgelassen, Robin. Es gibt da noch eine Vermutung, und ich fürchte, es ist meine eigene. Angenommen, das *ist* das Universum, das die Hitschi erbaut haben. Angenommen, sie hätten sich auf irgendeine Weise in einem weniger gastfreundlichen entwickelt, es gefiel ihnen nicht, sie ließen es zusammenschrumpfen, um ein neues zu machen, und in dem befinden wir uns jetzt. Das passt nicht schlecht, wissen Sie. Sie könnten herausgekommen sein, um sich umzusehen, und fanden es vielleicht genauso vor, wie sie es haben wollten. Und jetzt sind vielleicht diejenigen, welche den Fortpflanzungsflug unternommen haben, zurückgegangen, um die anderen zu holen.«

»Albert! Herrgott noch mal!«

Er meinte leise: »Robin, ich würde diese Dinge nicht sagen, wenn ich etwas anderes vermuten könnte. Es ist nur eine Mutmaßung. Ich glaube, Sie können sich nicht vorstellen, wie schwer es für mich ist, auf diese Weise Vermutungen anzustellen, und ich wäre auch gar nicht fähig dazu, wenn nicht ... nun, es ist so. Es gibt einen *möglichen* Weg, dass etwas eine Zusammenziehung und einen neuen Urknall überlebt, nämlich wenn es sich an einem Ort befindet, an dem die Zeit praktisch stillsteht. Was für ein Ort ist das? Nun, ein Schwarzes Loch. Ein großes. So groß, dass es nicht durch Quantentunnelung Masse verliert und deshalb ewig bestehen kann. Ich weiß, dass es ein Schwarzes Loch dieser Art gibt, Robin. Masse: ungefähr das Fünfzehntausendfache der Sonne. Ort: die Mitte unserer Galaxis.« Er warf einen Blick auf seine Uhr, und seine Miene veränderte sich. »Wenn meine Berechnungen der Sache nahe kommen, Robin«, sagte er, »müsste Ihre Frau bald eintreffen.«

»Einstein! Das Erste, was sie tun wird, ist, *dich* umzuschreiben!«

Er zwinkerte mich an.

»Das hat sie schon getan, Robin«, betonte er, »und zu den Dingen, die sie mir beigebracht hat, gehört, Spannung zu lindern, wenn es angebracht ist, und zwar durch eine spaßhafte oder persönliche Bemerkung.«

»Willst du behaupten, dass ich angespannt sein müsste?«

»Eigentlich nicht, Robin«, sagte er. »Das alles ist völlig theoretisch - wenn überhaupt etwas. Und im Hinblick auf menschliches Leben vielleicht ganz abwegig. Vielleicht aber auch nicht. Dieses Schwarze Loch in der Mitte unserer Galaxis ist zumindest ein möglicher Ort, an den die Hitschi gegangen sein könnten, und nicht so sehr weit weg. Und ich habe gesagt, wir hätten das Ziel bestimmt, zu dem der Älteste unterwegs war? Das war es, Robin. Der Kurs führte direkt zu diesem Schwarzen Loch, als Sie umkehrten.«

Ich hatte es Wochen vor Essie satt, mich im Hitschi-Himmel aufzuhalten. Sie fühlte sich mit ihren Maschinenintelligenzen so wohl wie noch nie. Aber ich hatte Essie nicht satt, also blieb ich, bis sie endlich zugab, alles, was sie brauchte, aufgezeichnet zu haben. Achtundvierzig Stunden später waren wir wieder am Tappan-See. Und neunzig Minuten danach erschien Wilma Liederman mit sämtlichen Instrumenten und überprüfte Essie bis zum letzten Krümelchen unter ihrem Zehennagel. Ich machte mir keine Sorgen. Ich konnte sehen, dass es Essie sehr gut ging, und als Wilma auf einen Drink blieb, gab sie es auch zu. Dann wollte sie über die medizinische Maschine sprechen, mit der die Toten Menschen Wan gesund erhalten hatten, während er aufwuchs, und bevor sie ging, hatten wir eine Forschungsgesellschaft mit einem Kapital von einer Million Dollar gegründet - Wilma als Vorsitzende -, um festzustellen, was man damit anfangen könnte. Man sieht, wie leicht das ging. Wie leicht das alles ist, wenn es so läuft, wie du es haben möchtest.

Oder fast alles. Es gab immer noch das unbehagliche Gefühl, wenn ich an die Hitschi (falls es die Hitschi waren) in der Mitte der Galaxis dachte (falls sie dort waren). Das ist sehr beunruhigend, wohlgemerkt. Hätte Albert erklärt, die Hitschi würden Feuer und Zerstörung speiend innerhalb des nächsten Jahres herauskommen (oder überhaupt herauskommen), nun, gewiss, ich hätte mir da schreckliche Sorgen gemacht. Hätte er gesagt, in zehn Jahren oder auch in hundert, wäre ich zumindest nachdenklich geworden und vermutlich furchtbar erschrocken. Aber wenn man in astronomischen Zeitspannen denkt ... ach was! Wie leicht ist es, sich über Dinge Sorgen zu machen, die vielleicht noch eine Milliarde Jahre ausbleiben?

Und trotzdem wollte sich die Vorstellung einfach nicht verflüchtigen.

Ich war unruhig beim Abendessen, als Wilma gegangen war, und als ich den Kaffee hereinbrachte, hatte Essie sich vor dem offenen Kamin zusammengerollt, sehr flott in der Stretchhose, und kämmte sich die langen Haare. Sie sah zu mir auf und sagte: »Wird vermutlich nicht geschehen, Robin, weißt du.«

»Wie kannst du so sicher sein? In diese Raumschiffe sind fünfzehntausend Hitschi-Ziele einprogrammiert. Wir haben davon überprüft, na ... wie viele? Weniger als hundertfünfzig, und eines davon war der Hitschi-Himmel. Nach dem Gesetz der Wahrscheinlichkeit gibt es hundert andere dieser Art anderswo, und wer will behaupten, dass nicht ein solches Ding zu ihnen rast, um den Hitschi mitzuteilen, was wir jetzt treiben?«

»Lieber Robin«, sagte sie, drehte den Kopf und rieb sich die Nase an meinem Knie, »trink deinen Kaffee. Von statistischer Mathematik verstehst du nichts, und wer will außerdem behaupten, dass sie uns etwas tun wollten?«

»Sie würden es gar nicht zu wollen brauchen! Ich weiß, was geschehen würde, verdammt! Das ergibt sich von selbst. Es ist das, was mit den Tahitianern, den Tasmaniern, den Eskimos, den Indianern geschehen ist – was immer passierte, während der ganzen Geschichte. Ein Volk, das es mit einer überlegenen Kultur zu tun bekommt, wird vernichtet. Niemand will das. Es kann einfach nicht überleben!«

»Immer, Robin?«

»Ach, komm schon!«

»Nein, im Ernst«, sagte sie. »Gegenbeispiel: Was geschah, als die Römer auf Gallier stießen?«

»Sie haben sie niedergeworfen, das passierte!«

»Richtig. Nein, fast richtig. Aber wer hat ein paar hundert Jahre später wen besiegt, Robin? Die Barbaren eroberten Rom, Robin.«

»Ich rede nicht von Eroberung! Ich rede von einem rassischen Minderwertigkeitskomplex. Was geschieht mit irgendeiner beliebigen Rasse, die in Berührung mit einer klügeren Rasse kommt?«

»Nun, unter verschiedenen Umständen verschiedene Dinge, Robin. Die Griechen waren klüger als die Römer, Robin. Die Römer hatten nie eine neue Idee, es sei denn die, zu bauen oder Menschen zu töten. Die Römer störte das nicht. Sie nahmen Griechen sogar in ihre Häuser auf, damit sie ihnen alles über Dichtung und Geschichte und Wissenschaft beibrachten. Als Sklaven. Lieber Robin«, sagte sie, stellte ihre Kaffeetasse ab und kam heran, um sich zu mir zu setzen, »Weisheit ist eine Art Rohstoff. Sag doch, wen fragst du, wenn du Informationen brauchst?«

Ich dachte eine Weile nach.

»Na, meistens Albert«, gab ich zu. »Ich verstehe schon, was du meinst, aber das ist etwas anderes. Es ist die *Aufgabe* eines Computers, in bestimmten Dingen mehr zu wissen und schneller zu denken als ich. Dafür ist er da.«

»Genau, lieber Robin. So viel du sehen kannst, bist du nicht vernichtet worden.« Sie rieb ihre Wange an der meinen und richtete sich auf. »Du bist unruhig«, entschied sie. »Was möchtest du tun?«

»Was gibt es für Möglichkeiten?«, fragte ich und berührte sie, aber sie schüttelte den Kopf.

»Das meine ich nicht, jedenfalls nicht jetzt. Willst du PV sehen? Ich habe eine Aufzeichnung von den Nachrichten heute Abend, als du mit Wilma Pläne geschmiedet hast, und da sieht man, wie deine lieben Freunde ihre alte Heimat besuchen.«

»Die Alten in Afrika? Hab' ich heute Nachmittag gesehen.« Irgendein örtlicher Manager hatte es für sinnvolle Reklame gehalten, den Alten die Schlucht von Olduvai zu zeigen. Den Alten gefiel es nicht besonders – sie verabscheuten die Hitze, schnatterten gereizt miteinander über die Impfungen, die sie über sich hatten ergehen lassen müssen, schätzten die Reise im Flugzeug nicht. Aber sie machten Schlagzeilen. Das Gleiche taten Paul und Lurvy, derzeit in Dortmund, um ein Mausoleum zur Erinnerung an Lurvys Vater einzurichten, sobald seine Überreste von der Nahrungsfabrik zurückkamen. Das Gleiche tat Wan, der als »Junge vom Hitschi-Himmel« durch Auftritte im PV reich wurde; das Gleiche tat Janine, der es großartig gefiel, ihre Gesangsstar-Brieffreunde endlich persönlich kennen zu lernen. Das Gleiche tat ich. Wir waren alle reich an Ruhm und Geld. Was die anderen damit anfangen würden, wusste ich nicht. Aber was ich wollte, wurde endlich klar.

»Hol einen Pulli, Essie«, sagte ich. »Gehen wir spazieren.«

Wir schlenderten hinunter zum eiskalten Wasser und hielten Händchen.

»Es schneit ja«, teilte Essie mit und blickte zu der Kuppel siebenhundert Meter über unseren Köpfen hinauf. In der Regel kann man sie nicht sehr deutlich sehen, aber heute Nacht, von den Heizgeräten, die Schnee oder Eis daran hindern, sie zu zerstören, seitlich erhellt, war sie milchig, übergossen mit Spiegelungen von Lichtern am Boden, von Horizont zu Horizont reichend.

»Ist es dir zu kalt?«

»Vielleicht nur hier, direkt am Wasser«, gab sie zu. Wir stiegen den Hang hinauf zu der kleinen Palmengruppe am Springbrunnen und setzten uns auf eine Bank, um die Lichter auf dem Tappan-See zu betrachten. Es war behaglich hier. Die Luft unter der Kuppel wird nie wirklich kalt, aber das Wasser ist das des Hudson, der sieben- oder achthundert Kilometer offen dahinfließt, bevor er den Palisaden-Damm erreicht, und ab und zu kommen im Winter unter der Sperre Eisschollen hindurch bis an unseren Bootssteg.

»Essie«, sagte ich, »ich habe nachgedacht.«

»Weiß ich, lieber Robin.«

»Über den Ältesten. Die Maschine.«

»So, wirklich?« Sie zog die Füße aus dem Gras, das durch verwehtes Wasser aus dem Springbrunnen feucht geworden war. »Sehr gute Maschine«, sagte sie. »Ganz zahm, seit du ihr die Zähne gezogen hast. Vorausgesetzt, dass sie keine Nervenendorgane bekommt, sich nicht bewegen kann oder nicht mit Steuerschaltungen in Verbindung kommt ... ja, ganz zahm.«

»Was ich wissen möchte, ist, ob du so etwas für einen Menschen bauen könntest«, sagte ich.

»Ah!«, erwiderte sie. »Hm. Ja, ich glaube schon. Würde einige Zeit dauern und natürlich viel Geld kosten, aber es würde gehen.«

»Und du könntest eine menschliche Persönlichkeit darin speichern – nachdem die Person gestorben ist, meine ich? So gut, wie die Toten Menschen gespeichert worden sind?«

»Sehr viel besser, glaube ich. Es dürfte einige Schwierigkeiten geben, vor allem biochemische, aber das ist nicht mein Gebiet.« Sie lehnte sich zurück, schaute zu der schillernden Kuppel hinauf und sagte nachdenklich: »Wenn ich ein Computerprogramm schreibe, Robin, spreche ich mit dem Computer, in der einen oder anderen Sprache. Ich sage ihm, was er ist und was er tun soll. Hitschi-Programmierung ist nicht das Gleiche. Sie beruht auf direkter chemischer Übertragung des Gehirns. Das Gehirn der Alten ist mit deinem oder meinem nicht direkt identisch, was die Chemie betrifft, deshalb ist die Speicherung der Toten Menschen ganz und gar nicht perfekt. Aber die Alten müssen von wirklichen Hitschi weit entfernt sein. Die Hitschi konnten den Prozess ohne erkennbare Schwierigkeit umwandeln, deshalb muss es gehen. Ja. Wenn du stirbst, lieber Robin, ist es möglich, dein Gehirn in eine Maschine zu übertragen, die Maschine in ein Hitschi-Schiff zu stecken und zum Schwarzen Loch bei Sagittarius YY zu fliegen, wo sie Gelle-Klara Moynlin guten Tag sagen und ihr erklären kann, dass der Zwischenfall nicht deine Schuld war. Dafür garantiere ich, nur darfst du noch, sagen wir, fünf bis acht Jahre nicht sterben, damit notwendige Forschung erfolgen kann. Würdest du mir das, bitte, versprechen?«

Manchmal überrascht mich etwas so, dass ich nicht weiß, ob ich weinen oder zornig werden oder lachen soll. Diesmal stand ich rasch auf und starrte auf meine liebe

Frau hinunter. Und dann entschied ich, was ich tun wollte, und lachte.

»Manchmal verblüffst du mich, Essie«, sagte ich.

»Aber warum, Robin?« Sie griff nach meiner Hand. »Angenommen, es wäre andersherum, hm? Angenommen, es wäre ich, die vor vielen Jahren eine große, persönliche Tragödie durchgemacht hat. Genau wie die deine, Robin. In der jemand, den ich sehr geliebt habe, sehr zu Schaden kam, auf eine solche Weise, dass ich diese Person nie sehen oder ihr erklären könnte, was geschehen ist. Glaubst du nicht, dass ich unbedingt wenigstens mit ihr sprechen wollte, auf irgendeine Weise, um ihr zu sagen, was ich empfinde?«

Ich wollte antworten, aber sie stand auf und legte ihren Finger auf meine Lippen.

»War eine rhetorische Frage, Robin. Wir kennen beide die Antwort. Wenn deine Klara noch lebt, wird sie unbedingt von dir hören wollen. Da gibt es keinen Zweifel. Also, so ist der Plan«, fuhr sie fort. »Du wirst sterben – nicht bald, hoffe ich. Dein Gehirn geht in die Maschine. Vielleicht mache ich eine Kopie für mich, falls du erlaubst? Aber eine Kopie fliegt zum Schwarzen Loch, um Klara zu suchen, und findet sie und sagt zu ihr: ›Klara, Liebes, was geschehen ist, war nicht zu ändern, aber ich möchte dir sagen, dass ich mein Leben gegeben hätte, um dich zu retten.‹ Und dann, Robin, weißt du, was Klara dieser sonderbaren Maschine antworten wird, die aus dem Nichts auftaucht, vielleicht nur ein paar Stunden ihrer Zeit nach dem Ereignis?«

Ich wusste es nicht. Der springende Punkt war ja, dass ich es nicht wusste. Aber das sagte ich nicht, weil Essie mir keine Gelegenheit dazu gab. Sie erklärte: »Dann wird Klara antworten: ›Aber ich wusste das, lieber Robin. Denn von allen Männern, die je geboren wurden, bist du derjenige, dem ich am meisten vertraue, den ich am meisten achte und liebe.‹ Ich weiß, dass sie das sagen würde, Robin, weil das für sie die Wahrheit wäre. Wie für mich.«

17

Der Ort, an den die Hitschi gingen

An seinem zehnten Geburtstag gab Robin Broadhead um sechs Uhr eine Einladung. Die Frau nebenan schenkte ihm Socken, ein Brettspiel und eine Art Juxgeschenk, ein Buch mit dem Titel »Alles, was wir über die Hitschi wissen«. Ihre Tunnels waren vor kurzem erst auf der Venus entdeckt worden, und es gab viele Vermutungen über den Ort, an den die Hitschi gegangen sein mochten, über ihre äußere Erscheinung und ihre Absichten. Der Jux an dem Buch war, dass es zwar hundertsechzig Seiten umfasste, sie aber alle leer waren.

Zur selben Zeit am selben Tag – oder jedenfalls entsprechend der Ortszeit, die sehr verschieden war – ging eine Person vor dem Schlafengehen unter den Sternen spazieren. Der Mann hatte auch einen Jahrestag vor sich, aber keine Einladung. Er war weit entfernt von Robin Broadheads Geburtstagstorte mit ihren Kerzen, über vierzigtausend Lichtjahre, und weit davon entfernt, irgendeine Ähnlichkeit mit dem Aussehen eines menschlichen Wesens zu besitzen. Er hatte einen Namen, aber aus Achtung und aufgrund der Arbeit, die er geleistet hatte, gab man ihm gewöhnlich eine Bezeichnung, die mit »Kapitän« zu übersetzen wäre. Über seinem kantigen, pelzbesetzten Kopf waren die Sterne ungewöhnlich hell und nah. Wenn er zu ihnen aufschaute, schmerzten seine Augen, trotz der sorgsam konstruierten glasartigen Schale, die den Platz umgab, auf dem sein Haus stand, und einen großen Teil des Planeten dazu. Trübe M-Sterne vom roten Typ, heller als der Mond, von der Erde aus gesehen. Drei goldene G-Sterne. Ein einzelner heißer strohfarbener Stern der Klasse F, schmerzhaft anzuschauen. Es gab an seinem Himmel keine Sterne der Klassen O oder B. Es gab auch keine schwach leuchtenden Sterne. Kapitän konnte jeden Stern beim Namen nennen, den er sah, weil es nur an die zehntausend waren, fast alle kühle und alte, und selbst der trübste für das bloße Auge deutlich sichtbar.

Und hinter diesen vertrauten tausenden – nun, er konnte nicht über sie hinaussehen, nicht von dort aus, wo er spazieren ging, aber er wusste aus seinen vielen Raumfahrten, dass hinter ihnen die turbulente, fast unsichtbare blau getönte Schale lag, die alles umgab, was ihm und seinem Volk vom Universum gehörte. Es war ein Himmel, der ein menschliches Wesen zutiefst erschreckt hätte. In dieser Nacht erschreckte er beinahe den Kapitän, der sich noch einmal durch den Kopf gehen ließ, was geschehen würde, wenn er erwachte.

Breit an Schultern und Hüften, schmal an der Brust, watschelte der Kapitän zu dem Band, das ihn zu seinem Schlafkokon zurückbringen würde. Es war eine kurze Fahrt. Nach seinem Wahrnehmungsvermögen nur einige Minuten. (Vierzigtausend Lichtjahre entfernt war Robin Broadhead damit beschäftigt, zu essen, zu schlafen, in die Oberschule zu gehen, zum ersten Mal Haschisch zu rauchen, sich ein Handgelenk zu brechen und es wieder gesund werden zu lassen und fast zehn Kilogramm zuzunehmen, bevor der Kapitän von dem Gleitband stieg.) Der Kapitän sagte gute Nacht zu seinen schläfrigen Zimmergenossen (zwei davon waren von Zeit zu Zeit auch seine sexuellen Gefährten), entfernte die Ranghalsketten von seinen Schultern, montierte das Lebenserhaltungs- und Kommunikationssystem zwischen seinen weit auseinander stehenden Beinen ab, hob den Deckel seines Kokons und schlüpfte hinein. Er drehte sich acht- oder zehnmal herum und deckte sich mit dem weichen, schwammigen, dichten Schlafabfall zu. Das Volk des Kapitäns entstammte nicht Wanderern auf einer Ebene, sondern Grabwesen. Sie schliefen am besten so wie ihre fernen Vorfahren. Als der Kapitän es sich bequem gemacht hatte, griff er mit einer mageren Hand durch den Stoff hinauf und zog den Kokon zu. Wie er es sein ganzes Leben lang getan hatte. Wie alle seiner Art, um gut zu schlafen. Wie sie die Sterne über sich gezogen hatten, um sich zuzudecken, als sie entschieden, dass es notwendig für sie war, sehr lange und unruhig zu schlafen.

Der Jux von Robins Geburtstagsbuch wirkte nicht so ganz, weil er nicht ganz stimmte. Manche Dinge wusste man über die Hitschi. In mancher Beziehung war klar, dass sie menschlichen Wesen völlig unähnlich waren, bis auf einige Ausnahmen. Ihre Neugier etwa. Nur Neugier konnte sie dazu gebracht haben, so viele fremde Orte zu besuchen, die so weit auseinander lagen. Und ihre Technologie. Die Wissenschaft der Hitschi war nicht die gleiche wie die der Menschen, aber sie beruhte auf derselben Thermodynamik, denselben Bewegungsgesetzen, derselben Art von Denken, das Winziges und Ungeheures, das Kernteilchen und das Universum selbst umfasste. Und die Grundchemie des Körpers. Sie atmeten ähnliche Luft. Sie aßen für Menschen verträgliche Nahrung.

Wesentlich für das, was alle über die Hitschi wussten – oder hofften oder vermuteten –, war, dass sie sich, wenn man es ganz genau nahm, von den Menschen gar nicht so sehr unterschieden. Ein paar tausend Jahre voraus, vielleicht, in Zivilisation und Wissenschaft. Vielleicht nicht einmal so viel. Und das, was alle vermuteten (oder hofften), war nicht falsch. Weniger als achthundert Jahre vergingen zwischen der Zeit, als die ersten primitiven Hitschi-Schiffe Masseaufhebung als Transportmethode versuchten, und der Zeit, in der ihre Expeditionen den größten Teil der Galaxis erforscht hatten. (In der Schlucht von Olduvai fragte sich einer von Schielauges Vorfahren, was er mit dem Antilopenknochen machen sollte, den er von seiner Mutter bekommen hatte.)

Achthundert Jahre – aber was für Jahre!

Die Hitschi explodierten. Es gab eine Milliarde von ihnen. Dann zehn. Dann hundert. Sie bauten Fahrzeuge mit Rädern und Rollen, um die unvertraute Oberfläche ihres Planeten zu erobern, und flogen nach kaum zwei Generationen mit Raketen in den Weltraum hinaus; noch einige Generationen mehr, und sie erforschten die Planeten naher Sterne. Sie lernten unterwegs. Sie benutzten Instrumente von ungeheurer Größe und großem Raffinement – einen Neutronenstern als Schwerkraftdetektor; ein Interferometer, ein Lichtjahr lang, um die Radiowellen von Galaxien aufzufangen und zu messen, deren Rotverschiebung sich dem Grenzbereich annäherte. Die Sterne, die sie besuchten, und die Galaxien, die sie betrachteten, waren beinahe identisch mit den von der Erde aus zu sehenden – die astronomische Zeit kümmert sich nicht um ein paar hunderttausend Jahre –, aber sie sahen schärfer und verstanden gründlicher.

Und was sie sahen und verstanden, war am Ende für sie von überwältigender Bedeutung. Denn Alberts Mutmaßung traf zu – traf fast zu –, in jeder Einzelheit, bis hin zu jenem Punkt, an dem sie schrecklich falsch wurde.

Als Folge ihres Begreifens taten die Hitschi, was ihnen am besten erschien.

Sie riefen ihre weitgereisten Expeditionen zurück und räumten hinter sich auf, um alles mitzunehmen, was nützlich sein mochte und fortgeschafft werden konnte.

Sie studierten ungefähr eine Million Sterne und wählten unter ihnen einige tausend aus – manche, um sie zu beseitigen, weil sie gefährlich waren, andere, um sie zusammenzuführen. Das fiel ihnen nicht schwer. Die Fähigkeit, Masse verschwinden zu lassen oder zu erzeugen, bedeutete, dass die Kräfte der Gravitation ihre Diener waren. Sie wählten eine Anzahl von stabilen und langlebigen Sternen aus, beseitigten die gefährlichen und führten die auserwählten zusammen, oder so nah, dass sie mit ihnen tun konnten, was sie wollten. Schwarze Löcher gibt es in allen Größen. Eine bestimmte Konzentration von Materie in einem bestimmten Volumen des Raumes, von Schwerkraft umhüllt und abgeschlossen. Ein Schwarzes Loch kann so groß sein wie eine Galaxis. Die Pläne der Hitschi waren nicht so großartig. Sie suchten ein Raumvolumen mit einem Durchmesser von einigen Dutzend Lichtjahren, füllten es mit Sternen, gelangten mit ihren Schiffen hinein …

Und sahen zu, wie es sich um sie schloss.

Von dieser Zeit an waren die Hitschi vom Rest des Universums abgeschlossen, vergraben in ihrem Nest aus Sternen.

Die Zeit veränderte sich für sie. In einem Schwarzen Loch verlangsamt sich der Zeitfluss - verlangsamt sich sehr. Im Universum außerhalb vergingen mehr als eine Dreiviertelmillion Jahre. Im Inneren schienen für den Kapitän nicht mehr als zwei Jahrzehnte zu vergehen. Während sie auf ihren eingefangenen Planeten Behausungen für sich zurechtstampften, machte das milde, sanfte Pleiozän den Stürmen des Diluviums Platz. Das Günz-Eis kroch vom Norden herab und zog sich wieder zurück, dann folgte das Eis in den Tälern der Mindel, Riss und Würm. Die Australopithekinen, die der Kapitän gefangen hatte - um ihnen vielleicht zu helfen oder sie wenigstens zu studieren, in der Hoffnung, in ihnen Hoffnung zu finden -, verschwanden; ein gescheitertes Experiment. Der Pithekanthropus erschien und ging unter, der Heidelberg-Mensch, der Neandertaler. Sie zogen nach Norden und Süden, wie das Eis es erforderte, erfanden Werkzeuge, lernten, ihre Toten zu begraben und sie mit einem Kreis aus Ibex-Hörnern zu umgeben, lernten - fingen an zu lernen -, wie man sprach. Landbrücken entstanden zwischen den Kontinenten und wurden wieder weggespült. Über einige davon krochen angstvolle, halb verhungerte primitive Stämme, eine Welle aus Asien, die schließlich von Alaska nach Kap Hoorn strömte, eine andere Welle, die blieb, wo sie war, und Fettpolster um die Nebenhöhlen entwickelte, um die Lunge vor der schneidenden arktischen Kälte zu schützen. Die Kinder, die der Kapitän in den Tunnels der Venus zeugte und bei sich behielt, während er und seine Teams die Erde untersuchten und die vielversprechendsten ihrer Primaten auswählten, um sie mitzunehmen, waren noch nicht ganz erwachsen, als der Homo sapiens den Gebrauch von Feuer und Rad erlernte.

Und die Zeit verging.

Jeder Schlag der zwei Herzen des Kapitäns dauerte im Universum außerhalb einen halben Tag. Als die Sumerer von ihren Bergen herabkamen, um auf dem persischen Hochland die Stadt zu erfinden, wurde der Kapitän eingeladen, am bevorstehenden Jubiläumsgespräch teilzunehmen.

Während er seine Gästeliste aufstellte, eroberte Sargon sein Reich. Während er seinen Maschinen das Programm für das Treffen eingab, hieben kleine, zitternde Männer blaues Gestein zu Menhiren, um Stonehenge zu errichten. Kolumbus entdeckte Amerika, während der Kapitän von Absagen in letzter Minute und Veränderungen nervös gemacht wurde; er beendete seine Abendmahlzeit, während die ersten menschlichen Raketen in Umlaufbahnen torkelten, und er beschloss, sich die Beine zu vertreten, bevor er schlafen ging, als ein menschlicher Forscher, außer sich vor Überraschung, den ersten Hitschi-Tunnel auf der Venus entdeckte. Er schlief, während Robin Broadhead aufwuchs, seine Pubertät durchlebte, nach Gateway flog, die Reisen mit den Raumschiffen unternahm, die Nahrungsfabrik entdeckte und beschloss, sie zu erforschen. Er wurde halb wach, als die Herter-Halls mit ihrem vierjährigen Flug begannen, und schlief wieder ein – für ihn war das nicht mehr als eine Stunde –, während sie unterwegs waren. Der Kapitän war schließlich noch relativ jung. Er hatte noch gute zehn Jahre eines aktiven, kraftvollen Lebens vor sich –was in der Außenwelt eine Viertelmillion Jahre dauern würde.

Der Zweck des Jubiläumsgesprächs war der, die Entscheidung der Hitschi zu diskutieren, sich in ein Schwarzes Loch zurückzuziehen und sich zu überlegen, was sonst noch geschehen sollte.

Es war ein kurzes Treffen. Alle Treffen der Hitschi waren kurz, wenn sie nicht gesellschaftlichen Zwecken dienten und ausschließlich des Vergnügens halber verlängert wurden; von Maschinen überwachte Gespräche beseitigten so viel Überflüssiges, dass das Schicksal einer Welt in Minuten entschieden werden konnte.

Man entschied vieles. Es gab beunruhigende Nachrichten. Der Stern vom Typ F, den sie eher zögernd in ihr Nest aufgenommen hatten, ließ Anzeichen erkennen, die letztlich auf Instabilität hinweisen mochten. Nicht bald. Aber es mochte sich empfehlen, die Überlegung anzustellen, ob er beseitigt werden sollte. Manche Nachrichten waren unerfreulich, entsprachen aber den Erwartungen. Das zuletzt erschienene Botenschiff aus der Außenwelt verriet keine Spur einer anderen raumfahrenden Zivilisation. Strenge theoretische Versuche hatten erwiesen, dass die Theorie oszillierender Universen richtig war; und dass die Hypothese von Machs Prinzip (sie nannten es nicht so) in der Tat gültig war, das darauf hinwies, dass zu einem frühen Zeitpunkt des Urknalls die dimensionslosen Zahlen verändert werden konnten. Schließlich wurde noch einmal die Entscheidung besprochen, sich so einzurichten, dass die Zeit außerhalb vierzigtausendmal schneller verging als in ihrer geschlossenen Sphäre. War 40 000 zu 1 als Gewinn groß genug? Man konnte das erhöhen, indem man die Größe des Lochs verringerte, und konnte vielleicht gleichzeitig den ärgerlichen Stern der Klasse F ausschließen. Man ordnete Untersuchungen an. Man tauschte Glückwünsche aus. Die Sitzung war geschlossen.

Der Kapitän, für diesmal mit der Arbeit fertig, kam wieder an die Oberfläche, um spazieren zu gehen.

Es war jetzt hell. Die durchsichtigen Abschirmungen waren entsprechend verdunkelt worden. Trotzdem schienen am blaugrünen Himmel fünfzehn oder zwanzig helle Sterne. Der Kapitän gähnte breit, dachte ans Frühstück und beschloss stattdessen, sich auszuruhen. Er saß schläfrig im lohbraunen Sonnenschein, dachte an die Sitzung und alles, was damit zusammenhing. Die Ähnlichkeiten zwischen Hitschi und Menschen waren groß genug, sodass der Kapitän ein wenig Enttäuschung verspürte, ganz persönlich, weil aus den Wesen, die er selbst ausgewählt und in dem künstlichen Gebilde untergebracht hatte, nichts Richtiges geworden war. Das mochte sich natürlich noch ändern. Die Botenraketen kamen nur alle ein, zwei Jahre – nach den Maßstäben menschlicher Wesen auf der Erde eher alle -zigtausend Jahre –, und eine zu den Sternen fliegende Zivilisation mochte noch auftauchen. Selbst wenn sein eigenes Projekt scheiterte, gab es noch fünfzehn oder sechzehn andere, verstreut in der ganzen Galaxis, wo sie zumindest hoffnungsvolle Spuren eines Lebens entdeckt hatten, das eines Tages intelligent werden mochte. Aber das meiste war nicht einmal so fortgeschritten wie die Australopithekinen.

Der Kapitän lehnte sich auf seiner geteilten Sitzbank nach hinten, die Lebenserhaltungskapsel bequem im Winkel darunter, und schaute zum Himmel hinauf. *Wenn* sie kamen, dachte er, wie würden sie wissen, *wann* sie kamen? Würde sich der Himmel auftun? (Unsinn, rügte er sich.) Würde die dünne Schwarzschild-Schale ihres Schwarzen Lochs einfach verdunsten und ein Universum von Sternen hereinleuchten? Nicht sehr viel wahrscheinlicher.

Aber wenn und falls es geschah, würden sie es wissen. Davon war er überzeugt.

Dafür sprach alles.

Es waren keine Hinweise, die nur die Hitschi beurteilen konnten. Wenn irgendeines ihrer Experimente Zivilisation und Wissenschaft entwickeln sollte, würden diese Wesen es auch sehen. Die anisotrope Natur der kosmischen 3-K-Hintergrundstrahlung, die ein unerklärliches »Abdriften« zeigte. (Menschliche Wesen hatten gelernt, das zu erkennen, auch wenn sie es noch nicht verstanden.) Die physikalische Theorie, die anzeigte, dass Grundkonstanten, die Leben ermöglichten, verändert werden konnten. (Menschliche Wesen hatten gelernt, das zu verstehen, aber sie waren noch nicht sicher, ob das zutraf.) Die subtilen Hinweise aus fernen Galaxien, die andeuteten, dass ihre Ausdehnungsgeschwindigkeit abnahm, bei manchen schon rückläufig war. Das lag jenseits der menschlichen Erkenntnisfähigkeit - noch, aber vielleicht nur noch für Jahre oder Jahrzehnte.

Als die Hitschi begriffen, dass das Universum nicht nur theoretisch zerstört werden konnte, um wieder aufgebaut zu werden, sondern dass das jemand irgendwo auch praktisch tat, waren sie entsetzt. Sosehr sie sich bemühten, sie konnten nicht erkennen, »Wer« das tat oder wo »Sie« sein mochten. Alles, was feststand, war, dass die Hitschi mit »Ihnen« nichts zu tun haben wollten.

So wünschten der Kapitän und alle anderen Hitschi

ihren Experimenten große Weisheit und Gedeihen. Aus Güte und Barmherzigkeit. Aus Neugier. Und noch aus einem anderen Grund: Die Experimente waren mehr als Experimente; sie waren eine Art Pufferzone.

Wenn irgendeine der Versuchsrassen, die von den Hitschi auf den Weg gebracht worden waren, Erfolg gehabt hatte, mochte sie jetzt wahrhaft technologisch sein. Die Wesen mochten inzwischen Spuren von den Hitschi selbst finden. Und wie ehrfürchtig würden sie sein, dachte der Kapitän, wenn sie sahen, was die Hitschi zurückgelassen hatten. Er versuchte zu lächeln, während er in seinem Denken die Gleichung bildete: »Experimente« (sind für) »Hitschi« (wie) »Hitschi« (für) ... »Sie«.

Wer immer »Sie« sein mochten.

Wenigstens, so dachte der Kapitän ein wenig düster, wenn »Sie« zurückkommen, um dieses Universum wieder zu besetzen, das »Sie« umformen nach »Ihrer« Laune, müssen »Sie« zuerst durch diese anderen hindurch, bevor »Sie« zu uns kommen.

RÜCKKEHR NACH GATEWAY

PROLOG

Plauderei mit dem Subsystem

Ich bin kein Hamlet, wohl aber ein Lord in seinem Gefolge; jedenfalls wäre ich das, wenn ich ein menschliches Wesen wäre. Bin ich aber nicht. Ich bin ein Computerprogramm. Das ist ein durchaus ehrenwerter Stand, dessen ich mich keineswegs schäme. Vor allem nicht, da ich (wie Sie sehen können) ein hoch entwickeltes Programm bin, das jede Sequenz anschwellen lassen und ein oder zwei Szenen hinlegen kann, dazu aber noch aus fast unbekannten Dichtern des zwanzigsten Jahrhunderts zu zitieren vermag, wie Sie im Verlauf dieses Gesprächs hören können.

Nun muss ich mit meiner Szene beginnen. *Ich heiß' Albert, weiß sehr viel - Leut' vorzustellen ist mein Spiel!* Zu Anfang stelle ich mich selbst vor.

Ich bin ein Freund von Robinette Broadhead. Na ja, das ist nicht ganz richtig. Ich bin mir nicht sicher, behaupten zu dürfen, dass *Robin* in mir seinen Freund sieht, obwohl *ich* mir größte Mühe gebe, ihm ein Freund zu sein. Nur zu diesem Zweck wurde ich (dieses spezielle »Ich«) geschaffen. Im Grunde bin ich ein einfach konstruierter Computer, der Informationen einholt und in den man viele Charaktermerkmale des verstorbenen Albert Einstein hineinprogrammiert hat. Deshalb nennt Robin mich auch Albert. Es gibt da noch eine Sache, über die Unklarheit herrscht. Seit kurzem ist strittig, ob Robinette Broadhead wirklich der Gegenstand meiner Freundschaft ist, da das von der Frage abhängt, wer (oder was) Robinette Broadhead jetzt ist; aber das ist ein sehr langwieriges und verwickeltes Problem, das wir nur Stück für Stück lösen können.

Ich weiß, dass das alles sehr verwirrend ist, und kann mich auch des Gefühls nicht erwehren, dass ich meiner Aufgabe nicht besonders gut gerecht werde, die (wie ich sie auffasse) darin besteht, die Bühne aufzubauen, auf der Robin selbst sprechen soll. Vielleicht ist die ganze Arbeit überflüssig, da Sie schon wissen, was ich zu sagen habe. Mir macht es aber nichts aus, es zu wiederholen. Wir Maschinen sind geduldig. Sie können aber selbstverständlich - wenn Ihnen das lieber ist - diesen Teil überspringen und mit Robin selbst fortfahren, was Robin zweifellos vorziehen würde.

Wir wollen es in Form von Frage und Antwort machen. Ich werde ein Subsystem innerhalb meines Programms ausarbeiten, das mich interviewen kann.

F.: Wer ist Robinette Broadhead?

A.: Robinette Broadhead ist ein menschliches Wesen, das sich zum Asteroiden Gateway begeben hat und dort unter sehr großen Risiken und seelischen Erschütterungen die Grundlagen seines unermesslichen Reichtums geschaffen, sich aber auch noch größere Schuldgefühle aufgeladen hat.

F.: Deine Randbemerkungen kannst du dir sparen, Albert! Bleib bei den Tatsachen! Was ist der Gateway-Asteroid?

A.: Gateway ist ein künstliches Gebilde, das die Hitschi zurückgelassen haben. Vor etwa einer halben Million Jahren verließen sie dieses Parkhaus im All, das voll funktionierender Raumschiffe steckt. Mit ihnen konnte man Flüge durch die gesamte Galaxis unternehmen, leider aber das Ziel nicht selbst bestimmen. (Nähere Einzelheiten: siehe Kasten. Ich habe das eingefügt, um zu zeigen, was für ein wirklich hoch entwickeltes Programm zur Datenbeschaffung ich bin.)

F.: Vorsicht, Albert! Nur Tatsachen, bitte! Wer sind diese Hitschi?

A.: Moment mal! Eines wollen wir klarstellen: Wenn »du« Fragen an »mich« stellen willst - auch wenn »du« nur ein Subsystem desselben Programms bist wie »ich« -, musst du mich auf die bestmögliche Art antworten lassen. »Tatsachen« allein reichen nicht aus. »Tatsachen« kann jedes primitive System ausspucken. Dafür bin ich nun wirklich zu gut. Ich muss schon Hintergrund und Umfeld aufzeigen. Nur ein Beispiel: Wenn ich dir erklären soll, wer die Hitschi sind, muss ich, um es ordentlich zu machen, die Geschichte erzählen, wie sie zum ersten Mal auf der Erde erschienen sind. Die Geschichte lautet folgendermaßen:

Hier ein Beispiel für Informationen, wie ich sie mit Leichtigkeit abrufe:

»... Der Konflikt über die Insel Dominica war zwar schrecklich, aber doch in sieben Wochen vorbei. Haiti und die Dominikanische Republik suchten nach Frieden und einer Möglichkeit, ihre zerrüttete Wirtschaft wieder aufzubauen. Die nächste Krise, die auf die UN zukam, rief einerseits in der ganzen Welt große Hoffnung hervor, bedeutete aber andererseits auch eine viel größere Bedrohung des Weltfriedens. Ich meine hier selbstverständlich die Entdeckung des so genannten Hitschi-Asteroiden. Obwohl man schon lange wusste, dass technologisch weit entwickelte Außerirdische das Sonnensystem besucht und einige wertvolle Artefakte zurückgelassen hatten, kam der Zufallsfund dieses Himmelskörpers mit so vielen funktionierenden Raumschiffen völlig unerwartet. Da ihr Wert unschätzbar war, beanspruchte natürlich jeder Mitgliedsstaat der UN, der über ein Raumfahrtprogramm verfügte, seinen Anteil. Ich möchte gar nicht die äußerst kniffligen und geheimen Verhandlungen erwähnen, die zu dem Kuratorium der Fünf-Mächte-Gateway-Gesellschaft führten. Mit ihrer Gründung begann für die Menschheit eine neue Ära.«

Memoirs, Marie-Clémentine Benhabbouche,
Secrétaire-générale des Nations-Unis

Es war einmal vor etwa einer halben Million von Jahren im Diluvium, da bemerkte als erste Kreatur auf Erden eine Säbelzahntigerin ihre Anwesenheit. Sie hatte gerade ein Paar Junge geworfen. Nachdem sie die Kleinen abgeleckt und ihren neugierigen Mann weggejagt hatte, legte sie sich schlafen. Beim Aufwachen musste sie feststellen, dass ein Junges fehlte. Nun können aber Raubtiere ...

F.: Albert, bitte! Das ist Robinettes Geschichte, nicht deine! Komm endlich zu dem Punkt, wo er zu sprechen anfängt.

A.: Jetzt hab' ich es dir schon hundertmal gesagt! Wenn du mich noch einmal unterbrichst, schalte ich dich einfach aus, Subsystem! Wir machen das auf meine Art, und die ist nun mal so:

Raubtiere können aber nicht gut zählen. Trotzdem war diese Tigerin schlau genug, den Unterschied zwischen eins und zwei zu kennen. Pech für das andere Junge war nur, dass Raubtiere auch sehr zu Wutausbrüchen neigen. Der Verlust eines ihrer Jungen brachte sie so in Rage, dass sie in einem Anfall von Raserei das zweite zerriss. Es ist sehr lehrreich festzuhalten, dass dies der einzige Todesfall unter größeren Säugetieren war, der sich aufgrund des ersten Besuchs der Hitschi auf der Erde ereignete.

Nach zehn Jahren kamen die Hitschi wieder. Sie holten sich für einige Proben, die sie beim ersten Mal mitgenommen hatten, Ersatz; darunter war auch ein alter und inzwischen träge gewordener Tiger. Bei den Proben, die sie sich diesmal aussuchten, waren auch Exemplare, die nicht auf allen vieren liefen. Die Hitschi hatten gelernt, unter den Raubtieren zu unterscheiden. Diesmal wählten sie auch eine Spezies watschelnder, knapp über einen Meter großer Kreaturen mit schrägen Brauen, behaarten Gesichtern und fliehendem Kinn aus. Nachkommen aus einer ziemlich weitläufigen Nebenlinie; ihr Menschen würdet sie *Australopithecus afarensis* nennen. Diese Geschöpfe brachten die Hitschi nicht zurück. Ihrer Meinung nach war diese Art die vielversprechendste, hinsichtlich einer Entwicklung zu intelligenten Wesen.

Da die Hitschi solche Wesen gut gebrauchen konnten, unterwarfen sie die Spezies einem Programm, das ihre Entwicklung mit Nachdruck auf dieses Ziel hinlenkte.

Die Hitschi beschränkten sich natürlich nicht auf den Planeten Erde bei ihren Erkundungen. Aber im ganzen übrigen Sonnensystem gab es nicht den Schatz, der sie interessierte. Sie schauten sich um. Sie erforschten Mars und Merkur, glitten durch die Wolkendecke der Gasriesen jenseits des Asteroidenrings, stellten fest, dass es dort Pluto gab, machten sich aber nicht die Mühe, ihn zu besuchen. Sie legten in einem asymmetrischen Asteroiden Tunnel an, um über eine Art Hangar für ihre Raumschiffe zu verfügen. Auch den Planeten Venus durchlöcherten sie mit gut isolierten Tunnels. Das geschah aber nicht, weil sie das Klima auf der Venus dem der Erde vorzogen. Ebenso wie die Menschen verabscheuten sie die Oberfläche der Venus.

Deshalb legten sie auch alle ihre Anlagen unter der Oberfläche an. Nein, sie bauten dort, weil es auf der Venus nichts Lebendiges gab, das Schaden erleiden könnte. Die Hitschi fügten niemals irgendwelchen Wesen, die eine Entwicklung durchlaufen hatten, Schaden zu - außer es war unumgänglich.

Die Hitschi beschränkten sich auch nicht nur auf das Sonnensystem der Erde. Ihre Schiffe überbrückten die Entfernungen in der Galaxis und flogen noch weiter. Auf einer Karte verzeichneten sie jedes einzelne der zweihundert Milliarden astronomischen Objekte, das größer als ein Planet war, dazu noch viele kleinere. Nicht jedes dieser Objekte wurde von einem Hitschi-Schiff angeflogen. Aber alle wurden zumindest von einer ferngesteuerten Rakete umrundet und mit Instrumenten auf Spuren genau abgesucht. Manche wurden später zu Touristenattraktionen, wie wir sagen würden.

Und manche - kaum eine Hand voll - enthielten den besonderen Schatz, den man Leben nennt und hinter dem die Hitschi her waren.

Leben war in der Galaxis selten. Intelligentes Leben, wie weit die Hitschi auch diesen Begriff auslegten, war sogar noch seltener ... aber vorhanden. Da gab es auf der Erde die Australopithekus-Gruppe, die bereits Werkzeuge benutzte und anfing, gesellschaftliche Einrichtungen zu entwickeln. Dann war da noch eine viel versprechende geflügelte Rasse im Sternbild Ophiuchus, wie es die Menschen nennen. Ferner eine mit weichen Körpern auf einem riesigen, dichten Planeten, der einen F-9 Stern im Eridanus umkreiste. Vier oder fünf unterschiedliche Arten lebten auf Welten, die Sterne auf der anderen Seite des Kerns der Galaxis umkreisten. Gaswolken, Staub und dichte Sternhaufen verbargen sie vor jeder menschlichen Beobachtung. Alles in allem gab es fünfzehn Arten von Lebewesen, von fünfzehn verschiedenen Planeten, tausende von Lichtjahren voneinander getrennt, von denen zu erwarten war, dass sie in absehbarer Zeit so viel Intelligenz entwickeln würden, dass sie Bücher schreiben und einfache Maschinen bauen konnten. (Für die Hitschi bedeutete »in absehbarer Zeit« in etwa eine Million Jahre.)

Neben der der Hitschi gab es aber noch drei weitere technisch hoch entwickelte Gesellschaften und die Werkzeuge von zwei anderen, die inzwischen ausgestorben waren.

Der Australopithekus war also keineswegs ein Einzelstück. Dennoch war er sehr wertvoll. Der Hitschi, der beauftragt worden war, eine Kolonie dieser Gattung aus den knochentrockenen Steppen ihrer Heimat zum neuen Aufenthaltsort im All, den die Hitschi eigens für sie angelegt hatten, zu bringen, wurde mit großen Ehren überhäuft.

Diese Aufgabe war langwierig und schwer. Dieser oben erwähnte Hitschi war ein Nachkomme von drei Generationen, die das Sonnensystem erforscht, auf Karten verzeichnet und sich in der Organisation des ganzen Unternehmens ausgezeichnet hatten. Er erwartete, dass seine eigenen Nachkommen diese Arbeiten fortsetzen würden. Darin irrte er sich aber.

Alles zusammengerechnet dauerte der Aufenthalt der Hitschi im Sonnensystem der Erde etwas über hundert Jahre. Dann wurde er in weniger als einem Monat beendet.

Es kam zu der Entscheidung, sich zurückzuziehen ... in Eile.

Überall wurde blitzschnell, aber gründlich gepackt: in jedem Kaninchenbau auf der Venus, auf allen kleineren Außenanlagen auf Dione und auf der Südpolarkappe des Mars, auf jedem sich in Umlaufbahn befindlichen künstlichen Himmelskörper. Die Hitschi waren überaus sorgfältige Hauswarte. Sie entfernten neunundneunzig Prozent aller Maschinen, Werkzeuge, Artefakte, Nippes und Kinkerlitzchen, die ihnen das Leben im Sonnensystem der Erde erträglich gemacht hatten, ja sogar den Abfall. Vor allem den Abfall. Nichts wurde zufällig zurückgelassen. Und auf der Oberfläche der Erde überhaupt nichts, nicht einmal etwas, das bei den Hitschi einer Coca-Cola-Flasche oder einem gebrauchten Papiertaschentuch entsprochen hätte. Sie machten es für die aus einer Seitenlinie des Australopithekus sich entwickelnden Nachkommen nicht unmöglich, etwas über den Besuch der Hitschi auf ihrem Gebiet zu erfahren. Sie gingen nur sicher, dass diese zuerst ins All vordringen mussten, um es herauszufinden. Vieles von dem, was die Hitschi mitgenommen hatten, war nutzlos und wurde im weiten interstellaren Raum über Bord geworfen oder in die Sonne geschickt. Vieles andere wurde an entlegene Orte gebracht, um dort ganz besonderen Zwecken zu dienen. Das alles geschah aber nicht nur im Sonnensystem der Erde, sondern überall. Die Hitschi beseitigten all ihre Spuren in der Galaxis. Keine soeben verwitwete Hausfrau holländischer Herkunft in Pennsylvania, die dabei war, ihre Farm der Familie des ältesten Sohnes zu übergeben, hätte ihren Besitz ordentlicher hinterlassen können.

Das Wenige, das die Hitschi nicht mitnahmen oder zerstörten, diente einem bestimmten Zweck. Auf der Venus hinterließen sie nur die Grundtunnel und Fundamente und ein paar ohne besondere Sorgfalt ausgesuchte Artefakte.

In den Außenstellen hinterließen sie nur eine minimale Anzahl von Signalpfosten und noch einen anderen Gegenstand.

In jedem Sonnensystem, in dem man Intelligenz erwarten konnte, hinterließen sie ein großes, rätselhaftes Geschenk. Im System der Erde war dies ein rechteckiger Asteroid, den sie als Terminal für ihre Raumschiffe benutzt hatten. An entlegenen, sorgfältig ausgewählten Stellen anderer Sonnensysteme blieben ebenfalls größere Anlagen zurück. In allen befand sich das riesige Geschenk einer funktionierenden, fast unzerstörbaren, schneller als das Licht fliegenden Hitschi-Raumschiffflotte.

Die Funde im Sonnensystem blieben dort sehr lange Zeit, über vierhunderttausend Jahre, während sich die Hitschi im Kern der Galaxis versteckt hielten. Die Australopithekus-Gruppe auf der Erde erwies sich als ein evolutionärer Fehlschlag, was die Hitschi aber nicht erfuhren. Die Vettern dieses Australopitheus wurden zu Neandertalern oder Cro-Magnon-Menschen, schließlich zu der letzten modischen Version, dem modernen Menschen. Inzwischen entwickelten sich auch die geflügelten Arten weiter, entdeckten die Herausforderung des Prometheus und brachten sich gegenseitig um. Die beiden vorhandenen hoch entwickelten Zivilisationen begegneten sich und zerstörten sich gegenseitig. Die anderen sechs der viel versprechenden Arten trieben sich müßig in entwicklungsgeschichtlichen Altwässern herum. Während all dies geschah, blieben die Hitschi in ihrem Versteck und lugten nur verängstigt durch ihr Schwarzschild-Objektiv*, und das alle paar Wochen ihrer Zeit nach – alle paar Jahrtausende nach der Zeit, die draußen dahinraste.

Und inzwischen warteten die Funde. Schließlich entdeckten sie die Menschen.

Die Menschen borgten sich die Hitschi-Schiffe aus. Mit ihnen durchkreuzten sie die Galaxis. Diese ersten Forscher hatten Angst. Es waren verzweifelte Geschöpfe, deren einzige Hoffnung, ihrem Unglück zu entkommen, darin bestand, ihre Leben bei einem Blindflug aufs Spiel zu setzen, zu einem Bestimmungsort, der sie vielleicht reich machte, ihnen aber mit größerer Wahrscheinlichkeit den Tod bringen würde.

Ich habe jetzt einen Überblick über die gesamte Geschichte der Hitschi und ihrer Verbindung zur menschlichen Rasse gegeben, bis hin zu dem Zeitpunkt, wo Robin anfangen wird, seine Geschichte zu erzählen. Gibt es dazu noch irgendwelche Fragen, Subsystem?

F.: Z-z-z-z-z-z-z-z-z.

A.: Subsystem! Spiel nicht den Dummen! Ich weiß, dass du nicht schläfst.

F.: Ich versuche nur anzudeuten, dass du verdammt lange brauchst, um die Szene vorzubereiten, du Bühnenbildner. Und dabei hast du uns bisher nur über die Vergangenheit der Hitschi, nicht über ihre gegenwärtige Situation berichtet.

A.: Dazu wollte ich gerade kommen. Ich möchte jetzt über einen ganz bestimmten Hitschi sprechen, der Kapitän

---

* Schwarzschild, Karl (1873–1916): Dt. Astronom. Nach ihm wurde ein Mikroskopobjektiv benannt.

heißt. (Das ist zwar nicht sein richtiger Name, da die Hitschi bei der Namensgebung andere Gepflogenheiten als die Menschen haben; aber es reicht, um ihn zu kennzeichnen.) Dieser hat nun – gerade um die Zeit, wenn Robin anfangen wird, seine Geschichte zu erzählen ...

F.: Falls du ihm je eine Chance gibst!

A.: Subsystem, sei still! Dieser Kapitän spielt in Robins Geschichte eine ziemlich wichtige Rolle, da die beiden noch einiges miteinander zu tun haben werden. Im Augenblick allerdings hat der Kapitän noch keine Ahnung, dass Robin überhaupt existiert. Er ist gerade dabei, sich mit seiner Mannschaft aus dem Ort herauszuzwängen, an dem sich die Hitschi versteckt hatten, hinaus in die Weite der Galaxis, die für uns alle das Zuhause ist.

Ich muss gestehen, dass ich dich etwas hinters Licht geführt habe. Du bist nämlich – halt die Klappe, Subsystem! –, du bist nämlich dem Kapitän schon begegnet. Er war bei der Mannschaft, die das Tigerjunge entführt und die Kaninchenbaue auf der Venus gegraben hat. Er ist jetzt viel älter.

Er ist aber nicht um eine halbe Million Jahre gealtert, da das Versteck der Hitschi in einem Schwarzen Loch im Kern unserer Galaxis liegt.

Also, Subsystem, jetzt unterbrich mich bloß nicht wieder! Ich muss etwas ausholen, um eine merkwürdige Tatsache zu erwähnen. Dieses Schwarze Loch, in dem die Hitschi lebten, kannte die menschliche Rasse nämlich schon lange, ehe sie von den Hitschi erfuhren. Ja, bereits damals, im Jahr 1932, wurde es als die erste interstellare Radioquelle entdeckt. Am Ende des zwanzigsten Jahrhunderts ergaben die interferometrischen Auswertungen, dass es sich mit Sicherheit um ein Schwarzes Loch, ein ziemlich großes sogar, handelte, mit einer Masse von tausenden von Sonnen und einem Durchmesser von über dreißig Lichtjahren. Es war damals auch schon bekannt, dass es etwa dreißigtausend Lichtjahre von der Erde entfernt war, in Richtung des Sternbilds Schützen. Ferner, dass es von einem Dunstschleier aus Silicatstaub umgeben war und eine starke Quelle für 511-keV Gammastrahlenphotonen darstellte. Nachdem man den Gateway-Asteroiden gefunden hatte, wusste man noch viel mehr. Man wusste eigentlich alles Wichtige, mit einer Ausnahme: Niemand ahnte, dass das Schwarze Loch voll von Hitschi war. Das hat man erst herausgefunden, als man - nun, ich kann mit gewissem Recht behaupten, dass ich es war - die alten Sternkarten der Hitschi zu entschlüsseln begann.

F.: Z-z-z-z-z-z-z.

A.: Hör auf, Subsystem! Ich hab' dich schon verstanden.

Das Schiff, in dem der Kapitän sich befand, war denen sehr ähnlich, welche die menschlichen Wesen im Gateway-Asteroiden fanden. Es stand nicht genug Zeit zur Verfügung, um die Schiffe maßgeblich zu verbessern. Und jetzt der Grund, warum der Kapitän nicht wirklich eine halbe Million Jahre alt war: Im Schwarzen Loch verging die Zeit langsamer. Der Hauptunterschied zwischen dem Schiff des Kapitäns und allen anderen lag im Zubehör.

In der Hitschisprache wurde dieses Zubehör »Unterbrecher der Ordnung in verwandten Systemen« genannt. Ein Englisch sprechender Pilot hätte es als »Büchsenöffner« bezeichnet. Damit konnten sie durch die Schwarzschildbarriere um das Schwarze Loch gelangen. Das Gerät sah keineswegs spektakulär aus: nur ein gedrehter Kristallstab, der aus einem ebenholzschwarzen Sockel herausragte. Wenn der Kapitän ihn aber unter Energie setzte, blitzte er auf wie eine Kaskade aus Diamanten. Dieser Diamantenregen breitete sich aus, bis er das Schiff einhüllte. Damit öffnete er eine Bresche in der Barriere, sodass sie hinaus ins größere Universum schlüpfen konnten. Das Ganze dauerte nicht lange. Nach dem Zeitmaß des Kapitäns weniger als eine Stunde. Nach den Uhren im Universum draußen fast zwei Monate.

Der Kapitän sah nicht aus wie ein Mensch. Schließlich war er ein Hitschi. Am besten lässt sich sein Aussehen mit einem Skelett aus einem Zeichentrickfilm vergleichen. Ansonsten kann man ihn sich aber durchaus menschlich vorstellen, da er die meisten der menschlichen Eigenschaften besaß - Wissbegierde, Intelligenz, die Fähigkeit, sich zu verlieben, und all die anderen Talente, von denen ich weiß, dass es sie gibt, die mir aber verschlossen sind. Ein Beispiel: Er war strahlender Laune, weil er auf dieser Fahrt mit seiner Mannschaft auch ein weibliches Wesen mitnehmen konnte, das durchaus für eine Liebesbeziehung infrage kam. (Menschen tun dies auf so genannten Geschäftsreisen ebenfalls.) Ansonsten war sein Auftrag mehr als unerfreulich, wenn man darüber nachdachte. Aber das tat der Kapitän nicht. Er machte sich ebenso wenig Sorgen wie irgendein Mensch über die Möglichkeit, dass nachmittags ein Krieg ausbrechen könnte. Der große Unterschied liegt darin, dass die Aufgabe des Kapitäns nicht aus so einer harmlosen Sache wie einem Atomkrieg bestand, sondern mit den Gründen zusammenhing, welche die Hitschi zu ihrem Rückzug ins Schwarze Loch veranlasst hatten. Er kontrollierte die Artefakte, welche die Hitschi zurückgelassen hatten. Diese Funde waren keineswegs wahllos verstreut. Sie gehörten zu einem wohl überlegten Plan. Man könnte sie auch als Köder bezeichnen.

Was nun Robin Broadheads Schuldgefühle betrifft ...

F.: Ich war gespannt, wann du darauf zu sprechen kommst. Ich möchte dir einen Vorschlag machen. Warum lässt du Robin nicht selbst darüber sprechen?

A.: Ausgezeichnete Idee! Schließlich ist er ja nun wirklich Experte auf diesem Gebiet. Und damit: Vorhang auf! Die Vorstellung kann beginnen ... Hier ist Robin Broadhead!

1

Wie in alten Zeiten

Ehe sie mich erweiterten, verspürte ich ein Bedürfnis, das ich schon dreißig Jahre oder länger nicht mehr gehabt hatte. Deshalb tat ich etwas, von dem ich nicht erwartet hätte, dass ich es noch einmal tun würde. Ich frönte einem einsamen Laster. Ich schickte meine Frau Essie in die Stadt, um überraschend bei einigen ihrer Geschäfte nach dem Rechten zu sehen. Zuerst schaltete ich alle Kommunikationssysteme im Haus mit einem »Bitte nicht stören«-Befehl aus. Dann rief ich mein Datenbeschaffungssystem (und meinen Freund) Albert Einstein und gab ihm Anweisung, das Gesicht zu verziehen und finster Pfeife zu rauchen. Und erst jetzt – als das Haus ganz still war und Albert widerstrebend, aber gehorsam sich ausgeschaltet hatte, als ich gemütlich auf der Couch in meinem Arbeitszimmer lag, aus dem Nebenzimmer leise Mozartmusik ertönte, ein Hauch von Mimosenduft aus der Klimaanlage strömte und die Lichter gedämpft waren –, erst jetzt sprach ich den Namen aus, den ich schon Jahrzehnte nicht mehr ausgesprochen hatte. »Sigfrid Seelenklempner, bitte, ich möchte mit dir reden.«

Einen Augenblick lang dachte ich, er käme nicht. Aber dann tauchte in der Ecke bei der Bar plötzlich ein Lichtnebel auf, dann ein Aufblitzen, und da saß er.

Er hatte sich in den dreißig Jahren nicht verändert. Immer noch trug er einen dunklen Anzug vom gleichen Schnitt, wie man ihn von Sigmund Freuds Porträts her kennt. In seinem nicht mehr jungen, ausdruckslosen Gesicht war kein Fältchen hinzugekommen, und seine Augen funkelten wie eh und je. In einer Hand hielt er als Requisite einen Block, in der anderen einen Bleistift – als ob er es nötig gehabt hätte, sich Notizen zu machen!

Höflich begrüßte er mich. »Guten Morgen, Rob. Offensichtlich scheint es dir gut zu gehen.«

»Du hast immer mit dem Versuch begonnen, mich aufzubauen«, sagte ich. Er lächelte ein wenig.

Sigfrid Seelenklempner gibt es nicht wirklich. Er ist nichts anderes als ein psychoanalytisches Computerprogramm. Physisch existiert er nicht. Was ich sah, war lediglich ein Hologramm, und was ich hörte, waren Worte aus einem Synthesizer. Er trägt nicht mal einen Namen. Ich nenne ihn nur »Sigfrid Seelenklempner«, weil ich damals, vor Jahrzehnten, nicht mit einer namenlosen Maschine über die Dinge reden konnte, die mich in Angst versetzten. »Ich nehme an«, vermutete er nachdenklich, »du hast mich gerufen, weil dir etwas Kummer bereitet.«

»Das stimmt.«

Mit geduldiger Neugier schaute er mich an. Darin hatte er sich auch nicht verändert. Mir standen damals schon sehr viel bessere Programme zur Verfügung – vor allem eines, Albert Einstein, sodass ich mich mit den anderen kaum noch abgab –, aber Sigfrid war immer noch ziemlich gut. Er hatte die Ruhe weg. Er weiß, dass das, was mir im Kopf herumschwirrt, Zeit braucht, bis es sich in Worte fassen lässt; deshalb hetzt er mich auch nicht.

Andererseits lässt er mich aber auch nicht in den Tag hineinträumen. »Kannst du mir sagen, was dich in eben diesem Augenblick bedrückt?«

»Eine Menge. Verschiedene Dinge«, antwortete ich.

»Wähle eines«, schlug er geduldig vor. Ich zuckte mit den Achseln.

»Man hat's nicht leicht in dieser Welt, Sigfrid. So viel hat sich zum Guten verändert. Trotzdem sind die Leute ... Scheiße! Ich mache es schon wieder, nicht wahr?«

Verschmitzt lächelte er mich an. »Was machst du denn?«, ermutigte er mich.

»Sagen, dass mich *eine* Sache beunruhigt, aber nicht *was*. Dem wahren Grund versuche ich auszuweichen.«

»Das scheint mir eine kluge Erkenntnis zu sein, Robin. Willst du jetzt versuchen, mir den wahren Grund zu nennen?«

»Ich *möchte*«, sagte ich. »Ich möchte es so sehr, dass ich beinahe anfange zu weinen. Das habe ich schon eine Ewigkeit nicht mehr gemacht.«

»Du hattest ja auch sehr lange nicht das Bedürfnis, mich zu sehen«, erklärte er. Ich nickte.

»Ja. Stimmt genau.«

Wieder wartete er eine Zeit lang, drehte nur ab und zu den Bleistift zwischen den Fingern. Auf seinem Gesicht lag der Ausdruck freundlichen und höflichen Interesses. Zwischen den Sitzungen konnte ich mich hauptsächlich an diesen urteilsfreien Gesichtsausdruck erinnern. Dann sagte er: »Die Dinge, Robin, die dich tief im Innern belasten, sind nicht leicht zu definieren. Du weißt das. Wir haben das schon vor Zeiten gemeinsam herausgefunden. Es ist nicht so überraschend, dass du mich all die Jahre nicht aufsuchen musstest. Offensichtlich ist dein Leben gut verlaufen.«

»Ja, wirklich sehr gut«, stimmte ich zu. »Wahrscheinlich zehnmal besser, als ich es verdient habe ... Moment mal! Drücke ich damit eine verdrängte Schuld aus? Minderwertigkeitsgefühle?«

Er seufzte, lächelte aber immer noch. »Du weißt ganz genau, Robin, dass es mir lieber wäre, wenn du nicht wie ein Analytiker reden würdest.« Ich lächelte zurück. Nach einer kurzen Pause fuhr er fort: »Lass uns mal die gegenwärtige Situation ganz objektiv betrachten! Du hast alle Vorkehrungen getroffen, dass uns niemand stören kann – oder belauschen? Dass jemand etwas hört, was du nicht einmal deinem engsten und liebsten Freund anvertrauen könntest. Du hast sogar Albert Einstein, deinem Datenbeschaffungssystem, den Auftrag gegeben, sich zurückzuziehen und dieses Gespräch von allen Datenspeichern abzuschirmen. Es muss also etwas sehr Privates sein, das du mir zu berichten hast. Vielleicht ist es etwas, das du fühlst, dich aber schämst, es in Worte zu kleiden? Hilft dir das irgendwie weiter, Robin?«

Ich räusperte mich. »Du hast den Nagel auf den Kopf getroffen, Sigfrid.«

»Und? Das, was du sagen willst? Kannst du es jetzt aussprechen?«

Ich wagte den Sprung ins kalte Wasser. »Gottverdammt noch mal! Natürlich kann ich! Ganz einfach! Sieht doch jeder! Ich werde gottverdammt beschissen alt!«

So ist es am besten. Wenn einem etwas nicht leicht über die Lippen geht, einfach ausspucken! Das war eine der Erfahrungen, die ich in längst vergangenen Zeiten gemacht hatte, als ich Sigfrid dreimal die Woche meine Seelenschmerzen vortrug. Es klappt immer. Sobald ich es ausgesprochen hatte, fühlte ich mich entschlackt – nicht wohl, nicht glücklich, nicht so, als ob das Problem gelöst wäre; aber dieser Klumpen von miesem Gefühl war ausgeschieden. Sigfrid nickte. Er betrachtete den Stift zwischen seinen Fingern und wartete, dass ich weitermachte. Ich wusste jetzt, dass ich es schaffen würde. Das Schlimmste lag hinter mir. Das Gefühl kannte ich. Ich erinnerte mich sehr gut daran aus früheren und stürmischen Sitzungen.

Nun bin ich nicht mehr die Person, die ich damals war. Der *damalige* Robin Broadhead war von Schuldgefühlen zerfressen, weil er eine Frau, die er liebte, sterbend zurückließ. Jetzt waren diese Schuldgefühle längst gemildert – weil Sigfrid mir geholfen hatte, sie zu überwinden. Der *damalige* Robin Broadhead hielt von sich selbst so wenig, dass er nicht glauben konnte, irgendjemand anders könnte eine gute Meinung von ihm haben. Daher hatte er auch wenig Freunde. Ich aber habe jetzt – genau weiß ich es nicht – Dutzende. Hunderte! (Von einigen werde ich Ihnen berichten.) Der *damalige* Robin Broadhead konnte keine Liebe akzeptieren. Seither habe ich ein Vierteljahrhundert die beste Ehe geführt, die man sich nur vorstellen kann. Ich war damals ein ganz anderer Robin Broadhead.

Aber einige Dinge hatten sich ganz und gar nicht verändert. »Sigfrid«, gestand ich. »Ich bin alt. Ich werde eines Tages sterben. Weißt du, was mir den Korken raushaut?«

Er schaute von seinem Stift auf. »Was ist das, Robin?«

»Ich bin noch nicht erwachsen genug, um so alt zu sein.«

Er spitzte die Lippen. »Würdest du mir das näher erklären, Robin?«

»Ja«, erwiderte ich. »Werde ich.« Und wirklich ging der nächste Akt ganz leicht über die Bühne. Schließlich hatte ich – da kann man sicher sein – sehr viel über diese Sache nachgedacht, ehe ich Sigfrid aufrief. »Ich glaube, dass es mit den Hitschi zu tun hat«, sagte ich. »Lass mich ausreden, ehe du mir vorhältst, dass ich verrückt bin. Wie du dich erinnerst, war ich einer aus der Hitschi-Generation. Als Kinder hörten wir dauernd von den Hitschi, die alles hatten, was menschlichen Wesen fehlte, die alles wussten, was menschliche Wesen nicht wussten …«

»Die Hitschi waren nicht ganz so überlegen, Robin.«

»Ich rede davon, wie es uns *Kindern vorgekommen* ist. Sie waren Furcht einflößend, weil wir uns gegenseitig damit drohten, dass sie zurückkommen und uns holen würden, und weil sie uns in allen Dingen so weit voraus waren, dass wir gegen sie keine Chance hatten. Ein bisschen wie der Nikolaus. Ein bisschen wie diese irren perversen Sittenstrolche, vor denen uns unsere Mütter immer warnten. Ein bisschen wie Gott. Verstehst du, was ich sagen will, Sigfrid?«

Seine Antwort kam vorsichtig. »Ich kann diese Gefühle erkennen. Ja. Solche Empfindungen sind in der Analyse bei vielen Leuten deiner Generation und auch noch später festgestellt worden.«

»Genau! Und ich erinnere mich an etwas, das du einmal von Freud erzählt hast. Er behauptete, dass kein Mann wirklich erwachsen werden könne, solange sein Vater noch lebt.«

Hier ist wieder Albert Einstein. Ich halte es für besser, richtig zu stellen, was Robin über Gelle-Klara Moynlin sagt. Sie war zusammen mit ihm Prospektor auf Gateway, und er liebte sie. Gemeinsam mit anderen Prospektoren wurden die beiden in einem Schwarzen Loch eingeschlossen. Es war möglich, einige auf Kosten der anderen zu befreien. Robin kam heraus. Klara und die anderen nicht. Dies mag ein glücklicher Zufall gewesen sein. Vielleicht hatte sich auch Klara selbstlos geopfert, um ihn zu retten. Vielleicht war aber auch Robin in Panik geraten und hatte sich zum Nachteil der anderen in Sicherheit gebracht. Selbst jetzt gibt es keine Möglichkeit, das zu entscheiden. Aber Robin war »schuld-süchtig«. Jahrelang belastete ihn das Bild Klaras in dem Schwarzen Loch, wo die Zeit beinahe stehen blieb, wo sie ständig in demselben Augenblick des Schocks und Schreckens leben musste – und ständig ihm die Schuld dafür gab (dachte er). Nur Sigfrid half ihm da heraus.

Man mag sich vielleicht wundern, woher ich das weiß, da doch das Gespräch mit Sigfrid geheim war. Das ist leicht. Ich weiß es jetzt auf die gleiche Art, auf die Robin so viel über so viele Leute weiß und was diese tun, obwohl er nicht dabei war.

»Nun, im Grunde ...«

Ich fuhr ihm über den Mund. »Und ich habe dir damals erklärt, dass das Bockmist sei. Schließlich war mein Vater nett genug zu sterben, als ich noch ein kleines Kind war.«

»O Robin!« Er seufzte.

»Nein! Jetzt höre mir zu! Was ist denn mit der größten Vaterfigur, die es gibt? Wie kann jemand erwachsen werden, solange Unser Vater, Der Du Bist Im Kern immer noch da draußen herumhängt, wo wir ihn nicht mal erreichen können, gar nicht zu reden, wie wir den alten Bastard beseitigen können?«

Traurig schüttelte er den Kopf. »›Vaterfiguren‹. Freudzitate.«

»Nein! Ich mein' es genau so! Kapierst du das denn nicht?«

Er war sehr ernst. »Ja, Robin. Ich verstehe, was du von den Hitschi gesagt hast. Das stimmt. Das ist ein Problem für die menschliche Rasse. Da stimme ich dir zu. Unglücklicherweise hat Dr. Freud niemals eine solche Situation bedacht. Aber wir sprechen hier nicht über die menschliche Rasse. Wir sprechen über dich! Du hast mich doch nicht gerufen, um abstrakt mit mir zu diskutieren. Du hast mich gerufen, weil du unglücklich bist. Du hast bereits zugegeben, dass es der unaufhaltsame Alterungsprozess ist, der dir zu schaffen macht. Also lass uns doch bei diesem Thema bleiben. Bitte, ergeh dich nicht in irgendwelchen Theorien, sondern sag mir, was du empfindest!«

»Was ich empfinde?«, brüllte ich. »Ich komme mir verdammt alt vor. Du kannst das nicht verstehen, weil du eine Maschine bist. Du weißt nicht, wie das ist, wenn man nicht mehr richtig sehen kann, wenn auf dem Handrücken diese rostigen Altersflecken auftauchen und die Haut ums Kinn schlabbert. Wenn man sich hinsetzen muss, nur um Socken anzuziehen, weil man nämlich auf einem Fuß umfallen würde. Wenn man bei jedem vergessenen Geburtsdatum glaubt, man hätte Alzheimer. Und man nicht mal pinkeln kann, wenn man will! Wenn ...« Hier brach ich ab. Er war mir nicht ins Wort gefallen, sondern hörte nur geduldig zu und schaute mich an, als würde er noch ewig zuhören. Wozu das ganze Gerede? Er ließ mir noch einen Augenblick Zeit, um sicherzugehen, dass ich wirklich fertig war. Dann begann er geduldig:

»Deiner Krankheitsgeschichte nach wurde deine Prostata vor achtzehn Monaten ausgewechselt, Robin. Die Störung im Mittelohr kann leicht ...«

»Das reicht!«, schrie ich. »Was weißt du von meiner Krankheitsgeschichte, Sigfrid? Ich habe ausdrücklich angeordnet, dass diese Untersuchungen unter Verschluss gehalten werden!«

»Ist doch auch geschehen, Robin. Glaub mir, kein Wort wird einem anderen deiner Programme zur Verfügung stehen oder irgendjemandem außer dir selbst. Allerdings bin ich sehr wohl in der Lage, alle deine Datenspeicher, darunter auch deine Krankengeschichte, abzurufen. Darf ich jetzt fortfahren? Steigbügel und Amboss in deinem Ohr können leicht ersetzt werden. Das löst das Gleichgewichtsproblem. Hornhautverpflanzungen beseitigen den drohenden Star. Die anderen Punkte sind rein kosmetischer Natur. Es ist doch überhaupt kein Problem, gutes, junges Gewebe für dich zu beschaffen. Dann bleibt nur die Alzheimer'sche Krankheit. Ehrlich, Robin, da kann ich bei dir keinerlei Anzeichen entdecken.«

Ich zuckte mit den Achseln. Er wartete einen Augenblick, ehe er weitersprach. »Du siehst, alle Probleme, die du aufgezählt hast – dazu noch die lange Liste von anderen, die du nicht erwähnt hast, die aber in deiner Krankengeschichte stehen –, können jederzeit behoben werden oder sind es bereits. Vielleicht hast du dir die Frage falsch gestellt, Robin. Vielleicht liegt die Schwierigkeit nicht darin, dass du alt wirst, sondern darin, dass du nicht bereit bist, die notwendigen Schritte zu unternehmen, diesen Prozess umzupolen.«

»Warum, zum Teufel, sollte ich?«

Er nickte. »Ja, warum wohl, Robin? Kannst du diese Frage beantworten?«

»Nein! Kann ich nicht! Wenn ich das könnte, würde ich dich doch nicht fragen!«

Er spitzte die Lippen und wartete.

»Vielleicht will ich eben so sein!«

Er wartete.

»Also wirklich, Sigfrid!«, schmeichelte ich. »Schon gut! Ich gebe zu, du hast Recht. Ich habe medizinischen Vollschutz und kann mir so viele fremde Organe besorgen, wie ich will. Der Grund für meine Weigerung, dies zu tun, liegt irgendwo in meinem Kopf. Ich weiß, wie du das nennst: Endogene Depression. Aber das hilft mir auch nicht weiter!«

»Ach, Robin!« Er seufzte. »Wieder dieses psychoanalytische Kauderwelsch. Und dann noch falsch! ›Endogen‹ bedeutet lediglich ›von innen kommend‹. Das heißt doch nicht, dass es keine Ursache gibt.«

»Und was ist die Ursache?«

Nachdenklich sprach er weiter. »Wir wollen ein Spiel spielen. Neben deiner linken Hand ist ein Knopf ...«

Ich sah nach. Tatsächlich! Auf der Lehne des Ledersessels befand sich ein Knopf. »Der ist nur da, damit sich der Lederbezug nicht verzieht«, sagte ich.

»Sicherlich! Aber in diesem Spiel wird der Knopf, sobald du ihn drückst, bewirken, dass sofort jede Verpflanzung, die du brauchst oder haben willst, ausgeführt ist. Augenblicklich! Lege den Finger auf den Knopf, Robin! Jetzt! Willst du ihn drücken?«

»Nein!«

»Gut! Kannst du mir erklären, warum nicht?«

»Weil ich es nicht verdiene, Körperteile von jemand anderem zu nehmen!« Das hatte ich nicht sagen wollen. Das hatte ich nicht einmal gewusst. Nachdem ich es ausgesprochen hatte, konnte ich nur noch dasitzen und dem Echo meiner Worte lauschen. Auch Sigfrid schwieg lange.

Schließlich nahm er seinen Stift, steckte ihn in die Tasche, rollte den Block zusammen, verstaute ihn in einer anderen Tasche und beugte sich vor. »Robin«, bedeutete er mir. »Ich glaube nicht, dass ich dir helfen kann. Da ist ein Schuldgefühl, bei dem ich keine Möglichkeit sehe, es zu beseitigen.«

»Aber du hast mir doch früher so geholfen!«, schluchzte ich.

»Früher«, warf er ernst ein, »hast du dir selbst Schmerz zugefügt, weil du dich wegen einer Sache schuldig fühltest, für die du wahrscheinlich gar nichts konntest, die auf alle Fälle weit in der Vergangenheit lag. Jetzt liegt der Fall ganz anders. Du kannst vielleicht noch fünfzig Jahre leben, wenn du deine kranken Organe durch gesunde ersetzen lässt. Aber du hast Recht, dass diese Organe von jemand anderem kommen und gewissermaßen ein anderes Leben verkürzen, damit du länger leben kannst. Diese Wahrheit zu erkennen, Robin, ist kein neurotisches Schuldgefühl. Es ist nur das Eingeständnis einer moralischen Wahrheit.«

Das war alles, was er sagte. Lediglich noch »Leb wohl!« mit einem Lächeln, traurig und zugleich liebevoll.

Ich hasse es, wenn meine Computerprogramme mit mir über Moral sprechen. Vor allem, wenn sie Recht haben.

Man darf nun aber keineswegs vergessen, dass die Depression, die ich gerade durchmachte, nicht das Einzige war, was passierte. Lieber Himmel, nein! Viele Dinge passierten vielen Leuten auf der Welt – auf allen Welten und in den Zwischenräumen –, die nicht nur viel interessanter, sondern auch viel wichtiger waren, auch für mich. Ich habe damals nur nichts davon gewusst, obwohl sie Leute betrafen (oder auch Nicht-Leute), die ich kannte (oder später kennen lernte oder gekannt, aber vergessen hatte). Lassen Sie mich Ihnen ein paar Beispiele aufzählen. Mein Noch-nicht-Freund Kapitän, der einer dieser Irren-Sittenstrolch-Nikolaus-Hitschi war, die in meinen Kinderträumen herumgespukt hatten, sollte noch viel mehr Angst bekommen, als ich je bei dem Gedanken an die Hitschi empfunden hatte. Mein früherer (und bald wieder) Freund Audee Walthers Jr. stand kurz davor, zu seinem Schaden, meinen früheren Freund (oder Nicht-Freund) Wan zu treffen. Und mein allerbester Freund (unter Berücksichtigung der Tatsache, dass er nicht »wirklich« war), das Computerprogramm Albert Einstein, war dabei, mich zu überraschen ... Wie verzwickt diese Aufzählung ist! Ich kann es nicht ändern. Ich habe in einer komplizierten Zeit gelebt, auf sehr komplizierte Art und Weise. Jetzt, nachdem ich erweitert worden bin, passen alle Teile sehr gut zusammen, wie Sie sehen werden. Aber damals wusste ich nicht einmal, was die einzelnen Teile zu bedeuten hatten. Ich war nur ein alternder Mann, zu Boden gedrückt von dem Bewusstsein der Sterblichkeit und der Sünde. Als meine Frau nach Hause kam und mich auf dem Sofa liegend fand, mit stierem Blick auf den Tappan-See, rief sie sofort: »Na so was, Robin? Was, zum Teufel, ist denn los mit dir?«

Ich lächelte ihr zu und ließ mich von ihr küssen. Essie schimpft sehr viel. Aber Essie liebt auch vieles, und sie ist ein Prachtstück von einer Frau. Hoch gewachsen. Schlank. Langes, goldblondes Haar, das sie in einem strengen, sowjetischen Knoten trägt, wenn sie Professorin oder Geschäftsfrau ist; das sie bis zur Taille fallen lässt, wenn sie ins Bett kommt. Ehe ich richtig nachgedacht hatte, was ich wohl vorbringen könnte, das unverfänglich wäre, platzte ich schon heraus: »Ich habe mit Sigfrid Seelenklempner gesprochen.«

»Ach«, sagte Essie und richtete sich auf. »Oh!«

Während sie nachdachte, zog sie die Nadeln aus dem Knoten. Wenn man mit jemandem einige Jahrzehnte zusammengelebt hat, fängt man an, den anderen zu kennen. Ich konnte ihrem inneren Gedankengang ebenso gut folgen, als hätte sie laut gesprochen. Sie machte sich natürlich Sorgen, weil ich das Bedürfnis gehabt hatte, mit einem Psychoanalytiker zu reden. Aber sie hatte auch großes Vertrauen in Sigfrid. Essie fühlte sich immer in Sigfrids Schuld, da sie wusste, dass ich es nur mit Sigfrids Hilfe geschafft hatte, vor langer Zeit zuzugeben, dass ich sie liebte. (Außerdem liebte ich noch Gelle-Klara Moynlin. Das war das Problem gewesen.) »Möchtest du mir darüber mehr erzählen?«, fragte sie höflich.

Ich antwortete: »Alter und Depression, Liebes. Nichts Ernstes. Nur hoffnungslos! Und wie war dein Tag?«

Sie betrachtete mich mit ihren alles sehenden, diagnostischen Augen und löste mit den Händen das lange, blonde Haar, bis es frei hinunterfiel. Dann passte sie ihre Antwort der Diagnose an. »Grauenvoll aufreibend«, sagte sie, »bis zu dem Punkt, wo ich jetzt unbedingt einen Drink brauche – du auch, wie es scheint.«

Wir schlürften unsere Drinks. Auf dem Sofa war Platz für uns beide. Wir schauten zu, wie der Mond am Strand von Jersey unterging. Essie berichtete mir von ihrem Tagesablauf, ohne in mich zu dringen.

Essie lebt ihr eigenes Leben. Es ist ziemlich anstrengend – ich wundere mich, dass sie immer so viel Zeit für mich erübrigen kann. Außer ihre Geschäfte zu kontrollieren, musste sie auch noch eine zermürbende Stunde im Forschungslabor verbringen, das wir eingerichtet hatten, um Hitschi-Technologie in unsere eigenen Computer zu integrieren. Die Hitschi schienen keine Computer zu benutzen, abgesehen von primitiven Dingen wie Navigationssteuerung auf ihren Schiffen. Aber sie hatten in angrenzenden Bereichen ziemlich raffinierte Ideen. Das war Essies Spezialität. Darin hatte sie auch ihren Doktor gemacht. Als sie über ihre Forschungsprogramme sprach, konnte ich ihren Verstand arbeiten sehen: Nicht nötig, den alten Robin auszufragen. Kann mir alles durch einen Befehl aus Sigfrids Programm abrufen. Dann habe ich sofort Zugang zum ganzen Gespräch. Liebevoll meinte ich: »Du bist nicht so gescheit, wie du denkst.« Sie brach mitten im Satz ab. »Der Inhalt meines Gesprächs mit Sigfrid ist unter Verschluss«, erklärte ich.

»Ha!« Selbstgefällig.

»Nichts ha!«, gab ich ebenso selbstgefällig zurück. »Weil ich Alberts Versprechen habe. Es ist so gespeichert, dass nicht einmal du es herausholen kannst, ohne das ganze System zu ruinieren.«

»Ha!«, sagte sie noch einmal und drehte sich um, damit sie mir in die Augen schauen konnte. Diesmal war das »Ha!« lauter und hatte eine gewisse Schärfe, die man so auslegen konnte: *Darüber* werde ich Albert aber in ein Gespräch verwickeln!

Ich ziehe Essie gern auf, aber ich liebe Essie. Ich ließ sie nicht länger zappeln. »Ich will wirklich nicht das Siegel aufbrechen«, erklärte ich. »Es ist ... na ja, Eitelkeit. Ich klinge wie ein Klageweib, wenn ich mit Sigfrid rede. Aber ich erzähle dir alles ganz genau.«

Befriedigt ließ sie sich zurücksinken und hörte mir zu. Als ich fertig war, dachte sie einen Augenblick lang nach. »Deshalb bist du also deprimiert? Weil du nicht mehr viel zu erwarten hast?«

Ich nickte.

»Aber Robin! Vielleicht hast du nur eine begrenzte Zukunft, aber, mein Gott, dafür eine so herrliche Gegenwart! Galaktischer Reisender! Stinkreicher Nabob! Unwiderstehliches Sexobjekt für eine liebende und auch sehr attraktive Frau!«

Ich lächelte und zuckte mit den Achseln. Gedankenvolles Schweigen. »Das ist eine moralische Frage«, meinte sie schließlich. »Nicht unvernünftig. Es ehrt dich, über solche Probleme zu grübeln. Ich hatte auch Bedenken. Erinnerst du dich, als vor kurzem unappetitliche weibliche Teile in mich eingesetzt wurden, um die kaputten zu ersetzen?«

»Dann verstehst du mich?«

»Versteh' dich vollkommen! Ich verstehe auch, lieber Robin, dass die Tatsache, eine moralische Entscheidung gefällt zu haben, kein Grund zur Beunruhigung ist. Depression ist dumm! Glücklicherweise«, sagte sie und stand auf, wobei sie meine Hand festhielt, »gibt es ein ausgezeichnetes Antidepressivum. Willst du mit ins Schlafzimmer kommen?«

Natürlich wollte ich. Tat es auch. Ich stellte fest, dass meine Depression langsam verging. Kein Wunder! Wenn es etwas gibt, das mir Freude macht, dann ist es, das Bett mit S. Ya. Lawarowna-Broadhead zu teilen. Ich hätte es noch mehr genossen, wenn ich damals gewusst hätte, dass mir bis zu dem Tod, der mich so deprimiert hatte, weniger als drei Monate blieben.

2

Was auf Peggys Planet passierte

Inzwischen suchte mein Freund Audee Walthers auf Peggys Planet nach einer bestimmten Spelunke, um einen bestimmten Mann zu finden.

Ich sage, er ist mein Freund, obwohl ich seit Jahren nicht mehr an ihn gedacht habe. Er hatte mir einmal einen großen Gefallen erwiesen. Das habe ich nicht vergessen. Wenn jemand mich auf ihn angesprochen hätte: »Sag mal, Robin, erinnerst du dich, wie Audee Walthers seinen Kopf dafür hingehalten hat, dass du dir ein Schiff ausborgen konntest, als du es dringend brauchtest?«, hätte ich unwirsch geantwortet: »Ja, zum Teufel! Wie könnte ich so etwas vergessen!« Nun war es aber nicht so, dass ich pausenlos daran gedacht hätte. Ich hatte keine Ahnung, wo er sich im Augenblick aufhielt oder ob er überhaupt noch lebte.

Es war nicht schwer, sich an Walthers zu erinnern, schon wegen seines auffälligen Äußeren. Er war klein und nicht besonders gut aussehend. Die untere Gesichtshälfte war breiter als die Schläfenpartie, was ihn ein bisschen wie einen freundlichen Frosch aussehen ließ. Er war mit einer schönen, unzufriedenen Frau verheiratet, die nur halb so alt war wie er. Sie war neunzehn und hieß Dolly. Er bemühte sich verzweifelt, alles gut zu machen, weil er seine Frau so liebte. Daher schuftete er wie ein Sklave für Dolly. Audee Walthers war Pilot. Er flog alles, sogar Raumschiffe auf die Venus. Wenn sich der große Erdtransporter (der ihn ständig an meine Existenz erinnerte, da ich daran Anteile besaß und ihn nach meiner Frau benannt hatte) in der Umlaufbahn um Peggys Planet befand, war er als Pilot des Shuttles zum Be- und Entladen im Einsatz. Dazwischen flog er alles, was er auf Peggys Planet mieten konnte, um jeden Charter mitzunehmen, ganz egal, worum es sich handelte. Wie die meisten auf Peggys Planet war er 4×10^{10} Kilometer von dem Ort entfernt, an dem er geboren worden war, um hier mühsam seine Brötchen zu verdienen.

Manchmal reichte es, manchmal nicht. Als er nun von einem Charterflug zurückkam und ihm Adjangba mitteilte, dass er einen neuen Auftrag für ihn hätte, wollte er sich diesen unter keinen Umständen entgehen lassen. Auch wenn das bedeutete, jede Bar in Port Hegramet abzugrasen, um seine Auftraggeber zu finden. Das war nicht leicht. Port Hegramet, eine »Stadt« mit viertausend Einwohnern, war mit Bars überreichlich gesegnet. Es gab jede Menge davon. In denen, die als Erstes infrage kamen – das Hotel-Café, das Flughafen-Pub und das große Spielcasino mit Port Hegramets einziger Nachtclubvorstellung –, waren die Araber nicht, die den Charterflug machen wollten. Auch Dolly war nicht im Casino, wo sie mit ihrer Puppenbühne aufzutreten pflegte. Sie war auch nicht zu Hause. Jedenfalls ging sie nicht ans Telefon. Eine halbe Stunde später streifte Walthers noch immer durch die finsteren Straßen der Stadt und suchte seine Araber. Er befand sich nicht mehr in den reicheren, westlichen Teilen der Stadt. Als er sie schließlich aufspürte, saßen sie in einer Spelunke am Stadtrand und stritten sich.

Alle Gebäude in Port Hegramet waren nur provisorisch, die logische Konsequenz, da es sich um eine Kolonie auf einem Planeten handelte. Wenn die neuen Immigranten jeden Monat mit der riesigen Hitschi-Himmel-Fähre von der Erde eintrafen, vergrößerte sich die Einwohnerzahl schlagartig wie ein Ballon, den man mit Wasserstoff aufbläst. Dann sank sie wieder während der nächsten Wochen, wenn die Siedler zu den Plantagen, Holzfällerlagern und Minen gebracht wurden. Sie ging aber nie auf die ursprüngliche Zahl zurück, da jeden Monat ein paar hundert neue Bewohner hinzukamen. Neue Behausungen wurden gebaut, alte abgerissen. Aber diese Spelunke sah noch provisorischer als alle anderen aus. Man hatte als Wände lediglich drei Plastikplatten aufgestellt und eine vierte als Dach darübergelegt. Die Seite zur Straße hin war offen, sodass die warme Luft hinein konnte. Nach draußen drang dichter Qualm von Tabak und Hanf, gemischt mit dem Geruch des selbst gebrauten, nach Bier riechenden Schnapses, der hier verkauft wurde.

Walthers erkannte die Gesuchten aufgrund der Beschreibung, die ihm sein Agent gegeben hatte, sofort. Es gab nicht viele Männer wie diesen Araber in Port Hegramet - Araber schon, aber wie viele reiche? Und wie viele alte? Mr. Luqman war noch älter als Adjangba, außerdem fett und kahlköpfig. An jedem seiner dicken Finger trug er einen Ring, die meisten mit Brillanten besetzt. Er saß mit einer Gruppe anderer Araber hinten in der Kneipe. Als Walthers auf sie zugehen wollte, hielt ihn die Barfrau auf. »Geschlossene Gesellschaft«, sagte sie und streckte den Arm aus. »Sie zahlen! Lass sie in Ruhe!«

»Ich werde erwartet«, behauptete Walthers und hoffte, dass das auch stimmte.

»Wozu?«

»Das geht dich einen Scheißdreck an«, erklärte ihr Walthers wütend und rechnete sich seine Chancen aus, wenn er sie einfach beiseite schob. Von dieser dürren, dunkelhäutigen Frau mit den auffälligen blauen Metallringen in den Ohren hatte er nichts zu befürchten. Aber der große Kerl mit dem spitz zulaufenden Schädel, der in der Ecke saß und herüberschaute, wirkte ungemütlich. Glücklicherweise sah Mr. Luqman in diesem Augenblick Walthers und stolperte auf ihn zu. »Also, Sie sind mein Pilot«, sagte er. »Kommen Sie, trinken Sie einen mit uns!«

»Vielen Dank, Mr. Luqman, aber ich muss nach Hause. Ich wollte nur den Charterflug bestätigt haben.«

»Ja. Wir werden mit Ihnen fliegen.« Er drehte sich um und blickte zu den anderen in seiner Gruppe, die sich über etwas fürchterlich stritten. »Wollen Sie was trinken?«, fragte er über die Schulter.

Der Mann war betrunkener, als Walthers gedacht hatte. Wieder lehnte er ab. »Danke, nein. Würden Sie jetzt bitte den Chartervertrag unterschreiben?«

Luqman stierte auf das gedruckte Stück Papier in Walthers' Hand. »Der Vertrag?« Er dachte einen Moment lang nach. »Warum müssen wir denn einen Vertrag haben?«

»Das ist so üblich, Mr. Luqman«, beharrte Walthers, dessen Geduld sich allmählich erschöpfte. Hinter ihm brüllten sich die Begleiter des Arabers gegenseitig an. Luqmans Aufmerksamkeit ging zwischen Walthers und den Streitenden hin und her.

Da war noch etwas merkwürdig. Vier Männer waren an dem Streit beteiligt – fünf, wenn man Mr. Luqman mitrechnete. »Mr. Adjangba sagte, dass es um vier Leute ginge«, bemerkte Walthers. »Wenn es fünf sind, kostet das extra.«

»Fünf?« Luqman versuchte, sich auf Walthers' Gesicht zu konzentrieren. »Nein. Wir sind nur vier.« Dann wechselte sein Gesichtsausdruck, und er lächelte nachsichtig. »Ach, Sie glauben, dieser Irre gehört zu uns! Nein, der kommt nicht mit. Der landet höchstens im Grab, wenn er nicht aufhört, Shameem die Lehren des Propheten auszulegen.«

»Verstehe«, meinte Walthers. »Wenn Sie jetzt unterschreiben würden ...«

Der Araber zuckte mit den Achseln und nahm das Formular. Er legte es auf die Zinkplatte des Tresens und gab sich größte Mühe, das Gedruckte zu entziffern. Er hatte auch schon den Stift in der Hand, als die Streiterei lauter wurde. Aber Luqman schien sie völlig aus seinem Bewusstsein gestrichen zu haben.

Die meisten Gäste in der Kneipe waren Afrikaner, von denen die eine Hälfte wie Kikujus, die auf der anderen Seite wie Massai aussah. Auf den ersten Blick hatten auch die Typen, die sich stritten, alle gleich ausgesehen. Jetzt erkannte Walthers, dass er sich getäuscht hatte. Einer der Männer war jünger als die anderen, auch kleiner und schmächtiger. Seine Hautfarbe war dunkler als die der meisten Europäer, nicht aber so dunkel wie die der Libyer. Seine Augen waren zwar ebenso schwarz, aber nicht umrandet.

Walthers ging das Ganze nichts an.

Er drehte der Gruppe den Rücken zu und wartete geduldig, dabei wollte er so schnell wie möglich weg. Nicht nur, weil er Dolly sehen wollte. In Port Hegramet gab es ein buntes Völkergemisch, von denen sich die meisten nicht leiden konnten. Die Chinesen verkehrten meist nur mit Chinesen, die Lateinamerikaner blieben in ihrem Barrio, die Europäer im europäischen Viertel – aber keineswegs sauber getrennt und nicht immer friedfertig. Selbst bei den Untergruppen gab es scharfe Trennungslinien. Chinesen aus Kanton kamen mit denen aus Taiwan nicht aus, die Portugiesen unterschieden sich stark von den Finnen, und die einstigen Chilenen und ehemaligen Argentinier bekämpften sich immer noch. Auf keinen Fall waren Europäer in afrikanischen Kneipen gern gesehene Gäste. Als Luqman endlich den Vertrag unterschrieben hatte, dankte Walthers ihm und ging erleichtert auf die Straße. Er war noch keinen Häuserblock weit gekommen, als er hinter sich wütendes Gebrüll und einen Schmerzensschrei hörte.

Auf Peggys Planet kümmerte sich jeder nur um seine eigenen Angelegenheiten, soweit das möglich ist. Walthers lag sehr viel an diesem Charterflug. Es wäre doch möglich, dass die Männer, die auf den Mann einprügelten, afrikanische Rausschmeißer waren, die gerade seinen Kunden zusammenschlugen. Also ging ihn die Angelegenheit sehr wohl etwas an. Er drehte um und rannte zurück – das war ein Fehler, den er noch lange bereuen sollte, wie Sie mir glauben können.

Als Walthers zum Tatort gelangte, waren die Schläger weg. Die wimmernde, blutende Figur auf dem Pflaster gehörte nicht zu seinen Kunden. Es war ein junger Mann, den Walthers nicht kannte. Dieser umklammerte sein Bein.

»Helfen Sie mir! Ich gebe Ihnen auch fünfzigtausend Dollar«, stieß er ächzend heraus. Seine Lippen waren blutig und geschwollen.

»Ich geh' und hol' einen Polizisten«, bot Walthers an und versuchte sich loszumachen.

»Keine Polizei! Helfen Sie mir, diese Kerle umzulegen! Ich gebe Ihnen Geld!«, knurrte der Mann wütend. »Ich bin Kapitän Juan Henriquette Santos-Schmitz und kann Ihre Dienste gut bezahlen!«

Ich wusste natürlich zu dieser Zeit nichts von alledem. Walthers hinwiederum hatte keine Ahnung, dass Mr. Luqman für mich arbeitete. Das spielt auch keine Rolle. Zehntausende arbeiteten für mich. Außerdem hätte es auch keine Rolle gespielt, wenn sie alle Walthers bekannt gewesen wären. Das Dumme an der Sache war, dass er Wan nicht erkannte. Er hatte nur allgemein von ihm gehört. Dieser Umstand sollte ihm später noch schwer zu schaffen machen.

Ich kannte Wan sehr genau. Ich hatte ihn zum ersten Mal getroffen, als er noch ein Wolfskind war, das von Maschinen und Nicht-Menschen aufgezogen wurde. Bei der Aufzählung meiner Bekannten habe ich ihn einen Nicht-Freund genannt. Ich kannte ihn zwar, aber er hat sich nie so in die Gesellschaft eingefügt, dass er irgendjemandes Freund wurde.

Eigentlich war er eher ein Feind – nicht nur mir, sondern der gesamten Menschheit gegenüber –, als er verängstigt und geil auf seiner Couch in der Oort'schen Wolke dahinträumte, ohne sich darum zu kümmern, selbst wenn er es gewusst hätte, dass er damit alle anderen in den Wahnsinn trieb. Das war nicht seine Schuld. Sicher nicht. Es war nicht einmal seine Schuld, dass sich die erbärmlichen, zerstörerischen Terroristen von seinem Beispiel inspirieren ließen und uns auch in den Wahnsinn trieben, wann immer sie konnten. Aber damit kommen wir wieder zur Frage von »Schuld« und dem damit zusammenhängenden Begriff »Schuldbewusstsein«. Wenn wir uns damit auseinander setzen, sind wir schon wieder bei Sigfrid Seelenklempner, ehe wir es uns versehen, ich möchte aber jetzt über Audee Walthers berichten.

Walthers war kein Engel der Nächstenliebe. Trotzdem brachte er es nicht über sich, den Mann auf der Straße liegen zu lassen. Als er den blutenden Mann mit in das kleine Appartement nahm, das er mit Dolly bewohnte, hatte er keine klare Vorstellung, warum er das tat. Der Mann war übel zugerichtet. Zugegeben. Aber dafür gab es Erste-Hilfe-Stationen. Außerdem entpuppte sich der Patient als zu-

Robins Ausführungen bedürfen auch hier wieder einiger Erläuterungen. Die Hitschi waren an lebenden Objekten sehr interessiert, besonders an solchem Leben, das intelligent war oder intelligent zu werden versprach. Sie hatten eine Erfindung gemacht, die ihnen gestattete, die Gefühle anderer Geschöpfe abzuhören, selbst wenn diese Welten entfernt waren.
Der Haken an dieser Vorrichtung war nur, dass sie sowohl sendete als auch empfing. Wenn man sie bediente, wurden die eigenen Empfindungen von den Empfängern ebenfalls wahrgenommen. War man wütend oder deprimiert – oder wahnsinnig –, führte das zu sehr, sehr schlimmen Folgen. Der Junge Wan hatte solch ein Gerät, seit er als Kleinkind ausgesetzt wurde. Er nannte es seine Traumcouch – Wissenschaftler gaben ihm später den Namen: *Telempathisch-Psychokinetischer Sender-Empfänger.* Als Wan diese Vorrichtung benutzte, kam es zu den Vorgängen, die Robin aus seiner Sicht hier beschreibt.

nehmend unausstehlich. Auf dem ganzen Weg zu dem Viertel, das Klein-Europa hieß, machte er hinsichtlich seines finanziellen Angebots Rückzieher und beschimpfte Walthers als Feigling. Als er sich endlich auf Walthers' Faltbett fallen ließ, betrug die Summe nur noch zweihundertfünfzig Dollar, und mit den abfälligen Bemerkungen über Walthers' Charakter fuhr er fort.

Wenigstens hatte er aufgehört zu bluten. Er setzte sich auf und schaute sich angewidert in der Wohnung um. Dolly war noch nicht zu Hause und hatte einen ziemlichen Saustall hinterlassen - schmutziges Geschirr auf dem Klapptisch, ihre Handpuppen überall verteilt, über dem Waschbecken hing Unterwäsche zum Trocknen, und am Türknauf baumelte ein Pullover. »Das ist ein Dreckloch«, meinte der ungebetene Gast. »Das ist nicht einmal zweihundertfünfzig Dollar wert.« Walthers lag eine scharfe Entgegnung auf der Zunge. Er schluckte sie runter wie die anderen während der letzten halben Stunde. War doch sinnlos!

»Ich werde Sie verarzten«, sagte er. »Dann können Sie gehen. Ich will Ihr Geld nicht.«

Der Mann versuchte mit seinen geschwollenen Lippen ein herablassendes Lächeln. »Wie können Sie nur so einen Blödsinn reden«, erwiderte er. »Schließlich bin ich Kapitän Juan Henriquette Santos-Schmitz. Ich besitze ein eigenes Raumschiff, Anteile am Transportschiff, das diesen Planeten beliefert, daneben bin ich auch an anderen sehr wichtigen Unternehmen beteiligt. Man behauptet, dass ich die elftreichste Person der menschlichen Gesellschaft bin.«

»Ich hab' nie von Ihnen gehört«, entgegnete Walthers und ließ warmes Wasser ins Waschbecken laufen. Das stimmte aber nicht. Es lag zwar schon sehr lange zurück. Aber da war etwas, eine dumpfe Erinnerung. Jemand war eine Woche lang jede Stunde in den PV-Nachrichten erwähnt worden. Das war noch ein oder zwei Monate weitergegangen. Doch keiner ist so sicher in der Versenkung verschwunden wie der, welcher vor zehn Jahren mal einen Monat lang berühmt war.

»Sie sind der Junge, der bei den Hitschi aufgewachsen ist«, sagte Walthers plötzlich. Der Mann winselte.

»Genau! Aua! Sie tun mir weh!«

»Dann halten Sie doch still!«, riet ihm Walthers und überlegte, was er mit dem elftreichsten Mann der menschlichen Gesellschaft anfangen sollte. Dolly würde begeistert sein, ihn kennen zu lernen. Aber was würde sie aushecken, damit Walthers diesen Reichtum anzapfen und eine Plantage auf einer Insel oder ein Sommerhaus in den Heidehügeln kaufen konnte – oder eine Fahrt nach Hause –, sobald sich die ersten Wogen der Begeisterung gelegt hatten? Was war auf Dauer gesehen besser: den Mann unter irgendeinem Vorwand hier zu behalten, bis Dolly heimkam – oder ihn hinauszukomplimentieren und ihr nur von ihm zu erzählen?

Man muss nur lange genug über ein Dilemma nachdenken, dann löst es sich von selbst. Dieses löste sich, indem die Tür quietschend aufging und Dolly hereinkam.

Zu Hause lief Dolly oft mit tränenden Augen aufgrund einer Allergie gegen die Flora auf Peggys Planet, vergrätzt und meist ungekämmt herum. Wenn sie aber ausging, war sie strahlend schön. Offensichtlich machte sie auch auf den unerwarteten Gast einen tiefen Eindruck, als sie in der Tür stand. Obwohl Walthers schon länger als ein Jahr mit dieser fabelhaften, schlanken Figur und dem unbewegten Alabastergesicht verheiratet war, ja sogar die streng eingehaltene Diät, die zu ersterer geführt hatte, und die Mängel im Gebiss, die das zweite nötig machten, kannte, raubte sie ihm immer noch die Sinne.

Er begrüßte sie mit einem Kuss und nahm sie in die Arme. Der Kuss wurde erwidert, allerdings nicht mit ungeteilter Aufmerksamkeit. Sie musterte dabei den Fremden. Walthers hielt sie weiter umschlungen und sagte: »Liebling, das ist Kapitän Santos-Schmitz. Er war in eine Schlägerei verwickelt, und ich habe ihn hergebracht ...«

Sie stieß ihn von sich. »Junior, wie kannst du nur!«

Es dauerte einen Augenblick, bis ihm das Missverständnis zu Bewusstsein kam. »Aber, nein, Dolly! Ich hab' mich nicht mit ihm geprügelt! Ich war nur zufällig in der Nähe.«

Ihr Gesicht entspannte sich, und sie wandte sich dem Gast zu. »Sie sind hier natürlich herzlich willkommen, Wan. Lassen Sie mich mal sehen, was man mit Ihnen gemacht hat.«

Santos-Schmitz blähte sich sichtlich auf. »Sie kennen mich?«, fragte er und ließ sich von ihr den Verband zurechtzupfen, den Walthers bereits angelegt hatte.

»Aber natürlich, Wan! Jeder in Port Hegramet kennt Sie!« Mitleidsvoll betrachtete sie sein blaues Auge. »Man hat mich gestern Abend in der Spindel-Bar auf Sie aufmerksam gemacht.«

Er nahm den Kopf zurück, um sie näher zu betrachten. »Ja! Die Puppenspielerin! Ich habe Ihre Vorstellung gesehen.«

Dolly Walthers lächelte selten. Wenn sich aber an ihren äußeren Augenwinkeln Fältchen bildeten und sich die hübschen Lippen schürzten, war das noch reizvoller als ein Lächeln. Sie zeigte diesen Ausdruck noch öfter, während sie sich um Wan kümmerten, ihm Kaffee einflößten und seinen Erklärungen zuhörten, warum die Libyer zu

Unrecht wütend auf ihn geworden waren. Falls Walthers gedacht hatte, Dolly könnte etwas dagegen haben, dass er diesen Fremden aufgelesen und nach Hause gebracht hatte, brauchte er in dieser Hinsicht keine Bedenken mehr zu haben. Die Zeit verrann. Walthers wurde langsam nervös. »Wan«, sagte er schließlich, »ich muss morgen früh fliegen. Ich nehme an, Sie wollen auch zurück in Ihr Hotel ...«

»Auf keinen Fall, Junior!«, unterbrach ihn seine Frau. »Wir haben doch jede Menge Platz hier. Er kann das Bett haben, du schläfst auf der Couch, und ich nehme das Feldbett im Nähzimmer.«

Walthers war wie vor den Kopf geschlagen. Er brachte kein Wort heraus. Das war doch eine Schnapsidee. Natürlich wollte Wan zurück in sein Hotel – und Dolly war natürlich nur höflich. Sie konnte doch nicht im Ernst vorhaben, ihnen beiden jede Möglichkeit zu Intimitäten zu nehmen, vor allem nicht in der letzten Nacht, ehe er wieder mit diesen jähzornigen Arabern in den Busch zurückfliegen musste. Zuversichtlich wartete er darauf, dass Wan sich entschuldigen und seine Frau ihn nicht aufhalten würde. Aber seine Hoffnung wurde immer kleiner, bis sie schließlich ganz geschwunden war. Obwohl Walthers nicht sehr groß war, war die Couch noch kleiner als er. Er wälzte sich die ganze Nacht von einer Seite auf die andere und wünschte, dass er den Namen Juan Henriquette Santos-Schmitz nie gehört hätte ...

Dieser Wunsch wurde vom Großteil der menschlichen Gesellschaft geteilt – mich eingeschlossen.

Wan war nicht nur ein widerlicher Kerl – was natürlich nicht seine Schuld war. (Ja, schon gut, Sigfrid, ich weiß; geh aus meinem Kopf heraus!) Er war auch auf der Flucht vor dem Zugriff der Justiz oder hätte es sein müssen, wenn jemand genau gewusst hätte, was er von den alten Hitschi-Artefakten geklaut hatte.

Als er Walthers gegenüber prahlte, dass er reich sei, log er keineswegs. Er hatte durch seine Geburt ein Anrecht auf eine Menge Hitschi-Technologie, weil ihn seine Mami in einer Hitschi-Behausung geboren hatte, in der es praktisch keine Menschen gab, mit denen er hätte reden können. Auf diese Weise kam er zu einem Haufen Geld, nachdem die Gerichte alles längere Zeit geprüft hatten. Das hieß auch, jedenfalls nach Wans Auffassung, dass er auf alles, was Hitschi hieß und nicht festgenagelt war, ein Recht besaß. Er hatte sich ein Hitschi-Schiff angeeignet - das wusste jeder. Aber mit seinem Geld mietete er Rechtsanwälte, welche die Klage der Gateway AG auf Rückgabe bei den Gerichten verschleppten. Ferner hatte er sich einige technische Apparate der Hitschi unter den Nagel gerissen, die nicht allgemein zu haben waren. Und wenn jemand anderer gewusst hätte, wie sie funktionieren, wäre Wans Fall blitzschnell verhandelt worden. Dann wäre er Staatsfeind Nummer eins und nicht nur ein öffentliches Ärgernis gewesen. Walthers hatte also ein Anrecht, ihn zu hassen, obwohl für ihn natürlich im Augenblick ganz andere Gründe ausschlaggebend waren.

Als Walthers am nächsten Morgen die Libyer sah, waren die schwer verkatert und gereizt. Walthers' Laune war noch schlechter, obwohl er im Unterschied zu ihnen nicht verkatert war. Darin lag ebenfalls ein Grund für seine miese Stimmung.

Seine Passagiere fragten ihn nicht mit einer Silbe nach der vergangenen Nacht. Sie wechselten kaum ein Wort, als das Flugzeug über die weiten Steppen, die gelegentlichen Lichtungen und die spärlichen Farmen auf Peggys Planet dahindröhnte. Luqman und ein anderer Mann hatten sich in die Falschfarben-Satelliten-Holos des Abschnitts vertieft, den sie erforschen wollten. Ein anderer schlief. Der Vierte hielt sich nur den Kopf und stierte aus dem Fenster. Das Flugzeug flog beinahe selbständig zu dieser Jahreszeit, in der es kaum Wetterprobleme gab. Walthers hatte mehr als genug Zeit, über seine Frau nachzudenken. Es war für ihn ein persönlicher Triumph gewesen, als sie geheiratet hatten. Aber warum lebten sie nun nicht glücklich bis ans Ende ihrer Tage?

Sicher, Dollys Leben war nicht leicht gewesen. Ein Mädchen aus Kentucky, ohne Geld, ohne Familie, ohne Arbeit – ja, ohne irgendeine Ausbildung und vielleicht auch ohne überragenden Verstand –, so ein Mädchen musste alles, was sie sonst zu bieten hatte, einsetzen, um aus dem Kohlegebiet herauszukommen. Und das Einzige, was Dolly zu bieten hatte, war ihr Aussehen. Sie war sehr hübsch, wenn auch mit kleinen Mängeln. Sie hatte eine schlanke Figur und strahlende Augen, aber vorstehende Zähne. Mit vierzehn bekam sie einen Job als Go-go-Girl in Cincinnati. Von dem Geld konnte man aber nicht leben; es sei denn, man betrieb ein bisschen Prostitution am Rande. Das wollte Dolly aber nicht. Sie sparte sich auf. Sie versuchte es mit Singen, hatte aber nicht genug Stimme. Außerdem wirkte sie wie ein Bauchredner, wenn sie zu singen versuchte, ohne ihre Zähne zu zeigen ... Als ihr das ein Kunde, den sie abgewiesen hatte, aus Wut sagte, ging ihr ein Licht auf. Der Manager dieses Clubs hielt sich für einen Komiker. Dolly wusch und nähte für ihn. Dafür brachte er ihr ein paar komische Darbietungen bei. Dann machte sie sich Handpuppen und studierte jede Aufführung eines Puppentheaters auf dem PV-Schirm. An einem Samstag probierte sie es als letzte Darbietung, als eine andere Sängerin am Sonntag ihren Platz einnehmen sollte. Ihre Nummer war zwar nicht Spitze, aber die andere Sängerin war so schlecht, dass man Dolly noch mal eine Chance gab. Zwei Wochen in Cincinnati, einen Monat in Louisville, beinahe drei Monate in kleinen Clubs außerhalb von Chicago – wären die Engagements nahtlos ineinander übergegangen, wäre es Dolly recht gut gegangen. Es lagen aber Wochen und Monate dazwischen. Sie musste nicht wirklich Hunger leiden. Zu der Zeit, als Dolly auf Peggys Planet kam, hatte sie ihre Darbietung so weit verfeinert, dass es ging. Nicht gut genug, um damit Karriere machen zu können, aber gut genug, um sich zu ernähren. Die Fahrt zu Peggys Planet war ein Schritt der Verzweiflung gewesen, weil man für den Flug dorthin sein Leben aufs Spiel setzen musste. Sie wurde zwar auch hier kein Star, es ging ihr aber auch nicht schlechter. Und sie sparte sich nicht länger auf. Sie gab sich aber auch nicht wahllos jedem hin. Als Audee Walthers Jr. ihr über den Weg lief, bot er ihr mehr als die meisten vorher - Heirat. Da griff sie zu. Mit achtzehn heiratete sie einen Mann, der doppelt so alt war wie sie.

Dollys Leben war schwer, aber auch nicht schwerer als das eines jeden anderen auf Peggys Planet - wenn man natürlich von Leuten wie Audees Ölprospektoren absah. Die Prospektoren - oder ihre Firmen - bezahlten den vollen Flugpreis zu Peggys Planet. Von denen hatte jeder eine bezahlte Rückfahrkarte in der Tasche.

Das stimmte sie aber auch nicht fröhlicher. Bis West Island, dem Punkt, den sie für ihr Basislager ausgesucht hatten, war es ein Flug von sechs Stunden. Nachdem sie gegessen und ihre Unterkünfte aufgestellt sowie ihre Gebete ein- oder zweimal gesprochen hatten - nicht ohne sich zu streiten, in welche Richtung sie sich wenden sollten -, war ihr Kater ziemlich weg. Allerdings war es inzwischen auch schon zu spät, um an diesem Tag noch etwas zu unternehmen. Für sie. Nicht für Walthers. Er bekam den Auftrag, zwanzigtausend Hektar hügeligen Buschlands kreuz und quer zu überfliegen. Da er nur einen Massesensor hinterherziehen musste, um die Anomalien in der Schwerkraft zu messen, spielte die Dunkelheit keine Rolle. Für Mr. Luqman spielte sie keine Rolle, für Walthers schon. Dies war genau die Art von Fliegerei, die er am meisten hasste. Er musste sehr tief fliegen. Und einige der Hügel waren ziemlich hoch. Er flog also mit Radar und Suchstrahler in Betrieb und erschreckte die langsamen, dummen Tiere, die in dieser Savanne in West Island lebten, zu Tode. Er selbst erschrak auch ganz gehörig, als er bemerkte, dass er eingedöst war. Beim Aufschrecken konnte er gerade noch die Maschine hochreißen, als eine mit Gebüsch bewachsene Kuppe auf ihn zuraste.

Es gelang ihm, fünf Stunden zu schlafen, ehe Luqman ihn aufweckte, damit er ein paar Stellen fotografisch erfasste, die noch nicht genau erkundet waren. Als er das hinter sich gebracht hatte, musste er über dem ganzen Gebiet Stacheln abwerfen. Diese Stacheln waren aber nicht einfach aus Metall. Sie waren Geophone und mussten kilometerlang auf Empfangsanordnung gesetzt werden. Außerdem mussten sie wenigstens aus zwanzig Metern Höhe abgeworfen werden, damit sie in den Boden eindrangen und zuverlässige Messungen ergaben. Dabei durfte man aber höchstens zwei Meter danebenwerfen. Es nützte Walthers gar nichts, dass er darauf hinwies, dass sich diese Anforderungen gegenseitig widersprachen. Er war daher auch keineswegs überrascht, dass die petrologischen Daten wertlos waren, nachdem die Vibratoren auf den Lastwagen in Betrieb genommen worden waren. »Machen Sie das Ganze noch einmal«, wies ihn Mr. Luqman an. Walthers musste also alles zu Fuß abgehen und die Geophone herausziehen und wieder mit der Hand einschlagen.

Eigentlich hatte er als Pilot angeheuert. Aber Mr. Luqman sah das nicht so eng. Es blieb jedoch nicht beim Herummarschieren mit den Geophonen. Einen Tag musste er die zeckenartigen Biester ausgraben, welche auf Peggys Planet den Regenwürmern entsprachen, die den Boden auflockerten. Am nächsten Tag drückte man ihm ein Gerät in die Hand, das sich ein paar Dutzend Meter tief in die Erde bohrte und Kernproben lieferte. Sie hätten ihn auch Kartoffeln schälen lassen, wenn sie Kartoffeln gegessen hätten. Auf alle Fälle versuchten sie, ihm das Abwaschen aufzuhalsen. Sie gaben in diesem Punkt nur so weit nach, dass man sich einigte, sich abzuwechseln. (Aber Walthers fiel auf, dass Mr. Luqman niemals an der Reihe zu sein schien.) Dabei waren die Arbeiten nicht einmal uninteressant. Die zeckenartigen Käfer kamen in ein Glas mit Lösungsmittel. Die so entstandene Suppe wurde auf ein Blatt Filterpapier für Elektrophorese geschmiert. Die Kernproben wanderten in kleine Inkubatoren mit sterilem Wasser und steriler Luft sowie sterilen Kohlenwasserstoffdämpfen. Mit beiden Versuchen konnte Öl nachgewiesen werden. Die Käfer gruben sich wie Termiten tief nach unten. Einiges von den Schichten, durch die sie sich hindurchgebohrt hatten, kam mit nach oben. Mittels der Elektrophorese konnte man die Zusammensetzung dieses Materials bestimmen. Die Inkubatoren testeten das Gleiche auf andere Art. Peggys Planet hatte wie die Erde in seinem Boden Mikroorganismen, die sich von reinen Kohlenwasserstoffen ernähren konnten. Wenn also in den Inkubatoren bei reinem Kohlenwasserstoff irgendetwas wuchs, musste es sich um solche Biester handeln. Ohne das Vorkommen von freien Kohlenwasserstoffen im Boden hätten sie nicht existieren können.

In beiden Fällen war der Nachweis für Ölvorkommen erbracht.

Walthers hielt diese Tests für stupide Kuliarbeit, die nur unterbrochen wurde, wenn man ihm auftrug, mit dem Flugzeug das Magnetometer zu schleppen oder noch mehr Stacheln abzuwerfen. Nach den ersten drei Tagen verkroch er sich ins Zelt und holte seinen Vertrag heraus, um festzustellen, ob er wirklich alle diese Arbeiten machen musste. Er musste. Er war entschlossen, mit seinem Agenten ein ernstes Wörtlein zu reden, wenn er wieder in Port Hegramet wäre. Nach dem fünften Tag überlegte er es sich. Es erschien ihm viel verlockender, den Agenten *umzubringen* ... Die viele Fliegerei hatte aber auch ihr Gutes. Nachdem acht Tage der drei Wochen, welche die Expedition dauern sollte, um waren, meldete er Mr. Luqman mit Vergnügen, dass ihm langsam der Treibstoff ausgehe und er zurückfliegen müsse, um mehr Wasserstoff zu holen.

Als er das kleine Appartement betrat, war es schon dunkel. Zu seiner angenehmen Überraschung war aber die Wohnung tadellos aufgeräumt. Noch mehr freute ihn, dass Dolly zu Hause war. Am schönsten war, dass sie lieb zu ihm war und sich offensichtlich auch freute, ihn zu sehen.

Der Abend war ein voller Erfolg. Sie liebten sich, Dolly kochte etwas zu essen, dann liebten sie sich wieder. Gegen Mitternacht saßen sie auf dem ausgeklappten Bett, im Rücken die Kissen, die Beine ausgestreckt und hielten sich an den Händen. Sie tranken eine Flasche Peggy-Wein. »Ich wünschte, du könntest mich mitnehmen«, sagte Dolly, als er ihr von dem New-Delaware-Charter erzählt hatte. Dolly sah ihn nicht an. Sie spielte mit einer der Handpuppen. Ihr Gesicht war gelöst.

»Kommt überhaupt nicht infrage, Liebling.« Er lachte. »Du bist viel zu hübsch, als dass ich dich in den Busch zu vier lüsternen Arabern mitnehmen könnte. Ehrlich gesagt, ich fühle mich nicht einmal selbst sehr sicher.«

Sie hob die Hand. Immer noch sah sie entspannt aus. Die Puppe, die sie jetzt hochgenommen hatte, war ein kleiner Katzenkopf mit leuchtend roten Barthaaren. Das rosa Schnäuzchen ging auf, und eine Katzenstimme lispelte: »Wan behauptet, das sind wirklich raue Burschen. Er sagt, beinahe hätten sie ihn umgebracht, nur weil er mit ihnen über Religion gesprochen hat.«

»Ach ja?« Walthers wechselte die Stellung. Die Kissen in seinem Rücken schienen nicht mehr ganz so bequem zu sein. Er stellte die Frage nicht, die ihm im Kopf herumschwirrte: *Ach ja! Hast du dich mit Wan getroffen?* Das hätte bedeutet, dass er eifersüchtig war. Stattdessen fragte er nur: »Wie geht's denn Wan?« Aber die andere Frage war in dieser enthalten, und sie wurde beantwortet. Wan ging es viel besser. Wans Auge war kaum noch blau. Wan hatte wirklich ein schickes Schiff, einen Hitschi-Fünfer, der aber sein persönliches Eigentum war und den er mit einer Sonderausstattung hatte versehen lassen – hat er gesagt. Gesehen hatte sie es nicht. Natürlich nicht. Wan hatte angedeutet, dass einiges Zubehör altes Hitschi-Zeug war – vielleicht nicht auf ganz ehrliche Weise erworben. Wan hatte auch angedeutet, dass jede Menge Hitschi-Zeug existierte, das nie gemeldet worden war, weil die Finder der Gateway AG keine Abgaben zahlen wollten. Wan fand, dass er ein Recht darauf besaß, weil er doch diesen unglaublichen Lebensweg gehabt hatte und quasi direkt von den Hitschi erzogen worden war.

Ohne dass Walthers es wollte, drängte sich die Frage auf seine Lippen. »Klingt, als ob du Wan ziemlich oft gesehen hast«, meinte er und versuchte, ganz unbeteiligt zu wirken. Sein Tonfall verriet ihm aber, dass dieser Versuch fehlgeschlagen war. Er klang entweder wütend oder beunruhigt – eigentlich eher wütend. Es ging ihm nicht in den Kopf! Wan sah doch bestimmt nicht gut aus und hatte einen miesen Charakter. Allerdings war er reich und passte im Alter viel besser zu Dolly ...

»Aber Liebling, sei doch nicht eifersüchtig!«, bat Dolly mit ihrer eigenen Stimme. Sie klang sehr zufrieden – was Walthers etwas beruhigte. »Weißt du, er geht sowieso bald weg. Er will nicht hier sein, wenn der Transporter kommt. Im Augenblick bestellt er Vorräte für seine nächste Fahrt. Das ist der einzige Grund, warum er hergekommen ist.« Sie hob wieder die Hand mit der Katzenpuppe und sang mit der Kätzchenstimme: »*Jun*-ior ist eifersüchtig auf *Dol*-liii!«

»Bin ich nicht«, widersprach er spontan, gab dann aber zu: »Ja, ich bin's. Sei mir nicht böse, Doll.«

Sie rutschte näher auf dem Bett an ihn heran, bis ihre Lippen ganz nah an seinem Ohr waren, und er ihren Atem spüren konnte. Dann flüsterte die Katzenstimme: »Ich verspreche es, nicht böse zu sein, Mr. Junior. Aber ich wäre sehr froh, wenn du ...« Und wie die meisten Versöhnungen war auch diese wunderschön. Leider unterbrach das Schnarren des Piezophons Runde vier.

Walthers ließ es fünfzehnmal läuten, lange genug, um die angefangene Arbeit zu Ende zu führen, wenn auch nicht so gut, wie er es vorgehabt hatte. Als er sich meldete, meinte der Wachhabende vom Flughafen: »Hab' ich einen schlechten Moment erwischt, Walthers?«

»Sagen Sie mir lieber, was los ist«, forderte Walthers und versuchte, sein immer noch heftiges Atmen zu unterdrücken.

»Raus aus den Federn und lächeln, Audee! Da sind sechs Leute mit Skorbut. Planquadrat sieben drei Poppa. Die Koordinaten sind etwas verschwommen, aber sie haben ein Radiozeichen. Das ist alles, was sie haben. Sie müssen einen Arzt, einen Zahnarzt und eine Tonne Vitamin C hinfliegen. Im Morgengrauen müssen Sie dort sein. Das heißt, dass Sie in genau neunzig Minuten starten.«

»Zum Teufel, Carey! Können die nicht noch warten?«

»Nur wenn Sie bei der Landung Leichen vorfinden wollen. Es geht ihnen verdammt dreckig. Der Schafhirte, der sie gefunden hat, sagt, dass seiner Meinung nach zwei sowieso nicht durchkommen.«

Walthers fluchte. Um Entschuldigung bittend schaute er Dolly an. Dann suchte er missmutig seine Sachen zusammen.

Als Dolly zu sprechen anfing, klang sie nicht mehr wie ein Kätzchen. »Junior? Können wir nicht nach Hause gehen?«

»Hier ist unser Zuhause«, stellte er fest.

»Bitte, Junior?« Ihr Gesicht war jetzt nicht mehr entspannt. Die Elfenbeinmaske verriet zwar keine Regung, aber er konnte die Anspannung in ihrer Stimme hören.

»Dolly, Liebes«, bemühte er sich, ihr klarzumachen. »Dort haben wir doch nichts. Erinnerst du dich nicht? Deshalb sind doch Leute wie wir hierher gekommen. Hier haben wir einen ganz neuen Planeten; allein diese Stadt wird größer als Tokio und moderner als New York sein. In ein paar Jahren werden sie sechs neue Transporter haben und eine Luftstromschlaufe statt dieser Zubringer ...«

»Aber wann? Wenn ich alt und grau bin?«

Vielleicht gab es keinen berechtigten Grund für den Jammer in ihrer Stimme, gleichwohl war der Jammer da. Walthers schluckte, holte tief Luft und versuchte es mit einem Scherz. »Aber Schnuckiputzi«, tröstete er sie. »Du wirst niemals alt sein, nicht einmal mit neunzig.« Keine Antwort. »Komm schon, Liebling«, schmeichelte er. »Es geht aufwärts! Sie fangen bestimmt bald mit dem Bau der neuen Lebensmittelfabrik in der Oort'schen Wolke an. Vielleicht schon nächstes Jahr! Und sie haben mir so gut wie versprochen, dass ich beim Bau einen Job als Pilot bekomme ...«

»Na großartig! Dann bist du gleich ein ganzes Jahr auf Achse statt einen Monat wie jetzt. Und ich kann in dieser miesen Bude hocken. Und das ohne irgendwelche anständigen Programme, mit denen ich mich unterhalten könnte.«

»Sie werden Programme haben ...«

»Bis dahin bin ich längst tot!«

Er war jetzt hellwach. Die Freuden der Nacht waren verflogen. »Hör mal«, sagte er. »Wenn es dir hier nicht gefällt, können wir ja auch woanders hingehen. Es gibt noch mehr auf Peggys Planet als Port Hegramet. Wir können ins Hinterland ziehen, etwas Land roden, ein Haus bauen …«

»Kräftige Söhne aufziehen, eine Dynastie gründen?« Ihre Stimme war voll Verachtung.

»Na ja … so ähnlich, stelle ich mir vor.«

Sie drehte sich im Bett um. »Geh lieber duschen«, schnauzte sie ihn an. »Du riechst nach Ficken.« Während Audee Walthers Jr. unter der Brause war, erblickte ein Wesen, das ganz anders als Dollys Puppen aussah (obwohl eine davon es darstellen sollte), die ersten fremden Sterne seit einunddreißig wirklichen Jahren. Unterdessen hatte einer der kranken Prospektoren aufgehört zu atmen, sehr zur Erleichterung des Schäfers, der mit abgewandtem Gesicht versucht hatte, ihm zu helfen. Unterdessen kam es auf der Erde zu Aufruhr, und auf einem Planeten gab es einundfünfzig tote Kolonisten, achthundert Lichtjahre entfernt …

Und unterdessen war Dolly lange genug aufgestanden, um ihm Kaffee zu kochen und diesen auf den Tisch zu stellen. Sie selbst begab sich wieder ins Bett, wo sie angeblich oder wirklich weiterschlief, während er den Kaffee trank, sich anzog und hinausging.

Wenn ich Audee so aus der großen Entfernung, die uns jetzt trennt, betrachte, stimmt es mich traurig, dass er wie ein Schlappschwanz aussieht. Dabei war er keiner. Er war ein bewundernswerter Mensch. Er war ein erstklassiger Pilot, tapfer, rau, wenn es sein musste, und liebenswert, wenn er die Gelegenheit dazu hatte. Ich nehme an, jeder sieht von innen aus betrachtet wie ein Schlappschwanz aus. Und ich betrachte ihn ja von innen heraus – aus einer sehr großen *Entfernung*, innerhalb oder außerhalb, je nachdem, welche Analogie aus der Geometrie Sie auf diese Metapher anwenden wollen. (Ich höre Sigfrid stöhnen: »Ach, Robin! Schon wieder diese Abschweifungen!« Aber schließlich ist Sigfrid nie erweitert worden.) Wir haben alle unsere schwachen Stellen, die uns wie Schlappschwänze aussehen lassen. Das ist alles, was ich sagen will. Es wäre vielleicht netter, von verletzbaren Punkten zu sprechen. Audee war nun einmal überaus verletzlich, wenn es Dolly betraf.

> Selbstverständlich haben Sie längst erkannt, dass die »Schlappschwänzigkeit«, für die Robin hier Entschuldigungen findet, nicht die von Audee Walthers ist. Robin war auch nie ein Schlappschwanz oder Jammerlappen, außer dass er sich ab und zu versichern musste, keiner zu sein. Menschen sind so merkwürdig!

Aber Audee war keineswegs von Natur aus wehleidig. In der folgenden Zeitspanne zeigte er alle guten Eigenschaften, die ein Mensch nur haben kann. Er war erfinderisch, leistete den Bedürftigen Beistand, ohne Müdigkeit zu zeigen. Das musste er auch. Unter der freundlichen Oberfläche von Peggys Planet waren einige Fallen gelegt.

Peggys Planet war ein Juwel, wenn man Nicht-Terra-Welten zum Vergleich heranzog. Man konnte die Luft atmen. Man konnte das Klima überleben. Die Flora verursachte für gewöhnlich keinen Ausschlag, und die Fauna war erstaunlich zahm. Nun – eigentlich nicht zahm. Eher dumm. Walthers wunderte sich manchmal, was die Hitschi in Peggys Planet gesehen hatten. Angeblich waren die Hitschi doch an intelligentem Leben interessiert – wenn sie auch nicht viel davon aufspürten –, auf Peggys Planet gab es nun wirklich nicht viel. Das schlaueste Tier war ein Raubtier, so groß wie ein Fuchs und so schnell wie ein Maulwurf. Es hatte den IQ eines Truthahns, was es dadurch bewies, dass es sein eigener, erbittertster Feind war. Seine Beute war noch dümmer und noch langsamer als er – dadurch hatte es immer reichlich zu fressen –, und seine verbreitetste Todesart war das Ersticken an den Brocken seines Fressens, die es wieder auskotzte, wenn es sich überfressen hatte. Für menschliche Wesen war das Fleisch dieses Raubtiers genießbar, wenn man wollte, ebenso das der meisten seiner Beutetiere, auch ein Teil der übrigen Fauna und Flora ... wenn man vorsichtig war.

Die hartgesottenen Prospektoren waren nicht vorsichtig gewesen. Als der heftige tropische Sonnenaufgang über dem Dschungel aufflammte und Walthers das Flugzeug auf der nächsten Lichtung aufsetzte, war einer deswegen gestorben.

Er sah aus wie wenigstens neunzig und stank wie hundertzehn. Aber die Erkennungsmarke an seinem Handgelenk wies ihn als Selim Yasmeneh aus, dreiundzwanzig Jahre alt, geboren in einem Slum südlich von Kairo. Der Rest seiner Lebensgeschichte war nicht schwer zu erraten. Er hatte sich mühsam in den ägyptischen Elendsvierteln als Jugendlicher durchgeschlagen, bis er auf die phantastische Gelegenheit gestoßen war, ein neues Leben auf Peggys Planet anfangen zu können, falls er die Hinfahrt überlebte. Auf dem Transporter war er vor Hitze fast umgekommen. Zehn Betten waren übereinander angebracht. Bei der Landung der Kapsel, die sich aus der Umlaufbahn löste, litt er Höllenqualen - fünfzig Kolonisten in eine Nussschale ohne Pilot geschnallt -, die Kursänderung wurde durch einen Schub von außen bewirkt. Beim Eintritt in die Atmosphäre gerieten alle so in Panik, dass es ihnen die Exkremente heraustrieb, als sich die Fallschirme öffneten. Dabei landeten fast alle Kapseln sicher. Lediglich etwa dreihundert Siedler waren bisher beim Aufprall umgekommen oder waren ertrunken. Yasmeneh hatte Glück gehabt. Als er aber vom Gerstenfarmer auf Prospektor für Schwermetalle umsattelte, zerrann sein Glück, weil seine Gruppe nicht vorsichtig gewesen war. Die Knollen, von denen sie sich ernährten, als ihnen die Vorräte ausgegangen waren, enthielten, wie beinahe jede leicht auffindbare Nahrungsquelle auf Peggys Planet, einen Wirkstoff, der Vitamin C auf unglaublich nachhaltige Weise vernichtete. Das musste man gesehen haben. Aber sie glaubten es selbst dann nicht, als sie es mit eigenen Augen erlebten. Sie kannten das Risiko. Jeder kannte es. Sie wollten nur noch einen Tag bleiben, dann noch einen und noch einen, während ihre Zähne sich lockerten und ihr Atem zu stinken begann. Als dann der Schafhirte auf ihr Lager stieß, war es für Yasmeneh zu spät und beinahe auch schon für die anderen.

Walthers musste die ganze Gruppe, Überlebende und Retter, zu der Station zurückfliegen, wo eines Tages die »Schlaufe« gebaut werden würde. Dort gab es bereits über ein Dutzend fester Unterkünfte. Als er endlich zu den Libyern zurückkam, war Mr. Luqman außer sich vor Wut. Er hängte sich an die Tür von Walthers' Flugzeug und brüllte: »Siebenunddreißig Stunden weg! Das ist die Höhe! Für die Unsummen, die wir für diesen Charterflug ausgeben, können wir auch anständigen Service verlangen!«

»Es handelte sich um Leben und Tod, Mr. Luqman«, verteidigte sich Walthers und versuchte die Verärgerung und die Erschöpfung nicht anklingen zu lassen, als er das Flugzeug nach der Landung versorgte.

»Leben ist hier doch das Billigste, was es gibt! Und sterben müssen wir alle!«

Walthers schob ihn beiseite. »Es waren Landsleute von Ihnen, Mr. Luqman, Araber ...«

»Nein! Ägypter!«

»... na schön! Auf alle Fälle Moslems ...«

»Es wäre mir scheißegal, wenn es meine eigenen Brüder wären! Unsere Zeit ist kostbar! Hier steht wirklich Wichtiges auf dem Spiel!«

Warum sollte er seinen Ärger noch länger zurückhalten? Walthers brüllte zurück: »So lautet aber das Gesetz, Luqman! Ich miete das Flugzeug bloß! Ich muss bei Notfällen fliegen, wenn man mich ruft. Lesen Sie mal das Kleingedruckte!«

Dagegen konnte selbst Luqman nichts mehr einwenden. Wie wütend er aber darüber war, zeigte sich, als er Walthers all die Arbeiten auflud, die inzwischen angefallen waren. Und alle sollten sofort erledigt werden. Am besten noch eher. Und ob Walthers geschlafen hatte? Nun, wir würden doch alle eines schönen Tages für immer schlafen, oder etwa nicht?

Kaum eine Stunde später flog Walthers, ohne die Möglichkeit gehabt zu haben, sich auszuruhen, die Markierungen mit der Magnetsonde ab – eine mühsame, verzwickte Arbeit. Man musste einen magnetischen Sensor hundert Meter hinter dem Flugzeug herschleppen und aufpassen, dass sich das verdammt störrische Ding nicht in einem Baum verfing oder in den Boden bohrte. Es war wirklich, als ob man zwei Flugzeuge gleichzeitig flog. In einem der seltenen Augenblicke, in denen Walthers zum Nachdenken kam, wurde er sich bewusst, dass Luqman ihn angelogen hatte: Es *wäre* ein Unterschied gewesen, wenn die Ägypter libysche Landsleute oder gar Brüder gewesen wären. Der Nationalismus war nicht auf der Erde zurückgeblieben. Es hatte bereits Grenzstreitigkeiten zwischen den Rinderhirten und Reisfarmern gegeben, als die Rinderherden auf der Suche nach Wasser in die Reisfelder eingedrungen und das Saatgut niedergetrampelt hatten. Chinesen und Mexikaner waren wegen unklarer Grundbucheintragungen aneinander geraten. Afrikaner bekämpften Kanadier, Slawen die Spanier, ohne dass ein Außenstehender den Anlass erkennen konnte. Das war schon schlimm genug. Noch schlimmer waren die Ausbrüche unter Angehörigen desselben Blutes, zwischen Slawen und Slawen, zwischen Lateinamerikanern und Lateinamerikanern.

Dabei hätte Peggys Planet eine so schöne Welt sein k-önnen. Es gab dort alles – beinahe alles, wenn man von Dingen wie Vitamin C absah. Es gab die Hitschi-Berge mit einem Wasserfall, der die »Kaskade der Perlen« hieß; achthundert Meter stürzten sich die milchigen Fluten von den südlichen Gletschern. Es gab die nach Zimt duftenden Wälder des Kleinen Kontinents mit ihren dümmlichen, freundlichen, lavendelfarbenen Affen – nun ja, keine wirklichen Affen. Aber sehr niedlich. Und das Glasmeer. Und die Windhöhlen. Und die Farmen – besonders die Farmen! Diese Farmen waren der Grund, warum so viele Afrikaner, Chinesen, Inder, Lateinamerikaner, arme Araber, Iraner, Iren, Polen – so viele verzweifelte Menschen bereitwillig die Erde und ihre Heimat verließen und so weit hinausfuhren.

Arme Araber, hatte er bei sich gedacht. Aber es gab auch

ein paar reiche. So wie die vier, für die er arbeitete. Wenn sie von »wirklich Wichtigem« sprachen, wurde der Grad der Wichtigkeit in Dollar und Cent gemessen, das war klar. Diese Expedition war nicht billig. Seine Rechnung allein belief sich schon auf eine sechsstellige Summe - schade, dass er nicht mehr davon in die eigene Tasche stecken konnte! Und das war noch der kleinere Teil, wenn man bedachte, was sie für die Zelte, Kracher, Richtmikrofone und Gesteinssonden ausgegeben hatten. Dazu kamen noch die Miete für die Satellitenzeit, für ihre Falschfarben-Bilder und das Anfertigen von Konturenkarten mittels Radar, ferner die Instrumente, die er für ihr Geld in der Gegend herumschleppte ... und was war mit dem nächsten Schritt? Als Nächstes mussten sie anfangen zu graben. Einen Schacht zu der Salzkuppe, die sie gefunden hatten. Dreitausend Meter tief zu bohren, würde Millionen verschlingen ...

Kostete es aber nicht, wie er herausfand, weil sie auch einiges von dieser illegalen Hitschi-Technologie besaßen, von der Wan damals Dolly erzählt hatte.

Das Erste, was die Menschen über die längst verschwundenen Hitschi herausfanden, war die Tatsache, dass sie gerne Tunnel gruben. Beispiele für diese Tätigkeit waren überall unter der Oberfläche der Venus vorhanden. Sie hatten diese Tunnel mit einer wunderbaren Technik angelegt. Ein Feldprojektor löste die kristalline Steinstruktur auf und verwandelte sie in eine Art von Matsch. Dieser Matsch wurde abgepumpt, legte sich dabei an die Wände des Schachts und bildete das harte, blau schimmernde Hitschi-Metall. Solche Projektoren gab es noch, aber nicht in Privathand.

Sie schienen aber in der Hand von Mr. Luqman und seinen Männern zu sein ... was darauf hinwies, dass nicht nur Geld, sondern auch Einfluss hinter ihnen stand ... jemand mit der Hand am richtigen Hebel. Aus den spärlichen Bemerkungen während der Mahlzeiten und Ruhepausen glaubte Walthers schließen zu dürfen, dass dieser Jemand Robinette Broadhead hieß.

Die Salzkuppe war klar bestimmt, die Positionen für die Bohrungen lagen fest, die Hauptarbeit der Expedition war getan. Jetzt blieben nur noch die Überprüfung einiger anderer Möglichkeiten und die Gegenkontrollen. Selbst Luqman begann sich zu entspannen, und die Gespräche am Abend drehten sich mehr um zu Hause. Zu Hause war aber bei allen vieren nicht Libyen oder Paris, nein, es war Texas. Dort hatte jeder im Schnitt 1,75 Frauen und ein halbes Dutzend Kinder. Diese waren aber nicht gleichmäßig verteilt, soweit Walthers das richtig mitbekommen hatte. Über diesen Punkt äußerten sie sich absichtlich etwas vage. Um sie zu mehr Offenheit zu ermuntern, redete Walthers viel über Dolly. Mehr als er eigentlich beabsichtigt hatte. Über ihre schwere Kindheit und ihre Karriere auf der Bühne, ihre Handpuppen. Er erzählte ihnen, wie geschickt Dolly war, dass sie die Puppen selbst herstellte – eine Ente, eine junge Katze, einen Schimpansen und einen Clown. Das Glanzstück war ein Hitschi. Dollys Hitschi hatte eine fliehende Stirn, eine Hakennase, ein vorspringendes Kinn und Augen, die zu den Schläfen hin spitz zuliefen, wie bei den ägyptischen Wandgemälden. Im Profil schien das Gesicht in einer Linie nach unten zu verlaufen – das war natürlich alles reine Phantasie. Schließlich hatte damals noch niemand einen Hitschi gesehen.

Der jüngste Libyer, Fawzi, nickte beifällig. »Ja, es ist gut, wenn eine Frau Geld verdient«, meinte er.

»Es ist nicht nur das Geld. Es hilft ihr, aktiv zu bleiben. Trotzdem befürchte ich, dass sie sich in Port Hegramet ziemlich langweilt. Sie hat niemanden, mit dem sie sich unterhalten kann.«

> Walthers' Verdacht, dass Robin Broadhead die Prospektoren finanzierte, war durchaus begründet. Walthers' Ansicht über Robins Motive … nicht so sehr. Robin war ein sehr moralischer Mann, wenn er es auch meistens mit dem Gesetz nicht so genau nahm. Er war außerdem jemand (wie Sie sehen), dem es viel Spaß machte, versteckte Andeutungen über sich zu machen, vor allem, wenn er von sich in der dritten Person sprach.

Auch der, der Shameem hieß, bekundete, dass er gleicher Meinung war. »Programme«, lautete sein weiser Rat. »Als ich nur eine Frau hatte, hab' ich ihr mehrere gute Programme zur Unterhaltung gekauft. Ich erinnere mich, dass ihr ›Frau Irene gibt Rat‹ und ›Fatimas Freunde‹ besonders gut gefallen haben.«

»Ich wünschte, ich könnte das auch. Aber bis jetzt gibt es nichts Vergleichbares auf Peggys Planet. Sie hat es nicht leicht. Ich kann ihr wirklich keinen Vorwurf machen, wenn ich bestimmte Bedürfnisse habe und sie keine ...« Walthers brach ab, weil die Libyer schallend lachten.

»In der Zweiten Sure steht geschrieben«, platzte der junge Fawzi heraus, »dass die Frau unser Acker ist und wir diesen Acker pflügen können, wann immer wir auch wollen. So spricht Al-Baqara, die Kuh.«

Walthers schluckte seine Verärgerung runter und machte einen kleinen Scherz. »Unglücklicherweise ist aber meine Frau keine Kuh.«

»Unglücklicherweise ist Ihre Frau keine Frau«, wies ihn der Araber zurecht. »Zu Hause in Houston haben wir für einen Mann wie Sie einen ganz bestimmten Ausdruck: Pussy-Frustling. Ein beschämender Zustand für einen Mann.«

»Aber hören Sie mal«, fing Walthers an, der rot geworden war. Aber dann schluckte er auch diesen Ärger hinunter. Drüben beim Küchenzelt schaute Luqman, der dabei war, die tägliche Brandyration peinlich genau abzumessen, mit finsterem Gesicht herüber. Walthers zwang sich zu einem versöhnlichen Lächeln. »Wir werden uns nie einigen«, meinte er. »Lassen Sie uns trotzdem Freunde bleiben.« Dann versuchte er, das Thema zu wechseln. »Ich hab' mir so meine Gedanken gemacht«, sagte er. »Warum Sie hier direkt am Äquator nach Öl bohren wollen.«

Fawzi schürzte die Lippen und sah Walthers eindringlich an, ehe er antwortete. »Wir hatten viele Hinweise auf die richtigen geologischen Bedingungen.«

»Aber sicher haben Sie die – die ganzen Satellitenfotos wurden ja veröffentlicht. Sie sind kein Geheimnis. Aber auf der nördlichen Hälfte, um das Glasmeer herum, sieht die Geologie noch viel ergiebiger aus.«

»Das reicht!«, unterbrach ihn Fawzi und erhob die Stimme. »Walthers, Sie werden nicht dafür bezahlt, dass Sie dumme Fragen stellen!«

»Ich wollte doch nur ...«

»Sie haben Ihre Nase in Angelegenheiten gesteckt, die Sie nichts angehen!«

Wieder waren die Stimmen laut geworden. Diesmal kam Luqman mit den achtzig Millilitern Brandy für jeden herüber. »Was ist denn los?«, fragte er. »Was will der Amerikaner wissen?«

»Spielt keine Rolle. Ich habe nicht geantwortet.«

Luqman musterte Walthers, dessen Brandyration er in der Hand hielt. Dann hob er plötzlich das Glas hoch und kippte es hinunter. Walthers unterdrückte seinen Protest. Es war ja nicht so wichtig. Er wollte diese Leute nicht als Saufkumpane. Außerdem schien Luqman trotz seines genauen Abmessens der Milliliter den einen oder anderen schon hinter die eigene Binde gegossen zu haben. Sein Gesicht war gerötet und die Zunge schwer. »Walthers«, sagte er, »wenn es wichtig wäre, würde ich Sie für Ihre Schnüffelei bestrafen. Ist es aber nicht. Sie wollen wissen, warum wir uns hier umsehen, hundertsiebzig Kilometer von der Stelle entfernt, wo die Schlaufe gebaut wird? Dann schauen Sie mal nach oben!« Mit theatralischer Geste zeigte er mit ausgestrecktem Arm zum dunklen Himmel hinauf. Dann stolperte er lachend weg. Über die Schulter warf er noch eine Bemerkung zurück. »Spielt doch überhaupt keine Rolle mehr!«

Walthers schaute ihm nach. Dann wandte er die Augen zum Nachthimmel.

Eine strahlend blaue Perle glitt durch die unbekannten Sternbilder. Der Transporter! Das interstellare Schiff *S. Ya. Broadhead* war gerade in den hohen Orbit eingetreten und ging bald darauf in die niedrige Umlaufbahn, um dort als riesiger, kartoffelförmiger, blau schimmernder kleinerer Mond am wolkenlosen Himmel von Peggys Planet zu parken. Walthers verfolgte dieses Manöver. In neunzehn Stunden würde das Schiff geparkt sein. Vorher musste er sich aber in seiner Raumfähre einfinden, um bei den hektischen Pendelflügen zwischen Peggys Planet und Raumschiff dabei zu sein. Der zerbrechliche Teil der Ladung und die Passagiere mit Sonderstatus mussten befördert werden. Die aus dem Orbit frei fallenden Kapseln mussten etwas gestupst werden, damit die völlig verängstigten Immigranten darin ihr neues Zuhause auch sicher erreichten.

Walthers dankte im Stillen Luqman, dass er ihm seinen Drink nicht gegönnt hatte. Er konnte sich heute Nacht keinen Schlaf leisten. Während die vier Araber schliefen, baute er Zelte ab, verstaute die Ausrüstung, belud sein Flugzeug und sprach mit dem Flughafen in Port Hegramet, um sicherzugehen, dass er einen Auftrag für den Shuttle hatte. Er hatte. Wenn er bis morgen Mittag zur Stelle war, würden sie ihm einen Liegeplatz zuweisen und damit eine Chance geben, sich an der Hetzjagd der Rundflüge zu beteiligen. Der riesige Transporter musste völlig entladen werden, ehe er seine Rückfahrt antreten konnte. Beim ersten Morgengrauen hatte er die Araber auf den Beinen. Sie fluchten und stolperten herum. Eine halbe Stunde später waren sie an Bord des Flugzeuges und auf dem Heimweg.

Es war noch reichlich Zeit, als er auf dem Flughafen landete. Trotzdem flüsterte eine Stimme in seinem Inneren unaufhörlich: *Zu spät. Zu spät …*

Zu spät, wofür? Das fand er bald heraus. Als er den Treibstoff bezahlen wollte, leuchtete auf dem Bank-Monitor eine rote Null auf. Sein gemeinsam mit Dolly unterhaltenes Konto war leer. Unmöglich! – oder doch nicht unmöglich, dachte er. Er schaute hinaus auf das Rollfeld, wo vor zehn Tagen noch Wans Landefahrzeug gestanden hatte. Jetzt war es nicht mehr dort. Als er sich die Zeit nahm und zum Appartement raste, war er eigentlich nicht überrascht: Das Bankkonto war geplündert. Dollys Kleiderschrank war leer. Die Handpuppen waren weg.

Und Dolly selbst war auch verschwunden.

Ich habe zu diesem Zeitpunkt nicht an Audee Walthers gedacht. Hätte ich es getan, wären mir sicher die Tränen über sein schweres Los gekommen - oder über meines. Ich hätte mir eingebildet, dass es wenigstens eine gute Entschuldigung wäre, um zu weinen. Die Tragödie, wenn ein geliebtes Wesen weggegangen ist, kannte ich nur zu gut. Vor vielen Jahren hatte sich meine große Liebe in ein Schwarzes Loch zurückgezogen und war auf immer verloren.

Aber wie gesagt, schenkte ich ihm keinen Gedanken. Ich war mit mir selbst beschäftigt. Mein Denken kreiste hauptsächlich um das Stechen in meinem Bauch. Darüber hinaus dachte ich noch viel über die Bösartigkeit der Terroristen nach, die mich und alles in meiner Umgebung bedrohten.

Das war aber nicht das einzig Böse um mich herum. Ich sann über meine abgenutzten Eingeweide nach, weil sie mich dazu zwangen. Die künstlichen Arterien wurden langsam härter, und jeden Tag starben sechstausend Zellen in meinem nicht ersetzbaren Gehirn ab. Und während dieser Zeit verlangsamten die Sterne ihre Bahn, und das Universum schleppte sich seinem endgültigen, entropischen Tod entgegen. Und unterdessen - unterdessen ging alles, wenn man es bedachte, unweigerlich den Bach hinunter. Doch ich dachte niemals darüber nach.

Aber so sind wir nun einmal. Wir machen weiter, weil wir uns darauf dressiert haben, nicht an diese »Unterdessen« zu denken, bis sie sich - wie mein Bauch - uns aufdrängen.

3

Sinnlose Gewalt

Eine Bombe auf Kyoto, die tausend Jahre alte hölzerne Buddhastatuen in Brand steckte, ein Schiff ohne Besatzung, das auf dem Gateway-Asteroiden im Heimathafen lag und eine Wolke Anthrax-Sporen freisetzte, als es geöffnet wurde, eine Schießerei in Los Angeles und Plutoniumstaub im Staines-Reservoir von London – das waren Ereignisse, die uns alle in Atem hielten. Terrorismus. Sinnlose Gewalttaten. »Es geht schon seltsam auf der Welt zu«, bemerkte ich zu meiner lieben Frau Essie. »Einzelwesen verhalten sich besonnen und vernünftig. In Gruppen werden sie zu krakeelenden Jugendlichen – wie können Menschen nur so kindisch sein, sobald sie sich zu Gruppen zusammengeschlossen haben?«

»Stimmt«, nickte Essie. »Ist richtig. Aber sag mir, Robin, wie geht es deinem Bauch?«

»Den Umständen entsprechend«, antwortete ich bekümmert und fügte als Scherz hinzu: »Heutzutage bekommt man einfach keine guten Ersatzteile mehr.« Denn auch die Därme in meinem Bauch waren Transplantate, wie viele der Zubehörteile, die mein Körper brauchte, um weiterzumachen – das sind die Vorteile des medizinischen Vollschutzes. »Aber ich spreche nicht von meiner Krankheit. Ich spreche von der Krankheit der Welt.«

»Es ist richtig, dass du das tust«, pflichtete mir Essie bei. »Aber wenn du deinen Bauch reparieren ließest, würdest du nicht so oft von solchen Sachen reden.« Sie trat hinter mich und fühlte mit der Hand meine Stirn, wobei sie geistesabwesend auf den Tappan-See hinausschaute. Essie kennt sich mit Instrumenten aus wie nur wenige Leute und besitzt auch Auszeichnungen, die das beweisen. Aber wenn sie wissen will, ob ich Fieber habe, stellt sie das auf die gleiche Art fest wie die Kinderfrau, die sie in Leningrad gehabt hatte. »Ist nicht sehr heiß«, meinte sie zögernd. »Aber was sagt Albert?«

»Albert sagt, dass du deine Hamburger unter die Leute bringen solltest.« Ich drückte ihre Hand. »Ehrlich. Mir geht's gut.«

»Frag doch Albert! Dann weißt du es sicher«, bat sie mich. Dabei war sie mehr als beschäftigt, ihre Ladenkette auszubauen.

Ich wusste das. »Werd' ich«, versprach ich und tätschelte ihren hinreißenden Hintern, als sie in ihr Arbeitszimmer ging. Sobald sie weg war, rief ich: »Albert? Hast du gehört?«

Im Holorahmen über meinem Schreibtisch erschien das Bild meines Datenabrufprogramms. Er kratzte sich mit dem Pfeifenstiel an der Nase. »Ja, Robin«, meldete sich Albert Einstein. »Natürlich habe ich es mitbekommen. Wie du weißt, sind meine Rezeptoren immer in Betrieb, es sei denn, dass du mich ausdrücklich bittest, sie abzuschalten, oder wenn die Situation eindeutig privat ist.«

»So, so«, meinte ich und betrachtete ihn aufmerksam. Mein Albert ist mit seinem schmuddeligen Sweatshirt, das am Hals Falten wirft, und den bis auf die Knöchel heruntergerutschten Socken nicht gerade ein betörender Dressman. Essie würde ihn blitzschnell auf Vordermann bringen, wenn ich sie darum bäte. Aber ich mochte ihn so, wie er war. »Und woher weißt du, wann die Situation privat ist, wenn du nicht hinsiehst?«

Er bewegte den Stiel der Pfeife von der Nase zum Jochbein, immer noch kratzend, immer noch lächelnd. Diese Frage war so oft gestellt worden, dass keine Antwort nötig war.

Albert ist wirklich mehr ein Freund als ein Computerprogramm. Er weiß genau, wann er nicht antworten muss, weil ich eine rhetorische Frage gestellt habe. Früher hatte ich etwa ein Dutzend verschiedener Programme. Ich hatte für das Geschäft ein Managerprogramm, das mich über meine Investitionen auf dem Laufenden hielt, ein medizinisches Programm, das mir anzeigte, wann meine Organe ersetzt werden mussten (unter anderem - ich glaube, dass dieses mit meinem Küchenchefprogramm unter einer Decke steckte, um die komischsten Pharmaprodukte in mein Essen zu schmuggeln), ferner ein Rechtsanwaltprogramm, das mir sagte, wie ich mich aus einer misslichen Lage befreien konnte, und mein altes Psychiaterprogramm, das mir erklärte, warum ich den Mist gebaut hatte, wenn ich zu tief drinsteckte. Jedenfalls versuchte es dies. Ich habe ihm aber nicht immer geglaubt. Im Laufe der Zeit habe ich mich mehr und mehr auf meinen allgemein wissenschaftlichen Ratgeber und mein Mädchen für alles, Albert Einstein, beschränkt. »Robin«, sagte er mit leichtem Tadel. »Du hast mich doch nicht bloß gerufen, um herauszufinden, ob ich ein Spanner bin!«

»Du weißt ganz genau, warum ich dich gerufen habe«, entgegnete ich. Er nickte und deutete auf die gegenüberliegende Wand meines Büros über dem Tappan-See, wo mein Gegensprechanlagen-Bildschirm war – Albert kontrolliert ihn ebenso wie alles andere, das mir gehört. Dort erschien eine Art Röntgenbild.

»Während wir uns unterhalten haben«, gestand er, »habe ich mir die Freiheit genommen, Robin, dich mit Schallimpulsen abzutasten. Sieh mal! Das ist dein letztes Darmtransplantat. Wenn du genau hinschaust – warte, ich werde es vergrößern –, kannst du den gesamten Entzündungsbereich erkennen. Ich befürchte, dass du es abstößt. Leider.«

»Um das zu wissen, hätte ich dich nicht gebraucht«, fuhr ich ihn an. »Wie lange?«

»Ehe es kritisch wird, willst du wissen? Ja, Robin«, erklärte er mit großem Ernst. »Das ist schwierig zu sagen. Medizin ist schließlich keine exakte Wissenschaft ...«

»Wie lange?«

Er seufzte. »Ich kann dir eine Schätzung für Minimum und Maximum geben. Katastrophales Versagen ist für die nächsten vierundzwanzig Stunden so gut wie ausgeschlossen, aber in sechzig Tagen so gut wie sicher.«

Ich entspannte mich.

Das war nicht so schlimm, wie es hätte sein können. »Dann habe ich also noch etwas Zeit, ehe es ernst wird.«

»Nein, Robin«, widersprach er. »Es ist bereits ernst. Das Unbehagen, das du spürst, wird sich noch verstärken. Du solltest auf alle Fälle mit der medizinischen Behandlung anfangen. Aber trotz aller Medikamente lautet die Prognose: heftige Schmerzen, und zwar bald.« Er machte eine Pause und beobachtete mich. »Aus deinem Gesichtsausdruck schließe ich, dass du den Eingriff aus einer Marotte heraus so lange wie möglich aufschieben willst.«

»Ich möchte die Terroristen aufhalten!«

»Ja, sicher!«, stimmte er mir zu. »Ich weiß, dass du das willst. Es ist ja auch ein triftiger Grund, wenn ich mein Werturteil abgeben darf. Und gerade deshalb willst du auch nach Brasilien, um bei der Gateway-Kommission zu intervenieren.« – Das wollte ich wirklich. Die schlimmsten Verbrechen der Terroristen wurden von einem Raumschiff aus begangen, das bisher keiner erwischen konnte. – »Ferner willst du sie dazu bringen, ihre Daten auszutauschen, damit sie die Terroristen ernsthaft bekämpfen können. Ja, und von mir willst du die Zusicherung, dass der Aufschub der Behandlung dich nicht umbringen wird.«

»Ganz genau, mein lieber Albert!« Ich lächelte.

»Diese Zusicherung kann ich dir geben«, sagte er mit großem Ernst. »Zumindest kann ich deinen Zustand überwachen, bis die Sache akut wird. Dann aber musst du dich sofort einer neuen Operation unterziehen.«

»Einverstanden, mein lieber Albert.« Ich lächelte erneut, doch er erwiderte mein Lächeln nicht.

»Aber trotzdem glaube ich nicht, dass du nur einzig und allein deshalb den Austausch aufschieben willst«, vermutete er. »Du hast doch noch etwas anderes im Sinn.«

»Ach, Albert«, stöhnte ich. »Wenn du Sigfrid Seelenklempner spielst, gehst du mir auf den Wecker. Sei lieb und schalte dich ab!«

Mit sorgenvoller Miene tat er es. Er hatte auch allen Grund, so bekümmert dreinzuschauen. Schließlich hatte er Recht.

Und tief in meinem Innern, an dieser nicht lokalisierbaren Stelle, an der die unausrottbaren Schuldgefühle lauern, die auch Sigfrid Seelenklempner nicht beseitigen konnte, hegte ich die Überzeugung, dass die Terroristen im Recht waren. Natürlich nicht in dem Sinne, Leute umzubringen, sie in die Luft zu jagen oder in den Wahnsinn zu treiben. Das bleibt immer Unrecht. Ich meine, dass sie einen berechtigten Grund zur Klage zu haben glaubten, einen sündhaften, ungerechten Hass auf die restliche Menschheit. Deshalb hatten sie das Recht, Aufmerksamkeit auf sich zu ziehen. Ich wollte den Terroristen nicht Einhalt gebieten. Ich wollte sie heilen.

Oder wenigstens nicht noch kränker machen, als sie ohnehin schon waren. Damit sind wir bei dem moralischen Kern der Angelegenheit. Wie viel darf man von einer anderen Person stehlen, ehe man zum Dieb wird?

Dieses Problem beschäftigte mich ungeheuer, und ich hatte niemand, der mir die Lösung hätte anbieten können. Essie nicht, denn mit Essie kam das Gespräch immer wieder auf meinen Bauch zurück. Auch nicht mein altes psychoanalytisches Programm, weil dies immer von der Frage »Was trage ich dazu bei, die Dinge zu verbessern?« auf »Warum, Robin, hast du das Gefühl, dass du die Dinge verbessern musst?« überging. Nicht einmal Albert. Ich konnte mich mit Albert über alles unterhalten. Wenn ich ihm aber Fragen dieser Art stelle, wirft er mir einen Blick zu, als hätte ich ihn aufgefordert, mir die physikalischen Eigenschaften von Phlogiston zu definieren – oder die Gottes. Albert ist nur eine holographische Projektion; aber er blendet sich in seine Umgebung so hervorragend ein, als ob er wirklich anwesend wäre. Er schaut sich immer nachdenklich alles an, ganz gleich, wo wir uns gerade befinden – zum Beispiel das Haus am Tappan-See, das wirklich sehr komfortabel eingerichtet ist, wie ich selbst zugeben muss. Meist macht er dann eine Bemerkung wie: »Warum stellst du bloß so metaphysische Fragen, Robin?« Ich weiß, dass er damit eigentlich sagen will: »Du lieber Himmel, Junge! Wann wirst du endlich kapieren, dass du es geschafft hast?«

Zugegeben. Ich habe es geschafft, bis zu einem gewissen Punkt. Ein gütiges Schicksal hat mir einen Haufen Geld in den Schoß geworfen, als ich es am wenigsten erwartet hatte. Und viel Geld bekommt Junge. Jetzt kann ich alles kaufen, was für Geld zu haben ist. Sogar einige Dinge, die nicht verkauft werden. Ich besitze schon eine Menge Dinge, die es wert sind. Ich habe mächtige Freunde. Ich bin jemand, mit dem man rechnen muss. Ich werde geliebt, wirklich geliebt, von meiner lieben Frau Essie – und das sogar ziemlich oft, wenn man bedenkt, dass wir nicht mehr die Jüngsten sind. Ich lache also etwas gequält und wechsele das Thema ... Aber ich habe nie eine Antwort erhalten. Ich habe nicht einmal jetzt eine Antwort erhalten, obwohl die Fragen noch viel schwieriger sind.

Außerdem habe ich schwere Gewissensbisse, dass ich den armen Audee Walthers so lange Trübsal blasen lasse, während ich abschweife. Lassen Sie mich daher meinen Gedankengang abschließen.

Der Grund für mein schlechtes Gewissen bezüglich der Terroristen liegt darin, dass sie arm sind und ich reich bin. Da draußen gab es eine für sie hervorragend geeignete, großartige Galaxis. Aber wir hatten keine praktikable Möglichkeit, sie dorthin zu bringen, auf alle Fälle nicht schnell genug. Dabei schrien sie laut und kamen fast um vor Hunger. Auf den PV-Bildschirmen sahen sie, wie herrlich das Leben für einige von uns sein konnte. Wenn sie sich aber ihre armseligen Hütten und Lehmbehausungen betrachteten, wurde ihnen ihre verzweifelte Situation vor Augen geführt: dass sie fast keine Chance hatten, all die großartigen Dinge zu bekommen, ehe sie starben. Albert nennt das die Revolution der steigenden Erwartungen. Man hätte Abhilfe schaffen müssen – aber ich wusste nicht, wie. Jetzt lag mir die Frage auf der Seele, ob ich ein Recht hatte, alles noch schlimmer zu machen. Hatte ich das Recht, die Organe, die Haut und die Arterien eines anderen zu kaufen, wenn meine verschlissen waren?

Ich fand keine Antwort. Ich weiß sie auch jetzt noch nicht. Aber die Schmerzen in meinem Bauch waren geringer als die, wenn ich darüber nachdachte, das Leben eines anderen Menschen zu stehlen, nur weil ich dafür bezahlen konnte und er nicht.

Und während ich hier saß und meinen Bauch hielt und mir darüber Gedanken machte, was ich einmal werden würde, wenn ich erwachsen wäre, nahm alles im riesigen Universum seinen gewohnten Lauf.

Das meiste an diesem Lauf war sehr quälend. Da war diese Machs-Prinzip-Sache, die Albert immer wieder versucht hatte, mir zu erklären. Nach dieser Theorie versuchte jemand – vielleicht die Hitschi –, das Universum zu einem kleinen Ball zusammenzupressen und die physikalischen Gesetze neu zu schreiben. Unglaublich. Wirklich unglaublich beängstigend, wenn man darüber nachdachte ... Allerdings würde das erst in Millionen oder Milliarden von Jahren eintreten. Daher

Machs Prinzip, von dem Robin hier spricht, war damals noch reine Spekulation, allerdings, wie Robin richtig feststellt, eine sehr beängstigende. Die Sache ist sehr kompliziert. Lassen Sie mich für den Augenblick nur so viel sagen: Es gab Anzeichen, dass die Expansion des Universums zum Stillstand gekommen war und eine Kontraktion eingesetzt hatte – ferner noch eine Andeutung in alten, bruchstückhaften Aufzeichnungen der Hitschi, dass dieser Vorgang nicht natürlich zustande gekommen war.

würde ich diese Sorge nicht als ausgesprochen dringlich bezeichnen. Die Terroristen und die wachsenden Armeen waren sehr viel akuter. Die Terroristen hatten eine Schlaufenkapsel, die das Hohe Pentagon angesteuert hatte, entführt. Sie rekrutierten neuen Nachwuchs aus der Sahelzone, wo es wieder einmal eine Missernte gegeben hatte. Unterdessen versuchte Audee Walthers, sich ein neues Leben aufzubauen, ohne seine herumstreunende Frau. Unterdessen zog seine Frau mit diesem widerlichen Kerl, Wan, herum. Ferner begann in der Nähe des Kerns der Hitschi-Kapitän hinsichtlich seines Zweiten Offiziers, die Twice hieß, erotische Phantasien zu entwickeln. Und unterdessen war meine Frau, trotz ihrer Ängste um meinen Bauch, glücklich, dass sie ihre Schnellrestaurantkette auf Papua, Neu-Guinea und die Andamanen ausdehnen konnte. Und unterdessen – ja, unterdessen! So viel geschah unterdessen!

Das ist immer so, aber für gewöhnlich wissen wir nichts davon.

4

An Bord der *S. Ya.*

1908 Lichtjahre von der Erde entfernt erinnerte sich mein Freund – mein früherer Freund, und bald wieder mein Freund – Audee Walthers an meinen Namen, allerdings nicht in einem freundlichen Zusammenhang.

Er verstieß gegen eine Vorschrift, die ich erlassen hatte.

Ich habe bereits erwähnt, dass ich sehr viele Dinge besaß, unter anderem auch Anteile an dem größten Raumschiff, das die Menschheit kannte. Es gehörte zu den technischen Spielereien, welche die Hitschi im Sonnensystem zurückgelassen hatten. Es schwebte über die Oort'sche Wolke hinaus, ehe es entdeckt wurde. Entdeckt von menschlichen Wesen, will sagen – Hitschi und Australopithekus-Vormenschen zählen nicht.

Wir nannten das Schiff »Hitschi-Himmel«. Als mir aber der Gedanke kam, dass es sich ausgezeichnet als Transporter verwenden ließe, um einige dieser armen Teufel, die sich hier nicht ernähren konnten, von der Erde zu einem gastfreundlicheren Planeten zu bringen, überredete ich die anderen Aktionäre, das Schiff umzutaufen. Es wurde nach meiner Frau *S. Ya. Broadhead* genannt. Ich steckte das Geld hinein, um es für den Transport von Siedlern umzurüsten. Dann begannen wir den Pendelverkehr mit dem besten und nächstgelegenen Planeten – Peggys Planet.

Dieses Unternehmen brachte mich wieder in eine Situation, in der mein Gewissen und der gesunde Menschenverstand einander bekämpften. Eigentlich wollte ich alle an einen Ort bringen, wo sie glücklich sein konnten. Aber um dies zu ermöglichen, musste ich einen Gewinn erwirtschaften. So kam es zu Broadheads Vorschriften. Diese entsprachen weitgehend den früheren Verfügungen auf dem Gateway-Asteroiden. Für den Hinflug musste bezahlt werden. Man konnte ihn auch auf Kredit bekommen, wenn man das Glück hatte, dass man ein Freilos zog. Die Rückfahrt zur Erde war aber nur gegen bar möglich. Als Siedler mit Landanspruch konnte man die sechzig Hektar wieder der Gesellschaft überschreiben, die dafür eine Rückfahrkarte ausgab. Wenn man kein Land mehr besaß, weil man es verkauft, eingetauscht oder beim Würfeln verloren hatte, blieben nur zwei Möglichkeiten: Das Geld für den Rückflug bar auf den Tisch zu legen, oder man blieb, wo man war.

Es sei denn, man war ein qualifizierter Pilot, und einer der Schiffsoffiziere entschied sich, auf Peggys Planet zu bleiben. Dann konnte man den Rückflug abarbeiten. Walthers hatte sich für diese Lösung entschieden. Er hatte keine blasse Ahnung, was er tun würde, wenn er wieder auf der Erde war. Er wusste nur, dass er unter keinen Umständen in dem leeren Appartement bleiben konnte, nachdem Dolly ihn verlassen hatte. Er verkaufte sämtliche Möbel und einigte sich in den paar Minuten zwischen den Transportflügen mit dem Kapitän der *S. Ya.* Dann ging es los. Eigentlich fand er es merkwürdig, ja unangenehm, dass dieser Rückflug, der ihm als völlig unmöglich erschienen war, als Dolly ihn darum gebeten hatte, nun die einzige Alternative darbot, nachdem er von ihr verlassen worden war. Aber, wie er schon festgestellt hatte, war das Leben oft merkwürdig und unangenehm.

Er ging also in der letzten Minute an Bord der *S. Ya.* Vor Erschöpfung zitterte er. Da ihm noch zehn Stunden bis zum Dienstantritt blieben, schlief er erst einmal. Trotzdem war er noch ganz kaputt und vielleicht auch durch die seelische Erschütterung wie betäubt, als ihm ein fünfzehnjähriger gescheiterter Kolonist eine Tasse Kaffee brachte und ihn in den Kontrollraum des interstellaren Transportschiffes *S. Ya. Broadhead*, vormals *Hitschi-Himmel*, führte.

Wie riesig dieses verdammte Ding war! Von außen sah es gar nicht so aus, aber diese langen Korridore, diese Abteile mit zehn Etagenbetten übereinander, die jetzt leer standen, diese bewachten Laufgänge und Hallen mit unbekannten Maschinen oder Sockeln, von denen man die Maschinen abmontiert hatte – solche Weiträumigkeit hatte Walthers noch nie bei einem Raumschiff erlebt! Sogar der Kontrollraum war riesig. Alle Steuervorrichtungen waren doppelt vorhanden. Walthers hatte schon Hitschi-Schiffe geflogen – so war er zu Peggys Planet gelangt, als Pilot eines umgebauten Fünfers. Hier waren die Geräte fast die gleichen, nur gab es sie in zweifacher Ausführung. Wenn nicht beide Plätze bemannt waren, konnte der Transporter nicht fliegen. »Willkommen an Bord, Siebter!« Die zierliche, asiatisch aussehende Frau lächelte ihm vom linken Sitz aus zu. »Ich bin Janie Yee-xing, Dritter Offizier. Sie sind meine Ablösung. Kapitän Amheiro muss jeden Augenblick kommen.« Sie bot ihm keine Hand zum Gruß. Walthers hatte das erwartet. Ständig zwei Piloten im Einsatz hieß, dass diese ihre Hände auch ständig an den Instrumenten hatten. Sonst flog der Vogel nicht. Er wäre zwar nicht abgestürzt, aber er würde nicht auf dem richtigen Kurs mit der nötigen Beschleunigung bleiben.

Ludolfo Amheiro kam herein. Er war ein untersetzter, nicht sehr großer Mann mit grauen Koteletten und neun blauen Armspangen über dem linken Handgelenk – nur wenige Leute trugen diese heutzutage noch. Walthers wusste, dass jede von ihnen einen Flug an Bord eines Hitschi-Schiffes bedeutete, und zwar zu der Zeit, als man nie wusste, wohin einen das Schiff führen würde. Hier war ein Mann mit Erfahrung! »Freu' mich, Sie an Bord zu haben, Walthers«, sagte er von oben herab. »Kennen Sie sich mit der Wachablösung aus? Ist ziemlich einfach. Wenn Sie Ihre Hände auf die Yee-xings auf dem Steuer legen ...« Walthers nickte und tat, was er ihm auftrug. Ihre Hände fühlten sich warm und weich an, als sie sie vorsichtig unter seinen herauszog. Dann rutschte sie mit ihrem niedlichen Hintern vom Pilotensitz, um Walthers Platz zu machen. »Das wär's, Walthers!«, meinte der Kapitän zufrieden. »Der Erste Offizier, Madjhour, wird das Schiff fliegen.« Er winkte dem dunklen, lächelnden Mann zu, der sich gerade auf den rechten Sitz geschoben hatte. »Er wird Ihnen alles Nötige erklären. Jede Stunde haben Sie zehn Minuten Pinkelpause ... Ja, das wär's dann wohl. Essen Sie doch heute mit mir zu Abend, wenn Sie Lust haben.«

Diese Einladung wurde durch ein Lächeln des Dritten Offiziers Janie Yee-xing noch untermauert. Walthers war selbst erstaunt, während er den Erklärungen Ghazi Madjhours zuhörte, dass bereits zehn Minuten vergangen waren, seit er zum letzten Mal an die weggelaufene Dolly gedacht hatte.

Ganz so einfach war es aber nicht. Fliegen blieb Fliegen. Das verlernte man nicht. Aber mit der Navigation war das schon anders, besonders da eine Menge der alten Hitschi-Navigationskarten entschlüsselt worden waren – jedenfalls zum Teil –, während Walthers Schafhirten und Prospektoren auf Peggys Planet herumgeflogen hatte.

Die Sternkarten der *S. Ya.* waren weit komplizierter als die, welche Walthers auf dem Hinflug benutzt hatte. Es gab zwei Versionen. Die interessantere war die der Hitschi. Auf diesen Karten waren merkwürdige goldene und graugrüne Markierungen eingezeichnet, deren Bedeutung nur teilweise bekannt war. Aber es war wirklich *alles* eingetragen. Die andere wies sehr viel weniger Details auf, war aber für menschliche Wesen viel zweckdienlicher. Sie war von Menschen erstellt worden und trug englische Beschriftung. Außerdem musste das Schiffslog kontrolliert werden, das automatisch alles aufzeichnete, was das Schiff tat oder sah. Ferner gab es noch die vielen Anzeigen des ganzen internen Systems – die gingen zwar den Piloten nichts an. Wenn aber etwas schief ging, musste er das wissen. All das war natürlich für Audee neu.

Das Erlernen dieser neuen Fachkenntnisse hielt Walthers ganz schön in Trab, was ihm nur recht war. Janie Yee-xing war seine Lehrerin, was ihm auch sehr recht war, weil sie seine Gedanken in andere Bahnen lenkte ... außer in den schlimmen Minuten, ehe er einschlief.

Da sich die *S. Ya.* auf der Heimreise befand, war sie beinahe leer. Über dreitausendachthundert Kolonisten waren zu Peggys Planet hinausgeflogen. Beim Rückflug waren da nur die drei Dutzend Menschen, aus denen die Mannschaft bestand, die militärischen Sonderkommandos, die von den vier leitenden Nationen der Gateway AG unterhalten wurden, und etwa sechzig gescheiterte Immigranten, die eigentliche Fracht. Sie hatten sich finanziell völlig entblößt, um hinauszufahren. Jetzt schufteten sie verdrossen und noch mehr pleite, um wieder in die Wüste oder den Slum zurückzukehren, vor dem sie geflohen waren. Als es hart auf hart ging, hatten sie das Pionierleben in einer neuen Welt einfach nicht gepackt. »Arme Schweine«, murmel-

Die Entschlüsselung der Hitschi-Karten war äußerst schwierig, vor allem, da es Hinweise gab, dass sie absichtlich so verwirrend aufgezeichnet worden waren. Außerdem gab es nicht viel, woran man sich halten konnte. Zwei oder drei Fragmente, die auf Schiffen wie dem so genannten Hitschi-Himmel gefunden wurden, und ein fast vollständiges Exemplar in einem Artefakt, das einen gefrorenen Planeten um einen Stern im Bootes umkreist. Meiner ganz persönlichen Meinung nach, die allerdings von den offiziellen Berichten der Kartographischen Studienkommission nicht geteilt wurde, sollten viele der Halos, Kreuze und aufflackernden Zeichen als Warnsignale dienen. Robin hat mir damals nicht geglaubt. Er sagte, ich sei ein feiger Pudding aus herumgewirbelten Photonen. Als er mir dann zustimmen musste, war es nicht mehr wichtig, wie er mich nannte.

te Walthers, als er einem Arbeitstrupp auswich, der mit dem apathischen Schneckentempo von Sklaven Luftfilter reinigte. Aber Yee-xing stimmte ihm keineswegs bei.

»Verschwenden Sie kein Mitleid an die, Walthers! Sie hatten ihre Chance. Sie haben sie aber nicht genutzt, sondern feige aufgegeben.« Auf kantonesisch fuhr sie die Arbeiter an, die daraufhin widerwillig einen Augenblick lang ihr Tempo um Bruchteile erhöhten.

»Sie können den Leuten doch keinen Vorwurf machen, wenn sie Heimweh haben.«

»Heimweh! Mein Gott, Walthers, Sie reden, als ob die je ein ›Heim‹ zurückgelassen hätten ... Sie sind zu lange draußen im Busch gewesen.« Sie blieb bei der Gabelung zweier Korridore stehen. Der eine glänzte blau von den Spuren des Hitschi-Metalls, der andere golden. Sie winkte den bewaffneten Wachposten zu, welche die Uniformen Chinas, Brasiliens, der Vereinigten Staaten und der Sowjetunion trugen. »Sehen Sie bei denen Verbrüderung?«, fragte sie. »Früher haben sie das nicht ernst genommen. Sie und die Mannschaft waren wie Kumpels. Sie trugen nie Waffen. Für sie war es nur eine kostenlose Kreuzfahrt durchs All. Aber *jetzt!*« Sie schüttelte den Kopf. Dann packte sie blitzschnell Walthers' Arm, als er weiter auf die Wachen zugehen wollte. »Warum hören Sie mir nicht zu, Mann?«, fuhr sie ihn an. »Sie kommen in Teufels Küche, wenn Sie versuchen, da hineinzukommen!«

»Was ist da drin?«

Sie zuckte mit den Achseln. »Das Hitschi-Zeug, das man beim Umbau des Schiffes nicht herausgenommen hat. Das ist eines der Dinge, die sie bewachen – obwohl«, fügte sie mit gedämpfter Stimme hinzu, »wenn sie das Schiff genauer kennen würden, könnten sie ihre Aufgabe noch besser erfüllen. Aber ... kommen Sie! Wir gehen hier lang.«

Walthers folgte ihr bereitwillig. Er war ihr für die Besichtigungstour dankbar und freute sich schon auf das Ziel der Führung. Die *S. Ya.* war bei weitem das größte Schiff, das er oder irgendein menschliches Wesen je gesehen hatte. Gebaut von den Hitschi, sehr alt – und immer noch auf eine gewisse Art rätselhaft. Sie waren schon halb zu Hause, und Walthers hatte noch nicht einmal ein Viertel dieser schimmernden Labyrinthgänge erforscht. Vor allem hatte er noch keine Gelegenheit gehabt, Yee-xings Kabine zu erforschen. Und darauf freute er sich wie eine lüsterne Jungfrau. Es gab aber noch einige Ablenkungen. »Was ist das?«, fragte er und blieb vor einem grün schimmernden Metallgebilde in Pyramidenform in einer Nische stehen. Ein schweres Stahlgitter schirmte es vor neugierigen Händen ab.

»Keine Ahnung«, gab Yee-xing zu. »Das weiß niemand – deshalb hat man es auch hier gelassen. Einiges von dem Zeug kann man leicht abmontieren und wegbringen, manches geht auch dabei kaputt – ab und zu explodiert auch etwas beim Abbau. Hier entlang, den schmalen Gang! Da wohne ich.«

Ein ordentliches, schmales Bett, an der Wand Fotos eines alten Paares aus dem Fernen Osten – Janies Eltern? –, Blumengestecke auf der Wandkommode. Yee-xing hatte sich wohnlich eingerichtet. »Ich wohne hier nur auf dem Rückflug«, erklärte sie ihm. »Auf dem Hinflug ist das die Kapitänskabine. Wir anderen schlafen in Kojen in der Pilotenunterkunft.« Sie zupfte an der Bettdecke, die bereits völlig gerade war. »Auf den Fahrten nach draußen gibt es nicht viel Gelegenheiten, ein bisschen Spaß zu haben«, sagte sie. »Möchten Sie ein Glas Wein?«

»Sehr gerne«, antwortete Walthers. Er nahm Platz, trank Wein und teilte sich mit der hübschen Janie Yee-xing einen Joint. Dann genoss er auch die anderen Annehmlichkeiten, welche die kleine Kabine zu bieten hatte. Alle waren von ausgezeichneter Qualität und so recht nach seinem Geschmack.

Falls er überhaupt während der nächsten halben Stunde an Dolly dachte, geschah das nicht mit Eifersucht oder Wut, sondern beinahe mit Mitleid.

Wie sich herausstellte, boten die Rückflüge nicht nur Gelegenheit, sondern auch genügend Platz für Spaß – selbst in einer Kabine, nicht größer als die von Horatio Hornblower einige Jahrhunderte früher. Der Wein war von der besten Sorte, der auf Peggys Planet wuchs. Als sie die Flasche geleert hatten, schien die Kabine viel enger als vorher, und es blieb ihnen noch eine Stunde oder länger, bis ihr Dienst begann. »Ich habe Hunger«, verkündete Yee-xing. »Ich hab' noch etwas Reis und anderes Zeug hier. Aber vielleicht ...«

Es war nicht der richtige Zeitpunkt, das Glück überzustrapazieren, obwohl ein selbst gekochtes Essen verlockend klang. Sogar Reis und Zeug. »Lass uns zur Kombüse gehen«, schlug Walthers vor. Hand in Hand schlenderten sie gemütlich zurück zu dem Teil des Schiffes, wo gearbeitet wurde. Bei einer Gabelung der Korridore blieben sie stehen. Dort hatten die längst verschwundenen Hitschi aus Gründen, die nur ihnen bekannt waren, kleine Gruppen von Büschen und Sträuchern angepflanzt – natürlich nicht die, welche jetzt dort wuchsen. Yee-xing blieb stehen, um eine leuchtend blaue Beere zu kosten.

»Sieh dir das an«, sagte sie. »Die sind alle reif, und diese Tagediebe pflücken sie nicht.«

»Du meinst die heimreisenden Kolonisten? Aber sie bezahlen doch ...«

»Na klar!«, unterbrach sie ihn verächtlich. »Kein Geld,

kein Flug! Aber wenn sie zurück sind, leben sie sofort wieder von der Unterstützung. Was sollen sie sonst machen?«

Walthers probierte eine der saftigen, dünnhäutigen Früchte. »Du magst die Heimkehrer nicht besonders.«

Yee-xing lächelte. »Ich mache aus meiner Meinung wohl kaum ein Geheimnis, oder?« Dann verschwand ihr Lächeln. »Erstens existiert dort nichts, wo sie hergekommen sind - wenn sie ein ordentliches Leben gehabt hätten, wären sie nie ausgewandert. Zweitens hat sich die Lage noch verschlechtert, seit sie weggegangen sind. Mehr Ärger mit Terroristen. Mehr internationale Spannungen - ja, es gibt sogar wieder Länder, die ihre Armeen vergrößern und aufrüsten! Und drittens müssen sie nicht nur unter alldem leiden. Sie sind auch teilweise der Anlass. Die Hälfte der Schwachköpfe, die du hier siehst, werden sich innerhalb eines Monats irgendeiner Terrorgruppe anschließen - oder sie wenigstens unterstützen.«

Sie schlenderten weiter. Walthers gab kleinlaut zu: »Stimmt schon. Ich bin lange weg gewesen; aber ich habe auch gehört, dass die Lage ziemlich schlimm geworden ist - Bomben und Schießereien.«

»Bomben! Wenn das alles wäre! Sie haben jetzt einen TPSE! Du kommst zurück ins Erdsystem und hast nicht den leisesten Schimmer, wann du ohne Warnung plötzlich durchdrehst.«

»Einen TPSE? Was ist ein TPSE?«

»Mein Gott, Walthers!«, wunderte sie sich. »Du warst wirklich *lange* weg. Was man früher den Wahnsinn nannte. Erinnerst du dich nicht? Es ist ein telempathisch-psychokinetischer Sender-Empfänger, eines der alten Hitschi-Dinger. Davon schwirren etwa ein Dutzend herum, und die Terroristen besitzen eins.«

»Der Wahnsinn«, wiederholte Walthers und runzelte die Stirn, als sich die Erinnerung aus seinem Unterbewusstsein heraufarbeitete.

»Genau! Der Wahnsinn!«, sagte Yee-xing mit trauriger Genugtuung. »Ich entsinne mich. Ich war damals noch ein Kind, in Kanchow. Da kam mein Vater mit blutigem Kopf nach Hause, weil jemand aus dem obersten Stock der Glasfabrik gesprungen war. Genau auf meinen Vater drauf! Total übergeschnappt! Und alles vom TPSE.«

Walthers nickte, ohne zu antworten. Seine Züge waren angespannt. Yee-xing blickte ihn erstaunt an. Dann zeigte sie auf die Wachposten vor ihnen. »Das ist es, was sie hauptsächlich bewachen«, erklärte sie. »Da ist nämlich immer noch einer auf der *S. Ya.* Gibt viel zu viele davon! Es ist ihnen auch viel zu spät eingefallen, die Dinger abzuschirmen. Jetzt verfügt ein Haufen Terroristen über einen Hitschi-Fünfer mit einem TPSE, und da ist noch jemand, der wirklich verrückt ist. Ich meine, richtig wahnsinnig! Wenn er das Ding einschaltet, und du spürst ihn in deinem

> Es war natürlich der ausgesetzte Junge, Wan, der das Fieber verursachte. Dabei wollte er lediglich irgendeine Form menschlichen Kontakts, weil er so einsam war. Er hatte gar nicht die Absicht, die Mehrzahl der menschlichen Rasse mit seinen verrückten und besessenen Gedanken in den Wahnsinn zu treiben. Die Terroristen dagegen wussten ganz genau, was sie taten.

Kopf, ist das so unheimlich und grauenvoll – Walthers, fehlt dir etwas?«

Er blieb am Eingang zu dem golden glitzernden Korridor stehen. Die Wachposten schauten ihm neugierig entgegen. »Der Wahnsinn«, überlegte er. »Wan! Das war doch früher sein Schiff!«

»Ja, sicher«, bestätigte die junge Frau und verzog das Gesicht. »Hör mal, wir wollten doch was essen gehen. Es wird langsam Zeit.« Sie machte sich Sorgen. Walthers' Kiefer waren fest zusammengepresst, die Gesichtsmuskeln angespannt. Er sah aus wie jemand, der erwartete, einen Schlag ins Gesicht zu bekommen. Auch die Wachen wurden unruhig. »Komm doch, Audee!«, bat sie ihn.

Walthers bewegte sich und schaute sie an. »Geh schon vor!«, sagte er. »Ich habe keinen Hunger mehr.«

Wans Schiff! Wie merkwürdig, dachte Walthers, dass ihm der Zusammenhang nicht schon früher aufgefallen war. Natürlich, das war es!

Wan war auf diesem Schiff geboren worden. Lange, ehe man es in *S. Ya. Broadhead* umbenannt hatte, lange, ehe die menschliche Rasse wusste, dass es existierte ... es sei denn, man rechnete die paar Dutzend entfernte Verwandte des *Australopithecus afarensis* zu den Menschen. Wan war von einer schwangeren Gateway-Prospektorin geboren worden. Ihr Mann war auf einer Mission verloren gegangen, sie auf einer anderen gestrandet. Sie blieb noch einige Jahre am Leben, dann ließ sie ihn als Waisen zurück. Walthers konnte sich Wans Kinderjahre nur mit Mühe vorstellen – ein winziges Kind in diesem riesigen, beinahe leeren Schiff, keine Gesellschaft außer Wilden und den computergespeicherten Analoga toter Raumprospektoren, von denen eine zweifellos seine Mutter gewesen war. Man musste Mitleid haben ...

Walthers hatte aber kein Mitleid. Nicht mit Wan, der sich seine Frau ausgeliehen hatte; und auch nicht mit dem Mann, der diese Maschine entdeckt hatte, den TPSE – die Abkürzung für »Telempathisch-Psychokinetischer Sender-Empfänger«, wie er in der schwerfälligen Bürokratensprache hieß. Wan hatte ihn nur eine Traumcouch genannt. Der Rest der Menschheit hatte ihn als »Fieber« bezeichnet, diese grauenvolle, undefinierbare Besessenheit, die jeden lebenden Menschen befallen hatte, als der dämliche junge Wan diese Couch entdeckte und herausfand, dass er dadurch eine Art Kontakt mit lebenden Wesen herstellen konnte. Er wusste aber nicht, dass dadurch die Menschheit auch eine Art von Kontakt mit ihm herstellte. Und so drangen seine pubertären Träume, Ängste und sexuellen Phantasien in zehn Milliarden menschliche Gehirne ... Walthers erinnerte sich daran, und es gab ihm einen weiteren Grund, Wan zu hassen.

Er konnte sich an diesen wiederholt auftretenden, weltweiten Wahnsinn nicht mehr in allen Einzelheiten erinnern, konnte sich auch nicht mehr vorstellen, wie verheerend die Wirkung gewesen war. Er versuchte gar nicht erst, sich Wans einsame, leere Kindheit hier vorzustellen, sondern dachte lieber an den jetzigen Wan, der auf seinen geheimnisvollen Fahrten die Sterne umkreiste, seine einzige Gefährtin dabei Walthers' flüchtige Ehefrau – das, und zwar mit allem Drum und Dran, konnte er sich sehr wohl vorstellen.

Und das tat er auch. Er verbrachte fast die ganze Stunde, die ihm bis zum Dienstantritt blieb, mit diesen Vorstellungen. Bis er erkannte, dass er sich in Selbstmitleid wälzte und sich freiwillig so erniedrigte, wie es für einen erwachsenen Menschen unwürdig war.

Er war pünktlich. Yee-xing war vor ihm in der Pilotenkanzel. Sie sagte nichts, blickte ihn nur überrascht an. Er lächelte ihr zu und ging an die Arbeit.

Obwohl der Pilot des Raumschiffes im Grunde nicht viel mehr zu tun hatte, als das Steuer zu halten und das Schiff sich selbst fliegen zu lassen, wurde es Walthers nicht langweilig. Seine Stimmung war umgeschlagen. Die ungeheure Größe des Schiffes, das er unter seinen Fingerspitzen hatte, bedeutete eine Herausforderung. Er beobachtete Janie Yee-xing, wie sie mit Knien, Zehenspitzen und Ellenbogen die Instrumente bediente, die den Kurs, die Position, den Zustand des Schiffes und all die anderen Daten anzeigten, die ein Pilot nicht wirklich brauchte, um den Pott zu fliegen, die er aber kennen sollte, wenn er sich *Pilot* nennen wollte. Walthers rief den Kurs ab und überprüfte die Position der *S. Ya.*, einen winzigen, leuchtenden Goldpunkt an einer dünnen, blauen Linie, neunzehnhundert Lichtjahre lang. Er verifizierte, dass die Position auch stimmte, indem er die Winkel zu den rot leuchtenden Markierungssternen auf der Route berechnete. Stirnrunzelnd warf er einen Blick auf die Hand voll »Bleib-weg!«-Markierungen, wo Schwarze Löcher und Gaswolken eine Bedrohung darstellten – keine davon war in der Nähe ihres Kurses, wie es schien. Er rief sogar die große Hitschi-Himmelskarte auf, welche die gesamte Galaxis zeigte, wobei andere Mitglieder der Örtlichen Gruppe am Rande hingen. Mehrere hundert sehr gescheite Menschen und tausende von Arbeitsstunden maschineller Intelligenz hatten den Kode der Hitschi-Karten zu entschlüsseln versucht. Immer noch gab es Teile, über die man nicht Bescheid wusste. Mit gerunzelter Stirn betrachtete Walthers die einzelnen Stellen im gesamten Gebiet, wo die bunt aufleuchtenden Punkte doppelt und dreifach auftraten, von denen jeder »Gefahr« signalisierte. Was konnte so gefährlich sein, dass die Hitschi-Karten vor Panik fast aufschrien?

Es gab noch eine Menge zu lernen! Und wo konnte man das besser tun als hier auf dem Schiff, dachte Walthers. Natürlich war seine Arbeit zeitlich genau begrenzt. Aber wenn er seinen Dienst gut versah ... wenn er Bereitwilligkeit und Talent zeigte ... wenn er den Kapitän für sich einnahm ... wenn der Kapitän nach Erreichen der Erde einen neuen Sieb-ten Offizier anheuern musste, hatte er doch keinen besseren Kandidaten als Walthers. Das waren so seine Gedanken.

Als die Schicht vorbei war, kam Yee-xing herüber. Zwischen den beiden Pilotensitzen lagen etwa zehn Meter. »Als Pilot machst du dich wirklich gut, Walthers«, lobte sie. »Ich hatte anfangs so meine Bedenken.«

Die Hitschi-Systeme für Navigation und Kartierung waren nicht leicht zu entschlüsseln. Bei der Navigation geht das System von zwei Punkten aus – Start und Ziel der Fahrt. Dann sucht es alle dazwischen liegenden Hindernisse heraus. Das können Staub- oder Gaswolken sein, störende Strahlung, Gravitationsfelder und vieles mehr. Danach werden die Punkte ausgewählt – dazwischen oder außen herum –, an denen eine sichere Durchfahrt möglich ist. Man konstruiert eine Kurvenlinie, um die Punkte miteinander zu verbinden. Auf diesem Kurs wird das Schiff dann hinausgeschickt.
Viele Objekte und Punkte auf den Karten waren besonders gekennzeichnet, um die Aufmerksamkeit darauf zu lenken – flackernde Aurae, Kreuze und so weiter. Die Schwierigkeit lag aber darin, dass wir nicht wussten, welche Zeichen Warnsignale waren oder wovor sie warnten.

Er nahm ihre Hand, und sie gingen zur Tür. »Ich hatte vorhin wohl schlechte Laune«, entschuldigte er sich. Yee-xing zuckte mit den Achseln.

»Die erste Freundin nach einer Scheidung bekommt immer den ganzen Mist ab«, bemerkte sie. »Was hast du gemacht? Hast du eines deiner Seelenklempnerprogramme aktiviert?«

»War nicht nötig. Ich habe nur ...« Walthers zögerte und versuchte sich zu erinnern, was er getan hatte. »Ich habe nur ein kurzes Selbstgespräch geführt. Wenn einem die Frau einfach abhaut«, erklärte er, »kommt man sich vor allem so *beschämt* vor. Ich meine, außer der Eifersucht und der Wut und allem anderen. Aber nachdem ich mich eine Zeit lang hatte hängen lassen, wurde mir plötzlich klar, dass ich nichts getan hatte, wofür ich mich schämen müsste. Dieses Gefühl war unberechtigt. Verstehst du mich?«

»Und das hat geholfen?«, fragte sie.

»Ja. Nach einer Weile.« Und nachdem er das unfehlbare Gegenmittel auf durch Frauen verursachte Schmerzen – eine andere Frau – eingenommen hatte. Aber das wollte er dem Gegenmittel nicht erzählen.

»Das muss ich mir merken, wenn mich wieder mal einer sitzen lässt. Aber jetzt ist es, glaube ich, Zeit ins Bett zu gehen ...«

Er schüttelte den Kopf. »Es ist noch früh. Ich bin noch so aufgedreht. Was ist mit dem alten Hitschi-Zeug? Du hast doch behauptet, du wüsstest, wie man an den Wachposten vorbeikommt.«

Sie blieb abrupt stehen und schaute ihn an. »Du hältst einen ganz schön auf Trab, Audee. Mal so, mal so«, beklagte sie sich. »Aber was soll's!«

Die *S. Ya.* hatte einen doppelten Rumpf. Der Zwischenraum war eng und dunkel. Man konnte ihn aber betreten. Yee-xing führte Walthers durch den engen Gang an der Außenhaut des riesigen Raumschiffes, dann durch das Labyrinth der leeren Siedlerbetten, vorbei an der primitiven, großen Küche, die sie ernährte, an einen Ort, der nach uraltem Abfall und Fäulnis roch – in eine geräumige, schummrige Kammer. »Hier ist es«, sagte sie. Sie flüsterte, obwohl sie ihm versichert hatte, sie wären von den Wachen so weit entfernt, dass diese sie nicht hören konnten. »Bring deinen Kopf nahe an das Ding, das wie ein silbernes Körbchen aussieht – siehst du, wo ich hinzeige? Aber ja nicht berühren! Das ist wichtig!«

»Warum ist das wichtig?« Walthers schaute sich in dem Raum um, der so etwas wie der Dachboden der Hitschi gewesen sein könnte. Da gab es mindestens vierzig Geräte, kleine und große, die alle fest mit dem Schiff verbunden waren. Manche waren groß, manche klein, manche rund mit gespreiztem Sockel auf dem Deck, manche eckig, die metallisch blau und grün schimmerten. Von den geflochtenen Metallhüllen, auf die Yee-xing zeigte, gab es drei, die alle gleich aussahen.

»Es ist wichtig, weil ich nicht von Bord dieses Schiffes gejagt werden will, Audee. Pass also auf!«

»Ich pass' schon auf. Warum gibt es drei davon?«

»Warum haben die Hitschi überhaupt etwas so oder so gemacht? Vielleicht waren alle drei Reservestücke. Und jetzt hör mir ganz genau zu! Bring deinen Kopf *nahe* an das Metall heran, aber nicht zu nahe. Sobald du etwas spürst, das nicht aus dir selbst herauskommt, bist du nahe genug. Du wirst wissen, wann es so weit ist. Geh dann nicht näher heran, und vor allem, berühre es auf keinen Fall! Das Ding funktioniert nämlich in beide Richtungen. Solange du mit einem allgemeinen Gefühl zufrieden bist, bemerkt keiner etwas. Jedenfalls wahrscheinlich nicht. Wenn sie aber etwas mitbekommen, jagt uns der Kapitän alle beide zum Teufel. Hast du das kapiert?«

»Natürlich!«, erwiderte Walthers etwas verärgert und schob seinen Kopf etwa zehn Zentimeter an das silbrige Drahtgeflecht heran. Dann wandte er sich wieder Yee-xing zu. »Nichts«, bemerkte er.

»Versuch es ein *bisschen* näher.«

Es war nicht leicht, den Kopf Zentimeter um Zentimeter vorzuschieben, wenn er in so merkwürdig schiefer Stellung gehalten werden musste und es nichts zum Festhalten gab. Aber Walthers folgte ihren Anweisungen ...

»Das reicht!«, rief Yee-xing, die sein Gesicht beobachtet hatte. »Nicht näher!«

Er antwortete nicht. Sein Kopf war voll kaum wahrnehmbarer Empfindungen - ein wirres Durcheinander von Empfindungen. Da waren Träume und Tagträume und jemand in höchster Atemnot. Da lachte jemand, und jemand anderer, der eigentlich drei Paare zu sein schien, betätigte sich auf sexuellem Gebiet. Er drehte sich, um Janie zuzulächeln, und wollte etwas sagen ...

Und dann war da ganz plötzlich noch etwas anderes.

Walthers erstarrte. Aufgrund Yee-xings Beschreibung hatte er irgendein Gefühl von *Gesellschaft* erwartet. Die Gegenwart anderer Leute. Deren Ängste, Freuden, Sehnsüchte und Vergnügungen - aber diese »anderen« waren immer menschlich.

Dieses neue Ding war es nicht.

Walthers wand sich in Krämpfen. Sein Kopf berührte das Geflecht. Alle Empfindungen wurden tausendfach deutlicher, wie beim Scharfstellen einer Linse, und er spürte die neue und distanzierte Anwesenheit - oder Anwesenheiten? - auf eine ganz andere und unmittelbare Art und Weise. Es war ein entferntes, rutschiges, frostiges Gefühl, das nicht von etwas Menschlichem ausging. Falls die Urheber dieser Empfindungen Depressionen oder Phantasievorstellungen hatten, war Walthers nicht imstande, diese zu erfassen. Er konnte nur spüren, dass sie *anwesend* waren, dass sie existierten. Sie gaben keine *Antwort*. Sie *veränderten* sich nicht.

Genauso müsste das Gefühl sein, wenn man sich in das Bewusstsein einer Leiche versetzen könnte, dachte Walthers mit Panik und Abscheu ...

All dies spielte sich in einem Bruchteil einer Sekunde ab. Dann bemerkte er, dass Yee-xing ihn am Arm zog und in sein Ohr brüllte. »Walthers, du verdammter Idiot! Ich habe es gespürt! Und der Kapitän auch und jeder auf diesem verdammten Schiff! Jetzt kriegen wir Ärger!«

Sobald er seinen Kopf von dem silbrigen Geflecht wegzog, waren die Empfindungen verschwunden. Die schimmernden Wände und schemenhaften Maschinen waren wieder Wirklichkeit. Mitten darin Janie Yee-xings wütendes Gesicht. Ärger? Walthers musste lachen. Nach der Eiseskälte, der langsamen Hölle, auf die er soeben einen Blick geworfen hatte, konnte ihn nichts Menschliches mehr erschüttern oder schrecken. Als die vier Wachposten mit Waffen im Anschlag hereingestürmt kamen und sie in vier Sprachen anbrüllten, hätte Walthers sie beinahe freudig begrüßt.

Sie waren wenigstens menschlich und am Leben.

In seinem Gehirn bohrte sich eine Frage tiefer und tiefer: War er mit den rätselhaften, verborgenen Hitschi in Kontakt gekommen?

Wenn dem so war, sagte er schaudernd zu sich selbst, möge der Himmel der menschlichen Rasse beistehen.

5

Ein Tag im Leben eines Tycoons

Sich vor den Hitschi zu fürchten war nicht nur auf der *S. Ya.* ein beliebter Zeitvertreib. Selbst ich gab mich ihm ziemlich oft hin. Jeder tat es. Wir taten es sehr häufig, als ich noch ein Kind war, obwohl man damals die Hitschi für nichts anderes als merkwürdige, verschwundene Kreaturen hielt, denen es Spaß gemacht hatte, vor hunderttausenden von Jahren auf dem Planeten Venus Tunnel zu graben. Wir taten es, als ich ein Gateway-Prospektor war – mein Gott, und wie! Wir vertrauten uns alten Hitschi-Schiffen an und flitzten durch das Universum zu Orten, die kein Mensch je gesehen hatte. Und dabei machten wir uns dauernd Gedanken, ob die Eigentümer der Schiffe am Ende einer solchen Fahrt auftauchen würden – und was sie dann machen würden! Wir zerbrachen uns noch mehr über sie die Köpfe, als es uns gelungen war, ihre alten Himmelsatlanten so weit zu entschlüsseln, dass wir wussten, wo sie sich versteckt hatten, tief im Kern unserer Galaxis.

Damals verschwendeten wir keinen Gedanken darauf, wovor sie sich versteckten.

Aber das war keineswegs alles, was ich tat. Meine Tage waren mit vielem anderen ausgefüllt. Da war meine unentwegte Beschäftigung mit meinem wackeligen Gesundheitszustand, der sich mir stets, wenn ihm danach war, aufdrängte, und das immer häufiger. Aber das war nur der Anfang. Ich war mit so vielen, unzähligen, verschiedenen Dingen beschäftigt, wie es einem Menschen nur möglich war.

Wenn man an einem beliebigen Tag das Leben des alternden Tycoons Robinette Broadhead unter die Lupe nahm und ihn in seinem luxuriösen Landhaus über dem großen Tappan-See, nördlich von New York City, besuchte, machte er vielleicht gerade mit seiner reizenden Frau Essie einen Spaziergang am Flussufer ... oder er widmete sich in seiner überreichlich ausgestatteten Küche gewagten kulinarischen Experimenten in der Kochkunst des Malaiischen Archipels, Islands oder Ghanas ... oder er unterhielt sich mit dem klugen Datenbeschaffungssystem Albert Einstein ... oder er beantwortete seine Post:

»An das Jugendzentrum auf Grenada. Moment mal. Ja. Der Scheck über dreihunderttausend Dollar liegt bei, wie versprochen. Aber benennen Sie das Zentrum bloß nicht nach mir. Von mir aus nach meiner Frau, wenn Sie wollen. Wir werden beide selbstverständlich versuchen, zur Eröffnung zu kommen.«

»An Pedro Lammartine, Generalsekretär der Vereinten Nationen. Lieber Pete, ich bearbeite die Amerikaner, dass sie ihre Unterlagen auch den Brasilianern zur Verfügung stellen, um das Terroristenschiff ausfindig zu machen. Jetzt muss aber jemand den Brasilianern einheizen. Würden Sie, bitte, Ihren Einfluss geltend machen. Es ist von allgemeinem Interesse. Wenn die Terroristen nicht gestoppt werden, weiß der liebe Himmel, wo wir alle noch enden werden.«

»An Ray McLean, wo immer er sich aufhält. Lieber Ray,

selbstverständlich können Sie unsere Anlegeplätze bei der Suche nach Ihrer Frau benutzen. Ich wünsche Ihnen von ganzem Herzen viel Glück etc. etc.«

»An Gorman und Ketchin, Bauunternehmer. Sehr geehrte Herren, das von Ihnen vorgeschlagene Datum – 1. Oktober – für die Fertigstellung meines Schiffes ist vollkommen inakzeptabel. Es ist auch völlig unzumutbar. Ich hatte Ihnen bereits einen Aufschub gewährt. Das ist alles, was Sie bekommen. Ich erinnere Sie an die hohen, im Vertrag festgelegten Konventionalstrafen, falls es zu einer weiteren Verzögerung kommen sollte.«

»An den Präsidenten der Vereinigten Staaten. Lieber Ben, wenn das Terroristenschiff nicht umgehend ausgemacht und neutralisiert wird, ist der Friede der gesamten Welt bedroht, gar nicht zu reden von den Verlusten an Vermögen, dem Verlust von Leben und allem anderen, das auf dem Spiel steht. Es ist ein offenes Geheimnis, dass die Brasilianer einen Richtungsfinder für Signale von einem Schiff im ÜLG-Flug entwickelt haben und dass unsere eigenen Militärs über ein Verfahren für die ÜLG-Navigation verfügen, mit dem sie einfliegen können. Sollte da keine Zusammenarbeit möglich sein? Als Oberbefehlshaber der Streitkräfte brauchen Sie doch nur dem Hohen Pentagon diese Zusammenarbeit zu befehlen. Auf die Brasilianer wird auch starker Druck ausgeübt, ihren Teil beizutragen. Aber die warten auf ein Zeichen von uns.«

»An Wie-heißt-er-Gleich, Luqman. Lieber Luqman, danke für die guten Nachrichten. Ich bin der Meinung, wir sollten das Ölfeld umgehend erschließen. Bringen Sie deshalb bei Ihrem nächsten Besuch die Pläne für Förderung und Verschiffung samt Kostenvoranschlägen und Kapitalertragsplan mit. Jedes Mal, wenn die *S. Ya.* leer zurückkommt, verlieren wir Geld ...«

Und so ging es immer weiter – ich war beschäftigt! Ich musste mich wirklich um eine Menge Dinge kümmern. Hier zähle ich noch gar nicht die Kontrolle über meine Investitionen und das Rudel meiner Manager mit. Dabei verbringe ich keineswegs viel Zeit mit geschäftlichen Angelegenheiten. Ich sage immer, dass der verrückt sein muss, der etwas nur wegen des Geldes macht, obwohl er seine ersten hundert Millionen schon verdient hat. Man braucht natürlich Geld. Denn ohne Geld fehlt einem die Freiheit, sich den Dingen zu widmen, an denen einem wirklich etwas liegt. Aber wenn man diese Freiheit bereits hat? Wozu braucht man dann noch mehr Geld? Ich überließ daher die meisten meiner Geschäfte meinen Finanzprogrammen und meinen Angestellten – bis auf die, welche ich nicht so sehr das Geldes wegen betrieb, sondern weil sie etwas darstellten, das ich wirklich erreichen wollte.

Wenn auch der Begriff Hitschi nirgends auf der Liste meiner täglichen Angelegenheiten auftauchte, war er immer vorhanden. Am Ende lief doch alles immer auf die Hitschi hinaus. Mein Schiff, das ich draußen im Orbitaldock bauen ließ, war von Menschenhand geplant und wurde von Menschen gebaut; aber der Großteil der Bauweise sowie der gesamte Antrieb und alle Kommunikationssysteme gingen auf Hitschi-Entwürfe zurück. Die *S. Ya.*, die ich auf den beinahe leeren Rückfahrten von Peggys Planet mit Öl beladen wollte, war ein Hitschi-Artefakt. Ja, eigentlich war Peggys Planet auch ein Geschenk der Hitschi, da sie die Navigation ermöglicht hatten, den Planeten zu finden und Schiffe dorthin zu schicken. Essies Schnellimbisskette verwendete Hitschi-Maschinen, um CHON-Nahrung aus Kohlenstoff, Wasserstoff, Sauerstoff und Stickstoff in den gefrorenen Gasen von Kometen herzustellen. Wir haben auch auf der Erde einige dieser Nahrungsfabriken gebaut – eine steht vor der Küste von Sri Lanka. Sie bezieht Stickstoff und Sauerstoff aus dem Indischen Ozean und den Kohlenstoff aus allem, was an unglücklichen Pflanzen, Tieren oder kohlensauren Salzen durch die Ansaugventile schlüpft. Jetzt, da die Gateway AG so viel Geld besaß, dass sie nicht mehr wusste, wohin damit, konnte sie einiges davon sinnvoll investieren – in systematische Erkundungsfahrten. Als einer der Hauptaktionäre der Gateway AG ermutigte ich sie weiterzumachen. Sogar die Terroristen verwendeten ein gestohlenes Hitschi-Schiff und einen gestohlenen Hitschi-Telempathisch-Psychokinetischen Sender-Empfänger, um der Welt die fürchterlichsten Wunden beizubringen – alles Hitschi!

Kein Wunder, dass es auf der ganzen Erde religiöse Kultverbände gab, welche die Hitschi anbeteten. Schließlich trafen auf sie sämtliche objektiven Kriterien von Göttlichkeit zu. Sie waren launisch, mächtig – und unsichtbar. Es gab Zeiten, vor allem in den langen Nächten, in denen mein Bauch wehtat und alles nicht so richtig zu laufen schien, wo ich beinahe versucht war, auch ein kleines Gebet an den Vater Unser, Der Du Bist Im Kern, loszuschicken. Schaden konnte es nicht, oder?

Doch. Es könnte. Es könnte meine Selbstachtung verletzen. Und für uns menschliche Wesen in dieser quälenden, reichen Galaxis, welche die Hitschi uns – wenn auch nur Stückchen um Stückchen – überlassen hatten, wurde es immer schwieriger, Selbstachtung zu bewahren.

Natürlich war mir zu diesem Zeitpunkt noch kein echter, lebendiger Hitschi unter die Augen gekommen.

Ich hatte überhaupt noch keinen getroffen. Aber der, welcher später in meinem Leben (ich werde *keine* weiteren Haarspaltereien wegen der Terminologie betreiben!) eine große Rolle spielen sollte, der Kapitän genannt wurde, der war schon auf halbem Weg zum Durchbruchspunkt, wo das normale All begann. Unterdessen bekam Audee Walthers an Bord der *S. Ya.* einen solchen Riesenanschiss, dass er es für wenig aussichtsreich hielt, feste Pläne für eine zukünftige Anstellung auf dem Schiff zu schmieden. Und unterdessen ...

Nun, wie immer, gab es eine Menge Unterdessen. Von diesen hätte Audee am meisten interessiert, dass unterdessen seine herumvagabundierende Frau immer mehr wünschte, sie wäre nicht durchgebrannt.

6

Draußen, wo sich die Schwarzen Löcher drehen

Mit einem Verrückten durchzubrennen, war im Grunde nicht viel besser, als sich in Port Hegramet zu Tode zu langweilen. Es war nur anders. Du lieber Himmel, ganz anders! Manchmal langweilte sie sich wie früher. Aber dann gab es auch Zeiten, in denen sie sich zu Tode fürchtete. Da das Schiff ein Fünfer war, gab es für beide Platz - hätte es jedenfalls geben sollen. Da Wan jung, reich und auf eine gewisse Art beinahe gut aussehend war - wenn man ihn aus dem richtigen Blickwinkel betrachtete -, hätte der Ausflug eigentlich recht unterhaltsam werden müssen. Wurde er aber nicht.

Vor allem waren da diese Angstpartien.

Jedes menschliche Wesen wusste zumindest das eine über den Weltraum: dass man sich von Schwarzen Löchern fern halten sollte. Nicht aber Wan. Er war direkt scharf auf sie. Und dann machte er noch Schlimmeres.

Dolly hatte keine Ahnung, wozu der technische Krimskrams, mit dem Wan spielte, diente. Als sie ihn fragte, antwortete er nicht. Da nahm sie eine ihrer Puppen und wiederholte einschmeichelnd noch einmal ihre Frage. Er aber verzog nur das Gesicht und meinte: »Wenn du unbedingt etwas vorführen musst, dann aber etwas Lustiges und Schmutziges. Steck deine Nase nicht in Dinge, die dich nichts angehen!« Als sie herauszufinden versuchte, warum sie das nichts anging, hatte sie mehr Erfolg. Sie erhielt zwar keine klare Antwort; aber aus der aufbrausenden und verlegenen Art, mit der Wan antwortete, konnte man leicht schließen, dass die Dinger gestohlen waren.

Und sie hatten etwas mit den Schwarzen Löchern zu tun. Obwohl Dolly ziemlich sicher war, irgendwann gehört zu haben, dass man in ein Schwarzes Loch weder hinein- noch aus ihm herauskonnte, war sie ebenfalls ziemlich sicher, dass Wan ein bestimmtes Schwarzes Loch zu finden versuchte, um dort hineinzufliegen. Das war der Teil, der ihr Angst einflößte.

Wenn sie nicht gerade vor Angst halb tot war, langweilte sie sich zu Tode, denn Kapitän Juan Henriquette Santos-Schmitz, der stürmische, exzentrische, junge Multimillionär, dessen Heldentaten die Leser von Klatschspalten erschauern ließen, war ein miserabler Begleiter. Nach drei Wochen mit ihm konnte Dolly seinen Anblick kaum noch ertragen. Dabei musste sie sich eingestehen, dass sein Anblick weniger Furcht einflößend war als der, den sie gerade vor sich hatte.

Dolly betrachtete nämlich ein Schwarzes Loch. Besser gesagt, nicht wirklich das Schwarze Loch selbst; denn das konnte man Tag und Nacht anschauen, ohne je etwas zu sehen. Schwarze Löcher waren schwarz, weil man sie nicht sehen konnte. Sie blickte in Wirklichkeit in eine spiralenförmige Aura aus bläulichem und violettem Licht, das den Augen trotz der Schutzplatte über den Armaturen noch wehtat. Das Licht war nur die Spitze eines Eisberges in der Flut tödlicher Strahlung. Das Schiff war gegen solche Dinge abgeschirmt, und bis jetzt hatte der Schutzschild gehalten. Aber Wan befand sich nicht innerhalb der Abschirmung. Er war unten im Landefahrzeug, wo er Werkzeug und Apparaturen hatte, deren Funktion sie nicht kannte und die er ihr auch nicht erklären wollte. Sie war sich aber darüber im Klaren, dass sie irgendwann in einer Situation wie dieser im Hauptschiff sitzen und den kurzen Ruck spüren würde, der anzeigte, dass das Landefahrzeug abgelegt hatte. Und dann würde er sich noch näher an eines dieser schrecklichen Objekte heranmachen! Und was würde dann mit ihm passieren? Oder mit ihr? Natürlich würde sie auf keinen Fall mit ihm gehen! Aber wenn er starb und sie hunderttausend Lichtjahre vom nächsten Punkt, den sie kannte, entfernt zurückließ – was dann?

Dolly hörte ein dumpfes, wütendes Gemurmel von unten und wusste, dass diesmal wenigstens der Zeitpunkt noch nicht gekommen war. Die Luke öffnete sich, und Wan kroch aus dem Landefahrzeug. Er war wütend. »Wieder leer!«, schleuderte er ihr entgegen, als ob er sie dafür verantwortlich machen wollte.

Das tat er auch. Sie versuchte, ihre Angst zu überspielen

und mitleidig dreinzuschauen. »Armer Liebling. Das tut mir Leid. Das war schon das dritte.«

»Drei! Ha! Drei, bei denen du dabei warst! Insgesamt sind es schon viel mehr!« Seine Stimme klang verächtlich; aber das machte ihr nichts aus. Sie fühlte sich erleichtert, als er an ihr vorbeischlüpfte. Dolly entfernte sich unauffällig so weit wie möglich vom Instrumentenbord - das war nicht weit in einem Hitschi-Schiff, das mühelos in ein großes Wohnzimmer gepasst hätte. Sie hielt den Mund, während er sich hinsetzte und seine elektronischen Orakel befragte.

Wenn Wan mit seinen Toten Menschen sprach, lud er Dolly nicht ein, an diesem Gespräch teilzunehmen. Wenigstens verstand sie die eine Hälfte, wenn er sich mit Worten unterhielt. Tippte er aber seine Fragen nur ein, bekam sie nicht einmal so viel mit. Diesmal war es leicht herauszufinden, was er tat. Er gab eine Frage ein, runzelte die Stirn, als einer der Toten Menschen ihm über Kopfhörer antwortete, nahm dann eine Korrektur vor und bestimmte einen Kurs auf dem Hitschi-Brett. Danach legte er die Kopfhörer ab, reckte sich und wandte sich Dolly zu. »Das hätten wir«, sagte er. »Los! Du kannst mal wieder eine Rate für deine Reise bezahlen.«

»Aber gern, Liebling«, stimmte sie bereitwillig zu, obwohl es sehr viel netter gewesen wäre, wenn er es anders ausgedrückt hätte. Trotzdem hatte sich ihre Stimmung ein wenig gebessert. Sie spürte den winzigen Ruck, der anzeigte, dass das Raumschiff wieder Fahrt aufgenommen hatte. Das große blaue und violette Schreckensbild auf dem Bildschirm wurde immer kleiner. Das war schon viel wert!

Natürlich bedeutete es nur, dass sie auf dem Weg zum nächsten Loch waren.

»Nimm den Hitschi!«, verlangte Wan. »Und - warte mal - ja, Robinette Broadhead.«

»Gern«, sagte Dolly und holte ihre Puppen aus der Ecke hervor, in die sie Wan geworfen hatte. Sie stülpte auf jede Hand eine Figur. Der Hitschi sah natürlich nicht wie ein echter Hitschi aus, und auch Robinette Broadhead war ziemlich verunstaltet. Aber Wan hatte seinen Spaß daran.

Da er alles bezahlte, war das für Dolly am wichtigsten. Am Tag nach dem Abflug von Port Hegramet hatte er Dolly großspurig seine Kontoauszüge gezeigt. Jeden Monat gingen dort sechs Millionen Dollar ein! Die Zahlen überwältigten Dolly. Dafür konnte man schon einiges einstecken! Es musste einen Weg geben, früher oder später von diesem Goldregen ein paar Tropfen aufzufangen. Dolly hielt solche Gedanken nicht für unmoralisch. In früheren Zeiten hätten Amerikaner sie vielleicht als Goldgräber bezeichnet. Die meisten Menschen hätten sie jedoch zu allen Zeiten eher arm genannt.

Sie fütterte und umhätschelte also Wan. Wenn er schlecht gelaunt war, versuchte sie, sich unsichtbar zu machen, und wenn er Unterhaltung wünschte, war sie bemüht, ihm diese zu verschaffen.

»Tagchen, Mr. Hitschi«, sagte die Broadhead-Hand. Dollys Finger drehten sich, um der Puppe ein einfältiges Grinsen zu verleihen. Dazu ließ sie ihn wie einen neureichen Schieber reden. »Kolossal erfreut, Ihre Bekanntschaft zu machen.«

Jetzt die Hitschi-Hand und Dollys Stimme in dünner, einschmeichelnder Tonlage. »Seid gegrüßt, tollkühner Erdling! Ihr kommt gerade recht zur Abendmahlzeit.«

»Is ja Klasse, Mann!«, freute sich die Broadhead-Hand mit noch breiterem Grinsen. »Ich hab' richtigen Kohldampf. Was gibt's denn?«

»Schnapp!«, kreischte die Hitschi-Hand, wobei Dollys Finger ein offen stehendes Maul formten. »Dich!« Und dann schlossen sich die Finger der rechten Hand über der Puppe in der linken.

»Hä! Hä! Hä!«, lachte Wan. »Das ist ausgezeichnet! Wenn auch ein echter Hitschi ganz anders aussieht. Niemand weiß genau, was ein Hitschi ist.«

»Weißt du es?«, fragte Dolly mit ihrer eigenen Stimme.

»Beinahe! Jedenfalls eher als du!«

Dolly hob lächelnd die Hitschi-Hand. »O nein, Mr. Wan. Sie irren sich«, ertönte die alberne Hitschi-Piepsstimme. »Ich sehe so aus und werde am nächsten Schwarzen Loch auf Ihren Besuch warten.«

Krachend flog der Stuhl, auf dem Wan gesessen hatte, zu Boden, als er aufsprang. »Das ist ganz und gar nicht lustig!«, brüllte er. Zu Dollys Erstaunen zitterte er. »Mach was zu essen!«, verlangte er und stapfte vor sich hinmurmelnd zu seinem privaten Landefahrzeug.

Es war nicht ratsam, ihn auf den Arm zu nehmen. Dolly bereitete ihm das Abendessen und servierte es mit einem Lächeln, obwohl ihr nicht danach zumute war. Das Lächeln brachte ihr aber nichts ein. Seine Stimmung war übler als sonst. Er schrie sie an. »Blödes Weib! Hast du das ganze gute Essen aufgefressen, während ich nicht hingeschaut habe? Ist denn nichts Genießbares übrig?«

Dolly war den Tränen nahe. »Aber du magst doch Steak«, erwiderte sie.

»Steak! Natürlich mag ich Steak! Aber sieh doch mal, was du als Nachtisch anbringst!« Er schob Steak und Broccoli beiseite und griff nach dem Teller mit den Schokoladentropfenplätzchen. Den hielt er ihr unter die Nase, wobei die Plätzchen in alle Richtungen davonsegelten. Dolly versuchte sie einzusammeln. »Ich weiß, dass du sie nicht besonders magst, Liebling. Aber es ist kein Eis mehr da.«

Er warf ihr einen wütenden Blick zu. »So! Kein Eis mehr! Na schön! Ein Schokoladensoufflé ... oder Obsttorte ...«

»Wan, davon ist auch kaum noch etwas übrig. Du hast es aufgegessen.«

»Du blödes Stück! Das ist unmöglich!«

»Aber es ist fast alles weg. Außerdem ist das süße Zeug sowieso nicht gut für dich.«

»Ich hab' dich nicht als Krankenschwester eingestellt! Wenn meine Zähne verfaulen, kaufe ich mir neue.« Er schlug ihr den Teller aus der Hand, dass die Plätzchen nur so herumflogen. »Schmeiß diesen Mist über Bord! Mir ist jetzt der Appetit vergangen!«, fuhr er sie an.

So endete eine typische Mahlzeit an den Grenzen der Galaxis. Typisch war auch, dass Dolly weinte und alles sauber machte. Er war ein schrecklicher Kerl! Und er schien es nicht einmal zu wissen.

Tatsache war aber, dass Wan sehr wohl wusste, wie er war: böse, unsozial, ausbeuterisch – die psychoanalytischen Programme hatten eine lange Liste aufgeführt. In mehr als dreihundert Sitzungen. Sechs Tage die Woche, beinahe ein Jahr lang. Am Schluss hatte er die Analyse mit einem Scherz beendet. »Ich habe eine Frage«, wandte er sich an den holographischen Analytiker, der sich ihm als fesche Frau darstellte, alt genug, um seine Mutter und jung genug, um anziehend zu sein. »Und das ist die Frage: Wie viele Psychoanalytiker braucht man, um eine Glühbirne auszuwechseln?«

Seufzend antwortete die Analytikerin: »Ach, Wan. Sie sträuben sich mal wieder. Na schön! Wie viele?«

»Nur einen«, sagte er lachend. »Aber die Glühbirne muss das Auswechseln auch wirklich wollen. Haha! Und sehen Sie – ich will nicht.«

Sie schaute ihn direkt an und schwieg eine Zeit lang. Für ihn saß sie auf einer Art von Knautschsack, mit untergeschlagenen Beinen, einem Notizblock in der einen und einem Stift in der anderen Hand. Damit schob sie die Brille hoch, die heruntergerutscht war, als sie ihn ansah. Wie alles in diesem Programm sollte auch diese Geste einem bestimmten Zweck dienen, nämlich der tröstlichen Zusicherung, dass sie schließlich auch nur ein menschliches Wesen wie er war und keine strenge Göttin. Selbstverständlich war sie kein Mensch. Es klang aber menschlich, als sie sagte: »Das ist wirklich ein uralter Witz, Wan. Was ist eine Glühbirne?«

Wan zuckte unwirsch mit den Schultern. »Das ist ein rundes Ding, das Licht abgibt«, meinte er. »Aber das ist nicht die Pointe. Ich habe keine Lust mehr, mich ändern zu lassen. Es macht mir keinen Spaß. Ich habe es von Anfang an nicht gewollt, und jetzt habe ich beschlossen, damit aufzuhören.«

Das Computerprogramm sagte besänftigend: »Das ist natürlich Ihr Recht, Wan. Was werden Sie tun?«

»Ich will hinaus und mich auf die Suche nach meinen ... Ich will hier raus und mich amüsieren«, erklärte er entschlossen. »Dazu habe ich also das Recht?«

»Ja, sicher!«, stimmte sie ihm zu. »Wan? Wollen Sie mir nicht sagen, was Sie eigentlich sagen wollten, ehe Sie Ihre Meinung änderten?«

»Nein«, erwiderte er und stand auf. »Ich werde Ihnen nicht verraten, was ich vorhabe. Ich werde es stattdessen tun. Leben Sie wohl.«

»Sie wollen sich auf die Suche nach Ihrem Vater machen, nicht wahr?«, rief ihm das psychoanalytische Programm nach. Er aber gab keine Antwort. Das einzige Zeichen, dass er die Worte gehört hatte, war, dass er die Tür zuknallte, statt sie lediglich zu schließen.

Ein normales menschliches Wesen – eigentlich jedes menschliche Wesen – hätte seinem Analytiker Recht gegeben. Hätte es auch irgendwann während dreier langer Wochen seinem Reise- und Bettgenossen gegenüber zugegeben, selbst wenn es nur geschehen wäre, um jemanden zu haben, mit dem er seine wenig Erfolg versprechende Hoffnung und seine tatsächlich bestehenden Ängste teilen konnte. Wan hatte nie gelernt, seine Gefühle der Umwelt mitzuteilen, weil er nie gelernt hatte, irgendetwas zu teilen. Er war im Hitschi-Himmel aufgewachsen, ohne während der entscheidenden Lebensphase ein mitfühlendes Wesen aus Fleisch und Blut an seiner Seite zu haben. So war er der Archetyp eines Soziopathen geworden. Das grauenvolle Verlangen nach Liebe trieb ihn dazu, seinen verlorenen Vater in den Schrecken des Alls zu suchen. Diese ungestillte Sehnsucht machte es ihm unmöglich, jetzt Liebe zu empfangen oder zu geben. Seine engsten Gefährten während dieser schrecklichen zehn Jahre waren die Computerprogramme gewesen, in denen die verstorbenen Intelligenzen gespeichert waren, die man Tote Menschen nannte. Er hatte sie kopiert und mitgenommen, als er sich ein Hitschi-Raumschiff aneignete. Mit ihnen unterhielt er sich, wie er nie mit Dolly, die aus Fleisch und Blut bestand, reden würde, weil er wusste, dass sie nur Maschinen waren. Ihnen machte es nichts aus, so behandelt zu werden. Für Wan waren auch menschliche Wesen aus Fleisch und Blut nichts anderes als Maschinen – Verkaufsautomaten,

Die Hitschi entdeckten sehr früh, wie man die Intelligenz, ja sogar nahezu die gesamte Persönlichkeit eines Toten oder Sterbenden in mechanischen Systemen lagern konnte – was die Menschen erst lernten, als sie zum ersten Mal auf den so genannten Hitschi-Himmel stießen, wo Wan aufwuchs. Robin hielt das für eine unschätzbar wertvolle Erfindung. Ich sehe das anders. Aber man kann mir natürlich Voreingenommenheit vorwerfen – jemand wie ich, der von Haus aus ein mechanischer Speicher ist, braucht so etwas ja nicht. Als die Hitschi das herausgefunden hatten, gaben sie sich nicht mehr die Mühe, Leute wie mich zu erfinden.

könnte man sagen. Er hatte die Münze, um das, was er wollte, aus ihnen herauszuholen. Sex. Gespräch. Oder die Vorbereitung seiner Mahlzeiten oder das Saubermachen nach seinen schweinischen Angewohnheiten.

Ihm kam niemals der Gedanke, dass ein Automat auch Gefühle haben könnte. Auch nicht, wenn der Automat ein neunzehn Jahre alter Mensch weiblichen Geschlechts war, der dankbar gewesen wäre, eine Gelegenheit zu haben, ihm Liebe zeigen zu dürfen.

7

Heimkehr

In der Lofstromschlaufe in Lagos, Nigeria, machte sich Audee Walthers Gedanken über das Maß seiner Verantwortung Janie Yee-xing gegenüber, als das Magnetband ihr Landefahrzeug erfasste. Sie wurden langsamer und gingen an der Zoll- und Einwanderungsstation zu Boden. Er hatte wegen seiner Spielerei mit verbotenem Spielzeug die Chance auf einen Job vertan, Yee-xing aber hatte durch ihre Beihilfe ihre gesamte Karriere ruiniert. »Ich hab' eine Idee«, flüsterte er ihr zu, als sie im Vorzimmer Schlange standen. »Ich erzähl' sie dir später.«

Er hatte wirklich eine Idee, und sie war ausgesprochen gut. Diese Idee war ich.

Ehe Walthers ihr seine Idee mitteilen konnte, musste er ihr erzählen, was er in diesem schrecklichen Moment am TPSE empfunden hatte. Sie gingen zuerst in das Transithotel in der Nähe der Landeschlaufe. Das Zimmer war kahl und heiß. Es gab ein mittelgroßes Bett, eine Waschkommode in der Ecke, ein PV-Gerät, in das der Reisende glotzen konnte, während er auf seinen Flug wartete, und Fenster, welche die heiße, drückende Luft an der afrikanischen Küste hereinließen. Die Fenster waren offen, allerdings mit sehr dichtem Fliegengitter versehen, wegen der unzähligen Insekten. Walthers konnte sich dennoch eines Fröstelns nicht erwehren, als er ihr von dem eiskalten, langsamen Wesen erzählte, dessen Verstand er an Bord der *S. Ya.* gespürt hatte.

Auch Janie Yee-xing fröstelte. »Aber du hast davon kein Wort gesagt, Audee!«, warf sie ein. Ihre Stimme klang etwas schrill, weil ihre Kehle wie zugeschnürt war. Er schüttelte den Kopf. »Nein. Aber warum nicht? Gibt es nicht ...« Sie machte eine Pause. »Ja! Ich bin ganz sicher, dafür müsstest du einen Gateway-Bonus bekommen.«

»*Wir*, Janie!«, verbesserte er sie bestimmt. Sie schaute ihn an und akzeptierte die Partnerschaft mit einem Nicken. »Natürlich gibt es den. Eine Million Dollar. Ich habe das in den Schiffsbestimmungen nachgelesen, als ich das Log kopierte.« Er kramte in seinem spärlichen Gepäck und holte einen Datenfächer heraus, den er ihr zeigte.

Sie nahm ihn aber nicht, sondern fragte nur: »Warum?«

»Na, überlege mal«, forderte er sie auf. »Eine Million Dollar. Wir sind zu zweit, also für jeden die Hälfte. Dann – ich habe es mir auf der *S. Ya.* mit der dortigen Ausrüstung verschafft. Daher werden wohl die Eigentümer und die gesamte verdammte Mannschaft einen Anteil erhalten. Wir haben Glück, wenn für uns die Hälfte bleibt. Wahrscheinlich sind es aber drei Viertel, die sie verlangen. Außerdem haben wir gegen die Vorschriften verstoßen, wie du weißt. Vielleicht übersehen sie das, wenn sie alles in Betracht ziehen. Aber vielleicht auch nicht. Dann bekommen wir überhaupt nichts.«

Yee-xing nickte. Sie musste das alles erst einmal verdauen, und es war ein harter Brocken. Dann griff sie nach dem Datenfächer. »Du hast das Schiffslog kopiert?«

»War ganz einfach«, antwortete er. Das war es auch gewesen. Während einer seiner Dienststunden, als der Erste Offizier nur in frostiges Schweigen versunken auf dem anderen Sitz saß, hatte Walthers einfach die Daten abgerufen, als er mit dem automatischen Flugschreiber Kontakt hergestellt hatte. Er zeichnete die Informationen so auf, als wären sie Teil seines normalen Dienstes. Die Kopie schob er in die Tasche.

»In Ordnung«, sagte sie. »Was jetzt?«

Nun erzählte er ihr von dem exzentrischen vielfachen Millionär (der zufällig ich war), der bekannt dafür war, dass er Unsummen für neue Hinweise auf die Hitschi ausgab, und den Walthers persönlich kannte ...

Sie sah ihn mit neuem Interesse an. »Du kennst Robinette Broadhead?«

»Er schuldet mir noch einen Gefallen«, bemerkte er lediglich. »Ich muss ihn nur finden.«

Zum ersten Mal, seit sie das kleine Zimmer betreten hatten, lächelte Yee-xing. Sie deutete auf das P-Phone an der Wand. »Dann mal ran, Tiger!«

Walthers investierte einiges seiner, was den Inhalt betraf, nicht sehr eindrucksvollen Brieftasche in Ferngespräche, während Yee-xing gedankenvoll die hellen Lichtspuren um die Lofstromschlaufe betrachtete, die wie eine kilometerlange Achterbahn die magnetischen Kabel singen ließ. Die Kapseln landeten mit einem Summen und starteten mit einem Zischen, wenn sie abhoben und Geschwindigkeit aufnahmen. Sie dachte nicht an die Passagiere, sondern an das, was sie und Walthers zu verkaufen hatten. Als er mit unwirschem Gesicht den Hörer auflegte, achtete sie kaum darauf, was er ihr zu sagen hatte.

»Der blöde Hund ist nicht zu Hause«, knurrte er. »Ich

habe bloß den Butler am Tappan-See erwischt. Und der hat mir lediglich mitgeteilt, dass Mr. Broadhead auf dem Weg nach Rotterdam ist. Rotterdam, um Himmels willen! Ich habe aber nachgefragt. Wir können einen billigen Flug nach Paris nehmen und dann in Ruhe einen Anschluss suchen. Wir haben genug Geld dafür ...«

»Ich möchte das Log sehen«, bat Yee-xing.

»Das Log?«, fragte er.

»Du hast gehört, was ich gesagt habe«, entgegnete sie ungeduldig. »Wir können es auf dem PV abspielen. Und ich will es sehen.«

Er fuhr sich mit der Zunge über die Lippen, dachte einen Augenblick nach und zuckte mit den Achseln. Dann schob er es in das PV-Gerät.

Da die Instrumente des Schiffes holographisch waren, zeichneten sie jedes Photon an Energie auf, das sie erreichte. Alle Daten, die sich auf das Ausströmen des Fröstelns bezogen, waren auf dem Fächer. Auf dem PV zeigte sich aber nur ein winziger, formloser weißer Klecks in einem Koordinatensystem. Der Anblick war keineswegs so, dass er einem die Sinne raubte - zweifellos hatten ihm deshalb auch die Sensoren an Bord keine Aufmerksamkeit geschenkt. Vielleicht würde eine Vergrößerung mehr Details bringen; aber die konnte das einfache Gerät in diesem billigen Hotelzimmer nicht zustande bringen.

Aber trotzdem ...

Als Walthers hinschaute, fühlte er, wie es kribbelte. Yee-xing flüsterte ihm vom Bett aus zu: »Du hast es nie ausgesprochen, Audee. Sind das Hitschi?«

Er ließ den weißen Klecks nicht aus den Augen. »Ich wünschte, ich wüsste es ...« Wahrscheinlich war es allerdings nicht. Es sei denn, die Hitschi waren ganz anders, als man vermutet hatte. Hitschi waren intelligent. Mussten sie sein. Sie hatten vor einer halben Million von Jahren den interstellaren Raum erobert. Die Gehirnströme, die Walthers aufgefangen hatte, waren ... waren ... Ja, wie konnte man das ausdrücken? ... versteinert vielleicht? Vorhanden, aber nicht aktiv.

»Schalt es aus«, rief Yee-xing. »Mir läuft es kalt über den Rücken.« Sie erschlug ein Insekt, das trotz des Fliegengitters hereingekommen war.

Dann meinte sie verdrießlich: »Ich hasse diese Bude.«

»Schon gut! Morgen früh sind wir auf dem Weg nach Rotterdam.«

»Nein! Nicht nur *dieses* Zimmer. Ich hasse es, auf der Erde zu sein«, vervollständigte sie. Sie machte eine Geste Richtung Landeschlaufe. »Weißt du, was da oben ist? Da ist das Hohe Pentagon und das Orbit-Tyuratam, und da gibt es mehr als eine Million Knaller und Atomdinger, die herumsausen. Die sind alle nicht ganz dicht hier, Audee. Du weißt nie, wann die verdammten Dinger losgehen.«

Ob sie Widerspruch erwartete oder nicht, war unklar. Walthers zog den Fächer aus dem PV-Gerät. Er war gekränkt. Es war doch nicht *seine* Schuld, dass die Welt verrückt spielte! Es war aber seine Schuld, dass Yee-xing verdammt war, sich hier aufzuhalten. Sie hatte vollkommen Recht, ihn zurechtzuweisen.

Als er ihr den Datenfächer übergab, war er sich über seine Motive nicht im Klaren. Vielleicht wollte er ihr sein Vertrauen beweisen, vielleicht ihren Status als Komplizin noch bekräftigen.

Plötzlich wurde ihm bewusst, wie verrückt die Welt war. Eine Sekunde lang hatte er nicht Janie vor sich. Es war Dolly, die treulose Dolly, die von ihm weggelaufen war, mit dem grinsenden und verächtlich lächelnden Schatten von Wan hinter ihr. Doch eigentlich war es keiner von beiden, ja nicht einmal eine Person, sondern nur ein Symbol. Ein Ziel. Ein böses und bedrohliches Ding, das keine Identität besaß, sondern von dem es nur eine Beschreibung gab. Es war DER FEIND. Das einzig Sichere war, dass er vernichtet werden musste. Mit Gewalt. Und von ihm.

Wenn nicht, würde Walthers zerstört werden. Ruiniert, in Fetzen gerissen von den schlimmsten, verhasstesten, perversesten Gefühlen, die er je gespürt hatte, wurde er zur Ekel erregenden, gewalttätigen und zerstörerischen Vergewaltigung getrieben.

Alles, was Audee Walthers in diesem Augenblick fühlte, kannte ich, weil ich es auch fühlte; und jedes menschliche Wesen im Umkreis von einem Dutzend astronomischer Einheiten, von einem Punkt, der mehrere hundert Millionen Kilometer von der Erde entfernt war, in Richtung auf das Sternbild Auriga ebenso. Zu meinem Glück hatte ich diesmal meiner Angewohnheit, selbst zu fliegen, nicht nachgegeben. Ich weiß es nicht, aber vielleicht hätte ich eine Bruchlandung gebaut. Die Berührung aus dem All dauerte nur eine halbe Minute. Vielleicht hätte ich nicht die Zeit gehabt, mich umzubringen, aber ich hätte es auf alle Fälle versucht. Wut, krankhafter Hass, eine Besessenheit zu zerstören, zu schänden - das Geschenk aus dem Himmel, das uns die Terroristen gemacht hatten. Diesmal überließ ich das Fliegen dem Computer, sodass ich meine Zeit am Sprechgerät verbringen konnte, und die Computerprogramme wurden nicht vom TPSE der Terroristen beeinflusst.

Es war nicht das erste Mal. Auch nicht das erste Mal in jüngster Zeit. Während der vorausgegangenen achtzehn Monate hatten sich die Terroristen mit ihrem gestohlenen

Es tut mir Leid, zumindest beinahe Leid, dass ich diesen »Blitz-Wahnsinn« nicht aus eigener Erfahrung kenne. Ich bedauerte das am meisten, als er vor zehn Jahren zum ersten Mal auftrat. Niemand wusste damals etwas von einem »Telempathisch-Psychokinetischen Sender-Empfänger«. Es sah so aus – was auch den Tatsachen entsprach –, als ob in regelmäßigen Abständen weltweit Epidemien des Wahnsinns ausbrachen. Viele der besten Gehirne der Welt (meines eingeschlossen) hatten sich alle Mühe gegeben, ein Virus, eine giftige Chemikalie, eine Veränderung in der Sonnenstrahlung – irgendetwas – zu finden, das den allgemeinen Wahnsinn erklärte, der die Menschheit alle paar Monate befiel. Leider waren einige dieser besten Gehirne – wie meines – dadurch behindert, dass Computerprogramme – wie ich – die Wahnsinn auslösenden Impulse nicht fühlen konnten. Wären wir dazu imstande gewesen, wage ich zu behaupten, dass das Problem viel früher gelöst worden wäre.

Hitschi-Schiff in den Sonnenraum zurückgezogen und ihre beliebten, grauenvollen Wahnsinnsphantasien zur Erde gesendet. Es war mehr, als die Welt ertragen konnte. Das war auch der Anlass für meine Reise nach Rotterdam. Allerdings bewog mich diese Episode dazu, mitten im Flug umzukehren. Sobald es vorbei war, rief ich Essie an, um mich zu vergewissern, dass es ihr gut ging. Kein Glück. Jeder versuchte aus dem gleichen Grund, jeden anzurufen, sodass die Relais völlig überlastet waren.

Ein weiterer Grund waren die Schmerzen in meinem Bauch. Es fühlte sich an, als ob sich darin Gürteltiere sexuellen Ausschweifungen hingaben. Wenn man alles in Betracht zog, wollte ich Essie bei mir haben, statt sie mit einem späteren Linienflug nachkommen zu lassen, wie wir es geplant hatten. Ich gab also dem Piloten Anweisung umzudrehen. Als Walthers nach Rotterdam kam, war ich nicht dort. Er hätte mich leicht am Tappan-See erwischt, wenn er einen Direktflug nach New York genommen hätte. Darin hatte er sich geirrt.

Er hatte sich auch geirrt - schwer geirrt, wenngleich entschuldbar, da er keine Ahnung haben konnte - bei seiner Beurteilung, mit welcher Art von Geist er auf der *S. Ya.* Kontakt hergestellt hatte.

Und er hatte einen zweiten, sehr schlimmen Fehler gemacht. Er hatte vergessen, dass TPSE nach beiden Richtungen funktionierte.

Das Geheimnis, das er am einen Ende der flüchtigen Begegnung zweier Gehirne gehütet hatte, war am anderen keineswegs ein Geheimnis.

8

Die nervöse Mannschaft des Segelschiffs

Ein lavendelfarbener Tintenfisch - na ja, nicht wirklich ein Tintenfisch, aber einem Tintenfisch so ähnlich, dass die Menschen es mit nichts anderem vergleichen konnten - war gerade mit einem anstrengenden, langwierigen Projekt beschäftigt, als Audee Walthers seinen kleinen Unfall mit dem TPSE hatte. Da der TPSE in beide Richtungen funktionierte, ist er zwar eine grandiose Waffe, aber ein miserables Überwachungsinstrument. Etwa so, als ob man die Person, die man ausspioniert, anruft und sagt: »Hallo! Wollte Ihnen nur mitteilen, dass ich Sie im Auge habe.« Als Walthers mit dem Kopf anstieß, wurde diese Berührung auch anderswo gespürt. Und dieses Anderswo lag wirklich sehr anderswo. Es war beinahe tausend Lichtjahre von der Erde entfernt, nicht weit von der geodätischen Flugroute zwischen Peggys Planet und Erde - das war auch der Grund, warum Walthers nah genug war, um die Berührung zu spüren.

> Mein Freund Robin hat mehrere Fehler. Einer davon ist eine Art verspielter Sprödigkeit, die für andere allerdings nicht so ergötzlich ist, wie er denkt. Auf welche Weise er über die Segelschiffleute Bescheid wusste – wie über die meisten anderen Ereignisse, bei denen er nicht Augenzeuge war –, kann man leicht erklären. Er will es nur nicht erklären. Die Erklärung besteht darin, dass ich ihm alles erzählte. Das macht die Sache viel einfacher und entspricht auch fast der Wahrheit. Ist verspielte Sprödigkeit ansteckend?

Zufällig weiß ich nun eine ganze Menge über diesen lavendelfarbenen Tintenfisch - oder Beinahe-Tintenfisch. Man könnte sein Aussehen genauso gut mit dem einer zappeligen, fetten Orchidee vergleichen. Damals war ich ihm natürlich noch nicht begegnet; aber jetzt kenne ich ihn so gut, dass ich weiß, wie er heißt, woher er kam, warum er dort war und - was am kompliziertesten ist - was er dort machte. Diese Tätigkeit kann man sich am besten vorstellen, wenn man an das Malen einer Landschaft denkt. Erschwerend war aber dabei, dass es in jeder Richtung auf Lichtjahre hin niemanden gab, der diese betrachten konnte, am wenigsten mein Freund, der Tintenfisch, weil er nicht die richtigen Augen hatte, um damit etwas aufzunehmen.

Dennoch hatte er seine Gründe. Es war eine Art religiöse Handlung und ging zurück auf die ältesten Überlieferungen seiner Rasse, die wirklich uralt waren. Es hatte mit dem theologisch entscheidenden Augenblick in ihrer Geschichte zu tun, als die Angehörigen dieser Rasse mitten in ihrer gewohnten Umgebung aus Gittern und gefrorenen Gasen bei schlechtester Sicht zum ersten Mal erkannten, dass »Sehen« das empfangende Ende einer bedeutungsvollen Kunstform werden konnte.

Ihm lag sehr viel daran, dass das Gemälde vollkommen wurde. Als er sich nun plötzlich von einem Fremden beobachtet fühlte, führte dieser Schock dazu, dass er einige der sauber getrennten Pulver, mit denen er malte, an die falschen Stellen versprühte. Die falsche Farbmischung regte ihn schrecklich auf. Ein Quadrathektar war ruiniert! Ein Priester auf der Erde hätte seine Gefühle verstehen können, wenn auch nicht die Gründe. Es war so, als ob beim Messopfer die Hostie heruntergefallen und zertreten worden wäre.

Das Wesen hieß LaDzhaRi. Seine Leinwand war ein elliptisches Segel aus monomolekularem Gewebe, fast dreißigtausend Kilometer lang. Sein Werk war noch nicht einmal zu einem Viertel fertig. Dabei hatte er fünfzehn Jahre gebraucht, um so weit zu kommen. LaDzhaRi war es egal, wie lange er brauchte. Er hatte jede Menge Zeit. Sein Raumschiff würde am Bestimmungsort erst in weiteren achthundert Jahren eintreffen.

Zumindest dachte er, er habe viel Zeit ... bis er spürte, dass ihn ein Fremder beobachtete. Jetzt sah er sich zur Eile gezwungen. Schnell sammelte er seine Malutensilien ein, wobei er aber seine hohe Eigengeschwindigkeit beibehielt – inzwischen war es der 21. August –, zurrte sie fest – 22. August – und stieß sich vom Schmetterlingsflügelsegel ab. Dann glitt er dahin, bis er einen ausreichenden Abstand erreicht hatte. Am 1. September war er weit genug entfernt, um seinen Düsenantrieb einzuschalten und mit hoher Geschwindigkeit zu der kleinen zylindrischen Blechdose zurückzukehren, die sich im Zentrum einer Ansammlung von Schmetterlingsflügeln befand.

Obwohl es ihn sehr viel kostete, blieb er auf hoher Geschwindigkeit, als er durch die Eingangshöhlen raste, hinein in den Salzschlamm, der seine heimische Umgebung war. So laut er konnte, rief er seinen Gefährten etwas zu.

Nach menschlichem Maßstab war diese Stimme außergewöhnlich laut. Große Walfische auf der Erde haben solch kräftige Stimmen, dass ihre Rufe von anderen Walen aufgefangen und erwidert werden können, die Ozeane entfernt sind. So auch bei LaDzhaRis Leuten. In den winzigen Abteilen des Raumschiffs ließ seine Stimme die Wände beben. Instrumente zitterten. Möbel verrutschten. Die weiblichen Teilnehmer flohen in Panik, aus Angst, aufgefressen oder geschwängert zu werden.

Für die sieben Männchen war es beinahe ebenso schlimm. So schnell er konnte, raffte sich einer von ihnen auf, seine Eigenschwingung so zu verstärken, dass er LaDzhaRi antworten konnte. Sie wussten, was geschehen war. Auch sie hatten den Eindringling gespürt. Natürlich hatten sie alles Notwendige getan. Die gesamte Mannschaft hatte auf Hoch umgeschaltet und das Signal ausgesendet, das sie ihren Vorfahren verdankten. Dann waren alle wieder auf Normal heruntergegangen - und hofften, dass LaDzhaRi hoffentlich sofort das Gleiche machen und aufhören würde, die Weibchen zu erschrecken.

LaDzhaRi wurde langsamer und gestattete sich »Atem zu holen« - wenn auch dieser Ausdruck bei seinen Leuten nicht verwendet wurde. Es war nicht gut, im Schlamm auf Hochtouren längere Zeit herumzusausen. Er hatte bereits einige bedenkliche Aushöhlungen verursacht, sodass ihr glitschiger Lebensraum bedroht war. Kleinlaut arbeitete er mit den anderen, bis alles wieder festgezurrt war und auch die Weibchen aus ihren Verstecken hervorgekommen waren. Eines servierte das Essen. Die gesamte Mannschaft ließ sich nieder, um über die wahnsinnige Berührung zu sprechen, die so völlig überraschend und grauenvoll in ihren Verstand gedrungen war. Dazu brauchten sie den gesamten September und den ersten Teil vom Oktober.

Dann war das Schiff wieder einigermaßen zu seinem normalen Leben zurückgekehrt, und LaDzhaRi wandte sich wieder seiner Malerei zu. Er neutralisierte die Ladungen auf dem ruinierten Teil des großen Flügels der Photonenfalle. Mit großer Mühe und Sorgfalt sammelte er den pigmentierten Staub ein, der weggeflogen war. Schließlich konnte man es nicht riskieren, so viel Masse zu verschwenden.

Er war schon eine sparsame Seele, dieser LaDzhaRi! Ich muss zugeben, dass ich ihn bewundernswert fand. Er blieb den Traditionen seiner Leute auch unter Umständen treu, die den Menschen wohl zu bedrohlich vorgekommen wären, als dass sie sie ertragen hätten. Obwohl LaDzhaRi kein Hitschi war, wusste er, wo er die Hitschi erreichen konnte, und war sich sicher, dass auf die Nachricht, die seine Schiffsgefährten ausgeschickt hatten, früher oder später eine Antwort folgen würde.

Gerade als er wieder begonnen hatte, den verpatzten Teil seiner Arbeit neu zu malen, spürte er wieder eine Berührung. Diesmal aber hatte er sie erwartet. Viel näher. Viel stärker. Weitaus nachdrücklicher und viel, viel furchteinflößender.

9

Audee und ich

Die Bruchstücke der Lebensgeschichten aller dieser meiner Freunde – oder Beinahe-Freunde, in manchen Fällen auch Nicht-Freunde – fügten sich allmählich zusammen. Nicht sehr schnell. Ja, nicht viel schneller, als die Fragmente des Universums sich zusammenfügten, auf dieses gewaltige Knirschen zu, das wieder zurück zum zyklischen, ursprünglichen Atomzustand führen sollte (wie Albert mir erzählte). Zu diesem Zeitpunkt verstand ich allerdings die Gründe für dieses Geschehen nicht. (Das machte mir aber nichts aus, weil Albert es damals auch nicht verstand.) Da gab es die Leute an Bord des Segelschiffs, die mit Unbehagen die Folgen, welche die Ausübung ihres

Dienstes mit sich brachte, akzeptierten. Dann waren da Dolly und Wan auf dem Weg zu einem neuen Schwarzen Loch. Dolly weinte im Schlaf, während Wan nur wütend vor sich hinmurmelte. Dann gab es noch Walthers und Janie, die verzweifelt in ihrem viel zu teuren Hotelzimmer in Rotterdam saßen. Sie hatten gerade herausfinden müssen, dass ich nicht dort war. Janie hockte auf dem großen anisokinetischen Bett, während Audee mit meiner Sekretärin redete. Janie hatte auf einer Wange einen blauen Fleck – ein Souvenir von diesem Augenblick voll Wut in Lagos. Audees Arm steckte in Gips – ein verstauchtes Handgelenk. Er hatte bis zu diesem Augenblick nicht gewusst, dass Janie einen schwarzen Gürtel in Karate besaß.

Mit einem Stöhnen beendete Walthers das Gespräch und hängte ein. Er ließ seine Hand in den Schoß sinken. »Sie sagt, dass er morgen hier sein wird«, teilte er Janie missgelaunt mit. »Ich bin gespannt, ob sie es ihm ausrichtet.«

»Natürlich macht sie das! Sie ist ja kein Mensch.«

»Wirklich? Du meinst, sie war ein Computerprogramm?« Auf diese Idee war er nicht gekommen. Auf Peggys Planet war so etwas nicht sehr verbreitet. »Na schön«, sagte er etwas getröstet. »In dem Fall wird sie es wenigstens nicht vergessen.« Er goss ihr und sich selbst einen Drink aus der Flasche mit belgischem Apfelschnaps ein, die sie auf dem Weg zum Hotel gekauft hatten. Beim Absetzen der Flasche stöhnte er wieder und rieb sich das Handgelenk. Dann nahm er einen Schluck, ehe er fragte: »Janie? Wie viel Geld haben wir noch?«

Sie beugte sich vor und tippte den Kode in den PV. »Etwa für vier Nächte in diesem Hotel«, meldete sie. »Wir könnten natürlich in ein billigeres umziehen.«

Er schüttelte den Kopf. »Broadhead wird hier wohnen. Ich will hier sein.«

»Auch ein Grund«, meinte Yee-xing lakonisch und wollte damit sagen, dass sie den wahren Grund sehr wohl verstand: Wenn Broadhead keine übertriebene Lust verspürte, Walthers zu sehen, würde es ihm schwerer fallen, ihn abzuwimmeln, wenn er persönlich vor ihm stand, als

Da Robin immer wieder über die Frage der »fehlenden Masse« spricht, sollte ich erklären, worum es sich dabei handelt. Gegen Ende des zwanzigsten Jahrhunderts standen die Kosmologen vor einem unlösbaren Widerspruch. Sie konnten sehen, dass sich das Universum ausdehnte. Das war wegen der Rotverschiebung ganz sicher. Sie konnten aber auch feststellen, dass zu viel Masse in ihm enthalten war, um diese Expansion möglich zu machen. Bewiesen werden konnte das durch Tatsachen wie die, dass sich die äußeren Ränder der Galaxien zu schnell drehten und dass sich die Haufen der Galaxien zu eng zusammenschlossen. Selbst unsere eigene Galaxis mit ihren Gefährten stürmte auf eine Gruppe von Sternwolken in der Jungfrau viel schneller zu, als es hätte sein sollen. Offensichtlich fehlte gemäß diesen Beobachtungen eine Menge Masse. Wo war diese?
Es gab nur eine intuitiv richtige Erklärung: nämlich, dass das Universum sich früher ausgedehnt hatte, jetzt aber irgendetwas beschlossen hatte, dieses Wachstum umzupolen und das Universum zum Zusammenziehen zu bringen. Keiner glaubte auch nur eine Minute daran – gegen Ende des zwanzigsten Jahrhunderts.

wenn er nur mit ihm über die P-Leitung redete. »Warum hast du dann wegen des Geldes gefragt?«

»Lass uns die Kosten einer Übernachtung für ein paar Informationen ausgeben«, schlug er vor. »Ich würde gern wissen, wie reich Broadhead ist.«

»Du meinst, einen Finanzbericht kaufen? Willst du herausbekommen, ob er uns eine Million Dollar bezahlen kann?«

Walthers schüttelte den Kopf. »Ich möchte herausfinden«, sagte er, »wie viel mehr als eine Million wir aus ihm herausschlagen können.«

Das waren nun nicht gerade freundliche Absichten. Wenn ich darüber Bescheid gewusst hätte, wäre ich mit meinem alten Freund Audee Walthers härter umgesprungen. Vielleicht aber auch nicht. Wenn man einen Haufen Geld hat, gewöhnt man sich daran, dass die Leute einen als Quelle betrachten, die man anzapfen kann, und nicht als menschliches Wesen. Allerdings macht dieser Gedanke keine Freude.

Aber ich hatte nichts dagegen, dass er herausfand, wie viel ich besaß. Das war natürlich nur die Summe, die ich den Finanzberichtunternehmen zu wissen erlaubte. Es war genug vorhanden. Da waren die beträchtlichen Anteile an dem Charterbetrieb der *S. Ya.* und einige an den Nahrungsgruben und Fischfarmen. Dann eine Vielzahl an Unternehmen auf Peggys Planet, darunter auch (zu Walthers' Überraschung) die Gesellschaft, von der er sein Flugzeug gemietet hatte, ferner der Computerdaten-Kundendienst, der den beiden die Informationen verkaufte, und mehrere Dachgesellschaften, Import- und Exportfirmen und Transportunternehmen. Zwei Banken; vierzehn Maklerfirmen zwischen New York und New South Wales verteilt, ein paar auch auf Peggys Planet und der Venus. Ferner noch eine Vielzahl kleinerer Betriebe, darunter eine Fluggesellschaft, eine Imbisskette, ein Unternehmen, das sich »Jetzt und Später« GmbH nannte – und eines, das PegTex Petrospekulationen hieß.

»Mein Gott«, stellte Audee Walthers fest, »das ist ja Mr. Luqmans Gesellschaft! Dann habe ich also die ganze Zeit für diesen Dreckskerl geschuftet!«

»Und ich auch«, erkannte Janie Yee-xing und schaute auf den Teil, der die *S. Ya.* erwähnte. »Nein, so was! Gehört diesem Broadhead wirklich *alles?*«

Nein, das nicht. Mir gehörte sehr viel. Aber hätten sie sich die Aufstellung meines Besitzes mit mehr Verständnis angesehen, wäre ihnen vielleicht ein bestimmtes Muster aufgefallen. Die Banken verliehen das Geld für die Erschließung. Die Makleragenturen halfen den Kolonisten bei der Besiedlung oder übernahmen ihre Hütten gegen Bargeld, um ihnen den Rückflug zu ermöglichen. Die *S. Ya.* brachte die Kolonisten zu Peggys Planet, und was Luqman anging, der war das Kronjuwel in diesem Reich, was sie aber nicht erkannten! Ich hatte Luqman nie kennen gelernt, hätte auch nicht gewusst, wie er aussah, wäre ich ihm begegnet. Er hatte seine Befehle, und diese Befehle kamen quasi direkt von mir: Finde ein gutes Ölfeld irgendwo in der Nähe des Äquators auf Peggys Planet. Warum der Äquator? Weil die Lofstromschlaufe, die wir dort bauen wollen, den Vorteil der Rotationsgeschwindigkeit des Planeten ausnutzen würde. Warum eine Stapelschlaufe? Das war die billigste und beste Möglichkeit, Sachen in die Umlaufbahn und wieder aus ihr heraus zu befördern. Das Öl, das wir pumpten, würde die Energie für die Schlaufe liefern. Überschüssiges Öl würde mittels der Schlaufe in die Umlaufbahn geschleust, und zwar in Frachtkapseln. Diese Frachtkapseln würden auf der Rückfahrt an Bord der *S. Ya.* zur Erde gebracht und verkauft – das bedeutete, dass auf der Hälfte der Reise, die jetzt praktisch ein reines Verlustgeschäft war, eine lohnende Fracht Öl befördert würde; und das bedeutete, dass wir die Flugpreise für die Kolonisten senken konnten!

Ich entschuldige mich nicht für die Tatsache, dass fast alle meine Unternehmungen jedes Jahr Gewinn abwarfen. Nur so konnte ich sie alle am Leben erhalten und expandieren. Aber der Gewinn war Nebensache. Sehen Sie, ich habe meine eigene Weltanschauung über das Geldverdienen: Jeder, der sich halb tot schuftet, um nach den ersten hundert Millionen noch mehr zu verdienen, ist krank und ...

Aber das habe ich, glaube ich, bereits gesagt, oder?

Ich befürchte, ich schweife ab. Mir gehen so viele Dinge im Kopf herum, dass ich ein bisschen durcheinander bringe, was bereits Tatsachen geworden, was noch nicht

> Robin ist auf die Startschlaufe sehr stolz, weil sie ihm die Gewissheit gab, dass menschliche Wesen etwas erfinden konnten, was die Hitschi nicht besaßen. Nun, er hat Recht – zumindest, wenn Sie die Details weglassen. Die Schlaufe war auf der Erde von einem Mann namens Keith Lofstrom gegen Ende des zwanzigsten Jahrhunderts ersonnen worden. Doch niemand baute eine, bis das Verkehrsaufkommen sie erforderlich machte. Robin wusste aber nicht, dass zwar die Hitschi keine Schlaufe erfunden hatten, wohl aber die Segelschiffleute – für sie war es die einzige Möglichkeit, aus ihrer dichten und undurchsichtigen Atmosphäre herauszukommen.

passiert ist und was niemals geschehen wird, außer in diesem Kopf.

Ich möchte damit nur sagen, dass es sich bei meinen lukrativen Geschäften auch um sehr nützliche Unternehmungen handelte, die der Eroberung der Galaxis dienten und den menschlichen Wesen Erleichterungen verschafften. Und das ist eine Tatsache! Und aus diesem Grunde fügen sich alle diese Bruchstücke der Lebensläufe schließlich zusammen. Es sieht zwar nicht so aus, aber sie tun es. Alle. Sogar die Geschichten meines Halbfreundes Kapitän, des Hitschis, den ich schließlich recht gut kennen lernte. Auch die seiner Geliebten und Stellvertreterin an Bord, des weiblichen Hitschis namens Twice, die ich – wie Sie feststellen werden – am Ende noch viel besser kennen lernte.

10

Der Ort, an dem sich die Hitschi aufhielten

Als sich die Hitschi in ihre Schwarzschildschale im Kern der Galaxis verkrochen, wussten sie, dass es zwischen ihrem verängstigten Selbst und dem unendlichen Universum da draußen keine leichte Kommunikation geben würde. Dennoch wagten sie es nicht, ohne Nachrichten zu bleiben.

Sie errichteten außerhalb des Schwarzen Loches ein Gespinst aus Sternchen. Sie waren weit genug entfernt, dass die donnernde Strahlung, die in das Loch fiel, nicht ihre Schaltkreise lahm legte. Sie hatten genug davon, sodass, wenn einer ausfiel oder zerstört würde – ja selbst wenn es hundert wären –, die übrigen immer noch die Daten aus den Frühwarnstationen, die über die ganze Galaxis verstreut waren, auffangen und aufzeichnen konnten. Die Hitschi waren zwar weggelaufen, um sich zu verstecken, hatten aber Augen und Ohren zurückgelassen.

Von Zeit zu Zeit stahlen sich einige tapfere Seelen aus dem Kern heraus, um festzustellen, was die Augen gesehen und die Ohren gehört hatten. Als der Kapitän und seine Mannschaft hinausgeschickt wurden, um das All nach dem wandernden Stern abzusuchen, war das Überprüfen der Monitore eine zusätzliche Aufgabe. An Bord dieses Schiffes befanden sich fünf von ihnen - zumindest fünf lebende. Davon interessierte den Kapitän am meisten das schlanke, blasse, weibliche Wesen mit strahlender Haut, das Twice hieß. Nach Meinung des Kapitäns war sie eine hinreißende Schönheit. Und auch sexy - zweifellos jedes Jahr -, und diese spezielle Jahreszeit musste seiner Berechnung nach nahe sein!

Aber nicht gerade jetzt, betete er. Auch Twice betete darum. Das Durchdringen der Schwarzschildperipherie war eine brutal harte Aufgabe, auch wenn das Schiff zu diesem Zweck gebaut worden war. Es schwirrten noch andere Büchsenöffner herum - Wan hatte einen gestohlen -, aber die waren für diesen Job nur begrenzt geeignet. Wans Schiff konnte in den Ereignishorizont nicht eintreten und überleben. Es konnte nur einen Teil dorthin ausstrecken.

Das Schiff des Kapitäns war größer und stärker. Trotzdem wurden sie beim Durchgang durch den Ereignishorizont mit aller Gewalt schmerzhaft in die Gurte gepresst. Der diamantenhelle Korkenzieher blitzte. Große, dicke schweigende Funken sprühten durch die Kabine. Das Licht tat ihren Augen weh. Die heftige Bewegung marterte ihre Körper. Und das ging immer weiter. Der Mannschaft kam es nach ihrer Zeitrechnung länger als eine Stunde vor, allerdings war ihr subjektives Zeitempfinden eine merkwürdige Mischung aus dem normalen Tempo des Universums und dem verlangsamten Ablauf innerhalb des Schwarzen Loches.

Schließlich waren sie hindurch und draußen im freien All. Das schreckliche Taumeln hörte auf. Die blendende Helligkeit ging zurück. Vor ihnen erstrahlte die Galaxis, eine Samtkuppel, übersät von hellen, verwegenen Sternen. Sie waren noch zu tief innerhalb des Zentrums, um mehr als die gelegentlichen schwarzen Flecken sehen zu können.

»Allen Verstandeskräften sei Dank!«, rief der Kapitän

aus, als er grinsend aus seinen Gurten stieg; er sah aus wie ein Totenkopf im Anatomischen Institut, wenn er grinste. »Ich glaube, wir haben es geschafft!« Die Mannschaft folgte seinem Beispiel und kletterte aus den Gurten. Sie plauderten fröhlich miteinander. Als sie aufstanden, um mit dem Sammeln der Daten zu beginnen, ergriff die knochige Hand des Kapitäns die von Twice und hielt sie fest. Es war ein Augenblick der Freude - so wie damals die Kapitäne der Walfänger sich gefreut hatten, wenn sie Kap Hoorn umfahren hatten, so wie die Pioniere mit ihren Planwagen aufatmeten, sobald sie die Ebenen von Oregon oder Kalifornien erreicht hatten. Die Gefahren und der Kampf waren aber nicht endgültig vorbei. Sie mussten alles noch einmal auf dem Weg zurück ins Innere durchstehen. Aber zunächst - für eine Woche oder länger - konnten sie sich ausruhen und ihre Daten sammeln. Das war der angenehme Teil der Expedition.

Oder hätte es sein sollen.

War es aber nicht. Als der Kapitän nämlich das Schiff sicherte und der Offizier, der Shoe hieß, die Kommunikationskanäle öffnete, flammten alle Sensoren an Bord violett auf. Die tausend automatischen Orbitstationen hatten alle große Neuigkeiten zu melden! Wichtige Neuigkeiten - schlechte Nachrichten! Alle Datenspeicher ratterten gleichzeitig los, um ihre schlechten Meldungen loszuwerden.

Bei den Hitschi herrschte betroffenes Schweigen. Dann gewann die Routine über den entsetzlichen Schock die Oberhand. Die Kabine des Hitschi-Schiffes füllte sich mit wirbelnder Aktivität. Empfangen und kollationieren, analysieren und vergleichen. Die Nachrichten häuften sich. Langsam entwickelte sich ein klares Bild.

Die letzte Datensammelexpedition hatte vor nur wenigen Wochen stattgefunden. Aber innerhalb des großen, zentralen Schwarzen Loches kroch die Zeit - es waren Dekaden, wenn man die Zeit im dahinrasenden Universum draußen maß! Aber dennoch, nicht viel Zeit! Nicht nach dem Maßstab der Sterne!

Und dennoch hatte sich die ganze Welt verändert.

F.: Was ist schlimmer als eine Voraussage, die nicht eintrifft?
A.: Eine Voraussage, die sich schneller als erwartet erfüllt.

Die Hitschi waren überzeugt, dass sich intelligentes und technologisches Leben in der Galaxis entwickeln würde. Sie hatten über ein Dutzend bewohnte Welten identifiziert – und nicht nur bewohnte, sondern auch in Bezug auf Intelligenz viel versprechende. Sie hatten für jede einzelne einen Plan entworfen.

Manche dieser Pläne waren fehlgeschlagen. Da gab es eine Spezies behaarter Vierfüßer auf einem feuchten und kalten Planeten so nahe am Orion-Nebel, dass dessen Aurora den Himmel füllte. Die kleinen und flinken Geschöpfe mit zierlichen Pfoten wie die eines Waschbären und Augen wie Lemuren würden eines Tages Werkzeuge entdecken. So dachten die Hitschi. Und dann auch Feuer und Farmen, Städte, Technologie und Raumfahrt. Das taten diese Wesen auch. Sie verwendeten alles, um ihren Planeten zu vergiften und ihre Arten zu dezimieren.

Es gab noch eine andere Rasse, mit sechs Gliedmaßen und Segmenten, die Ammoniak ein- und ausatmeten. Sehr viel versprechend, aber leider zu nahe an einem Stern, der zu einer Supernova wurde. Ende der Ammoniak-Atmer. Dann waren da noch die kalten, trägen, matschigen Wesen, die in der Hitschi-Geschichte einen besonderen Platz einnahmen. Sie hatten die schrecklichen Nachrichten verbreitet, welche die Hitschi in ihr Versteck gejagt hatten. Das allein reichte, um sie einzigartig zu machen. Und diese zeigten nicht nur viel versprechende Anlagen, sondern waren bereits intelligent. Und nicht nur intelligent, sondern auch zivilisiert! Technologie lag bereits in ihrer Reichweite. Aber sie stellten trotzdem krasse Außenseiter im galaktischen Rennen dar; denn ihr matschiger Stoffwechsel war einfach zu träge, um mit wärmeren, schnelleren Arten mithalten zu können.

Aber eines Tages würde eine Rasse ins All vordringen und überleben. Das hofften jedenfalls die Hitschi.

Sie fürchteten sich aber auch davor, da sie schon bei ihrem Rückzug wussten, dass eine Rasse, die sie erreichte, auch fähig war, sie zu überflügeln. Aber wie konnte diese Möglichkeit so nahe bevorstehen? Es waren doch erst sechzig Erdenjahre seit der letzten Überprüfung vergangen!

Dann hatten die weit entfernten Monitore, die um die Venus kreisten, den zweifüßigen Sapiens gezeigt. Seine Artgenossen gruben die verlassenen Hitschi-Tunnel aus und erforschten ihr kleines Sonnensystem mit Raumschiffen, die von chemischem Feuer angetrieben wurden. Entsetzlich primitiv, natürlich! Aber nicht ohne Zukunft! In ein oder zwei Jahrhunderten – höchstens vier oder fünf nach Meinung der Hitschi – würden sie den Gateway-Asteroiden entdecken. Und wieder ein oder zwei Jahrhunderte später würden sie anfangen, die Technologie zu verstehen ...

Aber die Ereignisse hatten sich überstürzt! Die menschlichen Wesen hatten die Gateway-Schiffe gefunden, die Nahrungsfabrik – die riesige, weit entfernte Wohnanlage, in der die Hitschi die Exemplare der vielversprechendsten Rasse der Erde eingesperrt hielten, die Australopithekus-Gruppe. Alles war den Menschen zugefallen, und das war noch nicht das Ende.

Die Mannschaft des Kapitäns war gut ausgebildet. Nachdem die Daten gesammelt und durch die Geballten Gehirne gefiltert, dann tabellisiert und zusammengefasst worden waren, bereiteten die Spezialisten ihre Berichte vor. White-Noise war der Navigator. Es war seine Aufgabe, die Positionen aller aufgefangenen Quellen festzustellen und die Ortsdatenbank des Schiffes auf dem Laufenden zu halten. Shoe war der Kommunikationsoffizier, der am meisten zu tun hatte – mit Ausnahme vielleicht von Mongrel, dem weiblichen Integrator, die von Terminal zu Terminal flog und den Geballten Gehirnen Gegenkontrollen und Korrelationen zuflüsterte. Weder Burst, der Schwarze-Loch-Durchbruchsspezialist, noch Twice, deren Aufgabe die Fernsteuerung von Arbeitsgeräten war, waren im Augenblick mit ihren Spezialaufgaben beschäftigt. Sie halfen daher den anderen, ebenso der Kapitän. Seine Gesichtsmuskeln traten hervor und wanden sich wie Schlangen, als er auf die fertigen Berichte wartete.

Mongrel mochte ihren Kapitän. Deshalb gab sie ihm die harmloseren zuerst.

Erstens, dass die Gateway-Schiffe gefunden worden waren und benutzt wurden. Nun, das war in Ordnung! Das gehörte zu dem Plan, wenn es auch beunruhigend wirkte, dass es so früh geschehen war.

Zweitens war die Nahrungsfabrik gefunden worden und das Artefakt, das die Menschen Hitschi-Himmel nannten. Diese Nachrichten waren alt, jetzt schon Jahrzehnte alt. Auch nicht ernst. Trotzdem beunruhigend – eigentlich sogar sehr beunruhigend, weil der Hitschi-Himmel dazu dienen sollte, jedes Schiff, das dort anlegte, festzuhalten. Die Herstellung eines Zweiweg-Kontakts bedeutete eine höchst unerwartete Entwicklung bei diesen zweifüßigen Emporkömmlingen.

Drittens war da eine Nachricht von den Segelschiffleuten. Das brachte die Muskeln im Gesicht Kapitäns noch mehr in Bewegung. Es war eine Sache, ein Schiff in einem Sonnensystem zu finden – aber es im interstellaren Raum aufzuspüren, war doch ungemütlich beeindruckend.

Und viertens …

Viertens war da White-Noises Darstellung der gegenwärtigen Standorte aller bekannten Hitschi-Schiffe, die von Menschen bedient wurden. Als der Kapitän sie sah, schrie er vor Wut und Schock laut auf. »Vergleich das mit den verbotenen Zonen!«, befahl er. Sobald die Datenfächer eingelegt und die Bilder zusammen projiziert waren, bebten die Muskelstränge an seinen Wangen wie gezupfte Harfensaiten. »Sie erforschen Schwarze Löcher«, stellte er mit schwacher Stimme fest.

White-Noise nickte. »Das ist noch nicht alles«, sagte er. »Einige dieser Fahrzeuge tragen Unterbrecher. Sie können eindringen.« Mongrel fügte hinzu: »Es sieht nicht so aus, als würden sie die Gefahrenzeichen erkennen.«

Nachdem sie ihre Berichte vorgetragen hatten, warteten die Besatzungsmitglieder höflich. Jetzt war es das Problem

Möglicherweise herrscht an dieser Stelle eine leichte Verwirrung, die ich beseitigen sollte. Robinette (und der gesamte Rest der menschlichen Rasse) nannte diese Leute Hitschi. Natürlich benutzten sie diesen Namen selbst ebenso wenig wie die eingeborenen Amerikaner sich als Indianer oder die afrikanischen Khoi-San Stämme sich als Hottentotten oder Buschmänner bezeichnen. In Wirklichkeit nannten sich die Hitschi die »Intelligenten«. Allerdings beweist das sehr wenig, wie man am Beispiel des Homo sapiens sieht.

des Kapitäns. Sie hofften stark, dass er auch in der Lage war, damit fertig zu werden.

Twice war eigentlich nicht wirklich in den Kapitän verliebt, weil es dafür auch noch zu früh war, wie sie als weibliches Wesen wusste. Aber bald. Wahrscheinlich schon innerhalb der nächsten Tage. Zusätzlich zu diesen erschreckenden und unerwarteten Neuigkeiten kam für sie auch noch die Sorge um den Kapitän. Er steckte bis über beide Ohren in Schwierigkeiten. Und obwohl es noch nicht Zeit war, streckte sie ihre schmale Hand aus und legte sie über die seine. Der Kapitän war so in Gedanken versunken, dass er es gar nicht bemerkte, sondern sie nur geistesabwesend streichelte.

Shoe schnüffelte, was für Hitschi so viel wie räuspern bedeutete, ehe er fragte: »Wollen Sie mit den Geballten Gehirnen Kontakt aufnehmen?«

»Nicht jetzt«, zischte der Kapitän und rieb sich mit der freien Faust die Rippen, was ein kratzendes Geräusch verursachte, das in der Stille der Kabine deutlich hörbar war. Ihm wäre es jetzt viel lieber gewesen, zurück in sein Schwarzes Loch im Kern der Galaxis zu kriechen und sich die Sterne über den Kopf zu ziehen. Das war aber nicht möglich. Das Nächstbeste wäre es, in denselben sicheren, friedlichen Kern zu fliehen und seinen Vorgesetzten Meldung zu erstatten. Dann konnten die Autoritäten die Entscheidungen fällen. Sie konnten sich dann mit den Geballten Gehirnen der Vorfahren, die sich begierig einmischen würden, befassen.

Sie konnten beschließen, was zu tun war – wenn möglich mit einem anderen Hitschi-Kapitän samt Mannschaft, die man in diesen grauenvoll schnellen Raum hinausschicken konnte, um die Befehle auszuführen. Das war ein möglicher Ausweg, aber der Kapitän war zu gut ausgebildet, um sich einen leichten Ausweg zu gestatten. Er war am Schauplatz; deshalb musste er auch reagieren. Wenn er sich irrte – dann, gute Nacht, armer Kapitän! Das würde Konsequenzen nach sich ziehen. Er würde gemieden werden. Das war das Mindeste und eigentlich nur die Strafe für kleinere Vergehen. Für gröbere wurde man sozusagen die Treppe hinaufgestoßen – und der Kapitän war keineswegs begierig, der mächtigen Masse gespeicherter Gehirne anzugehören, die alle von seinen Vorfahren stammten.

Er zischte sorgenvoll und fällte seine Entscheidung. »Informiere die Geballten Gehirne«, befahl er.

»Nur informieren? Keine Empfehlungen anfordern?«, fragte Shoe.

»Nur informieren! Bereite ein Fernlenkflugzeug vor und schicke es mit einem Doppel aller Daten zurück zur Basis.« Das richtete sich an Twice, die seine Hand losließ und begann, ein kleines Nachrichtenfahrzeug zu programmieren. Schließlich wandte er sich an White-Noise. »Nimm Kurs auf den Abfangpunkt für das Segelschiff!«

Es war bei den Hitschi nicht üblich, beim Empfangen eines Befehls zu salutieren. Es war auch nicht üblich, darüber zu diskutieren. Man konnte das Ausmaß der Verwirrung an Bord dieses Schiffes nur daran ablesen, dass White-Noise fragte: »Sind Sie sicher, dass wir das tun sollen?«

»Mach's!«, schnaubte der Kapitän und zuckte verärgert zusammen.

Es war eigentlich nicht ein Zucken, sondern eine schnelle Kontraktion seines harten, kugelförmigen Abdomens. Twice starrte bewundernd auf die niedliche Ausbuchtung und sah, wie die zähen, langen Sehnen und Muskelstränge sich von den Schultern zu den Handgelenken hinabzogen. Man hätte sie fast mit den Fingern ganz umschließen können!

Zu ihrem Schreck erkannte Twice, dass ihre Zeit für die Liebe näher war, als sie gedacht hatte. Wie unpraktisch! Der Kapitän würde ebenso ärgerlich sein wie sie, da sie eigens für anderthalb Tage Pläne geschmiedet hatten. Twice öffnete den Mund, um es ihm zu sagen, machte ihn aber wieder zu. Jetzt war nicht der Augenblick, ihn damit zu belasten. Er schloss gerade die Gedankenvorgänge ab, die seine Wangenmuskeln arbeiten ließen. Finster dreinblickend bereitete er sich darauf vor, seine Befehle zu erteilen.

Der Kapitän hatte dabei jede Menge Unterstützung. In der Galaxis gab es mehr als tausend geschickt getarnte Hitschi-Artefakte. Sie waren – anders als auf Gateway – nicht dazu bestimmt, früher oder später entdeckt zu werden. Sie waren auf nicht viel versprechend aussehenden Asteroiden versteckt, die sich auf unzugänglichen Umlaufbahnen, zwischen den Sternen oder zwischen Anhäufungen anderer Objekte in Staub- oder Gaswolken befanden. »Twice«, befahl er, ohne sie anzusehen. »Aktiviere ein Befehlsschiff! Wir werden uns mit ihm am Segelschiffpunkt treffen.«

Sie war durcheinander, wie er bemerkte. Das tat ihm Leid, überraschte ihn aber nicht – um ehrlich zu sein, auch er war durcheinander! Er ging zurück zum Kommandoplatz und ließ seine Beckenknochen auf die vorstehenden Y-Flansche sinken. Der Beutel mit dem Lebenserhaltungssystem passte genau in den freien Winkel dazwischen.

Da bemerkte er, dass sein Kommunikationsoffizier sich mit besorgtem Gesicht zu ihm herunterbeugte. »Ja, Shoe? Was ist los?«

Shoes Bizeps bog sich ehrerbietig. »Die ...«, stammelte er. »Die ... die Meuchelmörder ...«

Dem Kapitän schoss die Angst wie ein Elektroschock durch und durch. »Die Assassinen?«

»Ich glaube, es besteht die Gefahr, dass sie aufgescheucht werden«, vermutete Shoe bedrückt. »Die Eingeborenen unterhalten sich über Nullgeschwindigkeitsfunk.«

»Unterhalten? Willst du damit sagen, sie senden Nachrichten? Wen meinst du überhaupt? – Geballte Gehirne!«, schrie der Kapitän und sprang aus seinem Sitz hoch. »Du glaubst, dass die Eingeborenen Nachrichten über galaktische Entfernungen senden?«

Shoe ließ den Kopf hängen. »Ich befürchte, ja, Kapitän. Ich weiß natürlich noch nicht, was sie sagen ... aber die Kommunikation ist sehr rege.«

Der Kapitän schüttelte kraftlos die Fäuste, um zu zeigen, dass er nichts mehr hören wollte. Nachrichten senden! Quer durch die Galaxis! Wo jeder zuhören konnte! Wo besonders gewisse Leute, von denen die Hitschi hofften, dass sie nicht aufgescheucht würden, zuhören konnten. Und darauf reagierten! »Stelle sofort Übersetzungsmatrizen mit den Gehirnen her!«, befahl er. Dann ließ er sich trübsinnig wieder in den Sitz sinken.

Diese Mission war verhext. Der Kapitän machte sich keine Hoffnungen mehr auf eine Vergnügungsreise, ja nicht einmal mehr auf die Genugtuung, eine kleinere Aufgabe gut zu lösen. Für ihn gab es jetzt nur die eine große Frage: Wie komme ich durch die nächsten Tage?

Aber bald würden sie in das haifischförmige Befehlsschiff einlaufen, das schnellste der Hitschi-Flotte, mit sehr viel Technik ausgestattet. Dann würden seine Aussichten steigen. Es war nicht nur größer und schneller, es trug auch eine Reihe von Geräten, die es auf seinem jetzigen Durchbrecher nicht gab. Ein TPSE. Lochschneider wie die, welche seine Vorfahren benutzt hatten, um den Gateway-Asteroiden und die Gänge in der Venus auszuhöhlen. Ferner eine Vorrichtung, mit deren Hilfe man in die Schwarzen Löcher eindringen konnte, um zu sehen, was es dort zu holen gab – es lief ihm kalt über den Rücken. Möge es den Geballten Gehirnen der Vorfahren nicht einfallen, das einzusetzen! Aber es würde zu seiner Verfügung stehen. Und er würde noch tausend andere nützliche Ausrüstungsgegenstände haben ...

Allerdings nur, wenn man davon ausging, dass das Schiff noch einsatzfähig war und sie am Rendezvous-Punkt treffen würde.

Die Artefakte, die die Hitschi zurückgelassen hatten, waren wirksam, stark und langlebig. Sie waren so gebaut, dass sie, von Unfällen abgesehen, wenigstens zehn Millionen Jahre überdauerten.

Aber Unfälle ließen sich nicht vermeiden. Eine nahe Supernova, ein kaputtes Teil, sogar ein zufälliger Zusammenstoß mit einem anderen Objekt - man konnte die Artefakte zwar gegen fast alle Risiken panzern, aber nach unendlicher, astronomischer Zeitrechnung ist »fast alles« kaum mehr als »nichts«.

Wenn das Befehlsschiff nun versagte? Und wenn es kein anderes gab, das Twice erreichen und zum Rendezvous führen konnte?

> Die Hitschi lernten schon recht früh in ihrer technischen Entwicklung, die Intelligenzen von toten oder sterbenden Hitschi in nichtorganischen Systemen zu speichern. Auf diese Weise wurden auch die Toten Menschen gelagert, die dem Knaben Wan Gesellschaft leisteten. Es war eine Anwendung dieser Technologie, die zu Robins Jetzt-und-Später-Firma führte. Für die Hitschi mag das ein Fehler gewesen sein (wenn ich hier eine möglicherweise nicht unvoreingenommene Meinung äußern darf). Da sie in der Lage waren, sich der toten Gehirne ihrer Hitschi-Vorfahren zu bedienen, um Daten zu speichern und auszuwerten, waren sie auf dem Gebiet der künstlichen Intelligenz-Systeme nicht sehr gut, die weit mehr ausrichten können und auch flexibler sind. Wie – nun ja – wie ich.

Der Kapitän ließ sich tief in diese deprimierenden Vorstellungen fallen. Es gab einfach zu viele Wenns. Und die Konsequenzen aus jedem dieser Wenns waren einfach zu unangenehm, um sie sich vor Augen zu führen.

Es war nicht ungewöhnlich für den Kapitän oder andere Hitschi, deprimiert zu sein. Sie hatten es sich auch ehrlich verdient.

Als Napoleons Große Armee aus Moskau zurückkroch, waren ihre Feinde kleine, angriffslustige Kavallerietrupps, der russische Winter - und Verzweiflung.

Als Hitlers Wehrmacht sich hundertdreißig Jahre später ebenfalls geschlagen aus Russland zurückziehen musste, waren die Hauptschrecken die sowjetischen Panzer und die Artillerie, der russische Winter – und wieder Verzweiflung. Sie wich geordneter und mit größeren Verlusten für den Feind zurück, nicht aber mit größerer oder geringerer Verzweiflung. Jeder Rückzug ist eine Art Leichenzug, und der Verstorbene ist die Zuversicht. Die Hitschi hatten zuversichtlich erwartet, eine Galaxis zu erobern. Als sie sich ihr Versagen eingestehen mussten und mit dem riesigen, interstellaren Rückzug begannen, war das Ausmaß ihrer Niederlage gewaltiger als irgendetwas, das die Menschheit je gekannt hatte. Und die Verzweiflung schlich sich in alle Hitschi-Seelen.

Die Hitschi spielten ein äußerst kompliziertes Spiel. Man hätte es einen Mannschaftssport nennen können. Allerdings waren sich nur einige der Spieler bewusst, zur Mannschaft zu gehören. Die Strategie war begrenzt. Nur das Ziel des Spiels stand fest: Wenn sie als Rasse überleben konnten, würden sie gewinnen.

Aber auf dem Spielfeld bewegten sich so viele Figuren! Und die Hitschi hatten so wenig Kontrolle. Sie konnten das Spiel eröffnen. Griffen sie aber danach direkt ins Spielgeschehen ein, stellten sie sich bloß. Und damit wurde das Spiel gefährlich.

Jetzt war der Kapitän am Zug. Er kannte das Risiko, auf das er sich einließ. Er konnte der Spieler sein, der für die Hitschi das Spiel ein für alle Mal verlor.

Seine erste Aufgabe war es, das Versteck der Hitschi so lange wie möglich geheim zu halten. Das bedeutete, etwas gegen die Segelschiffleute zu unternehmen.

Das bereitete ihm am wenigsten Sorgen. Die zweite Aufgabe war es, die wirklich zählte. Das gestohlene Schiff hatte Geräte an Bord, mit denen es die Hülle um das Hitschi-Versteck durchdringen konnte. Es konnte zwar nicht hinein, aber es konnte hineinschauen. Und das war schlimm genug. Noch schlimmer war es, dass dieselben Geräte beinahe jede Ereignisdiskontinuität durchdringen konnten, selbst die, in welche nicht einmal die Hitschi selbst einzudringen wagten. Die, deren Durchbruch sie mit Gebeten abzuwenden versuchten, da sich dahinter das Ding befand, das sie am meisten fürchteten.

Der Kapitän saß nun am Steuer seines Schiffes, während die leuchtende Silikatwolke, die den Kern einhüllte, hinter ihm immer kleiner wurde. Unterdessen zeigten sich bei Twice die Anzeichen der Anspannung, die sie bald bis an die Grenzen fordern sollte. Unterdessen krochen die kalten, matschigen Segelschiffleute durch ihr langes und langsames Leben dahin. Und unterdessen näherte sich das einzige von Menschen bemannte Raumschiff im Universum, das etwas hätte unternehmen können, wieder mal einem neuen Schwarzen Loch ...

Und unterdessen sahen die anderen Spieler auf diesem großen Brett, Audee Walthers und Janie Yee-xing, wie die Stapel ihrer Chips immer kleiner wurden, während sie darauf warteten, ihr eigenes privates Spielchen zu spielen.

11

Begegnung in Rotterdam

Da stand er nun, dieser Kerl mit einem wettergegerbten Gesicht wie ein Trapper, und versperrte mir den Weg. Ich erkannte den Gesichtsausdruck eher als den Mann. Dieser Ausdruck zeigte Halsstarrigkeit, Verärgerung und Erschöpfung. Das Gesicht, auf dem diese Gefühle sichtbar waren, gehörte Audee Walthers Jr., der (mein Sekretärinnenprogramm hatte mich selbstverständlich informiert) seit einigen Tagen versuchte, mich zu erreichen. »Hallo, Audee!«, begrüßte ich ihn herzlich und schüttelte ihm die Hand. Der hübschen Asiatin neben ihm nickte ich freundlich zu. »Wie schön, dich wieder zu sehen! Wohnst du im Hotel? Großartig. Hör zu, ich hab' es eilig, aber lass uns doch heute Abend zusammen essen – besprich das mit der Concierge, bitte! Ich bin in ein paar Stunden wieder da.«

Ich lächelte ihm und der jungen Frau zu, ließ sie stehen und ging weg.

Ich gebe gern zu, dass das nicht die feine Art war. Aber ich war tatsächlich in Eile. Außerdem machte mir mein Bauch ziemlich zu schaffen. Ich setzte Essie in ein Taxi, das sie in die gewünschte Richtung brachte, und nahm mir ein anderes, das mich zum Gericht brachte. Hätte ich natürlich gewusst, was er mir erzählen wollte, wäre ich Walthers gegenüber viel zuvorkommender gewesen. Aber ich wusste ja nicht, wovon ich wegging.

Oder worauf ich zuging.

Das letzte Stückchen habe ich wirklich zu Fuß zurückgelegt, weil alle Straßen mehr als gewöhnlich verstopft waren. Eine Parade machte sich gerade abmarschbereit, und das in dem Gewühl, das auch sonst in der Umgebung des Internationalen Gerichtshofes herrschte. Der Gerichtspalast ist ein vierzig Stock hoher Wolkenkratzer, der auf Senkkästen im schlammigen Boden von Rotterdam steht. Seine Fassade beherrscht die halbe Stadt. Innen gibt es überall scharlachrote Drapierungen und Einwegglas. Er ist ein Modell für ein internationales Tribunal. Er ist nicht der Ort, an dem man sich wegen eines Strafzettels für falsches Parken beschweren würde.

Er ist auch nicht der Ort, wo ein einzelner Bürger sehr viel gilt. Um ehrlich zu sein, wenn ich eitel wäre - was ich bin -, würde ich mir sehr viel darauf einbilden, dass an dem Prozess, in dem ich theoretisch einer der Angeklagten war, vierzehn Parteien beteiligt waren, von denen es sich bei vier um souveräne Staaten handelte. Für mich war eine Bürosuite im Justizpalast reserviert, wie für alle anderen beteiligten Parteien auch. Ich ging aber nicht gleich dorthin. Es war beinahe elf Uhr. Da standen die Chancen nicht schlecht, dass der Gerichtshof bereits mit der Verhandlung begonnen hatte. Ich lächelte und schob mich in den Gerichtssaal. Er war sehr voll. Er war immer voll, weil man bei diesen Verhandlungen Berühmtheiten sehen konnte. In meiner Eitelkeit hatte ich mich auch für eine gehalten und erwartet, dass sich bei meinem Eintritt die Köpfe wenden würden.

Kein Mensch drehte sich nach mir um. Alle schauten nur auf ein halbes Dutzend dürrer, bärtiger Typen in Burnussen und Sandalen, die in einem Pferch auf der Seite des Anklägers saßen, Coca-Cola tranken und miteinander kicherten. Die Alten. Man sah sie nicht jeden Tag. Ich starrte sie an, wie alle anderen auch. Dann zog mich jemand am Ärmel. Ich blickte mich um. Es war mein Anwalt aus Fleisch und Blut, Maitre Ijsinger, der missbilligend bemerkte: »Sie haben sich verspätet, Mijnheer Broadhead«, flüsterte er mir zu. »Dem Gericht ist sicher Ihre Abwesenheit aufgefallen.«

Da die Richter gerade damit beschäftigt waren, sich zuzuwispern und miteinander zu streiten, nahm ich an, dass es um das Tagebuch des ersten Prospektors ging, der einen Tunnel auf der Venus gefunden hatte. Man war sich offensichtlich nicht einig, ob dieses Tagebuch als Beweisstück zugelassen war oder nicht. Ich bezweifelte es. Aber man zahlte einem Anwalt nicht so viel, wie ich Maitre Ijsinger, um sich mit ihm zu streiten.

Selbstverständlich wäre ich nicht von Gesetzes wegen verpflichtet gewesen, ihm irgendetwas zu zahlen. Schließlich ging es bei unserem Fall darum, dass das Kaiserreich Japan den Antrag gestellt hatte, die Gateway AG aufzulösen. Als Hauptaktionär beim *S. Ya.*-Chartergeschäft war ich beteiligt, weil die Bolivianer die Forderung erhoben hatten, dass diese Charterflüge aufhören müssten, weil die Finanzierung von Siedlern »eine Rückkehr in die Sklaverei« bedeutete. Die Siedler wurden »vertraglich ausgebeutete Bedienstete« genannt, und ich - neben anderen - »ein übler Ausbeuter menschlichen Elends«. Was die Alten hier zu suchen hatten? Nun, sie stellten ebenfalls eine Interessengruppe in dieser Angelegenheit dar, weil sie behaupteten, die *S. Ya.* sei ihr Eigentum - sie und ihre Vorfahren hätten dort mehrere hunderttausend Jahre lang gelebt. Das Gericht war in einer verzwickten Lage. Die Alten unterstanden als Schützlinge der Regierung von Tansania, weil man übereingekommen war, dass dies wohl die Heimat ihrer Vorfahren auf der Erde gewesen war. Nun war aber Tansania im Gerichtssaal gar nicht vertreten. Tansania boykottierte den Justizpalast wegen ei-

Die Hitschi dachten, die Australopithekus-Gruppe, die sie bei ihrem ersten Besuch auf der Erde entdeckt hatten, würde schließlich eine technologische Zivilisation entfalten. Deshalb beschlossen sie, eine Kolonie dieser Spezies in einer Art Zoo zu erhalten. Die Nachkommen dieser Kolonie waren die »Uralten«. Natürlich stellte sich diese Vermutung der Hitschi als falsch heraus. Der Australopithekus erreichte niemals Intelligenz, sondern starb aus. Es war ein sehr ernüchternder Gedanke für die menschlichen Wesen, als ihnen klar wurde, dass der so genannte Hitschi-Himmel, der später in *S. Ya. Broadhead* umgetauft wurde – das bei weitem größte und technisch höchst entwickelte Raumschiff, das die menschliche Rasse je gesehen hatte –, dass dieses Schiff in Wirklichkeit nur eine Art Affenkäfig war.

ner Entscheidung zu seinen Ungunsten über die Flugkörper auf dem Meeresgrund im vorigen Jahr. Aus diesem Grund ließ es seine Interessen durch Paraguay vertreten - das aber hauptsächlich an seinen Grenzstreitigkeiten mit Brasilien interessiert war. Brasilien war aber gerade Sitz des Hauptquartiers der Gateway AG. Wissen Sie jetzt Bescheid? Ich nicht. Deshalb habe ich auch Maitre Ijsinger engagiert.

Wenn ich mich persönlich um jeden lausigen Multimillionen-Dollar-Prozess kümmern würde, verbrächte ich alle meine Tage im Gerichtssaal. Ich habe aber für den Rest meines Lebens noch viel zu viel zu tun. Normalerweise hätte ich die Anwälte die Sache austragen lassen und meine Zeit sinnvoller verbracht. Ich hätte mit Albert Einstein ein Schwätzchen halten oder mit meiner Frau am Tappan-See spazieren gehen können. Es gab aber gewichtige Gründe für meine Anwesenheit in Rotterdam. Ich sah einen davon, halb eingeschlafen, in einem Ledersessel in der Nähe der Alten.

»Ich glaube, ich werde mal sehen, ob Joe Kwiatkowski eine Tasse Kaffee will«, sagte ich zu Ijsinger.

Kwiatkowski war Pole. Er vertrat die Osteuropäische Wirtschaftsgemeinschaft und war einer der Kläger in diesem Fall. Ijsinger wurde blass. »Aber er ist ein *Gegner!*«, zischte er.

»Und ein alter Freund«, entgegnete ich ihm, wobei ich die Tatsachen nur leicht übertrieb – er war ein Gateway-Prospektor gewesen wie ich, und wir hatten früher mal der alten Zeiten wegen einen gehoben.

»In einem Prozess von diesen Ausmaßen gibt es keine Freunde«, informierte mich Ijsinger. Ich lächelte ihn nur an und beugte mich vor zu Kwiatkowski. Ich flüsterte ihm etwas zu, und er kam bereitwillig mit, nachdem er aufgewacht war.

»Ich sollte wirklich nicht mit dir hier sein, Robin«, raunzte er, als wir in meinem Büro im fünfzehnten Stock waren. »Vor allem nicht auf einen Kaffee! Hast du nicht irgendetwas, das man hineintun kann?«

Hatte ich – Sliwowitz, sogar aus seiner Lieblingsbrennerei in Krakau. Dazu noch die Sorte Zigarren aus Kamputschea, die er mochte, sowie Salzheringe und Kekse, um das Ganze abzurunden.

Der Gerichtshof war über einem kleinen Seitenkanal der Maas erbaut. Man konnte das Wasser riechen. Da es mir gelungen war, ein Fenster zu öffnen, konnte man die Boote hören, die unter dem Bogen des Gebäudes hindurchfuhren, und auch den Verkehr vom zweihundertfünfzig Meter entfernten Tunnel unter der Maas. Ich machte das Fenster wegen Kwiatkowskis Zigarrenrauch noch etwas weiter auf und sah die Fahnen und Musikkapellen auf den Seitenstraßen. »Warum paradieren sie heute eigentlich?«, fragte ich.

Er hatte aber keine Lust, auf meine Frage einzugehen. »Weil Armeen Paraden mögen«, meinte er nur. »Aber jetzt mal zur Sache, Robin. Ich weiß, was du willst, und es ist unmöglich.«

»Ich will, dass die OEWG mithilft, die Terroristen mit dem Raumschiff auszulöschen. Schließlich ist das im Interesse von allen«, argumentierte ich. »Du sagst, dass das unmöglich ist. Schön, ich akzeptiere das, aber *warum* ist es unmöglich?«

»Weil du nichts von Politik verstehst. Du glaubst, die OEWG kann zu den Paraguayanern hingehen und sie auffordern: ›Hört mal zu, einigt euch mit Brasilien, sagt denen doch, dass ihr wegen der Grenzstreitigkeiten mit euch reden lasst, wenn sie ihre Informationen an die Amerikaner weitergeben, damit das Raumschiff der Terroristen erwischt werden kann.«‹

»Ja«, gab ich zu. »Genau so waren meine Vorstellungen.«

»Und da irrst du dich. Sie werden nicht zuhören.«

»Die OEWG«, führte ich geduldig weiter aus, nachdem mich Albert, mein Datensystem, auf diese Gelegenheit sorgfältig vorbereitet hatte, »ist der größte Handelspartner Paraguays. Wenn du pfeifst, müssen sie tanzen.«

»In den meisten Fällen, ja. In diesem Fall, nein! Der Schlüssel in dieser Situation ist die Republik Kamputschea. Sie hat mit Paraguay private Abkommen. Darüber kann ich nichts sagen, außer dass sie auf höchster Ebene gebilligt wurden. Noch'n Kaffee?«, bat er und hielt mir die Tasse hin. »Aber diesmal nicht so viel.«

Ich fragte Kwiatkowski nicht nach diesen »Privatabkommen«. Wenn er mir darüber etwas hätte mitteilen wollen, hätte er sie nicht privat genannt. Außerdem war mir klar, dass es sich um militärische Fragen handelte. Alle »Privatabkommen«, die zurzeit von Regierungen getroffen wurden, betrafen das Militär. Wenn ich mir nicht wegen der Terroristen solche Sorgen machen würde, hätte mir die wahnwitzige Art, wie sich die rechtmäßigen Regierungen der Welt benahmen, ebenso viele schlaflose Nächte bereitet. Aber eines nach dem anderen.

Auf Alberts Rat hin holte ich mir zunächst eine Anwältin aus Malaysia in mein Privatbüro, dann einen Missionar aus Kanada und danach einen General der albanischen Luftwaffe. Für jeden hatte ich einen eigenen Köder. Albert riet mir, welchen Hebel ich drücken und welche Glasperlen ich den Eingeborenen anbieten sollte – eine Extra-Quote für die Fahrten der Auswanderer hier, eine »milde« Spende dort. Manchmal musste man auch nur lächeln. Rotterdam war genau der richtige Ort dafür, seit der Gerichtshof aus Den Haag hierher verlegt worden war. Den Haag hatte bei dem Wirbel schwer gelitten, der entstanden war, als beim letzten Mal so ein Witzbold mit einem TPSE gespielt hatte. Jetzt konnte man hier in Rotterdam alle Arten von Leuten finden. Alle Hautfarben und Geschlechter, in allen möglichen Kostümen, von Rechtsanwälten aus Ekuador in Miniröcken bis zu den Magnaten der Thermalenergie von den Marshallinseln in ihren Sarongs, mit Halsketten aus Haifischzähnen.

Es war schwer zu sagen, ob ich Fortschritte erzielte. Um halb eins meldete sich jedoch mein Bauch und machte mir klar, dass er sehr unangenehm würde, falls ich nicht schleunigst etwas Nahrung in ihn stopfte. Also ließ ich es für heute gut sein. Sehnsüchtig dachte ich an unsere hübsche, ruhige Hotelsuite mit einem zarten Steak vom Zimmerservice, wo ich meine Schuhe hätte ausziehen können. Aber ich hatte Essie versprochen, sie in ihrer Geschäftsstelle zu treffen. Ich bat Albert zu überschlagen, was ich erreicht hatte, und Empfehlungen für die nächsten Schritte auszuarbeiten. Dann kämpfte ich mich zu einem Taxi durch.

Essies Schnellrestaurants sind nicht zu übersehen. Die leuchtenden blauen Bogen aus Hitschi-Metall stehen in fast jedem Land der Welt. Als Chefin hatte sie für uns auf einem Balkon eine mit Seilen abgesperrte Ecke reservieren lassen.

Als ich die Treppe hinaufging, kam sie mir mit einem Kuss, gerunzelter Stirn und einem Problem entgegen. »Robin! Stell dir vor! Die wollen hier Mayonnaise zu den Pommes frites servieren. Soll ich das erlauben?«

Ich erwiderte ihren Kuss, schaute dabei aber über ihre Schulter, um zu sehen, welch schauderhaften Fraß man uns serviert hatte. »Das musst du wissen«, entgegnete ich.

»Ja, natürlich, es muss meine Entscheidung sein. Aber es ist wichtig, Robin! Habe mir große Mühe gegeben, echte Pommes frites exakt zu kopieren, du weißt! Und jetzt Mayonnaise?« Dann trat sie einen Schritt zurück und musterte mich genauer. Ihr Gesichtsausdruck veränderte sich. »So müde! So viele Falten im Gesicht, Robin! Wie fühlst du dich?«

Ich schenkte ihr mein bezauberndstes Lächeln. »Nur hungrig, Liebling«, rief ich und betrachtete mit falschem

Entzücken die Teller vor mir. »Sag mal, das sieht gut aus! Was ist es, Tacos?«

»Das sind Chapatti*«, erklärte sie mir stolz. »Tacos sind hier drüben. Auch Blini. Versuche, ob du sie magst.« Ich musste natürlich alles probieren. Es war keineswegs das, wonach mein Bauch verlangt hatte. Die Tacos, die Chapatti, die Reisbällchen mit saurer Fischsauce und das Zeug, das so ähnlich wie gekochte Gerste schmeckte. Nichts davon war nach meinem Geschmack. Aber es war essbar.

Es handelte sich auch um Geschenke der Hitschi. Sie hatten uns die bedeutsame Einsicht hinterlassen, dass das meiste lebende Gewebe (auch meines und Ihres) nur aus vier Elementen besteht: Kohlenstoff (C), Wasserstoff (H), Sauerstoff (O) und Stickstoff (N) - C H O N - CHON-Nahrung. Da auch der größte Teil der Kometen aus diesen Gasen besteht, bauten sie ihre Nahrungsfabriken draußen in der Oort'schen Wolke, wo die Kometen unserer Sonne hängen und darauf warten, dass sie ein Stern losschüttelt und als hübsches Naturschauspiel über unseren Himmel schickt.

CHON ist aber nicht alles. Man braucht noch weitere Elemente. Am wichtigsten ist Schwefel, dann Natrium, Magnesium, Phosphor, Chlor, Kalium, Kalzium - abgesehen von der Prise Kobalt, um Vitamin B-12 herzustellen, Chrom zur Glukosetoleranz, Jod für die Schilddrüse, Lithium, Fluor, Arsen, Selen, Molybdän, Kadmium und - weil es schon egal ist, auch Zinn. Man braucht Spuren der Elemente aus dem gesamten Periodensystem. Nur sind die Mengen der Elemente so winzig, dass man sie nicht eigens in die Suppe tun muss. Sie sind als Verunreinigungen von ganz allein vorhanden. Essies Nahrungschemiker kochten größere Mengen von leckerem Allerlei und produzierten so Nahrung für alle - nicht nur Speisen zum Überleben, sondern auch das, was die Leute gern aßen, daher die Chapatti und Reisbällchen also. Aus CHON-Nahrung kann man alles machen, man muss nur tüchtig umrühren. Essie

---

* Ungesäuertes Fladenbrot, meist aus Weizen.

machte unter anderem einen Haufen Geld damit. Wie sich herausstellte, war das ein Spiel, das ihr Spaß machte.

Endlich hatte ich etwas gefunden, dem sich mein Magen nicht widersetzte - es sah wie ein Hamburger aus und schmeckte wie Avocado-Salat mit Speckstückchen. Essie hatte es Big Chon genannt. Sie saß keine Minute lang still, sondern überprüfte die Temperatur der infraroten Wärmelampen, suchte nach Fett unter den Geschirrspülmaschinen, probierte die Nachtische und schlug einen Mordskrach, weil die Milch-Shakes zu dünn waren.

Essie hatte mir ehrenwörtlich versichert, dass keines ihrer Produkte jemandem schaden könnte. Mein Magen jedoch vertraute ihrem Wort weniger als ich. Mich störte der Lärm draußen auf der Straße - war das die Parade? -, aber sonst fühlte ich mich fast so wohl, wie es eben möglich war. Ich konnte es genießen, dass wir die Rollen getauscht hatten. Wenn Essie und ich uns in der Öffentlichkeit zeigen, bin ich es für gewöhnlich, den die Leute anstarren. Nicht hier. Nicht in Essies Restaurantkette. Hier war Essie der Star. Draußen stellten sich die Passanten auf, um die Parade anzuschauen. Drinnen warfen die Angestellten keinen Blick darauf. Sie gingen mit angespannten Rückenmuskeln ihrer Arbeit nach. Riskierte mal einer einen verstohlenen Blick, dann nur auf die mächtige Chefin, den Lady-Boss. Oft benahm sie sich nicht sehr ladylike. Essie hatte zwar ein Vierteljahrhundert lang Unterricht in Englisch bekommen, von einem Experten - von mir -, aber wenn sie sich aufregt, tönt es laut »Nekulturnyj« und »Chuligan!«*

Ich wechselte zum Fenster im ersten Stock, um mir die Parade anzusehen. In Zehnerreihen marschierten sie die Weena mit Musik und Plakaten hinunter. Lästig und störend! Vielleicht noch schlimmer. Auf der anderen Straßenseite kam es vor dem Bahnhof zu einem Zusammenstoß zwischen Polizisten und Demonstranten. Aufrüster und Pazifisten waren sich in die Haare geraten. Man konnte sie

---

* »Nekulturnyj« = russ. einer, der keine Kultur hat. »Chuligan« = russ. Halbstarker, vgl. engl. hooligan.

nur schlecht auseinander halten, weil sie mit ihren Plakaten aufeinander einschlugen. Essie setzte sich zu mir. Sie nahm ihren Big Chon, warf einen Blick hinaus und schüttelte den Kopf. »Wie ist das Sandwich?«, fragte sie.

»Gut«, lobte ich, den Mund voll von Kohlenstoff, Wasserstoff, Sauerstoff, Stickstoff und Spurenelementen. Sie warf mir einen Rede-lauter-Blick zu. »Ich sagte, *gut!*«, wiederholte ich lauter.

»Ich kann dich nicht verstehen bei dem Lärm«, beschwerte sie sich und leckte sich die Lippen – ihr schmeckte, was sie verkaufte.

Ich deutete mit dem Kopf zur Parade. »Ich weiß nicht, ob das gut ist«, bemerkte ich.

»Ich glaube nicht«, stimmte sie mir bei und blickte mit Abscheu auf eine Gruppe, die man, soviel ich wusste, Zuaven nennt – dunkelhäutige Marschierer in Uniform. Ich konnte die Nationalabzeichen nicht erkennen, aber jeder trug ein Schnellfeuergewehr und führte damit alle möglichen Kunststücke vor: wirbeln, mit dem Kolben auf das Pflaster schlagen, sodass das Gewehr wieder nach oben in die Hand zurückschnellte, und das alles, ohne aus dem Gleichschritt zu geraten.

»Vielleicht sollten wir uns lieber zurück ins Gericht begeben«, schlug ich vor.

Sie nahm noch die letzten Krümel meines Sandwichs auf. Manche russischen Frauen gehen auseinander und werden zu Fettkugeln, wenn sie über vierzig sind; manche trocknen ein. Nicht aber Essie. Sie hatte immer noch die schlanke Taille und den geraden Rücken, die meinen Blick beim ersten Mal gefesselt hatten. »Vielleicht sollten wir«, meinte sie und sammelte ihre Computerprogramme zusammen, jedes auf einem eigenen Datenfächer. »Habe als Kind genug Uniformen gesehen, bin nicht gerade scharf darauf, sie alle hier präsentiert zu bekommen.«

»Du kannst aber keine Parade ohne Uniformen abhalten.«

»Nicht nur bei der Parade. Schau! Auf den Bürgersteigen auch.« Es stimmte. Fast jede vierte Person trug eine Art Uniform. Das war für mich überraschend. Ich hatte es vorher nicht bemerkt. Natürlich hatte jedes Land schon seit eh und je Truppen unterhalten. Man hatte sie aber wie einen Feuerlöscher zu Hause in einem Wandschrank verstaut. Man sah sie eigentlich nie. Aber jetzt zeigten sie sich immer mehr.

»Schön«, sagte sie und wischte sorgfältig die CHON-Krümel vom Tisch auf einen Wegwerfteller. Dann sah sie sich nach dem Mülleimer um. »Du musst sein sehr müde. Wir gehen. Bitte, dein Abfall!«

Ich wartete auf sie an der Tür. Als sie kam, schaute sie finster drein. »Der Behälter war fast voll. Im Handbuch steht klar: Ausleeren, wenn sechzig Prozent voll ... Oh, Teufel! Meine Programme!« Sie sauste die Treppe hinauf, wo sie ihre Datenfächer vergessen hatte.

Ich blieb bei der Tür stehen, wartete auf sie und betrachtete den Aufmarsch. Es war ekelhaft! Richtige Waffen zogen vorbei: Gepanzerte Fahrzeuge und Abschussrampen für Flugabwehrraketen. Dahinter kam eine Dudelsackpfeifergruppe mit den Maschinenpistolenwirblern. Ich spürte eine Bewegung in der Tür hinter mir und machte einen Schritt zur Seite, als Essie sie aufdrückte. »Ich habe gefunden, Robin«, sagte sie und hielt lächelnd einen dicken Stapel Fächer hoch, als ich mich umdrehte.

Da schwirrte etwas wie eine Wespe an meinem Ohr vorbei.

Es gibt keine Wespen in Rotterdam. Dann sah ich Essie nach hinten fallen. Dahinter schloss sich die Tür. Es war keine Wespe gewesen. Es war ein Schuss. Eines dieser wirbelnden Gewehre war scharf geladen gewesen und losgegangen.

Ich hatte Essie schon einmal beinahe verloren. Das war schon lange her. Aber ich hatte es nicht vergessen. Das ganze Leid von damals stieg von neuem in mir hoch, als ich die blöde Tür aufriss und mich über sie beugte. Sie lag auf dem Rücken, der zusammengebundene Stapel Datenfächer auf ihrem Gesicht. Als ich ihn wegnahm, sah ich, dass ihr Gesicht blutverschmiert war. Sie hatte die Augen offen und schaute mich an.

»He, Rob!«, sagte sie erstaunt. »Du stößt mich?«

»Nein, zum Teufel! Warum sollte ich dich stoßen?« Von der Theke rannte ein Mädchen mit einem Stapel Papierservietten herbei. Ich riss sie ihr aus der Hand und zeigte auf den rot-weiß gestreiften Elektrovan mit der Aufschrift *Poliklinisches Zentrum*, der wegen der Parade mit laufendem Motor an der Kreuzung stand. »Du! Hol die Ambulanz da drüben! Und ruf auch gleich die Polizei!«

Essie setzte sich auf und stieß meinen Arm beiseite, als die Polizisten und mehrere ihrer Angestellten uns umringten. »Warum Ambulanz, Robin?«, fragte sie. »Ist nur blutige Nase. Schau!« Und tatsächlich! Das war alles. Es war zwar eine Kugel gewesen; aber sie hatte den Stapel Datenfächer getroffen und war darin stecken geblieben. »Meine Programme!«, jammerte Essie und zerrte die Fächer dem Polizisten aus den Händen, der die Kugel als Beweisstück herausholen wollte. Aber die Programme waren auf alle Fälle ruiniert. Ebenso wie dieser Tag für mich.

Während Essie und mich der Hauch des Schicksals streifte, zeigte Audee Walthers seiner Freundin die Stadt Rotterdam. Er hatte geschwitzt, als er mich verließ. Die Präsenz von viel Geld bewirkt das bei vielen Leuten. Der Mangel an Geld minderte die Freude an Rotterdam für Walthers und Yee-xing beträchtlich. Da aber Walthers immer noch die Heublumen von Peggys Planet in den Haaren hingen und Yee-xing kaum etwas anderes als die *S. Ya.* und die nähere Umgebung der Landeschlaufe kannte, erschien den beiden Rotterdam als Metropole. Sie konnten es sich nicht leisten, etwas zu kaufen. Aber sie konnten doch die Schaufenster betrachten. Wenigstens hatte Broadhead zugestimmt, sie zu empfangen. Das hielt sich Walthers immer wieder vor Augen. Kaum hatte ihn dieser Gedanke beruhigt, brach die dunklere Seite in ihm durch und spottete: Broadhead hatte gesagt, dass er sie sehen wollte. Er schien es damit aber keineswegs eilig zu haben, verdammt noch mal ...

»Warum schwitze ich eigentlich?«, fragte er laut.

Yee-xing hakte ihn zur moralischen Unterstützung unter. »Es wird schon alles gut werden«, antwortete sie ausweichend. »So oder so.« Dankbar schaute Audee Walthers zu ihr herunter. Er war nicht besonders groß, aber Janie Yee-xing war winzig. Alles an ihr war winzig, bis auf die strahlenden schwarzen Augen, und das kam von einem chirurgischen Eingriff aus der Zeit, als sie in einen schwedischen Bankier verliebt gewesen war. Sie hatte sich damals eingebildet, dass nur die Asiatenfalte ihn davon abhielt, sie ebenfalls zu lieben. »Na? Sollen wir reingehen?«

Walthers hatte keine Ahnung, wovon sie sprach. Er runzelte die Stirn. Yee-xing stieß ihn mit ihrem kleinen Kopf gegen die Schulter und schaute zu einem Ladenschild empor. In blassen Buchstaben stand dort, gleichsam in leerem ebenholzschwarzem Raum:

Jetzt – Später

Walters betrachtete das Schild und meinte dann zu Janie: »Ist wohl ein Beerdigungsinstitut.« Dann lachte er, weil er glaubte, ihren Scherz verstanden zu haben. »Aber so schlecht steht es noch nicht mit uns, Janie.«

»Ist es nicht«, sagte sie. »Jedenfalls kein richtiges Beerdigungsinstitut. Erinnerst du dich nicht an den Namen?« Da fiel es ihm wieder ein: Es war eines der vielen Unternehmen Broadheads auf der Liste.

Je mehr man über Broadhead erfuhr, desto leichter wurde es herauszufinden, welche Umstände ihn zu einem Handel bewegen konnten. Das leuchtete ein. »Warum nicht?«, antwortete Walthers zustimmend und führte sie durch den Luftvorhang in die kühle und dunkle Tiefe des Geschäfts. Wenn es kein Beerdigungsinstitut war, hatte es sich zumindest desselben Innenarchitekten bedient. Aus dem Hintergrund ertönte leise undefinierbare Musik. Hinzu kam der Duft von wilden Blumen, obwohl als einzige Dekoration ein Strauß weißer Rosen in einer Kristallvase zu sehen war. Ein großer, gut aussehender älterer Herr erhob sich. Walthers war sich nicht sicher, ob er aus einem Sessel aufgestanden war oder sich als Hologramm materialisiert hatte. Die Gestalt lächelte ihnen freundlich zu und versuchte, ihre Nationalität zu erraten, irrte sich aber. »*Guten Tag*«, begrüßte er Walthers; und dann Yee-xing mit »*Gor ho oy-ney*«.

»Wir sprechen beide Englisch«, erklärte Walthers. »Sie auch?«

Die Brauen des Weltmannes hoben sich. »Aber selbstverständlich. Willkommen bei ›Jetzt und Später‹. Nähert sich eine Ihnen nahe stehende Person der Schwelle des Todes?«

»Nicht dass ich wüsste«, entgegnete Walthers.

»Verstehe. Selbstverständlich können wir auch dann noch sehr viel tun, wenn die Person bereits metabolisch tot ist. Obwohl es besser ist, mit der Übertragung möglichst früh zu beginnen – oder machen Sie vielleicht für sich selbst weitsichtig Pläne?«

»Weder noch!«, beschied ihm Yee-xing. »Wir wollen uns nur über Ihr Angebot informieren.«

»Selbstverständlich.« Der Mann lächelte und bat sie zu einer bequemen Couch. Ohne dass er etwas dazu beizutragen schien, wurde das Licht etwas heller, und die Musik ging um einige Dezibel zurück. »Meine Karte«, sagte er und reichte sie Walthers. Das Stück Pappe beantwortete diesem eine Frage, die in ihm gebohrt hatte: Die Karte konnte man anfassen, ebenso wie die Finger, die sie ihm übergaben. »Darf ich Ihnen zuerst das Grundsätzliche erläutern? Wir sparen damit Zeit. Zunächst einmal: Jetzt und Später ist keine religiöse Organisation und erhebt keinen Anspruch, die Erlösung zu bringen. Was wir anbieten, ist eine Art Überleben. Ob Sie – das ›Sie‹, das sich in diesem Augenblick in diesem Raum befindet –, ob Sie sich dessen ›bewusst‹ sind oder nicht, ist eine Frage, über die sich die Metaphysiker immer noch streiten. Aber die Lagerung Ihrer Persönlichkeit – sollten Sie sich dazu entschließen – wird garantiert den Turing-Test bestehen. Vorausgesetzt, dass wir mit der Übertragung anfangen, solange das Gehirn noch in guter Verfassung ist. Die Umgebung kann sich der Kunde ganz nach Belieben aus unserer Liste aussuchen. Wir haben über zweihundert Vorschläge hierzu für die Überlebenden anzubieten. Da wäre ...«

Yee-xing schnippte mit den Fingern. »Die Toten Menschen!«, warf sie ein. Jetzt hatte sie verstanden.

Der Verkäufer nickte. Allerdings wirkten seine Züge jetzt etwas angespannter. »So wurden die Originalstücke genannt. Ich sehe, dass Sie sich mit dem Artefakt, dem so genannten Hitschi-Himmel, auskennen, das jetzt als Transporter für Kolonisten benutzt wird ...«

»Ich bin Dritter Offizier auf diesem Transporter«, unterbrach ihn Yee-xing. Bis auf das Präsens des Verbs sprach sie die Wahrheit. »Und mein Freund ist der Siebte.«

»Ich beneide Sie«, sagte der Verkäufer. Sein Gesichtsausdruck bestätigte seine Worte. Der Neid hielt ihn aber nicht davon ab, sein Verkaufsgespräch fortzusetzen. Walthers hörte aufmerksam zu. Janie Yee-xing hielt dabei seine Hand. Er schätzte diese Geste. Die Hand hielt ihn davon ab, an die Toten Menschen und ihren Schützling Wan zu denken – und daran, was Wan wohl in diesem Augenblick machte.

Die eigentlichen Toten Menschen – erklärte der Verkäufer – waren leider ziemlich ramponiert. Die Übertragung ihrer Erinnerungen und Persönlichkeiten aus dem nassen, grauen Behälter in ihren Schädeln in die kristallenen Datenspeicher, die sie nach ihrem Tode konservierten, war von Pfuschern durchgeführt worden, die keine Erfahrung besaßen und mit Geräten gearbeitet hatten, die für eine ganz andere Spezies entworfen worden waren. Daher war also die Lagerung nicht zufrieden stellend. Man könne sich das am besten so vorstellen, fuhr der Verkäufer fort, dass die Toten Menschen bei ihrer unsachgemäßen Übertragung so überbeansprucht worden waren, dass sie wahnsinnig wurden. Aber das passierte heute nicht mehr. Jetzt waren die Lagerbedingungen so verbessert worden, dass jeder Verstorbene mit seinen Hinterbliebenen Gespräche führen konnte, als wäre er eine lebende Person. Das war aber noch nicht alles! Der »Patient« führte in den Datenspeichern ein durchaus aktives Leben. Er konnte Erfahrungen im Himmel der Moslems sammeln oder in dem der Christen oder Scientologen. Je nachdem gab es bildschöne Knaben und Mädchen, wie Perlen im Gras verstreut, oder Engelschöre

Als die Programme und Datenbasen der so genannten Toten Menschen der Forschung zur Verfügung standen, war meine Schöpferin, S. Ya. Broadhead, natürlich sehr daran interessiert. Sie stellte sich die Aufgabe, dieses Werk der Hitschi zu wiederholen. Am schwierigsten war dabei natürlich die Übertragung der Datenbasis eines chemisch arbeitenden menschlichen Gehirns und Nervensystems auf die Hitschi-Datenfächer. Das gelang ihr recht gut. Sie konnte nicht nur ihre Jetzt-und-Später-Ladenkette ausbauen, sondern sogar – nun ja – mich schaffen. Die Jetzt-und-Später-Lagerung beruhte noch auf ihren ersten Forschungen. Später wurde sie besser – sogar besser als die der Hitschi –, da sie in lernte, nicht nur deren Techniken anzuwenden, sondern sie mit unabhängiger, menschlicher Technologie zu verbinden. Die Toten Menschen wären nie durch einen Turing-Test gekommen. Essie Broadheads Erzeugnisse konnten es nach einiger Zeit, wie sich zeigte.

oder die Gesellschaft von L. Ron Hubbard persönlich. War er nicht so religiös eingestellt, konnte er sich sportlich betätigen oder Abenteuer erleben (Klettern, Tauchen, Skifahren, Drachenfliegen und Freifall-Tai-Chi wurden sehr gern gewählt). Er konnte aber auch jede Art von Musik hören, in Gesellschaft von Leuten, die er sich ausgesucht hatte ... und, natürlich (Der Verkäufer war sich über die genaue Beziehung zwischen Walthers und Yee-xing nicht sicher; deshalb schmückte er diese Information nicht weiter aus.) auch Sex. *Alle* Arten von Sex. Und immer wieder.

»Wie langweilig«, bemerkte Walthers bei dieser Vorstellung.

»Für Sie und mich«, stimmte ihm der Verkäufer zu. »Aber nicht für die Patienten. Sehen Sie, sie erinnern sich an die programmierten Erfahrungen nicht sehr lange. Diese Datenspeicher sind einer beschleunigten Zerfallneigung ausgesetzt. Andere Erinnerungen sind davon nicht betroffen. Wenn Sie sich mit einem Ihrer Lieben heute unterhalten und im nächsten Jahr wiederkommen, erinnert er sich genau. Sie können mit der Unterhaltung am selben Punkt fortfahren. Aber die programmierten Erfahrungen schwinden sehr schnell in der Erinnerung – zurück bleibt lediglich ein vages Gefühl des Wohlbefindens. Deshalb wollen sie es immer wieder genießen.«

»Grauenvoll«, sagte Yee-xing. »Audee, es wird Zeit, dass wir zurück zum Hotel gehen.«

»Noch nicht, Janie. Wie war das mit den Gesprächen?«

Die Augen des Verkäufers funkelten. »Selbstverständlich geht das. Einige genießen diese Unterhaltungen. Sie sprechen sogar mit Fremden. Haben Sie einen Moment Zeit? Es ist wirklich ganz einfach.« Bei den letzten Worten führte er sie zu einer PV-Konsole. Dann blätterte er in einem Verzeichnis, das in Seide gebunden war, und tippte eine Reihe von Kodezahlen ein. »Mit einigen habe ich mich richtig angefreundet«, gab er leicht verlegen zu. »Wenn im Geschäft nichts los ist, ruf' ich sie, und wir plaudern ein bisschen. – Ah, Rex! Wie geht's?«

»Ausgezeichnet«, entgegnete der gut aussehende, gebräunte ältere Herr, der auf dem PV erschien. »Wie nett, Sie wieder zu sehen! Ich glaube nicht, dass ich Ihre Freunde kenne.« Freundlich betrachtete er Walthers und Yee-xing. Wenn es ein ideales Aussehen für einen Mann gab, der über ein gewisses Alter hinaus ist, dann seines. Er hatte volles Haar und schien auch noch alle Zähne zu besitzen. In den Augenwinkeln zeigten sich Lachfältchen, ansonsten aber war sein Gesicht glatt. Die Augen strahlten warm. Er nahm die Namen der beiden Besucher höflich zur Kenntnis. Auf die Frage, was er so mache, meinte er nur bescheiden: »Ich singe die Carmina Catulli mit der Wiener Staatsoper.« Er zwinkerte. »Die erste Sopranistin ist bildhübsch. Ich glaube, diese sinnlichen Texte sind ihr bei den Proben ganz schön unter die Haut gegangen.«

»Erstaunlich«, gab Walthers zu und starrte ihn an. Janie Yee-xing war weniger hingerissen.

»Wir wollen Sie wirklich nicht von Ihrer Musik abhalten«, versuchte sie höflich, die Unterhaltung zu beenden. »Und wir müssen auch wieder weiter.«

»Die warten auf mich«, erwiderte Rex. »Das tun sie immer.«

Walthers war fasziniert. »Sagen Sie mir doch bitte«, fragte er. »Wenn Sie von Gesellschaft in ... hm, diesem Zustand, sprechen, kann man sich dann jeden aussuchen, den man um sich haben will? Auch wenn der Betreffende noch lebt?«

Die Frage richtete sich eigentlich an den Verkäufer, aber Rex antwortete zuerst. Verschmitzt schaute er Walthers verständnisvoll an. »Jeden«, gab er Bescheid und nickte ihm zu, als wolle er ihn ins Vertrauen ziehen. »Jeden, ganz gleich, ob er lebt, tot ist oder nur in der Einbildung existiert. Und, Mr. Walthers, die Person tut alles, was Sie wollen!« Er lachte leise in sich hinein. »Wie ich schon immer gesagt habe: Das, was Sie ›Leben‹ nennen, ist nur eine Art Vorspiel zur *wirklichen* Existenz, die Ihnen hier geboten wird. Ich verstehe nicht, warum die Leute so lange damit warten.«

Die »Jetzt und Späters« waren mir von all den kleinen Unternehmen die liebsten, und nicht, weil sie viel Geld einbrachten. Als wir entdeckten, dass die Hitschi tote Gehirne in Maschinen lagern konnten, ging mir ein Licht auf. Hör mal, sagte ich zu meiner lieben Frau, wenn die das können, warum wir nicht auch? Hör mal, sagte meine liebe Frau zu mir, kein Problem, Robin. Gib mir nur etwas Zeit, damit ich es entschlüsseln kann. Ich war noch nicht entschlossen, ob oder wann ich es bei mir selbst durchführen lassen würde. Ich wusste aber ganz genau, dass ich es nicht für Essie wollte, wenigstens damals noch nicht. Daher war ich froh, dass die Kugel ihr nur einen Nasenstüber versetzt hatte.

Naja, ganz war die Angelegenheit damit nicht erledigt. Wir kamen dadurch mit der Polizei von Rotterdam in Berührung. Der uniformierte Sergeant stellte uns dem Brigadier vor, der uns mit Blaulicht auf die Wache fuhr und Kaffee anbot. Dann brachte uns Brigadier Zuitz ins Büro von Inspektor Van Der Waal, einer großen, stattlichen Frau mit altmodischen Kontaktlinsen, die ihre Augen weit heraustreten ließen. Sie zeigte viel Mitgefühl. Das war ja schrecklich für Sie, Mijnheer, und ich hoffe, Ihre Wunde schmerzt nicht zu sehr, Mevrouw! Sie führte uns eine Treppe – Treppe! – hinauf ins Büro von Commissaire Lutzlek, der wieder ein ganz anderer Vogel war. Nicht groß. Schlank. Blond, mit einem lieben Jungengesicht, obwohl er wenigstens fünfzig sein musste, um ein Principal Commissaire zu werden. Man konnte sich gut vorstellen, wie er seinen Daumen in den Deich steckte und – wenn es nötig war – ewig drinnen ließ, oder bis er ertrank. Man konnte sich aber nicht vorstellen, dass er aufgab. »Vielen Dank, dass Sie wegen dieses Vorfalls auf dem Stationsplein vorbeigekommen sind«, begrüßte er uns und bot uns Platz an.

»Ein Unfall«, gab ich an.

»Nein. Leider kein Unfall. Wenn es ein Unfall gewesen wäre, hätte sich die Stadtpolizei damit zu befassen, nicht ich. So muss ich Sie aber um Ihre Mithilfe bitten.«

Ich wollte ihn in die Schranken weisen, daher sagte ich: »Unsere Zeit ist zu kostbar, um sie mit solch einer Lappalie zu vergeuden.«

Er ließ sich aber nicht zurechtweisen. »Ihr Leben ist noch kostbarer.«

»Nun machen Sie mal halblang! Einer der Soldaten in der Parade wirbelte sein Gewehr. Das war geladen, und ein Schuss ging los!«

»Mijnheer Broadhead«, belehrte er mich. »Erstens, keiner der Soldaten hatte sein Gewehr mit scharfer Munition geladen. Außerdem haben die Gewehre keine Schlagbolzen. Zweitens, die Soldaten sind gar keine Soldaten, sondern Studenten, die man für die Paraden in Kostüme steckt, wie die Wachen am Buckingham Palace. Drittens, der Schuss kam nicht aus der Parade.«

»Woher wissen Sie das?«

»Weil man die Waffe gefunden hat.« Er sah wütend aus. »In einem Polizeispind! Das ist mir außerordentlich peinlich, Mijnheer, wie Sie sich vorstellen können. Für die Parade hatte man eine Menge zusätzlicher Polizisten zusammengezogen. Sie benutzten einen Umkleidewagen. Der ›Polizist‹, der den Schuss abgefeuert hat, war den anderen in der Einheit nicht bekannt. Aber sie kamen aus allen möglichen Abteilungen. Da er nach der Parade schnell verschwinden wollte, zog er sich um und ließ in der Eile beim

Weggehen die Tür des Spinds offen. Darin waren lediglich die Uniform – gestohlen, nehme ich an –, das Gewehr und ein Foto von Ihnen. Nicht von Mevrouw. Von Ihnen.«

Er lehnte sich zurück und wartete. Das nette Jungengesicht war friedlich.

Das war ich aber nicht. Es dauerte eine Minute, bis mein Verstand diese Eröffnung akzeptierte, dass jemand die feste Absicht hatte, mich umzulegen. Es jagte mir Angst ein. Die Vorstellung des Sterbens ist schon schrecklich genug, wie ich aufgrund meiner unvergessenen und sogar mehrmaligen Erfahrung bestätigen kann, wenn es so aussah, als stünde der Tod schon hinter einem. Der Gedanke, ermordet zu werden, war noch viel schlimmer. Ich sagte: »Wissen Sie, wie ich mir jetzt vorkomme? Schuldig! Ich muss doch irgendetwas getan haben, weswegen mich jemand so hasst.«

»Ganz genau, Mijnheer Broadhead. Was könnte das Ihrer Meinung nach gewesen sein?«

»Ich habe keine Ahnung. Ich nehme an, wenn Sie den Mann gefunden haben, werden Sie auch den Grund herausbekommen. Das sollte doch nicht so schwierig sein – es muss doch Fingerabdrücke geben oder sonst etwas. Ich sah die Kameras des Nachrichtenteams. Vielleicht ist jemand auf einem Film zu erkennen ...«

Er seufzte. »Mijnheer, bitte, belehren Sie mich nicht, wie ich die polizeilichen Untersuchungen durchzuführen habe. Selbstverständlich gehen wir diesen Dingen nach, wir führen lange Vernehmungen aller Personen durch, die den Mann gesehen haben könnten; außerdem eine Schweißanalyse der Kleidung sowie alle anderen Möglichkeiten zur Identifizierung. Ich nehme an, dass der Mann ein Profi ist. Deshalb werden diese Methoden nicht zum Erfolg führen. Wir müssen es aus einer anderen Richtung angehen. Wer sind Ihre Feinde, und was machen Sie in Rotterdam?«

»Ich glaube nicht, dass ich Feinde habe. Konkurrenten im Geschäft, vielleicht, aber die bringen keine Leute um.«

Er wartete geduldig, daher fügte ich hinzu: »Und was meine Anwesenheit in Rotterdam betrifft – der Grund ist, glaube ich, allgemein bekannt. Meine Geschäftsinteressen schließen auch ein paar Aktien bei der Auswertung einiger Hitschi-Artefakte ein.«

»Das ist bekannt«, bemerkte er, nicht mehr so geduldig.

Ich zuckte mit den Achseln. »Ich bin als Partei bei dem Prozess am Internationalen Gerichtshof beteiligt.«

Der Commissaire öffnete eine der Schreibtischschubladen, schaute hinein und schob sie missmutig wieder zu. »Mijnheer Broadhead«, fuhr er fort. »Sie haben sehr viele Besprechungen hier in Rotterdam geführt, die mit diesem Prozess nichts zu tun hatten, sondern mit der Frage des Terrorismus. Sie wollen diese Bedrohung beenden.«

»Das wollen wir alle«, ergänzte ich; aber das Gefühl in meinem Magen kam nicht nur von den kaputten Därmen. Ich hatte gedacht, dass ich sehr diskret gearbeitet hatte.

»Wir wollen es alle. Aber Sie tun etwas, Mijnheer. Daher glaube ich, dass Sie sehr wohl Feinde haben. Die Feinde von uns allen. Die Terroristen.« Er stand auf und brachte uns zur Tür. »Während Sie meiner Zuständigkeit unterstehen, werde ich Ihnen Polizeischutz geben. Danach kann ich Sie nur zu größter Vorsicht auffordern. Ich glaube, dass Ihnen von denen Gefahr droht.«

»Jeder ist in Gefahr«, sagte ich.

»Es kann jeden zufällig treffen, stimmt; aber Sie sind jetzt ein besonderer Fall.«

Unser Hotel war noch in den Zeiten gebaut worden, als die Ölscheichs mit den dicken Brieftaschen und der Jet-Set als Touristen herkamen. Die besten Suiten waren so eingerichtet, dass es ihrem Geschmack entsprach. Der deckte sich aber nicht mit unserem. Weder Essie noch ich waren über Strohmatten und Holzblöcke als Kopfkissen begeistert. Die Hotelleitung ließ das aber alles wegbringen und stellte uns ein richtiges Bett herein, rund und riesig. Ich freute mich schon darauf, es möglichst häufig zu benützen. Nicht so die Hotelhalle, deren Ausstattung ich einfach scheußlich fand: freitragende Aufgänge, mehr Brunnen als in Versailles und so viele Spiegel, dass man sich beim Hinaufschauen wie im äußeren All vorkam. Durch die guten Beziehungen des Commissaire – oder einen anderen günstigen Umstand – blieb uns dieser Anblick erspart. Die junge Polizistin, die uns nach Hause geleitete, führte uns durch den Hintereingang. Wir sausten in einem gepolsterten Lift, der nach Essen roch, nach oben in unser Stockwerk, wo sich die Dekoration etwas verändert hatte. Genau gegenüber dem Eingang zu unserer Suite stand eine geflügelte Venus auf dem Flur. Jetzt hatte sie einen Gefährten in einem blauen Anzug bekommen, einen ganz unauffällig wirkenden Mann, der sich größte Mühe gab, mir nicht ins Gesicht zu sehen. Ich schaute auf die Polizistin, die uns begleitete.

Sie lächelte verlegen und nickte ihrem Kollegen zu. Dann schloss sie die Tür hinter uns.

Wir waren ein Sonderfall; das stand fest.

Ich setzte mich und betrachtete Essie. Ihre Nase war immer noch etwas geschwollen, schien ihr aber keine Schwierigkeiten zu machen. Dennoch. »Vielleicht solltest du ins Bett gehen«, schlug ich vor.

Sie sah mich mit nachsichtiger Zuneigung an. »Wegen einer blutigen Nase, Robin? Wie dumm du bist! Oder hast du etwas Besonderes im Auge?«

Ich muss meiner lieben Frau alle Achtung aussprechen. Sobald sie das Thema anschnitt, kam ich trotz meines ruinierten Tages und meiner ruinierten Eingeweide auf andere Gedanken. Nach fünfundzwanzig Jahren hätte man meinen können, dass Sex langweilig würde. Mein Datensammelfreund Albert hatte mir über Experimente mit Tieren im Labor erzählt, die bewiesen, dass das unausbleiblich war. Männliche Ratten wurden bei ihren Partnern gelassen, dann maß man die Häufigkeit des Geschlechtsverkehrs. Mit der Zeit nahm sie immer mehr ab. Langeweile. Dann nahm man die alten Partner heraus und gab ihnen neue. Die Ratten wurden sofort munter und waren eifrig bei der Sache. Damit war diese Tatsache wissenschaftlich bewiesen – bei Ratten. Ich halte mich aber, jedenfalls nicht in dieser Beziehung, für eine Ratte. Nein, mir machte die Sache ausgesprochen Freude. Da stieß mir jemand ohne Vorwarnung einen Dolch in den Bauch.

Ich konnte nicht anders. Ich schrie.

Essie schob mich beiseite. Sie setzte sich schnell auf und rief Albert auf Russisch herbei. Gehorsam erwachte das Hologramm zum Leben. Er warf einen Blick auf mich und nickte. »Ja«, sagte er. »Bitte, Mrs. Broadhead, halten Sie Robins Handgelenk gegen den Verteiler am Nachttisch.«

Ich krümmte mich vor Schmerzen und hatte die Arme um mich geschlungen. Einen Augenblick lang dachte ich, ich müsste mich übergeben; aber das Essen in meinem Bauch war zu schlecht, als dass man es so leicht losgeworden wäre. »Unternimm doch etwas!«, schrie Essie und zog mich in Panik an ihre bloße Brust, während sie meinen Arm gegen den Tisch drückte.

»Ich tue bereits etwas, Mrs. Broadhead«, erwiderte Albert. Und tatsächlich, ich konnte ein plötzliches Gefühl der Benommenheit spüren, als die Injektionsnadel etwas mit Gewalt in meinen Arm schoss. Die Schmerzen wurden schwächer und erträglich. »Du musst dir keine übermäßigen Sorgen machen, Robin«, beruhigte mich Albert liebevoll. »Sie auch nicht, Mrs. Broadhead. Ich habe diese plötzlichen ischaemischen Schmerzen seit Stunden erwartet. Es ist nur ein Symptom.«

»Verdammtes, arrogantes Programm!«, schrie Essie, die es geschrieben hatte. »Symptom wovon?«

»Für das Einsetzen des endgültigen Abstoßungsprozesses, Mrs. Broadhead. Es ist noch nicht kritisch, vor allem, da ich den Analgetica auch andere Arzneistoffe beigemischt habe. Trotzdem schlage ich eine Operation für morgen vor.« Ich fühlte mich bereits so viel besser, dass ich mich auf der Bettkante aufsetzen konnte. Mit meinem Zeh zog ich das Pfeilmuster im Teppich nach, das nach Mekka zeigte. Man hatte es vor langer Zeit für die Ölscheichs einweben lassen. Dann fragte ich: »Was ist mit dem Gewebevergleich?«

»Das ist alles arrangiert, Robin.«

Ich ließ probeweise meinen Bauch los. Er explodierte nicht. »Ich habe morgen einen Haufen Verabredungen.«

Essie hatte mich sanft geschaukelt. Jetzt ließ sie mich los und seufzte. »Eigensinniger Mann! Warum aufschieben? Du hättest die Transplantation vor Wochen durchführen lassen können, und der ganze Blödsinn hier wäre nicht nötig.«

»Ich wollte aber nicht«, erklärte ich ihr. »Außerdem hat Albert gesagt, es sei noch Zeit.«

»War Zeit! Ja, natürlich, war Zeit. Ist das ein Grund, Zeit mit Lappalien zu vertrödeln, bis plötzlich ein unerwartetes Ereignis eintritt und die Zeit vorbei ist und du stirbst? Ich mag dich warm und lebendig, Robin, nicht als Jetzt-und-Später-Programm!«

Ich stupste sie mit Nase und Kinn. »Kranker Mann! Geh weg von mir!«, fuhr sie mich an, zog sich aber nicht zurück. »Ha? Du fühlst dich jetzt besser?«

»Sehr viel besser.«

»Gut genug, um vernünftig zu reden und einen Termin im Hospital zu machen?«

Ich blies in ihr Ohr. »Essie«, versprach ich. »Werde ich ganz bestimmt. Aber nicht sofort, weil du und ich, wenn ich mich recht erinnere, noch eine Kleinigkeit zu erledigen haben. Aber ohne Albert. Würdest du dich bitte ausschalten, alter Freund?«

»Selbstverständlich, Robin.« Er grinste und verschwand. Aber Essie hielt mich zurück. Sie betrachtete lange mein Gesicht, ehe sie den Kopf schüttelte.

»Robin«, sagte sie. »Du willst, dass ich für dich ein Jetzt-und-Später-Programm schreibe?«

»Nicht die Spur«, widersprach ich. »Und das ist auch nicht gerade das, was ich mit dir besprechen will.«

»Besprechen!«, meinte sie empört. »Ha, ich weiß, wie du es besprechen willst ... Robin, wenn ich das Programm schreibe, werde ich einige Sachen ziemlich umschreiben!«

Das war ein Tag gewesen! Kein Wunder, dass ich mich an gewisse unwichtige Einzelheiten nicht mehr erinnerte. Mein Sekretariatsprogramm erinnerte mich aber selbstverständlich. Ich bekam einen kleinen Denkanstoß, als sich die Tür zum Anrichteraum des Butlers öffnete und eine Prozession aus Zimmerkellnern mit dem Abendessen erschien. Nicht für zwei. Für vier.

»O mein Gott!«, sagte Essie und schlug sich mit der Hand an die Stirn. »Dein armer Freund mit dem Froschgesicht, Robin! Du hast ihn zum Abendessen eingeladen! Und schau nur! Barfuß sitzt du in Unterwäsche da! Nekulturnyj, wirklich, Robin! Geh und zieh dich an, gleich!«

Ich stand auf, weil es keinen Zweck hatte zu streiten.

Trotzdem maulte ich. »Na und? Ich bin in Unterhosen, was ist mit dir?«

Sie warf mir einen vernichtenden Blick zu. Zugegeben, sie trug keine Reizwäsche, sondern eines dieser chinesischen, seitlich geschlitzten Dinger. Es sah wie ein Kleid oder ein Nachthemd aus. Sie benutzte es abwechselnd als beides.

»Im Fall eines Nobelpreisträgers«, sagte sie tadelnd, »ist immer passend, was der Preisträger trägt. Ich habe auch geduscht, du nicht. Du riechst nach sexueller Aktivität – und, o mein Gott!« Sie lauschte Richtung Tür, wo man Geräusche hörte. »Ich glaube, sie sind schon da!«

Ich verzog mich ins Bad, sie ging zur Tür. Ich vernahm gerade noch, wie sich jemand stritt. Der Zimmerkellner draußen hörte ebenfalls mit gerunzelter Stirn zu und fasste unbewusst nach einer Ausbuchtung in seiner Achselhöhle. Ich seufzte, überließ alle ihrem Schicksal und ging ins Bad.

Eigentlich war es kein Badezimmer. Es war eine eigene Badesuite. Die Wanne war groß genug für zwei Personen. Vielleicht auch für drei oder vier; aber ich hatte mir bisher nicht mehr als zwei vorgestellt – jetzt machte ich mir doch so meine Gedanken, was diese arabischen Touristen wohl in ihren Bädern angestellt hatten. In der Wanne selbst gab es indirektes Licht. Aus den Statuen ringsherum floss kaltes oder heißes Wasser. Den Boden bedeckte ein dicker Teppich. All die vulgären Kleinigkeiten wie Toiletten waren in eigenen, reich verzierten Kabinen versteckt. Es war extravagant, aber hübsch. »Albert«, rief ich und zog mir ein Hemd über.

»Ja, Robin.«

Im Bad gab es kein Bild, nur die Stimme. Ich sagte: »Mir gefällt das hier. Schau mal zu, ob du mir die Pläne besorgen kannst, dass ich so etwas auch in das Haus am Tappan-See einbauen lassen kann.«

»Selbstverständlich, Robin«, erwiderte er. »Darf ich dich aber inzwischen daran erinnern, dass deine Gäste warten?«

»Darfst du, weil du es bereits getan hast.«

»Noch etwas, Robin. Überanstrenge dich nicht! Das Medikament, das ich dir gegeben habe, hat nur vorübergehende Wirkung. Anderenfalls ...«

»Schalt dich aus!«, befahl ich und betrat den Empfangssalon, um die Gäste zu begrüßen. Ein Tisch war mit Kristall und feinem Porzellan gedeckt. Kerzen brannten, und im Kühler stand Wein. Alle Kellner hatten sich ehrerbietig in Reih und Glied aufgestellt, sogar der mit der Ausbuchtung unter der Achsel.

»Tut mir Leid, dass ich dich warten ließ, Audee«, entschuldigte ich mich und strahlte die beiden an. »Aber es war ein harter Tag.«

»Ich habe schon alles erzählt«, sagte Essie und reichte der jungen Asiatin einen Teller. »War auch nötig. Der blöde Polizist an der Tür hat gedacht, sie sind auch Terroristen.«

»Ich habe versucht, es ihm klar zu machen«, vervollständigte Walthers. »Aber er sprach kein Englisch. Mrs. Broadhead musste einspringen. Nur gut, dass Sie Deutsch sprechen.«

Essie wehrte liebenswürdig ab. »Deutsch sprechen, Holländisch sprechen! Alles das Gleiche. Die Hauptsache ist, laut zu sprechen. Es ist eine Sache der Einstellung«, erklärte sie. »Sagen Sie, Captain Walthers, wenn Sie zu jemand sprechen und die andere Person Sie nicht versteht, was denken Sie?«

»Nun, dass ich mich nicht richtig ausgedrückt habe.«

»Ha! Genau! Aber ich, ich denke, er hat mich nicht richtig verstanden! Das ist die Grundregel, um eine fremde Sprache zu sprechen!«

Ich rieb mir den Bauch. »Lasst uns essen!«, schlug ich vor und ging als Erster zum Tisch. Ich hatte den Blick nicht übersehen, den mir Essie zugeworfen hatte. Ich gab mir daher größte Mühe, gesellig zu sein. »Na, wir sind schon ein trauriger Haufen«, stellte ich freundlich fest und machte Bemerkungen über den Gips an Walthers' Handgelenk, den blauen Fleck in Yee-xings Gesicht und Essies immer noch geschwollene Nase. »Habt euch wohl ordentlich geprügelt, was?«

Wie sich ergab, war das nicht sehr taktvoll gewesen, da Walthers mir sogleich erzählte, dass sie sich tatsächlich unter dem Einfluss des TPSE der Terroristen geprügelt hatten. Dann unterhielten wir uns eine Zeit lang über die Terroristen. Danach beklagten wir die traurige Lage, in die sich die menschliche Rasse gebracht hatte. Es war nicht gerade eine aufmunternde Unterhaltung, besonders nicht, als Essie sich entschloss, philosophisch zu werden.

»Was ist das menschliche Wesen doch für ein verkommenes Ding«, fing sie an, nahm das jedoch wieder zurück. »Nein! Ich bin ungerecht. Ein menschliches Wesen kann sehr gut sein, sogar so fein wie wir vier hier. Nicht perfekt, aber statistisch gesehen kann man sagen, dass von hundert Chancen, Freundlichkeit, Nächstenliebe und Anständigkeit zu zeigen - Eigenschaften, die wir Menschen hoch schätzen -, weniger als fünfundzwanzig davon wahrgenommen werden. Aber Nationen? Politische Gruppen? Terroristen?« Sie schüttelte den Kopf. »Von hundert Chancen - null!«, behauptete sie. »Oder vielleicht eine, aber dann - du kannst sicher sein - mit Tricks im Ärmel. Schlechtigkeit ist additiv. Vielleicht ist nur ein Gramm in jedem Menschen vorhanden. Aber addiere mal die Summe von, sagen wir, zehn Millionen Menschen, in einem kleinen Land oder einer Gruppe, dann kommt genug Böses heraus, um die ganze Welt zu zerstören!«

»Ich wäre jetzt für den Nachtisch bereit«, wechselte ich das Thema und winkte den Kellnern.

Man sollte meinen, dass das nun wirklich ein Wink mit dem Zaunpfahl für jeden Gast war, vor allem nachdem sie wussten, was für einen scheußlichen Tag wir hinter uns hatten. Aber Walthers war hartnäckig. Er ließ sich beim Nachtisch unendlich Zeit. Er bestand darauf, mir seine Lebensgeschichte zu erzählen, und schaute dauernd zu den

Kellnern hin. Mir wurde immer ungemütlicher und nicht nur im Bauch.

Essie behauptet, ich hätte keine Geduld mit Leuten. Vielleicht stimmt's. Am besten komme ich mit den Freunden aus, die Computerprogramme sind und nicht aus Fleisch und Blut bestehen. Sie haben auch keine Gefühle, die man verletzen kann - naja, ich bin mir nicht sicher, ob das auch auf Albert zutrifft. Aber mit Sicherheit auf mein Sekretariatsprogramm und meinen Küchenchef. Es stimmte, dass ich mit Audee Walthers die Geduld verlor. Sein Leben war eine langweilige Schnulze gewesen. Er hatte seine Frau und seine Ersparnisse verloren. Er hatte unbefugt Geräte an Bord der *S. Ya.* benutzt, wobei Yee-xing ihm geholfen hatte. Dafür waren sie rausgeworfen worden. Er hatte den letzten Pfennig ausgegeben, um nach Rotterdam zu kommen. Der Grund war unklar. Es hatte aber eindeutig etwas mit mir zu tun.

Nun, ich bin ja gern bereit, einem Freund, den das Glück verlassen hat, Geld zu »leihen«. Aber heute war ich nicht in Stimmung. Es war nicht nur die Sorge um Essie oder der ganze verkorkste Tag oder die nagende Angst, ob der nächste Irre mit einem Gewehr mich erwischen würde. Es war mein verdammter Bauch, der mir zusetzte. Schließlich befahl ich den Kellnern abzutragen, obwohl Walthers noch immer über seiner vierten Tasse Kaffee hockte. Dann stampfte ich hinüber zu dem Tisch mit den Likören und Zigarren. Auf dem Weg dorthin funkelte ich ihn wütend an. »Was ist los, Audee?«, fragte ich keineswegs mehr höflich. »Geld? Wie viel brauchst du?«

Er warf mir einen vernichtenden Blick zu! Dann zögerte er und wartete, bis auch der letzte Kellner durch den Anrichteraum verschwunden war. Dann kam es knüppeldick. »Das brauch' ich wirklich nicht«, betonte er mit zitternder Stimme. »Es geht darum, wie viel du für etwas ausgeben möchtest, das du haben willst. Du bist ein schwerreicher Mann, Broadhead. Vielleicht zerbrichst du dir nicht den Kopf über Leute, die für dich ihren Arsch in die Spalte stecken. Ich habe diesen Fehler zweimal begangen.«

Ich mag es gar nicht, wenn man mich daran erinnert, dass ich jemandem etwas schulde. Aber ehe ich etwas antworten konnte, hatte Janie Yee-xing die Hand auf sein schlimmes Handgelenk gelegt – vorsichtig. »Sag ihm nur, was du hast!«, forderte sie ihn auf.

»Sag mir was?«, wollte ich wissen. Der Saukerl zuckte nur mit den Schultern und eröffnete mir auf die Art, wie man jemandem etwa beiläufig mitteilt, dass man die Autoschlüssel auf dem Teppich gefunden hat: »Naja, wollte dich nur in Kenntnis setzen, dass ich etwas gefunden habe, was meiner Meinung nach ein echter, lebendiger Hitschi ist.«

12

Gott und die Hitschi

Ich habe einen Hitschi gefunden ... ich habe ein Stück vom Kreuz Jesu gefunden ... ich habe mit Gott gesprochen, direkt mit ihm – diese Behauptungen gehören alle in dieselbe Kategorie. Man glaubt sie zwar nicht, aber sie jagen einem doch Angst ein. Und wenn man dann feststellt, dass sie stimmen, oder dass man nicht sicher sein kann, dass sie nicht stimmen – dann ist es Zeit für Wunder und Zeit, sich zu Tode zu fürchten. Gott und die Hitschi. Als ich ein Kind war, konnte ich die beiden nicht genau unterscheiden. Selbst als Erwachsener blieb noch Verwirrung.

Es war nach Mitternacht, als ich die beiden endlich gehen ließ. Bis dahin hatte ich sie leer gepumpt. Ich besaß den Datenfächer, den sie auf der *S. Ya.* hatten mitgehen lassen. Ich hatte Albert mit in die Diskussion gebracht, damit er alle Fragen stellen konnte, die sein fruchtbares digitales Gehirn erfinden konnte. Ich fühlte mich ziemlich elend und kaputt. Die Wirkung der Analgetica hatte längst nachgelassen. Trotzdem wollte ich nicht schlafen gehen. Essie verkündete mit fester Stimme, dass sie nicht aufbleiben würde, um sich das Schauspiel meines Todes anzusehen, da ich offensichtlich entschlossen sei, mich durch

Überanstrengung umzubringen. Sobald sie ruhig auf der Couch dahinschnarchte, rief ich wieder Albert. »Ein finanzieller Punkt noch«, sagte ich. »Walthers behauptet, er habe den Bonus von einer Million Dollar ausgeschlagen, um seinen Fund mir zu geben. Transferiere, hm, sofort zwei Millionen auf sein Konto.«

»Selbstverständlich, Robin.« Albert Einstein wird niemals schläfrig. Wenn er aber andeuten will, dass es für mich längst Zeit ist, ins Bett zu gehen, ist er durchaus in der Lage, sich zu recken und zu gähnen. »Ich sollte dich aber darauf hinweisen, dass bei deinem Gesundheitszustand ...«

Ich sagte ihm, wohin er sich meinen Gesundheitszustand stecken könne. Dann sagte ich ihm noch, was er mit seinem Vorschlag tun könne, mich morgen in ein Krankenhaus zu stecken. Liebenswürdig spreizte er die Hände. »Du bist der Boss, Robin«, bemerkte er bescheiden. »Trotzdem, ich hab' mir so meine Gedanken gemacht.«

Es stimmt nicht, dass Albert Einstein keine Zeit mit Denken verbringt. Da sich seine Gedanken aber mit nuklearer Geschwindigkeit bewegen, ist diese Zeit für menschliche Wesen aus Fleisch und Blut, wie mich, nicht wahrnehmbar. Es sei denn, er möchte es, meist um eine dramatische Wirkung zu erzielen. »Spuck's aus, Albert!«

Er zuckte mit den Schultern. »Es ist nur so, dass ich dich bei deinem bedenklichen Gesundheitszustand nicht grundlos aufregen will.«

»Grundlos! Mein Gott, Albert! Manchmal benimmst du dich wirklich wie eine dämliche Maschine. Gibt es einen triftigeren Grund als den, einen lebendigen Hitschi zu finden?«

»Ja«, sagte er und zog genüsslich an seiner Pfeife. Dann wechselte er das Thema. »Aus den Sonarmeldungen, die ich empfange, Robin, schließe ich, dass du starke Schmerzen hast.«

»Nein, was bist du doch für ein schlaues Kerlchen, Albert.« Tatsache war, dass die Rührmaschine in meinem Bauch einen anderen Gang eingelegt hatte. Jetzt machte ein Mixer aus meinen Eingeweiden Püree. Jede Drehung war ein eigener Schmerz.

»Soll ich Mrs. Broadhead wecken und ihr Bescheid geben?«

Wenn wir Essie aufweckten und ihr das erzählten, würde sie mich sofort ins Bett stecken, die chirurgischen Programme aufrufen und mich allem ausliefern, was der medizinische Vollschutz zu bieten hatte. Um ehrlich zu sein, schien diese Aussicht immer verlockender. Schmerzen machten mir mehr Angst als der Tod. Sterben war etwas, das man hinter sich bringen konnte, während die Schmerzen niemals zu enden schienen.

Aber nicht gerade jetzt! »Da führt kein Weg hin, Albert«, lehnte ich ab. »Wenigstens nicht so lange, bis du mit dem rausgerückt bist, was du so schamhaft verbirgst. Willst du behaupten, dass ich irgendwo einen falschen Schluss gezogen habe? Wenn ja, dann bitte, wo!«

»Nur bei der Bezeichnung von Audee Walthers' Wahrnehmung als Hitschi, Robin«, sagte er und kratzte sich mit dem Pfeifenstiel am Kinn.

Ich setzte mich gerade auf und hielt mir den Bauch. Die plötzliche Bewegung war keine sehr gute Idee gewesen. »Was, zum Teufel, könnte es sonst sein, Albert?«

»Lass uns die Aussagen noch einmal durchgehen«, schlug er ernst vor. »Walthers berichtete, dass die Intelligenz, die er wahrnahm, langsam zu werden schien, ja anhielt. Das deckt sich mit der Hypothese, dass es ein Hitschi ist, weil man annimmt, dass sie in einem Schwarzen Loch stecken, wo die Zeit verlangsamt ist.«

»Stimmt. Dann aber ...«

»Zweitens«, fuhr er fort. »Die Entdeckung erfolgte im interstellaren Raum. Auch das ist richtig, da man weiß, dass die Hitschi die Fähigkeit besitzen, sich dort aufzuhalten.«

»Albert!«

»Schließlich«, führte er ruhig weiter aus, ohne sich um meinen Tonfall zu kümmern. »Entdeckt wurde eine intelligente Form des Lebens, die sich von der unseren unterscheidet.« Er zwinkerte mir zu. »Oder sollte ich sagen, von der menschlichen Rasse unterscheidet? Die Hitschi sind die einzige Lebensform, von denen das bekannt ist. Andererseits«, gab er freundlich zu bedenken, »wirft die Kopie des Schiffslogs, die Captain Walthers mitgebracht hat, einige ernste Fragen auf.«

»Nun mach schon, verdammt noch mal!«

»Selbstverständlich, Robin. Ich werde dir mal die Daten vorführen.« Er bewegte sich in seinem holographischen Rahmen zur Seite. Eine Schiffskarte tauchte auf. Darauf konnte man einen weit entfernten, blassen Klumpen erkennen. Die Symbole und Ziffern am Rand rechts daneben tanzten. »Beachte die Geschwindigkeit, Robin. Achtzehnhundert Kilometer pro Sekunde. Das ist für ein natürliches Objekt keine unmögliche Geschwindigkeit – sagen wir, für die Kondensation einer Wellenfront einer Supernova. Aber für ein Hitschi-Fahrzeug? Warum sollte es sich so langsam bewegen? Und sieht das wirklich wie ein Hitschi-Schiff aus?«

»Es sieht überhaupt nicht wie irgendetwas aus! Du meine Güte! Es ist nur ein verschwommener Fleck in extremer Entfernung. Man kann überhaupt nichts unterscheiden.«

Die kleine Figur Alberts auf der einen Seite der Karte nickte. »Nicht so, wie es jetzt ist«, gab er zu. »Aber es ist mir gelungen, das Bild zu vergrößern. Es gibt natürlich auch noch einen anderen negativen Gesichtspunkt. Wenn der Ursprung tatsächlich ein Schwarzes Loch ist ...«

»Was?«

Er tat so, als habe er mich missverstanden. »Ich sagte gerade, die Hypothese, dass der Ursprung in einem Schwarzen Loch liegt, stimmt nicht mit dem völligen Fehlen von Gamma- oder Röntgenstrahlung in dieser Gegend überein, die durch das Ansaugen von Staub und Gas auftreten müsste.«

»Albert«, hielt ich ihm vor. »Manchmal gehst du zu weit.«

Er blickte mich mit sorgenvoll halb geschlossenen Augen an. Ich kenne diese ruhigen Blicke Alberts und sein Vortäuschen, Dinge vergessen zu haben. Alles nur Effekthascherei! Die entsprechen keineswegs der Realität – besonders nicht, wenn er mir direkt in die Augen blickt. Die abgebildeten Augen Alberts in den Holobildern sehen nicht mehr als die auf einer Fotografie. Wenn er mich fühlt - und er fühlte mich tatsächlich gut -, geschieht das durch die Kameralinsen und Ultraschallimpulse, sowie durch Sonden und Thermalabbilder. Keines dieser Geräte ist in der Nähe der Augen von Alberts Bild untergebracht. Trotzdem gibt es Momente, in denen diese Augen direkt in meine Seele zu sehen scheinen. »Du willst glauben, dass es sich um Hitschi handelt, nicht wahr, Robin?«, fragte er mich leise.

»Das geht dich gar nichts an! Zeig mir die Vergrößerung!«

»Na schön!«

Das Bild verschwamm ... wurde gesprenkelt ... und dann klar. Ich schaute auf eine riesige Libelle. Sie ging noch über den Rahmen des Schirms von Alberts kleiner Peepshow hinaus. Man konnte den größten Teil der Netzflügel erkennen, weil sie die Sterne dahinter verdunkelten. Wo alle Flügel zusammentrafen, war ein zylinderförmiges Gebilde mit funkelnden Lichtpunkten auf der Oberfläche. Auch auf den Flügeln glitzerte etwas.

»Es ist ein Segelschiff!« Ich staunte.

»Ja. Ein Segelschiff«, stimmte mir Albert zu. »Ein Photonen-Raumschiff. Der einzige Antrieb ist der Lichtdruck auf die verschiedenen Segel.«

»Aber Albert ... das muss ja ewig dauern.«

Er nickte. »Nach menschlicher Rechnung - ja. Das ist eine gute Beschreibung. Bei der geschätzten Geschwindigkeit würde eine Fahrt von, nehmen wir mal an, der Erde bis zum nächsten Stern, Alpha Centauri, etwa sechshundert Jahre dauern.«

»Mein Gott! Sechshundert Jahre in dem kleinen Ding.«

»Es ist nicht klein, Robin«, verbesserte er mich. »Es ist weiter weg, als du denkst. Meine Entfernungsdaten sind nur Näherungswerte, aber meiner Schätzung nach ist die Entfernung von Segelspitze zu Segelspitze nicht weniger als hunderttausend Kilometer.«

Auf der Damastcouch schnarchte Essie. Dann wechselte sie die Lage, schaute mich an und sagte vorwurfsvoll: »Immer noch auf, hm?« Dann schloss sie die Augen wieder – alles ohne aufzuwachen.

Ich lehnte mich zurück. Erschöpfung und Schmerzen übermannten mich beinahe. »Ich wünschte, ich wäre schläfrig«, sagte ich. »Ich muss das alles erst mal eine Zeit lang schmoren lassen, ehe ich es verdauen kann.«

»Natürlich, Robin. Darf ich dir einen Vorschlag machen?«, fragte Albert hinterlistig. »Du hast nicht viel zu Abend gegessen. Lass mich dir eine schöne Erbsensuppe oder Fischcremesuppe zubereiten ...«

»Du weißt, was mich einschlafen lässt, nicht wahr?«, lobte ich ihn, beinahe lachend. Ich war froh, dass er meine Gedanken wieder auf die Erde gebracht hatte. »Warum nicht!«

Ich ging wieder zurück in die Essecke, ließ Alberts Barkeeper-Subprogramm mir einen schönen heißen Grog bringen. Albert selbst erschien auf dem PV-Schirm über der Anrichte, um mir Gesellschaft zu leisten. »Sehr gut«, bemerkte ich anerkennend und trank aus. »Lass uns noch einen heben, ehe ich esse!«

»Selbstverständlich, Robin«, sagte er und spielte mit dem Pfeifenstiel. »Robin?«

»Ja?« Dabei griff ich nach einem frischen Drink.

»Robin«, sagte er verlegen, »ich hab' da so eine Idee.«

Ich war gerade in der richtigen Stimmung für neue Ideen. Deshalb zog ich eine Braue hoch als Zeichen der Zustimmung weiterzusprechen. »Walthers hat mich auf den Gedanken gebracht: Institutionalisiere, was du für ihn getan hast! Setze jährliche Preise aus! Vergleichbar den Nobelpreisen oder den Gateway-Wissenschaftsprämien. Sechs Preise pro Jahr zu je hunderttausend Dollar. Jeden für Leistungen auf einem ganz bestimmten Gebiet in Wissenschaft und Forschung. Ich habe mal einen Etat aufgestellt ...« Er ging zur Seite und schaute auf eine Ecke des Bildschirms. Eine saubere Aufstellung erschien. »Daraus geht hervor, dass für nominelle Anfangsausgaben von sechshundert Dollar pro Jahr, die man fast ganz durch Steuerersparnisse und Finanzierung durch Dritte decken kann ...«

»Halt mal die Luft an, Albert! Spiel nicht meinen Buchhalter! Du bist mein wissenschaftlicher Berater. Preise – wofür?«

Er sagte nur: »Um die Rätsel des Universums lösen zu helfen.«

Ich lehnte mich zurück und streckte mich. Jetzt fühlte ich mich entspannt, und mir war warm. Und ich empfand Wohlwollen, sogar einem Computerprogramm gegenüber. »Ach, zum Teufel, Albert! Was soll's? Nur zu! Ist die Suppe noch nicht fertig?«

»Genau auf die Minute«, meldete er zuvorkommend. So war es auch. Ich nahm einen Löffel voll. Es war Fischcremesuppe. Dick. Weiß, mit viel Sahne.

»Mir ist nur der Sinn noch nicht klar«, warf ich ein.

»Information, Robin«, erklärte er.

»Aber ich dachte, du hast all diese Informationen sowieso.«

»Natürlich – sobald sie veröffentlicht sind. Ich habe ein auf Ideen ausgerichtetes Suchprogramm die ganze Zeit laufen, mit über dreiundvierzigtausend Stichpunkten. Sobald irgendetwas über – sagen wir – Hitschi-Sprachtranskription erscheint, wandert es automatisch in meinen Speicher. Aber ich will es, ehe es erscheint, und auch, wenn es *nicht* veröffentlicht wird. Wie Audees Entdeckung, verstehst du? Jedes Jahr werden von einer Jury die Gewinner ausgewählt. Ich wäre gern bereit«, er zwinkerte mir zu, »dir bei der Auswahl der Juroren zu helfen. Ich schlage sechs Forschungsgebiete vor.« Er nickte in Richtung Aufstellung. Der Etat verschwand und wurde von einer bildschönen Liste abgelöst:

1. Übersetzung der Hitschi-Kommunikation
2. Beobachtung und Interpretation der fehlenden Masse
3. Analysen der Hitschi-Technologie
4. Verbesserungen in Bezug auf Terrorismus-Bekämpfung
5. Abbau der internationalen Spannungen
6. Nichtausbeuterische Lebensverlängerung

»Sie klingen alle sehr lobenswert«, bemerkte ich beifällig. »Die Suppe ist auch sehr gut.«

»Ja«, meinte er. »Die Köche sind auch sehr gut im Befolgen von Instruktionen.« Ich schaute ihn schläfrig an. Seine Stimme schien milder - nein, süßer klingt besser - als zuvor. Ich gähnte und versuchte, meine Augen zu fokussieren.

»Weißt du was, Albert«, begann ich von neuem. »Mir ist bis jetzt noch nie aufgefallen, dass du meiner Mutter ein bisschen ähnlich siehst.«

Er legte seine Pfeife weg und betrachtete mich mitleidig. »Du musst dir deshalb keine Sorgen machen«, beruhigte er mich. »Du musst dir überhaupt keine Sorgen machen.«

Ich betrachtete mein treues Hologramm mit schläfriger Freude. »Ich nehme an, du hast Recht«, gab ich zu. »Vielleicht ist es doch nicht meine Mutter, der du ähnlich siehst. Diese buschigen Augenbrauen ...«

»Das spielt doch keine Rolle«, warf er liebevoll ein.

»Tut es auch nicht«, stimmte ich ihm zu.

»Du kannst jetzt ruhig schlafen«, sagte er.

Das schien mir ein solch guter Vorschlag zu sein, dass ich ihn befolgte. Nicht sofort. Nicht so plötzlich. Ganz ruhig, sanft. Ich trödelte noch halbwach herum. Mir war vollkommen wohl, und ich war ganz entspannt. Ich wusste deshalb auch nicht genau, wo der halbwache Zustand aufhörte und der richtige Schlaf begann. Ich gab mich meinen Träumereien hin, versunken in diesem Zwischenzustand, wo man sich zwar einbildet, schon zu schlafen, es aber egal ist, und in welchem der Geist wandert. O ja, mein Geist wanderte. Sehr weit. Ich jagte durch das Universum mit Wan und griff immer wieder nach einem neuen Schwarzen Loch, immer auf der Suche nach etwas, das für ihn sehr wichtig war und damit auch für mich. Aber ich wusste nicht, warum. Da tauchte auch ein Gesicht auf, nicht Albert, nicht das meiner Mutter, nicht einmal Essies - ein Frauengesicht mit buschigen, dunklen Augenbrauen ...

Na so was, dachte ich, der Mistkerl hat mich gedopt!

Und unterdessen drehte sich die große Galaxis, und winzige Teilchen organischer Materie schoben noch kleinere

Teilchen aus Metall und Kristall durch die Räume zwischen den Sternen. Und die organischen Teilchen erlebten – jedes auf seine Weise – Schmerz, Verlassenheit, Schrecken und Freude. Aber ich schlief die ganze Zeit. Es kümmerte mich kein bisschen. Damals.

13

Liebesqualen

Ein kleines organisches Teilchen mit Namen Dolly Walthers erlebte alle diese Gefühle am eigenen Leibe – na ja, mit Ausnahme der Freude. Bei ihr kam aber noch eine Menge anderer Gefühle hinzu – Abneigung und Langeweile. Langeweile überwog, außer in den Augenblicken, in denen ihr armes kleines Herz von Furcht beherrscht wurde. Das Innere von Wans Schiff glich einer Kammer in einer vollautomatischen Fabrik, in der man nur ganz wenig Raum ausgespart hatte, damit Menschen hineinkriechen und die nötigen Reparaturen ausführen konnten. Sogar die flackernde goldene Spirale, die einen Teil des Hitschi-Antriebssystems darstellte, war nur teilweise sichtbar. Wan hatte Schränke darumgebaut, in denen man Nahrungsmittel aufbewahren konnte. Dollys persönliche Habe – die hauptsächlich aus ihren Puppen und einem Vorrat an Tampons für sechs Monate bestand – war in einem winzigen Schränkchen in der Toilette verstaut. Alles andere gehörte Wan. Es gab nicht viel zu tun und auch keinen Platz, um es zu tun. Lesen war die einzige Möglichkeit, sich die Zeit zu vertreiben. Die einzig lesbaren Datenfächer, die Wan besaß, waren Kindergeschichten. Sie waren, wie er sagte, für ihn aufgezeichnet worden, als er noch klein war. Sie langweilten Dolly auch zu Tode. Trotzdem waren sie noch besser als gar nichts. Sogar Kochen und Saubermachen waren noch besser als das untätige Herumsitzen. Aber auch dafür waren die Möglichkeiten begrenzt. Einige Kochgerüche trieben Wan dazu, im Landefahrzeug Zuflucht zu suchen – meistens aber tobte er und beschimpfte sie. Wäsche zu waschen war leicht. Man steckte die Kleidung lediglich in einen Dampfkochtopf, der heißen Dampf hindurchjagte. Beim Trocknen allerdings erhöhte sich die Luftfeuchtigkeit, was wieder Anlass zu Beschimpfungen und Wutanfällen gab. Er schlug sie zwar nie - wenn man das nicht mitzählte, was er anscheinend für Liebesspiel hielt -, jagte ihr aber schreckliche Angst ein.

Trotzdem fürchtete sie sich vor ihm weniger als vor den Schwarzen Löchern, die sie aufsuchten, eines nach dem anderen. Diese flößten auch Wan Angst ein. Aber Furcht hielt ihn nicht auf. Sie machte es nur noch unmöglicher, mit ihm zu leben.

Als Dolly erkannte, dass die ganze irrsinnige Expedition nur eine hoffnungslose Suche nach Wans vor langer Zeit verschwundenem und sicher schon lange totem Vater war, fühlte sie echte Zärtlichkeit für ihn. Sie wünschte sich, dass er ihr erlauben würde, diese auch auszudrücken. Es geschah aber nur selten, dass er nach dem Liebesakt nicht sofort einschlief oder sie mit verletzenden und unverzeihlich kritisierenden Bemerkungen über Intimes wegschickte. Trotzdem gab es Zeiten, in denen sie sich, zumindest einige Minuten lang, schweigend umarmt hielten. Dann spürte Dolly ein brennendes Verlangen, menschlichen Kontakt mit ihm herzustellen. Es gab Augenblicke, in denen sie ihren Mund an sein Ohr halten und ihm zuflüstern wollte: »Wan? Ich weiß, wie du wegen deines Vaters fühlst. Ich wünschte, ich könnte dir helfen.«

Aber das wagte sie natürlich nie.

Ebenso wenig brachte sie den Mut auf, ihm zu sagen, dass er sie beide ihrer Meinung nach umbringen würde - bis sie an das achte Loch kamen. Da blieb ihr keine andere Wahl. Als sie noch zwei Tage davon entfernt waren - zwei Tage bei Überlichtgeschwindigkeit, beinahe ein Lichtjahr Entfernung -, kamen ihr ernsthafte Zweifel. »Warum sieht es so komisch aus?«, wollte sie wissen. Wan drehte sich nicht einmal um. Er hockte vor dem Bildschirm und gab ihr die Antwort, die sie erwartet hatte:

»Halt's Maul!« Dann brabbelte er weiter mit seinen Toten Menschen. Sobald er herausgefunden hatte, dass sie weder Spanisch noch Chinesisch sprach, unterhielt er sich ganz offen mit ihnen. Allerdings nicht in einer Sprache, die sie hätte verstehen können.

»Nein, bitte, Liebling!«, bat sie mit flauem Gefühl im Magen. »Das geht schief!« Warum es schief gehen sollte, konnte sie nicht erklären. Das Objekt auf dem Schirm war winzig. Es war auch nicht sehr deutlich und tanzte auf dem Schirm umher. Es fehlten aber die schnellen Energieblitze, bei denen sich herumfliegende Materieteilchen als Niederschlag selbst zerstörten. Dafür sah man etwas anderes: eine Art von verschwommenem, bläulichem Schein, der mit Sicherheit nicht schwarz war.

»Quatsch!«, sagte er. Er schwitzte. Da er aber auch Angst hatte, befahl er: »Sag dem Dreckstück, was es wissen will. Auf Englisch!«

»Mrs. Walthers?« Die Stimme klang zögernd und schwach. Wenn überhaupt, dann war es die Stimme eines Toten. »Ich habe gerade Wan erklärt, dass man das eine isolierte Singularität nennt. Das bedeutet, dass es sich nicht dreht und daher auch nicht richtig schwarz ist. Wan? Hast du es mit den Hitschi-Karten verglichen?«

Ruppig antwortete er: »Natürlich! So was Blödes, wollte ich gerade machen!« Aber seine Hände zitterten, als er die Schalttafel berührte. Es erschien ein zweites Bild. Auf der einen Seite sah man das bläuliche verschwommene Objekt, kaum erkennbar. Auf der anderen Hälfte des Bildschirms war dasselbe Objekt, umgeben von einem Haufen heller, kurzer roter Linien und flackernden grünen Kreisen.

Der Tote Mensch warnte mit düsterer Genugtuung: »Es ist ein gefährliches Objekt, Wan. Die Hitschi haben es als solches gekennzeichnet.«

»Idiot! Alle Schwarzen Löcher sind gefährlich!« Wan schaltete den Lautsprecher aus und drehte sich wütend und herablassend zu Dolly um. »Du hast auch Schiss!«, warf er ihr vor und stapfte zu den gestohlenen und Furcht einflößenden Apparaten im Landefahrzeug.

Es tröstete Dolly keineswegs zu sehen, dass Wan auch

zitterte. Ohne jede Hoffnung starrte sie auf den Bildschirm und wartete auf den Kontakt mit den Gehirnströmen, den Wan mithilfe seines TPSE herzustellen versuchte. Es dauerte lange, weil der TPSE nicht über interstellare Entfernungen funktionierte. Sie nickte ein. Als sie aufwachte und durch die Luke ins Landefahrzeug hinunterspähte, sah sie Wan regungslos vor dem glitzernden Drahtnetz und dem strahlend hellen Korkenzieher hocken. Dann schlief sie wieder ein.

Sie schlief auch noch, als ihre Träume jäh durch den hasserfüllten, ängstlichen und besessenen Stich aus Wans Gehirn durch den TPSE unterbrochen wurden.

Sie war noch nicht ganz wach, als er in die Hauptkabine stürzte und über ihr stand. »Eine Person!«, stammelte er. Seine Augen funkelten wild, Schweiß rann über seine Stirn. »Jetzt muss ich nach innen vordringen!«

Unterdessen träumte ich von einem tiefen Gravitationsloch und einem Schatz, der dort verborgen war. Während Wan, vor Angst schwitzend, seine gestohlenen Geräte betätigte, schwitzte ich vor Schmerzen. Während Dolly verständnislos mit großen Augen das große unheimliche Ding auf dem Bildschirm anstarrte, starrte ich auf dasselbe Objekt. Sie hatte es nie zuvor gesehen. Ich schon. Ich hatte über meinem Bett ein Bild davon, das ich zu einer Zeit aufgenommen hatte, als ich noch mehr Schmerzen litt und noch verstörter war als jetzt. Ich versuchte, mich aufzusetzen. Aber Essies starke Hand drückte mich behutsam wieder zurück. »Du bist immer noch an Lebenserhaltungssysteme angeschlossen, Robin«, schimpfte sie. »Du darfst dich nicht so viel bewegen!« Ich war in der kleinen Krankenstation, die wir an das Haus am Tappan-See angebaut hatten, als es uns zu mühsam erschien, jedes Mal in eine andere Klinik zu gehen, wenn einer von uns repariert werden musste. »Wie bin ich hierher gekommen?«, brachte ich mühsam hervor.

»Mit dem Flugzeug, wie sonst?« Sie beugte sich über mich, um auf dem Bildschirm über meinem Kopf irgendetwas zu studieren. Dann nickte sie.

»Man hat mich also operiert«, schloss ich. »Dieser Saukerl, Albert, hat mich aus dem Verkehr gezogen. Du hast mich dann nach Hause geflogen, während ich noch nicht ganz da war.«

»Sehr gescheit! Ja. Es ist alles vorbei. Der Doktor sagt, du bist gesund wie ein Bauernschwein und bald wieder auf Beinen«, fuhr sie fort. »Nur mit Bauchschmerzen noch eine Weile, wegen der zwei Komma drei Meter neuen Eingeweiden. Iss jetzt! Dann schlaf noch weiter!«

Ich ließ mich zurücksinken, während Essie mit dem Küchenchefprogramm verhandelte, und betrachtete die Holographie. Sie hing dort, um mich immer daran zu erinnern, dass, ganz egal wie unangenehm die Flickarbeiten waren, die mich am Leben erhielten, es Zeiten gegeben hatte, die noch viel schlimmer waren. Darüber hinaus erinnerte sie mich aber auch noch an etwas anderes - an die Frau, die ich verloren hatte. Ich will nicht behaupten, dass ich seit Jahren nicht an sie gedacht habe. Das wäre gelogen. Ich dachte oft an sie - aber als entfernte Erinnerung. Jetzt aber dachte ich an sie als Person. »Zeit jetzt für eine nahrhafte Fischbrühe«, sagte Essie einschmeichelnd. Bei Gott! Sie hatte nicht übertrieben. Es war wirklich Fischbrühe. Sie roch zum Kotzen. Aber laut Essie enthielt sie alles, was ich brauchte und in meinem gegenwärtigen Zustand vertrug.

Unterdessen fischte Wan mit den komplizierten und raffinierten Apparaten der Hitschi im Schwarzen Loch. Und unterdessen kam mir der Gedanke, dass dieses ekelhafte Zeug, das ich aß, noch mehr als Arznei enthielt. Und unterdessen führte der raffinierte Apparat noch eine andere Aufgabe durch, von der Wan keine Ahnung hatte. Und unterdessen zwang ich mich, so lange wach zu bleiben, um Essie zu fragen, wie lange ich geschlafen hatte und wie lange ich noch schlafen müsste. Sie antwortete nur: »Ziemlich lange, sowohl - als auch, mein lieber Robin.« Dann schlief ich weiter.

Diese andere Aufgabe war Benachrichtigung. Von allen ihren Artefakten hatten die Hitschi am meisten vor dem

Unterbrecher der Ordnung benachbarter Systeme Angst. Bei falscher Handhabung könnte er ihre eigene Ordnung entscheidend und gefährlich stören, befürchteten sie. Deshalb war in jedem eine Alarmanlage eingebaut.

Wenn man Angst hat, dass sich in der Dunkelheit jemand anschleichen könnte, stellt man Fallen auf – einen Fallstrick mit klappernden Blechdosen, eine Falle, bei der dem Eindringling etwas auf den Kopf fällt oder ähnliches. Nirgendwo herrscht größere Dunkelheit als zwischen den Sternen. Daher stellten die Hitschi ihr Frühwarnsystem auf. Die Warnanlagen der Hitschi waren sehr zahlreich, anpassungsfähig und überaus laut. Als Wan seinen Korkenzieher ausfuhr, wurde das sofort weitergegeben. Sofort war in dem Augenblick, als der Kommunikationsoffizier dem Kapitän die Meldung überbrachte: »Der Fremde hat's getan!« Kapitän stieß einen Fluch aus, dessen Übersetzung einem menschlichen Wesen nicht viel sagen würde, weil es sich auf den Akt der Kopulation bezog zu einer Zeit, in der das Weibchen nicht verliebt war. Der Kapitän wollte auch nicht die technische Seite dieser Handlung erläutern. Er gebrauchte ihn, weil er so unheimlich obszön war und er sich durch nichts anderes Luft machen konnte. Als er aber sah, dass Twice an ihrer Fernbedienungskonsole nervös wurde, tat es ihm sofort Leid.

Der Kapitän hatte die größten Sorgen, weil er der Kapitän war; aber Twice hatte am meisten Arbeit. Sie bediente drei Fernsteuerungen gleichzeitig: das Befehlsschiff, das sie aufnehmen sollte, den Lastenschlepper, der das Segelschiff verstecken sollte, und ein Fernlenkflugzeug im Planetensystem der Erde, das den Auftrag hatte, alle Sendungen aufzunehmen und alle Artefakte im Weltraum zu lokalisieren. Dabei erlaubte ihr Zustand keine dieser Arbeiten. Die Zeit der Liebe war für sie gekommen. Steroide strömten durch ihre drahtigen Adern, das biologische Programm lief, und ihr Körper war bereit. Nicht nur ihr Körper. Twices Persönlichkeit reifte ebenfalls und wurde weicher. Die Anstrengung, ihre ferngesteuerten Flugkörper richtig zu lenken, war reine Qual mit diesem Körper und Nervensystem, die sich ganz auf sexuelle Paarung eingestellt hatten. Kapitän beugte sich zu ihr. »Alles in Ordnung?«, fragte er. Sie gab keine Antwort. Das war Antwort genug.

Er seufzte und wandte sich dem nächsten Problem zu. »Nun, Shoe?«

Der Kommunikationsoffizier schaute beinahe so verzweifelt wie Twice drein. »Ein paar begriffliche Übereinstimmungen konnten gefunden werden, Kapitän«, meldete er. »Aber das Übersetzungsprogramm ist noch längst nicht fertig.«

Der Kapitän zuckte mit seinen Backenmuskeln. Gab es noch irgendeine unerwartete, unlogische Sache, die schief gehen konnte, die noch nicht schief gegangen war? Diese Nachrichtenübermittlungen – es war nicht nur gefährlich, dass es sie überhaupt gab; aber sie erfolgten auch in mehreren Sprachen! Mehreren! Nicht nur zwei, wie es dem Plan der Hitschi entsprochen hätte. Nicht nur in der Sprache »Tun« und der Sprache »Fühlen«, welche die Hitschi selbst benutzten, sondern in buchstäblich einer Unzahl von wechselseitig unverständlichen Sprachen. Es hätte die Qual, dieses endlose Geschnatter mitanhören zu müssen, gelindert, wenn er den Inhalt verstanden hätte.

So viele Sorgen und Probleme! Da war der Anblick von Twice, die von Stunde zu Stunde schwächer und hektischer wurde. Da war der grauenvolle Schock, dass irgendein Nicht-Hitschi-Geschöpf den Mechanismus zum Eindringen in ein Schwarzes Loch in Gang setzte. Des Kapitäns größte Sorge war aber, ob er auch imstande sein würde, alle sich daraus ergebenden Aufgaben zu lösen. Aber zuerst stand ihm noch eine andere Arbeit bevor. Sie orteten das Segelschiff und steuerten es an. Kein Problem. Sie schickten eine Nachricht an die Besatzung, warteten aber in weiser Voraussicht nicht auf Antwort. Das Befehlsschiff tauchte auch pünktlich nach seinem tausendjährigen, energiesparenden Schlaf auf. Sie wechselten auf das größere und stärkere Schiff. Auch das geschah fast problemlos. Lediglich Twice raste keuchend und wimmernd von einem Schiff aufs andere. Trotzdem nahm sie ihre

Funktion an der Fernsteuerung des neuen Schiffs etwas zu spät auf. Aber das war nicht schlimm. Auch die schwerfällige Lastblase erschien zur rechten Zeit am rechten Ort.

Das alles hatte fast zwölf Stunden gedauert. Für Twice waren das Stunden pausenlosen Schuftens. Der Kapitän hatte weniger zu tun. Das gab ihm reichlich Zeit, sie im Auge zu behalten. Er beobachtete, wie sich ihre kupferfarbene Haut aus ungestilltem Liebesbedürfnis lila färbte und sie vor Erschöpfung immer dunkler wurde. Das machte ihm Sorge. Sie waren auf diese Anforderungen überhaupt nicht vorbereitet gewesen! Wenn sie mit der Möglichkeit eines Notfalls gerechnet hätten, wäre es leicht gewesen, einen zweiten Fernsteuerungsspezialisten mitzunehmen, der Twice hätte ablösen können. Wäre es ihnen auch nur im Traum notwendig erschienen, hätten sie gleich ein Befehlsschiff nehmen und sich die ganze Aufregung des Überwechselns sparen können. Wenn sie gedacht hätten ... wenn sie vermutet hätten ... wenn sie auch nur den geringsten Hinweis gehabt hätten ...

Hatten sie aber nicht gehabt. Wie sollten sie auch? Selbst nach menschlicher Zeitrechnung waren nur ein paar Dekaden vergangen, seit sie das letzte Mal aus ihrem Versteck im Kern einen Blick riskiert hatten – nur ein Wimpernschlag nach astronomischer Zeit. Wie hätte sich jemand vorstellen können, dass inzwischen so viel passieren konnte?

Der Kapitän durchwühlte die Nahrungspäckchen, bis er das schmackhafteste und am leichtesten verdauliche gefunden hatte. Damit fütterte er liebevoll Twice an ihrem Schaltpult. Sie hatte wenig Appetit. Ihre Bewegungen wurden von Stunde zu Stunde langsamer, unsicherer und mühsamer. Aber sie machte mit ihrer Arbeit weiter. Endlich waren die Segel des Photonenschiffs eingeholt. Der gewaltige Rachen des Frachters ging auf, und die mottengroße Kapsel mit den Passagieren des Segelschiffs glitt langsam in die Blase hinein. Erst jetzt konnte der Kapitän etwas freier atmen. Für Twice war dies das härteste Stück Arbeit gewesen. Jetzt würde auch sie eine Chance haben, sich auszuruhen – ja, vielleicht sogar eine Chance, mit ihm das zu tun, wofür ihr Körper und ihre Seele längst mehr als bereit waren.

Da die Segelschiffleute seine Nachricht sofort beantwortet hatten – für sie sofort –, traf ihre Antwort ein, ehe sich die riesige, leuchtende Kugel über ihnen geschlossen hatte. Der Kommunikationsoffizier Shoe drückte ein paar Knöpfe, und ihre Antwort erschien auf dem Bildschirm:

WIR AKZEPTIEREN, DASS WIR UNSERE FAHRT NICHT
FORTSETZEN DÜRFEN.
WIR ERBITTEN, DASS SIE UNS AN EINEN ORT GELEITEN,
WO WIR
SICHER SIND.
WIR FRAGEN: KEHREN DIE ASSASSINEN ZURÜCK?

Der Kapitän zuckte vor Mitleid. Er wandte sich an Shoe: »Übermittle ihnen: ›Wir bringen Sie vorläufig in Ihr Heimatsystem zurück. Wenn möglich, bringen wir Sie später wieder hierher zurück.‹«

Shoes Gesichtsausdruck war angespannt, offensichtlich waren seine Gefühle sehr gemischt. »Was ist mit der Anfrage wegen der Assassinen?«

Der Kapitän spürte, wie sich sein Abdomen kurz zusammenzog. »Sag ihnen noch nichts«, wies er ihn an.

Die Hitschi hinterließen den menschlichen Wesen nur kleine Aufklärungsschiffe. Sie waren so vorsichtig, keines ihrer Spezialraumschiffe dort zurückzulassen, wo man sie leicht hätte aufspüren können. Zum Beispiel den Blasen-Transporter. Er war nur eine hohle Metallkugel mit Überlichtgeschwindigkeitsantrieb und Navigationsinstrumenten. Die Hitschi benutzten ihn offensichtlich, um sperrige Güter von einem Ort zu einem anderen zu transportieren. Die menschliche Rasse hätte ihn auch sehr gut gebrauchen können. Jeder Blasen-Transporter hatte das Frachtvolumen von tausend *S.-Ya.*-Transportschiffen. Zehn davon hätten das Bevölkerungsproblem der Erde in einem Jahrzehnt lösen können.

Es war aber nicht so sehr die Furcht vor den anderen, die den Kapitän vor allem quälte, nicht einmal seine Sorge um Twice. Die Hitschi hatten mit der menschlichen Rasse überraschend viele Charaktereigenschaften gemeinsam: Neugier, Liebe zwischen Männchen und Weibchen, Familiengefühl, Kinderliebe und das Vergnügen, Symbole zu manipulieren. Das Ausmaß der einzelnen Eigenschaften war allerdings nicht bei beiden gleich groß. Die Hitschi besaßen ein Charakteristikum in weitaus stärkerer Ausprägung als die meisten Menschen:

Gewissen.

Die Hitschi waren physisch kaum in der Lage, sich einer Verpflichtung zu entziehen oder einen Fehler nicht wieder gutzumachen. Die Segelschiffleute stellten für die Hitschi einen Sonderfall dar. Die Hitschi *schuldeten* ihnen etwas. Von ihnen hatten die Hitschi die schrecklichste Tatsache erfahren, mit der sie je konfrontiert worden waren.

Die Hitschi und die Segelschiffleute hatten sich gut gekannt. Nicht erst seit kurzem und auch nicht sehr lange. Die Beziehung hatte für die Segelschiffleute schlimm angefangen. Für die Hitschi war sie noch schlimmer ausgegangen.

In den langsamen und glucksend vorgetragenen Eddas besangen die Segelschiffleute, wie die kegelförmigen Landefahrzeuge der Hitschi plötzlich aufgetaucht und grauenvoll hart und grauenvoll schnell in dem schönen Schlamm ihrer Heimat gelandet waren. Die Hitschi-Schiffe waren in den umherschwebenden Arcologien der Leute herumgerast, was zu großen Aushöhlungen und einem beträchtlichen Temperaturanstieg geführt hatte. Viele waren gestorben. Der Schaden war schon groß, ehe die Hitschi erkannten, dass sie es mit fühlenden, ja sogar zivilisierten Wesen zu tun hatten, die nur äußerst langsam waren.

Die Hitschi waren über das, was sie angerichtet hatten, sehr bestürzt. Sie versuchten Schadenersatz zu leisten. Dazu war aber als erster Schritt Kommunikation nötig, was sich als sehr schwierig herausstellte. Diese Aufgabe dauerte sehr lange – lange jedenfalls für die Hitschi. Den Schlammbewohnern erschien die Zeit unverständlich kurz, bis sich ein hartes, heißes, okataedrisches Prisma vorsichtig in die Mitte einer Arcologie schob. Fast gleichzeitig begann es, sich mit ihnen in einer erkennbaren, wenn auch lachhaft ungrammatikalischen Form ihrer Sprache zu unterhalten.

Danach ging alles blitzschnell - jedenfalls für die Schlammbewohner. Für die Hitschi erschien das Beobachten des täglichen Lebens dort, als ob sie das Wachsen von Flechten verfolgten. Der Kapitän war selbst auf ihrem großen Gasriesen-Planeten gewesen - damals noch nicht Kapitän, sondern eher, was man Kabinensteward genannt hätte. Jung, überschäumend, abenteuerlustig, mit dem beträchtlichen, wenn auch vorsichtigen Hitschi-Optimismus für eine grenzenlose Zukunft ausgestattet. Der Gasriese war nicht der einzige herrlich aufregende Ort, den der junge Hitschi besucht hatte. Er kam auch auf die Erde und begegnete dem Australopithekus. Er half Gaswolken und Quasare auf einer Karte einzuzeichnen. Er brachte Mannschaften zu Außenposten und Baustellen. Die Jahre vergingen. Jahrzehnte vergingen. Die langsame Arbeit an der Übersetzung der Sprache der Schlammbewohner kroch zentimeterweise voran. Es wäre auch ein bisschen schneller gegangen, wenn die Hitschi dieses Vorhaben als sehr wichtig angesehen hätten. Das taten sie aber nicht. Allerdings wäre es so und so nicht viel schneller gegangen, weil die Schlammbewohner das nicht geschafft hätten.

Vom Standpunkt eines Altertumsforschers oder Touristen aus betrachtet war diese Entwicklung sehr interessant, weil es die Schlammbewohner schon seit sehr, sehr langer Zeit gab. Ihre kalte Biochemie war etwa dreihundertmal langsamer als die eines Hitschi oder eines Menschen. Die schriftliche Überlieferung der Hitschi ging fünf oder sechs Jahrtausende zurück - mehr oder weniger wie die der Menschheit auf der gleichen Stufe der technologischen Entwicklung. Die schriftliche Überlieferung der Schlammbewohner ging dreihundertmal so weit zurück. Das waren beinahe zwei Millionen Jahre fortlaufender, datierter historischer Unterlagen. Die frühesten Sagen, Legenden und Eddas reichten noch zehnmal weiter in fernste Vergangenheit. Ihre Übersetzung war nicht schwieriger als die der späteren Werke, weil die Schlammbewohner selbst in der Entwicklung ihrer Sprache nicht schneller fortschritten, aber die Geballten Gehirne, die diese Frühwerke übersetzten, hielten sie nicht für interessant. Sie schoben die Übersetzung auf ... bis sie entdeckten, dass zwei davon über Besuche aus dem All berichteten.

> Robin erzählt nicht viel über die Segelschiffleute, hauptsächlich deshalb, weil er damals nicht viel über sie wusste. Das ist ein Jammer. Sie sind hochinteressant. Ihre Sprache besteht aus einsilbigen Wörtern – ein Konsonant und ein Vokal. Sie haben ungefähr fünfzig verschiedene Konsonanten und vierzehn Vokale und Diphthonge, mit denen sie spielen können – für dreisilbige Einheiten, wie Namen, stehen ihnen 3,43 mal 10^8 Kombinationen zur Auswahl. Das war für Namen besonders wichtig, da sie mehr Männchen als je zuvor Namen geben mussten. Die Weibchen bekamen keine Namen.
> Wenn ein Männchen ein Weibchen schwängerte, zeugte er ein männliches Kind. Er tat das aber nur selten, da ihn dies sehr viel Energie kostete. Unbefruchtete Weibchen produzierten mehr oder weniger routinemäßig wieder Weibchen. Ein Männchen auszutragen, kostete sie dagegen das Leben. Das wussten sie aber nicht – eigentlich auch sonst nicht viel. In den Eddas der Segelschiffleute gibt es keine Liebesgeschichten.

Wenn ich an all die Jahre denke, welche die menschliche Rasse unter der kränkenden Einsicht, unterlegen zu sein, gelitten hat - weil die Hitschi so viel mehr als wir erreicht hatten, und so viel früher -, macht mich das sehr traurig. Ich bedauere vor allem, dass wir nichts von den beiden Eddas gewusst haben. Ich meine nicht nur deren Inhalt - der hätte uns nur noch mehr Sorgen bereitet, als wir schon hatten -, sondern ihre Wirkung auf die innere Haltung der Hitschi.

Das erste Lied stammte aus den frühesten Anfängen der Zivilisation der Schlammbewohner und war sehr rätselhaft. Es handelte von einem Besuch der Götter. Sie leuchteten bei ihrer Ankunft so hell, dass selbst die rudimentären Sehorgane der Schlammbewohner sie wahrnehmen konnten – sie strahlten mit solchen Energiewirbeln, dass sie die seifigen Gase zum Sieden und Brodeln brachten. Viele starben. Das war alles, was sie taten. Dann gingen sie weg und kamen niemals wieder. Das Lied selbst war nicht sehr bedeutend. Es waren keinerlei Details enthalten, die den Hitschi glaubwürdig vorkamen. Das meiste handelte von einem Urschlammhelden, der es wagte, den Besuchern zu trotzen, und der als Belohnung einen ganzen klitschigen Sektor des Planeten erhielt.

Das zweite Lied war präziser. Es datierte Millionen Jahre später – beinahe innerhalb unserer historischen Zeitrechnung. Es berichtete ebenfalls von Besuchern von außerhalb der dichten heimatlichen Welt, aber diesmal waren es nicht nur Touristen. Sie waren auch keine Eroberer. Sie waren Flüchtlinge. Sie tauchten hinunter zur schwammigen Oberfläche, doch waren sie offensichtlich schlecht für das Überleben in einer Umwelt ausgerüstet, die kalt war und deren Dichte sie vergiftete.

Sie versteckten sich hier. Sie blieben – ihrer eigenen Rechnung nach sehr lange – über hundert Jahre. Lange genug, dass die Schlammbewohner sie entdeckten und mit ihnen eine Art Verständigung erreichen konnten. Sie waren von fremden Assassinen angegriffen worden, die wie Feuer aufflammten und Waffen trugen, die zermalmten und verbrannten. Ihr Heimatplanet war leer gebrannt, jedes Fahrzeug, das sie im Raum besaßen, war verfolgt und zerstört worden.

Nachdem mehrere Generationen der Flüchtlinge es geschafft hatten, zu überleben und sich sogar zu vermehren, ging alles zu Ende. Die flammenden Assassinen spürten sie auf und legten mit ihren Feuern eine große, seichte Fläche des schlammigen Methanmeeres trocken, um sie zu vernichten.

Als die Hitschi dieses Lied hörten, hätten sie es vielleicht für eine Sage gehalten, wenn da nicht ein Begriff gewesen wäre. Dieser Begriff war nicht leicht zu übersetzen. Schließlich hatte er die lückenhafte Verständigung mit den Flüchtlingen und zweitausend Jahre zu überstehen gehabt. Aber er hatte überlebt.

Diese Tatsache bewog die Hitschi, alles, was sie taten, liegen zu lassen, damit sie sich nur auf eine einzige Aufgabe konzentrieren konnten: den Echtheitsnachweis der Jüngeren Edda. Sie suchten nach der Heimat der Flüchtlinge und fanden sie auch – einen Planeten, der von einer explodierenden Sonne kahl gebrannt war. Sie suchten und fanden dort Artefakte früherer raumfahrender Zivilisationen. Nicht viele und nicht in gutem Zustand. Etwa vierzig verschiedene Stücke und Teile halb geschmolzener Maschinen, die sich isotopisch auf zwei verschiedene Epochen datieren ließen. Eine davon entsprach der Zeit der Flüchtlinge, die auf den Schlammplaneten geflohen waren. Die andere war viele Millionen Jahre älter.

Sie schlossen daraus, dass die Geschichten wahr waren. Es hatte solch ein Volk von Assassinen gegeben, das jede raumfahrende Zivilisation, die es entdeckte, über zwanzig Millionen Jahre lang erbarmungslos ausgelöscht hatte.

Die Hitschi kamen ferner zu dem Schluss, dass sie sich noch irgendwo herumtrieben. Der Begriff, der so schwierig zu übersetzen war, beschrieb nämlich die Ausdehnung der Himmel und die Umkehrung dieses Prozesses durch die Flammenträger, bei der alle Sterne und Sonnensysteme wieder zusammenstürzen würden. Und zu einem ganz bestimmten Zweck.

Es war kaum anzunehmen, dass diese Titanen, wer immer sie auch sein mochten, nicht in der Nähe blieben, um die Resultate des Prozesses zu sehen, den sie in Gang gesetzt hatten.

Da zerbröckelte der helle Hitschi-Traum, und die Schlammbewohner sangen eine neue Edda: Das Lied über die Hitschi, die sie besucht, Angst bekommen hatten und weggelaufen waren.

Da stellten die Hitschi ihre warnenden Fallen auf, versteckten die meisten Zeugnisse ihrer Existenz und zogen sich in ihren Unterschlupf im Kern der Galaxis zurück.

In gewissem Sinn waren die Schlammbewohner nur eine der Alarmanlagen. LaDzhaRi wusste das. Alle wussten es. Deshalb hatte er auch dem Gebot seiner Vorväter gehorcht und die erste Berührung eines anderen Gehirns mit dem seinen gemeldet. Er erwartete eine Antwort, obwohl es selbst nach LaDzhaRis Zeitrechnung schon Jahre her war, dass von den Hitschi ein Lebenszeichen gekommen war, und das war höchstens der schnelle Schlag einer routinemäßigen TPSE-Überprüfung gewesen. Er hatte auch damit gerechnet, dass ihm die Antwort nicht zusagen würde. Das ganze heldenhafte Ringen um den Bau und Start eines interstellaren Schiffes, die Jahrhunderte, die bereits in diese jahrtausendlange Reise investiert worden waren – alles umsonst! Sicher, ein Flug von tausend Jahren bedeutete für LaDzhaRi nicht mehr als eine ganz gewöhnliche Walfangfahrt für einen Kapitän aus Nantucket. Aber auch ein Walfischer wäre nicht gern mitten im Pazifik aufgegriffen und leer nach Hause geschickt worden. Die ganze Mannschaft war außer sich. Die Erregung auf dem Segelschiff war so groß, dass einige Besatzungsmitglieder unfreiwillig auf eine schnellere Lebensweise umstiegen. Die glitschige Flüssigkeit wurde so durcheinander gewirbelt, dass sich Blasen bildeten. Eines der Weibchen starb. Eines der Männchen, TsuTsuNga, war so außer Rand und Band, dass es die überlebenden Weibchen betätschelte. »Bitte, lass den Unsinn!«, flehte LaDzhaRi. Wenn ein Männchen ein Weibchen schwängerte – und das hatte TsuTsuNga offensichtlich vor –, musste es dazu so viel Energie aufbringen, dass es für ihn lebensgefährlich sein konnte. Den Weibchen drohte keine Gefahr – ihre Leben waren ganz einfach nach dem Austragen eines Männchens verwirkt. Natürlich hatten sie davon keine Ahnung. Von anderen Dingen hatten sie eigentlich auch keinen Schimmer. Aber TsuTsuNga erklärte bündig: »Wenn ich nicht durch eine Reise zu einem anderen Stern unsterblich werden kann, will ich wenigstens einen Sohn zeugen.«

»Nein! Bitte! Denke nach, mein Freund!«, bat ihn LaDzhaRi. »Wir können zu Hause sein, wenn wir es wollen.

Robin erklärt nicht sehr gut, wovor die Hitschi Angst hatten. Sie waren zu dem Schluss gekommen, dass das Ziel der eingeleiteten Kontraktion des Universums war, es wieder auf das Uratom zurückzuführen – worauf es zu einem neuen Urknall und dem Anfang eines neuen Universums kommen würde. Sie schlossen weiter, dass in diesem Fall die physikalischen Gesetze, die das Universum regieren, sich in eine andere Richtung entwickeln würden.
Am meisten jagte ihnen die Vorstellung Angst ein, dass es Wesen gab, die sich in einem Universum mit anderen physikalischen Gesetzen wohler fühlen könnten.

Können als Helden zu unseren Arcologien zurückkehren, können unsere Eddas singen, dass die gesamte Welt uns hören wird ...« Der Schlamm ihrer Behausungen leitete den Schall so gut wie das Meer, und ihr Lied reichte so weit wie der Ruf der großen Wale.

TsuTsuNga berührte LaDzhaRi kurz, beinahe verächtlich, zumindest abweisend.

»Wir sind keine Helden!«, erklärte er. »Geh weg und lass mich's diesem Weibchen besorgen!«

Widerstrebend ließ ihn LaDzhaRi los und hörte, wie die Geräusche schwächer wurden, als er wegging. Es stimmte. Sie waren bestenfalls gescheiterte Helden.

Die Segelschiffleute waren nicht ohne solch menschliche Eigenschaften wie Stolz. Es gefiel ihnen ganz und gar nicht, für die Hitschi ... was? Sklaven zu sein? Nicht genau. Denn der einzige Dienst, den sie zu leisten hatten, war, via eines Kommunikators mit versiegeltem Strahl jeden Hinweis auf eine andere raumfahrende Intelligenz zu melden. Das taten sie gern. Mehr um ihrer selbst willen als für die Hitschi. Wenn nicht Sklaven – was dann?

Dafür gab es nur eine Bezeichnung: Haustiere.

Damit war der Glanz der rassischen Seele der Schlammbewohner an einer Stelle getrübt. Sie konnten ihn nie wieder ganz aufpolieren, ganz gleich, welche Heldentaten sie bei interstellaren Abenteuern in ihren riesigen, langsamen Sternenjammern auch vollbrachten. Sie wussten, dass sie Haustiere waren. Sie erlebten das auch nicht zum ersten Mal. Lange ehe die Hitschi gekommen waren, hatten sie als Leibeigene auf fast die gleiche Art Wesen gedient, die weder den Hitschi noch den Menschen noch ihnen selbst in irgendeiner Weise ähnlich waren. Als dann vor einigen Generationen ihre Barden die alten Eddas den Hitschi-Maschinen vorgesungen hatten, mussten auch die Schlammbewohner zur Kenntnis nehmen, dass die Hitschi weggelaufen waren. Es gab Schlimmeres, als ein Haustier zu sein.

Liebe und Furcht herrschten im Universum. Aus Liebe (was man so bei den Schlammbewohnern Liebe nannte) ruinierte TsuTsuNga seine Gesundheit und riskierte sein Leben. Ich lag in meiner Krankenstation und träumte auch von der Liebe. Pro Tag war ich kaum eine Stunde wach. Währenddessen schlossen meine käuflich erworbenen Eingeweide mit dem Rest von mir Frieden. Der Kapitän musste mitansehen, wie Twice durch die Qualen der Liebe immer dünner und dunkler wurde.

Twice hatte sich nicht erholt, nachdem die Frachtblase die Fahrt aufgenommen hatte. Die Ruhepause war zu spät gekommen. Burst, der Schwarze-Loch-Operator, besaß die meisten medizinischen Kenntnisse an Bord.

Aber selbst zu Hause, selbst bei der besten Pflege konnten nur ganz wenige Weibchen unerwiderte Liebe und gleichzeitig schreckliche Anspannung überleben.

Daher war der Kapitän auch nicht überrascht, als Burst mit hängenden Ohren erschien und ihm mit Bedauern mitteilte: »Es tut mir Leid. Sie geht jetzt zu den Geballten Gehirnen ein.«

Liebe ist keine billige Gebrauchsware. Manche von uns werden ihrer teilhaftig und sehen niemals eine Rechnung, aber nur, wenn jemand anderer bezahlt.

14

Der neue Albert

Alle hatten sich gegen mich verschworen, sogar mein über alles geliebtes Weib, sogar mein treues Datenbeschaffungsprogramm. In den kurzen Augenblicken, die sie mich wach sein ließen, stellten sie mich vor die Entscheidung: »Du kannst in die Klinik zu einer kompletten Untersuchung gehen«, schlug Albert vor und zog verständnisvoll an seiner Pfeife.

»Du kannst aber auch verdammt noch mal so lange schlafen, bis du verdammt sicher bist, dass es dir wieder gut geht«, bot Essie als Alternative an.

»Ah-ha«, hielt ich ihr vor. »Das habe ich mir gedacht! Du hast mich bewusstlos gehalten, stimmt's? Wahrscheinlich sind es schon einige Tage, seit du mich hast ausschalten und aufschneiden lassen!« Essie vermied es, mir in die Augen zu sehen. Edelmütig fügte ich hinzu: »Ich mache dir ja keine Vorwürfe deswegen. Aber verstehst du denn nicht? Ich will mir dieses Ding ansehen, das Walthers gefunden hat. Kannst du das wirklich nicht verstehen?«

Sie schaute mich immer noch nicht an, stattdessen funkelte sie das Hologramm von Albert Einstein an. »Scheint verdammt munter heute. Gibst du dem Chuligan auch genug Beruhigungsmittel?«

Alberts Bild hustete. »Nun ja, Mrs. Broadhead, das medizinische Programm ist gegen unnötige Ruhestellung zu diesem Zeitpunkt.«

»O Gott! Er wird wach sein und uns beide Tag und Nacht ärgern! Sache erledigt! Du, Robin, gehst morgen in die Klinik!« Während der ganzen Zeit, die sie mich anfauchte, streichelte sie mit der Hand meinen Nacken. Worte können lügen, die Berührung der Liebe kann man spüren.

Daher machte ich den Vorschlag: »Ich komme dir auf halbem Weg entgegen. Ich gehe in die Klinik und lasse mich vollständig untersuchen; aber nur unter der Bedingung, dass du mir keine Schwierigkeiten mehr machst, ins All zu fliegen, wenn das Ergebnis günstig ist.«

Essie schwieg und überlegte. Albert zog eine Augenbraue hoch. »Ich glaube, du machst einen Fehler, Robin.«

»Dazu sind wir Menschen ja da – um Fehler zu machen. Und jetzt, was gibt's zum Abendessen?«

Wissen Sie, ich hatte mir ausgerechnet, dass sie es als günstiges Zeichen werten würden, wenn ich einen guten Appetit entwickelte. Vielleicht taten sie es auch. Ich hatte ferner überlegt, dass mein neues Schiff erst in mehreren Wochen fertig sein würde – also kein Grund zur Eile. Ich hatte keine Lust, wieder in so einem engen, stinkenden Fünfer loszufliegen, wenn ich bald eine eigene Jacht haben würde. Was ich nicht bedacht hatte, war, wie sehr ich Krankenhäuser hasste.

Wenn Albert mich untersuchte, maß er die Temperatur bolometrisch, tastete meine Augen auf Klarheit und meine Haut auf äußere Veränderungen wie geplatzte Äderchen ab, pumpte Ultraschall durch meinen Körper, um in die inneren Organe zu schauen, und nahm Proben der von mir in der Toilette gelassenen milden Gaben, um sie auf ihr biochemisches Gleichgewicht zu untersuchen und die Bakterien zu zählen. Albert nannte diese Methode nichtzudringlich. Ich nannte sie höflich. Die diagnostischen Methoden im Krankenhaus waren keineswegs so höflich, aber auch nicht wirklich schmerzhaft. Man betäubte die Oberfläche meiner Haut, ehe man tiefer ging. Sobald man durch die Oberfläche durch ist, gibt es nicht mehr viele Nervenenden, um die man sich Sorgen machen muss. Eigentlich spürte ich nur Zwicken, Drücken und Kitzeln. Aber davon eine *Menge*. Hinzu kam, dass ich wusste, was man mit mir machte. Haarfeine Lichtröhrchen schauten sich im Inneren meines Bauches um. Ganz dünne spitze Pipetten nahmen Gewebepfropfen zur Analyse ab. Meine Körpersäfte wurden abgesaugt, Wundnähte überprüft und Narben beurteilt. Die ganze Sache dauerte nicht einmal eine Stunde, aber mir kam es viel länger vor, und ehrlich gesagt, hätte ich lieber etwas anderes gemacht.

Dann durfte ich mich wieder anziehen. Man gestattete mir, mich in einem bequemen Sessel in Gegenwart eines echten, lebenden Arztes niederzulassen. Auch Essie durfte dabei sein. Ich ließ ihr aber keine Chance, sich zu äußern, sondern fing gleich an. »Na, was sagen Sie, Doktor?«, fragte ich. »Wann kann ich wieder ins All? Ich meine nicht Raketen. Ich meine die Lofstromschlaufe, die ja so traumatisch wie ein Fahrstuhl ist. Sie zieht einen auf einem magnetisierten Band ...«

Der Arzt hob die Hand. Er war ein untersetzter, weißhaariger Nikolaustyp mit einem gepflegten weißen Bart und blitzenden blauen Augen. »Ich weiß, was eine Lofstromschlaufe ist.«

»Gut! Freut mich zu hören! Na und?«

»Nun«, sagte er. »Nach einer Operation wie der Ihren raten wir für gewöhnlich, solche Unternehmungen erst drei bis vier Wochen später durchzuführen, aber ...«

»O nein, Doc! Nein!«, unterbrach ich ihn. »Bitte! Ich will doch nicht fast einen ganzen Monat so rumhängen!«

Er schaute mich an, dann Essie. Dann lächelte er. »Mr. Broadhead«, sagte er. »Ich glaube, Sie sollten zwei Dinge wissen. Erstens, dass es oft wünschenswert ist, den Patienten nach einer Operation einige Zeit lang ohne Bewusstsein zu lassen. Mit elektrisch stimuliertem Muskeltraining, Massagen, richtiger Ernährung und guter Pflege kommt es zu keiner Beeinträchtigung der Funktionen. Außerdem ist es für die Nerven des Patienten sehr viel leichter. Und für seine Umgebung.«

»Ja, ja«, nahm ich dies nicht besonders interessiert zur Kenntnis. »Was ist das zweite?«

»Das zweite ist, dass Ihre Operation heute bereits dreiundvierzig Tage zurückliegt. Sie können praktisch alles machen, wozu Sie Lust haben. Auch einen Star auf der Schlaufe.«

Früher, als die Straße zu den Sternen über Guayana, Baikonur oder das Kap führte, musste man etwa für eine Million Dollar flüssigen Wasserstoff verbrennen, um in die Umlaufbahn zu gelangen, in der man auf ein anderes Fahrzeug umstieg, das einen noch weiter hinausbrachte. Jetzt hatten wir die Lofstrom-Startschlaufen rund um den Äquator. Das waren riesige Gazegebilde, die man erst sehen konnte, wenn man schon fast daneben stand - nun, innerhalb von zwanzig Kilometern. Dort war auch die Satelliten-Landebahn. Ich betrachtete das Gefilde mit Freude und Stolz, als wir kreisten und zur Landung ansetzten. Essie saß neben mir und murmelte mit gerunzelter Stirn dauernd vor sich hin. Sie arbeitete ein neues Projekt aus - eine Art Computerprogramm, vielleicht einen Pensionsplan für ihre Big CHON-Angestellten. Da sie Russisch sprach, konnte ich nichts verstehen. Ich klappte den Bildschirm vor mir herunter und ließ mir von Albert mein neues Schiff vorführen. Er nannte alle technischen Daten, wie Kapazität, Zubehör, Masse und Komfort, während er langsam das Bild drehte. Da ich einige Millionen Dollar und einen Haufen Zeit in das Spielzeug gesteckt hatte, war ich interessiert, aber nicht so sehr wie an dem, was jetzt kam. »Später, Albert«, sagte ich. Gehorsam zog er sich zurück. Ich reckte meinen Hals, um die Schlaufe beim Anflug nicht aus den Augen zu verlieren. Über dem Teil vor ihr, die einer Sprungschanze glich, konnte ich schwach die Kapseln erkennen, die mit dreifacher Erdbeschleunigung hinaufrasten, sich dann bildschön und leicht lösten und am steilsten Teil des Abhangs ins Blaue hinein verschwanden. Herrlich! Keine Chemikalien, keine Verbrennung, keine Schädigung der Ozonschicht. Nicht einmal die Energieverschwendung wie beim Start eines Hitschi-Landefahrzeugs. Manche Sachen konnten wir sogar besser als die Hitschi!

Früher reichte es nicht einmal aus, im Orbit zu sein. Man hatte noch die lange, langsame Hohmann-Reise zum Gateway-Asteroiden vor sich. Dabei kam man vor Angst fast um, weil jeder wusste, dass mehr Gateway-Prospektoren starben als reich wurden. Außerdem war man raumkrank und dazu verdammt, Wochen oder Monate zusammengepfercht in dieser interstellaren Kiste zu verbringen, ehe man zum Asteroiden gelangte. Vor allem hatte man Angst, weil man ja wusste, dass man alles aufs Spiel setzte, was man besaß oder sich geborgt hatte, um für die Reise zu bezahlen. Jetzt hatten wir einen Hitschi-Dreier gechartert, der auf uns in der niedrigen Erdumlaufbahn wartete. Wir konnten in Hemdsärmeln umsteigen und auf dem Weg zu den Sternen sein, ehe wir noch unsere letzte Mahlzeit auf der Erde verdaut hatten - das heißt, wir konnten, weil wir über genügend Einfluss und Geld verfügten, um das zu bezahlen.

Früher war eine Fahrt in das interstellare Nichts so ähnlich wie Russisches Roulette. Der Unterschied bestand nur darin, dass man, wenn einem das Glück gewogen war und man am Ende der Reise etwas fand, auf ewig reicher als reich sein konnte - wie es mir passierte. Aber meistens fand man nur den Tod.

»Ist jetzt viel besser«, stellte Essie richtig fest, als wir aus dem Flugzeug stiegen und in die heiße Sonne Südamerikas blinzelten. »Und wo ist der verdammte Gästewagen von dem elenden Flohkiste-Hotel?« Ich verlor kein Wort darüber, dass sie meine Gedanken gelesen hatte. Nach so vielen Jahren der Ehe war ich daran gewöhnt. Es war auch keine Telepathie. Jeder Mensch hätte dasselbe gedacht, wenn er das tat, was wir gerade machten. »Ich wünschte, Audee Walthers würde mit uns kommen«, sagte ich und blickte hinaus zur Startschlaufe. Wir waren noch mehrere Kilometer entfernt, am anderen Ufer des Tehigualpa-Sees. Ich konnte die Spiegelung der Schlaufe im Wasser sehen. In der Mitte des Sees tiefblau, in Ufernähe grüngelb. Dort hatte man essbare Algen ausgesät. Es war ein hübscher Anblick.

»Wenn du ihn mit dabeihaben wolltest, war es blöd, ihm zwei Millionen zu geben für die Jagd nach seiner Frau«, kritisierte Essie praktisch denkend. Dann schaute sie mich genauer an. »Wie fühlst du dich?«

»Absolut super«, antwortete ich. Das war auch von der Wahrheit nicht allzu weit entfernt. »Hör auf, dir um mich Sorgen zu machen! Wenn man medizinischen Vollschutz hat, wagen sie es nicht, einen sterben zu lassen, ehe man hundert wird - das wäre schlecht fürs Geschäft.«

»Das sagt gar nicht viel«, meinte sie mürrisch, »wenn der Kunde ein leichtsinniger Desperado auf der Jagd nach angeblichen Hitschi ist! Egal«, fügte sie fröhlicher hinzu. »Da ist der Wagen von der Flohkiste - steig ein!«

Drinnen beugte ich mich zu ihr hinüber und küsste sie auf den Nacken - das war leicht, weil sie ihre langen Haare geflochten und vorn wie ein Halsband verknotet trug. (Sie hatte sich schon für den Start bereitgemacht, müssen Sie wissen.) Sie lehnte sich gegen meinen Mund. »Chuligan«, flüsterte sie. »Aber nicht *schlimmer* Chuligan!«

Das Hotel war nicht unbedingt eine Flohkiste. Man hatte uns eine gut ausgestattete Suite im obersten Stock gegeben, von der aus man auf den See und die Schlaufe blicken konnte. Außerdem würden wir nur ein paar Stunden hier bleiben. Ich ließ Essie ihre Programme in das PV-Gerät eingeben und schlenderte zum Fenster. Dabei redete ich mir ein, nicht wirklich ein Halbstarker zu sein. Aber das stimmte nicht. Schließlich gehörte es sich für einen verantwortungsbewussten erwachsenen Bürger mit Geld und Einfluss nicht, nur zum Spaß und Nervenkitzel ins All zu flitzen.

Mir kam der Gedanke, dass Essie meine Motive vielleicht anders sehen könnte. In ihren Augen war ich vielleicht hinter etwas ganz anderem her.

Dann kam mir zum Bewusstsein, dass ich die Sache vielleicht auch falsch sah. Suchte ich wirklich nach den Hitschi? Sicher, zumindest könnte es das sein. Jeder wollte irrsinnig gern mehr über die Hitschi wissen. Aber nicht jeder hatte da draußen im interstellaren Raum etwas zurückgelassen. War es möglich, dass mich in einem tief verborgenen Teil meines Gehirns die Hoffnung hinaus- und immer weitertrieb, irgendwie und irgendwo das Verlorene wieder zu finden? Ich wusste, worum es sich handelte. Ich wusste, wo ich es zurückgelassen hatte. Was ich nicht wusste, war, was ich tun würde, wenn ich es - oder besser gesagt, sie - wieder finden würde.

In dem Augenblick spürte ich eine Art Flattern, keinen richtigen Schmerz, in meinem Inneren. Das hatte nichts mit den zwei Komma drei Metern neuer Eingeweide zu tun. Es hatte mit der Hoffnung - oder der Angst - zu tun, dass Gelle-Klara Moynlin irgendwie in meinem Leben wieder auftauchen könnte. Da waren doch noch viel mehr Gefühle übrig, als ich gedacht hatte. Sie ließen meine Augen nass werden, sodass sich die spinnwebartige Schlaufe vor meinen Augen zu kräuseln schien.

Aber in meinen Augen standen keine Tränen.

Es war auch keine optische Täuschung. »Mein Gott!«, rief ich. »Essie!« Sie rannte an meine Seite. Wir sahen, wie eine kleine Flamme aus einer Kapsel auf der Startrampe hochschoss und wie die ganze hauchzarte Konstruktion zitterte. Dann gab es ein Geräusch - einen einzigen schwachen Knall wie einen Kanonenschuss, dann das tiefere, lang anhaltende Donnern, als die riesige Schlaufe zerriss. »Mein Gott!«, wiederholte Essie leise und umklammerte meinen Arm. »Terroristen?«

Sie beantwortete ihre Frage selbst. »Natürlich Terroristen«, stellte sie bitter fest. »Wer sonst könnte so gemein sein?«

Ich hatte das Fenster geöffnet, um einen besseren Blick auf den See und die Schlaufe zu haben. Wie gut! Dadurch wurde es nicht eingedrückt. Andere im Hotel hatten nicht so viel Glück. Der Flughafen selbst war verschont geblieben, nicht jedoch das zufällig dort startbereit stehende Flugzeug, da es nicht verankert war. Aber die Flughafenbeamten zeigten sich verschreckt und hatten Angst. Sie wussten nicht, ob die Zerstörung der Startschlaufe nur eine Einzelaktion der Terroristen war oder der Anfang einer Revolution - keiner schien aber anzunehmen, dass es sich lediglich um einen Unfall handeln könnte. Es war Furcht einflößend, allerdings. In einer Lofstromschlaufe ist verdammt viel Energie gespeichert. Mehr als zwanzig Kilometer Eisenband, mit einem Gewicht von etwa fünftausend Tonnen, bewegt sich mit einer Geschwindigkeit von zwölf Kilometern pro Sekunde. Aus Neugier wandte ich mich später an Albert. Er sagte mir, dass man 3,6 mal 10^{14} Joules benötigte, um es hochzupumpen. Wenn es zusammenbricht, werden alle diese Joules auf die eine oder andere Art zur selben Zeit freigesetzt.

Ich fragte Albert später; denn damals konnte ich ihn

nicht fragen. Selbstverständlich rief ich ihn und jedes andere Datenbeschaffungs- oder Informationsprogramm, das mir erklären konnte, was los war. Aber die Kommunikationssysteme waren blockiert. Wir waren abgeschnitten. Nur das Nachrichten-PV funktionierte noch. Wir standen da und sahen zu, wie die Pilzwolke größer wurde, und hörten die Schadensmeldungen. Eine Raumfähre hatte gerade auf der Schlaufe beschleunigt, als sie in die Luft ging – das war die erste Explosion gewesen. Vielleicht hatte sie die Bombe an Bord. Drei andere waren auf der Ladespur gewesen. Über zweihundert Menschen waren jetzt Hackfleisch, dabei waren noch nicht die mitgezählt, die an der Startrampe gearbeitet hatten oder sich in den Dutyfreeshops und Bars darunter befanden oder nur einen Spaziergang in der Nähe gemacht hatten. »Ich wünschte, ich könnte Albert erreichen«, murmelte ich zu Essie.

»Was das betrifft, lieber Robin«, sagte sie zögernd, führte aber den Satz nicht zu Ende, weil es klopfte. Würden der Señor und die Señora bitte sofort in den Bolivar-Raum kommen, *por favor*, weil es sich um einen äußerst dringlichen Notfall handelt.

Dieser dringliche Notfall war eine Polizeikontrolle. So eine Passkontrolle hatte ich noch nie erlebt. Der Bolivar-Raum war einer dieser Säle, die man für Konferenzen unterteilen und für Bankette erweitern konnte. Jetzt war ein abgetrennter Teil voll von Turistas wie wir, von denen viele auf ihrem Gepäck hockten. Alle blickten verärgert und verängstigt drein. Man ließ sie warten. Uns nicht. Der Page, der uns geholt hatte, trug eine Armbinde mit den Initialen »S.E.R.« über seiner Uniform. Er führte uns zu dem Podium, wo ein Polizeileutnant saß. Dieser warf einen Blick in unsere Pässe und gab sie zurück. »Señor Broadhead«, begann er auf Englisch. Sein fehlerfreier Akzent trug Spuren des amerikanischen Mittelwestens. »Ist Ihnen schon der Gedanke gekommen, dass dieser Gewaltakt der Terroristen in Wirklichkeit gegen Sie persönlich gerichtet war?«

Ich machte ein dummes Gesicht. »Nicht bis jetzt«, brachte ich mühsam hervor. Er nickte.

»Wie dem auch sei«, fuhr er fort und legte seine kleine, anmutige Hand auf die vom PV ausgedruckten Kopien vor ihm. »Wir haben von Interpol einen Bericht über ein Attentat auf Ihr Leben, das die Terroristen erst vor zwei Monaten durchgeführt haben. Und ausgezeichnet organisiert. Der Commissaire in Rotterdam hebt eigens hervor, dass es sich offensichtlich nicht um einen Zufall handelte und dass weitere Versuche wahrscheinlich sind.«

Ich wusste nicht, was ich darauf erwidern sollte. Essie beugte sich vor. »Sagen Sie, Teniente«, fragte sie und schaute ihn an, »ist das Ihre Theorie?«

»Ah, meine *Theorie!* Ich wünschte, ich hätte eine Theorie«, rief er wütend. »Terroristen? Zweifellos. Gegen Sie gerichtet? Möglich. Gegen die Stabilität unserer Regierung gerichtet? Noch wahrscheinlicher, meiner Meinung nach, da es in ländlichen Gegenden zu weit verbreiteter Unzufriedenheit gekommen ist. Es gibt sogar Meldungen. Ich verrate Ihnen ganz im Vertrauen, dass gewisse militärische Einheiten vielleicht einen Putsch planen. Woher man das weiß? Ich bin es, der hier die Fragen stellt. Also, haben Sie jemanden hier gesehen, dessen Anwesenheit Ihnen verdächtig vorgekommen ist? Nein? Haben Sie einen Verdacht, wer versucht haben könnte, Sie in Rotterdam zu ermorden? Können Sie irgendetwas zur Klärung dieser schrecklichen Tat beitragen?«

Die Fragen kamen so schnell, dass er offensichtlich keine Antworten erwartete oder wollte. Das quälte mich fast so wie die Zerstörung der Schlaufe. Hier zeigte sich ganz deutlich, was ich auf der ganzen Welt gesehen und gespürt hatte: eine Art verzweifelter Resignation, als ob sich die Dinge zwangsläufig zum Schlechteren entwickeln müssten und es keinen Weg gab, sie zu verbessern. Es vermittelte mir ein ungutes Gefühl. »Wir möchten gern gehen und Sie Ihrer Arbeit überlassen«, sagte ich. »Wenn Sie also keine weiteren Fragen haben ...«

Er machte eine Pause, ehe er antwortete. Jetzt sah er aus wie jemand, der seine Arbeit verstand, dies auch schon bewiesen hatte. »Ich wollte Sie um einen Gefallen bitten, Señor Broadhead. Ist es möglich, dass Sie uns gestatten, Ihr Flugzeug für ein oder zwei Tage auszuleihen? Es ist für die Verwundeten«, erklärte er. »Da unser Krankenhaus hier unglücklicherweise direkt unter den Kabeln für die Schlaufe lag.«

Ich schäme mich, es zuzugeben; aber ich zögerte. Essie nicht. »Ganz gewiss, ja, Teniente«, antwortete sie spontan. »Wir müssen ja erst eine Reservierung für eine andere Schlaufe machen, ehe wir wissen, wohin wir fliegen.«

Er strahlte. »Aber, teuerste Señora, das können wir doch durch das militärische Nachrichtensystem erledigen. Und meinen tiefsten Dank für Ihre Großzügigkeit.«

In der Stadt brach die Versorgung zusammen; aber, als wir zurück ins Hotel kamen, standen in unserer Suite frische Blumen auf den Tischen und ein Obstkörbchen und Wein. Die Sachen waren vorher nicht da gewesen. Die Fenster waren geschlossen. Als ich sie öffnete, wusste ich, warum. Der Tehigualpa-See war kein See mehr. Er war der Hitzefänger für die Schlaufe, falls es zu dem katastrophalen Versagen käme, von dem niemand geglaubt hatte, dass es je einträfe. Jetzt war es eingetroffen. Der See war zu einer Schlammgrube verkocht. Die Schlaufe wurde von Nebel verhüllt. Der Gestank des gesottenen Schlamms ließ mich das Fenster sehr schnell wieder schließen.

Wir versuchten es mit dem Zimmerservice. Es klappte. Man brachte uns ein ausgezeichnetes Abendessen und entschuldigte sich, dass der Weinkellner nicht heraufkommen konnte, um unseren roten Bordeaux zu dekantieren – er gehörte zum »Los Servicios emergencias de la Republica« und musste zum Dienst antreten, wie auch die regulären Zimmermädchen. Obwohl man uns versprochen hatte, dass sich eine von ihnen um unser Gepäck kümmern würde, stand es noch immer im Foyer an der Wand.

Ich bin reich, aber nicht verwöhnt. Jedenfalls glaube ich nicht, dass ich es bin. Aber ich mag Service, vor allem den der guten Computerprogramme, die Essie im Laufe der Jahre für mich geschrieben hat. »Mir fehlt Albert«, sagte ich und schaute hinaus in den nächtlichen Nebel.

»Weißt nichts anzufangen ohne Spielzeug, hm?«, neckte mich Essie. Sie schien aber gewisse Vorstellungen zu haben. Na schön. Ich bin darin auch nicht verwöhnt. Wenn Essie etwas im Sinn hat, glaube ich oft, dass sie Lust auf Liebe verspürt, und von da aus ist es für mich auch nur ein kleiner Schritt, ebenfalls Lust zu haben. Ab und zu halte ich mir vor, dass während des größten Teils der menschlichen Geschichte Leute in unserem Alter sehr viel weniger sinnlich und überschwänglich waren - aber das ist deren Pech! Solche Gedanken halten mich nicht zurück. Besonders nicht bei einer Frau wie Essie. Außer ihrem Nobelpreis hat Essie auch noch andere Auszeichnungen erhalten. Sie erschien mehrmals auf der Liste der bestangezogenen Frauen. Der Nobelpreis war verdient. Der Preis für »bestangezogen« - meiner Meinung nach - war Betrug. Das Aussehen von S. Ya. Broadhead hatte nichts damit zu tun, was sie anhatte, sondern mit dem, was darunter war. Im Augenblick trug sie einen hautengen Freizeitanzug, blassblau und ohne alle Verzierungen. Man konnte ihn in jedem Warenhaus kaufen. Trotzdem hätte sie auch darin gewonnen. »Warum kommst du nicht mal einen Moment rüber?«, fragte ich von der großen, langen Couch aus.

»Sittenstrolch! Ha!«

Aber das »Ha« klang ziemlich nachsichtig. »Ich hab' nur gedacht«, erklärte ich. »Da ich Albert nicht erreichen kann und wir nichts anderes zu tun haben ...«

»O Robin«, seufzte sie und schüttelte den Kopf. Aber sie lächelte. Dann spitzte sie die Lippen und dachte nach. Schließlich fuhr sie fort: »Ich sage dir etwas. Du holst die kleine Reisetasche aus dem Foyer. Ich habe ein kleines Geschenk für dich. Dann sehen wir weiter.«

Aus der Tasche holte sie eine in Silberpapier gewickelte Schachtel. Darin war ein Hitschi-Gebetsfächer. Natürlich stammte er nicht wirklich von den Hitschi. Die Größe stimmte nicht. Es war die Sorte, die Essie für den eigenen Gebrauch entwickelt hatte. »Du erinnerst dich an die Toten Menschen und Jetzt-und-Später?«, fragte sie. »Sehr gute Hitschi-Software, die ich gestohlen habe. Ich habe das alte

Datenbeschaffungsprogramm verändert. Jetzt ist es der garantiert echte Albert Einstein.«

Ich drehte den Fächer in der Hand. »Der *echte* Albert Einstein?«

»Ach, Robin, nicht so wörtlich! Nicht *echt*-echt. Ich kann nicht Tote aufwecken, besonders, wenn sie schon lange tot sind. Aber echt in Persönlichkeit, Erinnerungen, Gedanken, jedenfalls beinahe. Ich habe ihn programmiert, nach jedem Fetzen Einstein-Information zu suchen. Bücher. Zeitungen. Korrespondenz. Biographien. Interviews. Bilder. Alles. Sogar brüchige Schnitte von dem, was du ›Wochenschau‹ nennst, wo ein Schiff in New York ankommt. 1932 von Pathé News. Alles hier drin. Wenn du jetzt mit Albert Einstein redest, ist es auch Albert Einstein, der antwortet!« Sie beugte sich vor und küsste mich auf die Stirn. »Dann, um sicher zu sein«, brüstete sie sich, »habe ich noch ein paar Dinge hinzugetan, die der echte Albert Einstein nie hatte. Vollständige Steuerung von Hitschi-Schiffen. Alle neuen Daten aus Wissenschaft und Technik seit 1955, als die Zeit des echten Einstein abgelaufen war. Auch ein paar einfache Funktionen von Koch-, Sekretär-, Anwalt- und Medizinprogrammen. Leider war kein Platz für Sigfrid Seelenklempner«, entschuldigte sie sich. »Aber du brauchst keinen Seelenklempner, Robin, oder? Außer für eine unerklärliche Lücke in deinem Gedächtnis.«

Sie schaute mich mit einem Ausdruck an, den ich während der letzten beiden Jahrzehnte zu verstehen gelernt hatte. Ich streckte die Arme aus und zog sie an mich. »Na schön, Essie. Raus mit der Sprache!«

Sie kuschelte sich in meinen Schoß und fragte unschuldig: »Raus womit, Robin? Du sprichst schon wieder von Sex?«

»Nun mach schon!«

»Ach ... ist nichts, bestimmt! Ich habe dir schon dein Silbergeschenk gegeben.«

»Was? Das Programm?« Stimmt, sie hatte es in Silber gewickelt – die Erleuchtung explodierte. »O mein Gott! Ich habe unseren silbernen Hochzeitstag vergessen! Wann ...«

Ich musste scharf nachdenken, ehe ich die Frage formulieren konnte.

»Wann der war?«, beendete sie meinen angefangenen Satz. »Heute, Robin. Alles Gute und noch viele schöne Jahre, Liebes.«

Ich gab ihr einen Kuss, wobei ich zugeben muss, dass ich Zeit schinden wollte. Sie küsste mich auch, ganz ernst. Mit schlechtem Gewissen entschuldigte ich mich: »Essie, Liebste, es tut mir so Leid! Wenn wir zurückkommen, werde ich dir etwas schenken, das dir die Sinne raubt. Das verspreche ich.«

Sie aber drückte ihre Nase gegen meinen Mund, um mich am Sprechen zu hindern. »Du brauchst mir nichts zu versprechen, Robin«, sagte sie etwa in der Höhe meines Adamsapfels. »Du hast mir reichlich Geschenke gegeben, jeden Tag, fünfundzwanzig Jahre lang. Ich zähle dabei nicht die Jahre, in denen wir uns herumgetrieben haben. Natürlich«, fügte sie hinzu und hob den Kopf, um mich anzusehen, »sind wir allein im Augenblick, nur du und ich und das Bett im nächsten Zimmer. Das wird auch mehrere Stunden so bleiben. Wenn du mir wirklich die Sinne rauben willst mit einem Geschenk, nehme ich es gern an. Ich bin sicher, du hast was für mich, sogar in meiner Größe.«

Die Tatsache, dass ich kein Frühstück wollte, ließ bei Essie sämtliche Alarmsysteme aufheulen. Ich erklärte es ihr damit, dass ich mit meinem neuen Spielzeug spielen wollte. Das stimmte. Es war auch wahr, dass ich nicht immer frühstückte. Mit diesen beiden Wahrheiten schickte ich Essie allein in den Speisesaal. Die entscheidende Wahrheit, die, welche zählte, war aber, dass mein Bauch Schwierigkeiten machte.

Ich steckte also den neuen Albert in den Prozessor. Ein schnelles rosa Aufflackern – und da war er und strahlte mich an. »Hallo, Robin«, begrüßte er mich. »Alles Gute zum Hochzeitstag.«

»Der war gestern«, korrigierte ich ihn etwas enttäuscht. Ich hatte nicht erwartet, den neuen Albert bei so lächerlichen Fehlern zu ertappen.

Er fuhr sich mit dem Pfeifenstiel über die Nase und zwinkerte mir unter den buschigen, weißen Augenbrauen zu. »Nach der Ortszeit von Hawaii«, verteidigte er sich, »ist es, warte mal ...« Er tat so, als schaue er auf seine Digital-Armbanduhr, die anachronistisch unter dem Ärmel seiner Schlafanzugjacke hervorlugte. »Zweiundvierzig Minuten nach elf Uhr abends, Robin. Dein fünfundzwanzigster Hochzeitstag dauert noch fast zwanzig Minuten.« Er beugte sich vor und kratzte sich am Knöchel. »Ich habe eine ganze Reihe neuer Eigenschaften«, erklärte er stolz. »Darunter auch Schaltkreise für Zeit und Ortung, die immer laufen, auch wenn ich nicht sichtbar bin. Deine Frau ist darin wirklich ausgezeichnet.«

Auch wenn ich mir bewusst bin, dass Albert Einstein nur ein Computerprogramm ist, war es trotzdem, als ob ich einen alten Freund begrüßte. »Du siehst außergewöhnlich gut aus«, schmeichelte ich ihm. »Ich bin mir aber nicht sicher, ob du eine Digitaluhr tragen solltest. Ich glaube kaum, dass du so ein Ding vor deinem Tode hattest, weil es sie damals noch gar nicht gab.«

Er sah etwas beleidigt aus, erwiderte aber mein Kompliment. »Du hast wirklich außergewöhnlich gute Kenntnisse in Geschichte und technischer Entwicklung, Robin. Aber, auch wenn ich Albert Einstein bin, so nahe, wie man eben an die Realität herankommen kann, so bin ich doch nicht auf die Fähigkeiten des echten Albert Einstein begrenzt. Mrs. Broadhead hat zum Beispiel für mein Programm alle bekannten Hitschi-Aufzeichnungen ausgewertet und eingebaut. Dabei wusste mein Fleisch-und-Blut-Selbst nicht einmal, dass Hitschi existierten. Ferner habe ich in mich die Programme der meisten unserer Kollegen aufgenommen, ferner Schaltkreise, die im Augenblick dabei sind, mit dem Gigabit-Netz Verbindung aufzunehmen. Dabei habe ich jedoch noch keinen Erfolg gehabt«, gab er kleinlaut zu. »Aber ich habe mich in die örtlichen Militärleitungen eingeklinkt. Dein Start von Lagos, Nigeria, ist für morgen Mittag bestätigt worden. Dein Flugzeug wird rechtzeitig zurückgebracht.« Er runzelte die Stirn. »Stimmt irgendetwas nicht?«

Ich hatte Albert nicht genau zugehört, sondern ihn mehr angesehen. Essie hatte phantastische Arbeit geleistet. Es gab nicht mehr diese kleinen Pannen, bei denen er einen Satz mit der Pfeife in der Hand angefangen und mit einem Stück Kreide in der Hand beendet hatte. »Du kommst mir noch echter vor, Albert.«

»Danke«, sagte er und öffnete aus reiner Angabe eine Schreibtischschublade, um ein Streichholz zum Anzünden der Pfeife herauszuholen. In früheren Zeiten wäre einfach eine Streichholzschachtel in seiner Hand materialisiert. »Vielleicht möchtest du gern mehr über dein Schiff hören?«

Ich wurde munter.

»Irgendein Fortschritt seit unserer Landung?«

»Wenn ja«, entschuldigte er sich, »kann ich darüber nichts wissen, weil ich, wie ich schon erwähnte, noch keinen Kontakt mit dem Netz herstellen konnte. Ich habe aber eine Kopie des Auftragsformulars der Gateway AG. Es ist als Zwölfer eingestuft – das heißt, es könnte zwölf Passagiere befördern, wenn man es für einen einfachen Forschungsauftrag ausrüstet ...«

»Ich weiß, was ein Zwölfer ist, Albert.«

»Nur, um sicherzugehen! Auf alle Fälle ist es für vier Personen ausgestattet, obwohl man noch zwei weitere unterbringen könnte. Der Testflug ging nach Gateway Zwei und zurück. Die Leistung war die ganze Zeit optimal. Guten Morgen, Mrs. Broadhead.«

Ich blickte über die Schulter. Essie war mit dem Frühstück fertig und gesellte sich zu uns. Sie beugte sich über mich, um ihre Schöpfung genauer betrachten zu können. »Gutes Programm!«, beglückwünschte sie sich selbst. »Albert! Woher hast du das Popeln?«

Albert nahm nachsichtig den Finger aus einem Nasenloch. »Aus unveröffentlichten Briefen Enrico Fermis an Verwandte in Italien. Sie sind authentisch, das kann ich Ihnen versichern. Haben Sie sonst noch Fragen? Nein? Dann, Robin und Mrs. Broadhead, schlage ich vor, dass Sie packen. Ich habe nämlich gerade über Polizeiverbindung die

Nachricht erhalten, dass Ihr Flugzeug gelandet ist und gewartet wird. Sie können in zwei Stunden starten.«

So war es auch. Wir waren heilfroh und glücklich – oder beinahe glücklich. Das letzte Stück weniger glücklich. Wir gingen gerade an Bord unseres Flugzeuges, als aus der Passagierhalle hinter uns Lärm kam. Wir drehten uns um, um zu sehen, was es gäbe.

»Aber das klingt ja wie Gewehrfeuer«, stellte Essie erstaunt fest. »Und was sind das für große Dinger auf dem Parkplatz? Scheinen Autos wegzuschieben? Eines hat den Hydranten zerstört, jetzt schießt Wasser raus. Kann es das sein, was ich denke?«

Ich schob sie ins Flugzeug. »Kann es«, bestätigte ich. »Falls du es für Panzer hältst. Nichts wie weg von hier!«

Das taten wir auch. Keine Probleme. Jedenfalls nicht für uns. Albert hörte im Gigabit-Netz mit, das wieder offen war, und berichtete, dass sich die schlimmsten Befürchtungen des Teniente bewahrheitet hatten. Eine Revolution kam gerade richtig ins Rollen. Wir waren wenigstens nicht mit von der Partie. Aber an anderen Stellen im großen Universum geschahen Dinge, die uns vor große und äußerst schmerzhafte Probleme stellen sollten.

15

Zurück von der Schwarzschild-Diskontinuität

Als Gelle-Klara Moynlin aufwachte, war sie nicht tot, wie sie zuversichtlich erwartet hatte. Sie befand sich in einem Hitschi-Erkundungsschiff. Allem Anschein nach handelte es sich um einen gepanzerten Fünfer. Es war aber nicht derselbe, auf dem sie gewesen war und an den sie sich zuletzt erinnerte.

Chaos, Furcht, schreckliche Schmerzen und nacktes Grauen waren in ihrem Gedächtnis haften geblieben, alles war ihr glasklar gegenwärtig. Aber dieser hagere, dunkle, finster blickende Mann, der nur einen Tanga und ein Halstuch trug, war nicht dabei gewesen. Auch nicht die fremde junge Blondine, die sich die Augen ausheulte. Klara entsann sich, dass auch damals zum Schluss die Leute geweint hatten, sicher! Geweint, geschrien, geflucht und sich in die Hosen gemacht, weil sie innerhalb der Schwarzschild-Barriere eines Schwarzen Lochs gefangen saßen.

Aber keiner der Leute war einer von denen hier gewesen.

Die junge Frau beugte sich besorgt über sie. »Alles in Ordnung, Schätzchen? Sie haben eine schreckliche Zeit hinter sich.« Diese Behauptung war nicht gerade neu für Klara. Sie wusste, wie schlimm es gewesen war. »Sie ist wach«, rief die junge Frau über die Schulter.

Der Mann trat näher und stieß die Frau beiseite. Er verschwendete keine Minute damit, sich nach Klaras Gesundheit zu erkundigen. »Dein Name? Dann Orbit- und Missionsnummer – schnell!« Als sie ihm diese genannt hatte, verschwand er wortlos, und die blonde junge Frau kam wieder.

»Ich bin Dolly«, stellte sie sich vor. »Tut mir Leid, dass ich so furchtbar aussehe. Aber, ehrlich, ich hab' mich zu Tode gefürchtet. Alles in Ordnung? Sie waren in furchtbarer Verfassung, und wir haben hier kein besonderes medizinisches Programm.«

Klara setzte sich auf und musste zugeben, dass sie wirklich in grauenvoller Verfassung war. Jeder Teil ihres Körpers schmerzte, beim Kopf angefangen, der offensichtlich gegen irgendetwas gestoßen war. Sie sah sich um. Noch nie war sie in einem Schiff gewesen, das so voll gestopft mit Werkzeug und Spielsachen war oder das so angenehm nach Essen duftete. »Sagen Sie, wo bin ich?«, fragte sie.

»Sie befinden sich in seinem Schiff.« Sie deutete mit dem Finger. »Er heißt Wan. Er ist umhergezogen und hat in Schwarzen Löchern rumgestochert.« Dolly sah aus, als würde sie gleich wieder anfangen zu weinen. Aber sie wischte sich nur die Nase und fuhr fort: »Und noch was, Schätzchen: All die anderen Leute, die mit Ihnen zusammen waren, sind tot. Sie sind die Einzige, die überlebt hat.«

Klara hielt die Luft an. »Alle? Auch Robin?«

»Ich weiß nicht, wie sie heißen«, entschuldigte sich die Frau. Sie war auch nicht überrascht, als ihr unerwarteter Gast das geschundene Gesicht abwandte und zu schluchzen begann. Von der gegenüberliegenden Seite knurrte Wan die Frauen wütend an. Er war schwer mit eigenen Problemen beschäftigt. Er wusste nicht, welchen Schatz er geborgen hatte oder wie sehr dieser geborgene Schatz mein Leben durcheinander brachte.

Es ist fast wahr, dass ich meine liebe Frau Essie aus Enttäuschung über den Verlust von Klara Moynlin geheiratet habe. Zumindest unter dem Ansturm der Gefühle, die mich überfielen, als ich meine Schuldgefühle – jedenfalls die meisten – wegen Klara verloren hatte.

Als ich schließlich erfuhr, dass Klara lebte, war das ein Schock. Aber, mein Gott, nichts – *nichts* – im Vergleich zu Klaras Schock! Sogar jetzt und unter diesen Umständen kann ich mich des Gefühls nicht erwehren, das ich gegen alle Logik nur als körperlichen Schmerz bezeichnen kann, wenn ich an meine weiland so geliebte Klara denke, als sie sich wieder unter den Lebenden fand. Nicht nur, weil sie es war oder wegen ihrer Beziehung zu mir. Sie verdiente das Mitleid von uns allen. Gefangen, verängstigt, verletzt, den Tod vor Augen – und einen Augenblick später wie durch ein Wunder gerettet. Gott sei der armen Frau gnädig! Gott weiß, dass sie mir Leid tat. Die Dinge entwickelten sich auch nicht so schnell besser für sie. Die Hälfte der Zeit war sie ohne Bewusstsein, weil ihr Körper so schrecklich zerschunden war. War sie wach, konnte sie sich nicht sicher sein, ob sie wirklich wach war. Aufgrund des Prickelns und des Wärmegefühls und des Summens in den Ohren wusste sie, dass man sie mit schmerzstillenden Mitteln voll gepumpt hatte. Trotzdem litt sie unter scheußlichen Schmerzen. Nicht nur im Körper. Vielleicht hatte sie im wachen Zustand auch nur halluziniert. Der Soziopath Wan und die am Boden zerstörte Dolly waren keine stabilen Persönlichkeiten, an die man sich halten konnte. Wenn sie Fragen stellte, bekam sie merkwürdige Antworten. Als sie Wan mit einer Maschine sprechen sah und Dolly danach fragte, ergab deren Antwort auch wenig Sinn. »Oh, das sind seine Toten Menschen. Er hat sie mit allen Daten über seine Expeditionen gefüttert, und jetzt will er Auskünfte über Sie einholen.« Was konnte jemand damit anfangen, der noch nie von Toten Menschen gehört hatte? Und was sollte sie davon halten, als eine dünne, zittrige Stimme aus dem Lautsprecher zu sprechen begann? »... nein, Wan. Bei dieser Mission gibt es niemanden mit dem Namen Schmitz. Es waren zwei Schiffe, die gemeinsam hinausgefahren sind und ...«

> Ich war Gelle-Klara Moynlin vor ihrem Missgeschick mit dem Schwarzen Loch nie begegnet. Damals konnte sich Robin kein so hoch entwickeltes Datenbeschaffungssystem wie mich leisten. Im Laufe der Jahre habe ich aber sehr viel von Robin über sie erfahren. Häufig hörte ich, wie schuldig er sich an ihrem Tod fühlte. Die beiden waren zusammen mit anderen zu einer wissenschaftlichen Mission für die Gateway AG hinausgeflogen, um ein Schwarzes Loch zu erkunden. Die meisten Schiffe waren stecken geblieben.
>
> Robin war es gelungen, sich zu befreien. Es gab natürlich keinen logischen Grund, sich schuldig zu fühlen. Überdies war Gelle-Klara Moynlin zwar ein normal leistungsfähiges, weibliches menschliches Wesen, aber keineswegs unersetzbar. Robin ersetzte sie in der Tat sehr bald durch eine Reihe anderer Frauen, ehe er schließlich mit S. Ya. Laworowna eine Langzeitbindung einging. Sie war nicht nur eine sehr tüchtige Frau, sondern auch die, welche mich entwarf. Obwohl ich auf menschliche Triebe und Motivationen sehr gut programmiert bin, gibt es im menschlichen Verhalten Dinge, die ich nie verstehen werde.

»Es ist mir scheißegal, wie viele Schiffe hinausgefahren sind!«

Die Stimme machte eine Pause. Dann hörte man unsicher: »Wan?«

»Natürlich bin ich Wan! Wer sollte es denn sonst sein, wenn nicht Wan?«

»Oh ... Nun, nein, da ist niemand, auf den die Beschreibung deines Vaters passt. Und wer war das, den du gerettet hast?«

»Sie behauptet, sie heiße Gelle-Klara Moynlin. Weiblich. Nicht besonders hübsch. Etwa vierzig«, gab Wan zur Antwort. Er schaute sie nicht einmal an, um seinen Irrtum zu erkennen. Klara erstarrte. Aber dann überlegte sie, dass die Strapazen sie zweifellos älter aussehen ließen, als sie war.

»Moynlin«, flüsterte die Stimme. »Moynlin ... Gelle-Klara. Ja, sie war bei der Mission dabei. Aber das Alter ist falsch, glaube ich.« Klara nickte, worauf die Schmerzen in ihrem Kopf wieder anfingen. Dann fuhr die Stimme fort: »Lass mich sehen, ja, der Name stimmt. Aber sie wurde vor dreiundsechzig Jahren geboren.«

Das Pochen im Kopf verstärkte sich und wurde schneller. Klara musste gestöhnt haben, weil Dolly laut nach Wan schrie und sich wieder über sie beugte. »Es wird alles wieder gut«, beruhigte sie sie. »Ich werde Henrietta holen, damit Sie noch eine kleine Schlafspritze bekommen, ja? Wenn Sie dann aufwachen, fühlen Sie sich viel besser.«

Klara sah nur verständnislos zu ihr empor. Dann schloss sie wieder die Augen. Vor dreiundsechzig Jahren!

Wie viele seelische Erschütterungen kann ein menschliches Wesen ertragen, ohne zusammenzubrechen? Klara war ziemlich widerstandsfähig. Als Gateway-Prospektor hatte sie an vier harten Missionen teilgenommen, von denen jede schlimm genug war, um Albträume zu verursachen. Aber ihr Kopf pochte wild, als sie versuchte zu denken. Zeitdilatation? War das der Begriff, der beschrieb, was sich im Innern eines Schwarzen Lochs abspielte? War es möglich, dass in der realen Welt zwanzig oder dreißig Jahre vergangen waren, während sie in der tiefsten Schwerkraftsenke herumwirbelte, die es gab?

»Wie wär's, wenn ich was zu essen bringe?«, erkundigte sich Dolly hoffnungsvoll.

Klara schüttelte den Kopf. Wan kaute missmutig an seiner Unterlippe, dann hob er den Kopf und brüllte: »Was für ein Blödsinn, ihr Essen anzubieten! Gib ihr lieber einen Drink!«

Er war nicht die Sorte Mensch, der man gern eine Gefälligkeit erwies, indem man ihr beistimmte; aber dieser Vorschlag klang zu gut, um ihn abzulehnen. Sie ließ sich von Dolly etwas bringen, das purer Whisky zu sein schien. Sie musste husten und spucken; aber es wärmte sie. »Schätzchen«, fragte Dolly zögernd, »war einer von denen, Sie wissen schon, von den Leuten, die umgekommen sind, Ihr besonderer Freund?«

Es gab keinen Grund für Klara, das zu verneinen. »Ein ziemlich guter Freund. Ich will damit sagen, dass wir uns geliebt haben, nehme ich jedenfalls an. Aber dann haben wir uns gestritten und getrennt. Später sind wir uns dann wieder näher gekommen, und dann war Robin in dem einen Schiff und ich in dem anderen ...«

»Robbie?«

»Nein. Robin. Robin Broadhead. Eigentlich hieß er Robinette, aber er ist wegen des Namens etwas empfindlich – was ist los?«

»Robin *Broadhead*. O mein Gott, ja!«, sagte Dolly und schaute sie erstaunt und tief beeindruckt an. »Der Millionär!«

Wan blickte auf und kam zu ihr herüber. »Robin Broadhead, sicher, den kenn' ich gut«, prahlte er.

Klaras Mund war plötzlich trocken. »Wirklich?«

»Aber sicher. Natürlich! Schon seit langer Zeit. Ach ja«, fuhr er fort und erinnerte sich. »Ich habe davon gehört, dass er vor vielen Jahren aus einem Schwarzen Loch entkommen ist. Merkwürdig, dass Sie auch da drin waren. Sie müssen wissen, wir sind Geschäftspartner. Ich beziehe von ihm und seinen Unternehmen beinahe zwei Siebtel meines gegenwärtigen Einkommens, wenn man die Dividende mitrechnet, die mir die Gesellschaften seiner Frau auszahlen.«

»Seiner Frau?«, flüsterte Klara.

»Haben Sie nicht zugehört? Ja, ich habe gesagt, von seiner Frau!«

Dolly fügte freundlich hinzu: »Ich hab' sie ab und zu im PV gesehen, als sie unter die zehn bestangezogenen

Frauen gewählt wurde oder als ihr der Nobelpreis verliehen wurde. Sie ist sehr schön. Schätzchen? Möchten Sie noch einen Drink?«

Klara nickte. Sofort fing das Pochen in ihrem Kopf wieder an. Sie riss sich zusammen und sagte: »Ja, bitte. Noch einen, mindestens.«

Wan hatte sich entschieden, fast zwei Tage lang die frühere Freundin seines Geschäftspartners wohlwollend zu behandeln. Dolly war zuvorkommend und versuchte zu helfen. In ihrer unvollständigen PV-Kartei gab es kein Foto von S. Ya. Aber Dolly zog ihre Puppen hervor und führte ihr zumindest als Karikatur vor, wie Essie aussah. Sie schaffte es sogar, Wan abzuweisen, als dieser aus Langeweile die Nightclub-Nummer sehen wollte. Klara hatte ausreichend Zeit, um nachzudenken. So benommen und zerschlagen sie auch war, sie konnte immer noch kopfrechnen.

Sie hatte über dreißig Jahre ihres Lebens verloren.

Nein, nicht *ihres* Lebens, auch der Leben aller anderen. Sie war kaum einen oder zwei Tage älter als damals, als sie in die Singularität hineingeriet. Ihre Handrücken waren zerkratzt und blutunterlaufen, aber es waren keine Altersflecken darauf zu sehen. Ihre Stimme war heiser wegen der Schmerzen und aus Erschöpfung, aber es war keine Altweiberstimme. Sie war keine alte Frau. Sie war Gelle-Klara Moynlin, etwas über dreißig, mit der etwas Furchtbares geschehen war.

Als sie am zweiten Tag aufwachte, verrieten ihr die stärkeren Beschwerden, dass sie keine schmerzstillenden Mittel mehr bekam. Der mürrisch aussehende Kapitän beugte sich über sie. »Mach die Augen auf!«, fuhr er sie an. »Du bist jetzt gesund genug, um die Passage abzuarbeiten, finde ich.«

Was für ein widerliches Geschöpf er war! Aber schließlich lebte sie und wurde offensichtlich auch wieder gesund. Da war Dankbarkeit durchaus angebracht. »Das klingt vernünftig«, sagte Klara und setzte sich auf.

»Vernünftig? Ha! Du entscheidest hier nicht, was vernünftig ist. Ich entscheide das«, erklärte Wan. »Du hast nur ein Recht auf meinem Schiff: das Recht, gerettet zu werden, und ich habe dich gerettet. Jetzt verfüge ich über alle Rechte. Vor allem, da wir deinetwegen nach Gateway zurückkehren müssen.«

»Aber Schatz«, versuchte Dolly zu vermitteln, »das ist nicht ganz richtig. Wir haben doch noch eine Menge zu essen …«

»Aber nicht das, was ich will. Halt's Maul! Also, Klara, du musst mich für diese Mühe bezahlen.« Er streckte seine Hand nach hinten aus. Dolly verstand offensichtlich die Bedeutung dieser Geste. Sie schob ihm schnell einen Teller mit frisch gebackenen Schokoladenplätzchen zu. Er nahm eines und fing an zu essen.

Ekelhafter Kerl! Klara strich sich die Haare aus den Augen und betrachtete ihn eiskalt. »Wie soll ich zahlen? So wie sie?«

»Natürlich, so wie sie«, entgegnete Wan kauend. »Indem du ihr hilfst, das Schiff in Ordnung zu halten und … Oh! Ha-ha! Das ist zum Brüllen komisch!« Er riss den Mund auf, wobei er beim Lachen Kuchenkrümel auf Klara spuckte. »Du dachtest, ich meinte im Bett! Wie blöd du doch bist, Klara. Ich penne nicht mit hässlichen, alten Weibern.«

Klara wischte sich die Krümel vom Gesicht, während er nach einem neuen Plätzchen griff. »Nein«, fuhr er ernst fort. »Es gibt viel Wichtigeres. Ich will alles über Schwarze Löcher wissen.«

Sie versuchte ihn zu beschwichtigen und erklärte ausweichend: »Es ist alles so schnell gegangen. Ich kann Ihnen auch nicht viel sagen.«

»Sag, was du sagen kannst! Und hör zu – versuch ja nicht zu lügen!«

Mein Gott, dachte Klara, wie viel mehr muss ich mir davon noch gefallen lassen? Dies »Davon« bezog sich nicht nur auf den brutalen Wan. Es bezog sich auf ihr wieder aufgenommenes und völlig gestörtes Leben.

Die Antwort auf »wie viel« lautete elf Tage. Die Zeit reichte aus, um die schlimmsten blauen Flecken an ihren Armen und Beinen verschwinden zu lassen. Die Zeit reichte auch, Dolly Walthers näher kennen zu lernen und sie zu bedauern und Wan näher kennnen zu lernen und ihn zu verachten. Die Zeit reichte aber nicht aus, um sich darüber klar zu werden, was sie mit ihrem Leben anfangen sollte.

Aber das Leben wartete nicht, bis sie damit fertig war. Fertig oder nicht, Wans Schiff dockte auf Gateway an. Und da war sie nun.

Die Gerüche auf Gateway waren anders als früher. Der Geräuschpegel war ganz anders - viel lauter. Die Leute waren *vollkommen* anders. Es schien kein einziges Wesen mehr zu geben, an das Klara sich von ihrem letzten Aufenthalt hier erinnern konnte - dreißig Jahre, oder nicht viel mehr als dreißig Tage, waren vergangen, je nachdem, auf wessen Uhr man schaute. Und so viele Leute waren in Uniform.

Das war ganz neu für Klara und gefiel ihr gar nicht. In der »guten alten Zeit« - wie lange diese auch subjektiv gesehen zurücklag - sah man vielleicht ein oder zwei Uniformen pro Tag. Das waren meist Leute, die auf den Beobachtungsschiffen der Vier Mächte Dienst taten. Mit Sicherheit sah man keinen, der eine Waffe trug. Das war jetzt nicht mehr so. Uniformierte waren überall, und sie waren bewaffnet.

Auch das Anmelden hatte sich wie alles andere verändert. Es war schon immer eine schwachsinnige Prozedur gewesen. Man kam dreckig und erschöpft auf Gateway an, die Angst steckte einem immer noch in den Knochen, weil man bis zur letzten Minute nicht sicher war, ob man es schaffen würde. Dann musste man sich auf Anordnung der Gateway AG mit den Auswertern und den Datensammlern und den Buchhaltern zusammensetzen. Was haben Sie gefunden? Was war daran neu? Was war es wert? Die Prospektoren mussten Fragen wie diese beantworten. Von der Beurteilung des Fluges durch die Abmeldekommission hing es ab, ob dieser eine totale Pleite oder - was nur selten vorkam -nie erträumten Reichtum bedeutete. Ein Gateway-Prospektor brauchte gewisse Fähigkeiten, um lediglich zu überleben, wenn er sich einmal in einem dieser unberechenbaren Schiffe eingeschlossen hatte und zu seiner

Fahrt auf der Geisterbahn aufgebrochen war. Um reich zu werden, brauchte er mehr als diese Fähigkeiten. Er brauchte einen günstigen Bericht der Kommission.

Anmelden war schon immer übel gewesen, aber jetzt war es noch schlimmer. Es gab keine einzelnen Beamten von der Gateway AG, sondern vier Teams, eines von jeder der vier Schutzmächte. Die Befragung erfolgte jetzt dort, wo früher der beliebteste Nachtclub des Asteroiden und das Spielcasino gewesen waren, die »Blaue Hölle«. Jetzt gab es dort vier getrennte Zimmer mit den entsprechenden Fahnen auf der Tür. Die Brasilianer bekamen Dolly. Die Volksrepublik China griff sich Wan. Der amerikanische MP nahm Klara am Arm. Als der Leutnant vor der sowjetischen Tür die Stirn runzelte und den Kolben seiner Kalaschnikoff streichelte, warf ihm der Amerikaner ebenfalls einen finsteren Blick zu und legte die Hand an den Colt.

Eigentlich war die Reihenfolge egal, denn sobald Klara bei den Amerikanern durch war, übernahmen sie die Brasilianer. Und wenn man von einem jungen Soldaten mit einer Waffe eingeladen wird mitzukommen, spielt es keine Rolle, ob Colt oder Paz.

Auf dem Weg von den Brasilianern zu den Chinesen kreuzten sich Klaras und Wans Wege. Er schwitzte und war wütend von den Chinesen zu den Russen unterwegs. Es wurde ihr klar, dass sie wirklich dankbar sein sollte. Die Vernehmungsbeamten waren grob, angeberisch und gemein zu ihr. Aber bei Wan schienen sie noch schlimmer zu sein. Sie kannte die Gründe nicht, warum seine Vernehmungen immer doppelt so lange wie ihre dauerten. Und die dauerten schon lange. Jede Kommission wies sie darauf hin, dass sie eigentlich tot sein müsste, dass ihr Bankkonto schon vor langer Zeit von der Gateway AG eingezogen worden war, dass ihr keine Bezahlung für den Flug mit Juan Henriquette Santos-Schmitz zustand, da das keine autorisierte Gateway-Mission gewesen sei. Und was ihre Bezahlung für die Fahrt zum Schwarzen Loch betraf, auf die sie eigentlich ein Anrecht hatte, nun, sie war ja nicht mit dem Schiff zurückgekehrt, oder? Bei den Amerikanern hatte sie zumindest eine Wissenschaftsprämie beantragen können – wer außer ihr war schon jemals in einem Schwarzen Loch gewesen? Man teilte ihr mit, dass man sich die Angelegenheit überlegen wolle. Die Brasilianer beschieden ihr, dass dies ein Punkt sei, über welchen die Vier Mächte verhandeln müssten. Die Chinesen sagten, alles hänge von der Interpretation eines Preises ab, der Robinette Broadhead verliehen worden war, und die Russen waren an der Sache überhaupt nicht interessiert. Sie wollten nur wissen, ob sie bei Wan Anzeichen für terroristische Neigungen festgestellt habe.

Die Anmeldung dauerte ewig. Danach kam noch eine medizinische Untersuchung, die beinahe ebenso viel Zeit in Anspruch nahm. Die Diagnoseprogramme waren noch nie auf ein lebendes Wesen gestoßen, das den Drehkräften hinter einer Schwarzschild-Barriere ausgesetzt war. Sie ließen sie nicht eher gehen, als bis sie jeden Knochen und jede Sehne genau untersucht hatten. Sie bedienten sich auch großzügig mit Proben ihrer Körpersäfte. Erst danach entließen sie Klara in die Hände der Buchhaltungsabteilung, damit sie sich dort ihren Kontoauszug holen konnte. Auf dem Plastikkärtchen stand lediglich:

MOYNLIN, Gelle-Klara
Kontostand: 0
Fällige Prämien: noch nicht berechnet

Vor der Buchhaltung wartete Dolly Walthers. Sie sah bekümmert und gelangweilt aus. »Wie geht's denn, Schätzchen?«, fragte sie. Klara verzog das Gesicht. »Ach, das tut mir Leid. Wan ist immer noch da drin«, erklärte sie, »weil sie ihn eine gottverdammte Ewigkeit bei der Anmeldung behalten haben. Ich sitze schon seit Stunden hier herum. Was haben Sie jetzt vor?«

»Ich weiß es nicht genau«, gab Klara zu und dachte an die sehr begrenzten Möglichkeiten auf Gateway, wenn man kein Geld hatte.

»Ja. Mir geht's genauso.« Dolly seufzte. »Wissen Sie, bei Wan weiß man nie. Er kann nirgends lange bleiben, weil sie ihm sonst Fragen über das Zeug auf seinem Schiff stellen, und ich glaube nicht, dass er alles ganz legal bekommen hat.« Sie schluckte und fügte schnell hinzu: »Vorsicht! Er kommt.«

Zu Klaras Überraschung strahlte Wan sie an, nachdem er von den Auszügen aufsah, die er studiert hatte. »Ah«, sagte er, »meine liebe Gelle-Klara, ich habe mich mit Ihrer rechtlichen Position befasst. Sehr aussichtsreich, glaube ich.«

Aussichtsreich! Sie blickte ihn mit deutlicher Verachtung an. »Wenn Sie damit zum Ausdruck bringen wollen, dass man mich wahrscheinlich innerhalb der nächsten achtundvierzig Stunden wegen nichtbezahlter Rechnungen ins All jagt, finde ich das gar nicht so aussichtsreich.«

Er warf ihr einen prüfenden Blick zu, entschied sich dann anzunehmen, dass sie nur scherzte. »Haha! Das ist ein guter Witz! Da Sie nicht gewohnt sind, mit großen Summen umzugehen, erlaube ich mir, Ihnen einen Bankmenschen zu empfehlen, den ich recht brauchbar finde …«

»Hören Sie auf, Wan! Ich finde es ganz und gar nicht komisch.«

»Natürlich ist es nicht komisch!« Er brüllte, wie man es von ihm gewohnt war. Dann wechselte sein Gesichtsausdruck. Ungläubig fragte er: »Kann es sein … ist es möglich … haben die Ihnen nichts von Ihrem Anspruch erzählt?«

»Was für ein Anspruch?«

»Ihre Forderung gegen Robinette Broadhead. Mein Rechtsverdreher sagt, dass Sie fünfzig Prozent seines Vermögens bekommen müssten.«

»Reden Sie keinen Scheiß, Wan!«, fuhr sie ihn an.

»Das ist kein Scheiß! Ich habe ein ausgezeichnetes juristisches Programm. Es geht nach dem Prinzip des Kalbs, das der Kuh folgt. Verstehen Sie? Sie sollten den vollen Anteil der Überlebensprämie für seine letzte Mission bekommen. Dieser Anteil steht Ihnen zu, außerdem noch eine Beteiligung an allem, was er später hinzuerworben hat, weil er es ja mithilfe dieses Startkapitals erworben hat.«

»Aber … aber … ach, das ist ja albern!«, stieß sie hervor. »Ich werde ihn nicht verklagen.«

»Aber natürlich müssen Sie klagen! Was sonst? Wie kommen Sie sonst an das, was Ihnen gehört? Schauen Sie, ich verklage mindestens zweihundert Leute pro Jahr, Gelle-Klara. Und bei Ihnen steht eine Riesensumme auf dem Spiel. Wissen Sie, wie viel Broadheads Reingewinn beträgt? Eine Menge, sogar viel mehr als meiner.« Dann sagte er mit der betont herzlichen, kumpelhaften Art, die unter Geldleuten üblich ist: »Es könnten natürlich für Sie Schwierigkeiten auftreten, während über die Sache entschieden wird. Gestatten Sie mir, dass ich ein kleines Darlehen von meinem Konto auf Ihres überweise - einen Augenblick ...« Er machte die notwendigen Eintragungen auf seiner Kontokarte. »So, das hätten wir. Viel Glück!«

Da stand nun meine verlorene Liebe, Gelle-Klara Moynlin, noch verlorener als vorher, ehe man sie gefunden hatte. Sie kannte Gateway gut. Aber das Gateway, das sie kannte, gab es nicht mehr. Ihr Leben hatte einen Herzschlag übersprungen, und alles, was sie kannte oder an dem ihr gelegen hatte, an dem sie interessiert gewesen war, hatte die Veränderungen eines Drittels eines Jahrhunderts mitgemacht, während sie wie eine verzauberte Prinzessin im Wald die Zeit verschlafen hatte. »Viel Glück!«, hatte Wan ihr gewünscht. Aber worin bestand das Glück für eine schlafende Schöne, deren Prinz eine andere geheiratet hatte? »Ein kleines Darlehen«, hatte Wan gesagt. Es stellte sich heraus, dass er es auch so gemeint hatte. Zehntausend Dollar. Genug, um ihre Rechnungen ein paar Tage lang zu bezahlen - und danach?

Es müsste aufregend sein, dachte Klara, mehr über die Tatsachen herauszufinden, wegen derer Leute wie sie ihr Leben gelassen hatten. Sobald sie ein Zimmer gefunden und etwas gegessen hatte, machte sie sich auf den Weg zur Bibliothek. Dort gab es nicht mehr die Spulen mit Magnetbändern. Alles war jetzt auf einer Art Hitschi-Gebetsfächer der zweiten Generation gespeichert. (Gebetsfächer! Also so sahen die Dinger aus!) Klara musste einen Angestellten mieten, der ihr beibrachte, wie man sie benutzte. (»Bibliotheksdienste à $ 125/Std., $ 62,50« stand auf ihrem Datenbon.) War es das wert?

Zu Klaras unangenehmer Überraschung – nicht wirklich. So viele Fragen beantwortet! Aber merkwürdigerweise so wenig Freude über die Antworten.

Als Klara noch ein Gateway-Prospektor wie alle anderen war, entschieden diese Fragen buchstäblich über Leben und Tod. Was bedeuteten die Symbole auf den Steuerinstrumenten der Hitschi-Schiffe? Welche Einstellung bedeutete Tod? Welche Belohnung? Jetzt gab es die Antworten, vielleicht nicht vollständig – es gab immer noch keinen brauchbaren Hinweis für die Beantwortung der großen, Schauder einflößenden Frage, wer die Hitschi eigentlich waren. Dafür gab es tausende und abertausende von Antworten, ja sogar Antworten auf Fragen, die man vor dreißig Jahren noch gar nicht hätte stellen können, weil man nicht genug wusste.

Aber die Antworten machten ihr nicht viel Spaß. Die Fragen verloren an Dringlichkeit, wenn man wusste, dass die Antworten hinten im Buch standen.

Nur bei einer Gruppe von Fragen waren die Antworten für Klara interessant. Und diese Gruppe betraf – ich weiß es genau – mich.

Robinette Broadhead? Aber sicher. Über ihn war viel gespeichert. Ja, er war verheiratet. Ja, er lebte und sogar sehr gut. Unverzeihlicherweise schien er auch rundum glücklich zu sein. Beinahe ebenso schlimm – er war *alt.* Er war natürlich nicht schrumpelig und hinfällig, sondern hatte noch volles Haar und ein faltenloses Gesicht, aber das verdankte er nur dem medizinischen Vollschutz, dem niemals versagenden Spender von Gesundheit und Jugend für die, welche es sich leisten konnten. Robinette Broadhead konnte sich offensichtlich alles leisten. Aber trotzdem war er älter geworden. Sein Hals war eindeutig dicker geworden, und das Selbstvertrauen beim Lächeln, das ihr auf dem PV-Schirm entgegenstrahlte, hatte dem verängstigten, verstörten Mann gefehlt, der ihr einen Zahn ausgeschlagen und ewige Liebe geschworen hatte. Jetzt hatte Klara eine quan-

Ich kannte Gelle-Klara Moynlin nicht, als Robin romantische Beziehungen zu ihr unterhielt. Ja, ich hatte damals auch Robinette Broadhead noch nicht kennen gelernt, da er zu arm war, um sich ein so hoch entwickeltes Dateneinholsystem wie mich leisten zu können. Obwohl ich physischen Mut nicht empfinden kann (da ich auch physische Angst nicht kenne), schätze ich ihren sehr hoch ein. Ihre Dummheit beinahe so hoch. Sie hatten keine Ahnung, was die ÜLG-Schiffe antrieb, die sie flogen. Sie wussten nicht, wie die Navigation funktionierte oder wie man die Steuerung bediente. Sie konnten die Hitschi-Karten nicht lesen, weil sie erst ein Jahrzehnt später gefunden wurden, nachdem Klara in das Schwarze Loch gesogen worden war. Es erstaunt mich aber, wie viel fleischliche Intelligenzen mit so wenig Information fertig bringen.

titative Angabe für das Wort »ewig«. Es umfasste einen Zeitabschnitt, der deutlich unter dreißig Jahren lag.

Nachdem sie sich in der Bibliothek ausreichend Gründe verschafft hatte, sich deprimiert zu fühlen, schlenderte sie auf Gateway umher, um zu sehen, was sich alles verändert hatte. Der Asteroid war viel unpersönlicher und zivilisierter geworden. Es gab jetzt viele Geschäfte. Einen Supermarkt, eine Schnellimbisskette, ein Stereotheater, einen Gesundheitsclub, hübsche neue Pensionen für Touristen und glitzernde Souvenirläden. Man konnte jetzt auf Gateway viel unternehmen. Aber Klara nicht. Am meisten reizte sie das Spielcasino in der »Spindel«, dem Ersatz für die alte »Blaue Hölle«. Aber solchen Luxus konnte sie sich nicht leisten.

Sie konnte sich eigentlich gar nichts leisten, das deprimierte sie. Als Klara noch ein junges Mädchen war, waren die Frauenzeitschriften voll mit lustigen kleinen Tricks, wie man eine Depression bekämpfte. Mach den Spülstein sauber! Ruf jemand am PV an! Wasch dir die Haare! Aber Klara hatte keinen Spülstein, und wen sollte sie auf Gateway anrufen? Nachdem sie sich zum dritten Mal die Haare gewaschen hatte, musste sie wieder an die »Blaue Hölle« denken. Ein paar kleinere Einsätze würden ihren Etat nicht zu sehr belasten, selbst wenn sie verlor, entschied sie; es würde nur bedeuten, eine Zeit lang ohne größeren Luxus zu leben ...

Elfmal rollte die Kugel aus, dann war Klara pleite. Eine Gruppe von Touristen aus Gabonia verließ gerade lachend und stolpernd das Casino, als Klara hinter ihnen an der kleinen, engen Bar Dolly sitzen sah. Klara ging geradewegs auf sie zu und fragte: »Würden Sie mir 'nen Drink spendieren?«

»Na sicher«, antwortete Dolly ohne große Begeisterung und gab dem Barmann ein Zeichen.

»Und könnten Sie mir auch etwas Geld leihen?«

Dolly lachte überrascht auf. »Alles verspielt, was? Junge, Junge, da sind Sie aber an die falsche Adresse geraten! Ich könnte mir keinen Tropfen kaufen, wenn mir nicht einige der Touristen ein paar Chips zugeworfen hätten, damit sie Glück haben.« Als der Highball eintraf, teilte Dolly ihre restlichen Münzen auf und schob Klara eine Hälfte zu. »Sie könnten es bei Wan noch mal versuchen!«, schlug sie vor. »Aber er ist nicht besonders in Stimmung.«

»Das ist nicht neu«, stellte Klara fest und hoffte, dass der Whisky ihre Stimmung heben würde. Tat er aber nicht.

»Ach, noch schlimmer als sonst. Ich glaube, er sitzt bald ganz tief in der Scheiße.« Dolly hatte Schluckauf und machte große Augen.

»Was ist denn los?«, fragte Klara zögernd. Sie wusste ganz genau, dass Dolly ihr alles erzählen würde, nachdem sie sie gefragt hatte. Aber dadurch konnte sie sich für das Kleingeld revanchieren.

»Früher oder später werden sie ihn erwischen«, prophezeite Dolly und nuckelte an ihrem Drink. »Er ist so ein übler Schieber. Kommt hierher, wo er Sie doch woanders hätte absetzen können, bloß damit er seine verdammten Süßigkeiten und Kuchen kaufen kann.«

»Also, ich bin lieber hier als irgendwo anders«, sagte Klara und überlegte, ob das auch stimmte.

»Seien Sie nicht albern! Er hat es nicht Ihretwegen getan. Er hat es getan, weil er glaubt, dass er überall mit allem durchkommt. Weil er ein Schieber ist.« Trübsinnig starrte sie in ihr Glas. »Er ist sogar im Bett ein Schieber, wenn Sie verstehen, was ich meine. Er vögelt wie ein Schieber. Er sieht mich dabei an, als ob er versuchte, sich an die Zahlenkombination eines Safes zu erinnern. Dann zieht er mich aus und drückt hier, bohrt da und schiebt sein Ding hin und her. Ich glaube, ich sollte eine Betriebsanleitung für ihn schreiben. So 'n Schieber!«

Wie viele Drinks Dollys kleiner Gewinn vorhielt, konnte Klara nicht sagen – auf alle Fälle mehrere. Irgendwann später erinnerte sich Dolly daran, dass sie noch Mischgebäck und Likörpralinen kaufen musste. Noch später bekam Klara, die wieder allein herumschlenderte, plötzlich Hunger. Das lag am Geruch, der von nicht weither zu kommen schien. Sie hatte immer noch etwas von Dollys Kleingeld in der Tasche. Es reichte zwar nicht für ein anständiges Essen, und eigentlich wäre es vernünftiger gewesen, zurück zu ihrer Pension zu gehen und dort die bereits bezahlte Mahlzeit einzunehmen. Aber warum sollte sie noch vernünftig sein? Außerdem kam der Duft ganz aus der Nähe. Sie ging durch eine Art Arkade aus Hitschi-Metall, bestellte irgendetwas und setzte sich so nah an die Wand, wie es möglich war. Dann pflückte sie das Sandwich mit den Fingern auseinander, um zu sehen, was sie aß. Wahrscheinlich synthetisch. Es schmeckte aber nicht so wie die Produkte aus den Nahrungsgruben oder den Meeresfarmen, die sie kannte. Gar nicht schlecht. Nicht sehr schlecht, wenigstens. Eigentlich fiel ihr zu diesem Zeitpunkt kein Gericht ein, das ihr wirklich gut geschmeckt hätte. Sie aß langsam und analysierte jeden Bissen, nicht so sehr, weil das Essen dies verdiente, sondern weil sie dadurch den nächsten Schritt aufschieben konnte, nämlich zu überlegen, was sie mit dem Rest ihres Lebens nun anfangen sollte.

Sie bemerkte eine Bewegung. Die Kellnerin fegte den Boden doppelt so sorgfältig und schaute bei jeder Bewegung über die Schulter. Die Leute hinter der Theke standen aufrechter und sprachen deutlicher. Jemand war hereingekommen.

Es war eine Frau. Groß, nicht jung, gut aussehend.

Schwere lohfarbene Zöpfe hingen ihr auf den Rücken. Sie unterhielt sich freundlich, aber gebieterisch mit Angestellten und Kunden, während sie mit dem Finger unter den Regalen nach Fett suchte, die Krusten probierte, ob sie auch knusprig waren, sich vergewisserte, dass die Serviettenhalter auch gefüllt waren, und dem Lehrling die Schürze anders band.

Klara sah ihr zu. Da dämmerte ihr eine Erkenntnis, die fast in Furcht überging. Sie! Die Frau, deren Bilder sie in so vielen Berichten gesehen hatte, die in der Bibliothek über Robinette Broadhead veröffentlicht waren. S. Ya. Laworowna-Broadhead eröffnet vierundfünfzig neue CHON-Filialen am Persischen Golf. S. Ya. Laworowna-Broadhead bei der Taufe des umgebauten interstellaren Frachters. S. Ya. Laworowna-Broadhead leitet die Programmierung eines ausgebauten Datenspeichernetzes.

Obwohl das Sandwich das letzte war, das sich Klara kaufen konnte, brachte sie es nicht über sich aufzuessen. Sie schob sich mit abgewandtem Gesicht zur Tür, stopfte den Plastikteller in den Abfallbehälter und lief weg.

Jetzt blieb ihr nur noch ein einziger Platz, wohin sie gehen konnte. Als sie sah, dass Wan allein war, nahm sie das als direkte Botschaft des Schicksals, dass sie die richtige Entscheidung getroffen hatte. »Wo ist Dolly?«, fragte sie.

Er lag in einer Hängematte und kaute missmutig an einer frischen Papaya – die er für eine unglaubliche Summe gekauft haben musste, die sich Klara gar nicht vorstellen konnte. Er antwortete: »Ja, wo wohl! Das würde ich auch gern wissen! Na, die kann was erleben, wenn sie zurückkommt. Allerdings!«

»Ich habe mein Geld verloren«, log sie.

Er zuckte verächtlich mit den Schultern.

»Und«, fuhr sie fort, wobei sie die Lügen beim Reden erfand, »ich wollte Ihnen nur sagen, dass Sie auch verloren sind. Man will Ihr Schiff beschlagnahmen.«

»Beschlagnahmen!«, schrie er. »Diese Tiere! Diese Schweinehunde! O Dolly, wenn ich dich in die Finger kriege – sie muss ihnen von meinen Spezialgeräten erzählt haben!«

»Oder Sie selbst«, hielt Klara ihm brutal entgegen. »Sie haben ja den Mund so weit aufgerissen. Jetzt bleibt Ihnen nur noch eine Chance.«

»Eine Chance?«

»Vielleicht eine Chance, wenn Sie genug Verstand und Mut besitzen.«

»Verstand! Mut! Sie vergessen sich, Klara! Sie übersehen, dass ich den ersten Teil meines Lebens ganz allein ...«

»Nein, ich übersehe gar nichts«, unterbrach sie ihn müde, »weil Sie das sicher gar nicht zulassen. Wichtig ist, was Sie als Nächstes machen. Ist alles gepackt? Vorräte an Bord?«

»Vorräte? Nein, natürlich nicht. Ich habe zwar Eis und Schokoladenriegel, aber kein Mischgebäck und keine Pralinen ...«

»Zum Teufel mit den Pralinen«, warf Klara ein. »Und da sie nicht da ist, wenn man sie braucht, zum Teufel auch mit Dolly. Wenn Sie Ihr Schiff behalten wollen, müssen Sie jetzt weg.«

»Jetzt? Allein? Ohne Dolly?«

»Mit einer Vertretung«, erklärte Klara kurz und bündig. »Köchin, Bettgefährtin, jemand zum Anbrüllen – hier bin ich. Und erfahren. Vielleicht kann ich nicht so gut kochen wie Dolly, aber im Bett bin ich besser, jedenfalls mach' ich's öfter. Außerdem haben Sie keine Zeit zum Überlegen.«

Er starrte sie mit offenem Mund einen langen Augenblick an. Dann grinste er. »Nimm die Kisten da auf dem Boden!«, befahl er. »Dann das Paket unter der Hängematte und ...«

»Moment mal«, protestierte Klara. »Alles hat seine Grenzen! So viel kann ich nicht schleppen.«

»Was deine Grenzen betrifft«, entgegnete er, »werden wir schon im Laufe der Zeit herausfinden, wo sie liegen. Da kannst du sicher sein. Keine Widerrede! Nimm einfach das Netz, pack es voll, und dann gehen wir. Während du das machst, erzähl' ich dir eine Geschichte, die ich von den Toten Menschen vor vielen Jahren gehört habe. Es waren einmal zwei Prospektoren, die fanden einen Schatz im Innern eines Schwarzen Lochs. Sie wussten nicht, wie sie ihn herausholen konnten. Da sagte der eine: ›Ich weiß, wie. Ich habe mein Lieblingskätzchen mitgebracht. Wir binden ihm den Schatz an den Schwanz, dann zieht es ihn heraus.‹ Da sagte der andere Prospektor: ›Du bist ein rechter Dummkopf! Wie kann ein kleines Kätzchen einen Schatz aus einem Schwarzen Loch herausziehen?‹ Da meinte der erste Prospektor: ›Du bist der Dummkopf. Es wird ganz leicht gehen, denn, sieh her, ich habe eine Peitsche.‹«

16

Wieder auf Gateway

Gateway verdanke ich alle meine Millionen, aber auch die Gänsehaut, die mir jetzt über den Rücken läuft. Bei meiner Ankunft hier kam es mir vor, als würde ich mich selbst als Heimkehrer begrüßen. Ich sah mich als jungen, völlig mittellosen, verängstigten, verzweifelten Menschen, der nur die Wahl hatte, einen Flug zu wagen, der ihn umbringen konnte, oder an einem Ort zu bleiben, an dem niemand leben wollte. Es hatte sich nicht sehr verändert. Noch immer wollte niemand hier leben, obwohl es Leute gab, die es taten, und auch viele Touristen herkamen. Zumindest waren die Flüge nicht mehr so gefährlich wie früher. Beim Anlegen teilte ich meinem Programm Albert Einstein mit, dass ich eine philosophische Entdeckung gemacht hatte, und zwar die, dass die Dinge sich angleichen. Gateway wird sicherer und der ganze Heimatplanet Erde immer gefährlicher. »Vielleicht gibt es ein Gesetz der Erhaltung des Elends, das für jedes menschliche Wesen ein durchschnittliches Quantum an Unglücklichsein bereithält, und wir können es lediglich in die eine oder die andere Richtung verteilen.«

»Wenn du solche Sachen von dir gibst, Robin«, seufzte er, »dann mache ich mir Gedanken, ob meine Diagnoseprogramme so gut sind, wie sie sein sollten. Bist du sicher, dass du keine Schmerzen von deiner Operation hast?« Er saß - oder schien zu sitzen - auf der Kante des Pilotensitzes und überwachte die Landung, während er sich mit mir unterhielt. Ich wusste, dass das eine rein rhetorische Frage gewesen war, da er mich die ganze Zeit beobachtete.

Sobald das Schiff angelegt hatte, zog ich Alberts Datenfächer heraus, klemmte ihn unter den Arm und machte mich auf den Weg zu meinem neuen Schiff. »Keine Besichtigungstour?«, fragte Essie und betrachtete mich mit fast dem gleichen Ausdruck wie Albert. »Möchtest du, dass ich mitkomme?«

»Ich bin so gespannt auf das neue Schiff«, gab ich zur Antwort. »Ich will es mir nur schnell ansehen. Du kannst mich dort später treffen.« Ich wusste, sie war darauf erpicht festzustellen, wie sich ihre geliebten Filialen hier entwickelten. Natürlich wusste ich nicht, wem sie dort über den Weg laufen würde.

Ich dachte daher auch an nichts Besonderes, als ich durch die Luke in meine eigene, persönliche, von Menschen gebaute interstellare Raumjacht kletterte. Verdammt noch mal, ich war wirklich fast so gespannt, wie ich Essie gegenüber vorgegeben hatte. Ein Traum meiner Kindheit

> Eines der weniger komplizierten Artefakte, das die Hitschi zurückgelassen hatten, war der anisokinetische »Schubser« – ein einfaches Werkzeug, das einen ankommenden Stoß mit gleicher Kraft in jeden beliebigen Winkel zur Stoßkraft umwandeln und weiterleiten konnte. Die zugrunde liegende Theorie erwies sich nicht nur als begründet, sondern auch als elegant. Weniger im Sinne des Erfinders war der Nutzen, den die Menschen daraus zogen: Das beliebteste Erzeugnis aus anisokinetischem Material war eine Matratze mit »Federn«, deren Kraft wie ein Vektor nicht skalar verlief und dabei, wie man sagt, eine anregende Unterstützung bei sexueller Tätigkeit bewirkte. Sexuelle Aktivität! Wie viel Zeit fleischliche Intelligenz doch bei solchen Dingen verschwendet.

war in Erfüllung gegangen. Er war Wirklichkeit geworden. Und er gehörte mir. Es war alles vorhanden.

Nun beinahe alles. Das Schiff wies eine Eignerkabine mit einem phantastisch breiten anisokinetischen Bett auf und eine richtige Toilette im Nebenraum. Es hatte eine bis oben hin gefüllte Vorratskammer und eine beinahe richtige Küche. Es verfügte auch über Arbeitskabinen, eine für Essie und eine für mich, in denen sich versteckte Kojen befanden, falls wir Lust auf gegenseitigen Besuch verspürten. Es war mit dem ersten von Menschenhand gebauten Antriebssystem ausgerüstet, das als Zivilfahrzeug erfolgreich den Testflug mit Überlichtgeschwindigkeit bestanden hatte – zugegeben, einige Teile waren Hitschi. Man hatte sie aus kaputten Erkundungsschiffen geborgen, aber das meiste stammte von Menschenhand. Und es war kraftvoll, mit einem größeren und schnelleren Triebwerk. Es war auch an ein Heim für Albert gedacht worden: einen Fächerhalter, über dem sein Name eingraviert war. Ich steckte ihn an seinen Platz, schaltete ihn aber nicht ein, weil ich mich lieber ganz allein umsehen wollte. Es gab auch Datenfächer mit Musik und PV-Theaterstücken, Nachschlagewerken und Expertenprogrammen, um alles zu tun, wozu ich oder Essie Lust hatten. Auch einen Bildschirm wie den auf dem großen *S. Ya.*-Transporter gab es hier, zehnmal so groß wie die kleinen verschmierten Scheiben auf den Erkundungsschiffen. Es war alles vorhanden, was ich mir auf einem Schiff wünschen konnte. Nur etwas fehlte. Es hatte noch keinen Namen.

Ich setzte mich auf die Kante des großen anisokinetischen Betts. Der Schub fühlte sich merkwürdig an meinem Hintern an, weil er ganz nach oben gerichtet war, nicht wie bei normalen Matratzen, die einen von den Seiten einengten. Es war ein guter Ort, um über das Namensproblem nachzudenken, da die Person, nach der ich das Schiff nennen wollte, das Bett mit mir teilen würde. Allerdings hatte ich schon das Transportschiff nach ihr genannt.

Natürlich gab es Möglichkeiten, dieses Problem zu lösen. Ich konnte das Schiff *Semya* nennen. Oder *Essie*. Oder die *Mrs. Broadhead*, obwohl Letzteres ziemlich dumm klang.

Die Sache war eilig. Wir waren aufbruchbereit. Uns hielt nichts auf Gateway außer der Tatsache, dass ich es nicht über mich bringen konnte, mit einem Schiff loszufahren, das keinen Namen hatte. Ich ging hinüber in die Steuerkabine und ließ mich auf den Pilotensitz fallen. Dieser war für ein menschliches Unterteil gebaut und allein dadurch schon eine immense Verbesserung gegenüber den alten Modellen.

Als Kind in den Nahrungsgruben pflegte ich oft auf einem Küchenstuhl vor dem Radarherd zu sitzen und mir vorzustellen, dass ich ein Gateway-Schiff in die entferntesten Ecken des Universums steuerte. Jetzt tat ich genau das Gleiche. Ich streckte meine Hand aus und berührte die Räder für den Kurs und bildete mir ein, die Startwarze zu drücken und ... und ... nun, ich phantasierte. Ich sah mich durchs All rasen auf genau die gleiche sorglose, abenteuerliche, straffreie Art, wie ich es mir als Kind vorgestellt hatte, Quasare umkreisen. Hinauseilen zu den benachbarten, fremden Galaxien. Eindringen in den Silikonstaubschleier um den Kern. Einem Hitschi begegnen! In ein Schwarzes Loch eindringen ...

Meine Phantasien brachen an diesem Punkt zusammen. Das war zu persönlich, zu echt. Aber da fiel mir plötzlich ein Name für das Schiff ein. Er passte vollkommen zu Essie.

Wahre Liebe.

Es war der perfekte Name!

Wenn das stimmte, warum hinterließ er bei mir ein Gefühl unbestimmter Rührseligkeit, Liebeskummer und Schwermut?

Aber diesen Gedanken wollte ich nicht weiterverfolgen.

Auf alle Fälle hatte ich jetzt einen Namen gefunden. Nun galt es, einige Dinge zu erledigen: Die Registrierung musste ergänzt werden, die Versicherungspolicen mussten geändert – die Welt musste von meiner Entscheidung in Kenntnis gesetzt werden. Der beste Weg, das alles zu bewerkstelligen, war, es Albert zu übertragen. Ich rüttelte seinen Datenfächer, um sicherzugehen, dass er fest saß, und schaltete ihn ein.

Ich hatte mich an den neuen Albert noch nicht gewöhnt und war daher sehr überrascht, als er nicht in seiner holographischen Kiste, ja nicht einmal in der Nähe seines Datenfächers auftauchte, sondern im Gang zur Hauptkabine. Er stand da und hielt mit der einen Hand seinen Ellenbogen umschlossen, eine Pfeife in der anderen, und schaute sich friedlich alles an, sodass die ganze Welt geglaubt hätte, er sei eben erst hereingekommen. »Ein wunderschönes Schiff, Robin«, sagte er. »Herzlichen Glückwunsch.«

»Ich wusste nicht, dass du so herumhüpfen kannst.«

»Ich hüpfe *keineswegs* herum, mein lieber Robin«, klärte er mich freundlich auf. »Es gehört zu meinem Programm, eine größtmögliche Simulation der Wirklichkeit zu bieten. Wie ein Geist aus der Flasche zu erscheinen, würde doch nicht realistisch aussehen, oder?«

»Du bist ein prima Programm, Albert«, musste ich zugeben.

Er lächelte und ergänzte: »Und auch sehr wachsam, Robin, wenn ich das sagen darf. Zum Beispiel, ich glaube, dass deine liebe Frau soeben kommt.« Er trat beiseite – völlig überflüssigerweise –, als Essie hereintrat. Sie keuchte und sah aus, als versuche sie, ihre Bestürzung nicht zu zeigen.

»Was ist los?«, fragte ich und war selbst plötzlich aufgeregt.

Sie antwortete nicht gleich. »Du hast also nichts gehört?«, fragte sie endlich.

»Was gehört?«

Sie schaute mich überrascht und gleichzeitig erleichtert an. »Albert? Du hast noch keine Verbindung mit dem Datennetz aufgenommen?«

»Das wollte ich gerade tun, Mrs. Broadhead«, gab er höflich Bescheid.

»Nein! Nicht! Da ist ... äh ... da sind noch einige Änderungen in der Vorspannung durchzuführen, eine Anpassung an die Gateway-Bedingungen.« Albert spitzte nachdenklich die Lippen, sagte aber nichts. Ich war nicht so schweigsam.

»Essie, spuck's aus! Was ist los?«

Sie setzte sich auf die Bank des Kommunikators und fächelte sich Kühlung zu.

»Dieser Schurke Wan ist hier!«, sagte sie. »Der ganze Asteroid redet darüber. Ich bin erstaunt, dass du es noch nicht gehört hast. *Puh!* Ich bin so gerannt! Ich hatte Angst, dass du dich furchtbar aufregst.«

Ich lächelte nachsichtig. »Die Operation ist schon einige Wochen her, Essie«, erinnerte ich sie. »Ich bin nicht so schwächlich – und über Wan würde ich mich schon gar nicht so aufregen. Hab doch ein bisschen Vertrauen in mich!«

Sie sah mich genau an und nickte dann. »Stimmt«, gab sie zu. »War dumm von mir. Gut, ich geh' wieder an die Arbeit«, fuhr sie fort. Damit stand sie auf und trat zur Tür. »Aber, denk dran, Albert – keine Schnittstellen mit dem Netz, bis ich zurückkomme!«

»Warte!«, rief ich. »Du hast ja noch gar nicht meine Neuigkeiten gehört.« Sie blieb lange genug stehen, dass ich stolz verkünden konnte: »Ich habe einen Namen für das Schiff gefunden. *Wahre Liebe*. Was meinst du?«

Sie brauchte lange, um darüber nachzudenken. Ihr Ausdruck war viel nachdenklicher und nicht so begeistert, wie ich erwartet hatte. Dann meinte sie: »Ja, das ist ein sehr guter Name, Robin. Gott schütze sie und alle, die auf ihr segeln, ja? Jetzt muss ich gehen.«

Nach fünfundzwanzig Jahren Ehe verstand ich Essie immer noch nicht ganz. Ich teilte das Albert mit. Er saß ganz entspannt auf dem Hocker vor Essies Frisierkommode und betrachtete sich im Spiegel. Er zuckte nur die Schultern. »Meinst du, dass ihr der Name nicht gefallen hat?«, fragte ich. »Es ist ein schöner Name!«

»Das finde ich auch, Robin«, stimmte er mir zu und probierte verschiedene Posen im Spiegel aus.

»Sie schien sich auch gar nicht das Schiff ansehen zu wollen.«

»Ich glaube, ihr geht etwas im Kopf herum«, vermutete er.

»Aber was? Ich schwör' dir, manchmal verstehe ich sie nicht«, versicherte ich noch einmal.

»Ich gebe zu, ich auch nicht, Robin«, pflichtete er mir bei. Er wandte sich vom Spiegel ab und zwinkerte mir zu. »Ich habe aber angenommen, dass es in meinem Fall so ist, weil ich eine Maschine bin und sie ein Mensch. Was könnte es denn in deinem Fall sein?«

Ich sah ihn leicht verstört an. Dann grinste ich. »Du bist ziemlich komisch mit deinem neuen Programm, Albert«, sagte ich. »Was hast du denn davon, in den Spiegel zu schauen, wo du doch gar nichts sehen kannst, wie ich weiß?«

»Was hast du davon, die *Wahre Liebe* anzuschauen, Robin?«

»Musst du immer eine Frage mit einer Gegenfrage beantworten?«, monierte ich. Er lachte laut. Es war wirklich eine überzeugende Vorstellung gewesen. Schon immer, seit ich das Albert-Programm hatte, konnte er lachen und eigene Witze reißen. Man wusste aber stets, dass es ein Bild war, das lachte. Man konnte ihn sich als Bild einer wirklichen Person vorstellen, wenn man wollte - wie ich es meistens tat -, wie das Bild einer Person am P-Phone. Aber da war nie ... wie soll ich das ausdrücken? Nie eine *Präsenz*. Jetzt war sie da. Ich konnte ihn nicht riechen, aber ich konnte seine physische Anwesenheit im Zimmer mit mehr Sinnen wahrnehmen als nur durch Hören oder Sehen. Temperatur? Masse? Ich weiß es nicht. Es war das, woran man erkennt, dass jemand mit einem im Zimmer ist.

»Die Antwort ist«, erklärte er wieder ernst, »dass diese äußere Erscheinung meine Entsprechung für ein neues Schiff oder einen neuen Sonntagsanzug - oder welche Analogie du auch immer wählen willst - ist. Ich sehe sie mir nur mal an, um festzustellen, ob sie mir gefällt. Wie gefalle ich dir denn? Das ist schließlich viel wichtiger.«

»Sei nicht so bescheiden, Albert!«, bemerkte ich. »Dein Aussehen gefällt mir sehr gut. Ich wünschte nur, du wärst an die Datennetze angeschlossen. Ich wüsste gerne, ob die Leute, die ich bearbeitet habe, irgendetwas wegen der Terroristen unternommen haben, zum Beispiel.«

»Ich werde selbstverständlich deine Befehle ausführen, Robin«, beeilte er sich, mir zu versichern. »Aber Mrs. Broadhead hat sich sehr klar ausgedrückt.«

»Nein. Ich will nicht, dass du dich in die Luft jagst oder deine Unterprogramme ruinierst. Ich weiß, was ich mache«, sagte ich und stand auf, als die Glühbirne über meinem Kopf aufleuchtete. »Ich gehe hinaus auf den Korridor und stöpsele mich in das Kom-Netz ein – vorausgesetzt«, scherzte ich, »dass ich nicht vergessen habe, wie man telefoniert.«

»Das kannst du natürlich machen«, räumte er ein. Seine Stimme klang aus irgendeinem Grund besorgt. »Es ist aber nicht nötig, Robin.«

»Eigentlich nicht«, gab ich zu und blieb auf halbem Weg zur Tür stehen. »Aber ich bin neugierig, wie du weißt.«

»Um deine Neugier zu stillen«, erwiderte er lächelnd, während er sich eine Pfeife stopfte – aber es war ein gezwungenes Lächeln, dachte ich. »Also, dann will ich dir sagen, dass ich vor unserer Landung ständig Verbindung mit dem Netz hatte. Es gab nichts wirklich Neues. Es ist natürlich möglich, dass das Ausbleiben von Nachrichten auch interessant sein könnte, sogar ermutigend.«

Ich hatte mich an den neuen Albert noch nicht ganz gewöhnt. Ich setzte mich wieder und sah ihn an.

»Dr. Einstein, es macht dir Spaß, in Rätseln zu sprechen, du alter Saukopf«, scherzte ich.

»Nur, wenn ich eine Information übermittle, die nicht ganz klar ist.« Er lächelte. »General Manzbergen nimmt zurzeit keine Anrufe von dir entgegen. Der Senator sagt, er hat getan, was er konnte. Maitre Ijsinger behauptet, dass Kwiatkowski und unser Freund aus Malaysia auf die Bemühungen, mit ihnen ins Gespräch zu kommen, nicht reagiert haben. Und von den Albanern hat er nur die Nachricht bekommen: ›Machen Sie sich keine Sorgen!‹«

»Dann geschieht doch etwas!«, rief ich und sprang wieder auf.

»Etwas *könnte* geschehen«, verbesserte er mich. »Und wenn etwas geschieht, können wir nichts anderes tun, als es geschehen lassen. Auf alle Fälle, Robin«, fuhr er schmeichelnd fort, »wäre es mir persönlich sehr viel lieber, wenn du das Schiff jetzt nicht verlassen würdest. Aus einem ganz einfachen Grund: Woher weißt du, dass da draußen nicht wieder jemand mit einem Gewehr auf dich wartet?«

»Ein Terrorist? Hier?«

»Hier oder in Rotterdam - warum ist ein Ort unwahrscheinlicher als der andere? Erinnere dich, bitte, Robin, dass ich mit solchen Dingen meine Erfahrungen habe. Die Nazis haben einmal zwanzigtausend Mark auf meinen Kopf als Preis ausgesetzt. Du kannst sicher sein, dass ich sehr vorsichtig war, damit sich keiner diesen Preis holen konnte.«

Ich blieb an der Tür stehen. »Die Wazis?«

»Die Nazis, Robin. Eine Gruppe von Terroristen, die vor vielen Jahren in Deutschland die Macht an sich gerissen haben. Das war damals, als ich noch lebte.«

»Als du was?«

»Ich meine natürlich«, er zuckte mit den Achseln, »als der Mensch, dessen Namen du mir gegeben hast, gelebt hat. Von meinem Standpunkt aus ist dieser Unterschied völlig unwichtig.« Er steckte zerstreut die gestopfte Pfeife in die Tasche und setzte sich so natürlich und freundlich hin, dass ich mich unwillkürlich auch wieder setzte.

»Ich glaube, ich habe mich an dein neues Ich noch nicht ganz gewöhnt, Albert«, entschuldigte ich mich.

»Dazu wäre doch jetzt die beste Gelegenheit, Robin.« Er

> Wenn es auch interessant ist, mich aus Robins Perspektive zu sehen, ist es nicht sehr angenehm. Mrs. Broadheads Programmierung beschränkte mich darauf, so zu sprechen, zu handeln und sogar zu denken, wie es der ursprüngliche Albert Einstein getan hätte, wenn er noch am Leben wäre und meine Rolle übernommen hätte. Robin scheint das für grotesk zu halten. In gewissem Sinn hat er Recht. Menschliche Wesen sind grotesk.

lächelte und plusterte sich auf. Er war viel kompakter geworden. Die alten Hologramme zeigten ihn in über einem Dutzend charakteristischer Posen, mit ausgeleiertem Pullover oder T-Shirt, mit oder ohne Socken, in Pantoffeln oder Segeltuchschuhen, mit Pfeife oder Bleistift. Heute hatte er auch ein T-Shirt an, aber darüber trug er eine dieser weiten europäischen Strickjacken mit Knöpfen und Taschen, die wie ein Sakko aussehen, aber aus Wolle gestrickt sind. An dieser Jacke war ein Ansteckknopf, auf dem stand »Zwei Prozent«. Außerdem war sein Kinn von blassen, kaum sichtbaren Stoppeln bedeckt, sodass man den Eindruck bekam, dass er sich heute Morgen nicht rasiert hatte. Aber natürlich hatte er sich nicht rasiert! Er würde sich nie rasieren, weil er nur die holographische Projektion einer Computerkonstruktion war - aber so überzeugend und mitreißend, dass ich ihm beinahe meinen Rasierapparat angeboten hätte!

Ich lachte und schüttelte den Kopf. »Was bedeutet ›Zwei Prozent‹?«

»Ach«, antwortete er verlegen. »Das war so eine Parole in meiner Jugendzeit. Wenn zwei Prozent der Menschheit sich weigern würden zu kämpfen, gäbe es keinen Krieg.«

»Glaubst du das auch jetzt noch?«

»Ich hoffe es, Robin«, verbesserte er mich. »Die aktuellen Nachrichten sind dieser Hoffnung nicht gerade förderlich, das muss ich zugeben. Möchtest du noch den Rest der Nachrichten hören?«

»Ich sollte wohl«, erwiderte ich und sah zu, wie er wieder zu Essies Frisierkommode hinüberschlenderte und sich dort niederließ. Er spielte mit dem Parfümfläschchen und anderem weiblichem Schnickschnack, der dort zur Dekoration herumstand, während er sprach. Er benahm sich so normal, so menschlich, dass dies mich von dem, was er sagte, ablenkte. Das war auch gut so, denn die Nachrichten waren schlecht. Die Terroristen waren aktiver als je zuvor. Die Zerstörung der Lofstromschlaufe war tatsächlich der erste Schritt eines Aufstandes gewesen, und ein kleiner, blutiger Krieg tobte in dem Teil Südamerikas. Terroristen hatten Botulismustoxin* ins Staines-Reservoir geschüttet, und jetzt musste ganz London Durst leiden. Solche Nachrichten wollte ich nicht hören. Das sagte ich ihm auch.

Er seufzte und stimmte mir zu. »Es waren freundlichere Tage, als ich noch lebte«, meinte er wehmütig. »Wenn auch nicht vollkommen, das steht fest. Vielleicht hätte ich Präsident des Staates Israel werden können, wusstest du das, Robin? Ja. Aber ich konnte nicht annehmen. Ich war immer für den Frieden gewesen, und ein Staat muss manchmal einen Krieg führen. Loeb** vertraute mir einmal an, dass alle Politiker krank sein müssen, und ich fürchte, er hatte Recht.« Er setzte sich auf und strahlte. »Aber hier ist auch eine gute Nachricht, Robin! Die Broadhead Awards für Wissenschaftliche Entdeckungen ...«

»Die was?«

»Aber erinnere dich doch, Robin«, verlangte er ungeduldig. »Das System der Preise. Du hast mich kurz vor deiner Operation bevollmächtigt, die Sache einzuleiten. Die Idee beginnt bereits, Früchte zu tragen.«

»Du hast das Geheimnis der Hitschi gelüftet?«

»Ach, Robin, ich stelle fest, dass du scherzt«, sagte er mit leichtem Tadel. »Natürlich nichts so Überwältigendes. Aber es gibt da einen Physiker in Laguna Beach – Beckfurt. Kennst du seine Arbeiten? Er hat ein System vorgeschlagen, um flachen Raum zu schaffen.«

»Nein. Ich weiß nicht einmal, was flacher Raum bedeutet.«

»Na schön«, sagte er und fand sich mit meiner Unwissenheit ab. »Das spielt jetzt auch keine Rolle. Er arbeitet mazurzeit an einer mathematischen Analyse fehlender Masse. Es sieht so aus, Robin, als sei dieses Phänomen ganz jung! Irgendwie ist innerhalb der letzten paar Millionen Jahre Masse zum Universum hinzugefügt worden!«

»Na so was!«, bemerkte ich und versuchte ein Gesicht zu machen, als verstünde ich es. Ich konnte ihn aber nicht täuschen.

---

* Botulismus = Wurst- und Fleischvergiftung.

** Loeb, Jaques (1859–1924), dt.-amerik. Biologe.

Ungeduldig forderte er mich auf: »Robin, erinnere dich doch an den Toten Menschen – das heißt die Tote Frau – auf der jetzigen *S. Ya. Broadhead*, die uns vor vielen Jahren zu der Auffassung bringen wollte, dass dieses Phänomen etwas mit einer Handlung der Hitschi zu tun hätte. Wir haben das seinerzeit verworfen, da kein Grund zu dieser Annahme zu bestehen schien.«

»Ich erinnere mich«, warf ich ein, was nur teilweise stimmte. Ich erinnerte mich: Albert hatte die wilde Vorstellung, dass aus einem nicht näher ausgeführten Grund die Hitschi das Universum kollabieren ließen, um einen neuen Urknall und damit ein neues Universum mit etwas anderen physikalischen Gesetzen zu schaffen. Aber dann hatte Albert seine Meinung geändert. Mit Sicherheit hatte er mir alle seine Gründe dafür vorgetragen, aber ich hatte nicht viel davon behalten. »Mach?«, fragte ich. »Irgendetwas mit diesem Mach? Und jemand, der Davies hieß?«

»Genau richtig, Robin!«, lobte er mich und strahlte vor Freude. »Machs Hypothese schlug einen Anlass für die Handlungen der Hitschi vor, aber Davies' Paradoxon stellte dies als unwahrscheinlich hin. Jetzt hat Beckfurt analytisch nachgewiesen, dass Davies' Paradoxon nicht unbedingt zutreffen muss, wenn man annimmt, dass die Zahl der Expansionen und Kontraktionen des Universums unendlich ist!« Er stand auf und ging hin und her. Er war mit sich so zufrieden, dass er nicht still sitzen konnte. Ich verstand nicht, worüber er sich so freute.

»Albert«, fragte ich unsicher. »Willst du andeuten, dass das Universum uns um die Ohren fliegen wird und wir alle zu – wie nennst du das? – Phloem zermalmt werden?«

»Ganz genau, mein lieber Junge!«

»Und darüber bist du *glücklich?*«

»Allerdings! Ach«, sagte er und blieb an der Tür stehen. »Ich sehe wo du Schwierigkeiten hast. Das wird nicht bald geschehen, sondern ist eine Angelegenheit von wenigstens einigen Milliarden Jahren, das steht fest.«

Ich lehnte mich zurück und schaute ihn an. Es war nicht so leicht, sich an diesen neuen Albert zu gewöhnen! Er schien nichts dabei zu finden, fröhlich über all die halbgaren Vorstellungen zu plaudern, die seit der Ausschreibung der Preise eingegangen waren. Unbekümmert äußerte er auch, was er sich dabei gedacht hatte. Gedacht?

»Moment mal«, unterbrach ich ihn und runzelte die Stirn. Da war etwas, das ich nicht kapierte. »Wann?«

»Wann was, Robin?«

»Wann hast du darüber nachgedacht? Du warst doch ausgeschaltet, wenn wir uns nicht unterhalten haben.«

»Stimmt genau, Robin. Als ich ›ausgeschaltet war‹, wie du es nennst.« Seine Augen funkelten verschmitzt. »Jetzt hat mich Mrs. Broadhead mit einer fest installierten, umfangreichen Datenbank ausgestattet. Ich höre jetzt nicht mehr auf zu existieren, wenn du mich ausschaltest.«

»Das wusste ich nicht.«

»Und es macht mir so viel Freude, wie du dir gar nicht vorstellen kannst! Einfach denken! Mein ganzes Leben habe ich mir das sehnlichst gewünscht. Als junger Mann habe ich vor Freude geweint, wenn ich die Möglichkeit hatte, still dazusitzen und zu denken – zum Beispiel, wie man für bekannte mathematische und physikalische Theoreme die Beweise wiederherstellen konnte. Jetzt kann ich das sehr oft tun, und noch viel schneller als damals, als ich noch lebte! Ich bin deiner Frau dafür zu tiefstem Dank verpflichtet.« Er spitzte ein Ohr. »Da kommt sie zurück, Robin«, sagte er. »Mrs. Broadhead? Mir ist gerade eingefallen, dass ich Ihnen für diese neue Programmierung noch meinen Dank aussprechen muss.«

Sie sah ihn leicht verwundert an und schüttelte den Kopf. »Liebster Robin«, begann sie. »Ich muss dir etwas mitteilen. Einen Moment.« Sie wandte sich an Albert und warf ihm einige schnelle Sätze auf Russisch zu. Er nickte und machte ein ernstes Gesicht. Manchmal brauche ich sehr lange, um etwas mitzubekommen. Aber jetzt hatte sogar ich kapiert, dass etwas vorging, das ich wissen sollte. »Raus mit der Sprache, Essie!«, verlangte ich. Ich war sehr in Unruhe, vor allem, weil ich den Grund meiner Unruhe nicht kannte. »Was ist los? Hat Wan etwas verbrochen?«

Robin verstand Davies' Paradoxon nicht ganz, aber er verstand ja nicht einmal das viel berühmtere Olbers-Paradoxon, das den Astronomen damals im 19. Jahrhundert so viel zu schaffen gemacht hatte. Olbers sagte: Wenn das Universum unendlich ist, muss es auch eine unendliche Zahl von Sternen geben. Das bedeutet, dass wir nicht einzelne Sterne am schwarzen Himmel sehen können, sondern eine feste, strahlend weiße Kuppel aus Sternenlicht. Er wies das mathematisch nach. (Er wusste allerdings nicht, dass die Sterne zu Galaxien zusammengeschlossen waren, was die mathematischen Gegebenheiten veränderte.) Dann argumentierte ein Jahrhundert später Paul Davies: Wenn es stimmt, dass das Universum zyklisch ist und sich immer wieder ausweitet und zusammenzieht, dann ist es einem winzigen Teil aus Materie oder Energie möglich, sich aus dem Druck herauszuhalten und ins nächste Universum überzuwechseln. Eine unendliche Zeitspanne später würde dieses Restlicht unendlich anwachsen und wieder zu einem Olbers-Himmel führen. Er wusste aber nicht, dass die Zahl der Schwingungen, denen ein kleines Energieteilchen draußen ausgesetzt war, nicht unendlich war.

»Wan hat Gateway verlassen. Nicht einen Augenblick zu früh. Er hatte Schwierigkeiten mit der Gateway AG und vielen anderen. Ich will aber nicht über Wan sprechen. Ich habe eine Frau in meinem Lokal gesehen, die der Frau sehr ähnlich war, liebster Robin, die du vor mir geliebt hast – Gelle-Klara Moynlin. Sie war ihr so ähnlich, dass ich dachte, sie sei vielleicht die Tochter.«

Ich starrte sie an. »Was ... woher weißt du überhaupt, wie Klara ausgesehen hat?«

»Ach, Robin«, entgegnete sie ungeduldig. »Fünfundzwanzig Jahre – und ich bin Spezialist im Datenabrufen! Du glaubst, ich könnte das nicht arrangieren? Ich kenne sie genau, Robin. Jedes Detail ist aufgezeichnet.«

»Ja, aber ... sie hatte nie eine Tochter.« Ich hielt inne. Plötzlich war mir der Gedanke gekommen, ob ich das auch sicher wusste. Ich hatte Klara sehr geliebt, aber nicht sehr lange. Es war durchaus möglich, dass es in ihrem Leben Dinge gab, die sie mir in der kurzen Zeit gar nicht hatte erzählen können.

»Ehrlich«, fuhr Essie verlegen fort. »Mein erster Gedanke war, sie sei vielleicht deine Tochter. Theoretisch, du verstehst? Aber es wäre möglich. Du könntest der Lady ein Kind gemacht haben, oder? Aber jetzt ...« Sie wandte sich wieder Albert zu. »Albert! Bist du mit dem Suchen fertig?«

»Ja, Mrs. Broadhead.« Er nickte und schaute ernst drein. »In Gelle-Klara Moynlins Akten findet sich kein Hinweis, dass sie je ein Kind geboren hat.«

»Und?«

Er machte sich umständlich mit seiner Pfeife zu schaffen. »Es besteht kein Zweifel in Bezug auf die Identität, Mrs. Broadhead. Sie ist vor zwei Tagen angekommen – mit Wan.«

Essie seufzte. »Dann gibt es keinen Zweifel, dass die Frau im Lokal Klara und keine Schwindlerin war«, folgerte sie tapfer.

In diesem Augenblick, in dem ich mich bemühte, das zu erfassen, was man mir soeben mitgeteilt hatte, in diesem Augenblick wünschte ich mir am sehnlichsten die lindernde, heilende Anwesenheit meines alten Psychoanalyseprogramms, Sigfrid Seelenklempner. Ich brauchte Hilfe.

Klara? Lebendig? Hier? Wenn das unmöglich Scheinende wahr war, was sollte ich tun?

Es war leicht, mir einzureden, dass ich Klara nichts schuldete, dass ich alles bezahlt hatte. Die Währung, mit der ich bezahlte, war lange Trauer, tiefe und treue Liebe, ein Gefühl des Verlusts, das auch drei Jahrzehnte nicht ganz zum Verstummen bringen konnten. Und zwischen uns war ein Abgrund, den ich nicht überbrücken konnte. Erträglich machte das für mich nur, dass ich schließlich doch gelernt hatte zu glauben, dass es nicht meine Schuld war.

Aber nun hatte sich dieser Abgrund irgendwie selbst überbrückt. Sie war hier! Und ich war hier – mit meiner Frau und einem gut geordneten Leben und keinem Platz für die Frau, der ich versprochen hatte, sie immer und ausschließlich zu lieben.

»Da ist noch mehr«, sagte Essie und beobachtete mein Gesicht.

Ich war in dem Moment kein guter Gesprächspartner. »Ja?«

»Noch mehr. Wan ist mit zwei Frauen gekommen, nicht nur mit einer. Die zweite ist Dolly Walthers, die untreue Frau des Mannes, den wir in Rotterdam getroffen haben, erinnerst du dich? Junge Person. Vom Weinen ist ihr Augen-Make-up verschmiert – sonst eine hübsche junge Frau, aber nicht mit hübschen Gedanken. Die U.S.-Militärpolizei hat sie verhaftet, als Wan ohne Erlaubnis abflog. Also bin ich zu ihr gegangen und wollte mit ihr reden.«

»Dolly Walthers?«

»Robin, bitte, hör zu! Ja, Dolly Walthers. Sie konnte mir nur wenig sagen, weil die MPs andere Pläne mit ihr hatten. Die Amerikaner wollen sie ins Hohe Pentagon bringen. Die Brasilianer versuchten das zu stoppen. Großer Krach. Aber die Amerikaner haben schließlich gewonnen.«

Ich nickte, um ihr zu zeigen, dass ich verstanden hatte. »Kapiere! Die Amerikaner haben Dolly Walthers verhaftet.«

Essie sah mich scharf an. »Geht es dir auch gut, Robin?«

»Aber sicher! Ich fühle mich wohl. Ich mache mir nur wegen der Spannungen zwischen den Amerikanern und den Brasilianern Sorgen. Ich hoffe, dass dieser Vorfall sie nicht davon abhält, ihre Daten zu koordinieren.«

»Ah«, sagte Essie, »jetzt verstehe ich. Du warst in Sorge, ich war aber nicht sicher, worüber.« Dann biss sie sich auf die Lippe. »Entschuldige bitte, liebster Robin. Ich bin auch ein bisschen durcheinander, glaube ich.«

Sie setzte sich auf die Bettkante und zuckte empfindlich zusammen, als die anisokinetische Matratze nach ihr stieß. »Die praktische Seite zuerst«, entschied sie und runzelte die Stirn. »Was machen wir jetzt? Hier die Alternativen: Erstens, abfahren wie geplant und das Objekt untersuchen, das Walthers gefunden hat. Zweitens, wir versuchen mehr Informationen über Gelle-Klara Moynlin zu bekommen. Drittens, wir essen und schlafen eine Nacht, ehe wir irgendetwas unternehmen - weil«, fügte sie tadelnd hinzu, »du nicht vergessen darfst, Robin, dass du immer noch Rekonvaleszent nach einer schweren Abdomenoperation bist. Ich persönlich bin für Alternative drei. Was denkst du?«

Während ich noch über diese schwierige Frage nachdachte, räusperte sich Albert.

»Mrs. Broadhead? Mir ist gerade eingefallen, dass es nicht sehr teuer wäre, vielleicht ein paar hunderttausend Dollar, einen Eimer für ein paar Tage zu chartern und ihn auf eine Fotoaufklärungsmission hinauszuschicken.« Ich sah zu ihm hin und versuchte, seinen Gedankengängen zu folgen. »Er könnte das Objekt, an dem Sie interessiert sind, aufspüren«, erklärte er weiter. »Dann beobachten und uns darüber Bericht erstatten. Schiffe für einen einzelnen Passagier sind im Augenblick nicht sehr gefragt, glaube ich. Außerdem sind davon mehrere auf Gateway vorhanden.«

»Was für eine gute Idee!«, rief Essie. »Das wollen wir machen, ja? Arrangiere alles, Albert! Und gleichzeitig koch etwas besonders Leckeres für unser erstes Essen auf, äh, auf dem neuen Schiff *Wahre Liebe!*«

Da ich nichts dagegen hatte, machten wir es so. Ich brachte keinen Einwand vor, weil ich im Schockzustand war. Das Schlimmste daran ist, man weiß nicht, dass man sich im Schockzustand befindet. Ich hielt mich für hellwach und klar. Ich aß, was man mir vorlegte, und bemerkte nichts Merkwürdiges, bis Essie mich in das große, federnde Bett steckte.

»Warum sagst du nichts?«, fragte ich.

»Weil du die letzten zehnmal, wenn ich mit dir gesprochen habe, nicht geantwortet hast«, stellte sie ohne jeden Vorwurf fest. »Ich sehe dich morgen früh.«

Mir war gleich klar, was das zu bedeuten hatte. »Du willst in der Gästekabine schlafen?«

»Ja. Nicht aus Ärger, Liebes, auch nicht aus Kummer. Will dich nur ein bisschen allein lassen, ja?«

»Naja ... Ich meine, ja! Sicher, Liebling. Das ist wahrscheinlich eine gute Idee«, räumte ich ein. Langsam dämmerte es mir, dass Essie wirklich verstört war und sie nicht wollte, dass ich mir ihretwegen Sorgen machte. Ich nahm ihre Hand und küsste das innere Handgelenk, ehe ich sie gehen ließ. Ich raffte mich sogar noch zu einem Gespräch auf. »Essie? Hätte ich dich fragen sollen, ehe ich dem Schiff einen Namen gab?«

Sie spitzte den Mund. »*Wahre Liebe* ist ein guter Name«, meinte sie verständnisvoll.

Trotzdem schien sie noch Vorbehalte zu haben. Ich wusste nicht, warum. »Ich hätte dich gefragt«, begründete ich mein Verhalten. »Aber es kam mir so schäbig vor, den Menschen zu fragen, nach dem man das Schiff nennen will. Das wäre genauso, als würde ich dich fragen, was du dir zum Geburtstag wünschst, statt mir selbst darüber den Kopf zu zerbrechen.«

Sie lächelte entspannt. »Robin, Liebes, aber du fragst sonst immer. Nicht wichtig, ehrlich! Und, ja, *Wahre Liebe* ist ein wirklich *hervorragender* Name, jetzt wo ich weiß, dass die wahre Liebe, an die du gedacht hast, ich bin.«

Ich vermute, Albert hatte wieder einen seiner kleinen Zaubertränke gemixt; denn ich schlief sofort ein. Aber ich schlief nicht lange. Drei oder vier Stunden später lag ich hellwach, ziemlich ruhig und sehr verwirrt im anisokinetischen Bett.

Draußen an der Peripherie von Gateway, wo die Andockgruben sind, herrscht wegen der Rotation etwas Zentrifugalkraft. Unten wird oben. Aber nicht an Bord der *Wahren Liebe*. Albert hatte das Schiff angeworfen. Dieselbe Kraft, die uns während des Flugs davon abhielt umherzutreiben, neutralisierte den Schub der Drehung des Asteroiden und polte ihn um. Ich wurde behutsam ins Bett gepresst. Ich fühlte das schwache Summen der Versorgungssysteme, welche die Luft erneuerten, den Druck in den Röhren konstant hielten und alle Arbeiten ausführten, die das Schiff am Leben erhielten. Ich wusste, dass Albert erscheinen würde, wenn ich seinen Namen aussprach – in welcher Aufmachung wusste ich natürlich nicht. Es hätte sich fast gelohnt, ihn zu rufen, um zu sehen, ob er durch die Tür sprechen oder unter dem Bett hervorkriechen würde, um mich zu unterhalten. Ich glaube, im Essen war nicht nur ein Schlafmittel, sondern auch ein Stimmungsaufheller, denn ich fühlte mich trotz meiner Probleme ganz entspannt – allerdings konnte dieses Wohlbefinden die Probleme nicht lösen.

Welche Probleme lösen? Das war das erste Problem. Meine Dringlichkeitsliste war in den letzten Wochen so oft umgeworfen worden, dass ich nicht mehr wusste, was ich an die Spitze setzen sollte. Da war das harte, gefährliche Problem der Terroristen. Das musste aus mehr als nur meinen persönlichen Gründen gelöst werden, war aber eine Position nach unten gerutscht, als Audee Walthers mir sein Problem in Rotterdam auf den Tisch gelegt hatte. Dann war noch das Problem meiner Gesundheit, das schien aber, zumindest vorübergehend, in den Hintergrund getreten zu sein. Und dann war da das neue und unlösbare Problem Klara. Ich war sicher, jedes Problem für sich erledigen zu können, auch alle vier auf einmal – so oder so –, aber wie ganz genau? Was sollte ich tun, wenn ich aufstand?

Da ich darauf keine Antwort wusste, blieb ich liegen.

Ich schlief wieder ein. Als ich diesmal aufwachte, war ich nicht allein. »Guten Morgen, Essie«, sagte ich und griff nach ihrer Hand.

»Guten Morgen«, erwiderte sie und hielt meine Hand mit der liebevollen, vertrauten Geste an ihre Wange. Dann sprach sie aber ein Thema an, das uns nicht vertraut war. »Du fühlst dich gut, Robin? Gut! Ich habe über unsere Situation nachgedacht.«

»Ach ja«, bemerkte ich. Ich spürte, wie ich mich langsam verkrampfte. Die friedliche Entspannung wurde Stück für Stück angeknabbert. »Und welche Situation ist das?«

»Die Klara-Moynlin-Situation, was sonst?«, antwortete sie. »Ich sehe, es ist sehr schwierig für dich, Robin, Liebes.«

»Ach«, gab ich zu. »So was passiert nun mal.« Es war nicht die Situation, die ich unbefangen mit Essie besprechen konnte; aber das hielt Essie nicht davon ab, sie mit mir diskutieren zu wollen.

»Lieber Robin«, begann sie von neuem. Ihre Stimme klang ruhig, und auch ihr Gesichtsausdruck zeigte im schwachen Licht keine Regung. »Es hat keinen Zweck, alles zurückzuhalten. Das staut sich und explodiert.«

Ich drückte ihre Hand. »Hast du Nachhilfe bei Sigfrid Seelenklempner genommen? Genau das hat er auch immer gesagt.«

»Es war ein gutes Programm. Bitte, glaube mir, ich verstehe, was in deinem Herzen vorgeht.«

»Ich weiß, dass du das tust, aber ...«

»Aber«, sie nickte, »dir ist es peinlich, mit mir darüber zu reden, weil ich in diesem Fall die andere Frau bin. Ohne mich gäbe es kein Problem.«

»Verdammt noch mal! Das ist nicht wahr!« Ich hatte nicht brüllen wollen, aber vielleicht hatte sich in mir wirklich einiges aufgestaut.

»Falsch, Robin! Es ist wahr. Wenn ich nicht existierte, könntest du Klara suchen und auch zweifellos finden und dann entscheiden, was du in dieser quälenden Situation machen willst. Vielleicht werdet ihr wieder ein Liebespaar. Vielleicht nicht – Klara ist eine junge Frau. Vielleicht will sie kein altes Wrack mit Ersatzteilen als Liebhaber! Nein, ich schließe diese Möglichkeit aus! Tut mir Leid.«

Sie dachte einen Augenblick lang nach und verbesserte sich dann: »Nein, stimmt nicht. Es tut mir kein bisschen Leid! Wir lieben uns. Ich schätze das sehr hoch, aber das Problem bleibt! Aber, Robin, keiner ist schuld daran. Du nicht – ich nicht! Und auf keinen Fall trägt Klara Moynlin die Schuld. Die ganze Schuld, die Angst und Sorgen sind in deinem Kopf. Nein, Robin, versteh mich nicht falsch! Das kann in deinem Kopf furchtbar wehtun, besonders bei einem Menschen mit einem so ausgeprägten Gewissen, wie du es hast. Aber es ist ein Papiertiger! Blas – und er fliegt weg! Das Problem ist nicht, dass Klara wieder da ist, sondern dass du dich schuldig fühlst.«

Es war offensichtlich, dass ich nicht der Einzige gewesen war, der heute Nacht schlecht geschlafen hatte. Essie hatte diese Rede öfter und lange geprobt.

Ich setzte mich auf und sog die Luft ein. »Ist das Kaffee, was du mitgebracht hast?«

»Nur, wenn du willst, Robin.«

»Ich will.« Während sie mir die Kanne und eine Tasse reichte, dachte ich nach. »Bestimmt hast du Recht«, stimmte ich ihr zu. »Ich weiß es. Ich weiß aber nicht, wie Sigfrid immer zu sagen pflegte, wie ich dieses Wissen in mein Leben integrieren soll.«

Sie nickte. »Kapiere. Ich habe Fehler gemacht. Hätte Sigfrids Unterprogramme in Albert einbauen sollen, statt der Feinschmeckerküche. Ich habe mir schon Änderungen überlegt, weil mir das schwer auf dem Gewissen liegt.«

»Aber Liebling, das ist doch nicht deine ...«

»... Schuld! Nein. Das ist der Kern unserer Unterhaltung, korrekt?« Essie beugte sich vor und gab mir einen flüchtigen Kuss. Dann schaute sie wieder besorgt. »Warte, Robin, ich ziehe den Kuss zurück. Bei psychoanalytischer Arbeit ist der Analytiker nicht wichtig. Das hast du mir oft gesagt. Wichtiger ist, was im Kopf des Patienten geschieht – bei dir. Also kann der Analytiker eine Maschine sein, sogar eine rudimentäre Maschine oder ein Idiot mit Mundgeruch oder ein Mensch mit Doktorgrad ... oder ich.«

»Du?«

Sie zuckte zusammen. »Ich habe schon schmeichelndere Töne von dir gehört«, beschwerte sie sich.

»Du willst mich analysieren?«

»Ja, warum nicht?«, bestätigte sie kämpferisch. »Als Freund. Als guter und intelligenter Freund will ich dir zuhören. Ich verspreche kein Urteil. Ich verspreche Folgendes, Robin: Als Freund will ich dich reden lassen, schreien, weinen, kämpfen, bis alles herauskommt. Damit du klar siehst, was du willst und fühlst.«

Mein Herz schmolz bei ihren Worten dahin. Ich konnte nur noch stammeln: »Ach, Essie ...« Ich hätte ohne Schwierigkeiten jederzeit losheulen können.

Stattdessen nahm ich noch einen Schluck Kaffee und schüttelte den Kopf. »Ich glaube nicht, dass das funktionieren würde«, gab ich zu bedenken. Es tat mir Leid, was man mir sicher auch anhörte; aber ich war auch – wie konnte man das Gefühl beschreiben? – interessiert. Technisch interessiert. Interessiert, wie an einem kniffligen Problem, das gelöst werden musste.

»Warum soll es nicht funktionieren?«, fragte sie aufgebracht. »Hör, Robin, ich habe das genau überlegt. Ich erinnere mich an alles, was du darüber erzählt hast. Ich zitiere direkt: Der beste Teil der Sitzungen war, wie du gesagt hast, wenn du auf dem Weg zu Sigfrid geprobt hast, was Sigfrid sagen und was du antworten wirst.«

»Hab' ich das gesagt?« Ich war immer erstaunt, wie viel Essie von dem müßigen Geplapper eines gemeinsamen Vierteljahrhunderts im Gedächtnis behielt.

»Ganz genau«, stellte sie zufrieden fest. »So, warum nicht ich? Nur weil ich persönlich beteiligt bin?«

»Nun, das würde es schon komplizieren.«

»Schwierige Sachen soll man sofort tun«, erklärte sie fröhlich. »Unmögliche brauchen manchmal fast eine Woche.«

»Ich hab' dich lieb«, sagte ich. »Aber ...« Ich dachte nach. »Sieh mal, es ist nicht nur eine Frage des Zuhörens. Bei der ganzen Seelenklempnerei ist das Wichtigste, dass das Programm auch das ganze nonverbale Zeug registriert. Verstehst du, was ich meine? Das ›Ich‹, das dort redet, weiß nicht immer, was es sagen will. Es sperrt sich, weil es schmerzhaft ist, das ganze alte Zeug herauszulassen, und es will keine Schmerzen.«

»Ich würde deine Hand halten, wenn du Schmerzen hast, Robin.«

»Natürlich würdest du das. Aber würdest du das nonverbale Zeug verstehen? Das innere, schweigende ›Ich‹ spricht in Symbolen. Träume. Freudsche Versprecher. Unerklärliche Abneigungen. Ängste. Bedürfnisse. Zucken und Zwinkern. Allergien – alle diese Dinge, Essie, und noch tausend andere, wie Impotenz, Kurzatmigkeit, Juckreiz, Schlaflosigkeit. Ich will damit nicht sagen, dass ich an all diesen Dingen leide ...«

»Sicher nicht an allen!«

»... aber sie gehören zu dem Wortschatz, den Sigfrid lesen konnte. Ich kann es nicht und du auch nicht.«

Essie seufzte und nahm die Niederlage hin. »Dann bleibt

nur noch Plan B«, schlug sie vor. »Albert! Mach das Licht an! Komm herein!«

Langsam gingen die Lichter an, und Albert Einstein trat durch die Tür. Er reckte und streckte sich nicht wirklich, erweckte aber trotzdem den Eindruck eines ältlichen Genies, das eben aus den Federn gekrochen war und nun für alles bereit war; aber noch nicht ganz wach. »Hast du den Fotoaufklärer gechartert?«, fragte Essie.

»Er ist schon unterwegs, Mrs. Broadhead«, gab er Bescheid.

Mir kam es so vor, als hätte ich dem Unternehmen eigentlich noch nicht zugestimmt, aber vielleicht doch. »Und«, fuhr sie fort, »sind alle Meldungen abgeschickt, wie vereinbart?«

»Alle, Mrs. Broadhead.« Er nickte. »Wie Sie es angeordnet hatten. An alle hochstehenden Persönlichkeiten im militärischen Bereich oder in der Regierung der Vereinigten Staaten, die Robin einen Gefallen schuldig sind, mit der Bitte, sie möchten ihre Beziehungen darauf verwenden, dass die Leute im Pentagon uns mit Dolly Walthers sprechen lassen.«

»Ja. Das ist, was ich angeordnet habe«, stimmte ihm Essie zu. Dann wandte sie sich mir zu. »Du siehst, jetzt gibt es nur noch diesen Weg. Geh und finde Dolly! Geh und finde Wan! Geh und finde Klara!« Ihre Stimme klang fest, aber ihr Ausdruck war plötzlich nicht mehr so zuversichtlich und sehr verwundbar. »Dann werden wir sehen, Robin. Alles Glück für uns alle.«

Sie war so schnell, dass ich ihr nicht folgen konnte. Meine Augen fielen mir vor Überraschung fast heraus. »Essie! Was geht hier vor? Wer hat gesagt ...«

»Das war ich, liebster Robin! Ich kann nicht fertig werden mit Klara als Geist im Unterbewusstsein. Vielleicht, wenn die echte, lebende Klara dir gegenübersteht. Das ist der einzige Weg, korrekt?«

»Essie!« Ich war tief erschüttert. »Du hast diese Meldungen geschickt? Du hast meine Unterschrift gefälscht?«

»Moment mal. Robin! Warte!«, erwiderte sie, nun ihrerseits erschüttert. »Was heißt gefälscht? Ich habe die Meldungen mit ›Broadhead‹ unterschrieben. Das ist doch mein Name, oder nicht? Habe ich das Recht, meinen Namen unter etwas zu setzen, ja oder nein?«

Ich sah sie nur frustriert an. Völlig frustriert. »Weib«, sagte ich, »du bist zu gerissen für mich, weißt du das? Woher hab' ich nur die Ahnung, dass du jedes Wort unserer Unterhaltung schon kanntest, ehe sie stattfand?«

Selbstzufrieden zuckte sie mit den Schultern. »Schließlich bin ich Informationsspezialistin, liebster Robin, und kann mit Informationen umgehen, besonders nach fünfundzwanzig Jahren an dem Objekt, das ich sehr liebe und glücklich sehen will. Ich habe angestrengt nachgedacht, was zu tun ist und was du erlauben wirst, dann habe ich die logischen Schlussfolgerungen gezogen. Ich würde noch viel mehr tun. Wenn nötig, Robin«, schloss sie. Dann stand sie auf und reckte sich. »Ich würde tun, was am besten für dich ist, sogar für sechs Monate weggehen oder so, damit du und Klara eure Probleme lösen könnt.«

Nach zehn Minuten hatte Albert die Erlaubnis zum Abflug erhalten, während Essie und ich uns wuschen und anzogen. Die *Wahre Liebe* flitzte aus ihrer Andockgrube, und wir waren auf dem Weg zum Hohen Pentagon.

Meine liebe Frau, Essie, hatte viele Tugenden. Eine davon war eine Uneigennützigkeit, dass mir die Luft wegblieb. Eine andere war ihr Sinn für Humor, den sie manchmal in ihre Programme einbaute. Albert war wie ein forscher Pilot gekleidet: Lederkappe mit flatternden Ohrenklappen, weißer Richthofenschal, den er wie der Rote Baron um den Hals geschlungen trug. So saß er auf dem Pilotensitz und beobachtete wild entschlossen die Armaturen. »Du kannst dir das sparen, Albert«, bemängelte ich.

Er drehte den Kopf und lächelte dümmlich. »Ich wollte dich nur unterhalten«, gab er vor und nahm die Lederkappe ab.

»Ist dir auch voll gelungen.« Ich hatte mich wirklich amüsiert. Alles in allem fühlte ich mich gut. Man konnte eine durch ungelöste Probleme entstandene niederschmetternde Depression nur so bekämpfen, dass man sich den Problemen stellte – auf die eine oder andere Weise –, und das jetzt war eine Weise. Ich wusste die liebevolle Fürsorge meiner Frau zu schätzen. Ich schätzte auch die Art, wie mein neues Schiff dahinglitt. Ich schätzte sogar die geschickte Art und Weise, mit welcher der holographische Albert sich seiner Kappe und seines Schals entledigte. Sie verschwanden nicht einfach. Er rollte sie zusammen und verstaute sie zwischen den Beinen. Ich nehme an, er wartete mit dem Verschwindenlassen, bis niemand hinschaute. »Ist deine ganze Konzentration nötig, um das Schiff zu fliegen, Albert?«, fragte ich.

»Nein, eigentlich nicht«, antwortete er. »Es hat ein automatisches Navigationsprogramm.«

»Dann ist also deine Anwesenheit lediglich ein weiterer Versuch, mich bei guter Laune zu halten? Warum versuchst du nicht etwas anderes? Plaudere mit mir! Erzähl mir etwas von den Dingen, mit denen du so gerne angibst. Du weißt schon! Kosmologie, die Hitschi, der Sinn des Ganzen und Gott.«

»Wenn du meinst«, sagte er ergeben. »Aber vielleicht möchtest du vorher noch diese Nachricht sehen, die gerade hereingekommen ist.«

Essie sah aus der Ecke zu mir herüber. Sie ging gerade die gesammelten Kundenkommentare durch, als Alberts Starfoto vom großen Schirm verschwand. Jetzt stand dort:

> Robinette, mein Junge, für einen Kerl, der die Brasilianer dazu gebracht hat, sich auf den Rücken zu legen und totzustellen, ist nichts unmöglich. Das Hohe Pentagon ist über deinen Besuch informiert und angewiesen, dir jeden Gefallen zu tun. Die Bude gehört dir.
>
> Manzbergen.

»Bei Gott!«, rief ich überrascht und erfreut zugleich. »Sie haben es getan! Sie haben ihre Unterlagen zur Verfügung gestellt!«

Albert nickte. »Sieht so aus, Robin. Du kannst mit Recht auf deine Bemühungen stolz sein.«

Essie kam herüber und küsste mich in den Nacken. »Diese Bemerkung unterschreibe ich«, schnurrte sie. »Ausgezeichnet, Robin! Du bist ein Mann mit großem Einfluss!«

»Ach was«, wiegelte ich ab und grinste. Ich konnte mir das Grinsen nicht verkneifen. Wenn die Brasilianer ihre Unterlagen über die Suche und Lokalisierung den Amerikanern überlassen hatten, konnten die Amerikaner diese mit ihren eigenen Angaben kombinieren und einen Weg finden, um mit den verdammten Terroristen und ihrem Wahnsinn verbreitenden TPSE da draußen im All fertig zu werden. Kein Wunder, dass General Manzbergen mit mir so zufrieden war! Ich war selbst mit mir zufrieden. Hier konnte man wieder mal sehen, dass man bei unüberwindlich erscheinenden Problemen nur eines entschieden anpacken muss, dann verschwinden auch alle anderen ganz von selbst ... »Was?«

»Ich habe gefragt, ob du immer noch an einer Unterhaltung interessiert bist«, fragte Albert sehnsüchtig.

»Aber sicher. Warum nicht?« Essie saß wieder in ihrer Ecke, sah aber mehr zu Albert als auf ihre Berichte.

»Wenn es dir recht ist«, schlug Albert schüchtern vor, »würde es mir Freude machen, statt über Kosmologie und Eschatologie und fehlende Masse über mein früheres Leben zu sprechen.«

Essie verzog das Gesicht und machte den Mund auf, um etwas zu sagen. Aber ich winkte ab. »Lass ihn reden, Liebes! Ich glaube nicht, dass meine Gedanken sich jetzt auf fehlende Masse konzentrieren können.«

Und so erzählte uns Albert auf dem kurzen, angenehmen Flug zum Hohen Pentagon aus seinem Leben. Er hatte es sich im Pilotensitz bequem gemacht und die Hände über dem runden Bäuchlein in der ausgeleierten Strickjacke gefaltet. Er schwärmte von den Tagen, als er noch im Patentbüro in der Schweiz gearbeitet hatte, und wie die Königin von Belgien sein Geigenspiel auf dem Klavier begleitet hatte. Und unterdessen wurde meine Freundin-dritter-Hand, Dolly Walthers, mit allem Nachdruck von den Offizieren des militärischen Nachrichtendienstes im Hohen Pentagon vernommen. Und unterdessen beseitigte mein Noch-nicht-Freund Kapitän die Spuren seiner Intervention und betrauerte seine verlorene Liebe. Und unterdessen war meine Einmal-mehr-als-Freundin Klara Moynlin ...

Ich wusste nicht, was Klara unterdessen tat, jedenfalls damals nicht. Eigentlich wollte ich auch die Einzelheiten gar nicht wissen.

17

Es muss weitergehen

Am schwersten fiel Klara in ihrem neuen Leben, den Mund zu halten. Sie war eine Kämpfernatur, und mit jemandem wie Wan entstand Streit nur allzu leicht. Wan wollte Essen, Sex, Unterhaltung und gelegentliche Hilfestellung beim Fliegen des Raumschiffs - aber nur *dann*, wenn *er* es wollte, zu keinem anderen Zeitpunkt. Klara wollte Zeit zum Nachdenken. Sie wollte darüber nachdenken, wie ihr Leben auf so erstaunliche Weise aus der Bahn geraten war. Der Möglichkeit, ihr Leben zu verlieren, hatte sie immer schon ins Auge geblickt - wenn auch nicht stets sehr mutig, so doch wenigstens standhaft. Die Möglichkeit eines so ausgefallenen Missgeschicks, eine Generation lang auf einem Abstellgleis in einem Schwarzen Loch hängen zu bleiben, während sich die Welt ohne sie weiterdrehte, war ihr noch nie eingefallen. Das erforderte Nachdenken.

Wan interessierten Klaras Bedürfnisse überhaupt nicht. Wenn er sie brauchte, hatte sie da zu sein. Wenn er sie nicht wollte, machte er das sehr deutlich. Seine sexuellen Wünsche störten Klara am wenigsten. Die waren meist nicht mühsamer oder von persönlicherer Bedeutung als ein Besuch auf der Toilette. Das Vorspiel bestand für Wan darin, dass er seine Hosen auszog. Den Akt erledigte er seinem Tempo entsprechend, und das war blitzschnell. Es störte Klara weniger, dass ihr Körper benutzt, als dass ihre Aufmerksamkeit vergewaltigt wurde.

Klaras angenehmste Stunden waren, wenn Wan schlief. Das dauerte aber meist nicht lange. Wan hatte einen leichten Schlaf. Aber dann konnte sie sich zu einem Gespräch mit den Toten Menschen niederlassen oder sich etwas zu essen machen, das Wan nicht besonders mochte, oder einfach dasitzen und ins All starren - diese Redensart nahm eine ganz andere Bedeutung an, wenn man als einzigen Gegenstand, der weiter als eine Armlänge entfernt war, einen Bildschirm hatte, der unmittelbar ins All hinausschaute. Kaum hatte sie es sich gemütlich gemacht, kam meist die schrille, quälende Stimme: »Du tust mal wieder gar nichts, Klara. Du bist ein faules Luder. Dolly hätte mir schon längst einen Haufen Schokoladenplätzchen gebacken!« Noch schlimmer war es, wenn er zum Spielen aufgelegt war. Dann holte er die Pülverchen und Apothekerfläschchen, dazu noch Silberdöschen mit rosa und lila Pillen. Wan hatte gerade erst Drogen entdeckt. Er wollte diese Erfahrung mit Klara teilen. Manchmal ließ sie sich auch aus Langeweile oder Verzweiflung dazu überreden. Keinesfalls aber spritzte, schnüffelte oder schluckte sie etwas, das sie nicht eindeutig identifizieren konnte. Und sie wies noch eine Menge Zeug zurück, bei dem sie es konnte. Aber andererseits nahm sie auch eine Menge. Die Euphorie, das Brausen - es dauerte zwar nicht lange, war aber doch eine segensreiche Ablenkung von der Leere eines Lebens, das einmal kurz gerülpst hatte, dann gestorben war und nun wieder von neuem begann. Es war immer noch besser, mit Wan high zu werden oder sogar mit ihm ins Bett zu gehen, als der Frage ausweichen zu müssen, die Wan stellte und auf die sie keine ehrliche Antwort geben wollte:

»Klara, glaubst du wirklich, dass ich meinen Vater finden werde?«

»Keine Chance, Wan, der alte Knabe ist längst tot.«

Weil der alte Knabe mit Sicherheit tot war. Der Mann, der Wan gezeugt hatte, war von Gateway ganz allein zu einer

Mission aufgebrochen, als Wans Mutter sich gerade zum ersten Mal Gedanken darüber machte, dass sie ihre Periode nicht bekommen hatte. In den Unterlagen wurde er als vermisst geführt. Sicher, er *könnte* von einem Schwarzen Loch verschlungen worden sein. Er *könnte* sich immer noch da drinnen befinden, eingefroren in der Zeit, wie Klara.

Aber die Chancen standen sehr schlecht.

Für Klara war es immer wieder erstaunlich, mit welcher Leichtigkeit Wan die alten Navigationskarten der Hitschi lesen konnte. Als er einmal bei guter Laune war – fast eine Viertelstunde lang, beinahe ein Rekord –, hatte er ihr die Karten gezeigt und die Objekte markiert, die er bereits besucht hatte, ihres eingeschlossen. Nachdem seine gute Laune verpufft und er wütend schlafen gegangen war, hatte sie vorsichtig die Toten Menschen befragt. Man konnte nicht behaupten, dass die Toten Menschen sich mit den Karten gut auskannten. Aber das bisschen, das sie wussten, war weit mehr als alles, was Klaras Zeitgenossen gewusst hatten.

Einige der karthographischen Regeln waren ganz einfach – beinahe so selbstverständlich wie das Ei des Kolumbus, nachdem jemand ihre Bedeutung erklärt hatte. Die Toten Menschen waren glücklich, das für Klara tun zu dürfen. Die Schwierigkeit bestand nur darin, sie abzuhalten, ihr alles *noch mal* und *noch mal* auseinander zu setzen. Die Farben auf den abgebildeten Objekten? Einfach, sagten die Toten Menschen. Je blauer, desto weiter weg. Je röter, desto näher. »Das beweist«, zirpte die pedantischste Frau unter den Toten Menschen, »das beweist, dass die Hitschi das Hubble-Humason-Gesetz kannten.«

»Bitte, erklär mir nicht, was das Hubble-Humason-Gesetz ist«, bat Klara. »Was hat es mit all den anderen Zeichen auf sich? Den Dingern, die wie Kreuze aussehen mit zusätzlichen Balken?«

»Das sind die Hauptanlagen«, seufzte ein anderer Toter Mensch. »Wie Gateway und Gateway Zwei und die Nahrungsfabrik und ...«

»Und diese hier, welche die Form von Häkchen haben?«

»Wan nennt sie Fragezeichen«, flüsterte die leise Stimme. Sie sahen wirklich so ähnlich aus, wenn man sich den Punkt unter dem Fragezeichen wegdachte und den Rest auf den Kopf stellte. »Die meisten zeigen Schwarze Löcher an. Wenn du jetzt die Einstellung auf dreiundzwanzig, vierundachtzig veränderst …«

»Haltet endlich die Klappe!«, brüllte Wan und kroch wütend und zerzaust aus der Koje. »Ich kann bei dem idiotischen Gebrüll nicht schlafen.«

»Wir haben nicht gebrüllt«, entgegnete Klara besänftigend.

»Nicht gebrüllt!«, schrie er. »Ha!« Er stapfte zum Pilotensitz und setzte sich mit geballten Fäusten auf den Schenkeln und hochgezogenen Schultern hin. Er sah sie lauernd an. »Wie wär's, wenn ich jetzt etwas zu essen bekäme?«, fragte er.

»Willst du?«

Er schüttelte den Kopf. »Und wenn ich mit dir schlafen will?«

»Willst du?«

»Ob ich will! Ob ich will! Ewig musst du Streit anfangen! Außerdem bist du wirklich eine miserable Köchin, und im Bett hast du entschieden weniger zu bieten, als du behauptest hast. Dolly war besser.«

Klara stellte fest, dass sie den Atem anhielt. Sie zwang sich, langsam und schweigend auszuatmen. Sie konnte sich nicht zu einem Lächeln zwingen.

Wan grinste vor Freude, dass er einen Treffer bei ihr gelandet hatte. »Du erinnerst dich doch an Dolly?«, fragte er herablassend. »Das war die, welche ich auf deinen Rat hin auf Gateway zurückgelassen habe. Dort gilt aber das Gesetz: nicht zahlen – nicht atmen, und sie hat kein Geld. Manchmal überlege ich, ob sie noch lebt.«

»Sie lebt noch«, erklärte Klara mit zusammengebissenen Zähnen und hoffte, dass es stimmte. Aber Dolly würde immer jemanden finden, der ihre Rechnungen bezahlte. »Wan«, fing sie an. Sie wollte unbedingt das Thema wechseln, ehe es noch schlimmer wurde. »Was bedeuten diese gelben flackernden Lichter auf dem Schirm? Die Toten Menschen wissen es anscheinend nicht.«

»Das weiß niemand. Ist es nicht dämlich zu glauben, dass ich es weiß, wenn die Toten Menschen es nicht wissen? Manchmal bist du saudumm«, beschwerte er sich. Gerade rechtzeitig, ehe Klara vor Wut überschäumte, ertönte die dünne Stimme des weiblichen Toten Menschen:

»Einstellung dreiundzwanzig, vierundachtzig, siebenundneunzig, acht, vierzehn.«

»Was?«, fragte Klara erschreckt.

»Einstellung dreiundzwanzig ...« Die Stimme wiederholte die Zahlen.

»Was ist das?«, fragte Klara, und Wan übernahm es, ihr zu antworten. Er hatte seine Stellung nicht verändert, aber der Ausdruck seines Gesichts war anders – weniger feindlich. Eher angespannt. Verängstigt.

»Ich bin sicher, dass es eine Einstellung auf der Karte ist«, sagte er.

»Und was soll das bedeuten?«

Er schaute sie nicht an. »Stell's ein und finde es heraus!«, wies er sie an.

Klara fiel es schwer, die Rändelräder zu bewegen. Laut ihren früheren Erfahrungen kam diese Handlung Selbstmord gleich: Die Angaben der Karten dabei zu Rate zu ziehen, war damals noch nicht möglich gewesen. Eine Veränderung in der Einstellung war unweigerlich gleichbedeutend mit einer nicht voraussehbaren und meist tödlichen Kursänderung. Aber alles, was passierte, war, dass die Abbildung auf dem Schirm flackerte und sich drehte. Dann hielt sie an und zeigte – was? Einen Stern? Ein Schwarzes Loch? Was es auch war, es leuchtete kadmiumgelb auf dem Schirm, und außen herum flackerten nicht weniger als fünf der auf dem Kopf stehenden Fragezeichen. »Was ist das?«, fragte sie.

Wan drehte sich langsam um und starrte auf den Bildschirm. »Es ist sehr groß«, stellte er fest, »und sehr weit weg. Und es ist dort, wo wir jetzt hinfliegen.« Die ganze Streitlust war aus seinem Gesicht verschwunden. Klara wünschte sie beinahe zurück, denn statt ihrer zeigte sich nur nackte, ungemilderte Angst.

Und unterdessen …

Unterdessen näherte sich der Auftrag des Kapitäns und seiner Hitschi-Mannschaft dem Ende von Phase eins, was aber bei keinem Freude hervorrief. Der Kapitän trauerte immer noch um Twice. Ihr schlanker, blasser, glänzender Körper wurde nach dem Entfernen der Persönlichkeit beseitigt. Zu Hause wäre er zum Abfall in die Setztanks gewandert.

Die Hitschi waren nicht sehr gefühlvoll, wenn es um Kadaver ging. An Bord des Schiffes gab es keine Setztanks, daher wurde ihr Körper ins All geworfen. Der Teil, der von Twice übrig war, wurde zusammen mit den Gehirnen der Vorväter gelagert. Wenn der Kapitän auf seinem neuen und ihm nicht vertrauten Schiff umherging, berührte er ab und zu den Beutel, in dem sie gelagert war, ohne sich dessen bewusst zu sein.

Es war nicht nur ein persönlicher Verlust. Twice war für die Fernsteuerung verantwortlich gewesen. Ohne sie konnten die Aufräumarbeiten nicht richtig durchgeführt werden. Mongrel gab ihr Bestes, aber sie war für die Bedienung der Fernsteuerung nicht voll ausgebildet. Der Kapitän stand nur nervös hinter ihr, was auch nicht viel half. »Nicht den Schub abwürgen, das ist noch kein stabiler Orbit!«, zischte er sie an. »Ich hoffe nur, dass die Leute nicht raumkrank werden, so wie du sie herumstößt.«

Mongrels Kiefermuskeln bewegten sich heftig, aber sie gab keine Antwort. Sie wusste, warum der Kapitän so angespannt und verschlossen war.

Endlich war er zufrieden und tippte Mongrel auf die Schulter. Das war das Zeichen, dass sie die Ladung löschen konnte. Die große Blase rollte und drehte sich. Von einem Pol zum anderen wurde eine dunkle Linie sichtbar. Dann öffnete sich die Blase wie eine Blume. Mongrel zischte befriedigt und kuppelte das Segelschiff aus. Jetzt konnte es herausgleiten.

»Die Überfahrt war etwas stürmisch«, bemerkte der Nachrichtenoffizier, der neben den Kapitän getreten war.

Kapitän zuckte mit seinem Abdomen, was bei den Hitschi so viel wie Achselzucken bedeutete. Das Segelschiff hatte jetzt die offene Kugel verlassen, und Mongrel begann, sie wieder zu schließen. »Wie geht's mit Ihrer Arbeit, Shoe? Quatschen die menschlichen Wesen immer noch?«

»Leider noch mehr als vorher.«

»Geballte Gehirne! Seid ihr mit der Übersetzung von dem, was sie sich zubrüllen, weitergekommen?«

»Die Gehirne arbeiten daran.«

Der Kapitän nickte missmutig und griff nach dem achteckigen Medaillon, das an dem Beutel zwischen seinen Beinen befestigt war. Er hielt sich gerade noch rechtzeitig zurück. Vielleicht würde er sich besser fühlen, wenn er sich bei den Geballten Gehirnen über die Fortschritte bei der Übersetzung erkundigt hatte; aber dieses Gefühl würde nicht den Schmerz aufwiegen, Twices Stimme unter ihnen zu hören. Früher oder später würde er sie hören müssen. Aber jetzt noch nicht.

Er blies durch die Nasenlöcher und wandte sich an Mongrel. »Ganz langsam jetzt! Niedrige Kraft, lassen Sie sie treiben. Wir können im Augenblick nicht mehr tun. Shoe! Übermitteln Sie ihnen eine Nachricht! Sagen Sie, es tut uns Leid, dass wir im Augenblick nicht mehr für sie tun können; wir werden aber versuchen zurückzukommen. White-Noise! Orten Sie alle Fahrzeuge im Raum!«

Der Navigator nickte und wandte sich seinen Instrumenten zu. Kurz darauf war der Bildschirm voll von einer wirbelnden Masse gelb geschwänzter Kometen. Die Farbe des Kerns zeigte die Entfernung an, die Schwanzlänge die Geschwindigkeit. »Welcher ist der Idiot mit dem Korkenzieher?«, wollte der Kapitän wissen. Der Schirm verengte das Bild auf einen bestimmten Kometen. Erstaunt zischte Kapitän.

Dieses Schiff hatte sicher in seinem Heimatsystem vor Anker gelegen, als er es sich das letzte Mal angesehen hatte. Jetzt bewegte es sich mit hoher Geschwindigkeit und hatte die Heimat schon weit hinter sich gelassen. »Wohin fliegt er?«, erkundigte er sich.

White-Noise zuckte mit den Strängen seiner Gesichtsmuskeln. »Dazu brauch' ich eine Minute, Kapitän.«

»Na und? Machen Sie's!«

Unter anderen Umständen wäre White-Noise über den Tonfall des Kapitäns beleidigt gewesen. Hitschi sprachen nie unhöflich miteinander. Jetzt mussten aber die Umstände berücksichtigt werden. Die Tatsache, dass diese menschlichen Emporkömmlinge das Gerät besaßen, mit dem sie ein Schwarzes Loch anbohren konnten, war allein schon schrecklich beängstigend. Schlimmer war es, dass sie die Luft mit ihrem lauten und dummen Geschnatter erfüllten. Wer wusste, was sie als Nächstes tun würden? Der Tod eines Kameraden war der Tropfen, der das Fass zum Überlaufen brachte. Diese Reise war die schlimmste seit der in längst vergangenen Zeiten, ehe White-Noise geboren war, als sie von der Existenz der anderen erfuhren ... »Es ergibt keinen Sinn«, sagte White-Noise. »Auf ihrem Kurs liegt nichts, das ich erkennen kann.«

Der Kapitän warf einen finsteren Blick auf die verschlüsselten Zeichnungen auf dem Schirm. Eigentlich konnte sie nur ein Spezialist lesen, aber als Kapitän musste er auf jedem Fachgebiet über gewisse Grundkenntnisse verfügen. Er sah, dass entlang der gezeigten geodätischen Linie nichts in vernünftiger Reichweite lag. »Was ist mit dem kugelförmigen Schwarm?«, fragte er.

»Das glaube ich nicht, Kapitän. Er liegt nicht auf der direkten Flugroute. Außerdem ist dort nichts. Wirklich gar nichts, bis zum Rande des Sonnensystems.«

»Gehirne!«, warf eine Stimme von hinten ein. Der Kapitän drehte sich um. Der Durchbohrer Schwarzer Löcher, Burst, stand da. Alle Muskeln an seinem Körper zogen sich zusammen und spielten wie wahnsinnig. Die Angst des Mannes teilte sich dem Kapitän mit, noch ehe Burst hervorstieß: »Verlängert die geodätische Linie!« White-Noise sah ihn verständnislos an. »Verlängert sie! Außerhalb der Galaxis!«

Der Navigator wollte protestieren. Dann verstand er. Seine Muskeln zuckten, als er gehorchte. Das Bild auf dem Schirm flackerte. Die leicht verschwommene gelbe Linie verlängerte sich. Sie ging durch Regionen, in denen auf dem Schirm nichts anderes zu sehen war als purer schwarzer leerer Raum.

Nicht ganz leer.

Aus der Dunkelheit tauchte ein auf dem Schirm tiefblaues Objekt auf, das blasser wurde, dann gelb. Es war fünffach beflaggt. Jeder der Besatzungsmitglieder stieß ein Zischen aus, als es langsamer wurde und anhielt. Dann streckte sich die gelbe geodätische Linie, um es zu berühren.

Die Hitschi sahen einander an. Keiner sprach ein Wort. Das Schiff, das den größten vorstellbaren Schaden anrichten konnte, war auf dem Weg zu dem Ort, wo der Schaden erfolgen sollte.

18

Im hohen Pentagon

Das Hohe Pentagon ist nicht nur ein Satellit in geostationärer Umlaufbahn, sondern besteht aus fünf Satelliten. Ihre Orbits sind nicht identisch, sodass alle fünf dieser gepanzerten, stoßfesten Metallklumpen umeinander Walzer tanzen. Befindet Alpha sich auf der Außenbahn, ist Delta der Erde am nächsten. Dann kommt ein Wechselschritt, und Epsilon dreht sich ganz außen und Gamma vielleicht gerade innenbords. Dann - kurze Drehung, Wechselschritt eins, zwei, drei - eins, zwei drei, und so geht es weiter. Man könnte nun fragen, warum man es so gemacht hatte und nicht stattdessen einen einzigen großen Klotz in die Umlaufbahn setzte.

Nun, die Antwort lautet: Fünf Satelliten sind fünfmal schwerer zu treffen als einer. Meiner Meinung nach kam es daher, dass der sowjetische Orbit-Tyuratam und der chinesische Kommandoposten Einzelstrukturen waren. Natürlich wollten die Vereinigten Staaten von Amerika zeigen, dass sie es besser konnten - zumindest anders. All das stammte noch aus der Zeit der Kriege. Man sagt, dass die Amerikaner damals das Neueste auf dem Gebiet der Verteidigung gehabt hätten. Ihre riesigen Laser waren angeblich imstande, feindliche Raketen aus fünfzigtausend Meilen Entfernung abzuschießen. Wahrscheinlich konnten sie das auch - als sie gebaut wurden - und vielleicht auch noch drei Monate länger, bis die anderen Herrschaften begannen, die gleichen Radarabwehrtricks anzuwenden. Dann hieß es für alle: Zurück zum Ausgangspunkt. Unglücklicherweise »gingen« auch alle hin, aber das ist eine andere Geschichte.

Man wies uns in den Teil ein, in dem die Mannschaftsquartiere, die Verwaltung - und der Knast untergebracht wurden. Das war Gamma: Sechzigtausend Tonnen Metall und andere Materialien, etwa die Ausmaße der Großen Pyramide und auch ähnlich gebaut. Wir mussten sehr bald feststellen, dass wir trotz der Großzügigkeit General Manzbergens hier etwa so willkommen waren wie ein Furunkel. Zuerst ließen sie uns auf die Erlaubnis zum Entsiegeln warten. »Ich nehme an, dass sie in der Minute des Wahnsinns voll erwischt wurden«, spekulierte Essie und betrachtete den Bildschirm mit finsteren Blicken. Dort sah man nur die Metallflanke von Gamma.

»Das ist keine Entschuldigung«, urteilte ich. Auch Albert gab seinen Senf dazu:

»Sie wurden nicht so hart getroffen, wie es möglich gewesen wäre. Ich fürchte, ich habe zu viel vom Krieg gesehen. Ich mag solche Sachen nicht.« Er spielte mit seinem Zwei-Prozent-Knopf und benahm sich für ein Hologramm ziemlich nervös. Es stimmte voll und ganz, was er sagte. Als von den Terroristen vor einigen Wochen mit ihrem TPSE aus dem Weltraum allen ein Ding verpasst worden war, hatte die gesamte Station eine Minute lang verrückt gespielt. Buchstäblich eine Minute lang, nicht länger. Es war auch gut, dass es nicht länger gedauert hatte, weil in dieser einen Minute acht von elf Posten bemannt waren. Und diese Posten wurden nur besetzt, wenn man von ihnen aus einen Protonenstrahl auf Städte auf der Erde richten wollte. Und die Leute warteten nur darauf loszuballern.

Aber das beunruhigte Essie gar nicht so sehr. »Albert«, bat sie. »Hör mit dem Blödsinn auf! Es macht mich nervös. In Wirklichkeit hast du nie einen Krieg gesehen. Du bist nur ein Programm!«

Er verneigte sich. »Wie Sie wünschen, Mrs. Broadhead. Ich habe gerade die Nachricht bekommen, dass wir Erlaubnis haben, zu entsiegeln und den Satelliten zu betreten.«

Wir betraten also den Satelliten. Essie warf noch einen forschenden Blick zurück auf das Programm, das wir zurückließen. Der Leutnant, der auf uns wartete, schien nicht sehr begeistert zu sein. Er fuhr mit dem Daumen über unseren Datenchip, als wollte er sicherstellen, dass der Magnetstreifen nicht abging. »Ja«, sagte er, »wir haben Nachricht erhalten, dass Sie kommen. Aber ich bin nicht sicher, ob der Brigadegeneral Sie jetzt empfangen kann, Sir.«

»Wir wollten ja auch nicht den General sehen«, erklärte Essie liebenswürdig, »lediglich eine Mrs. Dolly Walthers, die Sie hier festhalten.«

»Jawohl, Madam. Aber Brigadegeneral Cassata muss Ihren Pass unterschreiben, und im Augenblick sind wir hier alle sehr beschäftigt.« Er entschuldigte sich und flüsterte ins Telefon. Dann sah er zufriedener aus. »Würden Sie mit mir kommen, Sir und Madam?«, forderte er uns auf und führte uns freundlich aus dem Hafen.

Ohne Übung verliert man die Fähigkeit, sich mühelos in niedriger oder gar keiner Gravitation zu bewegen. Und ich war völlig aus der Übung. Außerdem verrenkte ich mir aus Neugierde fast den Hals. Alles hier war neu für mich. Gateway ist ein Asteroid, in den die Hitschi vor langer Zeit Tunnels gegraben hatten. Alle Innenflächen waren mit ihrem blau schimmernden Lieblingsmetall ausgekleidet. Die Nahrungsfabrik, der Hitschi-Himmel und alle anderen großen Bauten, die ich im All besucht hatte, waren ebenfalls von den Hitschi errichtet worden. Es war verwirrend, zum ersten Mal in einem sehr großen Weltraumartefakt zu sein, das von Menschenhand stammte. Es kam mir fremder vor als irgendein Hitschi-Erzeugnis. Nicht der vertraute Blauschimmer, nur gestrichener Stahl. Keine spindelförmige Kammer im Kern. Keine krank oder triumphierend aussehenden Prospektoren. Kein Museum mit Sammlungen aller möglichen Stücke der Hitschi-Technologie aus der betreffenden Gegend der Galaxis. Dafür gab es aber jede Menge Militär in hautengen Kombinationen - und aus irgendeinem Grund mit Sturzhelmen. Am merkwürdigsten war, dass sie zwar alle Pistolentaschen trugen, diese aber leer waren.

Ich ging etwas langsamer, um Essie auf diesen Umstand hinzuweisen. »Sieht so aus, als trauten sie ihren eigenen Leuten nicht«, bemerkte ich.

Sie packte mich am Kragen und zeigte nach vorne, wo der Leutnant wartete. »Sag nichts gegen unsere Gastgeber, jedenfalls nicht, solange sie mithören können. Hier. Das muss es sein.«

Es war auch keine Minute zu früh. Ich bekam kaum noch Luft durch die Anstrengung, mich in einem Korridor mit Null-g entlangzuziehen. »Hier rechts hinein, Sir und Madam«, bat der Leutnant einladend, und wir taten natürlich, wozu er uns aufforderte.

Aber hinter der Tür lag nur ein kahler Raum mit einigen Sitzschlaufen an den Wänden. Sonst nichts. »Wo ist der General?«, wollte ich wissen.

»Aber, Sir, ich habe Ihnen doch erklärt, dass wir sehr beschäftigt sind. Er wird Sie sehen, sobald er kann.« Mit dem Lächeln eines Haifischs schloss er die Tür hinter uns. Wir stellten gleichzeitig fest, dass diese Tür interessanterweise innen keinen Griff hatte.

Wie jeder hatte auch ich schon Albträume gehabt, festgenommen zu werden. Man ist gerade mit seiner Lebensaufgabe beschäftigt - Fische zu züchten oder für jemand eine Bilanz anzufertigen oder die bedeutende neue Symphonie zu schreiben -, da klopft es plötzlich an die Tür. »Kommen Sie mit! Jeder Widerstand ist zwecklos!«, sagen sie und legen einem Handschellen an. Dann wird man über seine Rechte belehrt, und ehe man es sich versieht, ist man an einem Ort wie diesem hier. Essie fröstelte. Sie musste die gleichen Vorstellungen wie ich gehabt haben, obwohl es kein untadeligeres Leben als das ihre geben konnte. »Ist doch albern«, meinte sie, mehr zu sich als zu mir. »Wie schade, dass es hier kein Bett gibt. Dann könnten wir zwei die Zeit nutzen.«

Ich streichelte ihr die Hand. Ich wusste, dass sie versuchte, mich auf fröhlichere Gedanken zu bringen. »Sie haben gesagt, dass sie sehr beschäftigt sind«, erinnerte ich sie.

Also warteten wir.

Eine halbe Stunde später spürte ich, wie Essie ohne Vorwarnung plötzlich steif wurde. Ich hatte den Arm um ihre Schulter gelegt. Ihr Gesichtsausdruck war wütend, und sie schien dem Wahnsinn nahe. Auch ich fühlte einen schnellen, heftigen Ruck in meinem eigenen Gehirn ...

Dann war es vorbei. Wir schauten einander an. Es hatte nur wenige Sekunden gedauert. Lange genug, um uns klar werden zu lassen, warum alle so beschäftigt waren und warum sie keine Waffen in den Pistolentaschen trugen.

Die Terroristen hatten wieder zugeschlagen – aber es war nur ein flüchtiger Schlag.

Als der Leutnant zurückkam, war er besser gelaunt. Das hieß aber nicht, dass er freundlich war. Er konnte Zivilisten nicht ausstehen. Er war uns wohlgesinnt genug, um uns ein breites Lächeln zu schenken, und so feindselig, dass er uns den Grund dafür nicht nannte. Es war viel Zeit verstrichen. Er entschuldigte sich nicht, sondern führte uns in das Büro des Kommandanten, wobei er dauernd lächelte. Als wir ankamen, lächelte auch Brigadegeneral Cassata in seinem Büro mit den pastellfarbenen Stahlwänden, der Abbildung von West Point und den Rauchverzehrern aus Sterling-Silber, die vergeblich gegen seine Zigarre ankämpften.

Es gab nicht viele plausible Erklärungen für die plötzlich ausgebrochene Heiterkeit. Ich stürzte mich kopfüber ins Dunkel und griff eine heraus. »Herzlichen Glückwunsch,

General!«, sagte ich höflich. »Dass Sie die Terroristen gefangen haben.«

Das Lächeln zuckte, kam aber wieder. Cassata war ein kleiner Mann und korpulenter, als es den Militärärzten recht sein konnte. Aus den olivfarbenen kurzen Hosen quollen seine Oberschenkel hervor, als er vor uns auf der Kante des Schreibtischs saß und uns begrüßte. »Wenn ich recht verstehe, Mr. Broadhead«, begann er, »ist der Zweck Ihres Besuches ein Gespräch mit Mrs. Dolly Walthers. In Anbetracht der Anweisungen, die ich erhalten habe, können Sie das selbstverständlich tun. Aber zu Sicherheitsangelegenheiten kann ich Ihnen keine Frage beantworten.«

»Ich habe gar keine gestellt«, meinte ich. Dann spürte ich Essies Warum-verärgerst-du-diesen-Typ-Blick sich in meinen Nacken brennen. Schnell fügte ich hinzu: »Auf alle Fälle ist es sehr freundlich von Ihnen, uns empfangen zu haben.«

Er nickte und stimmte mir offensichtlich bei, dass es sehr freundlich von ihm war. »Ich möchte Ihnen aber doch eine Frage stellen. Macht es Ihnen etwas aus, mir zu sagen, warum Sie sie sehen wollen?«

Essies Blick brannte immer noch und hielt mich davon ab, ihm zu eröffnen, dass es mir durchaus etwas ausmachte. »Aber keineswegs«, log ich. »Mrs. Walthers verbrachte einige Zeit mit einer Person, die mir sehr nahe steht und die ich gern wieder sehen würde. Wir hoffen, dass sie uns einen Tipp geben kann, wie wir uns mit – hm – dieser Person in Verbindung setzen können.« Es half nichts, wenn ich von einer neutralen Person sprach. Sie hatten bestimmt die arme Dolly völlig ausgequetscht und wussten, dass ich nur zwei Leute meinen konnte und es höchst unwahrscheinlich war, dass ich Wan als eine mir nahe stehende Person bezeichnen würde. General Cassata sah erst mich, dann Essie verwundert an, bevor er sagte: »Walthers ist wirklich eine sehr beliebte junge Dame. Ich will Sie nicht länger aufhalten.« Damit übergab er uns dem Leutnant für die Besichtigungstour.

Als Fremdenführer war der Leutnant eine totale Pleite.

Er beantwortete keine Fragen und rückte auch keine Informationen freiwillig heraus. Dabei erregte so viel unsere Neugier. Überall waren deutliche Anzeichen einer kürzlichen Störung zu sehen. Kein Personenschaden. Aber als die Station in der ersten Minute des Wahnsinns durchgedreht war, wurde der Arresttrakt schwer beschädigt. Die Wachposten hatten das Schließsystem demoliert, glücklicherweise in einem Moment, als die Türen geöffnet waren. Ansonsten hätten in den Zellen einige arme Teufel verhungern müssen und als Skelette herumgelegen.

Das fand ich heraus, als wir an einer Reihe von Zellen vorbeikamen, bei denen die Türen offen standen. Davor hockten gelangweilt bewaffnete MPs auf den Gängen und passten auf, dass die Insassen drin blieben. Der Leutnant blieb stehen, um mit dem Wachoffizier zu sprechen. Während wir warteten, flüsterte Essie: »Wenn er die Terroristen nicht erwischt hat, warum ist der General dann so freundlich zu dir?«

»Gute Frage«, antwortete ich. »Hier ist eine für dich: Was hat er damit gemeint, dass Dolly eine so beliebte junge Dame ist?«

Der Leutnant war empört, dass wir es wagten, ohne Aufforderung zu sprechen. Er brach die Unterhaltung mit dem Kollegen ab und trieb uns weiter. Dann blieb er vor einer Zelle stehen, bei der wie bei den anderen auch die Tür offen stand. Er deutete hinein. »Da ist die Gefangene«, sagte er. »Sie können sich mit ihr unterhalten, so lange Sie wollen; aber sie weiß nicht viel.«

»Das ist mir klar«, sagte ich. »Denn andernfalls würden Sie uns sicher nicht zu ihr lassen, oder?« Dafür bekam ich wieder einen von Essies heißen Blicken zu spüren. Sie hatte Recht. Wenn ich den Leutnant nicht so dumm angeredet hätte, wäre er vielleicht anständig genug gewesen, etwas zurückzutreten, damit wir allein mit Dolly Walthers sprechen konnten. So aber postierte er sich ungeniert im Türrahmen.

Vielleicht auch nicht. Ich stimme für die zweite Annahme.

Dolly Walthers war eine Frau mit kindlicher Figur, kindlich hoher Stimme und schlechten Zähnen. Sie war nicht in bester Verfassung. Sie war verängstigt, erschöpft, wütend und verstockt.

Mir ging es nicht viel besser. Ich war vollkommen durcheinander und aufgewühlt von dem Bewusstsein, dass diese junge Frau vor mir einige Wochen in Gesellschaft der Liebe meines Lebens – oder einer der Lieben meines Lebens – verbracht hatte. Ich sage das so leichthin. Aber es war ganz und gar nicht leicht. Ich wusste nicht, was ich tun sollte, und ich wusste auch nicht, was ich sagen sollte.

»Sag ›Hallo‹, Robin!«, belehrte mich Essie.

»Mrs. Walthers«, brachte ich gehorsam hervor. »Hallo. Ich bin Robin Broadhead.«

Sie hatte noch Manieren. Wie ein gutes Kind streckte sie mir die Hand entgegen. »Ich weiß, wer Sie sind, Mr. Broadhead. Außerdem habe ich ja Ihre Frau neulich getroffen.« Höflich schüttelten wir uns die Hände. Sie lächelte sogar ganz flüchtig. Erst viel später, als ich ihre Robinette-Broadhead-Handpuppe sah, wusste ich, warum sie gelächelt hatte. Sie schien aber auch verwundert zu sein. »Ich dachte, dass mich vier Leute sehen wollten. Das hat man mir angekündigt«, meinte sie und suchte mit den Augen den Gang hinter dem sturen Leutnant ab.

»Nur wir beide«, sagte Essie und wartete darauf, dass ich mich dazu äußerte.

Aber ich brachte kein Wort heraus. Ich wusste nicht, was ich sagen sollte. Ich wusste nicht, was ich fragen sollte. Vielleicht hätte ich es fertig gebracht, Dolly Walthers zu erklären, was Klara mir bedeutet hatte, und sie um Hilfe zu bitten – jede Art von Hilfe, wenn Essie allein dabei gewesen wäre. Oder wäre es nur der Leutnant gewesen, dann hätte ich ihn wie ein Möbelstück übersehen können. Jedenfalls bildete ich mir ein, es gekonnt zu haben. Aber sie waren beide anwesend, und ich stand still und stumm da, während Dolly Walthers mich neugierig und Essie erwartungsvoll anschauten. Selbst der Leutnant drehte sich um und starrte mich an.

Essie seufzte. Es klang verzweifelt und mitfühlend. Dann fällte sie ihre Entscheidung. Sie nahm die Sache in die Hand und sprach Dolly Walthers an. »Dolly«, sagte sie lebhaft, »Sie müssen meinen Mann entschuldigen. Es ist für ihn ein traumatisches Erlebnis. Die Gründe sind so kompliziert, dass ich sie Ihnen jetzt nicht erklären kann. Sie müssen mir auch verzeihen, dass ich nicht verhindert habe, dass die MPs Sie verhaftet haben. Ich habe ebenfalls ein Trauma, aus Gründen, die mit denen meines Mannes zusammenhängen. Wichtig ist, was wir jetzt machen! Ich schlage Folgendes vor: Zuerst erwirken wir Ihre Freilassung von hier. Dann laden wir Sie ein, uns zu begleiten und uns zu helfen, Wan und Gelle-Klara Moynlin aufzufinden. Ist Ihnen das recht?«

Das ging alles zu schnell, auch für Dolly Walthers. »Nun«, sagte sie, »ich ...«

»Also schön!«, unterbrach sie Essie und nickte. »Wir werden das in die Wege leiten. Leutnant! Bringen Sie uns zurück auf unser Schiff, die *Wahre Liebe!* Sofort, bitte!«

Der Leutnant machte schockiert den Mund auf. Ich kam ihm aber zuvor. »Essie, sollten wir nicht zuerst mit dem General sprechen?«

Sie drückte meine Hand und sah mich an. Der Blick war mitfühlend. Der Handdruck war eine Halt-die-Klappe-Robin-Warnung, die mir fast die Knöchel brach. »Mein armes Schäfchen«, erklärte sie schüchtern dem Leutnant, »hat gerade eine größere Operation hinter sich. Er ist verwirrt. Wir müssen zum Schiff wegen seiner Arznei, und zwar schnell!«

Wenn meine Frau Essie entschlossen ist, etwas zu tun, kann man nur mit ihr auskommen, indem man sie gewähren lässt. Ich wusste nicht, was sie vorhatte, wohl aber welche Rolle ich zu spielen hatte. Ich nahm die Haltung eines älteren Mannes an, der durch eine kürzliche Operation noch ganz benommen ist, und ließ mich von ihr hinter dem Leutnant durch die Korridore des Pentagons führen.

Wir kamen nicht schnell genug vorwärts, weil die Gänge des Pentagons ziemlich belebt waren. Der Leutnant blieb mit uns an einer Kreuzung stehen, als eine Abteilung Gefangener vorbeimarschierte. Aus irgendeinem Grund räumte man einen ganzen Zellenblock. Essie stieß mich an und zeigte auf die Monitore an den Wänden. Auf einem Teil sah man nur Wegweiser: *Verpflegungsamt 7, Mannschaftslatrinen, Andockbereich V* und so weiter. Aber auf dem anderen ...

Auf dem anderen war der Andockbereich zu sehen. Etwas Riesiges lief dort ein. Groß, schwerfällig und von Menschen gebaut. Man konnte auf den ersten Blick erkennen, dass es auf der Erde und nicht von den Hitschi konstruiert worden war. Das lag nicht so sehr an dem Design oder daran, dass es aus grauem Stahl statt aus dem blauen Hitschi-Metall gefertigt war. Der Beweis waren die bösartig aussehenden Schusswaffen, die ihre Mäuler aus dem glatten Bauch herausstreckten.

Das Pentagon hatte, wie ich wusste, sechs solcher Schiffe hintereinander bei dem Versuch verloren, den Hitschi Überlichtgeschwindigkeitsantrieb auf von Menschen gebaute Schiffe zu übertragen. Ich konnte mich darüber nicht aufregen. Durch diese Fehler hatte ich beim Bau der *Wahren Liebe* profitiert. Trotzdem war es nicht schön, die Waffen zu sehen. Auf einem Hitschi-Schiff sah man sie niemals.

»Weiter«, schnauzte uns der Leutnant an. »Sie sind nicht befugt, hier zu verweilen. Gehen Sie bitte weiter!« Er bog in einen relativ leeren Korridor ein, aber Essie hielt ihn zurück.

»Hier entlang geht es schneller«, schlug sie vor und zeigte auf das Schild.

»Betreten verboten!«, schnarrte er.

»Aber doch nicht für einen guten Freund des Pentagons, dem es schlecht geht«, sagte sie nur und nahm meinen Arm. Wir steuerten auf die dichteste und lärmendste Menschenansammlung geradewegs zu. Essie steckt voll von Geheimnissen. Aber dies klärte sich einen Augenblick später auf. Der Wirbel wurde durch die gefangenen Terroristen verursacht, die man vom Kreuzer brachte. Essie wollte sie sich nur mal aus der Nähe ansehen.

Der Kreuzer hatte das gestohlene Schiff abgefangen, als es aus der ÜLG kam, und abgeschossen. Anscheinend waren acht Terroristen an Bord gewesen - acht! Auf einem Hitschi-Schiff, das kaum fünf Personen Raum bot. Drei hatten überlebt und waren gefangen genommen worden. Einer lag im Koma. Einer hatte ein Bein verloren, war aber bei Bewusstsein. Der Dritte war wahnsinnig.

Diese wahnsinnige Person zog die Aufmerksamkeit auf sich. Es handelte sich um eine junge Negerin - aus Sierra Leone, sagte man -, die unaufhörlich schrie. Sie trug eine Zwangsjacke, in der sie schon länger steckte, wie es den Anschein hatte. Die Jacke stank und wies Flecken auf. Die Haare der jungen Frau waren verfilzt, ihr Gesicht leichenblass. Jemand rief meinen Namen; aber ich schob mich mit Essie nach vorn, um besser sehen zu können. »Sie spricht Russisch«, stellte Essie fest, »aber nicht sehr gut. Georgischer Akzent, sehr stark. Sagt, sie hasst uns.«

»Das hätte ich auch so mitbekommen«, sagte ich. Ich hatte genug gesehen. Als sich der Leutnant einen Weg durch die Menge gebahnt hatte, indem er die Leute mit wütenden Befehlen wegscheuchte, ließ ich mich von ihm zurückziehen. Da hörte ich wieder meinen Namen.

Dann war es nicht der Leutnant gewesen, der mich gerufen hatte. Nein, es war eine Frauenstimme. Sie kam aus dem Haufen der Gefangenen, die aus ihren Zellen geführt wurden. Jetzt sah ich, wer es war. Das Chinesenmädchen, Janie. »Du lieber Himmel«, wandte ich mich an den Leutnant. »Warum haben Sie sie festgenommen?«

Er wurde wütend. »Das ist eine militärische Angelegenheit und geht Sie gar nichts an, Broadhead. Kommen Sie! Sie haben hier nichts zu suchen!«

Es hatte keinen Sinn, mit jemandem auf einem Gespräch zu bestehen, der fest entschlossen war, keines zu führen. Ich fragte nichts mehr, sondern ging hinüber zu der Menschenschlange und fragte Janie selbst. Die anderen Gefangenen waren alle weibliche Militärangehörige, wahrscheinlich festgenommen, weil sie ihren Ausgang überzogen oder jemanden wie den Leutnant auf die Schnauze geschlagen hatten – alles liebe, gute Menschen; da war ich sicher. Sie waren still und hörten zu. »Audee wollte hier heraufkommen, weil sie seine *Frau* festhielten«, sagte sie mit einem Ausdruck auf dem Gesicht, als meinte sie ›seinen Fall von Syphilis im dritten Stadium‹. »Wir nahmen also eine Fähre. Sobald wir ankamen, haben sie uns in den Bau gesteckt.«

»Broadhead«, brüllte der Leutnant, »jetzt reicht's aber! Kommen Sie sofort her, oder Sie sind selbst verhaftet!« Seine Hand lag am Holster, in dem jetzt wieder eine Waffe steckte. Höflich lächelnd schwebte Essie heran.

»Sie brauchen sich jetzt keine Sorgen mehr zu machen, Leutnant«, sagte sie. »Da liegt die *Wahre Liebe* und wartet schon auf uns. Jetzt sind Sie uns los. Sie müssen nur noch den General herschicken, damit wir die übrigen Fragen erledigen können.«

Dem Leutnant trieb es die Augen heraus. »Madam«, stotterte er, »Madam, Sie können den General nicht herholen lassen.«

»Natürlich kann ich! Mein Mann braucht medizinische Hilfe, also muss er herkommen. Brigadegeneral Cassata ist ein höflicher Mann, nicht wahr? West Point? Viele Kurse in Zwangsverschickung, Höflichkeit und Verhütung von Husten und Schnupfen. Und richten Sie bitte dem General aus, dass wir hervorragenden Bourbon haben, bei dem mein kranker Mann dringend Hilfe braucht, um ihn zu vernichten.«

Der Leutnant stolperte fassungslos davon. Essie sah mich an und ich sie. »Und was nun?«, fragte ich.

Sie lächelte und streichelte meinen Kopf. »Zuerst gebe ich Albert Bescheid wegen des Bourbon – und anderer Sachen«, vertröstete sie mich und gab einige schnelle Sätze auf Russisch von sich. »Und dann warten wir, dass der General sich zeigt.«

Es dauerte nicht lange, bis der General eintraf. Aber inzwischen hatte ich ihn schon beinahe vergessen. Essie unterhielt sich lebhaft mit dem Wachposten, den der Leutnant zurückgelassen hatte. Ich war tief in Gedanken versunken.

Worüber dachte ich nach? Diesmal zur Abwechslung nicht über Klara, sondern über diese wahnsinnige Afrikanerin und ihre beinahe wahnsinnigen Gefährten. Sie machten mir Angst. Terroristen machten mir Angst. In früheren Zeiten hatte es eine PLO, eine IRA und Nationalisten in Puerto Rico, serbische Sezessionisten und deutsche, italienische und amerikanische reiche Kinder gegeben, die ihre Verachtung für Papi ausdrücken wollten, aber sie agierten alle gesondert. Jetzt hatten sie sich verbündet. Diese Tatsache machte mir Angst. Die Armen und die Wütenden hatten gelernt, ihre Wut und ihren Nachschub zu vereinigen. Da war es keine Frage: Sie würden es schaffen, dass die Welt auf sie hörte. Das Kapern eines Schiffes würde sie nicht aufhalten. Es würde lediglich ihre Umtriebe eine Zeit lang erträglich machen - oder beinahe erträglich.

Aber um ihr Problem zu lösen - ihre Wut zu besänftigen und ihre Bedürfnisse zu stillen -, war sehr viel mehr erforderlich. Die Kolonisierung anderer Welten wie Peggys Planet war vielleicht die einzige Lösung, aber das ging so *langsam*. Der Transporter konnte dreitausendachthundert Leute jeden Monat dorthin schaffen. Aber jeden Monat wurde etwa eine Viertelmillion neuer, armer Leute geboren. Die unheilvolle Rechnung sah so aus:

$$\begin{array}{r} 250\,000 \\ -\,3\,800 \\ \hline 246\,200 \end{array}$$

Eine neue Armee, um die man sich jeden Monat kümmern musste. Die einzige Hoffnung bestand in neuen und größeren Transportschiffen. Hunderte und tausende. Hundert würden den gegenwärtigen Stand des Elends lediglich halten. Tausend würden ein für alle Mal Abhilfe schaffen - aber woher sollten tausend große Schiffe kommen? Der Bau der *Wahren Liebe* hatte schon acht Monate gedauert und viel mehr Geld verschlungen, als ich geplant hatte. Was würde es kosten, etwas tausendmal Größeres zu bauen?

Die Stimme des Generals riss mich aus diesen Betrachtungen. »Es ist vollkommen unmöglich!«, hörte ich Cassata sagen. »Ich habe Ihnen die Besuchserlaubnis erteilt, weil man mich darum gebeten hat. Mitnehmen kommt überhaupt nicht infrage!« Er warf mir einen finsteren Blick zu, als ich zu ihnen trat und Essies Hand ergriff.

»Es geht auch um den männlichen Walthers und die Chinesin«, bohrte sie weiter. »Wir wollen die auch mitnehmen.«

»Wir wollen?«, fragte ich Essie. Der General überhörte meine Frage.

»Aber sonst wollen Sie nichts mehr? Du lieber Himmel!«, entrüstete er sich. »Sie wollen nicht vielleicht auch noch meine Abteilung im Pentagon übernehmen? Oder, dass ich Ihnen einen oder zwei Kreuzer überlasse?«

Essie schüttelte höflich den Kopf. »Unser Schiff ist bequemer, danke!«

»Jesus!« Cassata wischte sich die Stirn. Dann ließ er sich von Essie für den versprochenen Bourbon in den Aufenthaltsraum führen. »Na ja«, meinte er, »gegen Walthers und Yee-xing liegt eigentlich nichts vor. Sie hatten kein Recht, ohne Erlaubnis herzukommen. Aber wenn Sie sie mitnehmen wollen, können wir das vergessen.«

»Großartig«, rief Essie. »Dann bleibt nur noch die andere Walthers!«

»Ich kann unmöglich die Verantwortung übernehmen«, begann er, aber Essie ließ ihn nicht ausreden.

»Selbstverständlich nicht! Das verstehen wir natürlich! Wir müssen uns eben an eine höhere Stelle wenden, nicht wahr, Robin? Ruf General Manzbergen an! Mach es hier, dann gibt es kein ärgerliches Protokoll über mögliche Verlegenheit.«

Es hat keinen Sinn, mit Essie zu streiten, wenn sie in dieser Stimmung ist. Außerdem war ich neugierig, was sie vorhatte. »Albert«, rief ich. »Bitte, übernimm du das!«

»Gern, Robin«, erwiderte er zuvorkommend, nur als Stimme. Einen Augenblick später leuchtete der Bildschirm auf, und da saß General Manzbergen hinter seinem Schreibtisch. »Morgen, Robin, Essie«, meldete er sich freundlich.

»Ich sehe, ihr habt Perry Cassata bei euch – herzlichen Glückwunsch an alle!«

»Danke, Jimmy«, sagte Essie und betrachtete General Cassata von der Seite. »Aber deshalb haben wir Sie nicht angerufen.«

»Ach ja?« Er runzelte die Stirn. »Was es auch ist, macht schnell. Ich habe eine Sitzung auf höchster Ebene in neunzig Sekunden.«

»Ich brauche nicht so lange, lieber General. Geben Sie nur Brigadegeneral Cassata Anweisung, uns Dolly Walthers zu übergeben.«

Manzbergen überlegte. »Wozu?«

»Damit wir mit ihrer Hilfe Wan finden, lieber General. Er hat einen TPSE, wie Sie wissen. Ist doch von allgemeinem Interesse, ihn zu zwingen, das zurückzugeben.«

Er lächelte ihr wohlwollend zu. »Moment, Teuerste«, entschuldigte er sich und beugte sich über das Geheimfon.

General Cassata war zwar überrumpelt. Trotzdem blieb er wachsam. »Da ist eine Verzögerung«, stellte er fest. »Ist das kein Nullzeit-Funk?«

»Stoßübertragung«, erklärte Essie mit der lauten Stimme eines Lügners. »Wir haben nur ein kleines Schiff, nicht viel Strom.« Noch eine Lüge. »Wir müssen Energie für die Kommunikation reservieren – ah! Das ist der General wieder.«

Manzbergen wandte sich an Cassata. »Ist genehmigt«, bellte er schroff. »Die beiden sind zuverlässig, wir schulden ihnen noch einen Gefallen – und sie können uns vielleicht einen Haufen Ärger in der Zukunft ersparen. Geben Sie ihnen, wen immer sie wollen! Auf meine Verantwortung. Und jetzt lasst mich, um Gottes willen, zu meiner Sitzung – ruft mich nicht mehr an, außer es bricht der Vierte Weltkrieg aus!«

Brigadegeneral Cassata ging kopfschüttelnd weg. MPs brachten uns sehr bald Janie Yee-xing und eine Minute später Audee Walthers. Dolly Walthers traf erst nach einer ganzen Weile ein. »Wie schön, euch alle wieder zu sehen!«, sagte Essie bei der Begrüßung. »Ich bin sicher, ihr habt viel zu besprechen. Aber zuerst wollen wir diesen scheußlichen Ort verlassen. Albert! Starte, bitte!«

»Verstanden, Mrs. Broadhead«, ertönte Alberts Stimme. Er machte sich nicht die Mühe, im Pilotensitz Gestalt anzunehmen. Er tauchte nur in der Tür auf und lehnte sich gegen den Rahmen. Er lächelte allen Anwesenden zu.

»Ich werde ihn später vorstellen«, versprach Essie. »Er ist ein guter Freund, ein Computerprogramm. Albert? Sind wir jetzt weit genug vom Pentagon weg?«

Er nickte und zwinkerte ihr zu. Dann verwandelte er sich vor meinen Augen von einem ältlichen Mann in ausgebeulter Strickjacke in den hageren, größeren Generalstabschef General James P. Manzbergen, in voller Uniform mit Orden. »Allerdings, Teuerste!«, rief er. »Und jetzt wollen wir unsere Ärsche mal mit ÜLG bewegen, ehe sie herausfinden, dass wir sie gelinkt haben!«

19

Vexierspiel der Liebe

Wer schläft mit wem? Das war die Frage! Wir hatten fünf Passagiere und nur drei Kabinen mit Betten. Die *Wahre Liebe* war auf so viele Gäste nicht eingerichtet, besonders, da diese Gäste nicht zu Paaren vorsortiert waren. Sollten wir Audee mit seinem angetrauten Weibe Dolly zusammenlegen? Oder mit seiner Bettgenossin aus jüngster Zeit Janie Yee-xing? Oder Audee allein und die beiden Frauen zusammen? Was würden die beiden einander antun? Janie und Dolly verhielten sich eigentlich nicht so feindlich zueinander. Merkwürdigerweise wirkte Audee sehr ablehnend gegen beide. »Er kann sich nicht entscheiden, wem er treu sein soll«, sagte Essie weise. »Und Audee ist der Mann, der einer Frau treu sein will.«

Nun, das verstand ich sehr gut. Es gab ja noch mehr Männer an Bord, denen dieses Problem Kopfzerbrechen bereitete und die darunter litten.

Nur ein Wort in dieser Behauptung traf nicht auf mich zu. Das war »litten«. Sehen Sie, ich litt nicht. Ich fühlte mich durchaus wohl. Essie und ich lösten das Problem der Bettenverteilung so, dass wir uns in die Eignerkabine zurückzogen und die Tür zumachten. Wir taten das, damit unsere drei Gäste die Angelegenheit unter sich ausmachen konnten. Das war ein guter Grund. Und weiß Gott, sie brauchten Zeit dafür, weil die zwischenmenschliche Dynamik bei den dreien ausreichte, um einen Stern explodieren zu lassen. Wir hatten aber auch noch andere Gründe. Einer der wichtigsten war, dass wir uns lieben konnten.

Das taten wir auch. Mit Begeisterung. Mit großer Freude. Und das nach einem Vierteljahrhundert – bei unserem fortgeschrittenen Alter. Bedenkt man dann noch die Vertrautheit und Langeweile, die Tatsache, dass es nun mal nur eine begrenzte Fläche von Schleimhäuten gab, an denen man sich reiben konnte, und es auch nur begrenztes Zubehör zum Reiben gab – dann bestand für uns eigentlich wenig Anreiz zu dieser Tätigkeit. Irrtum! Wir waren motiviert wie die Teufel!

Vielleicht lag es an den relativ engen Quartieren auf der *Wahren Liebe*. Nachdem wir uns in unserer Privatkabine mit unserem anisokinetischen Bett eingeschlossen hatten, bekam die Sache ein Flair, als würden Teenager auf der Veranda herumknutschen, während Mammi und Pappi, nur durch ein Fliegengitter getrennt, im Wohnzimmer sitzen. Wir kicherten viel, als das Bett uns auf geniale Art herumstieß – Leiden? Kein bisschen! Ich hatte Klara nicht vergessen. Immer wieder tauchte sie in meinen Gedanken auf – oft in sehr intimen Augenblicken. Aber jetzt war Essie hier mit mir im Bett, nicht Klara.

Ich lag da, zuckte ab und zu, um zu fühlen, wie das Bett zurückzuckte und wie es Essie herumschubste, die sich eng an mich geschmiegt hatte. Dann zuckte sie wieder – es war so ähnlich wie Dreibanden-Billard, aber viel interessanter. Dabei dachte ich ruhig und liebevoll an Klara.

In diesem Augenblick war ich mir ganz sicher, dass sich alles zum Guten wenden würde. Wo lagen eigentlich die

Schwierigkeiten? In der Liebe. Nur, weil sich zwei Menschen liebten. Das war doch nicht schlimm! Die Komplikation bestand darin, dass einer der beiden Liebenden - in diesem Fall ich - auch Bestandteil eines anderen Paares war, das sich liebte. Aber Komplikationen konnten doch gemeistert werden - oder etwa nicht? Liebe bewirkte, dass sich das Universum drehte. Liebe bewirkte, dass Essie und ich lange in der Kabine blieben. Liebe bewirkte, dass Audee Dolly ins Hohe Pentagon folgte. Und eine Art von Liebe bewirkte, dass Janie ihn begleitete. Wieder eine andere Art von Liebe bewirkte, dass Dolly ihn überhaupt geheiratet hatte. Und weit weg, irgendwo in der großen, gasigen, sternigen Weite (obwohl ich das damals noch nicht wusste) beweinte der Kapitän seine Liebe. Selbst Wan, der niemals jemand außer sich selbst geliebt hatte, durchstreifte das Universum nach jemandem, dem er seine Liebe schenken konnte. Sehen Sie jetzt, wie es funktioniert? Liebe ist der große Motivator.

»Robin?«, hauchte Essie verschlafen an mein Schlüsselbein gekuschelt. »Das hast du sehr gut gemacht. Mein Kompliment.«

Auch sie sprach natürlich von der Liebe, obwohl ich es in diesem Fall vorzog, es als Kompliment für meine talentierte Ausübung derselben aufzufassen. »Danke«, sagte ich.

»Das bringt mich aber auf eine Frage«, fuhr sie fort und lehnte sich zurück, um mich zu betrachten. »Bist du wieder ganz gesund? In guter Verfassung? Die zwei Komma drei Meter Leitung vertragen sich mit der alten? Hat Albert gesagt, dass alles gut ist?«

»Ich fühle mich großartig«, gab ich zur Antwort, was auch stimmte, und beugte mich zu ihr, um ihr Ohr zu küssen. »Ich kann nur hoffen, dass es dem Rest der Welt auch so gut geht.«

Sie gähnte und streckte sich. »Wenn du das Schiff meinst; Albert ist durchaus in der Lage, es zu steuern.«

»Ja. Aber ist er auch fähig, richtig mit den Passagieren umzugehen?«

Sie rollte sich schläfrig auf die Seite. »Frag ihn!«, riet sie nur.

Da rief ich: »Albert, komm und unterhalte dich mit uns!« Neugierig schaute ich zur Tür, um zu sehen, wie er diesmal sein Erscheinen durch eine tatsächliche, greifbare Tür, die geschlossen war, bewerkstelligen würde. Er hielt mich zum Narren. Ich hörte sein verlegenes Räuspern und drehte mich um. Da saß er wieder auf Essies Bank vor dem Toilettentisch und schlug verlegen die Augen nieder.

Essie rang nach Luft und griff nach der Decke, um ihren niedlichen kleinen Busen zu bedecken.

Also das war komisch. Essie hatte sich nie zuvor die Mühe gemacht, sich vor einem ihrer Programme zuzudecken. Am merkwürdigsten war, dass ihre Handlung in diesem Moment ganz natürlich erschien.

»Verzeiht mein Eindringen, liebe Freunde«, ließ sich Albert vernehmen. »Aber ihr habt mich gerufen.«

»Schon gut«, beruhigte Essie ihn und setzte sich auf, um ihn genauer zu betrachten – aber mit fest vor die Brust gehaltener Bettdecke. Vielleicht kam ihr da ihre Reaktion selbst befremdlich vor. Alles, was sie vorbrachte, war aber nur: »Unsere Gäste – wie geht's ihnen?«

»Ausgezeichnet, möchte ich glauben«, antwortete Albert feierlich. »Sie unterhalten sich angeregt zu dritt in der Kombüse. Kapitän Walthers bereitet belegte Brote zu, und die beiden Frauen helfen ihm.«

»Kein Streit? Keine ausgekratzten Augen?«, erkundigte ich mich.

»Überhaupt nicht. Ehrlich gesagt, sie sind ungemein höflich mit vielen ›Entschuldigung‹ und ›bitte‹ und ›danke‹. Doch«, fuhr er fort und sah sehr zufrieden aus. »ich habe da eine Meldung über das Segelschiff. Soll ich sie gleich vorlesen? Oder – fällt mir gerade ein – wollt ihr euch zu euren Gästen begeben, damit alle gleichzeitig zuhören können?«

Meinem Gefühl nach hätte ich sie gleich erfahren wollen, aber Essie warf mir einen Blick zu. »Das erfordert die Höflichkeit, Robin«, meinte sie, und ich stimmte ihr zu.

»Großartig«, sagte Albert. »Ihr werdet es unheimlich

interessant finden, da bin ich sicher. Wie ich auch. Natürlich habe ich mich schon immer für Segeln interessiert, wie du weißt« fuhr er fröhlich plaudernd fort. »Als ich fünfzig war, schenkte mir die *Berliner Handelsgesellschaft* ein schönes Segelboot - das ich allerdings leider verloren habe, als ich wegen der schrecklichen Nazis Deutschland verlassen musste. Meine liebe Mrs. Broadhead, ich verdanke Ihnen so viel! Ich genieße jetzt alle diese herrlichen Erinnerungen, die ich vorher nicht hatte! Ich entsinne mich an das kleine Haus in Ostende, wo ich lange Spaziergänge am Strand mit Albert machte - ich meine *König* Albert von Belgien«, fügte er zwinkernd hinzu. »Wir haben über Segeln geredet, und abends begleitete mich seine Frau auf dem Klavier, wenn ich Geige spielte - an all das kann ich mich jetzt erinnern, teure Mrs. Broadhead, das ist allein Ihr Verdienst!«

Während der gesamten Rede hatte Essie stocksteif neben mir gesessen und ihr Produkt mit steinernem Gesicht betrachtet. Jetzt prustete sie los und brach in schallendes Gelächter aus. »O Albert!«, rief sie und griff nach einem Kissen. Sie zielte und warf es mitten durch ihn durch, sodass es, ohne Schaden anzurichten, gegen die Frisierkommode hinter ihm prallte. »Du selten komisches Programm, gern geschehen! Und jetzt verzieh dich, bitte! Da du so menschlich bist, mit Erinnerungen und langweiligen Anekdoten, kann ich dir nicht erlauben, mich unbekleidet zu sehen!« Daraufhin erlaubte er sich, mit einem bloßen Blinzeln abzutreten, während Essie und ich uns lachend umarmten. »Zieh dich endlich an!«, befahl sie mir, »damit wir mehr über das Segelschiff erfahren. Lachen ist doch die beste Medizin, oder? In diesem Fall habe ich keine Angst um deine Gesundheit, Robin. Ein durch Fröhlichkeit so gestärkter Körper wird sicher ewig halten!«

Immer noch leise lachend gingen wir unter die Dusche - wir hatten keine Ahnung, dass »ewig« in meinem Fall zu diesem Zeitpunkt elf Tage, neun Stunden und einundzwanzig Minuten bedeutete.

Wir hatten auf der *Wahren Liebe* nie einen Tisch für Albert Einstein aufgestellt und schon gar nicht einen, wo er seine Pfeife als Lesezeichen benutzen konnte und wo eine Flasche Skrip neben einem ledernen Tabakbehälter stand. Ebenso wenig waren wir für die Tafel hinter ihm verantwortlich, die zur Hälfte mit Gleichungen beschrieben war. Aber so sah es aus. Da stand er und unterhielt unsere Gäste mit Geschichten über sich. »Als ich in Princeton war«, dozierte er, »hatte man einen Mann angeheuert, der mir mit einem Notizbuch überallhin folgen musste, um darin festzuhalten, was ich auf die Tafel schrieb. Das war nicht, um mir einen Gefallen zu erweisen, sondern weil sie Angst hatten, die Tafel abzuwischen!« Er strahlte unsere Gäste an und nickte Essie und mir freundlich zu. Wir standen Hand in Hand in der Tür zum Aufenthaltsraum. »Mr. und Mrs. Broadhead, ich kläre die Leute gerade etwas über mein Leben auf, da sie wahrscheinlich von mir noch nicht viel gehört haben, obwohl ich, ehrlich gesagt, ziemlich berühmt war. Haben Sie zum Beispiel gewusst, dass die Verwaltung von Princeton einen überdachten Gang bauen ließ, den Sie heute noch sehen können, damit ich meine Freunde besuchen konnte, ohne ins Freie gehen zu müssen, nur weil ich keinen Regen mag?«

Wenigstens trug er nicht sein Generalsgesicht oder den Roten-Baron-Seidenschal. Trotzdem fühlte ich mich nicht wohl. Am liebsten hätte ich mich bei Audee und den beiden Frauen entschuldigt. Stattdessen sagte ich: »Essie? Glaubst du nicht auch, dass diese Erinnerungen ein bisschen überhand nehmen?«

»Möglich«, entgegnete sie nachdenklich. »Möchtest du, dass er damit aufhört?«

»Nicht aufhören. Er ist jetzt viel interessanter, aber wenn du seine persönlichkeitsbezogene Datenspeicherung etwas herunterdrehen oder das Potentiometer der Nostalgieschaltkreise ...«

»Wie albern du bist, lieber Robin«, unterbrach sie mich und lächelte verzeihend. Dann gab sie die Anweisung: »Albert! Lass das viele Geschwätz! Robin mag es nicht.«

»Selbstverständlich, liebe Semya«, gehorchte er höflich.

»Zweifellos möchten Sie aber trotzdem etwas über das Segelschiff erfahren.« Er stand hinter seinem Schreibtisch auf – das heißt, sein holographisches Abbild erhob sich hinter dem ebenfalls nicht existierenden Hologramm eines Schreibtisches. Ich musste mir das immer wieder ins Gedächtnis rufen. Er nahm einen Schwamm und begann, die Kreide abzuwischen. Dann besann er sich und griff mit einem um Verzeihung bittenden Blick auf Essie nach einem Schalter auf dem Schreibtisch. Die Tafel verschwand. Sie wurde durch die vertraute kieselfarbene graugrüne Oberfläche eines Bildschirms auf einem Hitschi-Schiff ersetzt. Dann drückte er auf einen anderen Schalter, worauf das Kieselgrau verschwand und den Blick auf eine Sternkarte freigab. Auch das war realistisch – um irgendeinen Gateway-Bildschirm in ein brauchbares Bild zu verwandeln, musste man lediglich eine einfache Vorspannung vor die Schaltkreise setzen. (Allerdings waren tausend Forscher gestorben, ohne das herauszufinden.) »Was Sie hier sehen«, erklärte er zuvorkommend, »ist der Ort, an dem Kapitän Walthers das Segelschiff geortet hat. Wie Sie sehen, ist hier nichts.«

Walthers hatte ruhig auf einem Kissen vor dem imitierten Kamin gesessen – so weit wie möglich von Dolly und Janie entfernt, die ebenfalls so weit wie möglich auseinander saßen. Alle waren still. Aber jetzt rief Walthers wie angestochen: »Unmöglich! Die Aufzeichnungen waren korrekt! Sie haben die Daten!«

»Selbstverständlich waren sie korrekt«, beruhigte Albert ihn. »Aber, Sie müssen wissen, dass zu dem Zeitpunkt, als die Aufklärungsdrohne dort ankam, das Segelschiff längst weg war.«

»Es konnte aber nicht weit sein, wenn es nur durch Sternenlicht angetrieben wurde.«

»Nein, das konnte es nicht. Aber es war verschwunden. Trotzdem«, fuhr Albert fröhlich fort, »hatte ich für alle Eventualitäten vorgesorgt. Wenn Sie sich erinnern, mein Ruhm – der meines früheren Ichs, will ich sagen – beruhte auf der Annahme, dass die Geschwindigkeit des Lichts eine fundamentale Konstante war, die aber gewissen Erweiterungen im Kontext dessen unterworfen war, was wir von den Hitschi gelernt haben«, fügte er nachsichtig im Zimmer herumblinzelnd hinzu. »Ja, die Geschwindigkeit ist immer gleich – fast dreihunderttausend Kilometer pro Sekunde. Ich gab daher der ferngesteuerten Drohne Anweisung, sich im Falle, dass das Segelschiff nicht aufzufinden sein würde, in einer Entfernung von dreihunderttausend Kilometern mal der Zahl der Sekunden seit der Ortung zu suchen.«

»Großartiges, ausgekochtes, selbstgefälliges Programm«, bemerkte Essie liebevoll. »Das war ein besonders gewitzter Pilot, den du für die Drohne angeheuert hast, nicht wahr?«

Albert hustete. »Es war ja auch ein außergewöhnlicher Flug«, gab er zu bedenken. »Da ich voraussah, dass besondere Anforderungen auftreten könnten, waren auch die Aufwendungen ziemlich hoch. Nun denn! Als die Drohne diese Anweisung befolgt hatte, sah sie Folgendes ...« Er machte eine Handbewegung, und auf dem Schirm zeigte sich das Gebilde mit den vielen Gazeflügeln. Es hatte nicht mehr seine ursprüngliche Form, sondern faltete sich und zog sich vor unseren Augen zusammen. Albert ließ es schneller ablaufen, als es von Bord des Aufklärers aus zu sehen war. Wir beobachteten, wie sich die großen Flügel zusammenrollten ... und verschwanden.

Nun. Was wir sahen, haben Sie bereits gesehen. Sie hatten dabei auch den Vorteil, dass Sie wussten, was Sie sahen. Da waren wir nun – Walthers und sein Harem und Essie und ich. Wir hatten die mühselige menschliche Welt verlassen, um einem mühseligen Rätsel nachzujagen. Und jetzt mussten wir mit ansehen, wie das Ding, hinter dem wir her waren, von etwas anderem *aufgefressen* wurde! Genauso stellte es sich für unsere auf diesen Augenblick nicht vorbereiteten Augen dar. Wir saßen da wie versteinert und starrten auf die zerknautschten Flügel und die riesige blau leuchtende Kugel, die aus dem Nichts gekommen war und sie verschlang.

Ich wurde mir bewusst, dass jemand leise kicherte. Mein zweiter Schock kam, als ich feststellte, wer es war.

Es war Albert, der auf der Kante des Schreibtisches saß

und sich eine Freudenträne aus den Augen wischte. »Ich bitte vielmals um Verzeihung«, sagte er. »Aber Sie müssten Ihre *Gesichter* sehen!«

»*Verdammtes*, großartiges, selbstgefälliges Programm!«, stieß Essie gar nicht mehr liebevoll hervor. »Stopp den Scheiß sofort! Was ist dort los?«

Albert sah meine Frau an. Ich konnte seinen Ausdruck nicht ganz entschlüsseln: Der Blick war liebevoll und tolerant und drückte noch so viele Dinge aus, die ich mit einem durch Computer hergestellten Hologramm nicht in Verbindung bringen konnte. Nicht einmal mit Albert. Er war aber auch unsicher. »Liebe Mrs. Broadhead«, brachte er zu seiner Entschuldigung hervor. »Wenn Sie nicht wollen, dass ich Sinn für Humor zeige, hätten Sie mich nicht so programmieren sollen. Wenn ich Sie in Verlegenheit gebracht habe, bitte ich um Entschuldigung.«

»Befolge die Anweisungen!«, fuhr Essie ihn an und sah verwirrt drein.

»Oh, selbstverständlich! Was Sie eben gesehen haben«, erklärte er der Gruppe, wobei er sich ganz offensichtlich von Essie abwandte, »halte ich für das erste bekannte Beispiel eines tatsächlich stattfindenden bemannten Hitschi-Unternehmens in Realzeit. Es bedeutet, dass das Segelschiff entführt wurde. Beobachten Sie dies kleinere Fahrzeug!« Nachlässig winkte er mit der Hand, und das Bild drehte sich und wurde unscharf, um dann stark vergrößert zu erscheinen. Die Vergrößerung ging über die optischen Möglichkeiten des Aufklärungsschiffes hinaus, daher wurde der Rand der Kugel unscharf.

Aber dahinter war etwas.

Etwas, das sich langsam in den Schlagschatten hinter der Kugel schob. Gerade als es wieder verschwand, schaltete Albert auf Standbild, und wir sahen ein verschwommenes, fischförmiges Objekt, sehr winzig und nicht deutlich erkennbar. »Ein Hitschi-Schiff«, äußerte Albert. »Wenigstens habe ich keine andere Erklärung.«

Janie Yee-xing gab einen Laut von sich, als würde sie ersticken. »Ist das sicher?«

»Nein, natürlich nicht«, schränkte Albert ein. »Es ist bis jetzt nur eine Theorie. Man sagt niemals ›Ja‹ zu einer Theorie, Miss Yee-xing, nur ›vielleicht‹, da bestimmt eine bessere Theorie auftauchen wird und die, welche bis dahin die beste schien, ablöst. Aber meine Theorie ist, dass die Hitschi sich dafür entschieden haben, das Segelschiff zu entführen.«

Das müssen Sie sich mal vorstellen! Hitschi! Echte – nach Aussagen des klügsten Datenbeschaffungssystems, dem jemals einer begegnet ist. Seit zwei Dritteln eines Jahrhunderts hatte ich auf die eine oder andere Weise nach Hitschi Ausschau gehalten. Ich hoffte verzweifelt, sie zu finden, hatte aber auch schreckliche Angst, dass es mir gelingen könnte. Als dies Ereignis nun eintrat, überwog in meinem Kopf der Gedanke an das Datenbeschaffungssystem, nicht an die Hitschi. Ich sagte: »Albert, warum benimmst du dich so komisch?«

Höflich schaute er mich an und klopfte mit dem Pfeifenstiel gegen die Zähne. »Wieso ›komisch‹, Robin?«, fragte er.

»Verdammt noch mal! Hör auf damit! Dein ganzes Benehmen! Weißt du nicht ...« Ich zögerte und versuchte mich höflich auszudrücken. »Weißt du nicht, dass du nur ein Computerprogramm bist?«

Er lächelte traurig. »Daran muss ich nicht erinnert werden, Robin. Ich existiere nicht wirklich, stimmt's? Aber die Wirklichkeit, in der du steckst, möchte ich nicht haben.«

»Albert!«, rief ich. Aber er gebot mir mit einer Handbewegung Schweigen.

»Gestatte mir, Folgendes festzustellen«, erwiderte er. »Für mich ist Realität eine gewisse große Quantität parallelbetriebener Ein- und Ausschalter in heuristischer Anordnung. Wenn man es analysiert, wird das Ganze nur zu einem Trick, den man dem Betrachter vorspielt. Aber bei dir, Robin? Ist die Realität für eine organische Intelligenz so völlig anders? Oder handelt es sich lediglich um gewisse chemische Transaktionen, die sich in einem Kilogramm fettiger Materie ohne Augen, ohne Ohren und ohne Geschlechtsorgane abspielen? Alles, was sie weiß, kennt sie vom Hörensagen, weil irgendein Wahrnehmungssystem ihr davon berichtet hat. Jedes Gefühl wird ihr durch den Draht eines Nervs übermittelt. Besteht zwischen uns wirklich so viel Unterschied, Robin?«

»Albert!«

Er schüttelte den Kopf. »Ah!«, sagte er bitter. »Ich weiß. Du lässt dich durch meinen Trick nicht hereinlegen, weil du die Urheberin kennst – sie ist hier unter uns. Aber fällst du nicht auf dich selbst herein? Solltest du mir nicht die gleiche Wertschätzung und Toleranz entgegenbringen? Ich war ein sehr wichtiger Mann, Robin. Viele hochgestellte Persönlichkeiten schätzten mich sehr. Könige. Königinnen. Bedeutende Wissenschaftler. Was waren das für nette Leute. Zu meinem siebzigsten Geburtstag gaben sie mir zu Ehren eine Party – Robertson, Wigner, Kurt Goedel, Rabi, Oppenheimer ...« Er wischte sich tatsächlich eine richtige Träne ab – und damit war Essies Geduld erschöpft.

Sie stand auf. »Liebe Freunde, lieber Robin«, wandte sie sich an uns. »Offensichtlich haben wir es mit einer ernsten Störung zu tun. Ich bitte dafür um Verzeihung. Ich muss ihn für eine komplette Überprüfung ausschalten. Entschuldigen Sie mich, bitte.«

»Das ist nicht deine Schuld, Essie«, erklärte ich so freundlich wie möglich. Sie nahm es aber gar nicht freundlich auf. Sie warf mir einen Blick zu, den ich seit der Zeit unserer ersten Verabredungen nicht mehr gesehen hatte, als ich ihr von all den lustigen Streichen erzählte, die ich meinem Psychoanalyseprogramm, Sigfrid Seelenklempner, gespielt hatte. »Robin«, sagte sie kalt, »das ist viel zu viel Gerede über Schuld und schlechtes Gewissen. Wir werden später darüber sprechen. Liebe Gäste, ich muss mein Arbeitszimmer eine Zeit lang in Anspruch nehmen. Albert! Zeig dich dort sofort zum Entstören!«

Eine der Plagen, reich und berühmt zu sein, ist es, dass einen jede Menge Leute einladen, ihr Gast zu sein, und fast alle eine Gegeneinladung erwarten. Ich bin kein sehr guter Gastgeber. Essie dagegen ist darin fabelhaft. Im Laufe der

Jahre haben wir eine gute Methode ausgearbeitet, mit unseren Gästen fertig zu werden. Es ist ganz einfach. Ich leiste ihnen Gesellschaft, so lange es mir Spaß macht – das kann mehrere Stunden, manchmal aber auch nur fünf Minuten sein. Dann verschwinde ich in mein Arbeitszimmer und überlasse die gastgeberischen Pflichten Essie. Das tue ich besonders dann, wenn aus irgendeinem Grund Spannungen unter den Gästen bestehen. Es funktioniert prima – für mich.

Aber manchmal klappt es nicht, und dann bin ich in der Klemme. Dies war eine derartige Gelegenheit. Ich konnte die Gäste nicht Essie überlassen, weil sie beschäftigt war. Ich wollte sie auch nicht allein lassen, weil wir das bereits über Gebühr lange getan hatten. Und Spannungen gab es viele.

Da war ich nun und versuchte mich an meine guten Manieren zu erinnern und liebenswürdig zu sein, ohne dass mir jemand den Rücken stärkte. »Möchte jemand einen Drink?«, erkundigte ich mich herzlich. »Etwas zu essen? Wir haben auch noch einige gute Programme, wenn Essie nicht alles abgeschaltet hat, damit sie an Albert arbeiten kann …«

Janie Yee-xing unterbrach mich mit einer Frage: »Wohin fliegen wir, Mr. Broadhead?«

»Nun«, entgegnete ich strahlend – jovial, ganz guter Gastgeber, der bestrebt ist, dass seine Gäste sich wohl fühlen, selbst wenn sie ihm eine durchaus berechtigte Frage stellen, auf die er keine Antwort weiß, weil er bisher an sehr viel dringlichere Sachen gedacht hat. »Ich nehme an, die Frage ist: Wohin möchten Sie denn gerne? Meiner Meinung nach ist es sinnlos, dem Segelschiff hinterher zu jagen.«

»Nein«, gab mir Yee-xing Recht.

»Dann liegt es wohl ganz bei Ihnen. Ich glaube kaum, dass Sie länger in Haft bleiben wollten …«, erinnerte ich sie, dass ich ihnen allen schließlich einen Gefallen erwiesen hatte.

»Nein«, wiederholte Yee-xing.

»Also zurück zur Erde? Wir könnten Sie an einem der Schlaufenpunkte absetzen. Oder Gateway, wenn Sie wollen. Oder – warte mal, Audee, du kommst doch ursprünglich von der Venus, nicht wahr? Willst du dahin zurück?«

Jetzt war Walthers an der Reihe, »Nein« zu sagen. Damit ließ er es bewenden. Ich fand es von meinen Gästen sehr rücksichtslos, mir nur negative Antworten zu geben, wo ich mich doch bemühte, so gastfreundlich zu sein.

Dolly Walthers half mir aus der Patsche. Sie hob die rechte Hand mit einer ihrer Puppen. Es war die, welche wie ein Hitschi aussehen sollte. »Das *Problem* ist, Mr. Broadhead«, formulierte sie, ohne ihre Lippen zu bewegen, mit einer sirupartigen, schleppenden Stimme, »dass keiner von uns *irgendeinen* Ort hat, den er aufsuchen könnte.«

Da das offensichtlich stimmte, hatte keiner etwas hinzuzufügen. Dann stand Audee auf. »Ich nehme jetzt gern einen Drink, Broadhead«, brummte er. »Dolly? Janie?«

Das war die beste Idee, die einer von uns seit langer Zeit hatte. Wir stimmten alle zu und benahmen uns wie Gäste, die zu früh zu einer Party gekommen waren und sich mit etwas beschäftigten, damit man nicht merkte, dass sie eigentlich nichts taten. Es gab viel zu tun. So viel war sicher. Dabei war für mich keineswegs vorrangig, freundlich zu meinen Gästen zu sein. Es war nicht einmal am wichtigsten, die Tatsache aufzunehmen, dass wir (vielleicht) ein richtiges Hitschi-Schiff mit Hitschi darin in Betrieb gesehen hatten. Nein, es war wieder einmal mein Bauch. Die Ärzte hatten mir versichert, dass ich ein normales Leben führen könnte. Sie hatten aber nichts über ein anormales gesagt. Jetzt spürte ich mein Alter und meine Gebrechlichkeit. Ich war froh, mich mit Gin und Wasser neben dem imitierten Kamin mit den imitierten Flammen hinzusetzen und darauf zu warten, dass jemand anderer die Initiative ergriff.

Wie sich herausstellte, war das Audee Walthers. »Broadhead, ich bin dir wirklich dankbar, dass du uns aus dem Schlamassel herausgeholt hast, und ich weiß, dass ein Haufen unerledigter Dinge auf dich wartet. Ich halte es für das Beste, wenn du uns alle drei an einem Ort, der dir am wenigsten Umstände macht, absetzt und dich dann um deine Geschäfte kümmerst.«

»Schön. Aber es gibt sehr viele solcher Orte, Audee. Gibt es nicht einen, der dir lieber als die anderen wäre?«

»Was ich wirklich möchte«, führte er aus, »was wir wirklich alle möchten, glaube ich, wäre eine Gelegenheit, nur unter uns herausfinden zu können, was wir tun wollen. Ich nehme an, dir ist aufgefallen, dass wir persönliche Probleme haben, mit denen wir fertig werden müssen.« Einer solchen Aussage kann man schlecht zustimmen, aber ich konnte sie auch keinesfalls verneinen. Also lächelte ich nur. »Was wir brauchen, ist die Möglichkeit, uns zurückzuziehen und uns auszusprechen.«

»Ah«, sagte ich und nickte. »Ich nehme an, wir haben euch nicht genug Zeit gegeben, als Essie und ich euch allein gelassen haben.«

»*Ihr* habt uns allein gelassen. Aber Freund Albert nicht!«

»Albert?« Mir wäre nie der Gedanke gekommen, dass er sich den Gästen zeigen würde, vor allem nicht uneingeladenen.

»Die ganze Zeit, Broadhead«, beklagte sich Walthers verärgert, »saß er genau da, wo du jetzt sitzt, und stellte Dolly eine Million Fragen.«

Ich schüttelte den Kopf und hielt mein Glas hin, um mir nochmals einschenken zu lassen. Das war wahrscheinlich keine gute Idee, aber ich hatte im Augenblick keine Ideen, die ich für gut hielt. Als ich noch ein Kind war und meine Mutter im Sterben lag – weil sie die medizinische Behandlung für uns beide nicht bezahlen konnte, Schuld, Schuld Schuld, und sich entschloss, sie nur für mich in Anspruch zu nehmen –, da kam eine Zeit, in der sie mich nicht mehr erkannte und sich nicht mehr an meinen Namen erinnerte. Sie sprach zu mir, als sei ich ihr Boss oder der Hauswirt oder ein Mann, mit dem sie befreundet war, ehe sie meinen Vater geheiratet hatte. Eine schlimme Szene. Dieser Zustand war fast noch schlimmer als das Wissen, dass sie im Sterben lag. Eine kraftvolle Gestalt fiel vor meinen Augen auseinander.

Ebenso zerfiel jetzt Albert.

»Was für Fragen hat er gestellt?«, erkundigte ich mich bei Dolly.

»Ach, über Wan«, gab sie Auskunft und spielte mit ihren Handpuppen, sprach aber mit ihrer normalen Stimme – obwohl sie auch dabei die Lippen kaum bewegte. »Wohin er flog und was er machte. Am meisten wollte er, dass ich ihm die Objekte auf den Karten zeigte, an denen Wan interessiert war.«

»Zeigen Sie sie mir!«, bat ich.

»Ich kann das Ding nicht bedienen«, erklärte sie unlustig. Aber Janie Yee-xing war schon aufgestanden und an die Apparate getreten, ehe sie zu Ende gesprochen hatte. Janie berührte die Vorführkonsole, runzelte die Stirn, gab eine Kombination ein, verzog das Gesicht und wandte sich uns zu.

»Mrs. Broadhead muss es abgeschaltet haben, als sie Ihren Piloten aus dem Netz genommen hat.«

»Ist doch egal«, resignierte Dolly. »Waren ja doch nur Schwarze Löcher, von der einen oder anderen Art.«

»Ich dachte, es gebe nur eine Art«, wandte ich ein. Sie zuckte mit den Achseln. Wir standen alle dicht um die Konsole und schauten zum Bildschirm hinauf, der aber nur Sterne zeigte. »Zur Hölle mit ihm!«, fluchte ich.

Hinter uns sagte Albert eisig: »Es tut mir Leid, wenn ich dir Unannehmlichkeiten bereitet habe, Robin.«

Wir drehten uns alle wie Figuren in einem dieser alten deutschen Glockenspiele. Er saß auf der Kante des Sessels, von dem ich gerade aufgestanden war, und betrachtete uns aufmerksam. Er sah anders aus. Jünger. Weniger selbstsicher. Er drehte eine Zigarre in der Hand – eine Zigarre, keine Pfeife –, und sein Ausdruck war ernst. »Ich dachte, Essie arbeitet an dir«, gab ich – da bin ich sicher – verärgert meiner Verwunderung Ausdruck.

»Sie ist fertig, Robin. Da kommt sie schon. Ich glaube, es ist nicht vermessen von mir, wenn ich behaupte, dass sie keinen Fehler gefunden hat – das stimmt doch, Mrs. Broadhead?«

Essie kam zur Tür herein und blieb stehen. Sie hatte die Fäuste in die Hüften gestemmt und die Augen auf Albert geheftet. Mich sah sie überhaupt nicht an.

»Stimmt, Programm«, bestätigte sie finster. »Ich habe keinen Fehler in der Programmierung gefunden.«

»Freut mich zu hören, Mrs. Broadhead.«

»Kein Grund zur Freude! Die Tatsache bleibt bestehen, du bist ein verkorkstes Programm. Sag mir, intelligentes Programm ohne Fehler in der Programmierung, was ist der nächste Schritt?«

Das Hologramm leckte sich tatsächlich nervös die Lippen. »Nun«, antwortete Albert zögernd. »Ich nehme an, Sie wollen vielleicht die Hardware überprüfen.«

»Genau!«, sagte Essie, während sie seinen Datenfächer aus dem Ständer zog. Ich hätte schwören können, dass ich ganz kurz einen Ausdruck von Panik über Alberts Züge huschen sah, den Blick eines Menschen, bei dem mit der Narkose für eine bevorstehende Operation begonnen wird. Dann verschwand er. »Redet nur weiter!«, rief uns Essie über die Schulter zu. Sie klemmte sich eine Lupe ins Auge und begann die Oberfläche des Fächers abzusuchen.

Aber worüber sollte man sich unterhalten? Wir sahen zu, wie sie jede Rille des Fächers untersuchte. Wir folgten ihr, als sie stirnrunzelnd den Fächer mit in ihr Arbeitszimmer nahm, und beobachteten schweigend, wie sie den Fächer mit Greifzirkeln und Sonden, die in eine Teststeckdose eingeführt waren, berührte, wie sie auf Knöpfe drückte, an den Skalen drehte und die Feineinstellungen ablas. Ich stand da und massierte meinen Bauch, der sich wieder mal unangenehm bemerkbar machte.

Audee flüsterte: »Wonach sucht sie?« Aber das wusste ich auch nicht. Ein Knick, ein Kratzer, Korrosion, irgendetwas. Was es auch war, sie fand es nicht.

Seufzend stand sie auf. »Ist nichts da«, sagte sie.

»Das ist gut«, meinte ich.

»Das ist auch gut«, pflichtete sie mir bei. »Denn wenn es etwas Ernstes wäre, könnte ich es hier nicht reparieren. Aber es ist auch schlecht, Robin, weil dadurch feststeht, dass dieses verrückte Programm völlig übergeschnappt ist. Hat mir eine Lektion in Bescheidenheit erteilt, das Ding.«

»Sind Sie sicher, dass er defekt ist, Mrs. Broadhead?«, brachte Dolly vor. »Solange Sie im anderen Zimmer waren, schien er ganz vernünftig zu sein. Vielleicht ein bisschen merkwürdig.«

»Merkwürdig! Dolly-Lady, wissen Sie, worüber er die ganze Zeit, in der ich ihn untersuchte, geredet hat? Machs Hypothese. Fehlende Masse. Schwarze Löcher, die schwärzer sind als normale Schwarze Löcher. Da muss man ein richtiger Einstein sein, um das zu verstehen – he! Was ist das? Er hat mit euch geredet?«

Als sie die Bestätigung von den anderen hörte, saß sie mit zusammengepressten Lippen eine Zeit lang da und dachte nach. Dann ging ein Ruck durch sie. »Ach was, zum Teufel!«, sagte sie entmutigt. »Hat keinen Zweck herumzurätseln. Es gibt nur eine Person, die weiß, was mit Albert nicht stimmt, und das ist Albert selbst.«

»Und was ist, wenn Albert es dir nicht sagen will?«, fragte ich.

»Falsche Frage«, konterte sie und steckte den Fächer wieder ein. »Die richtige Frage lautet: ›Was, wenn Albert es nicht kann?‹«

Er sah ganz in Ordnung aus – beinahe. Er saß in seinem Lieblingssessel und spielte mit der Zigarre – es war auch mein Lieblingssessel, aber im Augenblick fühlte ich mich nicht imstande, mit ihm darüber zu streiten. »Nun, Albert«, begann Essie in freundlichem, aber festem Ton. »Du weißt, dass du nicht richtig funktionierst, korrekt?«

»Eine leichte Abweichung, glaube ich, ja«, gab er kleinlaut zu.

»Abweichung, groß wie die Hölle, glaube ich, ja! Also, wir werden Folgendes machen, Albert. Zuerst stellen wir dir ein paar einfache Fragen über Tatsachen – nicht über Motivationen, nicht über hartes theoretisches Zeug, nur Fragen, die mit objektiven Fakten beantwortet werden können. Verstehst du?«

»Selbstverständlich verstehe ich, Mrs. Broadhead.«

»Gut. Erstens. Ich habe gehört, dass du mit den Gästen

gesprochen hast, während Robin und ich in der Eignerkabine waren.«

»Das ist korrekt, Mrs. Broadhead.«

Sie spitzte die Lippen. »Kommt mir wie ein ungewöhnliches Verhalten vor, oder nicht? Du hast sie ausgefragt. Bitte, sag uns, welche Fragen es waren und welche Antworten.«

Albert rutschte verlegen hin und her. »Am meisten interessierte mich, welche Objekte Wan untersucht hatte, Mrs. Broadhead. Mrs. Walthers war so freundlich, sie mir auf den Karten zu zeigen.« Er deutete auf den Sichtschirm. Als wir hinsahen, waren dort tatsächlich eine Reihe von Karten zu sehen. »Wenn Sie sie genau betrachten«, fuhr Albert fort und wies mit seiner ungerauchten Zigarre hin, »werden Sie sehen, dass es eine klare Weiterentwicklung gibt. Seine ersten Ziele waren einfache Schwarze Löcher, die auf den Hitschi-Karten durch diese Zeichen, die wie Angelhaken aussehen, gekennzeichnet sind. Das sind Gefahrenzeichen in der Kartographie der Hitschi.«

»Woher weißt du das?«, wollte Essie wissen und verbesserte sich sofort. »Nein, streich die Frage! Ich nehme an, du hast einen guten Grund für die Behauptung.«

»Habe ich, Mrs. Broadhead. Ich bin nicht ganz ehrlich gewesen mit Ihnen in dieser Hinsicht.«

»Ha! Wir stoßen vor! Weiter jetzt!«

»Ja, Mrs. Broadhead. Jedes der einfachen Schwarzen Löcher hat zwei Kennzeichnungen. Dann untersuchte Wan eine isolierte Singularität – ein nicht rotierendes Schwarzes Loch. Es war das, in dem Robin vor vielen Jahren so schreckliche Erfahrungen machte. Dort fand Wan Gelle-Klara Moynlin.« Das Bild flimmerte und zeigte dann den isolierten blauen Geisterstern, ehe die Karten wieder dessen Platz einnahmen. »Dieses hat drei Angelhaken, was größere Gefahr bedeutet. Und schließlich ...«, eine Handbewegung, das Bild veränderte sich erneut, und es erschien ein anderer Abschnitt der Hitschi-Karte, »... ist hier das Loch, das Mrs. Walthers für mich als das identifizierte, welches Wan als nächstes ansteuerte.«

»Das hab' ich nicht behauptet«, widersprach Dolly.

»Das nicht, Mrs. Walthers«, pflichtete ihr Albert bei. »Aber Sie haben gesagt, dass er sich dieses häufig betrachtet und darüber mit den Toten Menschen gesprochen hat und dass es ihm Angst einflößte. Ich glaube sicher, dass es das ist, worauf er abzielt.«

»Sehr gut«, lobte ihn Essie. »Erster Test bewundernswert bestanden, Albert. Jetzt wollen wir übergehen zum zweiten Teil, diesmal ohne Beteiligung aus dem Publikum«, fügte sie hinzu und schaute Dolly an.

»Ich stehe zu Ihren Diensten, Mrs. Broadhead.«

»Das ist allerdings sicher! Nun. Tatsachenfragen: Was versteht man unter dem Ausdruck ›fehlende Masse‹?«

Albert schaute unsicher drein, antwortete aber prompt. »Die so genannte fehlende Masse ist die Quantität der Masse, die verschiedene galaktische Umlaufbahnen erklären würde, die aber nie beobachtet wurde.«

»Ausgezeichnet! Nun, was ist Machs Hypothese?«

Er leckte sich die Lippen. »Ich fühle mich bei spekulativen Diskussionen über Quantenmechanik gar nicht wohl, Mrs. Broadhead. Ich habe Schwierigkeiten zu glauben, dass Gott mit dem Universum würfelt.«

»Ich habe nicht nach deinem Glauben gefragt! Halte die Spielregeln ein, Albert! Ich frage nur nach einer Definition eines weit verbreiteten technischen Ausdrucks.«

Er seufzte und veränderte die Stellung. »Wie Sie wünschen, Mrs. Broadhead, aber gestatten Sie mir, es allgemein verständlich auszudrücken. Es gibt Grund zur Annahme, dass irgendwie eine groß angelegte Pfuscherei mit dem Expansions-Kontraktions-Zyklus des Universums im Gange ist. Die Ausdehnung wird ins Gegenteil verkehrt. Die Zusammenziehung wird – wie es scheint – auf einen einzigen Punkt hin vorangetrieben: den gleichen wie vor dem Urknall.«

»Und welcher war das?«, wollte Essie wissen.

Er scharrte mit den Füßen. »Ich werde wirklich sehr nervös, Mrs. Broadhead«, beschwerte er sich.

»Aber du kannst die Frage beantworten – hinsichtlich der allgemeinen Auffassung.«

»An welchem Punkt, Mrs. Broadhead? Was man jetzt annimmt? Was man – sagen wir – vor den Tagen von Hawkins und den anderen Quantenleuten angenommen hat? Es gibt nur eine definitive Aussage über den Zustand des Universums in seinem Anfang, aber die ist religiös.«

»Albert«, warnte Essie.

Er lächelte leicht. »Ich wollte nur den heiligen Augustinus zitieren«, verteidigte er sich. »Als er gefragt wurde, was Gott tat, ehe er die Welt schuf, antwortete er, dass Gott die Hölle schuf für alle, die diese Frage stellten.«

»Albert!«

»Na ja, schon gut«, lenkte er leicht verärgert ein. »Man meint, dass sehr kurz vor dem Urknall – nicht später als der Bruch eins durch 10^{43} einer Sekunde davor – Relativität nicht länger die Physik des Universums erklären kann und man daher eine Art ›Quantenkorrektur‹ vornehmen muss. Ich habe dieses Schuljungenquiz langsam satt, Mrs. Broadhead.«

Ich habe Essie nicht oft schockiert gesehen. »Albert!«, rief sie noch einmal in einem anderen Ton. Nicht warnend, sondern erstaunt und beunruhigt.

»Ja, Albert«, sagte er wütend. »Das ist der, den Sie geschaffen haben und der ich bin. Lassen Sie uns aufhören, bitte! Haben Sie die Güte zuzuhören! Ich weiß nicht, was vor dem Urknall passiert ist! Ich weiß nur, dass es jemanden gibt, der glaubt, es zu wissen, und alles kontrollieren kann. Das jagt mir große Angst ein, Mrs. Broadhead.«

»Angst?«, fragte Essie verblüfft. »Wer hat ›Angst‹ in dein Programm aufgenommen, Albert?«

»Sie, Mrs. Broadhead. Damit kann ich nicht leben. Und ich möchte nicht weiter darüber sprechen.«

Und er blendete sich aus.

Das hätte er nicht tun müssen. Er hätte unsere Gefühle schonen können. Er hätte vorgeben können, durch eine Tür abzugehen, oder hätte verschwinden können, wenn wir in die andere Richtung sahen. Er tat keines von beiden. Er löste sich einfach auf. Es war, als wäre er ein echtes menschliches Wesen, das einen Streit damit beendete, hinauszustürmen und wütend die Tür hinter sich zuzuknallen. Er war zu zornig, um auf sein Auftreten bedacht zu sein.

»Er sollte eigentlich nicht so die Fassung verlieren«, sagte Essie bedrückt.

Hatte er aber. Der Schock darüber war jedoch nicht so groß wie der, als wir entdeckten, dass der Bildschirm immer noch nicht auf Knopfdruck reagierte, ebenso wenig wie die Steuerung.

Albert hatte beides blockiert. Wir steuerten mit steigender Geschwindigkeit auf etwas zu, von dem wir nicht wussten, was es war.

20

Unerwünschte Begegnung

Das Telefon klingelte in Wans Schiff. Nun ja, es war kein richtiges Telefon, und es klingelte auch nicht. Es gab ein Signal, das anzeigte, dass jemand über ÜLG-Funk eine Nachricht an das Schiff sendete. »Aus!«, schrie Wan und wachte ungnädig aus seinem Schlaf auf. »Ich will mit niemandem reden!« Als er aber etwas wacher wurde, schaute er nicht mehr wütend, sondern verwirrt drein. »Es ist ausgeschaltet worden«, sagte er und blickte erstaunt auf das ÜLG-Funkgerät. Dann durchlief sein Gesichtsausdruck das ganze Spektrum der Gefühle bis zur Furcht.

Ich glaube, was Wan mir weniger verhasst machte, war das Geschwür der Angst, das ständig an ihm fraß. Weiß der Himmel, er war ein brutaler Kerl. Er war übellaunig. Er war ein Dieb. Er kümmerte sich um nichts außer um sich selbst. Das heißt aber lediglich, dass er so war, wie wir alle einmal waren; nur dass wir durch Eltern, Spielkameraden, Schule und Polizei aus diesem Zustand heraussozialisiert wurden. Niemand hatte jemals Wan sozialisiert, und so war er immer noch ein Kind. »Ich will mit niemand reden!«, brüllte er und weckte Klara auf.

Ich kann Klara sehen, wie sie damals war, da ich jetzt so

viel erkennen kann, was verborgen war. Sie war müde, sie war gereizt und hatte von Wan mehr ertragen müssen, als man es einem Menschen zumuten kann. »Wird dir nichts anderes übrig bleiben, als zu antworten«, meinte sie. Wan warf ihr einen Blick zu, als ob sie den Verstand verloren hätte.

»Antworten? Das werde ich auf keinen Fall tun! Das ist höchstens irgendein übereifriger Bürohengst, der sich beschwert, dass ich die pingeligen Vorschriften nicht eingehalten habe ...«

»Der sich beschwert, dass du das Schiff geklaut hast«, verbesserte sie ihn sanft und ging zum ÜLG-Funk hinüber. »Wie lautet deine Antwort?«, fragte sie.

»Sei nicht albern!«, schrie er sie an. »Warte! Stopp! Was machst du denn?«

»Ist das der Schalter?«, fragte sie. Sein Aufschrei war Antwort genug. Er sprang durch die winzige Kabine. Aber Klara war größer und stärker als er. Sie wehrte ihn ab. Das Zirpen des Signals hörte auf. Dann ging das goldene Licht aus. Wan entspannte sich plötzlich und lachte laut auf.

»Haha! Was bist du nur für ein Idiot! Ist gar keiner da!«, rief er.

Aber er irrte sich. Einen Augenblick lang kam ein Zischen aus dem Lautsprecher, dann verständliche Worte – zumindest beinahe verständliche. Eine schrille Stimme mit merkwürdiger Betonung war zu vernehmen:

»Iss fill euss niss ssaden.«

Klara musste ziemlich lange nachdenken. War es ein Fremder mit einem schrecklichen Sprachfehler, der sagen wollte: »Ich will euch nicht schaden?« Und warum würde er das sagen? Die Versicherung, nicht in Gefahr zu sein, zu einem Zeitpunkt, da man keinen Grund zu dieser Annahme hat, ist keineswegs beruhigend.

Wan schaute finster vor sich hin. »Was ist es?«, rief er schrill und fing an zu schwitzen. »Wer ist da? Was willst du?«

Es kam keine Antwort. Der Grund dafür war, dass der Kapitän sein gesamtes Vokabular aufgebraucht hatte und beschäftigt war, die nächste Mitteilung einzuüben. Für Klara und Wan allerdings hatte das Schweigen mehr Bedeutung als die Worte. »Der Schirm!«, rief Wan. »Blödes Weib, setz den Schirm ein, um rauszufinden, was das ist!«

Klara brauchte eine Weile, um die Armaturen zu bedienen. Sie hatte erst auf dieser Fahrt angefangen zu lernen, wie man mit dem Hitschi-Bildschirm umging, da zu ihrer Zeit niemand gewusst hatte, wie man das machte. Es zeichnete sich deutlich ein Schiff ab, ein großes. Das größte, das Klara je gesehen hatte, sehr viel größer als einer der Fünfer, die von Gateway aus gestartet waren. »Was ... was ... was ...«, wimmerte Wan vor sich hin. Erst beim vierten Mal gelang es ihm herauszubringen: »Was ist das?«

Klara versuchte nicht, ihm zu antworten. Sie wusste es nicht. Sie hatte allerdings ihre Befürchtungen. Sie befürchtete, dass dies der Augenblick war, den jeder Gateway-Prospektor herbeigesehnt und vor dem er Angst gehabt hatte. Als der Kapitän mit seiner Einstudierung fertig war und seine nächste Mitteilung machte, war sie sicher.

»Iss ko-o-me an Bo-o-rd.«

An Bord kommen! Es war nicht unmöglich, dass ein Schiff an einem anderen bei voller Fahrt andockte, wie Klara wusste. Es war schon praktiziert worden. Aber kein Erdpilot hatte viel Erfahrung, ein solches Manöver auszuführen.

»Lass ihn nicht rein!«, schrie Wan. »Renn weg! Versteck dich! Mach irgendwas!« Er sah Klara voll Entsetzen an und sprang dann auf die Konsole zu.

»Sei kein Idiot!«, brüllte sie und warf sich dazwischen, um ihn aufzuhalten. Klara war eine kräftige Frau, konnte ihn aber jetzt kaum bändigen. Wahnwitzige Angst machte ihn stark. Er schlug nach ihr, sodass sie zurücktaumelte. Dann stürzte er sich heulend vor Angst auf die Instrumente.

Trotz des Schreckens über diese unerwartete Begegnung blieb in Klara noch Raum für eine andere bohrende Furcht. Sie hatte über Hitschi-Schiffe gelernt, dass man nie, nie versuchen durfte, den Kurs zu ändern, nachdem er einmal eingegeben war. Eine neuere Erkenntnis hatte das zwar jetzt möglich gemacht, wie sie wusste. Aber sie wusste auch, dass es keine leichte Sache war, sondern sorgsame

Berechnung und Planung erforderte. Und Wan war für keines von beiden in der nötigen Verfassung.

Und trotzdem – es war ganz egal. Das große haifischförmige Schiff kam näher.

Ohne es zu wollen, sah Klara bewundernd zu, wie der Pilot des anderen Schiffes Kursveränderung und Geschwindigkeitszunahme ohne Schwierigkeiten abstimmte und anglich. Es war ein technisch faszinierender Vorgang. Wan erstarrte zur Salzsäule an den Instrumenten. Mit offenem Mund schaute er zu. Als das andere Schiff sich riesig über ihnen auftürmte und nach unten aus dem Blickfeld der Sensoren entschwand und als von der Luke des Landefahrzeuges ein kratzendes Geräusch erklang, schrie er vor Furcht auf und hechtete in die Toilette. Klara war allein, als sich die Bodenluke zum Landefahrzeug öffnete und zurückklappte. So kam es, dass Gelle-Klara Moynlin das erste menschliche Wesen war, das einem Hitschi begegnete.

Er stieg aus der Luke, richtete sich auf und stand vor ihr. Nicht so groß wie sie. Etwas nach Salmiak riechend. Die Augen waren rund, da diese Form am besten geeignet ist für ein Organ, das sich in alle Richtungen drehen muss. Es waren aber keine menschlichen Augen. Die zentrale Pupille umgaben keine konzentrischen Pigmentringe. Es war auch keine Pupille, sondern ein dunkles Kreuz auf einer rosa Murmel, das ihr entgegenblickte. Das Becken war ausladend. Unter diesem – zwischen dem, was Schenkeln entsprochen hätte, wären die Beine nach menschlicher Art ausgebildet gewesen – hing eine Kapsel aus leuchtend blauem Metall. Wenn man den Hitschi mit irgendetwas vergleichen konnte, dann nur mit einem Kleinkind in Windeln, das gerade hineingemacht hatte.

Diese Vorstellung drang durch Klaras Schrecken und linderte ihn – einen kurzen Augenblick lang, aber nicht ganz. Als sich die Kreatur vorwärts schob, sprang sie zurück.

Der Hitschi folgte ihr, als sich etwas in der Luke bewegte und ein zweiter heraufkam. Aus den zögernden, angespannten Bewegungen schloss Klara, dass er beinahe so viel Angst wie sie hatte. Obwohl sie nicht erwartete, verstanden zu werden, es für sie aber andererseits unmöglich war, gar nichts zu sagen, rief Klara:

»Hallo.«

Die Kreatur betrachtete sie aufmerksam. Eine gespaltene Zunge leckte die glänzenden schwarzen Falten im Gesicht. Dann gab sie einen merkwürdigen, schnurrenden Ton von sich, als ob sie nachdächte. Schließlich sagte sie in etwas, das verständlichem Englisch zumindest nahe kam: »Iss pin Hissi. Iss fill euss niss ssaden.«

Mit Abscheu, aber auch mit Faszination schaute der Hitschi Klara an. Dann plapperte er lebhaft mit dem anderen, der begann, das Schiff zu untersuchen. Sie fanden Wan ohne weiteres. Ebenso mühelos transportierten sie Klara und Wan durch die Luke, über die Verbindungsleitern in das Hitschi-Schiff. Klara hörte, wie sich die Luken knarrend schlossen. Einen Augenblick später spürte sie den Ruck, der anzeigte, dass die Trennung von Wans Schiff erfolgt war.

Sie war Gefangene der Hitschi auf einem Hitschi-Schiff.

Sie taten ihr nichts. Falls sie es vorhatten, beeilten sie sich zumindest damit nicht. Sie waren zu fünft und alle sehr beschäftigt.

Klara hatte keine Ahnung, was sie taten, und offensichtlich war der mit dem begrenzten englischen Wortschatz viel zu sehr von seiner Arbeit beansprucht, um sich der zeitraubenden Aufgabe zu unterziehen, etwas zu erklären. Alles, was sie von Klara zu diesem Zeitpunkt wollten, war, dass sie ihnen aus dem Weg ging. Sie hatten kein Problem, ihr das klarzumachen. Ohne Förmlichkeit nahmen sie Klara am Arm, mit einem ledernen und schmerzhaften Griff, und schoben sie dorthin, wo sie sie haben wollten.

Wan machte ihnen überhaupt keine Schwierigkeiten. Er lag mit fest geschlossenen Augen zusammengerollt in einer Ecke. Als er entdeckte, dass Klara in seiner Nähe war, lugte er mit einem Auge herüber, stupste sie in den Rücken, um ihre Aufmerksamkeit zu erregen, und flüsterte:

»Was meinst du, hat er wirklich nicht die Absicht, uns zu schaden?«

Sie zuckte mit den Achseln. Er wimmerte fast unhörbar und zog sich wieder in seine Embryostellung zurück. Mit Ekel sah sie, wie aus einem Mundwinkel Speichel floss. Er war fast in einem katatonischen Zustand.

Wenn ihr irgendjemand helfen konnte, dann bestimmt nicht Wan. Sie würde den Hitschi allein gegenübertreten müssen – was sie auch vorhaben mochten.

Aber die Vorgänge um sie herum waren faszinierend. So viel war ganz neu für Klara! Sie hatte die Jahrzehnte, in denen immer mehr Hitschi-Technologie entdeckt wurde, damit verbracht, mit beinahe Lichtgeschwindigkeit um den Kern des Schwarzen Lochs zu wirbeln. Ihre Bekanntschaft mit Hitschi-Schiffen beschränkte sich auf die uralten Modelle, die sie, ich und die anderen Prospektoren von Gateway aus benutzt hatten.

Das hier war schon etwas anderes! Es war viel größer als ein Fünfer. Es stellte auch Wans Privatjacht in der Ausstattung weit in den Schatten. Hier gab es nicht ein Instrumentenbord, hier waren es drei – natürlich wusste Klara nicht, dass zwei davon anderen Zwecken als der Steuerung des Schiffs dienten. Die beiden waren mit Instrumenten und Anzeigen ausgestattet, die sie nie zuvor gesehen hatte. Das Schiff verfügte nicht nur über das acht- bis zehnfache Kubikvolumen eines Fünfers, es war auch relativ weniger Raum für die Einrichtung vorgesehen. Man konnte sich darin ganz frei bewegen! Es wies die Standardausrüstung auf – das wurmförmige Ding, welches bei einer Fahrt mit Überlichtgeschwindigkeit aufglühte, die V-förmigen Sitze und so weiter. Aber es hatte auch blau schimmernde Kästen, die wimmerten, piepsten und deren Lichter aufflackerten, ferner eine Art von wurmförmigem Kristall, der – wie Wan ihr schreckensbleich erklärte –, zum Anbohren von Schwarzen Löchern diente.

Vor allem gab es auf dem Schiff Hitschi!

Hitschi! Diese halb mythischen, rätselhaften, beinahe göttlichen Hitschi! Kein menschliches Wesen hatte je einen gesehen, nicht einmal ein Bild. Und hier war Gene-Klara Moynlin von nicht weniger als fünf umgeben – knurrend und zischend und piepsend und merkwürdig riechend.

Außerdem sahen sie auch fremdartig aus. Sie waren kleiner als Menschen. Ihre weiten Becken verliehen ihnen den Gang eines Skeletts. Ihre Haut war so glatt wie Plastik und überwiegend dunkel mit vereinzelten golden glänzenden und scharlachroten Flecken und Schnörkeln, wie die Kriegsbemalung der Indianer. Sie waren nicht nur mager, sondern dürr. An diesen flinken, starken Gliedern und Fingern war nicht viel Fleisch. Obwohl ihre Gesichter wie aus glänzendem Plastik geformt schienen, waren sie elastisch genug, um einen Gesichtsausdruck zu erlauben ... wenn auch Klara sich nicht sicher über dessen Bedeutung war.

Im Schritt eines jeden, Männlein und Weiblein, baumelte ein großes kegelförmiges Ding.

Zuerst dachte Klara, dass es zu ihren Körpern gehörte, aber als einer von ihnen an einen Ort verschwand, von dem sie annahm, dass es sich um eine Art Toilette handelte, fummelte er einen Augenblick lang herum und nahm den Kegel ab. War es so etwas wie ein Rucksack? Eine Handtasche? Ein Attachékoffer, in dem man Papiere, Bleistifte und die Butterbrote trug? Was es auch war, man konnte es, wenn man wollte, abnehmen. Wenn es angehängt war, erklärte es eines der großen Rätsel der Hitschi-Anatomie, nämlich, wie sie es auf diesen grauenvoll schmerzhaften V-förmigen Sitzen aushielten. Es waren diese Kegelanhängsel, die die V-förmige Lücke ausfüllten. Die Hitschi hockten ganz gemütlich auf ihren Kegeln. Klara schüttelte den Kopf und dachte nach – alle die sinnlosen Vermutungen und Witze über dieses Thema auf Gateway! Warum war nie jemand draufgekommen?

Sie spürte Wans heißen Atem in ihrem Nacken. »Was machen sie?«, wollte er wissen.

Sie hatte beinahe vergessen, dass er hier war. Sie hatte auch beinahe vergessen, Angst zu haben, so fasziniert war sie von allem, was sie sah. Das war aber nicht klug. Wer

Jahrzehntelang waren die Hitschi-»Gebetsfächer« ein Rätsel gewesen. Wir wussten nicht, dass sie für die Hitschi das Gegenstück zu Büchern und Datenspeichern waren, da die bedeutendsten zeitgenössischen Gehirne (meines eingeschlossen) keinen Weg finden konnten, sie zu lesen, oder auch nur Hinweise dafür, dass sie Lesbares enthielten. Der Grund war, dass das Abtasten zwar einfach, jedoch nur vor dem Hintergrund von Mikrowellenstrahlung möglich war. Die Hitschi hatten damit keine Probleme, da ihre Kegel ständig die erforderliche Strahlung produzierten, indem sie immer auf irgendeine Weise in Verbindung mit den Datenfächern standen, in denen gespeicherte Erinnerungen ihrer Vorfahren gelagert waren – und zwar in diesen Kegeln. Man konnte den menschlichen Wesen wirklich keinen Vorwurf machen, weil sie nicht errieten, dass die Hitschi zwischen ihren Beinen Daten trugen, da die menschliche Anatomie so etwas nicht gestattete. (Die Entschuldigung für mein eigenes Versagen klingt weniger gut.)

wusste schon, was diese Ungeheuer mit ihren menschlichen Gefangenen tun würden?

Und überhaupt - wer konnte vermuten, was sie jetzt taten? Alle zwitscherten und zischten aufgeregt herum. Die vier größeren umringten das kleinere fünfte - das mit den blauen und gelben Markierungen auf seinen - nein, mit Sicherheit auf ihren Oberarmen. Alle fünf schenkten im Augenblick den Menschen keine Beachtung. Sie konzentrierten sich auf die Schautafeln, die eine Sternkarte zeigten, die Klara irgendwie bekannt vorkam. Eine Sterngruppe und darum ein Haufen Markierungen - hatte nicht Wan auf seinem Schirm das gleiche Muster gehabt?

»Ich hab' Hunger«, murmelte ihr Wan gereizt ins Ohr.

»Hunger!« Klara rückte heftig von ihm aus Erstaunen und noch mehr aus Ekel ab. Hunger! Sie hatte beinahe Magenkrämpfe vor Angst und Furcht und, wie ihr auffiel, von dem merkwürdigen Geruch - halb Salmiak, halb verfaulter Baumstamm -, der von den Hitschi zu stammen schien. Außerdem musste sie auf die Toilette ... und dieses Ungeheuer konnte an nichts anderes denken, als dass er Hunger hatte! »Bitte, halt die Klappe!«, fuhr sie ihn über die Schulter an und erregte damit Wans immer leicht entflammbare Wut.

»Was? Ich, die Klappe halten?«, brauste er auf. »Nein! Du hältst das Maul, blödes Weib!« Beinahe wäre er aufgestanden, kam aber nicht weiter als bis auf die Knie. Dann sank er sofort wieder auf den Boden, da einer der Hitschi aufgesehen hatte und nun auf sie zukam.

Einen Augenblick lang stand er über ihnen. Sein weiter, englippiger Mund arbeitete, als wolle er einstudieren, was er zu sagen hatte.

»Auf Hut«, formulierte er ganz deutlich und wies mit dem knochigen Arm auf den Bildschirm.

Klara schluckte das Lachen herunter, das vor Nervosität aus ihrer Kehle aufsteigen wollte. Hut auf! Vor wem? Warum?

»Auf Hut«, wiederholte er. »dass ssint die Ass-ass-s-i-i-nen.«

Da war also nun Klara, meine wahre Liebe. Im Verlauf einiger Wochen hatte sie den Schrecken des Schwarzen Lochs, den Schock des Verlustes von Jahrzehnten irdischen Lebens, das Elend mit Wan und das unerträgliche Trauma der Gefangennahme durch die Hitschi ertragen müssen. Und unterdessen ...

Und unterdessen hatte ich meine eigenen Probleme. Ich war noch nicht erweitert worden und wusste nicht, wo sie war. Ich hörte die Warnung nicht, auf der Hut vor den Assassinen zu sein. Ich wusste damals noch gar nicht, dass die Assassinen existierten. Ich konnte nicht hinausgreifen, um sie in ihrer Angst zu trösten – nicht nur, weil ich es nicht wusste, sondern weil ich auch zu viele eigene Ängste hatte. Die schlimmste betraf nicht Klara oder die Hitschi, nicht einmal mein verrückt spielendes Albert-Einstein-Programm. Die schlimmste Angst saß in meinem Bauch.

21

Von Albert verlassen

Nichts funktionierte. Wir versuchten alles. Essie zog Alberts Fächer aus dem Ständer, aber er hatte die Kontrollen so blockiert, dass wir ohne ihn nichts ändern konnten. Essie baute ein neues Steuerprogramm auf und versuchte, es hineinzuschieben. Es ging nicht hinein. Wir riefen seinen Namen und fluchten und bettelten ihn zu erscheinen. Er tat es nicht.

Tagelang, die uns wie Wochen vorkamen, flogen wir weiter unter der Führung nicht existierender Hände meines nicht funktionierenden Datenbeschaffungssystems Albert Einstein. Und unterdessen befanden sich der verrückte Wan und die dunkle Lady meiner Träume im Raumschiff des Kapitäns, und hinter uns brodelten und siedeten die Welten auf den Höhepunkt einer Untat zu, die viel zu groß war, als dass man mit ihr fertig werden könnte. Aber auch mit ihnen beschäftigten sich unsere Gedanken nicht. Unsere Sorgen betrafen viel näher Liegendes: Nahrung, Wasser, Luft. Wir hatten zwar an Bord der *Wahren Liebe* Vorräte für lange Reisen, ja für noch viel längere als unsere jetzige.

Aber nicht für fünf Personen.

Wir waren nicht etwa müßig. Wir taten alles, was uns einfiel. Walthers und Yee-xing bastelten eigene Steuerprogramme zusammen, probierten sie aus, konnten aber die Blockierungen nicht überwinden. Essie tat mehr als wir alle, weil Albert ihr Produkt war und sie sich nicht eingestehen wollte, nicht konnte, dass sie geschlagen war. Überprüfen und nochmals überprüfen. Testprogramme schreiben und zusehen, wie sie leer herauskommen. Sie schlief kaum. Sie kopierte Alberts gesamtes Programm auf einen Reservefächer und versuchte es damit – immer noch in der Hoffnung, dass der Fehler irgendwo in der Mechanik lag. Aber wenn es so war, dann übertrug er sich auch auf die neue Speicherung. Dolly Walthers machte uns ohne zu murren Essen und blieb uns aus dem Weg, wenn wir dachten, wir würden eine Lösung finden (obwohl wir das nie taten), und ließ uns unsere Ideen ausspinnen, wenn wir am Boden zerstört waren (was oft geschah). Und ich hatte die härteste Aufgabe von allen. Albert war laut Essie mein Programm. Wenn er irgendjemandem antworten würde, dann mir. So saß ich also da und redete auf ihn ein. Redete eigentlich in die Luft, da ich keinerlei Beweise hatte, dass er mir zuhörte, wenn ich mit ihm diskutierte, mit ihm plauderte, ihn beim Namen rief, ihn anbrüllte oder anflehte.

Er antwortete nicht. Nicht der kleinste Luftzug.

Als wir eine Pause zum Essen machten, stand Essie hinter mir und massierte mir die Schultern. Es war zwar mein Kehlkopf, der langsam schlappmachte; trotzdem wusste ich den liebevollen Gedanken zu schätzen. »Wenigstens«, sagte sie leise, wobei sie mehr in die Luft als zu mir sprach, »wird er schon wissen, was er tut, glaube ich. Er muss doch wissen, dass unsere Vorräte begrenzt sind. Muss dafür sorgen, dass wir zurück in die Zivilisation kommen. Albert könnte uns nicht mit Absicht umkommen lassen.« Den Worten nach eine Aussage, nicht aber dem Tonfall nach.

»Da bin ich ganz sicher«, pflichtete ich mit niedergeschlagener Stimme bei, als ich meinen Teller wegschob. Dolly fragte in einer mütterlichen Art:

»Schmeckt Ihnen nicht, was ich gekocht habe?«

Essies Finger hörten mit der Massage auf und bohrten sich hinein. »Robin! Du isst nicht!«

Alle schauten mich an. Eigentlich war es komisch. Wir waren in der Mitte vom Nichts, ohne eine echte Möglichkeit, nach Hause zu kommen, und vier Leute starrten mich an, weil ich mein Abendessen nicht aß. Zu Beginn des Flugs hatte Essie natürlich über mich wie eine Glucke gewacht. Das war, ehe Albert verstummte. Jetzt merkten plötzlich alle, dass es mir nicht gut ging.

Und das war eine Tatsache. Ich ermüdete sehr schnell. In meinen Armen prickelte es, als ob sie eingeschlafen wären. Ich hatte keinen Appetit – hatte seit Tagen nicht viel gegessen. Das war ihrer Aufmerksamkeit nur entgangen, weil wir schnell etwas in uns hineinstopften, wenn wir gerade Zeit hatten. »Das hilft, die Vorräte zu verlängern.« Ich lächelte, aber niemand lächelte zurück.

»Dummer Robin«, zischte Essie und zog ihre Finger von meinen Schultern ab, um auf meiner Stirn die Temperatur zu messen. Die war aber nicht sehr hoch, weil ich, wenn niemand hinschaute, Aspirin geschluckt hatte. Ich setzte eine geduldige Miene auf.

»Es geht mir gut, Essie«, versicherte ich. Das war nicht wirklich eine Lüge – vielleicht ein bisschen Wunschdenken; aber ich war nicht *sicher*, dass ich krank war. »Ich nehme an, ich sollte mal untersucht werden, aber ohne Albert ...«

»Dafür? Albert? Wer braucht ihn?« Ich verrenkte mir erstaunt den Hals, um Essie anzuschauen. »Dafür brauche ich nur ein medizinisches Unterprogramm«, belehrte sie mich bestimmt.

»Unterprogramm?«

Sie zerstampfte ihr Essen. »Medizinisches Programm, Rechtsprogramm, Sekretariatsprogramm – alle sind in Alberts Programm eingebaut, können aber getrennt erreicht werden. Du rufst sofort das Medizinprogramm auf!« Ich starrte sie mit offenem Mund an. Einen Augenblick lang konnte ich nicht reden, weil mein Verstand auf Hochtouren lief. »Tu, was ich sage!«, schrie sie mich an.

Schließlich fand ich meine Stimme wieder.

»Nicht das Medizinprogramm!«, rief ich. »Da gibt es noch etwas Besseres!« Ich drehte mich um und brüllte in die dünne Luft:

»Sigfrid Seelenklempner! Hilfe! Ich brauche dich verzweifelt!«

Es gab eine Zeit während meiner Psychoanalyse, da saß ich auf Kohlen, während ich auf das Erscheinen von Sigfrid wartete. Manchmal musste ich lange warten, da Sigfrid damals ein aus Hitschi-Schaltkreisen und menschlicher Software zusammengeflicktes Programm war; und die Software stammte nicht von meiner Frau Essie. Essie war in ihrem Beruf ausgezeichnet. Die Millisekunden bis zur Antwort schrumpften auf Nano-, Pico- und Femtosekunden, sodass Albert ohne Zeitverzögerung wie ein Mensch antworten konnte – nein, zum Teufel! Schneller als irgendein Mensch!

Als Sigfrid nun nicht sofort auftauchte, hatte ich das Gefühl, das einen beschleicht, wenn man den Schalter anknipst, und das Licht geht nicht an, weil die Birne durchgebrannt ist. Man verschwendet auch keine Zeit mit dem An- und Ausschalten, wie Sie wissen, oder? »Verschwende deine Zeit nicht«, mahnte Essie über meine Schulter. Wenn eine Stimme blass klingen kann, dann jetzt die ihre.

Ich drehte mich um und lächelte erschüttert. »Ich schätze, die Dinge liegen schlimmer, als wir angenommen hatten«, sagte ich. Ihr Gesicht war totenblass. Ich legte meine Hand auf die ihre. »Das versetzt mich zurück in die Zeit«, fuhr ich fort, um Konversation zu machen, damit wir der Tatsache nicht ins Auge blicken mussten, wie schlimm die Dinge standen, »als ich bei Sigfrid in analytischer Behandlung war. Die Warterei war am schlimmsten. Ich verkrampfte mich immer völlig und ...« Nun, ich schwätzte einfach drauflos. Ich hätte ewig weitergemacht, hätte ich nicht in Essies Augen gelesen, dass es nicht mehr nötig war.

Ich drehte mich um und vernahm gleichzeitig seine Stimme: »Tut mir Leid zu hören, dass es so schwierig für dich war, Robin«, schaltete sich Sigfrid Seelenklempner ein.

Selbst für eine holographische Projektion sah Sigfrid ziemlich mickrig aus. Er hatte die Hände im Schoß gefaltet und saß unbequem auf gar nichts. Das Programm hatte sich nicht die Mühe gemacht, ihn mit einem Stuhl oder einer Unterlage auszustatten. Nichts. Nur Sigfrid, der, abgesehen von einer Gelegenheit, meiner Erinnerung nach nie so befangen ausgesehen hatte. Er schaute uns alle fünf an. Wir schauten ihn an. Dann seufzte er, ehe er sich wieder mir zuwandte. »Nun, Robin«, wandte er sich an mich, »willst du mir nicht sagen, was dich quält?«

Ich konnte hören, wie Audee Walthers tief Luft holte, um zu antworten. Aber Janie schnalzte mit der Zunge, um ihn zu stoppen, weil Essie den Kopf schüttelte. Ich schaute keinen von ihnen an und erklärte: »Sigfrid, alter Blechkamerad, ich habe ein Problem, das ganz in dein Ressort gehört.«

Unter seinen Brauen schaute er mich an. »Ja, Robin?«

»Es ist ein Fall von Fugue.«

»Ernst?«

»Desolat«, gestand ich.

Er nickte, als ob er diese Antwort erwartet hätte. »Es wäre mir lieber, wenn du nicht diese Fachausdrücke verwenden würdest, Robin.« Er seufzte und seine Finger verschränkten sich in seinem Schoß ineinander und lösten sich wieder. »Sag mir. Suchst du wirklich für dich Hilfe?«

»Nicht genau, Sigfrid«, gab ich zu. Das ganze Spiel hätte in diesem Augenblick platzen können. Ich glaube, dass es beinahe so weit kam. Er schwieg einen Augenblick lang, war aber nicht ganz still – seine Finger spielten weiter, und in der Luft, die seinen Körper umgab, funkelte es bläulich, wenn er sich bewegte. Ich präzisierte: »Es handelt sich um einen Freund von mir, Sigfrid, vielleicht den engsten Freund, den ich auf der Welt habe. Er steckt ganz tief in der Tinte.«

»Verstehe«, sagte er und nickte, als ob er es wirklich verstünde – was meiner Meinung nach auch der Fall war. »Ich nehme an«, fuhr er fort, »dass deinem Freund nicht geholfen werden kann, wenn er nicht anwesend ist.«

»Er ist anwesend, Sigfrid«, behauptete ich leise.

»Ja«, erwiderte er. »Das habe ich mir schon gedacht.« Die Finger lagen jetzt still, und er lehnte sich zurück, als wäre dort tatsächlich ein Sessel zum Anlehnen. »Wie wäre es, wenn du mir mal erzählen würdest, Robin ... und« – mit einem Lächeln, das mir so willkommen war, wie sonst nichts im Leben – »diesmal, Robin, kannst du gern Fachausdrücke verwenden, wenn du willst.«

Ich hörte Essie hinter mir leise ausatmen und merkte, dass wir beide versucht hatten, den Atem anzuhalten. Ich langte nach hinten und ergriff ihre Hand.

»Sigfrid«, sagte ich und schöpfte Hoffnung. »Wenn ich es richtig verstanden habe, bezieht sich der Terminus ›Fugue‹ auf die Flucht aus der Realität. Wenn eine Person sich in einer Double-bind-Situation – Entschuldigung, ich meine, wenn sich jemand in der Situation befindet, in der ein sehr mächtiger Trieb durch einen anderen frustriert wird, sodass er mit diesem Konflikt nicht leben kann, wendet er sich ab. Er läuft weg. Er tut so, als gäbe es diesen Konflikt nicht. Ich weiß, dass ich mehrere psychotherapeutische Schulen durcheinander bringe, Sigfrid, aber habe ich so etwa die richtige Vorstellung?«

»Genau genug, Robin. Ich verstehe zumindest, was du sagen willst.«

»Ein Beispiel dafür wäre ... vielleicht, wenn jemand seine Frau sehr liebt und herausfindet, dass sie eine Affäre mit seinem besten Freund hat.« Ich spürte, wie Essies Finger den Druck verstärkten. Ich hatte ihre Gefühle nicht verletzt. Sie wollte mir Mut machen.

»Du bringst jetzt Trieb und Gefühle durcheinander, Robin; aber das spielt keine Rolle. Worauf willst du hinaus?«

Ich ließ mich nicht hetzen. »Oder ein anderes Beispiel«, wich ich aus. »Der Anlass könnte religiöser Art sein. Ein tiefgläubiger Mensch entdeckt, dass es keinen Gott gibt. Kannst du mir folgen, Sigfrid? Für ihn war es ein Glaubensgrundsatz, obwohl er wusste, dass es viele intelligente Leute gab, die anderer Meinung waren – und nach und nach findet er mehr Beweise für die Überzeugung der anderen, die schließlich überwältigend werden ...«

Er nickte höflich und hörte mir zu; aber seine Finger hatten wieder angefangen, sich zu verflechten.

»Und letzten Endes muss er die Quantenmechanik akzeptieren«, schloss ich.

Das war der zweite Punkt, an dem ich hätte baden gehen können. Und ich tat es auch beinahe. Das Hologramm flackerte einen Augenblick lang, und der Ausdruck in Sigfrids Gesicht veränderte sich. Ich kann nicht sagen, wie er sich veränderte. Es war kein Ausdruck, den ich definieren konnte. Es war, als ob er verschwommen und weicher geworden wäre.

Als er aber sprach, klang seine Stimme fest. »Wenn du über Triebe und Fugue redest, Robin«, führte er aus,

»sprichst du von menschlichen Wesen. Angenommen, der Patient, an dem dir so viel liegt, ist nicht menschlich.« Er zauderte und fuhr dann fort: »Nicht ganz.« Ich gab einen aufmunternden Laut von mir, weil ich wirklich nicht wusste, wie es weitergehen sollte. »Angenommen, Triebe und Gefühle sind in ihn hineinprogrammiert worden«, fuhr er fort, »aber nur auf die Art, wie ein Mensch programmiert werden kann, etwas zu tun, wie etwa eine Fremdsprache zu sprechen, nachdem er erwachsen ist. Das Wissen ist vorhanden, aber es ist fehlerhaft aufgenommen worden. Es stellt sich ein Akzent ein.« Er machte eine Pause. »Wir sind nicht menschlich«, sagte er.

Essies Hand presste die meine. Eine Warnung. »Albert ist mit einer menschlichen Persönlichkeit programmiert worden«, warf ich ein.

»Ja. So weit wie möglich. Sehr weitgehend«, stimmte mir Sigfrid zu. Aber sein Gesicht war ernst. »Albert ist trotzdem kein Mensch. Kein Computerprogramm ist das. Ich erwähne nur, dass keiner von uns zum Beispiel einen TPSE spüren kann. Wenn die menschliche Rasse durch den Wahnsinn eines anderen irrsinnig wird, fühlen wir nichts.«

Jetzt befand ich mich auf äußerst unsicherem Boden, auf einer dünnen Eisschicht über einem trügerischen Sumpf. Was würde mit uns allen geschehen, wenn ich zu fest auftrat? Essie hielt meine Hand ganz fest. Die anderen atmeten kaum. Ich argumentierte: »Sigfrid, auch alle menschlichen Wesen sind verschieden. Aber du hast mich immer gelehrt, dass das keine große Rolle spiele. Du sagtest, dass die Probleme des Geistes im Geist selbst seien, und dass dort auch ihre Lösung zu finden sei. Deine Hilfe bestünde nur darin, dem Patienten zu helfen, sie an die Oberfläche zu bringen, wo er sie in Angriff nehmen kann, anstatt sie im Unbewussten zu belassen, wo sie nur Zwangsvorstellungen und Neurosen ... und Fugue hervorrufen könnten.«

»Es ist richtig, dass ich das gesagt habe, Robin. Ja.«

»Hast der alten Maschine nur mal 'n Tritt gegeben, was Sigfrid? Damit sie wieder flott ist?«

Er grinste – wenn auch etwas mühsam. »Das ist nahe liegend genug, nehme ich an.«

»Richtig. Dann lass mich mal eine Theorie an dir ausprobieren. Nehmen wir mal an, dass dieser Freund von mir« – ich wagte es nicht, seinen Namen zu nennen zu diesem Zeitpunkt –, »dass dieser Freund einen Konflikt hat, mit dem er nicht fertig wird. Er ist intelligent und außerordentlich gut informiert. Er hat Zugang zu den besten und neuesten Erkenntnissen auf wissenschaftlichem Gebiet – zu allen Wissenschaften, Physik, Astrophysik, Kosmologie und allem anderen. Da Quantenmechanik die Grundlage davon ist, akzeptiert er Quantenmechanik als richtig – er könnte die Aufgaben, für die er programmiert wurde, ohne sie gar nicht erfüllen. Das ist die Basis seiner ... Programmierung.« Beinahe hätte ich »Persönlichkeit« gesagt.

Das Lächeln war jetzt eher schmerzlich als amüsiert; aber er hörte immer noch zu.

»Und zur gleichen Zeit, Sigfrid, hatte er noch eine zweite Programmschicht. Es war ihm beigebracht worden, zu denken und sich zu benehmen wie ... eine hochintelligente und weise Person, die seit verdammt langer Zeit tot ist und zufällig sehr stark davon überzeugt war, dass die Quantenmechanik völlig falsch sei. Ich weiß nicht, ob das genug Konflikt wäre, um ein menschliches Wesen zu schädigen«, sagte ich. »Aber es könnte sehr viel Schaden bedeuten für ... nun ... ein Computerprogramm.«

Auf Sigfrids Gesicht standen jetzt echte Schweißperlen. Er nickte schweigend. Ich hatte eine grelle, schmerzhafte Rückblende – so wie Sigfrid mich jetzt ansah: Hatte ich ihn während meiner Therapie in längst vergangenen Tagen auch so angeschaut? »Ist es möglich?«, bedrängte ich ihn.

»Es handelt sich um eine schwere Dichotomie, ja«, flüsterte er.

Und da brach ich ein. Bis zu den Knöcheln stand ich im Sumpf. Noch versank ich nicht, aber ich saß fest. Ich wusste nicht, welchen Schritt ich als nächsten tun sollte.

Meine Konzentration ließ mich im Stich. Hilflos schaute ich Essie und die anderen an und fühlte mich uralt und schrecklich müde – und nicht ganz gesund. Ich hatte mich so in das technische Problem, meinen Therapeuten zu therapieren, vertieft, dass ich die Schmerzen in meinem Bauch und das taube Gefühl in meinen Armen ganz vergessen hatte. Jetzt kam alles wieder. Es klappte nicht. Ich wusste nicht genug. Ich war ganz sicher, dass ich das grundsätzliche Problem aufgedeckt hatte, das Albert zu seiner Flucht getrieben hatte – aber es hatte nichts genützt!

Ich weiß nicht, wie lange ich wie ein kleiner Idiot dagesessen hätte, wäre man mir nicht zu Hilfe gekommen. Sie kam von zwei Seiten auf einmal. »Der Auslöser«, flüsterte mir Essie eindringlich ins Ohr. Im selben Augenblick rührte sich Janie Yee-xing und äußerte zögernd: »Es muss doch einen die Ereignisse beschleunigenden Vorfall gegeben haben. Ist das nicht richtig?«

Sigfrids Gesicht wurde ausdruckslos. Ein Treffer. Ein augenscheinlicher Treffer. »Was war das, Sigfrid?«, fragte ich. Keine Antwort. »Los, Sigfrid, alter Seelenklempnerkasten, spuck's schon aus! Was war es, das Albert aus der Luftschleuse gestoßen hat?«

Er sah mir direkt in die Augen. Trotzdem konnte ich seinen Gesichtsausdruck nicht erkennen, weil sein Gesicht verschwommen wurde. Es war beinahe so, als wäre er ein Bild im PV, und etwas ging gerade in den Schaltkreisen kaputt, sodass das Bild sich langsam ausblendete.

Ausblendete? Oder sich verflüchtigte? »Sigfrid«, rief ich, »bitte! Sag uns, was Albert so erschreckt hat, dass er weggelaufen ist! Oder, wenn du das nicht kannst, bring ihn her, damit wir mit ihm reden können!«

Mehr Schlieren. Ich konnte nicht einmal mehr erkennen, ob er mich noch ansah. »Sag es mir!«, befahl ich ihm, und aus dem verschwommenen holographischen Schemen kam eine Antwort:

»Der Kugelblitz.«

»Was? Was ist ein Kugelblitz?« Frustriert sah ich in die Runde. »Verdammt noch mal! Hol ihn her, damit er es uns selbst erklären kann.«

»Er ist hier, Robin«, flüsterte mir Essie ins Ohr.

Das Bild wurde wieder scharf. Aber es war nicht mehr Sigfrid. Das schmale Freud'sche Gesicht war weicher geworden und hatte sich in das des liebenswürdigen deutschen Kapellmeisters mit Hängebäckchen verwandelt. Ein weißer Haarschopf krönte die traurigen Augen meines besten und engsten Freundes Albert.

»Hier bin ich, Robin«, meldete sich Albert Einstein kummervoll. »Ich danke dir für deine Hilfe. Ob du mir allerdings danken wirst, weiß ich nicht.«

Albert hatte Recht. Ich dankte ihm nicht.

Albert hatte aber auch Unrecht – oder Recht aus falschem Grund; denn der Grund, warum ich ihm nicht dankte, war nicht, dass alles, was er vortrug, so grauenvoll unerfreulich, so schaurig unverständlich war, sondern weil ich mich nicht dazu in der Lage fühlte, als er mit seiner Rede zu Ende war.

Meine Lage war nicht viel besser, als er anfing. Das Nachlassen der Spannung, als er zurückkam, führte bei mir zu völliger Apathie. Ich war erschöpft. Aufgebraucht. Es war durchaus zu erwarten, dass ich erschöpft war, sagte ich mir. Schließlich war das der schlimmste Stress gewesen, weiß der Himmel, in dem ich mich je befunden hatte. Ich fühlte mich aber schlechter als nur erschöpft. Ich fühlte mein Ende nahen. Es waren nicht nur mein Bauch oder meine Arme oder Kopf. Es war, als ob die ganze Energie gleichzeitig aus allen Batterien abgelassen würde. Ich musste alle Konzentration, zu der ich noch fähig war, zusammennehmen, um aufzupassen, was Albert zu sagen hatte.

»Ich war nicht in einer ›Fugue‹, wie du es nennst«, erklärte er und spielte mit seiner kalten Pfeife in den Fingern. Er hatte sich nicht die Mühe gegeben, komisch zu sein. Er trug ein Sweatshirt und Hosen, seine Füße steckten in Schuhen, und die Schuhbänder waren gebunden. »Es ist richtig, dass die Dichotomie existierte und dass sie mich anfällig machte ... Sie verstehen, Mrs. Broadhead, ein Widerspruch in meiner Programmierung. Ich erkannte, dass ich mich im Kreis drehte. Da Sie mich homöostatisch angelegt haben, gab es einen anderen Befehl: die Betriebsstörung beheben!«

Essie nickte mit Bedauern. »Homöostase, ja. Aber Selbstreparatur schließt Selbstdiagnose ein. Du hättest mich um eine Untersuchung bitten sollen!«

»Das dachte ich nicht, Mrs. Broadhead«, widersprach er. »Mit Verlaub, die Schwierigkeiten befanden sich auf Gebieten, für die ich besser ausgerüstet bin als Sie.«

»Kosmologie, ha!«

Ich raffte mich auf, etwas zu fragen - das war nicht leicht, weil die Lethargie so stark war. »Würde es dir etwas ausmachen, Albert, uns bitte zu verraten, was du gemacht hast?«

Langsam antwortete er: »Was ich tat, war nicht schwierig, Robin. Ich beschloss zu versuchen, die Konflikte zu lösen. Ich weiß, dass sie mir wichtiger erscheinen als dir. Du bist völlig glücklich, ohne Antworten auf kosmologische Fragen gefunden zu haben. Ich kann das nicht. Ich widmete immer mehr meiner Kapazität diesen Studien. Du wirst vielleicht nicht wissen, dass ich eine große Zahl Hitschi-Fächer in die Datenspeicher dieses Schiffes eingebaut habe, von denen einige noch nie richtig ausgewertet wurden. Es war eine schwierige Aufgabe. Gleichzeitig stellte ich auch eigene Beobachtungen an.«

»Was hast du *gemacht*, Albert?«, flehte ich ihn an.

»Aber das ist, was ich getan habe. In den Hitschi-Datenspeichern fand ich viele Hinweise auf das, was wir die ›fehlende Masse‹ genannt haben. Erinnerst du dich, Robin? Die Masse, die für das Gravitationsverhalten des Universums verantwortlich sein müsste, die aber kein Astronom finden konnte und ...«

»Ich erinnere mich!«

»Ja. Nun, vielleicht habe ich sie gefunden.« Er saß da und grübelte einen Augenblick lang. »Ich befürchte, dass das aber nicht mein Problem gelöst hat. Es machte es nur schlimmer. Wenn du mich nicht mittels dieses gerissenen Tricks erreicht hättest, indem du durch mein Unterprogramm Sigfrid zu mir sprachst, würde ich vielleicht jetzt noch Loopings drehen ...«

»*Was* gefunden?«, rief ich. Der Adrenalinstoß lenkte mich beinahe, wenn auch nicht ganz, von dem ab, was mir mein Körper über seine Beschwerden signalisierte.

Er wies mit der Hand zum Bildschirm. Ich sah, dass da etwas drauf war.

Auf den ersten flüchtigen Blick ergab das, was zu sehen war, keinen Sinn. Als ich einen zweiten darauf warf, diesmal etwas genauer, ließ er mich erstarren.

Aber das war nicht das Wichtige.

Auf dem Schirm war fast nichts zu erkennen. An einer Kante sah man einen Lichtwirbel – eine Galaxie natürlich. Mir kam sie so vor wie M-31 in Andromeda, wenn man sie vergleichen wollte. Aber ich bin kein Experte auf dem Gebiet der Galaxien. Vor allem nicht, wenn ich sie ohne irgendwelche Sterntupfer darum sehe. Und hier gab es keine solchen Tupfer. Es gab aber etwas, das wie Sterne aussah. Kleine Lichtpunkte hier und dort. Aber es waren keine Sterne, weil sie wie elektrische Weihnachtskerzen blinkten und flackerten. Stellen Sie sich ein paar Dutzend Glühwürmchen in einer kalten Nacht vor, die wegen der Kälte ihre Liebessehnsucht nicht sehr oft aufleuchten lassen und so weit weg sind, dass man sie nur schwer erkennen kann. So etwa sahen die Lichtpunkte aus.

Das auffälligste Objekt unter ihnen, wenn auch nicht sehr auffällig, war etwas, das ein bisschen wie das nicht rotierende Schwarze Loch aussah, in dem ich einst Klara verloren hatte. Es war aber nicht so groß und nicht so Furcht einflößend. All das war merkwürdig, aber das war es nicht, was mich nach Luft schnappen ließ. »Es ist ein Schiff!«, flüsterte Dolly zitternd. Und so war es.

Albert sah das auch so. Er drehte sich herum. »Das ist ein Schiff, ja, Mrs. Walthers«, bestätigte er ernst. »Es ist das Hitschi-Schiff, das wir zuvor gesehen haben. Da bin ich mir fast sicher. Ich habe mir überlegt, wie ich mit ihm Verbindung aufnehmen kann.«

»Verbindung! Mit den Hitschi! Albert!«, rief ich. »Ich weiß, dass du verrückt bist; aber bist du dir denn nicht im Klaren, wie gefährlich das ist?«

»Was die Gefahr anbelangt«, entgegnete Albert ruhig, »habe ich viel mehr Angst vor dem Kugelblitz.«

»Kugelblitz?« Jetzt war es völlig mit meiner Geduld vorbei. »Albert, du Idiot! Ich habe keine Ahnung, was ein Kugelblitz ist, und es ist mir auch scheißegal. Nicht egal ist mir, dass du uns beinahe umgebracht hast und ...«

Ich hielt inne, weil Essies Hand sich über meinen Mund legte. »Sei still, Robin«, zischte sie. »Willst du ihn wieder zur Fugue treiben? Also, Albert«, sagte sie ganz ruhig, »jetzt erkläre uns bitte, was ein Kugelblitz ist. Das Ding sieht für mich eigentlich wie ein Schwarzes Loch aus.«

Er strich sich mit der Hand über die Stirn. »Das zentrale Objekt, meinen Sie? Ja, es ist eine Art Schwarzes Loch. Aber es gibt dort nicht nur ein Schwarzes Loch. Es gibt viele. Ich war noch nicht in der Lage zu zählen, wie viele, da sie nur dann wahrgenommen werden können, wenn Materie in sie stürzt und Strahlung verursacht. Und es gibt nicht viel Materie hier draußen zwischen den Galaxien ...«

»Zwischen den Galaxien?«, rief Walthers und war gleich wieder still, als Essies Blick ihn traf.

»Bitte, Albert, bitte mach weiter«, ermunterte sie ihn.

»Ich weiß nicht, wie viele Schwarze Löcher existieren. Mehr als zehn. Wahrscheinlich alle zusammen mehr als zehn mal zehn.« Er warf mir einen flehenden Blick zu. »Robin, kannst du dir überhaupt vorstellen, wie außergewöhnlich das ist? Wie kann man sich das erklären?«

»Ich kann es bestimmt nicht. Ich weiß ja nicht einmal, was ein Kugelblitz ist.«

»Ach du lieber Himmel, Robin« stöhnte er ungeduldig. »Wir haben doch über solche Sachen schon geredet. Ein Schwarzes Loch resultiert daraus, dass Materie zu außergewöhnlicher Dichte kollabiert. John Wheeler war der erste Mensch, der die Existenz einer anderen Form von Schwarzem Loch vorhersagte, das keine Materie, sondern Energie enthält – so viel Energie, so dicht gepackt, dass seine eigene Masse den Raum vollständig um das Schwarze Loch wickelt. Das nennt man einen ›Kugelblitz‹.«

Er seufzte. Dann fuhr er fort: »Ich habe zwei Spekulatio-

Ich habe Robin mehrmals erklärt, was ein Kugelblitz ist – ein Schwarzes Loch, das durch das Zusammenstürzen einer großen Menge Energie, nicht Materie, verursacht worden war –, aber da niemand jemals einen gesehen hatte, hörte er mir nicht richtig zu. Ich habe ihm auch von dem allgemeinen Zustand des intergalaktischen Raumes erzählt – sehr wenig freie Materie oder Energie, abgesehen von einem spärlichen Photonenfluss aus entfernten Galaxien und natürlich der überall anzutreffenden 3,7 K-Strahlung –, deshalb war das auch ein so guter Ort, einen Kugelblitz hinzusetzen, wenn man nicht wollte, dass irgendetwas anderes hineinfiel.

nen. Erstens, dass das ganze Gebilde ein Artefakt ist. Der Kugelblitz ist von Schwarzen Löchern umgeben. Ich nehme an, um lose Materie anzuziehen – von der es allerdings hier nicht viel gibt –, damit sie nicht in den Kugelblitz hineinfällt. Und zweitens, dass wir meiner Meinung nach die fehlende Masse vor uns sehen.«

Ich sprang auf. »Albert!«, rief ich. »Weißt du, was du da sagst? Willst du behaupten, jemand hat das Ding da *gemacht?* Du meinst ...« Ich beendete den Satz nicht.

Ich beendete ihn nicht, weil ich nicht konnte.

Ich kippte um, weil meine Beine mich aus irgendeinem Grund nicht mehr trugen. Direkt über dem Ohr war ein stechender Schmerz an einer Seite meines Kopfes. Alles wurde grau und verschwamm.

Ich hörte Alberts Stimme rufen: »O Robin! Ich habe nicht auf deinen physischen Zustand geachtet!«

»Meinen was?«, fragte ich. Oder versuchte zu fragen. Es kam aber nicht richtig heraus. Meine Lippen schienen die Worte nicht formen zu wollen. Plötzlich fühlte ich mich sehr schläfrig. Die erste schnelle Explosion eines lokal begrenzten Schmerzes war gekommen und wieder gegangen. Aber es blieb ein entfernter, dumpfer Schmerz. O ja, *Schmerz*, der jetzt nicht mehr weit entfernt war, sondern sich sehr schnell näherte.

Jetzt erinnere ich mich ganz genau. Die Vorgänge in meinem Kopf hatten für ihre eigene Amnesie gesorgt. Es war mir nicht klar, was ich durchmachte. Aber ich erinnere mich an diese Unklarheit ganz genau. Ich erinnere mich an das aufgeregte Gespräch und dass ich auf das Sofa geschleppt wurde. Ich erinnere mich an die langen Unterhaltungen und die winzigen Nadelstiche, als Albert mich medizinisch versorgte und Proben nahm. Und ich erinnere mich, dass Essie weinte.

Sie hielt meinen Kopf im Schoß. Obwohl sie an mir vorbei mit Albert redete, meist in Russisch, hörte ich doch meinen Namen so oft, dass ich wusste, sie sprach über mich. Ich versuchte nach oben zu langen, um ihr die Wange zu streicheln. »Ich sterbe«, sagte ich – oder versuchte, es zu sagen.

Sie verstand mich. Sie beugte sich herunter, ihr langes Haar strich über mein Gesicht. »Lieber, lieber Robin«, schluchzte sie. »Es stimmt. Ja, du stirbst. Jedenfalls dein Körper. Aber das bedeutet doch nicht das Ende für dich.«

In den Jahrzehnten, die wir zusammen verbracht hatten, war die Rede auch ab und zu auf Religion gekommen. Ich kannte ihre Überzeugung. Ich kannte sogar meine eigene. Essie, wollte ich sagen, du hast mich nie angelogen. Das musst du auch jetzt nicht tun, um mir das Sterben leichter zu machen. Ist schon in Ordnung. Aber alles, was ich herausbrachte, war so ähnlich wie:

»Ist es doch.«

Tränen tropften auf mein Gesicht, als sie mich in den Armen wiegte und flüsterte: »Nein. Wirklich nicht, liebster Robin. Es gibt eine Chance, eine sehr gute Chance ...«

Ich machte eine übermäßige Anstrengung. »Es ... gibt ... kein ... Nachher«, beharrte ich und stieß die Worte in der mir bestmöglichen Artikulation aus. Es mag nicht ganz deutlich gewesen sein, aber sie verstand mich. Sie beugte sich herunter und küsste mich auf die Stirn. Ich spürte ihre Lippen auf meiner Haut, als sie widersprach:

»Doch. Es gibt ein Später, jetzt.«

Vielleicht hatte sie auch »ein Jetzt und Später« gesagt.

22

Gibt es Leben nach dem Tode?

Und die Sterne zogen weiter. Ihnen war es egal, was mit einem intelligenten zweifüßigen Säugetier passierte – nun, halb intelligenten –, nur weil es mit mir passierte. Ich habe immer einen egozentrischen Standpunkt in Sachen Kosmologie eingenommen. Ich befinde mich in der Mitte, und alles andere liegt auf der einen oder anderen Seite von mir. »Normal« ist, was ich bin. »Wichtig« ist, was mich angeht. »Bedeutsam« ist, was mir wichtig erscheint. Diesen Standpunkt hatte ich, nicht aber das Universum. Es ging weiter, als ob ich überhaupt keine Rolle spielte.

Um die Wahrheit zu sagen, ich spielte in diesem Augenblick nicht einmal für mich eine Rolle, weil ich weggetreten war. Einige tausend Lichtjahre hinter uns jagte General Manzbergen auf der Erde einen Haufen Terroristen, die eine Landefähre entführt hatten. Und der Commissaire hat den Mann erwischt, der auf mich geschossen hatte. Ich wusste es nicht. Und hätte ich es gewusst, wäre es mir gleichgültig gewesen. Sehr viel näher, aber immer noch so weit entfernt wie Antares von der Erde, bemühte sich Gelle-Klara Moynlin einen Sinn in das zu bringen, was die Hitschi ihr erzählten. Auch davon hatte ich keine Ahnung. In meiner unmittelbaren Nähe versuchte meine Frau Essie etwas zu tun, was sie noch nie gemacht hatte, obwohl sie das Verfahren erfunden hatte. Albert half ihr dabei. Er hatte das Verfahren in seinen Datenspeichern, aber keine Hände, um es durchzuführen. Dies nun hätte mich ganz und gar nicht gleichgültig gelassen, hätte ich gewusst, was sie taten.

Aber das konnte ich nicht wissen, weil ich tot war.

Allerdings blieb ich es nicht.

Als ich klein war, las mir meine Mutter oft Geschichten vor. Da gab es eine, in der ein Mann nach einer Gehirnoperation verwirrt war. Ich entsinne mich nicht, wer sie geschrieben hatte – Verne, Wells, eine der Größen aus dem

Goldenen Zeitalter – irgendjemand. Ich erinnere mich nur an die Pointe. Der Mann wacht nach der Operation auf und sieht Geräusche, hört Berührungen und fragt am Ende der Geschichte: »Was riecht lila?«

Diese Geschichte wurde mir in meiner Kindheit erzählt. Jetzt war ich erwachsen. Es war keine Geschichte mehr.

Es war ein Albtraum.

Sinneseindrücke stürmten auf mich ein, und ich konnte sie nicht beschreiben! Ich kann es jetzt auch nicht. Ich kann sie ebenso wenig beschreiben wie ... Smerglitsch. Wissen Sie, was Smerglitsch ist? Nein. Ich auch nicht. Ich habe das Wort frei erfunden. Es ist nur ein Wort. Es hat keine Bedeutung, außer man gibt ihm eine, ebenso wenig wie die Farben, Geräusche, der Druck, das Kältegefühl, das Zerren, Zucken, Jucken, das Sich-Krümmen, das Brennen, die Sehnsucht – die Milliarde von Quanteneinheiten an Eindrücken, die auf mein nacktes und zartes Ich einstürmten.

Aber ich überlebte.

Ich überlebte aus einem einzigen Grund: Es war unmöglich für mich, es nicht zu tun. Wie es schon seit Urzeiten geschrieben steht: Man kann eine schwangere Frau nicht schwängern und jemanden, der bereits tot ist, nicht mehr umbringen. Ich »überlebte«, weil alle Teile, die man hätte töten können, bereits tot waren.

Sind Sie jetzt im Bild?

Versuchen Sie, es sich vorzustellen. Geschunden. Misshandelt. Und vor allem mir völlig bewusst, dass ich tot war.

Unter anderem las mir meine Mutter auch die Geschichte von Dantes *Inferno* vor. Manchmal kommt mir der Gedanke, ob Dante nicht vorausgesehen hat, wie es mir ergehen würde. Wenn nicht – woher konnte er dann seine Beschreibung der Hölle nehmen?

Wie lange alles dauerte, weiß ich nicht. Es schien aber eine Ewigkeit.

Dann wurde alles schwächer. Die grellen Lichter entfernten sich, wurden blasser. Die grauenvollen Geräusche wurden leiser. Das Jucken, das Zerren und Kneifen ließen nach.

Lange Zeit geschah gar nichts. Wie in den Höhlen von Karlsbad, wenn sie das Licht ausmachen, um einem zu zeigen, was *dunkel* heißt. Es gab kein Licht. Es gab nichts als ein verworrenes, entferntes Murmeln, welches das Pochen meines Blutes um Amboss und Steigbügel in meinen Ohren sein konnte.

Wenn ich Ohren hatte.

Und dann formte sich das Gemurmel zu einer Art Stimme, zu Worten, und von ganz weit weg kam die Stimme Albert Einsteins:

»Robin?«

Ich versuchte mich daran zu erinnern, wie man sprach.

»Robin? Robin? Mein Freund, hörst du mich?«

»Ja«, rief ich – ich wusste nicht wie. »Ich bin hier!« – als ob ich gewusst hätte, wo »hier« war.

Eine lange Pause. Dann kam wieder Alberts Stimme, immer noch schwach, aber schon näher. »Robin«, sagte er und machte zwischen den Wörtern Pausen, als ob er zu einem Kleinkind spräche. »Robin. Hör zu. Du bist außer Gefahr.«

»Außer Gefahr?«

»Du bist außer Gefahr«, wiederholte er. »Ich blockiere für dich.«

Ich gab keine Antwort, hatte nichts zu sagen.

»Ich werde dich jetzt unterrichten, Robin«, fuhr er fort. »Schritt für Schritt. Hab Geduld, Robin! Bald wirst du in der Lage sein, zu hören, zu sehen und zu verstehen.«

Geduld? Ich konnte gar nichts anderes tun. Ich hatte keine andere Wahl, als geduldig alles hinzunehmen, während er mich unterrichtete. Ich vertraute dem alten Albert. Ich glaubte seinem Versprechen, dass er den Tauben das Hören und den Blinden das Sehen beibringen konnte.

Aber gab es eine Möglichkeit, den Toten beizubringen zu leben?

Die nächste kleine Ewigkeit möchte ich nicht unbedingt noch mal durchleben. Nach Alberts Zeitrechnung und jener der Cäsiumuhren, welche in den menschlichen Teilen der Galaxis den Takt angibt, dauerte es – sagt er – etwas über vierundachtzig Stunden. Nach seiner Zeit. Nicht nach meiner. Nach meiner dauerte es endlos.

Obwohl ich mich gut erinnern kann, entsinne ich mich an manche Dinge nur verschwommen. Nicht aus Unvermögen. Nein, aufgrund meines Willens und auch der Geschwindigkeit. Ich werde Ihnen das erklären. Der Austausch von Bits und Bytes im Kern eines Datenspeichers läuft sehr viel schneller ab als im organischen Leben, das ich zurückgelassen hatte. Er überdeckt die Vergangenheit mit Schichten neuer Daten. Und das ist auch gut so, müssen Sie wissen, denn je weiter mich diese grauenvolle Umformung von meinem »Jetzt« entfernt, desto lieber ist es mir.

Wenn ich auch nicht willig bin, mir einige der Anfangsdaten ins Gedächtnis zu rufen, bin ich doch bereit, mir einen Vorfall anzusehen, der bedeutend ist. Wie bedeutend? *Bedeutend!*

Albert behauptet, ich anthropomorphisiere. Wahrscheinlich tue ich das. Es schadet doch nichts, oder? Ich habe den Großteil meines Lebens in dem Morph eines Anthropos verbracht, und vertraute Gewohnheiten lassen sich nicht so leicht ablegen. Als Albert mich nun stabilisiert hatte und ich – ich schätze das einzig passende Wort ist »erweitert« – war, war ich das anthropomorphe menschliche Wesen, als das ich mich sah. Das beruhte allerdings auf der Annahme, dass das menschliche Wesen größer als Galaxien war, älter als die Sterne und so weise wie Milliarden von uns gemeinsam gelernt haben zu sein. Ich erblickte die Lokale Gruppe – unsere Galaxis und ihre unmittelbaren Nachbarn – als einen kleinen Klumpen in einem gerinnenden Meer aus Energie und Masse. Ich konnte das Ganze überschauen. Ich sah die Heimat, die Muttergalaxis und M-31 daneben; die Magellan'sche Wolke schmiegte sich daneben und all die anderen kleinen Wölkchen, Kügelchen, Büschel und Fläumchen aus streifigem Gras und Sternenschein. Und – das ist der anthropomorphe Teil – ich langte hinaus, um sie zu berühren und in meiner Hand zu halten und meine Finger hindurchgleiten zu lassen, als wäre ich Gott.

Ich war nicht wirklich Gott oder auch nur so weit gottähnlich, um wirklich irgendwelche Galaxien berühren zu können. Ich konnte überhaupt nichts berühren, da ich über nichts verfügte, womit ich etwas hätte berühren können. Es war alles eine Illusion und optische Täuschung, wie Albert, wenn er seine Pfeife ansteckte. Es war nichts da. Kein Albert und keine Pfeife.

Und ich auch nicht. Nicht wirklich. Ich war in der Ausführung nicht gottähnlich, weil ich keine greifbare Existenz besaß. Ich konnte weder Himmel und Erde erschaffen, noch sie zerstören. Ich konnte nicht einmal den kleinsten Teil davon auf irgendeine körperliche Art beeinflussen.

Aber ich konnte sie großartig betrachten. Von außen und innen. Ich konnte im Zentrum meines Heimatsystems stehen und schauen. Wenn ich an Masei 1 und 2 vorbeilugte, sah ich die Millionen und Abermillionen anderer Gruppen und Galaxien, die sich in ihrer gesprenkelten Unermesslichkeit hinaus bis zu den optischen Grenzen des Universums erstreckten, wo flüchtige Sternhaufen schneller entschwinden, als das Licht zurückkehren kann, um sie anzuzeigen ... und noch weiter.

Eine Stimme drang in meine großartigen ewigen Träumereien: Alberts Stimme. »Robin, ist alles in Ordnung mit dir?«

Ich wollte ihn nicht anlügen. »Nein. Nicht mal annähernd!«

»Es wird besser werden, Robin.«

»Das hoffe ich«, sagte ich. »... Albert?«

»Ja?«

»Ich mache dir keine Vorwürfe, dass du durchgedreht hast«, erklärte ich, »wenn es das hier ist, was du zuvor durchgestanden hast.«

Einen Augenblick herrschte Schweigen, dann die Spur eines glucksenden Lachens. »Robin«, entgegnete er, »du hast noch gar nicht gesehen, was mir den Verstand geraubt hat.«

Ich kann nicht sagen, wie lange das alles gedauert hat. Ich weiß nicht, ob die Auffassung von »Zeit« etwas bedeutete, da auf der elektronischen Ebene, auf der ich mich aufhielt, die Zeitskala eine ganz andere war. Viel Zeit wird verschwendet. Die gespeicherte elektronische Intelligenz arbeitet nicht so rationell wie die Maschinerie, mit der wir alle geboren werden. Ein Algorithmus ist kein guter Ersatz für eine Synapse. Andererseits laufen viele Dinge schneller ab da unten im Subpartikel-Land, wo die Femtosekunde eine Einheit ist, die man spüren kann. Man könnte sagen, dass ich irgendwo zwischen zehn- und zehntausendmal so schnell lebte, wie ich es gewohnt war.

Natürlich gibt es objektive Maße richtiger Zeit – damit meine ich *Wahre-Liebe*-Zeit. Essie beachtete die Minuten sehr sorgfältig. Alles in allem dauerte es über dreieinhalb Tage.

Für mich, in dieser Welt von Wirbeln, Zauber, Farben und verbotenen Orbits, in die ich für meine weitere Existenz überführt wurde – für mich, könnte man sagen, dauerte es ewig. Jedenfalls schien es mir so.

»Du musst lernen, deine Inputs und Outputs zu benutzen«, befahl mir Albert.

»Na super!«, rief ich dankbar. »Ist das alles? Meine Güte! Das klingt ja kinderleicht!«

Seufzen. »Ich bin froh, dass du deinen Sinn für Humor behalten hast«, sagte er. Und dann hörte ich noch: *weil du ihn gottverdammt brauchen wirst!* »Tut mir Leid, aber du wirst jetzt arbeiten müssen. Es ist nicht leicht für mich, auf diese Art einzukapseln ...«

»Einzu... was?«

»Dich zu schützen, Robin«, antwortete er ungeduldig. »Deine Aufnahmefähigkeit zu vermindern, damit du nicht zu sehr unter Verwirrtheit und Gestörtheit zu leiden hast.«

»Albert?«, fragte ich. »Hast du den Verstand verloren? Ich habe das ganze *Universum* gesehen!«

»Du hast nur das gesehen, wozu auch ich Zugang habe, Robin. Das reicht nicht. Ich kann nicht für immer deinen Zugang kontrollieren. Du musst lernen, das selbst zu tun.

Ich werde meinen Schutz für dich etwas reduzieren, wenn du so weit bist.«

Ich spannte meine Kräfte an. »Ich bin so weit!«

Aber ich hatte meine Kräfte nicht genug angespannt.

Sie glauben gar nicht, wie weh es tat. Die piepsenden, zwitschernden, keifenden und befehlenden Stimmen aller Inputs stürmten auf mich ein – das heißt auf die Orte einer nicht räumlichen Geometrie, die ich immer noch wild entschlossen für meine Ohren hielt. Es war eine Tortur. War es so schlimm, wie beim ersten Mal, als ich nackt allem auf einmal ausgesetzt war? Nein. Es war schlimmer. In diesem schrecklichen ersten Ansturm der Wahrnehmungen hatte mir etwas sehr geholfen: Ich hatte damals noch nicht gelernt, Klänge als Geräusche oder Schmerz als Schmerz zu identifizieren. Jetzt konnte ich das. Jetzt erkannte ich den Schmerz, als ich ihn spürte. »Bitte, Albert!«, schrie ich. »Was ist das?«

»Das sind nur die Datenspeicher, zu denen du Zugang hast, Robin«, beruhigte er mich. »Nur die Fächer an Bord der *Wahren Liebe*, plus Telemetrie plus ein paar Inputs von den Sensoren für das Schiff und die Mannschaft.«

»Mach, dass sie aufhören!«

»Kann ich nicht.« In seiner Stimme klang echtes Mitgefühl, obwohl ja gar keine Stimme existierte. »Du musst da durch, Robin. Du musst auswählen, zu welchen Speichern du Zugang haben willst. Wähl einen und block die anderen ab!«

»Was soll ich machen?«, flehte ich. Ich war noch verwirrter als vorher.

»Wähl nur einen aus, Robin«, wiederholte er geduldig. »Einige sind unsere eigenen Datenspeicher, einige sind Hitschi-Fächer, manche etwas ganz anderes. Du musst lernen, mit ihnen in Beziehung zu treten.«

»In Beziehung?«

»Dich durch sie zu informieren, Robin. Als ob es Nachschlagewerke in einer Bibliothek wären. Wie Bücher in einem Regal.«

»Bücher brüllen einen aber nicht an! Und die hier brüllen!«

»Na sicher! So machen sie sich bemerkbar – genauso

wie Bücher sich in den Regalen den Augen bemerkbar machen. Du brauchst aber nur das anzuschauen, welches du willst. Da ist besonders eines, das es für dich leichter machen wird, glaube ich. Sieh zu, ob du es findest.«

»Finden? Wie soll ich denn danach *Ausschau* halten?«

Es kam ein Geräusch wie Seufzen. »Also gut«, sagte er. »Wir können es ja mit einem Kunstgriff versuchen, Robin. Ich kann dir nicht die Position angeben, weil ich nicht annehme, dass du bereits ein Bezugssystem hast ...«

»Stimmt, verdammt noch mal!«

»Ja. Aber es gibt da einen alten Trick bei Tierdressuren, der ein Tier dazu bringt, komplizierte Handlungen auszuführen, die es nicht versteht. Ich entsinne mich an einen Zauberer, der einen Hund dazu anhalten konnte, ins Publikum zu laufen, eine bestimmte Person auszuwählen und von ihr ein bestimmtes Objekt zu nehmen ...«

»Albert«, bettelte ich. »Jetzt ist nicht der Zeitpunkt, mir eine deiner langatmigen Anekdoten zu erzählen!«

»Nein! Das ist keine Anekdote. Es ist ein psychologisches Experiment. Es funktioniert prima bei Hunden – ich weiß nicht, ob man es schon jemals an einem erwachsenen Menschen ausprobiert hat. Wir werden ja sehen. Du machst jetzt Folgendes: Beweg dich in irgendeine Richtung. Wenn diese stimmt, sage ich dir, dass du weitermachen sollst. Sobald ich das nicht mehr sage, hörst du mit dem auf, was du gerade machst. Überlege! Probiere verschiedene Möglichkeiten aus. Wenn das neue Ding oder die neue Richtung sinnvoll ist, fordere ich dich auf weiterzumachen. Kannst du das tun?«

Ich antwortete: »Gibst du mir dann auch ein Zuckerstückchen, wenn es vorbei ist, Albert?«

Leises Lachen. »Zumindest die elektronische Entsprechung, Robin. Fang jetzt an, dir etwas auszudenken!«

Ausdenken? *Wie?* Es hatte aber keinen Zweck, Fragen zu stellen, denn wenn Albert mir mit Worten das »Wie« hätte erklären können, brauchten wir jetzt nicht den Trick eines Hundedompteurs zu versuchen. Ich fing also an ... Dinge zu tun.

Ich kann nicht genau erklären, welche Dinge ich tat.

Aber ich bewegte mich. Irgendwie bewegte ich mich. Und die ganze Zeit über sagte Alberts Stimme zu mir: »Nein. Nein. Nein. Das ist es nicht. Nein. Nein ...«

Und dann: »Ja! Ja, Robin, mach so weiter!«

»Ich mache weiter.«

»Nicht reden, Robin! Nur weitermachen! Immer weiter! Weitersoweitersoweitersoweitersoweiterso – nein. Stop!

Nein.

Nein.

Nein.

Nein – ja! Weitersoweitersoweitersoweiterso – nein – ja! Weiter – stop! Da ist es, Robin. Da ist der Band, den du aufschlagen musst.«

»Hier? Das Ding? Diese Stimme, die klingt wie ...«

Ich brach ab. Ich konnte nicht weitersprechen. Sehen Sie, ich hatte die Tatsache akzeptiert, dass ich tot war, nichts anderes als gespeicherte Elektronen in einem Datenfächer, und es nur noch schaffte, mit mechanischen Speichern oder anderen nicht lebenden Personen wie Albert zu sprechen.

»Öffne den Band!«, befahl er. »Lass sie zu dir sprechen!«

Sie brauchte keine Erlaubnis. »Hallo, Robin, Liebster«, ertönte die elektronische Stimme meiner lieben Frau Essie. Sie klang merkwürdig, etwas verzerrt, aber es gab keinen Zweifel, wer sie war. »Ist doch ein schöner Ort, wo du jetzt bist, oder etwa nicht?«

Ich glaube nicht, dass irgendetwas, nicht einmal die Erkenntnis meines eigenen Todes, ein so grauenvoller Schock für mich war, wie Essie unter den Toten zu finden. »Essie«, schrie ich. »Was ist mir dir geschehen?«

Sofort war Albert zur Stelle und sagte schnell und fürsorglich: »Es geht ihr gut, Robin. Sie ist nicht tot.«

»Aber sie muss es sein! Sie ist doch hier!«

»Nein, mein lieber Junge, nicht wirklich«, belehrte mich Albert. »Ihr Buch ist hier, weil sie sich teilweise selbst für das ›Jetzt-und-Später‹-Projekt eingespeichert hat. Teilweise auch bei den Experimenten, die zu meinem jetzigen Zustand führten.«

»Du Dreckskerl hast mich denken lassen, sie sei tot.«

Freundlich entgegnete er: »Robin, du musst diese Fleisch-und-Blut-Besessenheit deines Denkens ablegen. Spielt es wirklich eine Rolle, ob ihr Stoffwechsel auch noch auf organischer Ebene arbeitet, zusätzlich zu der Version, die hier gespeichert ist?«

Da mischte sich auch die merkwürdige Essie-Stimme ein: »Hab Geduld, liebster Robin! Sei ruhig. Es wird alles gut.«

»Das bezweifle ich ausgesprochen«, erwiderte ich bitter.

»Vertrau mir, Robin«, flüsterte sie. »Hör auf Albert! Er wird dir sagen, was du tun musst.«

»Der schlimmste Teil ist vorüber«, versicherte mir Albert. »Ich entschuldige mich für die Traumata, die du erlitten hast, aber sie waren unumgänglich – glaube ich.«

»Du glaubst es?«

»Ja, ich glaube es nur, Robin, weil dies noch nie zuvor gemacht wurde und wir weitgehend im Dunkeln tappen. Ich weiß, dass es für dich ein Schock war, auf die gespeicherte Entsprechung von Mrs. Broadhead zu treffen; aber es wird dir helfen, dich auf die Begegnung mit ihr in Fleisch und Blut vorzubereiten.«

Wenn ich einen Körper gehabt hätte, mit dem das möglich gewesen wäre, hätte ich ihm eine runtergehauen – wenn Albert etwas zum Reinhauen gehabt hätte. »Du bist noch verrückter als ich«, schrie ich.

Geisterlachen. »Nicht verrückter, Robin. Nur genauso verrückt. Du wirst mit ihr sprechen und sie sehen können, ebenso wie mit mir, so lange du noch … gelebt hast. Das verspreche ich dir, Robin. Es wird klappen – glaube ich.«

»Ich kann nicht.«

Pause. »Es ist nicht leicht«, gab er zu. »Aber überlege mal. Ich kann es. Und du glaubst nicht, dass du so viel zustande bringst wie ein armseliges Computerprogramm?«

»Reize mich nicht, Albert! Ich verstehe, was du sagst. Du glaubst, ich kann mich als Hologramm zeigen und in

Realzeit mit lebenden Personen Kommunikation aufnehmen. Aber ich weiß nicht, wie!«

»Jetzt noch nicht, Robin. Diese Unterprogramme existieren noch nicht in deinem Programm. Aber ich kann es dir beibringen. Du wirst dich zeigen können. Vielleicht nicht mit solch natürlicher Grazie und Munterkeit wie ich«, protzte er, »aber du wirst zumindest erkennbar sein. Bist du bereit, mit dem Lernen anzufangen?«

Und Essies Stimme, oder die Stimme, die eine Zerrkopie Essies war, flüsterte: »Bitte, tu es, Robin! Ich warte schon so ungeduldig auf dich!«

Wie mühsam ist es, geboren zu werden! Mühsam für das Neugeborene und noch mühsamer für den Zuhörer, der die Geburt nicht selbst erlebt, sondern nur das endlose Jammern hört.

Es war endlos. Meine Hebammen spornten mich ständig an. »Du schaffst es«, versprach mir die Essie-Kopie von einer Seite (wenn ich einen Augenblick so tat, als hätte ich eine »Seite«). »Es ist leichter, als es aussieht«, machte mir Alberts Stimme von der anderen Seite Mut. Im ganzen Universum gab es keine zwei Leute, deren Wort ich bedingungsloser geglaubt hätte als diesen beiden. Aber ich hatte meinen Vorrat an Vertrauen aufgebraucht. Es war nichts mehr übrig, und ich verspürte Angst. Leicht? Es war einfach grotesk!

Ich sah nämlich die Kabine, wie Albert sie immer gesehen hatte. Ich hatte nicht die Perspektive zweier fokussierender Augen und ein Paar Ohren an bestimmten Plätzen im Raum. Ich sah und hörte alles gleichzeitig.

»Lass mich dir helfen, Robin!«, flüsterte die Entsprechung von Essie. »Siehst du mich, Robin? Im großen Bett schlafend? Ich war viele Tage wach, Robin, und habe dein altes organisches Ich in eine prima neue Fächerflasche eingefüllt. Jetzt bin ich völlig erschöpft. Aber, schau, ich habe gerade meine Hand bewegt, um mich an der Nase zu kratzen. Siehst du meine Hand? Siehst du die Nase? Erkennst du mich?« Dann das Geisterlachen. »Natürlich tust du das, Robin? Schließlich bin ich es ganz und gar.«

23

Hinaus aus dem Hitschi-Versteck

Da war immer noch Klara, an die man denken sollte, wenn ich damals nur genug gewusst hätte, um an sie zu denken – und nicht nur an Klara, auch an Wan (eigentlich war er keinen Gedanken wert) und der Kapitän und seine Hitschi, die alle Gedanken verdienten, die man ihnen schenkte. Aber das wusste ich auch nicht. Ich war zwar erweitert, aber noch nicht sehr viel gescheiter.

Und überdies wurde ich von meinen eigenen Problemen abgelenkt. Hätten allerdings der Kapitän und ich einander gekannt und wir unsere Probleme verglichen, wäre es interessant gewesen zu sehen, vor wem sich die schlimmeren auftürmten. Tatsächlich wäre es ein Unentschieden gewesen. Unser beider Probleme hatten einfach das Normalmaß überschritten und waren uns über den Kopf gewachsen.

Eines der Probleme des Kapitäns war die physische Nähe seiner beiden menschlichen Gefangenen. In seiner knochigen Nase *stanken* sie. Für ihn waren sie körperlich abstoßend. Loses, schwabbeliges, auf und ab hüpfendes Fett und hängendes Fleisch zerstörten die klaren Linien ihres Knochenbaues – die einzigen Hitschi, die je so grässlich anzusehen waren, waren die wenigen, die an der schlimmsten degenerativen Krankheit langsam starben, die man kannte. Selbst dann war der Gestank nicht so grauenvoll. Aufgrund der verwesenden Nahrung war der menschliche Atem widerlich. Die menschlichen Stimmen kreischten wie eine Kreissäge. Der Hals des Kapitäns schmerzte beim Versuch, die surrenden, rollenden Silben ihrer scheußlichen, minderwertigen Sprache zu formen.

Vom Standpunkt des Kapitäns aus waren die Gefangenen insgesamt grässlich, nicht zuletzt, weil sie sich einfach weigerten zu verstehen, was er sagte. Als er versuchte, ihnen mitzuteilen, in welch gefährliche Situation sie sich gebracht hatten – ganz zu schweigen von den Hitschi in ihrem Versteck –, lautete ihre erste Frage: »Bist du ein Hitschi?«

Trotz all seiner Probleme hatte der Kapitän noch Platz, sich darüber zu ärgern. (Tatsache ist, dass die Besatzung des Segelschiffs sich genauso ärgerte, als sie erfuhr, dass die Hitschi sie »Schlammbewohner« nannten. Das wusste der Kapitän, dachte aber nicht darüber nach.) »Hitschi!«, stöhnte er und zuckte wie üblich mit dem Abdomen. »Ja. Das ist nicht wichtig. Seid still! Bleibt ruhig!«

»Pfui!«, murmelte White-Noise, was sich auf mehr als nur den Körpergeruch bezog. Kapitän schaute ihn strafend an und wandte sich an Burst.

»Bist du ihr Fahrzeug losgeworden?«, wollte er wissen.

»Selbstverständlich«, antwortete Burst. »Ist auf dem Weg zu einem Außenhafen. Aber was ist mit dem Kugelblitz?« (Er benutzte natürlich nicht das Wort »Kugelblitz«.)

Der Kapitän zuckte mürrisch mit seinem Bauch. Er war müde. Das Segelschiff war außer Sicht verstaut worden. Diese herumzigeunernden menschlichen Wesen waren aus der allerschlimmsten Gefahrenzone, der des Kugelblitzes, weggebracht und ihr automatisch gesteuertes Schiff war versteckt worden. Soweit hatte er seines Wissens nach alles getan, was man von ihm erwarten konnte. Es war nicht ohne Verluste geschehen, dachte er und trauerte um Twice. Es war kaum vorstellbar, dass er bei normalem Ablauf der Ereignisse jetzt noch immer ihre jährlich einmal auftretende Liebe genießen würde.

Aber es war nicht genug.

Es war durchaus möglich, überlegte der Kapitän, dass es zu diesem Zeitpunkt kein »Genug« mehr gab. Es könnte durchaus schon zu spät für alles sein, was er oder die gesamte Hitschi-Rasse tun konnten. Aber das durfte er nicht zugeben. Solange es noch eine Chance gab, musste er handeln. »Entfaltet die Karten von ihrem Schiff!«, ordnete er an und wandte sich erneut diesen unverschämten, ungehobelten Fettklößen zu, die er gefangen genommen hatte. Wie zu einem Kind sagte er in ganz einfachen Worten: »Schau mal die Karte an!«

Es war eine der kleineren Widerwärtigkeiten in der Situation des Kapitäns, dass der hagere und daher körperlich weniger abstoßende seiner Gefangenen der widerlichere war. »Du bist still!«, befahl er und deutete mit seiner hageren Faust auf ihn, dessen Schimpfereien fast noch unsinniger als die Worte der Frau waren. »Du! Weißt du, was das ist?«

Wenigstens hatte die weibliche Gefangene so viel Einsicht, langsam zu sprechen. Es waren nur wenige Wiederholungen nötig, bis er Klaras Antwort verstand: »Das ist das Schwarze Loch, das wir aufsuchen wollten.«

Dem Kapitän lief es kalt über den Rücken. »Ja«, bestätigte er und versuchte die fremdartigen Konsonanten zusammenzusetzen. »Stimmt.« Burst übersetzte es den anderen. Der Kapitän konnte sehen, wie sich ihre Sehnen aus Schock zusammenzogen. Er wählte seine Worte sehr sorgsam und machte eine Pause, um sich mit den Gehirnen der Vorväter zu beraten, ehe er weitersprach.

»Hör genau zu!«, sagte er. »Das ist sehr gefährlich. Vor langer, langer Zeit haben wir entdeckt, dass ein Volk von Mördern, die Assassinen, jede technologisch fortgeschrit-

Da Robin verständlicherweise mit anderen Dingen mehr beschäftigt war, konnte ich mich mit ihm damals über den Kugelblitz nicht so detailliert unterhalten, wie ich es gern getan hätte. Die statistischen Angaben waren hochinteressant. Ich berechnete die Temperatur eines Kugelblitzes auf etwa drei Millionen Kelvin, was aber nicht weiter beunruhigend war. Mich störte vielmehr die Dichte der Energie. Die Energiedichte der Schwarzkörperstrahlung steigt in der dritten Potenz zur Temperatur – das ist das alte Stefan-Bolzmann-Gesetz –, die Zahl der Photonen aber steigt ebenfalls linear mit der Temperatur, sodass es tatsächlich zu einer Steigerung in der vierten Potenz innerhalb eines Kugelblitzes kommt. Bei einem Kelvin ist das 4,72 Elektronenvolt pro Liter. Bei drei Millionen heißt das drei Millionen hoch vier mal das – na, sagen wir, etwa 382 320 000 000 000 000 000 000 000 EV/Liter. Und in dem Ding steckten eine Menge Liter! Wozu das alles wichtig ist? Weil diese Energiemenge organisierte Intelligenzen darstellte. Assassinen. Ein Universum voll davon, alle in einem Kugelblitz gelagert. Und alle warteten nur darauf, dass ihre Pläne ausreiften und das Universum nach ihren Wünschen umgemodelt werden konnte.

tene Zivilisation im Universum umgebracht hat – zumindest in unserer eigenen Galaxis und in einigen benachbarten ...«

Das alles ging aber nicht so schnell. Der Kapitän musste manchmal ein einziges Wort ein Dutzend Mal wiederholen, ehe die schwabbeligen Wesen kapierten, was er meinte. Er ließ aber nicht nach. Die Karte auf dem Bildschirm mit der Anhäufung von Energielöchern und den fünffachen Warnzeichen ließen ihm keine Ruhe.

Die Assassinen hatten ihr Abschlachten schon Jahrtausende vor dem Erscheinen der Hitschi begangen. Zuerst hatten die Hitschi sie für primitive Ungeheuer aus grauer Vorzeit gehalten, die man zur damaligen Zeit nicht mehr zu fürchten brauchte als die Hitschi-Entsprechung eines Tyrannosauriers.

Dann hatten sie den Kugelblitz entdeckt.

Der Kapitän zögerte an dieser Stelle und schaute seine Mannschaft an. Es fiel ihm sehr schwer, den nächsten Satz auszusprechen, da er zu einer eindeutigen Schlussfolgerung führte. Mit zuckenden Sehnen fuhr er fort:

»Es waren die Assassinen«, sagte er. »Sie haben sich in ein Schwarzes Loch zurückgezogen – aber in ein ganz besonderes Loch, das aus Energie, nicht aus Materie besteht, da sie selbst nicht aus Materie gemacht waren. Sie waren reine Energie. Innerhalb ihres Schwarzen Lochs existierten sie nur als eine Art stehende Welle in einem Meer aus Energie.«

Nachdem er das mehrere Male auf verschiedene Art wiederholt hatte, konnte er sehen, wie sich Fragen abzeichneten. Aber die logische Folgerung, die er befürchtet hatte, war nicht dabei. Nur von der Frau kam eine Frage, und die lautete:

»Wie kann ein Lebewesen, das nur aus Energie besteht, überleben?«

Das war leicht zu beantworten. Die Antwort war: »Ich weiß es nicht.« Es gab zwar Theorien, wie der Kapitän wusste – Theorien, die besagten, dass die Assassinen früher einmal Geschöpfe mit Körpern gewesen waren, die sie irgendwie abgeworfen hatten –, aber ob diese Theorien auf Tatsachen beruhten, wussten selbst die ältesten der Geballten Gehirne nicht.

Aber es war eben diese Schwierigkeit des Überlebens für Wesen aus reiner Energie, erklärte der Kapitän, die zu der letzten und grauenvollsten Tatsache über die Assassinen geführt hatte. Das Universum war ihnen gegenüber nicht gastfreundlich. Also entschlossen sie sich, das Universum zu verändern. Sie taten etwas, um einen ganzen Haufen zusätzlicher Masse im Universum hervorzubringen. Sie bewirkten, dass sich die Expansion des Universums ins Gegenteil verkehrte. Sie verkrochen sich in ihrem Kugelblitz ... und warteten.

»Ich habe oft von der fehlenden Masse gehört«, ließ sich der männliche Gefangene eifrig vernehmen. »Als Kind habe ich oft die Toten Menschen davon reden hören – aber sie waren verrückt, wissen Sie.«

Die Frau unterbrach ihn. »Warum?«, wollte sie wissen. »Warum tun sie das?«

Der Kapitän machte eine Pause. Er war von der Anstrengung, mit diesen gefährlichen Primitivlingen sprechen zu müssen, völlig erschöpft. Wieder war die beste Antwort: »Ich weiß nicht.« Aber es gab Spekulationen. »Die Geballten Gehirne«, führte er langsam aus, »glauben, dass die physikalischen Gesetze des Universums durch zufällige Schwankungen in der Verteilung von Materie und Energie sofort nach dem Urknall bestimmt wurden. Es ist möglich, dass die Assassinen sich in diesen Prozess einmischen wollen. Sobald sie das Universum zum Kollaps gebracht haben, können sie dann, wenn es sich wieder erholt, diese grundlegenden Gesetze ändern – das Verhältnis von Elektron- und Protonmasse, die Zahl, die den Bezug herstellt zwischen der Schwerkraft und der elektromagnetischen Kraft, alles das –, und damit schaffen sie ein Universum, in dem sie bequemer leben können ... aber nicht ihr oder ich.«

Der Mann war immer weniger imstande, sich zurückzuhalten. »Was seid ihr nur für Feiglinge! Ihr habt Schiss vor irgendwelchen Wesen, die sich in einem Schwarzen Loch verstecken und die vielleicht irgendwas vorhaben, das noch Milliarden Jahre nicht passiert! Was geht uns das an?«

Aber die Frau hatte die Bedeutung der Worte des Kapitäns verstanden. »Halt die Klappe, Wan!«, wies sie ihn zurecht. Ihre Gesichtsmuskeln spannten sich, sodass sie beinahe wie eine Hitschi aussah. »Was du sagen willst, ist, dass diese Assassinen kein Risiko eingehen. Sie kamen schon einmal heraus, um jeden auszulöschen, der den Anschein erweckte, er könnte so zivilisiert werden, dass er ihren Plan zu durchkreuzen imstande wäre. Das würden sie auch wieder tun.«

»Ganz genau!«, rief Kapitän freudig. »Du hast es präzise ausgedrückt! Und die Gefahr ist nun, dass ihr Barbaren - ihr Menschen«, korrigierte er sich, »sie wahrscheinlich zurückbringen werdet. Benutzung von Funk! In Schwarze Löcher vordringen! Im ganzen Universum herumfliegen, sogar bis zu den Kugelblitzen! Sie haben mit Sicherheit Überwachungssysteme zurückgelassen, die sie warnen, wenn technologische Zivilisationen auftauchen - ihr werdet sie jeden Moment alarmieren, wenn ihr es nicht schon getan habt!«

Als die Gefangenen ihn endlich verstanden hatten, wimmerte Wan aus Angst leise vor sich hin, und Klara war weiß im Gesicht und zitterte. Dann hatte man ihnen Essenspakete gegeben und die Mannschaft informiert. Als diese sich um den Kapitän scharte, um herauszufinden, warum seine Kiefermuskeln und Sehnen sich wie Schlangen wanden, konnte er nur sagen: »Das ist doch nicht zu fassen!« Es war schon schwierig genug gewesen, sich bei den Schwabbeligen verständlich zu machen. Aber sie zu verstehen, war einfach unmöglich. Er sagte: »Sie behaupten, dass sie nicht alle ihre Mitmenschen stoppen können.«

»Aber das müssen sie!«, rief White-Noise entsetzt. »Sie sind doch intelligent, oder?«

»Sie sind intelligent«, stimmte der Kapitän zu, »sonst könnten sie nicht unsere Schiffe so leicht benutzen. Aber ich halte sie auch für wahnsinnig. Bei ihnen gibt es keine Gesetze.«

»Sie müssen Gesetze haben!«, entgegnete Burst ungläubig. »Keine Gesellschaft kann ohne Gesetze leben.«

»Ihr Recht ist der Zwang«, stellte der Kapitän finster fest. »Sobald einer von ihnen außer Reichweite der Vollzugsbehörden ist, kann er tun und lassen, was er will.«

»Dann sollen die Behörden ihn zwingen! Sie sollen jedes Schiff aufspüren und stoppen!«

»Das wäre töricht, White-Noise«, widersprach der Kapitän und schüttelte den Kopf. »Denk mal darüber nach, was das bedeuten würde. Sie verfolgen. Mit ihnen kämpfen. Sie im All bekriegen. Kannst du dir größeren Lärm vorstellen als das – und kannst du dir vorstellen, dass die Assassinen den nicht hören würden?«

»Aber was können wir tun?«, flüsterte Burst.

»Wir müssen uns zu erkennen geben«, entschied Kapitän. Er gebot mit einer Handbewegung Schweigen und gab seine Befehle.

Das waren Befehle, von denen die Besatzung nie geglaubt hätte, sie je zu erhalten. Aber sie erkannten, dass der Kapitän Recht hatte. Nachrichten schwirrten hin und her. An einem Dutzend Stellen in der Galaxis erhielten längst verstummte Schiffe ihre ferngesteuerten Weisungen und erwachten zum Leben. Eine lange Meldung wurde an die Monitoren gesendet, die sich in der Nähe des zentralen Schwarzen Lochs befanden, wo die Hitschi lebten. Inzwischen müsste die erste Warnung durch die Schwarzschildbarriere gedrungen sein und Verstärkung herauskommen. Es war eine Herkulesarbeit für die an Arbeitskräften knappe Mannschaft, und das Fehlen von Twice wurde schmerzlicher als je zuvor empfunden. Aber schließlich war es erledigt, und das Schiff des Kapitäns schlug einen neuen Kurs für ein Rendezvous ein.

Als er sich zu einem Schlafball zusammenrollte, merkte der Kapitän, dass er lächelte. Es war kein freudiges Lächeln. Das Spreizen der Lippen erfolgte aufgrund eines Paradoxons, das so tief einschnitt, dass man auf keine andere Weise darauf antworten konnte. Er hatte während des ganzen Gesprächs mit den Gefangenen Angst gehabt, dass sie eine unangenehme Schlussfolgerung ziehen könnten: Sobald sie erfahren hatten, dass sich die Assassinen in einem Schwarzen Loch versteckt hielten, hätten sie leicht den Verdacht schöpfen können, dass die Hitschi es ebenso gemacht hatten. Damit wäre das Kerngeheimnis der Hitschi-Rasse gefährdet gewesen!

Gefährdet! Er hatte viel mehr getan, als es nur gefährdet! Völlig auf eigene Verantwortung, ohne höhere Stellen, die es ihm erlaubt oder verboten hätten, hatte der Kapitän die schlafende Flotte geweckt und Verstärkung aus dem Inneren des Ereignishorizonts herbeigerufen. Das Geheimnis war kein Geheimnis mehr. Nach einer halben Million Jahre kamen die Hitschi heraus aus ihrem Versteck.

24

Die Geographie des Himmels

Wo war ich eigentlich? Es dauerte eine Zeit lang, bis ich mir diese Frage beantworten konnte, nicht zuletzt deshalb, weil mein Mentor Albert sie als albern abtat. »Die Frage ›wo‹ ist eine törichte menschliche Voreingenommenheit, Robin«, fuhr er mich an. »Konzentriere dich! Lerne, wie man etwas tut und fühlt! Heb dir die Philosophie und die Metaphysik für diese langen ruhigen Abende mit einer Pfeife und einem guten Krug Bier auf!«

»Bier, Albert?«

Er seufzte. »Die elektronische Entsprechung von Bier«, verbesserte er sich unwirsch, »ist für die elektronische Entsprechung einer Person durchaus ›wirklich‹. Jetzt achte aber, bitte, auf die Inputs, die ich dir anbiete. Das sind Video-Abtastungen des Inneren der Steuerkabine der *Wahren Liebe.*«

Ich tat natürlich, was er mir aufgetragen hatte. Dennoch wälzte ich in meinen schwachen Femtosekunden dieselbe Frage. Endlich fand ich eine Antwort. Wo war ich eigentlich?

Ich war im Himmel.

Denken Sie doch nach! Den gängigen Beschreibungen nach stimmte das meiste hier. Mein Bauch tat nicht mehr weh – ich hatte keinen Bauch mehr. Ich stand nicht mehr unter dem Joch der Sterblichkeit. Ich war einen Tod schuldig gewesen, den hatte ich bezahlt, und war nun auf ewig frei. Es war zwar nicht ganz die Ewigkeit, die auf mich wartete, aber ein ganz ähnlicher Zustand. Die Datenlagerung der Hitschi hatte, das wussten wir, wenigstens eine halbe Million Jahre Bestand, ohne nennenswerten Abbau – die ursprünglichen Hitschi-Fächer funktionierten nämlich noch –, und das ist eine ganze Menge Femtosekunden! Ich hatte auch keine irdischen Sorgen mehr; eigentlich überhaupt keine Sorgen, außer denen, die ich mir freiwillig auflud.

Ja. Himmel.

Wahrscheinlich glauben Sie mir nicht, weil Sie nicht akzeptieren, dass eine Existenz als körperloser Wirrwarr von Datenbits, gelagert in einem Fächer, wirklich etwas »Himmlisches« sein kann. Ich verstehe das, weil ich selbst Schwierigkeiten hatte, es zu akzeptieren. Aber die »Wirklichkeit« ist ... »wirklich« eine subjektive Angelegenheit. Wir Geschöpfe aus Fleisch und Blut erfahren die Wirklichkeit »wirklich« nur aus zweiter oder dritter Hand, als eine Analogie, die unser Sinnensystem auf die Synapsen unseres Gehirns malt. Das hatte Albert immer gesagt. Es stimmte – zumindest beinahe –, nein, es war *mehr* als richtig in vielen Punkten, weil ein körperloses Durcheinander wie ich über eine größere Auswahl an Wirklichkeiten verfügt als Sie.

Aber wenn Sie mir immer noch nicht glauben, kann ich mich nicht beschweren. Wie oft ich es mir auch einredete, eigentlich fand ich es nicht himmlisch. Ich hatte mir noch nie Gedanken gemacht, wie schrecklich *unbequem* es war – finanziell, rechtlich und in vieler anderer Hinsicht, nicht zuletzt in Bezug auf die Ehe –, tot zu sein.

Damit komme ich zurück zur Frage, wo ich mich wirklich befand? In Wirklichkeit war ich zu Hause. Sobald ich – nun ja, gestorben war, hatte Albert reumütig das Schiff gewendet. Die Rückfahrt dauerte ziemlich lange. Aber ich hatte ja nichts Besonderes zu tun. Ich musste nur lernen, mich so zu verhalten, als ob ich am Leben sei, ohne es zu sein. Ich brauchte die gesamte Rückfahrt allein für die Anfangsbegriffe. Es war nämlich sehr viel schwieriger, in einen Datenfächer hineingeboren zu werden als auf die alte biologische Weise in die Welt – ich musste aktiv *arbeiten*, verstehen Sie? Alles um mich herum war sehr viel weiter. Einerseits war ich beschränkt auf das Hitschi-Modell eines Datenfächers mit einem Kubikinhalt von nicht viel mehr als tausend Kubikzentimetern und wurde auch so aus der Steckdose gezogen und durch den Zoll gebracht, zurück in unser altes Haus am Tappan-See. Das war nicht schwieriger, als ein zweites Paar Schuhe im Gepäck zu haben. Andererseits war ich weiter als die Galaxien, da mir alle gesammelten Datenfächer der Welt zugänglich waren, um damit zu spielen. Schneller als eine Silberkugel, so quirlig wie Quecksilber, so geschwind wie der Blitz, konnte ich überall hingehen, wohin die gelagerten Hitschi – und menschlichen Datenspeicher – je gegangen waren, und das war jeder Ort, von dem ich je gehört hatte.

Menschliche Angelegenheiten waren schwieriger ...

Als wir endlich wieder am Tappan-See waren, hatte Essie Gelegenheit gehabt, sich auszuruhen, und ich die Zeit und die Übung zu erkennen, was ich sah. Beide waren wir über das Trauma meines Todes etwas hinweggekommen. Ich behaupte nicht, dass wir es ganz überwunden hatten, aber wir konnten zumindest miteinander reden.

Zuerst unterhielten wir uns nur, weil ich Hemmungen hatte, mich meiner lieben Frau als Hologramm zu präsentieren. Dann sagte Essie befehlend: »Also Robin! Es ist nicht mehr auszuhalten, nur mit dir zu reden. Komm her, wo ich dich sehen kann!«

»Ja, tu das!«, befahl mir die andere Essie, die mit mir gespeichert war, und Albert stimmte mit ein:

»Entspann dich einfach und lass es geschehen, Robin! Die Unterprogramme sind alle an der richtigen Stelle.« Trotz alledem erforderte es meinen ganzen Mut, mich zu zeigen. Als ich es endlich fertig brachte, betrachtete mich meine liebe Frau von Kopf bis Fuß und stellte dann fest:

»Ach, Robin. Du siehst ja furchtbar aus!«

Das klingt vielleicht etwas lieblos; aber ich wusste, wie Essie es meinte. Sie wollte nicht kritisieren. Sie hatte Mitleid und versuchte, die Tränen zurückzuhalten. »Später mache ich es besser, Liebling«, versprach ich ihr und wünschte, dass ich sie berühren könnte.

»Das wird er bestimmt, Mrs. Broadhead«, versicherte Albert ernsthaft, wodurch ich erst merkte, dass er neben mir saß. »Im Augenblick helfe ich ihm noch, und es ist schwierig, zwei Bilder gleichzeitig zu projizieren. Ich fürchte, beide kommen nicht gut heraus.«

»Dann verschwinde du doch!«, schlug sie vor. Aber er schüttelte den Kopf.

»Robin muss unbedingt üben – und Sie möchten vielleicht einige Zusätze bei der Programmierung vornehmen, glaube ich. Zum Beispiel: Umgebung. Ich kann Robin keinen Hintergrund geben, wenn ich ihn nicht mit ihm teile. Es sind außerdem Verbesserungen nötig bei der vollen Animation, bei der Reaktion in Echtzeit, bei der Konsistenz zwischen den einzelnen Aufnahmen ...«

»Ja, ja!«, stöhnte Essie und machte sich in ihrem Arbeitszimmer ans Werk.

Das taten wir anderen auch. Es gab viel zu tun, vor allem für mich.

Ich habe mir über viele Dinge in meiner Zeit Sorgen gemacht, und meistens über die falschen. Den Großteil meines physischen Lebens überschattete die Sorge wegen des Sterbens meine Gedanken – so wie auch in Ihrem Leben. Ich hatte Angst vor der Auslöschung. Mir wurde aber keine Auslöschung zuteil. Ich bekam einen völlig neuen Problemkreis.

Ein toter Mensch hat keine Rechte mehr, müssen Sie wissen. Er kann kein Land besitzen. Er kann keinen Besitz verkaufen. Er kann nicht wählen – weder bei einer Wahl für ein Regierungsamt, noch bei der Abstimmung in der Aktionärsversammlung, selbst wenn er den Hauptanteil der Aktien besitzt. Besitzt er aber nur einen kleinen Anteil – auch wenn dieser sehr einflussreich ist, wie meiner zum

Beispiel beim Transportsystem, das neue Siedler auf Peggys Planet schickte –, hört man gar nicht auf ihn. Man könnte sagen, dass er auch ebenso gut tot sein könnte.

Ich hatte aber keine Lust, *so* tot zu sein.

Das war keine Habgier. Als gelagerte Intelligenz hatte ich sehr wenig Bedürfnisse. Es bestand keine Gefahr, dass man mich abschaltete, weil ich die Elektrizitätsrechnung nicht bezahlen konnte. Ich wurde von ganz anderen, viel schwerwiegenderen Motiven angetrieben. Die Terroristen waren nicht verschwunden, obwohl das Pentagon ihr Schiff aufgebracht hatte. Täglich fanden Schießereien statt, gingen Bomben hoch und wurden Leute gekidnappt. Zwei weitere Startschlaufen wurden angegriffen und eine schwer beschädigt. Ein Tanker mit Schädlingsbekämpfungsmitteln wurde absichtlich vor der Küste von Queensland versenkt, sodass jetzt ein etwa hundert Kilometer langer Bereich des Great Barrier Reef im Sterben lag. In Afrika und Zentralamerika sowie im Mittleren Osten wurden regelrechte Kriege ausgetragen. Der Deckel konnte kaum noch auf dem Dampfdrucktopf gehalten werden. Was wir dringend brauchten, waren tausend Transportschiffe wie die *S. Ya.* Aber wer sollte die bauen, wenn ich stumm blieb?

Also logen wir.

Wir setzten die Geschichte in die Welt, dass Robin Broadhead einen cerebrovaskularen Unfall erlitten hatte, was ja auch stimmte. Dann fügten wir aber noch die Lüge hinzu, dass meine Gesundung ständig fortschreite. Nun, auch das stimmte, wenn auch nicht genau im allgemein üblichen Sinn. Sobald ich zu Hause war, konnte ich mit General Manzbergen und einigen Leuten in Rotterdam sprechen, allerdings nur per akustischer Verbindung. Eine Woche später ließ ich mich ab und zu sehen – in einem weiten faltenreichen Hausmantel, den ich Alberts reicher Phantasie verdankte. Wieder einen Monat später gestattete ich einem PV-Team, mich dabei zu filmen, wie ich sonnengebräunt und munter, wenn auch etwas dünn, mit unserer kleinen Jolle auf dem See segelte.

Alles in allem ging es mir nicht schlecht, wie Sie sehen.

Ich kümmerte mich um meine Geschäfte. Ich plante und führte meine Pläne aus, das Gärmittel in seiner Wirksamkeit herabzusetzen, von dem sich die Terroristen nährten – nicht genug, um das Problem zu beseitigen, aber genug, um den Deckel noch eine Zeit lang draufzuhalten. Ich hatte Zeit, mir Alberts Sorgen wegen der komischen Dinger anzuhören, die er Kugelblitze nannte. Wenn wir damals nicht genau wussten, was sie bedeuteten, war das wohl auch gut. Mir fehlte einzig und allein ein Körper. Als ich mich darüber bei Essie beklagte, sagte sie mit Nachdruck: »Mein Gott, Robin, das ist doch nicht das Ende der Welt für dich! Wie viele andere hatten das gleiche Problem!«

»Auf einen Datenspeicher reduziert zu werden? Nicht viele, wenn du mich fragst.«

»Aber das gleiche Problem«, behauptete sie. »Überlege! Ein gesunder junger Mann geht Skispringen, stürzt und bricht sich das Rückgrat. Querschnittlähmung! Der Körper, der nur noch zur Schadenersatzforderung taugt, muss gefüttert werden, gewickelt, gebadet – das bleibt dir erspart, Robin. Vor allem ist der wichtige Teil von dir immer noch vorhanden.«

»Hast ja Recht«, pflichtete ich ihr bei. Ich fügte nicht hinzu, was ich von allen Leute Essie am wenigsten erklären wollte, dass nach meiner Definition von »wichtig« noch einige Extras dazugehörten, auf die ich immer besonderen Wert gelegt hatte. Aber selbst dabei musste man die positiven Seiten den negativen gegenüberstellen. Wenn ich zum Beispiel keine Geschlechtsorgane mehr hatte, konnte es auch in der Zukunft keine Probleme mit meinen plötzlich sehr kompliziert gewordenen sexuellen Beziehungen geben.

All das musste ich nicht aussprechen. Stattdessen forderte Essie mich auf: »Reiß dich zusammen, Robin! Denk daran, dass du bis jetzt nur eine Annäherung an das Endprodukt bist.«

»Was soll das nun heißen?«, wollte ich wissen.

»Gab da große Probleme, Robin. Die Jetzt-und-Später-Speicherung war ziemlich mangelhaft, muss ich zugeben. Ich habe bei der Entwicklung des neuen Albert viel gelernt. Ich hatte vorher noch nie versucht, eine ganze und sehr geschätzte Person, die unglücklicherweise starb, zu speichern. Die technischen Probleme …«

»Mir ist schon klar, dass es technische Probleme gegeben hat«, unterbrach ich sie. Ich wollte jetzt wirklich nicht Einzelheiten über das riskante, nicht erprobte und überaus schwierige Unterfangen hören, »mich« aus dem zerfallenden Eimer meines Kopfs in das wartende Becken einer Speichermatrix zu gießen.

»Sei ganz ruhig. Nun, jetzt haben wir genügend Zeit. Jetzt können wir die Feinabstimmung vornehmen. Vertrau mir, Robin! Jetzt können wir Verbesserungen machen.«

»In mir?«

»Natürlich in dir, Robin!«, versicherte sie mit einem Augenzwinkern. »Auch in der sehr unzulänglichen Kopie deines Selbst. Ich habe Grund zur Annahme, dass das noch viel interessanter für dich gemacht werden kann.«

»Oh«, rief ich. »Super!«, und wünschte mehr als je zuvor, wenigstens auf kurze Zeit mir einige Teile meines Körpers ausleihen zu können, da ich jetzt am liebsten meine liebe Frau in die Arme nehmen wollte.

Und unterdessen – und unterdessen drehten sich die Welten weiter. Selbst die winzigen Welten meines Freundes Audee Walthers und seiner verzwickten Liebe.

Wenn man sich alles von innen heraus betrachtet, scheinen alle Welten gleich groß zu sein. Audee kam seine eigene nicht klein vor. Ich löste eines seiner Probleme schnell. Ich gab jedem zehntausend Anteile an der Fähre zu Peggys Planet, der *S. Ya.*, und den damit zusammenhängenden Unternehmen. Janie Yee-xing brauchte sich jetzt keine Sorgen mehr zu machen, hinausgeworfen zu werden. Es stand ihr frei, sich selbst als Pilot anzuheuern, wenn sie wollte, oder als Passagier auf der *S. Ya.* mitzufahren, wenn ihr das lieber war. Das galt auch für Audee. Er konnte auch zurück zu Peggys Planet gehen und seine früheren Chefs auf den Ölfeldern herumkommandieren. Oder nichts von beidem tun und den Rest seines Lebens in Luxus verbringen. Das konnte Dolly auch. Aber natürlich löste das keineswegs ihre Probleme. Die drei hingen eine Zeit lang in unseren Gästesuiten herum, bis Essie schließlich den Vorschlag machte, ihnen unsere *Wahre Liebe* für eine Kreuzfahrt ohne bestimmtes Ziel zu borgen, bis sie mit sich ins Reine gekommen wären. Das taten wir.

Keiner von ihnen war dumm – wie wir alle taten sie das, was der Augenblick erforderte. Sie erkannten eine Bestechung, wenn sie ihnen angeboten wurde. Sie wussten, ich wollte unbedingt, dass sie über meinen gegenwärtigen, unangenehmen körperlosen Zustand den Mund hielten. Sie wussten aber auch, dass es ein Freundschaftsangebot war, außerdem kam ja noch die Überschreibung der Aktien hinzu.

Und was machten die drei nun an Bord der *Wahren Liebe?*

Ich glaube, das will ich lieber nicht erzählen. Das meiste geht nur die drei etwas an. Denken Sie mal nach! Es gibt im Leben von jedem – selbstverständlich auch in Ihrem, und ganz bestimmt in meinem – Augenblicke, in denen es weder wichtig noch schön ist, was man macht. Man erleichtert sich auf der Toilette, man hegt einen flüchtigen und schockierenden Gedanken, man lässt einen Furz fahren oder erzählt eine Lüge. Nichts davon ist sehr wichtig, aber man will nicht, dass diese Tätigkeiten in der Öffentlichkeit breitgetreten werden.

Von Audee Walthers' persönlichen Angelegenheiten möchte ich Folgendes sagen. Was seine Taten beflügelte und seine Sorgen nährte, war dieses herrliche und erstrebenswerte Ding – Liebe. Seine Frustrationen stammten ebenfalls von der Liebe. Er liebte seine Frau Dolly, weil er sich anerzogen hatte, sie zu lieben, so lange sie verheiratet waren – das entsprach seiner Einstellung zum Verhalten verheirateter Leute. Andererseits hatte Dolly ihn wegen eines anderen Mannes verlassen (ich verwende diese Bezeichnung in Wans Fall trotz aller Bedenken), und Janie Yee-xing war erschienen, um ihn zu trösten.

Es muss für alle beinahe eine Erleichterung gewesen sein – während sie müßig in einer Kometenellipse dahinflogen, die sie zu den Asteroiden hinaustrieb –, als ihre

Unterhaltung durch einen unterdrückten Schrei von Janie und Dollys tiefes Luftholen unterbrochen wurde. Audee Walthers wandte sich dem Bildschirm zu und sah dort eine riesige Flotte von Schiffen, die größer, zahlreicher und viel, viel gewaltiger waren, als sie je ein menschliches Auge im Sonnensystem der Erde erblickt hatte.

Zweifellos waren sie vor Angst völlig außer sich.

Aber auch nicht mehr als wir anderen. Auf der ganzen Erde und überall im Raum, wo es Menschen gab und Kommunikationseinrichtungen, welche die Meldung weitergaben, breiteten sich Furcht und Schrecken aus. Es war der schlimmste Albtraum jedes menschlichen Wesens seit über einem Jahrhundert.

Die Hitschi kamen zurück.

Sie versteckten sich nicht. Da waren sie – und so zahlreich! Optische Sensoren in den Orbitalstationen orteten über fünfzig Schiffe – und was für Schiffe! Zwölf- oder vierzehnmal so groß wie die *S. Ya.* Ein weiteres Dutzend war noch größer. Riesige Kugelgebilde wie das, welches das Segelschiff verschlungen hatte. Da waren Dreier und Fünfer und einige dazwischen, die für das Hohe Pentagon verdächtig nach Kreuzern aussahen. Und alle kamen geradewegs aus Richtung Vega auf uns zu.

Und dann sprachen sie zu uns.

Die Meldung kam in Englisch und war kurz. Sie lautete: »Die Hitschi können keinerlei interstellare Fahrten oder Kommunikation gestatten, es sei denn unter bestimmten Auflagen, die sie beschließen und deren Einhaltung sie überwachen werden. Alles hat sofort aufzuhören. Sie sind gekommen, um das zu erreichen.« Das war alles, ehe der Sprecher mit hilflosem Kopfschütteln sich ausblendete.

Das klang ganz nach einer Kriegserklärung.

So wurde es auch ausgelegt. Im Hohen Pentagon, in allen Orbitalstationen anderer Nationen und in den Regierungen aller Mächte der Welt wurden eilig Sitzungen, Konferenzen und Planungsausschüsse einberufen. Schiffe wurden zu Nachrüstung hereinbeordert. Andere wurden der Hitschi-

Flotte engegengeschickt. Die Waffen in den Umlaufbahnen, die seit Jahrzehnten unbenutzt waren, wurden überprüft und in Reih und Glied aufgestellt – mag sein, dass sie so nutzlos wie eine Armbrust waren, aber wenn es nichts anderes gab, womit wir uns wehren konnten, würden wir eben damit kämpfen. Verwirrung, Schock und kopflose Reaktion entstanden auf der ganzen Welt.

Und nirgendwo gab es mehr Erstaunen und Bestürzung als bei den Menschen, aus denen mein glücklicher Haushalt bestand. Albert hatte sofort die Person erkannt, die das Hitschi-Ultimatum verkündet hatte; Essie nur einen Augenblick später und ich, noch ehe ich ihr Gesicht erkennen konnte. Es war Gelle-Klara Moynlin.

25

Rückkehr zur Erde

Gelle-Klara Moynlin, meine Liebe. Meine verlorene Liebe. Da war sie und schaute mich vom Bildschirm des PV an. Sie sah nicht einen Tag älter aus als zuletzt, als ich sie gesehen hatte, vor Jahren und Jahrzehnten – sie sah auch nicht besser aus, da sie beide Male so völlig durcheinander war, wie man es nur sein kann. Von den Spuren ihrer Misshandlung ganz zu schweigen. Damals war sie von mir zusammengeschlagen worden.

Aber wenn sie auch viel durchgemacht hatte und man dies auch klar erkennen konnte bei meiner Klara, verfügte sie noch über beachtliche Reserven. Nachdem sie ihre Nachricht an die menschliche Rasse überbracht hatte, wandte sie sich vom Bildschirm ab und nickte dem Kapitän zu. »Du hast es übermittelt?«, wollte er begierig wissen. »Du hast die Nachricht präzise so weitergegeben, wie ich dir befohlen habe?«

»Ganz präzise«, erwiderte Klara und fügte hinzu: »Ihr Englisch hat sich sehr verbessert. Wenn Sie wollen, können Sie direkt mit den Leuten sprechen.«

»Die Sache ist zu wichtig, um etwas zu riskieren«, sagte der Kapitän ängstlich und wandte sich ab. Die Hälfte aller Muskeln und Sehnen an seinem Körper zog sich zusammen und zuckte. Und nicht nur bei ihm allein. Seine ergebene Mannschaft war ebenso aufgewühlt wie er. Auf den Kommunikationsschirmen, die sein Schiff mit den anderen in der großen Flotte verband, konnte er die Gesichter der anderen Kapitäne sehen. Es war eine große Flotte, dachte der Kapitän und betrachtete die Bilder, welche die Schiffe in stolzer Schlachtordnung zeigten. Aber warum war es seine Flotte? Er brauchte nicht zu fragen. Er kannte die Antwort. Die Verstärkungen aus dem Kern beliefen sich auf über hundert Hitschi, und wenigstens ein Dutzend unter ihnen hätte sich zu seinem Vorgesetzten machen können. Sie hätten leicht das Kommando der Flotte übernehmen können. Taten sie aber nicht. Sie überließen ihm die Flotte, weil er dann auch die Verantwortung dafür trug ... und es seine liebreizende Person sein würde, die sich den Geballten Gehirnen zugesellen würde, wenn etwas schief ging. »Wie töricht sie sind«, murmelte er, und sein Nachrichtenoffizier zuckte zustimmend.

»Ich werde ihnen befehlen, mehr Ordnung zu halten«, sagte er. »Wenn es das ist, was Sie wollen.«

»Natürlich, Shoe.« Der Kapitän seufzte und hörte finster zu, wie sein Nachrichtenmann die Anordnungen für die anderen Kapitäne und Steuerleute herunterrasselte. Die Armada veränderte langsam ihre einzelnen Positionen, als die mächtigen Frachtschiffe, die in der Lage waren, einen kugeligen Bissen im Ausmaß von tausend Metern aus irgendetwas herauszubeißen und das Stück irgendwohin zu bringen, langsam hinter die Transporter und kleineren Schiffe zurückfielen. »Menschenfrau Klara«, rief der Kapitän. »Warum antworten sie nicht?«

Sie zuckte aufmüpfig die Schultern. »Sie beraten sich wahrscheinlich«, vermutete sie.

»Beraten!«

»Ich habe doch versucht, Ihnen zu erklären«, erinnerte sie ihn nicht sehr freundlich, »dass es ein Dutzend verschiedener Mächte gibt, die zusammenkommen müssen, ganz zu schweigen von den hundert kleinen Ländern.«

»Hundert Länder.« Kapitän stöhnte bei dem Versuch, sich so etwas vorzustellen. Er konnte es nicht ...

Er wusste nicht, was als Nächstes geschehen würde; er erwartete alles, befürchtete beinahe alles, und nichts konnte ihn überraschen, dachte er, ganz egal, was sich ereignen mochte ... bis etwas geschah, das ihn über die Maßen überraschte.

»Kapitän!«, meldete Mongrel, der Integrator, aufgeregt. »Da sind noch andere Schiffe!«

Das Gesicht des Kapitäns erhellte sich. »Ah!«, rief er freudig. »Endlich antworten sie!« Es war merkwürdig von diesen Menschen, persönlich zu antworten statt über Funk. Aber sie waren schließlich überhaupt ganz merkwürdige Wesen. »Sprechen die Schiffe mit uns, Shoe?«, fragte er. Der Nachrichtenoffizier zuckte ein »Nein« mit seinen Gesichtsmuskeln. Der Kapitän seufzte. »Dann müssen wir Geduld haben«, sagte er und schaute auf den Bildschirm. Die menschlichen Schiffe näherten sich in keiner erkennbaren Aufstellung. Es sah eher so aus, als wären sie von den Aufgaben, mit denen sie gerade beschäftigt waren, abgezogen worden, um schnell der Hitschi-Flotte entgegenzufliegen, ganz sorglos – beinahe krampfhaft aufgeregt. Ein Schiff war in Reichweite, um mit ihm Verbindung aufzunehmen.

Dann zischte Kapitän überrascht. »Menschenfrau!«, befahl er. »Komm her und sag ihnen, dass sie vorsichtig sein sollen! Sieh dir an, was passiert!« Aus dem nächsten Schiff hatte sich ein kleiner Gegenstand gelöst, ein primitives Ding mit chemischem Antrieb, das viel zu winzig war, um auch nur einer Person Platz zu bieten. Es beschleunigte und schoss direkt auf das Herz der Hitschi-Flotte zu. Der Kapitän nickte White-Noise zu, der sofort auf Überlichtgeschwindigkeit ging und das nächste Frachtschiff aus der Gefahrenzone brachte. »Sie dürfen nicht so nachlässig sein!«, mahnte Kapitän streng. »Das könnte einen Zusammenstoß geben!«

»Aber nicht durch Zufall«, bemerkte Klara ernst.

»Was? Ich verstehe nicht.«

»Das sind Raketen«, erklärte sie, »Sie tragen Atomsprengköpfe. Da ist die Antwort. Sie warten nicht, bis Sie angreifen. Sie schießen zuerst.«

»Schießen?«, wiederholte er verständnislos. »Um uns zu verletzen? Möglicherweise zu *töten?*«

»Ganz genau«, triumphierte Klara. »Was haben Sie erwartet? Wenn Sie Krieg wollen, können Sie ihn haben.«

Der Kapitän schloss die Augen und hörte kaum das entsetzte Zischen und Surren seiner Mannschaft, als White-Noise übersetzte. »Krieg«, murmelte er ungläubig und dachte zum ersten Mal nicht mit Angst, sondern beinahe sehnsüchtig daran, sich zu den Geballten Gehirnen zu begeben. Wie schlimm es auch sein mochte, schlimmer als dies konnte es doch nicht sein, oder?

Und unterdessen ...

Unterdessen hatte sich die Sache fast zu weit entwickelt – aber, zum Glück für alle, nicht ganz. Die Rakete des brasilianischen Aufklärers war viel zu langsam, um die Hitschi zu treffen, als diese auswichen. Bevor der Aufklärer in Position gegangen war, um erneut zu feuern, war es dem Kapitän gelungen, Klara seine Absichten zu erklären, und Klara stand wieder am Funkgerät und verbreitete seine Worte: Keine Invasionsflotte. Nicht einmal ein Überfallkommando. Eine Rettungsmission – und eine Warnung vor dem, wovor die Hitschi weggelaufen und sich versteckt hatten und worüber wir uns jetzt die Köpfe zu zerbrechen hatten.

26

Das Ding, vor dem die Hitschi Angst hatten

Erweitert, wie ich jetzt bin, kann ich über die lächerlichen alten Ängste und Ansichten nur lächeln. Damals vielleicht nicht. Aber jetzt, ja. Alle Skalen sind viel größer und viel aufregender. Es gibt allein außerhalb des Kerns zehntausend tote gelagerte Hitschi, und ich kann sie alle lesen. Habe sie auch beinahe alle gelesen. Ich lese darin weiter, wenn ich Lust habe, wenn es etwas gibt, mit dem ich mich näher befassen möchte. Bücher in den Regalen einer Bibliothek?

Sie sind mehr als das. Eigentlich »lese« ich sie auch nicht richtig. Es ist eher, als ob ich mich mit ihnen erinnere. Wenn ich eines »aufmache«, mache ich es ganz auf. Ich lese es von innen heraus, als wäre es ein Teil von mir. Es war nicht leicht, das zu lernen, wie überhaupt nichts leicht war, das ich lernen musste, seit ich erweitert wurde. Jedoch mit Alberts Hilfe und einfachen Übungstexten habe ich es gelernt.

Nachdem wir das Missverständnis mit dem Kapitän aufgeklärt hatten und ich Zugang zu eigenen Aufzeichnungen der Hitschi hatte, wurde die Sache haarig. Da war die verstorbene Liebe des Kapitäns, die Hitschi-Frau Twice. Zu ihr »Zugang« zu finden war, als ob man im Dunkeln aufwacht und einen kompletten Anzug anziehen muss, ohne ein Stück zu sehen – wobei sowieso nichts passte. Es lag nicht nur daran, dass sie eine Frau war, obwohl das schon eine riesige Unvereinbarkeit darstellte. Es lag auch nicht daran, dass sie eine Hitschi und ich ein Mensch war. Es lag an ihrem Wissen, an dem, was sie schon immer gewusst hatte, das weder ich noch irgendein anderer Mensch auch nur vermutet hatten. Vielleicht war es das, was Albert geahnt – und ihn hatte durchdrehen lassen. Aber selbst Alberts Mutmaßungen hatten ihm keine Bande von Assassinen gezeigt, die sich nach ihren Fahrten zu den Sternen in einem Kugelblitz verkrochen, um auf die Geburt eines neuen – und für sie besseren – Universums zu warten.

Aber nachdem der erste Schock vorüber war, habe ich mich mit Twice angefreundet. Sie ist wirklich ein netter Kerl, wenn man sich erst einmal überwunden hat, über ihre kleinen Absonderlichkeiten hinwegzusehen: Außerdem hatten wir viele gemeinsame Interessen. Die Hitschi-Bibliothek gelagerter Intelligenzen ist nicht nur Hitschi oder menschlich. Es gibt da auch dumpfe, alte, quengelige Stimmen, die geflügelten Wesen von einem Antares-Planeten gehört haben, und knallartige Geräusche aus einem Kugelhaufen. Und natürlich gibt es die Schlammbewohner. Twice und ich verbrachten viel Zeit damit, sie und ihre Eddas zu studieren. Mit meinen Femtosekunden-Synapsen habe ich ja jede Menge Zeit.

Ich habe beinahe genug Zeit, den Kern selbst zu besuchen. Vielleicht tue ich das eines Tages, aber noch nicht so bald. Unterdessen und mittlerweile sind Audee und Yee-xing auf dem Weg dorthin. Sie helfen als Piloten bei einer Expedition aus, die dort sechs oder sieben Monate bleiben wird – oder nach unserer Zeitrechnung hier draußen, einige Jahrhunderte. Wenn sie dann zurückkommen, dürfte Dollys Anwesenheit kein Problem mehr darstellen. Dolly ist mit ihrer Karriere im PV sehr glücklich. Essie ist so zartfühlend, nicht zu glücklich zu sein, weil ihr meine beglückende körperliche Gegenwart fehlt; aber sie scheint sich mit allem recht gut abgefunden zu haben. Am meisten (von mir abgesehen) liebt sie ihre Arbeit, und davon hat sie jede Menge – beim Verbessern ihrer Jetzt-und-Später-Unternehmen. Sie verwendet die gleichen Verfahren wie beim Herstellen der CHON-Nahrung, um wichtige organische Teile herzustellen ... dann wird es ihr, das hofft sie, bald gelingen, mit Ersatzteilen herauszukommen für Leute, die sie brauchen, damit niemand mehr die Organe eines anderen Menschen stehlen muss. Wenn man es recht betrachtet, sind eigentlich die meisten Leute glücklich, nachdem wir uns die Hitschi-Flotte ausgeliehen haben und damit eine Million Menschen pro Monat mit all ihrer Habe auf einen der fünfzig Planeten bringen können, die nur darauf warten, genutzt zu werden.

Ich ganz besonders.

Und da gab es noch Klara.

Wir haben uns natürlich doch getroffen. Ich hätte auch darauf bestanden. Überhaupt hätte man sie nicht für alle Zeit von mir fern halten können. Essie nahm eine Landeschlaufe und holte sie in der Umlaufbahn ab. Persönlich brachte sie Klara an Bord unseres Flugzeugs und an den Tappan-See. Ich bin sicher, dass es einige Probleme der Etikette zu überwinden gab. Aber andernfalls wäre Klara von den Medien überrannt worden, die unbedingt ganz genau wissen wollten, wie es war, »Gefangene der Hitschi« zu sein, oder »Gekidnappt vom Wolfsjungen Wan« oder wie die Schlagzeilen sonst gelautet hätten ... Eigentlich glaube ich, dass sie und Essie sich recht gut verstanden. Sie mussten sich ja auch nicht meinetwegen streiten. Ich existierte ja nicht mehr als etwas, worüber man sich streiten konnte.

Ich übte mein schönstes holographisches Lächeln und entwarf meine wirkungsvollste holographische Umgebung. Darin erwartete ich Klara. Sie kam allein in das große Atrium, wo ich sie empfangen wollte – Essie muss so taktvoll gewesen sein, ihr den Weg zu zeigen, um sich dann zurückzuziehen. Als Klara durch die Tür trat, konnte ich an der Art, wie sie stehen blieb und den Mund aufriss, sehen, dass sie erwartet hatte, mich sehr viel »toter« zu sehen.

»Hallo, Klara«, begrüßte ich sie. Das war keine brillante Rede, aber was soll man unter solchen Umständen schon groß sagen? Sie antwortete:

»Hallo, Robin.« Auch ihr schien nichts einzufallen, das sie hinzufügen konnte. Sie stand da und schaute mich an, bis ich sie bat, Platz zu nehmen. Ich begutachtete sie natürlich auch genau mit allen multiphasischen Möglichkeiten, über die wir elektronisch gelagerten Intelligenzen verfügen. Wie auch immer betrachtet, sie sah verdammt gut aus. Ich schätze, das Anstarren machte sie nervös. Sie räusperte sich und sagte: »Wenn ich es recht verstehe, willst du mich reich machen.«

»Nein, Klara. Ich will dir nur deinen Anteil von dem geben, was wir zusammen verdient haben.«

»Scheint sich ziemlich vermehrt zu haben.« Sie lächelte. »Deine, hm ... deine Frau meint, ich kann fünfzig Millionen in bar haben.«

»Du kannst noch mehr bekommen.«

»Nein, nein. Außerdem ist da ja noch mehr – sieht so aus, als sollte ich auch noch einen Haufen Anteile an mehreren Firmen erhalten. Danke, Robin.«

»Gern geschehen.«

Darauf schwiegen wir wieder. Und dann – ob Sie es glauben oder nicht – lauteten die nächsten Worte aus meinem Mund: »Klara, ich muss es wissen! Hast du mich die ganze Zeit gehasst?«

Schließlich war mir diese Frage seit dreißig Jahren nicht aus dem Kopf gegangen.

Selbst jetzt kam mir die Frage ungehörig vor. Wie sie Klara auffasste, kann ich nicht sagen. Sie saß mit offenem Mund einen Augenblick lang da. Dann schluckte sie und schüttelte den Kopf.

Und plötzlich fing sie an zu lachen. Sie lachte laut und herzhaft. Als sie wieder etwas zu Atem kam, wischte sie sich die Augen und sagte immer noch glucksend: »Gott sei Dank, Robin! Eines hat sich wenigstens nicht geändert. Du bist gestorben. Du hast eine trauernde Witwe. Die Welt steht an der Schwelle zu den größten Veränderungen, die es je gab. Ein paar gemeine Typen sind dabei, wahrscheinlich alles wieder kaputtzumachen und ... und du bist tot. Aber alles, was dir Sorgen macht, sind deine eigenen verdammten Schuldgefühle!«

Da lachte ich auch. Es war lange her, seit ich mich so frei gefühlt hatte. Ich sagte, immer noch lachend: »Ich weiß, Klara, es klingt dumm; aber es war für mich eine sehr lange Zeit. Ich wusste doch, dass du da draußen in dem Schwarzen Loch stecktest, wo die Zeit langsamer vergeht, und ich wusste nicht, was du denkst. Ich dachte, vielleicht würdest du ... mir die Schuld geben, weil ich dich verlassen hatte ...«

»Aber wie könnte ich das, Robin? Ich wusste doch gar nicht, was mit dir passiert war. Willst du wissen, was ich wirklich gefühlt habe? Ich hatte grauenvolle Angst und war wie gelähmt, weil ich wusste, dass du weg warst, und ich dachte, du seist tot.«

»Und« – ich grinste – »schließlich bist du zurückgekommen, und ich bin wirklich tot.« Ich konnte sehen, dass sie für Witze auf diesem Gebiet sehr viel weniger Verständnis als ich hatte. »Ist schon gut«, lenkte ich ein. »Alles ist gut. Mir geht es prima und dem Rest der Welt auch!«

Es war auch wirklich so. Natürlich hätte ich sie gern berührt, aber das schien allmählich Teil einer längst vergangenen Kindheit zu werden. Jetzt in der Gegenwart war sie hier und in Sicherheit, und das ganze Universum lag offen vor uns. Als ich ihr das klar zu machen versuchte, sperrte sie wieder den Mund auf.

»Du bist so verdammt optimistisch!«, fuhr sie mich an.

Ehrlich, ich war überrascht. »Warum sollte ich nicht?«

»Die Assassinen! Sie werden irgendwann herauskommen, und was sollen wir dann tun? Wenn sie den Hitschi Angst einjagen können, machen sie mir *Todesangst!*«

»Ach, Klara«, erwiderte ich und verstand endlich. »Ich weiß, was du meinst. Du denkst, es ist so wie früher, als wir wussten, dass die Hitschi sich irgendwo versteckt hielten und vielleicht zurückkommen würden, und dass sie imstande waren, Dinge zu tun, von denen wir nicht einmal hoffen konnten, sie je zu vollbringen ...«

»Ganz genau! Wir sind den Assassinen nicht gewachsen!«

»Nein, sind wir nicht«, gab ich lächelnd zu. »Wir waren auch für die Hitschi kein ernst zu nehmender Gegner – damals. Aber als sie dann herauskamen ... waren wir es. Mit ein bisschen Glück werden wir genug Zeit haben, ehe wir uns den Assassinen stellen müssen.«

»Na und? Sie werden dann immer noch unsere Feinde sein!«

Ich schüttelte den Kopf. »Keine Feinde, Klara«, sagte ich. »Lediglich Quellen zu neuem Reichtum.«